MANSFIELD PARK

EMMA

A ABADIA DE NORTHANGER

MANSFIELD PARK

EMMA

A ABADIA DE NORTHANGER

TRADUÇÕES E NOTAS:
ALDA PORTO / ADRIANA SALES ZARDINI /
ROBERTO LEAL FERREIRA

MARTIN CLARET

Sumário

Jane Austen e os primórdios do
empoderamento feminino   7

MANSFIELD PARK   15

EMMA   333

A ABADIA DE NORTHANGER   663

Jane Austen e os primórdios do empoderamento feminino

Profa. Dra. Lilian Cristina Corrêa*

No século XIX, a escritora inglesa Jane Austen desponta como uma das romancistas mais proeminentes do período romântico na literatura de língua inglesa. Dona de um modelo de escrita tipicamente pautado pelo desenvolvimento de suas protagonistas entre a tenra idade e o amadurecimento até a idade adulta, surge com Austen uma nova ótica, um novo processo de desenvolvimento da personagem, um novo posicionamento social e, por que não dizer, histórico?

Filha de um pároco e pertencente à classe média do interior da Inglaterra, Jane Austen (1775-1817), teve em sua vida diversos exemplos com base nos quais pôde desenvolver suas personagens. Seu pai, George Austen, sempre zelou pela educação dos filhos — ele mesmo, além de pastor, era um tutor que complementava seu salário de pároco com as aulas dadas a filhos de famílias nobres da localidade em que viviam. Além de George e Cassandra, sua esposa, a família contava com oito filhos, entre eles Cassandra e Jane, as duas mais conhecidas, pelos relatos da própria Austen ao longo de sua vida, em uma extensa troca de cartas com sua irmã mais velha e confidente.

Já no final do século XVIII, a escritora iniciou seus primeiros romances, incluindo o que se conhece por *Juvenília*, uma espécie de sátira de romances da época que foram encenados para sua própria família. Entre 1795 e 1799, iniciou as primeiras versões dos romances que, mais tarde, seriam publicados como *Razão e sensibilidade* (1811), *Orgulho e preconceito* (1813) e *A Abadia de Northanger* (1818), inicialmente intitulados, respectivamente, *Elinor e Marianne*, *Primeiras impressões* e *Susan*. Em 1797, seu pai quis publicar *Orgulho e preconceito*, mas o romance foi recusado pelo editor, sendo publicado apenas anos mais tarde, tal como quase todos os seus escritos iniciais.

Assim como acontecia com todas as famílias do interior da Inglaterra naquela época, os assuntos mais corriqueiros eram casamentos, mortes e os últimos resultados dos exércitos ingleses na guerra contra Napoleão e, assim como as moças com algumas ou muitas posses no período, Jane e Cassandra

---

* Mestre e doutora em Letras pela Universidade Presbiteriana Mackenzie.

passavam temporadas com familiares ou amigos próximos da família, em cidades costeiras ou conhecidas por sua badalada vida social, como Bath. Ainda jovem, Jane Austen teve um breve relacionamento com Tom Leffroy, mas o compromisso não teve continuidade pela falta de recursos financeiros do pretendente. Pelo que se sabe, ela chegou a ser pedida em casamento, anos mais tarde, aceitou, mas no dia seguinte recusou a oferta, tendo permanecido solteira até o final de seus dias, assim como sua irmã Cassandra, cujo pretendente, que lutava para obter fundos para o casamento tornar-se viável, morreu nos últimos anos do século XVIII, vítima de febre amarela.

A pergunta que pode vir à mente de quem nos lê, a esta altura, deve ser: e com qual propriedade Jane Austen escreveu sobre casamentos e amores, se nunca, de fato, teve tais experiências em sua vida? De antemão, a primeira parte da resposta reside na forma como a própria Austen descreveu os sentimentos amorosos em seus romances, da descoberta aos desencontros, do amadurecimento às negativas ou mesmo aos tão obviamente certos desfechos matrimoniais. Enquanto leitores, não encontramos nos romances da escritora resquícios de desilusão ou o desejo de fazer de suas heroínas mulheres empoderadas sem que houvesse em sua trajetória algum relacionamento amoroso — a questão do empoderamento feminino em Austen ultrapassa a do matrimônio.

Em contrapartida, os mesmos leitores que se questionaram quanto ao desenvolvimento das narrativas austenianas, com as temáticas matrimoniais, devem também, em algum momento, ter levantado a hipótese de que, para alguém, em especial uma mulher, que viveu entre os séculos XVIII e XIX, sua visão de mundo parece um tanto restrita em vista de tantos acontecimentos marcantes em termos históricos, como a Era Napoleônica, a questão do Bloqueio Continental a Portugal, que teve a Coroa Inglesa como aliada lusitana, o Iluminismo, a Revolução Industrial, que transformou o mundo e os processos de produção e ocasionou o êxodo rural, com as pessoas em busca de melhores condições de trabalho e salários nas novas indústrias — vemos também a ascensão da burguesia a um novo patamar de existência, pois os então burgueses já se comportavam como os novos nobres de seu tempo. E onde estariam tantos acontecimentos nas obras escritas pela romancista inglesa?

Em dado momento, a própria Austen deu sua resposta, quando disse que escrever sobre três ou quatro famílias do interior da Inglaterra era tudo o que era necessário para se ter uma visão do mundo todo — e ela não estava tão equivocada. Sua escolha em termos de temática narrativa é que fugiu do padrão de escritores europeus contemporâneos, como Dickens (1812-1870), Byron (1788-1824), Mary Shelley (1797-1851) ou mesmo Victor Hugo (1802-1885). Ela claramente tinha notícias de todos os eventos de seu tempo, considerando as recorrentes leituras e também o fato de dois de seus irmãos serem da Marinha, o que reforça o fato de que sua opção por retratar os acontecimentos de famílias interioranas tem, em si, a qualidade de buscar um quadro fiel de sua própria realidade, que, de algum modo, refletia o que acontecia no mundo, como as passagens que trazem os soldados que surgiam nos bailes e encantavam as moças casadouras das redondezas.

O que faz desta coletânea especial é a escolha de junção de três das obras de Austen, *Emma*, *A Abadia de Northanger* e *Mansfield Park*. E surge aqui, acreditamos, um novo questionamento por parte do público leitor: o que há de diferente nessas narrativas? Assim como em seus outros romances, temos o delicado trato com o desenvolvimento das personagens femininas, mas de forma distinta da trabalhada em seus outros romances. Em *Emma*, o enredo parece mais trabalhado do que em outros romances, sendo, segundo Mitton (2007, p. 294), deliberada e meticulosamente construído, ainda que grande parte dos fatos narrados ocorram em uma pacata vila interiorana, sem grandes acontecimentos marcantes. Além da marcante protagonista, Emma, a obra é rica em personagens secundárias que, além de auxiliarem na construção do enredo, permitem ao leitor do universo de Austen reconhecer similaridades entre personagens dessa obra e de outras escritas pela autora, como Mr. Norris, de *Emma*, e Mr. Collins, de *Orgulho e preconceito*. Vale lembrar que *Emma* foi dedicado ao Príncipe Regente, George IV (ainda que a pedido dele mesmo!), que, tendo apreciado leituras anteriores, solicitou a delicadeza a conhecidos da escritora — para ela, a possibilidade de mudança de seu status entre os editores.

Já em *A Abadia de Northanger* vemos a protagonista Catherine Morland, a heroína de um romance que parodia outros romances góticos — sim, Austen era dada a certa comicidade. Morland é uma moça comum, do interior, sem grandes atrativos físicos ou habilidades artísticas. Sua diversão era ler romances góticos, gênero muito popular à época, o que não passou despercebido por Austen. Talvez Morland seja a mais improvável das heroínas de Austen, mas isso não a faz menos importante. O brilhantismo da narrativa encontra-se na forma como é desenvolvida, nos jogos de interesses daquela sociedade e na fértil imaginação da protagonista, aliada às suas frequentes leituras de mistério e horror: temos nesse romance um alerta do quão perigoso é ficcionalizar a vida real, uma vez que a protagonista acaba por alertar o público leitor, indiretamente, da necessidade do amadurecimento em face das adversidades sociais.

Por fim, em *Mansfield Park*, temos uma nova heroína, que, de acordo com Marques (2017), "[é] insuportavelmente moralista. A heroína, Fanny Price, é a única desta categoria austeniana que não comete uma imprudência, é perfeita, sempre sensata, sem falhas." O excesso de moralismo e a ausência de falhas de comportamento por parte de Price podem elevá-la a uma categoria diversa, se comparada às outras heroínas de Austen, mas fica clara a questão de que, em cada um de seus romances, o maior trabalho da escritora reside exatamente na diversidade dessas criações.

É importante destacar que, independentemente do romance pelo qual sua leitura será iniciada, caro(a) leitor(a), é necessário ter em mente o fato de que se trata de uma escritora que construiu suas narrativas entre os séculos XVIII e XIX, quando ainda não se falava abertamente em feminismo ou empoderamento feminino, ainda que Mary Wollstonecraft (1759-1797), já tivesse escrito *Pensamentos sobre a educação das filhas* (1787) e *Reivindicação dos direitos da mulher* (1792), em que escreveu:

> É assim, por exemplo, que a demanda por educação tem por objetivo exclusivo permitir o livre desenvolvimento da mulher como ser racional, fortalecendo a virtude por meio do exercício da razão e tornando-a plenamente independente.

Jane Austen praticava exatamente essas perspectivas na criação de suas protagonistas, cativando seu público leitor e, ao mesmo tempo, criando entre o público e seus romances uma cumplicidade que talvez somente ela (e quem sabe Cassandra, sua irmã) nutrisse. Suas narrativas são para o mundo e, certamente, constituem documentos atemporais do comportamento humano, sempre atuais em suas propostas e na naturalidade de seus acontecimentos — prova disso são as diversas adaptações para outras mídias, como quadrinhos, cinema, novelas e *graphic novels*. Suas críticas sociais são pontuais e transcendem ao tempo, assim como sua genialidade.

Mergulhe neste universo de Austen, uma escritora que certamente deixará boas lembranças!

REFERÊNCIAS

MARQUES, Maria João. *Talento e ironia: Austen 200 anos depois*. (2017) https://observador.pt/especiais/talento-e-ironia-jane-austen-200-anos depois/, acesso em 15/08/21.

MITTON, G. E. *Jane Austen and her times*. New York: Barnes and Noble, 2007.

WOLLSTONECRAFT, Mary. *Reivindicação dos direitos da mulher*. São Paulo: Boitempo, 2016.

MANSFIELD PARK
EMMA
A ABADIA DE NORTHANGER

Hugh Thompson, Macmillan, London, 1897.

MANSFIELD PARK

TRADUÇÃO E NOTAS:
ALDA PORTO

CAPÍTULO 1

Cerca de trinta anos atrás, a srta. Maria Ward, de Huntingdon, com apenas sete mil libras de dote, teve a sorte de conquistar *Sir* Thomas Bertram, proprietário de Mansfield Park, no condado de Northampton, e com isso elevar-se ao *status* de nobreza como esposa de um baronete, com todos os confortos e privilégios de uma bela propriedade e alta renda. Toda a cidade de Huntingdon ficou maravilhada com a suntuosidade do casamento, e seu próprio tio, advogado, reconheceu que faltavam à moça pelo menos três mil libras para fazer justiça a tal união. As duas irmãs de Maria também se beneficiariam dessa ascensão, e algumas pessoas, que julgavam as srtas. Ward e Frances tão belas quanto a srta. Maria, não tiveram escrúpulos em prever que ambas se casariam com quase a mesma vantagem. Mas, com certeza, não há no mundo tantos homens ricos quanto mulheres bonitas que os mereçam. A srta. Ward, ao fim de seis anos, viu-se obrigada a unir-se ao pastor sr. Norris, amigo do cunhado, que mal tinha qualquer fortuna particular, e a srta. Frances se saiu ainda pior. O casamento da srta. Ward, na verdade, não foi de todo ruim: *Sir* Thomas teve o prazer de dar ao amigo uma renda e um lugar para morar em Mansfield, e o sr. e a sra. Norris começaram sua felicidade conjugal com muito menos que mil libras por ano. Contudo, a srta. Frances casou-se, como se diz, para contrariar a família, com um tenente dos fuzileiros navais, sem educação, fortuna ou ligações, e o fez da forma mais completa. Dificilmente poderia ter feito uma escolha mais desastrosa. *Sir* Thomas Bertram geralmente tinha interesse, tanto por princípio quanto por orgulho, em agir de forma correta, além do desejo de ver todas as pessoas relacionadas a ele em situações respeitáveis. Ele ter-se-ia empenhado com prazer em ajudar a irmã de *Lady* Bertram, entretanto a profissão do marido não lhe era útil de forma alguma; e, antes de ele ter tempo de imaginar alguma outra forma de ajudá-los, já ocorrera um absoluto rompimento entre as irmãs, resultado natural da conduta de cada parte, que um casamento tão imprudente quase sempre produz. Para poupar-se de inúteis protestos, a sra. Price jamais escreveu à família sobre o assunto até casar-se de fato. *Lady* Bertram, uma mulher muito tranquila e com um notável gênio descontraído e indolente, ter-se-ia contentado em apenas desistir da irmã e não pensar mais no caso, mas a sra. Norris tinha um espírito impulsivo, e foi incapaz de se conter até escrever uma carta longa e indignada a Fanny, para salientar a loucura da conduta dela e ameaçá-la com todas as possíveis más consequências. A sra. Price, por sua vez, ficou ofendida e furiosa; e uma resposta, que abrangia na raiva as duas irmãs e atribuía pensamentos desrespeitosos ainda mais ao orgulho de *Sir* Thomas, pois a sra. Norris não pôde guardar para si mesma, pôs fim a todo e qualquer relacionamento entre eles por um período considerável.

Suas casas eram tão distantes e seus círculos de amizades tão diferentes que, nos onze anos seguintes, quase se excluíram os meios de ouvirem falar uns dos outros. Para *Sir* Thomas era formidável que a sra. Norris tivesse o poder de dizer-lhes, como fazia de vez em quando com voz zangada, que Fanny tivera outro filho. Ao fim de onze anos, porém, a sra. Price não mais pôde dar-se ao luxo de alimentar orgulho ou ressentimento ou de perder uma ligação que talvez a ajudasse. Com família grande, e cada vez maior, o marido inválido para o serviço ativo, mas nem por isso menos presente e companheiro de boa bebida, e renda muito pequena para suprir as necessidades, tornou-se ávida por reconquistar os amigos que, com tão pouco caso, sacrificara, e dirigiu-se a *Lady* Bertram numa carta que falava de tanta contrição e melancolia, de excessivos filhos e tão grande necessidade de tudo, que não podia deixar de dispô-los a uma reconciliação. Preparava-se para o nono parto e, após lamentar a circunstância e implorar o apoio deles como padrinhos da esperada criança, não pôde esconder como os julgava importantes para a futura manutenção dos oito já existentes. O mais velho era um menino de dez anos, um ótimo e animado jovem que ansiava por ganhar o mundo, mas o que ela podia fazer? Haveria alguma chance de ele ser útil a *Sir* Thomas nos interesses da propriedade nas Antilhas? Nenhuma situação estaria abaixo dele... Ou que tal se *Sir* Thomas pensasse em Woolwich ou em como se poderia mandar um garoto para o Oriente?

A carta não foi improdutiva. Restabeleceu a paz e a bondade. *Sir* Thomas mandou amistosos avisos e promessas, *Lady* Bertram despachou dinheiro e roupas para o bebê, e a sra. Norris escreveu mais cartas.

Tais foram os efeitos imediatos; e dentro de doze meses resultou disso uma vantagem mais importante para a sra. Price. A sra. Norris muitas vezes observava aos outros que não tirava da cabeça a pobre irmã e a família dela, e que, apesar de tudo o que já haviam feito em seu favor, ela carecia de muito mais; e, por fim, não conseguia esconder que desejava aliviar a pobre sra. Price do peso e da despesa de um dos seus numerosos filhos.

— E se juntas assumíssemos o cuidado da filha mais velha, uma menina agora com nove anos, uma idade que exige mais atenção do que poderia dar-lhe a pobre mãe? O problema e os gastos seriam ínfimos comparados com a benevolência do ato.

Lady Bertram concordou com a irmã no mesmo instante.

— Acho que não poderíamos fazer melhor — disse —; mandemos buscar a criança.

Sir Thomas não pôde dar um consentimento tão imediato e irrestrito. Debateu e hesitou — era uma grave responsabilidade; uma menina assim trazida deveria ser adequadamente provida, ou haveria crueldade em vez de bondade no ato de tirá-la da família. Pensava em suas quatro crianças — nos dois filhos — em primos apaixonados, etc. —, mas tão logo começou a expor com deliberação tais objeções, a sra. Norris interrompeu-o com uma resposta a todos, explícita ou não.

— Meu caro *Sir* Thomas, compreendo-o à perfeição, e faço justiça à generosidade e delicadeza de suas ideias, na verdade tão condizentes com sua conduta geral, e estou plenamente de acordo com o senhor no que diz respeito a se fazer todo o possível em termos de sustentar uma menina que, de certa forma, tomamos em nossas mãos, e tenho certeza de que devo ser a última pessoa no mundo a negar minha contribuição em tal ocasião. Como não tenho filhos, de quem deveria cuidar, a quem eu poderia ser útil, senão aos filhos das minhas irmãs? E tenho certeza de que o sr. Norris é demasiado justo... mas sei que sou uma mulher de poucas palavras e de pouca fé. Não nos deixemos assustar e não praticar uma boa ação por causa de uma bobagem. Vamos dar à menina uma boa educação, e apresentá-la de forma adequada ao mundo, e aposto que ela terá os meios para assentar-se bem, sem prejuízo para ninguém. Uma sobrinha nossa, *Sir* Thomas, posso dizer, ou pelo menos *sua*, não seria criada num ambiente assim sem muitas vantagens. Não digo que venha a ser tão elegante quanto as primas. Ouso dizer que não será; no entanto, poderá ser apresentada à sociedade desta região em circunstâncias favoráveis, que permitirão render-lhe uma vida digna. O senhor pensa em seus filhos, mas não sabe que, de todas as coisas na face da terra, essa é a que tem menos probabilidade de acontecer, se criados sempre juntos, como irmãos e irmãs? É moralmente impossível. Eu jamais conheci um caso assim. Na verdade, trata-se do único modo seguro de precaver-se contra tal ligação. E se ela for uma bela jovem, e Tom ou Edmund a virem pela primeira vez daqui a sete anos e, me atrevo a dizer, houvesse algo malicioso no ar? Só a ideia de tê-la deixado crescer longe de nós, na pobreza e no abandono, já bastaria para fazer qualquer um dos queridos e doces rapazes apaixonar-se pela moça. Mas eduque-a com eles a partir de agora, pois imagine-a com a beleza de um anjo, e ainda assim ela jamais passará de uma irmã para os dois.

— Há muita verdade no que diz — respondeu *Sir* Thomas —, e longe de mim lançar algum impedimento fantasioso no caminho de um plano tão consciencioso com a situação relativa de cada um. Eu só pretendia observar que não se deve fazer isso assim, sem mais nem menos, e que para ser útil à sra. Price, e um crédito para nós mesmos, devemos assegurar à criança, ou considerar-nos empenhados em assegurar daqui por diante, segundo as circunstâncias, a provisão de uma jovem herdeira se não aparecer nenhuma situação de matrimônio como você tem tanta esperança.

— Compreendo-o inteiramente — consentiu a sra. Norris. — E faço justiça a sua generosidade e delicadeza, e tenho certeza de que jamais discordaremos nesse ponto. O que eu puder fazer, como já sabe, estarei sempre disposta a fazê-lo, pelo bem daqueles a quem amo, e, embora jamais pudesse sentir por essa menininha a centésima parte da estima que tenho por seus queridos filhos, nem considerá-la, em aspecto algum, tão minha, eu me odiaria se fosse capaz de abandoná-la. Não é filha da minha irmã? E poderia eu suportar vê-la passando fome enquanto tiver um pedaço de pão para lhe dar? Meu caro *Sir* Thomas, apesar de todos os meus defeitos, tenho um bom coração e, pobre como sou, preferiria negar-me às necessidades da vida a fazer algo mesquinho. Assim, se o senhor não se opõe, amanhã escreverei à minha pobre irmã fazendo a proposta e, tão logo tudo se acerte, *eu* me empenharei em trazer a criança para Mansfield; *o senhor* não terá de se ocupar com isso. Meu próprio problema, como sabe o senhor, não me preocupa. Mandarei Nanny a Londres para buscá-la; ela pode dormir na casa de um primo seleiro, e depois encontrar a criança ali. Podem trazê-la facilmente de Portsmouth à cidade pela diligência, sob os cuidados de qualquer pessoa de confiança que porventura vá a Londres. Ouso dizer que sempre há alguma respeitável esposa de comerciante.

A não ser pelo ataque ao primo de Fanny, *Sir* Thomas não fez mais qualquer objeção, e após acertarem um encontro mais adequado, embora menos econômico, considerou tudo acertado, e já desfrutavam as satisfações de um plano tão benévolo. A partilha de boas sensações não deveria, de modo algum, ter sido igual; pois *Sir* Thomas tomara a decisão de ser o verdadeiro e consistente protetor da criança escolhida, e a sra. Norris não tinha a menor intenção de arcar com despesa alguma de manutenção. Quanto a planejar um esquema, ela foi completamente essencial, pois ninguém sabia melhor como ditar regras aos outros, mas o amor pelo dinheiro igualava-se ao da orientação, e ela sabia tão bem poupar o seu quanto gastar o dos amigos. Após se casar com uma renda menor do que esperara, tinha, desde o início, idealizado uma linha muito severa de economia necessária, e o que começara como uma questão de prudência logo se tornou uma questão de opção, como motivo dessa necessitada solicitude sem a existência de filhos a suprir. Se houvesse uma família a alimentar, a sra. Norris jamais pouparia dinheiro, mas, como não tinha preocupação dessa natureza, nada havia que lhe impedisse a frugalidade nem diminuísse o conforto de fazer um acréscimo anual a uma renda à qual jamais haviam correspondido. Sob esse fugaz princípio, uma vez que não sentia verdadeira afeição pela irmã, não podia almejar mais que o crédito de pensar e providenciar uma caridade tão dispendiosa, porém, talvez nem ela mesma imaginasse que voltava ao presbitério, após essa conversa, acreditando ser a irmã e tia mais liberal do mundo.

Quando retornaram ao assunto, as opiniões dela tiveram uma explicação mais plena, e, em resposta à calma pergunta de *Lady* Bertram:

— Para onde virá a criança primeiro, irmã, para você ou para nós?

Sir Thomas ouviu com certa surpresa que a sra. Norris estava impossibilitada de assumir qualquer parte no cuidado pessoal da menina. Ele andara pensando na criança como sendo bem-vinda particularmente ao presbitério, uma companhia desejável para uma tia sem filhos, mas viu-se em completo engano. A sra. Norris lamentava dizer que a estada da menina com eles, pelo menos na situação atual, estava inteiramente fora de questão. O frágil estado de saúde do pobre sr. Norris tornava isso impossível, e ele não suportaria mais o barulho que uma criança nessa idade poderia vir a fazer. Se, de fato, algum dia ficasse bom das queixas da gota, aí seria um caso diferente: ela teria então o prazer de aceitar o seu turno sem se incomodar, mas, no momento, o pobre sr. Norris tomava cada instante do seu tempo, e ela sabia que só falar sobre o assunto certamente o perturbaria.

— Então seria melhor ela vir para nós — disse *Lady* Bertram, com a máxima compostura.

Após uma breve pausa, *Sir* Thomas acrescentou com dignidade:

— É, que esta seja sua casa. Tentaremos cumprir nosso dever, e ela pelo menos terá a vantagem de companhias da mesma idade e uma instrutora permanente.

— Isso mesmo — exclamou a sra. Norris. — São importantes considerações e tanto faz para a srta. Lee se tiver três meninas para ensinar, ou apenas duas... não pode haver diferença. Eu só desejaria poder ser mais útil, mas, como vê, faço tudo ao meu alcance. Não sou uma dessas que fogem dos problemas, e Nanny vai buscá-la, por mais que me atrapalhe ficar sem minha principal conselheira por três dias. Creio, irmã, que você vai pôr a menininha no pequeno sótão branco, perto dos antigos quartos das crianças. Será o melhor lugar: próximo da srta. Lee, e não muito distante do quarto das meninas, com a vantagem de estar perto das criadas. Qualquer uma delas pode ajudá-la a se vestir, você sabe, e cuidar das suas roupas, pois suponho que não lhe pareça ser justo esperar que Ellis tome conta dela além das outras crianças. Não vejo como você poderá instalá-la em qualquer outra parte.

Lady Bertram não fez nenhuma objeção.

— Espero que demonstre ser uma menina bem-disposta — continuou a sra. Norris — e sensível à extraordinária boa sorte de ter amigos assim.

— Se a menina tiver uma índole ruim — disse *Sir* Thomas —, não devemos, por causa dos nossos filhos, permanecer com ela na família, mas não há motivo para esperar pelo pior. Provavelmente, precisaremos reeducá-la, e devemos preparar-nos para uma ignorância grosseira, algumas opiniões mesquinhas e maneiras vulgares muito perturbadoras, mas não são defeitos incorrigíveis... nem, assim espero, devem ser perigosos para os colegas. Se minhas filhas fossem *mais jovens* que ela, eu teria considerado a introdução de tal companheira uma questão muito importante, mas, na verdade, espero que nada haja a temer por *elas*, e tudo a esperar em favor *dela,* nessa convivência.

— É exatamente o que eu penso — exclamou a sra. Norris —, e dizia isso ao meu marido hoje de manhã. Só o fato de estar com os primos será uma educação para a criança; se a srta. Lee nada lhe ensinar, ela aprenderá a ser boa e esperta com as *primas*.

— Espero que ela não provoque meu pobre cachorrinho — disse *Lady* Bertram. — Acabo de mandar Julia deixá-lo em paz.

— Iremos e encontraremos certa dificuldade, sra. Norris — observou *Sir* Thomas —, quanto à distinção correta a fazer entre as meninas à medida que crescerem: como preservar na mente das minhas filhas a consciência de quem são, sem fazê-las menosprezar a prima, e como, sem deprimir demasiado o espírito dela, fazê-la lembrar que não é uma srta. Bertram? Eu gostaria de vê-las boas amigas, e de modo nenhum autorizaria às minhas meninas o menor grau de arrogância com a parenta, mas, ainda assim, não podem ser iguais. Sempre terão posição social, fortuna, direitos e expectativas diferentes. É uma questão de grande delicadeza, e você deve auxiliar-nos em nossos esforços para escolher a linha de conduta exata.

A sra. Norris pôs-se às ordens e, embora em perfeita concordância com ele quanto a ser o mais difícil, encorajou-o a esperar que tudo se arranjasse com facilidade.

Seria de acreditar, desde logo, que a sra. Norris não escreveu em vão à irmã. A sra. Price pareceu um tanto surpresa pela escolha de uma menina, quando havia tantos meninos ótimos, mas aceitou a oferta muitíssimo agradecida, garantiu-lhes que a filha era de boa índole e bom humor, e confiava que jamais teriam motivo para expulsá-la. Explicou, além disso, como a saúde da pequena era delicada e frágil, mas mostrou-se otimista na esperança de a menina melhorar com a mudança de ares. Coitada! Provavelmente acreditava que muitos dos filhos precisavam de uma mudança de ar.

CAPÍTULO 2

A menina fez a longa viagem em segurança e foi recebida em Northampton pela sra. Norris, que assim se regalou com o crédito de ser a primeira a lhe dar as boas-vindas, com a importância de conduzi-la aos outros e recomendá-la à bondade deles.

Nessa época, Fanny Price tinha apenas dez anos, e embora talvez não exibisse uma aparência muito cativante, pelo menos nada havia que desgostasse os parentes. Pequena para a idade, sem fulgor nas faces nem qualquer outra beleza impressionante, arredia e tímida demais, evitava as atenções, porém, apesar de um pouco desajeitada, não era vulgar, e sua voz meiga, quando falava, tornava seu rosto bonito. *Sir* Thomas e *Lady* Bertram acolheram-na com muita carinho, e ele, observando como a pequena precisava de encorajamento, tentou conquistar-lhe a simpatia. Teve, contudo, de trabalhar contra uma postura mais rebelde — e a esposa, sem se dar nem metade do trabalho, nem dizer uma palavra para cada dez que o marido dizia, com a simples ajuda de um bem-humorado sorriso, tornou-se desde então o caráter menos assustador dos dois.

Todas as crianças estavam em casa, e mantiveram muito bem sua parte na apresentação, com grande bom humor, nenhum constrangimento, pelo menos da parte dos garotos, que, aos dezessete e dezesseis anos, e altos para a idade, tinham toda a grandeza de homens aos olhos da pequena prima. As duas meninas pareciam muito mais perdidas por serem mais novas e se sentirem um pouco intimidadas pelo pai, que as preparara especialmente para aquela ocasião. Contudo, as meninas estavam por demais acostumadas à vida social e aos elogios para ter algo semelhante à timidez natural; e, como essa confiança cresceu nelas tanto quanto faltava na prima, logo puderam fazer uma inspeção completa do rosto e do avental da menininha com tranquila indiferença.

Notava-se que formavam uma família exemplar, os filhos muito bem-apessoados, as filhas incontestavelmente belas, e todos bem-educados e adiantados para a idade, o que produzia uma impressionante diferença entre os primos, assim como a educação dada a eles; e ninguém perceberia a tão pouca diferença de idade entre as meninas. De fato, só dois anos separavam a mais nova de Fanny. Julia Bertram tinha apenas doze, e Maria, treze. Enquanto isso, a pequena visitante sentia-se tão infeliz quanto possível. Com medo de todos, vergonha de si mesma e saudade da casa que acabara de deixar, não sabia como erguer o rosto, e mal podia dizer uma palavra sem chorar. A sra. Norris viera desde Northampton conversando com a sobrinha sobre a maravilhosa sorte dela, a enorme gratidão e o bom comportamento que deveria ter por tudo isso, e a consciência da infelicidade da menina assim aumentara com a ideia de que era uma atitude mesquinha não se sentir feliz. Também o cansaço de uma viagem tão longa logo se tornou um grande incômodo. Vãs se revelaram as bem-intencionadas amabilidades de *Sir* Thomas Bertram e todos os bons prognósticos da sra. Norris de que ela seria uma boa menina; em vão *Lady* Bertram sorriu, fez a sobrinha sentar-se no sofá consigo e o cachorrinho, e até mesmo a visão de uma torta de groselha destinada a confortá-la foi em vão. Fanny mal conseguia engolir dois bocados sem que as lágrimas a interrompessem, e como o sono parecia ser o amigo mais provável, logo a levaram para guardar as mágoas na cama.

— Não é um começo muito promissor — disse a sra. Norris quando Fanny deixou a sala. — Depois de tudo que eu disse a ela na viagem, achei que se comportaria melhor. Falei o quanto poderia depender de seu comportamento no início. Eu espero que não tenha sido um exemplo de birra... a pobre mãe dela era muito rebelde... mas devemos ser um pouco tolerantes com essa criança... e não sei se o fato de estar triste por deixar o lar depõe realmente contra ela, pois, apesar de todas as deficiências, *era* sua referência de lar, e ela não pode ainda entender o quanto mudou para melhor, mas, por outro lado, há limites para tudo.

Portanto, foi necessário um tempo maior do que a sra. Norris estava disposta a conceder para acostumar Fanny com a novidade de Mansfield Park e a separação de toda sua família. A menina tinha sentimentos muito agudos e sutis para que se cuidasse deles. Ninguém pretendia ser mesquinho, mas tampouco se esforçava muito para garantir-lhe conforto.

O dia de folga concedido às srtas. Bertram no dia seguinte, com a intenção de proporcionar-lhes lazer, conhecerem e entreterem a jovem prima, produziu poucos resultados. Não puderam deixar de achá-la simplória, ao descobrirem que só possuía duas cintas e jamais aprendera francês; quando a viram titubear no pequeno dueto que tiveram a amabilidade de tocar para ela, só puderam dar-lhe, como um generoso presente, alguns de seus brinquedos menos valiosos e deixá-la sozinha enquanto se dedicavam ao passatempo favorito no momento: fazer flores artificiais ou recortar papel dourado.

Fanny, perto ou longe das primas, na sala de aula, de visitas ou nos arbustos, sentia-se desamparada da mesma forma e encontrava algo a temer em cada pessoa e lugar. Ficava desanimada pelo silêncio de *Lady* Bertram, intimidada pela aparência séria de *Sir* Thomas e bastante arrasada pelas repreensões da sra. Norris. As primas mais velhas mortificavam-na com os comentários sobre seu tamanho, e envergonhavam-na quando notavam sua timidez. A srta. Lee surpreendia-se com sua ignorância, as criadas zombavam de suas roupas; e quando a essas mágoas se acrescentava a lembrança dos irmãos e das irmãs, entre os quais sempre fora tão importante como companheira de brinquedos, instrutora e babá, uma enorme tristeza encontrava morada em seu coraçãozinho.

O tamanho da casa admirava-a, mas não podia consolá-la. Os aposentos pareciam grandes demais para movimentar-se com facilidade. Ela tinha receio de quebrar tudo que tocasse, e arrastava-se pela casa em constante terror de uma ou outra coisa; muitas vezes fugia para o quarto e chorava; e a menininha de quem falavam na sala de estar, quando se recolhia à noite, parecendo estar tão agradecida com a boa sorte, encerrava as mágoas de todo dia chorando até adormecer. Assim, passou-se uma semana, e suas calmas e passivas maneiras não levantaram qualquer suspeita de quão triste se sentia, até que o primo Edmund, o mais novo dos filhos, a encontrou, certa manhã, aos prantos, sentada na escada do sótão.

— Minha querida priminha — ele disse com toda a delicadeza e doçura de uma excelente pessoa —, o que aconteceu?

E, sentando-se ao lado, muito se esforçou para superar a vergonha dela por ser assim surpreendida, e convenceu-a a falar com franqueza. Sentia-se mal? Alguém se zangara com ela? Brigara com Maria e Julia? Ficara confusa com alguma coisa na lição que ele pudesse explicar? Enfim, haveria alguma coisa que pudesse obter ou fazer por ela? Durante um longo instante, não se obtéve qualquer resposta além de:

— Não, não... de jeito nenhum... não, obrigada.

No entanto, Edmund insistia, e tão logo começou a falar da família dela, os soluços intensificados da menina explicaram de onde vinha a dor. Ele tentou consolá-la:

— Você está triste por ter deixado sua mãe, minha querida Fanny, o que evidencia tratar-se de uma menina muito boa, mas deve lembrar que está com parentes e amigos, e que todos a amam e desejam fazê-la feliz. Vamos dar um passeio no parque, e você me contará tudo sobre seus irmãos e irmãs.

Ao prosseguir no assunto, descobriu que, por mais queridos que fossem os irmãos e as irmãs, um deles ocupava mais seus pensamentos que os outros. Fanny falava sobre William e ansiava por vê-lo. O primogênito, um ano mais velho que ela, companheiro e amigo constante; quem a defendia da mãe — de quem era o favorito — em todas as aflições.

— William não queria que eu fosse embora, dizendo que ia sentir muita saudade.

— Mas aposto que William vai escrever-lhe.

— Sim, ele prometeu que escreveria, mas me pediu que eu lhe escrevesse primeiro.

— E quando você vai fazer isso?

A menina baixou a cabeça e respondeu hesitante:

— Não sei... Não tenho papel.

— Se toda sua dificuldade é essa, eu lhe fornecerei papel e todos os demais materiais, e você pode escrever sua carta sempre que quiser. Escrever para William a faria feliz?

— Sim, muito.

— Então, que seja agora. Venha comigo à sala de desjejum, lá encontraremos tudo que precisamos e ninguém vai incomodar-nos.

— Mas, primo... a carta será postada no correio?

— Sim, conte com isso: eu a colocarei junto com as outras; e, como seu tio pagará a postagem, nada custará a William.

— Meu tio! — repetiu Fanny com um ar assustado.

— Sim, depois de você escrever a carta, eu a levarei a meu pai para selá-la.

Ela julgou aquilo uma medida ousada, mas não ofereceu mais resistência, e foram juntos à sala de desjejum, onde Edmund lhe preparou papel e traçou as linhas com toda a boa vontade que o irmão dela teria demonstrado, e provavelmente com a mesma exatidão. Ele permaneceu ali ao seu lado todo o tempo que ela levou para escrever, ajudando-a com a pena e a ortografia, conforme necessário, e acrescentou a essas atenções, que muito a comoveram, uma bondade para com o irmão que a alegrou mais que tudo. Ele escreveu de próprio punho lembranças ao primo William, e também colocou um guinéu por baixo do lacre. A emoção de Fanny foi tanta que ela se julgou incapaz de expressar, mas com seu semblante e algumas palavras desajeitadas pôde transmitir toda a gratidão e o prazer, e ele começou a julgá-la uma pessoa mais interessante. Conversaram mais um pouco e, de tudo que ouviu, convenceu-se de que a prima tinha um coração afetuoso e um forte desejo de agir corretamente, além de precisar mais de atenção pela situação delicada em que se encontrava e por sua grande timidez. Jamais lhe causara sofrimento de forma intencional, mas agora sentia que ela precisava de mais cuidados e, com essa intenção, procurou, em primeiro lugar, diminuir os receios da prima em relação a todos eles, e deu-lhe em especial muitos bons conselhos quanto às brincadeiras com Maria e Julia, e a ser o mais alegre possível.

Desse dia em diante, Fanny foi sentindo-se mais à vontade e confiante. Achava que tinha um amigo, e a bondade do primo Edmund dava-lhe mais disposição com todos os demais parentes. O lugar tornou-se menos estranho, e as pessoas, menos assustadoras, e, se não podia deixar de temer alguns, ao menos começou a entender como eram e a perceber a melhor forma de se adaptar a eles. As pequenas rebeldias e grosserias que ameaçaram a tranquilidade de todos, inclusive a dela própria, desapareceram, e não mais teve medo de aparecer perante o tio, nem a voz da tia Norris a assustava tanto. Para as primas, tornou-se, de vez em quando, uma companhia aceitável. Embora não pudesse ser uma presença constante, pela idade e força inferiores, os jogos e brincadeiras, às vezes, precisavam de uma terceira pessoa, sobretudo porque ela possuía um temperamento condescendente e maleável, além de não poderem deixar de admitir, quando a tia perguntava pelas faltas dela, ou quando o irmão Edmund insistia no direito da menina à bondade deles, que "Fanny era uma boa menina".

O próprio Edmund se mostrava dono de uma bondade única, e ela nada tinha a reclamar da parte de Tom, nunca disponível para qualquer brincadeira que um jovem de dezessete anos pudesse ter com uma menina de dez. Tom apenas começava na vida, muito animado, e com todas as regalias de um filho mais velho, que se sente livre apenas para gastar dinheiro e se divertir. A bondade que tinha com a priminha condizia com sua situação e direito: dava-lhe presentes e ria dela.

À medida que a aparência e o ânimo de Fanny melhoravam, *Sir* Thomas e a sra. Norris felicitavam-se pela boa ação e logo os dois perceberam que, embora longe de brilhante, ela era muito dócil e provavelmente daria pouco trabalho cuidar dela. A opinião sobre os talentos da menina não se limitava a eles. Fanny sabia ler, trabalhar e escrever, porém nada mais lhe ensinaram; e, como as primas a achavam ignorante, em tantas coisas com as quais elas haviam-se familiarizado muito antes, julgavam-na de uma estupidez prodigiosa, e nas primeiras duas ou três semanas viviam trazendo à sala de estar alguma nova informação sobre a parca instrução da prima.

— Querida mamãe, veja só, minha prima não sabe montar o mapa da Europa... não sabe dizer os principais rios da Rússia... nunca ouviu falar na

Ásia Menor... não sabe a diferença entre aquarela e lápis de cera! Que coisa mais estranha! Já ouviu falar de alguém tão idiota, tia Norris?

— Minhas queridas — respondia a conscienciosa tia —, isso é muito grave, mas não se deve esperar que todos sejam tão inteligentes e adiantados no aprendizado quanto vocês.

— Mas, tia, ela é realmente muito ignorante! Nós sabemos. Ontem à noite, nós lhe perguntamos qual caminho tomaria para chegar à Irlanda e ela respondeu que devia atravessar até a ilha de Wight. Só pensa na ilha de Wight, e a chama de a Ilha, como se não houvesse outra no mundo. Tenho certeza de que eu morreria de vergonha se não soubesse dessas coisas na idade dela. Não me lembro da época em que não sabia muita coisa da qual ela ainda não faz nem ideia. Há quanto tempo, tia, nós repetíamos a ordem cronológica dos reis da Inglaterra, com as datas de ascensão e a maior parte dos acontecimentos dos reinados!

— Sim — acrescentava a outra — e dos imperadores romanos desde Severo, além de muita coisa da mitologia dos infiéis, e todos os metais, semimetais, planetas e filósofos famosos.

— De fato, minhas queridas, mas vocês são abençoadas com memórias maravilhosas, e a pobre prima na certa não tem nenhuma. Há uma vasta diferença de memórias, como em tudo mais, e, portanto, vocês devem levar isso em consideração e ter pena dessa deficiência. Lembrem-se de que, embora sejam tão adiantadas e espertas, devem sempre ser modestas, pois, por mais que já saibam, ainda falta aprenderem muita coisa.

— É, sei, sim, até eu fazer dezessete anos. Mas devo dizer-lhe outra coisa também estranha e estúpida sobre Fanny. Sabe, ela diz que não quer aprender música nem a desenhar.

— Por certo, minha querida, é de fato muita estupidez. Mas, feitas todas as contas, não sei se é melhor que seja assim, pois, embora você saiba, graças a mim, que seu pai e sua mãe tiveram a bondade de educá-la junto com vocês, não é de modo algum necessário que ela tenha uma educação tão completa quanto a sua; pelo contrário, é muito mais desejável que haja uma diferença.

Esses eram os conselhos com o quais a sra. Norris ajudava a formar o caráter das sobrinhas, e não surpreende muito que, com todos os seus talentos promissores e educação precoce, elas tivessem uma total deficiência em aquisições menos comuns como autoconhecimento, generosidade e humildade. Cuidava-se de proporcionar-lhes um admirável ensino em tudo, menos integridade. *Sir* Thomas não sabia o que faltava, porque, embora fosse um pai de fato atencioso, não demonstrava muita afeição, e sua atitude reservada reprimia toda a espontaneidade delas diante dele.

À educação das filhas, *Lady* Bertram não dava a menor atenção. Não tinha tempo para tais preocupações. Era uma mulher que passava os dias sentada, muito bem-vestida, num sofá com algum longo trabalho de agulha, de pouca utilidade e nenhuma beleza, e pensava mais no cachorrinho que nos filhos, mas muito indulgente com o animal quando ele não lhe causava grande inconveniência, orientada em tudo que lhe era importante por *Sir* Thomas, e nas questões menores, pela irmã. Se dispusesse de mais tempo para as meninas, na certa teria julgado desnecessário, pois elas estavam sob os cuidados de uma governanta, tinham excelentes professores e nada mais poderiam querer. Quanto ao fato de Fanny ser ignorante no aprendizado, "só podia dizer que era uma falta de sorte, mas algumas pessoas eram estúpidas, e a menina devia esforçar-se mais: não sabia que outra coisa fazer; e, a não ser por ela ser tão devagar, devia acrescentar que não via mal na coitadinha, e sempre a achara muito prestativa e rápida ao levar recados e buscar o que a tia queria".

Fanny, com todos os defeitos de aprendizagem e timidez, fixara-se em Mansfield Park e, aprendendo a transferir para os favores da mansão muito da antiga ligação com o velho lar, cresceu ali não infeliz entre os primos. Maria e Julia não eram maldosas intencionalmente, e, embora Fanny muitas vezes ficasse mortificada com a maneira como elas a tratavam, fazia um conceito demasiado baixo do seu próprio direito de sentir-se ofendida com isso.

Na época em que fora morar com a família, *Lady* Bertram, em consequência de pequenos problemas de saúde, e muitos de indolência, abriu mão da casa na cidade, que se acostumara a usar todo verão, e ficou só no campo, deixando *Sir* Bertram cuidar do dever no Parlamento, com qualquer acréscimo ou redução de conforto que resultasse da ausência dela. No campo, portanto, as srtas. Bertram continuaram a exercitar a memória, ensaiar os duetos e ganhar altura e condição de mulheres, e o pai as via tornarem-se em pessoa, modos e realizações tudo que poderia satisfazer sua ansiedade. O filho mais velho era descuidado e extravagante, e já lhe causara muita inquietação, mas os outros filhos só lhe prometiam coisas boas. Sentia que as filhas, enquanto retivessem o nome de Bertram, deviam emprestar-lhe nova graça, e, ao deixá-lo, esperava, ampliariam as respeitáveis alianças; e o caráter, a forte sensatez e a inteligência de Edmund prenunciavam muita justiça, honra e felicidade para ele próprio e todas as suas ligações. Preparava-se para ser clérigo.

Entre as preocupações e a complacência que os filhos sugeriam, *Sir* Thomas não esquecia de fazer o que podia pelos da sra. Price: ajudava-a com generosidade na educação e colocação dos rapazes, quando tinham idade suficiente para determinado ofício; e Fanny, embora quase de todo separada da família, sentia a mais pura satisfação quando sabia de qualquer bondade para com os irmãos, ou de qualquer coisa promissora na situação e na conduta deles. Uma vez, e apenas uma, em muitos anos, ela tivera a felicidade de estar com William. Dos demais, nada acompanhava: ninguém parecia pensar que algum dia voltaria para casa, mesmo para uma visita, ninguém lá parecia querê-la, mas, como William decidiu, logo depois da saída dela, ser marinheiro, convidaram-no a passar uma semana com a irmã em

Northamptonshire antes de ele seguir para o mar. Pode-se imaginar o ávido afeto desse encontro, o perfeito prazer por estarem juntos, as horas de risos alegres e momentos de conversa séria, assim como as opiniões e o espírito otimistas do jovem mesmo em sua partida, e a infelicidade da irmã quando ele a deixou. Por sorte, a visita aconteceu nos feriados do Natal, quando ela podia buscar conforto no primo Edmund, que a esclareceu sobre o que de fascinante William faria e seria dali em diante, em razão da profissão, o que a fez reconhecer aos poucos que a separação poderia ter o seu lado bom. A amizade de Edmund jamais lhe faltou; a ida dele para Oxford não modificou a sua natureza bondosa, e só proporcionou oportunidades mais frequentes de prová-la. Sem a intenção de ser mais que os outros, nem qualquer receio de fazer mais que eles, o jovem era sempre fiel aos interesses dela, e atencioso com seus sentimentos, tentando fazer que compreendessem suas boas qualidades e superassem a desconfiança que as impedia de ser mais notadas; dava-lhe conselho, consolo e encorajamento.

Ignorada por todos os demais, apenas o apoio dele não a faria avançar mais, porém, fora isso, as atenções do primo eram da maior importância na ajuda para melhorar a formação do caráter e do espírito da menina. Ele sabia de sua inteligência, ela aprendia rápido e tinha muito bom senso, além de um gosto pela leitura que, orientado da forma adequada, poderia ser um aprendizado em si. A srta. Lee ensinava-lhe francês e ouvia-a ler todos os dias, mas ele recomendava os livros que encantavam as horas de lazer dela, incentivava-lhe o gosto e corrigia-lhe o julgamento: tornava a leitura útil conversando sobre o que ela lera e aumentava o interesse pela obra com um elogio sensato. Em troca de tais serviços, ela o amava mais que a qualquer um no mundo, com exceção de William: tinha o coração dividido entre os dois.

CAPÍTULO 3

O primeiro acontecimento de alguma importância na família foi a morte do sr. Norris, quando Fanny tinha cerca de quinze anos, fato que, necessariamente, trouxe alterações e novidades. A sra. Norris, ao deixar o presbitério, mudou-se primeiro para Mansfield Park, e depois para uma casinha na aldeia, propriedade de *Sir* Thomas, e consolou-se pela perda do marido com a ideia de que podia passar muito bem sem ele, e com a redução de sua renda tornou-se maior a necessidade de economia.

O benefício eclesiástico cabia dali em diante a Edmund e, houvesse o tio morrido alguns anos antes, teria sido dado a algum amigo para guardá-lo até ele ter idade suficiente para ordenar-se. Mas a extravagância de Tom, antes desse fato, fora tão grande que tornara necessária uma outra indicação para a vaga no presbitério e recebimento do benefício seguinte, e o irmão mais novo teve de ajudar a pagar pelos prazeres do mais velho. Na verdade, havia outra residência da família reservada para Edmund, mas, embora essa circunstância tornasse o arranjo de algum modo mais fácil para a consciência de *Sir* Thomas, ele não podia deixar de julgá-lo um ato de injustiça, e com toda seriedade tentou passar ao filho mais velho a mesma convicção, na esperança de provocar um melhor efeito que qualquer coisa que já pudera dizer ou fazer.

— Você me envergonha, Tom — disse no tom mais digno. — Envergonho-me pelo expediente a que sou induzido, e espero poder apiedar-me de seus sentimentos como irmão na ocasião. Você roubou Edmund durante dez, vinte, trinta anos, talvez a vida inteira, em mais da metade da renda que deveria ser dele. Daqui por diante, talvez esteja em meu poder, ou no seu, espero que sim, dar a ele melhor sorte. Mas não se deve esquecer que nenhum benefício desse tipo estaria acima dos direitos naturais dele em relação a nós, e que nada pode, na verdade, equivaler à vantagem certa da qual ele agora é obrigado a abrir mão em razão da urgência das dívidas que você contraiu.

Tom ouviu com certa vergonha e pesar, mas, escapando o mais rápido possível, logo pôde com prazer egoísta refletir, primeiro, que não tinha nem a metade da dívida dos amigos; segundo, o pai fizera disso uma coisa muito tediosa; e terceiro, que o futuro titular, fosse quem fosse, com toda probabilidade, morreria muito em breve.

Com a morte do sr. Norris, o presbitério tornou-se direito de um certo dr. Grant, que em consequência veio residir em Mansfield; e, ao revelar-se um homem cordial de quarenta e cinco anos, parecia provável frustrar os cálculos de Tom Bertram. Mas "não, era um tipo de sujeito de pescoço curto e apoplético, e, com tendência às boas coisas da vida, logo bateria as botas".

Ele tinha uma esposa cerca de quinze anos mais nova, porém sem filhos, e eles entraram na vizinhança com a boa reputação de serem pessoas muito respeitáveis e simpáticas.

Chegara o momento em que *Sir* Thomas esperava que a cunhada reclamasse sua vez de cuidar da sobrinha; a mudança na situação da sra. Norris e o fato de Fanny estar com mais idade pareciam não apenas liquidar a objeção anterior a viverem juntas, mas até mesmo dar-lhe mais condição; e como sua própria situação financeira não era como antes, por algumas perdas na propriedade das Índias Ocidentais, além da extravagância do filho mais velho, tornava-se muito desejável para ele ver-se aliviado da despesa do sustento dela e da obrigação de provê-la no futuro. Na certeza de que seria assim, falou dessa probabilidade à esposa. E como o tema ocorreu a *Lady* Bertram pela primeira vez quando Fanny, de novo, estava presente, com calma ela observou à jovem:

— Então, Fanny, você vai deixar-nos, e viver com minha irmã. Que acha disso?

Fanny ficou surpresa demais para responder, e só pôde perguntar:

— Deixar vocês?

— Sim, minha querida, por que ficou tão espantada? Está há cinco anos conosco, e minha irmã sempre pretendeu levá-la quando o sr. Norris morresse. Mas de qualquer modo você ainda deve vir riscar os meus bordados.

A notícia foi tão desagradável quanto inesperada para a jovem. Jamais recebera um gesto bondoso da tia Norris e jamais poderia amá-la.

— Sentirei muito ter de partir — disse, com a voz embargada.

— Sim, aposto que vai; isso é bastante natural. Creio que você não seria tão bem tratada em qualquer lugar no mundo como foi aqui.

— Espero não ser ingrata, tia — respondeu Fanny com modéstia.

— Não, minha querida. Sempre a considerei uma boa menina.

— E nunca mais vou voltar a morar aqui?

— Nunca, minha querida, mas terá a certeza de um lar confortável. Pode fazer muito pouca diferença para você numa casa ou em outra.

Fanny deixou a sala com o coração muito magoado; não achava a diferença tão pequena, não concebia nada semelhante a qualquer satisfação na convivência com a tia. Assim que encontrou Edmund, contou-lhe sua angústia.

— Primo — disse —, vai acontecer uma coisa que não me agrada de jeito nenhum, e, embora você muitas vezes tenha-me convencido a aceitar tudo que de fato me desagrada, não poderá fazê-lo agora. Vou morar apenas com a tia Norris.

— É mesmo?

— Sim, tia Bertram acabou de me contar. Já acertaram tudo. Vou deixar Mansfield Park e irei para White House, creio que tão logo ela se mude para lá.

— Bem, Fanny, se o plano não lhe fosse desagradável, eu o acharia excelente.

— Oh, primo!

— Tem tudo mais a favor. Minha tia age como uma mulher sensata ao querer ficar com você. Escolhe uma amiga e companheira exatamente onde deve, e fico feliz pelo fato de o amor dela pelo dinheiro não interferir. Você será o que deve ser para ela. Espero que isso não a angustie muito, Fanny.

— Na verdade, angustia. Não pode agradar-me. Amo esta casa e tudo nela. Não amarei nada lá. Você sabe como me sinto pouco à vontade com ela.

— Nada posso dizer pelos modos dela com você quando criança, mas foi o mesmo com todos nós, ou quase. Ela jamais soube ser agradável com crianças. Mas você já chegou à idade de ser mais bem tratada. Acho que a tia já se comporta melhor, e, quando tiver apenas você como companheira, você deverá ser importante para ela.

— Jamais poderei ser importante para alguém.

— O que a impede?

— Tudo... minha situação, minha tolice e falta de jeito.

— Quanto à sua tolice e falta de jeito, minha querida Fanny, acredite em mim, você não tem uma sombra de nenhuma das duas coisas, a não ser ao usar as palavras com tanta impropriedade. Não há motivo no mundo para você não ser importante onde a conhecem. Tem bom senso, é gentil, e sei que tem também um coração agradecido, que jamais poderia receber bondade sem desejar retribuí-la. Não conheço melhores qualificações para uma amiga e companheira.

— É bondade sua — respondeu Fanny, enrubescendo com tal elogio. — Como poderei um dia agradecer-lhe por fazer tão bom juízo de mim? Oh, primo, se eu tiver de ir embora, vou me lembrar da sua bondade até o último momento da minha vida.

— Ora, de fato, Fanny, eu esperaria ser lembrado a esta distância da White House. Você fala como se fosse afastar-se mais de trezentos quilômetros, em vez de ficar apenas do outro lado do parque, mas nos pertencerá quase tanto como sempre. As duas famílias se encontrarão todos os dias do ano. A única diferença será que, morando com a tia, você necessariamente se destacará como deve. *Aqui* pode esconder-se atrás de muita gente, mas com *ela* será obrigada a falar por si mesma.

— Oh, não diga isso!

— Eu devo dizer, e com prazer. A sra. Norris é muito mais bem equipada que minha mãe para encarregar-se de você agora. Tem o temperamento para fazer muita coisa por qualquer um que de fato lhe interesse, e a obrigará a fazer justiça a seus dons naturais.

Fanny deu um suspiro e disse:

— Não consigo enxergar as coisas como você, mas devo acreditar que tem razão e eu não, e sou muito grata por tentar me fazer aceitar o que tem de ser. Se eu pudesse supor que minha tia de fato se interessa por mim, seria um prazer sentir-me importante para todos. *Aqui*, eu sei que não sou para ninguém, e no entanto amo muito este lugar.

— O lugar, Fanny, é o que você não deixará, embora deixe a casa. Terá tanto domínio do parque e dos jardins quanto sempre. Mesmo *seu* coraçãozinho constante não precisa assustar-se com essa mudança nominal. Terá as mesmas trilhas para percorrer, a mesma biblioteca para escolher suas leituras, as mesmas pessoas para ver, o mesmo cavalo para cavalgar.

— É verdade. Sim, o querido pônei pardo. Ah, primo, quando lembro como eu temia cavalgar, os terrores que me causava ouvir falar disso como uma coisa provável de me fazer bem: ah, como tremia ao ver meu tio abrir os lábios quando se falava em cavalos, e depois penso no bondoso trabalho que você tinha para raciocinar e afastar meus temores, e convencer-me de que eu iria gostar depois de algum tempo; sinto como você acertou em cheio, inclino-me a esperar que seja sempre tão bom profeta.

— E estou bastante convencido de que o fato de ir morar com a sra. Norris será tão bom para a sua mente quanto a equitação tem sido para a sua saúde, e para sua felicidade também.

Assim terminou a conversa dos dois, que, por todo o bem que pudesse fazer a Fanny, melhor seria terem-na poupado, pois a sra. Norris não tinha a menor intenção de recebê-la. Jamais lhe ocorrera, na presente ocasião, a não ser como algo a se evitar com todo o cuidado. Para impedir que esperassem isso, escolhera a menor habitação que se pudesse qualificar como fidalga entre os muitos prédios da paróquia de Mansfield, pois White House tinha espaço suficiente apenas para acomodá-la e aos seus criados, e sobrava um quarto de hóspedes para uma amiga, coisa da qual fazia particular questão. Jamais haviam precisado de quartos extras no presbitério, mas agora nunca se esquecia da absoluta necessidade de um para uma amiga. Nem todas as precauções dela, porém, puderam poupá-la da suspeita de alguma coisa melhor ou, talvez, a própria exibição da importância de um quarto extra para uma amiga houvesse levado *Sir* Thomas a supô-lo que era, na verdade, destinado a Fanny. *Lady* Bertram logo levou a questão a uma certeza, ao observar descuidada à sra. Norris:

— Acho, irmã, que não precisaremos mais manter a srta. Lee quando Fanny for morar com você.

A sra. Norris quase levou um susto.

— Morar comigo, cara *Lady* Bertram! O que quer dizer?

— Ela não vai morar com você? Achei que você já havia acertado com *Sir* Thomas.

— Eu? Nunca! Nunca falei uma sílaba sobre isso com *Sir* Thomas, nem ele comigo. Fanny morar comigo! A última coisa no mundo em que eu pensaria, ou que qualquer um que nos conheça, as duas, na verdade desejaria. Deus do Céu! Que poderia eu fazer com Fanny? Eu! Uma pobre viúva desamparada e infeliz, incapaz para qualquer coisa, com o estado de espírito alquebrado, que poderia fazer com uma menina daquela idade? Uma menina de quinze anos! A idade que exige mais atenção e cuidado, e que põe à prova o mais alegre espírito! Por certo, *Sir* Thomas não poderia esperar realmente uma coisa dessas! É por demais meu amigo. Tenho certeza de que ninguém que me queira bem proporia isso. Por que *Sir* Thomas falou com você a respeito?

— Na verdade, não sei. Acho que ele julgou ser o melhor.

— Mas que foi que ele disse? Não pode ter dito desejar que eu levasse Fanny. Sei que, no fundo do coração, ele não desejaria que eu o fizesse.

— Não, apenas disse que achava muito provável... e eu também. Ambos pensamos que seria um conforto para você. Mas, se não lhe agrada, não se fala mais nisso. Ela não é nenhum estorvo aqui.

— Querida irmã, se você levar em conta o meu infeliz estado, como pode ela ser algum conforto para mim? Aqui estou, uma pobre e desolada viúva, privada do melhor dos maridos, e que perdeu a saúde cuidando dele, com o espírito ainda pior, toda a minha paz neste mundo destruída e dificilmente com o suficiente para me sustentar na condição de fidalga e possibilitar-me viver de modo a não desonrar a memória do meu querido falecido. Que conforto poderia eu ter ao aceitar uma responsabilidade como Fanny? Se pudesse desejá-lo por mim mesma, não faria uma coisa tão injusta à pobre menina. Ela está em boas mãos, e com certeza vai bem. Tenho de suportar com muita luta e como puder as minhas mágoas e dificuldades.

— Então não se incomoda de viver inteiramente só?

— Querida *Lady* Bertram, para que sirvo senão para a solidão? De vez em quando espero receber uma amiga em meu chalezinho, sempre terei uma cama para uma amiga, mas passarei a maior parte dos dias futuros em total reclusão. Tudo que espero é conseguir viver de acordo com a minha renda.

— Espero, minha irmã, que as coisas não sejam assim tão ruins para você. Pensando bem, *Sir* Thomas disse que você vai receber seiscentas libras por ano.

— *Lady* Bertram, eu não me queixo. Sei que não posso viver como antes, mas tenho de apertar o cinto onde puder e aprender a ser melhor administradora. Tenho sido uma dona de casa bastante liberal, mas não me envergonharei de fazer economia agora. Minha situação mudou tanto quanto minha renda. Muitas coisas eram de responsabilidade do pobre sr. Norris, como clérigo da paróquia, que não se podem esperar de mim. Ninguém tem ideia de quanto se consumia em nossa cozinha por todos que chegavam e saíam. Em White House, preciso cuidar melhor de tudo. Devo viver dentro da minha renda, ou cairei na miséria, e confesso que me daria grande satisfação poder fazer um pouco mais... ter poupado alguma coisa no fim do ano.

— Aposto que fará. Sempre poupa, não?

— Meu objetivo, *Lady* Bertram, é servir aos que me procuram. É para o bem de seus filhos que desejo ser mais rica. Não tenho mais ninguém para cuidar, mas devo ficar muito feliz em pensar que poderia deixar uma bagatela que valeria a pena eles receberem.

— Você é muito boa, mas não se preocupe com eles. Tenha a certeza de que serão bem providos. *Sir* Thomas cuidará disso.

— Bem, você sabe, os meios de *Sir* Thomas serão meio comprometidos se a propriedade em Antígua der tão poucos lucros.

— Oh, *isso* logo se acertará. Sei que *Sir* Thomas vem escrevendo a respeito.

— Bem, *Lady* Bertram — disse a sra. Norris, preparando-se para sair —, só posso dizer que meu único desejo é ser útil à sua família e, assim, se *Sir* Thomas algum dia voltar a falar sobre eu ficar com Fanny, você poderá dizer que minha saúde e meu estado de espírito põem isso inteiramente fora de questão; além do mais, na verdade, eu não teria uma cama para dar a ela, pois devo manter um quarto extra para uma amiga.

Lady Bertram repetiu o suficiente dessa conversa ao marido, com o intuito de mostrar que entendera mal as opiniões da cunhada, e esta ficou por um momento perfeitamente a salvo de toda expectativa ou de qualquer alusão ao assunto. *Sir* Thomas só pôde admirar-se pelo fato de ela se recusar a fazer alguma coisa para uma sobrinha a quem tanto se dispusera a adotar, mas, como ela teve o cuidado de fazê-lo compreender, e a *Lady* Bertram, que tudo que possuía se destinava à família deles, ele entendeu a situação, que, ao mesmo tempo que era vantajosa e lisonjeira para eles, lhe possibilitaria prover melhor Fanny.

A jovem logo ficou sabendo como haviam sido desnecessários os seus temores de mudança, e essa felicidade espontânea com a descoberta trouxe algum consolo a Edmund após o desapontamento de ver desfeito o que esperava ser tão bom para ela. A sra. Norris tomou posse de White House, os Grant chegaram ao presbitério e, encerrados esses acontecimentos, tudo em Mansfield Park prosseguiu como sempre por algum tempo.

Como os Grant mostraram ser simpáticos e sociáveis, logo fizeram amigos entre os novos conhecidos. Tinham lá os seus defeitos, e a sra. Norris não demorou a descobri-los. O doutor gostava muito de comer, e se fartava com um bom jantar todos os dias, e a sra. Grant, em vez de dar um jeito de satisfazê-lo com pouca despesa, pagava à cozinheira um salário tão alto quanto o dos empregados em Mansfield Park, e raras vezes a viam nos ofícios. A sra. Norris não podia falar com moderação de uma tal ofensa, nem da quantidade de manteiga e ovos consumidos todos os dias na casa.

Ninguém gostava mais de abundância e hospitalidade que ela, ninguém odiava mais atos de sovinice; ela acreditava que jamais havia faltado ao presbitério todo tipo de conforto, jamais suportara um mau caráter em seu tempo, mas aqueles eram modos que não entendia. Uma fina dama ficava muito deslocada num presbitério rural. Pensou que a sua despensa podia ser boa o suficiente para a sra. Grant entrar. Onde quer que perguntasse, não conseguia descobrir que a outra algum dia tivesse possuído mais de cinco mil libras.

Lady Bertram escutava sem muito interesse esse tipo de insinuação. Não entendia de finanças, porém, admirava-se do fato de a sra. Grant estar tão bem arranjada na vida sem ser bela, e expressava essa admiração com quase tanta frequência, embora não de modo tão efusivo, quanto a sra. Norris discutia o outro assunto.

Mal se haviam avaliado essas opiniões durante um ano, quando surgiu outro acontecimento de tal importância na família que bem podia reclamar um lugar nos pensamentos e ideias das damas. *Sir* Thomas julgou adequado ir a Antígua, para melhor tratar dos negócios, e levou consigo o filho mais velho, na esperança de desligá-lo das más companhias. Deixaram a Inglaterra com a probabilidade de ficar quase um ano ausentes.

A necessidade da viagem, a uma luz pecuniária, e a esperança de que fosse útil para o filho, levaram *Sir* Thomas a concordar com o esforço de deixar a esposa e as filhas sob a orientação de outros no momento mais importante da vida das meninas. Não julgava *Lady* Bertram bem à altura de substituí-lo diante delas, ou melhor, de ocupar o lugar que deveria ser dela de fato; mas, sob a vigilante atenção da sra. Norris, e com o bom senso de Edmund, tinha suficiente confiança para partir sem temores pela conduta de todos.

Lady Bertram não gostou de modo algum de ver o marido partir; mas não se perturbou com qualquer receio quanto à segurança ou solicitude pelo conforto dele, pois era uma dessas pessoas para quem nada pode ser perigoso, difícil ou cansativo para ninguém, a não ser para elas mesmas.

As irmãs Bertram eram muito dignas de pena nessa ocasião: não pelo sofrimento, mas pela ausência dele. O pai, não amoroso com elas nem elas com ele, jamais parecia apreciar os prazeres das filhas, e sua ausência, infelizmente, era muito bem-vinda. Elas ficaram aliviadas de toda restrição e, sem visar a uma satisfação que na certa seria proibida por *Sir* Thomas, logo se sentiram livres para entregar-se a todos os desejos ao alcance. O alívio de Fanny, e a consciência que ela teve disso, foram iguais aos das primas, mas uma natureza mais carinhosa sugeria que tais sentimentos eram ingratos, e ela de fato lamentou por não poder sentir a ausência do tio.

Sir Thomas, que tanto fizera por ela e seus irmãos, e que partira talvez para nunca mais voltar! Vê-lo partir sem uma lágrima. Que vergonhosa insensibilidade!

Ele lhe dissera, além disso, na última manhã, esperar que ela pudesse tornar a ver William no inverno seguinte, e a encarregara de escrever e convidá-lo a Mansfield tão logo soubessem que o esquadrão a que ele pertencia estava na Inglaterra. "Foi tanta consideração por parte dele!", e se ao menos lhe houvesse sorrido e chamado de "minha cara Fanny" ao dizer isso, todas as carrancas ou palavras frias de antes poderiam ter sido esquecidas. Mas ele terminara a fala de modo a afundá-la em mortificação quando acrescentara:

— Se William vier a Mansfield, espero que você possa convencê-lo de que os muitos anos passados desde que vocês se separaram não foram inúteis de sua parte, embora eu receie que ele deva encontrar a irmã, hoje aos dezesseis anos, muito semelhante à de dez.

Depois que *Sir* Thomas partiu, ela chorou amargamente por causa desse comentário, e as primas, ao vê-la com os olhos avermelhados pelas lágrimas, julgaram-na uma hipócrita.

CAPÍTULO 4

Nos últimos dias, Tom Bertram passara tão pouco tempo em casa que ninguém sentiu sua falta, e *Lady* Bertram logo se surpreendeu ao descobrir como todos passavam bem mesmo sem o pai, e como Edmund ocupava bem o lugar dele ao trinchar a carne, ao conversar com o mordomo, escrever ao advogado, acertar tudo com os criados e também poupá-la de todo cansaço ou esforço possíveis em todos os detalhes, menos no de orientar suas cartas.

Receberam a primeira informação sobre a chegada em segurança do viajante a Antígua, após uma viagem favorável, embora não antes de a sra. Norris entregar-se a temores pavorosos e tentar fazer Edmund participar deles sempre que o pegava sozinho; e, como esperava ser a primeira pessoa a saber de qualquer desastre fatal, já ensaiara uma forma de comunicar a todos os demais, porém as notícias de *Sir* Thomas chegaram, afirmando que os dois continuavam vivos e em boa saúde, e obrigaram-na a adiar a agitação e os discursos consoladores e afetuosos por algum tempo.

O inverno veio e passou sem que precisassem chamar o pai e o primogênito; as contas e a administração da casa continuavam em ordem e a sra. Norris, ocupada em promover diversão para as sobrinhas, ajudando-as com as roupas, exibindo seus dotes e à procura de futuros maridos, tinha tanta coisa a fazer, além de cuidar da sua própria casa e de causar certa interferência na da irmã e de supervisionar os gastos dispendiosos da sra. Grant, que lhe sobrava pouco tempo para ocupar-se com temores em relação aos ausentes.

As srtas. Bertram agora já se haviam estabelecido entre as beldades da vizinhança e, como além de bonitas e muito bem instruídas possuíam maneiras naturalmente extrovertidas e amáveis, eram não só admiradas, mas queridas por todos. Por causa da educação que haviam recebido, apesar da vaidade de ambas, sequer se davam ares de importância; no entanto, os elogios assegurados e promovidos pela tia serviam para fortalecer a imagem de que eram perfeitas.

Lady Bertram não saía em público com as filhas. Era indolente demais até mesmo para aceitar as satisfações de uma mãe ao testemunhar o sucesso e o prazer delas à custa de seu incômodo pessoal, e tal incumbência cabia à irmã, que não desejava nada melhor que um posto de honrosa representação, e desfrutava muitíssimo os meios que lhe permitiam misturar-se à sociedade sem precisar alugar cavalos.

Fanny não participou das festividades da temporada, mas gostava de ser reconhecida como útil na condição de acompanhante da tia quando convidavam o resto da família e, como a srta. Lee deixara Mansfield Park, ela, como era de se esperar, tornava-se essencial para *Lady* Bertram durante uma noite de baile ou uma festa. Conversava com ela, escutava-a, lia para ela, e a tranquilidade de tais noites, sua perfeita segurança nesse *tête-à-tête* da ausência de qualquer som de crueldade, tinham indizível acolhida numa mente que raras vezes conhecera uma pausa nos sustos e constrangimentos. Quanto às alegrias das primas, adorava ouvir suas histórias, sobretudo as dos bailes, e com quem Edmund dançara; mas se julgava em condição demasiado inferior para imaginar que algum dia viesse a ser admitida neles. Ouvia isso tudo, portanto, sem sequer pensar em alguma participação. No todo, foi para ela um inverno confortável, pois, embora não tivesse trazido William à Inglaterra, a infalível lembrança dessa chegada valia muito.

A primavera seguinte privou-a do valioso amigo, o velho pônei pardo. E por algum tempo ela correu o risco de sentir a perda tanto na saúde quanto nas afeições, pois, apesar da reconhecida importância da equitação, não tomaram medida alguma para que voltasse a montar, "porque", como observaram as tias, "devia montar um dos cavalos das primas quando elas não os montassem". E como as srtas. Bertram sempre montavam nos dias de sol, e não tinham a boa vontade de abrir mão de seus passeios, essa ocasião, claro, nunca chegava. Elas davam as alegres cavalgadas nas belas manhãs de abril e maio, e Fanny ficava sentada em casa o dia todo com uma das tias ou caminhava além das próprias forças em companhia da outra; *Lady* Bertram julgava o exercício tão desnecessário para todos quanto desagradável para si, e a sra. Norris, que andava todo dia, achava que todos deviam fazer o mesmo. Edmund ausentara-se nessa época, senão o mal teria sido logo remediado. Quando voltou, entendeu a situação de Fanny, e percebeu todos os efeitos prejudiciais que os hábitos impostos pelas tias haviam causado a sua saúde; pareceu-lhe que só havia uma coisa a fazer: que "Fanny tivesse um cavalo" foi a declaração resoluta que opôs a qualquer argumento da mãe, ou à frugalidade da tia, que tentava fazer a questão parecer menos importante. A sra. Norris não podia deixar de pensar que se podia encontrar algum velho pangaré firme, dos vários pertencentes ao Park, que servisse muito bem, ou que se poderia pedir emprestado ao mordomo, ou que talvez o dr. Grant pudesse de vez em quando emprestar o pônei que mandava ao correio. Não podia deixar de considerar uma absoluta inutilidade, e até impróprio, que Fanny possuísse um verdadeiro cavalo, como as primas. Tinha certeza de que *Sir* Thomas jamais pretendera isso; e devia dizer que, ao fazer tal compra na ausência dele, e aumentar a grande despesa do estábulo, numa época em que grande parte da renda do homem se achava comprometida, parecia injustificável.

— Fanny deve ter um cavalo — foi a única resposta de Edmund.

A sra. Norris não podia ver a situação sob a mesma luz. *Lady* Bertram podia: concordou inteiramente com o filho sobre essa necessidade e, quanto a ser considerada necessária pelo pai, só não queria muita pressa, que esperassem a volta de *Sir* Thomas. Então ele próprio acertaria tudo. Estaria em casa em setembro, e que mal faria esperar até lá?

Embora Edmund ficasse muito mais aborrecido com a tia do que com a mãe, por evidenciar menos consideração pela sobrinha, não pôde prestar mais atenção ao que ela disse e por fim decidiu por um método de ação que impedisse o risco de o pai pensar que ele exagerara, e ao mesmo tempo proporcionar a Fanny o meio imediato de exercício, do qual não suportava privá-la. Ele próprio tinha três cavalos, mas nenhum que servisse a uma mulher. Dois eram caçadores; o terceiro, um útil animal de estrada, e ele resolveu trocar por outro que a prima pudesse cavalgar. Sabia onde encontrar um. Uma vez decidido, logo concluiu o negócio. A nova égua revelou-se um tesouro; com pouco trabalho ficou perfeitamente apta para o fim a que era destinada e foi posta quase inteiramente à disposição de Fanny. Não pensara antes em qualquer outra montaria que não o velho pônei pardo, mas o prazer que sentiu ao montar a nova égua superou em muito qualquer antigo prazer desse tipo, e não sabia expressar o que sentia por receber tão grande consideração. Encarava o primo como um exemplo de tudo que era bom e grandioso, e a sua gratidão pela generosidade dele era tão intensa que não poderia ser descrita por palavras. Seus sentimentos em relação a ele traduziam-se por tudo que houvesse de respeito, gratidão, confiança e ternura.

Enquanto a égua permanecia no nome e, em consequência, propriedade de Edmund, a sra. Norris pôde tolerar que Fanny a usasse; e houvesse *Lady* Bertram algum dia voltado a pensar em sua objeção, desculpava Edmund por não esperar o retorno de *Sir* Thomas em setembro, pois, quando chegou esse mês, ele continuava no exterior e sem qualquer perspectiva de concluir os negócios. De repente, surgiram circunstâncias desfavoráveis no momento em que começava a pensar em voltar para a Inglaterra, e pela grande incerteza em que tudo então se envolvia, decidiu mandar o filho para casa e esperar os arranjos finais ele próprio. Tom chegou em segurança, e com excelentes notícias sobre a saúde do pai, mas com pouca utilidade, no que dizia respeito à sra. Norris. O fato de *Sir* Thomas mandar o filho parecia-lhe uma preocupação de pai, sob a influência de um presságio de mal para si mesmo, sobre o qual ela não podia deixar de sentir terríveis pressentimentos. Com a chegada das longas noites do outono, ficou tão assombrada em relação a essas terríveis ideias na triste solidão do seu chalé, que se viu obrigada a refugiar-se todo dia na sala de estar de Mansfield Park. A volta dos compromissos do inverno, porém, não deixou de ter efeito, e durante esse tempo a mente dela se ocupou de forma tão agradável com a supervisão da sorte da sobrinha mais velha que lhe trouxe uma tolerável calma aos nervos. "Se o pobre *Sir* Thomas estava condenado a jamais retornar, seria um singular consolo ver a querida Maria bem casada", pensava muitas vezes, sempre quando se achavam na companhia de homens de fortuna, e sobretudo na apresentação de um jovem que havia pouco herdara uma das maiores e mais belas propriedades do condado.

O sr. Rushworth ficou desde o início impressionado com a beleza de Maria Bertram e, inclinado ao casamento, logo se imaginou apaixonado. Era um rapaz corpulento, apenas com senso comum, mas como nada tinha de desagradável no rosto ou no porte, a jovem dama muito se agradou com tal conquista. Após completar vinte e um anos, Maria Bertram começava a ver o casamento como um dever, e uma união com o sr. Rushworth lhe renderia uma fortuna maior que a do pai, além de assegurar-lhe a casa na cidade, agora seu principal objetivo, e sentiu-se moralmente obrigada a casar-se com o moço caso o conseguisse. A sra. Norris mostrava-se muito zelosa em promover a união, com todos os incentivos e artifícios possíveis de mostrar a vantagem para as duas partes; e, entre outros meios, com a busca de uma intimidade com a mãe do fidalgo, que no momento morava com ele, e por quem a sra. Norris até forçou *Lady* Bertram a percorrer dezesseis quilômetros de medíocre estrada para fazer uma visita matinal. Não muito depois, ocorreu um bom entendimento entre ambas. A sra. Rushworth reconheceu-se muito desejosa de que o filho casasse, e declarou que, de todas as jovens debutantes, a srta. Bertram parecia, pelas simpáticas qualidades e dotes, a mais adequada a fazê-lo feliz. A sra. Norris aceitou o elogio e admitiu o belo discernimento de caráter que tão bem distingue o mérito das pessoas. Maria, na verdade, era o orgulho de todos — de uma impecabilidade perfeita — um anjo, e, por certo, tão cercada por admiradores, que devia ser difícil escolher. Mas ainda assim, até onde a sra. Norris podia permitir-se decidir em tão pouco tempo, o sr. Rushworth parecia o jovem perfeito a merecer conquistá-la.

Após dançarem juntos em um número apropriado de bailes, os jovens justificaram essas opiniões, fez-se o noivado, com a devida referência ao ausente *Sir* Thomas, para grande satisfação das respectivas famílias e dos amigos, que por muitas semanas antes sentiam a vantagem do casamento do sr. Rushworth com a srta. Bertram.

Levou alguns meses para que obtivessem o consentimento de *Sir* Thomas, porém, como ninguém duvidava do muito cordial prazer dele com a união, o relacionamento das famílias seguiu sem restrições, e não se fez outra tentativa de segredo, além de a sra. Norris falar do assunto em toda parte como questão a não ser comentada por enquanto. Edmund era o único da família que via uma falha na transação, e nenhuma representação da tia podia induzi-lo a julgar o sr. Rushworth um companheiro desejável. Podia deixar a irmã ser a melhor juíza de sua própria felicidade, mas não lhe agradava que a felicidade dela se centrasse em uma grande renda, nem podia abster-se de muitas vezes dizer a si mesmo, na companhia do sr. Rushworth: "Se esse homem não tivesse doze mil por ano, seria um sujeito bastante estúpido".

Sir Thomas, porém, sentia-se muito feliz com a perspectiva de uma aliança vantajosa tão inquestionável, e da qual nada ouvira senão de perfeitamente bom e agradável. Era uma união perfeita — no mesmo condado e no mesmo interesse — e apressou-se a mandar o consentimento o mais rápido possível. Só impunha a condição de que não se realizasse o casamento antes de sua volta, que mais uma vez esperava ansiosamente para breve. Escreveu em abril, e nutria forte esperança de acertar tudo da maneira mais satisfatória, e deixar Antígua no fim do verão.

E assim corriam as coisas no mês de junho. Fanny acabara de completar dezoito anos, quando a sociedade da aldeia recebeu a presença do irmão e da irmã da sra. Grant, o sr. e a srta. Crawford, filhos de um segundo casamento da mãe. Era gente rica. O filho tinha uma boa propriedade em Norfolk, e a filha, vinte mil libras de dote. Quando crianças, a irmã sempre gostara muito deles, mas, como seu próprio casamento logo fora seguido pela morte do pai, o que os deixara aos cuidados de um tio do lado paterno, do qual a sra. Grant nada sabia, ela mal os vira desde então. Na casa do tio, haviam encontrado um bom lar. O almirante e a sra. Crawford, embora em nada mais concordassem, uniam-se na afeição aos meninos, embora mais adversos nos sentimentos que cada um tinha pelo favorito, ao qual mostravam mais carinho. O almirante deliciava-se com o menino, a sra. Crawford babava pela menina; e foi a morte da dama que agora obrigava sua protegida, após alguns meses de outras provações na casa do tio, a encontrar outro lar. O almirante Crawford era um homem de conduta depravada, que preferiu, em vez de manter a sobrinha, trazer a amante para debaixo do próprio teto; e diante disso a sra. Grant se viu obrigada a propor à irmã que viesse morar com ela, medida muito bem acolhida por uma parte como considerada oportuna pela outra; pois, como a sra. Grant tinha a essa altura esgotado os habituais recursos das damas que residem sem família nem filhos — e tinha mais que enchido a sala de estar com belos móveis, e feito uma coleção de plantas e aves —, sentia muita falta de alguma variedade em casa. A chegada, portanto, de uma irmã a quem amava e agora esperava manter ao seu lado enquanto permanecesse solteira era muitíssimo agradável, e a principal ansiedade dela era que Mansfield não satisfizesse os hábitos de uma jovem acostumada a Londres.

A srta. Crawford não estava livre de semelhantes apreensões, embora surgidas acima de tudo das dúvidas sobre o estilo de vida e o tom de sociedade da irmã e, só depois de tentar em vão convencer o irmão a estabelecer-se com ela na casa de campo dele, decidiu arriscar-se entre os outros parentes. Por infelicidade, Henry Crawford tinha uma grande antipatia por qualquer coisa como uma morada permanente no campo ou limitação da vida em sociedade: não podia satisfazer a irmã numa questão de tanta importância, mas a escoltava, com extrema amabilidade, a Northamptonshire, e com a mesma prontidão empenhava-se em ir buscá-la de novo, com uma hora de sobreaviso, sempre que ela se cansasse do lugar.

O encontro foi muito satisfatório para cada um dos lados. A srta. Crawford encontrava uma irmã com quem se entendia bem e que não era rude, o marido de uma irmã que parecia um Lorde, e uma casa espaçosa e bem mobiliada; e a sra. Grant recebia aqueles a quem esperava amar mais que nunca: um rapaz e uma moça de aparência muito imponente. Mary Crawford tinha uma beleza notável. Henry, embora não fosse tão bonito, tinha porte expressivo, os modos dos dois mostravam-se alegres e agradáveis, e a sra. Grant logo lhes deu o crédito por tudo mais. Deliciava-se com ambos, mas Mary era a mais querida; como jamais tivera a glória da beleza em si mesma, ela desfrutava o pleno poder de orgulhar-se da irmã. Não esperara a chegada da outra para buscar-lhe um par adequado. Decidira-se por Tom Bertram: o filho mais velho de um baronete não era bom demais para uma moça de vinte mil libras, com toda a elegância e dotes que a sra. Grant antevia nela, e por ser uma mulher calorosa e sem reservas, Mary nem bem se encontrava três horas na casa, quando lhe contou o que planejara.

A srta. Crawford alegrou-se ao encontrar uma família de tal importância tão próxima deles, e de modo algum mostrou-se insatisfeita ao mesmo tempo com o cuidado antecipado da irmã e a escolha que fizera. O matrimônio era seu objetivo, contanto que se casasse bem, e, como vira o sr. Bertram na cidade, sabia que não se podia fazer mais objeção à pessoa dele que à sua situação na vida. Embora tratasse a coisa como uma brincadeira, não esquecia de pensar nela a sério. O plano foi logo repetido para Henry.

— E agora — acrescentou a sra. Grant — pensei numa coisa para torná-lo completo. Eu adoraria instalar vocês dois nesta região, e, portanto, Henry, você deve casar com a srta. Bertram mais nova, uma moça bonita, elegante, bem-humorada e com dote, e que o fará muito feliz.

Henry fez uma mesura e agradeceu-lhe.

— Minha querida irmã — disse Mary —, se você conseguir convencê-lo a alguma coisa desse tipo, será um novo motivo de prazer ver-me unida a alguém tão inteligente, e só lamentarei que você não tenha uma dúzia de filhas disponíveis. Se conseguir convencer Henry a casar-se, deve ter o endereço de uma francesa. Já se tentou tudo que essas habilidades inglesas podem fazer. Tenho três amigas íntimas todas morrendo de amores por ele, e os esforços que elas, e as mães, mulheres muito espertas, além de minha querida tia e de mim mesma, fizemos para raciocinar, bajulá-lo ou enganá-lo e levá-lo a casar-se, são inconcebíveis! Ele é o pior namorado que se pode imaginar. Se as srtas. Bertram não gostam que lhes partam o coração, que evitem Henry.

— Meu querido irmão, eu não acredito nisso.

— Não, sei que você será mais bondosa que Mary. Perdoará as dúvidas da juventude e da inexperiência. Tenho um temperamento cauteloso, e não me disponho a arriscar às pressas a minha felicidade. Ninguém pode ter um mais alto conceito do estado matrimonial do que eu. Considero a bênção de uma esposa a justiça descrita naqueles discretos versos do poeta: "A *última melhor dádiva do céu*".[1]

— Veja aí, sra. Grant, como ele enfatiza uma única palavra, e repare no seu sorriso. Eu lhe asseguro que ele é muito, muito detestável. As lições do almirante o deterioraram muito.

— Dou pouca importância — disse a sra. Grant — ao que qualquer jovem diz a respeito do casamento. Se eles professam contra casar-se, concluo apenas que ainda não encontraram a pessoa certa.

O dr. Grant felicitou a srta. Crawford com um sorriso, por ela não ser avessa a tal estado.

---

[1] Versos de "Heaven's last best gift", do poeta John Milton (1608-1674).

— Oh, não! Não sinto a menor vergonha disso. Penso que todo mundo deve casar-se, desde que possa fazê-lo convenientemente; não aprovo o procedimento dessas pessoas que não planejam seu futuro; todos devem pensar numa futura união, desde que o casamento traga alguma vantagem.

CAPÍTULO 5

Os jovens sentiram afinidade uns com os outros desde o início. Havia muita atração de cada lado e a apresentação logo prometeu uma intimidade que a boa educação asseguraria. A beleza da srta. Crawford não foi nenhum problema para as irmãs Bertram. Eram belas demais para antipatizar com qualquer mulher por sê-lo também, e sentiam-se tão encantadas quanto os irmãos com aqueles vivazes olhos negros, a pele morena clara e a graça da moça. Fosse ela alta, loura, tivesse um corpo mais cheio, talvez representasse uma afronta, mas assim como era não podia haver comparação, e reconheciam-na como a mais meiga e bela jovem, e elas ainda eram as mais lindas mulheres do campo.

O irmão da srta. Crawford não chegava a ser bonito. Não, quando o viram pela primeira vez acharam-no totalmente sem graça, moreno e comum, mas ainda assim um cavalheiro, com modos agradáveis. O segundo encontro mostrava-o não tão sem atrativos, por certo, mas também tinha tal porte, os dentes tão bonitos e era tão benfeito de corpo, que logo se esquecia a ausência de beleza. Em seguida a uma terceira entrevista, após um jantar no presbitério, ninguém mais poderia chamá-lo assim. Tratava-se, na verdade, do rapaz mais agradável que as irmãs Bertram já haviam conhecido, e as duas se encantaram por ele. O noivado de Maria Bertram tornou-o propriedade de fato de Julia, a moça tinha plena consciência disso, e, em menos de uma semana da presença dos novos visitantes em Mansfield, ela já se dispunha a se apaixonar por ele.

Maria tinha as ideias mais confusas e indistintas sobre o assunto. Não queria ver ou entender. "Não há mal em apreciar um rapaz simpático" — todos sabiam a situação dela —, "o sr. Crawford devia se cuidar". Não que ele pretendesse expor-se a algum perigo. As srtas. Bertram mereciam que as agradassem e queriam ser agradadas; e ele começou sem outro objetivo senão o de gostarem dele. Não queria que morressem de amor; mas, com o juízo e a moderação que deviam fazê-lo julgar e sentir-se bem, permitira-se grande liberdade nesses pontos.

— Eu gosto demais de suas srtas. Bertram, minha irmã — disse depois de acompanhá-las até a carruagem, após a mencionada visita do jantar. — São moças muito elegantes e simpáticas.

— São, mesmo, e agrada-me ouvi-lo reconhecer isso. Mas você gosta mais de Julia.

— Oh, sim! Gosto mais de Julia.

— Mas gosta mesmo? Pois, em geral, Maria Bertram é considerada a mais bonita.

— Eu diria que sim. Leva vantagem em todas as feições, prefiro o rosto dela, mas gosto mais de Julia. Maria Bertram é certamente a mais bonita, e achei-a agradabilíssima, mas sempre gostaria mais de Julia, porque você assim me ordena.

— Não vou discutir com você, Henry, mas sei que *gostará* mais dela no fim.

— Não digo que a prefiro *a princípio*?

— E, além disso, a srta. Bertram está noiva. Lembre-se disso, meu caro irmão. Ela já fez sua escolha.

— É, e gosto mais dela por isso. Uma mulher comprometida é sempre mais agradável que a não comprometida. Está satisfeita consigo mesma. Acabaram-se as preocupações, e ela acha que pode exercer todos os seus poderes para agradar sem despertar suspeitas. Tudo é permitido a uma dama comprometida: não se pode fazer mal.

— Bem, quanto a isso, o sr. Rushworth é um ótimo jovem, e um excelente partido para ela.

— Mas a srta. Bertram não se importa com ele: essa é a opinião da sua amiga íntima. Eu não a endosso. Sei que a srta. Bertram é muito ligada ao sr. Rushworth. Pude ver nos olhos dela, quando falaram nele. Penso bem demais da srta. Bertram para supor que ela daria a mão sem o coração.

— Mary, como podemos corrigi-lo?

— Creio que devemos deixá-lo por conta própria. Falar não adianta. Ele vai acabar caindo na armadilha.

— Mas não gostaria que ele caísse, nem que fosse enganado; gostaria de tudo justo e honrado.

— Oh, querida! Deixe-o correr o risco e ser enganado. Dará no mesmo. Todos acabam enganados de uma forma ou de outra.

— Nem sempre no casamento, querida Mary.

— Sobretudo no casamento. Com todo o devido respeito aos presentes, por acaso casados, minha cara sra. Grant, não há um em cada cem homens ou cem mulheres que não seja enganado quando se casa. Não importa onde observe, vejo que é assim, e acho que deve ser assim, quando penso que, de todas as transações, é a única em que as pessoas esperam mais das outras e são elas mesmas menos honestas.

— Ah, você esteve em uma má escola de casamento, na Hill Street.

— Minha pobre tia sem dúvida teve pouco motivo para gostar dessa condição, mas, no entanto, segundo minha própria observação, trata-se de uma questão de manobra. Conheço muita gente que se casou com toda expectativa e confiança numa determinada vantagem, ou realização, ou boa qualidade na pessoa, mas depois se viu em tudo decepcionada e foi obrigada a enfrentar o exato oposto. O que pode ser isso, senão se enganar?

— Minha querida criança, deve haver um pouco de exagero aí. Perdoe-me, mas não consigo acreditar em você. Pode ter certeza, está olhando apenas a metade. Vê o mal, mas não o consolo. Há ligeiros atritos e decepções em toda parte, e todos podemos ter muitas expectativas, mas, por outro lado, se um plano de felicidade falha, a natureza humana volta-se para outro; se o primeiro cálculo deu errado, fazemos um segundo melhor: encontramos conforto em outra parte... e esses observadores de espírito mesquinho, querida Mary, fazem tempestade em copo d'água, são mais apanhados e enganados que as próprias partes interessadas.

— Muito bem, irmã! Respeito seu entusiasmo. Quando eu for uma esposa, pretendo ter a mesma firmeza, e desejo que minhas amigas a tenham também. Isso me pouparia muito desgosto.

— Você é tão ruim quanto seu irmão, Mary, mas cuidaremos de ambos. Mansfield curará os dois, e sem enganos. Fiquem conosco que os curaremos.

Os Crawford, sem querer a cura, muito se dispunham a ficar. Mary estava satisfeita com o presbitério como lar atual, e Henry também estava pronto a estender a visita. Ele viera com a intenção de passar apenas alguns dias, mas Mansfield prometia muito e nada o chamava em outra parte. A sra. Grant ficou encantada em tê-los consigo, e o dr. Grant, contentíssimo: uma comunicativa jovem como a srta. Crawford era sempre uma companhia agradável para um homem indolente que não sai de casa, e ter o sr. Crawford como hóspede dava-lhe uma desculpa para tomar um bom clarete todos os dias.

A admiração da srta. Bertram pelo sr. Crawford era mais arrebatadora do que qualquer coisa que os hábitos da srta. Crawford lhe permitiriam sentir. Ela reconhecia nos senhores Bertram, porém, excelentes rapazes, e não era costume encontrar com frequência dois desse tipo, mesmo em Londres; eles tinham muito boa educação, principalmente o mais velho. *Ele* estivera muito em Londres, tinha mais vivacidade e era mais galanteador que Edmund, e, desse modo, deveria ser o preferido. Na verdade, o fato de ser mais velho constituía outro forte direito. Mary tivera um primeiro pressentimento de que deveria gostar mais do mais velho. Sabia ser esse o seu caminho.

Tom Bertram era agradável, de fato; era o tipo de rapaz de quem todos gostavam, simpático e com muita frequência seu jeito agradável era considerado sua melhor qualidade, pois era descontraído, tinha excelente humor, um grande número de conhecidos e muita coisa a dizer. E a herança de Mansfield Park, com o título de baronete, em nada o prejudicava. Mary Crawford logo sentiu que ele e sua situação talvez lhe servissem. Olhou em volta com a devida consideração e encontrou quase tudo a favor dele: um parque, um parque de verdade, uma propriedade de quase oito quilômetros quadrados ao todo, uma espaçosa mansão de construção em estilo moderno, tão bem situada e protegida que merecia fazer parte de qualquer coleção de gravuras de habitações de nobres do reino, precisando apenas de móveis completamente novos — tinha irmãs simpáticas, mãe discreta, e ele próprio era um homem agradável —, com a vantagem de ter parado de jogar em virtude de uma promessa ao pai, e de tornar-se *Sir* Thomas no futuro. Talvez servisse muito bem, ela acreditava que deveria aceitá-lo e começou, em consequência, a interessar-se um pouco pelo cavalo que ele montaria nas corridas de B...

Essas corridas o levariam para longe não muito após o começo daquela amizade. Como parecia que a família, pelos hábitos dele, não o esperava de volta por muitas semanas, isso poria a sua paixão a uma primeira prova. Tom muito falou para induzi-la a assistir à disputa, e fizeram-se planos de uma grande festa para eles, com muito interesse, mas que não passou de planos.

E Fanny, que fazia e pensava ela em todo esse tempo? E que opinião fazia dos recém-chegados? Poucas mocinhas de dezoito anos poderiam ser menos chamadas a opinar que Fanny. De modo discreto, muito pouco notado, ela pagava seu tributo de admiração à beleza da srta. Crawford; mas, como continuava a achar o sr. Crawford muito sem graça, apesar de as duas primas haverem provado repetidas vezes o contrário, jamais o mencionava. A atenção, que ela própria atraía, dizia isso.

— Começo agora a entender todos vocês, menos a srta. Price — comentou a srta. Crawford, enquanto caminhava com os irmãos Bertram. — Por favor, ela já foi apresentada à sociedade ou não? Estou intrigada. Ela jantou no presbitério com todos vocês, o que fez parecer já haver sido apresentada; no entanto, fala tão pouco que mal posso supor que sim.

Edmund, a quem a jovem dirigiu especificamente a palavra, respondeu:

— Creio que sei agora o que quer dizer, mas não cabe a mim a responsabilidade de responder à pergunta. Minha prima é crescida. Tem a idade e o bom senso de uma mulher; porém, as questões de apresentações ou bailes de debutantes fogem ao meu alcance.

— Contudo, nada se pode afirmar com tanta facilidade. A diferença é notória. Os modos, bem como a aparência, são, em termos gerais, totalmente diferentes. Até agora nunca imaginei ser possível me enganar a respeito de uma jovem ter sido ou não apresentada à sociedade. Aquela que ainda não foi usa sempre o mesmo tipo de vestido, um chapéu amarrado no pescoço, por exemplo, parece muito recatada e nunca diz uma palavra. Embora vocês sorriam, garanto-lhes que é assim mesmo. As jovens devem ser caladas e recatadas. A parte mais censurável consiste em que a mudança de modos, após a apresentarem à sociedade, é com frequência muito repentina. Elas às vezes mudam bem rápido do silêncio ao oposto... ao atrevimento! Nisso está a falha do sistema atual. Ninguém gosta de ver uma jovem de dezoito ou dezenove anos disposta a participar de tudo com tanta rapidez... ainda mais quando a tínhamos visto mal capaz de proferir uma palavra apenas um ano antes. Ouso dizer, sr. Bertram, que já se deparou algumas vezes com tais mudanças.

— Creio que sim, mas dificilmente me parece justo. Vejo onde quer chegar. Está caçoando de mim e da srta. Anderson.

— De modo algum. Srta. Anderson, imagine! Não sei a que nem a quem se refere. Não tenho o mínimo conhecimento. Mas caçoarei de vocês se me disser sobre o quê.

— Ah! Sabe expressar-se de forma muito convincente, porém não me permito ser pressionado assim. Devia ter a srta. Anderson em mente quando descreveu uma jovem mudada. Faz um retrato demasiado preciso para haver algum engano. Retrato exato, aliás. A família Anderson, da Baker Street. Falávamos deles noutro dia, como sabe. Edmund, você me ouviu mencionar Charles Anderson. A circunstância foi justamente como a que a senhorita retratou. Quando Anderson me apresentou à família, há uns dois anos, sua irmã ainda não tinha feito o *début* e não me foi possível ouvir uma palavra da jovem. Fiquei ali sentado por uma hora à espera de Anderson, apenas com ela e umas duas meninas na sala, pois a governanta havia adoecido ou partido, e a mãe entrava e saía a todo momento com cartas de negócios. Eu mal obtinha uma palavra ou um olhar da jovem senhorita, nada semelhante a uma resposta delicada. De lábios cerrados, desviava-se de mim com tais ares! Só um ano depois tornei a vê-la, então havia sido apresentada à sociedade. Encontrei-a na casa da sra. Holford e, de fato, não me lembrei de tê-la visto antes. Ela veio ao meu encontro, falou comigo como se fôssemos velhos amigos, encarou-me sem inibição, riu e falou até eu não saber de que forma me comportar. Senti-me como se todo o salão risse de mim na época, e é claro que a srta. Crawford soube dessa história.

— Uma história muito bonita, sim, e atrevo-me a dizer que honra mais à verdade que à srta. Anderson. Trata-se de um engano muito comum. As mães, com certeza, ainda não adotam a maneira correta de orientar as filhas. Não sei onde está o erro, nem pretendo estabelecer o que é certo, mas vejo que muitas vezes elas cometem faltas.

— Os que mostram ao mundo como devem ser os modos femininos — disse Tom Bertram, de forma galanteadora — muito fazem para corrigi-los.

— Percebe-se o erro com muita clareza — comentou o menos cortês Edmund —, não se educam bem essas jovens. Dão-lhes ideias erradas desde o início. Elas agem sempre por motivos de vaidade, e não mostram mais verdadeiro recato no comportamento antes de aparecer em público que depois.

— Não sei, não — respondeu hesitante a srta. Crawford. — Quer dizer, não concordo com o senhor. Sem dúvida essa me parece a parte menos importante da questão. É muito pior não apresentar certas jovens que assumem o mesmo ar arrogante e tomam as mesmas liberdades das que já apareceram em público, como tenho visto acontecer. *Isso* é pior que tudo, desagradável ao extremo.

— É, sim, de fato muito inconveniente — concordou Tom. — Deixa-nos perdidos, sem saber o que fazer. O chapéu amarrado ao pescoço e o ar discreto a que tão bem a senhorita se referiu — e não se disse nada mais acertado — informam o que se pode esperar; mas, no ano passado, envolvi-me em um terrível apuro pela ausência dessas indicações. Fui passar uma semana em Ramsgate com um amigo, em setembro último, logo após meu retorno das Índias Ocidentais... meu amigo Sneyd... Edmund, eu já lhe falei dele, cuja família, pai, mãe e irmãs, todos então desconhecidos para mim, estavam lá. Quando chegamos a Albion Place, saímos à procura deles e os encontramos no píer: a sra. Sneyd e as duas filhas, com alguns conhecidos. Curvei-me ao cumprimentá-los, e, como a senhora achava-se cercada de cavalheiros, juntei-me a uma das filhas, caminhei ao lado dela até a casa, portando-me da forma mais agradável possível. A jovem, de bons modos, mostrou-se perfeitamente à vontade, tão disposta a falar quanto a ouvir. Não tive sequer a desconfiança de que pudesse estar cometendo algum erro. Pareciam iguais; ambas bem-vestidas, com véu e guarda-sol, como outras jovens. Depois descobri, porém, que eu tinha dedicado toda a atenção à filha mais moça, que não debutara, e ofendido ao extremo a mais velha. Ainda faltavam seis meses para a caçula, a srta. Augusta, ser apresentada à sociedade e creio que a outra srta. Sneyd jamais me perdoou.

— Foi lamentável, mesmo. Pobre srta. Sneyd. Embora eu não tenha irmã mais moça, sinto por ela. Ser preterida assim deve ser muito vexatório, mas a culpa cabe à mãe. A srta. Augusta deveria ter saído acompanhada pela governanta. Coisas feitas pela metade nunca dão certo. Mas agora gostaria de saber da srta. Price. Fanny vai a bailes? Recebe convites para jantar em outros lugares, além da casa da minha irmã?

— Não — respondeu Edmund —, acho que jamais participou de um baile. Mesmo nossa mãe raras vezes faz visitas sociais, janta apenas com a sra. Grant, e Fanny fica em casa com ela.

— Ah, então entendi! A srta. Price ainda não debutou.

CAPÍTULO 6

O sr. Bertram partiu para... e a srta. Crawford preparou-se para enfrentar um grande vazio no convívio social e sentir clara falta dele nas reuniões que agora passavam a ser quase diárias entre as famílias. E no jantar em Mansfield Park, logo após a sua partida, ela voltou a ocupar o lugar preferido, próximo à cabeceira da mesa, em plena expectativa de sentir uma diferença quase melancólica na troca de amos. Convencera-se de que se trataria de assuntos desinteressantes. Em comparação com o irmão, Edmund nada teria a dizer. Tomariam a sopa sem a menor animação e degustariam o vinho sem quaisquer sorrisos nem comentários espirituosos. Cortariam a carne de caça sem a contribuição de uma anedota engraçada sobre algum pernil servido em ocasião anterior, nem uma história divertida sobre "o amigo fulano de tal". Mary tentou encontrar diversão no que se passava na outra cabeceira da mesa e observar o sr. Rushworth, que aparecia pela primeira vez em Mansfield desde a chegada dos irmãos Crawford. O rapaz visitara um amigo no condado vizinho, em cuja propriedade um arquiteto paisagista fizera melhorias recentes. Retornara com a cabeça cheia dessas reformas e muito ansioso para melhorar sua propriedade. Embora pouco acrescentasse sobre o assunto, não falava de outra coisa. Já conversara a respeito na sala de estar e tornava a repetir no jantar. Tinha como principal objetivo chamar a atenção e ouvir a opinião de Maria Bertram, e, embora a atitude dela exibisse a mais intencional superioridade do que qualquer preocupação em agradar-lhe, a referência a Sotherton Court e as ideias relacionadas à propriedade proporcionavam-lhe uma sensação de complacência que a impedia de ser indelicada demais.

— Eu gostaria que visitasse Compton — ele disse —, é uma propriedade perfeita! Jamais na vida vi um lugar mudar tanto. Disse a Smith que não sabia mais onde me encontrava. O acesso agora é uma das coisas mais lindas do campo. Avista-se a mansão da forma mais surpreendente. Confesso que quando voltei a Sotherton, ontem, parecia-me uma prisão... uma prisão bastante velha e lúgubre.

— Oh, que vergonha! — exclamou a sra. Norris. — Prisão, imagine! Sotherton Court é um dos lugares mais nobres no mundo.

— Necessita de melhorias acima de tudo, minha senhora. Nunca vi um lugar mais carente de reformas na vida, tão abandonado, que não sei o que se pode fazer.

— Não surpreende que o sr. Rushworth ache isso no momento — disse a sra. Grant à sra. Norris com um sorriso. — Mas, com certeza, se farão todas as melhorias em Sotherton na hora em que ele desejar.

— Preciso tentar fazer alguma coisa — concordou o rapaz —, mas não sei o quê. Espero que um bom amigo me ajude.

— Imagino que o melhor amigo nessa ocasião seria o sr. Repton[2] — disse Maria Bertram, com toda calma.

— Era nele que eu pensava. Como fez um trabalho tão bom para Smith, acho que o melhor seria contratá-lo logo. Os honorários do sr. Repton são cinco guinéus por dia.

---

[2] Humphry Repton (1752-1818), um dos maiores paisagistas do século XVIII.

— Ora, mesmo se fossem *dez*! — exclamou a sra. Norris. — Sei que você não precisa preocupar-se. A despesa não deve ser impedimento algum. Se fosse eu, não pensaria nisso. Mandaria fazer tudo no melhor estilo e o mais bonito possível. Um lugar como Sotherton Court merece tudo que o bom gosto e o dinheiro podem comprar. Lá você tem espaço para trabalhar, e terrenos que o recompensarão. Quanto a mim, se tivesse a quinquagésima parte da extensão de Sotherton, viveria cultivando e aperfeiçoando, pois, claro, gosto demais disso. Seria muito ridículo eu tentar qualquer coisa onde me encontro agora, com meu pequeno terreno. Seria cômico. Se tivesse mais espaço, porém, as reformas e o cultivo me proporcionariam muito prazer. Vocês, jovens, talvez não se lembrem; mas, se o caro *Sir* Thomas estivesse aqui, poderia contar-lhes sobre as melhorias que fizemos, e teríamos feito muito mais, não fosse o lamentável estado de saúde do sr. Norris. Mal conseguia sair de casa, coitado, para usufruir alguma coisa, e isso me desanimava de realizar muitas das coisas sobre as quais conversávamos, *Sir* Thomas e eu. Não fosse por isso, teríamos terminado o muro do jardim e erguido a plantação para isolar o cemitério do presbitério, como fez o dr. Grant. De certo modo, porém, sempre empreendíamos alguma coisa. Ainda na primavera, um ano antes da morte do meu marido, plantamos o damasqueiro diante da parede do estábulo, que agora cresceu e alcançou tanta perfeição, senhor — ela acrescentou, dirigindo-se ao dr. Grant.

— As árvores desenvolvem-se bem, sem dúvida, senhora — respondeu o dr. Grant. — A terra é boa. Nunca passo ali sem lamentar que valha tão pouco a pena o trabalho de colher os frutos.

— Senhor, trata-se de uma região pantanosa, nós a compramos como tal e nos custou muito... isto é, foi um presente de *Sir* Thomas, mas vi a conta e sei que custou sete xelins, e os impostos cobrados se referiam a um terreno pantanoso.

— Foram enganados, senhora — respondeu o dr. Grant —, essas batatas têm o mesmo sabor dos damascos de um terreno com esse tipo de vegetação, como as frutas daquela árvore. Fruta insípida, na melhor das hipóteses. Mas um bom damasco é comestível, o que não ocorre com nenhuma das frutas do meu jardim.

— A verdade, senhora — disse a sra. Grant, fingindo sussurrar do outro lado da mesa para a sra. Norris —, é que meu marido mal conhece o sabor natural dos nossos damascos; quase nunca se dá o prazer de provar uma fruta tão apreciada como essa, que não dá trabalho para comer, e os nossos são enormes, de tão excelente qualidade para tortas e conservas, que logo pela manhã minha cozinheira trata de colhê-los todos.

A sra. Norris, que começara a irritar-se, apaziguou-se, e por algum tempo passaram a conversar sobre outros assuntos relacionados às reformas de

Sotherton. O dr. Grant e ela nunca foram bons amigos, o conhecimento de ambos começara com desacordos e os dois tinham hábitos totalmente diferentes.

Após uma breve interrupção, o sr. Rushworth retomou a palavra.

— A propriedade de Smith, agora tão admirada por todos no campo, não valia nada antes de Repton supervisioná-la. Acho que vou chamá-lo.

— Sr. Rushworth — disse *Lady* Bertram —, se eu fosse o senhor, mandaria cultivar um belo jardim de arbustos. Todos gostam de passear em meio a arbustos quando o tempo está bom.

O rapaz se apressou em demonstrar aquiescência à nobre senhora e tentou expressar algo elogioso. Mas, ao afirmar que gostaria de submeter-se ao gosto dela e satisfazer o das senhoras presentes, ao mesmo tempo que insinuava ser seu desejo agradar a apenas uma, atrapalhou-se todo, e Edmund alegrou-se por encerrar o assunto propondo que tomassem o vinho. O sr. Rushworth, porém, embora não fosse um grande conversador, ainda tinha mais a dizer sobre o tema que tanto prezava.

— O terreno da propriedade de Smith não tem ao todo muito mais que uma centena de hectares, o que é bem pouco, por isso surpreende ainda mais a grande melhoria do lugar. Ora, em Sotherton temos quase trezentos, sem contar os prados de irrigação, por isso acho que, se foi possível fazer tanto em Compton, não precisamos nos desesperar. Derrubaram-se duas ou três árvores maravilhosas que se situavam perto demais da casa, o que descortinou a perspectiva de forma admirável; isso me faz imaginar que Repton, ou alguém com a mesma visão, desbaste a alameda em Sotherton, a que leva da fachada oeste ao topo da colina que a senhorita conhece — dirigindo-se em especial à srta. Bertram enquanto falava.

Maria, porém, achou que convinha mais responder:

— Alameda? Ah, não me recordo! Na verdade, conheço muito pouco Sotherton.

Fanny, sentada ao lado de Edmund bem defronte à srta. Crawford, e que ouvia com toda a atenção, olhou-o então e disse em voz baixa:

— Derrubar as árvores de uma alameda! Que pena! Não o faz pensar em Cowper?[3] "Vós, alamedas tombadas, mais uma vez lamento vosso imerecido fado."

Ele sorriu ao responder:

— Temo que a alameda corra sério risco, Fanny.

— Gostaria de conhecer Sotherton antes que a derrubem: conhecer o lugar como é agora, no estado antigo; mas imagino que não seja possível.

---

[3] William Cowper (1731-1800), um dos poetas e hinistas mais populares do século XVIII, muito admirado e citado com frequência em cartas e romances de Jane Austen, foi um dos precursores da poesia romântica.

— Nunca esteve lá? Não, não deve ter tido a oportunidade. Lamentavelmente, fica muito além da distância de um passeio a cavalo.

— Ah, não tem importância. Quando eu conhecer, você me dirá como alteraram.

— Deduzo — disse a srta. Crawford — que Sotherton seja uma residência antiga e conserve certo esplendor. Construíram-na em estilo específico?

— Foi erguida no período elisabetano. É um prédio grande, de tijolos em traçado regular... pesado, mas de aparência imponente, com muitos aposentos excelentes. Situa-se, porém, em má localização, construída num dos pontos mais baixos do parque, nesse aspecto, portanto, desfavorável a reformas. Mas há uma bela área florestal com um córrego do qual, atrevo-me a dizer, se pode tirar bom proveito. Acho que o sr. Rushworth tem toda razão ao pretender dar-lhe um visual moderno e não duvido que fará tudo extremamente bem.

A srta. Crawford ouvia Edmund com aceitação e dizia a si mesma: "Que homem bem-educado, descreve sempre o lado positivo da situação".

— Não quero influenciar o sr. Rushworth — continuou Edmund —, mas, se tivesse um lugar para modernizar, não me poria em mãos de um profissional. Preferiria um grau inferior de beleza na reforma, segundo minhas próprias escolhas, e realizá-la aos poucos. Preferiria aceitar meus próprios erros que os dele.

— Você saberia o que fazer, claro, mas isso não me convém. Não tenho a mínima perspectiva espacial nem engenhosidade para tais coisas, a não ser quando as vejo diante de mim — confessou Mary. Se tivesse uma propriedade no campo, ficaria muitíssimo grata a qualquer sr. Repton que se encarregasse da reforma e me desse o máximo de beleza possível em troca do meu dinheiro. E só a veria depois de terminada.

— Para mim, seria delicioso ver o progresso de tudo — disse Fanny.

— É... porque a criaram para isso; trata-se, porém, de uma coisa que não fez parte da minha educação. A única experiência que já tive, administrada não pela pessoa mais admirada no mundo, fez-me considerar as melhorias à mão como o maior dos aborrecimentos. Há três anos, o almirante, meu honrado tio, comprou uma casa de campo em Twickenham para passarmos os verões. Minha tia e eu fomos vê-la com o maior entusiasmo, só que, embora fosse belíssima, logo constatamos que precisava de reformas. Por isso, lá passamos três meses em meio a toda aquela lama e bagunça, sem sequer um caminho de cascalho por onde passear nem um banco em condição de uso. Eu gostaria de ter tudo o mais perfeito possível no campo, moitas de arbustos, jardins floridos e inúmeros bancos rústicos, mas que se fizesse tudo sem meus cuidados e preocupação. Henry é diferente, adora pôr a mão na massa.

Edmund lamentou ouvir a srta. Crawford, a quem se dispunha a admirar, falar com tanta liberdade do tio. Não convinha ao seu senso de decoro, e ele se calou até que, induzido por mais sorrisos e vivacidade, pôs o assunto de lado.

— Sr. Bertram — ela disse —, afinal tenho notícias da minha harpa. Asseguraram-me que se encontra a salvo, em Northampton, e na certa há pelo menos dez dias, apesar das solenes afirmações contrárias que recebemos tantas vezes. — Edmund expressou prazer e surpresa. — A verdade é que nossos pedidos de informação foram diretos demais. Enviamos um empregado, fomos perguntar em pessoa, o que não deu certo a mais de cento e dez quilômetros de Londres, mas recebemos esta manhã a notícia pelo canal certo. A harpa foi vista por algum agricultor, que informou ao moleiro; este passou a informação ao açougueiro, cujo genro deixou recado na loja.

— Alegra-me muito saber que teve notícias, não importa por qual meio. Espero que não haja mais demora.

— Devo recebê-la amanhã, mas sabe como será entregue? Não por carroça nem carruagem. Ai, não! Não existe nada do tipo para se alugar na aldeia. Achei melhor procurar carregadores e um carrinho de mão.

— Ouso dizer que não vai ser fácil, logo agora, no meio de uma colheita de feno bem atrasada, alugar um cavalo e uma carroça.

— Fiquei pasma ao constatar que trabalho deu! Precisar de um cavalo e uma carroça no campo parecia impossível, por isso pedi à minha criada que os arranjasse. Como não posso olhar da janela do quarto sem ver uma fazenda, nem passar pela mata sem ver outra, achei que bastaria pedir e ter, mas sofri muito pelo fato de não conseguir que alguém aceitasse minha proposta. Imagine como fiquei surpresa ao descobrir que havia pedido a coisa mais absurda, mais impossível do mundo, ofendido todos os agricultores, todos os trabalhadores, todo o feno da paróquia. Quanto ao ajudante do dr. Grant, creio que melhor faria não o ter importunado. Meu cunhado, em geral sempre amável, olhou-me de cara feia quando descobriu o que eu pretendia.

— Não se podia esperar que você houvesse pensado a respeito antes, mas quando parar para pensar vai entender a importância que tem a colheita do pasto. O aluguel de uma carroça em qualquer época talvez não seja tão fácil quanto imagina. Nossos agricultores não têm o hábito de cedê-los, mas na colheita deve ser quase impossível eles prescindirem de um cavalo.

— Com o tempo, entenderei todos os costumes do campo, mas, como cheguei de Londres com a verdadeira máxima de que com dinheiro tudo se consegue, fiquei um pouco constrangida, a princípio, com a firme independência desses hábitos campestres. Minha harpa, no entanto, será trazida amanhã. Henry, que é a bondade personificada, ofereceu-se para buscá-la no coche dele. Não receberá um honroso transporte?

Edmund citou a harpa como seu instrumento preferido e desejou que logo pudesse ouvi-la. Fanny, que jamais escutara o som do instrumento, também expressou o grande desejo de ouvi-la tocar.

— Terei o imenso prazer de tocar para os dois — respondeu a srta. Crawford — enquanto queiram ouvir. Na certa por mais tempo, pois adoro música, e quando o gosto natural é igual de ambos os lados, a intérprete sempre leva vantagem por satisfazer-se de muitas outras formas. Agora, sr. Bertram, se escrever ao seu irmão, rogo-lhe que o informe da chegada da minha harpa; o coitado ouviu queixar-me tanto de como me sentia infeliz sem ela! E, por favor, diga-lhe também que prepararei as árias mais lastimosas para quando retornar, em compaixão pelos sentimentos dele, pois sei que seu cavalo perderá.

— Se eu escrever, direi tudo que deseja, mas no momento não me ocorre nenhum motivo para fazê-lo.

— Não, atrevo-me a dizer, nem se ele ficasse fora um ano, você nunca escreveria, e tampouco ele a você, se pudesse evitar. Que estranhas criaturas são os irmãos! Só escrevem uns aos outros em caso de extrema urgência no mundo e quando se veem obrigados a pegar a pena para comunicar a doença de tal cavalo, ou a morte de tal parente, e empregam o mínimo possível de palavras. Todos os irmãos agem da mesma forma. Sei muito bem disso. Em todos os outros aspectos, Henry é o perfeito exemplo do que deve ser um irmão, que me ama, faz confidências, troca ideias e conversa horas seguidas comigo, e ainda nunca me escreveu uma carta com mais de uma página, que quase sempre não passa de: "Querida Mary, acabei de chegar. A cidade de Bath parece cheia de gente, tudo mais se encontra como de costume. Afetuosamente, seu irmão". Trata-se do autêntico estilo masculino, uma típica carta de irmão.

— Quando ficam distantes de toda a família — disse Fanny, enrubescendo ao pensar em William —, às vezes escrevem longas cartas.

— A srta. Price tem um irmão no mar — explicou Edmund —, cuja excelência como correspondente a faz considerar a senhorita severa demais em relação a nós.

— No mar, é mesmo? A serviço do rei, claro.

Fanny preferia que Edmund contasse a história, mas o decidido silêncio do primo obrigou-a a relatar a situação do irmão. A voz animou-se ao falar da profissão dele e os postos no exterior onde estivera, mas não conseguiu mencionar o número de anos que se achava ausente sem lágrimas nos olhos. A srta. Crawford, com toda a delicadeza, desejou-lhe uma rápida promoção.

— Não conhece por acaso o capitão do meu primo, senhorita? — perguntou Edmund. — Capitão Marshall? Pelo que sei, vocês têm muitos conhecidos na marinha.

— Entre almirantes, inúmeros, mas — com um ar de grandeza — conheço muito poucos das patentes inferiores. Encontram-se homens muito bons no posto de capitão, mas eles não fazem parte do nosso círculo. Dos vários almirantes, tenho bastante conhecimento: deles, das insígnias, da gradação dos soldos, das competições e das rivalidades. Mas posso assegurar-lhe que em geral são ignorados e muito mal aproveitados. Claro, o fato de eu morar com meu tio proporcionou-me a oportunidade de conviver em um círculo de almirantes, conheci bastantes *contras* e *vices*. Ora, por favor, não pense que tive a intenção de fazer algum trocadilho.[4]

Edmund mais uma vez assumiu uma expressão séria e respondeu apenas:
— Trata-se de uma nobre profissão.
— Sim, é uma profissão muito boa em duas circunstâncias: que se faça fortuna e se tenha discrição ao gastá-la. Mas, em suma, não é a minha preferida. Para mim nunca revelou um aspecto agradável.

Edmund retomou o assunto da harpa e mostrou-se de novo muito satisfeito com a perspectiva de ouvi-la tocar.

Enquanto isso, a conversa sobre a reforma de terrenos continuava em apreciação pelos demais. A sra. Grant não pôde evitar dirigir-se ao irmão, embora isso lhe tirasse a atenção da srta. Julia Bertram.

— Meu caro Henry, você nada tem a dizer? Você mesmo já realizou melhorias e, segundo o que me disseram de Everingham, a propriedade pode rivalizar com qualquer outra na Inglaterra. Sei que tem esplêndidas belezas naturais. Eu considerava Everingham, como era antes, perfeita, que maravilhoso declive do terreno e que belo arvoredo! O que não daria para tornar a vê-la!

— Nada poderia proporcionar-me tanta satisfação como ouvir sua opinião a respeito da propriedade — ele respondeu. — Mas temo que se decepcione um pouco. Não vai achá-la igual às suas ideias atuais. Ficará surpresa ao ver a insignificância da sua extensão. Quanto às melhorias, pude fazer muito pouco, gostaria de ter-me ocupado por mais tempo.

— Gosta desse tipo de atividade? — perguntou Julia.
— Demais. No entanto, com relação às vantagens naturais do terreno, perceptíveis até mesmo para um leigo, pouco restava a fazer, e, após pôr em prática minhas decisões, faltavam, porém, três meses para eu alcançar a maioridade quando Everingham se transformou em tudo o que vemos agora. Projetei a reforma em Westminster, talvez tenha alterado um pouco os planos em Cambridge, e realizei-a quando fiz vinte e um anos. Tendo a invejar o sr. Rushworth por ter tanta felicidade diante de si. Fui um devorador da minha.

— Os que veem rápido resolvem e agem com a mesma rapidez — protestou Julia. — Nunca lhe faltará ocupação. Em vez de invejá-lo, deveria ajudá-lo com sua opinião.

A sra. Grant, ao ouvir as últimas palavras da jovem, reforçou-as calorosamente, convencida de que nenhum discernimento se equiparava ao do irmão. Como Maria Bertram acolheu a ideia da mesma forma entusiasmada e

---

[4] Em inglês, as palavras *rear* e *vice* (respectivamente, "contra" e "vice") são ambíguas, pois também significam "traseiro" e "vício", compondo um trocadilho que não é possível em português.

deu-lhe total apoio, declarando que em sua opinião era infinitas vezes melhor consultar os amigos e conselheiros desinteressados do que logo entregar a empreitada às mãos de um profissional, o sr. Rushworth apressou-se a pedir o favor da ajuda do sr. Crawford. Este, após reduzir convenientemente seus méritos pessoais, logo pôs seus serviços à inteira disposição em tudo que pudesse ser útil. O sr. Rushworth então começou a propor-lhe que fizesse a honra de conhecer Sotherton e ali se hospedar, quando a sra. Norris, como se lesse na mente das duas sobrinhas a pouca aprovação de um plano que as separaria do sr. Crawford, interpôs-se com uma sugestão.

— Não se tem a menor dúvida da boa vontade do sr. Crawford, mas por que não acrescentamos mais alguns de nós? Por que não formamos um pequeno grupo? Muitos aqui se interessam pelas suas reformas, meu caro sr. Rushworth, e gostariam de ouvir a opinião do sr. Crawford no local, além de talvez contribuir com uma pequena ajuda de suas ideias. De minha parte, há muito desejo tornar a visitar sua boa mãe. Apenas a falta de cavalos próprios me fez parecer tão indolente, mas agora muito me alegraria reunir-me algumas horas com a sra. Rushworth, enquanto os demais de vocês passeariam pela propriedade e resolveriam tudo que se pode fazer. Depois poderíamos todos retornar para uma ceia aqui ou jantar em Sotherton, o que seria muito agradável para sua mãe, e fazer uma prazerosa viagem de volta para casa sob o luar. Atrevo-me a sugerir que o sr. Crawford me levasse, e às minhas duas sobrinhas, na sua carruagem. Edmund pode ir a cavalo, que tal lhe parece, irmã? E Fanny ficará em casa com você.

Lady Bertram não fez objeção alguma, e todos os incluídos no passeio se apressaram em concordar, com exceção de Edmund, que tudo ouviu e nada disse.

CAPÍTULO 7

— Então, Fanny, que acha *agora* da srta. Crawford? — perguntou Edmund no dia seguinte, após ele mesmo refletir a respeito por algum tempo. — Pareceu-lhe bem ontem?

— Muito bem... muito. Gosto de ouvi-la falar, ela me diverte, e é tão linda que sinto prazer apenas em olhá-la.

— Tem o rosto muito atraente e características maravilhosas! Mas algo na conversa dela, Fanny, não lhe pareceu meio indelicado?

— Ah, sim! Não deveria ter falado do tio como o fez. Fiquei bastante surpresa. Um tio com quem vive há tantos anos e que, quaisquer defeitos que tenha, gosta tanto do irmão dela, trata-o, dizem, como um filho. É inacreditável!

— Imaginei que ficaria impressionada. Achei muito ofensivo, muito indelicado.

— E ela me pareceu muito ingrata.

— Ingrata é uma palavra forte. Não sei se o tio tem algum direito à gratidão dela. Com certeza, a esposa dele tinha. É o respeito pela memória da tia que a induz ao erro. A situação em que se encontrava influenciou-a de forma errônea. Com a veemência de seus sentimentos e um espírito tão cheio de vida, deve ser difícil justificar a afeição que nutria pela sra. Crawford sem que isso tire a importância do almirante. Não pretendo saber qual dos dois merece maior culpa pelas desavenças deles, embora a atual conduta do almirante talvez faça inclinar-me a favor da esposa. Mas é natural e afável que a srta. Crawford absolva de todo a tia. Não lhe censuro as opiniões, mas, sem dúvida, acho indelicado expô-las em público.

— Não acha — perguntou Fanny, após uma breve reflexão — que o motivo dessa indelicadeza se deve à própria sra. Crawford, pois foi ela a responsável pela criação da sobrinha desde a infância? Talvez não lhe tenha incutido as ideias corretas sobre o quanto devia ao almirante.

— Observação muito justa. Sim, devemos supor que os defeitos da sobrinha foram os da tia, o que nos torna mais sensíveis às desvantagens a que se submeteu na situação anterior. Mas creio que o atual lar há de lhe fazer bem. Os modos da sra. Grant são apenas os que deveriam ser. Ela fala do irmão com muita afeição.

— Sim, a não ser quanto a ele escrever cartas tão sucintas. Ela quase me fez rir, porém não levo em tão alta conta o amor ou a boa índole de um irmão que não se dá o trabalho de escrever às irmãs algo que valha a pena ler quando estão separados. Tenho certeza de que William jamais *me* trataria assim, em nenhuma circunstância. E que direito tem ela de supor que *você* não escreveria cartas longas quando estivesse ausente?

— O direito de uma mente cheia de vida, Fanny, que aproveita tudo que possa contribuir para a própria diversão ou a dos demais. De todo admissível, quando não maculado por mau humor ou grosseria. E não se vê uma única sombra de nenhuma das duas coisas na expressão nem na atitude da srta. Crawford, nada ferino, vulgar ou rude. Ela se expressa de perfeitamente maneira feminina, a não ser no aspecto a que nos referíamos antes. Nisso não se pode justificá-la. Alegro-me que tenha percebido tudo como eu.

Após formar-lhe a mente e ao mesmo tempo conquistar-lhe a afeição, Edmund tinha uma boa chance de que ela partilhasse sua forma de pensar, embora nesse período, e sobre esse assunto, começasse agora a surgir certo perigo de diversidade, pois ele passava a sentir admiração por Mary, o que talvez o levasse aonde Fanny não poderia acompanhá-lo. Os atrativos da srta. Crawford não diminuíram. A harpa chegou e intensificou-lhe a beleza, a sagacidade e o bom humor, pois ela se dispunha a tocar com grande gentileza, transmitindo expressão e bom gosto que lhe caíam muito bem, além de sempre ter um comentário inteligente a fazer ao término de cada ária. Edmund ia ao presbitério todos os dias para que o deleitassem com o instrumento preferido. Cada manhã garantia um convite para a seguinte, pois Mary só podia alegrar-se por ter um ouvinte tão entusiasmado e tudo logo adquiriu uma auspiciosa assiduidade.

Uma jovem bonita, cheia de vida, com uma harpa tão elegante quanto ela mesma, ambas próximas a uma janela que proporcionava uma bela vista do terreno e abria-se num pequeno gramado, rodeado de arbustos na luxuriante folhagem de verão, bastava para conquistar o coração de qualquer homem. A estação, o cenário, o ar, tudo favorecia a ternura e o sentimento. A presença da sra. Grant e seu bastidor de bordado integravam-se bem ao ambiente e contribuíam para a total harmonia. E como tudo se aproveita quando o amor começa a insinuar-se, valia a pena apreciar até a bandeja de sanduíches que o sr. Grant fazia a honra de servir. Sem se aprofundar no assunto, contudo, nem saber no que se envolvia, ao chegar o fim de semana desse convívio, Edmund começava a sentir-se muito apaixonado. E para crédito da jovem deve-se acrescentar que, apesar de ele não ser um homem muito sociável nem um herdeiro primogênito, além de nada conhecer das artes do galanteio ou dos divertimentos da conversa frívola, o rapaz começou a parecer-lhe agradável. Ela assim o sentia, embora não o previsse e mal o compreendesse, pois ele não se mostrava agradável segundo a regra comum: não dizia bobagens amenas, não fazia elogios, suas opiniões eram inflexíveis, as atenções, tranquilas e simples. Desprendia-se encanto, talvez, daquela sinceridade, constância, integridade, qualidades que a srta. Crawford identificava ao senti-las, mas não as saberia debater consigo mesma. Não pensava muito a respeito, porém ele lhe agradava por enquanto, gostava de tê-lo perto, e isso bastava.

Não surpreendia Fanny o fato de Edmund ir todas as manhãs ao presbitério; aparecer lá também a alegraria, se ela pudesse ir sem ser convidada e passar despercebida para ouvir a harpa. Tampouco a surpreendia que, findo o passeio do entardecer, e as duas famílias mais uma vez se separassem, o primo julgasse correto acompanhar a sra. Grant e a irmã até a casa delas enquanto Henry dava atenção às moças em Mansfield Park. No entanto, considerava a situação uma péssima troca, e como Edmund não chegava a tempo para misturar-lhe o vinho com água, Fanny preferia não tomá-lo. Admirava-se um pouco, porém, de que ele passasse tantas horas com a srta. Crawford e não mais percebesse os defeitos que observara anteriormente e dos quais ela quase sempre se lembrava, em detrimento de alguma coisa da mesma natureza que a outra expressava quando em sua companhia. Entretanto, assim era. Edmund gostava de falar-lhe sobre a srta. Crawford, mas parecia satisfeito porque desde então se poupara o almirante das conversas e Fanny tinha escrúpulos em comunicar-lhe as próprias observações, por temer que parecesse maledicente. O primeiro verdadeiro sofrimento que lhe causou Mary Crawford resultou do desejo desta de aprender a montar, manifestado logo depois de estabelecer-se em Mansfield Park, a exemplo das jovens irmãs Bertram nos terrenos da propriedade, quando a amizade da recém-chegada com Edmund se estreitou, levando-o a incentivar-lhe a vontade e oferecer a própria égua, mais mansa, para as primeiras tentativas, como a mais adequada para uma iniciante que se poderia encontrar em qualquer estábulo. Edmund, porém, não teve a intenção de causar algum sofrimento nem magoar a prima com tal oferta; ela não perderia um único dia de exercício por isso. Só se levaria a égua ao presbitério por meia hora antes do início dos passeios de Fanny, que, ao ser consultada em primeiro lugar, longe de sentir-se desdenhada, ficou quase dominada por gratidão por seu primo ter pedido sua permissão.

Mary Crawford fez a primeira tentativa com grande sucesso pessoal e nenhuma inconveniência para Fanny. Edmund, que conduzira a égua e supervisionara tudo, retornou com o animal em excelente tempo, antes mesmo de Fanny e o velho cocheiro, que sempre a acompanhava quando ela cavalgava sem as primas, estarem prontos para partir. O treinamento do segundo dia não se revelou tão irrepreensível. O prazer de cavalgar da srta. Crawford foi tão grande que ela não se deu conta da hora de parar. Ativa e destemida, embora um tanto pequena e de compleição forte, parecia uma amazona inata. Ao puro prazer genuíno do exercício, talvez se acrescentassem a presença e as instruções de Edmund, além de algo mais na convicção de muito superar em geral as pessoas do sexo feminino pelo rápido progresso que fazia, tudo isso contribuía para que a jovem não desejasse desmontar. Pronta, Fanny esperava. A sra. Norris começava a repreendê-la por ainda não haver ido embora, porém não se anunciava a chegada de cavalo algum nem Edmund aparecia. Para evitar a tia e procurá-lo, ela se afastou.

Embora menos de um quilômetro separasse as casas, não se avistava uma da outra, mas, após se encaminhar cinquenta metros desde a porta da entrada, Fanny viu o parque embaixo dominado pelo presbitério e todas as propriedades, que se erguiam em suave ascensão além da estrada da aldeia. E no prado do dr. Grant logo localizou o grupo: ambos, Edmund e a srta. Crawford, montados nos respectivos animais, cavalgavam lado a lado, o casal Grant e o sr. Crawford, com dois ou três cavalariços, todos ali parados em pé os observavam. Pareceu-lhe um grupo feliz, todos unidos num único interesse, animados, sem dúvida alguma, pois se elevava até ela a alegria ruidosa daquelas vozes, ruído que não a deixava feliz. Surpreendeu-a que Edmund a houvesse esquecido e sentiu uma pontada de dor. Não podia despregar os olhos do prado nem evitar observar tudo que ocorria ali. A princípio, a srta. Crawford e o companheiro percorreram a trote o circuito do campo, que não era pequeno; então, por visível sugestão dela, puseram-se a galopar, e, para a natureza tímida de Fanny, foi muito surpreendente ver como a outra montava bem. Depois de alguns minutos, pararam. Edmund aproximou-se da jovem e dirigiu-lhe a palavra, obviamente ensinando-lhe a maneira certa de segurar as rédeas, após tomar-lhe a mão. Ela o viu ou a imaginação supriu o que o olhar não alcançava. Não devia surpreendê-la tudo aquilo. Haveria algo mais natural que Edmund mostrar-se útil e provar sua amabilidade a qualquer um? Só conseguiu, porém, julgar de fato preferível que Henry Crawford lhe poupasse o trabalho. Teria sido muito mais correto e conveniente um irmão fazê-lo, mas o sr. Crawford, com toda aquela ostentação de bondade e exímio cavaleiro, na certa nada sabia do assunto nem seria tão prestativo em comparação com Edmund. Ela começou a achar que era um tanto duro impor à égua aquela dupla obrigação. Se a haviam esquecido, que pelo menos se lembrassem do pobre animal.

Os sentimentos por si e pelo cavalo logo se tranquilizaram um pouco quando ela viu o grupo no prado dispersar-se e a srta. Crawford ainda montada, mas ajudada por Edmund a pé, cruzar um portão que dava para a alameda, entrar no parque e encaminhar-se para o lugar onde ela se encontrava. Começou então a temer parecer rude, impaciente, e dirigiu-se ao encontro deles com grande ansiedade para evitar desconfiança.

— Minha cara srta. Price — disse Mary Crawford assim que chegou ao alcance do ouvido —, vim pedir-lhe minhas desculpas por fazê-la esperar... mas nada tenho a dizer em meu favor. Eu sabia que era muito tarde e que me comportava extremamente mal, por isso queira ter a bondade de me perdoar. Entenda que se deve sempre perdoar o egoísmo, pois não há esperança alguma de cura.

Fanny respondeu com extrema cortesia, e Edmund acrescentou acreditar que ela não tinha pressa.

— Pois há tempo mais que suficiente para minha prima cavalgar duas vezes a distância que ela costuma percorrer — ele explicou — e você lhe proporcionou bem-estar ao evitar que saísse meia hora antes. Como agora se aproximam as nuvens, Fanny não vai sofrer com o calor, o que aconteceria mais cedo. Espero que não esteja fatigada com tanto exercício. Gostaria que tivesse se poupado a fim de voltar para a casa a pé.

— Asseguro-lhe que nada me fadiga mais que ter de descer deste cavalo — ela respondeu, quando apeou auxiliada por ele. — Sou muito forte. Nada jamais me cansa, com exceção de fazer o que não gosto. Srta. Price, cedo-lhe a montaria com muita má vontade, mas espero com toda sinceridade que desfrute um agradável passeio e desse caro, adorável e belo animal não me diga senão boas coisas.

Nesse momento, juntou-se a eles o velho cocheiro, que esperara com o próprio cavalo; ele ajudou Fanny a montar na égua, e os dois partiram em direção ao outro lado do parque. O sentimento de desconsolo da jovem não a impediu de ver, ao se virar para trás, que os outros desciam a colina juntos para a aldeia. Tampouco lhe fizeram bem os comentários do acompanhante sobre a grande destreza da srta. Crawford como amazona, a quem ele ficara observando com interesse quase igual ao seu.

— É um prazer ver uma dama com tanta audácia para montar! — ele disse. — Nunca vi alguém que se apresentasse melhor num cavalo. Parecia não ter o menor medo. Muito diferente da senhorita quando começou, faz seis anos agora na próxima Páscoa. Deus me abençoe! Como a senhorita tremia quando *Sir* Thomas a acomodou no cavalo!

Na sala de estar, também parabenizaram a srta. Crawford. O mérito, pela força e coragem com que a natureza dotara-a, recebeu ampla admiração das irmãs Bertram; o deleite que sentia e a perfeição ao cavalgar eram iguais aos delas, e tinham grande prazer em elogiá-la.

— Eu sabia que ela ia montar bem — disse Julia —, parece feita para isso. Tem o porte tão elegante quanto o do irmão.

— Sim — acrescentou Maria —, além da mesma desenvoltura e a personalidade enérgica dele. Não posso deixar de pensar que uma boa equitação tem muito a ver com a mente.

Quando se separaram à noite, Edmund perguntou a Fanny se pretendia montar no dia seguinte.

— Não sei, não; quer dizer, se você não precisar da égua — respondeu.

— Não preciso mesmo dela para mim — ele disse —, mas quando você preferir permanecer em casa, creio que a srta. Crawford terá prazer em ficar com ela mais tempo... a manhã inteira, enfim. Ela tem grande desejo de chegar até os pastos comuns de Mansfield; a sra. Grant andou falando-lhe das belas paisagens de lá, e não tenho dúvida de que as apreciará da mesma forma. Mas, para isso, qualquer manhã servirá. Ela lamentaria muito interferir em seus passeios, e seria injusto que o fizesse. Monta apenas por prazer, enquanto você, pela saúde.

— Amanhã não vou sair a cavalo, com certeza — disse Fanny. — Tenho saído muito ultimamente, e preferiria ficar em casa. Você sabe que agora estou forte o bastante para andar muito bem.

Edmund pareceu satisfeito, o que deveria proporcionar bem-estar a Fanny, e o passeio aos altos pastos de Mansfield se realizou na manhã seguinte. O grupo incluiu todos os jovens, menos ela, e eles muito desfrutaram o passeio e mais uma vez se divertiram à noite, ao conversar a respeito. Um plano bem-sucedido como esse, em geral, enseja a combinação de outro; e o fato de terem ido àquela alta região de Mansfield deixou-os dispostos a visitar outro lugar no dia seguinte. Havia muitas outras paisagens para admirar e, embora fizesse muito calor, o campo sempre oferecia alamedas sombreadas aonde desejassem ir. Um grupo jovem sempre encontra atalhos envoltos em sombra. Quatro agradáveis manhãs sucessivas assim se passaram, com os anfitriões a mostrarem o campo aos Crawford, enaltecendo os mais belos locais. Tudo transcorreu bem, só se viam alegria e bom humor, comentava-se com prazer mesmo a inconveniência causada pelo calor, até o quarto dia, quando se desvaneceu em excesso a felicidade de um dos membros do grupo:

Maria Bertram. Convidaram Edmund e Julia a jantar no presbitério, e ela foi excluída. A sra. Grant planejou e realizou o evento com a melhor das intenções, e em deferência ao sr. Rushworth, esperado naquele dia em Mansfield Park; mas pareceu uma ofensa muito grave à jovem, que teve de recorrer de forma muita severa às suas boas maneiras para ocultar a vergonha e a raiva até chegar em casa. Como o sr. Rushworth acabou por não aparecer, a ofensa se agravou e ela nem teve o alívio de demonstrar o poder que exercia sobre ele; ficou emburrada com a mãe, a tia e a prima e fez questão de tornar o jantar o mais sombrio possível.

Entre dez e onze horas, Edmund e Julia entraram na sala de estar ao retornarem, revigorados pela brisa noturna, animados e alegres, o próprio contraste do que encontraram nas três senhoras ali reunidas, pois Maria nem sequer ergueu os olhos do livro, e *Lady* Bertram cochilava. Mesmo a sra. Norris, transtornada com o mau humor da sobrinha, e após ter feito uma ou duas perguntas sobre o jantar, que não foram logo respondidas, parecia decidida a nada mais dizer. Por alguns minutos, os dois irmãos ficaram entusiasmados demais nos elogios à noite e nos comentários sobre as estrelas, mas quando surgiu a primeira pausa, Edmund, ao olhar em volta, perguntou:

— Mas onde está Fanny? Já foi dormir?

— Não, não que eu saiba — respondeu a sra. Norris —, ela estava aqui agora mesmo.

A suave voz da jovem, vinda do outro lado da sala, que era muito espaçosa, revelou-lhes que se achava sentada no sofá. A sra. Norris começou a repreendê-la.

— Que artifício mais tolo, Fanny, esse de se afastar e ficar a noite toda sem fazer nada num sofá! Que tal vir sentar-se aqui e fazer alguma coisa como nós? Se não tem trabalho próprio, posso dar-lhe a cesta dos pobres agora mesmo. Todo o tecido novo comprado na semana passada continua intocado. Sei que quase morri de dor nas costas de tanto cortá-lo. Você precisa aprender a pensar nas outras pessoas, e acredite em mim: trata-se da coisa mais chocante do mundo uma jovem viver largada num sofá.

Antes que terminasse a metade da reprimenda, Fanny já retornara ao seu lugar na mesa e recomeçara mais uma vez o trabalho. Julia, de muito bom humor, em virtude dos prazeres do dia, fez-lhe a justiça de exclamar:

— Mas devo dizer, tia, que, de todas nós, Fanny é a que menos se senta num sofá nesta casa.

— Fanny — perguntou Edmund, depois de observá-la com muita atenção —, será que não está com dor de cabeça?

Embora a moça não pudesse negar, disse que não era muito forte.

— Custo a acreditar — ele retrucou —, conheço bem demais sua fisionomia. Faz quanto tempo que a cabeça começou a doer?

— Desde um pouco antes do jantar. Não é nada, foi só por causa do calor.

— Você saiu nesse calor?

— Saiu! Por certo que sim! — interveio a sra. Norris. — Queria que ela ficasse em casa num dia tão lindo como esse? E não saímos todas? Até sua mãe passou mais de uma hora lá fora.

— Sim, é verdade, Edmund — acrescentou *Lady* Bertram, que despertara por completo com a dura repreensão da sra. Norris. — Passei uma hora lá fora. Fiquei sentada uns quarenta e cinco minutos no jardim, enquanto Fanny cortava as rosas, e achei muito agradável, mas fazia muito calor. Dentro de casa estava bem fresco, mas confesso que temi tornar a entrar.

— Fanny ficou cortando as rosas?

— Sim, e receio que sejam as últimas deste ano. Coitadinha! Ela sentiu muito calor, mas as rosas se achavam tão desabrochadas que não dava para esperar mais.

— Não se tinha como evitar, sem dúvida — retrucou a sra. Norris, numa voz um pouco mais branda. — Porém me pergunto se a dor de cabeça dela não teria começado com isso, minha irmã. Nada tem mais probabilidade de causar enxaqueca do que se levantar e abaixar sob um sol quente. Mas creio que amanhã terá passado. E se lhe desse o seu vinagre aromático? Sempre me esqueço do meu.

— Já dei — respondeu *Lady* Bertram. — Está com ela desde que voltou da sua casa pela segunda vez.

— Como? — indignou-se Edmund. — Além de caminhar e cortar rosas, ela ainda percorreu duas vezes todo o parque ensolarado até a sua casa, minha tia! Não admira que sinta dor de cabeça.

A sra. Norris conversava com Julia e não o ouviu.

— Mas havia tantas rosas assim para obrigá-la a fazer duas viagens?

— Não, mas tinham antes de ser postas na estufa, e infelizmente Fanny se esqueceu de fechar a porta e trazer a chave, por isso foi obrigada a voltar — explicou *Lady* Bertram.

Edmund levantou-se e caminhou em volta da sala, dizendo:

— E não podiam delegar essa tarefa a alguém além de Fanny? Por Deus, minha tia, que coisa mais mal administrada!

— Pois garanto não saber de que outra maneira seria mais bem administrada — gritou a sra. Norris, sem poder mais se fazer de surda —, a não ser que eu mesma fosse, na verdade, mas não tenho como estar em dois lugares ao mesmo tempo. E naquele exato momento eu conversava com o sr. Green sobre a leiteira, criada de sua mãe, a pedido dela, e tinha prometido a John Groom escrever à sra. Jefferies a respeito do filho dele, e o pobre homem já me esperava havia meia hora. Acho que ninguém pode acusar-me de me poupar em qualquer ocasião, mas, de fato, não posso fazer tudo ao mesmo tempo. Quanto ao fato de Fanny ter ido duas vezes até lá em casa para mim, a distância não chega nem a meio quilômetro. Não creio que lhe tenha pedido algo excessivo. Com que frequência eu mesma percorro essa distância, em algumas ocasiões três vezes por dia, de manhã e à tarde, ai de mim, faça qualquer tempo, e nunca digo nada.

— Gostaria que Fanny tivesse metade da sua força, minha tia.

— Se ela fosse mais assídua nos exercícios físicos, não se abateria tão rápido. Não sai a cavalo faz muito tempo, e me convenci de que, quando não cavalga, deveria caminhar. Se houvesse montado antes, eu não lhe teria pedido isso. Mas achei que lhe faria muito bem caminhar depois de ficar curvada no meio das rosas; pois nada é tão revigorante quanto uma caminhada depois de uma fadiga desse tipo; e, apesar do sol forte, não fazia muito calor. Aqui entre nós, Edmund — ela piscou significativamente para a mãe dele —, foi cortar as rosas e passear à toa de um lado a outro pelo jardim florido, ao sol, que lhe fizeram mal.

— Receio que seja verdade — disse a mais cândida *Lady* Bertram, que a ouvira por acaso. — Grande é meu temor de que começou ali, sim, a dor de cabeça de Fanny, pois o calor era suficiente para matar alguém. Tanto que eu mesma quase não o suportava. Sentada, a chamar Pug, e tentar mantê-lo longe dos canteiros, foi quase demais para mim.

Edmund nada mais disse a nenhuma das duas senhoras. Dirigiu-se, porém, em silêncio à outra mesa, na qual ainda se achava a bandeja da ceia, trouxe uma taça do vinho Madeira para Fanny e obrigou-a a tomar a maior parte da bebida. Ela desejava ter condições para recusá-lo, mas, com as lágrimas que vários sentimentos fizeram brotar-lhe dos olhos, tornava mais fácil engolir que falar.

Apesar de irritado com a mãe e a tia, Edmund sentia-se ainda mais furioso consigo mesmo. Seu próprio esquecimento da prima era pior que qualquer coisa que as duas houvessem feito. Nada disso teria acontecido se a tivessem tratado com a devida consideração, no entanto, haviam-na deixado os últimos dias sem qualquer opção de companhias, exercícios nem desculpa alguma para evitar qualquer obrigação que as tias insensatas exigissem. Envergonha-va-o a ideia de que, por quatro dias seguidos, Fanny ficara impossibilitada de cavalgar, e seriamente decidiu que, por mais que se sentisse contrariado por desagradar a srta. Crawford, isso nunca mais tornaria a acontecer.

Fanny foi deitar-se com o coração tão repleto de emoções como na noite em que chegara a Mansfield Park. Seu estado de espírito na certa contribuíra para aquela indisposição, pois sentia-se esquecida e vinha lutando contra o descontentamento e a inveja fazia alguns dias. Quando se recostara no sofá, no qual se refugiara para não ser vista, a dor que sentia no íntimo em muito superava a enxaqueca; e a repentina mudança causada pela bondosa atenção de Edmund deixou-a quase sem saber em que se apoiar.

CAPÍTULO 8

Os passeios a cavalo de Fanny recomeçaram no dia seguinte, e como era uma manhã fresca e aprazível, o tempo, menos quente do que fizera nas manhãs anteriores, Edmund tinha esperança de que a jovem logo recuperasse as perdas de saúde e bem-estar.

Enquanto ela saía na cavalgada, chegou o sr. Rushworth, acompanhado da mãe, que passou a ser gentil e mostrar especial cortesia, ao insistir que se realizasse o plano de visitar Sotherton, proposto quinze dias antes, o qual, em consequência da sua posterior ausência, desde então se mantivera esquecido. A sra. Norris e as sobrinhas ficaram muito satisfeitas com a retomada do combinado, marcou-se e acertou-se um dia próximo, desde que o sr. Crawford estivesse livre; as mocinhas não esqueceram essa condição e, embora a sra. Norris desejasse de boa vontade responder por ele, elas não quiseram autorizar a liberdade, nem correr o risco; por fim, após uma sugestão da srta. Bertram, o sr. Rushworth constatou que o melhor a fazer era ele mesmo ir direto ao presbitério falar com o sr. Crawford e perguntar se a próxima quarta-feira lhe seria conveniente ou não.

Antes do retorno dele, chegaram a sra. Grant e a srta. Crawford. Como haviam passado algum tempo fora e tomado um outro caminho até a casa, não cruzaram com o sr. Rushworth. Deram, contudo, reconfortantes esperanças de que ele encontraria o sr. Crawford em casa. Falou-se, sem dúvida, da visita de Sotherton. De fato, era quase impossível conversarem sobre outra coisa, pois a sra. Norris estava animadíssima com a ideia, e a sra. Rushworth, uma mulher bem-intencionada, amável, prática e pomposa, que não dava importância a nada além do que se relacionava aos seus interesses e aos do filho, ainda não desistira de insistir que *Lady* Bertram fizesse parte do grupo. *Lady* Bertram apenas recusava; mas a forma serena da recusa continuou a fazer a sra. Rushworth achar que ela desejava ir, até que as numerosas palavras e o tom mais alto da sra. Norris a convenceram da verdade.

— Seria cansativo demais para minha irmã, excessivamente fatigante, eu lhe asseguro, minha cara sra. Rushworth. Dezesseis quilômetros de ida e mais os de volta, como a senhora sabe. Deve desculpar minha irmã nessa ocasião e aceitar nossas queridas meninas e a mim, sem ela. Sotherton é o único lugar que lhe despertaria o desejo de percorrer tão longa distância, mas isso de fato não pode ser. Ela terá a companhia de Fanny, assim tudo ficará muito bem; e quanto a Edmund, como não se encontra presente para dizê-lo, posso responder, em seu lugar, que terá muito prazer em juntar-se ao grupo. Ele poderá ir a cavalo, sabe?

A sra. Rushworth, ao ver-se obrigada a admitir que *Lady* Bertram ficaria em casa, só pôde lamentar.

— A companhia de *Lady* Bertram me fará muita falta, e também me proporcionaria extrema satisfação receber a mocinha, a srta. Price, que ainda não esteve em Sotherton, e é uma pena que não conheça a casa.

— É amabilíssima, minha cara senhora, mais amável, impossível — exclamou a sra. Norris —; mas quanto a Fanny, ela terá muitas oportunidades de conhecer Sotherton. Dispõe de bastante tempo diante de si; e sua ida agora está fora de questão. Seria de todo impossível minha irmã dispensá-la.

— Ah, não! Não posso ficar sem ela.

A sra. Rushworth continuou em seguida, convencida de que todos queriam conhecer Sotherton, incluindo a srta. Crawford no convite; e embora a sra. Grant, que não se dera o trabalho de visitar a sra. Rushworth por ocasião de sua mudança para a região, com toda a educação o recusasse, por iniciativa própria, alegrou-se ao garantir todo o prazer para a irmã. O sr. Rushworth retornou da reitoria bem-sucedido, e Edmund apareceu ainda em tempo de saber o que se programara para quarta-feira, acompanhar a sra. Rushworth até a sua carruagem e percorrer a metade da propriedade com as duas outras senhoras.

Ao retornar à sala do desjejum, encontrou a sra. Norris tentando decidir se a inclusão da srta. Crawford no grupo era ou não desejável, ou se a carruagem do irmão ficaria lotada sem ela. As senhoritas Bertram riram da ideia, garantindo-lhe que o veículo acomodava quatro pessoas muito bem, sem contar a boleia, na qual uma poderia ir com ele.

— Mas por que é necessário — perguntou Edmund — que se use a carruagem de Crawford, ou apenas a dele? Por que não usamos o cabriolé da minha mãe? Não entendi, quando se mencionou pela primeira vez o plano no outro dia, por que não se fazia uma visita da família na carruagem da família.

— Mas que absurdo! — exclamou Julia. — Irmos as três apertadas num único banco com esse tempo, quando podemos ocupar assentos numa carruagem! Não, meu caro Edmund, impossível.

— Além disso — falou Maria —, sei que o sr. Crawford faz questão de nos levar. Depois do que se falou a princípio, ele o afirmou como um compromisso.

— E, meu caro Edmund — acrescentou a sra. Norris —, levar duas carruagens, quando basta uma, seria arranjar problemas inúteis e, aqui entre nós, o cocheiro não gosta muito das estradas que nos unem a Sotherton; vive reclamando mal-humorado das pistas estreitas que arranham a carruagem, e você compreende que ninguém desejaria que o caro *Sir* Thomas, quando retornasse, encontrasse todo o verniz arranhado.

— Esse não seria um motivo muito nobre para usar a carruagem do sr. Crawford — comentou Maria —, mas a verdade é que Wilcox não passa de um velho tolo, além de não saber conduzir. Garanto que não vamos encontrar empecilho algum em relação às pistas estreitas na quarta-feira.

— Não creio que seja uma dificuldade, nem que seja desagradável — disse Edmund — eu viajar na boleia.

— Desagradável! — exclamou Maria. — Ah, querido, acho que todos o consideram o assento preferido. As paisagens do campo que se descortinam desse lugar são incomparáveis. É provável que a própria srta. Crawford prefira ir ao lado do cocheiro.

— Então não pode haver objeção alguma quanto à ida de Fanny com vocês. Nem a menor dúvida de que há espaço para ela.

— Fanny! — repetiu a sra. Norris. — Meu caro Edmund, não se cogita que ela vá conosco, pois vai ficar com a tia. Foi o que eu disse à sra. Rushworth, que já não a espera.

— A senhora não tem nenhum motivo, dirigindo-se à mãe — ele disse — para desejar que Fanny não faça parte do grupo, a não ser que seja algo pessoal ou por sua própria comodidade. Se pudesse dispensá-la, não ia querer mantê-la em casa, ia?

— Decerto que não, mas *não posso* dispensá-la.

— Pode, sim, se eu ficar em casa com a senhora, como pretendo fazer.

Em reação a isso, ouviu-se um clamor geral.

— Sim — ele continuou —, não há a menor necessidade de eu ir, e pretendo ficar em casa. Fanny acalenta um enorme desejo de conhecer Sotherton. Sei que ela o deseja muito, pois raras vezes tem uma satisfação como essa. Claro que ficaria feliz, mamãe, se lhe proporcionasse o prazer agora, não?

— Ah, sim! Muito feliz, se sua tia não fizer nenhuma objeção.

A sra. Norris apressou-se em expressar a única objeção que ainda permanecia, a de haver afirmado categoricamente à sra. Rushworth que Fanny não poderia ir, e seu aparecimento lá seria muito estranho, em consequência, a anfitriã seria obrigada a recebê-la, o que lhe parecia uma dificuldade quase impossível de superar. Causaria péssima impressão! Considerava algo muito descortês, que beirava o desrespeito pela sra. Rushworth, cujas maneiras eram um padrão exemplar de boa educação e fineza. A sra. Norris não tinha a menor afeição por Fanny, nem desejo algum de proporcionar-lhe um momento de alegria, mas se opor agora a Edmund suscitava ainda mais parcialidade do plano que ela idealizara do que qualquer outra coisa. Achava que combinara tudo muito bem e que qualquer alteração só resultaria em algo pior. Por isso, quando Edmund respondeu-lhe, ao vê-la prestar atenção, que ela não precisava preocupar-se por causa da sra. Rushworth, pois ele aproveitara a oportunidade, ao acompanhá-la até a carruagem, de mencionar a srta. Price como uma das que na certa fariam parte do grupo, e recebera um convite bastante direto para a prima, a sra. Norris sentiu-se humilhada demais para ceder com suficiente elegância e disse apenas:

— Muito bem, muito bem, faça como quiser, combine à sua maneira, para mim pouco importa.

— Parece muito estranho — disse Maria — que você fique em casa em vez de Fanny.

— Sei que ela se sentirá muito grata a você — acrescentou Julia, e saiu apressada da sala enquanto falava, mas consciente de que ela mesma deveria ter-se oferecido para ficar e fazer companhia à mãe.

— Fanny se sentirá tão grata quanto exige a ocasião — foi a única resposta do rapaz, que encerrou o assunto.

A gratidão de Fanny, quando soube do combinado, foi de fato muito maior que a alegria. Sentia a bondade de Edmund com toda, e mais que toda, a sensibilidade, da qual ele, sem suspeitar o quanto a prima lhe era apegada, mal poderia se dar conta; mas lhe doía o fato de ele ter de se privar de toda satisfação por causa dela, e sua própria satisfação em conhecer Sotherton não seria completa sem o rapaz.

O encontro seguinte das duas famílias de Mansfield deu origem a outra alteração no plano, que foi aceita com aprovação geral. A sra. Grant ofereceu-se para fazer companhia à sra. Bertram naquele dia no lugar do filho, e o dr. Grant se juntaria a elas no jantar. *Lady* Bertram ficou muito satisfeita, e as mocinhas mais uma vez se animaram. Até Edmund sentiu-se muito grato por um ajuste que lhe restituía a participação no grupo. A sra. Norris considerou o plano excelente, tinha a sugestão na ponta da língua e ia propô-la quando a sra. Grant expressou-a primeiro.

A quarta-feira amanheceu com um tempo esplêndido, e logo após o desjejum chegou a carruagem com o sr. Crawford conduzindo a irmã. Como todos se achavam prontos, faltava apenas a sra. Grant descer do veículo e os outros ocuparem seus lugares; o lugar dos lugares, o assento invejado, o posto de honra, foi desocupado. A quem caberia a sorte? Enquanto cada uma das irmãs Bertram meditava sobre como melhor ocupá-lo, dando a impressão de cedê-lo às outras, a sra. Grant resolveu o impasse dizendo, ao descer da carruagem:

— Visto que são cinco pessoas, é melhor que uma se sente ao lado de Henry. Como você dizia outro dia que desejava aprender a conduzir, Julia, eu acredito que essa será uma boa oportunidade de tomar uma aula.

Feliz Julia! Infeliz Maria! A primeira logo se instalou na boleia ao lado de Henry, a última ocupou o lugar no interior, com o semblante tristonho e mortificado. A carruagem partiu em meio às despedidas com votos de boa viagem das duas senhoras que ficaram e os latidos de Pug nos braços da dona.

O caminho percorria uma linda paisagem campestre, e Fanny, cujos passeios a cavalo nunca foram tão distantes, logo se extasiou com o cenário, muito feliz ao observar tudo que era novo e admirar a beleza do lugar. Não a convidavam com frequência a participar da conversa das outras, nem ela o desejava. Tinha as próprias ideias e reflexões como melhores companheiras. Observar o visual do campo, os rumos da estrada, a diferença de solo, o estado da colheita, os chalés, o gado e as crianças proporcionava-lhe diversão que só se intensificaria se tivesse a presença de Edmund para expressar-lhe o que sentia. Esse era o único ponto de semelhança entre ela e a moça sentada ao seu lado: fora a afeição que as duas tinham por Edmund, era muito diferente da srta. Crawford, que nada tinha da delicadeza de gosto, mente e sentimento de Fanny. Ela via a natureza inanimada sem observá-la, toda a sua atenção era voltada apenas para homens e mulheres, às aptidões da jovem só interessavam as coisas supérfluas. Ao se virarem para trás à procura de Edmund, porém, quando alguma extensão de estrada as separava do rapaz, ou quando ele se aproximava da carruagem após subir uma considerável ladeira, as duas se uniram e disseram em uníssono "lá está ele", mais de uma vez.

Durante os primeiros onze quilômetros, a srta. Bertram viajou sentindo muito pouco bem-estar. Sua visão sempre terminava no sr. Crawford e em Julia, sentados lado a lado, envoltos em conversa e diversão; e ver apenas o expressivo perfil dele quando se virava com um sorriso para a irmã dela, ou captar a risada desta, constituía uma eterna fonte de irritação, que só o próprio senso de decoro conseguia dissimular. Quando Julia olhava para trás, exibia um semblante de deleite, e sempre que se dirigia a elas expressava grande animação: "que visão encantadora tinha do campo, gostaria que todas as outras a apreciassem dali", etc. Mas a única oferta de troca de lugar foi feita a Mary, quando chegavam ao pico de uma longa colina, e mesmo assim o convite limitou-se a isto:

— Que magnífica vista do campo. Gostaria que se sentasse no meu lugar, mas ouso dizer que não o aceitará, nem sequer me deixará insistir muito.

E a srta. Crawford mal teve chance de responder antes que a carruagem mais uma vez se deslocasse a um bom ritmo.

Quando chegaram à região de Sotherton, tudo melhorou para Maria Bertram, de quem se podia dizer possuir duas cartas na manga. Tinha tanto sentimentos por Rushworth quanto sentimentos por Crawford, e na vizinhança de Sotherton os primeiros exerciam considerável influência. A importância social do sr. Rushworth também era sua. Não podia dizer à srta. Crawford que "aqueles bosques pertenciam a Sotherton", nem observar descuidadamente que "acreditava que todas as terras nos dois lados da estrada eram agora propriedade do sr. Rushworth", sem trair o júbilo que sentia no íntimo. E o prazer se intensificava à medida que se aproximavam da imponente mansão feudal e antiga residência senhorial da família com todos os direitos de *court-leet* e *court-baron*.[5]

— A partir de agora não teremos mais estrada acidentada, srta. Crawford, nossas dificuldades terminaram. O resto do caminho se encontra em bom estado. O sr. Rushworth cuidou disso assim que herdou a propriedade. Aqui começa a aldeia. De fato, esses chalés são vergonhosos. A torre da igreja

---

[5] Termos do sistema jurídico inglês, *common law*, conhecidos como jurisdições senhoriais, ou seja, quando a lei era aplicada conforme as diretrizes dos senhores do local.

destaca-se pela admirável beleza. Alegra-me que a igreja não fique tão perto da casa principal como muitas vezes acontece em lugares antigos. O barulho dos sinos deve ser terrível. Ali se vê o presbitério, uma casa de aparência bem cuidada. Ouvi dizer que o clérigo e a esposa são pessoas muito decentes. Aqueles são asilos de pobres, construídos por membros da família. À direita, é a casa do administrador, um homem muito respeitável. Agora nos aproximamos dos portões da residência, mas ainda temos cerca de um quilômetro e meio de terreno a percorrer. Não é feio este trecho; como veem há belas árvores, mas a casa encontra-se em terrível estado. Vamos descer quase um quilômetro pela colina para chegar lá; uma pena, pois não seria um lugar de aparência negligente se tivesse melhor acesso.

A srta. Crawford não demorou a regozijar-se. Logo imaginou os sentimentos de Maria Bertram e fez questão de aumentar a satisfação dela ao máximo. A sra. Norris era toda deleite e palavras. Até Fanny teve algo a dizer, admirada, e ouviram-na com complacência. A jovem absorvia entusiasmada tudo ao alcance e, após ter alguma dificuldade para avistar a casa, observou:

— Trata-se do tipo de prédio que só se pode contemplar com respeito. Agora, onde fica a alameda? — perguntou. — A frente da casa dá para o leste, percebo. A alameda, portanto, deve ficar atrás. O sr. Rushworth falou da fachada oeste.

— Sim, de fato fica atrás da casa. Começa a uma pequena distância e sobe por quase um quilômetro até a extremidade do terreno. Pode-se ver parte da alameda daqui... algumas das árvores ali mais ao longe... aqueles carvalhos.

Maria Bertram agora poderia dar claras informações do que nada sabia alguns dias antes, quando o sr. Rushworth perguntasse a sua opinião, e sentia uma felicidade tão grande quanto podiam proporcionar a vaidade e o orgulho, ao pararem diante dos espaçosos degraus de pedra defronte à entrada principal.

CAPÍTULO 9

O sr. Rushworth esperava na porta para receber sua bela dama, e acolheu com a devida atenção o grupo todo. Na sala de estar, eles foram recebidos com igual cordialidade pela mãe, que prestou a Maria Bertram todas as honras que ela desejava. Findas as atividades da chegada, era preciso primeiro comer, e as portas foram abertas para permitir a passagem por uma ou duas salas intermediárias até a sala de jantar, onde se preparou uma refeição leve com fartura e elegância. Muito se disse e muito se comeu, e tudo transcorreu bem. Considerou-se então o objetivo específico da visita. Como gostaria e de que maneira preferiria o sr. Crawford fazer um levantamento do terreno? O sr. Rushworth mencionou um coche de dois lugares. O sr. Crawford sugeriu a maior conveniência de um veículo que transportasse mais de duas pessoas.

— Privar-nos da vantagem de outros olhos e avaliações talvez fosse uma perda ainda maior do que a satisfação do momento.

A sra. Rushworth propôs que levassem também a carruagem, mas mal se recebeu isso como uma solução; as moças não sorriram nem falaram. Sua proposta seguinte, de mostrar a casa aos que ainda não a haviam visitado, teve mais aceitação, pois agradava a Maria Bertram a ideia de que se exibisse sua grandeza, e todos ficaram satisfeitos por fazer alguma coisa.

O grupo todo se levantou e a sra. Rushworth conduziu-os por vários aposentos, todos imponentes, muito grandes e amplamente mobiliados ao estilo que predominava cinquenta anos antes, com pisos brilhando, mogno maciço, ricos tecidos adamascados, mármores dourados e esculturas, todos bonitos à sua maneira. Havia grande quantidade de quadros, alguns muito bons, mas a maioria constituía retratos de família, com alguma importância apenas para a sra. Rushworth, que aprendera a duras penas de quem se tratava com o ensinamento da governanta, e agora era quase tão bem qualificada para mostrar a casa quanto ela. Nesse momento, dirigia-se sobretudo à srta. Crawford e Fanny, mas não se podia comparar a atenção demonstrada pelas duas, pois a primeira, que vira inúmeras mansões grandiosas e nenhuma lhe despertara interesse, dava a impressão de ouvir apenas por cortesia, enquanto a segunda, a quem tudo interessava por ser novo, escutava com genuína seriedade tudo que a sra. Rushworth contava sobre a família em épocas anteriores, sua ascensão e grandeza, as visitas régias e os leais empreendimentos, encantada ao relacionar tudo à história já conhecida ou aquecer a imaginação com cenas do passado.

A posição da casa excluía a possibilidade de se admirar a paisagem de alguns aposentos e, enquanto Fanny e alguns dos outros acompanhavam a sra. Rushworth, Henry Crawford franzia o cenho e balançava a cabeça diante das janelas. Todos os cômodos da fachada oeste davam para um gramado até o início da alameda, logo além de altas cercas de ferro e portões.

Após visitar muitos outros aposentos, cuja utilidade parecia ser apenas contribuir para a cobrança maior de impostos pelo número de janelas e exigir o trabalho de mais criados, a dona da casa disse:

— Agora vamos à capela, na qual deveríamos entrar por cima e apreciá-la corretamente do alto, mas, como estamos entre amigos, queiram me desculpar por tomar este caminho.

Todos entraram. A imaginação de Fanny preparara-a para algo mais grandioso do que apenas uma sala retangular espaçosa equipada com a finalidade de devoção — sem nada mais impressionante nem solene que a profusão de mogno e as almofadas de veludo carmesim que apareciam sobre a saliência da galeria da família acima.

— Que decepção — ela disse em voz baixa a Edmund. — Não corresponde à ideia que tenho de uma capela. Não se vê nada de sublime aqui, nem melancólico, nem grandioso. Não contém naves, arcos, inscrições, bandeiras. Sem bandeiras, primo, para serem "sopradas pelo vento noturno celestial". Nem símbolos de que "um monarca escocês descansa aqui embaixo".

— Você se esquece, Fanny, de como é recente esta construção e para uma finalidade restrita, comparada com as antigas capelas de castelos e mosteiros. Destinava-se apenas ao uso privado da família, cujos membros, creio, foram enterrados na igreja paroquial. Lá você deve procurar as bandeiras e os feitos heroicos.

— Tolice minha não pensar em tudo isso, mas continuo decepcionada.

A sra. Rushworth começou o relato.

— Esta capela foi equipada, como veem, na época de Jaime II. Acho que antes desse período os bancos eram apenas de madeira, e há alguns motivos para crer que se confeccionavam os estofamentos e almofadas do púlpito e dos assentos da família somente em tecido púrpura, mas não tenho certeza disso. Trata-se de uma bonita capela, da qual antes se fazia uso constante de manhã e ao anoitecer. O capelão da casa sempre lia as preces aqui, como muitos recordam. Mas o finado sr. Rushworth interrompeu o costume.

— Cada geração tem suas melhorias — disse a srta. Crawford, com um sorriso para Edmund.

A sra. Rushworth afastou-se para repetir a lição ao sr. Crawford. Edmund, Fanny e a srta. Crawford permaneceram juntos em um pequeno grupo.

— É lamentável — exclamou Fanny — que se tenha interrompido o costume. Consistia em uma valiosa parte dos tempos antigos. Uma capela e um capelão combinam tanto com uma grande mansão, de acordo com as ideias que temos de como deveria ser uma família! Todos os membros se reunirem todos os dias para orar é admirável!

— Muito admirável, de fato! — respondeu a srta. Crawford, rindo. — Devia fazer muito bem aos chefes de família obrigarem as pobres criadas e os lacaios a abandonarem o trabalho e o prazer para fazer as orações aqui duas vezes por dia, enquanto eles inventavam desculpas para se ausentar.

— Dificilmente *essa* é a ideia que Fanny tem de uma reunião familiar — disse Edmund. — Se o amo e a ama não participam, o costume causa mais mal que bem.

— De qualquer modo, é mais seguro deixar as pessoas fazerem o que querem a respeito dessas questões. Todo mundo gosta de seguir o próprio caminho... escolher a hora e a forma de devoção. A obrigação de participar, a formalidade, a coerção, a duração... tudo isso é uma coisa impiedosa de que ninguém gosta. Se a boa gente que se ajoelhava e bocejava nessa galeria houvesse previsto que chegaria o tempo em que homens e mulheres poderiam permanecer mais dez minutos na cama quando acordassem com dor de cabeça, sem temer o risco de reprovação porque faltaram às preces na capela, teria pulado de alegria e inveja. Você nunca imaginou com que sentimentos relutantes as antigas mulheres da casa de Rushworth vinham a esta capela?

As jovens senhoras Eleanor e Bridget eram rígidas em aparente devoção, mas com a cabeça cheia de coisas muito diferentes, sobretudo se não valesse a pena olhar o coitado do capelão. Imagino que naquela época os párocos eram muito inferiores ao que são hoje.

Passaram-se alguns instantes sem ninguém responder. Fanny enrubesceu e encarou Edmund, mas se sentiu furiosa demais para falar, e ele precisou ponderar um pouco antes de dizer:

— Sua mente animada dificilmente é séria mesmo quando se trata de assuntos sérios. Deu-nos um divertido esboço e, do ponto de vista da natureza humana, não se pode negá-lo. Todos sentimos, *às vezes*, a dificuldade de concentrar os pensamentos como gostaríamos, mas, se você supõe que se trata de uma coisa frequente, isto é, uma fraqueza transformada em hábito por negligência, que se poderia esperar das devoções privadas dessas pessoas? Acha que as mentes dos que sofrem, dos que se permitem divagar numa capela, se concentrariam melhor num cubículo?

— Sim, muito provável. Teriam duas chances pelo menos em favor deles. Haveria menos coisas externas para lhes distrair a atenção, e a provação não seria tão longa.

— Creio que a mente que não luta contra si mesma numa das circunstâncias encontraria motivos de distração na outra, e a influência do lugar e do exemplo pode muitas vezes despertar melhores sentimentos do que se tinha antes. A maior duração do serviço religioso, porém, admito ser às vezes um esforço muito difícil para a mente. Gostaria que não fosse assim, mas ainda não saí de Oxford o tempo suficiente para esquecer o que são preces numa capela.

Enquanto se discorria sobre isso, com o restante do grupo espalhado na capela, Julia chamou a atenção do sr. Crawford para a irmã e disse:

— Veja o sr. Rushworth e Maria ali em pé, lado a lado, como se a cerimônia fosse ser realizada. Não se desprende dos dois o ar perfeito de união?

O sr. Crawford aquiesceu com um sorriso, dirigiu-se a Maria e declarou numa voz que só ela podia ouvir:

— Não gosto de ver a srta. Bertram tão perto do altar.

A moça sobressaltou-se e por instinto se afastou um ou dois passos, mas logo se recuperou, fingiu rir e perguntou-lhe num tom não muito mais alto:

— Gostaria de me conduzir e me entregar em casamento?

— Receio fazê-lo de forma muito desajeitada — ele respondeu com um olhar expressivo.

Julia juntou-se aos dois no momento e levou a brincadeira adiante.

— Palavra de honra, é de fato uma pena que não se realize agora mesmo, se tivéssemos ao menos o proclama, pois estamos todos juntos e nada no mundo seria mais aconchegante e agradável.

Ela falou e riu com pouca cautela, como a chamar a atenção do sr. Rushworth e da mãe dele, expondo a irmã aos galanteios do amado, enquanto a sra. Rushworth expressava-se com sorrisos adequados e dignidade que seria para ela um evento muito feliz quando ocorresse.

— Se Edmund já tivesse se ordenado! — exclamou Julia correndo ao lugar onde ele se encontrava com a srta. Crawford e Fanny. — Meu caro Edmund, se você tivesse se ordenado, poderia realizar a cerimônia agora mesmo. É lamentável que ainda não tenha feito a colação, pois o sr. Rushworth e Maria estão bem prontos.

O semblante da srta. Crawford, enquanto Julia falava, talvez houvesse divertido um observador desinteressado. Parecia quase horrorizada com a nova ideia que recebia. Fanny sentiu pena da outra. "Como ficará angustiada com o que ela disse ainda há pouco", passou-lhe pela mente.

— Ordenado! — exclamou a srta. Crawford. — Como? Você vai ser clérigo?

— Vou, receberei as ordens logo depois do retorno do meu pai... talvez no Natal.

A srta. Crawford, ao recobrar o ânimo e recuperar a cor do rosto, respondeu apenas:

— Se eu soubesse disso antes, teria falado do clero com mais respeito — e mudou de assunto.

Logo depois deixaram a capela ao silêncio e à imobilidade que nela reinavam, com poucas interrupções, durante o ano todo. Maria Bertram, aborrecida com a irmã, saiu primeiro. Todos pareciam sentir que haviam permanecido ali tempo demais.

Já se visitara todo o rés do chão da casa, e a sra. Rushworth, anfitriã incansável, teria prosseguido em direção à escadaria principal, conduzindo-os aos aposentos acima, se o filho não tivesse intervindo com uma dúvida quanto a haver tempo suficiente.

— Porque — ele disse com o tipo de proposição óbvia que muitos com a mente mais brilhante nem sempre evitam — se demorarmos demais visitando o interior da casa, não sobrará tempo para o que devemos fazer fora. Já passa das duas e vamos jantar às cinco.

A sra. Rushworth concordou e a questão de percorrer o terreno, com quem e como, parecia tornar-se um debate mais agitado. A sra. Norris começava a organizar a combinação de carruagens e cavalos mais conveniente, quando os jovens, ao toparem com uma tentadora porta aberta para um lance de escada que levava direto ao gramado, aos arbustos e a todas as delícias de um jardim como aquele, por impulso, pelo desejo de ar livre e liberdade, saíram todos.

— Creio que podemos dar uma volta por aqui no momento — propôs a dona da casa, aceitando com toda cortesia a sugestão dos demais e seguindo-os. Aqui está a maior parte de nossas plantas, além dos interessantes faisões.

— Pergunto-me — disse o sr. Crawford, olhando em volta — se talvez a gente não encontre algo a fazer aqui antes de ir mais longe. Vejo muros muito promissores, sr. Rushworth; devemos reunir o grupo para decidir a respeito deste pátio?

— James — disse a sra. Rushworth ao filho —, creio que a floresta será uma novidade para todo o grupo. Maria e Julia Bertram ainda não a viram.

Não se fez objeção alguma, mas por algum tempo pareceu não se manifestar qualquer disposição para mover-se do lugar nem se distanciar dali. Todos se sentiram atraídos, a princípio, pelas plantas ou pelos faisões e dispersaram-se em feliz independência. O sr. Crawford foi o primeiro a seguir em frente para examinar as possibilidades daquele lado da casa. O terreno, com relva e cercado por muros altos, continha, além da primeira área plantada, um gramado para jogo de críquete ou boliche e adiante deste um comprido terraço, com grades de ferro, acima do qual se descortinava uma vista das copas das árvores do bosque contíguo. Era um bom lugar de onde se observar com espírito crítico. Ao sr. Crawford logo se seguiram Maria Bertram e James Rushworth e, quando algum tempo depois os outros começaram a reunir-se em grupos, Edmund, a srta. Crawford e Fanny, que pareciam unidos com tanta naturalidade, os encontraram em intensa conversa sobre o terraço. Após uma breve participação em seus pesares e dificuldades, eles os deixaram e continuaram em frente. Os três restantes, a sra. Rushworth, a sra. Norris e Julia, ainda se encontravam bem distantes, pois a jovem, cuja boa estrela deixara de brilhar, foi obrigada a permanecer ao lado da sra. Rushworth e conter os pés impacientes para acompanhar os passos lentos da senhora, enquanto sua tia, após encontrar a governanta, que saíra para dar de comer aos faisões, demorava-se atrás em tagarelice com ela. Pobre Julia, a única dos nove que não se sentia nada satisfeita com sua sorte, achava-se agora num estado de total penitência, tão diferente da moça sentada na boleia da carruagem quanto se podia imaginar. A amabilidade com a qual fora criada para praticar como um dever não lhe possibilitava escapar, ao mesmo tempo que a carência do tipo mais elevado de autodomínio, a consideração pelos outros, o conhecimento do próprio coração, o princípio do que é certo, os quais não haviam feito parte essencial da sua educação, faziam-na sentir-se infeliz em tal obrigação.

— Que calor insuportável — queixou-se a srta. Crawford quando, após darem uma volta no terraço, dirigiam-se mais uma vez à porta no meio que se abria para o bosque. — Algum de nós faz objeção a ir para um lugar mais agradável? Tem um lindo bosque ali, se pudéssemos chegar... que felicidade se a porta não estivesse trancada! Mas claro que está, pois nesses lugares grandiosos os jardineiros são os únicos que podem ir aonde desejam.

Verificou-se que a porta não estava trancada, e todos concordaram com muita alegria em transpô-la e deixar para trás a rigorosa claridade do dia. Um considerável lance de escadas levou-os ao bosque, na verdade um terreno com cerca de nove quilômetros quadrados e árvores plantadas. Embora predominassem lárix, loureiros e faias podados, dispostos com demasiada simetria, era escuro, sombreado, além de oferecer beleza natural, comparado ao gramado para jogo de bolas e o terraço. Todos sentiram o ar refrescante do lugar e por algum tempo quiseram apenas caminhar e admirar. Por fim, após uma breve pausa, a srta. Crawford retomou a palavra.

— Então vai ser sacerdote, sr. Bertram. Isso muito me surpreende.

— Por que haveria de surpreendê-la? Deve imaginar-me destinado a alguma profissão e talvez perceba que não sou advogado, nem soldado, nem marinheiro.

— Verdade, mas, em suma, a ideia não me ocorrera. Bem sabe que em geral há um tio ou avô para deixar uma fortuna ao segundo filho.

— Prática muito louvável — respondeu Edmund —, mas não universal. Sou uma das exceções e assim preciso fazer algo por mim mesmo.

— Mas por que tem de ser sacerdote? Achei que esse sempre fosse o destino do filho mais moço quando há muitos outros filhos a escolherem antes dele.

— Acha então que nunca se escolhe a igreja?

— *Nunca* é uma palavra forte. Mas acho, sim, no *nunca* de uma conversa, que significa *não muito frequentemente*. Mas o que se tem para fazer em uma igreja? Os homens gostam de se distinguir e, em qualquer das outras carreiras pode-se conquistar distinção, mas não na Igreja. Um sacerdote nada é.

— O *nada* da conversa tem suas gradações, espero, assim como o *nunca*. O sacerdote talvez não se destaque em grandeza de *status* ou elegância. Ele não deve liderar multidões nem ditar a forma de se vestir. Mas não posso chamar tal situação de nada, que tem a responsabilidade de tudo que é de primeira importância para a humanidade, considerada em termos individuais ou coletivos, temporais e eternos, além do encargo da religião e da moral, e, em consequência, dos costumes que resultam da influência desses valores. Ninguém aqui pode chamar o ofício de nada. Se quem o exerce nada é, isso se deve à negligência do seu dever, por se conceder mais importância do que tem e por sair do seu lugar para aparentar o que não deveria.

— O senhor atribui maior importância ao sacerdote do que se costuma dar ou que eu possa compreender bem. Não notamos muito essa influência e importância na sociedade, e como podem ser adquiridas, se raras vezes a gente as vê? Como é possível que dois sermões por semana, mesmo se considerados dignos de serem ouvidos, mesmo que o pregador tenha o bom senso de preferir os do respeitado reverendo Blair aos dele próprio, façam tudo a que você se refere? Governar a conduta e modelar os costumes de uma grande congregação pelo resto da semana? Mal se vê um sacerdote fora do púlpito.

— A senhorita fala de Londres, eu falo da nação como um todo.

— Imagino que a metrópole seja um bom exemplo.

— Espero que não da proporção entre virtude e vício em todo o reino. Não procuramos em grandes cidades nossa melhor moralidade, pois não se encontra ali. Nem ali é o lugar onde as pessoas de qualquer credo podem fazer o bem e, com certeza, tampouco onde se sente mais a influência do clero. Ao bom pregador se segue e se admira. Mas não apenas com belos sermões um bom pregador será útil na paróquia e na vizinhança, onde a paróquia e a vizinhança correspondem a um tamanho que permita conhecer o caráter pessoal e observar a conduta geral dele, o que em Londres raras vezes ocorre. O clero se perde nas multidões dos paroquianos, cuja maior parte só conhece os sacerdotes como pregadores. E, com relação à influência deles nos costumes públicos, srta. Crawford, não me interprete mal, nem suponha que eu pretenda chamá-los de árbitros da boa formação, reguladores de refinamento e cortesia, os mestres de cerimônias da vida. Talvez fosse preferível chamar de *conduta* os *costumes* a que me refiro... o resultado de bons princípios. O efeito, em suma, daquelas doutrinas que eles têm o dever de ensinar e recomendar; e creio que em todos os lugares se constatará que o clero é ou não é o que deveria ser, pois assim é o resto da nação.

— Com certeza — disse Fanny com delicada seriedade.

— Veja! — exclamou a srta. Crawford. — O senhor convenceu mesmo a srta. Price.

— Quisera eu convencer também a senhorita.

— Acho que jamais o fará — ela respondeu com um sorriso maroto. — Continuo tão surpresa agora quanto fiquei ao saber que pretendia receber as ordens. Considero-o de verdade apto para algo melhor. Vamos, mude de ideia. Não é tarde demais. Entre na faculdade de Direito.

— Entrar na faculdade de Direito! Fala com a mesma naturalidade como se me dissesse para entrar neste bosque.

— Agora vai dizer algo como se a advocacia fosse a pior opção entre as duas, mas eu o previno. Lembre-se de que o preveni.

— Não precisa apressar-se quando o objetivo é apenas me impedir de proferir palavras difíceis, pois não existe nada de retórico em minha natureza. Sou um ser muito prático, franco, e talvez me expressasse de maneira infeliz numa conversa de meia hora repleta de argumentos engenhosos e não conseguisse dizer nada que me fizesse sobressair.

Seguiu-se um silêncio geral. Os três ficaram pensativos. Fanny fez a primeira interrupção ao dizer:

— Não sei por que me sinto cansada só de andar neste agradável bosque, mas, quando encontrarmos um banco, se não for incômodo para vocês, gostaria de me sentar um pouco.

— Minha querida Fanny — exclamou Edmund, e logo lhe tomou o braço —, como fui desatencioso! Espero que não esteja cansada demais. Talvez — disse, virando-se para a srta. Crawford — minha outra companheira me faça a honra de aceitar o outro braço.

— Obrigada, mas não me sinto nem um pouco cansada.

Ela aceitou, porém, o braço, e a satisfação de que a jovem o fizesse, de sentir esse contato pela primeira vez, fez que ele se esquecesse um pouco de Fanny.

— A senhorita mal me toca — disse Edmund. — Assim não lhe presto serviço algum. Que diferença entre o peso do braço de uma mulher e o de um homem! Em Oxford muitas vezes servi de apoio a um homem em toda a extensão de uma rua, e a senhorita não passa de uma mosca em comparação com ele.

— Realmente não me sinto nada cansada, o que quase me admira, pois devemos ter andado mais de um quilômetro e meio neste bosque, não acha?

— Nem a metade — foi a resposta categórica do rapaz, pois ainda não se sentia tão apaixonado a ponto de medir distâncias nem calcular o tempo com a irresponsabilidade feminina.

— Ah! Porque não incluiu no cálculo quantas voltas já demos. Seguimos por um caminho muito sinuoso. O bosque deve ter um quilômetro e meio de comprimento em linha reta, e ainda não chegamos ao fim.

— Mas deve lembrar-se de que, antes de deixarmos aquele primeiro caminho maior, avistamos direto o fim do bosque. Contemplamos toda a paisagem até embaixo e o vimos fechado com portões de ferro. Não deve ter mais que uns duzentos metros de extensão.

— Ora, nada entendo de distâncias, mas tenho certeza de que se trata de um bosque muito longo e que não paramos de contorná-lo de um lado para o outro desde que aqui entramos; portanto, quando digo que já percorremos um quilômetro, faço um cálculo baseado no percurso serpeado.

— Estamos aqui há exatamente quinze minutos — contestou Edmund, pegando o relógio. Acha que andamos a mais de seis quilômetros por hora?

— Ah! Não me contradiga com seu relógio. Relógios sempre se adiantam ou atrasam muito. Não posso me guiar pelo relógio.

Alguns passos mais os levaram ao extremo do caminho a que acabavam de se referir; e ali estendido ao fundo, bem sombreado, abrigado e voltado para um fosso que limitava o parque, encontraram um banco de tamanho confortável, no qual se sentaram os três.

— Receio que se sinta muito cansada, Fanny — comentou Edmund ao observá-la —, por que não disse antes? Não vai ser nada divertido o dia para você, se adoecer. Todo tipo de exercícios cansa-a logo, srta. Crawford, a não ser passear a cavalo.

— Que abominável de sua parte, então, deixar que eu monopolizasse o cavalo dela durante toda a semana! Envergonho-me pelo senhor e por mim mesma; mas prometo que isso não tornará a acontecer.

— Sua amabilidade e consideração tornam-me ainda mais sensível à minha própria negligência. O bem-estar de Fanny parece mais seguro em suas mãos que nas minhas.

— Que ela se sinta cansada agora, porém, não me admira, pois nada cansa mais do que nossas atividades desta manhã: visitar uma grande casa, andar de uma sala para a outra, cansar a vista e a atenção, ouvir o que não se compreende e admirar o que não lhe desperta interesse algum. Em geral considera-se isso uma das coisas mais entediantes do mundo, e a srta. Price também o achou, embora não o soubesse.

— Logo me sentirei descansada — disse Fanny. — Sentar-me à sombra num lindo dia, vendo tanto verdor é o melhor remédio.

Depois de se sentar um momento, a srta. Crawford tornou a levantar-se.

— Preciso mexer-me — ela disse —, ficar parada me entedia. Já cansei de ver o outro lado deste fosso que limita o jardim. Tenho de me aproximar e contemplar a mesma vista através daquele portão de ferro, embora não a veja tão bem.

Edmund também se levantou.

— Ora, srta. Crawford, se examinar a alameda, vai convencer-se de que não pode ter um quilômetro de comprimento, nem sequer a metade.

— É uma distância enorme — ela observou. — Basta eu olhá-la de relance.

Ele insistiu em raciocinar com a jovem, mas em vão. Mary não queria calcular nem comparar. Só queria sorrir e impor seu ponto de vista. O maior grau de coerência racional não poderia ser mais envolvente, e ambos continuaram a conversar com mútua satisfação. Por fim, concordaram que deveriam tentar determinar as dimensões do bosque percorrendo-o mais um pouco. Iriam até um dos extremos pela parte em que agora se encontravam, pois havia um caminho reto gramado, que se estendia ao longo da parte baixa que ladeava o fosso, e dali talvez eles fizessem uma pequena curva em qualquer outra direção, se parecesse necessário para orientá-los, e retornariam em poucos minutos. Fanny disse que se sentia descansada e que também queria acompanhá-los, mas os dois não consentiram. Edmund insistiu que permanecesse onde estava com tanta ênfase que ela não pôde resistir, e eles a deixaram ali no banco a pensar com prazer na preocupação do primo com ela, mas com grande pesar por não ser mais forte. Observou-os até haverem feito a curva e ouviu-os até se extinguir todo o som das vozes dos dois.

CAPÍTULO 10

Passaram-se quinze, vinte minutos, e Fanny continuava a pensar em Edmund, em Mary Crawford e em si mesma, sem que nada a interrompesse. Começou a surpreender-se por a deixarem sozinha tanto tempo e a prestar atenção com ansioso desejo de tornar a ouvir os passos e as vozes deles. Apurou os ouvidos e afinal escutou vozes e passos que se aproximavam, mas nem bem percebera que não eram aqueles que esperava, quando viu surgirem Maria Bertram, o sr. Rushworth e Henry Crawford, pelo mesmo caminho por onde ela chegara, e pararem diante dela.

— A srta. Price está sozinha!
— Minha querida Fanny, o que aconteceu? — foram as primeiras saudações. — Ela contou a história. — Pobre Fanny — exclamou a prima —, como a trataram mal! Melhor seria que tivesse ficado conosco.

Depois, sentando-se com um cavalheiro de cada lado, Maria Bertram retornou à conversa de que os três haviam participado antes, e falaram das possibilidades de reformas com muita animação. Nada ainda se concretizara, mas Henry Crawford estava cheio de ideias e projetos, e, de modo geral, tudo que ele propunha era logo aprovado, primeiro por ela e depois pelo sr. Rushworth, cuja principal ocupação parecia ser ouvir os demais e mal arriscar uma opinião.

Após alguns minutos, Maria Bertram, ao observar o portão de ferro, expressou o desejo de transpô-lo para o parque, a fim de obterem novas e mais abrangentes perspectivas para os planos iniciais. Na opinião de Henry Crawford era isso mesmo que deveriam fazer, além de a melhor e única maneira de prosseguirem com alguma vantagem. Ele logo viu uma colina, a menos de um quilômetro de distância, da qual teriam uma necessária vista panorâmica exata da casa. Portanto, deveriam dirigir-se àquela colina e transpor o portão. O sr. Rushworth desejou haver trazido a chave, chegara até a pensar se não deveria trazê-la ao sair. Afirmou que nunca mais sairia sem ela, mas ainda assim isso não removia o empecilho presente. Não poderiam entrar pelo portão, e, como Maria Bertram não desistisse da intenção de fazê-lo, o impasse terminou com o sr. Rushworth declarando de imediato que voltaria para pegar a chave, e se afastou, apressado.

— Sem dúvida é o melhor que se tem a fazer agora, pois estamos tão longe de casa — disse o sr. Crawford depois que o anfitrião se foi.

— Sim, nada mais há a fazer. Mas agora, com toda a sinceridade, não acha que o lugar está pior do que esperava?

— Na verdade, não, muito pelo contrário. Acho-o melhor, maior, mais imponente e completo em seu estilo, embora este talvez não seja dos melhores. E, para ser franco — disse, baixando um pouco a voz —, creio que nunca tornarei a ver Sotherton com tanto prazer como a vejo agora. Dificilmente outro verão tornará a propriedade mais agradável para mim.

Após um constrangimento momentâneo, a moça respondeu:

— É um homem sociável demais para não ver as coisas com os olhos do mundo. Se outras pessoas acharem que Sotherton melhorou, não tenho dúvida de que também achará.

— Receio não ser tão mundano como me conviria em alguns casos. Meus sentimentos não são tão passageiros assim, e tampouco minha memória do passado subjuga-se com tanta facilidade à dominação, como se vê ocorrer com os homens mais vividos.

Seguiu-se um breve silêncio. A srta. Bertram recomeçou:

— Pareceu apreciar muito a viagem até aqui ao conduzir a carruagem. Alegrou-me vê-lo tão bem entretido. O senhor e Julia riram bastante durante todo o caminho.

— É mesmo? Sim, creio que sim, mas não tenho a mínima lembrança acerca do que ríamos. Ah! Acho que contava a ela algumas anedotas ridículas de um antigo cavalariço irlandês do meu tio. Sua irmã adora rir.

— Considera-a mais alegre que eu.

— Diverte-se com mais facilidade — ele respondeu —, você entende... — acrescentou sorrindo — em consequência é melhor companhia. Eu jamais poderia esperar entreter a senhora com anedotas irlandesas durante uma viagem de dezesseis quilômetros.

— Por certo, creio que seja tão animada como Julia, porém tenho mais coisas em que pensar agora.

— Sem dúvida... e em determinadas situações o excesso de animação denota insensibilidade. Suas perspectivas, contudo, são demasiado promissoras para justificar falta de bom humor. Tem diante de si um futuro muito favorável.

— Quer dizer no sentido literal ou figurado? Literal, concluo. Sim, certamente, o sol brilha e o parque parece muito alegre. Mas por infelicidade aquele portão de ferro diante do fosso fechado me dá uma sensação de opressão e limitação. "Não posso fugir", como diz o estorninho. — Ao falar, e com veemência, ela dirigiu-se ao portão. Ele a seguiu. — Demora tanto o sr. Rushworth para pegar a chave!

— E para o mundo a senhorita não poderia sair sem a chave, nem sem a autoridade e proteção do sr. Rushworth. Ou acredito que poderia, com pouca dificuldade, passar por cima da borda do portão aqui, com a minha ajuda. Acho que talvez seja possível fazê-lo, se realmente desejasse sentir-se mais livre e conseguisse permitir-se não considerá-lo um ato proibido.

— Proibido! Que absurdo! Decerto posso sair dessa maneira e sairei. Sabe que o sr. Rushworth chegará aqui em um instante... não devemos afastar-nos muito, para não ficarmos fora de sua vista.

— Ou, se ficarmos, a srta. Price fará a bondade de lhe dizer que nos encontrará perto daquela colina, no bosque de carvalhos.

Fanny, sentindo tudo aquilo como algo errado, não pôde deixar de tentar impedi-lo.

— Vai machucar-se, srta. Bertram — gritou —, pode ferir-se naqueles espigões de ferro ou rasgar o vestido, além de correr o risco de escorregar no fosso. Seria melhor que não fosse.

Mal Fanny acabara de dizer essas palavras, a prima se encontrava a salvo do outro lado. Sorrindo com toda a alegria do sucesso, dizia:

— Obrigada, minha querida Fanny, mas eu e meu vestido estamos vivos e passamos bem, portanto, até logo.

Fanny mais uma vez se viu entregue à solidão e com sentimentos nada agradáveis, pois quase tudo que vira e ouvira a fazia sofrer, além de estar chocada com a atitude de Maria e irritada com Henry. Como os dois tomaram um caminho sinuoso, que lhe pareceu uma direção errônea para ir à colina, logo os perdeu de vista. E por mais alguns minutos permaneceu sem alcance de visão nem de ruído de qualquer companhia. Parecia ter o bosque todo para si, ali sozinha. Quase tinha motivo para imaginar que Edmund e a srta. Crawford a houvessem abandonado, mas era impossível que o primo a esquecesse por completo.

Mais uma vez, repentinos passos despertaram-na das desagradáveis reflexões. Alguém se aproximava rápido pelo caminho principal. Esperava ver o sr. Rushworth, mas foi Julia, suada, ofegante e com um ar decepcionado, que exclamou ao vê-la:

— Ufa! Onde estão os outros? Pensei que Maria e o sr. Crawford estivessem aqui com você.

Fanny explicou tudo,

— Belo engano, palavra de honra! Não os vejo em parte alguma. — Olhou ansiosamente para o parque. — Mas não podem estar muito longe, e acho que sou tão capaz quanto Maria, mesmo sem ajuda.

— Mas, Julia, o sr. Rushworth vai chegar num instante com a chave. É melhor esperá-lo.

— Eu, não, de jeito nenhum. Sério! Já me fartei da família nesta manhã. Ora, vamos, menina, acabei de me livrar da horrível mãe dele! Aguentar tal castigo, enquanto você fica aí sentada, tão serena e feliz! Queria ver o que sentiria se estivesse no meu lugar, mas você sempre consegue escapar dessas enrascadas.

A prima fizera uma observação muitíssimo injusta, porém Fanny preferiu não se importar e deixou passar. Julia ficara irritada e tinha um temperamento impulsivo, mas ela sentiu que a precipitação não duraria muito, por isso relevou aquelas palavras e apenas perguntou se ela não vira o sr. Rushworth.

— Sim, sim, nós o vimos. Seguia apressado, como se fosse resolver uma questão de vida ou morte e não pudesse perder um minuto para nos dizer aonde ia ou onde vocês estavam.

— É uma pena que tivesse tanto trabalho para nada.

— Isso é problema de Maria. Não sou obrigada a me punir pelos erros dela. A mãe eu não tinha como evitar, enquanto a minha cansativa tia dançava em redor da governanta, mas do filho posso me livrar.

E logo passou por cima da cerca, saltou para o outro lado e afastou-se sem sequer ouvir a última pergunta de Fanny: se a prima vira a srta. Crawford e Edmund. O tipo de receio que se apossara da jovem ao ver o sr. Rushworth, porém, impediu-a de pensar muito na prolongada ausência dos dois como fizera antes. Achava que o anfitrião fora maltratado demais, e sentia-se muito triste para comunicar-lhe o que se passara. Cinco minutos depois da saída de Julia, ele apareceu. Embora Fanny fizesse o máximo possível para relatar a história da forma menos desagradável, o rapaz não pôde ocultar a enorme mortificação e o descontentamento com o que ocorrera. A princípio, quase nada disse; o olhar apenas expressava extrema surpresa e desgosto. Dirigiu-se ao portão e ali parou, sem saber o que fazer.

— Eles quiseram que eu ficasse... minha prima Maria encarregou-me de lhe dizer que os encontraria naquela colina ou nas proximidades.

— Acho que não irei mais adiante — respondeu o sr. Rushworth mal-humorado —, nem os vejo mais. Quando eu chegar à colina, já terão ido para algum outro lugar. Andei demais.

Sentou-se ao lado de Fanny com o semblante muito sombrio.

— Sinto muito — ela disse —, é um grande infortúnio. — E desejou ser capaz de lhe dizer algo mais condizente com a situação.

Após um momento de silêncio, o rapaz lamentou:

— Penso que eles poderiam muito bem ter esperado por mim.

— A srta. Bertram imaginou que a seguiria.

— Não teria de segui-la se ela tivesse esperado por mim.

Como não tinha como negar tal fato, Fanny se calou.

Após outra pausa, ele continuou:

— Diga-me, srta. Price, sente tão grande admiração por esse sr. Crawford como algumas pessoas parecem sentir? De minha parte, não vejo nada de especial nele.

— Não o acho bonito.

— Bonito! Ninguém pode considerar bonito um homem de baixa estatura. Não tem nem um metro e setenta e cinco de altura. Não me surpreende se tiver ainda menos. Acho-o um sujeito sem atrativo algum. Em minha opinião, esses Crawford nada acrescentam. Estaríamos melhor sem eles.

Ao ouvir isso, Fanny deixou escapar um pequeno suspiro e não soube como contradizê-lo.

— Se eu tivesse criado alguma dificuldade em relação a buscar a chave, talvez fosse desculpável, mas saí assim que ela pediu.

— Sei que nada seria mais prestativo que sua atitude, e tenho certeza de que se apressou o máximo que pôde, mas, ainda assim, como sabe, é grande a distância deste local até a casa e, quando pessoas esperam, calculam mal o tempo, e cada meio minuto parece durar cinco vezes mais.

Ele mais uma vez se levantou, dirigiu-se ao portão e "desejou que tivesse trazido a chave antes". Fanny julgou discernir naquela atitude do rapaz ali parado uma indicação de apaziguamento de ânimo, o que a incentivou a fazer outra tentativa, por isso comentou:

— Que pena o senhor não se juntar a eles. Esperavam ter um panorama mais amplo da casa daquele lado da propriedade, e devem estar agora estudando a melhor maneira de reformá-la. Sabe que nada poderá ser decidido sem a sua presença.

Fanny viu-se mais bem-sucedida em afastar que reter uma companhia. O sr. Rushworth convenceu-se.

— Bem — ele disse —, se acha mesmo que é melhor eu ir... seria tolice trazer a chave para não usá-la.

Abriu o portão e afastou-se sem mais cerimônia.

Todos os pensamentos de Fanny concentraram-se então nos dois que a haviam deixado fazia tanto tempo, e, ficando muito impaciente, resolveu sair à procura deles. Seguiu seus passos ao longo do caminho na parte baixa e mal virara em outra curva quando lhe chegaram aos ouvidos a voz e a risada da srta. Crawford; o som aproximava-se, e mais algumas voltas os trouxeram diante dela. Acabavam de retornar para o bosque, vindos do parque, no qual um portão lateral, não trancado, tentara-os a entrar logo depois que a haviam deixado. Lá caminharam pela parte arborizada da propriedade, à qual durante toda a manhã Fanny tivera a esperança de chegar, e ali se sentaram sob uma das árvores. Essa foi a história que contaram. Era evidente que tinham passado o tempo agradavelmente e alheios à prolongada ausência. O melhor consolo para Fanny consistiu em Edmund lhe assegurar que desejara muito a presença da prima e, com toda certeza, teria voltado para buscá-la, se ela já não estivesse cansada. Isso, porém, não bastou para eliminar a dor de ter sido deixada sozinha durante uma hora inteira, quando ele falara em ausentar-se apenas poucos minutos, nem para afastar a curiosidade que sentia por saber o que os dois haviam conversado naquele longo tempo; e a consequência de tudo para a jovem limitou-se à humilhação e decepção no íntimo, quando os três resolveram, em comum acordo, voltar para casa.

Quando chegaram ao pé da escada do terraço, surgiram as sras. Rushworth e Norris, prontas para irem à floresta, após saírem de casa havia uma hora e meia. A sra. Norris se ocupara demais pelo caminho para deslocar-se mais rápido. Quaisquer que fossem os contratempos ocorridos para interceptar o prazer das sobrinhas, não a impediam de julgar a manhã muito divertida, pois a governanta, depois de muitas cortesias sobre o assunto dos faisões, levara-a para a queijaria e lá a informara de tudo sobre as vacas da propriedade e lhe dera a receita de um conhecido queijo cremoso. Desde que Julia as deixara, elas encontraram o jardineiro, ocasião que se revelou muito satisfatória na relação dos dois, pois a sra. Norris o orientara sobre a doença do neto, convencendo-o de que se tratava de uma febre intermitente e lhe prometera uma simpatia infalível; e ele, em troca, mostrara-lhe todas as estufas de plantas selecionadas e até a presenteara com um espécime de urze muito peculiar.

Depois desse encontro ao pé da escada, todos voltaram juntos à mansão, para ali descansar e passar o tempo da forma mais agradável possível em sofás, com conversas frívolas e revistas trimestrais, até o retorno dos outros e a chegada da hora do jantar. Era tarde quando as irmãs Bertram e os dois cavalheiros entraram e, a julgar pela aparência deles, parecia que o passeio não fora de todo agradável, nem de todo produtivo, quanto ao objetivo do dia. Segundo as próprias explicações dos recém-chegados, eles haviam apenas caminhado uns à procura dos outros e, quando afinal se encontraram, já era tarde demais, a julgar pela observação de Fanny, para restabelecer-se a harmonia, assim como, reconheceram todos, para tomar decisões quanto a qualquer reforma da casa. A jovem sentiu, ao ver Julia e o sr. Rushworth, que seu coração não era o único insatisfeito entre os presentes; via-se tristeza no semblante de cada um. Henry e Maria mostravam-se muito mais alegres, e ela percebeu que, durante o jantar, ele fazia grandes esforços para afastar qualquer pequeno ressentimento dos outros dois, além de tentar restaurar os ânimos.

Ao jantar logo se seguiram o chá e o café, pois uma viagem de dezesseis quilômetros de volta a Mansfield Park não permitia perda de tempo; e, desde o momento em que se sentaram à mesa, ouviu-se uma rápida sucessão de comentários insignificantes até a carruagem chegar diante da porta. A sra. Norris, após se mexer de um lado para o outro, obteve alguns ovos de faisã, um queijo da governanta, fez muitos e amáveis elogios à sra. Rushworth e se dispôs a liderar a saída. No mesmo momento, o sr. Crawford, ao aproximar-se de Julia, disse:

— Espero não perder minha companhia, a menos que receie o ar da noite num assento tão exposto assim.

Embora não previsto, o convite foi acolhido com muita satisfação e o dia de Julia tinha chance de acabar tão bem quanto começara. Maria Bertram planejara algo diferente e ficou um tanto decepcionada, mas a convicção de ser de fato a preferida consolou-a e permitiu receber como devia as atenções de despedida do sr. Rushworth. Ele, com toda a certeza, se sentiu bem mais satisfeito por conduzi-la ao interior da carruagem do que se sentiria ajudando-a a subir na boleia ao lado do sr. Crawford, e seu prazer pareceu confirmado pela acomodação da moça.

— Bem, Fanny, por certo você desfrutou um excelente dia! — declarou a sra. Norris, ao atravessarem o parque. — Apenas prazer, do início ao fim! Sei que deve sentir-se muito grata à sua tia Bertram e a mim por conseguirmos que viesse. Teve, sim, um dia de grande divertimento!

O grande descontentamento de Maria, porém, permitiu-lhe retrucar sem muita delicadeza:

— Creio que a senhora também o aproveitou bastante. Parece que tem o colo repleto de coisas, além dessa cesta com não sei o que, bem aqui entre nós duas, que não para de me bater no cotovelo, sem piedade.

— Minha querida, é apenas uma linda mudinha, que o bondoso velho jardineiro me fez trazer, mas, se a incomoda tanto, ponho-a já no colo. Pegue este pacote, Fanny, você o leva para mim, mas tome muito cuidado, não o deixe cair, é um queijo cremoso, igual ao excelente que nos serviram no jantar. De modo algum consegui fazer aquela boa velhinha, a sra. Whitaker, conformar-se com que eu não trouxesse um desses queijos. Resisti o quanto pude, até os olhos dela quase se encherem de lágrimas. Eu sabia que era exatamente o tipo de queijo que minha irmã adoraria. Aquela sra. Whitaker é um tesouro! Ficou muito chocada quando perguntei se permitiam servir vinho na mesa da cozinha, e despediu duas empregadas por usarem vestidos brancos! Tome cuidado com o queijo, Fanny. Agora posso segurar o outro pacote e a cesta muito bem.

— De que mais se aproveitou dela? — perguntou Maria, meio satisfeita por Sotherton merecer tantos elogios.

— Aproveitar-me, minha querida!? Nada além de quatro ovos daquelas lindas faisãs que a sra. Whitaker me obrigou a aceitar; não admitia recusas. Ela me disse que, como sabia que eu vivia muito isolada, ter algumas dessas criaturas ao meu redor seria um divertimento para mim, e com toda certeza será. Vou mandar a criada colocá-los sob a primeira galinha disponível para chocá-los e, se os embriões se desenvolverem bem, levo-os para casa e peço um galinheiro emprestado. E me dará grande prazer cuidar deles em minhas horas solitárias. Se tiver sorte, darei alguns à sua mãe.

Fazia uma bela noite, suave, aprazível, e a viagem foi tão agradável quanto a serenidade da natureza podia permitir. Quando a sra. Norris parou de falar, o resto da viagem transcorreu em silêncio. Todos estavam exaustos, e a reflexão sobre se o dia lhes proporcionara mais prazer ou tristeza talvez ocupasse a mente de quase todos.

CAPÍTULO 11

O dia em Sotherton, com todas os imprevistos, proporcionou às irmãs Bertram sensações muito mais agradáveis que as causadas pelas cartas de Antígua, que logo depois chegaram a Mansfield. Era muito mais agradável pensar em Henry Crawford que no pai; e a ideia de ele voltar para a Inglaterra, em breve, o que as cartas obrigaram-nas a saber, revelou-se um exercício bastante desagradável.

Novembro era o mês fatídico, estipulado para o retorno dele. *Sir* Thomas escrevera sobre isso com toda a determinação que lhe permitiam a experiência e a ansiedade. Seus negócios aproximavam-se da conclusão a ponto de justificar-lhe o plano de embarcar em setembro, e, portanto, prever com esperança o momento de reunir-se de novo à amada família no início de novembro.

Maria era mais digna de compaixão do que Julia; pois, para ela, o pai traria um marido, visto que com a volta dele se decidiria o seu casamento. Era uma perspectiva sombria, e tudo que poderia fazer era lançar uma nuvem sobre o caso e esperar que esta, ao dissipar-se, lhe mostrasse as coisas de outra maneira. Possivelmente, a chegada do pai não seria para o início de novembro. Em geral, havia atrasos, uma falta de passagem ou qualquer outra coisa; talvez só fosse mesmo em meados de novembro, e até lá ainda restavam três meses. Três meses correspondiam a treze semanas. Muito poderia acontecer nesse período.

Sir Thomas ficaria profundamente mortificado se desconfiasse da metade do que sentiam as filhas a respeito de sua volta, e mal encontraria consolo no conhecimento do interesse que esse retorno despertara no íntimo de outra jovem. A srta. Crawford, ao caminhar com o irmão para passar a tarde em Mansfield Park, soube da boa notícia e, embora parecesse interessar-se apenas para ser educada e fizesse comentários superficiais, ouviu com muita atenção. A sra. Norris comunicou os pormenores das cartas e mudou de assunto, mas depois do chá, enquanto Mary Crawford se encontrava diante da janela com Edmund e Fanny, apreciando o crepúsculo, e as irmãs Bertram, o sr. Rushworth e Henry Crawford ocupavam-se em acender as velas acima do piano, ela de repente trouxe a notícia à baila, ao se virar em direção ao grupo e comentar:

— Como parece feliz o sr. Rushworth! Pensa em novembro. — Edmund também se virou para o rapaz, mas nada teve a dizer. — A volta de seu pai será um acontecimento muito interessante.

— Será, sem dúvida, após tão longa ausência, não apenas longa, mas que inclui tantos perigos.

— Será também a precursora de outros acontecimentos interessantes: o casamento de sua irmã Maria e sua própria ordenação.

— Sim.

— Não se ofenda — ela disse rindo —, mas isso me faz lembrar daqueles antigos heróis pagãos que, após realizarem grandes façanhas em terra estrangeira, ofereciam sacrifícios aos deuses ao voltar sãos e salvos.

— Não há sacrifício algum nesse caso — respondeu Edmund com um sorriso grave, e mais uma vez dirigiu o olhar ao piano. — Toda a decisão de se casar se deve ao desejo dela.

— Ah, sim! Sei que se deve. Eu apenas brincava. Ela não fez nada mais que toda moça faria, e não tenho a menor dúvida de que sente extrema felicidade. Referi-me ao outro sacrifício, o senhor decerto não entende.

— Asseguro-lhe que o ato de eu me ordenar é tão voluntário quanto o casamento de Maria.

— Como é promissor o fato da sua vocação e a conveniência do seu pai se harmonizarem tão bem. Pelo que entendi, existe uma ótima paróquia aqui nos arredores à sua espera.

— A qual, você supõe, tenha-me influenciado.

— Mas isso não é verdade! — protestou Fanny.

— Obrigado pela boa opinião que tem sobre mim, Fanny; no entanto, é mais do que eu próprio afirmaria. Ao contrário, o conhecimento de contar com tal segurança na certa me influenciou. Nem julgo haver algo de errado nisso. Não tive de superar qualquer relutância natural em mim e tampouco vejo motivo pelo qual um homem possa ser pior clérigo por saber que terá facilidades no início da vida. Estive em boas mãos. Espero não me haver deixado influenciar a seguir o caminho errado e tenho certeza de que meu pai foi demasiado conscencioso para não o permitir. Não tenho dúvida de que fui influenciado, mas não creio que de forma censurável.

— Isso também acontece — disse Fanny, após uma breve pausa — quanto ao filho de um almirante ser da marinha ou o filho de um general ser do exército, e ninguém vê nada de errado. Ninguém se admira que eles prefiram seguir uma carreira na qual possam contar com a ajuda dos amigos, nem suspeita de que sejam menos sérios na profissão do que aparentam.

— Não, minha cara srta. Price, e por bons motivos. A profissão, tanto na marinha como no exército, justifica-se por si mesma. Tem tudo a seu favor: heroísmo, perigo, dinamismo, bom-tom. soldados e marinheiros são sempre bem recebidos na sociedade. Ninguém se admira que homens sejam soldados e marinheiros.

— Mas os motivos de um homem que vai abraçar as ordens eclesiásticas com a segurança de progredir na profissão devem, por certo, ser muito suspeitos, não é o que pensa? — retorquiu Edmund. — Para se justificar aos seus olhos, é preciso que ele o faça na mais completa incerteza de qualquer segurança futura.

— Como? Ordenar-se sem ter recursos! Não, isso de fato é loucura, absoluta loucura.

— Devo então lhe perguntar: quem preencherá as funções da igreja, se o homem não pode ordenar-se nem com nem sem meios de subsistência? Não, pois certamente não saberia o que dizer. Mas me permita tirar da sua própria afirmação alguma vantagem para o clérigo. Como este não pode ser influenciado pelos sentimentos que a senhorita considera tão elevados, como tentação e recompensa para o soldado ou marinheiro, na escolha de uma profissão, pois nem heroísmo, dinamismo ou bom-tom lhe são favoráveis, ele tem de estar menos sujeito à suspeita de lhe faltarem sinceridade e boas intenções na escolha da profissão dele.

— Oh! Sem dúvida ele é muito sincero ao preferir uma renda já pronta à preocupação de trabalhar para consegui-la, e tem as melhores intenções de nada mais fazer até o fim da vida senão comer, beber e engordar. Trata-se de indolência, sr. Bertram, de fato. Indolência e amor ao bem-estar... uma falta total de ambição louvável, de gosto pelas boas companhias ou inclinação a se dar ao trabalho de ser agradável são o que leva os homens a se tornarem clérigos. Um sacerdote nada tem a fazer além de ser relaxado e egoísta, ler o jornal, observar o tempo e brigar com a esposa. O pároco auxiliar faz todo o trabalho, e a ocupação da sua vida é o jantar.

— Existem, sem dúvida, tais clérigos, mas creio que não sejam tão comuns a ponto de justificar a opinião da srta. Crawford sobre o caráter de todos eles.

Desconfio que nessa censura abrangente e, permita-me dizer, corriqueira, não os julga por si mesma, mas por pessoas preconceituosas, cujas opiniões a senhorita se habituou a ouvir. É impossível que sua própria observação lhe tenha dado muito conhecimento do clero. Talvez tenha conhecido pessoalmente muito poucos do grupo de homens que a senhorita tão decisivamente condena. Diz apenas o que ouviu em conversas à mesa do seu tio.

— Digo o que me parece o consenso e, quando a opinião é geral, quase sempre se revela correta. Embora *eu*, pessoalmente, pouco tenha observado a vida doméstica dos clérigos, são muitas as pessoas que a observaram para que haja algum erro de informação.

— Quando se condena sem distinção qualquer corpo de homens educados, de qualquer função, deve haver erro de informação ou — sorrindo — de qualquer outra coisa. Seu tio e irmãos almirantes talvez conhecessem pouco os clérigos além dos capelães, os quais, bons ou maus, sempre desejavam manter longe.

— Pobre William! Encontrou muita bondade no capelão do *Antwerp* — foi a terna interrupção de Fanny, muito a propósito dos próprios sentimentos, embora não da conversa.

— Sempre tive tão pouca propensão a formar minhas opiniões pelas de meu tio — retrucou Mary Crawford —, que dificilmente sua suposição é certa e, como me pressiona a falar, posso afirmar que não me encontro destituída por completo de meios para ver o que são os clérigos, hoje, como hóspede de meu próprio cunhado, o dr. Grant. E, embora ele seja muito amável e prestativo comigo, um verdadeiro cavalheiro, atrevo-me a dizer bastante erudito e inteligente para muitas vezes pregar excelentes sermões, além de muito respeitável, observo, porém, que se trata de um indolente, egoísta e *bon vivant*, que não dá um passo sem consultar o paladar. Nem mexe um dedo pela conveniência de ninguém e, além disso, se a cozinheira comete um erro, fica de péssimo humor com a excelente esposa. Para ser franca, Henry e eu quase nos vimos obrigados a sair hoje mesmo, à tarde, por causa de um ganso malpassado que ele não pôde suportar. Minha pobre irmã teve de ficar e aguentá-lo.

— Garanto-lhe que não me surpreende sua desaprovação. É um grande defeito de temperamento, que se tornou pior pelo péssimo hábito de amor à boa vida. Ver a irmã sofrer por causa disso deve ser extremamente penoso para uma pessoa com a sensibilidade como a sua, srta. Crawford. Fanny, nesse ponto ela nos venceu. Não podemos tentar defender o dr. Grant.

— Não — respondeu Fanny —, mas não precisamos atribuir à sua profissão a culpa de todos os erros, pois, qualquer que fosse a profissão que o dr. Grant escolhesse, levaria consigo os mesmos defeitos de caráter e temperamento, seria o mesmo... careceria de bom humor; e como teria, tanto na marinha como no exército, muito mais gente sob seu comando do que tem agora, creio que faria muito mais infelizes se fosse marinheiro ou soldado. Além disso, só me resta supor que o dr. Grant correria o risco de se tornar ainda pior numa profissão mais ativa e positiva, na qual tivesse menos tempo e obrigações... na qual pudesse escapar ao conhecimento de si mesmo, que diminuísse a frequência, ao menos, desse conhecimento do qual na sua situação é impossível escapar. Não é compreensível que um homem sensato como o dr. Grant não se tenha habituado a ensinar aos próximos os deveres de cada semana, nem ir à igreja duas vezes aos domingos pregar tão bons sermões e com tão boa disposição como ele os faz, sem que nele mesmo repercuta o efeito de todas as verdades que prega. Não tenho dúvida de que se esforça por conter-se com mais frequência do que o faria se fosse outra coisa e não um clérigo.

— Por certo não se pode provar o contrário. Mas lhe desejo melhor destino, srta. Price, que ser esposa de um homem cuja amabilidade dependa dos próprios sermões, pois, embora aos domingos ele talvez fique de bom humor, influenciado por suas próprias pregações, seria péssimo ouvi-lo brigar por causa de ganso malpassado, ou outra comida qualquer, da manhã de segunda-feira até a noite de sábado.

— Acho que um homem capaz de brigar com frequência com Fanny — disse Edmund, afetuoso — deve achar-se fora do alcance de quaisquer sermões enobrecedores.

Fanny debruçou-se mais sobre a janela e Mary Crawford disse em tom amável:

— Imagino que a srta. Price esteja mais habituada a merecer elogios do que a ouvi-los.

Só teve tempo de dizer essas palavras, pois, quando as irmãs Bertram convidaram-na com insistência a participar de uma canção, ela se afastou em direção ao instrumento e deixou Edmund a observá-la num êxtase de admiração por todas as muitas virtudes da moça, desde as maneiras gentis ao modo de andar leve e gracioso.

— Dali se desprende bom humor, com certeza — ele afirmou. — Vê-se nela um temperamento que nunca entristecerá aqueles que a cercam! Como se locomove bem! Com que facilidade cede à vontade dos outros e a eles se junta assim que a chamam! Que pena — acrescentou, após uma reflexão momentânea — ter sido entregue a tais mãos.

Fanny concordou e teve o prazer de vê-lo permanecer ali na janela ao seu lado, apesar da anunciada canção, e vê-lo logo dirigir os olhos na mesma direção que os dela à paisagem exterior, onde tudo que era solene, calmante e lindo intensificava-se no esplendor de uma noite cristalina em contraste com a profunda tonalidade da mata. Fanny expressou o que sentia.

— Aqui se vê harmonia! — disse. — Aqui se repousa! O que se aprecia nessa paisagem supera tudo o que a pintura e a música são capazes de expressar, e que só a poesia pode tentar descrever! Eis o que pode tranquilizar qualquer preocupação e arrebatar o coração! Quando vejo uma noite linda como esta, sinto como se fosse impossível existir maldade e sofrimento no mundo. Decerto haveria menos das duas coisas se as pessoas apreciassem a perfeição da natureza e se motivassem mais a sair de si mesmas para contemplar um cenário como este.

— Gosto de ouvir seu entusiasmo, Fanny. Faz uma noite adorável e muito se tem a lamentar daqueles que não aprenderam a sentir as coisas como você o faz... aos que, pelo menos na infância, não foram ensinados a admirar a natureza. Não sabem o muito que perdem.

— Foi você quem me ensinou a pensar e sentir essas coisas, meu primo.

— Tive uma aluna muito aplicada. Veja como brilha intensa a estrela alfa do Boieiro.

— É, e ali a Ursa. Gostaria de ver a Cassiopeia.

— Para isso precisamos ir ao gramado. Sente medo?

— De modo algum. Faz muito tempo que não contemplamos as estrelas.

— É, nem sei como aconteceu isso. — A canção começou. — Ficaremos aqui até a música terminar, Fanny — ele disse virando as costas para a janela.

E à medida que prosseguia o canto, ela sentiu a tristeza de vê-lo também avançar, caminhando aos poucos em direção ao instrumento. Quando terminou, Edmund se achava junto dos cantores, entre os que com mais insistência pediam para ouvir mais uma vez a canção.

Fanny suspirou sozinha junto à janela até ser repreendida pela sra. Norris com ameaças de que poderia resfriar-se.

CAPÍTULO 12

Sir Thomas deveria regressar em novembro, mas o filho mais velho tinha obrigações que lhe exigiam antecipar a volta. A aproximação de setembro trouxe notícias de Tom Bertram, primeiro em uma carta para o guarda de caça e depois em outra para Edmund, e em fins de agosto chegou o próprio rapaz, alegre, agradável e mais uma vez galante sempre que a ocasião exigia ou quando a srta. Crawford pedia que lhe falasse das corridas, do balneário de Weymouth, de festas e amigos. Coisas que seis semanas antes ela talvez ouvisse com interesse, mas, agora, pela força da comparação, tinha plena convicção de preferir o irmão mais moço.

Embora fosse muito aflitivo e ela o sentisse de todo o coração, era assim mesmo. E agora, longe da intenção de casar-se com o primogênito, Mary nem sequer desejava atraí-lo além do que lhe exigia a vaidade de uma beleza consciente. A prolongada ausência de Tom de Mansfield, sem objetivo algum senão o prazer e a própria determinação de afastar-se, demonstrava com toda clareza que ele nunca ligara para ela. A indiferença de Mary superava a dele a tal ponto que, mesmo se o rapaz logo houvesse se tornado o proprietário de Mansfield Park e tudo mais, ou fosse o próprio *Sir* Thomas, o que um dia aconteceria, ela não acreditava que poderia aceitá-lo.

A estação e as obrigações que trouxeram o sr. Bertram de volta a Mansfield levaram o sr. Crawford para Norfolk. Everingham não podia prescindir da presença dele em setembro. Partira por uma quinzena, um período de muito tédio para as srtas. Bertram, tanto que tiveram de se policiar, levando Julia a admitir, com ciúmes da irmã, a absoluta necessidade de desconfiar das atenções de Henry e desejar que ele não retornasse; e duas semanas de suficiente inatividade para convencer o rapaz, nos intervalos da caça e do sono, se fosse dado a examinar os próprios sentimentos e refletir a sério sobre a indulgência de sua fútil vaidade pessoal, de que deveria manter-se afastado por mais tempo. Desatencioso e egoísta, porém, em decorrência da prosperidade e do mau exemplo com que o criaram, pensava apenas no momento presente. As irmãs — bonitas, inteligentes e incentivadoras — consistiam num divertimento para a mente saciada. E por nada encontrar em Norfolk que se igualasse aos prazeres sociais de Mansfield, retornou alegremente para lá no tempo combinado, onde foi com igual prazer recebido por aquelas com as quais pretendia continuar a divertir-se.

Maria, tendo apenas o sr. Rushworth para acompanhá-la, condenada a ouvir os repetidos detalhes da caça do dia, boa ou ruim, da superioridade de seus cachorros, da inveja dos vizinhos, das dúvidas sobre as habilidades deles e do zelo com que vigiava os ladrões de caça, assuntos que não fazem parte dos sentimentos femininos, sem talentos por um lado, nem alguma afeição por outro, sentira dolorosa falta de Henry Crawford; e Julia, sem compromisso e sem ter com que se ocupar, sentia-se no direito de lamentar ainda mais a falta dele. Cada uma das irmãs julgava-se a preferida. Julia talvez se justificasse por se sentir assim pelas insinuações da sra. Grant, que tendia a acreditar no que desejava, e Maria pelas insinuações do próprio sr. Crawford. Tudo voltou a transcorrer como antes da ausência do rapaz, cujas maneiras com as duas continuavam muito animadas e agradáveis a fim de que não perdesse terreno de nenhum lado. Mantinha, contudo, uma atitude que não desse a perceber aos demais a persistência, a solicitude e o ardor com que as cortejava ao mesmo tempo.

Fanny era a única do grupo que não tinha com o que se aborrecer, mas desde o dia que passaram em Sotherton não conseguia ver o sr. Crawford ao lado de qualquer uma das primas sem que os observasse, e raras vezes sem se surpreender ou censurar. Se tivesse confiança no próprio julgamento, se soubesse que via com clareza e julgava de forma imparcial, na certa teria feito importantes comunicados ao habitual confidente. Na verdade, apenas arriscou uma insinuação e mesmo esta caíra no vazio.

— Muito me admira — ela comentou — que o sr. Crawford retornasse tão depressa, após passar tanto tempo aqui, sete semanas ao todo, pois, pelo que entendi, ele gosta tanto de viajar de um canto a outro, por isso imaginei, logo que partiu, que ocorreria algo que certamente o levaria a outro lugar. Acostumou-se a viver em lugares mais alegres que Mansfield.

— Isso só se mostra a favor dele — foi a resposta de Edmund — e ouso dizer que dá prazer à irmã. Ela não gosta desses hábitos instáveis.

— Como minhas primas o paparicam!

— Sim, ele age de um modo que agrada às mulheres. Creio que a sra. Grant desconfia que ele sente preferência por Julia. Nunca percebi sintoma algum disso, mas desejaria que assim fosse. Henry não tem defeitos que um sério relacionamento afetuoso não corrigiria.

— Se Maria não fosse comprometida — comentou Fanny, cautelosa —, eu quase tendo a acreditar que ele a admiraria mais que a Julia.

— O que talvez prove que ele gosta mais de Julia do que imagina você, Fanny: em geral, o homem, antes de se decidir, agrada mais à irmã ou à amiga íntima da mulher em quem de fato pensa do que a ela própria. Crawford tem bastante juízo para não permanecer aqui, se sentisse que estava correndo algum risco de apaixonar-se por Maria, e da parte dela não tenho o menor receio, pois já demonstrou não ter sentimentos fortes por ele.

Fanny supôs que devia ter-se enganado e pretendeu pensar diferente no futuro, mas, embora quisesse concordar com Edmund, e apesar das insinuações e troca de olhares que vez por outra surpreendia neles, parecendo dizer que Julia era a escolhida de Henry Crawford, nem sempre sabia o que pensar. Foram-lhe confidenciadas, certa noite, as esperanças da tia Norris sobre esse assunto, bem como seus sentimentos, e os sentimentos da sra. Rushworth, que tinham alguma semelhança, e Fanny não pôde deixar de surpreender-se com o que escutou. Teria preferido não escutar, pois nessa ocasião todos os demais jovens dançavam e ela permanecia ali sentada, a contragosto, entre as senhoras na frente da lareira, impaciente pela volta do primo mais velho, de quem dependiam as esperanças da jovem de um par para a dança. Era o primeiro baile de Fanny, embora sem os preparativos e o esplendor do primeiro baile de muitas moças, pois fora decidido na mesma tarde, com a descoberta de um violinista entre os empregados da casa e a possibilidade de conseguir cinco pares, incluindo a sra. Grant e um novo amigo íntimo de Tom Bertram que acabara de chegar. Fora, porém, muito agradável para ela durante as quatro primeiras danças, e doía-lhe perder até quinze minutos da diversão. Enquanto esperava ansiosa, a olhar para os dançarinos, e agora na porta, viu-se forçada a ouvir o seguinte diálogo entre as duas mesmas senhoras:

— Creio, madame — disse a tia Norris, o olhar dirigido a James Rushworth e Maria, que dançavam juntos pela segunda vez —, que agora tornaremos a ver rostos felizes.

— Sim, madame — respondeu a outra com um sorriso altivo —, causa certa satisfação olhá-los agora, e acho que seria de fato uma pena se fossem obrigados a separar-se. Deveriam dispensar aos jovens na situação de ambos o cumprimento das formalidades de praxe. Surpreende-me o fato de meu filho ainda não o ter proposto.

— Sem dúvida, madame, ele o fez. O sr. Rushworth jamais é negligente. Mas a querida Maria tem um senso de decoro muito severo e tão grande delicadeza de sentimentos, os quais raras vezes se veem nos dias atuais, sra. Rushworth, que deseja evitar parecer singular. Cara madame, observe-lhe o semblante neste momento... que diferença do das duas últimas danças!

Maria Bertram parecia feliz, de fato, os olhos brilhavam de prazer e a moça falava com grande animação, pois tinha perto de si Julia e seu par, Henry Crawford. Juntos, todos formavam um grupo coeso. Que expressão tinha o semblante de Maria antes, Fanny não lembrava, pois ela mesma dançava com Edmund e não pensava na prima.

A sra. Norris continuou:

— É um grande prazer, madame, ver dois jovens tão felizes, em grande harmonia! Não paro de pensar na satisfação do meu querido *Sir* Thomas. E o que pensa da oportunidade de um outro noivado, madame? O sr. Rushworth já deu um bom exemplo, e essas coisas são muito contagiantes.

A mãe, que via apenas o filho, ficou confusa.

— O par junto aos dois. Não nota sintomas ali?

— Ah, querida! A srta. Julia e o sr. Crawford. Sim, na verdade, formam um belo par. Qual é a renda do rapaz?

— Quatro mil libras por ano.

— Nada mal. Os que não possuem mais devem contentar-se com o que têm. Quatro mil libras por ano significam uma boa situação, e ele parece um rapaz muito refinado. Espero que a srta. Julia seja muito feliz.

— Ainda não é definitivo, madame. Apenas comentamos a respeito entre amigos. Mas quase não tenho dúvida de que assim será. A cada dia que passa, ele se mostra mais expressivo nas atenções concedidas à jovem.

Fanny não pôde continuar a escutar. Teve a audição e a curiosidade naquela conversa suspensas por algum tempo, pois Tom Bertram tornava a entrar na sala e, embora julgasse demasiada honra o primo convidá-la a dançar, imaginou que ele o faria. Ele dirigiu-se ao pequeno círculo do qual a moça fazia parte, mas, em vez de convidá-la a dançar, puxou uma cadeira para sentar-se ao seu lado e fez-lhe um relato sobre o estado de um cavalo doente e da opinião do cavalariço, com quem acabara de conversar. Fanny compreendeu que se equivocara, e em sua ingenuidade logo sentiu que seria demais esperar que ele a convidasse. Após terminar de contar a respeito do cavalo, pegou um jornal na mesa, passou os olhos de relance e propôs, sem energia na voz:

— Se quiser dançar, Fanny, eu me levanto e a acompanho.

Com mais delicadeza, ela recusou o convite... não queria dançar.

— Ainda bem — ele disse num tom mais vivo. Atirou o jornal de volta à mesa e acrescentou: — Porque estou morto de cansaço. Eu me pergunto como essa boa gente consegue aguentar tanto tempo. Devem estar todos apaixonados para encontrar divertimento em tamanha tolice, e imagino que estejam mesmo. Se observá-los, talvez veja vários casais enamorados... aliás, todos, menos Yates e a sra. Grant e, cá entre nós, ela, pobre mulher, deve precisar mais de um amante do que qualquer dos outros. Como deve ser desesperadora a vida tediosa que leva com o doutor. — Ao dizer isso, lançou um olhar malicioso para a última cadeira e, ao constatar que o bom doutor se encontrava bem próximo, fez uma mudança tão repentina de expressão e assunto necessários à situação, que Fanny, apesar de tudo, mal conseguiu deixar de rir. — Um negócio estranho este na América do Norte, dr. Grant! Qual é a sua opinião? Sempre recorro ao senhor quando quero informar-me desses assuntos.

— Meu caro Tom — exclamou a tia Norris logo depois —, como não dança, creio que não fará objeção em juntar-se a nós em uma partida de uíste, vamos? — Ela levantou-se, aproximou-se do sobrinho para reforçar a proposta e acrescentou baixinho — Queremos formar uma mesa com a sra. Rushworth, entende? Sua mãe o deseja muito, mas não pode perder tempo porque tem de terminar o bordado do galão. Ora, você, eu e o dr. Grant bastamos; e, embora joguemos apenas meia coroa, você e ele podem apostar até meio guinéu.

— Aceitaria com enorme prazer — respondeu o rapaz, e logo saltou muito animado da cadeira —, gostaria muitíssimo, só que neste momento vou dançar. Venha, Fanny — chamou-a e tomou-lhe a mão —, não perca mais tempo, senão o baile terminará.

Fanny se deixou conduzir de muito bom grado, embora lhe fosse impossível sentir uma enorme gratidão pelo primo, ou distinguir, como ele por certo fazia, entre o seu egoísmo e o de outra pessoa.

— Um pedido bastante despretensioso, para não dizer o contrário! — exclamou Tom, indignado, ao se afastarem. — Querer prender-me a uma mesa de jogo durante duas horas com ela e o dr. Grant, que vivem às turras, e com aquela velha intrometida que entende tanto de cartas quanto de matemática. Gostaria que minha tia fosse um pouco menos agitada! E, ainda por cima, me convidar daquele jeito! Sem a menor cerimônia, diante de todos, para que eu não tivesse a mínima possibilidade de recusar. Isso é o que mais detesto. Nada me irrita tanto quanto um convite simulado e feito de forma tal que impeça a gente de negar, seja lá para o que for! Se eu não tivesse tido a sorte de levantar-me para dançar com você, não teria conseguido livrar-me dessa. Pior seria impossível! Mas quando minha tia encasqueta uma ideia, nada a detém.

CAPÍTULO 13

O honorável novo amigo de Tom, John Yates, não tinha muito o que o recomendasse além dos hábitos de vestir-se segundo a última moda, esbanjar dinheiro e ser o filho caçula de um Lorde com razoável independência.

Sir Thomas provavelmente teria considerado nada desejável a apresentação do rapaz em Mansfield. Sua amizade com o sr. Bertram começara em Weymouth, onde haviam passado dez dias e com as mesmas companhias; se isso pudesse ser chamado de amizade, estabelecera-se e consolidara-se com o convite feito ao sr. Yates para visitar Mansfield sempre que pudesse e a promessa deste em aceitá-lo; e ele de fato apareceu um tanto mais cedo do que se esperava, em consequência do rompimento de um grande grupo que se reunira, na casa de outro amigo, ao qual se juntara para divertir-se ao sair de Weymouth. Chegou movido por asas de decepção e com a cabeça cheia de arte dramática, pois fora uma festa teatral. A peça em que ele tinha um papel seria representada dali a dois dias, quando a morte repentina de um dos parentes mais próximos da família desfez o plano e dispersou os atores. Sentir-se tão perto da felicidade, estar tão perto da fama, tão próximo do longo parágrafo em louvor aos amadores aficionados por teatro de Ecclesford, sede do honorável Lorde Ravenshaw, na Cornualha, que decerto imortalizaria todo o grupo por no mínimo um ano! E, após chegar tão perto, perder tudo consistia em uma tristeza que lhe doía a alma. O sr. Yates não falava de outra coisa: Ecclesford e o teatro, com preparativos e vestuários, ensaios e anedotas, era o interminável assunto, e gabar-se daqueles dias passados, seu único consolo.

Para sua sorte, o amor ao teatro é tão generalizado, o desejo de representar é tão forte entre os jovens, que lhe permitia não parar de falar sem perder o interesse dos ouvintes. Desde o início da escolha dos atores ao epílogo, tudo era fascinante, e viam-se poucos que não desejassem participar da representação, ou hesitassem em provar seus talentos. A peça era *Juras de amor*,[6] e o sr. Yates faria o personagem do Conde Cassel.

— Um papel insignificante — ele disse —, que em nada me agradava, o qual com certeza eu não aceitaria de novo, mas decidi não criar dificuldades. Lorde Ravenshaw e o duque, quando cheguei a Ecclesford, tinham já se apropriado dos dois únicos personagens que valia a pena interpretar. Embora Lorde Ravenshaw tenha oferecido ceder-me o seu, era impossível aceitar, entendem? Causou-me pena vê-lo tão enganado no julgamento de seus talentos, pois em nada servia para o papel do Barão! Um homenzinho de voz fraca, sempre rouco após os primeiros dez minutos. Teria destroçado a peça em termos materiais no entanto, como disse, eu tinha resolvido não criar

---

[6] *Lovers' Vows* (1798), peça de Elizabeth Inchbald, comprovadamente mais conhecida por ter sido citada neste romance.

dificuldades. *Sir* Henry achou que o duque não correspondia ao personagem de Frederick, mas de fato porque queria o papel para si mesmo; embora, sem dúvida, estivesse em melhores mãos, considerando os dois. Surpreendeu-me ver *Sir* Henry tão rígido. Felizmente, a força da peça não dependia dele. A nossa Agatha era incomparável e muitos consideraram o duque muito bom. No geral, teria sido certamente uma admirável apresentação.

— Uma verdadeira lástima, palavra, e creio que devem ter sentido muito — foram as solidárias manifestações dos ouvintes.

— Não vale a pena lamentar o que já passou, mas sem dúvida a pobre e velha viúva não poderia ter morrido em pior ocasião. Era impossível evitar desejar que abafassem a notícia por mais três dias. Apenas três dias e, afinal, sendo apenas uma avó, cuja morte acontecera a trezentos e tantos quilômetros de distância, creio que não causaria tão grande dano. Consta que alguém o sugeriu, mas Lorde Ravenshaw, que creio ser um dos homens mais corretos da Inglaterra, não quis sequer saber disso.

— Um entreato em vez de uma comédia — disse Tom Bertram. — Terminaram as *Juras de amor* e Lorde Ravenshaw e sua senhora ficaram sozinhos para representar "Minha avó". Bem, o dote da viúva deve reconfortá-lo. Talvez, cá entre nós, ele já começasse a temer pelo prestígio e pelos pulmões no papel do Barão e não lamentasse retirar-se, e para consolá-lo, Yates, acho que precisamos montar um pequeno teatro aqui em Mansfield e convidá-lo a nos dirigir.

Essa ideia, embora momentânea, não se extinguiu logo, pois a disposição para atuar despertara em todos, e em ninguém com mais força do que nele, agora o chefe da casa, pois tinha muitas horas ociosas para ver algo de bom em quase tudo que representasse novidade. Ao mesmo tempo, tinha tão grandes talentos e gosto pela arte cômica que se adaptava em tudo à novidade de atuar; por isso retornou ao assunto repetidas vezes.

— Oh, tentar fazer uma experiência em teatro e em cenário como a de Ecclesford!

O desejo logo repercutiu nas duas irmãs, e Henry Crawford, para quem, em todo o conjunto de suas satisfações, tratava-se de um prazer ainda não desfrutado, ficou muito animado com a ideia.

— Creio de fato — ele afirmou — que neste momento me sinto fanfarrão o bastante para interpretar qualquer papel já escrito, desde Shylock[7] ou Ricardo III até o herói trovador de uma farsa, com capa escarlate e tricórnio. Sinto como se pudesse ser qualquer coisa ou tudo, arengar e esbravejar, golpear ou dar cambalhotas em qualquer tragédia ou comédia escrita em língua inglesa.

---

[7] Um personagem, judeu agiota, da peça *O mercador de Veneza*, de William Shakespeare.

Vamos fazer alguma coisa. Que seja apenas a metade de uma peça, um ato, uma única cena, o que nos impede? Não esses semblantes — acrescentou, dirigindo-se às irmãs Bertram. — E, quanto ao teatro, o que significa um teatro? Vamos apenas nos divertir. Qualquer sala desta casa serve.

— Precisamos de uma cortina — disse Tom Bertram —, alguns metros de feltro verde talvez bastem.

— É mais que suficiente! — exclamou o sr. Yates. — Com apenas um bastidor e duas aberturas laterais, três ou quatro cenários para trocar; não se necessitaria de mais nada em um plano assim. Só para diversão entre nós mesmos, nada mais é preciso.

— Acho que deveríamos contentar-nos com menos — disse Maria. — Não haveria tempo e poderiam surgir outras dificuldades. Seria preferível, em vez disso, acatar a ideia do sr. Crawford e fazer da apresentação e não do teatro nosso objetivo. Muitos trechos de nossas melhores peças independem de cenário.

— Não — discordou Edmund, que começava a prestar atenção com o semblante alarmado. — Não façamos nada pela metade. Se quisermos atuar, que seja em um teatro completo, equipado com fosso, camarote, galeria, e representemos uma peça inteira, do início ao fim; talvez uma boa peça alemã, não importa qual, cujo enredo tenha um bom chamariz inicial, entrecortado por números humorísticos individuais, exibição de dança ao som de um alboque pastoril e uma canção nos entreatos. Se não superarmos Ecclesford, nada faremos.

— Ora, Edmund, não seja desagradável — ralhou Julia. — Ninguém gosta mais de uma peça que você.

— Decerto, para assistir a uma boa peça teatral verdadeira, bem representada, com intensa interpretação, por nada nesse mundo sairia desta sala para a contígua para assistir aos esforços toscos de gente despreparada para o ofício... um grupo de cavalheiros e damas com todas as desvantagens inibidoras de educação e decoro.

Após uma breve pausa, porém, o assunto continuava, debatido com o mesmo entusiasmo, o interesse de cada um intensificando-se com a troca de ideias e o conhecimento da disposição dos demais. Embora nada se houvesse estabelecido, a não ser que Tom Bertram preferia uma comédia e as irmãs e Henry Crawford, uma tragédia e nada no mundo pudesse ser mais fácil que encontrar uma peça que satisfizesse a todos os envolvidos, a resolução de encenar qualquer um dos gêneros parecia tão certa, que causou muito mal-estar a Edmund. Este, por sua vez, decidira impedir, se possível, que levassem a ideia adiante, apesar de a mãe, que também ouvira a conversa à mesa, não demonstrar a mínima desaprovação.

Aquele mesmo anoitecer ofereceu-lhe uma oportunidade de exercitar a força sobre os demais. Maria, Julia, Henry Crawford e o sr. Yates encontravam-se na sala de bilhar. Tom, ao retornar à sala de visitas, onde Edmund se achava pensativo junto à lareira, *Lady* Bertram no sofá, um pouco distante, com Fanny ao lado a preparar-lhe o trabalho, assim se expressou logo ao entrar:

— É impossível encontrar uma mesa de bilhar tão horrível como a nossa na face da Terra! Não a suporto mais e acho, permita-me dizer, que nada me fará aproximar-me dela de novo. Contudo, certifiquei-me de uma boa coisa: trata-se da sala exata indicada para um teatro, da forma e do comprimento precisos para isso, com as portas na outra extremidade comunicando uma com a outra, e que poderemos abrir em cinco minutos, apenas deslocando a estante de livros no gabinete do meu pai; é tudo que poderíamos desejar, se ao menos tivéssemos chegado a um consenso! E o gabinete do papai seria um excelente camarim, pois parece contíguo à sala de bilhar para esse fim.

— Não está mesmo falando sério, Tom, sobre a intenção de representar, está? — perguntou Edmund em voz baixa quando o irmão se aproximou da lareira.

— Não falo sério? Nunca falei algo tão sério, garanto-lhe. Por que a surpresa?

— Acho que seria um grande erro. De um ponto de vista geral, as peças amadorísticas privadas expõem-se a algumas objeções, mas em nossas circunstâncias creio que seria muitíssimo insensato, mais que insensato, tentar qualquer coisa do gênero. Seria mostrar enorme falta de respeito a papai, ausente como se encontra e de certa forma em constante perigo. Também acho que seria imprudente, com relação a Maria, cuja situação é muito delicada, considerando-se tudo, extremamente delicada.

— Você leva qualquer coisa tão a sério! Como se fôssemos representar três vezes por semana até o retorno do papai e convidar o campo inteiro. Mas não vai ser uma exibição desse tipo. Queremos apenas uma pequena diversão entre nós mesmos, só para variar um pouco o ambiente doméstico e exercitar os talentos em algo novo. Não queremos plateia nem publicidade. Creio que merecemos confiança para escolher alguma peça que seja em tudo irrepreensível. Não imagino que algum de nós sofra maior dano ou perigo ao conversar na elegante linguagem escrita por qualquer autor respeitável que tagarelar em nossas próprias palavras. E tampouco tenho quaisquer receios ou escrúpulos. E quanto à ausência do papai, longe de uma objeção, considero-a mais uma motivação, pois a expectativa do retorno dele deve ser um período de muita ansiedade para mamãe. Se pudermos ser o meio de amenizar um pouco essa ansiedade e manter-lhe o ânimo durante as próximas semanas, acho que nosso tempo será bem empregado e tenho certeza de que o será. Trata-se de um período muito conturbado para ela.

Ao dizer isso, os dois olharam em direção à mãe. A sra. Bertram, afundada em um dos cantos do sofá, desprendia a imagem de saúde, opulência, bem-estar e tranquilidade e acabava de mergulhar em um suave cochilo, enquanto Fanny se encarregava das pequenas dificuldades do trabalho manual por ela.

Edmund sorriu e balançou a cabeça.

— Por Júpiter! Isso não vai adiantar — exclamou Tom e desabou em uma poltrona, com uma vigorosa gargalhada. — Temos de admitir... minha querida mãe e sua ansiedade... me expressei mal.

— Que foi que houve? — ela perguntou no tom pesado de alguém semiadormecido. — Não estava dormindo.

— Oh, não, mãe querida, ninguém desconfiou de tal coisa! Bem, Edmund — ele continuou, retornando ao assunto, postura e voz anteriores, assim que a mãe recomeçou a balançar a cabeça —, mas não faremos mal algum, isto eu reafirmo.

— Não concordo com você, estou convencido de que papai o desaprovaria inteiramente.

— E estou convencido do contrário. Ninguém mais que meu pai gosta e incentiva tanto que os jovens exercitem seus talentos além de qualquer coisa relacionada ao gênero de artes dramáticas, representações, declamações e recitações. Tenho certeza de que nos estimulou isso na infância. Quantas vezes pranteamos sobre o cadáver de Júlio César, e repetíamos o célebre verso *ser ou não ser*, da tragédia *Hamlet*, de Shakespeare, nesta mesma sala, para divertimento dele? Lembrarei para o resto da vida que entoávamos "meu nome é Norval", da balada "The Douglas Tragedy", do poeta escocês John Holmes, durante todos os feriados de Natal.

— A situação era muito diferente. Você mesmo tem de ver a distinção. Papai desejava que nós, como colegiais, falássemos bem, mas nunca desejaria ver as filhas adultas atuarem em peças teatrais. Sabe que ele tem um severo senso de decoro.

— Sei de tudo isso — retrucou Tom, contrariado. — Conheço meu pai tão bem quanto você, e tomarei cuidado para que as filhas dele não façam nada que o magoe. Cuide da própria vida, Edmund, e deixe o resto da família por minha conta.

— Se está decidido a representar — insistiu o irmão —, espero ao menos que o faça de forma muito discreta e tranquila, e acho que não deveria tentar montar um teatro. Seria tomar liberdades com a casa do papai na ausência dele, o que considero injustificável.

— Por tudo relacionado a isso, assumirei a responsabilidade — respondeu Tom, decidido. — Não se danificará a casa dele. Tenho tanto interesse pelo cuidado desta casa quanto você; quanto às alterações sugeridas por mim há pouco, como afastar uma estante, abrir uma porta ou até usar a sala de bilhar durante uma semana para outra finalidade diferente do jogo, você também poderia supor que papai fizesse objeção a permanecermos mais nesta sala do que na de desjejum, como fazíamos antes de ele partir. Ou que se mudasse o piano da minha irmã de um lado para o outro da sala. Totalmente absurdo!

— A inovação, se não for um erro enquanto inovação, sempre o será pela despesa.

— Sim, a despesa de tal empreendimento seria de fato prodigiosa! Talvez se gastem vinte libras ao todo. Precisamos sem dúvida improvisar alguma coisa semelhante a um teatro, mas será em um plano muito simples: uma cortina verde e uma pequena obra de carpintaria... só isso, e como Christopher Jackson pode fazer todo o trabalho de carpintaria aqui mesmo, seria absurdo demais falar em despesa... desde que se empregue Jackson, tudo ficará bem para *Sir* Thomas. Não imagine que ninguém nesta casa além de você pode ver ou julgar. Não precisa participar da representação, se não quiser, mas não se outorgue o direito de governar todos os demais.

— Não, quanto a representar — respondeu Edmund —, eu sou totalmente contra.

Tom saiu da sala ao ouvir isso e deixou Edmund ainda sentado junto à lareira, a atiçar o fogo, mergulhado em pensativo tormento.

Fanny, que ouvira tudo e se solidarizara com os sentimentos de Edmund durante a discussão inteira, ansiosa por sugerir-lhe algum reconforto, agora se aventurava a dizer:

— Talvez eles não consigam encontrar nenhuma peça que lhes convenha. O gosto do seu irmão e o das suas irmãs parecem muito diferentes.

— Não tenho esperança alguma nesse sentido, Fanny. Se eles insistirem no plano, encontrarão alguma coisa. Falarei com minhas irmãs e tentarei dissuadi-las, é só o que posso fazer.

— Creio que a tia Norris lhe dará razão.

— Ouso dizer que sim, mas ela não exerce influência alguma em Tom nem nas minhas irmãs; e, se eu mesmo não conseguir convencê-los, deixarei as coisas tomarem o próprio rumo, sem pedir a interferência dela. Não existe nada pior que briga em família, prefiro fazer alguma coisa antes a sofrermos depois as consequências.

As irmãs, com quem teve a oportunidade de falar na manhã seguinte, mostraram-se tão irritadas com o conselho dele, tão inflexíveis às suas ponderações e tão decididas em favor do prazer quanto Tom. A mãe não fazia objeção ao projeto e elas não tinham o menor receio da desaprovação do pai. Não poderia haver mal no que já se fizera em tantas famílias respeitáveis e por tantas mulheres dignas da mais alta consideração; e só uma escrupulosidade que beirasse a loucura poderia ver algo censurável em um plano como o deles, o qual incluía apenas irmãos, irmãs e amigos íntimos, sem a participação de mais ninguém. Julia de fato parecia inclinada a achar que a situação de Maria talvez exigisse certo cuidado e prudência, mas isso não se estendia a ela, pois era uma jovem livre. Maria expressou com toda clareza que o noivado apenas a deixava muito acima de restrições e dava-lhe menos motivo que a Julia para precisar consultar pai ou mãe. Edmund tinha pouca esperança, mas continuava a insistir no assunto, quando Henry Crawford entrou na sala, recém-chegado do presbitério, e exclamou:

— Não nos falta mais ajuda nem trabalhadores árduos para nosso teatro, srta. Bertram. Minha irmã, além de enviar recomendações, espera ser admitida na companhia e se sentirá feliz se lhe derem o papel de qualquer velha dona ou confidente submissa que as senhoritas mesmas não queiram interpretar.

Maria lançou um olhar a Edmund que significava: "Que diz agora? Ainda nos considera errados, se Mary Crawford pensa como nós?". E assim silenciou o irmão, que se viu obrigado a reconhecer que o encanto da arte dramática tinha o poder de fascinar até a mente dos gênios e, na ingenuidade de enamorado, começou a pensar, mais que em qualquer outra coisa, na finalidade gentil e prestativa do recado.

O plano progredia. A oposição revelou-se inútil; e, quanto à sra. Norris, ele se enganara ao supor que faria alguma objeção. Não manifestava quaisquer dificuldades que não fossem dissuadidas em cinco minutos pelos sobrinhos mais velhos, os quais exerciam total poder sobre a tia. Como o projeto completo exigiria despesa muito pequena de todos e nenhuma de si mesma, e como previa em sua realização todos os prazeres da pressa, do alvoroço e da importância e deduzia a vantagem imediata de imaginar-se obrigada a deixar a própria casa, onde já morava havia um mês à própria custa, e hospedar-se em Mansfield Park, a fim de ficar à disposição deles a qualquer hora, a sra. Norris, na verdade, ficou por demais encantada com o projeto.

CAPÍTULO 14

Fanny parecia mais próxima de ter razão do que Edmund imaginara. A tarefa de encontrar uma peça que satisfizesse o gosto de todos revelou-se quase impossível; o carpinteiro, após receber as ordens e tomar as medidas, sugerir e eliminar no mínimo duas séries de dificuldades e mostrar a necessidade de um aumento do plano e das despesas, já pusera mãos à obra, enquanto ainda se precisava encontrar o texto a ser representado. Outros preparativos também se achavam em andamento. Um enorme rolo de feltro verde chegara de Northampton, fora cortado pela sra. Norris, que economizara, graças à sua habilidade, três quartos de um metro, e nesse momento as criadas o costuravam e transformavam numa cortina; no entanto, ainda faltava a escolha da peça. E, como se passaram dois ou três dias assim, Edmund começou quase a ter esperança de que jamais se encontrasse alguma obra.

Existiam, na verdade, tantas coisas a resolver, tantas pessoas a agradar, tanta exigência dos melhores papéis e, acima de tudo, a necessidade de que a peça fosse ao mesmo tempo tragédia e comédia, que pareciam poucas as possibilidades de se chegar a uma decisão que satisfizesse a juventude e o zelo com que a procuravam.

Do lado da tragédia, estavam as irmãs Bertram, Henry Crawford e o sr. Yates; da comédia, Tom Bertram, não exatamente sozinho, pois era evidente que o desejo de Mary Crawford era o mesmo, embora ela, por delicadeza, não o demonstrasse. Entretanto, a determinação e o poder dele pareciam prescindir de aliados. Independentemente dessa grande diferença irreconciliável, queriam em comum acordo uma peça que contivesse poucos personagens, mas que fosse de excelente qualidade, e tivesse três mulheres nos papéis principais. Examinaram brevemente todas as melhores peças em vão. Nem *Hamlet*, nem *Macbeth*, nem *Otelo*, de Shakespeare, nem *Douglas*, de John Holmes nem *O jogador*, de James Shirley, apresentavam qualquer coisa que satisfizesse até mesmo os que preferiam a tragédia. E puseram-se de lado sucessivamente *Os rivais* e *Escola de maledicência*, de Richard B. Sheridan, *A roda da fortuna*, de Richard Cumberland, *Herdeiro por lei*, de George Colman, além de muitos *et ceteras* com objeções ainda mais calorosas. Não se propunha uma peça sem que alguém apontasse alguma dificuldade, e de ambos os lados se ouvia uma contínua repetição de: "Oh, não, essa não vai dar certo! Nada de tragédias com falas bombásticas. Demasiados personagens... sem nenhum papel feminino tolerável na peça... tudo, menos *isso*, meu caro Tom. Seria impossível distribuir os papéis, não se pode esperar que alguém queira desempenhar tal papel... nada além de palhaçada do princípio ao fim. Essa talvez servisse, a não ser pelos personagens secundários. Se quiserem minha opinião, sempre a considerei a peça mais insípida de língua inglesa... não farei objeções... terei muito prazer em ser útil, mas acho que não poderíamos fazer pior escolha".

Fanny via e ouvia, não sem se divertir ao observar o egoísmo que, mais ou menos disfarçado, parecia dominar a vontade de todos, e ao se perguntar como aquilo acabaria. Por satisfação própria, talvez desejasse a representação de qualquer coisa, pois nunca assistira sequer à metade de uma peça, mas tudo de maior importância a impedia.

— Desse jeito jamais vai funcionar — disse Tom Bertram afinal. — Perdemos tempo da forma mais abominável. Devemos decidir logo. Não importa o que seja, temos de escolher alguma coisa. Não devemos ser tão requintados. Alguns personagens a mais não nos devem assustar. Desempenharemos papéis duplos. Precisamos ser mais humildes. Não podemos querer interpretar apenas papéis importantes. Se um papel é insignificante, maior o nosso mérito em tirar dele algum partido. De agora em diante não criarei dificuldades. Aceito qualquer papel que escolherem para mim, desde que seja cômico. Minha única condição é que seja apenas cômico, mais nada.

Pela quinta vez propôs então *Herdeiro por lei*, apenas na dúvida se preferia para si o papel de Lorde Duberley ou o do dr. Pangloss; e com muita seriedade, mas com pouco êxito, tentou convencer os outros de que havia alguns excelentes papéis trágicos nos personagens restantes que integravam a peça.

O silêncio que seguiu a esse infrutífero esforço foi interrompido pelo mesmo orador, que, após pegar um dos muitos volumes de peças estendidos sobre a mesa e abri-lo, exclamou de repente:

— *Juras de amor*! E por que *Juras de amor* não há de servir tão bem para *nós* como serviu para os Ravenshaw? Como não nos ocorreu a ideia antes? Parece-me que vai servir à perfeição. O que vocês acham? Tem dois papéis trágicos essenciais para Yates e Crawford, e o do mordomo poeta para mim, caso ninguém mais o queira... um papel insignificante, mas do tipo que não me desagradaria interpretar e, como disse antes, decidi aceitar qualquer coisa e dar o melhor de mim na interpretação. E quanto aos personagens restantes, podem ser desempenhados por qualquer um. Trata-se apenas do Conde Cassel e de Anhalt.

A sugestão teve boa acolhida geral. Todos começavam a sentir-se cansados daquela indecisão, e a primeira ideia deles foi que nada se propusera antes com tanta probabilidade de servir bem a cada um. O sr. Yates, sobretudo, mostrou-se bastante satisfeito: ficara a suspirar e ansiar por interpretar o Barão, quando esteve em Ecclesford, invejara cada fala retumbante do personagem do Lorde Ravenshaw e vira-se obrigado a tornar a proferi-las todas na solidão do próprio quarto. Vociferar no papel do Barão Wildenheim era o ápice de sua ambição teatral; e, com a vantagem de já saber de cor metade das cenas, agora oferecia seus serviços com enorme entusiasmo ao papel. Para fazer-lhe justiça, porém, ele decidiu não se apropriar logo do personagem... pois, ao se lembrar que também havia discursos extravagantes muito bons no papel de Frederick, manifestou igual boa vontade em desempenhá-lo. Henry Crawford prontificou-se a aceitar qualquer um. Qualquer dos dois que o sr. Yates não escolhesse o satisfaria à perfeição, e seguiu-se a essa declaração uma breve troca de amabilidades e cumprimentos. A srta. Bertram, pensando no próprio interesse pelo papel de Agatha, encarregou-se de decidir a questão, observando ao sr. Yates que se tratava de um papel em que se deveriam levar em conta a altura e a aparência física, e o fato de ele ser o mais alto dos dois parecia corresponder melhor ao papel do Barão. Reconheceram que a moça tinha toda a razão e, após os dois papéis aceitos, ela se sentia segura em relação ao mais adequado a interpretar Frederick. Haviam-se escolhido agora três personagens, além do representado pelo sr. Rushworth, pelo qual Maria se responsabilizava que aceitaria qualquer um; mas Julia, pretendendo como a irmã fazer o papel de Agatha, começou a expressar escrúpulos quanto à srta. Crawford.

— Isso não me parece um comportamento muito bom para com a ausente — ela protestou. — A peça não tem papéis femininos suficientes. Amelia e Agatha podem ser desempenhados por mim e Maria, mas nada há para sua irmã, sr. Crawford.

O sr. Crawford pediu que não se preocupassem com *isso*, sabia que a irmã não tinha o menor desejo de representar, mas queria apenas ser útil no que fosse preciso, e ele tinha certeza de que ela não permitiria que a considerassem no presente caso. Tom Bertram, porém, logo se opôs a isso, e afirmou ser o papel de Amelia, em todos os aspectos, indicado para a srta. Crawford, se ela o aceitasse.

— Combina de forma tão natural quanto necessária com ela — disse o rapaz —, como o de Agatha com qualquer uma das minhas irmãs. Nenhuma das duas fará sacrifício, pois se trata de um papel muitíssimo engraçado.

Seguiu-se um breve silêncio. As duas irmãs pareciam ansiosas, pois cada uma se sentia no direito de interpretar a personagem de Agatha, mas esperava que os outros o dissessem. Henry Crawford, que nesse ínterim erguera a peça e com aparente despreocupação folheava o primeiro ato, logo resolveu a situação.

— Preciso rogar à srta. *Julia* Bertram que não desempenhe o papel de Agatha, pois isso arruinará toda a minha solenidade. A senhorita não deve fazê-lo, não deve mesmo — dirigindo-se a ela. — Eu não saberia resistir à sua fisionomia transformada em pesar e palidez. As muitas risadas que demos juntos, infalivelmente, me viriam à cabeça e obrigariam Frederick com a mochila a fugir.

Embora o dissesse com graça e delicadeza, tal atitude se perdeu nos sentimentos de Julia. Viu-o lançar uma olhada a Maria, o que confirmava a ofensa a si mesma; tratava-se de um ardil, uma farsa, ele a desdenhara, preferia a irmã. O sorriso de triunfo que Maria tentava reprimir mostrava como fora bem compreendida, e antes que Julia conseguisse se recompor e falar, o irmão também apoiou a decisão e disse:

— Ah, sim! Maria tem de ser Agatha. Interpretará melhor o papel. Embora Julia imagine preferir papéis trágicos, eu não confiaria muito nela como Agatha. Nada tem de tragédia em si. Nem a aparência física para a personagem. Tampouco tem as feições trágicas, caminha e fala depressa demais e não saberia permanecer séria. Ela faria melhor o papel de uma velha senhora do campo, a mulher do camponês, talvez. É um papel muito bom, garanto-lhe. A senhora ameniza a benevolência pretensiosa do marido com muito humor. Você será a mulher do camponês.

— A mulher do camponês! — protestou o sr. Yates. — De que está falando? A personagem mais trivial, insignificante, muitíssimo corriqueira, sem sequer uma fala tolerável em toda a peça. Sua irmã interpretá-la! É até um insulto tal proposta. Em Ecclesford, a governanta foi escolhida para fazê-lo, pois todos concordamos que não se poderia oferecê-lo a mais ninguém. Um pouco mais de justiça, senhor diretor, faça-me o favor! Não merece a função, se não tem competência para avaliar melhor os talentos da companhia.

— Ora, quanto a *isso*, meu bom amigo, até eu e minha companhia representarmos de fato, tudo ainda não passa de conjecturas, mas não tive a menor intenção de depreciar Julia. Não podemos ter duas Agathas e precisamos de uma mulher para a esposa do camponês, e sei que eu mesmo dei o exemplo de moderação ao me satisfazer com o papel do velho mordomo. Se a personagem é insignificante, mais mérito ela terá ao fazê-la destacar-se, e, se se manifesta com tanto desespero contra tudo que é cômico, que recite as falas do próprio camponês em vez de recitar as falas da mulher. Tenho certeza de que ele é solene e bastante patético, sem dúvida. Não faria a menor diferença para a peça. E quanto ao próprio aldeão, quando ele tivesse de expressar o texto da esposa, *eu* assumiria o papel dele de todo meu coração.

— Apesar de todo esse partidarismo pela mulher do camponês — retrucou Henry Crawford —, é impossível fazer desse papel algo que resulte adequado à sua irmã, e não seria justo fazê-la sofrer impondo-lhe a personagem. Não podemos *permitir* que o aceite. Seus talentos talvez façam falta no papel de Amelia. Amelia é uma personagem mais difícil de ser representada do que até a própria Agatha. Considero-a a personagem mais difícil de toda a peça. Requer grande talento, muita sutileza, para lhe dar humor e simplicidade, sem extravagância. Já vi boas atrizes fracassarem nessa interpretação. Simplicidade, na verdade, está fora do alcance de quase todas as atrizes profissionais. Requer uma delicadeza de sentimentos que elas não têm. Requer uma jovem nobre... Julia Bertram. Vai interpretá-la, não, senhorita? — dirigiu-se a ela com um olhar de ansiosa súplica, o que a suavizou um pouco.

Mas, embora a moça hesitasse sem saber o que dizer, mais uma vez o irmão se interpôs com a reivindicação em favor da srta. Crawford.

— Não, não, Julia não pode ser Amelia. Não é de modo algum o papel para ela, que, aliás, nem gostaria de interpretá-lo. Não o faria bem, é muito alta e robusta, e Amelia deve ser uma figura pequena, leve, flexível, com ar de menina. O papel combina com a srta. Crawford e apenas com ela. Tem a aparência física que convém e convenci-me de que o desempenhará de forma admirável.

Sem dar atenção às palavras de Tom, Henry Crawford continuou a súplica.

— Deve nos fazer o favor — disse —, de fato, deve. Depois que tiver estudado a personagem, tenho certeza de que vai sentir que lhe convém. Talvez prefira tragédia, mas com certeza a comédia prefere você. Terá de me visitar na prisão levando uma cesta de mantimentos; não se recusará a visitar este infeliz prisioneiro, não é? Parece que já a vejo entrar com a cesta.

Sentiu-se pesar a influência da voz de Henry. Julia vacilou, mas estaria ele apenas tentando acalmá-la e apaziguá-la para que ignorasse a ofensa anterior? Não confiava nele. Demonstrara um desprezo bastante evidente. Talvez fizesse apenas um jogo traiçoeiro com ela. Olhou desconfiada para a irmã, cujo semblante a faria decidir-se: se estivesse aflita, preocupada... mas do semblante de Maria se desprendia toda serenidade e satisfação, e Julia sabia muito bem que, nesse terreno, a irmã só se sentia feliz à custa da mais moça. Portanto, com impetuosa indignação e a voz trêmula, disse:

— O senhor não parece ter receio de perder a seriedade quando eu entrar com a cesta de alimentos, apenas no papel de Agatha a minha presença estimularia uma irresistível gargalhada! — Calou-se.

Henry Crawford parecia um tanto tolo, como sem saber o que dizer. Tom Bertram tornou a insistir:

— A srta. Crawford deve ser Amelia e será uma interpretação excelente.

— Não tenha medo de eu querer a personagem — apressou-se a gritar Julia, furiosa. — Não vou fazer o papel de Agatha, como sei que nenhum mais farei e, quanto ao de Amelia, é de todos no mundo o que mais desprezo. Detesto-a mesmo. Uma garotinha odiosa, arrogante, afetada e imprudente. Sempre protestei contra a comédia e essa é a pior de todas.

E dito isso, saiu às pressas da sala e deixou sensações de mal-estar em mais de uma pessoa, entretanto pouca compaixão despertou em algumas, exceto em Fanny, que, após ouvir calada toda a conversa, só conseguia pensar com grande piedade na prima sob aquelas agitações de *ciúme*.

Seguiu-se um breve silêncio após a intempestiva saída de Julia, mas logo o irmão retornava à conversa relacionada a *Juras de amor* e examinava a peça com grande entusiasmo, ajudado pelo sr. Yates, para certificar-se dos cenários que seriam necessários, enquanto Maria e Henry Crawford conversavam em voz baixa, e a declaração com que ela começou: — Sei que desistiria de bom grado do papel para Julia, mas, embora eu com certeza o desempenhe muito mal, convenci-me de que ela o faria muito pior — rendeu-lhe sem dúvida os cumprimentos que desejava.

Passado algum tempo, completou-se a dissolução do grupo, com a saída de Tom Bertram e o sr. Yates juntos, para resolverem mais detalhes na sala que agora começavam a chamar de *o Teatro*, e a resolução tomada por Maria Bertram de ir pessoalmente ao presbitério com a oferta do papel de Amelia à srta. Crawford. Fanny permaneceu sozinha.

A primeira coisa que fez, assim que se viu só, foi pegar o volume deixado na mesa e começar a familiarizar-se com a peça da qual já ouvira tanto. Sentia uma viva curiosidade e lia-a com uma avidez interrompida apenas por intervalos de perplexidade, diante da ideia de que, na situação atual, houvessem proposto e aceitado tal peça para um teatro familiar! Agatha e Amelia lhe pareciam, cada uma em seus diferentes aspectos, impróprias em tudo para uma apresentação doméstica, a situação de uma e a linguagem da outra eram tão inadequadas para qualquer mulher recatada, que dificilmente ela acreditava que as primas tivessem consciência do tipo de situação na qual estavam envolvendo-se; e desejou vê-las caírem em si o mais rápido possível pela repreensão que Edmund sem dúvida faria.

CAPÍTULO 15

A srta. Crawford aceitou de imediato o papel, e, logo depois de Maria Bertram voltar do presbitério, chegou o sr. Rushworth e em consequência designou-se outro personagem. Ofereceram-lhe o do Conde Cassel ou o papel de Anhalt. A princípio ele não soube qual dos dois escolher e pediu a Maria Bertram que o orientasse. Mas após lhe explicarem a diferença de estilo entre os personagens e o rapaz lembrar que uma vez em Londres assistira à peça e achara Anhalt um sujeito muito idiota, logo se decidiu pelo conde. Maria Bertram aprovou a decisão, pois quanto menos ele tivesse de aprender, melhor; e, embora não compartilhasse o desejo do noivo de haver uma cena em que o conde e Agatha representassem juntos, nem aguardasse com muita paciência enquanto ele folheava devagar as páginas do volume, na esperança de ainda descobrir tal cena, com toda amabilidade ela preparou a parte que cabia ao conde e encurtou cada fala que se podia dispensar, além de salientar a necessidade de que precisava vestir-se muito bem e escolher as cores dos trajes. O sr. Rushworth gostou muito do refinado vestuário, embora fingisse desdenhá-lo, e se preocupava demais com a própria aparência para pensar nos outros, tirar quaisquer conclusões ou mesmo sentir qualquer insatisfação, como Maria imaginara que aconteceria.

Expôs-se tudo isso na presença de Edmund, que passara a manhã toda fora e de nada sabia, mas, quando entrou no salão de estar antes do jantar, intensificara-se a agitação da conversa entre Tom, Maria e o sr. Yates, e o sr. Rushworth veio ao encontro do recém-chegado com grande entusiasmo para lhe dar as agradáveis notícias.

— Conseguimos uma peça — disse. — Será *Juras de amor*, e farei o papel do Conde Cassel. Eu me apresentarei no primeiro ato com um traje azul, capa de cetim grená e usarei outro belo conjunto, semelhante a uma indumentária de caça. Não sei se vou gostar.

Fanny acompanhou Edmund com os olhos e sentiu o coração bater forte pela reação dele após ouvir o discurso, e observou a sua expressão e percebeu quais deviam ser os sentimentos do primo.

— *Juras de amor*! — em um tom de imenso espanto, foi a única resposta dele ao sr. Rushworth.

Em seguida, virou-se para o irmão e as irmãs como se mal duvidasse de uma contradição.

— Sim! — exclamou o sr. Yates. — Depois de muitos debates e dificuldades, vimos que servia a todos muito bem, nada era tão irrepreensível como *Juras de amor*. O admirável é que a peça não nos houvesse ocorrido antes. Minha estupidez foi abominável, pois temos todas as vantagens de aproveitar a experiência que tive em Ecclesford; e parece tão útil ter algo como um modelo! Já distribuímos quase todos os papéis.

— E quem fará os papéis femininos? — perguntou Edmund, sério, o olhar dirigido à irmã mais velha.

Maria enrubesceu contra a vontade ao responder:

— Farei o papel que a sra. Ravenshaw teria desempenhado — e com o olhar mais destemido —, a srta. Crawford será Amelia.

— Jamais a julgaria o tipo de peça adequada e cujos papéis pudessem ser interpretados por nós com tanta facilidade — respondeu Edmund, afastando-se para a lareira, onde se achavam a mãe, a tia e Fanny.

Sentou-se com uma expressão de grande contrariedade.

O sr. Rushworth seguiu-o para dizer:

— Eu me apresento no palco três vezes e tenho quarenta e duas falas. Já é alguma coisa, não? Mas não me agrada a ideia de parecer tão requintado. Mal me vejo em um traje azul com capa de cetim grená.

Edmund não soube o que responder. Poucos minutos depois, chamaram Tom Bertram para esclarecer algumas dúvidas do carpinteiro e, após sair acompanhado do sr. Yates e seguido logo depois pelo sr. Rushworth, Edmund quase de imediato aproveitou a oportunidade para dizer:

— Não posso comentar diante do sr. Yates o que penso dessa peça sem ofender seus amigos em Ecclesford, mas devo agora lhe dizer, minha querida Maria, que acho a peça extremamente imprópria para uma representação familiar, e espero que você desista da ideia. Tenho certeza de que o fará quando a tiver lido com toda atenção. Leia apenas o primeiro ato em voz alta, para sua mãe e sua tia, e veja se aprovam. Não será necessário submetê-la ao julgamento do seu pai.

— Nós vemos as coisas de forma muito diferente — retrucou Maria. — Garanto-lhe que conheço muito bem a peça e, além de pouquíssimas omissões e cortes, que decerto faremos, nada vejo de repreensível no texto; e eu não sou a *única* moça que a acha adequada para representação doméstica.

— Sinto muito — foi a resposta do irmão. — Mas nessa questão cabe a você comandar. Precisa dar o exemplo. Se os outros cometeram erros, é seu dever corrigi-los e mostrar-lhes no que consiste a verdadeira delicadeza. Em todas as questões de decoro, a sua conduta deve ser lei para os demais do grupo.

Essa imagem de importância surtiu algum efeito, pois ninguém gostava mais de comandar que Maria, e com muito mais bom humor respondeu:

— Sou muito grata a você, Edmund, sei que tem excelente intenção, mas continuo a achar que vê tudo com muita seriedade, e eu de fato não posso assumir a tarefa de passar um sermão em todos os demais por causa de assuntos dessa natureza. Acredito que isso, sim, seria muito indelicado.

— Imagina que essa tenha sido a minha ideia? Não... permita que sua conduta seja o único sermão. Diga que, após examinar o papel, você não se sente à altura dele, considera-o exigir-lhe mais esforço e confiança do que acreditava. Diga-o com firmeza que isso bastará. Todos com bom senso compreenderão seus motivos. Desistirão da peça, e vão louvar-lhe a delicadeza, como deve ser.

— Não represente nada impróprio, minha querida — pediu a sra. Bertram. — *Sir* Thomas não a gostar. Fanny, toque a sineta. Precisamos jantar. Julia por certo já deve ter-se arrumado.

— Estou convencido, mamãe — disse Edmund impedindo Fanny de tocar a campainha —, de que *Sir* Thomas não aprovaria.

— Viu, minha querida, ouve o que diz Edmund?

— Se eu desistir do papel — declarou Maria com renovado empenho —, Julia com certeza o fará.

— Não acredito! — exclamou Edmund. — Mesmo se ela soubesse seus motivos?

— Oh! Talvez acredite que, apesar da diferença entre nós, de nossas situações, ela não precise ser tão escrupulosa quanto eu possa julgar necessário. Tenho certeza de que esse seria seu argumento. Não, perdoe-me, Edmund, mas não posso retirar-me da peça, tudo já se encontra bem adiantado e todos se sentiriam muito desapontados. Tom ficaria muito furioso e, se tivermos de nos basear em critérios tão impecáveis na escolha de uma peça, nunca representaremos nenhuma delas.

— Eu ia dizer a mesma coisa — interrompeu a sra. Norris. — Se rejeitam todas as peças, acabam não representando nada e todo o dinheiro que já se gastou nos preparativos será desperdiçado. Tenho certeza de que isso, sim, seria uma falta de respeito com todos nós. Não conheço a peça, mas, como diz Maria, se houver qualquer coisa um pouco picante demais, o que ocorre na maioria das peças, pode-se omiti-la sem dificuldade. Não devemos ser rigorosos demais, Edmund. Como o sr. Rushworth também participará da apresentação, não pode haver mal algum. Só acho que Tom deveria ter decidido melhor o que queria, antes de os carpinteiros começarem, pois se perdeu meio dia de trabalho naquelas portas laterais. A cortina, porém, ficará ótima. As criadas fazem muito bem o trabalho de costura, e acho que conseguiremos economizar algumas dúzias das argolas. Não há necessidade de pregá-las tão perto umas das outras. Espero que eu seja útil, ao evitar desperdícios e aproveitar ao máximo os materiais. Sempre deve haver uma mão firme para supervisionar tantos jovens. Esqueci de contar a Tom algo que me aconteceu ainda hoje. Passei um tempo cuidando do galinheiro e, quando acabava de sair, vi o jovem Dick Jackson a caminho da ala de serviços, com dois pedaços de pinho, sem dúvida levando-os para o pai; a mãe o tinha chamado para falar com o pai, e este mandou trazer os dois pedaços de madeira, de que muito precisava. Mas logo entendi o que significava tudo aquilo, pois a sineta do jantar dos empregados tocava naquele mesmo momento, e como detesto essa gente ladra... os Jackson são muito aproveitadores... eu sempre disse isso, são o tipo de gente que pega tudo que pode; interpelei direto o jovenzinho, um menino de dez anos, muito preguiçoso, que devia envergonhar-se de si mesmo: "Pode deixar, que eu mesma levo as tábuas para o seu pai, Dick. E você, volte para casa o mais rápido possível". O pequeno pareceu muito atrapalhado e se afastou sem dizer nada, talvez porque minhas palavras tenham sido muito ásperas. Mas garanto que isso vai impedir que ele venha aqui por algum tempo para roubar. Odeio essa ganância! Tão bom que é *Sir* Thomas para toda a família, emprega o pai o ano inteiro.

Ninguém se deu ao trabalho de contestar; os outros logo retornaram, e Edmund compreendeu que sua única satisfação seria esforçar-se ao máximo para tentar corrigi-los.

O jantar transcorreu em um clima pesado. A sra. Norris, mais uma vez, relatou o triunfo sobre o jovem Dick Jackson, mas, fora isso, não se falou muito da peça nem dos preparativos, pois até o irmão, embora não quisesse admiti-lo, sentia a desaprovação de Edmund. Maria, sem o animado apoio de Henry Crawford, preferiu evitar o assunto. O sr. Yates, que tentava tornar-se amável com Julia, logo percebeu que o mau humor dela era impenetrável a qualquer outro assunto que não o fato de lamentar que ela tenha se desligado da companhia. O sr. Rushworth, que só pensava no próprio papel e na indumentária, logo esgotou tudo o que tinha a dizer a respeito das duas coisas.

Mas se suspenderam as conversas sobre o teatro apenas por uma ou duas horas, pois ainda havia muito a ser resolvido. E após o clima do anoitecer melhorar os ânimos, Tom, Maria e o sr. Yates, logo depois de se reunirem de novo na sala de estar, sentaram-se a uma mesa separada, com a peça aberta diante deles. Acabavam de concentrar-se no tema, quando ocorreu uma bem-vinda interrupção pela entrada de Henry e Mary Crawford, que não deixaram de vir, mesmo sendo tarde da noite e estando o percurso escuro e enlameado, e foram recebidos com a maior alegria.

— Bem, como vão as coisas? Que resolveram?

— Oh! Nada podemos fazer sem vocês. — Seguiram-se as primeiras saudações.

Henry Crawford logo se sentou junto aos três, enquanto a irmã se dirigia a *Lady* Bertram e cumprimentava-a com afetuosa atenção.

— Preciso de fato felicitá-la — disse — por se ter afinal escolhido a peça, pois, embora a senhora tenha suportado tudo com exemplar paciência, tenho certeza de que já devia estar farta de todo o nosso barulho e dificuldades. Os atores devem sentir-se contentes, mas os espectadores estão infinitas vezes mais gratos pela decisão tomada, e eu sinceramente lhe dou os parabéns, minha senhora, bem como à sra. Norris e a todos os que passaram pela mesma situação difícil — concluiu, lançando o olhar, um tanto quanto receoso e brincalhão, a Edmund, sentado um pouco afastado de onde estava Fanny.

Lady Bertram respondeu-lhe com toda delicadeza, mas Edmund nada disse, sem negar o fato de ser apenas espectador. Após continuar a conversa alguns minutos com os que estavam ao redor da lareira, Mary Crawford retornou ao grupo reunido em volta da mesa, e em pé ao lado deles parecia interessar-se pelos debates até que, tomada por uma súbita lembrança, exclamou:

— Meus bons amigos, embora se encontrem em ação, muito compenetrados a respeito dessas cabanas e cervejarias, por dentro e por fora, rogo-lhes que me digam qual será o meu destino. Quem fará o papel de Anhalt? Com qual dos cavalheiros terei o prazer de namorar durante a representação?

Por um momento, ninguém comentou nada e então todos falaram ao mesmo tempo para revelar a melancólica verdade: ainda não havia ninguém para interpretar Anhalt.

— Pude escolher entre os dois papéis — disse o sr. Rushworth —, porém, preferi o do Conde Cassel, embora não me agradem muito os trajes refinados que terei de usar.

— Muito acertada a escolha — disse a srta. Crawford, com a expressão animada. O personagem de Anhalt é muito difícil.

— *O conde* tem de decorar quarenta e duas falas, o que não é pouca coisa — retrucou o sr. Rushworth.

— Não me surpreende nem um pouco essa falta de Anhalt — continuou Mary Crawford após uma breve pausa. — Amelia não merece melhor sorte. Uma jovem tão petulante talvez assuste os homens.

— Muito me alegraria assumir o papel, se fosse possível — exclamou Tom —, mas, infelizmente, o mordomo e Anhalt se apresentam juntos em cena. Contudo, ainda não desisti por completo, verei o que se pode fazer. Examinarei a peça de novo.

— Seu irmão deveria ficar com o papel — sugeriu o sr. Yates em voz baixa, dirigindo-se a Tom. — Acha que ele aceitaria?

— Não sou eu que vou pedir-lhe que aceite — respondeu Tom, a voz fria e determinada.

Mary Crawford conversou mais um pouco e logo depois tornou a juntar-se ao grupo diante da lareira.

— Não precisam de mim — disse, ao sentar-se. — Só os deixo confusos e os obrigo a serem educados. Sr. Edmund Bertram, como não vai representar, será um conselheiro imparcial, e por isso recorro ao senhor. Como vamos arranjar um Anhalt? Acha possível que alguém assuma o personagem e faça papéis duplos? Qual o seu conselho?

— Meu conselho é que mudem a peça — ele respondeu, com toda calma.

— Eu não faço a menor objeção — respondeu Mary Crawford. — Embora não me desgoste o papel de Amelia, sobretudo se for bem interpretado, isto é, se tudo saísse bem, lamentaria ser um empecilho, mas, como não lhe pediram conselho naquela mesa — continuou, olhando para os outros afastados —, com toda certeza não o acatarão.

Edmund nada mais disse.

— Se algum papel o tentasse a atuar, suponho que seria o de Anhalt — observou a moça com uma expressão maliciosa, após uma breve pausa —, pois o personagem é um pastor, como sabe.

— Essa circunstância de modo algum me tenta — ele respondeu —, pois não gostaria de tornar o personagem ridículo interpretando-o mal. Deve ser muito difícil impedir que Anhalt pareça um pregador formal, solene, e o homem que escolheu a profissão por si só talvez seja um dos últimos que desejaria representá-la no palco.

A srta. Crawford calou-se. E sentindo-se um pouco chocada e ressentida, afastou a cadeira para perto da mesa de chá, e deu toda a atenção à sra. Norris, sentada à cabeceira.

— Fanny — chamou Tom Bertram do outro lado da mesa, onde prosseguia animada a conferência —, precisamos de você.

Fanny levantou-se de pronto, à espera de que a incumbissem de algum recado, pois não abandonara o hábito de a empregarem nessa função, apesar de todo o esforço possível de Edmund para que não o fizessem.

— Ah, não há necessidade de levantar-se. Não precisamos de seus presentes serviços. Apenas desejamos incluí-la em nossa peça. Você será a mulher do camponês.

— Eu! — exclamou Fanny, e tornou logo a sentar-se, com a expressão assustadíssima. — Na verdade, precisam me desculpar. Eu não poderia representar coisa alguma por nada deste mundo. Lamento, mas não posso.

— Na verdade, você tem de fazê-lo, porque não podemos dispensá-la. Não precisa ficar tão assustada assim, o papel é insignificante, quase nada, não chega a ter mais de meia dúzia de falas ao todo, e não fará muita diferença se ninguém ouvir uma palavra do que disser, por isso pode ficar acanhada como quiser, basta que a vejam no palco.

— Se teme meia dúzia de falas — exclamou o sr. Rushworth —, que faria com um papel como o meu? Tenho de decorar quarenta e duas falas.

— Não é que eu tema não decorar as falas — disse Fanny, encabulada por estar em evidência e sentir quase todos os olhos do salão fixos nela —, mas não posso mesmo representar.

— Sim, sim, pode representar bem o bastante para nós. Estude seu papel, e lhe ensinaremos todo o resto. Só aparecerá em duas cenas e, como eu serei o camponês, vou instruí-la a circular no palco, e o fará muito bem, respondo por isso.

— Não, verdade, sr. Bertram, peço-lhe que me desculpe. Não faz ideia. Seria uma absoluta impossibilidade para mim. Se eu a interpretasse, só o decepcionaria.

— Ora, vamos! Não seja tão acanhada. Você o fará muito bem. Terá todo nosso apoio, não esperamos perfeição. Precisa arranjar um vestido marrom, um avental branco e uma touca de camponesa, depois que lhe desenharmos algumas rugas, alguns pés de galinha nos cantos dos olhos, ficará uma velhinha perfeita.

— Precisam desculpar-me, realmente, precisam desculpar-me — lamentou-se Fanny, cada vez mais enrubescida de acanhamento.

Então lançou o olhar angustiado a Edmund, que, embora a observasse com ternura, mas sem querer irritar o irmão com sua interferência, só lhe deu um sorriso encorajador. As súplicas da jovem não tiveram efeito algum em Tom, e o rapaz apenas repetiu o que dissera antes. Não apenas ele, porque agora Maria, os irmãos Crawford e o sr. Yates endossavam o pedido com uma insistência que só se diferenciava por ser mais delicada e cerimoniosa, mas em grupo foi ainda um pedido mais opressivo para Fanny. Antes que ela conseguisse recuperar o fôlego, a sra. Norris completou o conjunto e dirigiu-se à moça em um sussurro ao mesmo tempo irritado e audível:

— Que espetáculo você faz aqui por nada! Muito me envergonha, Fanny, vê-la criar tamanha dificuldade para ajudar seus primos em uma bobagem dessas, justo eles, que são tão bons para você! Aceite de bom grado e acabe logo com essa discussão, por favor.

— Não a obrigue, senhora — pediu Edmund. — Não é justo forçá-la. Está vendo que ela não gosta de representar. Deixe-a decidir com a mesma liberdade que todos os demais tiveram. A vontade dela merece toda a consideração. Não a pressione mais.

— Não vou mais forçá-la — respondeu a sra. Norris com rispidez. — Mas a considerarei uma menina muito teimosa e ingrata, se não quiser fazer o que a tia e os primos desejam, muito ingrata na verdade, considerando-se quem e o que é nesta família.

Edmund ficou furioso demais para falar, mas Mary Crawford, após encarar chocada a sra. Norris por um instante e voltar-se depois para Fanny, cujas lágrimas começavam a brotar, logo declarou com certa aspereza:

— Não me sinto bem aqui, faz demasiado calor neste lugar para mim. — Afastou a cadeira para o lado oposto da mesa, perto de Fanny e disse-lhe num sussurro amável e baixo: — Não faz mal, querida srta. Price, passamos uma noite atribulada, todos estão nervosos e aborrecidos, mas não nos importemos com eles.

E com incisiva atenção continuou a conversar com ela e esforçou-se para animá-la, apesar de também se sentir deprimida. Por meio de um olhar dirigido ao irmão, impediu qualquer insistência no pedido do grupo teatral, e os sentimentos realmente bons pelos quais se sentia tomada quase por completo logo a fizeram recuperar o pouco do conceito que perdera com Edmund.

Fanny não gostava de Mary Crawford, mas se sentiu muito grata pela sua manifestação de bondade; depois de prestar atenção no trabalho de bordado que ela fazia e que desejava fazer tão bem, pediu-lhe o desenho. E supondo que se preparava para ser apresentada à sociedade, como decerto ocorreria depois que a prima se casasse, a srta. Crawford perguntou se ela recebera notícias recentes do irmão ao mar e disse que tinha muita curiosidade de conhecê-lo: imaginava-o um rapaz muito gentil. Aconselhou-a a mandar que desenhasse o retrato dele antes que voltasse a embarcar. Fanny não pôde deixar de admitir tratar-se de uma lisonja muito agradável, e respondeu com mais animação do que pretendera.

As consultas sobre a peça ainda continuavam, e Tom Bertram foi o primeiro a desviar a atenção da srta. Crawford de Fanny, ao dizer-lhe, com infinito pesar, que chegara à conclusão de que lhe seria absolutamente impossível desempenhar o papel de Anhalt, além do mordomo. Tentara com o maior empenho tornar possível o desempenho simultâneo dos dois personagens, mas não dera certo e ele teria de desistir.

— Mas não haverá a menor dificuldade em conseguir outro ator — acrescentou. — Basta espalhar a notícia. Posso, no momento, enumerar pelo menos seis rapazes, a uns quatro quilômetros daqui, loucos para serem admitidos na nossa companhia, e um ou dois que não se sairiam mal. Não recearia confiar nos irmãos Oliver nem em Charles Maddox. Tom Oliver é um sujeito muito inteligente e Charles Maddox, um cavalheiro como não se vê em lugar algum, assim, amanhã bem cedo irei a cavalo até Stoke e combinarei tudo com um dos dois.

Enquanto ele falava, Maria olhava apreensiva para Edmund, em total expectativa de que ele se opusesse a uma ampliação do plano como essa, tão contrária a todos os seus protestos anteriores, mas Edmund nada disse. Após uma reflexão momentânea, Mary Crawford respondeu calmamente:

— No que me diz respeito, não tenho qualquer objeção a fazer o que vocês julgarem adequado. Conheço, por acaso, um dos dois cavalheiros? Ah, sim! O sr. Charles Maddox jantou na casa da minha irmã outro dia, não, Henry? Um rapaz de aparência muito tranquila. Lembro-me dele. Então que seja ele, por favor, pois para mim será menos desagradável que um total estranho.

Charles Maddox seria o homem. Tom repetiu a decisão de procurá-lo cedo no dia seguinte; e Julia, que mal conversara durante a noite toda, observou agora, de maneira sarcástica, com um olhar primeiro para Maria e depois para Edmund:

— A arte teatral de Mansfield vai animar muito toda a vizinhança — mas Edmund continuava calado e demonstrava os sentimentos apenas com uma inabalável seriedade.

— Não sinto grande entusiasmo pela nossa peça — disse Mary Crawford em voz baixa a Fanny, após uma breve reflexão. — E vou avisar ao sr. Maddox que encurtarei algumas falas dele e muitas das minhas, antes de ensaiarmos juntos. Será muito desagradável e de modo algum o que eu esperava.

CAPÍTULO 16

Não estava sob o poder da srta. Crawford convencer Fanny a esquecer de fato tudo o que se passara. Quando a noite chegou ao fim, a jovem foi deitar-se com a mente repleta das horríveis lembranças, os nervos ainda agitados por causa do choque provocado pelo ataque do primo Tom, ataque muito direto e insistente, e com o espírito oprimido sob a cruel ponderação e repreensão da tia. Ser advertida daquela maneira, ter de ouvir que aquilo não passava do prelúdio de algo infinitamente pior, sentir que a obrigavam a fazer o que lhe parecia tão impossível quanto representar e depois suportar a acusação de teimosia e ingratidão, reforçada pela impiedosa insinuação à dependência da sua situação, fora demasiado doloroso naquele momento para que a lembrança, agora que estava sozinha no quarto, a angustiasse um pouco menos, sobretudo quando se somava o pavor que sentia pelo que o dia seguinte talvez trouxesse. Mary Crawford protegera-a apenas no momento; mas o que faria se Tom e Maria, com Edmund por certo ausente, mais uma vez a submetessem a toda insistência autoritária de que eram capazes sobre ela? Fanny adormeceu antes que pudesse encontrar uma resposta, a qual constatou, ao acordar na manhã seguinte, continuar tão obscura quanto na véspera.

Como o pequeno sótão branco, que continuava a ser seu quarto desde que fora morar com a família, revelou-se inútil para encontrar alguma resposta, ela se refugiara, tão logo se vestira, em outro aposento mais espaçoso e conveniente para andar de um lado para outro e pensar, e do qual, já fazia algum tempo, era quase a dona absoluta. Antes fora a sala de aula dela e dos primos, assim chamada até as irmãs Bertram, em um período posterior, não mais permitirem tal nome nem que o ocupassem para esse fim. Ali também fora o aposento da srta. Lee, e as meninas haviam lido, escrito, conversado e rido, até cerca de três anos atrás, quando a professora partira. O aposento se tornara inútil e, por algum tempo, abandonado, menos por Fanny, que vez por outra visitava suas plantas ou procurava por um dos livros que ainda gostava de guardar no mesmo lugar, por falta de espaço e acomodação no pequeno quartinho acima... mas, aos poucos, quando se intensificou o valor ao conforto que ele lhe oferecia, acrescentou-o às suas posses e passava ali a maior parte do tempo; e, como nada a impedira, nele se instalara de forma muito natural e ingênua. Agora todos consideravam sua a "sala do Leste", como o aposento passou a ser conhecido, desde que Maria tinha dezesseis anos, em termos quase tão decisivos quanto o quartinho do sótão. As pequenas dimensões de um faziam o uso do outro tão evidentemente razoável que as srtas. Bertram, com toda a superioridade dos próprios aposentos que lhes exigia o senso de superioridade, aprovaram de comum acordo, e a sra. Norris, após estipular que jamais se acenderia a lareira para uso pessoal de Fanny, resignou-se que ela ocupasse um espaço que ninguém mais queria, embora os termos com que às vezes se referia a tal indulgência parecessem sugerir que fosse o melhor aposento da casa.

A localização era tão favorável que, mesmo sem um fogo aceso, permitia a um espírito acolhedor como o de Fanny ocupá-lo em muitas manhãs do início da primavera ou de fins do outono e, enquanto se via uma réstia de sol, ela esperava que não a rechaçasse, mesmo quando chegava o inverno.

Era extremo o conforto que lhe proporcionava nas horas de lazer. Refugiava-se ali quando lhe ocorria qualquer coisa desagradável e encontrava imediato consolo em alguma atividade ou sequência de ideias do momento. As plantas, os livros, que colecionava desde a primeira hora em que dispôs de um xelim, a escrivaninha e os trabalhos de caridade e criatividade encontravam-se todos ao alcance da mão. Ou quando se sentia indisposta, se quisesse apenas meditar, dificilmente via naquela sala um objeto que não lhe suscitasse alguma lembrança interessante. Todos constituíam um amigo ou transportavam seus pensamentos para um amigo, e, embora em algumas ocasiões muito houvesse sofrido, ou muitas vezes houvessem entendido mal os seus motivos, desprezado os seus sentimentos e subestimado a sua compreensão, e tivesse conhecido a dor da tirania, do ridículo, do abandono, quase toda ocorrência desse tipo levara-a a um consolo: a tia Bertram a defendera, ou a srta. Lee a incentivara, ou, o que era ainda mais frequente e valioso, Edmund fora seu herói e paladino, apoiara a sua causa ou lhe explicara a intenção, dissera-lhe que não chorasse ou lhe dera alguma prova de afeição que lhe tornara as lágrimas deliciosas... e agora ela via tudo tão misturado, tão harmonizado pela distância, que cada sofrimento anterior tinha um encanto próprio. Adorava o aposento e não trocaria os móveis que o guarneciam pelos mais lindos da casa, embora se achassem bastante estragados pelo uso descuidado das crianças, e as maiores elegâncias e seus ornamentos consistiam em um tamborete desbotado, trabalho de Julia que não servira para a sala de estar por ser mal-acabado, três transparências, confeccionadas no auge da moda de tais imagens gráficas, onde se viam a abadia de Tintern, situada em meio a uma gruta na Itália, e um lago enluarado em Cumberland, que cobriam as vidraças inferiores de uma janela, e uma coleção de perfis da família, julgados sem mérito artístico para ficarem em outro lugar senão acima do consolo da lareira, que tinha ao lado, pregado na parede, um pequeno croqui de um navio enviado do Mediterrâneo, por William, quatro anos antes, com a inscrição das iniciais da marinha real britânica — HMS — e o nome *Antwerp* na parte inferior, em letras altas como mastro principal.

Nesse refúgio, Fanny agora andava de um lado para o outro para tentar acalmar seu espírito agitado, confuso, para ver se, ao examinar o perfil de Edmund, apreendia algum de seus conselhos ou, ao arejar os gerânios, ela talvez inalasse uma brisa de força mental. Não eram, porém, apenas os temores relacionados à própria perseverança que ela precisava vencer, também começara a sentir-se indecisa quanto ao que deveria fazer; e, enquanto circulava pelo aposento, as dúvidas aumentavam. Será que agira certo ao recusar o que lhe haviam pedido de forma tão calorosa e desejado tão ardentemente, que talvez fosse tão essencial a um projeto no qual se empenhavam alguns daqueles a quem ela devia a maior complacência? Não se recusava por má índole, egoísmo e medo de se expor? Seria a opinião de Edmund, a convicção que tinha o primo da total desaprovação de *Sir* Thomas, suficiente para justificá-la em uma obstinada negação, apesar de todos os demais? Seria para ela tão horrível a perspectiva de representar que tendia a desconfiar da sinceridade e da pureza de seus próprios escrúpulos? Ao olhar em volta, a visão de um presente atrás do outro que recebera deles reforçava a obrigação de satisfazer as reivindicações dos primos. Caixas de costura, estojos de ferramentas e materiais de trabalho, com as quais a haviam presenteado em várias ocasiões, sobretudo Tom, cobriam a mesa entre as janelas, o que lhe intensificou a perturbação relacionada à importância da dívida que suscitavam aquelas amáveis lembranças.

Uma batida na porta despertou-a no meio dessa tentativa de encontrar a solução para seu dever e, ao delicado "entre" que proferiu, respondeu o surgimento daquele com quem se habituara a esclarecer todas as dúvidas. Os olhos de Fanny brilharam diante da visão de Edmund.

— Posso falar com você por alguns minutos, Fanny?

— Sim, claro.

— Quero consultá-la. Preciso da sua opinião.

— Minha opinião! — ela exclamou, retraindo-se por tal cumprimento, que lhe causava tão imensa satisfação.

— É, seu conselho e sua opinião. Não sei o que fazer. Sabe que essa perspectiva de representação teatral está cada vez pior. Não podiam ter escolhido uma peça mais infeliz, e agora, para encená-la, vão pedir a ajuda de um rapaz que mal conhecemos. É o fim de toda a intimidade e de todo o decoro de que se falou a princípio. Não sei de nada que desabone Charles Maddox, mas considero muitíssimo censurável a excessiva intimidade que deverá surgir do fato de introduzi-lo assim em nosso meio, mais que intimidade, a familiaridade. Não posso pensar nisso sem me inquietar e me parece mesmo um infortúnio tão grave que devemos, se possível, impedir. Não concorda?

— Sim, mas o que podemos fazer? Seu irmão está tão decidido.

— Só há uma coisa a fazer, Fanny. Eu aceitar o papel de Anhalt. Sei que nada mais deterá Tom. — Fanny não soube o que responder. — Não é de modo algum o que eu pretendia — continuou ele. — Ninguém gosta de ser levado a parecer tão incoerente assim. Após todos saberem que fui contra o projeto desde o princípio, trata-se de um total absurdo juntar-me a eles agora, quando passam dos limites em todos os aspectos do plano inicial, mas não vejo alternativa. E você, Fanny?

— Não — respondeu Fanny devagar. — Não de imediato... mas...

— Mas o quê? Vejo que não pensa como eu. Reflita um pouco mais. Talvez não se dê conta como eu do dano que poderia e do aborrecimento que deveria causar a introdução de um rapaz dessa forma, envolvendo-se na nossa vida doméstica, com autorização para entrar aqui a qualquer hora e ocupando uma posição que acabará com todas as contenções. Pense na excessiva liberdade que cada ensaio lhe proporcionará. Acho tudo muito inaceitável! Coloque-se no lugar de Mary Crawford, Fanny. Imagine o que significa desempenhar o papel de Amelia com um estranho. Tem o direito a que se lamente sua situação, pois ela mesma a lamenta. Ouvi bem o que disse a você ontem à noite para entender a relutância dela em ter de representar com um estranho; é provável que tenha aceitado o papel com expectativas diferentes, talvez sem examinar a questão o suficiente para saber o que poderia acontecer; seria uma atitude pouco generosa, na verdade uma ofensa, expô-la a algo assim. Devemos respeitar os sentimentos dela. Assim não lhe parece, Fanny? Você hesita em responder.

— Lamento pela srta. Crawford, mas sinto muito mais por vê-lo arrastado a fazer algo contra o que você se posicionou e que todos sabem que você afirmou acreditar que seria desagradável ao meu tio. Será uma grande vitória para os outros!

— Não terão grande motivo para considerar uma vitória quando virem como represento mal. Triunfo, porém, com certeza será, e tenho de enfrentá-lo. Mas, se eu puder ser o meio que impeça a divulgação do projeto, limite o alcance da exibição e concentre nossa extravagância ao mínimo, me considerarei bem pago. Na posição em que me encontro, não tenho a menor influência, nada posso fazer. Eu os ofendi e eles não me ouvirão, mas, depois que os deixar de bom humor com essa concessão, tenho esperança de convencê-los a limitar a representação a um círculo muito menor que aquele a que estão visando, o que significa uma recompensa material. Meu objetivo é restringir a plateia à sra. Rushworth e aos Grant. Não vale a pena consegui-lo?

— Sim, será uma grande recompensa.

— Mas, ainda assim, sem a sua aprovação. Pode sugerir-me outro meio pelo qual eu tenha a oportunidade de obter igual resultado?

— Não, nada mais me ocorre.

— Então me conceda sua aprovação, Fanny. Sem ela, não me sinto tranquilo.

— Oh, primo!

— Se você ficar contra mim, terei de desconfiar de mim mesmo e, no entanto, é de todo impossível permitir que Tom siga esse caminho, a cavalgar pela vizinhança em busca de qualquer um que consiga convencer a representar, não importa quem, basta que tenha a aparência de um cavalheiro. Achei que você tivesse compreendido melhor os sentimentos da srta. Crawford.

— Sem dúvida ficará muito contente. Deve ser um grande alívio para ela — disse Fanny, tentando mostrar mais ânimo ao falar.

— Ela nunca me pareceu tão amável quanto com você ontem à noite. Passou a merecer toda minha admiração.

— Foi muito amável, de fato, e alegra-me que seja poupada de uma situação embaraçosa...

Não conseguiu concluir o elogio. A consciência a fez parar no meio, mas Edmund ficou satisfeito.

— Descerei logo depois do desjejum — ele disse — e tenho certeza de que lhes darei uma enorme alegria. E agora, querida Fanny, não quero interrompê-la por mais tempo. Quer na certa continuar a ler. Mas eu não me sentiria tranquilo enquanto não falasse com você e chegasse a uma decisão. Dormindo ou acordado, minha cabeça ficou cheia dessa história a noite toda. Embora seja inaceitável, sei que vou torná-la menos do que poderia ser. Se Tom já se tiver levantado, falarei logo com ele e resolverei tudo. Quando nos reunirmos à mesa do almoço, estaremos no maior bom humor com a perspectiva de fazer papel de bobo com tanta unanimidade. Nesse meio-tempo, imagino que você vá viajar pela China. Como vai Lorde Macartney? — perguntou depois de abrir um volume na mesa, e pegou alguns outros. — E aqui temos *Contos*, de George Crabbe, e a revista *The Idler* à mão para socorrê-la quando se cansar do grande livro. Admiro ao extremo seu pequeno refúgio e, assim que eu sair, esvazie a mente de todo esse absurdo de representação e sente-se confortável à mesa. Mas não fique muito tempo aqui para não se resfriar.

Ele se foi, mas não houve leitura, nem China, e tampouco serenidade para Fanny. O primo dera-lhe as notícias mais extraordinárias, mais inconcebíveis, mais desagradáveis, que a impediram de pensar em outra coisa. Representar! Depois de todas aquelas objeções tão justas e públicas! Depois de tudo que ela o ouvira dizer, de ver sua atitude, de saber o que ele sentira. Seria possível Edmund ser tão incoerente? Será que não enganava a si mesmo? Não cometia um erro? Ai! Tudo por culpa de Mary Crawford. Fanny observara sua influência em cada palavra e sentiu-se infeliz. As dúvidas e aflições quanto à sua própria conduta, que antes a haviam atormentado, agora adormeceram enquanto o escutava, e se tornaram pouco importantes. A ansiedade mais profunda que a invadira calou-as totalmente. Tudo seguiria o destino determinado, ela não se importava mais como acabaria. Os primos talvez a atacassem, mas dificilmente a importunariam. Encontrava-se fora do alcance deles e, se por fim fosse obrigada a ceder, não importava, agora tudo era sofrimento.

CAPÍTULO 17

Foi, de fato, um dia vitorioso para Tom e Maria Bertram. Tal vitória sobre a cautela de Edmund superara suas expectativas e causou-lhes enorme alegria. Nada mais existia relacionado ao projeto tão querido para incomodá-los, e todos felicitaram uns aos outros com todo o entusiasmo, principalmente pelo ciúme de Edmund, ao qual atribuíam a mudança de ideia. Ele talvez continuasse a se mostrar sério e a declarar que não aprovava o projeto em geral e ainda desaprovava a escolha da peça, em particular; mas conseguiram o que queriam: ele atuaria e sua decisão fora impelida apenas por inclinações egoístas. O rapaz descera daquele pedestal moral em que se apoiara, e ambos se sentiam mais felizes pela sua queda.

No entanto, na ocasião, eles se portaram muito bem com ele, sem mostrar sua exultação, além dos leves sorrisos. Todos pareciam julgar a decisão uma grande saída para se livrarem da intrusão de Charles Maddox, como se houvessem sido obrigados a admiti-lo a contragosto na companhia.

O que mais desejavam era manter tudo no círculo familiar. Um estranho entre eles teria consistido no fim de todo o bem-estar do grupo, foi a explicação de Tom Bertram.

Quando Edmund, aproveitando essa ideia, insinuou a esperança de que se devia limitar a plateia, eles se prontificaram, na benevolência do momento, a prometer qualquer coisa. Tudo desprendia bom humor e incentivo. A sra. Norris ofereceu-se para cuidar da indumentária do personagem, o sr. Yates garantiu-lhe que a última cena de Anhalt com o Barão exigia muita ação e ênfase, o sr. Rushworth se encarregou de lhe contar as falas.

— Talvez — disse Tom — Fanny agora se sinta mais inclinada a aceitar nossa proposta. Quem sabe você consiga convencê-la.

— Não, ela está bastante decidida. Com toda a certeza, não vai representar.

— Ah! Muito bem.

E nada mais se disse, mais nada; Fanny, porém, sentiu-se de novo em perigo e a indiferença já começava a faltar-lhe.

No presbitério não se viram menos sorrisos que em Mansfield Park diante da mudança de ideia de Edmund; a srta. Crawford, adorável e sorridente, retomou o assunto com tanta satisfação que só podia suscitar uma resposta nele.

— Com certeza ele teve razão em respeitar tais sentimentos; ficou contente por ter tomado essa decisão.

E a manhã transcorreu em meio a satisfações muito amáveis, embora não muito sinceras. Disso tudo resultou uma vantagem para Fanny; diante do intenso pedido de Mary Crawford, a sra. Grant, com o usual bom humor, concordou em desempenhar o papel para o qual haviam solicitado a atuação de Fanny, e esse foi o único acontecimento ocorrido durante o dia para lhe alegrar o coração, mas mesmo isso, quando transmitido por Edmund, causou-lhe uma pontada de dor, pois era à srta. Crawford que tinha de agradecer, a Mary Crawford, cujos bondosos esforços mereciam sua gratidão, e de cujo mérito pelo empenho em consegui-lo se falou com calorosa admiração. Ela estava protegida, mas paz e segurança nesse caso não se correspondiam. Nunca tivera a mente mais afastada da paz. Não julgava que ela própria agira mal; entretanto, todos os outros aspectos a inquietavam. Rebelava-se tanto no coração quanto na consciência contra a decisão de Edmund; não conseguia desculpar-lhe a atitude inconsequente e a felicidade dele a mortificava. Sentia-se enciumada e agitada. Mary Crawford aproximou-se com olhares de alegria que pareciam um insulto, dirigiu-lhe expressões amistosas às quais ela mal podia responder com calma. Todos ao redor mostravam-se alegres, ocupados, prósperos e importantes, cada qual tinha seu próprio objeto de interesse, o papel, o traje, a cena preferida, os amigos e aliados, todos se atarefavam em trocas de opiniões e comparações ou se divertiam com as engraçadas ideias que sugeriam. Só ela se sentia triste e insignificante, de nada participava, podia sair ou ficar, permanecer no meio daquela ruidosa reunião dos demais ou dela se retirar para a solidão na sala do Leste, sem que ninguém a visse ou sentisse sua falta. Chegava quase a achar que qualquer outra coisa seria preferível a isso. Concediam importância à sra. Grant, referiram-se com respeito à boa vontade dela, eles a solicitavam, ajudavam e elogiavam; e Fanny se viu em perigo de invejar-lhe a personagem que aceitara. Mas a reflexão trouxe-lhe melhores sentimentos e mostrou-lhe que a sra. Grant tinha direito ao respeito que a ela não se teria demonstrado; porém, mesmo se a tratassem com respeito ainda maior, nunca se sentiria à vontade se viesse a juntar-se a um plano que, levando apenas o tio em consideração, deveria condenar inteiramente.

Mas Fanny não era de modo algum a única que tinha o coração entristecido entre todos, como ela logo começou a reconhecer. Julia também sofria, embora não de todo isenta de culpa.

Henry Crawford divertira-se com os seus sentimentos, mas ela por muito tempo lhe permitira e até procurara as atenções, sabendo que tinha tanta razão para sentir ciúme da irmã que deveria haver bastado para curá-lo; e agora, que era obrigada a perceber a preferência do rapaz por Maria, sujeitava-se ao fato, sem o menor temor pela situação da irmã nem qualquer esforço racional para tranquilizar o espírito. Ela permanecia em sombrio silêncio, envolta em tão rígida seriedade que nada a ajudaria, nem a curiosidade, tampouco o humor a distraíam, nem mesmo as atenções do sr. Yates, que conversava com forçada alegria sozinho com ele mesmo, e ridicularizava a atuação dos demais.

Por um ou dois dias depois de proferir a ofensa, Henry Crawford tentara agradá-la com o habitual ataque de galantaria e lisonja, mas não se preocupara o bastante com isso para insistir depois de algumas rejeições; e, logo após ficar demasiado ocupado com a peça e sem tempo para mais que um flerte, tornou-se indiferente à desavença, ou melhor, considerou-a uma feliz ocorrência, pois terminava sem alarde o que poderia por mais tempo aumentar as expectativas de outros além da sra. Grant. Esta não gostou de ver Julia excluída da peça e tratada com desatenção, mas, como não era uma questão que envolvesse a felicidade dela própria, como Henry deveria ser o melhor juiz da dele, e visto que o rapaz lhe garantira, com um sorriso muito persuasivo, que nem ele nem Julia jamais haviam tido um pensamento sério um em relação ao outro, ela só pôde renovar o cuidado anterior quanto à irmã mais velha, rogar-lhe que não arriscasse a própria tranquilidade ao demonstrar demasiada admiração por Maria. Depois, alegremente, passou a participar de tudo que trouxesse contentamento aos jovens em geral e que, em particular, proporcionasse prazer aos dois irmãos tão queridos.

— Pergunto-me se Julia não está apaixonada por Henry — foi a observação que fez a Mary.

— Eu diria que está — respondeu Mary friamente. — Suponho que ambas as irmãs estão.

— As duas! Não, não. Não pode ser. Não vá sequer insinuar isso a Henry. Pense no sr. Rushworth!

— Melhor seria você dizer a Maria Bertram que pense no sr. Rushworth. Talvez faça algum bem a *ela*. Várias vezes penso na propriedade e na independência do sr. Rushworth e desejaria vê-las em outras mãos, mas jamais penso nele. Um homem representaria o condado com semelhante patrimônio; um homem prescindiria de uma profissão e representaria o condado.

— Creio que em breve entrará para o Parlamento. Quando *Sir* Thomas chegar, acredito que vai candidatá-lo para representar algum distrito, mas ninguém ainda o encaminhou para fazer algo.

— *Sir* Thomas realizará grandes feitos quando voltar para casa — disse Mary após uma pausa. — Você se recorda do "Address to Tobacco", de Hawkins Browne, imitando Pope? "Bendita folha!, cujo aromático eflúvio confere modéstia ao estudante, caráter aos párocos." Farei uma paródia: "Bendito Cavaleiro!, cuja aparência ditatorial confere prestígio aos filhos, sensatez a Rushworth". Não acha que é isso mesmo, sra. Grant? Tudo parece depender do retorno de *Sir* Thomas.

— Garanto que você vai entender a importância dele como muito justa e razoável quando o vir com a família. Não sei se nos arranjamos muito bem sem ele. Tem um excelente modo de ser, imponente, próprio ao chefe de uma casa como aquela, e mantém todos em seus devidos lugares. *Lady* Bertram parece ainda mais nula do que quando ele está em casa; e ninguém mais consegue impor limites à sra. Norris. Mas, Mary, não imagine que Maria Bertram goste de Henry. Tenho certeza de que Julia não gosta dele, do contrário não flertaria com o sr. Yates como o fez ontem à noite, e, embora ele e Maria sejam muito bons amigos, acho que ela gosta demais de Sotherton para ser volúvel.

— Eu não daria muito pela sorte do sr. Rushworth se Henry se declarar antes da assinatura dos papéis.

— Se você tem tal suspeita, será preciso fazer alguma coisa, e, assim que terminar a peça, falaremos com ele com muita seriedade e o faremos revelar suas intenções; se ele nenhuma tiver, nós o mandaremos viajar por algum tempo, embora isso signifique privar-nos da companhia de nosso querido Henry.

Julia de fato sofreu, apesar de que a sra. Grant nada notasse e embora isso passasse despercebido por muitos da própria família da moça. Amara e ainda amava, e passava por todo o sofrimento suportado pelo temperamento apaixonado e a personalidade animada sob a decepção de uma esperança acalentada, embora irracional. Nutria tristeza e raiva no coração, e só conseguia encontrar consolos rancorosos. A irmã, com quem sempre se habituara a conviver em boa relação, agora se revelava sua maior inimiga; distanciaram-se uma da outra, e Julia não superava a esperança de um fim desastroso daquelas atenções recíprocas que ainda continuavam entre Maria e Henry Crawford, de alguma punição à irmã por se portar daquela forma vergonhosa tanto para si mesma quanto para o sr. Rushworth. Sem incompatibilidade de temperamento nem divergência de opinião que as impedisse de serem muito amigas enquanto tinham os mesmos interesses, as irmãs, sob essa tão difícil situação, não nutriam suficiente afeição nem princípios que as tornassem misericordiosas ou justas, que lhes dessem dignidade ou compaixão. Maria sentia o triunfo e prosseguia em seu intento indiferente à irmã, e Julia, que não tolerava a preferência de Henry Crawford por Maria, desejava uma crise de ciúmes do noivo que causasse afinal um escândalo público.

Fanny observava e lastimava tudo isso, mas não havia entre ela e a prima qualquer manifestação de companheirismo. Julia não se abria e Fanny não tomava liberdades. Eram duas sofredoras solitárias, ou ligadas apenas pela consciência de Fanny.

A desatenção dos dois irmãos e da tia pela desolação de Julia e a cegueira deles quanto à verdadeira causa deveriam ser atribuídas aos muitos problemas que lhes ocupavam as mentes. Encontravam-se totalmente preocupados. Tom, absorvido pelos assuntos do teatro, nada via além do que tinha relação direta com a realização da peça. Edmund, entre o papel teatral e o da vida real, entre as reivindicações de Mary Crawford e sua própria conduta, entre o amor e a coerência, agia do mesmo modo negligente. E a sra. Norris, também muito ocupada em planejar e dirigir todas as pequenas questões gerais da companhia, supervisionando os diversos vestuários com econômico expediente, esforços pelos quais ninguém lhe agradecia, e poupando com prazerosa integridade meia coroa daqui e dali para o ausente *Sir* Thomas, não tinha tempo livre para vigiar o procedimento nem proteger a felicidade das filhas dele.

CAPÍTULO 18

Tudo seguia agora um curso regular: atores, atrizes e vestuários, todos avançavam, mas, embora não houvessem surgido outros grandes impedimentos, Fanny, passados apenas poucos dias, constatou que não se via mais toda aquela alegria ininterrupta entre os próprios membros do grupo e que ela não ia mais testemunhar a continuação de tão grande unanimidade e prazer, que lhe pareceram a princípio quase demasiados de suportar. Todos começavam a apresentar motivos de irritação. Edmund tinha muitos. Inteiramente contra a sua vontade, chegara da cidade um cenógrafo, o qual já pusera mãos à obra, para grande aumento das despesas e, o que era pior, fazia estardalhaço do sucesso do empreendimento pela comunidade; o irmão, em vez de chamar sua atenção e orientá-lo quanto à intimidade do espetáculo, distribuía convites a todas as famílias que encontrava. O próprio Tom começava a ficar impaciente com o lento avanço do profissional e a sentir a agonia da espera. Já decorara o papel principal, todos os papéis, aliás, pois assumira todos os secundários de pouca importância que ele podia interpretar além do mordomo, e começou a irritar-se com a representação. Cada dia que passava desocupado tendia a aumentar-lhe a noção da insignificância de todos os papéis acumulados e torná-lo mais propenso a arrepender-se de não ter escolhido outra peça.

Fanny, sempre uma ouvinte muito amável e na maioria das vezes a única pessoa disponível, sujeitava-se às queixas e aflições de todos os participantes. A jovem sabia que na opinião geral o sr. Yates reclamava terrivelmente; que o sr. Yates se sentia decepcionado com Henry Crawford; Tom Bertram falava tão rápido que era ininteligível; a sra. Grant estragava tudo com suas contínuas risadas; Edmund ainda não decorara o papel; e era um suplício contracenar com o sr. Rushworth, incapaz de proferir uma fala sem ponto[8] em todos os diálogos. Sabia também que o pobre sr. Rushworth raras vezes conseguia alguém para ensaiar consigo; *ele* também expressou sua queixa a Fanny como os demais; e, aos olhos dela, a pouca disposição de Maria por ele era tão incisiva, e tão desnecessariamente frequentes eram os ensaios da primeira cena entre ela e o sr. Crawford, que logo Fanny começou a temer outras queixas da parte do noivo. Longe de se sentirem todos satisfeitos e alegres, a serena ouvinte compreendeu que cada um exigia algo que não tinha e causava descontentamento aos demais. Uns consideravam o papel longo demais, outros, curto demais, ninguém prestava a devida atenção ou lembrava por que lado devia entrar em cena, ninguém, a não ser o reclamante, conseguia obedecer às instruções.

Fanny acreditava que a peça lhe proporcionava mais prazer inocente que a qualquer um deles. Henry Crawford representava bem, e para ela era um prazer esgueirar-se no teatro e assistir ao ensaio do primeiro ato, apesar dos sentimentos exaltados provocados por algumas falas que cabiam a Maria. Também achava que a prima interpretava muito bem, bem demais até, e após o primeiro ou segundo ensaio passou a ser a única plateia deles, e, às vezes,

---

[8] Auxiliar de cena que, fora da vista do público, vai recordando o texto aos atores em voz baixa.

servia como ponto, outras como espectadora; frequentemente se mostrava muito útil. Em sua opinião, o sr. Crawford era o melhor ator de todos; tinha mais confiança que Edmund, mais discernimento que Tom, mais talento e bom gosto que o sr. Yates. Como homem, não gostava dele, porém se via obrigada a reconhecê-lo como o melhor ator e, nesse ponto, não muitos discordavam dela. O sr. Yates, de fato, protestava contra a docilidade e insipidez de Henry e, por fim, chegou um dia em que o sr. Rushworth dirigiu-se a ela com o olhar sombrio e perguntou:

— Acredita mesmo que existe alguma coisa tão maravilhosa em tudo isso? Por minha vida e alma, não consigo admirá-lo e, cá entre nós, em minha opinião, ver um homenzinho dessa altura e de aparência insignificante destacar-se como grande ator é muito ridículo.

Dali em diante, ressurgiu o antigo ciúme, que Maria, em vista das esperanças cada vez maiores reveladas por Crawford, não se esforçava muito por afastar, e as chances de o sr. Rushworth algum dia chegar a decorar suas quarenta e duas falas se tornavam ainda menores. Quanto a ele conseguir ao menos torná-las algo *tolerável*, ninguém mais, senão a mãe, tinha a mínima ideia... *ela*, na verdade, lamentava que não lhe houvessem dado um papel mais importante, e adiou as vindas a Mansfield até que os atores amadores estivessem avançados o suficiente no ensaio para compreender todas as cenas do filho, mas os outros almejavam apenas que ele conseguisse lembrar a palavra "chamariz", o primeiro verso de sua fala, e fosse capaz de seguir o texto até o fim. Fanny, sensibilizada e bondosa, esforçava-se ao máximo para ensiná-lo a decorar, dava-lhe toda a ajuda e orientações ao seu alcance, tentava criar no rapaz uma memória artificial, até que ela mesma decorou cada palavra do papel, mas sem conseguir que ele fizesse muito progresso.

Tinha, sem dúvida, muitas sensações de mal-estar, ansiedade e apreensão, mas com tudo isso, além de outras tarefas que exigiam tempo e atenção, achava-se longe de sentir-se desocupada e inútil entre eles, assim como de ver-se sem um companheiro de infortúnios. A tristeza das primeiras expectativas revelou-se infundada. Vez por outra ela era útil a todos, talvez sentisse mais paz de espírito que qualquer um dos demais.

Além disso, a grande quantidade de trabalhos de costura a serem feitos requeria a sua ajuda, e era evidente que a sra. Norris considerava-a muito competente, como em tudo que a jovem fazia, pela maneira como a solicitava:

— Venha, Fanny — gritava. — Embora esses ótimos momentos lhe proporcionem muita diversão, você não deve ficar sempre se deslocando de uma sala para outra e assistir ao ensaio dos demais, preciso de você aqui. Tenho-me escravizado até quase mal me aguentar, para modelar o corte da capa do sr. Rushworth sem precisar mandar comprar mais cetim; e agora acho que pode me ajudar na confecção. São apenas três costuras, você pode fazê-las em um piscar de olhos. Seria uma sorte se eu pudesse encarregar-me apenas da parte executiva. Sua situação é mais confortável, posso lhe assegurar; mas, se ninguém fizesse mais que você, jamais terminaríamos isto.

Fanny pôs-se a trabalhar calma e calada, sem tentar defender-se, porém a mais bondosa tia Bertram observou em seu favor:

— Não admira, irmã, que Fanny se sinta maravilhada, tudo é novo para ela, como sabe... você e eu gostávamos muito de uma peça, eu ainda gosto, assim que tiver um pouco mais de folga, também pretendo assistir aos ensaios. De que trata a peça, Fanny? Você nunca me contou...

— Ah, irmã, por favor, não lhe pergunte agora, Fanny não é dessas pessoas que sabem falar e trabalhar ao mesmo tempo. A peça fala de promessas de apaixonados.

— Creio — disse Fanny à tia Bertram — que amanhã à noite vão ensaiar os três atos. Assim, a senhora terá oportunidade de ver todos os atores ao mesmo tempo.

— Melhor seria esperar até pendurar a cortina — interpôs-se a sra. Norris. — Será instalada dentro de uns dois dias... Não tem o menor sentido uma peça sem cortina, e muito estarei enganada, se você não a encontrar puxada por belos galões.

Lady Bertram resignou-se a esperar. Fanny não compartilhou a calma da sua tia; estava ansiosa para que chegasse o dia seguinte, pois, se os três atos fossem ensaiados, Edmund e a srta. Crawford representariam juntos pela primeira vez; no terceiro ato havia uma cena entre ambos, cena que lhe interessava muito, e ela estava impaciente e ao mesmo tempo aflita por ver como eles a desempenhariam. Todo o assunto da cena era sobre o amor, um casamento por amor era descrito pelo cavalheiro, e nada menos que uma declaração de amor era feita pela dama.

Ela lera e relera a cena com muitas emoções dolorosas, fascinantes, e não via a hora da representação deles, como uma circunstância muito interessante. Não acreditava que já a houvessem ensaiado, mesmo em particular.

Chegou o dia seguinte, o plano para a noite prosseguia, e a reflexão de Fanny não se tornou menos agitada. Trabalhava com todo afinco sob as orientações da tia, mas a presteza e o silêncio ocultavam a mente distante e ansiosa. Por volta do meio-dia, conseguiu refugiar-se com o trabalho na sala do Leste, a fim de evitar mais um ensaio do primeiro ato, que Henry Crawford acabava de propor, pois o julgava inteiramente desnecessário e pelo qual não tinha o menor interesse, desejosa ao mesmo tempo de ficar sozinha e evitar a visão do sr. Rushworth. Ao atravessar o corredor, avistou as duas senhoras vindo do presbitério, mas isso não alterou o seu desejo de refugiar-se. Ela trabalhou e meditou, tranquila, por quinze minutos, quando uma leve batida na porta a avisou da entrada da srta. Crawford.

— Acertei? Sim, esta é a sala do Leste. Minha querida srta. Price, rogo-lhe que me perdoe, mas vim aqui com a finalidade de pedir sua ajuda.

Fanny, muito surpresa, esforçou-se por mostrar-se senhora do aposento com delicadeza, e olhou preocupada para as grades da lareira apagada.

— Obrigada... sinto-me muito aquecida, muito aquecida mesmo. Permita-me ficar aqui um momento e tenha a bondade de me ouvir no terceiro ato. Trouxe o livro e, se quiser apenas ensaiar comigo, ficarei muito grata! Vim com a intenção de ensaiá-lo com Edmund, a sós, em preparação para o ensaio, mas ele não está, porém, mesmo que *estivesse*, acho que eu não aguentaria repassar o texto até o fim com *ele*, antes de ter-me fortalecido um pouco, pois de fato são duas falas... terá essa bondade, não?

Fanny foi delicadíssima em concordar, embora não transmitisse as palavras com uma voz muito firme.

— Por acaso leu a parte a que me refiro? — continuou Mary Crawford, abrindo o livro. — Aqui está. Não pensei muito nisso a princípio, mas, palavra de honra, aqui, veja esta fala, e esta, e esta. Como vou conseguir olhar no rosto de Edmund e dizer tais coisas? Você conseguiria? Mas também ele é seu primo, o que faz toda a diferença. Precisa ensaiar comigo, para que eu possa imaginá-la ser ele e me acostumar aos poucos. Às vezes, você se parece com ele.

— Pareço? Darei o melhor de mim com a maior boa vontade... mas preciso ler a cena, pois a conheço muito pouco.

— *Nada*, suponho. Terá de ficar com o livro, com certeza. Mãos à obra. Precisamos de duas cadeiras próximas para que você as leve ao proscênio. Pronto... ótimas cadeiras para sala de aula, não para um teatro, ouso dizer, muito mais adequadas para meninas se sentarem e darem-lhes pontapés enquanto aprendem uma lição. Que diriam a governanta e o dono da casa se as vissem usadas para essa finalidade? Pudesse *Sir* Thomas nos ver agora mesmo, pediria a bênção de Deus, pois ensaiamos pela casa inteira. Yates vocifera na sala de jantar. Ouvi-o ao subir, e o teatro, claro, está ocupado por aqueles infatigáveis atores de Agatha e Frederick. Se não forem perfeitos, ficarei muito surpresa. Aliás, observei-os há cinco minutos, e por acaso se tratava exatamente de uma das ocasiões em que tentavam *não* se abraçar; o sr. Rushworth estava comigo. Achei que ele começou a ficar meio irritado, por isso tentei distraí-lo o melhor que pude, sussurrando-lhe: "Teremos uma excelente Agatha, com esses modos tão *maternais*; ela se mostra inteiramente *maternal* na voz e no semblante". Não acha que fiz bem? Ele logo se animou. Bem, agora vamos ao meu monólogo.

Ela começou e Fanny a acompanhava com toda a sensação recatada que lhe inspirara a ideia de representar Edmund, após imaginá-lo com toda a força, mas com a aparência e a voz tão verdadeiramente femininas que não sugeriam a imagem de um homem. Com tal Anhalt, porém, a srta. Crawford tinha bastante coragem. As duas haviam chegado ao meio da cena, quando uma batida na porta trouxe uma pausa, e a entrada de Edmund logo em seguida suspendeu tudo.

O encontro inesperado causou surpresa, inibição e prazer em cada um e, como Edmund fora ali com a mesma finalidade que levara Mary Crawford, a timidez e o prazer neles na certa seriam mais que momentâneos. Também o primo trazia o livro e procurava Fanny para pedir-lhe que ensaiasse com ele e o ajudasse a preparar-se para o ensaio noturno, sem saber da presença da srta. Crawford na casa, e foi grande a alegria e a animação de se verem assim reunidos, comparar os planos, e se solidarizarem em elogios aos amáveis serviços de Fanny.

Ela não podia igualar-se em entusiasmo ao par. O espírito afundou sob a animação de ambos, e ela sentiu que lhe faltava muito pouco para tornar-se invisível aos dois, o que impedia que sentisse algum conforto em ter sido procurada por eles. Deviam agora ensaiar juntos. Edmund propôs, insistiu, implorou, até a moça, não muito disposta a princípio, não poder mais recusar, e precisavam de Fanny apenas para servir-lhes de ponto e observá-los. Deram-lhe, na verdade, a função de juíza e crítica, e ela, com toda a seriedade, desejava exercê-la bem e observar-lhes todas as respectivas falhas, mas, após assim fazê-lo, os sentimentos dentro dela recuaram... não podia, não queria, nem o ousava tentar, nem que fosse, ao contrário, qualificada para criticar, sua consciência a haveria impedido de aventurar-se a reprová-los. Julgava-se envolvida demais em toda a situação para criticar os detalhes com segurança e honestidade. Servir de ponto teria de bastar para eles, e isso era às vezes mais que suficiente, pois nem sempre conseguia prestar atenção ao livro. Ao observá-los, esquecia-se de si mesma; e, agitada com a veemência cada vez maior no modo de atuar de Edmund, virara a página e se afastara bem no momento em que ele precisou de ajuda. Atribuiu-se o fato a um cansaço muito natural e os dois lhe expressaram gratidão e compaixão, mas ela merecia mais piedade deles do que esperava que ambos supusessem. Afinal a cena terminou e Fanny obrigou-se a acrescentar elogios aos cumprimentos que os dois faziam um ao outro. Quando mais uma vez se viu a sós e em condição de lembrar todos os detalhes, tendeu a crer que, na verdade, a interpretação deles revelava tanto realismo e sentimento que lhes garantiria credibilidade, e tornaria a exibição muito dolorosa para ela. Qualquer que fosse o efeito causado, porém, ela precisaria suportar o impacto de novo ainda naquele mesmo dia.

O primeiro ensaio regular dos três primeiros atos ocorreria à noite; a sra. Grant e os Crawford comprometeram-se a vir assim que se liberassem depois do jantar, e todos os interessados aguardavam o momento com grande ansiedade. Parecia pairar uma alegria generalizada. Tom regozijava-se de antemão com o resultado final, e Edmund estava bem-humorado por causa do ensaio da manhã, e em toda parte parecia terem-se dissipado as pequenas irritações. Todos se mostravam atentos, impacientes; as senhoras logo se levantaram da mesa e os jovens as acompanharam em seguida; com exceção de *Lady*

Bertram, da sra. Norris e de Julia, todos se encontravam no teatro uma hora antes, e, após o iluminarem o melhor que lhes permitia o estado inacabado da obra, esperavam apenas a chegada da sra. Grant e dos Crawford para começar.

Não esperaram muito pelos Crawford, mas estes chegaram sem a sra. Grant. Ela não poderia vir. O dr. Grant estava indisposto, fato que não lhe rendera muito crédito da bela cunhada, e não poderia dispensar a esposa.

— O dr. Grant passa mal — ela disse com falsa solenidade. — Adoeceu desde que dispensou um pedaço de faisão no jantar. Achou-o duro, mandou retirarem o prato, e sofre desde então.

Que decepção! O não comparecimento da sra. Grant era de fato lamentável. Embora sempre prezassem seus modos agradáveis e a alegre submissão, ela agora era absolutamente necessária. Não podiam atuar nem ensaiar com algum sucesso sem ela. Desfez-se o bem-estar da noite toda. Que fariam? Tom, como o camponês, desesperava-se. Após uma pausa de perplexidade, alguns começaram a dirigir olhares para Fanny, e alguém falou:

— Se a srta. Price tivesse a bondade de ler o papel.

Logo a cercaram com súplicas, todos pediram, e até Edmund disse:

— Faça, Fanny, se não for muito desagradável para você.

Mas Fanny ainda hesitava. Não suportava a ideia. Por que não pediam à srta. Crawford? Ou por que ela não se refugiara no próprio quarto, pois ali se sentiria sã e salva, em vez de querer assistir ao ensaio? Sabia que isso a irritaria e afligiria, sempre soubera que tinha por dever manter-se afastada. Recebeu o castigo merecido.

— Você só tem de ler o papel — insistiu Henry Crawford com renovada súplica.

— E acredito que ela conheça cada palavra — acrescentou Maria —, pois outro dia ela corrigiu a sra. Grant em vinte momentos. Fanny, tenho certeza de que você sabe de cor as falas do papel.

Ela não podia dizer que não sabia, e como todos insistiam, como Edmund repetia o desejo, com um olhar de carinhosa dependência da sua boa vontade, ela teve de ceder. Daria o melhor de si. Todos ficaram satisfeitos e a abandonaram aos temores de um coração tomado por grandes palpitações, enquanto os outros se preparavam para começar.

De fato começaram e, por se concentrarem demais no próprio barulho, demoraram para perceber um movimento incomum na outra parte da casa, haviam avançado um pouco quando a porta do salão se escancarou e Julia, que ali surgiu com o rosto tomado de pavor, exclamou:

— Papai chegou! Acabou de entrar no corredor.

CAPÍTULO 19

Como descrever a consternação do grupo? Para a maioria, foi um momento de absoluto terror. *Sir* Thomas em casa! Todos sentiram a instantânea certeza. Ninguém abrigou uma única esperança de que fosse um gracejo ou um engano.

A aparência de Julia revelava a prova de que se tratava de um fato incontestável e, após os primeiros sobressaltos e exclamações, não se disse sequer uma palavra por meio minuto. Cada um, com o semblante alterado, olhava para o outro e quase todos sentiam a chegada como um dos mais desagradáveis, mais inoportunos e mais apavorantes golpes! O sr. Yates talvez não a julgasse mais do que uma irritante interrupção por aquela noite, e o sr. Rushworth, ao contrário, a considerava uma bênção, mas o coração de todos os demais afundava sob algum grau de autocondenação, ou temor indefinido; o coração de todos os demais sugeria: "Que será de nós? Que se fará agora?". Fez-se uma pausa terrível, e terrível para cada um foi ouvir os ruídos corroborantes de portas que se abriam e passos que avançavam.

Julia foi a primeira que tornou a mexer-se e falar. Ciúme e amargura ficaram em suspenso: o egoísmo perdeu-se na causa comum. Mas, no momento em que ela aparecera, Frederick ouvia com ares de devoção a narrativa de Agatha e apertava no coração a mão da jovem. Assim que a irmã mais moça teve condição de notá-lo, apesar do choque das próprias palavras, ele se mantinha na mesma posição, retendo a mão de Maria, e seu magoado coração mais uma vez se inchou de ofensa. Com o rosto tão rubro agora quanto ficara pálido antes, virou-se para sair do salão e declarou:

— Eu não tenho por que temer aparecer diante dele.

A saída dela despertou os restantes; e ao mesmo tempo os dois irmãos se adiantaram ao sentir a necessidade de fazer alguma coisa. Bastaram pouquíssimas palavras entre eles. O caso não admitia divergência de opiniões, precisavam encaminhar-se direto para a sala de estar. Maria seguiu-os com a mesma intenção, naquele momento a mais destemida dos três, pois a própria circunstância que impelira Julia a retirar-se constituía seu mais doce reconforto. O fato de Henry Crawford segurar a sua mão em um momento como aquele, um momento de prova e importância tão singulares, valia séculos de dúvida e ansiedade. Ela o saudava como uma garantia da mais séria determinação e sentia-se à altura até para ir ao encontro do pai. Os três irmãos retiraram-se sem dar sequer ouvidos às repetidas perguntas do sr. Rushworth:

— Devo ir também? Não seria melhor eu também ir? Não ficaria bem acompanhá-los?

Mas tão logo transpuseram a porta, Henry Crawford encarregou-se de responder àquele ansioso interrogatório e, incentivando-o a prestar homenagens a *Sir* Thomas sem demora, mandou que os seguisse com prazerosa pressa.

Deixaram Fanny apenas com os Crawford e o sr. Yates. Os primos a ignoraram por completo; e como tinha a opinião demasiado humilde sobre o próprio direito à afeição de *Sir* Thomas para incluir-se entre os filhos, contentou-se em permanecer ali e ganhar um pouco de tempo para recuperar-se. A agitação e o susto recentes excediam tudo que os demais haviam suportado, em virtude de uma índole que nem sequer a inocência a impedia de sofrer. Sentia-se prestes a desmaiar, toda sua habitual apreensão anterior pelo tio começava a retornar, com essa compaixão por ele e por quase todos do grupo ao se apresentarem perante ele, com indescritível solicitude por causa de Edmund. Encontrara uma poltrona onde, tomada por excessivo tremor, sofria todos esses terríveis pensamentos, enquanto os outros três, sem se conterem, davam vazão a sentimentos de irritação e lamentavam aquela chegada inesperada e prematura como um dos mais inconvenientes acontecimentos. E sem misericórdia desejavam que o pobre *Sir* Thomas houvesse demorado o dobro do tempo para conseguir a passagem, ou que ainda continuasse em Antígua.

Os Crawford mostravam-se mais cordiais que o sr. Yates, por entenderem melhor a família e julgarem com mais clareza o mal que deveria seguir-se. Tinham como certo o fim da peça, sentiam como inevitavelmente próxima a destruição do plano, embora o sr. Yates a considerasse apenas uma interrupção temporária, um desastre para a noite, e até sugerisse a possibilidade de recomeçarem os ensaios depois do chá, quando terminasse a agitação da acolhida de *Sir* Thomas e ele ficasse livre para divertir-se com a representação. Os Crawford riram da ideia; e logo depois concordaram que era mais correto voltarem para casa com discrição e deixarem a família na intimidade do lar, e propuseram ao sr. Yates que os acompanhasse e passasse a noite no presbitério. Mas o sr. Yates, que nunca fora dos que levavam em muita consideração os direitos de parentesco, não via a necessidade de nada disso, portanto, após agradecer o convite, disse "preferir permanecer onde estava para prestar suas homenagens com elegância ao velho cavalheiro, visto que ele chegara; além disso, julgava não ser justo com os demais que todos fugissem".

Fanny apenas começava a recompor-se e a sentir que, se permanecesse por mais tempo ali, longe dos primos, talvez parecesse desrespeitosa, quando se decidiu essa questão; e após os irmãos Crawford incumbirem-na de transmitir suas desculpas aos outros, viu-os prepararem-se para partir enquanto ela própria saía do salão para cumprir o apavorante dever de apresentar-se perante o tio.

Rápido demais se viu na porta da sala de estar e, após se deter um momento em busca do que sabia que não conseguiria, em busca de uma coragem que o outro lado da porta jamais lhe proporcionaria, girou a maçaneta, desesperada, e diante dela surgiram as luzes da sala e toda a família reunida. Ao entrar, seu próprio nome alcançou o seu ouvido. *Sir* Thomas nesse momento olhava em volta e perguntava:

— Mas onde está Fanny? Como não vejo a minha pequena Fanny?

Ao vê-la, adiantou-se com uma amabilidade que a surpreendeu e comoveu, chamou-a de sua querida Fanny, beijou-a afetuosamente e observou com visível prazer como ela crescera! Fanny não sabia o que pensar nem para onde olhar. Sentia-se muito aflita. *Sir* Thomas nunca fora tão amável, amabilíssimo, com ela, em toda a vida. A atitude do tio parecia mudada, desprendia-se pressa da voz na agitação da alegria, e tudo naquela dignidade que antes lhe transmitira pavor parecia desfeito em ternura. Levou-a mais para perto da luz e tornou a olhá-la, perguntou-lhe sobretudo da saúde e então, ao se corrigir, observou que não precisava perguntar, pois a aparência dela revelava o suficiente a respeito. Como um leve rubor se seguira à palidez da sobrinha, *Sir* Thomas se sentiu justificado para crer na melhora da saúde e da beleza dela. Em seguida perguntou-lhe sobre a família, especialmente sobre William, e sua gentileza foi tanta que ela repreendeu a si mesma por amá-lo tão pouco e considerar seu retorno um infortúnio. Quando, tomada de coragem para erguer os olhos até seu rosto, viu que o tio emagrecera, além de ter a aparência exaurida, curtida de fadiga e de um clima quente, sentiu intensificar-se nela cada sentimento de ternura e infelicidade ao pensar nos grandes aborrecimentos dos quais ele nada suspeitava, que na certa estavam prestes a irromper.

Sir Thomas era na verdade a alma do grupo, o qual, por sugestão dele, agora se sentava ao redor da lareira. Tinha todo o direito do uso da palavra, e o prazer das sensações de estar mais uma vez na própria casa, no centro da família, após tão longa separação, tornava-o comunicativo, falante, em um grau muito incomum, além de disposto a dar todas as informações sobre a viagem, a responder a todas as perguntas dos dois filhos quase antes mesmo que as fizessem. O negócio em Antígua recentemente prosperara muito rápido e ele viera direto de Liverpool, onde teve a oportunidade de conseguir uma passagem para lá em um navio particular, em vez de esperar pelo navio de transporte de correspondências. E ele logo relatou todos os pequenos detalhes de suas atividades, os acontecimentos, as chegadas e partidas, enquanto se achava sentado ao lado de *Lady* Bertram e olhava com sincera satisfação os rostos à volta, interrompendo-se mais de uma vez, porém, para comentar a boa sorte de encontrá-los todos em casa, em vista de haver chegado de forma tão inesperada, todos reunidos exatamente como desejaria, mas com que não ousara contar. O sr. Rushworth não fora esquecido, já recebera uma simpática acolhida amistosa e um caloroso aperto de mão assim que o vira, e com incisiva atenção agora o incluía entre os membros mais intimamente ligados a Mansfield. Nada havia de desagradável na aparência do sr. Rushworth e *Sir* Thomas já começava a gostar dele.

Nenhum participante do círculo, porém, o ouvia com tanta satisfação como a esposa, que, de fato, sentia extrema felicidade por vê-lo e cujos sentimentos se avivaram com aquele súbito regresso, a ponto de deixá-la em uma situação de agitação que nunca sentira nos últimos vinte anos. Quase tremera de excitação por alguns minutos e continuava tão animada que até deixou de lado o trabalho, afastou Pug e deu toda a atenção e o resto do sofá ao marido. Não sentia quaisquer ansiedades por ninguém que lhe turvasse o prazer, ocupara o próprio tempo de maneira irrepreensível durante a ausência dele. Fizera grande quantidade de tapete e muitos metros de franja; e teria respondido com tanta liberdade pela boa conduta e atividades de todos os filhos quanto de si mesma. Era-lhe tão agradável vê-lo de novo, ouvi-lo falar e divertir-se com aquelas narrativas, que começou no íntimo a perceber como fora extrema a falta que sentira do marido, como lhe seria impossível suportar uma ausência mais prolongada.

A felicidade da sra. Norris não podia de forma alguma se comparar à da irmã. Não que a ela perturbassem os vários receios da desaprovação de *Sir* Thomas quando tomasse conhecimento do atual estado da casa dele, pois, quanto a isso, agira com tal falta de bom senso que, com exceção da instintiva precaução com que fizera desaparecer a capa de cetim grená do sr. Rushworth, quando o cunhado entrou, mal se podia dizer que mostrava qualquer sinal de apreensão, mas ficara irritada pela maneira como ele retornou. Não lhe restara nada a fazer. Em vez de mandar chamá-la, com uma confiança muito razoável nela, talvez pelas suscetibilidades da esposa e dos filhos, para recebê-lo primeiro, e depois espalhar a feliz notícia pela casa, *Sir* Thomas recorreu apenas ao mordomo e seguira-o quase de imediato até a sala de estar. A sra. Norris sentiu-se lesada em uma função para a qual sempre se contara com ela, fosse a chegada ou a morte dele a notícia a ser revelada, e agora tentava participar do alvoroço sem nada ter com que se preocupar, esforçando-se por se fazer imprescindível numa ocasião que requeria apenas tranquilidade e silêncio. Se *Sir* Thomas houvesse aceitado comer alguma coisa, ela poderia ter procurado a governanta com instruções complicadas e insultado os empregados com ordens de rapidez. Mas *Sir* Thomas recusou com firmeza qualquer jantar, não aceitaria nada até chegar a hora do chá, preferia esperar o chá. Apesar disso, a sra. Norris continuava a sugerir, de vez em quando, alguma outra coisa, e no momento mais interessante da travessia dele para a Inglaterra, quando a ameaça de um comandante de corsário francês alcançava o ponto culminante, ela interrompeu o relato com a oferta de uma sopa.

— Sem dúvida, meu caro *Sir* Thomas, um prato de sopa seria melhor para o senhor que um chá. Aceita um prato de sopa?

Sir Thomas não gostava que o interrompessem.

— Sempre a mesma ansiedade pelo conforto de todos, cara sra. Norris — foi a resposta dele. — Mas, na verdade, prefiro tomar apenas chá.

— Pois bem, então, *Lady* Bertram, que tal mandar servir logo o chá, apressar um pouco Baddeley, parece que ele anda atrasado esta noite.

Ela terminou a interrupção e *Sir* Thomas continuou a narrativa.

Por fim houve uma pausa. *Sir* Thomas esgotara as comunicações mais imediatas e agora lhe parecia bastar olhar alegremente em volta, ora para um, ora para outro do amado círculo, mas a pausa não foi longa. Na euforia de seus ânimos, *Lady* Bertram pôs-se a tagarelar, e quais não foram as sensações dos filhos ao ouvirem-na dizer:

— Sabe como esses jovens têm-se divertido ultimamente, *Sir* Thomas? Com representação teatral. Estamos todos animados com essa atuação.

— É mesmo? E que têm representado?

— Ah! Eles lhe contarão tudo.

— O *tudo* lhe será contado logo — apressou-se a exclamar Tom, com afetada indiferença. — Mas não vale a pena aborrecer papai com isso agora. Amanhã o senhor ouvirá muito a respeito. Temos apenas tentado, a fim de distrair mamãe nesta última semana, representar algumas cenas, não passa de uma bobagem. As chuvas tão incessantes desde o princípio de outubro quase nos confinaram em casa durante dias seguidos. Mal peguei em uma espingarda desde o dia três. Os esportes nos três primeiros dias do mês foram toleráveis, mas desde então se tornou impossível tentar qualquer coisa. No primeiro dia, fui a Mansfield Wood e Edmund se embrenhou no matagal além de Easton. Trouxemos juntos uns seis casais de faisões ao todo e talvez pudéssemos cada um ter matado seis vezes mais, porém respeitamos suas aves, garanto-lhe, senhor. Não creio que encontre de modo algum as matas menos povoadas que antes. Nunca em minha vida vi Mansfield Wood tão repleta de faisões como este ano. Espero que o senhor tire um dia de caça ali.

O perigo por enquanto terminara, e a tensão de Fanny diminuiu, mas quando logo depois se serviu o chá e *Sir* Thomas, ao se levantar, declarou que não podia ficar por mais tempo na casa sem examinar o precioso gabinete, toda a agitação retornou. Ele desapareceu antes que dissessem alguma coisa que o preparasse para as mudanças que lá deveria encontrar, e seguiu-se uma pausa de apreensão à sua saída. Edmund foi o primeiro a falar:

— É preciso fazer alguma coisa — disse.

— É hora de pensar em nossos visitantes — lembrou Maria, ainda sentindo a mão apertada no coração de Henry Crawford, pouco ligando para tudo mais. — Onde você deixou a srta. Crawford, Fanny?

Fanny comunicou a partida dos irmãos e transmitiu a mensagem deles.

— Então o coitado do Yates está sozinho — exclamou Tom. — Vou buscá-lo. Ele será de grande ajuda quando tudo se revelar.

Ao "teatro" se dirigiu e lá chegou bem a tempo de presenciar o primeiro encontro do pai com o amigo. *Sir* Thomas ficara muito surpreso por encontrar velas acesas no gabinete e, ao olhar em volta, identificou outros sinais de uso recente, além de um ar de confusão geral nos móveis. Impressionou-o, sobretudo, a retirada da estante que ficava defronte à sala de bilhar, porém mal teve tempo de sentir imensa estupefação diante de tudo isso, quando lhe chegaram sons da sala de bilhar que o surpreenderam ainda mais. Alguém falava ali em um tom muito alto, a voz lhe era desconhecida, mais que falava, quase esbravejava. Avançou para a porta e alegrou-se naquele momento por ter um meio imediato de comunicação, agora sem a estante na frente, porém, ao abri-la, viu-se no palco de um teatro, diante de um rapaz que vociferava e parecia propenso a derrubá-lo para trás. No mesmo momento em que Yates percebeu *Sir* Thomas, enquanto proferia talvez a melhor declamação arrebatada que já fizera em todo o curso dos ensaios, Tom Bertram entrava pelo outro lado da sala, e nunca se vira com maior dificuldade para conter o riso. A aparência solene e perplexa do pai ao pisar pela primeira vez em um palco e a gradual metamorfose do veemente Barão Wildenheim no bem-educado e afável sr. Yates, fazendo uma mesura e apresentando desculpas a *Sir* Thomas Bertram, revelou-se tal espetáculo, um exemplo de tão verdadeira atuação, que ele não desejaria ter perdido por nada no mundo. Seria a última... com toda a probabilidade, a última cena naquele palco, mas Tom teve a certeza de que não existiria outra mais admirável. O teatro fecharia as cortinas com estrondoso sucesso.

Pouco tempo tinha, porém, para o prazer de imagens divertidas. Era necessário que também avançasse até o palco e ajudasse a apresentação, e muito sem graça ele fez o melhor possível. *Sir* Thomas acolheu o sr. Yates com toda a aparência de cordialidade devida ao seu próprio caráter, mas realmente estava tão longe de ficar satisfeito com a nova relação quanto com a maneira como esta havia começado. Conhecia muito bem a família e as relações do sr. Yates para tornar a apresentação dele como "amigo especial", mais um dos amigos especiais extremamente indesejáveis do filho, e foi necessária toda a felicidade de encontrar-se de novo em casa, e toda a tolerância que isso lhe proporcionava, para poupá-lo da fúria ao ver-se assim perplexo no próprio lar, participando de uma ridícula exibição em meio àquele absurdo teatral, e obrigado, em um momento tão inoportuno, a travar conhecimento com um rapaz o qual tinha certeza que desaprovaria, e cujas tranquilas indiferença e volubilidade no correr dos primeiros cinco minutos pareciam destacá-lo como o mais à vontade dos dois.

Tom compreendeu o pensamento do pai e, desejando sinceramente que ele conservasse o bom humor, começou a ver mais nitidamente que, de fato, havia motivos para o desagradar, e que se justificava o olhar que *Sir* Thomas dirigia ao teto da sala; e quando o pai perguntou com indulgente seriedade pelo destino que haviam dado à mesa de bilhar, não o tinha feito senão por uma curiosidade muito razoável. E após se esforçar por proferir algumas palavras de calma aprovação, em resposta a uma ansiosa súplica do sr. Yates em relação à felicidade da arrumação da sala, os três cavalheiros voltaram juntos para a sala de estar; *Sir* Thomas com uma seriedade mais intensa, que não passou despercebida por todos.

— Acabo de conhecer o teatro de vocês — disse com calma, ao sentar-se. — Encontrei-me nele inesperadamente, tendo em vista que é contíguo ao meu gabinete, mas, de fato, surpreendeu-me em todos os aspectos, pois eu não tinha a mínima desconfiança de que a representação de vocês houvesse assumido uma natureza tão séria. Parece, porém, um trabalho bem feito, pelo que pude julgar à luz de velas, que dá crédito ao meu amigo Christopher Jackson.

Então mudou de assunto e tomou o café em paz, conversando sobre questões domésticas de um teor mais ameno. O sr. Yates, contudo, sem discernimento, prudência, delicadeza nem discrição o suficiente para captar a intenção de *Sir* Thomas e deixá-lo conduzir a conversa, ao mesmo tempo que se misturava aos demais com total falta de cerimônia, insistiu no tópico do teatro, atormentou-o com perguntas e observações referentes ao assunto e por fim o fez ouvir toda a história da decepção que sofrera em Ecclesford. *Sir* Thomas, embora o ouvisse com toda cordialidade, encontrou muitas coisas que ofendiam suas ideias de decoro e confirmavam a má opinião dos hábitos de pensar do sr. Yates, do princípio ao fim da história. E quando o rapaz terminou o relato, ele não lhe transmitiu qualquer demonstração de solidariedade, além de uma leve mesura.

— Essa foi de fato a origem da nossa arte dramática — disse Tom, após uma reflexão momentânea. — Meu amigo Yates trouxe a "infecção" de Ecclesford, que contagiou a todos, como sempre fazem essas coisas, o senhor sabe, talvez mais rápido, porque antes o senhor tantas vezes incentivou esse tipo de atividade entre nós. Era como se tornássemos a trilhar um terreno conhecido.

O sr. Yates, assim que possível, interrompeu o amigo e apresentou um relato a *Sir* Thomas do que haviam feito e faziam, contou-lhe sobre a ampliação gradual dos diferentes pontos de vista, a feliz conclusão das primeiras dificuldades e o atual estado promissor das coisas, relatou tudo com um interesse tão cego que o deixou não apenas totalmente insensível aos movimentos apreensivos da maioria dos amigos ali sentados, à mudança de expressão, ao nervosismo, aos gestos impacientes com que o ouviam, mas também, e acima de tudo, impediu-o de ver a expressão no rosto no qual fixava os olhos... de ver *Sir* Thomas franzir as escuras sobrancelhas quando olhava com perscrutadora severidade para as filhas e Edmund, demorando-se em particular no último, ao transmitir-lhe uma linguagem, uma repreensão, uma reprovação que o filho mais moço sentia no coração. De forma não menos penetrante sentia-a Fanny, que afastara aos poucos a cadeira para trás da ponta do sofá da tia e, assim oculta, observava tudo que se passava diante de si. Aquele olhar dirigido pelo pai com tanta reprovação a Edmund — ela jamais esperaria testemunhar e julgá-lo de certo modo merecido — constituía na verdade uma circunstância agravante. O olhar do tio dava a entender: "Eu dependia do seu bom senso, Edmund, como pôde fazer isso?". Na mente, ela se ajoelhava diante do tio e inflava o peito para proferir: "Oh, a *ele*, não! Dirija o olhar a todos os outros, mas não a *ele*!".

O sr. Yates continuava a falar.

— Para dizer a verdade, *Sir* Thomas, estávamos no meio de um ensaio quando o senhor chegou esta noite. Repassávamos os três primeiros atos, e não sem sucesso no todo. Nossa companhia agora se dispersou tanto, em razão de os Crawford terem voltado para casa, que nada mais se pode fazer esta noite; porém, se amanhã à noite o senhor quiser dar-nos a honra de sua presença, não temo o resultado. Contamos com sua indulgência... compreenda, por favor, que, como jovens atores, contamos com sua indulgência.

— Minha indulgência não faltará, senhor — respondeu *Sir* Thomas, circunspecto —, desde que não haja mais outro ensaio. — E com um sorriso abrandado, acrescentou: — Volto à minha casa para ser feliz e indulgente.

Então, dirigindo-se a ninguém em particular, disse com toda tranquilidade:

— O sr. e a srta. Crawford foram mencionados nas últimas cartas que recebi de Mansfield. Vocês os consideram relações recomendáveis?

De todos, Tom revelou-se o único pronto com uma resposta, e, como não tinha de modo algum interesse pessoal por nenhum dos dois nem sentisse ciúmes no amor ou na atuação teatral, podia falar de ambos em termos muito amáveis.

— O sr. Crawford é um homem muito agradável e cavalheiro; a irmã é uma moça adorável, bonita, elegante e cheia de vida.

O sr. Rushworth não pôde continuar calado por mais tempo.

— Não digo que não seja cavalheiro, até certo ponto, mas você deveria dizer ao seu pai que ele não tem nem um metro e setenta e cinco de altura, caso contrário, *Sir* Thomas vai esperar um cavalheiro de boa aparência. — *Sir* Thomas não compreendeu muito bem o comentário e olhou para o rapaz com certa surpresa. — Se me permitem dizer o que penso — continuou o sr. Rushworth —, em minha opinião, acho muito desagradável ficar sempre ensaiando. É como se fartar demais de uma coisa boa. Não gosto mais tanto de atuar como gostava a princípio. Acho que ocuparíamos muito melhor nosso tempo nos reunindo confortavelmente aqui, só entre nós, sem nada a fazer.

Sir Thomas tornou a olhá-lo e então respondeu com um sorriso aprovador:

— Alegra-me constatar que nossos sentimentos a respeito do tema são os mesmos. Proporciona-me sincera satisfação. É de todo natural que eu deva ser cauteloso, tenha uma visão de perspicácia mais incisiva e sinta muitos escrúpulos que meus filhos não sentem; e o valor que dou à tranquilidade doméstica, a um lar isolado dos prazeres ruidosos, por certo deve exceder em muito o deles. Mas, na sua idade, sentir tudo isso se revela uma circunstância bastante favorável não apenas a si mesmo como a todos com quem se relaciona, e sensibiliza-me a importância de ter um aliado de tanto peso.

Sir Thomas pretendia expressar a opinião que tinha do sr. Rushworth nas melhores palavras que ele próprio pôde encontrar. Sabia que não encontraria nenhum gênio no sr. Rushworth; mas pretendeu dar-lhe muito valor como um rapaz ajuizado, de caráter firme. Os outros não puderam deixar de sorrir. O sr. Rushworth não sabia o que fazer com tantos elogios; mas aparentando estar, como realmente estava, excessivamente satisfeito com a boa opinião que *Sir* Thomas fazia dele, embora sem falar muito, empregou seus melhores esforços para conservar aquela boa impressão o maior tempo possível.

CAPÍTULO 20

Na manhã seguinte, o primeiro objetivo de Edmund foi encontrar o pai a sós e lhe apresentar um relato imparcial de todo o plano da representação. Defendia sua participação apenas quando, em um momento de maior sobriedade, reconheceu que tinha motivos para fazê-lo, e reconhecia com total ingenuidade que sua concessão a participar dera tão poucos e parciais resultados que o fizera duvidar se tomara uma decisão acertada. Sentia-se ansioso ao se justificar por não dizer nada indelicado dos demais, mas à conduta de uma única pessoa entre os outros podia referir-se sem necessidade de defesa nem atenuação.

— Pode-se atribuir mais ou menos culpa a todos — disse —, a cada um de nós, com exceção de Fanny. Fanny é a única que julgou todo o projeto com discernimento correto e se manteve firme. Seus sentimentos se revelaram constantemente contra o teatro, do início ao fim. Nunca deixou de pensar no respeito que lhe era devido, meu pai. O senhor encontrará nela tudo que poderia desejar.

Sir Thomas via toda a imoralidade de semelhante projeto, entre semelhante grupo e semelhante época, com o mesmo vigor que o filho sempre imaginara que o pai faria. Lastimara tanto o fato que não encontrava muitas palavras para expressá-lo, e, após trocar um aperto de mãos com Edmund — destinado a desfazer a desagradável impressão —, buscaria esquecer assim que possível o quanto ele próprio fora esquecido, tão logo se retirassem das salas todos os objetos que forçavam a lembrança, e a casa voltasse ao estado normal. Não se envolveu em nenhuma reprovação aos outros filhos, dispunha-se mais a acreditar que tivessem reconhecido o erro cometido que correr o risco de investigar. Bastavam a repreensão de um imediato encerramento de tudo e a eliminação de todos os preparativos.

No entanto, havia uma pessoa na casa para quem ele não mostraria apenas seus sentimentos. Não pôde deixar de fazer uma insinuação à sra. Norris, relacionada à confiança que depositava no conselho da cunhada, que talvez se interpusesse para impedir o que seu bom senso deveria, com certeza, desaprovar. Os jovens haviam sido muito desatenciosos na formação do plano, deveriam ter-se mostrado mais criteriosos e tomado melhor decisão;

contudo, eram jovens e, com exceção de Edmund, considerava o caráter dos demais vacilante. E encarava com maior surpresa, portanto, a submissão da tia àquelas medidas desastradas, o apoio dela àqueles perigosos divertimentos, o próprio fato que lhe houvessem sugerido tais medidas e diversões. A sra. Norris ficara um tanto perplexa e quase tão calada como jamais em toda a vida, pois se envergonhava de confessar que não vira quaisquer das impropriedades que se mostravam tão flagrantes para *Sir* Thomas, além de não querer admitir que não exercia suficiente influência, talvez falasse em vão. O único recurso era fugir do assunto o mais rápido possível, desviar as ideias do cunhado para um assunto mais feliz. Tinha tanto a insinuar em seu próprio louvor, quanto à atenção geral ao interesse e bem-estar da família dele, muito esforço e muitos sacrifícios para examinar, em forma de caminhadas precipitadas e repentinos afastamentos da lareira da sua casa, além das várias excelentes sugestões de desconfiança e economia detalhadas que dera a *Lady* Bertram e a Edmund, pelas quais se originara a mais considerável economia e se surpreendera mais de um criado. Via como principal força pessoal, porém, Sotherton. O maior apoio e a glória dela se deviam ao fato de que formara a aliança com os Rushworth. Nisso se sentia invencível. Atribuía a si todo o crédito por haver conseguido que a admiração do sr. Rushworth resultasse em algo concreto.

— Se eu não tivesse agido com presteza — vangloriou-se — e fizesse questão de que me apresentassem a mãe dele, e depois convencesse minha irmã a lhe fazer uma visita, tenho tanta certeza, como a de agora me sentar aqui, de que nada resultaria disso... O sr. Rushworth é o tipo de rapaz amável e tímido que carece em excesso de encorajamento, e não eram poucas as moças atraentes dispostas a fisgá-lo se não agíssemos rápido. Mas não deixei pedra sobre pedra. Dispus-me a remover céus e terra para convencer minha irmã, e por fim consegui. Conhece a distância até Sotherton, foi em meados do inverno, com as estradas quase intransitáveis, mas a convenci.

— Sei como é grande, tão grande e merecida, a influência que exerce em *Lady* Bertram e nossos filhos, e tanto mais me preocupa que não a tenha exercido.

— Meu caro *Sir* Thomas, se tivesse visto o estado das estradas naquele dia! Pensei que nunca chegaríamos a atravessá-las, embora, por certo, levássemos os quatro cavalos, e o coitado do velho cocheiro nos servisse com a maior bondade e afeição, apesar de mal conseguir sentar-se na boleia por causa do reumatismo do qual venho tratando desde a festa de São Miguel. Curei-o, afinal, mas durante todo o inverno ficou muito mal, e naquele dia, com o tempo tão ruim, não pude deixar de vê-lo no quarto antes de partirmos para aconselhá-lo a não se arriscar; ele acabava de pôr a peruca, então eu disse: "Cocheiro, é melhor você não ir, *Lady* Bertram e eu ficaremos muito seguras, sabe como Stephen é firme, e Charles tem tomado as rédeas com tanta frequência agora que tenho certeza de que nada há a temer". Mas logo percebi que não adiantaria, o homem mantinha-se inflexível quanto a nos acompanhar, e, como detesto atormentar e intrometer-me, nada mais disse; doía-me muito o coração por ele, porém, a cada solavanco da carruagem, e quando tomamos as pistas acidentadas em Stoke, com o gelo e a neve sobre leitos de pedras, foi pior do que qualquer coisa que pode imaginar, senti grande agonia pelo cocheiro. E os pobres cavalos também! Vê-los se extenuarem daquele jeito! Sabe como sempre me compadeço dos cavalos. Quando chegamos ao sopé de Sandcroft Hill, tem ideia do que fiz? Vai rir de mim, mas desci da carruagem e subi a colina a pé. Fiz isso, sim. Talvez não os tenha poupado muito, mas já era alguma coisa, e eu não aguentaria ficar sentada à vontade e ser arrastada à custa daqueles nobres animais. Peguei um terrível resfriado, mas a isso não dei a mínima importância. Realizei meu objetivo com a visita.

— Espero que sempre consideremos a relação digna de qualquer trabalho que se exigiu para estabelecê-la. As maneiras do sr. Rushworth nada têm de muito impressionantes, mas me satisfez ontem à noite o que pareceu ser a opinião dele a respeito de um assunto. A decidida preferência por uma reunião familiar tranquila à agitação e confusão da representação teatral. Parecia sentir-se exatamente como se deseja.

— Sim, de fato... e quanto mais o conhecer, mais gostará dele. Não é uma personalidade brilhante, mas tem milhares de boas qualidades! E se dispõe tanto a venerá-lo, que começam a rir de mim, pois todos o consideram um feito meu. "Palavra de honra, sra. Norris", disse-me a sra. Grant outro dia, "se o sr. Rushworth fosse seu próprio filho, não trataria *Sir* Thomas com mais respeito".

Sir Thomas desistiu do propósito inicial da conversa, derrotado pelas evasivas da cunhada, desarmado por aquelas lisonjas; e foi obrigado a dar-se por satisfeito com a convicção de que quando se tratava do prazer momentâneo daqueles aos quais amava, a bondade dela às vezes superava o bom senso.

Foi uma manhã ocupada para ele. A conversa com cada um dos demais lhe tomou apenas pequena parte dela. Tinha de se reintegrar às atividades habituais da vida em Mansfield, encontrar-se com o mordomo e o administrador da propriedade, para examinar e fazer os cálculos e, nos intervalos dos negócios, visitar os estábulos, os jardins e as plantações mais próximas. Ativo e metódico, porém, não apenas fizera tudo isso antes de reocupar o assento na cabeceira à mesa no almoço, como chefe da casa, mas também mandara o carpinteiro demolir tudo que construíra na sala de bilhar, além de despedir o cenógrafo havia tempo suficiente para justificar a agradável crença de que àquela altura ele já se distanciara até Northampton. O cenógrafo se retirara, após haver manchado apenas o assoalho de uma sala, arruinado todas as esponjas do cocheiro e deixado cinco dos criados subalternos ociosos e descontentes; e *Sir* Thomas tinha esperança de que bastariam mais uns dois dias para remover todas as lembranças externas do que ocorrera ali, até a destruição de cada exemplar de *Juras de amor* na casa, pois ele próprio queimava todos em que batia os olhos.

O sr. Yates começava agora a compreender a intenção de *Sir* Thomas, embora continuasse tão longe como sempre de entender os motivos. Passara a maior parte da manhã fora, ao lado do amigo, com as espingardas, e Tom aproveitara a oportunidade para explicar-lhe, com as devidas desculpas pela severidade do pai, o que se devia esperar. O sr. Yates ficou ainda mais mortificado do que se poderia supor. Sofrer tal decepção pela segunda vez do mesmo modo era um caso de falta de sorte muito grave, e sentiu tamanha indignação que, não fosse por delicadeza ao amigo e pela irmã mais moça dele, acreditava com certeza que atacaria o baronete pelo absurdo daquele procedimento e lhe incutiria um pouco mais de racionalidade. Acreditava nisso com muita valentia enquanto se achava em Mansfield Wood e durante todo o regresso até a casa, mas, quando se sentaram ao redor da mesma mesa, alguma coisa em *Sir* Thomas o fez julgar mais prudente deixá-lo seguir o próprio caminho e lamentar aquela insensatez sem oposição. Conhecera antes muitos pais desagradáveis e várias vezes se impressionara com as inconveniências que causavam, mas jamais em toda a vida vira um daquele tipo, de moral tão incompreensível e de tirania tão infame, como *Sir* Thomas. Tratava-se de um homem que se tolerava apenas em consideração aos filhos, e ele deveria agradecer à linda filha Julia pelo fato de o sr. Yates ainda pretender permanecer por mais alguns dias sob seu teto.

A tarde transcorreu sob uma aparente tranquilidade, embora quase todos tivessem a mente tomada de irritação, e a música que *Sir* Thomas pediu que as filhas tocassem ajudou a ocultar a falta de verdadeira harmonia. Uma grande agitação dominava Maria. Era da maior importância para ela que Crawford agora não perdesse tempo em declarar-se, e angustiava-a ver passar um dia sem qualquer progresso naquele ponto. Esperou-o durante toda a manhã, e durante toda a tarde continuava a esperá-lo. O sr. Rushworth havia partido logo cedo para Sotherton, levando a grande novidade; ela aguardara ansiosamente aquele afastamento, que poderia poupá-lo do trabalho de voltar. Mas não vira ninguém do presbitério, nem uma única pessoa, e a notícia que lhe chegou foi um amável bilhete de felicitações da sra. Grant à sra. Bertram. Era o primeiro dia, em muitas, muitas semanas, que as duas famílias passavam totalmente separadas. Jamais se haviam passado vinte e quatro horas antes, desde o início de agosto, sem que se reunissem de alguma forma. Foi um dia triste, angustiante; e o dia seguinte, embora diferisse no tipo de infortúnios, não os trouxe em menor quantidade. A alguns momentos de alegria febril, seguiram-se horas de intenso sofrimento. Henry Crawford apresentava-se mais uma vez na casa, chegara muito cedo com o dr. Grant, ansioso por prestar suas homenagens a *Sir* Thomas, e foram conduzidos à sala de desjejum, onde se encontrava quase toda a família. *Sir* Thomas logo apareceu, e Maria viu, satisfeita e agitada, o homem a quem amava apresentar-se ao pai. Viu-se tomada por sensações indefiníveis, que se apossaram dela mais uma vez, alguns minutos depois, ao ouvir Henry Crawford, que ocupara uma cadeira entre a irmã mais velha e Tom, perguntar a este em voz baixa, e com um olhar cortês dirigido a *Sir* Thomas, se havia algum plano para recomeçar a peça, após a feliz interrupção. Pois, nesse caso, faria questão de regressar a Mansfield a qualquer hora estipulada pelo grupo. Partiria logo para Bath, onde deveria encontrar-se com o tio sem demora, mas, se surgisse alguma perspectiva de recomeçar *Juras de amor*, não apenas manteria com certeza o compromisso, mas cancelaria todos os outros, e combinaria o encontro com o tio para outra ocasião, a fim de que contassem com ele sempre que precisassem. A peça não seria prejudicada pela sua ausência.

— De Bath, Norfolk, Londres, York, onde quer que me encontre — disse ele —, atenderei ao chamado de vocês na mesma hora, de qualquer lugar da Inglaterra.

Foi melhor naquele momento que Tom, não a irmã, tivesse de responder. Ele soube fazê-lo logo e com desembaraçada fluência.

— Lamento que vá partir, mas, quanto à nossa peça, acabou, liquidou-se tudo — lançou um olhar significativo para o pai. — Eu sabia que seria assim desde o início. Mas ainda é cedo para Bath. Não encontrará ninguém lá.

— É mais ou menos a época em que meu tio costuma ir.

— Quando pretende ir?

— Talvez chegue até Banbury ainda hoje.

— De quem são os estábulos que você usa quando está em Bath? — foi a pergunta seguinte.

E enquanto esse desvio do assunto se achava em andamento, Maria, a quem não faltava nem orgulho nem resolução, preparava-se para enfrentar a parte que lhe cabia da conversa com tolerável calma.

Crawford logo se virou para ela, repetiu a maior parte do que já dissera, apenas com um ar suavizado e expressões mais intensas de pesar. Mas de que lhe serviam aquelas expressões ou a suavidade das palavras que proferia? Ele partiria, e, embora não por vontade própria, pelo menos a intenção de permanecer afastado seria voluntária, pois, com exceção do compromisso que talvez se devesse à vontade do tio, todos os demais ele próprio se impusera. Henry podia falar em necessidade, mas ela conhecia sua independência. A mão que com tanta ternura ele tomara e apertara no coração! Tanto a mão quanto o coração agora se achavam imóveis e impassíveis! Ainda que a energia a amparasse, agravava-se a agonia no espírito. Não precisou aturar por muito tempo a dor de ouvi-lo dizer o que os seus atos contradiziam, nem ocultar o tumulto de seus sentimentos sob a capa da polidez; pois as cortesias logo o obrigaram a se desviar dela e a visita de despedida foi muito curta. Ele se fora, tocara-lhe a mão pela última vez, fizera-lhe uma mesura ao afastar-se, e ela se retirou direto a fim de buscar tudo o que a solidão poderia proporcionar-lhe. Henry Crawford partira de Mansfield e, dentro de duas horas, partiria do presbitério. E assim terminaram todas as esperanças que a vaidade e o egoísmo dele haviam despertado em Maria e Julia Bertram.

Julia podia regozijar-se com aquela partida. A presença de Henry começava a ser-lhe odiosa, e, se Maria não o conquistara, agora ela se sentia fria o bastante para prescindir de qualquer outra vingança. Não precisava acrescentar alarde ao abandono. A partida de Henry Crawford talvez até a fizesse lastimar a situação da irmã.

Com um espírito mais puro, Fanny também se regozijou com a notícia. Ficou sabendo ao jantar e considerou-a uma bênção. Todos os outros, além de comentar a partida com pesar, honraram os méritos do rapaz com gradação de sentimento — desde a sinceridade do interesse demasiadamente particular de Edmund à indiferença da mãe, que falava de forma inteiramente automática. A sra. Norris pôs-se a olhar em volta e perguntar-se se a paixão dele por Julia dera em nada, e quase temia haver sido omissa em não a promover, mas, tendo de cuidar do bem-estar de tantos, como era possível sua atividade acompanhar seus desejos?

Passados uns dois dias, o sr. Yates também retirou-se. Na partida dele *Sir* Thomas sentia primordial interesse, pois, como desejava ficar a sós com a família, mesmo a presença de um estranho superior ao sr. Yates ter-se-ia revelado maçante, mas a dele, frívolo e presunçoso, ocioso e esbanjador, era irritante. Em si mesmo, já se mostrava cansativo, mas como amigo de Tom e admirador de Julia tornou-se ofensivo. *Sir* Thomas sentira total indiferença pela partida ou permanência do sr. Crawford, mas expressou os desejos de boa viagem ao sr. Yates, quando o acompanhou até a porta do vestíbulo, com genuína satisfação. O hóspede ficara para ver a eliminação de todos os preparativos do teatro em Mansfield, o desaparecimento de tudo que pertencera à peça. Deixou a casa envolto em toda a solenidade que definia a sua personalidade, e *Sir* Thomas esperava, ao vê-lo fora dali, livrar-se do pior detalhe relacionado ao projeto e do último que inevitavelmente o faria lembrar-se da existência do teatro.

A sra. Norris tratou de retirar da vista dele algo que o teria aborrecido. A cortina, cuja confecção supervisionara com tanto talento e sucesso, foi-se com a senhora para a própria casa, onde, por acaso, ela precisava de um forro verde para a mesa.

CAPÍTULO 21

O retorno de *Sir* Thomas causou uma mudança impressionante nos hábitos da família, independentemente de *Juras de amor*. Sob o comando dele, Mansfield parecia outro lugar. Alguns membros do grupo partiram e outros muitos ficaram entristecidos. Tudo se tornou monótono e sombrio comparado com antes; uma melancólica reunião de família, raras vezes animada. Com as pessoas do presbitério mantinham-se poucas relações; *Sir* Thomas, que se retraía de intimidades em geral, sentia-se avesso nessa ocasião, em particular, a quaisquer relacionamentos além de apenas uma família. Os Rushworth constituíam o único acréscimo ao próprio círculo doméstico aceito por ele.

Edmund não se admirava que assim fossem os sentimentos do pai, e nada lamentava, além da exclusão dos Grant.

— Mas eles — comentou com Fanny — têm o direito. Parecem fazer parte da família, parte de nós mesmos. Eu gostaria que meu pai fosse mais sensível à enorme atenção deles à minha mãe e às minhas irmãs durante o tempo em que ele esteve ausente. Receio que se sintam desprezados. Mas a verdade é que ele não os conhece, pois ainda não estavam aqui há um ano, quando ele deixou a Inglaterra. E, se os conhecesse melhor, daria merecido valor à companhia deles, pois se trata do tipo exato de pessoas que ele aprecia. Às vezes, falta um pouco de animação entre nós, com minhas irmãs assim abatidas e Tom sem se sentir mais à vontade. O dr. e a sra. Grant nos animariam e fariam as noites transcorrerem com mais alegria até mesmo para meu pai.

— Acha mesmo? — perguntou Fanny. — Em minha opinião, meu tio não gostaria de nenhum acréscimo. Creio que ele valoriza a própria tranquilidade de que você fala, e que o repouso no círculo da própria família é tudo que deseja. E não me parece que tenhamos nos tornado mais sérios do que éramos. Quer dizer, antes de *Sir* Thomas ir para o estrangeiro. Se não me falha a memória, sempre foi assim. Nunca se ouviram muitas risadas na presença dele, ou, se alguma diferença há, acredito que não seja maior que a que uma ausência tão prolongada tende a causar a princípio. Talvez se perceba alguma timidez, mas não me lembro de nossas noites antes serem mais alegres, a não ser quando meu tio se encontrava na cidade. Suponho que, para todos os jovens, as noites nunca o sejam quando os que deles cuidam se acham em casa.

— Acho que tem razão, Fanny — foi a resposta dele, após uma breve reflexão. — Creio que nossas tardes voltaram ao que eram antes, ao contrário de adquirir nova característica. A novidade se deveu ao fato de passarem a ser tão cheias de vida. No entanto, como é forte a impressão que causam apenas algumas poucas semanas! Eu me sentia como se nunca tivéssemos vivido assim antes.

— Suponho que eu seja mais séria que as outras pessoas — comentou Fanny. — As noites não me parecem longas. Adoro ouvir meu tio falar das Antilhas. Poderia ouvi-lo uma hora inteira. Isso me entretém mais que muitas outras coisas que fazíamos... mas, enfim, acho que de fato eu sou diferente dos outros.

— Que quer dizer com isso? — ele sorriu. — Quer que eu lhe diga que é diferente das outras pessoas por ser mais sensata e discreta? Mas quando você ou qualquer outra pessoa já recebeu de mim um cumprimento, Fanny? Procure meu pai se quiser ser elogiada. Ele a satisfará. Pergunte ao seu tio o que ele acha, e ouvirá bastantes elogios. Embora esses talvez se refiram, sobretudo, aos seus atributos físicos, terá de suportá-los e acreditar que, com o tempo, ele veja tanta beleza na sua alma.

Essa linguagem era tão nova para Fanny que a deixou muito encabulada.

— Seu tio acha-a muito bonita, cara Fanny... essa é a essência da história. Ninguém, além de mim, haveria dado mais importância a isso, e ninguém, além de você, se ressentiria por não ser considerada muito bonita antes. Mas a verdade é que seu tio nunca a admirara e agora ele a admira. Sua tez melhorou muito! E como a fisionomia, a aparência e o porte se embelezaram! Não, Fanny, não desvie o olhar, nem se feche, é apenas um tio. Se não pode suportar a admiração de um tio, o que será de você? Precisa, na verdade, começar a fortalecer-se para a ideia de que a admiram. Tem de tentar não temer tornar-se uma mulher bonita.

— Oh! Não fale assim, não fale assim — exclamava Fanny, angustiada por mais sentimentos que o primo poderia supor.

Contudo, ao perceber sua aflição, Edmund encerrara o assunto e apenas acrescentou com mais seriedade:

— Seu tio predispõe-se a agradar-lhe em todos os aspectos. Eu só gostaria que conversasse mais com ele; você é uma das que ficam mais caladas nas conversas ao anoitecer.

— No entanto, eu converso com ele, sim, mais que antes. Ontem à noite, não me ouviu perguntar-lhe sobre o tráfico de escravos?

— Ouvi e tive a esperança de que à pergunta se seguissem outras. Ele teria ficado satisfeito se você continuasse a conversa.

— E ansiava por fazê-lo, mas se fez um silêncio tão mortal! E enquanto meus primos ali se sentavam sem dizer uma palavra, sem mostrar o mínimo interesse pelo assunto, não quis... achei que talvez parecesse que eu quisesse sobressair-me à custa deles, ao expressar uma curiosidade e um prazer pelas informações que ele certamente desejaria que as próprias filhas sentissem.

— A srta. Crawford tinha toda razão no que disse de você outro dia, que parecia quase tão receosa de ser notada e elogiada quanto as outras mulheres têm de ser desdenhadas. Falávamos de você no presbitério, e foram estas as palavras dela: "A srta. Price tem muito discernimento. Não conheço ninguém que distinga melhor os caracteres. Para uma pessoa tão jovem, é notável!". A srta. Crawford, sem dúvida, compreende melhor você que a maioria dos que a conhecem há tanto tempo, e em relação a alguns dos outros, observo, por insinuações ocasionais, as expressões espontâneas do momento, que ela poderia definir muitos com igual agudeza de percepção se a delicadeza não a impedisse. Eu gostaria de saber o que ela pensa do meu pai! Deve admirá-lo como um homem de boa aparência, dignidade e condizentes boas maneiras.

Mas, talvez, após vê-lo tão raramente, a reserva dele lhe tenha parecido meio repulsiva. Se eles se encontrassem mais vezes, tenho certeza de que gostariam um do outro. Papai apreciaria sua vivacidade, e ela tem talentos para valorizar-lhe as virtudes. Como eu gostaria que se encontrassem com mais frequência! Espero que a srta. Crawford não suponha que há alguma antipatia da parte dele.

— Ela deve julgar-se segura demais da consideração que tem de todos os outros da família para sentir tal apreensão — disse Fanny com um leve suspiro. — E é tão natural o desejo de *Sir* Thomas de querer no momento ficar só com a família, que isso não deve causar-lhe estranheza. Daqui a algum tempo, eu acredito que vamos tornar a nos encontrar como antes, levando-se em conta a diferença de estação.

— É o primeiro mês de outubro, desde a infância, que ela passa no campo. Não considero Tunbridge nem Cheltenham campo, e novembro é um mês ainda mais rigoroso. Percebo a sra. Grant muito ansiosa para que a irmã não ache Mansfield desinteressante quando chegar o inverno.

Fanny poderia ter comentado muito mais, porém julgou mais seguro nada dizer, e deixar intocadas todas as qualidades de Mary Crawford, os talentos, a personalidade, a importância, os amigos, para não correr o risco de fazer qualquer observação que pudesse parecer mesquinha. A amável opinião que a srta. Crawford tinha dela merecia ao menos uma grata tolerância, portanto preferiu mudar de assunto.

— Acho que amanhã meu tio janta em Sotherton, você e Tom também. Formaremos um grupo muito pequeno em casa. Espero que seu pai continue a gostar do sr. Rushworth.

— É impossível, Fanny. Deverá gostar muito menos depois da visita de amanhã, pois passaremos cinco horas na companhia dele. Grande já é meu receio por aturar a estupidez do dia, se a esse receio não se seguisse mal muito maior — a impressão que causará em *Sir* Thomas. Ele não pode continuar a enganar-se por muito mais tempo. Lamento por todos eles e daria tudo no mundo para que o sr. Rushworth e Maria jamais se tivessem conhecido.

Nesse aspecto, de fato, parecia iminente a decepção de *Sir* Thomas. Nem toda a boa vontade com o sr. Rushworth, nem toda a sua deferência poderiam impedi-lo de logo discernir parte da verdade, a de que o sr. Rushworth era um rapaz inferior, tão ignorante em negócios quanto em livros, com opiniões hesitantes, e sem parecer muito consciente de si mesmo.

Esperara encontrar um genro muito diferente e, começando a preocupar-se pelo futuro de Maria, procurou estudar os sentimentos dela. Um pouco de observação foi o suficiente para perceber a indiferença que havia entre eles. A jovem exibia com o sr. Rushworth uma atitude desinteressada e fria. Não podia agir de outro modo, não gostava dele. *Sir* Thomas resolveu conversar a sério com Maria. Por mais vantajosa que fosse a união e por mais prolongado e público que fosse o noivado, a felicidade dela não deveria ser sacrificada por isso. Talvez a filha houvesse aceitado o pedido do sr. Rushworth rápido demais, assim que os apresentaram, e ao conhecê-lo melhor se arrependera.

Com solene amabilidade, *Sir* Thomas dirigiu-se à jovem, falou-lhe dos receios pessoais, perguntou sobre seus desejos, pediu-lhe que fosse franca e sincera, tranquilizou-a de que enfrentaria todas as inconveniências e romperia em definitivo o noivado se Maria se sentia infeliz com a perspectiva do casamento. Tomaria por ela todas as providências e a libertaria do compromisso. Ela se viu diante de uma luta momentânea enquanto o ouvia, mas foi apenas momentânea. Quando o pai se calou, a filha mais velha se viu em condição de logo responder-lhe, decidida e sem visível agitação. Agradeceu-lhe a grande atenção, a bondade, mas ele se enganara por completo ao supor que ela tivesse o menor desejo de romper o noivado ou que estivesse suscetível a qualquer mudança de opinião ou de afeto. Tinha a mais alta estima pelo caráter e temperamento do sr. Rushworth e absoluta certeza da felicidade que com ele compartilharia.

Sir Thomas ficou satisfeito, aliás, mais do que satisfeito, demasiadamente alegre talvez para agilizar a questão o mais rápido que lhe aconselhava a consciência em relação aos outros negócios. Tratava-se de uma aliança a que não renunciaria sem pesar, e assim pensou: o sr. Rushworth era jovem o bastante para aprimorar-se, podia e devia aperfeiçoar-se na convivência com boas companhias, e, se Maria agora falava com tanta segurança da felicidade ao lado dele, expressava-se tão claramente, sem a parcialidade nem a ilusão do amor desmedido, precisava acreditar nela. Certamente, os sentimentos da filha pelo noivo não eram intensos, nem ele nunca supusera que fossem, mas talvez ela não levasse menos em conta os confortos materiais que resultariam da união. Se Maria podia prescindir de ver no marido uma personalidade brilhante, proeminente, tudo o mais lhe seria favorável. Uma jovem bem-intencionada, quando não se casava por amor, mostrava-se em geral mais ligada à própria família, e a proximidade entre Sotherton e Mansfield oferecia maior atração, assim como proporcionaria constantemente, com toda probabilidade, as mais amáveis e inocentes alegrias. Tais e outros semelhantes constituíam os raciocínios de *Sir* Thomas, feliz por escapar ao mal constrangedor de um rompimento, ao espanto, às conjecturas e à reprovação que o acompanhariam, feliz em assegurar um casamento que lhe traria grande acréscimo de respeitabilidade e influência e muito feliz ao julgar que tudo na disposição da filha era o mais propício ao caso.

Para ela, a conversa se encerrou de forma tão satisfatória quanto para ele. Achava-se em um estado de espírito para alegrar-se com o fato de ter garantido seu destino sem revogação, ter-se mais uma vez comprometido com Sotherton, ver-se a salvo da possibilidade de dar a Crawford o triunfo de governar suas ações e destruir suas perspectivas, e retirou-se com altiva resolução, decidida apenas a comportar-se de maneira mais cuidadosa com o sr. Rushworth no futuro, para que o pai não tornasse a desconfiar dela.

Houvesse *Sir* Thomas se dirigido à filha nos três ou quatro dias após a partida de Henry Crawford de Mansfield, antes que todos aqueles sentimentos se houvessem tranquilizado, antes que ela abandonasse toda a esperança em relação a ele ou tivesse resolvido de forma definitiva suportar o futuro marido, talvez tivesse dado uma resposta diferente. Mas depois de se passarem mais três ou quatro dias sem que Crawford retornasse, nem carta nem recado nem qualquer sintoma de um coração enternecido ou algumas esperanças sobre a vantagem da separação, a mente de Maria tornou-se fria o bastante para buscar todo o reconforto que lhe podiam proporcionar o orgulho e a vingança.

Henry Crawford destruíra sua felicidade, mas nunca saberia que o fizera, e tampouco lhe destruiria a credibilidade, a aparência e a prosperidade. Não deveria imaginá-la a ansiar por ele no isolamento em Mansfield, rejeitando Sotherton e Londres, independência e esplendor por sua causa. A independência era mais importante do que nunca; a falta de independência em Mansfield manifestava-se de forma ainda mais palpável. Cada vez menos conseguia suportar as imposições do pai. A liberdade que proporcionara a ausência de *Sir* Thomas tornava-se agora absolutamente necessária. Para curar a sua alma, Maria precisava escapar dele e de Mansfield o mais rápido possível, e encontrar consolo na riqueza, na importância, na agitação e no mundo. Tinha a mente bastante determinada e não a mudaria.

Para tais sentimentos, a demora, mesmo a de muitos preparativos, teria sido uma tortura, e o sr. Rushworth dificilmente poderia estar mais impaciente pelo casamento do que ela. Mentalmente, Maria se achava pronta para o matrimônio pelo ódio ao lar, à dependência, àquela tranquilidade, pela infelicidade de uma decepção amorosa e pelo desprezo pelo homem com quem ia casar-se. O resto poderia esperar. Preferia adiar as aquisições de novas carruagens e de mobiliário para a primavera em Londres, quando poderia empregar o próprio gosto na escolha.

Após os principais envolvidos concordarem quanto a isso, logo pareceu que bastariam apenas pouquíssimas semanas para realizar as obrigações necessárias que antecedem as bodas.

A sra. Rushworth se dispusera sem demora a retirar-se e deixar livre o caminho para a jovem afortunada que o amado filho escolhera. Bem no início de novembro mudara-se, com o verdadeiro decoro de uma nobre viúva, levando a criada, o mordomo e a carruagem, para Bath, onde se vangloriava das maravilhas de Sotherton nas reuniões vespertinas, desfrutando-as talvez muito mais na animação de uma mesa de carteado que algum dia desfrutara na própria residência. E antes de meados do mesmo mês ocorrera a cerimônia que deu a Sotherton uma nova senhora.

A cerimônia foi perfeita. A noiva estava vestida com toda a elegância, as duas damas de honra com mais simplicidade, como convinha; o pai entregou-

-a ao futuro marido no altar, a mãe manteve os sais na mão, para o caso de sentir-se agitada, a tia tentou chorar e o dr. Grant leu de forma comovente a celebração do serviço religioso. Ninguém nada viu a que se opor quando o acontecimento caiu nos comentários da vizinhança, exceto que a carruagem que transportou os noivos e Julia da porta da igreja era a mesma que o sr. Rushworth usava havia um ano. Em tudo o mais se podia submeter a etiqueta do dia à mais minuciosa investigação.

Tudo concluído, eles partiram. *Sir* Thomas sentia-se como se sente um pai ansioso e sofria, de fato, grande parte do nervosismo que a esposa temera para si, mas do qual por sorte conseguira livrar-se. A sra. Norris, felicíssima por ajudar nas obrigações do dia, passou-o todo em Mansfield, para animar a irmã, beber à saúde do sr. e da sra. Rushworth e, com uma ou duas taças de vinho a mais, não cabia em si de extasiado contentamento, pois ela era a responsável por aquele casamento, fizera tudo; e ninguém poderia imaginar, vendo o seu orgulho, que ela já tivesse ouvido falar de infidelidade conjugal nem que tivesse o menor pressentimento sobre as disposições da sobrinha, que fora criada sob sua vigilância.

O plano do jovem casal era seguir viagem, após alguns dias, até Brighton, onde eles alugariam uma casa por algumas semanas. Maria desconhecia todos os lugares públicos, e Brighton era quase tão alegre no inverno quanto no verão. Quando esgotasse a diversão por lá, seria hora de se transferirem para a esfera mais ampla de Londres.

Julia iria com eles para o balneário de Brighton, em Sussex. Desde que cessara a rivalidade entre as irmãs, aos poucos recuperaram grande parte do bom entendimento anterior, e se sentiam amigas o suficiente para ficarem extremamente alegres uma com a outra numa ocasião como aquela. Qualquer outra companhia que não a do sr. Rushworth era de suma importância para a sua esposa, e Julia estava quase tão ansiosa por novidade e prazer quanto Maria, embora não houvesse tido de lutar tanto para obtê-los e suportasse melhor uma posição secundária.

A partida deles trouxe outras mudanças em Mansfield, um vazio que exigiria algum tempo para ser preenchido. O círculo familiar tornou-se imensamente reduzido e, embora nos últimos tempos as duas irmãs Bertram pouco houvessem contribuído para alegrá-lo, ainda assim elas faziam falta. Até a mãe sentia saudade das jovens, e muito mais ainda a bondosa prima, que vagava pela casa a pensar nelas e sentir pelas moças um grau de afetuosa tristeza que nem Maria nem Julia nunca fizeram muito para merecer.

CAPÍTULO 22

Com a partida das irmãs Bertram, a importância de Fanny aumentou. Ao se tornar a única jovem nas reuniões do salão de estar, a única ocupante daquela interessante divisão familiar na qual até então lhe coubera um tão humilde terceiro plano, era impossível que não a observassem mais, que não pensassem nela e não lhe dessem maior atenção, como nunca antes; e "Onde está Fanny?" tornou-se uma pergunta comum, mesmo quando alguém não precisava dela para alguma tarefa específica.

Não apenas em casa seu mérito aumentou, mas também no presbitério. Naquela casa, onde mal entrara duas vezes por ano desde a morte do sr. Norris, passou a ser uma visita e convidada bem acolhida e, nos dias sombrios e enlameados de novembro, uma companhia muito apreciada por Mary Crawford. As visitas ali, após começarem por acaso, continuaram por solicitação de seus moradores. A sra. Grant, que na verdade desejava proporcionar qualquer distração para a irmã, conseguiu convencer a si mesma, com a maior facilidade, de que fazia uma grande bondade a Fanny e lhe oferecia grandes oportunidades de aperfeiçoamento com seus frequentes convites.

Ao dirigir-se à aldeia para uma incumbência qualquer da tia Norris, perto do presbitério, Fanny foi surpreendida por uma forte chuva. Quando a avistaram por uma das janelas, enquanto se esforçava por encontrar abrigo sob os galhos e as poucas folhas remanescentes de um carvalho, logo adiante dos limites da propriedade, viu-se obrigada a entrar, embora não sem relutante recato. Resistira a um prestativo criado, mas quando o próprio dr. Grant saiu com um guarda-chuva, nada lhe restou fazer senão sentir-se muito encabulada e entrar o mais rápido possível. Para a desolada srta. Crawford diante da janela, que contemplava o tempo em um péssimo estado de espírito, e suspirava ao constatar que a chuva arruinaria todo o plano de exercício para aquela manhã e qualquer probabilidade de ver um único ser humano além deles próprios nas próximas vinte e quatro horas, o ruído de uma pequena agitação na porta da frente, seguido do surgimento da srta. Price encharcada no vestíbulo, muito a deleitou. O valor de tal acontecimento, num dia chuvoso no campo, a ela se impôs de forma decisiva. Logo tornou a sentir-se cheia de vida e a mais ativa em ser útil a Fanny, ao descobri-la mais molhada que lhe parecera a princípio e empenhada em lhe providenciar roupas secas. Fanny, depois, se viu obrigada a submeter-se a todas essas atenções, a ser ajudada e servida por patroas e criadas, além de também ser forçada, depois de retornar ao andar de baixo, a instalar-se com elas no salão de visitas por uma hora enquanto a chuva continuava. E assim prolongou a bênção que para Mary Crawford representava ter algo novo a apreciar, em que pensar e para mantê-la animada até a hora de vestir-se para o almoço.

As duas irmãs mostraram-se tão amáveis e agradáveis com Fanny, que a jovem talvez aproveitasse a visita, se não acreditasse que as incomodava e se pudesse prever que o tempo certamente melhoraria ao cabo de uma hora e poupando-a da vergonha de que mandassem aprontar a carruagem e os cavalos do dr. Grant para levá-la até em casa, com o que a haviam ameaçado.

Quanto a inquietar-se por qualquer temor que sua ausência num tempo daqueles causasse no próprio lar, nada a preocupava, pois como apenas as duas tias tinham conhecimento de que saíra, sabia muito bem que nenhuma delas sentiria sua falta. Qualquer que fosse a cabana em que a imaginação da tia Norris talvez escolhesse para abrigá-la durante a chuva, a tia Bertram acreditaria indubitavelmente que a sobrinha se encontrava em tal cabana.

Começava a melhorar o tempo quando Fanny, ao observar uma harpa no salão, fez algumas perguntas sobre o instrumento, o que logo as anfitriãs interpretaram como se ela desejasse muito ouvi-la ser tocada, e confessou, no que as duas mal puderam acreditar, que ainda não a ouvira desde a chegada da harpa a Mansfield. Para a própria Fanny, parecia uma circunstância muito simples e natural. Como raras vezes estivera no presbitério desde então, nenhum motivo existia para que fosse diferente. Mas a srta. Crawford, ao lembrar-se de um desejo há muito tempo manifestado pela jovem a esse respeito, ficou preocupada com a própria negligência, e logo se seguiram rápidas propostas com o maior bom humor:

— Que tal eu tocar para você agora? O que prefere ouvir?

Assim, ela tocou feliz por ter uma nova ouvinte, alguém que parecia tão grata, tão admirada pela execução e que demonstrava não carecer de bom gosto. Tocou até que Fanny, após desviar por acaso o olhar para a janela e notar que o tempo se desanuviara quase por completo, expressou o que julgava seu dever: ir embora.

— Mais quinze minutos — disse a srta. Crawford — e veremos como está o tempo. Não fuja no primeiro momento em que parou a chuva. Aquelas nuvens parecem assustadoras.

— Mas já passaram — respondeu Fanny. — Fiquei observando-as. Todo esse tempo vem do sul.

— Do sul ou do norte, conheço uma nuvem negra quando a vejo, e não deve sair enquanto continuar ameaçando chover. Além disso, quero tocar mais um pouco para você, uma música muito bonita, a favorita do seu primo Edmund. Precisa ficar e ouvir a música preferida dele.

Fanny sentiu que deveria, e, embora não esperasse aquela alusão para pensar nele, aquela lembrança lhe trouxe à mente uma imagem muito viva do primo e o imaginou repetidas vezes naquela sala, talvez sentado naquele mesmo lugar em que agora ela se encontrava, a ouvir com constante prazer a ária preferida, tocada, como lhe parecia, com tom e interpretação superiores. Embora a melodia também a encantasse e a alegrasse, afinal apreciava qualquer coisa de que ele gostava, sentia-se mais impaciente para ir embora ao terminar a música do que antes; e, ao manifestar a decisão de forma evidente, convidaram-na com tanta amabilidade a repetir a visita, ou entrar durante as caminhadas sempre que pudesse, para ouvir mais um pouco de música, que Fanny julgou necessário aceitar, se não fizessem alguma objeção em Mansfield.

Essa foi a origem do tipo de intimidade que se estabeleceu entre elas logo na primeira quinzena depois da partida das irmãs Bertram, uma intimidade resultante, sobretudo, do desejo da srta. Crawford por uma novidade e que não era muito real nos sentimentos de Fanny. Ela visitava-a a cada dois ou três dias, parecia uma espécie de fascinação: não conseguia deixar de ir e, contudo, não a estimava, não podia pensar como a outra nem sentir-se agradecida por ser convidada agora, quando não havia mais ninguém para convidar; e não encontrava na conversa maior prazer a não ser fortuito, e ainda assim, na maioria das vezes, à custa do seu próprio discernimento, quando, por acaso, se fazia um gracejo sobre pessoas e assuntos que Fanny não admitia que fossem desrespeitados. Ela ia, porém, e algumas vezes passeavam durante meia hora no jardim da sra. Grant, estando o tempo surpreendentemente bom para aquela época do ano; aventuravam-se até mesmo a sentar num dos bancos, relativamente desprotegidos, permanecendo ali até que, no meio de alguma terna exclamação de Fanny sobre a doçura de um outono tão prolongado, eram obrigadas, por uma súbita rajada de vento frio, que derrubava sobre elas as últimas folhas amareladas, a se erguerem à procura de um lugar mais aquecido.

— Mas que bonito, é lindo — disse Fanny, ao olhar em volta certo dia quando estavam sentadas. — Cada vez que entro neste bosque mais me impressionam o crescimento e a beleza dos arbustos. Há três anos nada era além de uma rústica fileira de cerca-viva ao longo da parte mais alta do campo, para a qual ninguém dava importância nem acreditava que se poderia fazer algo dela; agora se transformou numa linda alameda, e seria difícil dizer se mais valiosa como utilidade ou decoração. Talvez com mais três anos tenhamos esquecido, ou quase esquecido, como fora antes. Que maravilhas, grandes maravilhas, as ações do tempo e as mudanças da mente humana! — E continuando a última sequência de pensamento, acrescentou: — Se é possível considerar uma das faculdades de nossa natureza mais admirável que as outras, eu acho que deve ser a memória. Parece existir algo mais incompreensível, impossível de descrever com palavras, nos poderes, nos malogros, nas desigualdades da memória que em qualquer outra de nossas capacidades intelectuais. A memória, às vezes, conserva tantas coisas, é tão útil, tão obediente, em outras vezes, tão confusa, tão fraca, e, em outras ainda, tão tirânica, tão fora do controle! Somos, sem dúvida, um milagre em todos os aspectos, mas as nossas capacidades de lembrar e esquecer parecem estranhamente insondáveis.

A srta. Crawford, impassível e desatenta, nada comentou, e Fanny, ao percebê-lo, retornou ao tema que julgava interessar-lhe mais.

— Talvez pareça impertinência de minha parte elogiar, mas não posso deixar de admirar o gosto que a sra. Grant mostrou em tudo aqui. Vê-se uma simplicidade tão aprazível no traçado da alameda! Não parece ter-lhe exigido muito esforço!

— Sim — respondeu Mary, desinteressada —, fica muito bom para um lugar deste tipo. Não se pensa em amplidão aqui, e, só entre nós, até eu vir para Mansfield, nunca imaginei que um clérigo do campo aspirasse a uma alameda ladeada de arbustos ou coisa que o valha.

— Gosto tanto de ver as sempre-vivas crescerem! — respondeu Fanny. — O jardineiro do meu tio sempre diz que o solo aqui é melhor que o dele, e assim parece, a julgar pelo crescimento dos loureiros e das sempre-vivas. As sempre-vivas! Que linda, que bem-vinda, que maravilha a sempre-viva! Quando a gente pensa nelas, que espantosa a variedade na natureza! Em algumas regiões sabemos que a variedade consiste nas árvores que mudam as folhas, mas nem por isso é menos surpreendente que o mesmo solo e o mesmo sol nutram plantas que diferem na regra e lei básicas de sua existência. Você vai pensar que estou recitando uma rapsódia, mas ao ar livre, sobretudo quando me sento ao Sol, quase sempre me entrego a esse tipo de arroubo de admiração. Não consigo fixar os olhos no rebento natural mais comum da natureza sem encontrar alento para uma fantasia divagadora.

— Para falar a verdade — replicou a outra —, sou meio parecida com o famoso Doge, quando de visita à corte de Luís XIV, e posso declarar que não vejo maravilha alguma nesta fileira de arbustos. Se alguém me tivesse dito há um ano que este lugar seria meu lar, que eu passaria mês após mês aqui, como tenho feito, com certeza não acreditaria! Já estou aqui há quase cinco meses, e foram os meses mais tranquilos que já passei.

— Creio que tranquilos demais para você.

— Eu mesma também talvez os considerasse assim em teoria, mas — os olhos se iluminavam enquanto ela falava —, ao levar tudo em conta, nunca passei um verão tão feliz. Por outro lado — agora com um ar mais pensativo e baixando a voz —, não tenho como saber no que talvez vá dar tudo isso.

Os batimentos do coração de Fanny aceleraram, e ela se sentiu sem condição de supor nem de perguntar nada mais. Mary Crawford, porém, com renovada animação, logo continuou:

— Sei que me sinto muito mais harmonizada com a residência no campo do que algum dia imaginei. Chego até a considerar agradável passar metade do ano no campo em certas circunstâncias, muito agradável mesmo. Uma casa elegante, de tamanho razoável, no centro das relações familiares, contínuos compromissos entre elas, comandando a melhor sociedade da vizinhança, vista, talvez, com até mais capacidade de liderá-la do que pessoas com maior fortuna, e desviando-me do alegre círculo de tais divertimentos para nada menos que um *tête-à-tête* com a pessoa que nos parece a mais agradável no mundo. Não há nada de assustador em um quadro assim, há, srta. Price? Não temos por que invejar a nova sra. Rushworth, mesmo com uma casa como *aquela*.

— Invejar a sra. Rushworth! — foi só o que tentou dizer Fanny. — Por favor, seria muito deselegante de nossa parte julgá-la com severidade, pois espero ansiosa em breve lhe devermos muitas horas felizes, brilhantes e alegres. Espero ter, no próximo ano, a oportunidade de visitar Sotherton com grande frequência. Um casamento como o que fez Maria Bertram é uma bênção, pois os principais prazeres da esposa do sr. Rushworth devem ser encher a casa de visitas e organizar os melhores bailes do campo.

Fanny calou-se, e Mary Crawford recaiu em meditação, até, de repente, passados alguns minutos, tornar a erguer os olhos e exclamar:

— Ah, ali está ele. — Não se referia ao sr. Rushworth, mas a Edmund, que então surgia encaminhando-se com a sra. Grant em direção a elas. — Minha irmã e o sr. Bertram! Alegra-me tanto que Tom Bertram tenha partido, para que se possa de novo chamar o irmão de "sr. Bertram"! Desprende-se do som de "sr. Edmund Bertram" algo tão formal, tão lastimável e semelhante a caçula, que detesto.

— Como pensamos diferente! — exclamou Fanny. — Para mim, o som de "sr. Bertram" é tão frio e nada significa, tão por completo sem ardor ou personalidade! Apenas designa um cavalheiro, nada mais. O nome de Edmund, porém, tem nobreza, trata-se de um nome heroico e famoso, de reis, príncipes e cavaleiros, que parece transmitir o espírito de cavalheirismo e afetos calorosos.

— Concordo que o nome em si é bom, e Lorde Edmund ou *Sir* Edmund repercutem um delicioso som, mas afunde-o sob a fria aniquilação de senhor, e sr. Edmund não é mais que sr. John ou sr. Thomas. Bem, que tal ir ao encontro deles e frustrá-los na metade do sermão por ficarmos sentadas ao vento nesta época do ano, levantando-nos antes que eles tenham a chance de começar?

Edmund recebeu-as com muito prazer. Era a primeira vez que as via juntas desde o início do estreitamento daquela amizade, de que ouvira falar com grande satisfação. Uma amizade entre duas pessoas tão queridas constituía exatamente o que ele poderia desejar, e é preciso que se diga, para dar crédito à compreensão do apaixonado, que o rapaz de modo algum considerava Fanny a única, ou mesmo a maior, beneficiada por tal amizade.

— Bem — disse a srta. Crawford —, não vai repreender-nos pela imprudência? E achar que ficamos aqui sentadas apenas para que nos falasse a respeito, nos implorasse e suplicasse nunca mais tornarmos a fazê-lo?

— Talvez eu devesse repreendê-las — respondeu Edmund —, se encontrasse qualquer uma das duas aqui sozinha, mas, como estão se portando mal juntas, posso fazer vista grossa.

— Não podem ter ficado sentadas por muito tempo — exclamou a sra. Grant —, pois, quando subi para apanhar meu xale, da janela da escada vi que caminhavam.

— E na verdade — acrescentou Edmund — o dia está tão ameno que quase não se pode considerar imprudência o fato de se sentarem por alguns minutos. Nem sempre se devem julgar nossas estações pelo calendário. Às vezes, podem-se tomar liberdades maiores em novembro que em maio.

— Palavra de honra! — exclamou a srta. Crawford. — Vocês são dois dos amigos mais decepcionantes e insensíveis que já conheci! Não lhes causamos sequer um momento de inquietação! Não sabem como sofremos nem os calafrios que sentimos! Mas há muito que considero o sr. Bertram um dos homens que menos se deixam influenciar por qualquer pequeno artifício contra o bom senso, daqueles que poderiam atormentar uma mulher. Tive muito pouca esperança nele desde o início, mas você, sra. Grant, minha irmã, minha própria irmã, acho que tenho o direito de inquietar-me um pouco.

— Não bajule a si mesma, minha querida Mary. Não há a menor chance de você me comover. Tenho minhas inquietações, mas por motivos muito diferentes, e, se eu pudesse alterar o tempo, mandaria um bom vento leste, bem intenso, que não parasse de açoitá-la nem um momento, pois veja algumas de minhas plantas que Robert resolveu deixar aqui fora por serem as noites tão amenas. E sei qual será o fim disso. Ocorrerá uma súbita mudança do tempo, acompanhada de uma pesada geada repentina, que logo se instalará em todas elas, pegando a todos, ou pelo menos a Robert, de surpresa, e perderei cada uma; e ainda pior: a cozinheira acabou de me dizer que a conservação do peru, que eu tinha especial empenho de só preparar no domingo, pois sei que o dr. Grant o apreciaria muito mais no domingo após as fadigas do dia, resistirá apenas até amanhã. Essas sim são verdadeiras amolações que me fazem achar o tempo o mais inoportuno.

— As delícias da administração doméstica em uma aldeia rural! — disse a srta. Crawford com um ar malicioso. — Recomende-me ao dono do viveiro de plantas e ao criador de aves domésticas.

— Minha querida menina, recomende o dr. Grant ao decano de Westminster ou de St. Paul, e eu ficarei tão satisfeita com seu dono de viveiro de plantas e criador de aves quanto você. Mas não temos esse tipo de pessoa aqui em Mansfield. Que quer que eu faça?

— Oh! Nada pode fazer além do que já faz: atormentar-se com muita frequência e nunca perder o bom humor.

— Obrigada, mas não tenho como escapar dessas pequenas amolações, Mary, onde quer que moremos; e quando você tiver se estabelecido na cidade e eu for visitá-la, garanto que a encontrarei com as suas, apesar dos donos de viveiros e criadores de aves, ou talvez por causa deles. O desinteresse e a impontualidade dessa gente ou os preços exorbitantes e as fraudes vão suscitar-lhe lamentações ainda mais amargas.

— Pretendo ser demasiado rica para lamentar ou sofrer qualquer coisa desse tipo. Uma grande renda é a melhor receita para a felicidade de que ouvi falar. Com certeza, pode garantir todas as murtas e os perus.

— Pretende ser demasiado rica — disse Edmund com um olhar que, para Fanny, desprendia um significado muito sério.

— Certamente. Você não? Não pretendemos todos?

— Não posso pretender nada tão fora do meu poder de controlar. A srta. Crawford talvez possa escolher o grau de riqueza ao qual almeja. Basta estipular o número de milhões por ano e não há a menor dúvida de que obterá. Minhas intenções são de apenas não ser pobre.

— Com moderação e economia e limitando as suas necessidades à renda que receber, e tudo isso. Compreendo-o, é um plano muito acertado para uma pessoa da sua idade, com meios tão restritos e relações indiferentes. Que mais pode você precisar a não ser um sustento decente? Não lhe resta muito tempo à frente, e suas relações não estão em situação de fazer qualquer coisa para você, nem mortificá-lo pelo contraste das próprias fortunas e importância delas. Seja honesto e pobre, por quaisquer meios, mas não o invejarei. Acredito que nem sequer o respeitarei. Tenho muito mais respeito pelos que são honestos e ricos.

— Seu grau de respeito pela honestidade, do rico ou do pobre, é precisamente aquilo com o que não tenho de me preocupar. Não pretendo ser pobre. A pobreza é a exata situação que decidi combater. A honestidade, que está a meio caminho entre pobreza e riqueza, na situação intermediária em relação às circunstâncias materiais, constitui tudo o que almejo que a senhorita não encare com desprezo.

— Mas a encaro com desprezo, sim. Tenho de encarar com desprezo tudo o que se contenta com a obscuridade quando podia elevar-se a um grau de distinção.

— Mas como se pode elevá-la? Como poderia minha honestidade pelo menos se elevar a um grau de distinção superior?

Não era uma pergunta muito fácil de responder e suscitou da bela moça um "Oh!" um tanto prolongado, antes que ela pudesse acrescentar:

— Deveria ter ingressado no Parlamento ou no exército há pelo menos dez anos.

— Isso não é muito pertinente ao assunto em questão agora, e, quanto a ingressar no Parlamento, creio que preciso esperar que se convoque uma assembleia especial para a representação de filhos mais moços sem muitos recursos para se sustentarem. Não, srta. Crawford — acrescentou em um tom mais sério —, há distinções que eu me sentiria infeliz se me julgasse sem qualquer chance, absolutamente sem chance nem possibilidade de obter, mas essas são de natureza diferente.

Um olhar de inibição enquanto ele falava, e o que pareceu uma atitude de acanhamento da parte de Mary Crawford ao dar-lhe uma daquelas respostas zombeteiras, resultou em doloroso alento para a observação de Fanny: e vendo-se de todo incapaz de prestar a devida atenção à sra. Grant, ao lado de quem ela agora seguia os dois, quase decidira ir sem demora para casa, e apenas esperava coragem para dizê-lo, quando o grande relógio em Mansfield

Park soou três batidas, fazendo-a perceber que, de fato, permanecera ausente por muito mais tempo que o habitual. Perguntou-se de novo se deveria ir ou não embora então, e de que maneira, o mais rápido possível. Com confiante decisão, começou a despedir-se, ao mesmo tempo que Edmund lembrou-se de que a mãe perguntara por ela e que ele fora até o presbitério com o propósito de levá-la de volta.

Aumentou a pressa de Fanny, e, sem sequer esperar a presença de Edmund, teria saído correndo sozinha, mas todos apertaram o passo e acompanharam-na casa adentro, por onde era necessário passar. Como o dr. Grant se achava no vestíbulo, ao pararem para cumprimentá-lo, constatou pela atitude do primo que ele de fato pretendia voltar com ela, pois também se despedia, e a jovem pôde apenas sentir-se grata. No momento em que iam embora, o dr. Grant convidou Edmund para jantar com ele no dia seguinte, e Fanny mal tivera tempo para um sentimento desagradável, quando a sra. Grant, como se lhe ocorresse uma repentina lembrança, dirigiu-se a ela e solicitou-lhe o prazer da companhia também. Era uma atenção tão inesperada, uma circunstância sob todos os aspectos tão nova na vida de Fanny, que ela se viu tomada por imensa surpresa e acanhamento. Enquanto expressava gaguejando enorme agradecimento e "sabia que não lhe cabia a permissão para aceitar", olhava para Edmund como a pedir-lhe opinião e ajuda. Mas Edmund, encantado porque a prima recebera tão feliz convite, tranquilizou-a com um olhar de relance e uma frase incompleta de que ele não tinha objeção alguma, além da que talvez tivesse a tia Norris, e afirmou não imaginar que *Lady* Bertram criaria qualquer dificuldade para liberá-la, dando-lhe o resoluto e franco conselho a aceitar o convite. E embora Fanny não se aventurasse, mesmo sob esse incentivo, a tão grande voo de independência, logo se decidiu que, se nada se dissesse ao contrário, a sra. Grant poderia esperá-la.

— E vocês sabem qual vai ser o jantar — disse a sra. Grant sorridente —, o peru, e garanto-lhes um muito gostoso, pois, meu querido — dirigiu-se ao marido —, a cozinheira insiste em que se prepare o peru amanhã.

— Ótimo, ótimo — exclamou o dr. Grant —, melhor ainda, alegra-me que tenha algo tão bom a oferecer em casa. Mas eu diria que a srta. Price e o sr. Edmund Bertram aceitam correr o risco. Nenhum de nós quer saber do cardápio. Uma reunião amigável e não um jantar esplêndido é o que desejamos. Um peru ou um ganso ou uma perna de carneiro ou qualquer coisa que sua cozinheira escolha servir-nos.

Os dois primos seguiram juntos para casa, e com exceção da conversa imediata sobre o recente compromisso, de que Edmund falou com calorosa satisfação, considerando bastante desejável que ela desfrutasse a intimidade que ele via estabelecida com tanto prazer, a caminhada transcorreu em silêncio, pois, terminado esse assunto, ele ficou pensativo e pouco disposto a iniciar outro.

CAPÍTULO 23

— Mas por que deveria a sra. Grant convidar Fanny? — perguntou *Lady* Bertram. — Como lhe ocorreu convidá-la? Sabe que Fanny jamais jantou lá. Não posso dispensá-la, e sei que ela não quer ir. Fanny, você não quer ir, quer?

— Se lhe pergunta desse jeito — protestou Edmund, impedindo a prima de falar —, Fanny logo vai responder que não. Mas tenho certeza, minha querida mãe, de que ela gostaria de ir e não vejo motivo algum para que não vá.

— Não consigo imaginar por que a sra. Grant pensaria em convidá-la. Nunca o fez antes. Convidava suas irmãs de vez em quando, mas jamais convidou Fanny.

— Se não pode dispensar-me, senhora... — disse Fanny em um tom abnegado.

— Mas mamãe ficará com papai a tarde toda.

— Na verdade, ficarei.

— Que tal a senhora pedir a opinião de papai?

— Muito bem pensado. É o que farei, Edmund. Perguntarei a *Sir* Thomas assim que ele entrar se posso dispensá-la.

— Como queira, mamãe, mas eu me referia à opinião de papai quanto ao decoro de aceitar ou não o convite, e acho que ele considerará o correto, tanto pela sra. Grant quanto por Fanny, que, por se tratar do primeiro convite, deve ser aceito.

— Não sei. Vamos perguntar a ele. Mas de qualquer modo sei que ficará muito surpreso que a sra. Grant a tenha convidado.

Nada mais havia a dizer, ou que se pudesse dizer com algum proveito, sem a presença de *Sir* Thomas. Mas o assunto, referindo-se à comodidade de *Lady* Bertram para o dia seguinte, dominou-lhe tanto a mente que meia hora depois, ao ver o marido, por um minuto, encaminhar-se da plantação para o quarto de vestir, chamou-o quando ele quase fechara a porta:

— *Sir* Thomas, espere um instante, tenho uma coisa a lhe dizer.

O tom de calmo langor, pois ela nunca se permitia erguer a voz, era sempre ouvido e atendido; *Sir* Thomas voltou. *Lady* Bertram começou a contar-lhe a história, e Fanny logo desapareceu da sala, pois ouvir a si mesma como o tema de qualquer conversa com o tio era mais do que seus nervos podiam suportar. Estava ansiosa, era fato, mais ansiosa talvez do que deveria estar; que importava, afinal, se fosse ou não? Mas se o tio levasse muito tempo a considerar e decidir, com a fisionomia muito séria e o olhar grave dirigido a ela, e por fim se decidisse contra, talvez não conseguisse mostrar-se submissa e indiferente como deveria. Enquanto isso, sua causa prosseguia bem. Assim se iniciou a conversa da parte de *Lady* Bertram:

— Vou dizer-lhe algo que o surpreenderá. A sra. Grant convidou Fanny para jantar.

— E? — disse *Sir* Thomas, como se esperasse mais alguma coisa para concluir a surpresa.

— Edmund quer que ela vá. Mas como posso dispensá-la?

— Ela chegará tarde — ele respondeu, olhando para o relógio —, mas qual a sua dificuldade?

Edmund viu-se obrigado a falar e preencher as lacunas no relato da mãe. Contou toda a história, e ela precisou apenas acrescentar:

— Acho muito estranho, pois a sra. Grant nunca a convidou antes.

— Mas não é muito natural — observou Edmund — que ela deseje proporcionar uma visita tão agradável à irmã?

— Nada me parece mais natural — respondeu *Sir* Thomas, após uma curta deliberação —, mesmo se não houvesse irmã, seria natural. O fato de a sra. Grant se mostrar delicada com a srta. Price, com a sobrinha de *Lady* Bertram, não precisa de explicação. Só o que me surpreende é ser esta a primeira vez que ela assim se mostre. Fanny teve absoluta razão em dar apenas uma resposta condicional. Parece sentir que era necessário. Como entendo, porém, que queira ir, pois todos os jovens gostam de ficar juntos, não vejo motivo algum para lhe negar esse prazer.

— Mas posso arranjar-me sem ela, *Sir* Thomas?

— Na verdade, acho que sim.

— Sabe que ela sempre faz o chá quando minha irmã não está aqui.

— Talvez possamos convencer sua irmã a passar o dia conosco, e eu com toda certeza estarei em casa.

— Muito bem, então, Fanny pode ir, Edmund.

A boa notícia logo a seguiu. Edmund bateu na porta do quarto dela ao dirigir-se ao seu.

— Bem, Fanny, tudo se resolveu da forma mais feliz e sem a mínima hesitação por parte do seu tio. Ele só teve uma opinião: você deve ir.

— Obrigada, alegro-me muito — foi a resposta instintiva de Fanny, embora, após se afastar do primo e fechar a porta, não deixasse de perceber: "No entanto, por que me alegro? Pois não tenho certeza de ver ou ouvir algo lá que me faça sofrer?".

Apesar dessa convicção, porém, sentia-se mesmo alegre. Por mais simples que pudesse parecer aquele compromisso, na visão de outros, para ela tinha novidade e valor, pois, com exceção do dia em Sotherton, raras vezes jantara fora de casa antes. Embora fosse a menos de um quilômetro de distância, e apenas para reunir três pessoas, ainda assim era um compromisso social, e todos os pequenos interesses da preparação consistiam por si sós em um divertimento.

Ela não teve a solidariedade nem a ajuda das que deveriam compartilhar seus sentimentos ou orientar seu gosto, pois *Lady* Bertram jamais pensou em ser útil a ninguém, e a sra. Norris, ao aparecer no dia seguinte, em consequência de uma visita e um convite bem cedo de *Sir* Thomas, chegou de péssimo humor, e parecia decidida apenas a diminuir o prazer da sobrinha, tanto no presente como no futuro, o máximo possível.

— Francamente, Fanny, tem muita sorte por receber tal atenção e tolerância! Deve ficar muito grata à sra. Grant por pensar em você, e à sua tia por deixá-la ir. Deve considerar isso um acontecimento extraordinário, pois espero que saiba que não existe um verdadeiro motivo para frequentar a casa de pessoas desse nível, sobretudo um convite para jantar, e tenha certeza de que jamais se repetirá. E tampouco imagine que o convite se deva a alguma cortesia específica a você, mas se destina aos seus tios e a mim. A sra. Grant acha que nos deve uma delicadeza ao dar-lhe uma pequena atenção, do contrário, isso jamais passaria pela cabeça dela, e tenha absoluta certeza de que, se sua prima Julia estivesse em casa, você nem sequer seria convidada.

A sra. Norris aniquilara com tanta engenhosidade a parte da gentileza atribuível à sra. Grant que Fanny, ao vê-la à espera de uma resposta, conseguiu apenas dizer que se sentia muito grata à tia Bertram por tê-la dispensado e que se esforçara por deixar todo o trabalho noturno da tia adiantado para evitar que ela sentisse sua falta.

— Ah, com certeza! Sua tia pode arranjar-se muito bem sem você, do contrário não lhe dariam permissão para ir. Estarei aqui, portanto pode ficar tranquila em relação a ela. E espero que tenha um dia muito agradável e ache tudo muitíssimo prazeroso. Mas preciso observar que cinco pessoas sentadas a uma mesa é um dos mais desairosos números possíveis, e não posso deixar de me surpreender que uma senhora tão elegante como a sra. Grant não tenha planejado melhor o jantar! E em volta daquela mesa enorme, que enche a sala de uma forma tão medonha! Se o doutor houvesse se contentado em ficar com a minha mesa de jantar quando me mudei, como teria feito qualquer pessoa sensata, em vez de pôr aquela nova e absurda dele, que é mais larga, muito mais larga, que a mesa de jantar daqui, a sala ficaria infinitas vezes melhor! E o respeitariam muito mais, pois jamais se respeitam pessoas quando estas saem da própria esfera social. Lembre-se disso, Fanny. Cinco, apenas cinco, sentados em volta daquela mesa. Garanto, contudo, que terá comida suficiente para dez.

A sra. Norris tomou fôlego e continuou mais uma vez:

— O absurdo e a insensatez de pessoas que saem da própria esfera social e tentam aparentar mais do que são me fazem julgar certo lhe dar um conselho, Fanny, agora que vai participar de uma reunião social sem nenhum de nós. Suplico e rogo a você que não se ponha em demasiada evidência, nem fale e não dê opiniões como se fosse uma de suas primas, como se fosse a querida sra. Rushworth ou Julia. *Isso* não ficará nada bem, acredite em mim. Lembre-se, esteja onde estiver, de que deve ser a mais humilde e a última, e, embora a srta. Crawford se sinta em casa no presbitério, não queira igualar-se a ela.

Quanto ao regresso à noite, você deve permanecer lá apenas pelo tempo que Edmund decidir.

— Sim, senhora. Nunca me ocorreria outra coisa.

— E se chover, o que parece muito provável, pois nunca vi na vida uma tarde ameaçar tanta chuva, você deve vir da melhor maneira que puder e não esperar que mandemos a carruagem buscá-la. Com certeza não vou para casa hoje à noite e, portanto, a carruagem para não deverá sair por minha causa; assim, é melhor que se prepare para o que possa ocorrer e leve o necessário para isso.

A sobrinha achou isso perfeitamente razoável. Considerava ainda mais nulos os próprios direitos a comodidades do que supunha a sra. Norris; e quando *Sir* Thomas, logo depois de abrir a porta, perguntou "Fanny, a que horas quer que a carruagem esteja pronta?", ela sentiu tal grau de estupefação que ficou impossibilitada de falar.

— Meu caro *Sir* Thomas — protestou a sra. Norris, rubra de raiva —, Fanny pode ir a pé!

— Ir a pé! — ele repetiu em um tom da mais irrefutável dignidade, e entrou na sala. — Minha sobrinha ir a pé a um compromisso nesta época do ano! Quatro e vinte convém a você?

— Sim, senhor — respondeu Fanny com toda humildade, sentindo-se quase uma criminosa diante da sra. Norris.

Sem suportar permanecer com ela no que talvez parecesse uma situação triunfante, seguiu o tio ao sair da sala, retardando-se atrás dele apenas o suficiente para ouvir as palavras proferidas em furiosa agitação:

— Bastante desnecessário! Amável em excesso! Mas Edmund também vai, de fato, é por causa de Edmund. Observei que ele estava rouco na terça-feira à noite.

Mas Fanny não se deixou enganar com isso. Sentiu que a carruagem era para ela e só para ela; e a consideração que lhe demonstrou o tio, tão em seguida àquelas observações humilhantes da tia, custou-lhe algumas lágrimas de gratidão.

O cocheiro chegou na hora marcada, um minuto depois veio o cavalheiro, e como a dama se sentara, com escrupuloso medo de se atrasar, muitos minutos antes na sala de estar, *Sir* Thomas viu-os partir em boa hora, como lhe exigiam os próprios hábitos de correta pontualidade.

— Agora me deixe olhar para você, Fanny — disse Edmund, com o amável sorriso de um irmão afetuoso —, e dizer o que acho. Pelo tanto que posso julgar nesta luz, você está muito bonita mesmo. Que roupa é essa?

— É o vestido novo que meu tio teve a bondade de me dar para o casamento da minha prima. Espero que não seja elegante demais, mas achei que deveria usá-lo assim que pudesse, e talvez eu não tenha outra oportunidade como esta durante o inverno. Espero que não me ache elegante demais.

— Uma mulher jamais pode ficar elegante demais quando se veste toda de branco. Não, não vejo nenhum refinamento excessivo em você. Seu vestido me parece muito bonito. Gosto desses círculos brilhantes. A srta. Crawford não tem um vestido parecido?

Ao aproximarem-se do presbitério, passaram perto do estábulo e da cocheira.

— Veja! — exclamou Edmund. — Temos companhia, olhe aquela carruagem! Quem eles chamaram para se juntar a nós? — E ao baixar o vidro lateral para distinguir: — É de Crawford, a caleche dele, com certeza! São os dois empregados dele que a empurram para o lugar que ocupava antes. Ele está aqui, claro. Que grande surpresa, Fanny. Terei muito prazer em vê-lo.

Não houve oportunidade nem tempo para Fanny dizer como se sentia diferente, mas a ideia de haver outra pessoa, e logo aquela, para observá-la aumentou muito o tremor com que desempenhava a cerimônia terrível de entrar na sala de estar.

Ali, com certeza, se encontrava o sr. Crawford, que chegara com tempo suficiente para aprontar-se para o jantar. Os sorrisos e olhares satisfeitos dos três outros à volta dele mostravam como fora bem acolhida a repentina resolução do rapaz de visitá-los por uns dias ao sair de Bath. Um encontro muito cordial se passou entre Henry e Edmund e, com exceção de Fanny, o prazer era geral. Até para *ela*, porém, a presença dele talvez representasse uma vantagem, visto que todo acréscimo ao grupo só deveria favorecer-lhe o gosto de sentar-se em silêncio e passar despercebida. Logo ela própria se deu conta disso, pois, embora tivesse de se sujeitar, como lhe ditava a própria boa conduta, e apesar da opinião da tia Norris, a ser a convidada de honra no grupo e a todas as pequenas distinções consequentes disso, Fanny percebeu, enquanto se achavam à mesa, com a predominância de um tão animado fluxo de conversa, que dela não era exigida a menor participação. Os dois irmãos tinham tanto assunto sobre Bath, os dois rapazes, sobre caçada, o sr. Crawford e o dr. Grant sobre política, e o sr. Crawford e a sra. Grant sobre tudo e todos ao mesmo tempo, que a ela se ofereceu a magnífica perspectiva de ter apenas de ouvir em silêncio e de passar um momento muito agradável. Não pôde deixar de cumprimentar o cavalheiro recém-chegado sem demonstração de interesse em saber se ele prolongaria a sua permanência em Mansfield. A ideia de mandar buscar seus caçadores em Norfolk, sugerida pelo dr. Grant, aconselhado por Edmund e recebida com caloroso entusiasmo pelas duas irmãs, logo se apoderou da mente de Henry, e este parecia desejar o incentivo até de Fanny para decidir-se. Pediram-lhe a opinião quanto à provável continuação do bom tempo, mas ela se limitou a responder de forma tão breve e indiferente quanto lhe permitia a boa educação. Não podia desejar que ele ficasse e preferia que ele não lhe tivesse dirigido a palavra.

As primas ausentes, sobretudo Maria, ocuparam-lhe a mente ao vê-lo, mas nenhuma lembrança constrangedora alterara o ânimo dele. Ali estava mais uma vez, no mesmo lugar onde tudo se passara antes, e com visível disposição para permanecer e ser feliz sem as irmãs Bertram, como se nunca tivesse conhecido Mansfield em outra situação. Ouviu-o apenas referir-se a ambas de um modo geral, até todos se reunirem mais uma vez na sala de estar; quando Edmund estava ocupado em conversa à parte com o dr. Grant sobre qualquer negócio que parecia absorvê-los e a sra. Grant com a mesa do chá, ele começou a falar delas em particular a Mary. Com um sorriso significativo, que fez Fanny muito odiá-lo, disse:

— Então! Acabei de saber que Rushworth e sua linda esposa estão em Brighton... homem feliz!

— Sim, estão lá há uns quinze dias, não, srta. Price? E Julia os acompanhou.

— E o sr. Yates, presumo, não deve estar muito longe.

— Sr. Yates! Que nada! Não temos notícias do sr. Yates. Não creio que ele se inclua muito nas cartas para Mansfield Park, concorda, srta. Price? Acredito que minha amiga Julia sabe demais das coisas para manter correspondência com o pai sobre o sr. Yates.

— Pobre sr. Rushworth e suas quarenta e duas falas! — continuou Crawford. — Ninguém jamais as esquecerá. Pobre sujeito! Parece que o vejo agora, a labuta e o desespero dele. Bem, estarei muito enganado se sua linda Maria algum dia desejar ouvi-lo recitar aquelas falas — e acrescentou com momentânea seriedade —, ela é boa demais para ele, muito boa. — Então mudou mais uma vez o tom e dirigiu-se a Fanny com delicada galanteria: — Você era a melhor amiga do sr. Rushworth. A bondade e a paciência com que o tratava nunca poderão ser esquecidas, a infatigável paciência em tentar fazê-lo decorar o papel, em tentar dar-lhe o cérebro que lhe negou a natureza, em incorporar nele uma inteligência recorrendo à que você tem de sobra. *Ele* talvez não tenha compreensão o suficiente para apreciar a sua bondade, mas posso arriscar-me a dizer que mereceu o louvor de todos os demais do grupo.

Fanny corou e nada disse.

— Foi como um sonho, um delicioso sonho! — exclamou Crawford, ao retomar o tema após alguns minutos de devaneio. — Hei de me lembrar sempre da nossa apresentação amadora com intenso prazer. Era tanto o interesse, a animação, a energia transmitida. Todos a captavam. Sentíamo-nos cheios de vida. Havia ocupação, esperança, solicitude, agitação a cada hora do dia. Sempre alguma pequena objeção, alguma pequena dúvida, alguma pequena ansiedade a superar. Nunca fui mais feliz.

Com silenciosa indignação, Fanny repetia para si mesma: "Nunca foi mais feliz! Nunca foi mais feliz como quando fazia o que deve muito bem saber que era injustificável! Nunca foi mais feliz do que quando se portava de modo tão desonroso e insensível! Oh, que mente corrompida!".

— Não tivemos sorte, srta. Price — ele continuou em um tom mais baixo, para evitar a possibilidade de ser ouvido por Edmund e totalmente alheio aos sentimentos dela —, com toda certeza tivemos muita falta de sorte. Mais uma semana, apenas mais uma semana haveria bastado para nós. Acho que, se tivéssemos o poder de dispor dos acontecimentos, se Mansfield Park tivesse o poder de governar os ventos apenas por uma ou duas semanas em torno do equinócio, tudo teria sido diferente. Não que desejássemos arriscar a segurança dele com algum tempo tremendo, mas apenas com um vento contrário constante ou uma calmaria. Acho, srta. Price, que nos contentaríamos com uma semana de calmaria no Atlântico naquela estação.

Ele parecia determinado a obter uma resposta, e Fanny, desviando o rosto, disse com um tom mais firme que o habitual:

— Pelo que me diz respeito, senhor, eu não teria retardado o retorno dele nem por um dia. Meu tio desaprovou tanto tudo aquilo quando chegou que, em minha opinião, tudo tinha ido longe demais.

Nunca falara tanto de uma só vez com ele antes na vida e nunca tão furiosa com alguém, e quando terminou tremia e se ruborizava da própria ousadia. Henry surpreendeu-se, mas depois de observá-la em silêncio por um instante respondeu em um tom mais calmo e sério, como em consequência de uma sincera convicção:

— Creio que tem razão. Foi mais agradável que prudente. Começávamos a ficar alvoroçados demais.

Então mudou de assunto, com a intenção de envolvê-la em outro tema, mas Fanny dava-lhe respostas tão tímidas e relutantes que ele não conseguiu avançar em nenhum.

Mary Crawford, que lançara repetidos olhares ao dr. Grant e Edmund, observou então:

— Aqueles cavalheiros devem ter alguma questão muito interessante para conversar.

— A mais interessante do mundo — respondeu o irmão —, como ganhar dinheiro, como tornar ainda melhor uma boa renda. O dr. Grant está dando ao sr. Bertram instruções sobre os meios de subsistência da profissão que ele muito em breve iniciará. Soube que vai ordenar-se em algumas semanas. Falavam sobre isso na sala de jantar. Alegra-me saber que Bertram vai ficar muito bem de vida. Terá uma bela renda para gastar à vontade, sem grande esforço. Entendi que não receberá menos de setecentas libras por ano. É um excelente ganho para um irmão mais moço. Como decerto ele continuará a viver em Mansfield Park, a destinar a renda total aos seus prazeres da gastronomia, um sermão no Natal e outro na Páscoa, suponho, serão a soma total de sacrifícios.

A irmã tentou tratar os próprios sentimentos com pouca importância, dizendo:

— Nada me diverte mais que ver a tranquilidade com que todos estipulam a riqueza dos que têm muito menos que eles próprios. Você ficaria em situação muito confusa, Henry, se tivesse de limitar os prazeres da gastronomia a setecentas libras por ano.

— Talvez ficasse, mas você sabe que tudo isso é muito relativo. São o direito de primogenitura e os hábitos que estipulam o que se ganha. Bertram vai ficar muito bem de vida para um caçula mesmo da família de um baronete. Quando tiver vinte e quatro ou vinte e cinco anos receberá setecentas libras, e nada precisará fazer para isso.

A srta. Crawford talvez sentisse vontade de dizer que devia haver alguma coisa a fazer e sofrer por isso, na qual não podia pensar sem inquietação, mas se conteve e deixou-a passar. Tentou parecer calma e desinteressada quando os dois cavalheiros logo depois se juntaram a eles.

— Bertram — disse Henry Crawford —, farei questão de vir a Mansfield para ouvir seu primeiro sermão. Venho de propósito, para incentivar um jovem iniciante. Quando vai ser? Srta. Price, não quer unir-se a mim no encorajamento ao seu primo? Não vai empenhar-se a ouvi-lo pregar com os olhos fixos nele o tempo todo, como o farei, para não perder uma única palavra, ou desviar o olhar apenas para anotar alguma frase de destacada beleza? Com certeza, vamos munir-nos de blocos e lápis. Quando será? Você sabe que deve pregar em Mansfield, para que *Sir* Thomas e *Lady* Bertram possam ouvi-lo.

— Hei de afastar-me de você, Crawford, o máximo que puder — respondeu Edmund —, pois é mais provável que consiga desconcertar-me e eu lamentaria mais que você o fizesse do que qualquer outro homem.

"Será que isso não o sensibiliza?", pensou Fanny. "Não, ele não sente nada como deveria."

Como todos os convivas agora se achavam reunidos e os principais falantes se atraíram uns aos outros, Fanny permaneceu tranquila; e quando se organizou depois do chá uma mesa de uíste, formada na verdade para a diversão do dr. Grant pela atenciosa esposa, embora não conviesse dá-lo a perceber aos demais, e Mary Crawford sentou-se diante da harpa, só restou à jovem convidada ouvi-la, e aquela tranquilidade continuou sem ser perturbada o resto da noite, a não ser quando o sr. Crawford de vez em quando lhe dirigia uma pergunta ou uma observação, a qual ela não podia deixar de responder. Mary Crawford ficara demasiadamente aflita com o que se passara para seu humor adaptar-se a qualquer outra coisa que não a música. Com ela, consolava a si mesma e divertia a amiga.

A certeza de que tão em breve Edmund se ordenaria caíra sobre ela como um golpe que pairava em suspenso na ária, e Mary, insegura e distante, ainda esperava, com ressentimento e mortificação, que qualquer coisa o impedisse ou adiasse. Sentia-se muito furiosa com ele. Pensara que o havia influenciado mais. Começara a pensar nele, dava-se conta disso, com grande consideração, com quase decididas intenções, mas agora iria tratá-lo com a mesma frieza de sentimentos. Via com clareza que Edmund não tinha intenções sérias, que não sentia verdadeiro apego, do contrário não aceitaria uma situação à qual, como deveria ele muito bem saber, ela nunca se submeteria. Precisava aprender a igualá-lo naquela indiferença. Dali em diante, aceitaria suas atenções sem qualquer outra ideia além da de divertir-se. Se ele podia controlar os afetos dessa forma, os dela não poderiam causar nenhum dano a si mesma.

CAPÍTULO 24

Na manhã seguinte, Henry Crawford tomara a resoluta decisão de passar outros quinze dias em Mansfield e, após mandar buscar os caçadores e escrever algumas linhas de explicação ao almirante, olhou ao redor enquanto selava a carta. Não vendo mais ninguém da família ali, virou-se para a irmã com um sorriso e perguntou:

— Mary, como acha que vou divertir-me nos dias em que não for caçar? Estou ficando muito velho para sair mais de três vezes por semana, porém tenho um plano para os dias intermediários, e adivinhe qual é.

— Caminhar e passear a cavalo comigo, claro.

— Não exatamente, embora tenha muito prazer em ambas as atividades, mas isso seria exercício apenas para o corpo, e preciso cuidar da mente. Além disso, tais lazeres não passariam de um divertimento fácil, sem a salutar mistura de trabalho, e não gosto de comer o pão da ociosidade. Não, meu plano é fazer Fanny Price se apaixonar por mim.

— Fanny Price! Absurdo! Não, nem pensar. As primas dela já bastaram para satisfazê-lo.

— Mas não posso satisfazer-me sem Fanny Price, sem abrir uma pequena brecha em seu coração. Parece que você ainda não se deu conta de todas as admiráveis qualidades dela. Quando falamos de Fanny ontem à noite, nenhum de vocês parecia sensível à esplêndida mudança que se realizou na aparência da jovem nessas últimas seis semanas. Talvez porque a vejam todos os dias não tenham percebido, mas, garanto, trata-se de uma pessoa bastante diferente da que era no outono passado. Não passava então de uma menina calada, recatada, não sem atrativos físicos, claro, mas agora se tornou uma moça muitíssimo bonita. Eu achava que ela não tinha compleição esbelta nem possuía uma fisionomia expressiva, porém, naquela pele macia, que enrubesce com tanta frequência como ontem, vejo decisiva beleza; e, pelo que lhe observei nos olhos e na boca, não perco a esperança de serem bastante expressivos quando ela tiver algo a manifestar. E também a postura, os modos, o conjunto todo aperfeiçoou-se de forma indescritível! Deve ter crescido pelo menos cinco centímetros desde outubro.

— Que conversa fiada! Diz isso apenas porque não havia nenhuma mulher alta para comparar com ela, porque usava um vestido novo e você nunca a vira antes tão bem-arrumada. Ela continua do mesmo jeito que estava em outubro, acredite em mim. A verdade é que era a única moça no grupo para você notar, e você sempre precisa ter alguém. Eu sempre a achei bonita, não de uma beleza estonteante, mas "muito bonita", como se diz; uma espécie de beleza que nos marca. Os olhos poderiam ser um pouco mais escuros, porém ela tem o sorriso muito meigo. Quanto a esse admirável grau de melhoria, sei que se deve a um vestido mais elegante e de você não ter mais ninguém para olhar, portanto, se pretende iniciar um flerte com ela, jamais me convencerá de que é em louvor à beleza de Fanny nem em consequência de algum sentimento além de ociosidade e insensatez.

O irmão só sorriu diante dessa acusação e logo depois disse:

— Eu mesmo ainda não sei bem o que concluir da srta. Fanny. Não a compreendo. Não saberia dizer o que ela pretendia ontem à noite. Que personalidade tem? Ela é solene? Sensível? Pudica? Por que se retraiu e me olhou tão séria? Mal consegui fazê-la falar. Nunca na vida havia passado tanto tempo em companhia de uma moça tentando entretê-la, e tendo-me saído tão mal! Jamais conheci nenhuma que me olhasse com tanta severidade! Preciso tirar o melhor partido disso. Aquele olhar me diz: "Não gosto de você e estou decidida a não gostar", e eu afirmo o contrário.

— Seu tolo presunçoso! Então consiste nisso a atração por Fanny, afinal? Já entendi, é o fato de ela não dar a mínima para você que a faz ter uma pele tão macia, torna-a tão mais alta, e gera todos os encantos e as graças! Só desejo mesmo que não a faça infeliz, um pouquinho de amor talvez a anime e lhe faça bem, mas não deixarei que a faça sofrer profundamente, pois é a melhor jovem que conheci e também muito sensível.

— Não serão mais que quinze dias — afirmou Henry — e, se esse período pode fazê-la morrer de amor, deve ter uma constituição tal que nada poderá salvá-la. Não, não lhe farei mal algum, queridinha! Quero só que ela me olhe com mais amabilidade, me dê sorrisos e enrubesça, guarde uma cadeira ao seu lado para mim onde quer que estivermos e se mostre toda animada ao me ver ocupá-la e conversar com ela, pense como eu penso, se interesse por todos os meus bens e prazeres. Tente convencer-me a ficar mais tempo em Mansfield e, quando eu for embora, sinta que nunca mais poderá ser feliz. Nada mais desejo.

— A própria modéstia! — ironizou Mary. — Não posso ter escrúpulos agora. Bem, não lhe faltarão oportunidades para recomendar a si mesmo, pois ela e eu nos reunimos quase sempre.

E, sem tentar outro protesto, deixou Fanny à mercê do seu destino, um destino que, não estivesse o coração da moça protegido de um modo que a srta. Crawford desconhecia, talvez fosse um pouco mais duro do que ela merecia, pois, embora sem dúvida existam algumas jovens de dezoito anos inconquistáveis (ou não se leria a respeito delas), que nunca se deixam persuadir a amar contra a vontade por maiores que sejam todas as pressões do talento, da atenção e da lisonja, não se pode julgar Fanny uma dessas, nem pensar que, com tanta ternura de temperamento e tanto gosto inato, ela teria escapado ilesa do galanteio (ainda que um assédio de apenas quinze dias) de um homem como Crawford, apesar de precisar superar a má opinião anterior que dele tinha, se já não tivesse o coração envolvido por outra pessoa. Com toda a segurança que o amor por outro e o desprezo por ele davam à tranquilidade de espírito de Fanny, atacada por Crawford, as contínuas atenções deste, contínuas, mas não importunas, que se adaptavam cada vez mais à delicadeza e sensibilidade da natureza dela, obrigaram-na logo a sentir menos aversão por ele do que a princípio. Não esquecera de forma alguma o passado e encarava-o como o mau-caráter de sempre, mas não podia negar-lhe os poderes de sedução. Era divertido e portava-se de maneira tão perfeita, tão delicada, tão séria e irrepreensivelmente delicada, que era impossível não lhe retribuir a amabilidade.

Poucos dias bastaram para Crawford consegui-lo; e, ao cabo desses poucos dias, surgiram circunstâncias que tenderam ainda mais a promover-lhe as intenções de agradar a ela, visto terem proporcionado tal grau de felicidade a Fanny que a tornou disposta a ser gentil com todos os demais. William, o irmão a quem amava com tanta ternura, e que se ausentara por tanto tempo, estava de novo na Inglaterra. Ela própria recebera dele uma carta, algumas felizes linhas apressadas, escritas quando o navio chegou ao Canal, e enviadas a Portsmouth no primeiro barco que deixou o *Antwerp*, ancorado em Spithead. Quando Crawford aproximou-se com o jornal na mão, na esperança de que fosse o primeiro a trazer-lhe a feliz notícia, encontrou-a trêmula de alegria, debruçada sobre a carta, ao ouvir, com uma expressão radiante, grata, o amável convite que o tio muito sereno ditava em resposta.

Fora apenas no dia anterior que Crawford se inteirara do assunto, ou de fato tomara conhecimento de que Fanny tinha um irmão que se encontrava naquele navio. Mas o interesse então despertado o deixara muito animado, como convinha, e determinado, quando retornasse à capital, a pedir informações sobre o provável período em que o *Antwerp* regressaria do Mediterrâneo, etc. E a boa sorte que o aguardava na manhã seguinte, ao ler logo cedo as notícias navais, parecia ser a recompensa da sua engenhosidade em procurar tal método para agradar a ela, além da atenção respeitosa prestada ao almirante, por haver lido durante tantos anos o jornal tido como o que divulgava as mais recentes informações navais. Ele verificou, porém, que chegara tarde demais. Todas aquelas deliciosas reações iniciais que tivera a esperança de provocar já haviam sido proporcionadas. Mas Fanny reconheceu-lhe com gratidão, muita gratidão e cordialidade, a intenção, a amabilidade da intenção, pois ela se viu elevada acima da habitual timidez pela efusão do amor por William.

O querido irmão muito em breve se encontraria entre eles. Não tinha a menor dúvida de que ele logo obteria licença para se ausentar, pois ainda não passava de aspirante da marinha; e como os pais, que moravam em

Portsmouth, já deviam tê-lo visto e talvez o vissem diariamente, ele teria, com justiça e sem demora, de passar as férias imediatas junto da irmã, que fora sua melhor correspondente durante sete anos, e do tio, que fizera o máximo para seu sustento e avanço. De fato, não tardou a vir a resposta à carta dela, marcando uma data muito próxima para a chegada de William, e mal se haviam passado dez dias desde que Fanny sofrera aquela agitação da primeira visita para o jantar no presbitério, quando se viu em uma agitação maior, a vigiar o vestíbulo, o corredor, as escadas, atenta ao primeiro ruído da carruagem que lhe traria o irmão.

Por sorte, William chegou enquanto ela assim o esperava. Por não haver cerimônia nem receio que retardasse o momento do encontro, ela foi recebê-lo, e os dois entraram juntos; os primeiros minutos de intensa emoção não tiveram interrupção nem testemunha, a não ser que se pudesse chamar assim os criados atarefados em abrir as portas. Era isso que vinham planejando *Sir* Thomas e Edmund, individualmente, como cada um provou ao outro pela presteza com que ambos aconselharam a sra. Norris a permanecer onde se encontrava, em vez de correr para o vestíbulo logo que ouviram os ruídos da chegada.

William e Fanny logo apareceram, e *Sir* Thomas teve o prazer de receber, como seu protegido, uma pessoa muito diferente, decerto, da que ele equipara sete anos antes: um rapaz de rosto aberto, simpático e de maneiras francas, espontâneas, mas sensíveis e respeitosas, como as que lhe confirmou o amigo.

Passou-se um longo tempo até Fanny conseguir recuperar-se da agitada alegria daquela hora, formada pelos trinta últimos minutos de expectativa e os primeiros trinta minutos de prazer que se seguiram; levou algum tempo até se poder dizer que aquela alegria a fez sentir-se feliz, depois que se desfizera o inseparável desapontamento da alteração que o tempo causa no aspecto físico, e ela conseguiu ver no irmão o mesmo William de antes e falar com ele como seu coração ansiava por fazer havia mais de um ano. Esse momento, porém, foi de fato chegando aos poucos, incentivado pela afeição da parte dele e pela ternura da parte dela, e muito menos tolhido por refinamento social ou falta de autoconfiança. No dia seguinte, passeavam juntos com verdadeira alegria; e cada dia sucessivo renovava o *tête-à-tête*, o qual *Sir* Thomas podia observar apenas com satisfação, mesmo antes de Edmund indicá-lo ao pai.

Com exceção dos momentos de inebriante prazer que lhe havia causado qualquer ocorrência intencional ou inesperada de consideração de Edmund por ela nos últimos meses, Fanny jamais conhecera tanta felicidade na vida como nessas conversas sem temores, desinibidas, de igual para igual, com o irmão e amigo, que abria o coração, falava sobre todas as esperanças e todos os receios, planos e as preocupações relacionadas à bênção dessa tão sonhada promoção, tão custosamente merecida e valorizada, que lhe podia dar notícias diretas e minuciosas sobre o pai, a mãe, os irmãos e as irmãs, dos quais raras vezes ela ouvia falar, que se interessava por todos os confortos e as pequenas adversidades dela no novo lar, em Mansfield, pronto a mostrar-se de acordo ao considerar cada membro da família segundo a opinião que a irmã expressava, ou discordar apenas de uma opinião menos ponderada, mais ruidosa e ofensiva, à tia Norris, e com quem podia, talvez a mais cara satisfação de todas, falar repetidas vezes sobre todo o mal e bem dos primeiros anos juntos e reconstituir o sofrimento e a alegria anteriores de ambos, com a mais afetuosa lembrança. Que vantagem essa, fortalecida pelo amor, diante da qual o laço fraterno tem primazia sobre o conjugal. Os filhos da mesma família, do mesmo sangue, com as mesmas primeiras associações e hábitos, têm certos meios de satisfação mútua em seu poder, que nenhuma união posterior pode proporcionar; e, para que sobrevivam inteiramente esses preciosos remanescentes dos primeiros afetos, precisa haver uma separação longa e forçada, um divórcio, que nenhum relacionamento posterior consegue justificar. Com demasiada frequência, assim ocorre. O amor fraternal às vezes quase tudo é, em outras, pior que nada. Mas, com William e Fanny Price, tratava-se de um sentimento que continuava em toda a plenitude e todo frescor, ileso de qualquer oposição de interesses, não arrefecido por nenhum outro afeto, que a influência do tempo e da distância só contribuiu para aumentar.

Tão amistosa afeição elevava ambos na opinião de todos os que tinham coração para valorizar algo de bom. Henry Crawford ficou mais impressionado que todos os demais. Apreciava a afetuosa e sincera ternura do jovem marinheiro e chegou a dizer, com a mão estendida em direção à cabeça de Fanny:

— Sabe, já começo a gostar dessa moda estranha, embora eu não acreditasse, ao ouvir pela primeira vez, que se faziam semelhantes coisas na Inglaterra. Então, quando a sra. Brown e outras mulheres de comissários em Gibraltar apareceram com esses enfeites, pensei que tivessem enlouquecido, mas Fanny consegue reconciliar-me com qualquer coisa.

E ele viu, com animada admiração, o rubor das faces, o brilho dos olhos de Fanny, o profundo interesse e a atenção concentrada com que ouvia o irmão descrever qualquer dos perigos iminentes ou cenas atemorizantes que costumam ocorrer durante tão longo período em alto-mar.

Era uma imagem que Henry Crawford tinha suficiente gosto moral para apreciar. Os encantos de Fanny aumentaram, aumentaram até se duplicar, pois a sensibilidade que lhe embelezava o tom da pele e iluminava o rosto já era um atrativo em si. Não duvidava mais dos poderes do coração dela. Tinha capacidade de sentimento, verdadeiro sentimento. Valeria a pena ser amado por uma jovem como aquela, despertar os primeiros ardores daquela mente ingênua e sem experiência! Ela lhe interessava mais do que ele previra. Quinze dias não bastariam. Sua estada tornou-se indefinida.

William era muitas vezes convidado pelo tio Bertram para conversar. Embora os relatos dele fossem divertidos para *Sir* Thomas, o principal objetivo do tio em procurá-lo era compreender o narrador, conhecer o rapaz pelas suas histórias; e ouvia os claros, simples e espirituosos detalhes com plena satisfação, vendo neles a prova de bons princípios, conhecimento profissional, energia, coragem e animação, tudo, enfim, que merecia ou prometia ser bom. Apesar de tão jovem, William já vira muito. Estivera no Mediterrâneo, nas Antilhas, mais uma vez no Mediterrâneo, fora muitas vezes desembarcado em terra por favor do capitão e, no período de sete anos, conhecera toda a variedade de perigos que o mar e a guerra juntos tinham a oferecer. Com tantos recursos em seu poder, cabia-lhe o direito de que o ouvissem. Embora a sra. Norris se remexesse pela sala e perturbasse todos à procura de dois carretéis de linha ou o botão de uma camisa de segunda mão, no meio do relato do sobrinho sobre um naufrágio ou um combate, todos os demais prestavam atenção. Até *Lady* Bertram não conseguia ouvir tais horrores impassível e às vezes sem erguer os olhos do trabalho para exclamar:

— Ai, meu Deus! Que desagradável! Como pode alguém querer ir para o mar?

Em Henry Crawford os relatos causavam diferente sentimento. Ansiava por ter partido em viagem por mar, visto, feito e sofrido o mesmo. Tinha o coração ardente, a imaginação exaltada, e sentia o maior respeito por um rapaz que, antes dos vinte anos, passara por tantas provações físicas e dera tais provas de consciência. A glória de heroísmo, de utilidade, de esforço, de resistência, fazia seus hábitos de prazeres egoístas se revelarem em vergonhoso contraste, e ele desejou ser um William Price, que se distinguia e progredia pelo próprio esforço rumo à fortuna e importância com tanto amor-próprio e ardor satisfeito, em vez de ser o que ele era!

O desejo revelou-se mais impulsivo do que duradouro. Alguma pergunta de Edmund sobre os planos para a caçada do dia seguinte despertou-o daquele devaneio causado por retrospecção e tristeza; e Henry reconheceu de imediato que era muito bom ser um homem rico, com cavalos e cavalariços sob seu comando. Em certo sentido foi melhor assim, pois lhe deu os meios de conceder favores a quem ele desejava que se sentisse grato. Com vigor, coragem e curiosidade por tudo, William manifestou vontade de caçar, e Crawford pôde oferecer-lhe montaria sem o menor inconveniente para si mesmo, após precisar apenas remover alguns escrúpulos de *Sir* Thomas, que sabia melhor que o sobrinho o valor de tal empréstimo, e alguns receios de Fanny. Ela temia por William, pois de modo algum se convencera, apesar de todos os relatos do irmão sobre sua equitação em vários países, das escaladas em terrenos íngremes das quais participara, dos cavalos e das mulas bravios que montara ou das muitas escapadas por um triz de quedas assustadoras, de que ele fosse capaz de dominar um robusto cavalo numa caçada inglesa de raposas. Nem depois de vê-lo voltar são e salvo, sem acidente nem descrédito, Fanny conseguiu conformar-se com o risco, ou sentir pelo sr. Crawford aquela gratidão que ele tanto pretendera que ela demonstrasse por ter emprestado o cavalo. Quando, porém, se constatou que a caçada nenhum dano causara a William, ela reconheceu que fora uma amabilidade, e até recompensou o dono com um sorriso, quando mais uma vez ele ofereceu o animal para que o irmão tornasse a usá-lo; e no minuto seguinte, com a maior cordialidade e de um modo irresistível, renovou a oferta para uso exclusivo do rapaz, enquanto ele permanecesse em Northamptonshire.

CAPÍTULO 25

Nesse período, a relação das duas famílias estava mais próxima de se estabelecer ao que fora no outono do que qualquer membro da antiga intimidade teria suposto ser possível. A volta de Henry Crawford e a chegada de William Price tiveram muito a ver com a nova situação, contudo muito mais ainda se devia à maior tolerância de *Sir* Thomas quanto às tentativas de aproximação feitas pelos vizinhos do presbitério. Com a mente agora livre das preocupações que a princípio o haviam pressionado, sentia-se mais disposto a achar que valia a pena de fato visitar os Grant e os jovens parentes que moravam com o casal; e embora infinitamente acima de planejar ou conceber o mais vantajoso compromisso matrimonial existente entre as aparentes possibilidades de alguém que lhe era muito caro, além de desdenhar como inferior sua perspicácia em tais questões, não deixava de perceber, em linhas gerais e imprecisas, que o sr. Crawford, de certo modo, tinha especial consideração pela sobrinha — nem podia deixar, embora inconscientemente, de consentir com os convites.

Sua presteza, porém, em concordar em jantar no presbitério, quando se arriscou afinal o convite geral, depois de muitos debates e dúvidas sobre se valeria a pena, "porque *Sir* Thomas parecia tão avesso a essas reuniões sociais e *Lady* Bertram era tão indolente!", resultou apenas de boa educação e boa vontade, e nada teve a ver com o sr. Crawford, pois foi durante essa própria visita que lhe ocorreu, pela primeira vez, que qualquer pessoa habituada a essas ociosas observações teria achado que o sr. Crawford era admirador de Fanny Price.

A reunião em geral lhe pareceu agradável, pois se compunha em boa proporção dos que gostavam de falar e dos que gostavam de ouvir. O próprio jantar, elegante e farto, revelou-se de acordo com o estilo habitual dos Grant, e comum aos hábitos de todos, para suscitar qualquer reação, com exceção, decerto, na sra. Norris, que nunca encarava a mesa larga nem o número de pratos servidos com paciência, além de sempre imaginar sentir algum mau agouro na passagem dos criados atrás da sua cadeira e expressar alguma nova convicção na impossibilidade de que, em meio a tantos pratos, alguns não ficassem frios.

À noite, foi combinado, de acordo com a determinação prévia da sra. Grant e da irmã, que, depois de formadas as duplas na mesa de uíste, restariam pessoas suficientes para um jogo individual de cartas. Após todos concordarem, sem opção, como em geral ocorre nessas ocasiões, decidiu-se, quase com a mesma rapidez, que jogariam especulação,[9] em que vence o participante que exibe a combinação de cartas mais alta da rodada. E *Lady* Bertram logo se viu na crítica situação de ter de escolher entre os dois jogos. Hesitou. Por sorte o marido estava perto.

— Que devo fazer, *Sir* Thomas? Uíste ou especulação? Qual dos dois me divertirá mais?

Sir Thomas, após uma breve reflexão, recomendou especulação. Ele próprio jogaria uíste e talvez não achasse muito divertido tê-la como parceira.

— Muito bem — foi a resignada resposta da esposa —, então, sra. Grant, que seja especulação. Não entendo nada disso, mas Fanny pode ensinar-me.

Ao ouvi-la, porém, Fanny interpôs-se com ansiosos protestos de igual ignorância. Não conhecia o jogo e jamais vira alguém jogar; *Lady* Bertram sentiu mais uma vez uma indecisão momentânea, mas após todos a tranquilizarem, dizendo que nada seria mais fácil, pois, dos jogos de cartas, era o mais simples, Henry Crawford logo se adiantou com um pedido muito sério para que lhe permitissem sentar-se entre ela e a srta. Price, a fim de ensinar as duas. Depois de *Sir* Thomas, a sra. Norris, o dr. e a sra. Grant se sentarem à mesa de uíste, de superior categoria e dignidade intelectual, os seis restantes, sob a direção de Mary Crawford, acomodaram-se ao redor da outra. Revelou-se um excelente arranjo para Henry Crawford, ao lado de Fanny e com as mãos muito atarefadas a manejar as cartas de duas jogadoras, além das suas, pois, além de ser impossível Fanny em três minutos sentir-se senhora das regras do jogo, ele ainda precisava inspirar-lhe as jogadas, aguçar a cobiça e endurecer o coração, o qual, sobretudo em qualquer competição com William, consistia em um trabalho meio difícil; quanto a *Lady* Bertram, ele seria o responsável por todo o jogo e pela sorte da senhora durante a noite inteira; e, ainda que rápido o bastante para impedir-lhe precisar olhar as cartas no início da partida, precisava orientá-la nos descartes até o fim.

Sentia-se de excelente humor, fazia tudo com feliz desenvoltura, mostrava-se superior em ocasiões oportunas, tinha recursos rápidos e divertida impudência que honravam o jogo; e a informalidade da mesa de especulação criava em tudo um contraste muito acentuado com a constante sobriedade, tranquilidade e o silêncio da outra.

---

[9] Especulação é o nome de um jogo de cartas bastante popular no século XIX. (N.E.)

Por duas vezes, *Sir* Thomas quis saber sobre o sucesso e o divertimento de sua esposa, mas em vão, pois nenhum intervalo era longo o suficiente para o tempo que lhe exigiam as maneiras comedidas, e muito pouco a par ficou da situação dela até que a sra. Grant, ao final da primeira partida, conseguiu aproximar-se e entretê-la.

— Espero que a senhora esteja satisfeita com o jogo.

— Ah, querida, sim! É muito divertido, de fato. Um jogo muito estranho. Não entendo nada dele. Nunca preciso ver minhas cartas, o sr. Crawford faz todo o resto.

— Bertram — disse Crawford um pouco depois, aproveitando um pequeno esmorecimento no jogo —, não cheguei a lhe contar o que me aconteceu ontem, quando eu voltava para casa. — Os dois haviam caçado juntos e se achavam no meio de um bom galope a certa distância de Mansfield, quando, ao descobrir que o cavalo perdera uma ferradura, Henry fora obrigado a desistir e voltar para trás o melhor que pôde. — Já lhe disse que me perdi no caminho ao passar por aquela antiga fazenda com grandes arbustos, pois sou avesso a perguntar, mas não lhe contei que, com a minha sorte habitual, pois nunca cometo um erro sem ganhar algo em troca, descobri-me no devido lugar que tinha curiosidade de ver. Encontrei-me de repente, ao virar em uma curva de um íngreme campo gramado, no meio de um vilarejo isolado, entre colinas de suave inclinação, com um córrego raso diante de mim e uma igreja que me pareceu surpreendentemente grande e bonita para o lugar. Não encontrei sequer uma casa senhorial nem metade de uma que servisse de moradia a um cavalheiro, a não ser uma que suponho tratar-se do presbitério, a curta distância da colina e da igreja. Em suma, encontrava-me em Thornton Lacey.

— Parece — assentiu Edmund —, mas que caminho tomou ao passar pela fazenda de Sewell?

— Não respondo a uma questão tão fora de propósito e tão insidiosa como essa; porque, mesmo que eu respondesse a todas as perguntas que me quisesse fazer durante uma hora, você nunca me poderia provar que aquele lugar não era Thornton Lacey, pois tenho certeza de que era.

— Então perguntou?

— Não, nunca pergunto. Mas disse a um homem que consertava uma cerca que ali era Thornton Lacey, e ele concordou.

— Você tem boa memória. Não me lembrava de lhe ter dito tanto sobre o lugar.

Thornton Lacey era o nome da paróquia que daria os meios de vida dele, como bem o sabia a srta. Crawford, cujo interesse na negociação de um valete com William Price aumentou.

— Bem — continuou Edmund —, e que achou do que viu?

— Gostei muito, de fato. Você é um sujeito felizardo. Haverá trabalho para no mínimo cinco verões antes de o lugar se tornar habitável.

— Não, não, não tanto assim. Concordo que se deva mudar o curral de lugar. Mas, além disso, não sei de mais nada. A casa de modo algum é inabitável, e quando se transferir o curral terá um acesso muito razoável.

— O curral deve ser removido, e o lugar, inteiramente plantado para ocultar a vista da oficina do ferreiro. A casa deve ser virada para o leste em vez de se voltar para o oeste; isto é, a entrada e os quartos principais devem ficar voltados para o nascente, onde a vista é realmente magnífica. Creio que isso pode ser feito. E, no lugar em que está o jardim, deve ser feito o pátio de entrada. Na parte que agora fica nos fundos da casa, você pode fazer um novo jardim, em declive para o sudoeste, o que o tornará maravilhoso. O terreno parece que foi formado exatamente para isso. Subi cinquenta metros no caminho entre a igreja e a casa, a fim de olhar ao redor; e assim pude ver como poderia ficar tudo. Não há nada mais fácil. Os campos para além do que vai ser o jardim, bem como a parte onde ele agora está, estendendo-se do ponto onde eu me encontrava para o nordeste, isto é, até a estrada principal que atravessa a vila, devem ser completamente aplainados, é claro; lindos campos aqueles, entremeados de árvores. Pertencem ao presbitério, suponho; do contrário você deveria comprá-los. E então o riacho, é preciso fazer qualquer coisa com ele; mas ainda não resolvi definitivamente o que será. Tive duas ou três ideias.

— Também tenho algumas ideias — disse Edmund —, e uma delas é que porei em prática muito pouco do seu plano para Thornton Lacey. Devo contentar-me com menos decoração e beleza. Acredito que se deve tornar a casa e a propriedade confortáveis e deixá-las conforme deve ser a residência de um cavalheiro sem qualquer grande despesa, o que me basta, e espero que baste para todos os que se preocupam comigo.

A srta. Crawford, um pouco desconfiada e ressentida por certo tom de voz e certo olhar de esguelha que acompanharam a última expressão da esperança dele, apressou-se a concluir as negociações com William Price e, após arrematar o valete do rapaz a um preço exorbitante, exclamou:

— Pronto, vou apostar meu último trunfo, como uma mulher destemida. Nada de prudência receosa para mim. Não nasci para ficar parada e nada fazer. Se eu perder a partida, não será por não ter lutado por ela.

Ela ganhou a jogada, embora não lhe pagasse o que descartara para vencer. Distribuíram novas cartas e Crawford recomeçou a falar de Thornton Lacey.

— Talvez meu plano não seja o melhor possível, pois não levei muitos minutos para formá-lo, mas você pode fazer grandes obras. O lugar as merece, e muito menos do que tem condição de fazer não o deixará satisfeito. — E, virando-se para *Lady* Bertram: — Desculpe, mas a senhora não deve ver suas cartas. Assim, deixe-as viradas para baixo diante da senhora. Bertram, o lugar merece. Você fala em dar-lhe o aspecto da residência de um cavalheiro. Para isso, basta a remoção do curral, pois independentemente daquele horrível estorvo, nunca vi uma casa que tivesse tanto ar de uma residência senhorial, a aparência tão distinta de qualquer coisa acima de uma simples casa paroquial, acima da despesa de algumas centenas por ano. Não se trata de uma aglomeração desordenada de moradias individuais baixas, com mais telhados que janelas, não a construíram espremida naquela forma compacta vulgar de uma casa quadrada de fazenda, é uma casa de paredes sólidas, espaçosa, com a aparência semelhante à de uma mansão, onde se imaginaria que morara uma antiga e respeitável família geração após geração, durante dois séculos no mínimo.

Mary Crawford ouviu e Edmund concordou.

— O ar de residência de um cavalheiro, portanto, pode ser obtido sem esforço. Contudo, ela se presta a muito mais — Crawford interrompeu-se e retornou ao jogo: — Deixe-me ver, Mary. *Lady* Bertram aposta doze naquela dama, não, não, é mais do que ela vale. Ela não aposta doze. Ela passa. Continuem, continuem. — Tornou a falar da casa: — Com algumas melhorias, como as que sugeri (de fato não é minha intenção exigir que você aceite meu plano, embora eu tenha certeza de que ninguém faria outro melhor), talvez possa dar-lhe um aspecto mais elevado. Elevá-la a um lugar imponente. De uma simples residência senhorial, ela se transformaria, com melhoria criteriosa, na mansão de um homem educado, de bom gosto, ideias modernas e boas relações. Pode-se imprimir tudo isso na casa, que talvez adquira tão grande imponência que qualquer um que passe pela estrada vai considerar o dono o maior proprietário de terras da paróquia, sobretudo por ali não existir nenhuma verdadeira mansão nobre concorrente. Cá entre nós, eis uma circunstância que aumenta o valor de tal situação quanto ao privilégio e à independência acima de todos os cálculos. Concorda comigo, não? — perguntou em voz mais baixa ao dirigir-se a Fanny. — Já viu o lugar alguma vez?

Fanny respondeu com uma rápida negativa e tentou ocultar o interesse pelo assunto com intensa atenção ao irmão, que lhe propunha uma difícil troca, pressionando-a o máximo possível. Mas Crawford interferiu:

— Não, não, não deve desfazer-se da dama. Comprou-a muito caro e seu irmão não oferece nem a metade do valor dela. Não, não, senhor, tire as mãos, tire as mãos. Sua irmã não se desfaz da dama. Está bastante decidida. — E tornou a virar-se para ela: — Fanny, você vai ganhar a rodada, com toda certeza.

— E Fanny preferiria que William ganhasse! — disse Edmund, sorrindo para ela. — Pobre Fanny! Não lhe permitem que engane a si mesma como gostaria!

— Sr. Bertram — disse a srta. Crawford minutos depois —, sabe que Henry é muito hábil nesse tipo de reforma, acredito ser impossível o senhor fazer qualquer coisa desse tipo em Thornton Lacey sem aceitar a ajuda dele. Pense só em como foi útil em Sotherton! Lembre-se apenas das grandes coisas que ali se realizaram, depois que todos visitamos o lugar em um dia quente de agosto a examinar o terreno, e veja como se inflamou o gênio do meu irmão. Lá fomos e de lá voltamos, e é inenarrável o que se fez!

Fanny desviou os olhos para Crawford por um instante com uma expressão mais que séria, até acusatória, mas, ao captar os dele, logo desviou o olhar. Com um quê de inibição, Henry fez que não com a cabeça para a irmã e respondeu rindo:

— Não posso dizer que fiz muito em Sotherton, mas também em um dia tão quente e nós correndo desnorteados atrás uns dos outros... — E assim que um murmúrio geral acobertou-o, acrescentou em voz baixa dirigida apenas a Fanny: — Ficaria muito triste se julgassem minha capacidade para planejar por aquele dia em Sotherton. Agora vejo tudo de forma muito diferente. Não pense em mim pelo modo como me mostrei naquele dia.

Sotherton era uma palavra que atraía os ouvidos da sra. Norris, e como nesse exato momento desfrutava uma feliz pausa que se seguiu a uma rodada casual vencida pela jogada essencial de *Sir* Thomas em seguida à dela, contra as excelentes mãos do casal Grant, a tia exclamou, de excelente bom humor:

— Sotherton! Sim, que lugar aquele! De fato, passamos um dia encantador lá! William, que falta de sorte a sua, mas, na próxima vez que vier, espero que o sr. e a sra. Rushworth estejam em casa, pois tenho certeza de que será recebido com toda amabilidade por ambos. Suas primas não são do tipo de esquecer os parentes e o sr. Rushworth é um homem muito amável. Sabe que eles se encontram em Brighton agora, em uma das melhores casas dali, visto que a estupenda fortuna do sr. Rushworth dá-lhes tal direito? Não sei a distância exata, mas, quando você voltar para Portsmouth, se não for muito longe, poderia visitá-los e transmitir-lhes seus respeitos; e eu poderia enviar por você um pacote que desejo que seja entregue às suas primas.

— Teria muito prazer, tia, mas Brighton fica quase em Beachey Head; e, mesmo que eu pudesse ir até lá, não espero ser bem-vindo em uma casa tão elegante como aquela, pobre e inferior aspirante que sou.

A sra. Norris começava a assegurar a afabilidade que ele encontraria, quando *Sir* Thomas interrompeu-a com autoridade:

— Não o aconselho a ir a Brighton, William, pois creio que em breve terá oportunidade mais conveniente de se encontrarem. Minhas filhas, porém, terão prazer em ver os primos em qualquer lugar, e encontrará o sr. Rushworth muito disposto a respeitar todas as relações da nossa família como as dele próprio.

— Prefiro encontrá-lo como secretário particular do primeiro-lorde do Tesouro mais do que qualquer outra coisa — foi a única resposta de William, em um murmúrio, para não o ouvirem muito longe, e o assunto morreu aí.

Sir Thomas ainda não vira nada que lhe chamasse a atenção no comportamento do sr. Crawford. Mas, ao desfazer-se a mesa de uíste no fim da segunda partida, após deixar o dr. Grant e a sra. Norris discutindo sobre a última jogada, tornou-se um espectador na mesa do outro grupo e notou que a sobrinha era o objeto de atenções, ou melhor, de declarações de natureza um tanto incisiva.

Henry Crawford manifestava o primeiro ardor de um novo plano para Thornton Lacey e, como não se achava ao alcance do ouvido de Edmund, detalhava-o para a bela vizinha, com um olhar de considerável intensidade. O novo plano consistia em alugar a propriedade no inverno seguinte, para ter sua própria casa naquela vizinhança. Não seria apenas para usá-la na estação de caça, como lhe dizia, embora essa ideia tivesse com certeza algum peso na decisão, pois acreditava que, apesar de toda a grande generosidade do dr. Grant, era impossível tornar confortável para eles e para os cavalos o lugar em que estavam agora; mas a afeição por aquela vizinhança não se limitava a uma diversão nem a uma estação do ano. Passara a desejar ali um lugar onde pudesse vir a qualquer época, um pequeno refúgio e estábulo doméstico sob seu comando, onde pudesse passar todas as férias anuais, e lhe permitisse continuar, melhorar e aperfeiçoar aquela amizade e intimidade com a família de Mansfield Park, cujo valor para ele aumentava cada vez mais. *Sir* Thomas ouviu e não se sentiu ofendido. Não havia nenhuma falta de respeito nas declarações do rapaz, e Fanny as recebia com tanto decoro e recato, com tanta tranquilidade e tão pouco convidativa, que ele nada via para censurá-la. Ela pouco falava, apenas concordava de vez em quando, sem trair inclinação alguma a tomar para si qualquer parte do cumprimento nem a incentivar opiniões em favor de Northamptonshire. Ao perceber quem o observava, Henry Crawford dirigiu-se a *Sir* Thomas sobre o assunto, em um tom de voz mais moderado, porém com sentimento.

— Quero ser seu vizinho, *Sir* Thomas, como talvez o senhor me tenha ouvido dizer à srta. Price. Posso contar com sua aquiescência e a promessa de não influenciar seu filho contra tal inquilino?

Sir Thomas inclinou-se com cortesia e respondeu:

— É a única condição, senhor, em que eu não desejaria vê-lo estabelecido como vizinho permanente, pois espero e creio que Edmund ocupará sua própria casa em Thornton Lacey. Falo demais, Edmund?

O filho, diante dessa solicitação, teve primeiro de saber do que se tratava; mas, ao entender a pergunta, respondeu sem hesitação:

— Com certeza, senhor, penso apenas em residir ali. Mas, Crawford, embora eu o recuse como inquilino, poderá visitar-me como amigo. Considere a casa como se fosse metade sua em todos os invernos. Ampliaremos os estábulos conforme o seu próprio plano de reforma, com todas as melhorias que possam ocorrer-lhe durante a primavera.

— Seremos os perdedores — continuou *Sir* Thomas. — A mudança de Edmund, embora para uma distância de apenas treze quilômetros, será uma redução indesejável em nosso círculo familiar, mas me causaria profunda mortificação se algum filho meu se conformasse com menos. É muito natural que o senhor não tenha pensado mais a respeito, sr. Crawford. Uma paróquia, porém, tem necessidades e exigências que apenas um clérigo com residência permanente conhece e nenhum substituto tem condição de satisfazer na mesma medida. Edmund poderia, algumas vezes, fazer o dever em Thornton, isto é, ler as preces e pregar os sermões, sem sair de Mansfield Park; ir a cavalo todos os domingos a uma casa nominalmente desabitada e cumprir com todo o serviço divino, ser pastor em Thornton Lacey no sétimo dia de cada mês, por três ou quatro horas, se isso o contentasse. Mas não o contentará. Ele sabe que a natureza humana precisa de mais lições que apenas um sermão semanal pode transmitir, e, se não morar entre os paroquianos, e provar a si mesmo, pela constante atenção, ser seu benfeitor e amigo, muito pouco fará tanto pelo bem deles como pelo seu próprio.

O sr. Crawford curvou a cabeça, aquiescendo.

— Repito mais uma vez — acrescentou *Sir* Thomas — que Thornton Lacey é a única casa na vizinhança em que não me agradaria ver o sr. Crawford como ocupante.

O sr. Crawford agradeceu e curvou de novo a cabeça.

— *Sir* Thomas — disse Edmund — sem dúvida conhece bem o dever de um pastor paroquial. Devemos esperar que o filho possa provar que ele também o conhece.

Fosse qual fosse o efeito que a pequena pregação de *Sir* Thomas talvez produzisse no sr. Crawford, suscitou certas sensações desagradáveis em duas outras pessoas, as mais atentas ouvintes, a srta. Crawford e Fanny. Uma das quais, como nunca entendera que Thornton seria tão em breve e definitivamente a casa dele, pensava de olhos baixos o que seria não ver Edmund todos os dias; e a outra, ao ver-se arrancada das agradáveis fantasias em que se abandonara antes com a força da descrição do seu irmão, sem mais conseguir, na imagem que formara sobre o futuro de Thornton, excluir a igreja, anular o clérigo e ver apenas a residência respeitável, elegante, moderna e ocasional de um homem com riqueza independente, pensava em *Sir* Thomas com decidida má vontade, como o destruidor de tudo isso, e sofria ainda mais por causa daquela indulgência involuntária que a condição e os modos impunham ao tio e por não ousar desabafar com uma única tentativa de ridicularizar sua causa.

Todo o prazer do seu jogo especulativo se desfez então. Era hora de terminar com as cartas, se prevalecessem sermões, e se alegrou com a necessidade de acabar com o jogo e poder refrescar o espírito com uma mudança de lugar e de vizinho.

A maioria dos presentes agora se reunia de forma irregular em volta da lareira, à espera do fim da visita. William e Fanny eram os mais afastados do grupo. Permaneceram juntos na mesa de jogo, então deserta, a conversar muito à vontade e sem pensar nos demais, até alguns dos presentes começarem a pensar neles. Henry Crawford foi o primeiro a levar a cadeira para perto dos irmãos e sentou-se em silêncio, observando-os por alguns minutos, ele próprio observado por *Sir* Thomas, que conversava em pé com o dr. Grant.

— Hoje é a noite da reunião — disse William. — Se eu estivesse em Portsmouth, talvez comparecesse.

— Mas você não desejaria estar em Portsmouth, não é, William?

— Não, Fanny, claro que não. Terei muito tempo para ficar em Portsmouth e para dançar também quando não puder ter você ao meu lado. E não sei se aproveitaria muito indo à reunião, pois talvez não encontrasse um par. As moças de Portsmouth empinam o nariz para qualquer pessoa que não tenha patente militar. Um aspirante de marinha é o mesmo que nada. Nada mesmo. Lembra das Gregory? Tornaram-se umas moças muito bonitas, porém mal falam comigo, porque Lucy está sendo cortejada por um tenente.

— Oh! Que vergonha, que vergonha! Mas não faz mal, William. — Tinha as faces rubras de indignação ao falar. — Não vale a pena preocupar-se. Não são ofensas diretas a você; não é mais pelo que todos os maiores almirantes passaram na época deles. Você precisa lembrar-se disso. Tentar encarar como uma das adversidades que todo marinheiro enfrenta, como o mau tempo e a vida difícil, com a vantagem de que terminará um dia, chegará um tempo em que não terá de suportar nada parecido. Quando você for tenente! Pense nisso, William, quando você for tenente, não dará a mínima importância a um absurdo desse tipo.

— Começo a achar que jamais serei tenente, Fanny. Todos conseguem, menos eu.

— Oh, meu querido William, não fale assim, não deve desanimar. Meu tio nada comenta, mas tenho certeza de que fará tudo ao seu alcance para você ser promovido. Ele sabe, tanto quanto você, a importância disso.

Ela interrompeu-se diante da visão do tio, muito mais próximo deles do que suspeitara, e ambos julgaram necessário mudar de assunto.

— Você gosta de dançar, Fanny?

— Gosto, sim, muito, mas logo me canso.

— Gostaria de ir a um baile em sua companhia e vê-la dançar. Em Northampton se realizam bailes? Gostaria de vê-la dançar e a tiraria, se você quisesse, pois ninguém aqui saberia quem sou; gostaria de ser seu par mais de uma vez. Dançaríamos juntos muitas vezes; lembra-se de como dançávamos, quando o homem do realejo aparecia na nossa rua? Sou um ótimo dançarino, à minha maneira, mas garanto que você é ainda melhor. — E virou-se para o tio, agora ao lado deles: — Fanny não é uma ótima dançarina, senhor?

Fanny, sem graça por aquela pergunta inesperada, não sabia para que lado olhar, nem como se preparar para ouvir a resposta. Alguma grave reprovação, ou pelo menos a mais fria expressão de indiferença, viria para desolar o irmão e fazê-la querer afundar no chão. Mas, ao contrário, não foi pior que:

— Lamento dizer que não sei responder à sua pergunta. Nunca vi Fanny dançar desde que era pequenina, mas creio que ambos constataremos que ela se portará como uma nobre quando a virmos dançar, o que talvez tenhamos a oportunidade de fazer em breve.

— Eu tive o prazer de ver sua irmã dançar, sr. Price — disse Henry Crawford, curvando-se para a frente —, e posso responder a todas as perguntas que quiser fazer sobre o assunto, para sua inteira satisfação. Mas creio — interrompeu-se ao ver Fanny parecer aflita — que deverá ser em outra ocasião. Uma pessoa no grupo não gosta que se fale da srta. Price.

De fato, ele vira Fanny dançar uma vez; e, na verdade, agora poderia ter respondido sobre ela deslizar no salão com tranquila e leve elegância, e em um admirável ritmo, mas não se lembrava, nem para salvar a própria vida, de como ela dançara, pois só sabia ao certo da presença dela, porém nada mais lembrava com referência a como era então.

Ele passou, contudo, como um admirador da dança de Fanny; e *Sir* Thomas, de modo algum descontente, prolongou a conversa sobre dança, em geral, tão empenhado na descrição dos bailes em Antígua e em prestar atenção no relato do sobrinho sobre as diferentes maneiras de dançar que tivera a oportunidade de observar, que não ouvira anunciarem-lhe a carruagem e só se deu conta disso pelo alvoroço causado pela sra. Norris.

— Venha, Fanny! Fanny, que tem na cabeça? Nós já vamos. Não vê que sua tia já está de partida? Depressa, depressa! Não gosto de fazer o bom Wilcox esperar. Você não deve nunca se esquecer do cocheiro e dos cavalos. Meu caro *Sir* Thomas, nós acertamos que a carruagem volta para buscar o senhor, Edmund e William.

Sir Thomas não discordou, pois ele mesmo o providenciara e comunicara à esposa e à cunhada, mas a sra. Norris parecia ter-se esquecido disso, pois gostava de imaginar que ela própria tomava todas as providências.

A última sensação de Fanny nessa visita foi de decepção. O xale que Edmund, com toda tranquilidade, tomava da criada para trazer e colocar nos ombros da prima foi arrebatado pelas mãos mais ágeis do sr. Crawford, e ela se viu obrigada a dever a este mais essa destacada atenção.

CAPÍTULO 26

O desejo manifestado por William, de ver Fanny dançar, causou mais que uma momentânea impressão no tio. A esperança de uma oportunidade, que lhe dera *Sir* Thomas, não caiu no esquecimento. Ele continuava com a firme disposição de satisfazer a tão amável sentimento, satisfazer a todos os que talvez desejassem vê-la dançar, além de proporcionar prazer aos jovens em geral; e, após refletir muito sobre o assunto e de haver tomado a resolução em tranquila independência, informou a decisão na manhã seguinte, na hora do almoço, quando, depois de lembrar e elogiar o que o sobrinho dissera, acrescentou:

— Não me agrada a ideia, William, de que você parta de Northamptonshire sem essa satisfação. Vê-los dançar me daria muito prazer. Você perguntou sobre os bailes de Northampton. Suas primas compareciam a alguns deles de vez em quando, mas por vários motivos não nos convêm agora. Seria demasiado fatigante para sua tia. Creio que não devemos pensar num baile em Northampton. Realizar uma dança em casa me parece mais aconselhável; e se...

— Ah, meu caro *Sir* Thomas! — interrompeu a sra. Norris. — Imaginei que isso aconteceria. Sabia o que diria. Se a querida Julia estivesse em casa ou a querida sra. Rushworth, em Sotherton, que servisse de ensejo, uma ocasião propícia, para tal evento, o senhor se sentiria tentado a dar um baile em Mansfield e proporcionar aos jovens o prazer da dança. Sei que o faria. Se elas estivessem aqui para abrilhantar o baile, poderia realizá-lo ainda neste Natal. Agradeça a seu tio, William, agradeça a seu tio!

— Minhas filhas — respondeu *Sir* Thomas, intervindo com o semblante muito sério — têm os prazeres delas em Brighton e espero que estejam muito felizes, mas a dança que penso dar em Mansfield será para meus sobrinhos. Se pudéssemos reunir todos, nossa satisfação seria completa, sem a menor dúvida mais completa, porém a ausência de alguns não deve impedir a diversão de outros.

A sra. Norris não teve o que dizer. Viu decisão na atitude do cunhado. Sentiu tão grande surpresa e irritação que precisou calar-se por alguns minutos para recuperar a serenidade. Um baile em tal ocasião! Com as filhas ausentes, e sem sequer consultá-la! Logo, porém, encontrou consolo. Caberia a ela a realização de tudo, claro que poupariam *Lady* Bertram de todo o planejamento e esforço, e tudo recairia sobre ela. Teria de fazer as honras da noite, e essa reflexão logo lhe restaurou tanto o bom humor que lhe permitiu juntar-se aos outros antes mesmo de eles expressarem todas as suas alegrias e agradecimentos.

Edmund, William e Fanny, cada um à sua maneira, demonstraram e manifestaram ainda mais grato prazer pelo baile prometido do que *Sir* Thomas poderia desejar. Os sentimentos de Edmund eram por conta dos primos. O pai jamais concedera um favor ou demonstrara uma gentileza que lhe satisfizesse tanto.

Lady Bertram mostrou-se inteiramente tranquila e contente, e não teve objeções a fazer. *Sir* Thomas prometeu que o baile lhe daria muito pouco trabalho, e ela o tranquilizou:

— Não receio de modo algum o trabalho; na verdade, nem imagino que dê algum.

A sra. Norris tinha na ponta da língua as sugestões quanto às salas que ela julgaria mais bem equipadas para se usar, porém descobriu que tudo já fora predeterminado. Quando quis iniciar suas conjecturas e insinuações sobre o dia, parecia que também já se marcara a data. *Sir* Thomas se entretivera em fazer um esboço completo do evento, e quando a cunhada se dispusesse a ouvir sem interrompê-lo ele poderia ler a lista das famílias a serem convidadas, dentre as quais calculava reunir, com toda a necessária dedução por notificá-las com pouca antecedência, suficientes jovens para formar doze ou catorze pares. Também poderia detalhar as considerações que o haviam induzido a fixar o dia vinte e dois como o mais adequado. William deveria estar em Portsmouth no dia vinte e quatro, portanto vinte e dois seria o último dia da presença dele em Mansfield, mas, como tinham tão poucos dias pela frente, seria desaconselhável marcar uma data mais cedo. A sra. Norris foi obrigada a se contentar com o fato de que pensara a mesma coisa e afirmar que também ia propor tal dia como sendo o mais recomendável.

O baile agora se tratava de uma questão acertada, e antes de anoitecer era uma notícia comunicada a todos os interessados. Enviaram-se os convites com rapidez, e muitas moças, além de Fanny, foram para a cama naquela noite com a cabeça cheia de felizes preocupações. Para ela, essas preocupações, às vezes, superavam a felicidade, pois, jovem e inexperiente, com poucos meios de escolha e sem confiança no próprio gosto, o "como deveria vestir-se" era um ponto de doloroso anseio; e o quase único ornamento que possuía, uma cruz de âmbar muito bonita que William lhe trouxera da Sicília, era a maior aflição de todas, pois tinha apenas um pedaço de fita para prendê-la ao pescoço; e embora a houvesse usado dessa maneira antes, seria isso admissível em tal ocasião, entre todos os ricos ornamentos com que supunha que se apresentariam as outras moças? Mas como não usá-la! William também quisera comprar-lhe uma corrente de ouro, mas a compra se revelou muito além dos recursos do irmão, por isso não usar a cruz talvez o magoasse. Eram ansiosas considerações, suficientes para desanimá-la mesmo diante da perspectiva de um baile oferecido principalmente para a sua satisfação.

Enquanto isso, os preparativos prosseguiam, e *Lady* Bertram continuava sentada no sofá, sem que lhe causassem inconveniência alguma. Teve algumas visitas extras da governanta, e a criada pessoal confeccionava apressada um vestido novo para ela; *Sir* Thomas dava ordens, e a sra. Norris corria de um lado para o outro, mas nada disso perturbava a irmã, pois, como ela previra, não "imaginava que desse trabalho algum".

Edmund nessa ocasião vivia cheio de preocupações. Tinha a mente profundamente ocupada na reflexão sobre dois acontecimentos importantes agora próximos que lhe definiriam o destino na vida, a ordenação e o matrimônio, acontecimentos de natureza tão séria que o baile, ao qual logo se seguiria um deles, parecia-lhe menos importante do que para qualquer outra pessoa na casa. No dia vinte e três visitaria um amigo perto de Peterborough, na mesma situação que a dele, e ambos receberiam as ordens na semana do Natal. Então, metade do seu destino estaria definida, mas era muito provável que não se resolvesse a outra metade com a mesma facilidade. Seus deveres ficariam estabelecidos, mas a mulher que haveria de compartilhar, animar e recompensar tais deveres talvez ainda continuasse inacessível. Ele sabia o que queria, mas nem sempre tinha muita certeza de conhecer as intenções da srta. Crawford. Discordavam inteiramente um do outro em alguns pontos; em alguns momentos ela não parecia favorável, embora ele tivesse total confiança no afeto da jovem, a ponto de estar resolvido, quase resolvido, a declarar-se muito em breve, assim que resolvesse as várias questões que precisava solucionar, e soubesse o que tinha a lhe oferecer. Sentia-se tomado por muitas sensações de ansiedade e passava muitas horas mergulhado na dúvida quanto ao desfecho. Sentia às vezes forte convicção da estima de Mary, pois se recordava de um longo período de encorajamento da parte dela, que se mostrava tão perfeita em afeto desinteressado quanto em tudo mais. Porém, em outras vezes, dúvida e receio se entremeavam com suas esperanças, e, quando pensava naquela reconhecida aversão dela à intimidade e ao isolamento, em sua decidida preferência pela vida em Londres, não podia esperar senão uma categórica rejeição, a não ser que fosse uma aceitação ainda mais deplorável e que exigisse tais sacrifícios de *status* e ocupação por parte dele que a consciência lhe proibiria?

O desfecho de tudo dependia de uma única pergunta. Amava-o Mary o bastante para privar-se do que considerava pontos essenciais? Ou o amava o suficiente para deixar de considerá-los tão importantes? E a essa pergunta, que não parava de repetir para si mesmo, embora na maioria das vezes respondesse com um "sim", outras também respondia com um "não".

A srta. Crawford em breve partiria de Mansfield e diante dessa circunstância o "não" e o "sim" alternavam-se com grande frequência nos últimos dias. Ele vira os olhos dela brilharem quando falava na carta da querida amiga que lhe cobrava uma longa visita em Londres e na bondade de Henry em comprometer-se a ficar em Mansfield até janeiro, a fim de poder levá-la para lá; ouvira-a falar do prazer dessa viagem com tanta animação, que transmitia "não" em todos os tons. Mas isso ocorrera no primeiro dia em que se decidiu a viagem, na primeira hora do impulso daquela alegria, quando via diante de si apenas os amigos que visitaria. Desde então, ouvira-a expressar-se de modo diferente, com outros sentimentos, sentimentos mais cheios de altos e baixos; ouvira-a dizer à sra. Grant que a deixaria com pesar, pois começava a crer que nem os amigos nem os prazeres que ia buscar se equiparavam ao que deixaria para trás, e, embora sentisse que precisava ir e soubesse que se divertiria em Londres, já ansiava por voltar a Mansfield. Não continha tudo isso um "sim"?

Com tais questões para avaliar, organizar e reorganizar, Edmund não podia, por sua vez, pensar muito na noite pela qual ansiava o restante da família, esperá-la com o mesmo grau de intenso interesse. Independentemente do prazer que proporcionaria aos primos, a noite não tinha para ele maior valor que teria qualquer outra reunião das duas famílias. Em toda reunião nutria a esperança de receber mais confirmações do afeto da srta. Crawford; mas o turbilhão de um salão de baile talvez não fosse muito favorável ao estímulo ou expressão de sentimentos sérios. Garantir antecipadamente tê-la como par nas duas primeiras danças era a possibilidade de felicidade individual que poderia desejar e que estava em seu poder, e foi o único preparativo para o baile que lhe passou pela cabeça, apesar de tudo que acontecia à sua volta relacionado à festa desde a manhã até a noite.

Quinta-feira seria o dia do baile e, na manhã de quarta-feira, Fanny, ainda insatisfeita por não saber o que deveria vestir, decidiu procurar o conselho de pessoas mais esclarecidas e recorreu à sra. Grant e à irmã, cujo reconhecido bom gosto, sem dúvida, a faria apresentar-se irrepreensível, e, como Edmund e William haviam ido a Northampton, e ela tinha motivo para supor que o sr. Crawford também saíra, encaminhou-se para o presbitério sem muito receio de faltar-lhe a oportunidade para uma conversa a sós, e a intimidade da conversa era a parte mais importante para Fanny, pois se sentia mais que meio envergonhada de sua própria ansiedade.

Encontrou-se a poucos metros do presbitério com a srta. Crawford, que acabara de sair para visitá-la, e, como lhe pareceu que a amiga, embora insistisse afavelmente em retornar, relutava em perder o passeio, logo explicou o problema e observou que, se a outra fizesse a bondade de dar sua opinião, tanto poderiam conversar a respeito ali mesmo quanto dentro de casa. A srta. Crawford pareceu agradecida pelo pedido e, após refletir por um momento, incentivou-a a entrar com ela de forma muito mais cordial que antes e propôs que subissem para seu quarto, onde poderiam ter uma conversa à vontade, sem incomodar o dr. e a sra. Grant, reunidos no salão. Era o plano exato que convinha a Fanny; e, muito agradecida por tão imediata e amável atenção, as duas entraram, subiram e logo mergulharam em cheio na interessante questão. A srta. Crawford, satisfeita com o apelo, compartilhou tudo de acordo com seu melhor discernimento e bom gosto, tudo facilitou com sugestões, além de tentar tornar tudo agradável com muito boa vontade. Após decidirem o vestido em linhas gerais, ela perguntou:

— E que vai usar como colar? Não vai pendurar a cruz do seu irmão?

Enquanto falava, desfazia um pequeno embrulho que Fanny observara na mão dela quando se encontraram. Fanny confessou-lhe o desejo e as dúvidas quanto a essa questão, não sabia o que fazer, deveria usar ou não a cruz? Teve como resposta uma pequena caixa de joias posta diante dela e a solicitação de que escolhesse entre vários colares e correntes de ouro. Fora esse então o embrulho que levava a srta. Crawford e o objetivo da intencionada visita. E com a maior amabilidade insistia agora com Fanny que escolhesse um para a cruz e o aceitasse como presente, dizendo tudo que lhe ocorria para evitar escrúpulos, o que fez a jovem recuar a princípio com um olhar horrorizado diante da oferta.

— Você vê a coleção que tenho — tranquilizou-a —, mais que o dobro do que posso ou pensaria em usar. Não os ofereço como novos. Ofereço apenas um colar velho. Precisa perdoar-me a liberdade e me dar o prazer de aceitá-lo.

Fanny ainda resistia. O presente era demasiado valioso. Mas a srta. Crawford perseverava e defendia o caso com tão afetuosa sinceridade, a propósito de William, da cruz, do baile, dela própria, que por fim conseguiu. Fanny viu-se obrigada a render-se, para não ser julgada orgulhosa ou indiferente, ou que demonstrasse alguma outra pequenez, e com recatada relutância aceitou e pôs-se a escolher. Examinou-os repetidas vezes, ansiando por saber qual seria o menos valioso, e acabou por decidir-se por um colar que via com mais frequência que os demais. Era de ouro com primorosos ornamentos lavrados. Embora Fanny tivesse preferido uma corrente mais longa e simples, como a mais adequada para a finalidade, esperara, ao decidir-se, ser o que a srta. Crawford menos desejava conservar. Ela deu-lhe total aprovação com um sorriso e apressou-se a finalizar o presente. Prendeu-o no pescoço de Fanny e mostrou como lhe caía bem.

Não ocorreu à jovem dizer uma palavra que contestasse o belo caimento da joia, e com exceção do que lhe restava dos escrúpulos, ficou satisfeita ao extremo com uma aquisição tão oportuna. Talvez preferisse agradecer a alguma outra pessoa, mas esse era um sentimento indigno. A srta. Crawford previra seu desejo com uma bondade que provava ser de uma verdadeira amiga.

— Quando usar este colar, sempre pensarei em você — disse — e sentirei como foi tão bondosa.

— Deve pensar em outra pessoa também quando usar esse colar — respondeu a srta. Crawford. — Deve pensar em Henry, pois foi dele a escolha. Meu irmão me deu esse colar e, com o presente, transfiro a você todo o dever de lembrar-se do doador original. Deve ser uma lembrança de família. Não pense na irmã sem também pensar no irmão.

Fanny, tomada por grande perplexidade e confusão, teria devolvido o presente no mesmo instante. Aceitar o que fora presente de outra pessoa, logo de um irmão, era inadmissível! Não podia ser! E com uma impetuosidade e constrangimento que muito divertiam a companheira, pôs mais uma vez o colar no forro do estojo e pareceu decidida a aceitar outro ou nenhum. A srta. Crawford achou que nunca vira uma escrupulosidade mais admirável.

— Minha querida menina — disse ela rindo —, de que sente medo? Acha que Henry vai reclamar o colar como meu e imaginar que não se tornou seu de forma honesta? Ou imagina que ele ficaria lisonjeado demais por ver no seu lindo colo um ornamento que o dinheiro dele comprou três anos atrás, antes de saber que existia no mundo esse pescoço? Ou talvez — continuou com ar travesso — desconfie de conspiração entre nós e que faço isso agora com o conhecimento e desejo dele? — Com intenso rubor, Fanny protestou contra tal ideia. — Bem, então — respondeu a srta. Crawford mais séria, porém sem acreditar de modo algum em si mesma —, para me convencer de que você não suspeita de algum plano e é uma pessoa tão digna de cumprimentos como sempre a julguei, aceite o colar e não se fala mais nisso. O fato de ser um presente do meu irmão não deve fazer a menor diferença em aceitá-lo, pois garanto que nenhuma diferença faz em minha vontade de me desfazer dele. Henry vive presenteando-me com uma ou outra coisa. Tenho tão inumeráveis presentes dele que me é impossível avaliá-los, e o meu irmão não deve lembrar-se nem sequer da metade. Quanto a esse colar, suponho que não o usei nem seis vezes, é muito bonito, mas nunca me lembro, e embora a escolha de qualquer outro que você fizesse na minha caixa de joias fosse bem acolhida com toda a sinceridade de minha parte, por acaso você se fixou no que, se eu tivesse opção, teria preferido me desfazer e ver em seu poder mais que qualquer um dos outros. Rogo-lhe que não se oponha mais. Uma ninharia como essa não vale nem a metade de tantas palavras.

Fanny não ousou opor-se mais; e com renovados, porém muito menos satisfeitos agradecimentos, tornou a aceitar o colar, pois nos olhos da srta. Crawford via uma expressão que não a satisfazia.

Ela não podia ficar insensível à mudança de atitude do sr. Crawford. Havia muito a notara. Era evidente que ele tentava agradá-la, com ousadia; atencioso, parecia agir às vezes como o fizera com as primas; queria, ela supunha, tirar-lhe a tranquilidade enganando-a como as enganara. Como se ele por acaso não tivesse algo a ver com a história do colar! Ela não se convencera de que não tivera, pois a srta. Crawford, complacente como irmã, era despreocupada como mulher e como amiga.

A refletir, duvidar e sentir que a posse do que tanto desejara não lhe proporcionara muita satisfação, agora mais uma vez se encaminhava de volta para casa, após uma mudança em vez de uma diminuição das preocupações desde que trilhara aquele caminho pela útima vez.

CAPÍTULO 27

Ao chegar em casa, Fanny subiu imediatamente para a sala do leste, a fim de guardar a inesperada aquisição, o presente que lhe parecia duvidoso, o colar, em uma das suas caixas preferidas, onde colecionava todos os seus pequenos tesouros; mas, ao abrir a porta, qual não foi a sua surpresa ao encontrar, sentado à mesa, o primo Edmund ali escrevendo! Tal visão, antes nunca ocorrida, revelou-se quase tão maravilhosa quanto bem-vinda.

— Fanny — ele logo disse, deixou a cadeira, largou a caneta e foi ao encontro dela com algo na mão —, perdoe-me por estar aqui. Vim procurá-la e, após aguardar um pouco na esperança de que você entrasse, usei seu tinteiro para aguardar o motivo da visita. Vai encontrar o início de um bilhete, mas agora posso dar-lhe o recado que consiste apenas em lhe pedir que aceite esta bobagem, uma corrente para a cruz de William. Você deveria tê-la recebido há uma semana, mas houve um atraso em virtude do fato de meu irmão chegar à cidade vários dias depois do que eu esperava, e só agora fui pegá-la em Northampton. Espero que goste da corrente, Fanny. Esforcei-me por levar em conta a simplicidade do seu gosto, mas em todo caso sei que terá a gentileza de entender minhas intenções e a considerará, como de fato é, uma lembrança do amor de um de seus mais velhos amigos.

E ao dizê-lo saiu apressado, antes que Fanny, dominada por milhares de sentimentos de dor e prazer, pudesse falar, mas, impelida por um desejo imperioso, ela então o chamou:

— Oh, primo, espere um instante! Por favor, espere! — Ele voltou-se. — Não posso tentar agradecer-lhe — continuou de modo muito agitado —, os agradecimentos estão fora de questão. Sinto muito mais do que saberia expressar. Sua bondade em pensar em mim dessa maneira vai além...

— Se é só o que tem a dizer, Fanny — ele interrompeu-a com um sorriso e tornou a dar meia-volta.

— Não, não é só isso. Preciso de seu conselho.

Quase sem o perceber, abrira então o pacote que ele acabara de pôr-lhe na mão e ao ver diante de si, em todo o requinte de uma embalagem de joalheria, uma corrente de ouro simples e graciosa à perfeição, não pôde conter novo arroubo de gratidão:

— Oh, mas é linda mesmo! Esta é exatamente como eu gostaria! É o único ornamento que desejava possuir e se ajusta com toda precisão à minha cruz. Devem ser e serão usadas juntas. Também chega num momento tão oportuno. Oh, primo, você não imagina como é bem-vinda.

— Minha querida Fanny, você exagera nesses sentimentos. Alegro-me muito por ter gostado da corrente, e que ela chegasse a tempo para o baile de amanhã, mas seus agradecimentos vão muito além do que a ocasião exige. Acredite, nada no mundo me dá maior prazer do que contribuir para o seu. Digo, com toda segurança, que não sinto prazer tão completo, tão puro e tão perfeito como esse.

Diante de tais expressões de afeto, Fanny poderia permanecer uma hora sem dizer uma palavra, mas Edmund, após esperar um momento, obrigou sua mente a descer do voo celestial, ao perguntar:

— Mas sobre o que você queria consultar-me?

Era sobre o colar que recebera de Mary Crawford, que agora ansiava seriamente por devolver e esperava obter a aprovação dele para fazê-lo.

Contou-lhe a história da recente visita, e seu arrebatamento talvez chegasse ao fim; pois, ao saber do ocorrido, Edmund ficou tão impressionado com a circunstância, tão encantado com o que a srta. Crawford fizera e tão satisfeito com tal coincidência de atitude entre os dois, que Fanny só pôde reconhecer o poder superior de um prazer na mente dele, embora não tão completo nem tão perfeito. Passou algum tempo até ela conseguir chamar-lhe a atenção de volta à ideia de devolver o colar ou obter qualquer resposta ao seu pedido de opinião. Edmund encontrava-se em terno devaneio, proferia apenas de vez em quando meias frases de louvor, mas quando de fato despertou e compreendeu, se manifestou muito decidido contra o que ela desejava.

— Devolver o colar! Não, minha querida Fanny, de forma alguma. Isso a deixaria gravemente mortificada. Não creio que exista sensação mais desagradável do que ver devolvido um presente que se deu com a esperança de contribuir para o bem-estar de uma amiga. Por que privá-la de um prazer do qual ela se mostrou tão merecedora?

— Se fosse dado a mim em primeiro lugar — explicou Fanny —, eu não pensaria em devolvê-lo, mas, sendo um presente do irmão, não é justo supor que ela preferiria não se desfazer dele quando não é mais necessário?

— Ela não deve supor que não o necessita ou, ao menos, que não o aceita; e o fato de ter sido presente original do irmão não faz diferença, pois se isso não a impediu de oferecê-lo a você, nem a você de aceitá-lo, não deve influenciá-la a não o conservar. Não há dúvida de que é muito mais bonito que o meu e mais adequado para um salão de baile.

— Não, não é mais bonito, de modo algum mais bonito, nem é tão adequado para o que quero. A corrente combina muito mais com a cruz de William do que o colar.

— Uma noite, Fanny, para uma noite apenas, se for um sacrifício, sei que você ao pensar melhor fará esse sacrifício em vez de magoar alguém tão zelosa do seu bem. As atenções da srta. Crawford a você têm sido... não mais das que lhe são merecidas, sou a última pessoa a achar que poderiam ser, mas têm sido invariáveis, e retribuí-las com o que teria o ar de ingratidão, embora eu saiba que não seria com essa intenção, não faz parte da sua natureza. Use o colar amanhã à noite, como prometeu usar, e guarde a corrente, que foi encomendada sem relação alguma com o baile, para outras ocasiões. Eis o meu conselho. Não gostaria da sombra de frieza entre as duas, cuja intimidade eu tenho observado com o maior prazer, e em cujas personalidades há tanta semelhança, generosidade e natural delicadeza, a ponto de as poucas e leves diferenças, resultantes sobretudo do *status*, não constituírem impedimento para uma perfeita amizade. Não desejaria ver surgir a sombra de frieza — ele repetiu, baixando um pouco a voz — entre os dois seres mais queridos que tenho no mundo.

Com as últimas palavras, ele saiu, e Fanny ali permaneceu para tranquilizar-se como podia. Então era uma das que ele mais estimava, isso deveria consolá-la. Mas a outra ser a primeira! Nunca o ouvira falar com tanta franqueza, e, embora ele não lhe dissesse mais do que ela percebera muito tempo antes, foi uma punhalada, pois revelou as próprias convicções e intenções de Edmund. Ele tomara a decisão. Pretendia, de fato, casar-se com a srta. Crawford. Foi uma punhalada, apesar de toda expectativa duradoura. Teve de repetir muitas vezes que ela era uma das duas mais queridas, antes de acreditar. Se acreditasse que a srta. Crawford o merecia, seria... Ah, como seria diferente... como seria muito mais tolerável! Mas ele se enganava com ela, atribuía-lhe méritos que ela não tinha, os defeitos continuavam os mesmos de sempre, porém ele não os via mais. Até que houvesse derramado muitas lágrimas sobre essa decepção, Fanny não conseguiu dominar a agitação, e apenas a influência de fervorosas preces que fez pela felicidade dele aliviou a depressão que se seguiu.

Era sua intenção, que ela julgava seu dever, tentar superar tudo que fosse excessivo, tudo que beirasse o egoísmo, no afeto por Edmund. Qualificar ou mesmo imaginar aquilo como perda, decepção, seria uma presunção a censurar para a qual não encontrava palavras enérgicas o bastante que lhe satisfizessem a humildade. Pensar nele como era justificável a srta. Crawford pensar nela seria insanidade. Para ela, Edmund não podia significar nada em nenhuma circunstância, nada mais que apenas um amigo querido. Por que lhe teria ocorrido essa ideia, embora fosse apenas para reprová-la e proibi-la? Não devia ter tocado nem nos confins da sua imaginação. Iria esforçar-se por ser racional e merecer o direito de julgar a personalidade da srta. Crawford e o privilégio de dedicar uma verdadeira atenção a ele.

Contava com todo o heroísmo de princípios e decidira cumprir seu dever; mas, com tantos sentimentos inerentes à juventude e à natureza feminina, não era de estranhar que, se após tomar todas essas boas resoluções quanto ao autodomínio, ela pegasse o pedaço de papel onde Edmund começara a escrever-lhe, como um tesouro além de todas as esperanças, lesse com a mais terna emoção as palavras: "Minha muito querida Fanny, peço que você me faça o favor de aceitar", e o trancasse junto com a corrente, como a parte mais valiosa do presente. Era a única coisa semelhante a uma carta que até então recebera dele. Talvez nunca recebesse outra, era impossível que recebesse outra que lhe causasse tanta satisfação pela ocasião e pelo estilo. Duas linhas mais valorizadas jamais saíram da pena do mais renomado autor, nunca se viram com mais completa bênção as pesquisas do mais amável biógrafo. O entusiasmo do amor de uma mulher supera a descrição dos biógrafos. Para ela, a própria caligrafia, independentemente de qualquer mensagem que possa transmitir, é uma bem-aventurança. Jamais tais letras traçadas por qualquer outro ser humano proporcionaram tanta alegria a alguém como as simples palavras de Edmund a Fanny! Aquele modelo, escrito às pressas como foi, não tinha sequer um defeito e desprendia tamanha felicidade na fluidez das quatro primeiras palavras, na combinação de "Minha muito querida Fanny", que ela poderia ficar olhando-as para sempre.

Após ordenar as ideias e reconfortar os sentimentos por essa feliz mistura de razão e fraqueza, ela se sentiu em condição, no devido tempo, para descer e cuidar das tarefas habituais perto da tia Bertram, além de dar-lhe as atenções de costume sem aparentar qualquer desânimo.

Chegou a quinta-feira, predestinada à esperança e à alegria, e começou com perspectivas mais agradáveis para Fanny do que oferecem os dias obstinados, incontroláveis, pois, logo após o almoço, William recebeu um bilhete muito amável do sr. Crawford, no qual declarava que se vira obrigado a seguir para Londres no dia seguinte e lá passar alguns dias, e desejava encontrar uma companhia para a viagem. Portanto, esperava que, se William decidisse deixar Mansfield um dia antes do que se propusera, aceitasse um lugar em sua carruagem. O sr. Crawford pretendia chegar à cidade na hora habitual do jantar na casa do tio. A proposta revelou-se muito agradável ao próprio William, que apreciava a ideia de viajar numa carruagem puxada a quatro cavalos, e na companhia de um amigo tão bem-humorado e agradável; e Fanny, por outro motivo, sentiu-se feliz ao extremo, pois a ideia original era que o irmão viajaria na noite seguinte, no veículo da posta de Northampton, o que não lhe daria uma hora de descanso antes de tomar o coche para Portsmouth. Embora a oferta do sr. Crawford lhe roubasse muitas horas da companhia do irmão, ela se alegrou por vê-lo poupado da fadiga de uma tal viagem para pensar algo mais. *Sir* Thomas aprovou-a por outro motivo. A apresentação do sobrinho ao almirante Crawford talvez fosse útil. O almirante, supunha ele, tinha influência. O bilhete foi acolhido com alegria geral. Isso animou Fanny durante metade da manhã, e parte do prazer advinha da futura ausência do autor do bilhete.

Quanto ao baile, tão próximo, sentia-se por demais agitada e assustada para desfrutar metade da alegria que deveria ter sentido, ou que se supunha terem as várias outras jovens que ansiavam pelo mesmo acontecimento em situações mais tranquilas, porém, em circunstâncias de menos novidade, interesse e satisfação pessoal que se atribuíam a ela. A srta. Price, conhecida pela maioria das pessoas convidadas apenas pelo nome de batismo, agora faria a primeira apresentação social e todos a encaravam como a rainha da festa. Quem poderia ser mais feliz do que a srta. Price? Mas ela não fora educada para o ofício de apresentar-se; se soubesse a importância com que esse baile era considerado com respeito a ela, perderia a relativa tranquilidade, e teriam aumentado os receios que já sentia de se sair mal e ser observada. Dançar sem muita observação nem excessiva fadiga, ter força e parceiros ao menos para a metade da noite, dançar um pouco com Edmund e não muitas vezes com o sr. Crawford, ver William divertir-se e conseguir manter-se longe da tia Norris constituía o máximo de sua ambição, e parecia abranger-lhe a maior possibilidade de sentir-se feliz. Como essas eram suas maiores esperanças, nem sempre prevaleciam, e no decorrer daquela infindável manhã, passada sobretudo em companhia das duas tias, viu-se muitas vezes sob a influência de perspectivas muito menos animadoras. William, decidido a fazer o último dia de folga de diversão completa, saíra para caçar. Edmund — Fanny tinha muitos motivos para supor — estava no presbitério, e, deixada sozinha para suportar a preocupação da sra. Norris, irritada porque a governanta queria resolver do próprio modo a ceia, o que ela não podia permitir, a jovem acabou ficando tão cansada que atribuiu ao baile todos os males. Quando, irritada, a mandou aprontar-se, subiu lânguida para o quarto e sentiu-se tão incapaz de divertir-se como se a houvessem proibido de participar.

Enquanto subia devagar, pensava no dia anterior. Fora mais ou menos naquela hora que retornara do presbitério e encontrara Edmund na sala leste. "E se o encontrasse lá de novo hoje?", pensava, dando-se ao luxo de uma fantasia.

— Fanny — chamou então uma voz próxima. Sobressaltou-se e, ao erguer os olhos, viu o próprio Edmund parado no outro lado do patamar, diante da escada onde ela acabava de chegar. Aproximou-se dela e disse: — Você parece cansada e abatida, Fanny. Na certa caminhou por um tempo longo demais.

— Não, nem sequer saí.

— Então se cansou dentro de casa, o que é pior. Antes tivesse saído.

Fanny, que não gostava de queixar-se, achou mais fácil não responder. Embora Edmund a olhasse com a amabilidade habitual, a prima notou que logo deixara de pensar na aparência dela. Ele próprio não parecia muito animado, acontecera algo não relacionado a ela. Subiram juntos, pois ocupavam quartos no mesmo andar.

— Venho da casa do dr. Grant — disse Edmund. — Pode adivinhar o que me levou até lá, Fanny — e parecia tão constrangido que Fanny só pôde pensar em algo que a deixou nauseada demais para falar. — Fui convidar a srta. Crawford para as duas primeiras danças. — Seguiu-se a explicação a qual tornou a reanimá-la e permitiu-lhe, ao ver que ele esperava uma resposta, proferir algo parecido com uma pergunta quanto ao resultado. — Sim, ela se comprometeu comigo, mas... — deu um sorriso sem graça — disse que será a última vez que dançará comigo. Não fala sério. Acredito, espero e sei que não fala sério, mas eu preferiria não ter ouvido isso. Jamais dançou com um clérigo, explicou, e nunca o fará. Quanto a mim, gostaria que não houvesse baile algum logo agora, quer dizer, não esta semana, nem no dia de hoje; amanhã vou partir de casa.

Fanny esforçou-se para falar e disse:

— Sinto muito que tenha ocorrido algo que o aflija. Hoje deveria ser um dia só de alegrias. Meu tio assim pretendeu.

— Ah, sim, sim, e será um dia de alegrias. Tudo terminará bem. Meu aborrecimento é passageiro. De fato, não é que eu considere o baile inoportuno; que significa um baile? Mas, Fanny — deteve-a tomando-lhe a mão e disse em voz baixa e séria —, você sabe o que significa tudo isso para mim. Sabe como é, e talvez possa dizer, melhor do que eu, como e por que me sinto contrariado. Deixe-me falar um instante. Você é uma ouvinte amável, muito amável! Magoou-me a atitude dela esta manhã e não consigo ver o lado bom disso. Sei que ela tem um temperamento tão meigo e impecável quanto o seu, mas a influência das antigas amizades, às vezes, dá à conversa e às opiniões dela um matiz errôneo. Não pensa com maldade, mas fala com maldade, e, embora eu saiba que são brincadeiras, dói-me a alma.

— A influência da educação — disse Fanny com delicadeza.

Edmund teve de concordar.

— Sim, com aqueles tios! Eles estragaram um dos mais admiráveis espíritos! Pois, às vezes, confesso, Fanny, de fato parece mais que apenas a atitude, parece que lhe contaminou também o espírito.

Fanny percebeu que se tratava de um apelo à sua opinião e por isso, após uma reflexão momentânea, disse:

— Se me quer apenas como ouvinte, primo, eu serei o mais útil que puder, mas não sou qualificada como conselheira. Não me peça conselhos. Não tenho essa competência.

— Tem razão, Fanny, em protestar contra esse pedido, mas não precisa temer. Nesse tipo de assunto eu jamais pediria conselho, pois se trata de uma questão sobre a qual nunca se deve pedi-lo, imagino que poucos o pedem, e apenas quando querem ser influenciados contra a própria consciência. Só quero conversar com você.

— Mais uma coisa. Desculpe-me a liberdade, mas tenha cuidado em como fala comigo. Não me diga nada de que venha a se arrepender mais tarde. Talvez chegue o dia...

O rubor inundou-lhe as faces enquanto falava.

— Querida Fanny! — exclamou Edmund, apertando-lhe a mão nos lábios com quase tanto ardor como se fosse a mão da srta. Crawford. — Você é muito atenciosa! Mas é desnecessário no momento. Nunca chegará esse dia. Nenhum dia como ao que se refere chegará. Começo a achá-lo muito improvável. As chances se tornam cada vez menores, e, mesmo que chegasse, nada haveria de que eu ou você pudéssemos lembrar com receio, pois nunca me envergonho de meus próprios receios. E, se estes desaparecessem, seria por causa de mudanças que apenas enalteceriam as virtudes dela em comparação aos antigos defeitos que mostrava. Você é a única pessoa no mundo a quem eu diria o que disse. Mas sempre soube minha opinião a respeito da srta. Crawford, e é testemunha, Fanny, de que nunca me deixei cegar. Quantas vezes falamos sobre os pequenos erros dela! Não precisa recear por mim.

Quase já desisti de alguma ideia séria relacionada a ela, mas teria de ser um verdadeiro estúpido se, depois de tudo que me aconteceu, pensasse na sua bondade e simpatia, Fanny, sem a mais sincera gratidão.

Dissera o bastante para abalar a experiência de uma jovem de dezoito anos. Dissera o bastante para suscitar na prima alguns sentimentos mais felizes do que sentira nos últimos tempos, e com um olhar mais iluminado respondeu:

— Sim, primo, estou convencida de que você seria incapaz de fazer outra coisa, embora talvez outros o fizessem. Não receio ouvir tudo que me queira dizer. Não hesite. Diga-me o que tiver vontade de dizer.

Achavam-se agora no segundo andar, e o surgimento de uma arrumadeira os impediu de continuar a conversa. Para o alívio de Fanny, a conversa terminou, talvez, no momento mais feliz; se ele tivesse podido falar por mais cinco minutos, não se sabe se não teria eliminado todos os defeitos da srta. Crawford e o seu próprio desespero. De qualquer forma, separaram-se com olhares de grata afeição da parte dele e de sensações muito preciosas do lado dela. Ela não sentia nada igual por muito tempo. Desde que se desvanecera a primeira alegria causada pelo bilhete do sr. Crawford a William, mergulhara num estado inteiramente oposto, não encontrara alívio em volta, nem esperança alguma no íntimo. Agora tudo lhe sorria. Lembrou-se mais uma vez da boa sorte de William, a qual lhe pareceu maior que a princípio. O baile também, que noite prazerosa diante dela! Sentia agora verdadeira animação e começou a vestir-se com a feliz palpitação condizente com um evento como esse. Tudo saiu bem, gostou da própria aparência e quando, mais uma vez, chegou o momento de escolher um dos colares, sua boa sorte pareceu completa, pois, ao experimentar o presenteado pela srta. Crawford, a corrente de modo algum passava pelo aro da cruz. Para agradar a Edmund, resolveu usá-lo, mas era largo demais para a finalidade. Teria, portanto, de colocar a corrente que ele lhe dera. Depois de, com deliciosos sentimentos, unir a corrente e a cruz, aquelas lembranças dos dois entes mais queridos guardados no coração, aqueles valiosos símbolos feitos um para o outro por tudo real e imaginário, colocá-los no pescoço, vendo e sentindo como tanto continham de William e Edmund, encontrou-se em condição, sem qualquer esforço, de usar também o colar da srta. Crawford. Reconheceu que era o certo a fazer. A srta. Crawford tinha direito, quando não se tratava de usurpar outros direitos mais fortes nem de interferir neles, ao seu carinho mais autêntico, e podia fazer-lhe justiça até com prazer. O colar era lindo, de fato, e Fanny deixou o quarto, afinal, satisfeita consigo mesma e com tudo em sua aparência.

Sua tia Bertram lembrou-se dela nessa ocasião com inusitados cuidado e atenção. Ocorrera-lhe, espontaneamente, que Fanny, ao preparar-se para um baile, talvez se alegrasse em ter o auxílio da criada do andar superior, e, quando acabou de vestir-se, mandou de fato a sua criada pessoal ajudar a sobrinha; tarde demais, com certeza, para que fosse de alguma utilidade.

A sra. Chapman acabara de chegar ao sótão quando a srta. Price saía do quarto, completamente vestida, e apenas trocaram algumas amabilidades. Mas Fanny concedeu à atenção da tia mais importância do que poderiam conceder *Lady* Bertram e a sra. Chapman.

CAPÍTULO 28

O tio e as duas tias se achavam na sala de estar quando Fanny desceu. Com grande interesse ele a observou, viu com prazer a elegância geral da aparência da sobrinha e considerou-a admiravelmente bonita. Na presença dela, se permitiu elogiar a elegância e adequação do vestido. Mas, quando Fanny saiu do salão logo depois, o tio falou da beleza da sobrinha com louvores muito decididos.

— Sim — disse *Lady* Bertram —, ela está muito bem. Mandei Chapman ajudá-la.

— Está muito bem! Ah, sim! — exclamou a sra. Norris. — Tem motivo para estar muito bem com todas as vantagens que desfruta; criada nesta família, com todo o proveito das maneiras exemplares das primas! Pense só, meu caro *Sir* Thomas, que extraordinárias vantagens o senhor e eu lhe proporcionamos! O próprio vestido que acaba de notar foi o generoso presente que lhe deu quando a nossa querida sra. Rushworth se casou. Que seria dela se não a tivéssemos acolhido?

Sir Thomas nada mais disse, porém, quando se sentaram à mesa, os olhares dos dois rapazes garantiram-lhe que se poderia retomar o assunto com mais delicadeza e sucesso depois que as senhoras se ausentassem. Fanny viu que fora aprovada, e a consciência de sentir-se bem a fazia parecer ainda melhor. Por vários motivos se sentia feliz e, logo em seguida, a felicidade intensificou-se, pois, ao acompanhar as tias na saída da sala, Edmund, que segurava a porta, disse-lhe ao passar:

— Você tem de dançar comigo, Fanny; precisa guardar duas danças para mim, quaisquer que queira, com exceção das duas primeiras.

Nada tinha mais a desejar. Nunca na vida se vira tão próxima de um estado que beirava a euforia. A alegria anterior das primas num dia de baile não mais a surpreendia. Considerava de fato a ocasião muito encantadora e praticou os passos de dança pelo salão assim que se viu em segurança, longe da observação da tia Norris, inteiramente envolvida em nova tarefa de organização e na dilapidação do grande fogo que o mordomo acendera na lareira.

Passou meia hora, que teria sido sem nenhum interesse em qualquer outra circunstância, mas a felicidade de Fanny ainda prevalecia. Só pensava nas palavras de Edmund. Que importância tinha a inquietação da sra. Norris? Ou os bocejos da tia Bertram?

Os cavalheiros juntaram-se a elas, e logo depois começou a agradável expectativa da chegada de uma carruagem, quando pareceu irradiar uma energia de bem-estar e alegria gerais no salão, todos falavam, riam, e cada momento proporcionava alegria e esperança. Fanny sentia que, sob a animação de Edmund, travava-se uma luta, mas era bom ver o esforço tão bem-sucedido.

Quando se ouviram as carruagens, e os convidados começaram a reunir-se, diminuiu muito a satisfação de Fanny. A visão de tantos estranhos voltou a lançá-la dentro de si e, além da gravidade e formalidade do primeiro grande círculo, sensações que nem as boas maneiras de *Sir* Thomas e *Lady* Bertram conseguiam eliminar, ela se viu de vez em quando solicitada a suportar algo ainda pior. O tio a apresentava aqui e ali, os convidados dirigiam-lhe a palavra, o que a obrigava a falar, a fazer mesuras e mais uma vez a expressar-se. Era um difícil dever, e, cada vez que a chamavam para nova apresentação, ela olhava para William, a circular bem à vontade em segundo plano, e ansiava por ficar ao lado dele.

A entrada dos Grant e dos Crawford foi uma ocasião propícia. A rigidez do cerimonial logo se desfez diante daqueles modos menos formais e intimidades mais generalizadas. Formaram-se pequenos grupos e todos se sentiram à vontade. Fanny aproveitou a oportunidade, afastou-se dos esforços da demonstração de cortesia e teria mais uma vez se sentido felicíssima se conseguisse impedir que os olhos vagueassem alternadamente de Edmund para Mary Crawford. Ela estava linda da cabeça aos pés, e qual não seria o desfecho? Despertou das próprias meditações ao perceber Henry Crawford diante dela e canalizou as ideias em outro plano quando o ouviu, quase no mesmo instante, convidá-la para as duas primeiras danças. A felicidade nesse momento foi muito humana e ambivalente, mas refreada com todo refinamento. Garantir um par de saída era uma vantagem de essencial importância, pois o momento de começar aproximava-se, e o fato de tanto desconhecer os próprios encantos a fez imaginar que, se Henry não a houvesse solicitado, seria a última convidada a dançar e só conseguiria um par mediante uma série de indagações e interferências, o que teria sido terrível. Mas, ao mesmo tempo, percebeu uma determinação na atitude dele ao convidá-la, e não gostou ao vê-lo olhar para o colar por um momento, com um sorriso — ela julgou ser um sorriso —, o que a fez enrubescer e sentir-se mortificada. E, embora o rapaz não lançasse um segundo olhar e parecesse, então, querer mostrar apenas silenciosa satisfação, ela não conseguiu dominar o acanhamento, intensificado pela ideia de que ele o percebera, e só tornou a recompor-se quando Henry se dirigiu a um outro convidado. Por sua vez, Fanny pôde aos poucos voltar à pura satisfação de ter um par, um par voluntário garantido antes de começar a dança.

Assim que o grupo deslocou-se para o salão de baile, ela se viu pela primeira vez perto da srta. Crawford, cujos olhos e sorrisos dirigiram-se de forma mais imediata e inequívoca ao colar, como os do irmão antes, e começou a falar da joia quando Fanny, ansiosa para acabar com a história, apressou-se a explicar o segundo colar, a verdadeira corrente. Mary ouviu e todos os pretendidos elogios e insinuações a Fanny ficaram esquecidos. Pensava apenas numa coisa. E os olhos, apesar do brilho que tinham antes, brilharam ainda mais quando ela exclamou com veemente satisfação:

— Verdade? Edmund fez isso? Bem típico dele. Nenhum outro homem teria pensado nisso. Não encontro palavras para louvá-lo.

E olhou em volta como se quisesse dizê-lo ao próprio Edmund. Ele não se encontrava perto, acompanhava um grupo de senhoras para fora do salão. Como a sra. Grant juntou-se às duas moças, tomou-lhes o braço, levando uma de cada lado, as três seguiram os demais para o salão.

Fanny sentiu o coração afundar, mas não havia tempo para pensar nem mesmo nos sentimentos da srta. Crawford. Chegavam ao salão de baile, os violinos começavam a tocar, e ela ficou com a mente tão agitada que lhe proibiu concentrar-se em alguma coisa séria. Precisava prestar atenção na organização geral do baile e ver como se fazia tudo.

Em poucos minutos, *Sir* Thomas aproximou-se dela e perguntou se ela estava comprometida para a dança.

— Sim, senhor, com o sr. Crawford.

Era a resposta exata que o tio pretendera ouvir.

O sr. Crawford não se encontrava muito afastado; *Sir* Thomas trouxe-o para junto da sobrinha, ao mesmo tempo que lhe dizia uma coisa que revelou a Fanny que era ela quem devia encabeçar a fila e abrir o baile, ideia que nunca lhe ocorrera antes. Sempre que pensava nas minúcias da noite, via como algo natural Edmund abri-lo com a srta. Crawford; e a impressão era tão forte que, embora *o tio* dissesse o contrário, ela não pôde evitar uma exclamação de surpresa, uma insinuação sobre sua incapacidade, até uma súplica para que a perdoasse. Insistir em se opor à opinião do tio era prova de que se tratava de um caso extremo, mas tal foi o horror que sentiu na primeira sugestão, que pôde de fato encará-lo e dizer que esperava que se organizasse a abertura de outra forma. Em vão, porém; *Sir* Thomas sorriu, tentou incentivá-la, então a olhou muito sério e disse com demasiada determinação: "Deve ser assim, minha querida", para que se arriscasse a dizer mais uma palavra.

E viu-se no momento seguinte conduzida pelo sr. Crawford ao extremo do salão e ali permanecer até se juntarem os demais dançarinos, um par após o outro, à medida que se formavam.

Fanny mal podia acreditar naquilo. Ser colocada na frente de tantas moças elegantes! A distinção era grande demais! Era tratá-la como às primas! E seus pensamentos voaram para as primas ausentes com o mais sincero e terno pesar de que não estivessem em casa para ocupar os próprios lugares no salão e desfrutar a parcela de um prazer que lhes teria sido tão maravilhoso.

Pois com tanta frequência as ouvira referirem-se ao desejo de dar um baile em casa como a maior de todas as felicidades! E se acharem ausentes logo agora que se dava o baile, e ela ter de abri-lo, ainda por cima com o sr. Crawford! Esperava que elas não lhe invejassem aquela distinção agora, mas ao lembrar as circunstâncias do último outono, o que todos haviam sido uns para os outros quando dançaram nessa casa antes, a situação atual quase fugia à sua compreensão.

Começou o baile. E ele constituiu mais honra que prazer para Fanny, na primeira dança pelo menos. De excelente humor, o parceiro tentava transmiti-lo a ela, que, no entanto, se sentia assustada demais para desfrutar alguma alegria até que pudesse supor que não a observavam mais. Jovem, bonita e gentil, porém, não exibia constrangimento algum que lhe superassem os encantos, e poucas pessoas presentes não estavam dispostas a elogiá-la: atraente, recatada, sobrinha de *Sir* Thomas, e logo se começou a dizer que o sr. Crawford admirava-a, o que bastou para merecer as boas graças de todos. O próprio *Sir* Thomas observava seu progresso na dança com muita complacência; orgulhava-se da sobrinha, e sem atribuir toda a sua beleza, como parecia fazer a sra. Norris, à mudança da jovem para Mansfield, sentia-se satisfeito consigo mesmo por lhe ter proporcionado tudo mais — a educação e os modos, ela devia ao tio.

A srta. Crawford leu os pensamentos de *Sir* Thomas, vendo-o ali parado, e, apesar de todas as suposições errôneas que fazia dela, prevalecia na jovem o desejo de mostrar-se recomendável. Aproveitou então a oportunidade de chegar-se a ele para dizer algo agradável sobre Fanny. Fez um elogio caloroso e ele o recebeu como ela podia esperar, aprovando-o com tanta aquiescência quanto lhe permitiam a discrição, a educação e a comedida lentidão de sua forma de expressar-se. E por certo com muito mais eloquência do que o fez a esposa, quando, logo depois, Mary, ao percebê-la num sofá próximo, virou-se antes de recomeçar a dançar, para felicitá-la pela beleza da srta. Price.

— Sim, ela está muito encantadora — respondeu *Lady* Bertram, plácida. — Chapman ajudou-a a vestir-se, mandei que o fizesse.

Na verdade, não se sentia tão satisfeita pelo fato de que admirassem Fanny quanto pela própria bondade ao mandar Chapman ajudá-la, a ponto de não conseguir tirar o fato da cabeça.

A srta. Crawford conhecia bem demais a sra. Norris para imaginar que a alegraria ao elogiar Fanny. A ela disse apenas, quando se apresentou a ocasião:

— Ah, minha senhora, que grande falta nos fazem as queridas sra. Rushworth e srta. Julia esta noite! — e a sra. Norris recompensou-a com tantos sorrisos e cortesias quanto lhe permitia o tempo, em meio a tantas ocupações, organizando as mesas de jogo, dando conselhos a *Sir* Thomas e procurando conduzir todos os acompanhantes a um lado melhor do salão.

Com a intenção de agradar a própria Fanny, Mary expressou-se de forma infeliz. Pretendia causar ao seu jovem coração uma palpitação feliz e proporcionar-lhe deliciosas sensações da importância de si mesma. Ao dar uma interpretação errônea aos rubores de Fanny, julgando-se bem-sucedida, dirigiu-se a ela após as duas primeiras danças e disse com um olhar significativo:

— Talvez possa dizer-me por que meu irmão vai amanhã para a cidade. Diz que tem assuntos a resolver lá, mas se recusa a explicar-me quais. É a primeira vez que me nega confidência! Isso, porém, acaba ocorrendo com todas nós. Somos todas substituídas, preteridas, cedo ou tarde. Agora, preciso dirigir-me a você em busca de informação. Rogo-lhe que me diga, que vai Henry fazer lá?

Fanny protestou ignorância com tanta firmeza quanto lhe permitia o acanhamento.

— Bem, então — respondeu a outra rindo —, devo supor que seja apenas pelo prazer de conduzir seu irmão e falar de você no caminho.

Fanny ficou confusa, mas se tratava da confusão do descontentamento, ao mesmo tempo que Mary se perguntava por que ela não sorrira e a julgara excessivamente ansiosa, estranha, ou outra coisa qualquer, mas não que fosse insensível às atenções de Henry. A debutante desfrutou inúmeras alegrias no decorrer da noite, mas elas tiveram muito pouco a ver com as atenções de Henry. Preferia que ele não a convidasse mais uma vez tão em seguida e desejava não ser obrigada a desconfiar que todas as perguntas anteriores que o rapaz fizera à sra. Norris sobre a hora da ceia visassem a assegurar-lhe um lugar ao lado dela durante aquela parte da noite. Mas não pôde evitá-lo, ele a fez sentir que era o objeto de todas as suas preferências, embora Fanny não pudesse dizer que o fizera desagradavelmente, nem que mostrasse indelicadeza ou ostentação na atitude, e, às vezes, quando falava de William, ele de modo algum era desagradável e mostrava até um cordial afeto que lhe dava crédito. Mesmo assim, as atenções do sr. Crawford nada tiveram a ver com a alegria dela. Sentia-se feliz sempre que olhava para o irmão e via como era total a diversão dele, a cada cinco minutos que conseguia caminhar ao seu lado e ouvir o relato sobre as parceiras; sentia-se feliz por saber-se admirada, e sentia-se feliz também por ter diante de si a expectativa das duas danças com Edmund. Durante a maior parte da noite, convidavam-na tanto para dançar que o indefinido compromisso com ele permanecia em perspectiva. Sentiu-se feliz mesmo quando as danças de fato ocorreram, mas não por ocorrer alguma animação da parte dele nem pelo fato de o primo ter proferido alguma das expressões de terna galanteria que haviam abençoado a manhã. Edmund tinha a mente exausta, e a felicidade de Fanny brotava do fato de ser a amiga com quem ele podia encontrar repouso.

— Estou esgotado desses atos de cortesia. Falei sem parar a noite toda, sem nada a dizer. Mas com você sei que posso encontrar paz, Fanny. Não precisará que eu converse. Vamos dar-nos o luxo de ficar em silêncio.

Fanny mal conseguiu murmurar seu assentimento. Grande parte da prostração de Edmund, resultante sem dúvida dos mesmos sentimentos que ele confessara aquela manhã, merecia especial respeito, e ambos se dedicaram às duas danças com tão séria sobriedade que qualquer observador talvez se perguntasse se *Sir* Thomas não vinha educando uma esposa para o segundo filho.

A noite proporcionara pouco prazer a Edmund. A srta. Crawford mostrara-se muito alegre quando inicialmente dançaram juntos, porém a alegria dela não lhe fez bem. Pelo contrário, deprimiu-lhe mais o espírito, em vez de o elevar. Depois, quando ele ainda se viu impelido a convidá-la de novo, Mary o magoou profundamente pela maneira como se referiu à profissão que em breve abraçaria. Haviam conversado e depois se calaram. Ele raciocinara e ela ridicularizara, e afinal separaram-se com mútua irritação. Fanny, incapaz de evitar por completo observá-los, vira o suficiente para se sentir mais ou menos satisfeita. Era horrível se sentir feliz quando Edmund sofria. No entanto, parte da sua felicidade procedia da própria convicção de que ele estava sofrendo.

Quando terminaram as duas danças com ele, o desejo e a força de Fanny para continuar a bailar aproximavam-se do fim, e *Sir* Thomas, após ter visto que a sobrinha mais andava do que dançava, ofegante, com a mão estendida ao lado do corpo, deu ordem para que se sentasse sem demora. A partir desse momento, o sr. Crawford também se sentou.

— Pobre Fanny! — exclamou William ao estar com ela um momento e abaná-la com o leque da parceira, como se quisesse ressuscitá-la. — Com que rapidez se exaure! Mas como? O esporte mal começou! Espero que a gente resista por mais duas horas. Como pode cansar-se tão cedo?

— Tão cedo! Meu bom amigo — disse *Sir* Thomas e retirou o relógio com toda a necessária cautela —, são três horas, e sua irmã não está habituada a esse tipo de horário.

— Bem, então, Fanny, não deve levantar-se amanhã antes de eu sair. Durma o quanto puder e não se preocupe comigo.

— Oh! William!

— Como? Ela pensou em levantar-se antes de você partir?

— Ah, sim, senhor! — exclamou Fanny, e levantou-se impetuosa para ficar mais perto do tio. — Preciso levantar-me e tomar o desjejum com ele. Entenda, será a última vez, a última manhã.

— Seria melhor que não o fizesse. Ele terá desjejuado e partido às nove e meia. Sr. Crawford, não virá buscá-lo às nove e meia?

Fanny insistiu demais, porém, e tinha os olhos marejados demais para ele negar-lhe o desejo. E a coisa terminou com uma amável permissão:

— Tudo bem, tudo bem!

— Sim, às nove e meia — disse Crawford a William, quando este ia deixá-los —, e serei pontual, pois não terei uma irmã gentil para levantar-se por *mim*.

— E num tom mais baixo para Fanny: — Terei apenas uma casa desolada da qual correr. Seu irmão constatará amanhã que temos ideias muito diferentes sobre horário.

Depois de uma breve reflexão, *Sir* Thomas convidou Crawford para juntar-se ao grupo do desjejum cedo naquela casa; em vez de comer sozinho, ele próprio participaria, e a rapidez com que o convite foi aceito convenceu-o de que as suspeitas das quais lhe surgira grande parte da ideia desse baile, tinha de confessar a si mesmo, não eram infundadas. O sr. Crawford se apaixonara por Fanny. E o tio previa, com prazer, o que haveria de acontecer. A sobrinha, enquanto isso, não agradeceu pelo que ele acabara de fazer. Esperava ter William só para si na última manhã. Teria sido um prazer indescritível. Mas, embora visse esses desejos excluídos, nenhum murmúrio de queixa se manifestou em seu íntimo. Ao contrário, habituara-se tão por completo a não consultarem sua vontade, nem a qualquer coisa acontecer da forma como desejaria, que ficou mais disposta a se admirar e regozijar por ter conseguido impor sua vontade até então que a se rebelar pela contrariedade que se seguiu.

Logo depois, *Sir* Thomas mais uma vez interferiu um pouco na vontade da sobrinha, aconselhando-a a ir deitar-se. "Conselho" foi a palavra, mas um conselho de poder absoluto, e Fanny só pôde levantar-se e, com um adeus muito cordial do sr. Crawford, afastar-se silenciosa; parou na porta do salão como a *Lady* de Branxholm Hall, do poema de *Sir* Walter Scott, "The Lay Of The Last Minstrel", "um momento e nada mais", para observar o cenário festivo e lançar um último olhar aos cinco ou seis pares determinados que continuavam a dançar. Arrastou-se então devagar escada acima, perseguida pela incessante dança, febril de esperanças e receios, ceia e coquetel Negus, com os pés doloridos, fatigada, nervosa e agitada, mas achando, apesar de tudo, que um baile era na verdade maravilhoso.

Ao mandá-la retirar-se, *Sir* Thomas talvez não pensasse apenas na saúde da sobrinha. Talvez lhe tivesse ocorrido que o sr. Crawford já estava havia muito tempo sentado ao lado dela, ou talvez pretendesse recomendá-la como esposa, salientando sua docilidade.

CAPÍTULO 29

O baile terminou, e também o desjejum logo acabou, deu-se o último beijo, e William partiu. O sr. Crawford, como o prometera, fora muito pontual. De maneira breve e agradável transcorrera a refeição. Depois de acompanhar William até o último momento, Fanny voltou à sala de desjejum com o coração muito entristecido para lamentar a melancólica mudança, e ali o tio bondosamente a deixou chorar em paz, julgando, talvez, que as cadeiras onde um dos rapazes se sentara poderiam influir sobre o seu terno entusiasmo, e que as suas emoções se dividiriam entre os restos de carne e mostarda do prato de William e as cascas de ovo do prato do sr. Crawford. Ela sentou e chorou com amor fraternal, e não outro. Agora que William partira, ela se sentia como se houvesse perdido metade da visita do irmão em inúteis cuidados e preocupações pessoais, que não diziam respeito a ele.

O temperamento de Fanny era tal que ela nem podia pensar na tia Norris, na pobreza e tristeza da casinha em que morava, sem reprovar a si mesma por alguma pequena falta de atenção com ela na última vez em que se haviam encontrado. Muito menos ainda seus sentimentos a absolviam por não ter tudo que William merecia durante toda aquela quinzena.

Foi um dia pesaroso e melancólico. Logo depois do segundo desjejum, Edmund despediu-se deles por uma semana, montou no cavalo e partiu para Peterborough e, assim, todos se foram. Restavam da última noite apenas as lembranças que ela não tinha com quem compartilhar. Conversou com a tia Bertram, precisava falar com alguém sobre o baile, mas a tia vira tão pouco do que se passara e tivera tão pouca curiosidade que a conversa revelou-se um árduo trabalho. *Lady* Bertram não se lembrava ao certo dos trajes de ninguém, nem dos lugares de ninguém à mesa da ceia, além do lugar por ela ocupado.

— Não consigo lembrar o que me disseram sobre uma das senhoritas Maddox, nem o que *Lady* Prescott comentou sobre você, Fanny. Não tenho certeza se o Coronel Harrison se referia ao sr. Crawford ou a William quando disse que era o rapaz mais elegante do baile.

Alguém lhe sussurrara qualquer coisa, mas ela esquecera de perguntar a *Sir* Thomas o que teria sido. E assim se resumiram as frases mais longas e as comunicações mais claras da senhora, o resto não passou de lânguidas reações:

— Sim, muito bem, sim, você fez? Ele? Não vi *isso*; não saberia distinguir um do outro.

A conversa foi um fiasco. Apenas melhor do que seriam as ríspidas respostas da sra. Norris, mas, como esta voltara para casa, com todas as geleias que sobraram para nutrir uma criada doente, houve paz e bom humor naquela pequena reunião das duas, embora nada mais.

A noite pareceu tão pesada quanto o dia:

— Não entendo qual é o problema comigo — disse *Lady* Bertram, depois que retiraram as coisas da mesa do chá. — Sinto-me muito entorpecida. Deve ser porque fiquei acordada até muito tarde na noite de ontem. Fanny, você precisa fazer alguma coisa para me manter acordada. Não posso trabalhar. Pegue o baralho; sinto grande torpor.

Fanny trouxe o baralho e jogou com a tia até a hora de dormir, e, como *Sir* Thomas lia sozinho, não se ouviram ruídos na sala durante duas horas, além da contagem do jogo:

— E com esta somam-se trinta e um, quatro na mão e oito no monte. É sua vez de dar as cartas, tia, ou prefere que eu dê pela senhora?

Fanny pensava sem parar na diferença que vinte e quatro horas haviam feito naquele salão e em toda a casa. A noite anterior consistiu em esperança, sorrisos, agitação, movimento, barulho e resplandecência, tanto no salão quanto fora dele, e em todo lugar. Agora imperava melancolia e apenas solidão.

Uma noite bem dormida elevou-lhe os ânimos. No dia seguinte, pensava em William com mais alegria e, como a manhã ofereceu-lhe uma oportunidade de conversar sobre a noite de quinta-feira com a sra. Grant e Mary Crawford, em um estilo muito mais agradável, com todas as contribuições da imaginação e as risadas bem-humoradas, essenciais à lembrança de um baile que passou, ela pôde depois reintegrar a mente sem grande esforço à normalidade cotidiana e conformar-se facilmente com a tranquilidade da semana.

Na verdade, agora formavam um grupo menor do que ela já vira no decorrer de um dia inteiro, e Edmund, de quem dependiam sobretudo o conforto e a animação de cada uma das reuniões da família, partira. Mas Fanny precisava aprender a habituar-se a isso. Muito em breve ele partiria para sempre, e ela sentia-se grata por se sentar na mesma sala com o tio, ouvir sua voz, suas perguntas, e até respondê-las sem aquelas sensações que antes a deixavam tão agoniada.

— Sentimos falta dos nossos dois rapazes — foi a observação de *Sir* Thomas, tanto no primeiro quanto no segundo dia, quando formaram aquele círculo agora muito reduzido depois do jantar, e, em consideração aos olhos marejados de Fanny, nada mais se disse no primeiro dia, além de beberem à boa saúde deles. Mas, no dia seguinte, a conversa estendeu-se mais. O tio, com grande amabilidade, elogiou muito William e manifestou esperança de sua promoção.

— E há motivos para supor — acrescentou *Sir* Thomas — que suas visitas a Mansfield passem agora a ser mais ou menos frequentes. Quanto a Edmund, precisamos aprender a prescindir dele. Este inverno será o último que passará conosco.

— É verdade — disse *Lady* Bertram —, mas eu preferiria que ele não fosse embora. Parece que todos se vão. Gostaria que permanecessem em casa.

O desejo se referia em especial a Julia, que acabara de pedir permissão para ir com Maria para Londres. Como *Sir* Thomas pensara ser melhor para as filhas conceder a permissão, *Lady* Bertram, embora por sua boa natureza não o tivesse impedido, lamentava a mudança causada na perspectiva de o retorno de Julia ser adiado. A isso se seguiu uma grande quantidade de motivos baseados no bom senso de *Sir* Thomas, visando reconciliar a esposa com a decisão. Expôs-lhe tudo que um pai atencioso deveria sentir para fazê-la compreender, e atribuiu tudo que uma mãe afetuosa deveria sentir ao proporcionar alegria aos filhos conforme a natureza dela. *Lady* Bertram concordava com tudo com um calmo "sim" e, ao cabo de quinze minutos em silenciosa reflexão, comentou com espontaneidade:

— *Sir* Thomas, andei pensando, e muito me alegra termos trazido Fanny como o fizemos para Mansfield, pois, agora que os outros se encontram ausentes, sentimos o bem dessa acolhida.

Sir Thomas logo melhorou o cumprimento ao acrescentar:

— Pura verdade. Mostramos a Fanny como a consideramos uma boa moça, elogiando-a na presença dela. Nossa sobrinha agora é uma companhia inestimável. Se nos foi possível favorecê-la, ela agora nos é bastante necessária.

— De fato — concordou a esposa. — Além de ser um consolo pensar que sempre a teremos.

Sir Thomas fez uma pausa, esboçou um sorriso, fitou a sobrinha de esguelha e então respondeu sério:

— Espero que nunca nos deixe, até ser convidada a morar em alguma outra casa que possa proporcionar-lhe maior felicidade que a que sente aqui.

— Não é muito provável que isso aconteça, *Sir* Thomas. Pois quem a convidaria? Maria talvez tivesse grande prazer em recebê-la em Sotherton de vez em quando, mas não pensaria em convidá-la para morar lá, sei que se encontra em muito melhor situação aqui, além disso, não posso arranjar-me sem Fanny.

A semana, que passou tão tranquila e pacífica em Mansfield, teve um caráter muito diferente no presbitério. Para cada uma das moças das duas famílias, pelo menos, trouxe emoções muito diferentes. O que para Fanny consistiu em tranquilidade e conforto, para Mary revelou-se tédio e irritação, em virtude, em parte, da diferença de temperamento e de hábito, uma tão fácil de satisfazer, a outra tão desabituada a tolerar; entretanto, havia circunstâncias diferentes. Em alguns pontos de interesse, as respectivas posições eram totalmente opostas. Na mente de Fanny, a ausência de Edmund, levando-se em conta o motivo e a tendência, constituía na verdade um alívio. Para Mary, era dolorosa em todos os aspectos. Sentia falta da companhia dele, todos os dias, quase todas as horas, e a necessitava demais para apenas se irritar ao pensar no objetivo da viagem dele. Edmund não poderia inventar nada mais capaz de aumentar-lhe a importância do que essa semana de ausência, ocorrendo na mesma ocasião em que o irmão se fora e William Price também partira, além de rematar o rompimento geral de um grupo que fora tão animado. Mary lamentava intensamente. Agora se reduziam a um trio melancólico, confinado dentro de casa pela chuva e pela neve, sem nada a fazer e sem novidades a esperar. Por mais indignada que estivesse com Edmund por aferrar-se às próprias ideias e agir de acordo com seu ponto de vista, em desafio a ela (ficara tão furiosa que mal se despediram como amigos no baile), Mary não podia parar de pensar o tempo todo nele quando ausente, enfatizar seu mérito e sua afeição e, mais uma vez, ansiar intensamente os encontros quase diários que tiveram nos últimos meses. Aquela ausência revelava-se desnecessariamente longa. Ele não deveria tê-la planejado, não deveria ter saído de casa por uma semana, em vista de a partida dela própria de Mansfield achar-se tão próxima. Então começava a culpar-se. Quisera não lhe ter falado com tanta veemência na última conversa. Receava haver empregado algumas expressões muito fortes e desdenhosas ao se referir ao clero, e isso, além de não ficar nada bem, era falta de educação e ofensivo. Desejava do fundo do coração poder retirar tais palavras.

Essa irritação não terminou com a semana. Embora aqueles dias fossem péssimos, teve de suportar outros muito piores ao chegar a sexta-feira seguinte sem trazer Edmund; veio o sábado e ainda nada dele, e por um breve contato no domingo com a outra família ela soube que ele, de fato, escrevera para informar que adiara o retorno, após prometer permanecer mais alguns dias com o amigo.

Se Mary sentira impaciência e remorso antes, arrependera-se do que dissera e temera que as palavras houvessem causado um impacto demasiado forte, agora sentia e receava dez vezes mais. Viu-se obrigada, além disso, a combater uma emoção desagradável e inteiramente nova para si: ciúme. O amigo de Edmund, sr. Owen, tinha irmãs que ele talvez achasse atraentes. Mas, de qualquer modo, o fato de ausentar-se em uma época em que, segundo todos os planos anteriores, ela devia mudar-se para Londres, significava algo que não podia suportar. Houvesse Henry voltado três ou quatro dias depois, como prometera, a essa altura já teria partido de Mansfield com o irmão. Tornou-se imperioso procurar Fanny para ter mais informações. Não aguentava continuar a viver naquele tormento solitário, por isso se dirigiu a Mansfield Park, enfrentando dificuldades para percorrer o caminho, que julgara intransponível uma semana antes, em busca da chance de ouvir um pouco mais, pelo menos ouvir o nome dele.

A primeira meia hora se passou em vão, pois Fanny e *Lady* Bertram estavam juntas e, a não ser que ficasse a sós com Fanny, Mary nada podia esperar. Mas *Lady* Bertram afinal saiu da sala, e então, quase de imediato, a srta. Crawford começou, com a voz mais tranquila que conseguiu:

— E a senhora, o que acha de seu primo Edmund ausentar-se por tanto tempo? Sendo a única jovem em casa, considero-a a que mais sofre. Deve sentir muita falta dele. Não a surpreende o fato de ele prolongar a ausência?

— Não sei — respondeu Fanny hesitante. — Sim... não esperava que o fizesse.

— Talvez ele fique mais tempo do que diz. Em geral, é o que fazem todos os jovens.

— Não o fez na única vez em que foi visitar o sr. Owen.

— Com certeza, acha a casa mais agradável agora. Ele mesmo é um rapaz muito encantador, e não posso evitar de me sentir um tanto preocupada por não vê-lo de novo antes de ir para Londres, como agora sem dúvida vai acontecer. Espero a volta de Henry a qualquer momento e, assim que ele chegar, nada me deterá mais em Mansfield. Confesso que gostaria de vê-lo mais uma vez. Mas a senhorita terá de lhe transmitir minhas lembranças. Sim, creio que devem ser lembranças. Não falta, srta. Price, na nossa língua, algo entre lembrança e... e amor, que convenha mais ao tipo de convivência amistosa que tivemos juntos? Tantos meses de convivência! Mas lembranças devem bastar nesse caso. A carta dele foi muito longa? Conta muito do que anda fazendo? Vai ficar por causa das festas de Natal?

— Só fiquei sabendo de uma parte da carta, era para meu tio, mas creio que tenha sido bem concisa. Na verdade, sei que escreveu poucas linhas. Tudo que soube foi que o amigo tinha insistido para que ele ficasse mais tempo e ele concordou. Poucos dias ou alguns dias a mais, não tenho bem certeza.

— Oh! Se ele escreveu ao pai... imaginei que talvez tivesse escrito a *Lady* Bertram ou a você. Mas, se escreveu ao pai, não admira que tenha sido conciso. Quem se estenderia em trivialidades com *Sir* Thomas? Se ele lhe tivesse escrito, contaria pormenores. Ficaria sabendo dos bailes e das reuniões. Ele lhe enviaria uma descrição de tudo e de todos. Quantas são as senhoritas Owen?

— Três, já crescidas.

— Elas gostam de música?

— Não sei mesmo. Nunca ouvi nada a respeito.

— Saiba que esta é a primeira pergunta — disse Mary, tentando mostrar-se alegre e desinteressada — que qualquer mulher que sabe tocar um instrumento faz sobre a outra, com certeza. Contudo é uma grande tolice fazer tal pergunta sobre quaisquer mocinhas, sobre três irmãs que acabam de sair da adolescência, pois sei, sem que precisem dizer-me, exatamente o que são: todas as três muito prendadas e agradáveis e uma muito bonita. Sempre há uma beldade em toda família. É natural. Duas tocam piano e uma toca harpa, e todas cantam ou cantariam se tivessem aprendido, e cantam ainda melhor porque não aprenderam, ou coisa que o valha.

— Nada sei a respeito das irmãs Owen — respondeu Fanny tranquila.

— Nada sabe nem quer saber, como dizem as pessoas. De fato, que interesse se pode ter por aqueles que nunca se viu? Bem, quando seu primo voltar, vai achar Mansfield Park calmo demais, pois todos os barulhentos terão ido embora, seu irmão, o meu e eu mesma. Não me agrada a ideia de deixar a sra. Grant. Agora que o momento de fato se aproxima, entristece-a minha partida.

Fanny sentiu-se obrigada a falar:

— Não pode duvidar de que muitos sentirão a sua ausência — disse. — Vai fazer-nos muita falta.

A srta. Crawford encarou-a como se quisesse ver ou ouvir mais, então disse, rindo:

— Oh, sim! Muitos sentirão a minha falta, como se sente a de todo barulho desagradável quando termina, isto é, sentirão uma grande diferença. Não estou fingindo modéstia para angariar elogios; não me elogie. Se eu fizer falta, logo se saberá. Aqueles que quiserem me ver saberão encontrar-me. Não estarei em nenhuma região incerta, nem distante nem inacessível.

Diante disso, Fanny não conseguiu forçar-se a falar e Mary ficou decepcionada, pois esperava ouvir alguma agradável afirmação de seu poder dos lábios de uma pessoa que, segundo ela, devia conhecê-lo, e tornou a ficar com o humor abatido.

— As senhoritas Owen — disse logo depois. — Suponha que visse uma delas instalada em Thornton Lacey; o que pensaria a esse respeito? Têm acontecido coisas tão estranhas! Eu diria que elas talvez tentem alguma coisa para consegui-lo. E têm toda a razão, pois seria uma situação muito boa para as jovens. De modo algum me admira nem as censuro. Constitui o dever de todo mundo alcançar o melhor possível para si mesmo. Um filho de *Sir* Thomas é alguém importante, e Edmund se encontra no ambiente deles. O pai é pastor, o irmão é pastor e todos têm interesses em comum. Por direito, ele lhes pertence, e é natural que lhes pertença. Não diz nada, Fanny... srta. Price? Diga, com sinceridade, não acha que isso é mais provável que o contrário?

— Não — respondeu Fanny, decisivamente. — Não creio, de modo algum.

— De modo algum! — exclamou a srta. Crawford, com animação. — Surpreende-me essa negativa! Mas eu diria que sabe com certeza, sempre imagino que saiba, talvez não acredite na probabilidade de ele sequer se casar, ao menos não no presente.

— Não, não acredito — disse Fanny, em voz baixa, torcendo para não se equivocar na crença nem no conhecimento disso.

A companheira olhou-a intensamente e, ao reunir maior ânimo do rubor que logo subiu às faces da jovem, disse apenas:

— É muito melhor para ele assim — e mudou de assunto.

CAPÍTULO 30

A conversa com Fanny aliviou muito a inquietação de Mary Crawford, e ela voltou para casa com o ânimo de quase resistir a outra semana com o mesmo pequeno grupo, o mesmo mau tempo, se tivesse de se submeter a essa prova.

Mas como aquela mesma tarde trouxe-lhe o irmão de Londres com muita, mais do que muita, de sua habitual alegria, ela não precisou avaliar a própria resistência. O fato de Henry ainda se recusar a contar-lhe o que fora lá fazer já era um motivo apenas para proporcionar-lhe alegria. Um dia antes, talvez a irritasse, mas agora era uma agradável brincadeira; ela desconfiava apenas que ele escondia algo planejado só para lhe fazer uma prazerosa surpresa. E o dia seguinte de fato trouxe essa surpresa. Henry dissera que deveria fazer uma rápida visita aos Bertram e perguntar como passavam e voltaria em dez minutos, mas saíra fazia mais de uma hora. Quando a irmã, que o esperava para que passeassem no jardim, o encontrou afinal na curva do caminho, gritou cheia de impaciência:

— Meu querido Henry, por onde andou esse tempo todo? — Ao que ele respondeu apenas que ficara conversando com *Lady* Bertram e Fanny. — Conversando com elas por uma hora e meia! — exclamou Mary, admirada.

Mas esse foi apenas o início da surpresa.

— Sim, Mary — ele confirmou, enlaçou-lhe o braço, andando como se não soubesse onde se encontrava: — Não pude retirar-me mais cedo... Fanny estava tão linda! Estou bastante resolvido, minha irmã. Tomei minha decisão de corpo e alma. Isso a surpreende? Não, você deve saber como estou muito determinado a me casar com Fanny Price.

A surpresa agora se revelou total, pois, apesar do que lhe sugeria o modo de ele se expressar, nunca passara pela mente da irmã a desconfiança de que Henry tivesse tal intenção, e desprendeu-se do semblante de Mary tão verdadeira surpresa que ele se viu obrigado a repetir o que dissera de forma mais completa e solene. Assim que reconheceu a determinação dele, acolheu-a de bom grado. Sentiu até prazer junto com a surpresa. O estado de espírito em que se achava Mary a fez alegrar-se naquela ligação com a família Bertram e a não ver com desagrado a ideia de o irmão casar-se um pouco abaixo na hierarquia de suas possibilidades.

— É, Mary — foi a conclusiva afirmação de Henry. — Fui fisgado da cabeça aos pés. Você sabe das frívolas intenções com que comecei, mas elas terminaram. Eu fiz, posso vangloriar-me, consideráveis progressos nos afetos dela, porém os meus se encontram inteiramente determinados.

— Menina de sorte, que menina de sorte! — exclamou Mary assim que teve condição de falar. — Que casamento excelente para ela! Henry, meu querido, este deve ser meu primeiro sentimento, mas o segundo, peço-lhe que aceite com a mesma sinceridade, é que aprovo a sua escolha do fundo da alma e prevejo sua felicidade com tanta cordialidade quanto a almejo e desejo. Você terá uma adorável mulherzinha, toda gratidão e devoção. Exatamente como merece. Que surpreendente união para ela! A sra. Norris, muitas vezes, se refere à sorte de Fanny. Que dirá agora? A alegria de toda a família, na verdade! E entre seus membros ela tem alguns verdadeiros amigos! Como ficarão contentes por ela! Mas me conte tudo a respeito! Do começo ao fim. Quando começou a pensar nela a sério?

Nada lhe parecia mais impossível do que responder a tal pergunta, embora nada parecesse mais agradável que a irmã a houvesse feito.

Como dele se apoderara o doce tormento, não saberia dizer, e, antes que Henry manifestasse três vezes com uma pequena variação de palavras o mesmo sentimento da sua ignorância quanto ao que aconteceu, a irmã o interrompeu com impaciência:

— Ah, meu querido Henry, foi isso que o levou a Londres! Esse era o assunto a resolver! Você preferiu consultar o almirante antes de tomar a decisão.

Mas isso ele negou de forma decisiva. Conhecia o tio bem demais para consultá-lo sobre qualquer plano matrimonial. O almirante detestava casamento e o julgava imperdoável em um jovem de fortuna independente.

— Quando ele conhecer Fanny — continuou Henry —, vai adorá-la. Ela é exatamente a mulher que pode acabar com todos os preconceitos de um homem como o almirante, pois constitui a espécie precisa de mulher que ele julga não existir no mundo. Fanny é exatamente a impossibilidade que ele descreveria, se, na verdade, meu tio pudesse agora exprimir as próprias ideias com delicadeza de linguagem. Mas até se ter acertado tudo sem risco de interferência, ele nada saberá a respeito. Não, Mary, você se enganou redondamente. Ainda não descobriu meu segredo.

— Ora, ora, fiquei satisfeita. Já sei a que se relaciona e não tenho pressa de saber o resto. Fanny Price! Esplêndido, realmente esplêndido! Que Mansfield tivesse feito tanto por... Que você encontrasse seu destino em Mansfield! Mas tem toda razão, Henry; não poderia ter escolhido melhor. Não existe melhor moça no mundo, você não precisa de fortuna; e, quanto ao parentesco, o dela é mais que aceitável. Os Bertram são, sem dúvida, uma das famílias mais ilustres da região. Ela é sobrinha de *Sir* Thomas Bertram, isso basta ao mundo. Mas continue, continue. Conte mais. Quais são os seus planos? Ela já sabe da própria felicidade?

— Não.

— O que o faz esperar?

— Que se apresente pouco mais que uma simples oportunidade favorável da parte de Fanny. Mary, ela não é como as primas, mas acho que não pedirei em vão.

— Oh, não! É impossível. Mesmo que você fosse menos agradável, supondo-se que ela já não o ame, do que, porém, tenho poucas dúvidas, você estaria seguro. A gentileza e gratidão naturais de Fanny a assegurariam como sua no ato. Do fundo da minha alma, não acredito que se casaria com você sem amor, isto é, se existe no mundo uma jovem capaz de não se deixar influenciar pela ambição, suponho que seja ela. Mas peça-lhe que o ame e ela não terá coragem de recusá-lo.

Tão logo ela se acalmou e ficou em silêncio, ele, feliz, começou a falar e seguiu-se uma longa conversa, quase tão profundamente interessante para a irmã como para ele próprio, embora Henry não tivesse o que relatar senão suas próprias emoções, nada senão os encantos de Fanny. A beleza do rosto, o porte, a graciosidade das atitudes e o bom coração de Fanny constituíam o inesgotável tema. Discorreu detalhadamente, com intenso ardor, sobre a delicadeza, o recato e a meiguice da personalidade dela, aquela meiguice que constitui parte tão essencial do valor de toda mulher, segundo o homem, que, embora às vezes ame quem não a possui, nunca a julga inexistente. Quanto ao temperamento de Fanny, tinha bons motivos para nele confiar e elogiá-lo. Vira-o muitas vezes posto à prova. Existia alguém na família, com exceção de Edmund, que não houvesse, de um ou de outro modo e sem parar, testado sua paciência e tolerância? Tinha evidentes e fortes afeições. Vê-la com o irmão! O que poderia de forma mais deliciosa provar que a bondade do coração igualava-se à delicadeza da jovem? O que seria mais animador para um homem que almejava seu amor? E também lhe eram indubitáveis a inteligência rápida e clara e as maneiras, o reflexo da própria mente modesta e elegante. E havia muito mais. Henry Crawford tinha demasiado bom senso para não apreciar o valor dos bons princípios numa esposa, apesar de tão pouco dado a sérias reflexões para conhecê-los pelo nome específico. Mas quando se referia ao fato de Fanny ter tal firmeza e regularidade de conduta, tão elevada noção de honra, tal observância do decoro, que garantia a qualquer homem total confiança na sua fé e integridade, ele expressava o que lhe inspirava o conhecimento de que ela era uma pessoa devota e de princípios arraigados.

— Posso confiar nela de forma total e absoluta — declarou —, e é isso o que quero.

Bem podia Mary regozijar-se das perspectivas do irmão, acreditando como acreditava que semelhante opinião sobre Fanny Price dificilmente excedia os méritos da jovem.

— Quanto mais penso nisso — exclamou a irmã — mais me convenço de que você fez o certo e, embora eu jamais imaginasse Fanny Price como a moça com mais chances de conquistá-lo, agora me convenci de que ela é a única capaz de fazê-lo feliz. Seu plano perverso de lhe perturbar a paz revelou-se de fato uma ótima ideia. Ambos encontrarão a felicidade nessa união.

— Fui mau, muito mau, em agir contra um ser humano como Fanny! Mas não a conhecia então, e ela não terá razão alguma de lamentar a hora em que me ocorreu pela primeira vez aquela ideia. Hei de fazê-la muito feliz, Mary, mais feliz do que já foi algum dia ou viu alguém ser. Não a levarei embora de Northamptonshire. Deixarei Everingham arrendada e alugarei uma casa nesta região, talvez Stanwix Lodge. Arrendarei Everingham por uns sete anos. Basta meia palavra, e arranjarei um excelente arrendatário. Ocorre-me, no momento, o nome de três pessoas que aceitariam minhas próprias condições e me agradeceriam.

— Ah! — exclamou Mary. — Estabelecer-se em Northamptonshire! Que agradável! Então ficaremos todos juntos.

Mal disse isso, arrependeu-se e quis desdizê-lo, mas não havia necessidade de confusão, pois o irmão via-a apenas como hóspede do presbitério de Mansfield e respondeu-lhe só para convidá-la de forma amabilíssima a visitá-lo na própria casa e para reclamar o direito preferencial na companhia dela.

— Você precisa dar-nos mais da metade do seu tempo — disse Henry. — Não admito que a sra. Grant tenha a mesma pretensão a você que Fanny e eu, pois seremos dois a disputar sua companhia. Fanny será uma verdadeira irmã para você!

Mary só teve de se sentir grata e prometer que o faria, mas agora tinha total intenção de não ser hóspede nem do irmão nem da irmã por muitos meses mais.

— Dividirá seu tempo entre Londres e Northamptonshire?

— Sim.

— Faz muito bem, e em Londres, por certo, terá sua própria casa, não ficará mais com o almirante. Meu querido Henry, que vantagem para você ver-se livre dele antes que o contagie com aquelas rudes maneiras, com aquelas tolas opiniões dele ou se habitue a sentar-se à mesa das refeições como se fosse a melhor coisa da vida! Você não percebe o ganho, pois o afeto que sente por ele o cegou, mas, em minha opinião, o fato de casar-se cedo talvez seja sua salvação. Vê-lo ficar como o almirante, em palavras ou ações, em aparência ou gestos, teria partido meu coração.

— Ora, ora, quanto a isso nossas ideias não se assemelham muito. O almirante tem lá seus defeitos, mas é um homem muito bom, e tem sido mais do que um pai para mim. Poucos pais teriam permitido a um filho seguir tanto o próprio caminho. Você não deve influenciar Fanny contra ele. Quero que os dois gostem um do outro.

Mary refreou-se de dizer o que sentia: não poderia haver duas pessoas cujas personalidades e atitudes fossem menos compatíveis. O tempo se encarregaria de revelá-lo ao irmão, mas não pôde evitar essa reflexão sobre o almirante.

— Henry, tenho em tão alto conceito Fanny Price que, se imaginasse que a futura sra. Crawford teria a metade dos motivos que levaram a minha pobre e maltratada tia a abominar o próprio nome, impediria o casamento, se pudesse, mas o conheço. Sei que a esposa a quem você amar será a mulher mais feliz do mundo e, mesmo que um dia deixasse de amá-la, ela ainda encontraria no marido a generosidade e a boa educação de um nobre.

A impossibilidade de não fazer tudo no mundo para tornar Fanny Price feliz ou deixar de amar Fanny Price constituiu decerto o fundamento da eloquente resposta dele.

— Se a tivesse visto esta manhã, Mary — ele continuou —, o quanto se dedicava com tão inefável meiguice e paciência a todas as exigências idiotas da tia, trabalhava com ela e para ela, a face belamente rosada, enquanto se debruçava sobre o trabalho, depois retornando à mesa para terminar uma carta que começara a escrever, a mando daquela estúpida mulher, tudo isso com tão autêntica gentileza, como se fosse a coisa mais natural não ter um único momento sob seu próprio comando, os cabelos bem penteados como sempre, um pequeno cacho a cair-lhe da testa quando se curvava para escrever, o qual ela de vez em quando puxava para trás. Em meio a tudo isso ainda me dirigia a palavra ou ouvia, como se gostasse de escutar o que eu dizia! Se a tivesse visto assim, Mary, jamais insinuaria a possibilidade de algum dia cessar o poder de Fanny sobre meu coração.

— Meu adorado Henry — exclamou Mary, e acrescentou sorrindo após uma breve pausa: — Como me alegra vê-lo tão apaixonado! Deixa-me maravilhada demais! Mas que dirão a sra. Rushworth e Julia?

— Não dou a mínima para o que digam ou pensem. Elas agora verão que espécie de mulher pode conquistar-me, conquistar um homem de bom senso. Desejo que a descoberta lhes seja proveitosa. Agora ambas verão a prima ser tratada como deve ser, e espero que se sintam bastante envergonhadas das abomináveis indiferenças e grosserias. Ficarão furiosas — ele acrescentou em um tom mais frio, após um momento de silêncio. — A sra. Rushworth ficará furiosa. Será uma amarga pílula para ela, quer dizer, como outras pílulas amargas causarão um sabor amargo que depois de engolidas a gente esquece, pois não sou tão pretensioso a ponto de julgar seus sentimentos mais duradouros que os de outra mulher, embora eu tenha sido o objeto desses sentimentos. Sim, Mary, minha Fanny sentirá a diferença, uma diferença diária, a toda hora, na atitude de todos os que se aproximarem dela, e será a plenitude da minha felicidade saber que isso se deverá a mim, serei a pessoa que lhe dará a importância que ela merece. Agora ela se acha dependente, desamparada, sem amigos, ignorada, esquecida.

— Não, Henry, não por todos, não esquecida por todos nem sem amigos e tampouco ignorada. O primo Edmund nunca a esquece.

— Edmund... verdade, creio que ele, na maioria das vezes, é bom para ela, como também é *Sir* Thomas, à maneira de um tio rico, superior, prolixo e arbitrário. Que podem fazer *Sir* Thomas e Edmund juntos, que fazem pela felicidade, conforto, honra e dignidade dela no mundo, em comparação com o que farei?

CAPÍTULO 31

Henry Crawford tornou a visitar Mansfield Park na manhã do dia seguinte e uma hora mais cedo do que manda a etiqueta. As duas senhoras encontravam-se na sala de desjejum e, para sua felicidade, no momento em que ele ia entrar, *Lady* Bertram preparava-se para sair. Já tinha chegado quase à porta e, não querendo dar-se a tanto incômodo sem proveito, prosseguiu em seu intento, depois de uma polida recepção e uma pequena frase de agradecimento pela visita e um "Informe *Sir* Thomas" à criada.

Henry, radiante por vê-la sair, curvou-se em saudação e, sem perder tempo, logo se virou para Fanny, pegou algumas cartas e disse muito animado:

— Preciso sentir-me infinitamente grato a qualquer pessoa que me proporcione tal oportunidade de vê-la sozinha. Desejo isso mais do que pode imaginar. Sabendo, como sei, quais são seus sentimentos de irmã, não toleraria que ninguém mais na casa partilhasse com você o primeiro conhecimento da notícia que lhe trago. Trata-se de um fato. Seu irmão é tenente. Tenho a infinita satisfação de felicitá-la pela promoção de seu irmão. Eis as cartas que a anunciam, recém-recebidas por mim. Talvez também aprecie lê-las.

Fanny não pôde falar, mas ele não queria que ela falasse. Era suficiente ver a expressão dos seus olhos, a mudança no rosto, a sequência das emoções, dúvidas, confusão e felicidade. Tomou as cartas quando ele as entregou. A primeira era do almirante, para informar o sobrinho, em poucas palavras, de que fora bem-sucedido no propósito em que se empenhara: a promoção do jovem Price, anexa a mais duas, uma do secretário do primeiro-lorde do Almirantado a um amigo, que o almirante encarregara de cuidar do negócio, a outra, desse amigo para o próprio Henry, pela qual parecia que Sua Excelência tivera imensa satisfação em atender à recomendação de *Sir* Charles, que *Sir* Charles sentia grande prazer pela oportunidade de provar seu respeito pelo Almirante Crawford, e que a circunstância de ter-se concedido ao sr. William Price a patente de segundo-tenente da corveta *Thrush* de Sua Majestade causara satisfação a um grande círculo de pessoas importantes.

Ao mesmo tempo que as mãos dela tremiam ao segurar as cartas, os olhos corriam de uma para outra e o coração avolumava-se de emoção, Crawford continuava, com visível entusiasmo, a exprimir seu interesse pelo acontecimento:

— Não falarei da minha própria felicidade — disse —, por maior que seja, pois só penso na sua. Comparado a você, quem tem o direito de ser feliz? Eu quase chego a me odiar por ter tomado conhecimento primeiro de algo que você deveria ter sabido antes de todo mundo. Não perdi um minuto, porém. O correio atrasou esta manhã, mas depois não retardei sequer um instante. Não tentarei descrever como o assunto me deixou tomado de impaciência, ansiedade, desvario, nem a tremenda mortificação, a cruel decepção que sofri ao não poder finalizá-lo durante minha estada em Londres! Ali fiquei retido, dia após dia, na esperança de vê-lo concluído, pois nada menos importante para mim que esse propósito me deteria nem a metade do tempo afastado de Mansfield. Embora meu tio compartilhasse meus desejos com toda a cordialidade que eu poderia desejar, e se empenhasse imediatamente, surgiram dificuldades em virtude da ausência de um amigo e os compromissos de outro. Por fim, não suportei mais a ideia de ficar lá até que se resolvesse tudo e, sabendo em que boas mãos deixei a causa, voltei na segunda-feira, na esperança de que não passassem muitos correios até receber estas cartas. Meu tio, que é o melhor homem do mundo, esforçou-se, como eu sabia que o faria após conhecer seu irmão. Ficou encantado com ele. Não me permiti dizer-lhe ontem como ficou encantado, nem repetir a metade do que o almirante disse em favor dele. Decidi adiar tudo isso até que se provasse o elogio dele como o de um amigo, como hoje se provou. Agora me permito dizer que nem eu poderia supor que William Price provocasse tanto interesse e fosse alvo de mais calorosos votos e elevada recomendação como os conferidos pelo meu tio voluntariamente, depois da noite que passaram juntos.

— Então tudo isso se deve ao *seu* trabalho? — exclamou Fanny. — Deus do Céu! Que bondade, que grande bondade! Foi o senhor mesmo... foi por causa do *seu* desejo? Peço-lhe perdão, mas me sinto aturdida. E o almirante Crawford solicitou? Como foi? Estou estupefata.

Henry teve a maior felicidade em fazer-se mais inteligível, ao começar de um estágio anterior e mencionar especificamente o que ele fizera. Empreendera a última viagem a Londres com o único objetivo de apresentar o irmão dela em Hill Street e convencer o tio a usar toda a sua influência para conseguir sua promoção. Esse fora o assunto. Não o dissera a ninguém, não deixara escapar sequer uma sílaba, nem mesmo a Mary. Enquanto não tivesse assegurado o êxito, não suportaria que ninguém partilhasse seus sentimentos. Falava com tanta veemência do que fora aquele anseio, usava expressões tão contundentes e excedia-se na repetição de mais profundo interesse, motivos duplicados, mais opiniões e desejos que cabiam relatar, que era impossível Fanny permanecer insensível à intenção dele, se ela tivesse condição de prestar-lhe atenção. Mas tinha o coração tão cheio e os sentidos ainda tão aturdidos que só ouvia, mesmo assim de forma não muito clara, o que lhe falava sobre William e apenas repetia, quando Henry se interrompia:

— Que bondade! Que grande bondade! Oh, sr. Crawford, seremos infinitamente gratos ao senhor! Querido, adorado William! — Ela levantou-se de um salto e, ao dirigir-se apressada para a porta, exclamou: — Vou ver meu tio. Ele deve saber disso agora mesmo.

Mas isso Henry não podia permitir. A oportunidade era demasiadamente favorável e seus sentimentos, demasiadamente impacientes. Saiu logo atrás dela.

— Não deve ir ainda, conceda-me mais cinco minutos. — Tomou-lhe a mão, tornou a sentá-la na cadeira e já chegava ao meio da explicação posterior, sem que ela desconfiasse da razão por que a detivera. Quando, porém, compreendeu e percebeu que ele esperava que ela acreditasse haver inspirado ao seu coração sentimentos que antes não conhecera, e que tudo que ele fizera por William devia ser considerado por conta do seu excessivo e único amor pela irmã do jovem oficial, sentiu-se muito aflita e não pôde falar durante alguns minutos. Considerou tudo aquilo um capricho, simples frivolidade e galanteio, destinado apenas a enganá-la como um passatempo momentâneo. Não pôde evitar a sensação de que ele a tratava de maneira imprópria e desonrosa, de uma forma que ela não merecia, mas isso era bem típico de Henry e um perfeito exemplo do que Fanny vira-o fazer antes. Não se permitiu demonstrar nem a metade do desgosto que sentia, porque ele lhe havia concedido um favor que nenhuma falta de delicadeza poderia fazê-la esquecer. Enquanto seu coração ainda estava transbordando de alegria e gratidão por causa de William, não poderia rigorosamente ressentir-se de qualquer injúria feita a ela própria. Depois de duas vezes retirar a mão das mãos dele e duas vezes tentar em vão afastar-se, levantou-se e disse apenas, muito agitada:

— Não, sr. Crawford, por favor, não! Rogo-lhe que não continue. Trata-se de uma conversa que é muito desagradável para mim. Preciso ir embora. Não posso suportá-la.

Contudo, ele continuava a falar, descrevia o afeto, solicitava uma correspondência e, por fim, com palavras tão claras que não podiam ter outro significado até para ela, ofereceu-lhe a si mesmo, a mão, a fortuna e tudo mais. Então era isso mesmo, ele o dissera. A perplexidade e confusão de Fanny intensificaram-se e, embora ainda não soubesse se o levava a sério, mal conseguia manter-se em pé. Ele exigiu uma resposta.

— Não, não, não! — ela gritou e escondeu o rosto. — Tudo isso é um absurdo. Não me torture. Não quero ouvi-lo mais. Sua bondade com William me torna mais grata do que posso expressar com palavras, mas não quero, não suporto, não devo ouvir. Não, não pense em mim. Sei que *não está* pensando em mim. Sei que isso não significa nada.

Conseguira escapar dele e naquele momento ouviu-se *Sir* Thomas falando com uma criada a caminho da sala onde se encontravam. Não havia tempo para mais declarações nem súplicas, embora separar-se de Fanny, no momento em que apenas o recato da jovem parecia para a mente otimista e autoconfiante de Henry interpor-se no caminho da felicidade que ele buscava, fosse cruel. Ela saiu correndo por uma porta no lado oposto àquele por onde entrava o tio, e já andava de um lado para o outro na sala da ala leste, em meio a uma extrema confusão de sentimentos ambivalentes, antes que *Sir* Thomas terminasse as cortesias e desculpas ou começasse a tomar conhecimento da alegre informação que o visitante viera comunicar.

Fanny sentia, pensava e tremia por tudo, agitada, feliz, pesarosa, com infinita gratidão e fúria absoluta. Tudo parecia além do que se podia acreditar! Ele se portara de forma indesculpável, incompreensível! Mas eram tais seus hábitos, que nada podia fazer sem uma mistura de maldade. Antes a fizera o mais feliz ser humano do mundo e em seguida a insultara! Não sabia o que dizer, como julgá-lo nem como encará-lo. Não podia levá-lo a sério e, no entanto, como desculpar a utilização de tais palavras e propostas, se tudo não passasse de uma brincadeira?

No entanto, William era tenente. *Isso* era um fato além de qualquer dúvida e sem possível engano. Pensaria só nisso para sempre e esqueceria o resto. O sr. Crawford, que decerto não tornaria a dirigir-se a ela daquela maneira, devia ter percebido que ela não o desejava; e, nesse caso, como o apreciaria e se mostraria grata pela amizade e bondade com William!

Não arredaria pé da sala da ala leste além do patamar da escadaria principal até se certificar de que o sr. Crawford fora embora. Mas, quando se convencera de que ele saíra, ficou ansiosa por descer e ir ao encontro do tio, para desfrutar toda a felicidade dele como da própria e o proveito das informações ou conjecturas de *Sir* Thomas quanto ao provável destino de William. Encontrou-o tão alegre quanto desejava, além de muito amável e comunicativo, e Fanny teve com ele uma conversa tão agradável sobre William, que a fez sentir-se como se nada ocorrera para irritá-la, até saber, próximo ao término da conversa, que o sr. Crawford comprometera-se a voltar e jantar lá naquele mesmo dia; o que se revelou uma informação muito indesejável, pois, embora ele talvez não pensasse no que se passara, para ela seria bastante penoso tornar a vê-lo tão logo.

Ela tentou dominar a ansiedade, esforçou-se com muito empenho, ao se aproximar a hora do jantar, para se sentir e mostrar-se como sempre, mas constatou que era quase impossível disfarçar a imensa timidez e o mal-estar quando o convidado entrou na sala. Nunca poderia supor que no mesmo dia em que tomara conhecimento da promoção de William houvesse circunstâncias que lhe causariam sensações tão dolorosas.

O sr. Crawford não apenas se encontrava na sala. Logo se aproximou dela. Tinha um bilhete da irmã para lhe entregar. Embora Fanny não conseguisse olhá-lo, não se desprendiam da voz dele sinais do recente desatino. Abriu imediatamente o bilhete, satisfeita por ter algo a fazer, e feliz, enquanto o lia, de sentir que a movimentação da tia Norris, que também jantaria lá, servia-lhe um pouco de proteção.

> Minha querida Fanny... Pois assim me permito agora sempre chamá-la, para o infinito alívio de uma língua que vinha tropeçando em "*srta. Price*" durante pelo menos as últimas seis semanas, não posso deixar de mandar por meu irmão algumas linhas de felicitação geral e dar meu mais prazeroso consentimento e aprovação. Siga em frente, minha querida Fanny, e sem receio. Não existem dificuldades dignas de menção. Permiti-me supor que a garantia do meu consentimento representará alguma coisa; assim, pode sorrir-lhe com os mais meigos sorrisos esta noite e devolvê-lo a mim ainda mais feliz do que saiu.
> Afetuosamente sua,
> M. C.

Não eram expressões que fariam algum bem a Fanny, pois, embora as lesse com demasiada pressa e confusão para formar uma opinião clara do propósito da srta. Crawford, era evidente que ela pretendia felicitá-la pelo afeto do irmão e até parecia considerá-lo sério. Não sabia o que fazer nem o que pensar. A ideia de que fosse sério envolvia desgraça, e perplexidade e agitação em todos os sentidos. Mortificava-a toda vez que o sr. Crawford lhe dirigia a palavra... o que fazia com demasiada frequência. Havia algo na voz dele e na maneira como a abordava que era muito diferente de quando falava com os demais. Fanny sentiu o bem-estar durante o jantar daquele dia ir por água abaixo, mal conseguiu comer qualquer coisa, e, quando *Sir* Thomas observou bem-humorado que a alegria lhe tirara o apetite, desejou que o chão se abrisse e ela afundasse, de vergonha pelo pavor da interpretação do sr. Crawford, pois, embora nada pudesse induzi-la a voltar os olhos para a direita, onde Henry se sentava, sentiu os *dele* logo dirigidos a ela.

Ficou mais calada que nunca. Mal participava da conversa, mesmo quando se tratava de William, pois a promoção dele também vinha toda da direita e essa relação lhe doía.

Pareceu-lhe que *Lady* Bertram permanecia à mesa mais tempo que o habitual, e começou a perder a esperança de que chegasse o fim daquela situação, mas afinal se viram na sala e ela teve condição de ordenar as ideias, enquanto as tias concluíam à sua maneira o assunto sobre a promoção de William.

A sra. Norris parecia mais encantada com a economia que isso significaria para *Sir* Thomas do que com qualquer outro aspecto da promoção.

Agora William tinha condição de sustentar-se, o que faria enorme diferença para o tio, pois não se sabia quanto lhe custava mantê-lo. Na verdade, também faria alguma diferença nos presentes *dela*. Muito a alegrava o fato de haver dado a William o que dera por ocasião da partida, na verdade muito a alegrava poder dar-lhe sem sacrifício de ordem material, justo naquela ocasião, algo considerável, isto é, para *ela*, com seus escassos meios, pois agora lhe seria útil por ajudá-lo a equipar a cabine. Sabia que ele teria algumas despesas e muitas coisas a comprar, embora os pais pudessem orientá-lo a comprar tudo bem barato, mas se sentia satisfeita por ter contribuído com aquele pequeno donativo.

— Que bom que lhe deu algo considerável, pois eu lhe dei apenas dez libras — disse *Lady* Bertram, com toda a calma.

— Com certeza! — exclamou a sra. Norris, enrubescendo. — Palavra de honra, ele deve ter partido com os bolsos recheados, sem contar que tampouco teve despesa alguma na viagem.

— *Sir* Thomas me disse que dez libras eram suficientes.

Tia Norris, não se sentindo em absoluto inclinada a questionar a suficiência da quantia, começou a desviar o assunto em outra direção.

— É incrível — disse — como esses jovens custam aos amigos, e como se gasta na criação deles e em dar-lhes um caminho no mundo! Pouco se dão conta do valor disso ou do que os pais, tios e tias pagam por eles no decorrer de um ano. Veja por exemplo os filhos da nossa irmã Price, ouso dizer que ninguém acreditaria no que custam todos juntos a *Sir* Thomas a cada ano, sem falar no que faço por eles.

— Pura verdade o que diz, irmã. Mas, pobres coitados, não têm culpa, e você sabe que não faz grande diferença para *Sir* Thomas. Fanny, William não deve esquecer-se do meu xale se for para a Índia Oriental britânica, e devo encomendar-lhe mais algumas coisas que valham a pena. Tomara que viaje para lá, pois assim terei meu xale. Acho que vou querer dois xales, Fanny.

Fanny, enquanto isso, falava apenas quando não podia evitá-lo, pois tentava arduamente entender o que pretendiam o sr. e a srta. Crawford. Tudo no mundo, a não ser as palavras e as maneiras dele, dava a entender que não estavam agindo seriamente. Tudo que fosse natural, provável, razoável era contra; todos os hábitos e maneiras de pensar deles e todos os seus próprios desmerecimentos. Como poderia ela ter inspirado afeição séria a um homem que já havia visto tantas, fora admirado por tantas e namorado tantas moças, infinitas vezes superiores a ela; que parecia tão pouco afeito a sérias impressões, mesmo se tratando de procurar um divertimento; que pensava tão levianamente, tão negligentemente, tão insensivelmente em todos os sentidos; que era tudo para todo o mundo e parecia não encontrar ninguém essencial para ele? E, além do mais, como se poderia supor que a irmã dele, com todas as suas avançadas e mundanas noções sobre matrimônio, estivesse protegendo uma coisa tão séria como aquela? Nada em ambos poderia ser menos natural. Fanny envergonhava-se de suas próprias dúvidas. Qualquer coisa seria possível, menos um afeto sério, ou uma aprovação séria da parte dela. Convencera-se o suficiente disso antes de *Sir* Thomas e o sr. Crawford se juntarem às senhoras. A dificuldade era manter a convicção depois de ver o sr. Crawford presente na sala, pois uma ou duas vezes ele lhe lançou um olhar que ela não soube como classificar entre os de significado comum. Em outro homem qualquer, pelo menos, diria que significava algo muito sério, muito intencional. Mas ainda tentava acreditar que aquele olhar não passava do que muitas vezes ele lançara às primas e a outras cinquenta mulheres.

Achou que ele desejava falar-lhe sem que os demais os ouvissem. Imaginou que vinha tentando fazê-lo durante a noite toda, sempre que *Sir* Thomas saía da sala ou conversava com a sra. Norris, e cautelosamente lhe recusava toda oportunidade.

Finalmente, pareceu um finalmente para o nervosismo de Fanny, embora não demasiado tarde — ele começou a falar em retirar-se, mas o alívio daquela decisão foi arruinado no momento seguinte, quando Henry perguntou-lhe:

— Não tem nada para enviar a Mary? Nenhuma resposta ao bilhete dela? Ficará decepcionada se não receber nada de volta. Rogo-lhe que escreva para ela, nem que seja apenas uma linha.

— Oh, sim! Certamente — exclamou Fanny e levantou-se depressa, uma pressa para livrar-se do constrangimento e da vontade de afastar-se. — Escreverei agora mesmo.

Foi até a mesa onde tinha o hábito de escrever a mando da tia e preparou os materiais, sem ter a mínima ideia do que dizer! Lera o bilhete da srta. Crawford apenas uma vez, e responder a algo que mal entendera constituía uma grande aflição. Sem a menor prática nesse tipo de correspondência por bilhete, se houvesse tempo para escrúpulos e receios quanto para o estilo, ela os sentiria em abundância. Mas precisava escrever qualquer coisa naquele instante, e com o único sentimento decidido, o de não desejar parecer que meditara em algo de fato planejado, assim escreveu, com grande tremor ao mesmo tempo do espírito e da mão:

> Fico-lhe muito grata, minha cara srta. Crawford, pela sua amável felicitação no que se refere ao meu querido William. Sei que o resto do seu bilhete nada significa, pois me considero tão pouco à altura de qualquer coisa dessa natureza, que espero seu perdão por lhe pedir que não fale mais nada a respeito. Conheci demais o sr. Crawford para não entender a atitude dele; se seu irmão também me compreendesse, creio que se portaria de modo diferente. Não sei o que escrevo, mas seria um grande favor de sua parte jamais voltar a mencionar o assunto. Com os agradecimentos pela honra do seu bilhete, subscrevo-me, cara srta. Crawford, etc. etc.

A conclusão saiu quase ilegível pelo aumento do tremor, pois ela percebeu que o sr. Crawford, sob pretexto de receber o bilhete, encaminhava-se em sua direção.

— Não pense que pretendo apressá-la — ele disse em voz baixa, ao perceber a surpreendente trepidação com que ela escrevia —, não imagine que eu tenha tal finalidade. Rogo-lhe que não se apresse.

— Oh! Obrigada, já terminei, acabei de concluir, ficará pronto num segundo, sou-lhe muito grata se tiver a bondade de entregar isto à srta. Crawford.

Ela estendeu o bilhete que ele deveria levar, e, como no mesmo instante desviou o olhar ao dirigir-se à lareira, onde se sentavam os outros, só restou a Henry ir embora de vez.

Fanny refletiu que nunca passara um dia de maior agitação, ao mesmo tempo, de sofrimento e alegria. Mas por sorte a alegria não era do tipo que se desfizesse num dia, pois todos os dias haveriam de renovar o conhecimento da ascensão de William, enquanto o sofrimento, assim esperava, não mais retornaria. Não tinha a menor dúvida de que seu bilhete deveria parecer-lhes excessivamente mal escrito, a linguagem envergonharia uma criança, pois a aflição não lhe permitira aperfeiçoá-lo; mas pelo menos garantiria a ambos que as atenções do sr. Crawford não a enganaram nem a satisfizeram.

CAPÍTULO 32

Quando Fanny acordou no dia seguinte, de modo algum se esquecera do sr. Crawford, mas se lembrava do objetivo do bilhete e não estava menos convencida do efeito produzido na noite anterior. Quem sabe se não apressaria a partida do sr. Crawford para Londres!

Era o que ela mais ardentemente desejava, ele partir e levar a irmã consigo, como era o planejado e por isso voltara a Mansfield. E por que já não o fizera ela não sabia explicar, pois a srta. Crawford com certeza não queria adiar a viagem. Fanny tivera esperança no decorrer da visita da véspera de ouvi-lo citar o dia da partida. Mas ele apenas falara da viagem de ambos como se de um plano bem distante.

Após ficar tão satisfatoriamente convencida do que transmitira o bilhete, pôde apenas surpreender-se ao ver pela janela, por acaso, o sr. Crawford chegar mais uma vez, tão cedo quanto no dia anterior. Talvez a vinda nada tivesse a ver com ela, mas devia evitar encontrá-lo, se possível, e, como naquele momento ela estava indo para o andar superior, resolveu lá permanecer durante toda a visita, a não ser que a mandassem chamar. Visto que a sra. Norris continuava na casa, parecia haver pouco perigo de precisarem dela.

Sentou-se por algum tempo em imensa agitação, prestava atenção, tremia e receava que alguém a chamasse a qualquer momento, mas, como não ouviu passos se aproximarem da sala leste, aos poucos recuperou a calma e sentiu-se capaz de começar a trabalhar com a esperança de que o sr. Crawford chegasse e saísse, sem obrigá-la a saber do que se tratava.

Quase meia hora se passara, e ela ficara muito mais à vontade, quando de repente ouviu o ruído de passos em contínua aproximação, passos pesados, raros naquela parte da casa. Eram do tio, conhecia-os tão bem quanto a voz; tremera tantas vezes diante dessa expectativa que mais uma vez começou a tremer com a ideia de ele subir para falar-lhe, qualquer que fosse o assunto. De fato foi *Sir* Thomas quem abriu a porta e perguntou se ela estava ali e se ele podia entrar. O terror das visitas anteriores àquele aposento parecia de todo renovado, e a fez sentir-se como se o tio fosse de novo examinar o seu francês ou seu inglês.

Fanny mostrou-se, porém, toda atenciosa ao puxar uma cadeira para ele e tentou parecer honrada, e, na agitação que então se via, esqueceu-se por completo das deficiências do seu aposento até que ele, parando de chofre na entrada, perguntou muito surpreso:

— Por que não acendeu a lareira hoje?

O terreno lá fora se cobria de neve. Ela, sentada envolta num xale, hesitou.

— Não estou com frio, senhor, nunca fico aqui muito tempo nesta época do ano.

— Mas em geral tem o fogo aceso, não?

— Não, senhor.

— Como se explica isso? Deve haver algum engano. Entendi que fazia uso deste aposento a fim de que se sentisse inteiramente confortável. No seu quarto de dormir sei que não pode ter uma lareira. Mas aqui, isso deve ser um enorme mal-entendido que precisa ser corrigido. É péssimo para você ficar, nem que seja meia hora por dia, sem um fogo aceso. Você não é forte e está gelada. Sua tia não deve ter-se dado conta disso.

Fanny teria preferido ficar calada, mas, obrigada a responder, não pôde deixar de dizer alguma coisa, para fazer justiça à tia de quem mais gostava, em que se distinguissem as palavras "minha tia Norris".

— Entendo — disse o tio ao lembrar-se, e sem querer ouvir mais... — Compreendo. Sua tia Norris sempre defendeu, e de forma muito sensata, que se educassem as crianças sem prazeres desnecessários, mas deve haver moderação em tudo. Ela também é muito resistente, o que por certo influencia suas opiniões sobre as necessidades dos outros. E em outro aspecto também entendo muito bem. Sei quais foram sempre os sentimentos dela. O princípio em si foi bom, mas creio que tenha passado dos limites no seu caso. Parece-me que estabeleceu em algumas questões, às vezes, uma injusta distinção quanto a você, porém, conheço-a bem demais, Fanny, para supor que vá guardar ressentimento por isso. Você possui uma compreensão que a impedirá de encarar tudo apenas em parte e de julgar com parcialidade os acontecimentos. Olhará para todo o passado, levará em conta o tempo, as pessoas, as probabilidades e sentirá que em nada eram menos amigos seus os que a educavam e preparavam para essa condição medíocre que parecia ser o seu destino. Embora a cautela deles talvez venha a revelar-se um dia desnecessária, a intenção foi boa e disto pode ter certeza: todas as vantagens da riqueza você as terá em dobro, graças às pequenas privações e restrições que lhe tenham sido impostas. Estou certo de que não decepcionará a opinião que tenho de você deixando algum dia de tratar sua tia Norris com o respeito e a atenção que lhe são devidos. Bem, basta disso. Sente-se, minha querida. Preciso falar-lhe por alguns minutos, mas não a deterei por muito tempo.

Fanny obedeceu, os olhos baixos e o rubor a intensificar-se. Depois de uma pausa momentânea, *Sir* Thomas, tentando reprimir um sorriso, continuou.

— Talvez não esteja a par de que recebi um visitante esta manhã. Mal me instalara no meu gabinete, após o desjejum, quando conduziram o sr. Crawford lá. O motivo da visita você decerto supõe.

O rubor de Fanny intensificou-se ainda mais, e o tio, ao percebê-la encabulada em tal grau que lhe impossibilitava falar ou erguer os olhos, desviou os dele e sem outra pausa continuou o relato da visita do sr. Crawford.

O assunto que trouxera o sr. Crawford fora declarar-se apaixonado por Fanny, fazer-lhe propostas decididas e solicitar a autorização do tio, que parecia ocupar o lugar dos pais dela. E fizera tudo tão bem, com tanta franqueza, dignidade e correção, que *Sir* Thomas, ao julgar, além disso, suas próprias respostas e observações muito pertinentes ao caso, sentia excessiva satisfação em comunicar-lhe os pormenores da conversa, e, sem saber o que se passava na mente da sobrinha, imaginou que com tais detalhes satisfizesse mais a ela do que a si mesmo. Falou, portanto, por vários minutos sem Fanny ousar interrompê-lo. Mas ela nem sequer conseguia desejar fazê-lo. Tinha a mente em demasiada confusão. Mudara de posição e, com os olhos fixos de propósito numa das janelas, ouvia o tio em extrema perturbação e desânimo. Por um momento, *Sir* Thomas se interrompeu, mas ela mal se dera conta disso, quando ele, ao levantar-se da cadeira, disse:

— E agora, Fanny, após desempenhar parte da minha tarefa e lhe expor que tudo isso se apoia em base muito garantida e satisfatória, devo desempenhar o restante, convencendo-a a me acompanhar ao andar de baixo, onde, embora eu não imagine que a minha companhia lhe tenha sido indesejável, devo sugerir que encontrará uma a quem gostará ainda mais de ouvir. O sr. Crawford, como você talvez tenha previsto, continua aqui em casa. Encontra-se no meu gabinete e espera vê-la.

A expressão, o sobressalto, a exclamação que se seguiram deixaram *Sir Thomas* atônito, mas qual não foi o seu espanto ao ouvi-la exclamar:

— Ai, não, senhor, não posso, na verdade não posso descer para vê-lo. O sr. Crawford deve saber, tem de saber, eu lhe disse o bastante ontem para convencê-lo, falou-me a respeito e respondi-lhe sem rodeios que me era muito desagradável e completamente fora do meu poder retribuir-lhe o bom conceito.

— Não entendo o que quer dizer — exclamou *Sir* Thomas, e tornou a sentar-se. — Completamente fora do seu poder retribuir-lhe o bom conceito? Que significa tudo isso? Sei que ele falou com você ontem e, pelo que entendi, recebeu tanto estímulo para seguir adiante quanto poderia permitir-se dar uma jovem ajuizada. Fiquei muito satisfeito com o que deduzi ter sido seu comportamento na ocasião, mostrou uma discrição muitíssimo recomendável. Mas agora, depois que ele se declarou de forma tão correta e honrosa, quais são os seus escrúpulos?

— O senhor se enganou! — gritou Fanny, forçada pela ansiedade do momento até dizer que o tio se enganara. — O senhor muito se enganou. Como pôde o sr. Crawford dizer tal coisa? Não lhe dei nenhum estímulo ontem, ao contrário, disse-lhe, não lembro as palavras exatas, mas tenho certeza de que lhe disse não querer ouvi-lo, que me era muito desagradável em todos os aspectos, e pedi-lhe que nunca mais me falasse daquela maneira. Sei que disse tudo isso e mais, e teria dito ainda mais se tivesse absoluta certeza de que ele propunha alguma coisa séria, mas não me agradava, eu não podia tolerar atribuir às palavras dele um sentido mais sério do que talvez não tivessem. Pensei que para ele tudo aquilo nada significasse.

Nada mais pôde dizer. Ficara quase sem fôlego.

— Devo entender — disse *Sir* Thomas, após alguns minutos em silêncio — que você pretende recusar o sr. Crawford?

— Sim, senhor.

— Recusá-lo?
— Sim, senhor.
— Recusa o sr. Crawford! Sob que desculpa? Por qual motivo?
— Eu... eu não gosto dele, senhor, o bastante para me casar.
— Muito estranho mesmo! — exclamou o tio, numa voz de calmo desprazer. — Deve haver algo nisso que minha compreensão não alcança. Aí está um rapaz que deseja fazer-lhe a corte, com tudo para recomendá-lo, não apenas a situação na vida, fortuna e caráter, porém, com uma simpatia incomum, com atenção e conversa que agradam a todos. E não se trata de um conhecido recente, já o conhece há algum tempo. A irmã, além disso, é sua amiga íntima, e o que ele fez por seu irmão, o que me fez supor que seria para você quase recomendação suficiente se outra não houvesse. Com minha influência, não sei quando poderia conseguir a promoção de William. Ele já a conseguiu.
— É verdade — concordou Fanny, a voz fraca, cabisbaixa e com renovada vergonha.

Sentia-se de fato quase envergonhada de si mesma, depois da imagem que o tio descrevera, por não gostar do sr. Crawford.

— Deve ter-se dado conta — continuou *Sir* Thomas —, deve ter percebido há algum tempo uma particularidade na atitude do sr. Crawford com você. Isso não pode tê-la tomado de surpresa. Deve ter observado suas atenções, e embora sempre as tenha recebido de maneira muito correta, nada tenho a reprová-la quanto a isso, nunca as percebi como desagradáveis a você. Quase me inclino a pensar, Fanny, que não conhece bem seus próprios sentimentos.

— Oh, sim, senhor, na verdade conheço. As atenções dele eram sempre o que não me agradava.

Sir Thomas olhou-a com profunda surpresa.

— Isso escapa à minha compreensão — disse. — Requer uma explicação. Jovem como você é, e mal tendo conhecido alguém, é quase impossível que suas afeições... — Interrompeu-se e encarou-a com os olhos fixos. Viu-a formar com os lábios um não, embora não o articulasse, mas tinha o rosto escarlate. Isso, porém, numa moça tão recatada talvez fosse muito compatível com inocência, e ao preferir pelo menos parecer satisfeito, logo acrescentou:

— Não, não, sei que isso está fora de toda questão... inteiramente impossível. Bem, nada há mais a dizer.

E por alguns minutos nada disse. Mergulhou em profunda reflexão. A sobrinha fez o mesmo, na tentativa de endurecer-se e preparar-se contra mais questionamentos. Preferia morrer a confessar a verdade e esperava que um pouco de reflexão a fortalecesse para não trair seu segredo.

— Independentemente do interesse que a escolha do sr. Crawford parecia justificar — disse *Sir* Thomas, recomeçando com muita tranquilidade —, o desejo dele de casar-se cedo eleva-o muito no meu conceito. Sou defensor

dos casamentos quando ainda se é jovem e se tem meios proporcionais, e acho que todo rapaz, com renda suficiente, deve estabelecer-se logo depois dos vinte e quatro anos. Tanto constitui esta a minha opinião, que lamento pensar como é pouco provável meu filho mais velho, seu primo, o sr. Bertram, casar-se cedo, mas, por ora, pelo que sei, o matrimônio não faz parte dos planos nem das cogitações dele. Desejaria vê-lo mais inclinado a estabelecer-se.
— Neste momento lançou um olhar a Fanny. — Penso que Edmund, pelo temperamento e pelos hábitos, tem muito mais chance de casar-se antes do irmão. Ele, na verdade, segundo deduzi ultimamente, já encontrou a moça a quem poderia amar, o que meu primogênito, convenci-me, ainda não. Estou certo? Concorda comigo, minha querida?

— Sim, senhor.

Deu-lhe uma resposta em voz baixa, mas calma, e *Sir* Thomas ficou aliviado pelo que se referia aos primos de Fanny. Mas o desaparecimento do sobressalto do tio em nada ajudou a sobrinha, pois, ao se confirmar o inexplicável da atitude dela, intensificou-se o desagrado dele. Levantou-se, pôs-se a andar pelo aposento com uma expressão de desgosto que Fanny conseguia imaginar, embora não ousasse erguer os olhos, e logo depois disse com a voz autoritária:

— Tem algum motivo, menina, para pensar mal do caráter do sr. Crawford?
— Não, senhor.

Desejou acrescentar: "Mas dos princípios, sim", porém lhe faltou coragem diante da apavorante perspectiva de discussão, de explicação e na certa de incredulidade da parte do tio. A má opinião que fazia dele fundamentava-se, sobretudo, em observações que, em consideração às primas, não ousava mencioná-las ao pai. Maria e Julia, em especial Maria, estavam tão estreitamente envolvidas na má conduta do sr. Crawford que ela não podia descrever-lhe o caráter, como o julgava, sem as trair. Tivera a esperança de que para um homem como o tio, tão perspicaz, tão honrado, tão bom, o simples conhecimento de uma decidida aversão da parte dela bastasse. Para seu infinito sofrimento, viu que não bastou.

Sir Thomas dirigiu-se à mesa onde ela se sentava em trêmula infelicidade, e com severidade muito fria, disse:

— Percebo que é inútil falar com você. É melhor pôr um fim a esta humilhante conferência. Não devo manter por mais tempo o sr. Crawford à espera. Vou, portanto, apenas acrescentar, pois considero meu dever enfatizar minha opinião sobre a sua conduta, que você desapontou todas as minhas esperanças e provou ter um caráter bastante oposto ao que eu imaginara. Pois eu tinha formado, Fanny, e creio que minha atitude demonstrou-o, uma opinião muito favorável a seu respeito desde o período em que retornei à Inglaterra. Considerava-a particularmente livre de obstinação de temperamento, presunção e toda tendência àquela independência de espírito que tanto predomina nos dias modernos, até nas moças, e que nas moças é ofensiva e desagradável além de qualquer ofensa comum. Mas você acabou de mostrar que sabe ser obstinada e perversa, que pode e vai decidir por si mesma, sem a menor consideração nem deferência por aqueles que, com certeza, têm o direito de orientá-la, sem sequer lhes pedir o conselho. Mostrou-se muito, muito diferente do que eu imaginara. Parece que, nem por um momento, fizeram parte de seus pensamentos as vantagens ou desvantagens da sua família, dos seus pais, seus irmãos e suas irmãs, numa ocasião como esta. Como eles poderiam beneficiar-se, como eles haveriam de regozijar-se com tal estabelecimento para você, tudo isso nada significa para você. Só pensa em si mesma, e, como não sente pelo sr. Crawford exatamente o que uma jovem exaltada pela fantasia julga ser necessário para ser feliz, decide rejeitá-lo de imediato, sem nem pedir um pouco de tempo para pensar melhor na proposta, nem deixar um pouco mais de margem para uma racional reflexão, e tampouco para um exame consciencioso de suas verdadeiras inclinações, e, de fato, num inconcebível arroubo de insensatez, vai descartar uma oportunidade de estabelecer-se na vida de forma desejável, honrosa, generosa, como na certa jamais voltará a apresentar-se a você. Aí está um rapaz sensato, de caráter, boa educação e de fortuna, que sente excessiva afeição por você, pede-lhe a mão da maneira mais bela e desinteressada, e deixe-me dizer-lhe, Fanny, talvez viva mais dezoito anos neste mundo sem ser cortejada por outro homem com a metade do patrimônio do sr. Crawford nem com um décimo de seus méritos. De bom grado eu lhe teria concedido qualquer uma das minhas próprias filhas. Maria já se casou com nobreza, mas houvesse o sr. Crawford pedido a mão de Julia, eu lhe teria dado com maior e mais sincera satisfação do que concedi a de Maria ao sr. Rushworth. — Após uma breve pausa, continuou: — E muito me surpreenderia se uma de minhas duas filhas, ao receber uma proposta de casamento em qualquer ocasião que com ela trouxesse apenas metade da qualificação dessa, a houvesse recusado de forma imediata, decisiva, e sem a delicadeza de consultar meu critério e minha opinião, com uma negativa final. Esse procedimento ter-me-ia deixado muito surpreso e ressentido. Eu o teria julgado uma grosseira violação de dever e respeito. Mas a você não se deve julgar pelas mesmas regras. Não me apresenta o dever de uma filha. Mas, Fanny, se seu coração puder absolvê-la de ingratidão...

Interrompeu-se. Àquela altura, Fanny chorava com tanta amargura que o tio, por mais furioso que estivesse, não pôde continuar. Sentia-se quase dilacerada por tal descrição do conceito que ele fazia dela, por aquelas acusações, tão graves, tão múltiplas, que se elevavam em terrível gradação! Voluntariosa, obstinada, egoísta e ingrata. Considerava-a tudo isso. A sobrinha decepcionara as expectativas dele, perdera o bom conceito em que a tinha. Que seria dela?

— Sinto muito — ela disse com a voz entrecortada pelas lágrimas. — Sinto muitíssimo mesmo.

— Sente! Sim, espero que sinta, e na certa terá motivo para senti-lo por muito tempo pelas decisões deste dia.

— Se me fosse possível agir de outro modo — ela disse com mais um grande esforço —, mas tenho absoluta convicção de que nunca o faria feliz e eu mesma me sentiria desgraçada.

Nova torrente de lágrimas, mas, apesar dessa torrente, apesar daquela forte e sombria palavra "desgraçada" que serviu para precedê-la, Sir Thomas começou a achar que um pouco de abrandamento, uma pequena mudança de disposição, talvez tivesse algo a ver com uma tendência reconciliatória, e em consequência começou a deduzi-la como mais favorável à proposta do rapaz. Sabia que Fanny era muito tímida e excessivamente nervosa. Não julgava, portanto, improvável que, com o tempo, um pouco de insistência, uma pequena pressão, um pouco de paciência e também de impaciência, uma sensata mistura de tudo por parte do enamorado talvez gerasse os efeitos habituais. Se o cavalheiro apenas perseverasse, se apenas a amasse o bastante para perseverar, Sir Thomas começava a ter esperanças. E após essas reflexões lhe ocuparem a mente e animá-la, disse num tom de adequada severidade, mas com menos irritação:

— Bem, menina, enxugue essas lágrimas. De nada servem nem lhe podem fazer bem algum. Precisa agora descer comigo. Já fizemos o sr. Crawford esperar demais. Você mesma deve responder, não podemos esperar que ele fique satisfeito com menos, e só você poderá explicar-lhe como ele pôde interpretar erroneamente o que você de fato sente, para a infelicidade dele. Não me sinto de modo algum à altura dessa tarefa.

No entanto, Fanny mostrou tanta relutância, tanta infelicidade, diante da ideia de descer, que Sir Thomas, após uma breve reflexão, julgou melhor condescender com a vontade da sobrinha. As esperanças que nutria ao mesmo tempo para o cavalheiro e a dama sofreram uma pequena depressão em consequência, mas, ao olhá-la e ver o estado de suas feições, da expressão e do ânimo, causado pelo prolongado pranto, achou que Crawford tinha tanto a perder quanto a ganhar com uma entrevista imediata. Com poucas palavras, portanto, sem sentido específico algum, saiu do aposento e deixou a pobre sobrinha para refletir em meio às lágrimas sobre o que ocorrera, sentindo-se muito infeliz.

Tinha a mente em total desordem. O passado, o presente, o futuro, tudo se mostrava terrível. Mas a fúria do tio era o que lhe causava a dor mais aguda. Egoísta e ingrata! O fato de julgá-la assim! Iria sentir-se infeliz para sempre. Não tinha ninguém que se pusesse ao seu lado, para aconselhar e defender. Seu único amigo estava ausente. Talvez abrandasse o tio, mas todos, talvez todos a julgariam egoísta e ingrata. Teria de suportar repetidas vezes essa reprovação, teria de ouvi-la, vê-la ou reconhecer sua existência para sempre em tudo que a envolvesse. Podia apenas sentir algum ressentimento contra o sr. Crawford, mas, e se ele a amava de verdade e também se sentisse infeliz, tudo era um conjunto de desgraças.

Uns quinze minutos depois, o tio voltou, e ela quase desfaleceu diante da visão dele. Mas lhe dirigiu a palavra com calma, sem austeridade, sem reprovação, o que a aliviou um pouco. Também havia consolo nas palavras e no tom, pois começou a dizer:

— O sr. Crawford se foi, acabou de sair. Não preciso repetir o que se passou. Não quero aumentar seu sofrimento com a narrativa do que ele sentiu. Basta saber que ele se portou da maneira mais digna e generosa, e me confirmou em termos muitíssimo favoráveis a opinião que tenho da inteligência, do coração e do temperamento dele. Diante da exposição que fiz sobre o que você sofria, ele logo, e com a maior delicadeza, deixou de insistir em vê-la no momento. — Nesse ponto, Fanny, que erguera os olhos, tornou a baixá-los. — Claro — continuou o tio —, como não se podia deixar de supor, pediu para falar com você a sós, nem que seja apenas por cinco minutos, uma solicitação muito natural, uma aspiração demasiado justa para ser negada. Mas não se marcou o dia, talvez amanhã, ou quando você estiver mais calma. Por enquanto, precisa apenas se tranquilizar. Reprima esse pranto, só vai deixá-la exausta. Se, como me disponho a crer, você deseja demonstrar-me alguma obediência, não se entregará a essas emoções, mas se empenhará em raciocinar para alcançar um melhor estado de espírito. Aconselho-a a sair, o ar lhe fará bem. Passeie por uma hora pela alameda, entre o jardim de arbustos, onde nada a incomodará, e com ar e exercício se sentirá melhor. E, Fanny — virou-se mais uma vez por um instante —, nada direi lá embaixo do que se passou, nem à sua tia Bertram. Não é ocasião para espalhar a decepção, e tampouco diga você.

Tratava-se de uma ordem a ser obedecida com imensa alegria, além de um ato de bondade que Fanny sentiu no fundo do coração. Ser poupada das intermináveis reprovações da tia Norris! O tio deixou-a cheia de gratidão. Tudo seria mais suportável que tais repreensões. Nem a perspectiva de falar com o sr. Crawford parecia constrangê-la mais.

Saiu logo, como o tio recomendara, e seguiu ao pé da letra os conselhos dele o máximo possível. Conteve as lágrimas, tentou acalmar o ânimo e fortalecer a mente. Queria provar que desejava ser obediente e ansiava por tornar a cair nas graças do tio, pois lhe dera outro poderoso motivo para esforçar-se, ao ocultar das tias o caso todo. Não despertar desconfianças pela sua aparência e atitudes constituía agora um objetivo que valia a pena conseguir e sentiu-se capaz de quase qualquer coisa que a pusesse a salvo da tia Norris.

Impressionou-a, impressionou-a profundamente, quando, ao retornar do passeio e tornar a entrar na sala da ala leste, a primeira coisa que viu foi o fogo na lareira aceso e queimando. Um fogo! Parecia-lhe demais. O fato de que lhe concedesse semelhante favor, justo naquele momento, suscitava-lhe uma gratidão quase dolorosa. Maravilhou-se ao ver que *Sir* Thomas havia tido tempo para lembrar-se de uma ninharia como aquela, mas logo descobriu, por informação espontânea da criada que veio acendê-lo, que agora seria aceso todos os dias. *Sir* Thomas dera ordens quanto a isso.

— Era preciso, na verdade, ser muito insensível para realmente eu ser ingrata! — ela disse a si mesma. — Deus me proteja de ser ingrata!

Não viu mais o tio nem a tia Norris até se encontrarem na hora do jantar. A atitude dele com ela, então, foi quase a mesma de antes. Sabia que *Sir* Thomas não queria demonstrar nenhuma mudança e que apenas a própria consciência levava-a a imaginar alguma diferença. Mas a tia logo se pôs a discutir com ela, e Fanny, ao constatar a intensidade de como lhe fora desagradável apenas haver saído para passear sem a permissão da tia, deu-se conta da grande razão que tinha em abençoar a bondade de *Sir* Thomas, o qual a salvara do mesmo espírito de censura exercido numa questão de mais importância.

— Se soubesse que você ia sair, eu lhe teria mandado ir até lá em casa, levar um recado para Nanny — ela se queixou. — Recado que me vi obrigada a levar com grande inconveniência. Não tinha muito tempo a perder e você me poderia ter poupado o trabalho, se tivesse tido a bondade de nos informar que ia sair. Suponho que não lhe faria grande diferença andar em meio aos arbustos ou ir até minha casa.

— Recomendei os arbustos a Fanny como o lugar mais seco — interferiu *Sir* Thomas.

— Oh! — exclamou a sra. Norris, e conteve-se um instante. — Foi muita bondade sua, *Sir* Thomas, mas não sabe como o caminho para minha casa é seco. Garanto-lhe que Fanny teria feito um passeio muito bom se fosse até lá. Ainda com a vantagem de fazer algo útil e ser delicada com sua tia. A culpa é toda dela. Podia ao menos ter-me avisado que ia sair, mas tem algo em Fanny, já o observei muitas vezes antes... ela gosta de fazer tudo segundo a sua própria vontade, não gosta que lhe deem ordens, vai passear quando bem entende sempre que pode. Sem a menor dúvida, tem uma tendência ao sigilo, à independência e à insensatez que eu lhe aconselharia conter.

Como reflexão geral sobre Fanny, *Sir* Thomas achou que nada poderia ser mais injusto, embora ele mesmo expressasse havia tão pouco tempo os mesmos sentimentos, e procurou mudar de assunto. Tentou repetidas vezes, até conseguir, pois a sra. Norris não tinha suficiente discernimento para perceber, nem agora nem nunca, a que ponto ele chegava na boa opinião que fazia da sobrinha e o quanto estava longe de desejar as qualidades de seus próprios filhos realçadas à custa da depreciação das qualidades dela. Por isso, a sra. Norris continuou a falar com Fanny e se ressentindo da saída particular da sobrinha até o meio do jantar.

Afinal, porém, calou-se, e a noite instalou-se com mais serenidade e mais alegria para Fanny do que ela poderia esperar depois de uma manhã tão tempestuosa, mas acreditava acima de tudo que agira certo, que seu julgamento não a enganara; pela pureza de suas intenções, podia responder, e, em segundo lugar, alimentava a esperança de que o desgosto do tio diminuiria, e diminuiria ainda mais quando ele analisasse a questão com mais imparcialidade e reconhecesse, como deve reconhecer um homem de bem, em que medida era infeliz, imperdoável, desesperador e perverso casar sem afeição.

Depois que terminasse o encontro com que a ameaçavam para o dia seguinte, ela poderia apenas lisonjear-se por ver o assunto enfim concluído e por pensar que, assim que o sr. Crawford partisse de Mansfield, logo tudo voltaria ao normal. Não queria, não podia acreditar que a afeição dele o atormentasse por muito tempo, pois isso não combinava com o jeito dele de ser. Londres logo o curaria. Em Londres ele não demoraria a dar-se conta da insensatez daquela paixonite e lhe agradeceria o bom senso por tê-lo salvo de más consequências.

Enquanto Fanny estava com a mente absorta nesse tipo de esperança, o tio, logo depois do chá, foi chamado à outra sala. Tratava-se de uma ocorrência demasiado comum para impressioná-la, e ela nada percebeu até o mordomo reaparecer dez minutos depois, adiantar-se decidido para ela e dizer:

— *Sir* Thomas deseja falar-lhe no gabinete dele.

Então lhe ocorreu o que poderia ser. Atravessou-lhe a mente uma suspeita que lhe retirou toda a cor da face, mas, ao levantar-se no mesmo instante e preparar-se para obedecer, a sra. Norris chamou-a:

— Fique, fique, Fanny! Que foi que deu em você? Aonde vai? Não seja tão apressada. Com certeza não é a você que chamam, é a mim, não duvide — olhou para o mordomo. — Mas você tem tanta vontade de se adiantar aos demais. Para que *Sir* Thomas precisaria de você? Foi a mim que você se dirigiu, Baddeley. Já vou. Refere-se a mim, Baddeley, tenho certeza. *Sir* Thomas precisa de mim, não da srta. Price.

Entretanto, Baddeley manteve-se resoluto.

— Não, senhora, é a srta. Price. Tenho certeza que é a srta. Price — e com essas palavras disfarçou um sorriso que queria dizer: "Não creio que a senhora serviria para o caso, de modo algum".

A sra. Norris, muito descontente, viu-se obrigada a acalmar-se para poder retornar ao bordado. Fanny, ao retirar-se em visível agitação, viu-se, um minuto depois, como previra, a sós com o sr. Crawford.

CAPÍTULO 33

A entrevista não foi nem tão curta nem tão conclusiva quanto a jovem planejara. Henry não se conformava facilmente. Era tão perseverante quanto *Sir* Thomas desejaria que ele fosse. Tinha uma vaidade que o levara decidido, em primeiro lugar, a pensar que ela, de fato, o amava, embora talvez ainda não o soubesse, e, em segundo lugar, depois que se viu enfim obrigado a reconhecer que a jovem no momento conhecia de fato os próprios sentimentos, a pretender tornar, com o tempo, esses sentimentos favoráveis a ele.

Estava apaixonado, muito apaixonado; e essa paixão, agindo sobre um espírito vivaz, confiante, mais ardente do que delicado, duplicava a importância do amor que ela lhe negava.

Não se desesperaria nem desistiria. Tinha motivos muito bem fundamentados para uma sólida ligação. Julgava-a possuir todo o mérito que justificasse as mais ardentes esperanças de uma felicidade duradoura ao lado de Fanny, cuja conduta naquele momento, ainda que lhe revelasse o desinteresse e a delicadeza do caráter, qualidades que ele julgava das mais raras, contribuía para intensificar todos os desejos dele e confirmar as decisões que tomara. Ele não sabia que teria de atacar um coração já comprometido. Disso não suspeitava. Considerava-a mais alguém que nunca houvesse pensado sério o suficiente no assunto para correr algum risco, pois lhe protegia a juventude, uma juventude mental tão adorável quanto a pessoal, cujo recato impedira de entender suas atenções, e que continuava a sentir-se oprimida pela rapidez de declarações amorosas tão inteiramente inesperadas, além de a novidade de uma situação que aquela jovem imaginação jamais levara em conta.

Não resultaria por certo de tal situação que quando Fanny o entendesse ele haveria de triunfar? Acreditava plenamente nisso. Um amor assim, num homem como ele, com certeza seria retribuído e não a muito longo prazo. Encantava-o tanto a ideia de fazê-la amá-lo muito em breve que quase não lamentava o fato de ela não amá-lo agora. Superar uma pequena dificuldade não constituía um mal para Henry Crawford. Ao contrário, revigorava-o. Habituara-se a conquistar corações com demasiada facilidade. A situação atual revelava-se nova e animadora.

Para Fanny, porém, que enfrentara demasiadas oposições durante toda a vida para ver algum encanto nessa situação, tudo era incompreensível.

Constatou que ele pretendia perseverar, mas não conseguia entender como, depois de ouvi-la expressar-se numa linguagem que se vira obrigada a empregar. Disse-lhe que não o amava, não podia amá-lo, tinha certeza de que jamais o amaria, que tal mudança era de todo impossível, que o assunto doía-lhe muito. Precisara rogar-lhe que nunca mais o mencionasse, lhe permitisse retirar-se imediatamente e considerasse a questão encerrada para sempre. Quando ele continuou a pressioná-la, Fanny acrescentara que, em sua opinião, tinham temperamentos tão diferentes em tudo que tornavam incompatível uma afeição mútua. E era impossível ambos se harmonizarem um com o outro em virtude da natureza, da educação e dos hábitos desiguais. Tudo isso Fanny dissera e com a mais veemente sinceridade; entretanto, não fora o bastante, pois ele logo negara que houvesse qualquer incompatibilidade de temperamentos, e nada nos gostos de ambos que os desarmonizasse, e declarara categoricamente que continuaria a amá-la e a ter esperanças!

Embora conhecesse bem o próprio sentimento, Fanny não sabia julgar o modo como o expressava. Desprendia-lhe da atitude, do modo de expressar-se, uma incurável gentileza, não se dava conta de até que ponto essa atitude ocultava a severidade do seu propósito. O retraimento, a gratidão e a delicadeza faziam cada expressão de indiferença parecer quase um esforço de abnegação; parecia, pelo menos, causar-lhe tanta dor quanto a ele. O sr. Crawford não era mais o mesmo admirador clandestino, insidioso, traidor de Maria Bertram, a quem ela abominara, odiara ver, de quem odiava falar, em quem não acreditara existir nenhuma boa qualidade e cujo poder, mesmo de sedução, mal reconhecera. Agora era um sr. Crawford que se dirigia a Fanny com um amor ardente, desinteressado, cujos sentimentos se haviam transformado em tudo que há de mais honrado e correto, cujas visões de felicidade se baseavam todas num casamento por amor, que lhe exaltava os méritos, descrevia sem parar seu afeto, e também o provava, tanto quanto se pode prová-lo com palavras, na linguagem, no tom e no espírito de um homem de talento, que a desejava por sua delicadeza e bondade; e para o cúmulo de tudo o mais, agora o sr. Crawford conseguira a promoção de William!

Via-se uma mudança e viam-se pretensões que não tinham como não causar algum efeito. Talvez o houvesse desprezado em toda a dignidade de uma virtude furiosa no terreno de Sotherton ou no teatro de Mansfield Park, mas agora ele se aproximava dela com direitos que exigiam tratamento diferente. Devia ser educada e sentir compaixão. Devia ter a sensação de ser honrada, e quer pensasse em si mesma ou no irmão, precisava nutrir um forte sentimento de gratidão. O efeito de tudo isso se revelou um modo de agir tão lastimável e agitado, as palavras entremeadas com sua recusa tão expressivas de gratidão e preocupação que, para um temperamento vaidoso e confiante como o de Crawford, a verdade, ou pelo menos a força da indiferença dela, parecia muito questionável. Nas manifestações de afeição perseverante, assídua e sem desânimo com que encerrou a entrevista, ele não se mostrou tão irracional quanto o considerava Fanny.

Foi com relutância que se resignou a vê-la sair, mas, no momento da separação, não houve sequer um olhar desesperado que lhe desmentisse as palavras ou que desse à jovem a esperança de ele ser menos irracional do que se manifestara.

Agora ela estava furiosa. Não pôde evitar certo ressentimento diante daquela perseverança tão egoísta e mesquinha. Ali se destacava mais uma vez a falta de delicadeza e consideração pelo próximo que a princípio tanto a impressionara e indignara. Ali se via mais uma vez um aspecto do mesmo sr. Crawford que ela antes tanto condenara. Como se salientava uma rude falta de sensibilidade e humanidade quando estava em jogo o próprio prazer dele! Ah, como sempre desconhecera quaisquer princípios para suprir, como um dever, o que lhe faltava ao coração. Mesmo que as próprias afeições dela fossem livres, como talvez devessem ser... ele jamais conseguiria atraí-las.

Assim pensava Fanny, com absoluta sinceridade e sombria tristeza ali sentada a refletir, diante daqueles excessivos prazer e luxo do fogo aceso na lareira na sala da ala leste, sobre o passado e o presente. Perguntava-se sobre o que ainda a aguardava no futuro, e numa agitação que a impossibilitava de ver qualquer coisa que lhe importasse, além da convicção de que jamais seria possível, em quaisquer circunstâncias, amar o sr. Crawford, e da felicidade de ter um fogo aceso junto ao qual podia sentar-se e pensar.

Sir Thomas se viu obrigado, ou obrigou a si mesmo, a esperar até a manhã seguinte para saber o que ocorrera entre os jovens. Então se encontrou com o sr. Crawford, que lhe deu sua versão. A primeira sensação foi decepcionante, pois esperara coisas melhores. Julgara quase impossível que uma hora de súplicas por parte de um rapaz como Crawford causasse tão pouca mudança numa jovem de temperamento tão afável como Fanny, mas encontrou rápido alívio nas decididas opiniões e perseverança otimista do apaixonado, e, ao ver sua grande confiança de êxito, *Sir* Thomas logo também começou a senti-la.

De sua parte, nada omitiu de cortesia, louvor e amabilidade que pudessem ajudar o plano. Honrou a firmeza do sr. Crawford, elogiou Fanny e declarou que a aliança continuava a ser a mais desejável do mundo. Em Mansfield Park, o sr. Crawford seria sempre bem acolhido, tinha apenas de consultar o próprio discernimento e os sentimentos quanto à frequência das visitas, no presente ou no futuro. Em todos os familiares e amigos da sobrinha, a opinião e o desejo em relação ao caso eram unânimes, a influência de todos que a amavam com certeza tenderia a um único lado.

Dito tudo que pudesse incentivá-lo, todo incentivo foi recebido com grata alegria, e os cavalheiros se despediram como melhores amigos.

Satisfeito de que a causa agora se encaminhava no ritmo mais correto e esperançoso, *Sir* Thomas resolveu abster-se de importunar a sobrinha e não mostrar uma clara interferência. Achava que a amabilidade seria o melhor meio de influenciar um temperamento como o da jovem. As súplicas procederiam apenas de um lado. A abstenção da família numa questão, a respeito da qual ela não podia duvidar dos desejos que todos acalentariam, seria o meio mais seguro de favorecê-la. De acordo com esse princípio, *Sir* Thomas aproveitou a primeira oportunidade de dizer-lhe, com uma branda gravidade destinada a dominá-la:

— Bem, Fanny, vi de novo o sr. Crawford e por ele soube exatamente como andam as coisas entre vocês. Acho-o um rapaz extraordinário, e, qualquer situação que venha a estabelecer-se, é necessário você saber que despertou um afeto de atributo muito incomum, embora, jovem como é e pouco conhecedora da natureza transitória, inconstante, irregular do amor, como costuma ser, você não fique tão impressionada quanto eu com tudo o que há de maravilhoso em uma demonstração de perseverança como essa, diante da falta de encorajamento. No caso dele, tudo se trata de uma questão de sentimento; ele não pretende que se reconheça mérito algum por isso, talvez não tenha tal pretensão. Mas, após haver escolhido tão bem, a constância dele revela um caráter muito louvável. Se a escolha não fosse tão irrepreensível, eu o condenaria pela perseverança.

— Na verdade, senhor — disse Fanny —, sinto muito que o sr. Crawford continue a... sei que me concede uma grande honra, da qual não julgo ser merecedora, mas tenho perfeita convicção, e assim disse a ele, de que nunca poderei...

— Minha querida — interrompeu *Sir* Thomas —, não é ocasião para isso. Conheço tão bem seus sentimentos quanto você deve conhecer meus desejos e pesares. Nada mais há a dizer nem a fazer. De agora em diante, não se tornará a tocar no assunto entre nós. Nada terá a temer nem com que se preocupar a respeito. Não pode supor-me capaz de tentar persuadi-la a casar-se contra sua vontade. Sua felicidade e vantagem constituem tudo o que almejo, e nada mais lhe peço além de suportar os esforços do sr. Crawford para convencê-la de que não são incompatíveis com as dele, e ele corre seu próprio risco. Você pisa em terreno seguro. Permiti que ele a veja sempre que nos visitar, como o faria se nada disso houvesse acontecido. Você o verá rodeada por todos nós, como antes, tanto quanto possível, sem pensar mais em nada desagradável. Ele partirá de Northamptonshire em breve, então nem esse pequeno sacrifício será exigido de você com frequência. O futuro talvez seja muito incerto. E agora, minha querida Fanny, encerrou-se o assunto entre nós.

A prometida viagem foi tudo em que Fanny pôde pensar com grande satisfação. Mas também muito a sensibilizaram as bondosas expressões e o tom paciente do tio, e quando levou em conta que ele desconhecia a verdade, achou que não tinha o direito de surpreender-se com a linha de conduta adotada por *Sir* Thomas. Dele, que entregara ao sr. Rushworth uma filha em casamento, não se poderia por certo esperar sensibilidade romântica. Ela deveria cumprir o dever e esperar que o tempo o tornasse mais fácil que agora.

Embora só tivesse dezoito anos, não poderia supor que a afeição do sr. Crawford durasse para sempre, mas imaginava apenas que um firme e incessante desencorajamento da parte dela, com o correr do tempo, poria um fim àquela obsessão. Quanto tempo destinar, em sua própria fantasia, a tal rejeição era outro assunto. Não ficaria bem perguntar a exata estimativa que uma donzela faz de seus próprios encantos.

Apesar do pretendido silêncio, *Sir* Thomas viu-se mais uma vez obrigado a falar do problema com a sobrinha para informar-lhe que o assunto seria comunicado às tias, uma medida que ele ainda preferiria evitar, se fosse possível, mas que se tornara necessária diante da total oposição do sr. Crawford a que se fizesse segredo de suas intenções. Não tinha o menor propósito de ocultar nada. Sabia-se de tudo no presbitério, onde ele adorava conversar sobre o futuro com as duas irmãs, e lhe seria muito prazeroso ter testemunhas esclarecidas do avanço do seu sucesso. Ao saber disso, o tio sentiu a necessidade de pôr a esposa e a cunhada a par do assunto, embora, pelo bem de Fanny, ele quase temesse o efeito que essa comunicação causaria ao mesmo tempo nela e na sra. Norris, pois deplorava o zelo errôneo, mas bem-intencionado, da tia. Àquela altura, de fato, não estava muito longe de classificá-la como uma dessas pessoas bem-intencionadas que vivem empreendendo ações erradas e muito desagradáveis.

A sra. Norris, porém, aliviou-o. Ele insistiu na mais estrita paciência e silêncio com a sobrinha, o que não só prometeu, mas cumpriu. Apenas passou a tratá-la com uma má vontade cada vez maior. Ficou furiosa, amargamente furiosa; porém, o que mais a indignava era o fato de Fanny ter recebido tal proposta e não o de tê-la rejeitado. Era uma injúria, uma afronta a Julia, que deveria ter sido a escolhida pelo sr. Crawford e, independentemente disso, detestava Fanny por haver esquecido a prima, além de sentir rancor por ver uma pessoa que ela sempre tentara humilhar obter tanta ascensão.

Sir Thomas deu mais crédito à discrição da sra. Norris na ocasião do que merecia a cunhada, e Fanny quase abençoou a tia por ter apenas de sentir e não ouvir seu desprazer.

Lady Bertram teve outra reação ao tomar conhecimento do que ocorrera. Fora uma beldade e uma próspera beldade durante toda a vida, por isso beleza e fortuna eram tudo que lhe despertava respeito. Saber que um homem de fortuna pedira Fanny em casamento elevou-a, portanto, muito em seu conceito. Ao convencer-se de que Fanny era muito bonita, do que vinha duvidando até então, e que se casaria de forma vantajosa, quase a fez sentir uma espécie de honra quando se dirigiu à sobrinha.

— Bem, Fanny — disse, assim que ficaram a sós, e de fato chegara a sentir certa impaciência para se ver a sós com a sobrinha, e notava-se na sua fisionomia, enquanto falava, extraordinária animação. — Muito bem, Fanny, tive uma surpresa muito agradável esta manhã. Devo falar sobre isto só uma vez. Eu disse a *Sir* Thomas que deveria falar com você nem que fosse só uma vez e depois ficaria satisfeita. Felicidades, minha querida sobrinha. — E, ao olhá-la com complacência, acrescentou: — Mas veja só! Somos com certeza uma bela família.

Fanny enrubesceu e a princípio não soube o que dizer. Depois, com a esperança de atingi-la no ponto fraco, respondeu:

— Minha querida tia, eu tenho certeza de que a senhora não pode desejar que fosse outra a minha decisão. Não pode desejar que me case, pois sentiria minha falta, não? Sim, tenho certeza de que sentiria demais a minha falta para desejar isso.

— Não, minha querida, não pensaria em sentir sua falta quando lhe fazem uma proposta como essa. Posso arranjar-me muito bem sem você, se fosse para se casar com um homem de tão esplêndido patrimônio como o sr. Crawford. E tenha em mente, Fanny, que é dever de toda moça aceitar uma proposta tão irrepreensível quanto essa.

Essa foi quase a única regra de conduta, o único conselho, que Fanny recebera da tia, no curso de oito anos e meio, e silenciou. Sentiu que seria improdutivo um debate para contestar a afirmação. Se os sentimentos da tia se revelavam contra os dela, nenhuma esperança poderia ter de tentar fazê-la compreender. *Lady* Bertram mostrava-se muito disposta a conversar.

— Sabe do que mais, Fanny? — continuou. — Tenho certeza de que ele se apaixonou por você no baile, tenho certeza de que tudo começou naquela noite. Você de fato estava magnífica. Todos assim o disseram. Até *Sir* Thomas. E também sabe que Chapman ajudou-a a vestir-se. Alegro-me muito por ter mandado Chapman fazê-lo. Direi a *Sir* Thomas que tenho certeza de que tudo aconteceu naquela noite. — E ainda seguindo esses alegres pensamentos, logo depois acrescentou: — E sabe de uma coisa, Fanny? É mais do que fiz com Maria: na próxima vez em que Pug tiver uma ninhada, você ganhará um filhote.

CAPÍTULO 34

Edmund teve de se inteirar de importantes novidades quando retornou. Muitas surpresas o aguardavam. A primeira que ocorreu não consistiu na de menos importância, a presença de Henry Crawford e da irmã, que passeavam juntos pelo vilarejo, quando ali entrou a cavalo. Concluíra... pensara que àquela altura se encontrassem muito longe de Mansfield. Prolongara de propósito a ausência além de uma quinzena para evitar Mary Crawford. Voltava para casa com o ânimo disposto a alimentar-se de saudosas lembranças e ternas associações, quando viu diante de si a linda jovem de braço dado com o irmão. Viu-se, além disso, a receber uma acolhida de visível simpatia da mulher que, dois minutos antes, pensara encontrar-se a mais de cem quilômetros de distância, e tão longe, muito mais longe dele em termos afetivos que qualquer distância pudesse expressar.

Jamais esperaria ser recebido de tal maneira por Mary, se esperasse encontrá-la. Ao voltar, depois de cumprido o objetivo que motivara sua ausência, esperava qualquer outra coisa, menos aquele olhar de satisfação e palavras de significado simples e agradável. Foi o suficiente para encher seu coração de paixão e levá-lo até a casa no estado de espírito mais propício a sentir o pleno valor da outra prazerosa surpresa próxima.

Logo soube da promoção de William, com todos os detalhes, e, com a secreta provisão de alívio que trazia no peito para intensificar sua alegria, encontrou na notícia uma fonte das mais satisfatórias sensações durante todo o jantar. Mais tarde, quando ficou a sós com o pai, soube da história de Fanny, e em seguida *Sir* Thomas relatou-lhe todos os principais acontecimentos dos últimos quinze dias e a atual situação dos assuntos em Mansfield.

Fanny desconfiou do que acontecia. Se os dois permaneciam na sala de jantar durante muito mais tempo que o habitual, teve a certeza de que falavam dela. Quando o chá afinal os retirou dali e ela percebeu que Edmund ia mais uma vez procurá-la, sentiu uma terrível culpa. Ele aproximou-se, sentou ao seu lado, tomou-lhe a mão e apertou-a com carinho, e naquele momento Fanny achou que, se não fosse pela ocupação e as atenções que lhe requeriam o serviço do chá, talvez houvesse traído a emoção que sentia a um excesso imperdoável.

Com tal gesto, porém, ele não pretendia exprimir-lhe uma aprovação e um encorajamento sem reservas que as suas esperanças deduziram. Foi apenas para exprimir a sua participação em tudo que a interessava e lhe dizer que ouvira algo que muito o alegrava. De fato, concordava inteiramente com o pai na questão. Não o surpreendeu tanto quanto a *Sir* Thomas o fato de ela recusar Crawford, pois, longe de supor que Fanny sentia por ele algo semelhante a uma preferência, ele sempre pensara o contrário, e imaginava à perfeição como a proposta pegara-a desprevenida, porém, nem *Sir* Thomas era mais favorável ao enlace que ele. Edmund julgava o compromisso muito recomendável, Crawford tinha todos os predicados; e, ao mesmo tempo que a honrava pelo que ela fizera sob a influência da atual indiferença, exaltava-a com termos ainda mais entusiasmados que aqueles reproduzidos por *Sir* Thomas. Era sua mais sincera esperança, confiança e convicção que se realizasse afinal o enlace, e os dois, unidos por mútua afeição, acabariam por perceber que tinham os temperamentos compatíveis para abençoar o fato de que haviam sido feitos um para o outro, como ele próprio agora começava seriamente a considerá-los. Crawford fora precipitado demais. Não dera tempo a Fanny para afeiçoar-se a ele. Começara de forma errada. Com o poder de sedução que tinha, porém, e com um temperamento como o dela, Edmund esperava que tudo chegasse a uma feliz conclusão. Enquanto isso, o primo se deu suficiente conta do constrangimento de Fanny e absteve-se de tornar a suscitar o assunto com qualquer palavra, olhar ou gesto.

Crawford visitou-os no dia seguinte e, em atenção ao regresso de Edmund, pareceu a *Sir* Thomas mais que natural convidá-lo a ficar para o jantar, pois era, na verdade, uma atenção necessária. Ele ficou, claro, e Edmund teve então ampla oportunidade de observar suas deferências por Fanny e o grau de imediato encorajamento que talvez extraísse da atitude dela. E constatou esse encorajamento tão pequeno, tão, tão pequeno — toda a chance, toda a possibilidade de incentivo apoiava-se apenas no acanhamento da amada; se não houvesse esperança na confusão dela, não havia em mais nada — que Edmund quase se dispôs a maravilhar-se com a perseverança do amigo. Fanny merecia tudo, considerava-a valer todo o extremo de paciência, todo o esforço mental, mas não se julgava capaz de insistir junto a uma mulher sem algo mais para alentar-lhe a coragem do que discernia nos olhos da prima. Sentiu-se muito disposto a esperar que Crawford visse com mais clareza que ele; e esta acabou sendo a conclusão mais consoladora a que pôde chegar de tudo que observou desenrolar-se antes, durante e após o jantar.

À noite, ocorreram algumas circunstâncias que lhe pareceram mais promissoras. Quando entrou com Crawford no salão, Edmund viu sentadas a mãe e Fanny trabalhando muito atentas e caladas, como se nada mais as preocupasse. Não pôde evitar notar a profunda tranquilidade que aparentavam.

— Não ficamos caladas assim o tempo todo — esclareceu a mãe. — Fanny esteve lendo para mim e só largou o livro ao ouvi-los se encaminharem para cá — e, de fato, via-se um livro na mesa com jeito de recém-fechado, um volume de Shakespeare. — Ela muitas vezes lê esses livros para mim, e estava no meio de uma fala muito bonita daquele homem (como se chama mesmo, Fanny?), quando ouvimos seus passos.

Crawford pegou o volume.

— Permita-me ter o prazer de concluir esse monólogo para a senhora — ofereceu-se. — Logo o encontrarei — abriu com todo cuidado o livro e, ao deixar as folhas seguirem a própria inclinação, de fato encontrou-o, ou se equivocou em uma ou duas páginas, mas acertou o bastante para satisfazer *Lady* Bertram, pois, assim que Crawford citou o nome do Cardeal Wosley, logo afirmou que ele encontrara o mesmo monólogo. Fanny não olhara nem se oferecera para ajudá-lo: nem uma sílaba a favor ou contra. Tinha a atenção concentrada no trabalho. Parecia determinada a não se interessar por mais nada. Mas também tinha predileção demasiadamente forte. Não conseguiu abstrair a mente nem por cinco minutos, viu-se forçada a escutar; a leitura dele era excelente, e o prazer que ela sentia por boa leitura, extremo. Havia muito se habituara à boa leitura, porém: o tio lia bem, todos os primos, Edmund, muito bem, mas a leitura do sr. Crawford apresentava uma variedade de excelência além de tudo que conhecera até então. O rei, a rainha, Buckingham, Wosley, Cromwell, todos surgiam, um por um, pois, com um talento especial, o dom de saltar e adivinhar; ele sempre conseguia abrilhantar-se, à vontade, na melhor cena ou nas melhores falas de cada um, e fosse com dignidade ou orgulho, ternura ou remorso, ou o que tivesse de expressar, fazia-o com igual beleza. Exibia verdadeira dramaticidade. Aquela representação mostrara a Fanny, pela primeira vez, que prazer uma peça podia proporcionar, e sua leitura trouxe-lhe mais uma vez a lembrança da atuação dele; não, talvez com satisfação ainda maior, pois chegava de forma inesperada e sem a desvantagem a que se habituara ao vê-lo no palco com a srta. Bertram.

Edmund observava o progresso da atenção dela divertido e satisfeito, ao ver que Fanny aos poucos diminuía o ritmo no trabalho de agulha que a princípio parecia ocupá-la totalmente. Viu o bordado cair-lhe das mãos enquanto ela se sentava imóvel sobre ele e, por fim, os olhos, que haviam parecido de forma tão estudada evitar o amigo durante o dia todo, virarem-se e se fixarem em Crawford. Fixou-os nele por minutos, fixou-os até a atração fazer Crawford desviar os dele para ela, fechar o livro e desfazer-se o encanto. Então Fanny recolheu-se mais uma vez em si mesma, enrubesceu e pôs-se a trabalhar com o mesmo afinco de sempre; porém, isso bastou para dar ânimo a Edmund quanto às chances do amigo e, quando cordialmente lhe agradeceu a leitura, teve a esperança de expressar também os sentimentos secretos de Fanny.

— Essa peça deve ser uma de suas preferidas — disse —, você a lê como se a conhecesse muito bem.

— Creio que passará a ser de agora em diante — respondeu Crawford —, mas acho que não ponho as mãos num volume de Shakespeare desde os quinze anos. Vi uma vez representarem *Henrique VIII*. Ou ouvi alguém dizer que tinha visto, não tenho muita certeza. Mas acabamos por conhecer Shakespeare sem saber como. Faz parte da natureza de todo inglês. Seus pensamentos e belezas encontram-se tão espalhados pelo mundo todo que roçamos neles em toda parte e nos tornamos íntimos do dramaturgo e poeta por instinto. Ninguém com um pouco de cérebro abre grande parte de uma de suas obras sem logo captar-lhe o fluxo dos pensamentos.

— Não há dúvida de que Shakespeare é conhecido por nós até certo ponto — concordou Edmund — desde a tenra infância. Todos citam seus trechos célebres, que se encontram na metade dos livros que abrimos, e todos nós falamos como Shakespeare, empregamos suas comparações, descrevemos com as mesmas descrições, mas transmitir o exato sentimento, como você acabou de fazer, é muito diferente. É bastante comum conhecê-lo por fragmentos ou versos isolados, e até mesmo conhecer quase todas as suas obras talvez não seja incomum, mas saber lê-lo bem em voz alta não constitui um talento comum.

— Senhor, muito me honra — foi a resposta de Crawford, com uma mesura de simulada gravidade.

Os dois cavalheiros lançaram um olhar a Fanny para ver se conseguiam extorquir-lhe uma palavra de elogio condizente, mas ambos sentiram que seria impossível. Elogiara-o apenas com a atenção que lhe concedera.

Lady Bertram também lhe expressou intensa admiração.

— Foi como assistir à peça no teatro — declarou. — Gostaria que *Sir* Thomas estivesse aqui.

Crawford sentiu extrema satisfação. Se *Lady* Bertram, com toda aquela incompetência e languidez, sentiu isso, a inferência do que deve ter sentido a sobrinha, cheia de vida e instruída, empolgava-o.

— O senhor tem grande talento para o teatro, sr. Crawford — acrescentou a esposa de *Sir* Thomas logo depois. — Sabe do que mais? Acredito que montará, algum dia, um teatro na sua casa, em Norfolk. Quero dizer, quando lá se instalar. Acredito de verdade. Acho que montará um teatro em sua casa em Norfolk.

— De verdade, senhora? — ele se apressou a exclamar. — Não, não, isso nunca acontecerá. A senhora se engana por completo. Nada de teatro em Everingham! Ah, não! — e olhou para Fanny com um sorriso expressivo, que evidentemente significava: "essa dama jamais permitirá um teatro em Everingham."

Edmund tudo observou e viu Fanny muito determinada a não vê-lo, como a deixar claro que as palavras de Henry bastaram para transmitir o total significado do protesto, e acreditou que aquela rápida consciência de um galanteio, a tão imediata compreensão da insinuação pela prima, pareceu-lhe antes favorável que não.

Conversou-se sobre leitura em voz alta por mais algum tempo. Os dois rapazes eram os únicos a trocar ideias, mas, em pé junto ao fogo, comentavam sobre a frequente negligência e desatenção à qualificação no sistema escolar para meninos, o consequente grau natural, embora em alguns casos imperdoável, de ignorância e grosseria em certos homens, até em homens sensíveis e instruídos, quando de repente chamados a ler em voz alta, como ocorrera em vários casos conhecidos por eles, dando exemplos de erros crassos e fiascos pela falta de controle da voz, da modulação e ênfase adequadas, de previsão e discernimento, tudo resultante da causa principal: a falta de atenção e hábito desde o início. Fanny mais uma vez ouvia com grande interesse.

— Até mesmo em minha profissão — disse Edmund, com um sorriso —, como a arte de ler é tão pouco estudada! Como se dá pouca atenção à forma de expressar-se com clareza e boa dicção! Refiro-me, porém, mais ao passado que ao presente. Agora se vê no mundo todo certo espírito de aperfeiçoamento, mas entre os que se ordenaram há vinte, trinta, quarenta anos, a maioria, a julgar pelas demonstrações que vemos, devia pensar que ler era ler e pregar era pregar. Agora isso mudou. Pensa-se no assunto com critério. Sabem que a boa articulação e a energia talvez tenham peso ao se recomendarem as verdades mais sólidas. Além disso, hoje se veem, mais difundidos do que antes, o espírito de observação e gosto, um conhecimento mais crítico; em cada congregação, há maior proporção de pessoas que dominam um pouco o assunto e que podem julgar e criticar.

Edmund já celebrara o serviço religioso desde a ordenação, e Crawford, ao saber disso, lhe fizera várias perguntas sobre as sensações e os sucessos, perguntas feitas com a vivacidade de um interesse amistoso e vivaz curiosidade, sem qualquer toque daquele espírito zombeteiro nem ar leviano que Edmund sabia ser muito ofensivos a Fanny, às quais ele respondeu com verdadeiro prazer. Quando Crawford continuou, pediu-lhe a opinião e deu-lhe a sua quanto à maneira mais adequada de proferir certos trechos preferência por reunir-se em sociedade, na propensão a falar ou calar-se, ser sério ou alegre. Estou inteiramente convencido de que certa oposição nesses aspectos favorece a felicidade conjugal. Excluo os extremos, claro, e uma semelhança muito próxima em todos esses aspectos seria o caminho mais provável de chegar-se a um extremo. Uma oposição, delicada e contínua, é a melhor salvaguarda dos costumes e da conduta.

Fanny bem podia imaginar onde estavam os pensamentos dele então. O poder da srta. Crawford manifestava-se de novo com toda força. Desde a hora em que voltara para casa, o primo não parava de falar dela com imensa satisfação. A intenção de evitá-la terminara por completo. Ele jantara no presbitério ainda na noite anterior.

Após deixá-lo absorto naqueles pensamentos mais felizes por alguns minutos, Fanny, após julgar que deveria fazê-lo, retornou à questão do sr. Crawford e disse:

— Não é apenas em temperamento que o considero totalmente inadequado para mim, embora nesse aspecto eu acredite que a diferença entre nós seja grande demais, imensa. Aquela animação muitas vezes me oprime, porém algo nele me faz opor-me ainda mais. Devo dizer, primo, que não posso aprovar o caráter dele. Não o tenho em bom conceito desde a época da peça. Vi-o, então, comportar-se, segundo minha opinião, de modo tão indecoroso e insensível, permito-me falar agora porque tudo acabou, tão incorreto com o coitado do sr. Rushworth, sem sequer parecer importar-se em expô-lo ou magoá-lo ao dirigir à minha prima Maria tais atenções, que, em suma, na época da peça causou-me uma impressão que jamais se apagará.

— Querida Fanny — respondeu Edmund, mal a ouvindo até o fim —, não vamos, nenhum de nós, julgar pelo que parecíamos naquele período de loucura geral. Aquela é uma época que eu detesto lembrar. Maria agiu mal, Crawford também, todos juntos nos comportamos mal, mas ninguém tão mal quanto eu. Comparados comigo, todos os demais foram irrepreensíveis. Eu fazia papel de bobo com os olhos bem abertos.

— Como espectadora — disse Fanny —, talvez eu tenha visto mais que você, e de fato creio que o sr. Rushworth se sentia muito enciumado às vezes.

— Muito possível. Não surpreende. Nada podia ser mais impróprio do que todo aquele negócio teatral. Fico sempre chocado quando penso que Maria pudesse ser capaz de incentivá-lo, mas, se ela pôde aceitar o papel, não devemos surpreender-nos com os outros.

— Antes da peça, muito me engano se Julia não se julgou o alvo das atenções dele.

— Julia! Já ouvi de alguém antes que ele estava apaixonado por Julia, mas nunca vi nada disso. E, Fanny, embora eu espere fazer justiça às boas qualidades de minhas irmãs, considero muito possível que elas, uma delas, ou ambas, mais que desejassem atrair a admiração de Crawford e talvez mostrassem esse desejo de forma mais ostensiva que exige a perfeita prudência. Lembro bem que tinham acentuada predileção pela companhia dele; e, com tal incentivo, um homem como Crawford, animado e talvez um pouco inconsequente, fosse levado a... Mas não pôde ser nada muito fulminante, porque é claro que não tinha pretensões, havia reservado o coração para você. E devo dizer que o fato de tratar-se de você elevou-o muitíssimo no meu conceito. E o faz merecer altíssima honra, demonstra o correto apreço à bênção da felicidade doméstica e pura afeição. Prova que não se deixou corromper pelo tio. Revela, em suma, ser tudo que eu desejava acreditar que fosse e temia que não fosse.

— Tenho a convicção de que ele não pensa como deveria em assuntos sérios.

— Melhor seria dizer que ele jamais pensou em assuntos sérios, creio que foi o que ocorreu. Como poderia ser de outro modo, com tal educação e tal conselheiro? Considerando-se as desvantagens que ambos tiveram, não é maravilhoso que sejam como são? Disponho-me a reconhecer que até agora Crawford se deixou guiar em excesso pelos *sentimentos*. Por sorte, esses sentimentos têm-se revelado em geral bons. Você contribuirá com o resto. E que homem mais afortunado é ele por se afeiçoar a semelhante criatura, uma mulher que, firme como uma rocha em seus princípios, tem uma delicadeza de caráter ideal para recomendá-los. Ele escolheu a companheira, na verdade, com rara felicidade e a fará feliz, Fanny, sei que a fará feliz; mas você fará dele tudo o que desejar.

— Não quero assumir semelhante encargo — exclamou Fanny com acentuado retraimento —, algo de tão grande responsabilidade!

— Como sempre, não se julga à altura do que seja! Imagina que tudo é demais para você! Bem, embora eu não seja capaz de convencê-la a mudar os sentimentos, confio que você mesma se convencerá. Sinceramente, confesso meu anseio de que o consiga. Não é pouco o interesse que tenho pelo sucesso de Henry. Depois de sua felicidade, Fanny, é a dele que eu mais desejo. Você bem sabe que não é pouco meu interesse por Crawford.

Fanny sabia bem o bastante para ter o que dizer, e os dois seguiram juntos por uns cinquenta metros em mútuos silêncio e abstração. Edmund foi o primeiro a falar:

— Fiquei ontem muito satisfeito com a maneira como Mary Crawford tocou no assunto, ainda mais satisfeito porque não esperava vê-la encarar tudo com uma visão tão justa. Sabia que ela gostava muito de você, Fanny, mas ainda temia que ela não avaliasse seu mérito para o irmão como você merece, prima, que lamentasse o fato de Crawford não ter escolhido alguma outra mulher de distinção ou fortuna. Receava a influência daquelas máximas mundanas a que tanto se habituara a ouvir. Mas foi diferente. Falou de você, Fanny, como devia. Deseja o enlace com tanto entusiasmo quanto meu pai e eu. Tivemos uma longa conversa. Eu não teria tocado no assunto, por mais que ansiasse por conhecer os sentimentos dela, porém, mal passados cinco minutos desde que tinha me acomodado na sala, ela o suscitou com toda aquela franqueza e aquele jeito amável, aquele espírito e engenhosidade que tanto a caracterizam. A sra. Grant riu da irmã por sua rapidez.

— Então a sra. Grant estava na sala?

— Sim, quando cheguei ao presbitério, encontrei as duas irmãs sozinhas, e, assim que havíamos começado a conversar, Crawford e o dr. Grant entraram.

— Faz mais de uma semana que não vejo a srta. Crawford.

— É, ela o lamenta, contudo reconhece que talvez tenha sido melhor assim. Mas a verá, porém, antes de partir. Está muito zangada com você, deve preparar-se para isso. Diz que se sente muito zangada, mas pode imaginar a raiva dela. Não passa do pesar e da decepção de uma irmã que julga o irmão com direito a tudo que deseja. Está magoada, como você ficaria por William, mas a estima de todo o coração.

— Eu sabia que ficaria zangada comigo.

— Minha adorada Fanny — exclamou Edmund —, não vá afligir-se com a ideia de ela estar zangada. É uma raiva mais da qual falar que sentir. Tem o coração feito para amor e ternura, não para ressentimento. Eu gostaria que você tivesse ouvido como a elogiou, gostaria que visse o semblante dela quando disse que deveria ser a esposa de Henry. E observei que ela se referiu sempre a você como "Fanny", o que jamais fazia, e entoava seu nome com a mais fraterna cordialidade.

— E a sra. Grant — perguntou Fanny —, ela falou... ficou lá todo o tempo?

— Sim, concordava em tudo com a irmã. A surpresa diante da sua recusa, Fanny, parece ter sido imensa. O fato de ter rejeitado um homem como Henry Crawford vai além da compreensão de ambas. Eu disse em seu favor o que pude, mas, com toda franqueza, como elas veem o caso, você precisa provar a si mesma que age em sã consciência assim que puder por uma conduta diferente. Nada mais as satisfará. Mas vejo que a importuno. Terminei. Não se afaste de mim.

— Eu devo ter imaginado — disse Fanny, após uma pausa de concentração e esforço — que qualquer mulher deveria compreender a possibilidade de um homem não ser aprovado, não ser amado por outra mulher, por uma pelo menos, por mais que sempre seja agradável para a maioria. Embora ele tenha todas as perfeições do mundo, creio que não deveria ser considerado como algo certo que um homem tenha de ser aceito necessariamente por toda mulher de quem por acaso venha ele a gostar. Mas mesmo supondo que assim seja, concedendo ao sr. Crawford todos os direitos que lhe atribuem as irmãs, como poderia eu estar preparada para retribuir seus sentimentos? Tomou-me inteiramente de surpresa. Não tinha a menor ideia de que a atitude dele comigo tivesse algum significado, e por certo não seria de esperar que eu me persuadisse a gostar dele apenas porque fazia de mim, ao que parecia, um objeto de ociosa diversão. Na minha situação, teria sido o extremo da vaidade criar expectativas em relação ao sr. Crawford. Tenho certeza de que as irmãs dele, que tanto o valorizam, devem ter pensado assim e imaginado que aquilo nada significava. Então, como eu poderia estar... estar apaixonada por ele no momento em que declarou seus sentimentos por mim? Como podia eu retribuir uma afeição à sua disposição logo que ele a pediu? As irmãs deveriam pensar em mim também, não apenas nele. Quanto mais altos os méritos do sr. Crawford, mais impróprio de minha parte teria sido eu pensar nele. E... e... julgamos muito diferente a natureza das mulheres se elas imaginam que uma mulher tenha condição de retribuir uma afeição tão depressa, como isso parece dar a entender.

— Minha querida, querida Fanny, agora conheço a verdade. Sei que se trata da verdade, além de mostrar a grande dignidade de seus sentimentos. Eu os atribuíra a você antes. Acreditei que podia entendê-la. Agora me deu a explicação exata que arrisquei a dar por você à sua amiga e à sra. Grant, e ambas se mostraram mais satisfeitas então, embora a sua afetuosa amiga continuasse a resistir um pouco, pelo entusiasmo do amor que sente por Henry. Eu lhes disse que você era de todos os seres humanos aquele em que exercia mais poder o hábito e menos a novidade, e que a própria circunstância da novidade das declarações de Crawford depunha contra ele. O fato de serem tão inesperadas e recentes não podia favorecê-lo, que você não tolerava nada a que não estivesse habituada, e, com muitas outras explicações com a mesma finalidade, busquei fazê-las entender o seu caráter. A srta. Crawford nos fez rir com os planos para incentivar o irmão. Pretendia insistir para que ele perseverasse na esperança de ser amado com o tempo e ver suas declarações mais apreciadas ao cabo de uns dez anos de "felicidade conjugal".

Fanny conseguiu apenas com dificuldade dar-lhe o sorriso que ele esperava. Tinha todos os sentimentos agitados. Temia haver falado demais, exagerado a cautela que imaginara necessária, ao proteger-se de um perigo para expor-se a outro, e o fato de o primo ter-lhe repetido a vivacidade da srta. Crawford num momento como aquele, e sobre tal assunto, constituiu um agravo ainda mais amargo.

Edmund viu na expressão dela cansaço e angústia e logo resolveu abster-se de levar adiante toda a conversa e nem sequer tornar a mencionar o nome de Crawford, a não ser quando relacionado ao que agradasse à prima. Com base nesse princípio, logo depois observou:

— Eles partem na segunda-feira. Portanto, pode contar em ver sua amiga amanhã ou no domingo. Partem tão em breve... e pensar que por pouco não fui persuadido a permanecer em Lessingby até esse mesmo dia! Quase cheguei a prometer! Que diferença teria feito! Talvez eu lamentasse esses cinco ou seis dias a mais em Lessingby por toda a vida.

— Você chegou a pensar em ficar lá?

— Muito. Pediram-me com tão amável insistência, que quase aquiesci. Se tivesse recebido alguma carta de Mansfield, para dizer-me como vocês todos passavam, creio que com certeza teria ficado, mas nada sabia do que vinha acontecendo aqui fazia quinze dias e achei que me ausentara por demasiado tempo.

— Passou momentos agradáveis lá?

— Sim, quer dizer, foi culpa do meu próprio estado de espírito o fato de não serem mais agradáveis. Todos se mostraram muito amáveis. Duvido que pensem o mesmo de mim. Levei comigo inquietação e não consegui livrar-me dela até me ver mais uma vez em Mansfield.

— As srtas. Owen... Gostou delas, não?

— Sim, muito. Simpáticas, bem-humoradas, sem afetação. Porém não sou mais o mesmo em companhia feminina comum, Fanny. Moças bem-humoradas, sem afetação, não servem para um homem habituado à companhia de mulheres sensíveis. São dois modos diferentes de ser. Você e a srta. Crawford me tornaram exigente demais.

Apesar disso, porém, Fanny se mostrava oprimida e desgastada. Ele viu-o na aparência da prima, não ia conseguir animá-la prolongando a conversa, e, sem tentar mais, conduziu-a com a amável autoridade de um guardião privilegiado direto para casa.

CAPÍTULO 36

Edmund agora acreditava estar a par de tudo que Fanny pudera expressar ou deixar entrever de seus sentimentos e ficou satisfeito. Fora uma decisão demasiadamente precipitada, como imaginara antes por parte de Crawford, e primeiro era necessário dar-lhe tempo para habituar-se à ideia e depois torná-la agradável a Fanny, que precisava assimilar o fato de que Henry se apaixonara por ela, e então uma retribuição de afeto talvez não estivesse muito distante.

Deu ao pai essa opinião como o resultado da conversa e recomendou que nada mais lhe dissessem, nem fizessem outras tentativas de influenciá-la ou convencê-la, mas que deixassem tudo à assiduidade de Crawford e às atividades mentais espontâneas da jovem.

Sir Thomas prometeu que assim seria. Julgava justa a explicação do filho sobre a disposição de Fanny e ela ter todos aqueles sentimentos, mas considerava um grande infortúnio que ela os tivesse, pois, menos disposto que o filho a confiar no futuro, não podia deixar de temer que, se lhe eram necessárias tão longas concessões de tempo e hábito, talvez ela não conseguisse convencer-se a aceitar como deveria as declarações do rapaz antes que o desejo dele de fazê-las terminasse. Nada havia a fazer, porém, senão sujeitar-se resignado e esperar o melhor.

A prometida visita da "amiga", como Edmund chamava a srta. Crawford, revelou-se uma descomunal ameaça a Fanny, que vivia em constante terror por conta disso. Como uma irmã tão parcial, zangada, tão pouco cuidadosa do que dizia e, de outro ponto de vista, tão triunfante e segura, Mary era em todos os sentidos um doloroso alarme. Enfrentar o desagrado, o discernimento e a felicidade dela parecia em tudo terrível. E a confiança na presença de outras pessoas quando se encontrassem era o único alívio diante daquela perspectiva. Ausentava-se o mínimo possível de *Lady* Bertram, mantinha-se longe da sala da ala leste e não passeava sozinha na alameda do bosque, em sua precaução de evitar qualquer ataque repentino.

Conseguiu-o. Encontrava-se a salvo na sala de desjejum com a tia, quando a "amiga" chegou. Passada a primeira aflição, e, ao ver na atitude e nas palavras da srta. Crawford certa calma, teve esperança de que nada pior tivesse de suportar senão meia hora de moderada agitação. Mas nesse caso tivera demasiada esperança. Mary Crawford não era escrava da oportunidade. Decidira falar com Fanny a sós, e em consequência logo lhe disse em voz baixa, sem esperar mais que o tolerável:

— Preciso falar com você alguns minutos em outro lugar — palavras que Fanny sentiu lhe correrem pelo corpo todo e por todos os nervos.

Negar era impossível. Os hábitos de pronta submissão, ao contrário, fizeram-na quase no mesmo instante levantar-se e conduzir-se a outra sala. Embora concordasse, estava com os nervos em frangalhos, era inevitável.

Tão logo chegaram ao corredor, desfez-se toda a compostura da srta. Crawford. Logo balançou a cabeça para Fanny com um ar ao mesmo tempo de maliciosa reprovação e afeto, tomou-lhe a mão e pareceu mal se conter para não ir direto ao assunto. Nada disse, porém, além de:

— Menina má, má! Não sei quando acabarei de ralhar com você — e teve suficiente discrição para reservar o resto para quando estivessem a sós entre quatro paredes.

Fanny levou-a ao aposento, agora sempre equipado para proporcionar conforto. Abriu a porta, porém, com o coração tomado de dor, pois sentia que a aguardava a cena mais angustiante de todas as já testemunhadas por aquele lugar. Mas o mal prestes a abater-se sobre ela foi ao menos adiado pela súbita mudança nas ideias da srta. Crawford, pelo forte efeito que lhe causou na mente o fato de encontrar-se mais uma vez na sala da ala leste.

— Ah! — ela exclamou, com instantânea animação. — Estou aqui de novo? A sala da ala leste! Apenas uma vez me encontrei neste aposento antes! — Após examinar em volta e parecer reconstituir tudo o que ali se passara, acrescentou: — Apenas uma vez. Lembra? Vim para ensaiar. Seu primo também veio e fizemos um ensaio. Você foi nossa plateia e nosso ponto. Um ensaio encantador! Nunca o esquecerei. Estávamos bem nesta parte do aposento; seu primo aqui, eu aqui, e ali as cadeiras. Oh, por que essas coisas têm sempre de acabar?

Felizmente para a companheira, Mary não esperava resposta alguma. Tinha a mente toda imersa em si mesma, num devaneio de prazerosas recordações.

— A cena que ensaiávamos era notável! O assunto, tão... tão, como direi? Ele deveria descrever e recomendar-me o matrimônio. Parece que o vejo agora, tentando mostrar-se tão recatado e sereno como devia ser no papel de Anhalt, a repetir as duas longas falas. "Quando dois corações afins se encontram juntos na vida matrimonial, pode-se descrever o casamento como uma vida feliz." Suponho que tempo algum jamais desfará a impressão que guardo do seu olhar e da sua voz, ao proferir essas palavras. Foi curioso, muito curioso, que tivéssemos tal cena para representar! Se eu tivesse o poder de recordar uma única semana da minha existência, seria a semana da representação. Pense o que quiser, Fanny, mas seria essa, pois nunca, em nenhuma outra, conheci tão intensa felicidade. Vê-lo curvar o firme espírito como o fez! Ah, foi mais maravilhoso do que eu seria capaz de expressar. No entanto, que pena, aquela mesma noite pôs tudo a perder. Aquela mesma noite trouxe seu tio muito indesejável. Coitado de *Sir* Thomas, quem se alegrou com a presença dele? Mas, Fanny, não imagine que eu queira agora falar desrespeitosamente de *Sir* Thomas, embora com toda a certeza o tenha odiado por muitas semanas. Não, agora lhe faço justiça. Ele é apenas o que deve ser um chefe de tal família. Não, com imparcial justiça, acredito que agora gosto de todos vocês. — Após dizê-lo com um grau de ternura e consciência que Fanny jamais vira nela antes, e agora julgava apenas muito adequado, Mary deu-lhe as costas por um momento para recompor-se. — Desde que entrei neste aposento, tive um pequeno arroubo de emoção, como talvez perceba — disse, com um sorriso brincalhão —, mas já passou. Assim, vamos sentar-nos e ficar à vontade, porque quanto a repreendê-la, Fanny, o que vim com plena intenção de fazer, falta-me coragem agora que chegou o momento — e abraçou-a muito afetuosa: — Minha boa e doce Fanny! Quando penso que a vejo pela última vez até não sei quando... sinto ser totalmente impossível fazer algo além de amá-la.

Fanny comoveu-se. Não previra nada disso e seus sentimentos raras vezes resistiam à melancólica influência da palavra "última". Desatou a chorar como se gostasse da srta. Crawford mais do que na realidade lhe era possível, e esta, mais sensibilizada ainda com a visão de tanta emoção, abraçou-a com ternura e disse:

— Detesto a ideia de deixá-la. Aonde vou não encontrarei ninguém que tenha metade do seu afeto. Quem sabe se ainda não seremos irmãs? Sei que seremos. Sinto que nascemos para ser aparentadas e essas lágrimas me convencem de que você também sente, querida Fanny.

Fanny levantou-se e respondeu apenas em parte:

— Mas a senhorita vai apenas deixar um grupo de amigos por outro. Visitará uma amiga muito especial.

— Sim, pura verdade. A sra. Fraser é minha amiga há anos. Mas não tenho a mínima vontade de vê-la agora. Penso apenas nos amigos que vou deixar: minha excelente irmã, você e os Bertram. Desprende-se muito mais sentimento entre vocês do que a gente vê por esse mundo. Aqui todos me dão a impressão de que posso confiar em todos e merecer sua confiança, o que não se conhece no trato comum. Gostaria de ter combinado com a sra. Fraser de ir visitá-la só depois da Páscoa, época muito melhor para a visita, mas agora não posso decepcioná-la. E após passar algum tempo na casa dela, preciso ir visitar a irmã, *Lady* Stornaway, pois essa era minha amiga mais íntima das duas, mas nos últimos três anos não lhe dei muita atenção.

Finda essa conversa, as duas ficaram em silêncio por muitos minutos, ambas pensativas. Fanny meditava sobre os diferentes tipos de amizade existentes no mundo; Mary, em algo de tendência menos filosófica. Esta foi a primeira a retomar a palavra.

— Como me lembro bem do dia em que resolvi procurá-la aqui em cima e subi para chegar à sala do leste, sem ter a mínima ideia de onde ficava! Como me lembro bem do que pensava ao vir. Quando dei uma olhada e a vi sentada a essa mesa a trabalhar, e em seguida o espanto do seu primo ao abrir a porta e me ver aqui! Sem dúvida, seu tio precisava retornar logo naquela noite? Jamais conheci em minha vida dias iguais — seguiu-se outro arroubo de abstração, quando, após afastá-lo da mente, Mary assim atacou a companheira. — Ora, Fanny, encontra-se em absoluto devaneio! Pensando, espero, na pessoa que vive pensando em você. Ah, se eu pudesse transportá-la nem que fosse por um breve período ao nosso círculo na cidade, para que entendesse como julgam ali seu poder sobre Henry! Oh, os ciúmes, o azedume de dúzias e dúzias! O assombro, a incredulidade que haverá de suscitar a notícia do que você fez! Mas, quanto à discrição, Henry é como um herói de um romance antigo, glorioso mesmo acorrentado. Você deveria ir a Londres para saber avaliar sua conquista. Se visse como ele é cortejado e como sou solicitada por causa dele! Agora sei muito bem que a acolhida da sra. Fraser não será nem a metade tão calorosa em consequência da situação do meu irmão com você. Quando ela souber da verdade, é bem provável que deseje que eu volte a Northamptonshire, pois está louca para ver uma filha, de um primeiro casamento do sr. Fraser, casada, e quer fisgar Henry. Oh, tem tentado consegui-lo por todos os meios. Inocente e tranquila como se encontra aqui, Fanny, não pode ter ideia da sensação que você causará, da curiosidade que terão em vê-la, da infinidade de perguntas a que terei de responder! A pobre Margaret Fraser vai ficar atrás de mim para sempre a querer saber como são seus olhos, os dentes, como você penteia os cabelos e quem fabrica seus sapatos. Gostaria que Margaret fosse casada, pelo bem da minha pobre amiga, pois considero os Fraser mais ou menos tão infelizes como a maioria das outras pessoas casadas. E, no entanto, foi uma união muito desejável para Janet na ocasião. Todos ficamos encantados. Ela não tinha outra opção senão aceitá-lo, porque ele era rico e minha amiga nada tinha, mas ele se revelou mal-humorado e exigente e queria que uma bela moça de vinte e cinco anos fosse tão firme quanto ele. E Janet não soube lidar muito bem com ele, parece que não soube tirar o melhor partido da situação. Paira certo espírito de irritação que, para nada dizer de pior, é com certeza muito grosseira. Na casa deles terei de me lembrar com respeito dos hábitos conjugais do presbitério de Mansfield. Até o dr. Grant mostra total confiança em minha irmã e tem em certa consideração os pontos de vista dela, o que nos faz sentir que existe afeto mútuo, mas nada disso verei entre os Fraser. Terei o coração em Mansfield para sempre, Fanny. Minha irmã como esposa e *Sir* Thomas Bertram como marido são meus padrões de perfeição. Janet, coitada, enganou-se de forma lamentável, embora nada houvesse de precipitado de sua parte, pois ela não entrou no casamento sem pensar, nem houve falta de previsão. Levou três dias para refletir sobre as propostas dele, e durante esse tempo pediu conselho a todos os conhecidos cuja opinião valia a pena ouvir, e procurou especialmente a minha falecida e querida tia, cujo conhecimento do mundo fazia que seu discernimento fosse, de modo generalizado e merecido, procurado por todos os jovens relacionados com ela, que tomou uma decidida posição a favor do sr. Fraser. Parece, assim, nada haver que constitua uma garantia de felicidade conjugal! Tanto não posso dizer da minha Flora, que rejeitou um ótimo rapaz do Regimento da Real Cavalaria Britânica por causa daquele horrendo Lorde Stornaway, que, embora tenha mais ou menos tão pouca inteligência quanto o sr. Rushworth, é muito mais feio e de uma índole de velhaco. Tive minhas dúvidas na ocasião quanto ao bom senso da escolha dela, pois ele não tem sequer o ar de um cavalheiro, e agora tenho certeza de que ela cometeu um erro. A propósito, Flora Ross morreu de amores por Henry no primeiro inverno depois que foi apresentada à sociedade. Mas, se eu tentasse enumerar todas as mulheres que sei que se apaixonaram por ele, nunca acabaria. Só você, apenas você, insensível Fanny, pode pensar em Henry com indiferença. Mas é na realidade tão insensível quanto se manifesta? Não, não, vejo que não é.

Na verdade, um rubor tão intenso cobriu as faces de Fanny nesse momento que talvez suscitasse forte suspeita numa mente predisposta.

— Excelente criatura, não vou atormentá-la. Tudo seguirá seu curso. Mas, querida Fanny, você tem de reconhecer que não estava de todo despreparada quando Henry fez a proposta, como imagina seu primo. Não é possível que não lhe tivessem ocorrido alguns pensamentos a respeito, algumas conjecturas do que talvez se tratasse. Deve ter visto que ele tentava agradar-lhe, dedicando-lhe todas as atenções ao seu alcance. Não se devotou por inteiro a você no baile? E mesmo antes do baile, o colar! Oh, você o recebeu da forma exata como lhe tinha sido destinado. Com tanto conhecimento de causa quanto podia desejar um coração. Lembro-me perfeitamente.

— Quer dizer então que seu irmão sabia do colar de antemão? Oh, srta. Crawford, isso não foi leal.

— Sabia! Tudo foi obra dele! Envergonho-me de dizer que nunca me havia ocorrido fazê-lo, mas fiquei maravilhada de poder participar da proposta de Henry, em nome de ambos.

— Não direi — respondeu Fanny — que não senti algum temor naquela ocasião de que fosse isso, pois alguma coisa no seu olhar me assustou, mas não logo de início, não desconfiei de nada a princípio, de verdade, verdade mesmo, não desconfiei. Tão verdade quanto eu estar sentada aqui. E se eu fizesse a mínima ideia disso, nada me teria induzido a aceitar o colar. Quanto ao procedimento do seu irmão, decerto observei qualquer coisa especial, já percebia fazia algum tempo, talvez duas ou três semanas antes, mas julguei que nada significasse, releguei-a apenas como o seu jeito de ser, e estava tão longe de supor quanto de desejar que ele tivesse sérios pensamentos em relação a mim. Não fui, srta. Crawford, uma observadora desatenta do que se passava entre ele e certo membro desta família durante o verão e o outono. Embora nada dissesse, não era cega. Vi apenas que o sr. Crawford se permitia galanterias que nada significavam.

— Ah, não posso negar. De vez em quando, ele agia como um lamentável namorador e muito pouco se importava com o estrago que talvez fizesse nas afeições de inúmeras jovens. Muitas vezes já o repreendi por isso, mas se trata de seu único defeito; porém, é importante dizer que muito poucas moças merecem que se levem em consideração tais afeições. E, por outro lado, Fanny, que glória a de conquistar alguém que tem sido cobiçado por tantas; de ter o poder de ajustar todas as contas pelo nosso sexo! Oh, sei que não faz parte da natureza feminina recusar tamanho triunfo.

Fanny fez que não com a cabeça.

— Não posso pensar bem de um homem que joga com os sentimentos de uma mulher e talvez tenha causado com frequência muito mais sofrimentos em algumas delas do que pode supor um observador circunstancial.

— Não o defendo. Deixo-o inteiramente à sua misericórdia, e, quando ele a tiver levado para Everingham, não me importa quantos sermões lhe passe. Mas tenha em conta o seguinte, que o defeito de Henry, o de gostar que as moças fiquem um pouco apaixonadas por ele, não é nem metade tão perigoso para a felicidade de uma esposa quanto a tendência a ele mesmo apaixonar-se, coisa a que nunca foi aficionado. E acredito seriamente e com firmeza que ele gosta de você como jamais gostou de nenhuma outra mulher, que a ama de todo o coração e que a amará para sempre. Se algum homem já amou uma mulher para sempre, acho que a Henry ocorrerá o mesmo com você.

Fanny não pôde evitar um leve sorriso, mas nada disse.

— Não me lembro de ter visto Henry tão feliz — continuou Mary — como quando conseguiu obter a promoção de seu irmão.

Com essas palavras fizera um lance certeiro nos sentimentos de Fanny.

— Ah, sim. Que amabilidade, que grande amabilidade dele!

— Sei que ele deve ter-se esforçado muitíssimo, pois conheço as peças que precisou mover. O almirante odeia que o incomodem e despreza os que lhe solicitam favores, e há petições de tantos rapazes a atender, que se rejeita com facilidade uma amizade e energia quando não muito determinadas. Como William deve sentir-se feliz! Gostaria que pudéssemos visitá-lo.

A mente da pobre Fanny viu-se atirada no mais angustiante de todos seus alternados estados. A lembrança do que fora feito por William era sempre a mais poderosa perturbadora de todas as decisões contra o sr. Crawford, e deixou-a sentada ali, a pensar profundamente, até que Mary, que a princípio a observara com complacência e depois passara a refletir sobre outra coisa, de repente chamou-lhe a atenção ao dizer:

— Gostaria de continuar aqui conversando com você o dia todo, mas não podemos esquecer as senhoras no salão, e assim até logo, minha querida, minha amável, minha excelente Fanny; pois, embora tenhamos de nos despedir oficialmente na sala de desjejum, é aqui que quero me despedir de você. E me despeço desejando um feliz reencontro, e confiante de que, quando tornarmos a nos reunir, será em circunstâncias que nos permitam abrir o coração sem nenhum resquício ou sombra de reserva.

Um abraço efusivo, muito afetuoso, e uma atitude um tanto agitada acompanharam essas palavras.

— Em breve encontrarei seu primo, ele diz que irá a Londres sem muito demorar, e creio que *Sir* Thomas também, no meio da primavera, e tenho certeza de que verei, repetidas vezes, seu primo mais velho, os Rushworth e Julia, todos, menos você. Tenho dois favores a lhe pedir, Fanny: um é correspondência. Deve escrever-me. E o outro, que você visite com frequência minha irmã e a console por eu ter partido.

O primeiro dos favores, pelo menos, Fanny preferia que não lhe tivesse pedido, mas era-lhe impossível recusar a correspondência; era-lhe impossível até não concordar mais de imediato do que autorizava seu próprio parecer. Não cabia resistência a uma afeição tão visível. Tinha o temperamento programado em especial a valorizar um tratamento afetuoso por tê-lo até então recebido tão poucas vezes, tanto mais a dominava o da srta. Crawford. Além disso, sentia-se grata a ela por haver tornado aquela conversa íntima tão menos dolorosa do que os seus temores previram.

O encontro terminara, e ela escapara sem reprovações nem revelação. Continuava guardado o segredo que lhe pertencia e, enquanto fosse, assim julgava-se capaz de resignar-se a quase tudo mais.

À noite, houve outra despedida. Henry Crawford veio e reuniu-se algum tempo com eles; e como o espírito de Fanny não se achava despreparado, aquela presença comoveu-lhe o coração por uns momentos, pois ele de fato parecia sofrer. Muito diferente do seu habitual modo de ser, mal conversou. Sentia evidente opressão e Fanny teve de se lamentar por ele, embora com a esperança de não tornar a vê-lo mais até que fosse o marido de outra mulher.

Quando chegou o momento da despedida, se ele lhe houvesse tomado a mão, ela não a teria negado; nada disse, porém, ou nada que ela ouvisse, e, depois que o rapaz saiu da sala, Fanny ficou mais satisfeita por não se ter manifestado aquele sinal de amizade.

No dia seguinte, os Crawford partiram.

CAPÍTULO 37

Depois da partida do sr. Crawford, o primeiro objetivo de *Sir* Thomas foi fazer que sentissem a falta dele, e nutriu grande esperança de que a sobrinha encontrasse um vazio na perda daquelas atenções que na época sentira ou imaginara como um mal, agora que ela saboreara a sensação da admiração da forma mais lisonjeira. E o tio de fato esperava que a perda dessa admiração, o mergulhar de novo no nada, lhe despertasse na mente remorsos muito saudáveis. Observava-a com essa ideia, mas não sabia com que sucesso. Era difícil saber se ocorrera ou não alguma diferença no estado de espírito de Fanny. Mostrava-se sempre tão meiga e retraída que suas emoções escapavam ao discernimento dele. Não a compreendia, sentia que não, e por isso recorreu a Edmund para que lhe dissesse até que ponto a situação atual a afetava e se ela se sentia mais ou menos feliz que antes.

Edmund não notou quaisquer sintomas de remorso, e achou o pai um tanto irracional ao supor que os três ou quatro primeiros dias pudessem manifestar algum sentimento.

O que mais o surpreendia era o fato de Fanny não mostrar de forma mais visível que sentia falta da irmã de Crawford, a amiga e companheira que tanto significara para a prima. Perguntava-se por que Fanny falava tão pouco dela e raras vezes tivesse o que dizer por vontade própria sobre o pesar que lhe causava essa separação.

Infelizmente, agora, essa irmã, essa amiga e companheira, era o principal tormento do bem-estar de Fanny. Se pudesse considerar o futuro de Mary tão desligado de Mansfield como estava decidida a considerar o do irmão, se pudesse ter a esperança de que o retorno dela para ali fosse tão distante como acreditava que fosse o dele, sentiria, na verdade, leveza no coração. Quanto mais lembrava e observava, porém, mais se aprofundava sua convicção de que tudo agora seguia um curso mais favorável ao casamento da srta. Crawford com Edmund. Da parte dele, a inclinação era mais forte; da dela, menos equívoca. As objeções e os escrúpulos do primo, com base em sua integridade, pareciam todos descartados — ninguém sabia como — e as dúvidas e hesitações motivadas pela ambição dela também haviam sido superadas — e igualmente sem motivo aparente. Só se podia atribuir isso a um crescente afeto. Os bons sentimentos dele e os maus dela se rendiam ao amor, e esse amor tenderia a uni-los. Ele iria para a cidade logo que concluísse alguns assuntos relacionados a Thorton Lacey — talvez dentro de uns quinze dias. O primo falava da viagem, gostava de comentá-la, e, assim que se vissem mais uma vez juntos, Fanny não tinha como duvidar do resto. A aceitação por parte da srta. Crawford era tão segura quanto o pedido de Edmund e, no entanto, permaneciam ainda nela alguns sentimentos ruins que tornavam a perspectiva da união muito infeliz para Fanny, independentemente, assim acreditava, de si mesma.

Na última conversa entre elas, a srta. Crawford, apesar de algumas afetuosas demonstrações e muita amabilidade pessoal, continuava a ser a mesma de sempre. Ainda mostrava uma mente extraviada e aturdida, e sem a menor desconfiança de que fosse assim: sombria, mas imaginando que irradiava luz. Ela talvez o amasse, mas não merecia Edmund por nenhum outro sentimento. Fanny acreditava que mal houvesse um segundo sentimento em comum entre eles, e os antigos sábios com certeza a perdoariam por considerar a possibilidade de um futuro aprimoramento da srta. Crawford como quase irremediável, pois, se a influência de Edmund, em pleno desabrochar do amor, tão pouco servira para minimizar seu juízo parcial e moderar suas ideias, acabaria por esgotar-se após muitos anos de matrimônio!

A experiência talvez previsse algo melhor para qualquer casal jovem em semelhantes circunstâncias, se a imparcialidade não tivesse negado à srta. Crawford a participação da natureza comum a todas as mulheres que a levaria a adotar, como próprias, as opiniões do homem que ela amava e respeitava. Mas essas constituíam as convicções de Fanny e faziam-na sofrer muitíssimo, além de sempre impedi-la de falar da srta. Crawford sem pesar.

Sir Thomas, entretanto, seguia com as próprias esperanças e observações, ainda se julgando no direito, dado todo seu conhecimento da natureza humana, de esperar ser testemunha do efeito da perda de poder e importância do estado de espírito da sobrinha e as atenções passadas do apaixonado lhe suscitarem o desejo de tornar a desfrutá-las. Logo depois, porém, precisou resignar-se a não ter ainda uma opinião completa e indubitável de toda a situação, diante da perspectiva de outro visitante, cuja aproximação ele julgava que bastaria para apoiar os ânimos que mantinha sob observação. William obtivera uma licença de dez dias, os quais passaria em Northamptonshire, e ali se dirigia como o mais feliz dos tenentes, em decorrência da recente promoção, para mostrar sua felicidade e descrever o novo uniforme.

Chegou e ter-se-ia sentido encantado por mostrar o uniforme também se o cruel costume não proibisse apresentar-se fardado quando não em serviço. Assim, o uniforme permaneceu em Portsmouth, e Edmund conjecturou que, quando Fanny tivesse a oportunidade de vê-lo, se já não esgotasse todo o viço da farda e a novidade dos sentimentos de quem a usa, teria afundado num símbolo desonroso, pois o que pode ser mais inconveniente, ou mais indigno, do que o uniforme de um tenente que continua no mesmo posto há um ou dois anos e vê outros promovidos a comandante antes dele? Assim raciocinava Edmund, até o pai torná-lo confidente de um plano que oferecia a Fanny a chance de ver em toda sua glória o segundo-tenente do *Thrush* de Sua Majestade.

O plano consistia em que ela acompanhasse o irmão, quando do retorno deste para Portsmouth, e passasse algum tempo com a própria família. Ocorrera a *Sir* Thomas, numa de suas sérias meditações, como uma medida certa e desejável, mas, antes de tomar uma decisão definitiva, consultou o filho. Edmund considerou-o em todos os aspectos e não encontrou nada que não fosse aconselhável. A ideia era em si muito boa e não poderia ter sido levada a cabo em melhor época, além de ele não ter a menor dúvida de que seria muitíssimo agradável para Fanny. Isso bastou para *Sir* Thomas, e um decisivo "pois assim se fará" encerrou aquela etapa da questão. Ele retirou-se com sentimentos de satisfação e perspectivas de boas vantagens além das que comunicara ao filho, pois o principal motivo para enviar a sobrinha tinha muito pouco a ver com a conveniência de ela rever os pais e nada, de modo algum, com qualquer ideia de fazê-la feliz. Com certeza, desejava que Fanny fosse de boa vontade, mas com a mesma certeza desejava que sentisse um tédio mortal na casa da família antes de terminar a estada, e que uma pequena abstinência das elegâncias e dos luxos de Mansfield Park lhe tornasse a mente mais lúcida e a levasse a uma avaliação mais justa desse lar de maior permanência e igual conforto que lhe ofereciam.

Era um plano medicinal para a compreensão da sobrinha, que ele não podia deixar de considerar enferma no momento. A residência de oito ou nove anos em meio à riqueza e fartura lhe desordenara um pouco a capacidade de julgar e comparar. A casa do pai, com toda a probabilidade, lhe ensinaria o valor de uma boa renda. Confiava ainda que ela se tornaria a mulher mais sensata e feliz por toda a vida em virtude da experiência que ele idealizara.

Se Fanny fosse dada a arrebatamentos, teria sofrido um forte ataque ao compreender o que se pretendia fazer, quando o tio fez-lhe pela primeira vez a oferta de visitar os pais, os irmãos e as irmãs, dos quais permanecera afastada quase metade da sua vida até ali. Retornar por dois meses ao cenário da infância, com William por protetor e companheiro durante a viagem e a certeza de continuar a vê-lo até o último momento em que ele continuasse em terra... Se alguma vez ela manifestasse arroubos de alegria, este seria o momento para isso, pois ficou maravilhada. Porém sua felicidade era do tipo calmo, profundo, íntimo e, embora jamais uma tagarela, nos momentos em que tinha sentimentos mais fortes sempre tendia mais ao silêncio. No momento, pôde apenas aceitar e agradecer. Depois, quando familiarizada com as visões de alegria que se descortinavam tão de repente, pôde falar mais à vontade com William e Edmund sobre o que sentia. Ainda assim, porém, era impossível exprimir em palavras certas emoções de ternura. A lembrança de todos os antigos prazeres e do que sofrera ao ver-se separada deles retornou-lhe com renovada força, e parecia-lhe que o fato de ver-se mais uma vez em casa curaria toda a dor que lhe causara a separação. Estar de novo no centro daquele círculo, amada por todos, e mais amada por todos do que jamais fora, sentir afeição sem receio nem restrição, sentir-se igual aos que a rodeavam, ficar livre de toda menção aos Crawford, sentir-se a salvo de todo olhar que ela supunha ser uma reprovação a propósito deles! Revelava-se uma perspectiva a ser desfrutada com um afeto do qual só a metade ela podia reconhecer.

Edmund também... passar dois meses longe *dele* (talvez lhe permitissem ausentar-se por três meses) deveria fazer-lhe grande bem. A certa distância, protegida daqueles olhares e da amabilidade do primo, a salvo da permanente irritação de conhecer o que se passava em seu coração ou do esforço para evitar suas confidências, talvez estivesse em melhores condições para raciocinar com mais sensatez, pensar nele e imaginá-lo em Londres, sem se sentir tão desconsolada. O que seria difícil suportar em Mansfield se tornaria um leve mal em Portsmouth.

O único obstáculo era saber se a tia Bertram ficaria bem sem ela. Não era imprescindível a ninguém mais, apenas à tia; aí, porém, talvez fizesse tanta falta que nem gostava de pensar; e essa parte do plano foi, de fato, a mais difícil para *Sir* Thomas concluir, e era algo que apenas *ele* poderia conseguir.

Contudo, o tio era o senhor de Mansfield Park. De fato, quando tomava uma decisão sobre qualquer medida, sempre a levava a cabo, e agora, por meio de uma longa conversa sobre o assunto, ao explicar e enfatizar o dever que tinha Fanny de ver uma vez a família, induziu a esposa a permitir sua partida. Logrou fazê-lo, porém, mais por submissão do que por convicção, pois a sra. Bertram não acreditava muito que *Sir* Thomas achasse que Fanny deveria ir e, por conseguinte, que ela fosse. Na tranquilidade do quarto de vestir, no fluxo imparcial de suas próprias meditações, livre das atordoantes declarações dele, de modo algum ela reconhecia qualquer necessidade de Fanny visitar um pai e uma mãe que se arranjaram por tanto tempo sem a sobrinha, de quem ela tanto necessitava. E quanto a não lhe sentir a falta, o que, sob a argumentação da sra. Norris, era o ponto que a irmã tentava provar, ela própria se decidira com firmeza contra admitir tal coisa.

Sir Thomas apelara ao seu bom senso, à sua consciência e dignidade. Qualificara-o como um sacrifício e como tal lhe pediu bondade e abnegação. Mas a sra. Norris quis persuadi-la de que poderia passar muito bem sem Fanny, pois ela se dispunha a dedicar-lhe todo o tempo que fosse necessário e, em resumo, não poderia, na verdade, precisar nem sentir falta da sobrinha.

— Talvez assim seja, irmã — limitou-se a responder a sra. Bertram —, e até afirmo que tenha toda razão, mas sei que vou sentir imensa falta dela.

O passo seguinte consistiu em comunicar-se com Portsmouth. Fanny escreveu para oferecer a visita, e a resposta da mãe, embora curta, foi muito amável — poucas linhas simples que expressavam uma alegria maternal tão espontânea, diante da perspectiva de tornar a ver a filha, que confirmou a Fanny todas as previsões de felicidade ao lado dela —, convencendo-a de que agora encontraria uma amiga afetuosa e cordial na "mamãe", que sem dúvida não demonstrara antes notável preferência, mas isso ela facilmente supunha ter sido sua própria culpa ou fantasia. Na certa, afastara o amor com seu temperamento temeroso, carente e impaciente ou injustamente quisera uma parte maior que cabia a qualquer um entre tantos filhos. Agora, quando já sabia como ser útil e tolerante, e quando a mãe não deveria estar tão ocupada nas incessantes exigências de uma casa cheia de filhos pequenos, haveria mais tempo livre e gosto por todo bem-estar. Elas seriam em breve o que mãe e filha deveriam ser uma para a outra.

William ficou quase tão feliz com a ideia quanto a irmã. Seria o maior prazer para ele tê-la ao seu lado até o último momento antes de embarcar, e talvez ainda a encontrasse lá quando voltasse do primeiro cruzeiro. Além disso, queria muito que ela visse o *Thrush* antes que saísse do porto; o *Thrush* era, sem dúvida, a mais bela corveta em serviço. Também se haviam feito várias reformas no estaleiro, as quais ele desejava muito lhe mostrar.

Não teve dúvida em acrescentar que a permanência dela em casa por algum tempo seria uma grande vantagem para todos.

— Não sei bem por que — ele disse —, mas parece que lá em casa a gente precisa um pouco dos seus modos esmerados e organizados. A casa vive bagunçada. Sei que você fará tudo ficar em melhores condições. Dirá à mamãe como se devem ordenar as coisas, será muito útil a Susan, ensinará Betsey e fará os meninos amarem e respeitarem você. Tudo ficará bem e confortável!

Quando chegou a resposta da sra. Price, restavam-lhes apenas poucos dias a mais de permanência em Mansfield, e parte de um desses dias os jovens viajantes passaram cheios de temor em relação à viagem, pois, no momento de falar do modo como esta se realizaria, quando a sra. Norris constatou que toda sua ansiedade em economizar o dinheiro do cunhado era em vão e que, apesar dos desejos e insinuações por ela expressos em favor de um meio de transporte menos dispendioso, por tratar-se de Fanny, eles viajariam pela carruagem postal; quando ela viu *Sir* Thomas entregar a William o dinheiro para essa finalidade, ocorreu-lhe a ideia de que havia na carruagem espaço para uma terceira pessoa e, de repente, sentiu-se tomada por uma grande vontade de ir com eles, para ver a pobre e querida irmã Price. Anunciou esses pensamentos. Precisava dizer que estava mais que decidida a ir com os jovens, seria um prazer tão grande para ela, não via a pobre e querida irmã Price fazia mais de vinte anos e ajudaria os jovens na viagem a companhia de uma pessoa mais velha e experiente. Não podia deixar de pensar que a pobre irmã Price consideraria muito cruel de sua parte não aproveitar tal oportunidade.

William e Fanny ficaram aterrorizados diante da ideia. Todo o bem-estar da encantadora viagem logo acabaria. Fitaram-se com mútuo pesar. O suspense durou uma ou duas horas. Ninguém interferiu para incentivá-la ou dissuadi-la. Coube à sra. Norris resolver a questão sozinha. Terminou a agonia, para a infinita alegria dos sobrinhos, quando a tia se lembrou de que não era possível dispensá-la de Mansfield Park no momento, pois era demasiado necessária a *Sir* Thomas e *Lady* Bertram para eximir-se da responsabilidade até por uma semana, e por isso precisava sacrificar todos os outros prazeres para ser-lhes útil.

Ocorrera-lhe de fato que, embora não lhe custasse nada ir a Portsmouth, dificilmente lhe seria possível evitar pagar as despesas da volta. Assim, restava à pobre e querida irmã Price sofrer a decepção de a sra. Norris não aproveitar tal oportunidade e talvez se iniciasse uma ausência de mais vinte anos.

Os planos de Edmund viram-se alterados por essa viagem a Portsmouth e pela ausência de Fanny. Também ele teve de se sacrificar por Mansfield Park, além da tia. Pretendera, por volta da mesma ocasião, ir a Londres, mas não podia deixar o pai e a mãe logo quando todos os demais viajavam, e com um esforço sentido, mas não manifestado, adiou por mais uma ou duas semanas a viagem pela qual ansiava, com a esperança de estabelecer sua felicidade para sempre.

Contou a Fanny a respeito. Disse que ela já sabia tanto, que precisava saber de tudo. Em essência, tratou-se de mais um discurso confidencial sobre a srta. Crawford, o qual comoveu ainda mais Fanny ao sentir que seria a última vez que se mencionaria o nome da srta. Crawford entre os dois com algum remanescente de liberdade. Depois disso, o primo mais uma vez fez menção a ela. À noite, *Lady* Bertram dizia à sobrinha que lhe escrevesse logo e com frequência, prometendo ser ela própria uma boa correspondente, e Edmund, num momento oportuno, acrescentou num sussurro:

— Eu também escreverei a você, Fanny, quando tiver alguma coisa que valha a pena contar, algo que suponho que você gostará de saber, e saberá antes de todos os demais.

Houvesse ela tido alguma dúvida do que ele quis dizer-lhe ao ouvi-lo, o brilho no rosto de Edmund teria sido decisivo.

Para essa carta ela precisava armar-se de coragem. Pensar que uma carta do primo seria motivo de terror! Começou a sentir que ela ainda não passara por todas as mudanças de opinião e sentimento que o avançar do tempo e a variação de circunstâncias causam neste mundo de constantes mudanças. As vicissitudes da mente humana ainda não se haviam esgotado para ela.

Pobre Fanny, embora partisse com vontade e entusiasmo, a última noite em Mansfield Park ainda lhe traria infelicidade. Levava no coração muita tristeza ao despedir-se. Tinha lágrimas para cada aposento da casa e muitas mais para cada um dos adorados moradores. Abraçou-se à tia, porque sentiria a falta dela, beijou a mão do tio com soluços mal contidos, porque o decepcionara, e, quanto a Edmund, ela não pôde falar, nem olhar, nem pensar, quando chegou o último momento com ele, e, só depois que tudo terminara, percebeu que ele lhe dava o afetuoso adeus de um irmão.

Tudo isso se passou da noite para o dia, pois a viagem começaria muito cedo na manhã seguinte, e quando o reduzido grupo reuniu-se à mesa do desjejum, falou-se de William e Fanny como se já não fizessem mais parte da cena.

CAPÍTULO 38

A novidade de viajar e a felicidade de estar com William logo produziram seu efeito natural no estado de espírito de Fanny, quando Mansfield Park ficou bem para trás. E, ao término da primeira etapa, quando tiveram de deixar a carruagem de *Sir* Thomas, ela conseguiu despedir-se do velho cocheiro sem demonstração de tristeza, mandando por ele as devidas lembranças aos que ficaram.

A agradável conversa entre os irmãos parecia não ter fim. Tudo proporcionava diversão à intensa alegria do espírito de William e fazia-o mostrar-se cheio de brincadeiras e gracejos na ponta da língua, nos intervalos dos assuntos de teor mais elevado, todos os quais terminavam, quando não haviam começado, em elogios ao *Thrush*, conjecturas sobre como o empregariam, planos de uma ação vitoriosa contra alguma força superior que lhe daria a chance de dar o passo seguinte na carreira — supondo-se afastado o primeiro-tenente —, com o qual William não se mostrava muito compassivo. Ou especulações sobre dinheiro de recompensa, ganho pela tripulação na captura de um navio inimigo, que seria generosamente distribuído em casa, reservando só o necessário para a construção de um pequeno chalé onde ele e Fanny passariam a meia-idade e a velhice juntos.

Não fizeram parte da conversa as preocupações imediatas de Fanny que envolvessem o sr. Crawford. William sabia do que se passara e lamentava do fundo do coração que os sentimentos da irmã fossem tão frios por um homem que ele considerava o de melhor caráter entre os seres humanos. Mas estava numa idade em que acima de tudo contava o amor e, portanto, não podia culpá-la. Como estava a par do desejo dela de não tocar no assunto, não queria afligi-la com a mínima alusão a ele.

Fanny tinha motivos para supor que o sr. Crawford ainda não a esquecera. Repetidas vezes recebera notícias da irmã dele nas três semanas que se haviam passado desde a partida dos dois de Mansfield, e em cada carta se liam algumas linhas dele mesmo, calorosas e determinadas como suas declarações. Constituía uma correspondência que Fanny achava tão desagradável quanto temera. O estilo de escrever da srta. Crawford, animado e afetuoso, era em si um mal, independentemente do que era obrigada a ler da pluma do irmão, pois Edmund não sossegava até ela ler em voz alta o essencial da carta. Depois ainda tinha de ouvir a admiração dele pela linguagem e a intensidade dos afetos de Mary. Cada carta trazia de fato tanta mensagem, menção e reminiscência de Mansfield, que Fanny só podia supor que se destinavam aos ouvidos de Edmund. Ver-se forçada a esse papel, compelida a manter uma correspondência que lhe trazia as declarações do homem que ela não amava e a obrigava a contribuir para a paixão adversa do homem a quem amava, era uma crueldade inominável. Nesse aspecto, também seu atual afastamento prometia vantagem. Quando não mais sob o mesmo teto que Edmund, esperava que a srta. Crawford não tivesse motivos fortes o bastante para escrever justificando-lhe o trabalho, e que em Portsmouth a correspondência diminuísse até extinguir-se.

Com pensamentos assim, entre centenas de outros, Fanny prosseguia na viagem, em segurança e satisfeita, e tão depressa quanto era razoável se esperar no tempestuoso mês hibernal de fevereiro. Entraram em Oxford, mas ela viu apenas de relance a universidade de Edmund ao passarem, sem parar em lugar algum até chegarem a Newbury, onde uma apetitosa refeição, reunindo jantar e ceia, arrematou as alegrias e as fadigas do dia.

Na manhã seguinte partiram mais uma vez bem cedo e, sem percalços nem demoras, avançaram com regularidade, chegando aos arredores de Portsmouth ainda com suficiente luz do dia para permitir a Fanny apreciar em volta e maravilhar-se com os novos prédios. Atravessaram a ponte levadiça e entraram na cidade. A luz mal começava a desvanecer-se quando, guiados pela potente voz de William, foram conduzidos na carruagem a matraquear por uma rua estreita, até a High Street, parando diante da pequena casa habitada agora pela família do sr. Price.

Fanny sentiu-se toda tomada por ansiedade e alegria — por esperanças e apreensões. No momento em que pararam, uma criada de aparência desmazelada, que parecia à espera deles na porta, adiantou-se e, mais decidida a contar as novidades que a lhes prestar alguma ajuda, logo começou com:

— Por favor, sr. William, o *Thrush* saiu do porto, por favor, sr. William, e um dos oficiais esteve aqui para...

Um bonito e alto garoto de onze anos interrompeu-a, ao sair disparado do interior da casa, empurrou a criada para o lado e, enquanto o próprio William abria a porta do coche, gritou:

— Chegou bem a tempo, William! Esperamos vocês há meia hora! O *Thrush* saiu do porto esta manhã. Eu vi! Que bela visão! E acham que vai receber ordem de zarpar dentro de um ou dois dias. E o sr. Campbell esteve aqui às quatro horas à sua procura, tem um dos barcos do *Thrush* ancorado para retornar ao navio às seis. Disse que esperava que você chegasse a tempo para voltar com ele.

Um ou dois olhares surpresos para Fanny, enquanto William a ajudava a descer da carruagem, foi toda a atenção espontânea que esse irmão concedeu-lhe. Não fez, porém, objeção alguma a que ela o beijasse, embora ainda se empenhasse totalmente em dar mais detalhes sobre a saída do *Thrush*, pelo qual tinha um forte direito de interesse, pois começaria a carreira de marinheiro no navio, naquele mesmo período.

Momentos depois, Fanny chegava ao estreito corredor de entrada da casa e aos braços da mãe, que ali a recebeu com olhares de sincero carinho e com feições que Fanny amou ainda mais, porque lhe pareciam trazer diante de si a tia Bertram. Também vieram ao seu encontro as duas irmãs, Susan, uma bela mocinha bem desenvolvida de quatorze anos, e Betsey, a caçula da família, de uns cinco anos — ambas, à sua maneira, alegres por vê-la, embora sem a vantagem de bons modos para recebê-la. Mas Fanny não queria bons modos. Contanto que a amassem, ela ficaria satisfeita.

Levaram-na então para uma sala, tão pequena que, a princípio, se convencera ser apenas uma antessala para algo maior, e ali ficou por um momento, à espera de que a convidassem a entrar, mas quando constatou que não havia outra porta e viu sinais de habitação diante dela, caiu em si, recriminou-se e afligiu-se, temendo que tivessem desconfiado. A mãe, porém, não pôde ficar tempo suficiente para desconfiar de alguma coisa. Tornara a voltar à porta de entrada para receber William.

— Oh, meu querido William, como me alegra ver você! Soube do *Thrush*? Já deixou o porto, três dias antes do que imaginávamos, e não sei o que devo fazer em relação às coisas de Sam, nunca ficarão prontas a tempo, pois, talvez, receba ordens de partir amanhã. Pegou-me de surpresa. E agora você também deve ir logo para Spithead. Campbell esteve aqui, muito preocupado com você; que faremos? Pensei que teríamos uma noite tranquila com vocês, e aí tudo caiu em cima de mim de uma só vez.

O filho respondeu animado e disse-lhe que tudo se resolveria da melhor forma, e minimizou a importância da inconveniência para si mesmo, por ter de partir tão depressa.

— Sem dúvida, eu gostaria que permanecesse no porto, a fim de passar algumas horas agradáveis com vocês, mas, como tem um barco em terra, é melhor eu ir logo, visto não haver remédio para isso. Em que local de Spithead se encontra o *Thrush*? Perto do *Canopus*? Mas não importa; Fanny está na sala, e por que devemos ficar aqui no corredor? Venha, mamãe, você ainda mal olhou para sua querida Fanny.

Ambos entraram. A sra. Price, após mais uma vez beijar a filha com carinho, comentar um pouco seu crescimento, começou com uma boa vontade muito espontânea a lamentar as fadigas e necessidades dos filhos como viajantes recém-chegados.

— Pobres queridos! Como devem estar cansados os dois, e agora, que vão querer? Eu começava a imaginar que jamais chegariam. Fazia meia hora que Betsey e eu os esperávamos. Quando comeram pela última vez? E que gostariam de comer agora? Não sabia se iam querer algo com carne ou apenas uma xícara de chá depois da viagem, do contrário teria preparado qualquer coisa. Agora receio que Campbell chegue aqui antes que tenha tempo de preparar um assado, pois não temos um açougueiro perto. É muito inconveniente não ter um açougue na rua. Estávamos em melhor situação na última casa. Gostariam talvez de um pouco de chá? — Ambos declararam que o preferiam a qualquer outra coisa. — Então, Betsey, minha querida, corra até a cozinha e veja se Rebecca pôs água na chaleira e diga que ponha a mesa do chá assim que puder. Gostaria que tivéssemos mandado consertar a sineta, mas Betsey é uma mensageirinha muito útil.

Betsey saiu com grande diligência, orgulhosa de mostrar suas habilidades diante da nova e elegante irmã.

— Santo Deus! — continuou a mãe, ansiosa. — Vejam que fogo lamentável, eu diria que ambos estão mortos de frio! Chegue sua cadeira mais para perto, minha querida. Não sei o que Rebecca andou fazendo. Tenho certeza de que a mandei trazer um pouco de carvão há mais de meia hora. Susan, você deveria ter tomado conta do fogo.

— Eu estava lá em cima, mamãe, mudando minhas coisas de lugar — respondeu Susan, num tom destemido de autodefesa que sobressaltou Fanny. — Sabe que acabou de resolver que eu e Fanny ficaríamos no outro quarto, e não consegui convencer Rebecca a me ajudar.

Ruídos diversos impediram mais discussão; primeiro chegou o cocheiro para receber o pagamento, depois irrompeu uma briga entre Sam e Rebecca, sobre o meio de levar o baú da irmã para cima, que ele decidiu fazer do seu próprio jeito, e por fim a chegada do sr. Price, precedido pela própria voz potente, com algo semelhante a uma praga por ter tropeçado na mala do filho e na chapeleira da filha no corredor, e pediu aos gritos uma vela. Mas não lhe levaram vela alguma, e ele entrou na sala.

Fanny, com sentimentos contraditórios, levantou-se para ir ao encontro do pai, porém, tornou a sentar-se, ao ver que ele não a distinguia na obscuridade e não a esperava. Com um afetuoso aperto na mão do filho e a voz veemente, começou:

— Ah, bem-vindo, meu filho. Alegra-me vê-lo. Já soube das novidades? O *Thrush* saiu do porto hoje de manhã. A coisa é séria, como sabe. Por Deus, chegou na hora certa! O doutor esteve aqui perguntando por você, pegou um dos botes e deve sair para Spithead às seis horas, portanto, é melhor você ir com ele. Fui ao estaleiro Turner perguntar sobre seus suprimentos, tudo já se encontra quase pronto. Não ficarei surpreso se você receber ordem de partir amanhã, mas não podem navegar com esse vento se forem para o oeste; e o capitão Walsh acredita que farão decerto um cruzeiro para o oeste com o *Elephant*. Por Deus, espero que consigam! Mas o velho Scholey dizia, ainda agora, acreditar que os enviarão primeiro à ilha de Texel. Ora, ora, estamos prontos para o que der e vier. Mas, por Deus, você perdeu uma bela visão por não estar aqui esta manhã para apreciar o *Thrush* deixar o porto. Não teria perdido isso por mil libras. O velho Scholey veio correndo, na hora do desjejum, para dizer que o navio soltara as amarras e sairia. Levantei-me de um salto e avancei apenas dois passos na plataforma. Se já houve uma perfeita beldade flutuante, trata-se do *Thrush*. E lá se encontra, ancorado em Spithead, e ninguém na Inglaterra imaginaria que pesasse tanto. Fiquei duas horas na plataforma esta tarde admirando-o. Está perto do *Endymion*, entre este e o *Cleopatra*.

— Ah! — exclamou William. — Esse é o lugar onde eu mesmo o poria. É o melhor ancoradouro em Spithead. Mas veja minha irmã, senhor; aqui está Fanny — virou-se e conduziu-a até o pai. — Está tão escuro que o senhor não a vê.

Após reconhecer que a esquecera por completo, o sr. Price recebeu a filha, deu-lhe um abraço cordial, observou que ela se tornara uma moça e logo necessitaria de um marido, e pareceu pronto a tornar a esquecê-la.

Fanny encolheu-se de volta em seu lugar, com uma triste sensação de sofrimento ao ouvir sua linguagem e sentir o cheiro de álcool. O pai falava apenas com o filho e só sobre o *Thrush*, embora William, por mais ardente interesse que sentisse pelo assunto, tentasse mais de uma vez fazê-lo pensar em Fanny, na sua longa ausência e fatigante viagem.

Depois de mais algum tempo reunidos, chegou uma vela, mas como ainda não se via sinal do chá, nem esperanças de que o servissem logo, a julgar pelas notícias trazidas por Betsey da cozinha, William decidiu trocar de roupa e fazer os preparativos necessários para a mudança direta a bordo, pois assim poderia depois tomar o chá com tranquilidade.

Logo que ele saiu da sala, dois meninos de rosto rosado, sujos e esfarrapados, de uns oito e nove anos, entraram correndo assim que os liberaram da escola, ansiosos para ver a irmã e contar que o *Thrush* saíra do porto: Tom e Charles. Charles nascera na ocasião da partida de Fanny, mas de Tom ela muitas vezes ajudara a cuidar e, por isso, agora sentia um prazer especial ao vê-lo de novo. Beijou os dois com grande ternura, mas quis manter Tom em seus braços para tentar reconstituir as feições do bebê que amara e que ninara. Tom, porém, não se interessava por tal tratamento: viera para casa não para ficar quieto e conversar, mas para correr e fazer barulho; assim, os dois meninos logo se separaram dela e bateram a porta da sala até começar a doer-lhe a cabeça.

Fanny vira agora todos os que moravam em casa, restavam apenas dois irmãos entre ela e Susan, um dos quais trabalhava como auxiliar de escritório numa repartição pública em Londres, e o outro que era guarda-marinha a bordo de um navio indiano. Embora tivesse *visto* todos os membros da família, ainda não *ouvira* todo o barulho que podiam fazer. Outros quinze minutos, porém, trouxeram-lhe muito mais. William não tardou a chamar a mãe e Rebecca, do patamar do segundo andar, desesperado por algo que deixara no quarto e não mais encontrava. Sumira uma chave; acusava Betsey de ter mexido em seu chapéu novo, e uma pequena, mas essencial, alteração no colete do uniforme, que lhe prometeram, fora totalmente esquecida.

A sra. Price, Rebecca e Betsey subiram para se defender, todas falando ao mesmo tempo, mas Rebecca em tom mais alto, e a reforma teve de ser feita de qualquer maneira e com grande pressa. William, em vão, tentava mandar Betsey descer ou impedi-la de atrapalhar. Na sala, ouvia-se com muita clareza toda aquela balbúrdia, pois quase todas as portas da casa encontravam-se abertas, a não ser quando abafada, em intervalos, pelo barulho maior de Sam, Tom e Charles perseguindo uns aos outros escada acima e abaixo, aos trambolhões e gritos.

Fanny sentia-se quase aturdida. O tamanho diminuto da casa e a pouca espessura das paredes faziam repercutir todo aquele barulho tão perto dela que, acrescentado à fadiga da viagem e a todas as recentes aflições, ela mal sabia como suportar. *Dentro* da sala tudo conservava relativo sossego, pois, quando Susan desapareceu com os outros, restaram ali apenas o pai e ela. O sr. Price, após pegar um jornal — tomado como sempre emprestado do vizinho —, começou a lê-lo, sem parecer lembrar-se da existência de Fanny; a vela solitária, mantida entre ele e o jornal, sem levar em conta a conveniência da filha, mas ela nada tinha a fazer e alegrava-a ver-se protegida da luz, pois a cabeça doía, enquanto permanecia ali sentada, em aturdida, pesarosa e desolada contemplação.

Estava em casa. Mas, infelizmente, não era um lar, nem tivera acolhida apropriada, e... pensando melhor, não se portava de modo razoável. Que direito tinha de querer ser importante para sua família? Não podia ter importância alguma, estava longe deles havia tanto tempo! As preocupações de William deviam ser muito mais valorizadas — sempre foram — e ele tinha todo o direito. Mas o fato de terem falado ou perguntado tão pouco sobre ela, e de nem sequer terem desejado saber a respeito de Mansfield! Doía-lhe que esquecessem de Mansfield Park, os amigos que tanto haviam feito por eles, os amigos queridos, muito queridos! Mas, ali, um assunto engolia todos os demais. Talvez devesse ser assim. O destino do *Thrush* suscitava agora preeminente interesse. Um dia ou dois talvez revelassem a diferença. O único culpado era o navio. Ela não teria, porém, pensado assim em Mansfield. Não, na casa do tio haveria uma consideração a respeito do tempo, uma regularidade de assuntos, uma propriedade, uma atenção para todos, algo que não se via ali.

A única interrupção desses pensamentos, depois de quase meia hora, consistiu em uma súbita explosão do pai, de modo algum calculada para sossegá-los. Ao lhe alcançar um ruído mais estridente de pancadaria e gritaria no corredor, ele exclamou:

— Que o diabo leve esses moleques! Como gritam! E a voz de Sam é sempre mais alta que a dos outros! Esse rapaz serve para contramestre de navio. Ei... você aí... Sam... pare com essa maldita gritaria, senão vou pegá-lo.

A ameaça foi tão visivelmente ignorada que, embora cinco minutos depois os três garotos irrompessem sala adentro e sentassem, Fanny considerou isso apenas como prova de já estarem exaustos ao extremo, por ora, como pareciam demonstrar os rostos afogueados e a respiração ofegante, sobretudo por continuarem a chutar as canelas uns dos outros e dar gritos repentinos sob os olhos do pai.

A próxima abertura da porta trouxe algo mais convidativo: o serviço de chá, que ela já começara a perder a esperança de ver naquela noite. Susan e uma menina, uma ajudante, cuja modesta aparência informava a Fanny, para sua grande surpresa, que a que vira antes era a criada principal, trouxeram todas as coisas necessárias ao chá. Ao mesmo tempo que punha a chaleira no fogo, Susan olhou para a irmã, dividida entre o agradável triunfo de mostrar-lhe atividade e utilidade e o receio de que tal ofício a depreciasse.

Estava na cozinha, ela disse, para apressar Sally, ajudar a fazer as torradas e espalhar a manteiga no pão, pois, do contrário, não sabia quando tomariam o chá e tinha certeza de que a irmã devia querer comer alguma coisa depois da viagem.

Fanny ficou muito grata. Pôde apenas confessar que aceitaria com muito prazer um pouco de chá, e Susan logo começou a prepará-lo, como se satisfeita por se ocupar de tudo sozinha. Com apenas um pouco de alvoroço desnecessário e algumas tentativas inúteis de manter os irmãos em melhor ordem do que podia impor, portou-se muito bem.

Ela sentiu o espírito tão revigorado quanto o corpo, a cabeça e o coração logo aliviados com tão oportuna amabilidade. Susan tinha um semblante franco, sensível, parecido com o de William, e Fanny esperava que, como ele, lhe demonstrasse aceitação e boa vontade.

Nesse intervalo mais tranquilo, William reapareceu, seguido de perto pela mãe e Betsey. Ele, no uniforme completo de tenente, que parecia realçar a estatura, a segurança e a elegância e agilizar seus movimentos, com um felicíssimo sorriso no rosto encaminhou-se direto para Fanny, que, após levantar-se da cadeira, olhou-o por um momento em emudecida admiração e então enlaçou seu pescoço para desafogar aos soluços as várias emoções contidas de sofrimento e prazer.

Ansiosa por não parecer infeliz, ela logo se recompôs, enxugou as lágrimas e pôde observar e admirar todas as chamativas partes da farda do irmão, e ouvi-lo expressar com ânimo renovado as alegres esperanças de ficar algumas horas em terra todos os dias antes de partir e até de levá-la a Spithead para ver o navio.

O alvoroço seguinte deveu-se à chegada do sr. Campbell, o médico--cirurgião do *Thrush*, um rapaz muito bem-comportado, que viera buscar o amigo e para quem, com certa dificuldade, providenciaram uma cadeira, uma xícara e um pires, lavados às pressas pela jovem responsável pelo chá. Após mais quinze minutos de conversa séria entre os homens, barulho seguido de barulho ainda mais alto e de tumulto seguido de tumulto até, afinal, homens e meninos colocarem-se em movimento ao mesmo tempo, chegou a hora de partirem. Enfim, tudo ficou pronto. William despediu-se, e todos eles foram embora, pois os três meninos, apesar das súplicas da mãe, decidiram acompanhar o irmão e o sr. Campbell até o portão da fortaleza que dava acesso ao porto, e o sr. Price saiu junto para devolver o jornal ao vizinho.

Esperava-se algo parecido com tranquilidade então, e, assim, depois de Rebecca finalmente tirar a mesa do chá, e de a sra. Price circular pela sala algum tempo à procura de uma manga de camisa, que Betsey acabou encontrando em uma gaveta na cozinha, o pequeno grupo de mulheres ficou muito sossegado, e a mãe, após mais uma vez lamentar-se da impossibilidade de aprontar Sam a tempo, viu-se desocupada para pensar na filha mais velha e nos amigos que ela acabara de deixar.

Começou uma série de perguntas, mas logo depois das primeiras, "Como a irmã Bertram lidava com a questão das criadas? Sofria tantos tormentos quanto ela para conseguir criadas toleráveis?", a sra. Price desviou a mente de Northamptonshire e fixou-a nos próprios descontentamentos domésticos; e o chocante caráter de todas as criadas de Portsmouth, das quais, segundo ela, suas duas eram as piores, absorveu-a por completo. Os Bertram foram todos esquecidos no detalhamento dos defeitos de Rebecca, contra quem Susan tinha também muito a depor e a pequena Betsey muito mais, e que parecia totalmente destituída de um único atributo recomendável. Fanny não pôde deixar de sugerir, com toda prudência, que a mãe deveria despedi-la ao completar um ano na casa.

— Um ano! — exclamou a sra. Price. — Por certo espero livrar-me dela antes de completar um ano, pois isso só será em novembro. As criadas em Portsmouth, minha querida, estão de tal forma que é quase um milagre conseguirmos mantê-las por mais de seis meses. Não tenho mais esperanças de resolver esse problema e, se eu despedisse Rebecca, apenas arranjaria coisa pior. No entanto, não me considero uma ama muito difícil de agradar, e garanto que a casa dá muito pouco trabalho, pois sempre tem uma menina que a auxilia, além de eu mesma muitas vezes fazer metade do trabalho.

Fanny ficou calada, mas não porque se convencera de que não havia um remédio para parte desses males. Enquanto ali agora observava Betsey, não tinha como não pensar especificamente em uma outra irmã, uma linda menina, não muito mais jovem que a que estava diante dela, a qual deixara quando partira para Northamptonshire, que morrera alguns anos depois. Lembrava que aquela irmã tinha algo muito mais amável. Naqueles tempos de infância, ela a preferia a Susan. Quando a notícia da sua morte afinal chegara a Mansfield, ficou muito triste por algum tempo. A visão de Betsey trouxe-lhe mais uma vez a imagem da pequena Mary, mas por nada no mundo queria transtornar a mãe fazendo menção a ela. Enquanto a observava com essas ideias, Betsey, a pouca distância, segurava algum objeto para chamar sua atenção, pretendendo, ao mesmo tempo, ocultá-lo de Susan.

— Que é que você tem aí, meu amor? — perguntou Fanny. — Venha me mostrar.

Era uma faca de prata. Susan levantou-se de um salto, reivindicando-a como sua e tentando recuperá-la, mas a criança correu para junto da mãe em busca de proteção, e Susan pôde apenas repreendê-la, o que fez com muita veemência e com a evidente esperança de interessar Fanny em seu favor.

— É muito triste não ter minha própria faca, a faca é minha, minha irmãzinha. Mary a deixou para mim no leito de morte, e eu deveria tê-la recebido para guardar comigo desde então. Mas mamãe a escondeu de mim e vivia deixando Betsey pegá-la. O resumo de tudo é que Betsey vai roubá-la e ficar com ela, apesar de mamãe prometer que não daria a ela.

Fanny ficou muito chocada. Todo o seu sentimento de dever, honra e ternura fora ferido pelo desabafo da irmã e a resposta da mãe.

— Ora, Susan — exclamou a sra. Price, com a voz queixosa. — Como pode ser tão resmungona? Vive brigando por causa dessa faca. Eu gostaria que você não fosse tão briguenta. Coitadinha da minha Betsey, Susan é tão malvada com você! Mas não deveria ter tirado a faca quando mexeu na gaveta. Sabe que eu já disse para não pegá-la, porque Susan fica furiosa. Preciso escondê-la de novo, Betsey. Mary, coitadinha, não imaginou que a faca viria a ser um pomo da discórdia tão grande quando me deu para guardá-la, apenas duas horas antes de morrer. Pobre almazinha! Mal se podia ouvir o que dizia: "Deixe Susan ficar com a minha faca, depois que eu morrer e for enterrada". Pobre queridinha! Gostava tanto dessa faca, Fanny, que quis manter junto dela, na cama, durante toda a doença. Foi presente da boa madrinha dela, a idosa senhora do almirante Maxwell, apenas um mês e meio antes de ela adoecer. Pobre e doce criaturazinha! Enfim, a morte a livrou de males futuros. Minha Betsey — acariciou-a —, você não teve a sorte de uma madrinha tão boa. A tia Norris mora muito longe para pensar em uma pessoa tão pequenina como você.

Na verdade, a tia Norris não lhe enviara nada além de um recado dizendo esperar que a afilhada fosse uma boa menina e estudasse bastante. Ouvira-se, em dado momento, um leve murmúrio no salão de Mansfield Park sobre enviar à afilhada um livro de orações, mas não se ouviu outro murmúrio que confirmasse a intenção da madrinha. A sra. Norris, porém, fora até em casa e trouxera dois livros velhos de orações do marido, com aquela ideia, só que depois de examiná-los dissipou-se o ardor da generosidade. Constatou que um deles tinha um tipo de letras impressas demasiadamente pequeno para os olhos de uma criança e o outro era complicado demais para agradar-lhe.

Sentindo-se de novo muito fatigada, Fanny aceitou agradecida quando lhe fizeram o primeiro convite para deitar-se, e, antes que Betsey terminasse de chorar por lhe permitirem ficar acordada só mais uma hora em honra da irmã, ela se retirara, deixando tudo embaixo mais uma vez em confusão e barulho. Os meninos pediam queijo derretido, o pai pedia aos gritos o seu rum com água, e Rebecca nunca se encontrava onde deveria ficar.

O pequeno e escassamente mobiliado quarto que ela dividiria com Susan nada tinha para animá-la. A pequenez dos aposentos acima e abaixo, e a estreiteza do corredor e da escada a impressionavam além da imaginação. Ela logo aprendeu a pensar com respeito em seu próprio quartinho no sótão de Mansfield Park, naquela casa que considerava pequena demais para proporcionar conforto a alguém.

CAPÍTULO 39

Se *Sir* Thomas soubesse de todos os sentimentos da sobrinha quando ela escreveu a primeira carta à tia, não ficaria desesperado, pois, embora uma boa noite de descanso, uma manhã agradável, a esperança de logo tornar a ver William e a relativa tranquilidade em que se encontrava a casa depois que Tom e Charles saíram para a escola, Sam, para algum assunto pessoal, e o pai, para deleitar-se nos ócios habituais, lhe permitissem expressar-se em tons mais alegres sobre a família, ainda permaneceriam em sua consciência muitos inconvenientes reprimidos. Se o tio houvesse sabido apenas da metade do que ela sentia antes de terminar a primeira semana, teria acreditado que o sr. Crawford podia sentir-se seguro em conquistá-la, e ficaria encantado com sua própria sagacidade.

Antes de terminar a semana, tudo consistiu em decepção. Primeiro, William partira. O *Thrush* recebera ordens, o vento mudara, e ele iniciou viagem quatro dias depois da chegada de ambos a Portsmouth. Durante esses quatro dias, ela o vira apenas duas vezes, de modo breve e apressado, quando o irmão desembarcara a serviço. Não teve como conversar à vontade com ele, nem passear pelas muralhas da fortaleza, nem visitar o arsenal da marinha, e tampouco ver o *Thrush*; enfim, nada que haviam planejado e contavam fazer. Tudo isso a frustrara, com exceção da afeição de William, cujo último pensamento ao deixar a casa foi para ela. Ele voltou até a porta para dizer:

— Cuide da Fanny, mamãe. Ela é frágil e não está habituada a suportar o desconforto como nós. Encarrego-a de cuidar da Fanny.

William partira, e o lar em que a deixara, Fanny não podia escondê-lo de si mesma, era, em quase todos os aspectos, o oposto do que ela pudera desejar. Tratava-se da moradia do barulho, da desordem e da impropriedade. Ninguém ocupava o lugar que lhe correspondia, nada se fazia da maneira correta. Ela não podia respeitar os pais como esperara. Nunca sentira grande confiança no pai, mas agora julgava-o ainda mais negligente com a família, com os piores hábitos e as maneiras mais grosseiras do que se preparara para encontrar. Embora não lhe faltassem habilidades, ele não tinha curiosidade nem conhecimentos além dos da sua profissão. Lia apenas o jornal e a lista dos oficiais da marinha, só falava do estaleiro, do porto, dos ancoradouros de Spithead e Motherbank, praguejava e bebia; era sujo e grosseiro. Ela não se lembrava de nada parecido com ternura na forma como ele tratava na infância. Permanecera apenas uma impressão geral de rudeza e espalhafato. E agora mal a notava, a não ser para torná-la alvo de alguma brincadeira de mau gosto.

A decepção com a mãe revelou-se ainda maior; dela esperara muito e encontrara quase nada. Toda a agradável idealização, de que representava alguém importante para ela, logo caiu por terra. A sra. Price não era indelicada, mas, em vez de conquistar sua afeição e confiança e tornar-se cada vez mais querida, a filha nunca recebeu maior carinho dela que no dia da chegada. O instinto natural logo se satisfez, e a afeição da sra. Price não tinha outra fonte. O coração e o tempo da mãe já estavam totalmente ocupados, não tinha horas livres nem afeto para conceder a Fanny. As filhas nunca tiveram muita importância para ela. Gostava dos filhos, sobretudo de William, mas Betsey era a primeira das meninas que lhe mereceu especial afeição. Com esta era insensatamente indulgente. William constituía seu maior orgulho; Betsey, a queridinha; John, Richard, Sam, Tom e Charles ocupavam-lhe todo o resto da afeição maternal e alternavam-se nas suas preocupações e alegrias. Com esses, ela compartilhava o coração. Dedicava a maior parte do tempo aos afazeres domésticos e às criadas. Passava os dias numa espécie de lenta movimentação, sempre ocupada, sem conseguir adiantar-se, sempre atrasada e lamentando-o, mas sem alterar os modos de agir. Desejava ser econômica, sem planos nem método, e vivia insatisfeita com as criadas, mas sem habilidade para aperfeiçoá-las e, quer as ajudasse, repreendesse ou lhes fizesse a vontade, não tinha qualquer autoridade para cultivar respeito.

Das duas outras irmãs, a sra. Price se parecia muito mais com *Lady* Bertram do que com a sra. Norris. Era uma administradora por necessidade, sem nada da inclinação nem da atividade da sra. Norris na função. Sua disposição natural tendia à indolência e à comodidade, como a da tia Bertram, e uma situação de semelhante riqueza e ociosidade lhe conviria mais às aptidões que os esforços e as abnegações da vida em que a colocara o imprudente casamento. Talvez houvesse desempenhado tão bem o papel de uma mulher de importância como *Lady* Bertram, mas a sra. Norris teria sido uma mãe mais respeitável de nove filhos com uma pequena renda.

A maior parte disso tudo, Fanny podia relevar. Talvez por receio não o expressasse em palavras, mas precisava reconhecer, e de fato reconhecia, que a mãe era uma pessoa parcial, insensata, preguiçosa, desmazelada, que nem ensinava nem impunha limites aos filhos, cuja casa era o cenário da má administração e do desconforto do início ao fim. Também não tinha talento algum, não sabia conversar nem sentia afeto por ela, e tampouco tinha curiosidade em conhecê-la melhor, desejo por conquistar sua amizade, nem a menor vontade de estar em sua companhia que pudesse minimizar em Fanny o efeito de tais impressões.

Causava-lhe muita apreensão querer ser útil e, ao mesmo tempo, tentar não parecer superior à própria família, ou de algum modo incapacitada ou indisposta em virtude da educação distinta que recebeu, a contribuir com sua ajuda para os confortos da casa. Portanto, logo começou a trabalhar para Sam e, ao trabalhar desde cedo até tarde, com perseverança e muito zelo, fez tanto que, afinal, o rapazinho embarcou com mais da metade da roupa branca pronta. Embora tivesse grande prazer em sentir-se útil, não imaginava como se teriam arranjado sem ela.

Por mais barulhento e dominador que fosse Sam, ela lamentou muito quando ele partiu, pois era sagaz e inteligente, e com prazer sempre se dispunha a que o empregassem em qualquer incumbência na cidade. Embora desdenhasse os constantes protestos de Susan, que eram muito razoáveis em si, mas inoportunos e de uma veemência impotente, a irmã já começava a influenciar-se pelos serviços e delicadas persuasões de Fanny. Também viu que com Sam se fora o melhor dos três irmãos menores; muito mais jovens que ele, Tom e Charles ainda não se achavam na idade em que a sensibilidade e a razão talvez sugerissem meios de fazê-los amigos e de se esforçarem para se tornarem menos desagradáveis. A irmã logo se desesperou ao tentar causar alguma impressão neles; eram muito indomáveis por quaisquer meios habilidosos que ela tivesse tempo e humor de empregar. Todas as tardes traziam o retorno de suas turbulentas brincadeiras pela casa toda, e ela logo aprendeu a suspirar diante da aproximação do constante meio período de folga do sábado.

Betsey, também, uma criança mimada, ensinada a considerar o alfabeto seu maior inimigo, à qual permitiam que ficasse com as criadas ao seu bel-prazer, e depois a incentivavam a comunicar todas as coisas erradas que delas soubesse, Fanny sentia-se quase disposta a perder as esperanças de amá-la ou ajudá-la. Quanto ao temperamento de Susan, tinha muitas dúvidas. As contínuas desavenças com a mãe, as impetuosas brigas com Tom e Charles, a petulância com Betsey eram, no mínimo, tão aflitivas para Fanny que, mesmo admitindo que não eram feitas sem provocação, temia que a índole que as permitia até aquele ponto estivesse longe de ser delicada e de lhe proporcionar qualquer repouso.

Tal era o lar que deveria tirar-lhe Mansfield da cabeça e ensiná-la a pensar no primo Edmund com sentimentos moderados. Ao contrário, ela pensava apenas em Mansfield, nos queridos membros da família, nos dias felizes. Tudo onde agora ela se encontrava revelava-se em absoluto contraste com a vida lá.

A elegância, o decoro, a regularidade, a harmonia e talvez, acima de tudo, a paz e a tranquilidade de Mansfield vinham-lhe à lembrança a todas as horas do dia, pela comparação de todas as coisas que se passavam em Portsmouth.

A vida numa incessante balbúrdia era, para um físico e um temperamento delicados como os de Fanny, uma mal que nenhuma elegância suplementar ou harmonia poderia eliminar. Em Mansfield, não se ouviam jamais ruídos de altercação, vozes alteradas, explosões bruscas nem ameaças de violência. Tudo seguia um curso regular de prazerosa ordem, todos tinham a devida importância, e consultavam-se os sentimentos de cada um. Se ela supunha haver às vezes falta de ternura, o bom senso e a boa educação supriam-na; e, quanto às pequenas irritações, às vezes suscitadas pela tia Norris, eram breves, insignificantes, como uma gota d'água para o oceano, comparadas com o incessante tumulto da sua atual residência. Aqui, todos eram barulhentos, todas as vozes eram altas, com exceção talvez da voz branda e monótona da mãe, que se assemelhava à branda monotonia da de *Lady* Bertram, só que prejudicada pela impaciência. Pediam tudo aos gritos, e as criadas também proferiam suas desculpas aos gritos da cozinha. Fechavam-se as portas em constantes batidas, não se via nunca sossego nas escadas, nada era feito sem estardalhaço, ninguém parava quieto e ninguém conseguia impor silêncio quando falava.

Ao comparar as duas casas, como lhe pareciam antes do fim de uma semana, Fanny sentiu-se tentada a aplicar-lhes o célebre parecer do Dr. Johnson quanto ao casamento e ao celibato e dizer que, embora Mansfield Park talvez proporcionasse algumas dores, Portsmouth não oferecia nenhum prazer.

CAPÍTULO 40

Fanny agora tinha suficiente razão em não esperar notícias da srta. Crawford no rápido ritmo em que começara a correspondência entre elas; a carta seguinte de Mary chegou após um intervalo sem dúvida muito mais longo do que a última, mas ela não acertou ao supor que tal intervalo representaria um grande alívio para si mesma. Sentiu outra estranha revolução deflagrar-se na mente! Causou-lhe verdadeira alegria receber a missiva. No presente exílio de boa companhia e distante de tudo que lhe interessava, uma carta de alguém que fizera parte do grupo onde vivia seu coração, escrita com afeto e certa elegância, era em tudo aceitável. A alegação habitual de crescentes compromissos servia como desculpa por não lhe ter escrito antes.

E, agora que comecei, ler minha carta não valerá a pena, pois você não encontrará nenhuma pequena dedicatória de amor no fim, nem três ou quatro linhas apaixonadas do mais dedicado H. C., porque Henry se encontra em Norfolk;

negócios o chamaram a Everingham há dez dias ou talvez ele apenas fingisse que o chamavam, a fim de viajar ao mesmo tempo que você. Mas lá está ele e, a propósito, a ausência dele talvez explique quaisquer negligências da irmã em escrever, pois não ouço mais "Então, Mary, quando vai escrever a Fanny... não está na hora de escrever a Fanny?" para me lembrar. Afinal, depois de várias tentativas para nos encontrarmos, vi suas primas, "a querida Julia e a caríssima sra. Rushworth". Elas me encontraram em casa, ontem, e ficamos muito contentes por nos ver novamente. Parecíamos muito contentes por nos ver, e de fato acho que nos alegramos um pouco. Havia muito que contar umas às outras. Devo dizer-lhe como a sra. Rushworth ficou quando mencionei seu nome? Nunca me inclinei a acreditar que lhe faltasse autocontrole, mas demonstrou não ter o suficiente para as exigências de ontem. No fim, Julia tinha a melhor aparência das duas, pelo menos depois que se mencionou você. A sra. Rushworth não recuperou o tom da tez desde o momento em que falei de "Fanny" e me referi a você como o faria uma irmã. Mas o dia de boa aparência da sra. Rushworth chegará, recebemos convites para a primeira festa que ela oferecerá no próximo dia 28. Nesse dia, então, ela se mostrará com todo o esplendor, pois abrirá uma das mais belas casas da Wimpole Street. Tive a oportunidade de conhecê-la há dois anos, quando ali morava *Lady* Lascelles, e a prefiro a quase qualquer outra casa que conheço em Londres, e com certeza ela terá então a sensação, para usar uma frase comum, de ver seu sacrifício recompensado. Henry não lhe poderia ter presenteado semelhante casa. Espero que ela o reconheça e fique satisfeita, tanto quanto possa, em ser a rainha de um palácio, embora o rei fique melhor em segundo plano. Como não desejo importuná-la, nunca mais imporei seu nome a Maria. Ela se acalmará aos poucos. Por tudo que sei e adivinho, as atenções do Barão Wildenhein a Julia continuam, mas não sei se ele recebeu algum estímulo sério. Ela deveria escolher melhor. Um nobre falido não é uma boa escolha, e eu não imagino que haja algum sentimento no caso, pois, além da sua fanfarronice, o coitado do Barão nada tem. Que diferença poderiam fazer duas rimas, se a renda dele fosse tão "fantástica" quanto a fala é "bombástica"! Seu primo Edmund ainda não apareceu, detido talvez por deveres da paróquia. Deve haver alguma velha em Thornton Lacey para ser convertida. Não me agrada a ideia de ser esquecida por uma jovem. *Adieu*, minha querida e doce Fanny, longa é esta carta escrita de Londres. Escreva-me uma bem bonita em resposta para alegrar os olhos de Henry quando ele voltar, e mande-me uma referência de todos os vistosos e jovens capitães a quem você desdenha em consideração a ele.

Havia muito conteúdo nessa carta para meditação, sobretudo para meditação desagradável, e, no entanto, apesar de toda a inquietação que lhe causou, também a aproximou dos ausentes, contou-lhe de pessoas e coisas sobre as quais jamais sentira tanta curiosidade como agora, e muito se alegraria se tivesse como certa uma carta como essa toda semana. A correspondência com a tia Bertram era o único assunto de maior interesse.

Quanto às relações em Portsmouth que pudessem até mesmo compensar as deficiências em casa, não havia no círculo de conhecidos dos pais ninguém que lhe despertasse o menor interesse. Não via ninguém em favor de quem desejasse superar sua própria timidez e reserva. Os homens pareciam todos grosseiros, as mulheres, atrevidas, todo mundo mal-educado, e ela tanto proporcionava quanto recebia poucos motivos de satisfação ao ser apresentada a jovens ou idosos. As moças que dela se aproximavam, a princípio, com certo respeito em consideração a ter vindo da família de um baronete, se ofendiam pelo que qualificavam como "ares", pois Fanny não tocava piano nem usava elegantes peliças, e, após a observarem melhor, não podiam admitir nenhum direito de superioridade.

O primeiro consolo consistente que teve Fanny em compensação pelos males de casa, o primeiro que sua consciência aprovou por completo, e que oferecia certa promessa de estabilidade, foi conhecer melhor Susan, na esperança de lhe ser útil. Susan tinha sempre se portado agradavelmente com ela, mas o caráter determinado de suas maneiras em geral haviam-na surpreendido e assustado. Só depois de quinze dias começou a compreender aquele temperamento tão diferente do seu em tudo. Susan via que muita coisa em casa estava errada e desejava corrigir. O fato de que uma menina de quatorze anos, guiada apenas pelo seu bom senso e sem apoio, errasse no método de reforma não era de se estranhar. E Fanny logo se tornou mais disposta a admirar a inteligência natural de quem, tão jovem, tinha uma visão tão exata das coisas, que a censurar com severidade os defeitos de conduta a que o ambiente a conduzia. Susan agia segundo as mesmas verdades que a irmã e colocando em prática o sistema que seu próprio juízo reconhecia, mas que Fanny, em virtude do temperamento mais condescendente e submisso, não tivera condição de manifestar. Susan tentava ser útil onde ela só teria se retirado e chorado. Que a jovem era útil, a irmã percebia, e que tudo, ruim como era, seria pior sem sua intervenção. Tanto a mãe quanto Betsey também se viam refreadas de alguns excessos de indulgência e grosserias muito ofensivas.

Em toda discussão com a mãe, Susan tinha como vantagem o ponto de vista racional, e nunca viu uma carícia materna que a demovesse. O cego carinho que sempre suscitara tantos males ao redor, ela jamais conhecera. Não existia gratidão por afeição passada ou presente que a fizesse suportar melhor os excessos dessa afeição para os outros.

Aos poucos, tudo foi tornando-se evidente e pôs Susan diante da irmã como um motivo ao mesmo tempo de compaixão e respeito. O fato, porém, de que o modo de agir da irmã revelava-se incorreto, às vezes muito incorreto, os meios, com frequência, mal escolhidos e inoportunos e a atitude e a linguagem, quase sempre indesculpáveis, Fanny não cessava de sentir, mas começava a ter esperança de que se poderia corrigi-los. Percebia que a irmã a respeitava e desejava conquistar-lhe a boa opinião. Por mais novo que fosse para Fanny algo como uma posição de autoridade e imaginar-se capaz de orientar ou aconselhar alguém, ela de fato decidiu dar a Susan sugestões de vez em quando, empenhar-se em transmitir-lhe, em seu benefício, noções mais justas sobre o que era necessário de todos, além do que era mais sensato para ela mesma; enfim; o que a educação mais privilegiada da própria Fanny lhe incutira.

Sua influência, ou pelo menos sua consciência e seu aproveitamento, originou-se mediante um ato de bondade para com Susan, o qual, após muitas hesitações impostas por seus escrúpulos de delicadeza, convenceu-se a fazer. Ocorrera-lhe muito antes que uma pequena soma em dinheiro talvez restaurasse a paz para sempre no desagradável caso da faca de prata, debatido agora continuamente, e o dinheiro que possuía, tendo o tio dado a ela dez libras na ocasião da partida, permitia-lhe ser tão generosa como desejava. Mas estava tão pouco habituada a fazer favores, a não ser aos muito pobres, era tão inexperiente em corrigir males ou conceder bondades entre seus iguais, e tanto temia parecer elevar-se como uma grande dama em casa, que levou algum tempo para decidir se não seria impróprio de sua parte conceder tal presente. Por fim, porém, o fez: comprou uma faca de prata para Betsey, que a aceitou com grande alegria. Susan tomou posse definitiva da que lhe fora legada pela irmã Mary, e Betsey declarou com graciosidade que agora ganhara uma muito mais bonita e nunca mais ia querer aquela, e a mãe, igualmente satisfeita, pareceu de nada ter do que se queixar, o que Fanny receara ser quase impossível. A ação revelou-se em tudo satisfatória. Desfez-se por completo uma fonte de altercação doméstica, e foi o meio de Fanny abrir para ela o coração de Susan e dar-lhe algo mais para amar e pelo que se interessar. Susan demonstrou ter delicadeza. Por mais satisfeita que estivesse por recuperar a posse de um objeto pelo qual vinha lutando havia pelo menos dois anos, ainda temia que o julgamento de Fanny fosse contra ela e que uma reprovação lhe era destinada por ter lutado a ponto de fazer necessária aquela compra para a tranquilidade da casa.

Desabafou com a irmã mais velha. Confessou seus temores, culpou-se por ter discutido com tanta veemência, e daquele momento em diante Fanny, ao compreender o valor daquela boa disposição e perceber o quanto Susan se via inclinada a pedir-lhe a opinião e submeter-se ao seu critério, começou a sentir mais uma vez a bênção da afeição e a alimentar a esperança de ser útil a uma consciência tão necessitada de auxílio e que tanto o merecia. Deu-lhe conselhos, muito lógicos para que uma jovem de mente sensível pudesse opor-lhes resistência, e deu-os com muita moderação e consideração, de modo a não irritar uma índole imperfeita. Teve a felicidade de observar com frequência seus bons efeitos. Não esperava mais de uma pessoa que, embora conhecesse toda a obrigação e conveniência de mostrar-se submissa e tolerante, via também com uma solidária agudeza de sentimento tudo que devia ser muitas vezes irritante para uma menina como Susan. O que logo a espantou mais na questão não foi que certas provocações houvessem levado Susan ao desrespeito e à impaciência, apesar de seu juízo, mas que tão bom juízo, tantas boas noções existissem nela, e o fato de que, criada em meio à negligência e ao erro, adquirisse opiniões do que deveria ser correto, ela, que não tivera um primo Edmund para dirigir seus pensamentos e fixar princípios.

A intimidade que assim começou entre ambas as irmãs trouxe uma vantagem material para cada uma. Por permanecerem juntas no andar de cima, evitavam muitos dos distúrbios da casa. Fanny sentia-se em paz, e Susan aprendia a não permitir que os problemas ocupassem sua mente. Ali não tinham uma lareira, mas era uma privação conhecida por Fanny, que não sofria tanto porque isso a fazia lembrar-se da sua sala da ala leste. Era o único ponto semelhante. Em tamanho, claridade, mobiliário e vista não havia nada similar entre os dois aposentos, e ela muitas vezes suspirava diante da lembrança de seus livros e caixas, vários outros confortos que tinha em Mansfield Park. Aos poucos, as jovens passaram a ficar a maior parte da manhã no andar de cima, dedicando-se a princípio apenas aos trabalhos e às conversas, mas, após alguns dias, a lembrança dos livros tornou-se tão forte e estimulante que Fanny julgou impossível não tentar procurá-los. Nenhum exemplar havia na casa do pai, porém a riqueza constitui luxo e ousadia, e parte da riqueza dela foi aplicada numa biblioteca circulante. Tornou-se sócia — e maravilhou-se por se tratar de algo devido à sua própria iniciativa, impressionada com suas próprias ações em todos os sentidos; podia escolher os livros! E propor-se o aperfeiçoamento de alguém em vista de sua escolha! Mas o fato revelou-se o seguinte: Susan nunca lera nada, e Fanny ansiava por proporcionar-lhe uma parcela do seu primeiro prazer e inspirar o gosto pelas biografias e poesias que tanto a deliciavam.

Nessa ocupação, ela esperava, além disso, enterrar parte das lembranças de Mansfield, que com muita facilidade apoderavam-se da sua mente quando tinha apenas os dedos ocupados, e, sobretudo nessa ocasião, esperava que eles lhe fossem úteis e desviassem seus pensamentos de perseguir Edmund até Londres, para onde, segundo a informara a última carta da tia, sabia que ele fora. Não tinha a menor dúvida sobre o que ia acontecer. A prometida notificação pairava sobre a sua cabeça. A chegada do carteiro na vizinhança começava a trazer-lhe terrores diários — e, se a leitura pudesse expulsar essa ideia nem que fosse por meia hora, ela ganharia algo com os livros.

CAPÍTULO 41

Passara-se uma semana desde que Edmund deveria encontrar-se em Londres, e Fanny ainda não recebera notícias dele. Do seu silêncio, havia três diferentes conclusões a tirar, entre as quais a mente dela flutuava. Cada uma lhe parecia de vez em quando a mais provável: a viagem fora mais uma vez adiada, ele ainda não conseguira uma oportunidade de encontrar-se com a srta. Crawford a sós ou estava feliz demais para escrever!

Certa manhã, após fazer quatro semanas que Fanny chegara de Mansfield — tinha sempre essa questão em mente e contava cada dia —, quando, como de hábito, ela e Susan se preparavam para retirar-se para o andar superior, deteve-as a batida de um visitante à porta, à qual, compreenderam, não poderiam esquivar-se, em decorrência da rapidez com que Rebecca se dirigira à porta, um dever que sempre interessava mais a ela que a todos os outros.

Ouviu-se a voz de um cavalheiro, uma voz que fizera Fanny empalidecer, quando o sr. Crawford entrou na sala.

O bom senso dela sempre se manifestava quando de fato o exigiam, e Fanny viu-se em condição de apresentá-lo à mãe e justificar que se lembrava do nome como um "amigo de William", embora antes não se tivesse julgado capaz de proferir uma única sílaba. A consciência de o conhecerem ali apenas como "amigo de William" deu-lhe alguma força. Após apresentá-lo e todos tornarem a sentar-se, porém, sentiu-se tomada por terrores tão opressivos ao pensar aonde poderia conduzir aquela visita, que se imaginou à beira de desfalecer.

Ao mesmo tempo que ela tentava não perder os sentidos, o visitante, que a princípio se aproximara de Fanny com um semblante tão animado como o de sempre, com sensatez e amabilidade desviava o olhar e dava-lhe tempo para se recuperar, enquanto se dedicava por inteiro à mãe dela. Falava, prestava atenção, com suprema educação e cortesia, simultaneamente com certo grau de amizade, de interesse, ao menos, que tornavam suas maneiras perfeitas.

Os modos da sra. Price também se revelavam na melhor forma. Enternecida pela visão de um amigo do filho e motivada pelo desejo de causar uma boa impressão diante dele, mostrava-se transbordante de gratidão, sincera e maternal gratidão, a qual só podia ser agradável. O sr. Price não se encontrava, a esposa muito o lamentava. Fanny acabava de recuperar-se o bastante para sentir que ela não podia lamentá-lo, pois aos seus vários outros motivos de mal-estar acrescentava-se a grave vergonha que sentia da casa em que o sr. Crawford a encontrava. Talvez repreendesse a si mesma pela fraqueza, mas não o fez. Sentia vergonha, e sentiria ainda mais vergonha do pai do que de todos os demais.

Conversaram sobre William, um assunto do qual a sra. Price nunca se cansava. E os elogios do sr. Crawford foram mais entusiasmados do que poderia desejar o coração de uma mãe. Ela pensava que jamais vira um rapaz tão agradável na vida, e apenas a surpreendia que, sendo tão importante e agradável como ele, viesse a Portsmouth não em visita ao almirante do porto, nem ao comissário, nem sequer com a intenção de ir à ilha ou visitar o estaleiro. Nada do que se habituara a encarar como prova de importância, ou emprego de fortuna, o trouxera a Portsmouth. Chegara à cidade tarde na noite anterior, viera para um ou dois dias, hospedara-se no Crown, encontrara-se por acaso com dois conhecidos oficiais da marinha desde a chegada, mas a viagem não correspondia a nenhum daqueles objetivos.

Depois que dera todas essas explicações, ele considerou que não era irracional supor que podia falar com Fanny. E ela, toleravelmente, conseguiu suportar seu olhar e ouvi-lo dizer que passara meia hora com a irmã na véspera de partir de Londres, que ela lhe mandara as melhores e mais amáveis lembranças, mas não tivera tempo para escrever. Julgava a si mesmo felizardo por ter visto Mary apenas durante meia hora, após mal passar vinte e quatro horas em Londres depois que retornou de Norfolk, antes de tornar a partir. Soube que seu primo Edmund se encontrava na cidade fazia alguns dias. Crawford não o vira, mas ele estava bem, deixara todos bem em Mansfield, e devia jantar, como na véspera, com os Fraser.

Fanny ouviu tranquila até a circunstância mencionada por último. Mais ainda, pareceu um alívio para sua mente esgotada ter alguma certeza. E as palavras "então a essa altura já se acertou tudo" ocorreram-lhe no íntimo, sem mais evidência de emoção que um leve rubor.

Depois de falar um pouco mais sobre Mansfield, assunto pelo qual o interesse dela era mais visível, Crawford começou a insinuar a conveniência de um passeio matinal.

— A manhã está deliciosa — disse —, e nesta estação do ano as manhãs aprazíveis transformam-se com tanta rapidez em desagradáveis, que o mais prudente seria todos aproveitarem o máximo para exercitar-se.

Como nada resultou dessas insinuações, ele logo passou para uma recomendação positiva à sra. Price e às filhas de que dessem uma caminhada sem perda de tempo. Então elas chegaram a um acordo. A sra. Price, parecia, raras vezes saía de casa, exceto aos domingos, e confessou que quase nunca conseguia, com aquela família numerosa, encontrar tempo para um passeio. "Não poderia então convencer as filhas a aproveitarem esse tempo tão aprazível e permitir-lhe o prazer de acompanhá-las?" A sra. Price mostrou-se muitíssimo agradecida. "As filhas viviam muito confinadas; Portsmouth é um lugar triste; elas quase não saem, e certamente gostariam de fazer pequenas compras no centro, e a oportunidade de um passeio agora lhes proporcionaria grande satisfação."

E a consequência foi que Fanny, por mais estranho, inoportuno e aflitivo que fosse, viu-se, junto com Susan, dez minutos depois, seguindo em direção à rua principal com o sr. Crawford.

Logo se seguiram um tormento atrás do outro, uma confusão atrás da outra, pois mal chegavam à rua principal quando encontraram o pai, cuja aparência não era das melhores pelo fato de ser sábado. Ele parou e, por menos que se assemelhasse a um cavalheiro, Fanny foi obrigada a apresentá-lo

Fanny agradeceu mais uma vez, porém se sentia emocionada e angustiada a tal ponto que lhe foi impossível dizer grande coisa, nem sequer sabia o que deveria dizer. Isso ocorreu próximo ao fim do passeio. Ele as acompanhou até o último instante e deixou-as apenas diante da porta de casa, quando sabia que iam jantar, e então alegou que o esperavam em outro lugar.

— Desejaria que não estivesse tão cansada — ele disse, ainda detendo Fanny depois que todos os outros entraram. — Desejaria deixá-la com mais saúde. Posso fazer alguma coisa pela senhorita em Londres? Pretendo retornar em breve a Norfolk. Não estou satisfeito com Maddison. Tenho certeza de que continua com a intenção de me enganar, se possível, e tentar colocar um primo em certo moinho que destinei a outra pessoa. Preciso chegar a um entendimento com ele. Preciso deixar bem claro que não serei enganado no sul nem no norte de Everingham, que serei o dono da minha propriedade. Não fui bastante explícito com ele antes. O dano que um homem como esse causa a uma propriedade, tanto para o crédito do empregador quanto para o bem-estar dos pobres, é inconcebível. Tenho grande intenção de ir direto para Norfolk e deixar tudo logo estabelecido de modo tão sólido que não possa depois ser desviado. Maddison é um sujeito inteligente, não quero substituí-lo, desde que ele não tente substituir-me. Seria preciso ser tolo para me deixar enganar por um homem que não tem sobre mim autoridade alguma e pior que tolo para permitir que me imponha um sujeito desumano e opressor como arrendatário, em vez de um homem honrado a quem já dei meia palavra. Não seria pior que tolo? Devo ir? Que me aconselha?

— Aconselhar, eu? Sabe muito bem o que é certo.

— Sim. Quando me aconselha, sempre sei o que é certo. Seu julgamento é minha regra do que é certo.

— Oh, não! Não diga isso. Se prestarmos atenção, todos temos um melhor guia em nós mesmos do que em outra pessoa qualquer. Até logo, desejo-lhe uma viagem agradável amanhã.

— Não há nada que eu possa fazer pela senhorita em Londres?

— Nada. Mas sou-lhe muito grata.

— Não tem algum recado para alguém?

— Minhas lembranças para sua irmã, por favor. E, quando vir meu primo, meu primo Edmund, gostaria que fizesse a bondade de lhe dizer que espero receber notícias dele em breve.

— Com certeza e, se ele for preguiçoso ou negligente, escreverei eu mesmo as desculpas por ele.

Não pôde dizer mais nada, pois Fanny deu a entender que não queria ser retida por mais tempo. Apertou-lhe a mão, olhou-a e se foi. E então, na divertida companhia de seus novos companheiros, ele esperou mais três horas pelo excelente jantar da hospedaria; enquanto ela, imediatamente, foi sentar-se à modesta refeição caseira.

Seus cardápios eram muito diferentes. Se Henry Crawford desconfiasse de quantas privações, além da falta de exercícios, ela suportava na casa do pai, ficaria espantado que a aparência de Fanny não fosse muito pior do que ele achara. Apeteciam-lhe tão pouco os pudins e picadinhos de Rebecca, trazidos à mesa como o eram, servidos em travessas semilimpas e talheres nem semilimpos, que ela, muitas vezes, se via obrigada a adiar a refeição mais saudável até poder mandar os irmãos comprarem ao entardecer biscoitos ou bolos. Após ter sido criada em Mansfield, era tarde demais para habituar-se a Portsmouth. Embora *Sir* Thomas, se houvesse sabido de tudo, imaginasse a sobrinha no mais promissor caminho de privação ao mesmo tempo do corpo e do espírito, a fim de dar um valor mais justo à boa fortuna e à boa companhia do sr. Crawford, na certa temeria levar a experiência adiante para que ela não morresse da cura.

Fanny ficou deprimida pelo resto do dia. Embora mais ou menos segura de não tornar a ver o sr. Crawford, não pôde evitar aquele abatimento. Era como separar-se de alguém com a índole de um amigo, e, embora em certo aspecto se alegrasse por vê-lo partir, parecia que todos agora a haviam abandonado. Era uma espécie de renovada separação de Mansfield, e ela pensava no retorno dele a Londres, no convívio com Mary e Edmund, apenas com sentimentos tão semelhantes à inveja que a faziam odiar-se por tê-los.

Nada que se passava ao redor dela contribuía para abrandar seu abatimento. Um ou dois amigos do pai, como sempre acontecia quando não ia reunir-se com eles, passaram ali a longa, longa noite, e das seis às nove e meia quase não se viram tréguas de barulho e bebida. Fanny continuava muito deprimida. O maravilhoso aprimoramento que ainda imaginava no sr. Crawford era o que mais lhe proporcionava algum alívio de tudo que se passava no seu pensamento. Sem levar em conta a grande diferença no círculo em que ela acabara de vê-lo, nem que grande parte disso talvez se devesse ao contraste, a jovem se convencera de que ele se tornara surpreendentemente mais amável e mais respeitoso com os outros que antes. E, se assim se mostrava nas pequenas coisas, por que também não nas grandes? Tão ansioso pela saúde e pelo conforto dela, tão sensibilizado como agora se expressava e parecia de fato estar, será que talvez não fosse justificável supor que ele não perseveraria mais por muito tempo naquelas atenções amorosas que tanto a afligiam?

CAPÍTULO 43

Presumiu-se que o sr. Crawford voltara a Londres no dia seguinte, pois não tornaram mais a vê-lo na casa do sr. Price, e dois dias depois Fanny viu-o confirmado como um fato pela carta seguinte da irmã dele, que recebera, abrira e lera com a mais ansiosa curiosidade.

Devo informá-la, minha caríssima Fanny, que Henry foi a Portsmouth para vê-la. Contou que fez um lindíssimo passeio com você até o estaleiro no último sábado, um ainda mais digno de comentários no dia seguinte, nas muralhas, quando o ar balsâmico, o mar cintilante, a sua meiga aparência e agradáveis palavras uniram-se na mais deliciosa harmonia e proporcionaram tais sensações que ainda lhe causam êxtase ao recordar. Isso, pelo que entendo, é a essência da minha informação. Ele quer que eu lhe escreva, porém não sei o que mais devo comunicar, além da visita a Portsmouth, os dois citados passeios, e que foi apresentado à sua família, sobretudo a uma bela irmã, uma excelente menina de quinze anos, que participou do passeio pela fortaleza e recebeu, suponho, a primeira lição de amor. Não tenho muito tempo para escrever com mais frequência, mas seria fora de propósito se tivesse, pois esta não passa de uma carta de negócios, escrita com a finalidade de comunicar uma informação necessária, a qual não poderia ser adiada sem risco de dano. Minha querida, querida Fanny, se estivesse aqui, quantas coisas eu lhe contaria! Precisaria escutar-me até cansar-se e aconselhar-me até ficar ainda mais cansada! Contudo, é impossível colocar no papel uma centésima parte do que muito me inquieta a mente, portanto vou abster-me por completo e deixá-la adivinhar o que quiser. Não tenho notícias para você, que, certamente, é muito sagaz, e seria péssimo atormentá-la com os nomes das pessoas e festas que me ocupam o tempo aqui. Eu deveria enviar-lhe um relato da primeira festa oferecida por sua prima, mas senti preguiça, e agora já se passou muito tempo. Basta dizer que tudo correu como deveria, em um estilo que todas as relações da sra. Rushworth puderam testemunhar com satisfação, e o vestido e as maneiras dela favoreceram-na imensamente. Minha amiga, a sra. Fraser está louca por uma casa como aquela, que tampouco me faria infeliz. Mudo-me para a casa de *Lady* Stornaway depois da Páscoa. Ela parece animadíssima e muito feliz. Imagino que Lorde S... se mostre sempre muito bem-humorado e agradável no convívio com a própria família, e não o considero mais tão feio quanto antes, pelo menos vemos muitos piores. Ao lado do seu primo Edmund, ele perde de longe. Do herói mencionado por último, o que hei de dizer? Se eu evitasse por completo o nome dele, pareceria suspeito. Direi então que o vimos duas ou três vezes, e que meus amigos daqui muito se impressionaram com sua nobre aparência. A sra. Fraser (que não é má juíza) diz que conhece apenas três homens na cidade que tenham tão boa presença, estatura e porte, e devo confessar que, quando ele jantou aqui certo dia, não havia ninguém com quem se pudesse compará-lo, e éramos um grupo de dezesseis. Por sorte, não é o hábito que faz o monge hoje em dia, mas... mas... mas...

Sua, afetuosamente.

Quase me esquecia (por culpa de Edmund, tenho-o na cabeça mais do que me convém) de algo importante que tinha de dizer a respeito de Henry e de mim, quer dizer, sobre a levarmos de volta para Northamptonshire. Minha queridinha, não fique em Portsmouth para perder sua linda aparência. Essas vis brisas marítimas constituem a ruína da beleza e da saúde. Minha pobre tia sempre se sentia adoentada quando se encontrava a menos de vinte quilômetros do mar, coisa em que o almirante por certo jamais acreditava, mas que era assim. Coloque-me a seu dispor e ao de Henry, basta que avisem uma hora antes. Agrada-me o plano, poderíamos fazer um pequeno circuito e lhe mostrar Everingham no caminho, e talvez você não se incomodasse de passar por Londres e ver o interior da St. George, na Hanover Square. Apenas mantenha seu primo Edmund longe de mim nessa ocasião, não gosto de tentações. Que carta longa! Uma palavra mais. Sei que Henry tem certa intenção de retornar a Norfolk para resolver algum negócio que você aprova, porém isso não lhe será possível antes do meio da próxima semana, isto é, só posso dispensá-lo depois do dia quatorze, porque temos uma festa nessa noite. Você não faz a menor ideia do valor de um homem como Henry em tal ocasião, por isso confie em minha palavra de que se trata de algo inestimável. Ele vai encontrar-se com os Rushworth, o que confesso não lamentar — sinto uma pequena curiosidade — e acho que ele também sente, embora não reconheça.

Aquela era uma carta para ser examinada do início ao fim com avidez, para ser lida detalhadamente, para dar matéria a muita reflexão e deixar tudo em maior suspense do que nunca. A única certeza a se tirar dela era que nada decisivo ocorrera ainda. Edmund ainda não se declarara. O que realmente sentia a srta. Crawford, como pretendia agir, ou se agiria a favor ou contra o que sentia; se a importância dele para ela continuava a mesma de antes da última separação; se diminuiria ainda mais, caso tivesse diminuído, ou então se restabeleceria; enfim, eram temas para infindáveis conjecturas e a serem meditados naquele dia, e em muitos mais, sem se chegar a nenhuma conclusão. A ideia que lhe retornava com mais frequência era que a srta. Crawford, após se revelar mais fria e vacilante, em consequência do retorno aos hábitos londrinos, perceberia, no fim, que se sentia demasiadamente ligada a Edmund para não aceitá-lo. Tentaria ser mais ambiciosa do que lhe permitia o coração. Hesitaria, provocaria, imporia condições e exigiria muito, mas acabaria aceitando. Essa era a expectativa mais frequente de Fanny. Uma casa na cidade! Isso ela julgava impossível. Embora não tivesse como saber se a srta. Crawford não o exigiria. A perspectiva para o primo ficava cada vez pior. A mulher que podia falar dele e só falou da sua aparência exterior! Que afeição indigna! Recorrer como apoio aos elogios da sra. Fraser! Ela, que o conhecera intimamente durante meio ano! Fanny se envergonhava pela outra. Em comparação, os trechos da carta que se referiam a si mesma e ao sr. Crawford a sensibilizaram muito pouco. Com certeza, nada tinha a ver com o fato de o sr. Crawford ir ou não a Norfolk antes do dia quatorze, embora, levando tudo em conta, acreditasse que ele quisesse ir sem demora. E o fato de a srta. Crawford empenhar-se para assegurar um encontro entre ele e a sra. Rushworth revelava-lhe o pior tipo de conduta, além de uma grosseira indelicadeza e insensatez. Mas Fanny esperava que ele não se deixasse influenciar por uma curiosidade tão degradante. Henry não reconhecia tal motivação, e a irmã deveria considerá-lo dotado de melhores sentimentos que ela mesma.

Fanny sentiu ainda mais impaciência que antes por receber outra carta de Londres, e por alguns dias ficou tão insegura por tudo isso, pelo que acontecera e o que talvez acontecesse, que as habituais conversas e leituras com Susan foram quase suspensas durante vários dias. Não conseguia concentrar a atenção como desejava. Se o sr. Crawford se lembrou do recado que ela transmitira ao primo, achava provável, muito provável, que ele lhe escrevesse, pois seria mais compatível com a habitual amabilidade dele, e até ela se livrar dessa ideia, que foi aos poucos se dissipando, por não chegarem cartas no decorrer de mais três ou quatro dias, ficou em um estado de extremo nervosismo e ansiedade.

Por fim, seguiu-se algo próximo à tranquilidade. Precisava dominar o suspense e não permitir que a esgotasse e a incapacitasse. O tempo contribuiu um pouco, seus próprios esforços um pouco mais, e ela retomou as atenções a Susan, além de mais uma vez despertar em si o mesmo interesse por esses cuidados.

A grande afeição de Susan por Fanny aprofundava-se cada vez mais. Embora sem aquele precoce deleite nos livros tão intenso para a irmã mais velha, com um temperamento muito menos inclinado a ocupações sedentárias ou ao saber pelo saber, a menina tinha um desejo tão forte de não *parecer* ignorante que, unido à sua fácil e clara inteligência, dela fazia uma aluna muito atenta, proveitosa e agradecida. Fanny era o seu oráculo, cujas explicações ou comentários constituíam o mais importante acréscimo a cada ensaio e capítulo de história. O que Fanny lhe dizia sobre épocas passadas permanecia muito mais gravado na sua mente do que as páginas de Goldsmith, e expressava à irmã o elogio de preferir o estilo dela ao de qualquer autor impresso. Faltava-lhe o hábito da leitura desde os primeiros anos.

Suas conversas, porém, nem sempre giravam sobre temas tão elevados quanto história ou moral. Outros tinham a devida hora e, entre os de menor importância, nenhum retornava com tanta frequência, nem se estendia por tanto tempo entre as duas, quanto Mansfield Park, uma descrição das pessoas, dos costumes, das diversões do lugar. Susan, que tinha um gosto natural pelos refinados e bem-sucedidos, sempre prestava ávida atenção, e Fanny não podia deixar de se conceder o prazer de estender-se sobre um tema tão amado. Esperava que disso não resultasse algum mal, embora, depois de algum tempo, a grande admiração de Susan por tudo que se dizia ou fazia na casa do tio e o sério desejo de ir a Northamptonshire parecessem quase censurá-la por despertar sentimentos que não podia satisfazer.

A pobre Susan não tinha muito mais condição para adaptar-se àquele lar que a irmã mais velha, e, à medida que Fanny passou a compreender isso mais a fundo, começou a sentir que, quando chegasse o momento de sua própria libertação de Portsmouth, veria que essa felicidade sofreria um revés palpável ao deixar Susan ali. A ideia de que uma menina tão capaz de tornar-se tudo de bom fosse deixada em tais mãos a afligia cada vez mais. Que bênção seria se ela tivesse um lar para convidá-la! E, se lhe houvesse sido possível corresponder aos sentimentos do sr. Crawford, a probabilidade de ele mostrar-se muito longe de se opor a essa medida teria contribuído para todos os seus próprios confortos. Como agora o julgava um homem de boa índole, imaginava que acolheria um plano desse tipo com grande satisfação.

CAPÍTULO 44

Dos dois meses, haviam transcorrido quase sete semanas, quando a primeira carta de Edmund, há tanto esperada, chegou às mãos de Fanny. Quando a abriu e viu sua extensão, preparou-se para uma descrição detalhada da felicidade do primo e uma profusão de amor e elogios à afortunada mulher que agora era a dona do seu destino. Eis o conteúdo:

Mansfield Park
Minha querida Fanny — Perdoe-me por não lhe ter escrito antes. Crawford me disse que você desejava notícias minhas, mas vi ser impossível escrever de Londres, e convenci-me de que entenderia meu silêncio. Se pudesse enviar-lhe algumas linhas felizes, estas não lhe faltariam, mas não tive nada dessa natureza ao meu alcance. Retornei a Mansfield em um estado menos seguro do que quando parti. Minhas esperanças estão muito mais fracas. Você na certa já sabe disso. A srta. Crawford gosta tanto de você que é muito natural que lhe tenha contado o suficiente dos sentimentos dela para dar-lhe uma ideia razoável dos meus. Isso não me impedirá, porém, de fazer minha própria confidência. Nossas declarações a você não precisam ser postas à prova. Não faço perguntas. Acalma-me a ideia de que temos a mesma amiga, e quaisquer que sejam as lastimáveis divergências de opinião que possam existir entre nós, somos unidos em nosso amor por você. Para mim, será um alívio contar-lhe como andam as coisas agora, e quais os meus planos atuais, se é que posso dizer que os tenha. Retornei no sábado. Passei três semanas em Londres, e a vi com muita assiduidade (no que se refere a Londres). Recebi toda a atenção dos Fraser, o que seria razoável esperar. Ouso dizer, em compensação, que não fui razoável em levar comigo as esperanças de uma relação parecida com a que vivenciamos em Mansfield. A diferença estava mais nos seus modos, aliás, do que na raridade dos encontros. Se ela se mostrasse tão diferente quando a vi pela última vez, eu não teria do que me queixar, mas, desde o primeiro

momento, percebi a mudança; ao me receber, mostrou-se tão diferente do que eu esperara que quase me decidi a partir de Londres imediatamente. Não preciso entrar nos detalhes. Você conhece o lado fraco do caráter dela, e pode imaginar os sentimentos e expressões que me torturavam. Encontrei-a muito animada e rodeada por aqueles que apoiavam levianamente a sua vivacidade, talvez excessiva. Não gosto da sra. Fraser. É uma mulher fútil, insensível, que se casou por pura conveniência e, embora evidentemente infeliz no casamento, atribui sua decepção não aos erros de discernimento e temperamento ou à diferença de idade, mas por ela ser, afinal, menos abastada do que muitas das pessoas de seu círculo íntimo, sobretudo a irmã, *Lady* Stornaway. E é a protetora determinada de todos os mercenários e ambiciosos, desde que sejam apenas mercenários e ambiciosos o bastante. Considero a intimidade de Mary com essas duas irmãs a maior infelicidade para a vida dela, e para a minha. Há anos a vêm desencaminhando. Se pudesse afastar-se delas... — e ainda não perdi a esperança de consegui-lo, pois a afeição me parece ser principalmente do lado das irmãs. Gostam muito dela, mas sei que ela não gosta tanto das duas quanto gosta de você. Quando penso no grande apego que ela tem a você, na verdade, e em tudo que existe na sua conduta sensata e correta como irmã, Mary surge como uma pessoa muito diferente, capaz de tudo que é nobre, e me sinto pronto a repreender-me pela interpretação severa demais que faço de um caráter brincalhão. Não posso desistir dela, Fanny. É a única mulher no mundo que pensei algum dia em tomar como esposa. Se eu não acreditasse que ela sente por mim alguma estima, por certo não diria isso, mas acredito, realmente. Convenci-me de que tem por mim uma decidida preferência. Não sinto ciúmes de indivíduo algum. O que me dá ciúmes é a influência do mundo elegante e opulento. São os hábitos luxuosos que temo. Embora as ideias de Mary não excedam a garantia que talvez lhe conceda a fortuna pessoal, vão muito além do que autorizariam nossas rendas juntas. Mesmo nesse aspecto sinto algum consolo. Eu talvez suportasse melhor a ideia de perdê-la por não ser rico o bastante do que por causa da minha profissão. Isso apenas provaria que a afeição que sente por mim não se equipara aos sacrifícios, o que, de fato, nem sequer tenho o direito de pedir-lhe, e, se ela me rejeitar, penso que esse será o real motivo. Creio que Mary já não tenha preconceitos tão fortes quanto antes. Transmito-lhe meus pensamentos exatamente como me surgem na mente, minha querida Fanny; talvez sejam contraditórios, às vezes, mas nem por isso deixam de constituir uma imagem menos fiel do meu estado de espírito. Após ter começado, é um prazer contar-lhe tudo que sinto. Não posso desistir dela. Com a ligação que agora nos une e a que, nutro a esperança, ainda nos unirá, renunciar a Mary Crawford significaria renunciar à intimidade de alguns dos seres que me são mais queridos, seria banir-me das próprias casas e amigos aos quais, tomado de qualquer outra aflição, eu recorreria em busca de reconforto. Devo encarar a perda de Mary como abrangendo a perda de Crawford e Fanny. Sendo uma coisa decidida, uma rejeição definitiva, espero que saiba suportá-la, bem como esforçar-me para enfraquecer o domínio que exerce no meu coração... e no passar de alguns anos... mas escrevo absurdos... se Mary me rejeitar, terei de suportá-lo, mas até que isso ocorra não consigo deixar de lutar por ela. Essa é a verdade. A única questão é saber como. Qual talvez seja o meio mais provável? Às vezes, penso em retornar a Londres antes da Páscoa; outras, decido nada fazer até ela voltar a Mansfield. Ainda agora me falou com prazer em retornar a Mansfield em junho. Mas junho ainda está muito longe e creio que hei de escrever-lhe. Estou quase decidido a explicar-me por carta. Chegar logo a uma certeza é o que mais importa, pois me encontro em uma situação de desgastante infelicidade. Levando-se tudo em conta, acredito que uma carta será, sem dúvida, o melhor método de explicação. Terei condição de escrever muitas coisas que não consigo dizer e lhe darei tempo para refletir antes de tomar uma decisão e me responder, e receio menos o resultado da reflexão do que se falasse sob um impulso apressado. Creio que receio menos. O maior risco que corro seria Mary consultar a sra. Fraser, e eu a essa distância não poderei defender minha própria causa. Com uma carta me exponho aos males dessa consulta, e, quando se trata de uma mente um tanto deficiente quanto a tomar as decisões certas, uma conselheira pode, em um momento desfavorável, levá-la a decisões de que talvez depois se arrependa. Preciso pensar um pouco mais nessa questão. Esta longa carta, repleta apenas de minhas preocupações, bastaria para exaurir até a amizade de uma pessoa como você, Fanny. A última vez em que vi Crawford foi na festa da sra. Fraser. Satisfaz-me cada vez mais tudo que vejo e ouço dele. Não se vê uma única sombra de hesitação, ele sabe muito bem o que quer e age de acordo com suas resoluções — uma qualidade inestimável. Não pude vê-lo e à minha irmã mais velha na mesma sala sem me lembrar de tudo que você me disse, e reconheço que não se encontraram como amigos. Desprendia-se acentuada frieza da parte dela. Os dois mal se falaram. Vi-o recuar surpreso e lamentei muito que a sra. Rushworth continuasse ressentida de uma suposta e antiga desfeita que sofreu ainda como srta. Bertram. Você desejará saber minha opinião sobre o grau de satisfação de Maria como mulher casada. Não se nota aparência alguma de infelicidade. Espero que se deem muito bem juntos. Jantei duas vezes na Wimpole Street e talvez houvesse ido à casa deles com mais frequência, porém é entediante estar com Rushworth e ter de tratá-lo como irmão. Julia parece divertir-se muito em Londres. Poucos prazeres eu tive lá, mas tenho menos aqui. Não formamos um grupo animado. Você faz muita falta. Sinto mais saudades do que sou capaz de expressar. Minha mãe lhe manda afetuosas lembranças e espera receber logo notícias suas. Fala de você sem parar, e me entristece constatar quantas semanas ainda é provável que ela fique sem a sua companhia. Meu pai pretende buscá-la pessoalmente, mas isso será só depois da Páscoa, quando negócios o levarem a Londres. Espero que você esteja feliz em Portsmouth, mas isso não deve transformar-se em uma visita de um ano. Preciso de você em casa para que me dê sua opinião sobre Thornton Lacey. Tenho pouco ânimo para grandes reformas enquanto não souber se algum dia haverá ali uma senhora. Acho que, com certeza, vou escrever a Mary. Trata-se de um fato consumado a ida dos Grant para Bath. Partem de Mansfield na próxima segunda-feira. Alegro-me. Não me sinto muito à vontade em companhia de ninguém, mas sua tia sente-se desafortunada pelo fato de que semelhante informação sobre as notícias de Mansfield saia de minha pena e não da dela.

Afetuosamente, minha queridíssima Fanny...

— Nunca mais... não, certamente nunca mais voltarei a desejar receber carta nenhuma — foi a declaração secreta de Fanny, quando acabou de ler a de Edmund. — Que trazem, senão decepção e tristeza? Só depois da Páscoa! Como suportarei isso? E minha pobre tia, que fala de mim sem parar?

Fanny reprimiu a tendência a esses pensamentos o mais que pôde, mas não se passou meio minuto quando começou a ocorrer-lhe a ideia de que Sir Thomas mostrava-se pouco bondoso ao mesmo tempo com ela e a tia. Quanto ao principal assunto da carta, nada continha para acalmar sua irritação. Quase se exasperava de indignação e da raiva que sentia por Edmund:

— Nada de bom pode resultar desse adiamento — disse a si mesma. — Por que ainda não se estabeleceu? Está cego e nada lhe abrirá os olhos. Não, nada pode abri-los depois que teve as verdades por tanto tempo diante de si, em vão. Vai se casar com a srta. Crawford, ser pobre e infeliz. Deus permita que a influência dela não o faça perder a respeitabilidade e o corrompa também! — Tornou a olhar a carta. — "Gosta tanto de mim!", que grande absurdo. Ela gosta apenas de si mesma e do irmão. "Há anos que as amigas a vêm desencaminhando!" O mais provável é que ela venha desencaminhando as amigas. Todas, talvez, corrompam umas às outras, mas que gostem mais de Mary do que Mary goste delas; o menos provável é que tenha sido Mary a prejudicada, a não ser pelas lisonjas das outras. "É a única mulher no mundo que pensei algum dia tomar como esposa." Ah, nisso acredito firmemente. Trata-se de uma afeição que o dominará por toda a vida. Se for aceito ou rejeitado, seu coração será sempre dela. "Devo encarar a perda de Mary como abrangendo a perda de Crawford e Fanny." Edmund, você não me conhece. As famílias jamais serão aparentadas se você não estabelecer o parentesco. Ah, escreva-lhe, escreva-lhe! Acabe logo com isso! Que se ponha um fim nesse suspense. Marque uma data, case-se e condene-se.

Tais sensações, porém, aproximavam-se demais do ressentimento para continuar guiando por muito tempo os monólogos de Fanny. Logo passou a sentir-se mais apaziguada e triste. O olhar ardente, as afetuosas expressões, o tratamento confidencial do primo comoviam-na intensamente. Ele era apenas demasiadamente bom com todos! Em resumo, era uma carta que ela não trocaria pelo mundo inteiro e cujo valor nunca apreciaria o suficiente. Tudo acabava aí.

Todos os que gostam de escrever cartas sem ter muito a dizer, o que inclui grande proporção do mundo feminino pelo menos, hão de concordar com *Lady* Bertram e sentir-se desafortunados pelo fato de que semelhante informação sobre as notícias de Mansfield, como a certeza da partida dos Grant para Bath, ocorresse em uma época em que ela não podia aproveitá-lo. Também hão de reconhecer que deve ter sido mortificante para *Lady* Bertram ver que tal informação coubesse ao filho mal-agradecido, e tratado o mais concisamente possível no fim de uma longa carta, em vez de estender-se por quase uma página inteira escrita por ela. Pois, embora a tia muito brilhasse no ato de escrever uma carta, visto que desde o início do casamento, na falta de outra ocupação, e devido à circunstância de *Sir* Thomas dedicar-se a cultivar e manter correspondentes no Parlamento, ela criou para seu uso um estilo muito respeitável e detalhista em lugares-comuns, de modo que lhe bastava um assunto insignificante para ampliá-lo. Era-lhe indispensável ter algo sobre o que escrever, mesmo à sobrinha, e, tão prestes a perder todo o benefício dos sintomas de gota do dr. Grant e das visitas matinais da sra. Grant, foi-lhe muito doloroso ver-se privada de uma das últimas ocupações à qual pudesse destinar-se.

Preparava-se, porém, uma proveitosa reparação para ela. Chegou o momento de sorte de *Lady* Bertram. Poucos dias depois da carta de Edmund, Fanny recebeu uma da tia, que assim começava:

> Minha querida Fanny, tomo a pena para comunicar certas notícias muito alarmantes, as quais, não duvido, lhe causem grande preocupação.

Era muito melhor que precisar tomar a pena para inteirar Fanny de todos os detalhes da planejada viagem dos Grant, pois as atuais informações eram de natureza a garantir ocupação para a pena por muitos dias seguidos, visto referir-se a nada menos que à grave doença do seu primogênito, do qual receberam notícia pelo correio poucas horas antes.

Tom partira de Londres com um grupo de rapazes para Newmarket, onde, em decorrência de uma queda de cavalo não tratada, e de uma boa folia etílica, surgiu uma febre. Quando os demais se foram, não podendo ele acompanhá-los, deixaram-no sozinho na casa de um dos rapazes, aos confortos da doença e da solidão, e aos cuidados apenas dos criados. Em vez de logo se sentir melhor o bastante para poder seguir os amigos, como esperara, sofrera considerável piora. Logo depois, deu-se conta de estar tão enfermo que se prontificou, como seu médico, a despachar uma carta para Mansfield.

"Essa angustiante informação, como deve supor", observou a tia, após relatar os fatos principais, "nos agitou ao extremo e não pudemos evitar ser tomados por grande alarme e apreensão pelo pobre inválido, cujo estado *Sir* Thomas teme ser muito crítico. Edmund teve a bondade de oferecer-se para ir logo cuidar do irmão. Por sorte, *Sir* Thomas não me deixará nesta angustiante ocasião, pois seria penoso demais para mim. Vamos sentir imensa falta de Edmund em nossa reduzida família, mas confio e espero que encontre o pobre irmão inválido num estado menos alarmante do que temermos e o traga em breve para Mansfield, o que *Sir* Thomas propõe que se faça e considera a melhor solução em todos os aspectos, e alimento a esperança de que o pobre sofredor consiga suportar o transporte sem inconveniência material nem danos. Como não tenho dúvida do seu sentimento por nós, minha querida Fanny, nesta aflitiva circunstância, tornarei a escrever-lhe muito em breve".

Os sentimentos de Fanny em tal ocasião eram mais calorosos e sinceros que o estilo de escrever da tia. Sentia verdadeiramente por todos eles. A grave enfermidade de Tom, a partida de Edmund para ajudá-lo, o triste e reduzido grupo que permaneceu em Mansfield eram preocupações que substituíam todas as demais, ou quase todas. Ela encontrou em si egoísmo suficiente apenas para perguntar-se se Edmund escrevera à srta. Crawford, antes de apresentar-se ao dever de buscar o irmão, mas em seu íntimo não durou sentimento algum, senão de puro afeto e desinteressada ansiedade. A tia não se esqueceu dela, escreveu repetidas vezes, dizendo que recebiam frequentes relatos de Edmund, e transmitindo com igual assiduidade esses relatos a Fanny, no mesmo estilo difuso e mesma mistura de suposições, esperanças e receios, seguindo-se uns aos outros a esmo. Era como uma brincadeira de sentir medo. Os sofrimentos que *Lady* Bertram não via exerciam pouco poder sobre sua imaginação, e a tia continuou a escrever muito à vontade sobre inquietação, ansiedade, pobres enfermos, até Tom ser de fato transportado para Mansfield e ela poder ver pessoalmente a mudança na aparência do filho. Então, concluiu uma carta, que vinha preparando antes para Fanny, em um estilo diferente, em linguagem que desprendia autênticos sentimento e alarme. Escreveu como talvez falasse: "Ele acaba de chegar, minha querida Fanny, e o levaram para o andar superior; fiquei tão chocada ao vê-lo que não sei o que fazer. Tenho certeza de que meu filho tem passado muito mal. Pobre Tom, sofro muito por ele, e estou tão assustada quanto *Sir* Thomas. Que alegria seria se você estivesse aqui para me reconfortar! Mas *Sir* Thomas espera que Tom amanheça melhor amanhã e diz que temos de levar em conta a viagem".

A autêntica boa vontade agora despertada em seu íntimo materno não se dissipou logo. A extrema impaciência de Tom por ser transferido para Mansfield e desfrutar os confortos do lar e da família, dos quais tão pouco se lembrara enquanto gozava boa saúde ininterrupta, na certa induzira uma remoção prematura, pois provocou a volta da febre, e ele passou uma semana inteira em um estado ainda mais alarmante do que antes. Todos ficaram seriamente preocupados. *Lady* Bertram descrevia seus terrores diários à sobrinha, de modo que, àquela altura, podia-se dizer que Fanny vivia de cartas e passava o tempo todo entre os sofrimentos de hoje e aguardava os de amanhã. Sem nenhuma afeição especial pelo primo mais velho, a ternura de coração fazia-a sentir que não podia deixar de lamentar por ele, e a pureza dos princípios intensificava ainda mais sua compaixão quando pensava em como fora pouco útil e pouco abnegada, ao que parecia, a vida de Tom até então.

Susan era a sua única companheira e confidente nessa ocasião, como em outras mais comuns. Mostrava-se sempre disposta a ouvir e solidarizar-se. Ninguém mais podia interessar-se por um mal tão remoto como doença em uma família a mais de cento e sessenta quilômetros de distância, nem a sra. Price, que, além de fazer uma ou duas breves perguntas quando via a filha com uma carta na mão, de vez em quando expressava a tranquila observação:

— Minha pobre irmã Bertram deve estar muito atribulada.

Há tanto tempo separadas e situadas em posições sociais tão diferentes, os laços de sangue se haviam transformado em pouco mais que nada. O afeto mútuo, a princípio tão tranquilo quanto os temperamentos, agora se tornara um simples sobrenome. A sra. Price tinha tanto apego a *Lady* Bertram quanto esta teria pela sra. Price. Se três ou quatro filhos Price desaparecessem, ou mesmo todos, exceto Fanny e William, *Lady* Bertram pouca importância teria dado ao fato, ou talvez captasse dos lábios da sra. Norris a hipocrisia de que fora uma grande felicidade e uma grande bênção para a pobre e querida irmã Price ter uma família tão bem provida de rebentos.

CAPÍTULO 45

Cerca de uma semana depois do retorno de Tom a Mansfield, o perigo imediato passara, e o declararam, àquela altura, salvo a ponto de tranquilizar por completo *Lady* Bertram, que agora, habituada à visão do filho naquele estado de sofrimento desesperador, ouvia apenas o melhor, sem jamais pensar além da literalidade do que lhe diziam, sem a menor predisposição a inquietar-se nem a capacidade de entender uma insinuação, era a voluntária mais feliz do mundo para uma pequena imposição médica. Se a febre que constituíra a enfermidade cedera, por certo ele logo se restabeleceria. Ela pensava apenas nisso; e Fanny partilhou a segurança da tia até receber algumas linhas de Edmund, escritas com o propósito de dar-lhe uma ideia mais clara da situação do irmão e inteirá-la das apreensões que ele e o pai receberam do médico em relação a alguns fortes sintomas que pareciam dominar o quadro clínico depois de passada a febre. Ambos julgaram melhor não importunar *Lady* Bertram com alarmes que talvez se revelassem infundados. Mas não havia motivo algum por que Fanny não soubesse da verdade. Pai e filho sentiam-se apreensivos pelos pulmões de Tom.

Apenas poucas linhas de Edmund mostraram-lhe o paciente e o quarto de doente sob uma visão muito mais precisa e forte do que o fizeram todas as folhas de papel da tia. Dificilmente havia alguém na casa que pudesse descrever pior que ela, a partir da observação pessoal, e ninguém que fora mais inútil para o filho em certas ocasiões. Nada podia fazer, além de deslizar até o quarto em silêncio e olhá-lo. No entanto, quando Tom se viu em condição de ouvir e falar, e de poderem ler para ele, escolheu Edmund como o companheiro preferido. A tia aborrecia-o com os excessivos cuidados, e *Sir* Thomas não sabia diminuir o teor da conversa e o tom de voz ao nível da irritação e da fraqueza do filho. Edmund era tudo e todos. Decerto, Fanny quis ao menos acreditar que assim o fosse, e precisou reconhecer que a estima por ele aumentou mais que nunca quando surgiu no papel de assistente, protetor e animador de um irmão acamado. Não o ajudava apenas na debilidade da recente doença, mas também, como ela agora percebia, tinha os nervos muito atingidos e o ânimo abatido de Tom para acalmar e levantar. E a própria imaginação de Fanny acrescentou-lhe a função de orientar de maneira correta a mente necessitada do irmão mais velho.

Pelo fato de ninguém na família sofrer de tuberculose, sentia-se mais inclinada à esperança que ao temor pelo primo; a não ser quando pensava na srta. Crawford, mas esta lhe dava a ideia de ser uma filha da boa sorte e, para seu egoísmo e vaidade, seria uma sorte se Edmund se tornasse filho único.

Mesmo no quarto do doente, não se esquecera da afortunada Mary. A carta de Edmund trazia um pós-escrito:

"Sobre o tema que lhe escrevi na última vez, na verdade eu tinha começado uma carta quando me ausentei por causa da doença de Tom, mas agora mudei de ideia e temo a influência das amigas. Quando Tom estiver melhor, irei até lá".

Tal era a situação de Mansfield, e assim continuou sem quase nenhuma mudança até a Páscoa. Uma linha acrescentada, de vez em quando, por Edmund às cartas da mãe bastava para manter Fanny a par. Temia a lenta convalescença de Tom.

A Páscoa chegou muito tarde naquele ano, como ponderava Fanny, desde que soubera que não tinha chance de partir de Portsmouth antes do fim da festa. Ela chegou, passou, e Fanny ainda não recebera notícia alguma do seu retorno, nem da ida a Londres que o precederia. A tia, muitas vezes, expressava o desejo de tê-la em Mansfield, mas sem nenhuma mensagem do tio, de quem tudo dependia. Fanny supôs que ele ainda não podia deixar o filho, mas, para ela, o adiamento era cruel, terrível. Aproximava-se o fim de abril, e em breve se completariam não dois, mas três meses que estava longe de todos eles, e seus dias se passavam como em penitência. Entretanto, Fanny os amava demais para perturbá-los com suas queixas; e quando teriam eles tempo para pensar nela ou buscá-la?

A ansiedade, a impaciência e o desejo de estar junto deles eram tão grandes que lhe traziam sempre diante de si um ou dois versos de "Tirocínio", de Cowper. "Com que intenso desejo ela precisa de seu lar" surgia-lhe na língua como a mais verdadeira descrição de saudades que ela não supunha sentir, de forma tão pungente, qualquer menino em colégio interno como o retratado no poema.

A caminho da casa dos pais em Portsmouth, adorou chamá-la de lar. Dizer que voltaria para o lar a enternecia. A palavra lhe era muito querida e continuava a ser, só que devia aplicá-la a Mansfield Park, pois esse era agora seu lar. Portsmouth não passava de Portsmouth. Mansfield era o lar, a casa, a família. Assim decidira ao entregar-se a meditações secretas, e nada a consolava mais do que ver a tia usar a mesma linguagem: "Posso dizer apenas que lamento o fato de você estar longe do lar neste momento tão angustiante, tão penoso para o meu espírito. Confio, espero e desejo sinceramente que nunca mais volte a ausentar-se de casa por tanto tempo", constituíam as deliciosas frases dirigidas a ela. Ainda que se tratasse, porém, de um prazer secreto. A delicadeza com os pais fazia-a tomar cuidado para não trair a preferência pela casa do tio. Expressava-se sempre: "Quando eu voltar para Northamptonshire", ou "quando eu voltar para Mansfield, farei isso e aquilo". Durante muito tempo foi assim, mas a saudade intensificou-se, derrotou o cuidado, e ela se viu falando no que devia fazer "quando voltasse para casa", antes que se conscientizasse. Repreendia-se, enrubescia e olhava temerosa em direção ao pai e à mãe. Não precisava ter-se sentido inquieta, pois eles não mostravam sinal algum de desagrado nem de que a estivessem escutando. Livres de qualquer ciúme de Mansfield, não se importavam que ela preferisse estar num lugar ou no outro.

Foi triste para Fanny perder todos os prazeres da primavera. Ela não se dera conta antes dos prazeres que tinha a perder ao passar março e abril em uma cidade. Nem de como a encantavam o desabrochar e o desenvolvimento da vegetação no campo. Que animação de corpo e alma extraía ao observar o avanço dessa estação, que jamais deixava de ser maravilhosa, apesar de toda a imprevisibilidade, e ver a beleza cada vez maior das primeiras flores nas áreas mais quentes do jardim da tia, ou o desenrolar das folhas nas plantações do tio e a glória dos bosques da propriedade. Perder tais alegrias não era nada desprezível, mas perdê-las porque se encontrava no meio de um ambiente abafado e barulhento, tendo ao redor apenas confinamento, ar impuro, cheiros desagradáveis, em vez de liberdade, frescor, fragrância e verdor, era infinitamente pior. Porém, todas as causas de desgosto eram fracas, comparadas com as que lhe advinham do fato de estar fazendo falta aos seus melhores amigos, e a tristeza de não lhes ser útil quando precisavam dela!

Se estivesse em casa, talvez pudesse ajudar cada membro da família. Sentia que seria útil a todos. A cada um teria poupado algum problema mental ou manual. E, ainda que fosse apenas para estimular o ânimo da tia Bertram, protegê-la do mal da solidão ou do mal ainda maior de uma companhia nervosa, intrometida, que tendia demais a aumentar o perigo para exaltar-lhe a própria importância, se ela, Fanny, estivesse lá, proporcionaria um bem a todos. Adorava imaginar que poderia ler para a tia, conversar com ela, momentos em que logo tentava sentir a bênção do que era Mansfield e preparar a mente para o que talvez acontecesse. De quantas subidas e descidas de escada poderia poupá-la e quantos recados poderia enviar.

Surpreendia-a o fato de que as irmãs de Tom continuassem convencidas a permanecer em Londres em uma circunstância como aquela, por todo o desenrolar de uma doença que agora, sob diferentes graus de perigo, durava várias semanas. Elas podiam voltar a Mansfield quando quisessem; viajar não constituía dificuldade alguma para elas, e Fanny não entendia como as duas ainda podiam ficar longe de casa. Embora imaginasse que algumas obrigações talvez impedissem a ida da sra. Rushworth, Julia com certeza tinha condição de sair de Londres sempre que quisesse. Parecia, a julgar pelo que lera em uma das cartas da tia, que Julia se oferecera para retornar caso precisassem dela, mas isso foi tudo. Era evidente que a prima preferia permanecer onde estava.

Fanny tendia a julgar a influência de Londres muito conflitante com todas as ligações sentimentais respeitáveis. Via a prova disso na srta. Crawford, além de ver nas primas. A ligação da primeira com Edmund fora respeitável, o aspecto mais respeitável do seu caráter, e a amizade dela com Fanny fora até então pelo menos irrepreensível, mas onde se encontrava cada um dos sentimentos agora? Fazia tanto tempo que recebera uma carta de Mary, que tinha alguma razão para considerar inconsequente uma amizade que tanto enfatizara. Fazia semanas desde que tivera notícias da srta. Crawford ou de suas outras relações na cidade, a não ser pelas que recebia de Mansfield, e começava a se perguntar se algum dia saberia se o sr. Crawford retornara ou não a Norfolk, ou então só depois que tornasse a encontrá-lo, e supor que, talvez, não tivesse mais notícias da irmã naquela primavera, quando recebeu a seguinte carta para reviver antigas sensações e criar algumas novas:

> Perdoe-me, minha querida Fanny, tão logo possa, pelo meu longo silêncio, e aja como se pudesse me perdoar desde já. Este é o meu modesto pedido e minha expectativa, pois você é tão boa que confio em ser tratada melhor do que mereço. Desejo muito saber do estado em que estão as coisas em Mansfield Park, e você, sem nenhuma dúvida, está perfeitamente à altura de me dar tal informação. Só um selvagem não lamentaria a aflição em que se encontram e, pelo que sei, o pobre sr. Bertram tem pouca chance de um restabelecimento definitivo. Não dei muita importância à doença dele a princípio. Encarava-o como o tipo de pessoa que tende a fazer um estardalhaço de tudo e de si mesmo em qualquer doença insignificante, e preocupei-me, sobretudo, com aqueles que tinham de cuidar dele. Mas agora me afirmaram, confidencialmente, que Tom Bertram tem piorado, que

os sintomas são muito alarmantes e que pelo menos parte da família sabe disso. Se assim for, tenho certeza de que você está incluída nessa parte, a parte com discernimento, e por isso lhe rogo que me diga até que ponto é correta minha informação. Não preciso dizer como me regozijaria saber que houve algum engano, porém o relato é tão assertivo que confesso não poder deixar de estremecer. É muito melancólico ver um rapaz tão excelente arrancado da vida na flor da idade. O pobre *Sir* Thomas vai senti-lo de forma apavorante. O assunto me deixa bastante agitada. Fanny, Fanny, vejo seu sorriso e olhar perspicaz, mas, palavra de honra, jamais subornei um médico na vida. Pobre rapaz! Se ele morrer, serão *dois* pobres rapazes a menos no mundo. Com o semblante destemido e a voz ousada, eu diria que a fortuna e a importância de Tom não poderiam caber em mãos mais merecedoras delas. Tudo o que aconteceu no último Natal foi uma louca precipitação, mas talvez se possa eliminar parte do mal de alguns dias. Verniz e dourados podem esconder muitas manchas. Poderia acarretar apenas a perda de seu título de fidalgo. Com verdadeira afeição, como a minha, querida Fanny, pode-se ignorar tudo mais. Escreva-me logo na volta do correio, julgue minha ansiedade e não a menospreze. Diga-me a verdade factual, como deve saber pela fonte principal. E, em um momento como este, não se atormente com vergonha tanto de meus sentimentos quanto dos seus. Acredite em mim, pois não são apenas naturais, mas filantrópicos e virtuosos. Apelo à sua consciência: "*Sir* Edmund" não fará obras muito melhores na propriedade de Mansfield Park do que qualquer outro "*Sir*"? Se os Grant estivessem em casa, eu não a incomodaria, mas você é agora a única a quem posso recorrer em busca da verdade, pois as irmãs dele não se encontram ao meu alcance. A sra. R... passa a Páscoa com os Aylmer, em Twickenham (como deve saber), e ainda não voltou, e Julia se hospeda com os primos que moram perto da Bedford Square, mas esqueci o nome deles e o da rua. Mesmo se eu pudesse, porém, recorrer a elas, ainda preferiria você, porque me choca o fato de vê-las, até agora, tão relutantes em interromper suas diversões e preferir fechar os olhos à verdade. Suponho que as férias de Páscoa da sra. R... não durarão muito mais. Sem dúvida, para ela trata-se de férias ininterruptas. Os Aylmer são pessoas agradáveis, e, com o marido ausente, ela quer apenas se divertir. Atribuo a Maria a ideia de promover a ida do sr. Rushworth a Bath, para buscar a mãe, mas como será o convívio dela com a viúva na mesma casa? Henry não se encontra perto, nada tenho a informá-la a respeito dele. Não acha que Edmund já teria retornado mais uma vez a Londres há algum tempo, se não fosse por essa doença de Tom?

Sua sempre,
Mary

Eu de fato começara a dobrar minha carta quando Henry entrou, mas ele não traz informação alguma que me impeça de enviá-la. A sra. R... sabe que se teme uma recaída de Tom. Meu irmão viu-a nesta manhã; ela retorna à Wimpole Street ainda hoje, pois a velha senhora vai chegar. Agora, trate de não se inquietar com fantasias esdrúxulas porque ele passou alguns dias em Richmond, pois faz isso toda primavera. Fique tranquila, ele se interessa apenas por você. Agora mesmo, está louco para vê-la, preocupado apenas em descobrir o meio de fazê-lo e ter o prazer de conduzi-la aos seus. Prova disso é que repete com mais insistência o que lhe disse em Portsmouth, sobre seu retorno a Mansfield, e nisso me uno a ele com toda minha alma. Querida Fanny, escreva logo e diga se podemos buscá-la. Fará bem a todos. Henry e eu podemos ficar no presbitério, você sabe, sem criar dificuldades para nossos amigos em Mansfield Park. Seria, na verdade, uma grande satisfação revê-los todos, e um acréscimo ao grupo talvez fosse de infinito proveito para toda a família. Quanto a você, deve saber como devem sentir tanto sua falta lá, que não pode no íntimo (conscienciosa como é) permanecer afastada, visto que dispõe do meio de regressar. Não tenho tempo nem paciência para lhe transmitir metade dos recados de Henry, basta você saber que o espírito de cada um de nós continua o de inalterável afeição.

O desgosto de Fanny ao ler a maior parte dessa carta, com a extrema relutância em unir a autora ao primo Edmund, a teria deixado, como se deu conta, sem condição de julgar se podia ou não aceitar com imparcialidade a oferta conclusiva que lhe faziam mais uma vez. Para si mesma, individualmente, revelava-se muito tentadora. Ver-se, talvez em três dias, conduzida até Mansfield era uma imagem de imensa felicidade, mas seria uma inconveniência dever tão grande felicidade a pessoas em cujos sentimentos e conduta, no presente momento, via muito a condenar: os sentimentos da irmã, a conduta do irmão, a insensível ambição dela, a desatenciosa vaidade dele.

Manter ainda relações, o flerte, talvez, com a sra. Rushworth! Sentia-se mortificada. Pensara melhor dele. Por sorte, contudo, não se permitiu ponderar e decidir-se entre inclinações contrárias e duvidosas noções de direito. A ocasião a impedia de determinar se devia ou não manter Edmund e Mary separados. Recorria a uma regra que aplicava para resolver tudo. O temor que sentia do tio e o pavor de tomar uma liberdade com ele esclareceram no mesmo instante o que ela deveria fazer. Não podia, de modo algum, aceitar a proposta. Se *Sir* Thomas quisesse, mandaria buscá-la, e mesmo a oferta de um retorno antecipado constituía uma presunção que nada parecia justificar. Agradeceu à srta. Crawford, mas deu uma decidida negativa. "O tio, segundo soube, pretendia buscá-la e, como a doença do primo continuava havia tantas semanas, sem que a julgassem necessária, ela deveria considerar importuno seu retorno no momento, o que a faria sentir-se um estorvo."

Suas afirmações a respeito do estado do primo eram as mesmas em que ela própria acreditava; e os seus receios estavam exatamente de acordo com os desejos em que ardia a imaginação de sua correspondente. Edmund seria perdoado pela condição de sacerdote, parecia, em virtude das circunstâncias de riqueza. E isso, desconfiava Fanny, era todo o triunfo sobre o preconceito pelo qual ele tanto se preparara para congratular-se. Mary nada aprendera a considerar importante além de dinheiro.

CAPÍTULO 46

Como Fanny não duvidava que sua resposta fosse transmitir uma verdadeira decepção, viu-se em grande expectativa, em vista de conhecer o temperamento da srta. Crawford, de mais uma vez ser solicitada com insistência e, embora não chegasse a segunda carta no espaço de uma semana, ela continuava com a mesma sensação quando, de fato, chegou.

Ao recebê-la, percebeu de imediato que continha pouco texto e convenceu-se de que se tratava de uma carta escrita às pressas e com objetividade. O assunto era inquestionável e bastaram dois momentos para desencadear-lhe na mente a probabilidade de que visava apenas a comunicar a iminente chegada dos irmãos a Portsmouth naquele mesmo dia, e lançá-la em toda a agitação de questionar o que ela deveria fazer nessa circunstância. Se dois momentos, porém, às vezes nos cercam de dificuldades, um terceiro pode dispersá-las. E, antes de Fanny abrir a carta, a possibilidade de a srta. e o sr. Crawford terem solicitado a *Sir* Thomas e obtido a permissão para buscá-la proporcionava-lhe calma. Eis a carta:

> Um rumor muito escandaloso e malévolo acabou de me alcançar, e escrevo-lhe, minha querida Fanny, para adverti-la a não dar a ele o mínimo crédito, caso se espalhe até o campo. Confio que não passa de um engano que um ou dois dias esclareçam; de qualquer modo, Henry é inocente, e, apesar de uma imprudência momentânea, pensa apenas em você. Não diga uma palavra sobre isso, nem dê ouvidos nem suponha e tampouco sussurre nada, até eu tornar a escrever-lhe. Tenho certeza de que tudo será abafado e nada provado, além da loucura de Rushworth. Se eles partiram, eu apostaria minha vida que foram para Mansfield Park, e Julia acompanhou-os. Mas por que você não me deixou buscá-la? Espero que não se arrependa disso.
> Sua, etc.

Fanny ficou horrorizada. Como nenhum boato escandaloso, malévolo, havia chegado até ela, era-lhe impossível entender muita coisa dessa estranha carta. Pôde apenas perceber que deveria relacionar-se à Wimpole Street e o sr. Crawford, e apenas conjecturar que acabara de acontecer algo muito imprudente naquela área para atrair a atenção do mundo e despertar-lhe ciúme, na apreensão da srta. Crawford, se Fanny viesse a tomar conhecimento. A srta. Crawford não precisava alarmar-se por ela, que apenas sentia muito pelas partes implicadas e por Mansfield, caso a notícia se espalhasse até lá, mas esperava que isso não ocorresse. Se os Rushworth haviam ido para Mansfield, como se deveria deduzir das palavras da srta. Crawford, não era provável que algo desagradável os precedesse, ou ao menos que causasse alguma impressão.

Quanto ao sr. Crawford, esperava que o ocorrido talvez lhe desse conhecimento da própria índole e o convencesse de que não era capaz de apegar-se com seriedade e constância a nenhuma mulher no mundo, e o fizesse envergonhar-se de continuar persistindo por mais tempo em declarar-se a ela.

Era muito estranho! Começara a pensar que ele de fato a amava e imaginar a afeição por ela como algo fora do comum, e a irmã ainda disse que Henry pensava apenas nela. No entanto, deve ter ocorrido alguma acentuada exibição de atenções à prima, alguma forte indiscrição, porque sua correspondente não era do tipo de pessoa que dava importância a uma leve indiscrição.

Fanny ficou muito inquieta e assim deveria continuar até tornar a receber notícias da srta. Crawford. Era-lhe impossível banir a carta dos pensamentos, e ela não podia aliviar-se falando disso com qualquer ser humano. A srta. Crawford nem precisava estimulá-la a manter segredo com tanta veemência; deveria ter confiado na discrição que ela julgava dever à prima.

O dia seguinte chegou sem trazer segunda carta alguma. Fanny ficou desapontada. Mal pôde pensar em outra coisa durante toda a manhã, mas, quando o pai voltou à tarde com o jornal diário, como sempre, ela continuava tão longe de esperar alguma elucidação por esse canal que se esqueceu do assunto por um momento.

Tinha a mente muito absorta em outra reflexão. Ocorreu-lhe a lembrança da primeira noite naquela sala e do pai com o jornal. Não se precisava de iluminação de vela agora. O sol ainda pairava a uma hora e meia acima do horizonte. Ela percebeu que fazia três meses que se encontrava na casa dos pais, e os raios do sol que caíam fortes na sala, em vez de a animarem, deixavam-na ainda mais melancólica, pois o brilho solar parecia-lhe uma coisa totalmente diferente em uma cidade e no campo. Ali, a força do astro limitava-se a um clarão doentio, abafador, o qual só servia para sobressair manchas e poeira que de outro modo passariam despercebidas. Não se via saúde nem alegria nos raios de sol em uma cidade. Sentava-se em meio a uma chama de calor opressivo, uma nuvem de poeira em movimento e podia apenas desviar os olhos das paredes manchadas pela cabeça do pai, para a mesa marcada e fendida pelos irmãos, onde se via o serviço posto para o chá; o bule nunca bem lavado, as xícaras e os pires açoitados por riscos, o leite era uma mistura de partículas flutuando em diluído azul, e o pão e a manteiga ficando a cada minuto mais gordurosos do que quando Rebecca os trouxera para ali. O pai lia o jornal, a mãe lamentava-se, como sempre, sobre o tapete desfiado, enquanto se preparava o chá, e desejava que a criada o houvesse remendado. Fanny despertou ao ouvir o pai chamá-la, após praguejar e analisar um determinado parágrafo do jornal:

— Como é o nome dos seus primos que moram em Londres, Fan?
Uma reflexão momentânea permitiu-lhe responder:
— Rushworth, senhor.
— E eles não moram na Wimpole Street?
— Sim, senhor.
— Então lá está o diabo entre eles, é isso aí! Veja — e brandia o jornal para ela — que ótimos parentes você tem! Não sei o que vai achar *Sir* Thomas dessas coisas. Ele talvez seja um nobre e cavalheiro elegante demais para gostar menos da filha. Mas, por Deus, se fosse minha filha, eu ia dar-lhe umas boas chibatadas enquanto conseguisse me manter de pé! Uma boa surra, tanto para moças quanto para rapazes, é o melhor método para prevenir esse tipo de coisa.

Fanny leu para si mesma que "... era com infinito pesar que o jornal anunciava ao mundo social um desastre matrimonial ocorrido na família do sr. R..., da Wimpole Street. A bela sra. R..., cujo nome ingressara fazia pouco tempo na lista das damas casadas, e que prometera tornar-se uma líder tão brilhante no mundo elegante, abandonara o teto conjugal em companhia do conhecido e cativante sr. C..., amigo íntimo do sr. R. ... Ninguém sabia, nem o editor do jornal, o destino de ambos".

— É um engano, senhor — logo retrucou Fanny —, tem de ser um engano, não pode ser verdade... deve referir-se a outras pessoas.

Falara motivada pelo instintivo desejo de adiar a vergonha, com uma determinação que brotara do desespero, porque disse uma coisa em que ela própria não acreditava, não podia acreditar. Fora o choque da convicção. A verdade inundou-a da cabeça aos pés. E como conseguira até mesmo falar, como conseguira até mesmo respirar, revelou-se depois algo espantoso demais para entender.

O sr. Price pouco se importou com a notícia para dar-lhe muita conversa:
— Talvez seja tudo uma mentira — concordou —, mas tantas moças refinadas têm feito o diabo assim, que não se põe a mão no fogo por ninguém.
— De fato, espero que não seja verdade — disse a sra. Price, queixosa.
— Seria, de fato, muito chocante! Não falei com Rebecca sobre este tapete apenas uma, mas no mínimo doze vezes, não, Betsey? E é um trabalho que não levaria nem dez minutos.

Dificilmente se poderia descrever o horror de uma mente como a de Fanny ao receber a convicção de tal culpa e começar a absorver parte da desgraça que se seguiria. A princípio, sentiu apenas uma espécie de estupefação, mas cada momento intensificava-lhe a percepção do horrível mal. Não podia duvidar, não ousava permitir-se uma esperança da falsidade do parágrafo. A carta da srta. Crawford, que ela lera tantas vezes a ponto de repetir cada linha, correspondia, de forma assustadora, às palavras publicadas. A enérgica defesa do irmão, a esperança de que tudo fosse abafado e a evidente agitação de Mary faziam parte de algo muito ruim. E, se havia uma mulher com caráter capaz de tratar como insignificante tal pecado de primeira magnitude, que tentasse mascarar-lhe a importância e desejasse vê-lo impune, acreditava que a srta. Crawford era essa mulher! Agora via seu próprio engano quanto a *quem* partira, ou se *dizia* ter partido. Não haviam sido o sr. e a sra. Rushworth, mas a sra. Rushworth e o sr. Crawford.

Fanny tinha a impressão de que jamais recebera um choque tão grande antes, não via mais diante de si a possibilidade de descanso. Passou a noite inteira sem uma pausa no sofrimento e insone. Alternava sensações de náusea e estremecimentos de horror, de surtos do calor da febre e calafrios. O fato era tão chocante que, em alguns momentos, sentia o coração revoltar-se contra o que acontecera como se fosse algo impossível — quando ela achava que isso não podia ter acontecido. Uma mulher casada havia apenas seis meses; um homem que se professava devotado, até *comprometido*, com outra; esta outra, parenta próxima; a família toda, ambas as famílias, unidas como o eram por laço após laço, todos unidos por amizade e intimidade! Constituía uma confusão de ofensa demasiadamente horrível, uma complicação demasiadamente grosseira e maldosa para se atribuir à natureza humana, não se tratando de bárbaros! Mas seu discernimento dizia-lhe que acontecera mesmo. As instáveis afeições dele, que oscilavam com sua vaidade, a clara ligação sentimental de Maria e a falta de princípios suficientes de ambos os lados mostravam a possibilidade — a carta da srta. Crawford carimbava-a como um fato.

Quais seriam as consequências? A quem não feriria? Quais opiniões poderiam não ser influenciadas? De quem não se despedaçaria a paz para sempre? A própria srta. Crawford, Edmund, mas talvez fosse perigoso seguir nesse terreno. Ela limitou-se, ou tentou limitar-se, ao simples e indubitável mistério familiar que cercaria todos se na verdade ficasse confirmado tratar-se de uma questão de culpa comprovada e exposição pública. Os sofrimentos da mãe, do pai — aqui ela fez uma pausa. Os de Julia, Tom e Edmund — aqui uma pausa ainda mais longa. Os dois sobre os quais isso recairia de forma mais terrível. A boa vontade, o elevado senso de honra e decoro paternos de *Sir* Thomas, os princípios corretos, o temperamento confiante e a autêntica força dos sentimentos de Edmund faziam-na julgar quase impossível eles manterem a vida e a razão sob tamanha desgraça, e parecia-lhe, no que se referia apenas a este mundo, que a maior bênção a cada um dos parentes da sra. Rushworth seria um imediato aniquilamento.

Nada aconteceu no dia seguinte, nem no próximo, para aplacar-lhe os terrores. Dois correios chegaram e não trouxeram nenhuma refutação, pública ou privada. Nem uma segunda carta da srta. Crawford para desmentir a primeira. E tampouco alguma informação de Mansfield, embora já houvesse passado tempo suficiente sem que ela recebesse notícias da tia. Isso era um mau presságio. Ela, na verdade, mal tinha uma sombra de esperança para apaziguar-lhe a mente e viu-se reduzida a um estado de tanto abatimento, fragilidade e tremor que mãe alguma, não sendo de todo desatenciosa, com exceção da sra. Price, deixaria de perceber quando o terceiro dia de fato trouxe a nauseante batida na porta, e mais uma vez se pôs uma carta nas mãos de Fanny. Exibia o carimbo postal de Londres e vinha de Edmund.

Querida Fanny — Você sabe da nossa atual desgraça. Que Deus a ajude sob a parte que lhe cabe! Estamos aqui há dois dias, mas nada se pode fazer. Não conseguimos localizá-los. Talvez você ainda não saiba do último golpe: a fuga de Julia, que partiu para a Escócia com Yates. Deixou Londres poucas horas antes de chegarmos. Em qualquer outra ocasião, isso se faria sentir de forma terrível. Agora parece algo insignificante; no entanto, é um pesado agravo. Meu pai não se mostra vencido, e mais não se pode esperar. Continua em condição de pensar e agir, e escrevo por desejo dele a fim de propor-lhe que retorne para casa. Está ansioso por tê-la perto, pelo bem da minha mãe. Chegarei a Portsmouth na manhã seguinte à que você receber esta carta e espero encontrá-la pronta para a viagem de volta a Mansfield. Meu pai deseja que você convide Susan a acompanhá-la por alguns meses. resolva tudo como achar melhor, diga o que julgar adequado. Sei que reconhecerá essa demonstração de bondade dele neste momento! Seja justa com a intenção de seu tio, por mais que eu possa parecer confuso. Você pode imaginar algo do estado atual em que me encontro. Não há fim para o mal que se abateu sobre nós. Você me verá cedo pela diligência do correio.
Seu, etc.

Nunca Fanny se sentira mais necessitada de um cordial consolo. Nunca ela sentira o que lhe provocava o conteúdo daquela carta. Amanhã! Deixaria Portsmouth amanhã! Ela corria, achava que corria, o maior perigo de sentir intensa felicidade, enquanto tantos se sentiam infelizes. O mal que lhe trouxera imenso bem! E fazia-a temer que lhe ensinasse a ser insensível. Ir embora tão logo, mandarem buscá-la tão bondosamente, buscá-la como um reconforto, e com permissão de levar Susan consigo. Tudo constituía tão grande combinação de bênçãos que lhe deixou o coração radiante e por algum tempo pareceu afastar todas as dores e torná-la incapaz de partilhar como lhe convinha até mesmo o desespero daqueles que mais estimava. A fuga de Julia com o namorado pouco afetou-a em termos comparativos. Embora a houvesse surpreendido e chocado, não lhe ocupou, nem poderia ocupar-lhe, a mente. Sentiu-se obrigada a pensar no fato e a reconhecê-lo como terrível e doloroso, ou ia escapar-lhe em meio a todas as preocupações excitantes, urgentes e alegres relacionadas à intimação da sua presença.

Não existe nada como uma ocupação, uma ativa e indispensável ocupação, para aliviar o sofrimento. Uma ocupação, mesmo melancólica, às vezes dissipa a própria melancolia, e as ocupações dela não eram melancólicas. Tinha tanto a fazer que nem a terrível história da sra. Rushworth, agora definida ao último ponto de certeza, afetava-a como o fizera antes. Não lhe restava tempo para ser infeliz. Dali a vinte e quatro horas esperava seguir viagem. Precisava falar com o pai e a mãe, preparar Susan, aprontar tudo. Um trabalho seguia-se a outro, e o dia mal era longo o bastante. A felicidade que ela também transmitia, felicidade muito pouco permitida pela sombria comunicação que a precedera, o alegre consentimento do pai e da mãe a que Susan a acompanhasse, a satisfação geral com que pareciam encarar a ida das duas, e o êxtase da própria Susan, tudo servia para estimular-lhe o ânimo.

A desgraça dos Bertram fora pouco sentida na família. Embora a sra. Price falasse da pobre irmã por alguns minutos, encontrar alguma coisa onde acomodar as roupas de Susan, porque Rebecca pegava todas as caixas e as destruía, preocupava-a muito mais. Quanto a Susan, agora satisfeita com a inesperada realização de seu principal desejo íntimo, sem nada saber dos que haviam pecado nem dos que sofriam, não pôde evitar regozijar-se do início ao fim, pois era apenas o que se deveria esperar da virtude humana aos quatorze anos.

Como nada deixara ao encargo da sra. Price, nem aos bons ofícios de Rebecca, Fanny concluiu tudo de forma racional e no devido tempo, e ambas as irmãs estavam prontas para a manhã seguinte. Foi-lhes impossível, porém, o benefício de um bom sono, necessário a prepará-las para a viagem. O primo, que viajava ao encontro delas, dificilmente poderia ter verificado seus agitados espíritos, um todo felicidade, o outro todo em constante alteração e indescritível perturbação.

Às oito horas da manhã, Edmund chegou à casa da família Price. As jovens o ouviram entrar do andar de cima e Fanny desceu. A ideia de logo vê-lo, com o conhecimento de que ele estaria sofrendo, trouxe-a de volta aos próprios sentimentos anteriores. Tê-lo tão perto e tão infeliz! Sentia-se à beira de esmorecer ao entrar na sala. Encontrou-o sozinho, e o primo logo a abraçou. Viu-se apertada no coração de Edmund com apenas estas palavras mal articuladas:

— Minha Fanny... minha única irmã... meu único conforto agora.

Ela nada pôde dizer, nem por alguns minutos ele pôde dizer mais alguma coisa.

Edmund afastou-se para recompor-se e, quando tornou a falar, embora com a voz ainda hesitante, desprendia de sua atitude a vontade de autocomando e a resolução de evitar mais alguma alusão ulterior.

— Vocês já fizeram o desjejum? Quando ficarão prontas? Susan vai? — proferiu as perguntas que se seguiram rapidamente umas às outras.

Seu grande objetivo era partir o mais depressa possível. No que se referia a Mansfield, o tempo era precioso, e o estado de espírito em que se encontrava fazia-o sentir alívio apenas no movimento. Decidiu-se que ele chamaria a carruagem até a porta em meia hora. Fanny afiançou-lhe que comeriam e estariam prontas no horário. Ele já comera e recusou ficar para a refeição delas. Daria uma volta pelas muralhas e voltaria a juntar-se a elas com a carruagem. Tornou a sair, satisfeito por fugir até de Fanny.

Parecia muito enfermo, sem dúvida sofria, e sofria sob violentas emoções que decidira reprimir. Fanny já sabia que o primo sentia-se assim, mas era terrível vê-lo naquele estado.

A carruagem chegou e ele tornou a entrar na casa no mesmo momento, com tempo apenas para passar alguns minutos com a família e testemunhar, embora nada visse, a atitude despreocupada com que se despediram das filhas e evitar que os demais se sentassem à mesa para o desjejum do qual, em virtude daquela atividade muito incomum, só se serviram depois que a carruagem afastou-se da porta. A última refeição de Fanny na casa do pai revelou-se semelhante à primeira.

Despediram-se de forma tão pouco hospitaleira quanto a haviam acolhido.

Poder-se-ia facilmente imaginar por que o coração dela inchava de alegria e gratidão ao transpor a divisa de Portsmouth e o rosto de Susan exibia os mais largos sorrisos. Sentada na boleia com o rosto voltado para a frente, porém, e oculto pela touca, ninguém viu esses sorrisos.

A viagem prometia ser silenciosa. Os profundos suspiros de Edmund muitas vezes alcançavam Fanny. Se estivesse sozinho com ela, talvez abrisse o coração, apesar de toda a determinação. Mas a presença de Susan impeliu-o a fechar-se em si mesmo e a suportar por mais tempo as tentativas de falar sobre outros assuntos.

Fanny observava-o com inquebrantável solicitude e, às vezes, ao captar-lhe o olhar, recebia um sorriso afetuoso que a reconfortava, mas o primeiro dia da viagem passou sem ela ouvi-lo proferir uma palavra sobre os problemas que o oprimiam. A manhã seguinte apresentou mais possibilidades. Pouco antes de se prepararem para deixar Oxford, enquanto Susan se encontrava diante de uma das janelas da hospedaria em interessada observação da partida de uma grande família, eles dois pararam em pé, diante da lareira. Edmund, muito impressionado com a aparência de Fanny, sem saber dos danos diários sofridos na casa dos pais, atribuindo a mudança a um motivo errôneo, atribuindo tudo ao fato recente, tomou-lhe a mão e disse-lhe num tom baixo, mas expressivo:

— Não admira que você deve sentir, deve sofrer. Como um homem que antes a amava pôde abandoná-la? Mas a sua... sua estima era nova comparada com... Fanny, pense em mim!

A primeira parte da viagem tomara um longo dia e os levara quase derreados a Oxford, a segunda, porém, terminara muito mais cedo. Chegavam aos arredores de Mansfield muito antes da hora habitual do jantar, e, à medida que se aproximavam do amado lugar, as duas irmãs desanimaram um pouco. Fanny começou a pensar no encontro com as tias e Tom, sob tão apavorante humilhação, e Susan a sentir com certa ansiedade que chegava o momento de agir com todas as boas maneiras e com o conhecimento recém-adquirido do que se praticava ali. Visões de boa e má educação, antigas grosserias e novas gentilezas surgiam diante dela, e ela meditava sobre garfos de prata, guardanapos e lavandas. Fanny, em todas as circunstâncias, permanecera atenta às diferenças de paisagens existentes entre a cidade e o campo desde fevereiro, mas, quando entraram em Mansfield Park, sentiu que se aguçavam intensamente suas percepções e alegrias. Fazia três meses, três meses inteiros, desde que deixara a propriedade, e a mudança foi do inverno para o verão. Varria toda a paisagem com o olhar, os prados e plantações do mais viçoso verde; as árvores, embora ainda não de todo cobertas de folhas, mostravam-se naquele estágio encantador em que a gente sabe que mais beleza se aproxima e em que, embora muito de fato se proporcione à visão, muito mais permanece para a imaginação. Aquela alegria, contudo, era só para si mesma. Edmund não a partilhava. Ela olhou-o, mas ele se recostara mergulhado em uma tristeza ainda mais profunda que antes, de olhos fechados, como se a visão de alegria o oprimisse, e precisasse tapar as deslumbrantes paisagens do lar.

Isso a tornou mais uma vez melancólica; o conhecimento do que se suportava ali revestia até mesmo aquela casa, por mais moderna, arejada e bem situada, de um aspecto melancólico.

Mas um membro do grupo, tomado de sofrimento, que se encontrava dentro de casa, aguardava-a com tanta impaciência como ela nunca vira antes. Mal Fanny passara pelos criados de aparência solene, *Lady* Bertram veio da sala de estar para recebê-la. Caminhava a passos nada indolentes e, lançando-se no pescoço da sobrinha, exclamou:

— Fanny, querida! Agora vou ter consolo.

CAPÍTULO 47

Esperava-os um grupo desventurado, cada um dos três se julgando mais infeliz que o outro. A sra. Norris, porém, a mais apegada a Maria, mostrava-se como a que mais sofria. Maria era a sua preferida, a mais querida de todos os sobrinhos; a união resultara de um planejamento seu, como se habituara a com sincero orgulho sentir e dizer. E a conclusão de tudo quase a subjugava.

Tornara-se uma outra criatura, calada, estupidificada, indiferente a tudo que se passava. A existência como a pessoa a quem haviam confiado o cuidado da irmã e do sobrinho enfermo, com toda a casa sob seu encargo, fora um trunfo inteiramente jogado fora. Não conseguia mais dirigir, mandar nem fingir-se útil. Quando atingida de fato pela aflição, todas as suas forças ativas ficaram entorpecidas, nem *Lady* Bertram nem Tom haviam recebido dela o menor apoio, nem sequer uma tentativa de apoio. Não fizera mais por eles do que eles faziam um pelo outro. Todos se haviam sentido solitários, desesperados e desamparados, e agora a chegada dos outros estabelecia apenas a superioridade da sra. Norris na desgraça. Os companheiros de infortúnio ficaram aliviados, mas a chegada deles nada de bom proporcionava a *ela*. Edmund foi quase tão bem recebido pelo irmão como Fanny pela tia. Mas a sra. Norris, em vez de sentir-se reconfortada pela presença de um ou outro, ficou apenas mais irritada com a visão da pessoa que, na cegueira da sua ira, podia acusar de ser o demônio responsável pela desgraça. Houvesse Fanny aceitado o sr. Crawford, nada teria acontecido.

Também se ressentiu da presença de Susan. Teve ânimo para notá-la apenas com alguns olhares repulsivos, mas a encarava como uma espiã, uma intrusa, uma sobrinha indigente e tudo que julgava mais odioso. Pela outra tia, Susan foi recebida com serena amabilidade. *Lady* Bertram não pôde conceder-lhe muito tempo, nem muitas palavras, mas achou que, como irmã de Fanny, tinha direito a fazer parte de Mansfield, e logo se dispôs a beijá-la e amá-la. Susan ficou mais do que satisfeita, pois viera com total conhecimento de que só deveria esperar mau humor da tia Norris. E partira tão munida de felicidade, tão fortalecida naquela melhor das bênçãos de alegria, uma fuga de inúmeros males certos, que teria condição de enfrentar muito maior indiferença do que recebera dos demais.

Agora ela estava entregue a si mesma, para conhecer a casa e o terreno como pudesse, e passava os dias alegremente os explorando, enquanto os que, de outro modo, talvez lhe dessem atenção encontravam-se trancados em si mesmos ou inteiramente ocupados cada um com a pessoa que muito dependia deles. Edmund tentava enterrar os próprios sentimentos em esforços para o alívio do irmão. Fanny, devotada à tia Bertram, retomava todas as suas tarefas anteriores com mais zelo ainda que antes, e acreditava que jamais conseguiria fazer o suficiente para alguém que tanto parecia necessitar dela.

Todo o consolo de *Lady* Bertram consistia em falar com Fanny sobre o terrível caso, falar e lamentar. Escutá-la, apoiá-la e responder-lhe com a voz de bondade e compaixão era tudo que se podia fazer pela tia. Reconfortá-la de outra forma estava fora de questão. O caso não admitia consolo algum. *Lady* Bertram não tinha capacidade de pensar a fundo, mas, guiada por *Sir* Thomas, pensava em todos os pontos importantes como era necessário e via, portanto, o que acontecera em toda sua enormidade, sem se esforçar nem pedir a Fanny que a aconselhasse e tampouco diminuir a importância do delito e da infâmia.

Não tinha afeições agudas nem a mente tenaz. Após algum tempo, Fanny constatou não ser impossível dirigir-lhe os pensamentos a outros assuntos, e voltar a despertar-lhe algum interesse pelas ocupações habituais, mas sempre que *Lady* Bertram fixava-se no acontecimento, via-o apenas de um ponto de vista: a perda de uma filha e uma desgraça jamais a ser apagada.

Fanny soube por ela todos os detalhes que já haviam transpirado. A tia não era uma narradora muito metódica, mas, com a ajuda de algumas cartas escritas e recebidas por *Sir* Thomas, e com o que ela já sabia e podia razoavelmente combinar, a sobrinha logo conseguiu entender mais do que desejava sobre as circunstâncias que acompanharam a história.

No feriado da Páscoa, a sra. Rushworth partira para Twickenham com uma família que ela acabara de conhecer, uma família de costumes animados e agradáveis, e na certa de moral e discrição à altura, pois à casa *deles* o sr. Crawford tinha acesso constante fazia muito tempo. Fanny sabia que ele residia no mesmo bairro. O sr. Rushworth fora nessa ocasião para Bath passar alguns dias em companhia da mãe para depois trazê-la de volta para a cidade. Deixara Maria com esses amigos sem nenhuma restrição, sem sequer a presença de Julia, pois esta voltara para a Wimpole Street, uma ou duas semanas antes, em uma visita a alguns parentes de *Sir* Thomas, mudança que pai e mãe agora se dispunham a atribuir a alguma ideia relacionada ao sr. Yates. Pouco depois da volta dos Rushworth à Wimpole Street, *Sir* Thomas recebera uma carta de um antigo e particular amigo de Londres, o qual, após tomar conhecimento e testemunhar muitas situações que o alarmaram, recomendava-lhe a ida do próprio pai à cidade, para usar sua influência com a filha, e terminar uma intimidade que já a expunha a comentários desagradáveis e, evidentemente, deixavam o sr. Rushworth inquieto.

Sir Thomas preparava-se para agir de acordo com essa carta, sem comunicar o conteúdo a ninguém de Mansfield, quando se seguiu outra, enviada às pressas pelo mesmo amigo, para participar-lhe a situação quase desesperadora em que se encontravam, então, os assuntos relacionados aos jovens. A sra. Rushworth abandonara a casa do marido; por sua vez, o sr. Rushworth ficara bastante enfurecido e magoado com ele, o sr. Harding, por enviar-lhe seu conselho. O sr. Harding temia que houvesse no mínimo indiscrição muito flagrante. A criada da mãe do sr. Rushworth constituía uma ameaça assustadora. Ele fazia tudo ao seu alcance para abafar todos os rumores, com a esperança do retorno de Maria, mas se via tão frustrado na Wimpole Street, pela influência da mãe do sr. Rushworth, que talvez se devessem temer as piores consequências.

Não se podia ocultar essa terrível comunicação do restante da família. *Sir* Thomas partiu, Edmund quis acompanhá-lo, e, se haviam deixado os demais em um estado de desespero inferior apenas ao recebimento das cartas seguintes de Londres, àquela altura, tudo chegara ao conhecimento público. A criada da mãe do sr. Rushworth tinha o poder da revelação do fato, e, apoiada pela patroa, não se deixou silenciar. As duas damas Rushworth, mesmo no breve período em que haviam morado juntas, desentenderam-se, e talvez o ressentimento da sogra contra a nora se devesse mais ao pouco respeito com que fora tratada do que à sensibilidade pelo filho.

Qualquer que fosse o motivo, porém, mostrara-se intratável. Mesmo se a viúva fosse menos obstinada, ou exercesse menos influência sobre o filho, que sempre se guiava pela palavra da principal conselheira, pela pessoa que podia dominá-lo e calá-lo, o caso parecia sem esperanças, pois a jovem sra. Rushworth não voltara a aparecer, e havia todos os motivos para concluir que se encontrava escondida em algum lugar com o sr. Crawford, que também deixara a casa do tio, sob o pretexto de uma viagem, no mesmo dia em que ela se ausentara.

Sir Thomas, contudo, prolongou um pouco a estada em Londres, na esperança de descobri-la e arrancá-la de outras ações imorais, embora tudo já estivesse perdido em termos do caráter da filha.

No presente estado dele, Fanny mal suportava pensar. Apenas um dos filhos não representava para o tio uma fonte de infelicidade.

O choque da conduta da irmã mais velha agravara muitíssimo a enfermidade de Tom e sua recuperação revertera tanto ao quadro anterior que a diferença impressionara até mesmo *Lady* Bertram, a qual comunicava regularmente ao marido todos os seus temores. E Fanny sabia que a fuga de Julia, o golpe adicional que ele recebera quando da chegada a Londres, embora com a força amortecida no momento, deve ter sido muito dolorosa para *Sir* Thomas, cujas cartas expressavam o quanto o deplorava. Em quaisquer outras circunstâncias, uma aliança com Yates seria indesejável, mas tramá-la de forma tão clandestina, e escolher realizá-la naquele período nefasto, revelava os sentimentos de Julia sob uma luz bastante desfavorável, além de acrescentar sérios agravos à loucura da escolha. Ele descreveu-a como uma péssima ação, empreendida da pior maneira e no pior momento. Embora Julia fosse mais fácil de perdoar do que Maria, como um desatino em vez de depravação, o pai encarava o passo que ela dera apenas como a oportunidade às piores possibilidades de uma conclusão, dali em diante, igual ao da irmã. E essa constituía a opinião do tio sobre o cenário em que Fanny se lançara.

Por isso, sofria mais agudamente por ele; o pobre pai só em Edmund poderia encontrar consolo. Todos os outros filhos torturavam seu coração. Confiava que o desagrado anterior do tio com ela própria, ao raciocinar diferente da sra. Norris, agora se dissiparia. Ela seria justificada. Depois daqueles fatos, o sr. Crawford lhe teria absolvido por completo a conduta ao recusá-lo, só que isso, embora muito crucial para si mesma, seria de pequeno consolo para *Sir* Thomas, pois o desagrado dele fora terrível para ela, e o que poderia fazer sua justificação ou gratidão e afeto por ele? O tio deveria encontrar apoio apenas em Edmund.

Fanny se enganara, contudo, em supor que Edmund não causava sofrimentos ao pai no momento. Era uma dor muito menos dilacerante que a dor que os outros despertaram, porém *Sir* Thomas considerava a felicidade do filho profundamente comprometida pelo delito da irmã e do amigo. Tal delito deveria arrancá-lo para sempre da mulher a quem se dedicava com indubitável afeição e com forte probabilidade de sucesso, com a qual tinha tudo, menos o desprezível irmão, para tornar-se uma relação muito desejável. Ele sabia que Edmund sofria por motivos próprios, além de sofrer por todos os demais, quando se encontravam em Londres. Vira ou conjecturara os sentimentos do filho e, tendo razão de imaginar que tivera uma entrevista com a srta. Crawford, da qual Edmund trouxera apenas crescente desespero, ficara tão ansioso por causa desse motivo quanto dos outros para tirá-lo da cidade. Encarregara-o de levar Fanny para casa ao encontro da tia, com o propósito, ao mesmo tempo, de aliviá-lo e beneficiar todos os demais. Fanny não conhecia os sentimentos secretos do tio, nem *Sir* Thomas, o caráter secreto da srta. Crawford. Estivesse ele a par da conversa desta com o filho, não desejaria que ela lhe pertencesse, embora seu dote anterior de vinte mil houvesse aumentado para quarenta mil libras.

Fanny não admitia dúvida de que Edmund deveria ter-se desligado para sempre da srta. Crawford; mas, ainda assim, até que soubesse que ele também pensava dessa forma, sua própria convicção não lhe bastava. Acreditava que o primo pensava assim, mas precisava tranquilizar-se a respeito. Se ele agora lhe falasse, com a falta de reserva que antes fora, às vezes, demasiada para ela, seria muito consolador; no entanto, Fanny descobriu que *isso* não aconteceria. Raras vezes o via, nunca a sós. Edmund, com certeza, evitava ficar sozinho com ela. Que se podia deduzir desse silêncio? Que se resignava quanto a sua amarga parcela particular da aflição de toda a família, mas a sentia em demasiada profundidade para falar a respeito. Deveria encontrar-se nesse estado. Ele se submetia, mas o fazia com agonias que não admitiam conversa. Longo, longo tempo se passaria até o nome da srta. Crawford tornar a sair de seus lábios e Fanny ter esperança de uma retomada nas confidências que faziam um ao outro antes.

Foi um longo período. Eles chegaram a Mansfield na quinta-feira, e só no entardecer de domingo Edmund começou a falar-lhe sobre o assunto. Naquela tarde, sentaram juntos — uma tarde chuvosa, tempo mais do que propício quando se tem uma amiga perto para abrir o coração e contar tudo, sem ninguém mais na sala, exceto a mãe, que, depois de ouvir um sermão comovente, chorara até adormecer. Era impossível não falar. E assim, com os preâmbulos habituais, difíceis de remontar ao que acontecera primeiro, e a usual declaração de que, se ela ouvisse por uns poucos minutos, ele seria muito breve, e com certeza nunca mais tornaria a exigir sua amabilidade da mesma maneira, afirmou-lhe que ela não precisava temer uma repetição, seria um assunto inteiramente proibido, e deu-se ao luxo de relatar circunstâncias e sensações de principal interesse para si mesmo a alguém de cuja afetuosa solidariedade ele havia muito se convencera.

Pode-se imaginar como Fanny o escutava, com que curiosidade e preocupação, que dor e alegria, a atenção com que observava a agitação da sua voz e o cuidado que tomava em fixar o olhar em qualquer lugar, menos nos olhos dele. A introdução foi alarmante. Edmund vira a srta. Crawford. Fora convidado a visitá-la. Recebera um bilhete de *Lady* Stornaway para convidá-lo. Após encará-lo como o que se destinava a ser o último, o último encontro de amizade, e reconhecer todos os sentimentos de humilhação e pesar naturais que a irmã de Crawford possa ter sentido, fora ao seu encontro em tal estado de espírito, tão enternecido, tão devotado, que tornou por alguns momentos impossível aos receios de Fanny que se tratasse mesmo do último encontro. Mas quando o primo continuou o relato, desfizeram-se esses receios. Ele contou que Mary o recebera com um ar sério, com certeza sério, até agitado, mas, antes que Edmund pudesse proferir uma frase inteligível, ela introduzira o assunto com uma desenvoltura que o chocara.

"Soube que você estava na cidade", disse. "Queria vê-lo. Vamos falar sobre esse triste caso. Que é que pode igualar-se à loucura de nossos dois irmãos?"

— Eu não pude responder, mas creio que minha expressão falou por mim. Ela sentiu-se censurada. Às vezes, como se apressa a sentir-se! Com o olhar e a voz mais graves, acrescentou então:

"Não pretendo defender Henry à custa de sua irmã."

— Então começou, mas como ela começou, Fanny, não foi digno... dificilmente é digno repeti-lo a você. Não consigo lembrar-me de todas as palavras. E se eu conseguisse, não me demoraria nelas. O conteúdo delas consistia na imensa fúria dela pela insensatez de cada um. Reprovou a insensatez do irmão por se deixar atrair por uma mulher de quem ele jamais gostara e pelo que lhe custaria perder a mulher a quem adorava. Porém, ela reprovou ainda mais a loucura da... pobre Maria, ao sacrificar a excelente situação que desfrutava para mergulhar em tamanhas dificuldades, movida pela ideia de ser de fato amada por um homem que, muito tempo antes, tinha-lhe demonstrado clara indiferença. Imagine o que senti. Ouvir a mulher a quem... não qualificar com um nome mais severo que insensatez! Examinar tudo com tanto livre-arbítrio, tanta liberdade, tanta frieza! Sem relutância, nem horror nem timidez feminina, e eu diria até nem recatada aversão! Veja o que o mundo faz! Pois onde, Fanny, se encontrará uma mulher cuja natureza foi tão prodigamente dotada? Corrompida, corrompida...

Após uma pequena reflexão, ele continuou com uma espécie de calma desesperada.

— Vou contar-lhe tudo e depois encerrar para sempre este assunto. Ela encarou-o apenas como insensatez, e insensatez apenas por ter vindo ao conhecimento público. A falta de discrição, de cautela... a ida dele a Richmond durante todo o tempo que ela passara em Twickenham, Maria ter-se deixado dominar pelo poder das ameaças de uma criada, enfim, tudo se resumia à descoberta. Veja isso, Fanny, Mary reprovava a descoberta, a revelação, não a falta de moral. Oh, Fanny! Foi a imprudência que levara tudo ao extremo e obrigara o irmão a abandonar todos os mais caros planos a fim de fugir com minha irmã.

Edmund parou.

— E então? — perguntou Fanny, julgando-se solicitada a dizer alguma coisa. — O que você respondeu?

— Nada, nada compreensível. Fiquei estupefato. Ela continuou, começou a falar de você... sim, então começou a falar de você, lamentando, o melhor que podia, a perda de uma... disso ela falou de forma muito racional. Mas ela sempre lhe fez justiça: "Ele abriu mão", disse, "de uma mulher como jamais tornaria a encontrar outra igual. Ela o teria sossegado e feito feliz para sempre". Minha adorada Fanny, espero proporcionar-lhe mais alegria do que tristeza com esse retrospecto do que poderia ter acontecido, mas que, agora, jamais acontecerá. Não quer que eu me cale? Se quiser, apenas me dê um olhar, uma palavra, que termino já.

Não recebeu nem olhar nem palavra.

— Graças a Deus! — ele exclamou. — Sempre nos admiramos de tudo, mas me parece uma das mais misericordiosas decisões da Providência Divina permitir que o coração que não conheceu malícia também não sofra. Ela falou de você com elevado louvor e terna afeição, mas, mesmo aí, desprendeu-se um laivo, um quê de perversidade, pois, em meio aos elogios, conseguiu exclamar: "Por que Fanny não quis aceitá-lo? A culpa foi toda dela. Menina simplória! Nunca a perdoarei. Se o houvesse aceitado, como deveria, talvez agora estivessem prestes a se casar, e Henry se veria feliz e ocupado demais para precisar de outra mulher. Ele nem fizera o mínimo esforço para voltar às boas com a sra. Rushworth. Tudo teria terminado em flertes corriqueiros nos encontros anuais em Sotherton e Everingham". Você acreditaria ser possível isso, Fanny? Mas o encanto se quebrou. Abri meus olhos.

— Cruel! — declarou Fanny. — Ela foi muito cruel! Em um momento como esse, mostrar-se dissoluta, falar com leviandade, logo a você! Absoluta crueldade!

— Crueldade, qualifica-o assim? Nisso divergimos. Não, isso não foi de natureza cruel. Não creio que ela tivesse intenção de me magoar. O mal se apoia em bases mais profundas, na ignorância total, na absoluta falta de conhecimento da existência de tais sentimentos, na perversão mental que lhe faz parecer muito natural tratar o assunto como o fez. Falava apenas como se habituou a ouvir os outros falarem, como imaginava que todos os demais falariam. Seus defeitos não se devem à crueldade. Não infligiria de propósito sofrimentos desnecessários a ninguém, e, embora eu talvez me engane, posso pensar apenas que para mim, meus sentimentos, ela... seu problema é a falta de princípios, Fanny. Possui embotada delicadeza e uma mente corrompida, viciada. Talvez assim seja melhor para mim, pois me deixa com muito menos a lamentar. Nem tanto, contudo. De bom grado, eu preferia sujeitar-me a toda dor intensificada de perdê-la a ter de julgá-la como agora. Eu assim lhe disse.

— Disse?

— Sim. Quando a deixei, disse.

— Quanto tempo vocês ficaram juntos?

— Vinte e cinco minutos. Bem, ela continuou e afirmou que o que restava agora a fazer era promover um casamento entre eles. Falou disso, Fanny, com uma voz mais firme do que me é possível emitir. — Ele se viu obrigado a interromper-se mais de uma vez ao continuar: — "Precisamos convencer Henry a se casar com ela", disse Mary, "e com a integridade e a certeza de que ele se desligue para sempre da ideia de Fanny, a situação atual não me desespera. Meu irmão tem de desistir de Fanny. Não acredito, agora, nem que ele possa ter esperança de sucesso com alguém com o caráter dela, e por isso espero não encontrar dificuldades insuperáveis. Usarei toda minha influência, que não é pequena, nesse sentido. Uma vez casados, e devidamente apoiados pela família Bertram, pessoas respeitáveis como são, ela talvez recupere, até certo ponto, sua posição na sociedade. Sabemos que em alguns círculos jamais a admitirão, mas com bons jantares, grandes festas, sempre haverá aqueles que se alegrarão com a presença de sua irmã. E hoje se vê, com certeza, muito mais liberalidade e tolerância nesses pontos. O que aconselho é seu pai agir com discrição. Não o deixe estragar a própria causa com sua interferência. Convença-o a deixar tudo seguir o próprio curso. Se, por alguns esforços dele, ela for induzida a deixar a proteção de Henry, haverá muito menos chance de Henry se casar com Maria que se os dois continuarem a viver juntos. Sei como ele tende a ser influenciado. Deixe que *Sir* Thomas confie na honra e na compaixão do meu irmão e tudo talvez acabe bem. Mas, se afastar a filha, isso destruirá o principal apoio".

Após repetir as palavras de Mary, Edmund parecia tão abalado que Fanny, ao observá-lo com preocupação silenciosa, mas enternecida, quase lamentava que se houvesse suscitado o assunto. Por fim, ele disse:

— Agora, Fanny, eu logo concluirei. Já contei o essencial de tudo que ela disse. Assim que tive condição de falar, respondi não julgar possível, ao chegar ali, em tal estado de espírito, poder ocorrer algo que me fizesse sofrer mais, porém ela me desferira golpes mais profundos a quase cada frase que proferira. Que, embora ao longo de todo nosso conhecimento, eu fosse muitas vezes sensível a certa divergência entre nossas opiniões sobre questões também de alguma importância, jamais me passara pela mente imaginar que a diferença pudesse ser tão grande como ela agora demonstrara. A forma como tratava o terrível crime cometido pelo irmão e por minha irmã — qual dos dois tinha maior culpa na sedução, eu preferi não dizer —, além da maneira de falar desse crime, reprovando-o apenas o mínimo, analisando todas as consequências prejudiciais só como se tivessem de ser enfrentadas ou superadas por uma oposição à decência e à impudência do erro e, por fim, acima de tudo, aconselhando a todos submissão, acomodação e aquiescência à continuação do pecado, pela chance de um casamento que, pensando o que eu agora pensava de Crawford, deveria mais ser evitado do que buscado; tudo isso junto, de forma muitíssimo dolorosa, convencia-me de que nunca a entendera antes e que, no que se referia ao espírito, fora uma criatura da minha própria imaginação, não a srta. Crawford, em quem eu tendera a concentrar-me muitos meses atrás. Talvez assim fosse melhor para mim, tinha menos a lamentar pela perda de uma amizade... tinha sentimentos, esperanças que eu precisava de qualquer modo arrancar de mim. No entanto, deveria e queria confessar-lhe que preferiria, infinitas vezes, o aumento da dor de me separar a fim de levar comigo o direito de ternura e estima. Isso foi o que eu disse, pelo menos o significado do que falei, mas, como você pode imaginar, não me expressei de forma tão controlada e metódica como repito aqui. Mary ficou abismada, chocada ao extremo, mais do que abismada. Vi a mudança de atitude. Um rubor intenso tomou seu rosto. Imaginei notar uma mistura de vários sentimentos, uma grande, embora breve, luta, em parte o desejo de render-se às verdades, de outro lado, uma sensação de vergonha... mas o hábito, o hábito dominou-os. Ela preferia rir, se pudesse. E retrucou de um jeito que soou como uma risada: "Passou-me uma ótima descompostura, palavra de honra. Era algum trecho de seu último sermão? Se assim for, logo reformará todos em Mansfield Park e Thornton Lacey, e quando eu voltar a ouvir falar de você, talvez seja como um célebre pregador em alguma grande congregação de metodistas, ou como um missionário em terras estrangeiras". Tentou expressar-se com indiferença, mas não se sentia tão indiferente quanto quis parecer. Eu respondi apenas que, do fundo do coração, desejava-lhe o bem e, com toda a sinceridade, esperava que ela logo aprendesse a pensar com mais correção e não tivesse de dever o mais valioso dos conhecimentos que qualquer um de nós pode adquirir, o conhecimento de nós mesmos e de nossas obrigações, às lições do desgosto; e saí imediatamente da sala. Mal avançara alguns passos, Fanny, quando ouvi a porta abrir-se atrás de mim. "Sr. Bertram!", ela chamou. Olhei para trás. "Sr. Bertram", disse, com um sorriso, mas um sorriso em desarmonia com a conversa que se passara, um atrevido e jocoso sorriso, que parecia convidativo a fim de me subjugar, pelo menos assim me pareceu. Resisti. Meu impulso no momento foi resistir, e continuei em frente. Desde então, às vezes, por alguns instantes, arrependo-me de não ter voltado, mas sei que agi certo e esse constituiu o fim de nossa relação. E que relação! Como fui enganado tanto pelo irmão quanto pela irmã! Agradeço-lhe a paciência, Fanny. Proporcionou-me o maior alívio contar-lhe tudo, e agora assunto está encerrado.

E tal era a confiança de Fanny nas palavras dele que, por cinco minutos, acreditou mesmo que tinham encerrado o assunto. Então, toda a história, ou algo muito semelhante, veio novamente à tona, e nada menos que o despertar completo de *Lady* Bertram pôde de fato encerrar a conversa. Até isso acontecer, continuaram a falar só da srta. Crawford, de como ela o conquistara, a beleza com que lhe dotara a natureza, e a excelente pessoa que teria sido se houvesse caído em boas mãos na infância. Fanny, agora com a liberdade de falar abertamente, sentiu-se mais do que justificada a acrescentar ao conhecimento do primo o verdadeiro caráter de Mary, com alguma insinuação sobre até que ponto se podia supor que a influência do estado de saúde de Tom talvez a houvesse feito desejar uma completa reconciliação. Não era uma perspectiva agradável. A própria natureza resistiu a essa possibilidade. Teria sido muito mais agradável imaginá-la mais desinteressada em seu afeto; porém, a vaidade dele não era tão forte para lutar contra a razão, o que o fez concordar que a doença de Tom a influenciara. Apenas reservou para ele próprio a ideia consoladora de que, considerando as muitas divergências de hábitos, ela se afeiçoara mais a ele do que se podia esperar e por ele estivera mais próxima de agir corretamente. Fanny pensava do mesmo modo e os dois também concordavam com o efeito duradouro, a indelével impressão, que tão grande decepção deveria causar no espírito de Edmund. O tempo, sem dúvida, diminuiria um pouco seus sofrimentos, mas, ainda assim, se tratava de uma coisa que ele jamais superaria por completo; e, quanto a algum dia encontrar outra mulher que pudesse... impossível mencioná-lo, senão com indignação. A amizade de Fanny era tudo a que se apegaria dali em diante.

CAPÍTULO 48

Que outras penas escrevam sem fim sobre culpa e sofrimento. Encerro esses odiosos temas assim que posso, impaciente por restaurar tolerável bem-estar a todos que não cometeram grandes erros, e termino com todos os demais temas.

De fato, minha Fanny, nessa mesma ocasião, tenho a satisfação de saber, deve ter sido feliz apesar de tudo. Precisava ser uma criatura feliz, apesar de tudo que sentia ou julgava sentir pelo sofrimento dos que estão à sua volta. Tinha fontes de alegria que deviam impor seu caminho. Retornara a Mansfield Park, era útil, era amada e estava livre do sr. Crawford. Quando *Sir* Thomas voltou, recebeu dele todas as provas possíveis, naquele estado de espírito melancólico que então se encontrava o tio, de sua total aprovação e maior respeito. E por mais feliz que tudo isso pudesse deixá-la, ela se sentiria feliz sem nada disso, pois Edmund não mais se deixava enganar pela srta. Crawford.

É verdade que Edmund estava muito longe de ser feliz. Sofria de decepção e arrependimento, angustiado pelo que existiu e desejoso do que jamais existiria. Ela sabia que assim seria e entristecia-se, mas era uma tristeza tão baseada em satisfação, tão propensa a suavizar-se e tão mais em harmonia com todas as adoradas sensações, que poucos não se alegrariam em trocar a própria felicidade pela dela.

Sir Thomas, pobre *Sir* Thomas, um pai, consciente dos erros como pai, era o que sofreria por mais tempo. Sentia que não deveria ter permitido o casamento, tivera suficiente conhecimento dos sentimentos da filha para torná-lo censurável ao autorizá-lo, e, ao fazê-lo, sacrificara o certo pelo vantajoso, além de se deixar dominar por motivos egoístas e convenções mundanas. São reflexões que lhe exigiram algum tempo para abrandá-las, mas o tempo cura quase tudo. Embora pouco alívio surgisse do lado da sra. Rushworth, pela desgraça que ela causara, ele o encontraria muito mais do que imaginara nos outros filhos. O casamento de Julia revelou-se uma circunstância muito menos desesperadora do que o pai julgara a princípio. Ela era humilde e queria que a perdoassem. O sr. Yates, desejoso de ser bem recebido na família, dispôs-se a respeitá-lo e por ele ser guiado. Embora não muito sério, havia a esperança de que se tornasse menos frívolo, de que se revelasse mais ou menos tolerável no seio da família e menos fanfarrão. De qualquer modo, *Sir* Thomas sentiu um grande alívio ao descobrir que o rapaz possuía um patrimônio muito maior e dívidas muito menores do que ele temera a princípio, e, ao ser consultado e tratado como um amigo digno de confiança, haveria de melhorar, certamente, muito a conduta do rapaz. Também encontrou alívio em Tom, que, aos poucos, recuperava a saúde sem retomar a imprudência e o egoísmo dos antigos hábitos. A doença o melhorara para sempre. Sofrera e aprendera a pensar: duas vantagens que jamais conhecera antes. E a autocensura resultante do deplorável acontecimento na Wimpole Street, do qual se julgara cúmplice pela perigosa intimidade proporcionada pela sua injustificável representação teatral, deixou-lhe uma impressão na mente que, aos vinte e seis anos, sem que faltassem inteligência nem boas companhias, revelou-se durável em seus efeitos favoráveis. Tornou-se o que deveria ser: útil ao pai, firme e comedido, sem viver apenas para si mesmo.

De fato encontrara alívio em tudo isso! E quase tão logo *Sir* Thomas passou a confiar nessas fontes positivas, Edmund contribuiu para seu bem-estar ao melhorar no único ponto em que ele lhe causara pesar antes — a melhora no estado de espírito. Após perambular e se sentar à sombra das árvores com Fanny todas as tardes do verão, convencera-se com tanto sucesso a dominar a mente, que tornara a sentir-se toleravelmente alegre.

Eram essas as circunstâncias e as esperanças que, aos poucos, proporcionaram alívio a *Sir* Thomas e atenuaram a sensação do que ele perdera e, em parte, reconciliaram-no consigo mesmo, embora jamais eliminassem por completo a convicção dos próprios erros na educação das filhas.

Tarde demais se conscientizou de como deveria ser desfavorável ao caráter de todas as jovens o tratamento totalmente contraditório que Maria e Julia haviam sempre recebido em casa, onde a excessiva indulgência e os elogios da tia Norris atuavam em contínuo contraste com a severidade dele. Viu como se equivocara ao esperar neutralizar o que existia de errado na sra. Norris pelo que ocorrera em si mesmo, e viu com toda clareza que apenas aumentara o mal ao ensinar as filhas a reprimirem o temperamento na presença do pai a ponto de tornar desconhecida, para ele mesmo, a verdadeira tendência delas, e entregá-las à satisfação de todos os prazeres com uma pessoa que conseguira atraí-las por cegueira de afeição e excessos de adulação.

Sir Thomas entendia isso como grave má administração, mas, por pior que fosse, começou, aos poucos, a dar-se conta de que não fora o mais terrível engano de seu plano de educação. Deve ter-lhe faltado algo *essencial*, do contrário o tempo teria apagado grande parte da influência nociva. Temia que houvesse faltado um princípio, um princípio ativo, que não tivesse ensinado às filhas de forma correta o domínio das tendências e temperamentos pelo senso de dever, que por si só basta. Embora houvesse ensinado a teoria da religião às filhas, não exigira que se introduzissem em uma prática religiosa diária. O fato de se distinguirem em elegância e habilidades sociais, questões permissíveis à juventude, não exerceu na mente influência útil nem efeito moral. Visara ao bem das filhas, mas dirigira seus cuidados aos conhecimentos e hábitos, não à aptidão, e, sobre necessidade de abnegação e humildade, temia que ambas jamais tivessem ouvido algo que as pudesse beneficiar.

Deplorava amargamente uma deficiência que agora mal podia encarar como possível. Indignava-o saber que, com todo o dinheiro e cuidados de uma ansiosa e cara educação, ele criara as filhas sem que elas compreendessem seus principais deveres, e sem que ele tomasse conhecimento do caráter e do temperamento de ambas.

Só se dera conta do espírito arrogante e das fortes paixões da sra. Rushworth, em especial, por suas más consequências. Maria não se deixou persuadir a abandonar o sr. Crawford. Esperava casar-se com ele e os dois continuaram juntos até ela se convencer de que tal esperança era vã, até a decepção e a infelicidade suscitadas por essa convicção deixarem-na tão intratável e despertarem sentimentos tão próximos ao ódio, a ponto de tornar-se uma mútua punição, e depois induzi-los a uma separação voluntária.

Vivera com Crawford apenas para ele acabar por acusá-la da destruição de todas as esperanças de felicidade com Fanny e, ao deixá-lo, não levou consigo mais consolo além de ela *tê-los* separado. O que poderia ser superior à desgraça de uma mulher em semelhante situação?

O sr. Rushworth não teve dificuldade em obter um divórcio, e assim terminou um casamento que realizado em tais circunstâncias, necessitaria muito boa sorte para ter um fim melhor. Ela o desprezara e amara outro, e ele sempre soubera muito bem disso.

As indignidades da estupidez e os desapontamentos da paixão egoísta despertam pouca compaixão. À sua conduta, seguiu-se a punição, assim como ao delito muito mais grave da esposa seguiu-se uma punição muito mais séria. Rushworth libertou-se do compromisso para sentir-se mortificado e infeliz até que mais uma vez alguma outra moça bonita o atraísse ao casamento, e ele talvez continuasse em uma experiência conjugal, esperemos, mais próspera — se tivesse de ser enganado, que o fosse, ao menos, com bom humor e boa sorte. Por sua vez, ela, Maria, deveria afastar-se com sentimentos muito mais fortes, em recolhimento e reprovação que não poderiam admitir nenhum desabrochar de esperança e caráter.

O lugar onde se poderia instalá-la tornou-se uma questão de mais melancólica e enorme cogitação. A sra. Norris, cuja afeição pareceu aumentar com os deméritos da sobrinha, expressou a vontade de que a recebessem em Mansfield e todos a respeitassem. Mas *Sir* Thomas nem sequer admitiu ouvir tal sugestão, o que intensificou ainda mais a fúria da tia Norris contra Fanny, pois considerava a sobrinha o motivo da recusa. Insistiu em atribuir à sobrinha donzela os receios do pai, embora *Sir* Thomas, com toda a solenidade, lhe garantisse que, ainda que não houvesse nenhuma jovem em questão, nem jovens de ambos os sexos que fizessem parte da família para ser ameaçados pela convivência e pelo caráter da sra. Rushworth, ele jamais permitiria tão grande insulto à vizinhança como o de supor que a vissem. Como filha, esperava uma penitente, ele a protegeria, garantiria o conforto e a apoiaria com todo incentivo a fazer o certo, tanto quanto possível; porém, mais do que isso não poderia fazer. Maria destruíra seu próprio caráter e ele não tentaria inutilmente restaurar aquilo que não podia ser restaurado, fosse sancionando a depravação, fosse tentando diminuir a desgraça ao introduzir tão grande tormento na família de outro homem, exatamente como acontecera com ele.

Concluiu-se a questão com a resolução da sra. Norris de deixar Mansfield e dedicar-se à desafortunada Maria. Após decidir-se a formação de um novo estabelecimento para elas em outra região, distante e particular, onde, isoladas, com pouco companheirismo, sem afeto de um lado e bom senso do outro, razoavelmente seria possível supor que os seus temperamentos seriam a sua punição.

A mudança da sra. Norris de Mansfield foi um grande alívio na vida de *Sir* Thomas. A opinião que tinha dela vinha declinando desde o dia em que regressara de Antígua. Em todas as deliberações conjuntas desde aquele período, no relacionamento diário, em negócios e até conversas, ela perdia constantemente terreno na estima do cunhado e o convencia de que o passar do tempo muito a prejudicara, ou que ele superestimara demais o seu bom senso e se deslumbrara com os hábitos de antes. Passara a considerá-la uma enfermidade, que duraria até a morte; ela lhe parecia uma parte dele próprio, que ele deveria carregar consigo para sempre. Portanto, ver-se aliviado da cunhada consistia em uma felicidade tão grande que, se não houvesse deixado amargas lembranças depois da partida, talvez ele corresse o perigo de aprender a abençoar o mal que proporcionara tanto bem.

Ninguém sentiu falta da sra. Norris em Mansfield. Ela nunca conseguira conquistar o afeto nem daqueles a quem mais amava, e, desde a fuga da sra. Rushworth, seu humor mergulhara em um estado de tamanha irritação que sua presença tornou-se um tormento para todos. Nem Fanny tinha lágrimas para a tia — nem sequer quando partia para sempre.

O fato de Julia sair-se melhor do que Maria devia-se, em certa medida, a uma favorável diferença de temperamento e às circunstâncias, mas, em grande parte, a de ter sido a menos queridinha da tia, menos adulada e menos mimada. Sua beleza e habilidades haviam ocupado apenas um segundo lugar. Ela mesma sempre se habituara a julgar-se um pouco inferior a Maria. Tinha o temperamento mais afável, o gênio, embora irascível, era mais controlável, e a educação não lhe dera um grau muito prejudicial de autoimportância.

Submetera-se melhor que Maria à decepção que lhe causara Henry Crawford. Depois do primeiro ressentimento, pela convicção de que ele a tratara com menosprezo, logo se vira em toleráveis condições de não voltar mais a pensar nele. E quando se reiniciou a convivência em Londres, e a casa do sr. Rushworth tornou-se o alvo de Crawford, ela tivera o mérito de afastar-se dali e aproveitar a ocasião para visitar outros amigos, a fim de evitar se sentir mais uma vez demasiadamente atraída. Fora esse motivo que a levara a procurar os primos. A conveniência da proximidade com o sr. Yates nada tivera a ver com o afastamento da casa da irmã. Fazia algum tempo que Julia permitia a corte, mas com fraquíssima ideia de aceitá-lo; e, se a conduta de Maria não houvesse vindo a público, como ocorreu, agravando seu próprio medo do pai e da família naquela circunstância, ao imaginar que as consequências para ela seriam mais severas e ainda mais restritivas, fazendo-a decidir evitar tais horrores, é provável que o sr. Yates jamais tivesse tido êxito. Ela não fugira com quaisquer outros receios além de temor egoísta. Parecera-lhe a única coisa a fazer. A imoralidade de Maria provocara o desatino de Julia.

Henry Crawford, arruinado por uma independência prematura e pelo mau exemplo doméstico, entregou-se aos caprichos de uma insensível vaidade por mais algum tempo. Certa vez, essa mesma vaidade, por uma circunstância imprevista e imerecida, conduzira-o ao caminho da felicidade. Se permanecesse satisfeito com os amigáveis afetos de uma mulher, se houvesse encontrado suficiente exultação ao superar a relutância, trabalhado para conquistar a estima e a ternura de Fanny Price, teria todas as probabilidades de felicidade e êxito. Sua afeição já conquistara terreno. Sua influência sobre ele já provocara, reciprocamente, alguma influência dele sobre ela. Houvesse cuidado melhor, não há dúvida de que teria obtido muito mais, especialmente depois de realizado o casamento, dando-lhe a assistência da consciência dela, dominando a primeira inclinação da moça, e unindo-os para sempre. Se perseverasse com integridade, ela teria sido sua recompensa — e uma recompensa concedida de livre vontade — passado um razoável período após o casamento de Edmund com Mary.

Houvesse ele feito o que pretendera, e como sabia que deveria fazer: ir direto para Everingham após retornar de Portsmouth, talvez estabelecesse a felicidade de seu próprio destino. Mas o pressionaram a ficar para comparecer à festa da sra. Fraser, recorrendo a lisonjas à sua vaidade e porque se encontrar com a sra. Rushworth lá. Curiosidade e vaidade se uniram, e a tentação de um prazer imediato foi forte demais para um espírito desabituado a fazer qualquer sacrifício à retidão. Henry, então, resolveu adiar a viagem a Norfolk, concluiu que uma carta bastaria para o propósito da viagem, ou que o propósito não era de suma importância, e ficou. Viu a sra. Rushworth, foi recebido por ela com uma frieza provavelmente repulsiva e uma indiferença entre eles aparentemente estabelecida para sempre, e ele ficou mortificado com tal atitude, não pôde suportar ver-se rechaçado pela mulher cujos sorrisos se haviam mostrado subjugados tão por completo ao comando dele. Precisava esforçar-se para dominar uma exibição de ressentimento tão soberba em decorrência da sua fúria por causa de Fanny. Deveria tirar o máximo proveito disso e fazer a sra. Rushworth tratá-lo mais uma vez como Maria Bertram.

Nesse espírito, iniciou o ataque e, com vigorosa perseverança, logo se restabelecera aquele tipo de relacionamento íntimo, a galanteria, o flerte, ao qual se limitavam suas intenções, mas ao triunfar sobre a discrição, que, embora baseada em fúria, poderia ter salvado ambos, caíra presa do poder dos sentimentos de Maria, que se revelaram muito mais fortes do que ele supusera. Ela o amava e ele não interrompeu aquelas atenções reconhecidamente preciosas à jovem recém-casada. Crawford se enredara motivado apenas pela vaidade, sem o pretexto do mínimo amor possível e sem a mínima consideração pela prima dela. Ocultar desta e dos Bertram o conhecimento do que se passava constituiu seu principal objetivo. Sigilo não poderia ser mais desejável para o crédito da sra. Rushworth do que ele o considerava para o seu próprio. Quando retornou de Richmond, muito o alegraria jamais tornar a vê-la. Tudo que se seguiu resultou da imprudência de Maria, e, se com ela terminou por fugir, foi por não ter mais como evitar. Arrependia-se mesmo, então, por causa de Fanny, porém arrependeu-se muito mais depois que terminou todo o alvoroço da intriga, e poucos meses com a prima o haviam ensinado, pela força do contraste, a valorizar a meiguice do temperamento dela, a pureza da sua mente e a excelência dos seus princípios.

Essa punição, a punição pública à desonra, embora deva tê-lo atingido na parte que a ele cabia no crime, não é, e todos o sabemos, uma das barreiras com que a sociedade protege a virtude. Neste mundo, a penalidade é menos equiparável ao crime do que se poderia desejar. Mas, sem a pretensão de esperar julgamento mais justo dali em diante, podemos bem imaginar que um homem inteligente como Henry Crawford trazia em si mesmo uma provisão nada pequena de tormento e arrependimento — tormento que, às vezes, deve equiparar-se ao remorso, e o arrependimento, à desgraça, por assim retribuir tanta hospitalidade, ferir a paz de uma família, abandonar o melhor, mais estimável e querido círculo de amizades, e em consequência perder a mulher a quem amara tão racional quanto apaixonadamente.

Depois do que se passara, que feriu e indispôs as duas famílias, a convivência dos Bertram e dos Grant, em tão estreita vizinhança, seria muito aflitiva. Mas a ausência dos Grant, prolongada propositadamente por vários meses, terminou de forma muito afortunada na necessidade, ou ao menos na praticabilidade, de uma mudança definitiva. O fato de o dr. Grant, em virtude de um amigo influente, em cuja eficácia quase deixara de alimentar esperanças, ter sido nomeado sucessor do clérigo de uma igreja em Westminster, o que lhe proporcionou, ao mesmo tempo, uma ocasião para deixar Mansfield, um pretexto para residir em Londres e um aumento de renda para fazer frente às despesas da mudança, revelou-se muitíssimo aceitável para os que partiram e os que ficaram.

A sra. Grant, com um temperamento para amar e ser amada, deve ter partido com certa saudade do cenário e das pessoas a que se habituara, mas a mesma disposição favorável deveria garantir-lhe, em qualquer lugar e círculo social, muito do que se alegrar, além de ela ter, mais uma vez, um lar para oferecer a Mary; esta se fartara o bastante dos amigos, de vaidade, ambição, amor e decepção no decorrer do último semestre para muito necessitar da sincera bondade da irmã e da racional tranquilidade de seus hábitos. Moravam juntas e, quando três jantares oficiais em uma única semana provocaram apoplexia no dr. Grant, seguida de sua morte, elas continuaram a morar juntas. Isso porque Mary, embora inteiramente decidida a nunca mais apegar-se a outro rapaz senão ao primogênito de uma família, demorava a encontrar um marido entre os vistosos pretendentes ou supostos herdeiros ociosos à disposição de sua beleza e dote de vinte mil libras, ou que lhe satisfizesse o gosto mais apurado adquirido em Mansfield, cujo caráter e cujos hábitos lhe permitissem uma esperança da felicidade doméstica que ela aprendera a apreciar, ou que lhe tirassem Edmund Bertram o suficiente da cabeça.

Edmund teve sobre ela uma enorme vantagem nesse aspecto. Não precisou esperar nem desejar, com o coração vazio de afeições, alguém digno para sucedê-la nesses sentimentos. Mal terminara de lamentar Mary Crawford e comentar com Fanny como considerava impossível encontrar algum dia outra mulher como ela, quando começou a se perguntar se um tipo de mulher muito diferente não o satisfaria tão bem, ou muito melhor; se a própria Fanny não vinha mostrando-se mais querida, mais importante para ele, em todos aqueles sorrisos e aqueles aspectos dela, do que sempre fora a srta. Crawford; e se talvez não fosse possível assumir à esperançosa tarefa de convencê-la de que o cálido e fraternal afeto pelo primo seria uma base suficiente para o amor conjugal...

Abstenho-me de propósito de citar datas nessa ocasião, deixando todos em liberdade para fixarem suas próprias, conscientes de que a cura de paixões inconquistáveis e a transferência de ligações sentimentais imutáveis devem variar muito, como o tempo, em diferentes pessoas. Apenas rogo que acreditem que, no momento em que foi muito natural que assim ocorresse, e não uma semana antes, Edmund deixou de se preocupar com a srta. Crawford e começou a ficar mais ansioso por casar-se com Fanny quanto a própria Fanny pudesse desejar.

Com tanta estima por ela, que sentira por tanto tempo, estima fundada nas mais ternas ações de inocência e carinho, acrescida por todas as qualidades dignas, o que seria mais natural que a mudança? Amá-la, guiá-la, protegê-la como ele o vinha fazendo desde que Fanny tinha dez anos, contribuindo em tão grande medida para a formação da mente da menina com seus cuidados, e o bem-estar que ela sentia dependendo de suas amáveis atenções; tudo isso constituía para Edmund um objetivo do mais estreito e singular interesse, objetivo mais querido por toda a importância que ele tinha para ela, a qual ninguém em Mansfield poderia suplantar, o que mais poderia ser acrescentado agora, além de que ele aprenderia a preferir olhos claros e meigos aos escuros e ardentes. E por ser íntimo dela, sempre a contar-lhe confidências, partilhar os sentimentos naquele estado favorável que resulta de uma decepção recente, não se passaria muito tempo para aqueles meigos olhos claros adquirirem absoluta preeminência.

Realizado isso, nada mais haveria a detê-lo no caminho da felicidade: nenhuma dúvida sobre a nobreza de alma de Fanny, nenhum receio sobre incompatibilidades de gostos ou de temperamentos. A mente, a disposição, as opiniões e os hábitos em nada careciam de disfarces, nem autoengano presentes, e tampouco dependiam de aperfeiçoamento futuro. Mesmo em meio à sua última paixão, jamais deixara de reconhecer a superioridade mental de Fanny. Portanto, qual não seria essa sensação de superioridade agora! Considerava-a, decerto, boa demais para ele, porém, como ninguém mais tinha conhecimento do que era bom demais para ele, Edmund empenhou-se com constância e seriedade nos esforços em busca dessa bênção dos céus, e parecia-lhe impossível ter de esperar muito o encorajamento dela. Por mais tímida, ansiosa e hesitante que fosse, parecia-lhe ainda impossível que, com tanta ternura como a guardada em si, Fanny não lhe oferecesse, às vezes, a mais forte esperança de sucesso, embora ela deixasse para mais tarde o ato de revelar-lhe toda a deliciosa e surpreendente verdade. A felicidade de saber-se por tanto tempo amado por um coração como o dela deve ter sido grande o bastante para garantir esplêndida eloquência a fim de a descrever a Fanny ou a si próprio; e era de fato uma delirante felicidade! Mas a felicidade que existia da outra parte, nenhuma descrição pode alcançar. Que ninguém tenha a presunção de traduzir os sentimentos de uma moça ao receber a certeza de um amor sobre o qual mal se permitia alimentar uma esperança.

Suas mútuas inclinações confirmadas, não se seguiram dificuldades, nenhuma inconveniência de pobreza ou parentesco. Tratava-se de uma união antecipada pelos desejos de *Sir* Thomas. Farto de ambiciosas e mercenárias ligações, valorizava cada vez mais o elevado bem de princípios e temperamento, e, acima de tudo, desejava vincular por elos mais fortes o que lhe restava de felicidade doméstica. Ponderara com genuína satisfação sobre a mais que eventual possibilidade de os dois jovens amigos íntimos encontrarem, um no outro, consolo mútuo, por tudo que ocorrera de decepção para ambos. E o alegre consentimento dado ao pedido de Edmund, a intensa sensação de ter realizado uma grande aquisição na promessa de ter Fanny como filha, revelava um grande contraste com suas antigas opiniões, quando a princípio se discutiu a chegada da pobre menina. Pois o tempo sempre se impõe entre os planos e as decisões dos mortais, para o seu próprio aprendizado e entretenimento dos próximos.

De fato, Fanny era a filha que ele necessitava. Sua caridosa amabilidade consistira na criação do principal alívio para si mesmo. A generosidade do tio recebera uma rica recompensa; e a bondade de suas intenções com a sobrinha foi por ela merecida. Talvez pudesse ter-lhe proporcionado uma infância mais feliz, no entanto, um erro de julgamento dera-lhe a constante aparência de severidade e privara-o do amor da jovem desde o início. E agora, por conhecerem de fato um ao outro, a afeição mútua tornou-se muito forte. Após tê-la estabelecido em Thornton Lacey, com toda a amável atenção pelo seu bem-estar, o objetivo quase diário dele era lá visitá-la, ou buscá-la para visitá-los em Mansfield.

Amada de forma tão egoísta como o fora durante tanto tempo por *Lady* Bertram, não havia como separar-se de bom grado da tia. Felicidade alguma da sobrinha ou do filho poderia fazê-la desejar o casamento. Mas foi possível separar-se dela porque Susan ficou para ocupar seu lugar. Susan tornou-se a sobrinha fixa, e maravilhada por sê-lo! E, igualmente bem adaptada para a função pela presteza de espírito e propensão a ser útil, como fora Fanny pela meiguice de temperamento e fortes sentimentos de gratidão, Susan nunca pôde ser dispensada: primeiro como um conforto para Fanny, depois como sua auxiliar e, por último, como substituta estabeleceram-na em Mansfield com toda a aparência de igual permanência. Sua natureza mais destemida e com nervos mais resistentes tornaram tudo fácil para ela. Com vivacidade para logo compreender os temperamentos daqueles com quem precisava lidar, sem natural timidez que a impedisse de expressar qualquer desejo importante, logo se tornou bem-vinda e útil a todos. Depois da mudança de Fanny, sucedeu-a com muita naturalidade no bem-estar que proporcionava de hora em hora à tia, a ponto de, aos poucos, tornar-se talvez até a mais amada das duas. Na prestabilidade dela, na excelência de Fanny, na continuada boa conduta e fama crescente de William e no bom procedimento e sucesso geral de todos os demais membros da família, todos contribuindo para o progresso uns dos outros, *Sir* Thomas viu repetidos motivos para se regozijar do que fizera por todos eles. Reconhecia as vantagens da adversidade e da disciplina no início da vida, além da consciência de nascer para lutar e suportar.

Com tanto e autêntico mérito, e verdadeiro amor, sem carência alguma de fortuna e amigos, a felicidade dos primos casados deve parecer-nos tão segura quanto é possível sê-lo a felicidade terrena. De modo semelhante formados para a vida doméstica, e apegados aos prazeres do campo, o lar de Fanny e Edmund constituía um lar de amor e bem-estar. E, para completar a imagem venturosa, veio a aquisição da propriedade eclesiástica de Mansfield pela morte do dr. Grant, logo depois de Edmund e Fanny estarem casados há tempo suficiente para desejar um aumento de renda e considerarem uma inconveniência a distância de Thornton Lacey até a residência paterna.

Nessa ocasião, eles se mudaram para Mansfield e se instalaram no presbitério, do qual, sob cada um dos dois antigos donos, Fanny jamais conseguira aproximar-se sem uma dolorosa sensação de coibição ou temor, mas que logo se tornou tão querido ao coração e tão perfeito aos olhos quanto desde muito antes fora tudo mais que se estendia no campo visual sob a proteção de Mansfield Park.

Hugh Thompson, Macmillan, London, 1896.

EMMA

TRADUÇÃO E NOTAS:
ADRIANA SALES ZARDINI

VOLUME 1*

CAPÍTULO 1

Emma Woodhouse, bonita, inteligente e rica, morava em uma casa confortável e tinha excelente caráter, parecia reunir algumas das melhores bênçãos da vida e viveu por cerca de vinte e um anos com quase nada que a afligisse ou chateasse. Era a caçula das duas filhas de um pai muito carinhoso e benevolente, e, em virtude do casamento de sua irmã, tornou-se a senhora da sua casa desde muito cedo. Sua mãe havia falecido havia muito tempo para que Emma pudesse ter mais do que uma distante recordação de suas carícias. O lugar da mãe fora substituído por uma excelente governanta, que era como se fosse uma mãe.

A srta. Taylor já trabalhava na família do sr. Woodhouse havia dezesseis anos, mais como amiga do que como governanta, e gostava muito das duas meninas, particularmente de Emma. Entre as duas havia mais afinidade do que entre irmãs. Mesmo antes de a srta. Taylor encerrar suas funções como governanta, a brandura do seu caráter dificilmente lhe permitia impor uma proibição ou algum traço de autoridade havia algum tempo, pois as duas viviam juntas como amigas muito unidas. Emma fazia o que queria, tendo sempre muita estima pelo julgamento da srta. Taylor. Porém, seguia suas próprias decisões.

Na verdade, os reais perigos da situação de Emma eram, em parte, ter o poder para satisfazer todas as suas vontades e, por outro lado, ser propensa a ter uma autoconfiança extremamente exagerada — essas eram as desvantagens que ameaçavam misturar-se com muitas de suas qualidades. Entretanto, até o momento, os perigos eram tão imperceptíveis que não poderiam ser considerados inconveniências de caráter.

Então, ocorreu um infortúnio — um triste infortúnio — ainda que inconsciente: a srta. Taylor se casou, e perder a amiga foi apenas o primeiro de seus dissabores. Foi justamente no dia do casamento da sua querida amiga que Emma começou a alimentar alguns pensamentos tristes de certa importância. Assim que a cerimônia terminou e os convidados foram embora, ela e seu pai jantaram sozinhos, sem a presença daquela que alegrava a longa noite. Após o jantar, seu pai foi deitar-se, como de costume, e Emma apenas se sentou e começou a pensar no que havia perdido.

O casamento era uma promessa de felicidade para sua amiga, uma vez que o sr. Weston era um homem de caráter irrepreensível, fortuna considerável, idade adequada e modos bastante agradáveis. Além disso, havia uma satisfação pessoal em considerar que foi a amizade dela, desinteressada e generosa, além do desejo de felicidade que nutria pela amiga, que acabou por promover a

---

* O romance foi originalmente publicado em três volumes.

união de ambos. Entretanto, a manhã seguinte foi um tanto triste. A ausência da srta. Taylor era sentida a todo momento e em todos os dias que se seguiram. Emma se lembrava do carinho e do afeto que recebeu por dezesseis anos, do modo como a srta. Taylor a educara e como brincou com ela desde seus cinco anos... Lembrava-se também de como a governanta se esforçou para serem amigas, para distraí-la, bem como dos inúmeros cuidados que recebeu em vários momentos de enfermidade em sua infância. Sentia imensa gratidão por esses momentos, porém, nos últimos sete anos, a proximidade e a intimidade entre elas aumentou, principalmente após o casamento da sua irmã, Isabella, quando, então, ambas permaneceram com o pai de Emma, e isso tornou essas lembranças ainda mais queridas e agradáveis. A amiga e companheira possuía qualidades preciosas: inteligente, bem-informada, prestativa, gentil, era íntima da família, interessada no bem-estar de todos e, particularmente, interessada em Emma e em cada um de seus projetos. Enfim, era alguém com quem podia falar de suas ideias assim que estas surgiam, e que lhe tinha tanto carinho que nunca poderia decepcioná-la.

Como suportaria tamanha mudança? Na verdade, sua amiga viveria a apenas oitocentos metros deles, mas Emma entendia que haveria uma grande diferença entre a sra. Weston, a menos de um quilômetro deles, e a srta. Taylor, que morara em sua casa. Com todas as qualidades da amiga, Emma corria o risco de sentir-se intelectualmente só. Apesar de amar o pai, ele não era uma boa companhia. Ele não conseguia acompanhá-la em uma conversa, fosse ela formal, fosse informal.

Essa diferença de idade, pois o sr. Woodhouse não se casara muito jovem, aumentou consideravelmente pelos costumes e os hábitos dele, pois, como sua saúde foi frágil grande parte da sua vida, sem nenhuma atividade física ou intelectual constante, aparentava ser mais idoso do que realmente era. Embora todos o amassem por sua amizade, bondade e seu temperamento agradável, não era um homem que pudesse ser reconhecido por seus talentos.

A irmã dela, apesar de o casamento não a ter afastado tanto da sua antiga casa, uma vez que morava em Londres, distante apenas vinte e seis quilômetros, estava muito longe para uma visita diária de Emma. E ela ainda teria de viver as longas horas de outubro e novembro, antes que o Natal trouxesse Isabella, junto com seu marido e filhos, e enchesse a casa de alegria e felicidade novamente.

Highbury, um vilarejo grande e populoso, quase uma cidade, ao qual Hartfield[1] pertencia, não lhe oferecia grandes atrativos. A família Woodhouse era a mais importante do lugar. Todas as pessoas os consideravam superiores. Emma tinha muitos amigos no vilarejo, pois seu pai era amável com todos, porém ninguém poderia substituir a srta. Taylor, nem por pouco tempo. Era uma mudança melancólica e não podia fazer nada além de suspirar e desejar

---

[1] Por ser uma propriedade rural, as casas e as mansões tinham nomes próprios.

que coisas incríveis acontecessem, até que seu pai acordasse e fizesse algo para se alegrar. Ele sempre necessitava da ajuda dos outros para se animar. Era um homem inquieto, que se deprimia com facilidade, gostava de todos com os quais estava acostumado e detestava separar-se das pessoas. Enfim, odiava mudanças de qualquer espécie. Para o pai de Emma, os casamentos eram sempre muito desagradáveis porque significavam mudanças. E ele ainda não havia assimilado o casamento da sua filha Isabella, de quem — apesar de ela ter-se casado por amor — sempre falava com certa compaixão; e agora também se via obrigado a se separar da srta. Taylor. Seus hábitos um tanto egoístas e sua incapacidade de supor que as outras pessoas poderiam pensar diferente dele faziam-no pensar que a srta. Taylor havia tomado uma triste decisão, tanto em relação a si quanto aos Woodhouse, e que ela seria muito mais feliz se tivesse escolhido passar o resto da sua vida em Hartfield.

Com o propósito de manter o pai longe de tais pensamentos, Emma sorriu e conversou tão alegremente quanto pôde. No entanto, quando o chá foi servido, foi impossível para ele não repetir exatamente o que havia dito no jantar:

— Pobre srta. Taylor! Eu gostaria que ela voltasse a viver conosco. É uma lástima que o sr. Weston tenha se interessado por ela!

— Infelizmente, não posso concordar com o senhor, papai, bem sabe que eu não posso. O sr. Weston é um homem bem-humorado, agradável e uma excelente pessoa; certamente ele merece uma boa esposa. Suponho que o senhor teria preferido que a srta. Taylor vivesse conosco para sempre, sendo obrigada a suportar todas as minhas manias, mesmo sabendo que ela poderia ter sua própria casa?

— A própria casa! Qual é a vantagem de ela ter uma casa para si mesma? A nossa é três vezes maior e você não tem manias, minha querida.

— Pense em quantas vezes poderemos visitá-los, e eles a nós! Sempre estaremos juntos! Devemos tomar a iniciativa, vamos fazer a primeira visita em breve.

— Minha querida Emma, como posso ir tão longe? Randalls[2] é muito longe. Não posso andar nem metade do percurso.

— Não, papai, não pensei que o senhor fosse caminhando. Com certeza, iremos em uma carruagem.

— A carruagem! Certamente James não gostará de atrelar os cavalos para percorrer um caminho tão curto. E onde ficarão os cavalos durante nossa visita?

— Provavelmente, no estábulo do sr. Weston, papai. O senhor sabe que já está tudo organizado. Ontem à noite, nós conversamos com ele sobre a visita. E, quanto a James, pode ter certeza de que ele sempre gostará de ir a Randalls, pois a filha está trabalhando lá. Só tenho dúvida se ele nos levará a outros

---

[2] Residência do senhor e da senhora Weston.

lugares. Ninguém pensou em Hannah para o trabalho até que o senhor a mencionasse. O senhor foi o responsável por ela ter conseguido essa oportunidade tão boa, e James é muito agradecido ao senhor, papai!

— Estou muito feliz em ter pensado nela. Foi muita sorte, porque por nada no mundo eu gostaria que o pobre James ficasse preocupado. Tenho certeza de que ela será uma ótima criada, pois é uma moça educada e que sabe conversar, por isso tenho uma boa opinião dela. Todas as vezes que a vejo, ela é sempre educada e me pergunta sobre minha saúde de maneira bastante gentil. Quando você a convidou para alguns trabalhos de bordado e costura, observei que ela sempre abria a porta de forma educada e silenciosa, nunca fez nenhum ruído. Certamente, será uma ótima criada, e muito ajudará a pobre srta. Taylor ter alguém que ela já está acostumada a ver. Todas as vezes que James for visitar a filha, tenha certeza de que ele enviará notícias nossas. Ele será capaz de contar a ela como estamos.

Emma não poupou esforços para manter esse feliz fluxo de ideias e esperava, com a ajuda do gamão, que seu pai se comportasse toleravelmente durante a noite, sem ser atacada por mais pesares do que os seus próprios. A mesa de gamão foi preparada, mas, logo em seguida, uma visita foi anunciada e o jogo não foi mais necessário.

O sr. Knightley, um homem sensato, de trinta e sete ou trinta e oito anos, não era apenas um amigo da família, mas também estava intimamente ligado a ela, uma vez que era o irmão mais velho do marido de Isabella. Morava a aproximadamente um quilômetro e meio de Highbury, e era uma visita habitual e sempre bem recebida. Nesse momento, era mais do que bem-vindo, pois trazia notícias de seus familiares de Londres. Após alguns dias de ausência, ele retornou um pouco depois do jantar, e agora visitava Hartfield para contar como estavam todos na Brunswick Square.[3] Era uma ocasião feliz, e isso animou o sr. Woodhouse por algum tempo. O sr. Knightley era alegre, e suas boas maneiras sempre agradavam ao pai de Emma, ao responder a suas perguntas a respeito da "pobre Isabella" e de seus filhos com a maior satisfação. Quando o rapaz terminou seu relato, o sr. Woodhouse, agradecido, comentou:

— É muito gentil de sua parte, sr. Knightley, sair de casa tão tarde para nos visitar e trazer algumas notícias. Receio que tenha sido uma péssima caminhada.

— De modo algum, senhor. Está uma bela noite de luar, e tão agradável que devo afastar-me do calor da sua lareira.

— Mas deve ter percorrido um caminho muito úmido e enlameado. Espero que não se resfrie.

— Lama, senhor? Veja meus sapatos. Nem há respingos sobre eles.

---

[3] A casa de Isabella e John Knightley ficava nessa praça, em Londres.

— Bem! Estou bastante surpreso, choveu muito nos últimos dias. Durante o café da manhã choveu forte por mais de meia hora. Eu até gostaria que eles tivessem cancelado o casamento.

— A propósito, ainda não lhe dei os parabéns. Tenho apenas uma noção da alegria que devem estar sentindo, e por esse motivo não tive pressa em felicitá-los, mas espero que tudo tenha ocorrido sem complicações. Como todos se comportaram? Quem chorou mais?

— Ah! Pobre srta. Taylor! Esse é um assunto triste.

— Se me permite, seria melhor dizer pobre senhor e senhorita Woodhouse, pois não posso dizer "pobre srta. Taylor". Tenho grande estima pelo senhor e por Emma, mas, quando se trata de uma questão de dependência ou independência... sem dúvida, deve ser melhor ter apenas uma pessoa para agradar do que duas.

— Especialmente quando uma dessas pessoas é uma criatura tão fantasiosa e problemática! — exclamou Emma, fazendo uma brincadeira. — Sei que é o que tem em mente e o que diria se meu pai não estivesse presente.

— Creio que o que diz é bem verdade, minha querida, estou certo disso — concordou o sr. Woodhouse, suspirando. — Receio que, às vezes, eu seja muito fantasioso e problemático.

— Querido papai! Não acredito que o senhor esteja pensando que eu falava a seu respeito, nem sequer o sr. Knightley quis dizer isso. Que ideia horrível! Ah, não! Eu me referia a mim mesma. O senhor sabe que o sr. Knightley gosta de apontar meus defeitos, sempre fazendo piadas. Nós dois sempre dizemos o que pensamos um ao outro.

De fato, o sr. Knightley era uma das poucas pessoas que podiam ver os defeitos de Emma Woodhouse e o único a apontá-los. Ainda que isso não fosse particularmente agradável a ela, sabia que, para seu pai, não era falta grave; e ele dificilmente suspeitaria que houvesse alguém que não pudesse achá-la perfeita.

— Emma sabe que não sou de bajulações — disse o sr. Knightley. — Entretanto, não me referia a ninguém em particular. A srta. Taylor estava acostumada a ter duas pessoas para entreter, agora tem apenas uma. Na realidade, ela saiu ganhando com isso.

— Bem... — disse Emma, desejando mudar de assunto. — Sei que gostaria de ouvir sobre o casamento, e ficarei muito contente em lhe contar, porque todos nos comportamos admiravelmente bem. Todos foram pontuais e estavam muito bem-vestidos. Não houve sequer uma lágrima, e dificilmente viu-se um rosto sério. Ah, não! Todos nós sabíamos que viveríamos a cerca de oitocentos metros de distância uns dos outros e estávamos seguros de que nos veríamos todos os dias.

— Minha querida Emma suporta tudo tão bem — disse o pai. — Mas, sr. Knightley, ela está realmente muito triste por ter perdido a srta. Taylor e tenho certeza de que sentirá sua falta muito mais do que imagina.

Emma desviou o rosto, dividida entre lágrimas e sorrisos.

— É impossível que Emma não sinta a falta de tal companhia — concordou o sr. Knightley. — Nós não gostaríamos tanto dela se não supuséssemos algo assim. Mas Emma sabe muito bem quanto esse casamento é vantajoso para a srta. Taylor, quanto é importante, na sua idade, ter uma casa só sua, e quanto é importante ter um futuro seguro e confortável. Portanto, não se permita sentir piedade em vez de alegria. Todos os amigos da srta. Taylor devem alegrar-se pelo fato de ela estar tão feliz casada.

— E você esqueceu um motivo de alegria para mim — disse Emma. — Um motivo muito importante, uma vez que eu mesma fui a responsável por esse casamento. Eu planejei esse momento, como bem sabe, há quatro anos. Vê-lo agora realizado, e todos vendo meu acerto, mesmo quando muitas pessoas diziam que o sr. Weston não se casaria novamente, por certo é uma satisfação pessoal.

O sr. Knightley inclinou a cabeça em reverência a ela. Seu pai carinhosamente respondeu:

— Ah! Minha querida, desejo que você não tente mais casar ninguém, nem faça mais previsões, porque tudo que diz sempre acaba acontecendo. Por favor, não tente unir mais ninguém.

— Papai, prometo ao senhor que não farei nada em meu benefício, mas farei em favor de outras pessoas. É o melhor divertimento do mundo! E, depois de semelhante sucesso, o senhor bem sabe como é! Todos diziam que o sr. Weston não se casaria novamente. O sr. Weston, viúvo há tempos, e que parecia tão conformado sem uma esposa, constantemente ocupado ora com seus negócios na cidade, ora entre os amigos, tão bem recebido onde quer que fosse, sempre tão alegre, não precisava passar uma única noite do ano sozinho se não quisesse. Oh, não, o sr. Weston certamente não se casaria novamente. Algumas pessoas até falaram de uma suposta promessa que ele teria feito à esposa, em seu leito de morte, enquanto outras diziam que o filho e o tio não permitiriam. Todo tipo de tolices disseram sobre esse assunto, mas eu não acreditei em nada disso. Comecei a pensar no assunto desde o dia — há mais ou menos quatro anos — em que a srta. Taylor e eu nos encontramos com ele, na Broadway Lane,[4] quando começou a chuviscar e ele logo se antecipou, muito cavalheiro, a nos emprestar dois guarda-chuvas da loja Farmer Mitchell. Planejei o casamento desde aquele momento e, tendo tamanho sucesso, papai, o senhor não pode esperar que eu vá abandonar o cargo de casamenteira, não é?

— Eu não entendo o que você quer dizer com "sucesso" — comentou o sr. Knightley. — Para se alcançar o sucesso, é preciso esforçar-se. Seu tempo foi adequada e delicadamente bem empregado, se você se esforçou nos últimos

---

[4] Uma das ruas de Highbury.

quatro anos para contribuir para esse casamento. Um digno emprego do tempo para uma jovem! Entretanto, se foi como imagino, e suas funções de casamenteira, como bem disse, reduziram-se apenas a planejar o casamento, afirmando a si mesma, um dia em que não tinha mais nada em que pensar, "acho que seria ótimo para a srta. Taylor se o sr. Weston a pedisse em casamento", repetindo isso para si mesma de vez em quando, como poderia ter sucesso? Qual é o seu mérito? De que está orgulhosa? Você teve sorte e só.

— E o senhor nunca conheceu o prazer e o triunfo de um palpite de sorte? Que lástima, pois pensei que fosse mais inteligente. Depender de um palpite não é apenas uma questão de sorte. Sempre há algum talento nisso. E quando uso a singela palavra "sucesso", pela qual me repreende, não sei se estou inteiramente sem razões para não poder atribuí-la a mim mesma. O senhor imaginou duas situações, mas acredito que exista uma terceira, entre o não fazer nada e o fazer algo. Se eu não tivesse promovido as visitas do sr. Weston a esta casa, se não tivesse dado certos encorajamentos, nem amenizado certas dificuldades, ao final nada teria acontecido. Penso que o senhor conhece Hartfield o suficiente para compreender isso.

— Um homem objetivo e de bom coração, como o sr. Weston, e uma mulher racional e sem afetações, como a srta. Taylor, seguramente poderiam conduzir seus próprios destinos. É mais provável que, com a sua interferência, você tenha feito algum mal a si mesma do que algum bem a eles.

— Emma nunca pensa em si mesma, se pode fazer o bem aos outros — interferiu o sr. Woodhouse, compreendendo apenas em parte o que estavam conversando — mas, por favor, querida, peço que não faça mais nenhuma tentativa de unir possíveis casais; são coisas tolas e abalam gravemente nosso círculo familiar.

— Apenas mais um papai, apenas para o sr. Elton! Pobre sr. Elton! O senhor gosta tanto dele, papai, devo procurar uma esposa para nosso pastor. Não há ninguém em Highbury que o mereça. Ele já está aqui há um ano inteiro, e mobiliou a casa tão confortavelmente que seria uma pena vê-lo solteiro por mais algum tempo. E hoje, enquanto dispensava suas bênçãos sobre o casal, parecia querer que alguém fizesse o mesmo por ele. Tenho grande apreço pelo sr. Elton, e esse é o único modo de prestar-lhe algum favor.

— O sr. Elton é um homem muito bonito, com certeza, e muito jovem, tenho um grande respeito por ele. Mas se você quer ser atenciosa, minha querida, convide-o para nos visitar e jantar conosco. É uma ideia melhor. Certamente, o sr. Knightley terá o prazer de nos fazer companhia.

— Com todo prazer, senhor, a qualquer momento — respondeu o sr. Knightley, rindo. — E concordo inteiramente com o senhor: essa será a melhor coisa a fazer. Emma, convide-o para jantar, Sirva a melhor refeição, mas deixe que ele escolha a própria esposa. Tenho certeza de que um homem de vinte e seis ou vinte e sete anos já pode cuidar de si mesmo.

CAPÍTULO 2

O sr. Weston era natural de Highbury, nascido em uma família respeitável, a qual, nas últimas duas ou três gerações, tinha alcançado posição social e fortuna. Ele recebeu uma boa educação, mas, desde muito cedo, por ter certa independência, não foi capaz de desempenhar nenhuma das atividades da família a que seus irmãos se dedicaram. Por ser um homem de temperamento ativo, alegre e bastante sociável, ingressou na milícia do condado.

O Capitão Weston era querido por todos e, quando as circunstâncias da vida militar levaram-no a conhecer a srta. Churchill, de uma grande família de Yorkshire,[5] ela se apaixonou por ele. Ninguém ficou surpreso com esse sentimento, com exceção do irmão e da cunhada da moça, que nunca se esforçaram em conhecê-lo, uma vez que o casal era cheio de orgulho e ostentação, e por isso certamente eles se sentiam ofendidos com esse relacionamento.

No entanto, uma vez que a srta. Churchill era maior de idade e gozava plenos poderes sobre sua fortuna — apesar de sua fortuna não ter nenhuma conexão com as propriedades da família —, ela não se permitiu ser dissuadida do enlace. O casamento foi realizado, para grande desgosto do sr. e da sra. Churchill, mas eles se portaram com o devido decoro. Era uma união inadequada e não traria muita felicidade.

A sra. Weston poderia ser muito feliz, pois tinha um esposo cujo afeto e doçura faziam-no crer ser devedor de sua mulher simplesmente por ela ser apaixonada por ele. Embora ela tivesse caráter, esse não era um de seus melhores méritos. Ela teve iniciativa suficiente para agir de acordo com sua própria vontade, contrariando o irmão na época do casamento, mas não o suficiente para reprovar os irracionais ataques dele, nem mesmo para deixar os luxos da sua antiga casa. Os Weston viviam acima de suas possibilidades, mas nada se comparava a Enscombe:[6] ela nunca deixou de amar seu esposo; contudo, além de ser a esposa do Capitão Weston, gostaria de ser a srta. Churchill, de Enscombe.

O Capitão Weston, a quem consideravam, especialmente a família Churchill, ter feito um casamento vantajoso, acabou ficando com a pior parte da barganha. Quando sua esposa morreu, após três anos de união, ele tinha menos dinheiro do que quando solteiro, e ainda precisava sustentar um filho. Entretanto, por causa das despesas com a criança, foi obrigado a entregá-lo para que fosse educado pela família da esposa. O menino, em virtude da doença da mãe, acabou por ser o meio de reconciliação entre o sr. e a sra. Churchill, pois eles não tinham filhos e nenhum parente jovem que pudessem criar. Então, ofereceram-se para tutelar o sobrinho logo após a morte da sua

---

[5] Condado do norte da Inglaterra.
[6] Nome da propriedade da família.

mãe. Alguns escrúpulos e certa relutância foram sentidos por parte do pai viúvo. No entanto, como ele estava ocupado com outras obrigações, a criança foi enviada aos cuidados da rica família Churchill. Assim, pôde preocupar-se apenas com seu bem-estar e melhorar sua situação financeira o quanto antes.

Foi preciso uma mudança completa de vida. Ele abandonou a milícia e dedicou-se ao comércio, pois os irmãos, já morando em Londres, o auxiliaram nesse recomeço. Foi um negócio que lhe proporcionou mais do que apenas uma ocupação. O sr. Weston ainda tinha uma pequena casa em Highbury, onde passava a maior parte de seus dias livres — e, entre suas tarefas e as distrações da sociedade, passaram-se alegremente cerca de dezoito ou vinte anos da sua vida. Com o tempo, ele conseguiu restabelecer-se, o que lhe permitiu comprar uma pequena propriedade próxima a Highbury — um lugar que ele teve interesse em adquirir, casando-se com uma moça sem dote, do local, a srta. Taylor, vivendo de acordo com sua disposição amigável e sua condição social.

Já havia algum tempo a srta. Taylor influenciava seus planos; contudo, não era a influência opressiva da juventude para prosseguirem, por isso não abalou sua determinação de continuar seus ideais até comprar Randalls. A aquisição dessa propriedade era algo que ele desejava havia muito tempo, por isso manteve esse objetivo em mente até que fosse concretizado. O sr. Weston conseguiu aumentar sua fortuna, comprou uma casa e conquistou uma esposa. Esse era o início de um novo período em sua vida, com grande probabilidade de alcançar uma felicidade que nenhum outro homem jamais havia experimentado. Ele nunca fora infeliz, seu temperamento lhe garantia isso, até mesmo em seu primeiro casamento. Mas o segundo compromisso mostrou-lhe quão agradável, sensata e amável uma mulher pode ser, e lhe proporcionou a mais afável prova de que é muito melhor escolher do que ser escolhido, despertar gratidão do que senti-la.

Ele só podia agradecer a si mesmo por suas escolhas: tinha sua própria fortuna, pois, no que se referia a Frank, seu filho, foi acertado que o rapaz seria herdeiro do tio, que o adotara, e por isso ele passou a usar o sobrenome Churchill ao chegar à maioridade. Portanto, era pouco provável que algum dia viesse a precisar da ajuda do pai; o sr. Weston não tinha nenhum temor em relação a isso. A tia era uma mulher caprichosa, que governava o marido por completo. Contudo, o sr. Weston não poderia imaginar que nenhum capricho, por mais afetado que fosse, seria capaz de atingir alguém tão querido e, segundo acreditava, merecidamente querido. Anualmente eles se encontravam em Londres, e ele tinha muito orgulho do filho; seus comentários a respeito do rapaz, como um jovem cavalheiro, fizeram Highbury inteira também orgulhar-se, a ponto de que seus méritos e perspectivas fossem vistos como algo de interesse geral porque ele pertencia ao lugar.

O sr. Frank Churchill era motivo de admiração em Highbury, e existia uma viva curiosidade de que ele fizesse uma visita ao local, apesar de tal admiração nunca ser correspondida: nem sequer uma vez o rapaz passara por lá, em toda a sua vida. Uma visita ao pai sempre fora cogitada, mas nunca realizada.

Agora, após o casamento do sr. Weston, era a opinião comum que o rapaz lhes fizesse uma visita. Não houve sequer uma voz discordante sobre o assunto, nem mesmo quando a sra. Perry tomou chá com a senhora e a srta. Bates, nem quando estas retornaram da visita. Agora era o momento certo para o sr. Frank Churchill visitá-los, e a esperança aumentou quando ele escreveu uma carta à sua nova mãe sobre essa situação. Durante alguns dias, em cada visita matinal feita a Highbury, a linda carta que a sra. Weston recebeu era mencionada. "Suponho que já tenha ouvido falar da linda carta que o sr. Frank Churchill escreveu para a sra. Weston. Tenho certeza de que é uma carta maravilhosa. O sr. Woodhouse falou-me a respeito, tendo lido a carta, e disse-me que nunca lera uma carta tão bonita em toda a sua vida."

Foi, de fato, uma carta altamente valorizada. A sra. Weston, naturalmente, formou uma opinião muito favorável a respeito do jovem. Essa agradável atenção foi uma prova irresistível do seu bom senso e aumentou ainda mais todas as felicitações que já havia recebido por conta do seu casamento. Sentiu-se uma mulher ainda mais afortunada. Além disso, vivera o suficiente para saber quanto pensariam bem dela, que tinha como único lamento a separação parcial de seus queridos amigos, cujo sentimento nunca arrefeceu, e quanto fora difícil despedir-se deles.

Ela sabia que sentiriam sua falta e não pôde pensar nisso sem sofrer pelo fato de Emma perder um único momento de prazer ou entediar-se pela falta de sua companhia. Mas sua querida amiga não era uma pessoa de caráter débil; saberia superar a situação melhor do que a maioria das moças da sua idade e teria sensatez, ânimo e energia para suportar, da melhor maneira possível, as pequenas dificuldades e contrariedades. Além disso, era consolador pensar na pequena distância entre Randalls e Hartfield — muito conveniente para uma jovem fazer uma caminhada solitária. E nas circunstâncias à disposição da sra. Weston, na estação que se aproximava, certamente não haveria nenhum obstáculo para passarem juntas, semanalmente, boa parte das tardes.

Dessa forma, sua situação era, em alguns momentos, motivo de gratidão para com a sra. Weston, e por outro lado, em outros momentos, representava apenas arrependimento. E sua satisfação, mais do que satisfação, sua imensa alegria era tão justa e tão aparente que Emma, apesar de conhecer seu pai tão bem, às vezes se surpreendia ao ver que ainda era capaz de lamentar a "pobre srta. Taylor", quando a deixaram em Randalls em meio ao maior conforto doméstico ou observaram-na partir à noite, ao lado do bondoso marido, em sua própria carruagem.[7] Mas ela nunca se despedia do sr. Woodhouse sem que ele, com um suspiro gentil, dissesse:

---

[7] Naquela época, apenas as pessoas com certa fortuna possuíam carruagem. As pessoas sem muitas posses, no entanto, sem dinheiro suficiente para comprar uma carruagem, acabavam alugando esse meio de transporte em caso de necessidade.

— Ah, pobre srta. Taylor! Ela seria muito feliz se ficasse aqui.

Não havia jeito de recuperar a srta. Taylor, nem de deixar de lamentar sua perda. Entretanto, poucas semanas após o casamento trouxeram algum alívio ao sr. Woodhouse. As felicitações de seus vizinhos terminaram, já não era mais torturado pelos elogios ao acontecimento que, segundo ele, era algo tão penoso. O bolo que lhe causou grande sofrimento, fora consumido por completo. Seu estômago não suportava nada muito pesado, e ele não poderia acreditar que para as outras pessoas fosse diferente. O que era prejudicial para o sr. Woodhouse ele considerava impróprio para qualquer outra pessoa e, portanto, tentava inutilmente convencer a todos que qualquer bolo de casamento era nocivo. E quando via que seus esforços eram em vão, fazia o possível para que os outros não provassem nem uma pequena fatia do bolo. Já se preocupara em consultar o sr. Perry, o boticário,[8] sobre o assunto. O sr. Perry era um cavalheiro muito inteligente, cujas visitas habituais serviam para o conforto do sr. Woodhouse. E, ao ser consultado, acabava por admitir, apesar de parecer ser contra a sua vontade, que o bolo de casamento por certo prejudicaria muitas pessoas, talvez a maioria, caso não fosse consumido moderadamente. Com base em tal opinião, e em sua própria, o sr. Woodhouse esperava influenciar cada convidado dos recém-casados, mas, apesar de tudo, todos comeram o bolo e não houve descanso para seus nervos benevolentes até que não sobrasse um pedaço sequer.

Houve um estranho rumor em Highbury de que todos os filhos do sr. Perry foram vistos com pedaços de bolo nas mãos, mas isso foi algo em que o sr. Woodhouse nunca acreditou.

CAPÍTULO 3

À sua maneira, o sr. Woodhouse gostava da companhia dos outros. Ele gostava muito que seus amigos viessem visitá-lo e, em virtude de inúmeros fatores, como sua longa presença em Hartfield, seu bom caráter, sua fortuna, sua casa e sua filha, era capaz de administrar seu pequeno círculo de amizades, em grande parte, do modo como gostava.

Ele não tinha muito contato com outras famílias além das habituais; seu horror a visitas à noite e a longos jantares o impediam de ter mais amigos além daqueles que estavam dispostos a visitá-lo, conforme seus próprios termos. Felizmente para ele, Highbury, incluindo Randalls, na mesma paróquia, e

---

[8] Naquela época, a profissão de farmacêutico não era regulamentada, e o boticário era responsável por receitar medicamentos e, muitas vezes, avaliar os enfermos.

Donwell Abbey,[9] onde vivia o sr. Knightley, na paróquia vizinha, abrangiam a maior parte de seus conhecidos. Raramente era convencido por Emma a convidar alguns de seus mais queridos amigos para jantar. Entretanto, o que ele mais apreciava eram as reuniões no fim da tarde. A menos que sentisse falta de companhia, apenas uma noite por semana Emma podia reunir pessoas para jogar cartas com o pai.

Um verdadeiro e antigo apreço trouxe à sua casa os Weston e o sr. Knightley. E o sr. Elton — um jovem que vivia sozinho e não gostava dessa solidão, se sentia privilegiado de trocar suas noites solitárias pelas visitas ao sr. Woodhouse e pelos sorrisos de sua adorável filha — não corria o risco de ser expulso dali.

Depois desses, num segundo grupo entre os mais assíduos estavam a sra. Bates e sua filha, a sra. Goddard, três senhoras que estavam sempre dispostas a aceitar os convites vindos de Hartfield, e tantas vezes foram conduzidas à casa que o sr. Woodhouse considerava um esforço muito grande, tanto para James quanto para os cavalos. E, se ocorresse apenas uma vez por ano, ainda assim seria um sacrifício.

A sra. Bates, viúva de um antigo pastor de Highbury, era uma dama muito idosa, incapaz de realizar qualquer atividade, com exceção do chá e do quadrille.[10] Vivia de modo bastante simples, em companhia da filha solteira, era benquista por todos e tinha todo o respeito que uma senhora da sua idade podia suscitar. Sua filha possuía a mais incomum popularidade para uma jovem que não era tão jovem, bonita, rica ou sequer casada. A srta. Bates encontrava-se em uma das piores situações para ter muitas simpatias, não tinha o brilho intelectual que lhe compensasse os outros defeitos ou para surpreender os outros nem para que pudessem odiá-la por outras questões. Nunca fora uma moça de grande beleza. Sua juventude havia passado sem despertar nenhuma atenção e, agora, já na maturidade, dedicava-se à mãe idosa, além de se esforçar para que seus poucos rendimentos durassem o maior tempo possível. Entretanto, era uma mulher feliz, a quem todos tratavam com benevolência. Era graças à sua boa vontade e ao temperamento amável que tal popularidade acontecia. Ela gostava de todos, interessava-se pela felicidade dos outros e ponderava a respeito dos méritos de cada um. Considerava a si mesma uma pessoa afortunada, cercada de bênçãos, como uma mãe excelente, de vizinhos bondosos, e morava em um lugar que supria suas necessidades. A simplicidade e a alegria do seu caráter, seu espírito jovial

---

[9] "Abadia", em português. Durante o reinado da família Tudor (de 1485 a 1603), principalmente na época do Rei Henrique VIII, grande parte dos monastérios e propriedades eclesiásticas passou a ser de propriedade da Coroa, mais tarde transformando-se em casas particulares.

[10] Jogo de cartas para quatro jogadores aperfeiçoado na França e famoso na Europa do século XVIII.

e agradecido eram uma recomendação para todos e uma felicidade para si mesma. Gostava muito de falar a respeito de assuntos triviais, o que agradava bastante ao sr. Woodhouse, já que ele sempre conversava sobre temas comuns e boatos inofensivos.

A sra. Goddard, por sua vez, era proprietária de um internato. Não se tratava de um simples educandário, uma instituição ou algum outro lugar que professasse frases longas e cheias de tolices refinadas que combinassem conhecimentos liberais com a moral elegante a respeito de novos princípios e novos sistemas, e onde as jovens, ao pagarem grandes quantias, perdem a saúde e ficam vaidosas. Na verdade, era um lugar real, honesto, um daqueles antigos internatos onde uma quantidade razoável de conhecimentos era transmitida a preços justos, onde as moças que não haviam tido preceptores em sua casa[11] podiam ampliar seus conhecimentos sem nenhum perigo de se tornarem prodígios. A escola da sra. Goddard tinha ótima reputação, e muito merecidamente, pois Highbury era considerado um lugar muito saudável. A escola localizava-se em uma casa ampla, com jardim, oferecia comida abundante às jovens e estas podiam aproveitar livremente o verão; no inverno, vestiam roupas que elas mesmas costuravam. Não era de se admirar que uma fila de vinte jovens caminhasse em direção à igreja. A sra. Goddard era uma mulher simples e maternal, que trabalhara muito quando jovem e agora encontrava-se no direito de ter alguns momentos de folga para receber amigos para o chá. E como desde algum tempo devia muito à gentileza do sr. Woodhouse, sentia-se particularmente obrigada a deixar sua sala de visitas limpa, decorada com um belo arranjo, e ganhar ou perder alguns trocados no jogo de cartas, diante da lareira, com o seu velho amigo.

Essas eram as senhoras com quem Emma encontrava-se frequentemente. A jovem exalava felicidade, principalmente em consideração ao pai, porém, esses encontros não remediavam a ausência da sra. Weston. Ela ficava contente ao ver que seu pai parecia confortável, e muito satisfeita consigo mesma por conduzir a situação tão bem. Mas a conversa tão monótona das três mulheres fazia Emma sentir que cada noite passada dessa maneira eram as intermináveis horas que tanto receara.

Certa manhã, quando pensava que o dia terminaria da mesma forma, recebeu um bilhete da sra. Goddard, perguntando, respeitosamente, se era possível levar a srta. Smith consigo. De fato, foi um pedido muito bem-vindo, uma vez que a srta. Smith era uma jovem de dezessete anos que Emma conhecia

---

[11] Geralmente as moças de famílias ricas eram educadas em casa por uma boa governanta. A função da governanta era alfabetizar e transmitir conhecimentos razoáveis a respeito de história, geografia e literatura. Além disso, era necessário ensinar habilidades como costura, bordado, pintura, desenho e, em alguns casos, música e canto. Uma moça para ser considerada prendada tinha de possuir esses conhecimentos, principalmente para poder manter uma conversa educada com os convidados de seu pai ou de seu marido.

apenas de vista e com quem, havia algum tempo, interessava-se em manter amizade, principalmente em virtude da beleza da moça. Em resposta, um gentil convite foi enviado, e Emma não mais temia a noite.

Harriet Smith era filha natural de alguém.[12] Alguém, alguns anos antes, a colocara na escola da sra. Goddard e, recentemente, elevara-a da condição de simples estudante à condição de moradora da casa. Isso era tudo que se conhecia de sua história. Harriet não tinha muitos amigos, apenas aqueles que conhecia em Highbury, e acabara de voltar de uma longa visita ao interior, onde estivera hospedada na residência de algumas jovens que estudaram com ela.

Era uma moça bonita, com uma beleza que Emma particularmente admirava: baixa, não muito magra nem muito gorda, de pele clara como uma fina flor, olhos azuis, cabelos claros, feições regulares e um olhar de grande doçura. Antes do fim da noite, ela já estava satisfeita com suas maneiras e bastante determinada a manter essa amizade.

Emma não havia percebido nenhum traço muito inteligente na fala da srta. Smith, mas achou-a muito envolvente — sem ser inconvenientemente tímida ou sem reservas para conversar — ainda assim sem ser inoportuna, sabendo portar-se sem precisar da aprovação dos outros, sentindo-se feliz e agradecida por ter sido recebida em Hartfield. Estava tão sinceramente impressionada por tudo, tão superior em relação às pessoas com que ela estava acostumada, que, provavelmente, a moça tinha bom senso e merecia ser encorajada. E encorajamento lhe foi dado. Aqueles olhos azuis e toda aquela graça natural não deveriam ser desperdiçados com um grupo de pessoas tão inferiores quanto a sociedade de Highbury. As amizades que Harriet havia conquistado eram inferiores a ela. As amigas de quem acabara de se despedir, apesar de serem boas moças, provavelmente a prejudicariam. As moças pertenciam à família Martin, que Emma conhecia apenas de nome. A família Martin arrendava uma parte da grande fazenda do sr. Knightley, frequentava a paróquia de Donwell e tinha boa reputação. Emma sabia que o sr. Knightley estimava muito a família, entretanto, deviam ser pessoas incultas e sem elegância. Emma faria Harriet melhorar seu nível social, tentaria separá-la de amizades inadequadas, apresentaria a amiga à boa sociedade, modificaria suas opiniões e maneiras. Certamente seria um compromisso interessante e gentil que mudaria completamente a vida de Harriet, seus passatempos e suas possibilidades.

Emma estava tão ocupada admirando aqueles olhos azuis, conversando e escutando, formulando todos esses planos enquanto ficava em silêncio, que a noite passou bem mais rápido do que de costume. E o jantar, que ocorreu quase no final dessa reunião, no qual ela se ocupou apenas em observar,

---

[12] Filha ilegítima, fora do casamento.

terminou tão rápido que logo se sentaram perto da lareira, sem que ela pudesse notar a passagem do tempo. Com uma vivacidade muito incomum em um caráter como o seu, nunca fora indiferente a lidar com as situações da melhor maneira possível e sempre fora atenciosa, com a boa vontade de uma mente feliz com as próprias ideias. Emma, então, fez todas as honras da refeição, recomendando o picadinho de frango e as ostras cozidas, com uma urgência que sabia ser necessária e aceita, naquele momento, entre os escrúpulos de seus convidados.

Em tais ocasiões, os pobres sentimentos do sr. Woodhouse estavam a salvo de um penoso combate. Ele gostava que a toalha de mesa fosse estendida, assim como era costume em sua juventude, mas sua convicção sobre o fato de que as refeições noturnas eram muito prejudiciais levava-o a se arrepender ao ver a mesa preparada. E, enquanto sua hospitalidade incentivava seus convidados a comerem tudo, sua preocupação a respeito da saúde de cada um fazia-o lamentar enquanto eles comiam.

O único alimento que recomendava era uma tigela de mingau, pois era tudo o que ele poderia comer, embora se sentisse constrangido enquanto as senhoras comiam rapidamente os outros pratos deliciosos, apenas para dizer:

— Sra. Bates, permita-me oferecer um destes ovos. Um ovo cozido comido lentamente não é prejudicial. Serle sabe cozinhar os ovos como ninguém. Não recomendo mais de um ovo cozido, mas não precisa ter receio, estes são muito pequenos. Um de nossos pequeninos ovos não lhe fará mal. Srta. Bates, deixe que Emma lhe sirva um pedaço *pequeno* de torta, um pedacinho *bem* pequeno. Só servimos tortas de maçã. Não precisa preocupar-se, não servimos conservas que possam fazer algum mal aqui em nossa casa. Só não lhe aconselho o pudim. Sra. Goddard, o que me diz de uma taça de vinho? Meia taça de vinho misturada à água?[13] Não creio que possa fazer-lhe mal.

Emma permitiu que seu pai falasse, mas servia seus convidados de modo muito mais satisfatório e, nessa noite, tinha um interesse especial para deixá-los contentes. A felicidade da srta. Smith era compatível com suas intenções. A srta. Woodhouse era uma figura tão importante em Highbury que a perspectiva de que seriam apresentadas lhe trouxera tanto pânico como prazer. No entanto, a humilde e agradecida moça foi embora com os melhores e mais sinceros sentimentos, maravilhada com a amabilidade com que a srta. Woodhouse a tratara durante toda a noite e finalmente viu-a estender as mãos para se despedirem![14]

---

[13] Naquela época, as mulheres costumavam tomar vinho misturado com água para que o sabor não ficasse tão forte.
[14] Na época retratada no livro, o aperto de mãos significava intimidade e afeição.

CAPÍTULO 4

A intimidade de Harriet Smith em Hartfield logo veio a ser um fato. Rápida e decidida em suas ideias, Emma não perdeu tempo em convidá-la e encorajá-la a visitar sua casa mais vezes e, à medida que a amizade entre as duas crescia, crescia também a satisfação que ambas sentiam por estarem juntas. Como companheiras de caminhadas, Emma logo percebeu quanto a moça lhe seria útil. Nesse assunto, a ausência da sra. Weston fora muito importante. Seu pai nunca caminhava além dos arbustos, onde duas divisões do terreno bastavam para ele, ou como uma longa caminhada, dependendo da estação do ano. Desde o casamento dos Weston, suas caminhadas haviam diminuído. Ela se aventurou a fazer uma caminhada solitária até Randalls, mas não foi agradável. Portanto, Harriet Smith, uma pessoa que ela poderia solicitar a qualquer momento, seria uma valiosa aquisição para seus caprichos. Em todos os aspectos, quanto mais observava e aprovava a amiga, mais seus propósitos afetuosos eram confirmados.

Harriet certamente não era brilhante, mas tinha um temperamento doce, boa disposição, era completamente livre de vaidade e desejava apenas ser guiada por alguém de status na sociedade. Sua espontânea ligação com Emma foi muito afetuosa, sua disposição por boa companhia e a capacidade de apreciar o que era elegante e inteligente demonstraram que não lhe faltava bom gosto, embora não se esperasse que tivesse um entendimento minucioso dos temas. Em resumo, Emma não estava completamente convencida de que Harriet Smith era exatamente o tipo de amiga que ela procurava — exatamente o que necessitava em sua casa. Era algo completamente diferente, um sentimento distinto e independente. A sra. Weston era uma amiga, uma relação baseada em gratidão e estima. Harriet poderia ser amável e útil. Entretanto, não havia nada a ser feito pela sra. Weston; já com relação a Harriet, poderia ajudá-la em tudo.

Suas primeiras tentativas de ser útil a Harriet consistiam em buscar descobrir quem eram seus pais, porém a moça não pôde dizer. Ela poderia comentar tudo que estivesse ao seu alcance, mas questões a respeito desse assunto eram em vão. Emma foi obrigada a imaginar do que ela gostava, mas não podia convencer-se de que, se estivesse na mesma situação, não teria revelado a verdade. Harriet era impenetrável. Estava satisfeita em ouvir e em acreditar apenas no que a sra. Goddard lhe contou, e não se preocupou em ir além.

A sra. Goddard, os professores, as demais moças e os assuntos comuns da escola ocupavam grande parte da conversa e, se não fosse por sua amizade com a família Martin, da fazenda Abbey Mill, não falariam de outra coisa. Mas a família Martin ocupava boa parte de seus pensamentos, pois passava dois meses felizes em companhia deles, e agora amava falar dos prazeres dessa visita e descrever os diversos confortos e as maravilhas do lugar. Emma incentivava seu discurso, divertindo-se com a descrição de um estilo de vida tão diferente do seu e desfrutando a simplicidade da qual a amiga podia falar com entusiasmo.

"A sra. Martin tem duas salas, duas salas grandes. Uma delas é tão grande quanto a sala de visitas da sra. Goddard. Tinha uma criada que estava há mais de vinte e cinco anos com eles, possuía oito vacas — duas da raça Alderney,[15] uma outra da raça Welch, muito bonita — a sra. Martin gostava muito dessa e a chamava de 'minha vaquinha'. Além disso, a casa ficava extremamente bonita quando o jardim florescia no verão, e, no próximo ano, poderiam tomar o chá diante de uma linda casa de verão, grande o suficiente para abrigar doze pessoas."

Por algum tempo, ela se divertiu, sem pensar em mais nada, mas quando passou a entender melhor a família, outros sentimentos surgiram. Emma estava enganada, pensando que na casa viviam juntos a mãe, a filha, o filho e uma nora. Porém, quando percebeu que o sr. Martin, nome que estava sempre presente nas conversas e era mencionado com grande aprovação pelo fato de ser um rapaz de bom temperamento, era solteiro e que não havia nenhuma jovem sra. Martin, nenhuma esposa em vista, começou a suspeitar do perigo que a pobre amiga corria diante de tanta hospitalidade e gentileza, e que, se não a ajudasse, Harriet poderia perder-se para sempre.

Tendo isso em mente, suas perguntas aumentaram em número e significado, levando Harriet a falar especialmente a respeito do sr. Martin e, evidentemente, a moça gostava disso. Ela sempre estava pronta para falar sobre suas caminhadas à luz da lua e sobre os alegres jogos, além de gastar boa parte do tempo falando sobre como ele era um homem bem-humorado e amável. Uma vez ele caminhou cerca de cinco quilômetros para trazer-lhe algumas nozes, só porque ela disse que gostava delas. Em todos os aspectos, ele era muito amável. Uma noite, trouxe um filho de um pastor à sua casa apenas para cantar para Harriet, que gostava muito de música. Robert Martin também cantava um pouco, e Harriet acreditava que ele era inteligente e entendia de tudo. O rapaz possuía um rebanho notável e, enquanto ela esteve na companhia da família Martin, ele recebeu por suas lãs um lance maior do que qualquer outra fazenda do país. Todos falavam bem do rapaz; a mãe e as irmãs gostavam muito dele. Um dia, a sra. Martin lhe disse, apesar de corar, que era impossível alguém ser tão bom quanto seu filho, e tinha certeza de que, ao se casar, seria um excelente marido. Não que ela quisesse que o filho se casasse; pelo contrário, não tinha o menor interesse nisso.

"Muito bem, sra. Martin! A senhora sabe o que faz", pensou Emma.

— E quando voltei para casa, a sra. Martin foi tão gentil que já havia enviado à casa da sra. Goddard um belo ganso, o mais belo ganso que ela já

---

[15] Raça de vacas leiteiras.

tinha visto. No domingo, a sra. Goddard preparou o ganso e convidou três professoras, as srtas. Nash, Prince e Richardson, para cearem com ela.

— O sr. Martin, suponho, não é um homem que possua mais conhecimentos além do que o trabalho lhe exige, não é? Ele lê? — perguntou Emma à amiga.

— Ah, sim! Isto é, não, não sei. Mas acredito que ele leia muito, mas nada do que a senhorita já leu. Ele lê o *Jornal de Relatórios Agrícolas* e alguns outros livros, dos que ficam perto da janela; mas lê para si mesmo. Às vezes, à noite, antes de jogarmos cartas, ele lia alguns trechos do *Elegant Extracts*[16] e realmente era algo muito divertido. Também sei que ele já leu o *Vigário de Wakefield*,[17] porém nunca leu *O romance da floresta*[18] ou *As crianças da abadia*.[19] O sr. Martin nunca sequer ouviu falar de tais livros antes que eu lhe falasse sobre eles, mas estava determinado a consegui-los o mais rápido que pudesse.

A pergunta seguinte de Emma foi:

— Qual é a aparência do sr. Martin?

— Oh! Ele não é bonito, nem um pouco bonito. A princípio, eu o achei muito simples, mas não o vejo da mesma forma agora. Com o tempo, você sabe, tudo muda. A senhorita nunca o viu? Ele vem a Highbury sempre que pode e certamente passa todas as semanas por este caminho quando vai para Kingston. Provavelmente, já se encontraram muitas vezes.

— É bem provável... talvez eu já o tenha visto umas cinquenta vezes, mas não fazia ideia do seu nome. Um jovem fazendeiro, a pé ou a cavalo, é uma das últimas pessoas a despertarem minha curiosidade. Os proprietários de terras são exatamente o tipo de gente que não faz parte do meu círculo de amizades. São pessoas de uma classe social inferior,[20] cuja aparência não me interessa. Espero ser útil às suas famílias algum dia, mas um fazendeiro nunca precisará da minha ajuda e, portanto, não faz parte de meus pensamentos.

— Com certeza. Oh, sim! É bem provável que nunca tenha prestado atenção nele, porém ele a conhece muito bem, quero dizer, de vista.

— Não tenho dúvida de que ele seja um jovem muito respeitável. Tenho certeza de que, de fato, é assim e lhe desejo tudo de bom. Quantos anos acha que ele tem?

— Ele fez vinte e quatro no dia oito de junho, e meu aniversário é no dia vinte e três, exatamente quinze dias de diferença, o que é muito estranho.

---

[16] Uma série de livros sobre prosa e verso publicados por Vicesimus Knox.
[17] Romance do escritor irlandês Oliver Goldsmith, produzido entre 1761 e 1762 e publicado em 1766.
[18] Romance gótico de Ann Radcliffe, publicado em 1791.
[19] Romance da irlandesa Regina Maria Roche, publicado em 1796, em quatro volumes.
[20] Na época de Jane Austen, as pessoas que precisavam trabalhar para se sustentar (fazendeiros, comerciantes, empregados, etc.) eram consideradas de posição social inferior aos proprietários de terras ou às pessoas que viviam de rendimentos.

— Apenas vinte e quatro anos. É muito jovem para se casar. A mãe dele está completamente certa ao dizer que não precisa ter pressa. Eles parecem muito confortáveis como estão e, se ela tivesse pressa para que ele se casasse, certamente mudaria de ideia. Em seis anos, ele poderá encontrar uma boa moça, do mesmo nível social, com um pequeno dote, e isso seria muito agradável.

— Seis anos! Querida srta. Woodhouse, então ele terá trinta anos!

— Bem, essa é a idade que a maioria dos rapazes que não nasceram ricos espera ter para se casar. O sr. Martin, creio eu, ainda precisa construir sua fortuna, não pode depender do mundo. Qualquer que seja a quantia que seu pai lhe deixou quando morreu, por maior que seja sua parte na propriedade da família, eu me atreveria a dizer que está com tudo investido e assim por diante. Apesar disso, com diligência e sorte, poderá enriquecer com o tempo, mas é quase impossível que isso seja agora.

— Com certeza, isso é verdade. Contudo, eles vivem muito confortavelmente. Não possuem nenhum criado para a casa, mas isso não lhes faz falta, e a sra. Martin pretende contratar um rapaz no próximo ano.

— Espero que você não encontre dificuldades, Harriet, se um dia ele se casar. Refiro-me à sua relação com a futura esposa dele, pois, embora as irmãs dele tenham recebido boa educação e não se possa objetar nada a elas, não quer dizer que ele não possa casar-se com alguém que não seja digna de ser sua amiga. O infortúnio do seu nascimento deveria torná-la mais cuidadosa quanto às pessoas com quem se relaciona. Não há dúvida de que você é filha de um cavalheiro e deve manter esse posto a todo custo, ou haverá muitas pessoas que teriam o prazer de rebaixá-la.

— Sim, com certeza, suponho que há muitas pessoas assim. Porém, quando visito Hartfield, ele é tão gentil comigo, srta. Woodhouse. Não tenho medo do que os outros possam fazer comigo.

— Você entende a força da influência muito bem, Harriet, mas eu desejo que você esteja firmemente estabelecida na boa sociedade e independente da srta. Woodhouse e de Hartfield. Almejo vê-la definitivamente bem relacionada e para isso é aconselhável que tenha o mínimo possível de amizades estranhas, de classe inferior. Além disso, se deseja ficar bem por estas redondezas, quando o sr. Martin se casar, seria melhor que sua intimidade com as irmãs desse rapaz não a obrigassem a ser amiga da esposa dele, que provavelmente será filha de um simples granjeiro, sem nenhuma educação.

— Oh, sim, sem dúvida. Não creio que o sr. Martin se casaria com alguém sem educação ou sem berço. No entanto, não quero que minha opinião seja contrária à sua e tenho certeza de que não desejarei ter nenhum tipo de relação com a esposa dele. Sempre terei uma grande consideração por suas irmãs, especialmente Elizabeth. Eu ficaria muito decepcionada se precisasse desistir dessa amizade, pois elas são tão bem-educadas quanto eu. Mas, se ele se casar com uma mulher muito ignorante e vulgar, claro que, se eu puder evitar, nunca farei uma visita a ela.

Emma observou-a em meio às oscilações do seu discurso e não viu nenhum sintoma alarmante de amor. O jovem rapaz foi seu primeiro admirador, mas acreditava que não haveria grande dificuldade da parte de Harriet em se opor a algum arranjo amigável.

Elas encontraram o sr. Martin no dia seguinte, enquanto caminhavam pela estrada de Donwell. Ele estava a pé e, após olhar respeitosamente para Emma, voltou o olhar com uma satisfação sincera para sua companheira. Emma não se arrependeu por ter uma oportunidade para analisar a situação e, ao caminharem mais alguns passos, avaliou o sr. Martin e teve uma ideia geral do seu caráter. Sua aparência era muito simples, parecia ser um homem sensato, mas não tinha nenhum outro atrativo. Se viesse a ser comparado com outros cavalheiros, Emma acreditou que ele perderia todos os créditos que tinha recebido de Harriet. A amiga não era insensível ao modo como era tratada pelas pessoas; voluntariamente percebera a gentileza do pai de Emma com admiração e encantamento. O sr. Martin a fitou como se não soubesse o que eram boas maneiras.

Permaneceram juntos por mais alguns minutos, uma vez que não podiam fazer Emma esperar. Então, Harriet correu na sua direção com um sorriso, o qual a srta. Woodhouse não tardou em compreender.

— Pense como foi casual nosso encontro! Que coincidência! Ele me disse que foi uma questão de sorte não ter escolhido caminhar pelos lados de Randalls. Ele jamais imaginaria que caminhávamos por esta estrada. Pensou que fôssemos a Randalls todos os dias. Disse-me que ainda não conseguiu encontrar o *Romance da floresta*. Estava tão ocupado da última vez que esteve em Kingston que se esqueceu por completo, mas voltará lá amanhã. Foi muita coincidência nos encontrarmos! Bem, srta. Woodhouse, ele é do jeito como imaginava? O que pensa a respeito dele? Acha que é muito simples?

— Ele é muito simples, sem dúvida, notavelmente simples. Mas não é nada comparado à falta de requinte. Eu não tinha direito de esperar mais e não esperava muito, mas não tinha ideia de que ele fosse tão rude, sem nenhuma graça. Confesso que o imaginei um pouco mais refinado.

— De fato — disse Harriet, com a voz mortificada —, ele não é tão gentil como os cavalheiros de verdade.

— Harriet, uma vez que está em nossa companhia, você teve, por inúmeras vezes, a oportunidade de estar na presença de verdadeiros cavalheiros e deve ter ficado impressionada com a diferença entre eles e o sr. Martin. Em Hartfield, você tem bons exemplos de rapazes bem-educados e distintos. Eu ficaria surpresa se, mesmo após vê-los, você estivesse na companhia do sr. Martin novamente sem perceber que ele é alguém de nível muito inferior... sem se assombrar pelo fato de que antes o achava agradável. Não consegue perceber isso agora? Não ficou impressionada? Tenho certeza de que ficou chocada ao perceber seu olhar, seus modos grosseiros e seu tom de voz rude que, daqui de onde estou, não percebi conter nenhum tipo de entonação.

— Certamente, ele não é como o sr. Knightley. Não tem um ar tão distinto, nem sabe andar como ele. Vejo uma grande diferença. O sr. Knightley é um homem muito fino!

— O sr. Knightley é extraordinariamente tão distinto que não é justo que você o compare com o sr. Martin. Você nunca encontrará entre cem cavalheiros um que mereça essa descrição como o sr. Knightley. No entanto, ele não é o único cavalheiro com o qual você teve contato recentemente. O que me diz do sr. Weston e do sr. Elton? Compare o sr. Martin com os dois. Compare o modo como se portam, como caminham, falam, e até mesmo quando estão em silêncio. Você notará a diferença.

— Ah, sim! Há uma grande diferença, mas o sr. Weston já é um homem mais experiente, deve ter entre quarenta e cinquenta anos.

— O que torna suas boas maneiras ainda mais valiosas, Harriet. Quanto mais velha fica uma pessoa, mais importante é que seus modos não se tornem rudes, porque ficam mais evidentes e desagradáveis quaisquer grosserias ou atitudes estranhas. O que é tolerável na juventude é detestável na velhice. Se agora o sr. Martin já é estranho e rude, como será quando tiver a idade do sr. Weston?

— De fato, não sei o que dizer — respondeu Harriet solenemente.

— Mas é muito fácil de adivinhar. Ele será um fazendeiro completamente bruto e vulgar, totalmente desatento à aparência e não pensará em mais nada além de ganhos e perdas.

— Será que ele realmente será assim? Seria uma lástima.

— Até que ponto, inclusive agora, os negócios ocupam tanto seu tempo que até o fizeram esquecer-se de procurar o livro que você recomendou! Estava tão preocupado com seus afazeres que não pensou em mais nada, o que é justamente o que deve fazer quem espera prosperar. O que ele tem a ver com os livros? Não tenho dúvida de que ele *vai* prosperar e, com o tempo, será um homem rico, e o fato de ser iletrado e grosseiro não deve *nos* incomodar.

— Eu me pergunto por que ele se esqueceu do livro... — foi a resposta de Harriet, e em sua voz havia um tom de contrariedade que Emma não quis interpelar. Portanto, não disse sequer uma palavra por alguns minutos, mas depois continuou:

— Talvez em um aspecto os modos do sr. Elton sejam superiores aos do sr. Knightley e aos do sr. Weston: eles são mais gentis. Seguramente, podem ser considerados um modelo para nós. O sr. Weston é um homem de mente aberta, vivaz e muito franco, por isso todos gostam dele, principalmente por causa do seu bom humor, mas não é motivo para ser copiado. O mesmo ocorre com os modos perfeitos, decididos e dominantes do sr. Knightley, e, embora isso lhe caia muito bem, se algum jovem resolvesse imitá-lo, seria um completo desastre. Ao contrário, acredito que qualquer jovem tomará uma ótima decisão se adotar como modelo o sr. Elton. Ele tem bom caráter, é alegre, amável e cortês. Parece-me que tem andado especialmente gentil. Não sei se ele tem o objetivo de chamar a atenção de alguma de nós, Harriet, redobrando suas amabilidades. Mas parece-me que seus modos estão ainda mais gentis do que costumam ser, e certamente são para agradar a alguém. Não lhe contei o que ele disse sobre você outro dia?

Ela repetiu uma série de elogios que o sr. Elton havia feito e Harriet sorriu, ficou corada e disse que sempre achou o sr. Elton muito agradável.

Para Emma, o sr. Elton era a pessoa certa para fazer Harriet esquecer o jovem fazendeiro, porque acreditava que formariam um lindo casal. E que seria muito desejável, natural e provável que tudo fosse planejado por ela. Porém, teve receio de que todos pensassem do mesmo modo. Não era provável, no entanto, que alguma pessoa tivesse essa ideia antes dela, pois surgiu em sua mente na primeira noite em que Harriet visitara Hartfield. E, quanto mais pensava a respeito, mais acreditava ser conveniente. A situação do sr. Elton era mais adequada porque ele era um cavalheiro sem ligações com pessoas de nível social inferior e, ao mesmo tempo, não tinha familiares que pudessem colocar objeções a respeito do nascimento duvidoso de Harriet. Ele tinha uma casa confortável para oferecer à amiga, e Emma acreditava que também possuía uma boa renda; embora a paróquia de Highbury não fosse muito grande, ele era conhecido por ter uma propriedade independente. Ela o considerava um homem de bom humor, boas maneiras, respeitável, sem nenhuma deficiência de discernimento ou conhecimento do mundo.

Estava segura de que ele achava Harriet uma moça bonita, e confiava que suas visitas frequentes a Hartfield, de início, seriam suficientes para que o sr. Elton se interessasse pela amiga. E, quanto a Harriet, não restava dúvida de que a ideia de ser admirada por ele teria a influência e a eficácia que tais circunstâncias exigiam. A verdade é que ele era realmente um jovem muito agradável, que certamente seria apreciado por qualquer mulher que não fosse melindrosa. Era bonito, todos o admiravam, apesar de não despertar interesse em Emma pelo fato de não possuir encanto em suas feições, o que ela considerava imperdoável. Mas a moça que ficara agradecida pelo simples fato de o sr. Martin percorrer o interior à procura de nozes seria completamente conquistada pela admiração do sr. Elton.

CAPÍTULO 5

— Sra. Weston, eu não sei qual seria a sua opinião a respeito da grande intimidade entre Emma e Harriet Smith, mas acredito que não será algo bom — disse o sr. Knightley.

— Algo ruim! Realmente acredita nisso? Por quê?

— Creio que não trará benefícios para nenhuma das duas.

— O senhor me surpreende! Emma pode fazer muito bem a Harriet e, ao proporcionar-lhe novos interesses, Harriet fará bem a Emma. Vejo a amizade entre as duas com grande satisfação. Percebo que pensamos de modos distintos! Acredita que nenhuma das duas será beneficiada! Sr. Knightley, sem dúvida isso será motivo de discussões entre mim e o senhor, a respeito de Emma.

— Talvez pense que vim com o propósito de discutir com a senhora, sabendo que Weston está fora e que terá de se defender sozinha.

— O sr. Weston, sem dúvida, me apoiaria se estivesse aqui, pois pensa do mesmo modo que eu a respeito desse assunto. Ontem mesmo conversávamos sobre isso e concordamos que Emma é muito afortunada e que certamente deveria haver em Highbury uma moça para ela fazer uma nova amizade. Sr. Knightley, não vou permitir que seja juiz neste caso. Está tão acostumado a viver só que não dá valor a uma boa companhia e, talvez, um homem não consiga entender quanto a companhia de uma mulher faz bem à outra, uma vez que ela está acostumada a isso a vida inteira. Até imagino o juízo que tem de Harriet Smith, não sendo uma moça tão brilhante quanto Emma para ser sua amiga. Mas, por outro lado, como Emma quer vê-la bem-informada, será um incentivo para que ela leia mais. As duas lerão juntas, sei que esse é o objetivo.

— Emma sempre desejou ler mais desde que tinha dez anos. Eu já vi diversas listas de livros pelos quais ela se interessava. Eram listas boas, repletas de ótimas escolhas, muito organizadas — às vezes organizadas alfabeticamente ou por outra regra. Quando ela estava com quatorze anos, fez uma lista, lembro-me bem, pois dei muito crédito à iniciativa e a conservei por muito tempo; atrevo-me a dizer que agora fará uma nova lista muito boa. Mas já perdi as esperanças de ver Emma terminar suas leituras. Ela nunca se dedicará a algo que necessite esforço e paciência, seus caprichos comandam sua razão. Os comportamentos que a srta. Taylor não conseguiu estimular, certamente, Harriet também não conseguirá. A senhora nunca conseguiu convencê-la a ler tanto quanto desejou. Sabe que não conseguiu.

— Ouso dizer — respondeu a sra. Weston, sorrindo — que eu pensava desse modo. Mas, desde que deixei Hartfield, não consigo lembrar-me sequer de um desejo meu que Emma tenha deixado de satisfazer.

— Não há necessidade de evocar certas recordações — disse o sr. Knightley, comovido.

Ele ficou em silêncio por alguns momentos e acrescentou:

— Mas eu, que não sofri os efeitos de seus encantos tão diretamente, ainda devo ver, ouvir e me lembrar. Emma foi mimada por ser considerada a mais inteligente da família. Aos dez anos, teve a infelicidade de ser capaz de responder a questões que sua irmã de dezessete não conseguia. Ela sempre foi rápida e garantia que Isabella fosse lenta e tímida. E, desde que tinha doze anos, Emma tornou-se a dona da casa e de todos vocês. Ao perder a mãe, perdeu a única pessoa que seria capaz de lidar com ela. Emma herdou os talentos da mãe e deveria ter sido educada sob a autoridade dela.

— Eu sentiria muito, sr. Knightley, se dependesse de *sua* recomendação, caso tivesse deixado a família Woodhouse e procurado outra oportunidade. Não acredito que o senhor tenha feito sequer um elogio a meu respeito para outra pessoa. Tenho certeza de que sempre me achou inadequada para a função de que me incumbiram.

— Sim — disse ele, sorrindo. — Está muito melhor *aqui*, é muito adequada para ser uma esposa, mas não para ser uma governanta. A senhora se preparou para ser uma boa esposa ao longo de todos os anos que viveu em Hartfield. Talvez não tenha dado a Emma uma educação completa como prometeu, mas certamente recebeu uma boa educação por parte dela, uma magnífica educação para a vida matrimonial, de submeter sua própria vontade, fazendo o que lhe era pedido. Se o sr. Weston me tivesse consultado a respeito de uma esposa, sem dúvida alguma eu teria recomendado a srta. Taylor.

— Obrigada. Há poucos méritos em ser uma boa esposa para um homem como o sr. Weston.

— Para dizer a verdade, receio que a senhora tenha desperdiçado o seu tempo, estando disposta a suportar tudo que na verdade não tinha de ter suportado. No entanto, não vamos desesperar-nos. Weston pode chegar a pensar em viver uma vida cheia de confortos, ou seu filho pode dar-lhe desgostos.

— Espero que *isso* não aconteça. Não, sr. Knightley, não faça previsões sobre esse assunto.

— Certamente, não. Apenas citei algumas possibilidades. Não tenho a pretensão de que Emma possa fazer previsões ou adivinhações. Espero, de todo o coração, que o jovem rapaz tenha os méritos de Weston e a fortuna da família Churchill. Mas, Harriet Smith... ainda não concluí minhas impressões a respeito de Harriet Smith. Penso que ela é a pior companhia que Emma poderia ter. A moça não conhece muito de si mesma e acredita que Emma sabe de tudo. É uma aduladora, e o pior, acredito que não seja premeditado. Sua ignorância é uma bajulação contínua. Como Emma pode imaginar que possa aprender algo se Harriet mostra-se deliciosamente inferior? E quanto a Harriet, ouso dizer que ela não tem nada a ganhar com essa amizade. Hartfield só vai distanciá-la de todos os lugares aos quais pertence. Acabará por se tornar uma moça refinada, mas apenas o suficiente para que se sinta incomodada com aqueles com os quais terá de viver em virtude de seu nascimento e posição. Estaria muito equivocado se acreditasse que os ensinamentos de Emma pudessem acrescentar algo à personalidade de Harriet ou que fizessem que a moça pensasse de modo mais racional diante das situações que viverá. Apenas lhe dará um pouco de brilho.

— Confio mais no bom senso de Emma do que o senhor, ou talvez esteja mais preocupada com o bem-estar de agora, pois não lamento a amizade entre as duas. Como ela estava bem na noite passada!

— Oh! Prefere falar do exterior em vez do interior, não é mesmo? Muito bem, não posso negar que Emma seja bonita.

— Bonita! Seria melhor dizer maravilhosa! O senhor consegue imaginar alguém que chegue tão próximo da perfeição quanto ela? Tanto em rosto como de figura?

— Não sei o que posso dizer, mas confesso que raras vezes vi um rosto ou figura mais agradáveis que os dela. Mas sou um velho amigo parcial.

— E seus olhos! Olhos cor de avelã, tão brilhantes! Emma possui traços regulares e um semblante muito bonito, realmente tem uma pele maravilhosa! Oh! Parece um botão de rosa, saudável, com as devidas proporções de peso e altura, sempre ereta e firme! Além disso, não é bela apenas na aparência; seus modos, sua cabeça e os olhares são sempre encantadores. Às vezes, é possível ouvir uma criança dizer que "ela é um retrato da perfeição". E, agora que está crescida, transmite exatamente esse retrato fiel. Ela é a encarnação da beleza. Não é mesmo, sr. Knightley?

— Não consigo encontrar um defeito sequer — respondeu ele. — Acredito que Emma é tudo isso que descreveu. É um prazer poder admirá-la e vou acrescentar este elogio: não a considero vaidosa. Levando em consideração quanto é bonita, parece que está pouco preocupada com isso; na verdade, sua vaidade dá-se por outros motivos, sra. Weston, mas não retiro minha opinião de que não aprovo a amizade entre Emma e Harriet Smith, nem sequer escondo meu receio de que essa relação lhes causará algum dano.

— E eu, sr. Knightley, mantenho a minha opinião de que não lhes fará mal algum. Apesar de seus pequenos defeitos, Emma é uma excelente pessoa. Onde mais encontraremos uma filha tão boa quanto ela, irmã gentil ou amiga verdadeira? Não, não... ela possui qualidades que devem ser levadas em conta. Emma não seria capaz de causar nenhum dano a ninguém, não cometerá nenhuma tolice relevante. Para cada vez que Emma comete um erro, há cem vezes em que age corretamente.

— Muito bem, não vou aborrecê-la mais. Emma será um anjo e guardarei meus receios comigo mesmo até que John e Isabella cheguem para os festejos de Natal. John ama Emma, mas não é um sentimento que o deixe cego, e Isabella sempre pensa do mesmo modo que o marido, exceto quando ele se assusta o suficiente a respeito de algum assunto relacionado às crianças. Tenho certeza de que os dois pensarão do mesmo modo que eu.

— Eu sei que todos vocês a amam muito, a ponto de serem injustos ou duros com ela, mas me perdoe, sr. Knightley, já que tenho o privilégio de falar a respeito de Emma como uma mãe o faria, e tomo a liberdade de dizer que não acredito que dê algum resultado uma conversa entre vocês a respeito dos benefícios da amizade entre Emma e Harriet Smith. Perdoe-me, novamente, mas supor que alguns inconvenientes surgirão por causa desse relacionamento é algo que não se pode esperar de Emma, que não tem de prestar contas a ninguém a não ser ao pai, que aprova totalmente a amizade. É difícil acreditar que ela dê fim a isso, sendo algo que lhe dá muito prazer. Há muitos anos que tenho a missão de aconselhá-la, e o senhor não se surpreenderia, sr. Knightley, se eu ainda tivesse autoridade para isso.

— De maneira nenhuma — exclamou ele —, sou muito grato à senhora por tudo isso. É um ótimo conselho e certamente terá um destino melhor do que os conselhos que costuma dar, pois estou certo de que será seguido.

— A sra. John Knightley se preocupa com facilidade e poderá ficar triste pela irmã.

— Fique tranquila — disse ele. — Eu não farei nenhum protesto, guardarei meu mau humor. Sinto um interesse muito sincero por Emma. Não considero Isabella, minha cunhada, mais irmã do que Emma. Além disso, ela nunca me despertou muito interesse. Sinto-me ansioso e curioso em relação a Emma e me pergunto o que será dela!

— Eu também me preocupo muito — disse a sra. Weston gentilmente.

— Ela sempre afirma que nunca se casará, porém isso não significa nada. Não faço a menor ideia se algum homem já despertou o interesse de Emma. Não seria má ideia se ela se apaixonasse por alguém do seu nível. Gostaria de ver Emma apaixonada e com dúvida se é correspondida; isso certamente lhe faria bem. Mas não há ninguém nas redondezas que esteja à sua altura, e ela raramente sai de casa.

— De fato, são bem poucas as tentações que a fariam desistir da sua resolução — concordou a sra. Weston. — E, enquanto ela for feliz em Hartfield, não desejo nenhum compromisso que crie alguma dificuldade para o pobre sr. Woodhouse. No momento, não recomendo a Emma que se case, embora não tenha nada contra essa ideia, posso assegurar-lhe.

Na verdade, ela desejava ocultar, o máximo possível, alguns pensamentos de si mesma e do sr. Weston. Em Randalls, existiam certas intenções a respeito do futuro de Emma, mas não seria desejável que alguém soubesse. E a mudança de assunto, por parte do sr. Knightley, ao dizer "O que Weston pensa a respeito do clima, será que teremos chuva?", convenceu-a de que nada mais precisaria ser dito sobre Hartfield.

CAPÍTULO 6

Emma não tinha a menor dúvida de ter dado a Harriet uma boa direção e elevado a sua gratidão para o delírio da sua vaidade juvenil, uma vez que a moça era agora muito mais sensível do que antes ao fato de que o sr. Elton era um homem notavelmente bonito e de maneiras agradáveis. E ela não hesitava em assegurar à amiga que o rapaz a admirava, por meio de pistas discretas, e assim passou a acreditar que Harriet estava tão interessada quanto possível.

Ela estava plenamente convencida de que o sr. Elton estava a ponto de se apaixonar, isso se já não estivesse enamorado. Não havia nenhuma hesitação em relação aos sentimentos dele. O sr. Elton conversava com Harriet e elogiava a moça tão calorosamente que Emma acreditava não haver nada que o tempo não fosse capaz de acrescentar. Os comentários dele ao observar que Harriet aprimorara seus modos desde que chegara a Hartfield não poderiam ser mais do que gratas provas do seu crescente interesse.

— A senhorita deu à srta. Smith tudo o que ela necessitava — disse ele. — Agora, ela está mais graciosa e tranquila. Harriet era uma bela moça quando chegou aqui. Contudo, em minha opinião, os toques que a senhorita acrescentou são infinitamente superiores aos que ela recebeu ao nascer.

— Estou feliz pelo fato de o senhor pensar que fui útil a ela, mas Harriet só precisava de orientação e algumas pistas... poucas, na verdade. Ela já nasceu com graça natural e temperamento suave. Não precisei fazer muito para ajudá-la.

— Como se fosse possível contradizer uma dama — comentou o galante sr. Elton.

— Talvez, se eu lhe tivesse dado um pouco mais de firmeza de opinião, ela fosse capaz de refletir a respeito de coisas em que sequer pensaria antes.

— Exatamente! Isso é o que mais me impressiona. Como conseguiu ficar mais firme em suas opiniões! Certamente foi sua ajuda habilidosa que contribuiu para isso!

— Garanto-lhe que foi um grande prazer ajudá-la, pois nunca estive com alguém tão atenta e verdadeiramente amável.

— Não tenho dúvida disso — concordou o sr. Elton, seguido de uma espécie de suspiro animado, como de um homem apaixonado.

Em um outro dia, Emma ficou ainda mais satisfeita quando ele sugeriu repentinamente que ela pintasse um retrato de Harriet.

— Você tem algum retrato seu, Harriet? — perguntou Emma. — Já posou para uma pintura?

Harriet estava a ponto de sair da sala e só parou para dizer, em um tom bastante ingênuo:

— Oh, querida! Não, nunca.

Assim que ela saiu de vista, Emma exclamou:

— Um retrato dela seria uma requintada aquisição! Pagaria qualquer quantia por isso. Quase me atrevi a pintá-la. Acredito que não deve saber, mas há dois ou três anos eu tinha uma grande paixão pela pintura de retratos. Cheguei até a fazer alguns retratos de amigos e muitos me disseram que eu tinha um dom para o trabalho. Mas, por uma razão ou outra, acabei desistindo, desgostosa. No entanto, poderia aventurar-me a fazer um retrato de Harriet, se ela aceitar posar para mim. Seria um prazer ter um retrato dela!

— Permita-me suplicar-lhe! — exclamou o sr. Elton. — De fato, seria um deleite! Imploro, srta. Woodhouse, que exercite tão encantador talento em favor da sua amiga. Conheço suas pinturas. Como poderia imaginar que as desconheço? Não apenas esta sala está repleta de suas paisagens e flores, como a sra. Weston possui inimitáveis telas em sua sala de visitas, em Randalls, não é mesmo?

"Sim, bom homem!", pensou Emma. "Mas o que tudo isso tem a ver com retratos? Você não conhece nada a respeito deles, não venha com entusiasmo para o meu lado. Deixe seu êxtase para o rosto de Harriet." Em seguida respondeu-lhe:

— Uma vez que me encoraja tanto, sr. Elton, creio que posso arriscar o meu melhor para fazer um. As feições de Harriet são muito delicadas, o que torna sua reprodução em um retrato muito difícil. Além disso, há as singularidades, como o formato dos olhos e os traços dos lábios, nos quais preciso concentrar-me

— Exatamente! O formato dos olhos e as linhas ao redor dos lábios, não tenho dúvidas do seu sucesso. Por favor, por favor, diga que vai tentar. E, ao fazê-lo, certamente será, como disse anteriormente, uma aquisição requintada.

— Mas receio, sr. Elton, que Harriet não vá gostar da ideia de posar. Ela não valoriza sua própria beleza. O senhor não percebeu pela maneira como ela me respondeu? Sooou como se dissesse: "Por que fariam meu retrato?".

— Oh, sim! Garanto-lhe que observei isso. Não me passou despercebido. Mas, ainda assim, acredito que ela poderá ser persuadida.

Tão logo Harriet voltou para a sala, a proposta foi feita e ela não tinha argumentos contra a insistência dos outros dois. Emma quis começar o trabalho imediatamente. Foi buscar um portfólio contendo uma série de rascunhos de retratos e, uma vez que nenhum deles sequer foi terminado, foi possível examiná-los para escolher qual seria o tamanho ideal para o de Harriet. Seus rascunhos foram apresentados: miniaturas, retratos de meio corpo, corpo inteiro, a lápis, carvão e aquarela. Emma sempre quis fazer de tudo um pouco e conseguiu mais progresso na música e no desenho do que muitos alcançaram com tão pouco esforço como ela. Ela tocava e cantava, e desenhava em quase todos os estilos, porém sempre lhe faltava perseverança; e em nada conseguiu alcançar o nível de excelência que gostaria, e não admitia falhar. Não se iludia a respeito de seus talentos, tanto o artístico como o musical, mas não estava disposta a permitir que os outros soubessem ou que se apiedassem por sua reputação, a respeito de suas realizações, estar geralmente acima do que de fato merecia.

Todas as pinturas possuíam seu mérito; talvez as melhores fossem as inacabadas. Seu estilo era vibrante; porém, se a quantidade de desenhos fosse menor ou fosse dez vezes maior, não faria diferença para o fascínio e a admiração de seus dois amigos. Eles estavam em êxtase. Os retratos agradaram a todos e "as obras da srta. Woodhouse eram esplêndidas".

— Não há grande variação de rostos para vocês verem — disse Emma. — Tenho apenas minha família para observar. Aqui está um retrato do meu pai, outro também dele, mas a ideia de posar para um retrato deixou-o tão nervoso que só pude fazer meu trabalho enquanto ele se distraía, e nenhum deles se parece mesmo com o original. A sra. Weston de novo, e de novo e de novo, como podem ver. Querida sra. Weston! sempre minha amiga mais gentil em qualquer situação. Ela posaria sempre que eu pedisse. Aqui está um retrato da minha irmã, e muito próximo de sua elegância natural. O rosto não ficou muito parecido, eu deveria ter-me esforçado mais, e ela deveria ter posado por mais tempo, mas ela estava tão apressada para que eu fizesse um retrato de seus quatro filhos, que não conseguia ficar quieta. E as quatro tentativas que fiz das crianças, aqui estão, Henry, John e Bella, na mesma folha de papel, veja como são parecidos. Minha irmã estava tão ansiosa por estes desenhos que não pude recusar. Mas, como devem imaginar, não existe criança de três ou quatro anos que consiga ficar parada por muito tempo. Tampouco foi fácil desenhá-los, a não ser pelos modos e as feições, a menos que fossem retratados de maneira grosseira, bem diferentes de qualquer outra criança. Aqui está o meu esboço do quarto filho, quando ainda era bebê. Tentei desenhá-lo como se ele estivesse dormindo no sofá, e veja como é grande a semelhança com o adorno que usava! Veja como ele acomodou a cabeça de forma tão conveniente. Muito próximo do real, estou muito orgulhosa do pequeno George. Além disso, o canto do sofá ajudou muito. Bem, aqui está meu último desenho — anunciou, mostrando um bonito esboço de um cavalheiro de corpo inteiro. — Meu último e melhor desenho: meu cunhado,[21] o sr. John Knightley. Faltava muito pouco para que eu pudesse terminá-lo quando desisti da ideia. Deixei-o de lado e prometi a mim mesma que nunca mais voltaria a fazer retratos. Não suporto quando me provocam, ainda mais depois de tanto esforço da minha parte, e quando eu realmente consegui desenhá-lo — a sra. Weston e eu concordamos que se parecia *muito* com ele... apenas um pouco mais bonito, um pouco exagerado, mas foi um deslize positivo. Depois de tudo isso, a pobre Isabella aprovou-o friamente, dizendo "sim, está parecido com ele, mas certamente não lhe faz justiça". Além disso, tivemos um grande trabalho para convencê-lo a se sentar, e mais parecia que eu lhe prestava um grande favor. Tudo isso foi bem mais do que eu pude suportar; então nunca consegui terminá-lo, para que tivessem de desculpar-lhe a falta de semelhança, a cada visita matinal na Brunswick Square. E, como já lhe disse antes, jurei nunca mais fazer um retrato. Porém, em consideração a Harriet, ou melhor, em meu benefício, e como não há maridos ou esposas neste caso para dar palpites, quebrarei minha promessa.

---

[21] No original, *brother*, que significa irmão. Naquela época, era costume chamar o cunhado de irmão.

O sr. Elton parecia muito impressionado e encantado com a ideia e foi logo repetindo:

— Como a senhorita bem observou, não há nenhum marido ou esposa *neste caso* que possa palpitar. Certamente, ninguém — disse isso de maneira tão consciente que Emma começou a pensar se não seria melhor deixá-los a sós. Mas, como Harriet queria o retrato, essa ideia precisou esperar um pouco mais.

Ela logo decidiu a respeito do tamanho e do tipo de retrato, seria de corpo inteiro e em aquarela, assim como o do sr. John Knightley, e estava destinado, para o benefício de Emma, a ficar sobre a lareira.

A sessão começou, e Harriet, sorrindo e corando, temerosa por não conseguir manter sua postura e fisionomia, ofereceu uma expressão que era uma doce mistura de jovialidade para os olhos atenciosos da artista. Como não tinha mais nada para fazer, o sr. Elton ficava atrás de Emma, observando cada linha traçada. Ela permitiu que ele ficasse onde quisesse, porém foi obrigada a pedir-lhe que se sentasse em outro lugar. Então, teve a ideia de sugerir que ele fosse ler algum livro.

"Seria tão bom se ele fosse ler! De fato, seria uma gentileza! Não me atrapalharia e deixaria a srta. Smith menos ansiosa."

O sr. Elton ficou muito feliz. Harriet atendeu à sugestão e Emma desenhou em paz. Ela permitiu que ele olhasse o desenho com certa regularidade; era o mínimo que podia oferecer a um jovem apaixonado. Assim que ela descansava o lápis, ele estava disposto a olhar, ver o progresso do trabalho e ficar maravilhado. Não houve nenhum tipo de reclamação, pois ele a encorajava, uma vez que sua admiração permitia que ele percebesse qualquer semelhança antes mesmo de ser possível detectá-la. Ela não podia confiar em seu olhar, pois seu amor e complacência eram indiscutíveis.

A sessão foi muito satisfatória. Emma estava contente o bastante com os esboços do primeiro dia para seguir adiante. Não era necessário que fosse uma cópia fiel de Harriet e já era afortunada por ter tomado a decisão de fazer o desenho. Pensava em dar pequenos retoques para fazê-la um pouco mais alta, com mais elegância; estava decidida que essa era a melhor maneira de fazer um belo quadro, com o direito de ser reconhecida como a autora de tal obra. Seria um memorial permanente à beleza de uma, à habilidade da outra e à amizade de ambas. Sem contar outros tantos elogios agradáveis que o sr. Elton acrescentaria.

No dia seguinte, Harriet posou mais uma vez, e o sr. Elton, como era de se esperar, implorou para que lhe fosse permitido assistir à sessão.

— Certamente. Todos ficaremos felizes ao recebê-lo em nosso grupo.

No dia seguinte, os mesmos bons modos e as cortesias, o sucesso e a satisfação acompanharam o progresso rápido e feliz do retrato. Todos que o viram ficaram satisfeitos, mas o sr. Elton permaneceu em êxtase contínuo e o defendeu de qualquer crítica.

— A srta. Woodhouse deu à amiga a única beleza que lhe faltava — a sra. Weston fez essa observação ao sr. Elton, sem suspeitar que se dirigia a um apaixonado. — A expressão dos olhos está muito bem feita, mas a srta. Smith não tem essas sobrancelhas e esses cílios. É a única falha no rosto.

— A senhora acha? — perguntou ele. — Não posso concordar. Para mim, parece a semelhança perfeita em cada detalhe. Nunca vi um retrato assim em minha vida. Devemos levar em conta os efeitos da sombra, entende?

— Você a desenhou muito alta, Emma — disse o sr. Knightley.

Emma sabia disso, mas não reconheceria tal deslize. Em seguida, o sr. Elton calorosamente acrescentou:

— Oh, não, certamente não está muito alta, de modo nenhum. Reflita, ela está sentada, o que, naturalmente, faz uma diferença, mas já dá uma ideia. As proporções devem ser mantidas. Proporções, encurtamentos... oh, não! O desenho dá a ideia exata da altura da srta. Smith. Com certeza!

— Está muito bonito — comentou o sr. Woodhouse. — Muito bem feito! Assim como todos os seus outros desenhos, minha querida. Não consigo imaginar ninguém que desenhe tão bem como você. O único detalhe que não me agrada é que ela esteja sentada ao ar livre, com apenas um xale sobre os ombros. Faz-me pensar que vai pegar um resfriado.

— Mas, querido papai, foi feito assim para dar a ideia de um dia quente de verão. Veja a árvore!

— Mas nunca é seguro ficar ao ar livre, minha querida.

— O senhor pode dizer o que quiser! — exclamou o sr. Elton — mas, confesso, considero essa uma feliz ideia: colocar a srta. Smith ao ar livre; e a árvore foi desenhada com uma graça inimitável! Qualquer outro lugar teria sido menos apropriado. A ingenuidade da srta. Smith, enfim, tudo que há nela é admirável! Não consigo tirar os olhos do desenho, nunca vi tamanha semelhança.

O próximo passo seria emoldurar o retrato, e aí surgiram algumas dificuldades. É um serviço que precisaria ser feito com urgência, em Londres, e a encomenda deveria ser feita por uma pessoa inteligente e de bom gosto. Contudo, Isabella, que geralmente recebia todas as encomendas, não deveria ser incomodada, pois já estavam no mês de dezembro, e o sr. Woodhouse não suportaria a ideia de vê-la sair de casa com a neblina comum nessa época. Entretanto, nem bem o sr. Elton soube das dificuldades, logo decidiu que ele iria. Sua galantaria estava sempre alerta.

— Podem confiar-me essa tarefa. Seria um prazer! Além disso, posso cavalgar até Londres a qualquer momento. — Seria impossível dizer quanto ele ficara agradecido por receber tal tarefa.

"Como ele é bom! — ela não poderia nem pensar em aceitar! — por nada no mundo lhe daria tal incumbência!" — seguiram-se as esperadas negativas e insistências, e, em poucos minutos, tudo já estava acertado.

O sr. Elton ficou encarregado de levar o retrato a Londres, emoldurá-lo e passar as instruções necessárias. Emma teve a ideia de embalá-lo, para que não causasse nenhum incômodo, embora ele não tivesse nenhum receio disso.

— Que preciosa incumbência! — disse ele, suspirando ao receber o quadro.

"Esse homem é extremamente galante para estar apaixonado", pensou Emma. "Isso é o que me parece, mas devo acreditar que há outras maneiras de estar apaixonado. Ele é um ótimo jovem e corresponderá a Harriet adequadamente. 'Exatamente assim', como ele mesmo costuma dizer. Mas o modo como suspira e faz elogios é mais do que eu poderia suportar em um homem. Não me importa, porque não são direcionados a mim. Entretanto, é a sua gratidão a Harriet que conta."

CAPÍTULO 7

No mesmo dia em que o sr. Elton partiu para Londres, Emma teve uma nova oportunidade de ajudar a amiga. Harriet esteve em Hartfield, como de costume, e voltou para casa a tempo de jantar.

Porém, retornou à casa da amiga, demonstrando agitação e pressa, anunciando que algo extraordinário havia acontecido e ela estava ansiosa para contar. Em meio minuto, disse tudo: assim que voltou à casa da sra. Goddard, ouviu que o sr. Martin estivera à sua espera uma hora antes e, ao descobrir que ela não estava e não tinha hora para voltar, deixou-lhe um pacote, enviado por uma de suas irmãs e foi embora. Ao abrir o pacote, além das duas partituras que emprestara a Elizabeth para fazer uma cópia, encontrou uma carta endereçada a ela, escrita pelo sr. Martin, com uma proposta de casamento.

Quem poderia imaginar tal proposta? Surpresa, Emma não sabia o que fazer. Sim, de fato era uma proposta de casamento e, pelo menos, a carta estava muito bem redigida. O sr. Martin escreveu-a como se realmente amasse muito Harriet. Entretanto, a amiga tinha dúvidas a respeito desse amor e imediatamente perguntou à srta. Woodhouse o que fazer. Emma ficou um pouco envergonhada pelo fato de sua amiga parecer tão feliz e insegura.

— Veja isso! — exclamou Emma. — O jovem rapaz está determinado a não perder nada por não perguntar. De todo modo, ele quer fazer um bom casamento.

— Leu a carta? — perguntou Harriet. — Imploro para que leia. Gostaria muito que a lesse.

Emma não se incomodava em ser pressionada. Leu a carta e se surpreendeu. O estilo estava muito além de suas expectativas. Não havia sequer um erro gramatical e a composição não desmereceria nenhum cavalheiro: a linguagem, embora simples, era enfática, sem afetações e transmitia exatamente os sentimentos do autor. Era uma carta breve, mas escrita com bom senso, com afeto, liberalidade, propriedade e delicadeza de sentimentos. Emma fez uma pausa, enquanto Harriet esperava ansiosamente sua opinião, e então disse:

— Bem, então... — e foi forçada a complementar: — é uma boa carta? Ou é um pouco curta?

— Sim, de fato, foi muito bem escrita — respondeu Emma, lentamente. — É uma carta tão boa, Harriet, que, se considerarmos todos os aspectos, creio que uma das irmãs do sr. Martin deve tê-lo ajudado a compor. Não consigo imaginar que o jovem rapaz que vi conversar com você, dias atrás, fosse capaz de se expressar tão bem sem o auxílio de outra pessoa. Além disso, não se parece com o estilo feminino. Não, certamente não, é um estilo muito forte e conciso, não está difuso o suficiente para ser escrito por uma mulher. Não tenho dúvida de que ele é um homem de sensibilidade, e suponho que tenha um talento natural para isso, pensamentos fortes e claros. Assim, quando toma uma pena para escrever, seus pensamentos naturalmente encontram as palavras adequadas. Isso é comum em certos homens. Sim, eu entendo esse tipo de mente. De fato, é muito vigoroso, cheio de sentimentos e também não é grosseiro. Harriet, esta é uma carta muito bem escrita, bem mais do que eu esperava — respondeu enquanto devolvia a carta à amiga.

— Bem — disse Harriet, ainda aguardando uma resposta decisiva. — Então... o que devo fazer?

— O que deve fazer? Em que sentido? Em relação a essa carta?

— Sim.

— Mas do que você tem dúvida? Deve respondê-la imediatamente.

— Certo. Mas o que direi? Querida srta. Woodhouse, por favor, me ajude.

— Oh, não, não! A carta deverá ser escrita por você. Tenho certeza de que conseguirá expressar-se muito bem. Não há perigo de ser malcompreendida, isso é o mais importante. Você deve escrever claramente, sem dúvida ou dificuldade. Acredito que algumas expressões de gratidão e da dor que você está sentindo expressarão muito bem seus pensamentos. Não precisa ser encorajada a escrever como se sentisse tristeza por desapontá-lo.

— Então... pensa que eu devo recusá-lo? — perguntou Harriet, baixando o olhar ao chão.

— "Devo recusá-lo!" Minha querida Harriet, o que você quer dizer com isso? Tem alguma dúvida? Eu pensei... bem, peço-lhe perdão, talvez eu tenha cometido um erro. Certamente não pude entendê-la, não imaginei que estivesse em dúvida quanto à sua resposta. Imaginei que me consultasse apenas em relação ao modo como responderia à carta.

Harriet permaneceu em silêncio. E um pouco mais reservada, Emma continuou:

— Penso, então, que você deseja responder de maneira favorável.

— Não, não quero, não é meu objetivo. O que devo fazer? O que me aconselha a fazer? Por favor, querida srta. Woodhouse, diga-me o que devo fazer.

— Não posso dar-lhe nenhum conselho, Harriet. Não tenho nada a ver com isso. É uma decisão que você deve tomar com base em seus sentimentos.

— Não imaginava que ele gostasse tanto assim de mim — disse Harriet, contemplando a carta.

Por alguns momentos, Emma ficou em silêncio, mas, ao perceber o efeito encantador da carta, achou melhor comentar:

— Harriet, eu tenho uma regra pessoal: se uma mulher tem dúvida se aceita ou não um pedido de casamento, certamente deve recusá-lo. Se ela hesita em dizer "sim", então, deve dizer "não" imediatamente. Não é uma situação para questionar os sentimentos, não ter certeza. Penso ser meu dever, como amiga e sendo mais experiente do que você, dizer-lhe algumas palavras. Mas não pense que quero influenciá-la.

— Oh, não, tenho certeza de que a senhorita é muito gentil... mas, se ao menos pudesse me aconselhar, sobre a melhor atitude a tomar. Não, não... não quis dizer isso. Como disse, eu já deveria decidir, não poderia hesitar, pois é uma decisão muito séria. Talvez seja melhor dizer não. A senhorita não concorda que seria melhor?

— Por nada neste mundo — disse Emma, sorrindo graciosamente — eu a aconselharia a tomar alguma decisão. Você é a pessoa mais adequada para julgar sua própria felicidade. Se prefere o sr. Martin a qualquer outro rapaz, se acredita que ele é o homem mais agradável que você já conheceu, por que hesitar? Você está corada, Harriet. Não lhe ocorreu, neste momento, algum outro rapaz para tal comparação? Harriet, Harriet... não se iluda, não se deixe levar por gratidão ou compaixão. Em quem está pensando neste momento?

Os indícios eram favoráveis... em vez de responder, Harriet estava confusa e virou o rosto pensativamente em direção à lareira. Embora a carta ainda estivesse nas suas mãos, amassava-a sem perceber. Emma esperou impaciente a resolução, mas sem grandes esperanças. Finalmente, um pouco hesitante, Harriet disse:

— Srta. Woodhouse, como não me dará sua opinião, devo prosseguir de acordo com meu próprio julgamento. Estou muito determinada e quase já me decidi a recusar a proposta do sr. Martin. Acha que estou agindo corretamente?

— Perfeita, perfeitamente certa, minha querida Harriet, você está fazendo o que deve. Enquanto esteve em silêncio, mantive minhas opiniões para mim, mas agora que está completamente decidida, não vejo motivo para não aprovar sua decisão. Querida Harriet, fico muito feliz com sua decisão. Ficaria muito triste se perdesse sua amizade, o que seria a consequência se você se casasse com o sr. Martin. Enquanto estava prestes a vacilar, não lhe disse nada, porque não queria influenciá-la, mas, certamente, seria a perda de uma amiga. Eu não seria capaz de visitá-la na fazenda Abbey Mill. Agora, estou segura de que seremos amigas para sempre.

Harriet não havia imaginado tal situação, mas a ideia de que algo parecido pudesse acontecer deixou-a paralisada.

— A senhorita não me visitaria! — exclamou Harriet, com os olhos horrorizados. — Não, com certeza não poderia visitar-me, mas nunca pensei a respeito disso. Seria terrível! Teria sido um ato impensado! Minha querida srta. Woodhouse, por nada neste mundo eu desistiria do prazer e da honra de ser sua amiga.

— Na verdade, Harriet, seria uma dor terrível perdê-la, mas seria o nosso destino. Você não faria parte da nossa sociedade, e eu precisaria desistir de você.

— Meu Deus! Como eu poderia suportar isso? Seria a morte não poder voltar mais a Hartfield!

— Pobre criatura! Tão carinhosa! Você, exilada na fazenda Abbey Mill! Confinada à companhia de iletrados e pessoas simplórias a vida toda! Pergunto-me como um jovem rapaz teve coragem para lhe fazer tal proposta. Ele deve ter uma boa opinião de si mesmo.

— De modo geral, não acredito que seja vaidoso — disse Harriet, cuja consciência era contrária a essa censura. — Pelo menos, ele tem boa índole, sempre lhe serei muito grata e o terei em grande consideração. Mas é uma questão muito diferente, entende, embora ele goste de mim, não quer dizer que eu sinta o mesmo. Devo confessar que, desde que passei a visitar a casa da senhorita e à conhecer novas pessoas... sempre faço comparações entre pessoas e atitudes, e vejo que não há comparação possível, pois aqui encontrei pessoas muito bonitas e agradáveis. No entanto, realmente acho que o sr. Martin é um jovem muito amável e tenho uma boa opinião a respeito dele. Apesar de ele estar tão apaixonado por mim e de ter escrito esta carta tão linda, está fora de questão me separar da senhorita.

— Obrigada, obrigada, minha doce e querida amiga. Não vamos nos separar. Uma mulher não deve casar-se com um homem apenas porque ele lhe fez o pedido, ou porque está apaixonado por ela e é capaz de escrever uma carta aceitável.

— Oh, não! Além disso, é uma carta muito breve.

Emma percebeu o mau gosto da sua amiga, mas não insistiu no assunto, e disse: "É verdade; e seria de pouco consolo ter uma carta assim, tendo um marido que, apesar de saber escrever uma linda carta, a ofenderia a cada hora do dia com seus modos ridículos".

— Oh! Sim, é verdade. Ninguém se preocupa com uma carta, o importante é estar na companhia de pessoas agradáveis. Estou determinada a recusá-lo. Mas como devo proceder? O que devo dizer?

Emma garantiu-lhe que não seria difícil escrever uma resposta e aconselhou-a a fazer isso imediatamente. Harriet concordou rapidamente na esperança de que a amiga a ajudasse. Embora protestasse, afirmando que não era necessária nenhuma assistência, na verdade, Emma a ajudou a escrever cada frase. Ao reler a carta, Harriet quase esmoreceu, o que a ajudou a escrever frases mais decisivas. A amiga estava tão preocupada se o deixaria triste, o que sua mãe e suas irmãs pensariam ou diriam, estava tão temerosa de que a considerassem ingrata, que fez Emma acreditar que, caso o rapaz chegasse naquele momento, ele seria aceito, no fim das contas.

A resposta, a despeito de tudo, foi escrita, lacrada e enviada. A questão estava encerrada e Harriet estava a salvo. Ela ficou triste o resto da noite, mas Emma ouviu pacientemente suas lamentações e tentava aliviá-las falando a respeito do afeto que sentia e, às vezes, trazia a lembrança do sr. Elton.

— Nunca mais serei convidada à fazenda Abbey Mill — disse em tom de profundo pesar.

— E, se você fosse convidada, eu não saberia o que fazer sem você aqui, minha querida Harriet. Você é tão importante para mim e para Hartfield que seria um desperdício de tempo ficar em Abbey Mill.

— Tenho certeza de que nunca sentirei desejo de visitar aquele lugar novamente, uma vez que nunca fui tão feliz quanto sou aqui em Hartfield — e em seguida continuou: — Acho que a sra. Goddard ficaria muito surpresa se soubesse o que aconteceu. E a srta. Nash também... ela acredita que a irmã está muito bem casada e o marido é apenas um vendedor de tecidos.

— Seria uma lástima ver tamanho orgulho e refinamento em uma simples professora, Harriet. Ouso dizer que a srta. Nash teria inveja de você se soubesse que recebeu uma proposta de casamento. Inclusive, essa conquista seria valiosa aos olhos dela. Porém, o que é mais valioso para você, Harriet, ela seria incapaz de imaginar. As atenções de certa pessoa dificilmente são motivos de mexericos em Highbury. Imagino que eu e você somos as únicas pessoas para as quais seus olhares e modos têm sido suficientemente explícitos.

Harriet corou, sorriu e disse algo a respeito de estranhar o fato de que todos gostassem tanto dela. Certamente era muito agradável pensar no sr. Elton, mas, em poucos minutos, ela se comovia ao pensar na recusa que dera ao sr. Martin.

— Ele já deve ter recebido minha carta — disse Harriet suavemente. — Fico imaginando o que estão fazendo agora, se suas irmãs já sabem da minha resposta... se ele estiver triste, elas também ficarão. Espero que ele não se importe tanto com minha resposta.

— Vamos pensar em nossos amigos ausentes porque assim aproveitaremos melhor nosso tempo! — exclamou Emma. — Talvez, neste momento, o sr. Elton esteja mostrando seu retrato para a mãe e as irmãs, dizendo o quanto você é mais bonita pessoalmente. E, ao ser indagado cinco ou seis vezes, permitirá que ouçam seu nome, seu querido nome.

— Meu retrato! Mas ele o deixou na loja da rua Bond para ser emoldurado.

— Se deixou! Se for assim, então não conheço o sr. Elton. Não, minha querida e modesta Harriet, tenha certeza de que seu retrato não estará na rua Bond tão logo ele monte em seu cavalo amanhã. Será sua companhia, durante toda a noite, seu consolo e deleite. O retrato servirá para mostrar sua intenção à família, para que a conheçam, para difundir entre seus parentes os agradáveis sentimentos de sua natureza, sua ativa curiosidade e boa disposição. Como devem estar alegres, animados, curiosos e pensativos!

Harriet sorriu novamente e seus sorrisos foram ficando francos.

CAPÍTULO 8

Naquela noite, Harriet dormiu em Hartfield. Havia algumas semanas, passava metade do tempo lá e não demorou muito para ter um quarto reservado exclusivamente para ela. Emma julgava que seria melhor, em todos os aspectos, tanto para sua segurança como para seu conforto, que a amiga ficasse o máximo de tempo possível em sua casa. Na manhã seguinte, precisou ir à casa da sra. Goddard, mas logo ficou combinado que ela voltaria a Hartfield para permanecer ali por alguns dias.

Enquanto ela estava fora, o sr. Knightley fez uma visita a Hartfield e sentou-se um pouco em companhia do sr. Woodhouse e de Emma. Naquele momento, o sr. Woodhouse, que já havia tomado a decisão de fazer uma caminhada, foi convencido por sua filha a não a adiar. Foi influenciado pela súplica dos dois a manter seu exercício, embora fosse um pouco contra a sua boa educação deixar o visitante. O sr. Knightley, que não era de fazer cerimônias, com suas respostas curtas e decididas, oferecia um engraçado contraste com as educadas desculpas e prolongadas hesitações do anfitrião.

— Bem, acredito, se o senhor me desculpar e não me considerar rude, sr. Knightley, que vou seguir o conselho de Emma e caminhar por quinze minutos. Como o sol já saiu, creio que devo dar as minhas três voltas no pátio, como de costume. Não faço cerimônias, sr. Knightley. Afinal, nós, os inválidos, pensamos que somos pessoas privilegiadas.

— Meu caro senhor, não me trate como um estranho em sua casa.

— Deixo minha filha como uma excelente substituta. Emma ficará feliz em entretê-lo. E, portanto, peço-lhe que me desculpe e farei minha caminhada.

— Excelente ideia, senhor.

— Eu o convidaria para me acompanhar, sr. Knightley, mas sou muito lento e meu ritmo será entediante para um jovem saudável. Além disso, o senhor fará uma longa caminhada de volta a Donwell Abbey.

— Obrigado, senhor, muito obrigado! Mas não me demorarei. Penso que quanto antes sair para seu passeio, melhor. Buscarei seu casaco mais quente e abrirei o portão do jardim.

Finalmente, o sr. Woodhouse saiu. Mas, em vez de o sr. Knightley deixar a casa, sentou-se novamente e estava disposto a conversar. Começou falando a respeito de Harriet e falava da moça com muito mais louvor do que Emma jamais ouvira antes.

— Não posso avaliar a beleza de Harriet como a senhorita faz — disse ele. — Mas sei que ela é uma linda moça e estou disposto a acreditar que tenha um ótimo temperamento. Seu caráter depende muito das pessoas que a cercam, mas, em boas mãos, ela se tornará uma mulher de valor.

— Estou feliz que pense assim. E não hão de faltar-lhe boas mãos que a ajudem.

— Cá entre nós — continuou ele —, a senhorita está ansiosa por um elogio, por isso vou dizer-lhe como a ajudei. A senhorita conseguiu acabar com aquela risadinha de adolescente, por isso, realmente, ela já lhe deve muito.

— Obrigada. Ficaria horrorizada se soubesse que não fui de grande ajuda, mas nem todas as pessoas nos elogiam quando merecemos. O senhor não costuma fazer isso.

— A senhorita disse que espera Harriet esta manhã, não é?

— Ela deve chegar a qualquer momento. Já está fora há mais tempo do que o previsto.

— Penso que algo aconteceu para justificar seu atraso, talvez alguma visita.

— Fofocas de Highbury! Como são cansativas!

— Harriet talvez não considere todos tão entediantes como a senhorita pensa.

Emma sabia tão bem que isso era verdade que, não podendo contradizê-lo, não disse nada. O sr. Knightley, sorrindo, continuou:

— Não tenho a pretensão de me fixar a datas ou locais, mas devo dizer-lhe que tenho boas razões para acreditar que sua amiga, em breve, receberá uma boa notícia.

— É mesmo? Como assim? Do que se trata?

— Algo muito sério, posso garantir-lhe — continuou sorrindo enquanto respondia.

— Algo muito sério! Só posso imaginar uma coisa. Quem está apaixonado por ela? Quem lhe fez confidências?

Emma tinha quase certeza de que o sr. Elton dera uma pista. O sr. Knightley era uma espécie de amigo e conselheiro de todos, e ela sabia que o sr. Elton o tinha em grande consideração.

— Tenho razões para pensar — respondeu ele — que Harriet Smith, em breve, receberá uma proposta de casamento, e de alguém que nem sequer suspeitamos: Robert Martin. A visita de Harriet a Abbey Mill, no verão passado, surtiu efeito. Ele está desesperadamente apaixonado e desejar casar-se com ela.

— Ele é muito amável — disse Emma. — Mas tem certeza de que ela corresponde?

— Bem, bem, parece que ele fará a proposta. Será? Ele veio à minha casa, há duas noites, com o propósito de me consultar a respeito do assunto. Robert Martin sabe que tenho um grande apreço por ele e sua família, e creio que me considera um de seus melhores amigos. Ele me perguntou se seria imprudente de sua parte comprometer-se tão cedo, se eu considerava Harriet muito jovem. Em resumo, se eu aprovaria sua decisão, uma vez que ele estava receoso de que a moça fosse além de suas possibilidades, principalmente pelo fato de a senhorita tê-la ajudado tanto. Fiquei muito contente com tudo que ele me disse. Nunca vi alguém tão franco quanto Robert Martin. Ele é sempre honesto, vai direto ao ponto e tem bom julgamento. O rapaz me contou tudo, sua situação, seus planos e quais eram os propósitos do seu casamento. Ele é um ótimo jovem, além de ser bom filho e bom irmão. Não tive nenhuma dúvida ao aconselhá-lo a seguir com os planos de casamento. Martin me comprovou que pode casar-se e, àquela altura, eu já estava convencido de que era a melhor coisa a ser feita. Também fiz elogios à srta. Smith e, em seguida, ele saiu muito feliz. Se nunca considerou minha opinião antes, passaria a considerá-la ainda mais agora. Ouso dizer que ele deixou minha casa pensando que eu sou o melhor amigo e conselheiro que alguém já teve. Isso aconteceu anteontem. Agora, como suspeitamos, não deixará que se passe muito tempo até que converse com Harriet. E como parece que ele não conversou com ela ontem, não é difícil acreditar que ele esteja na casa da sra. Goddard, e que Harriet tenha sido detida por uma visita a qual certamente a considerará enfadonha.

— Por favor, sr. Knightley — disse Emma, que sorria para si mesma ao longo de toda a conversa. — Como pode saber que o sr. Martin não se declarou ontem?

— É óbvio! — respondeu ele, surpreso. — Não tenho certeza, mas posso imaginar. Ela não passou o dia todo com a senhorita?

— Veja bem — disse Emma. — Vou contar-lhe algo, em consideração ao que me disse. Ele a pediu em casamento ontem, de fato: ele enviou uma carta e foi recusado.

Emma precisou repetir a frase inúmeras vezes até que ele conseguisse acreditar. O sr. Knightley parecia corado, surpreso e descontente quando se levantou indignado e disse:

— Então, é mais simplória do que eu imaginava. Como pôde ser tão tola?

— Oh! Para ser franca — exclamou Emma —, é quase impossível para um homem acreditar que uma mulher possa recusar uma proposta de casamento. Os homens sempre pensam que as mulheres estão dispostas a aceitar qualquer proposta, de quem quer que seja e a qualquer momento.

— Tolice! Um homem não imagina tal coisa. Mas qual é o significado disso? Harriet Smith recusar Robert Martin? Loucura, se for verdade. Espero que a senhorita esteja enganada.

— Eu vi a resposta dela! Não poderia ser mais clara.

— Viu a resposta dela! Certamente, escreveu-a também. Emma, isso é coisa sua. Conseguiu convencê-la a recusar o rapaz!

— Se eu tivesse feito isso, embora esteja longe de reconhecê-lo, estou certa de que não teria agido erroneamente. O sr. Martin é um jovem muito respeitável, mas não posso admitir que esteja no mesmo nível de Harriet. E estou realmente muito surpresa que ele tenha-se atrevido a fazer tal proposta. Talvez para o senhor ele tenha algumas qualidades. É uma pena que nunca tenham sido superadas.

— Não está à altura de Harriet! — exclamou o sr. Knightley alto e bom som, porém alguns minutos depois acrescentou de maneira mais calma: — Não, realmente eles não são iguais, ele está muito acima do bom senso e da situação de Harriet. Emma, você está cega de amores por essa moça. O que julga que Harriet tem que seja superior a Robert Martin? Berço, natureza, educação? Ela é filha ilegítima de Deus sabe quem, provavelmente sem recursos financeiros, e certamente sem nenhum tipo de relação respeitável. Ela é conhecida apenas por morar em um internato. Não é uma moça sensível, não tem cultura. Não lhe foi ensinado nada que tenha serventia; além disso, é muito jovem e simples para exigir algo para si mesma. Na idade em que se encontra, não possui experiência, e, com a pouca inteligência que tem, não é muito provável que esta lhe sirva para algo. Ela é bonita, tem bom temperamento e isso é tudo. O único escrúpulo que tive ao aconselhá-lo foi pensando nele, uma vez que ela, sendo inferior a ele, seria um péssimo relacionamento para sua família. No que diz respeito à questão financeira, também me parece que ele está fazendo algo vantajoso; quanto ao fato de ter escolhido uma companheira racional e prestativa, creio que fez a pior escolha. Mas não posso esperar algo racional vindo de um homem apaixonado, e passei a acreditar que, não havendo nela nada que fosse inteiramente ruim, deveria possuir certas inclinações que, se fossem bem trabalhadas, poderiam transformar-se em algo realmente bom. Na minha opinião, Harriet seria quem se beneficiaria com esse casamento, e eu não tinha a menor dúvida, como não tenho agora, de que todos chorariam de felicidade ao perceber quanto ela seria afortunada. Tinha certeza de que até você ficaria satisfeita. Passou pela minha cabeça que você não se arrependeria de perder a companhia da sua amiga, em favor de um bom casamento. Lembro-me do que disse a mim mesmo: "até mesmo Emma, com todo apreço que tem por Harriet, pensará que esta será uma ótima união".

— Não consigo imaginar quanto o senhor não me conhece para dizer tal coisa. O quê? E pensar que um fazendeiro, porque o sr. Martin não passa disso, seria a melhor opção para minha amiga íntima; por mais bom senso e méritos que tenha, não passa de um fazendeiro! Nem devo arrepender-me ao vê-la deixar Highbury por causa de um casamento com um homem com quem eu jamais admitiria relacionar-me. Não acredito como o senhor pensou ser possível que eu tivesse tais sentimentos. Garanto-lhe que os meus são completamente diferentes. Creio que suas afirmações não são justas, de modo algum. Não está sendo justo com Harriet. Certamente, as outras pessoas pensam de modo diferente, assim como eu. O sr. Martin pode ser o mais rico dos dois, mas, sem sombra de dúvida, é inferior em relação à sua posição na sociedade. Harriet está em uma esfera social muito superior a ele. Seria uma humilhação.

— Uma humilhação para a ilegitimidade e a ignorância ser casada com um fazendeiro respeitável, inteligente e cavalheiro!

— E quanto às circunstâncias do seu nascimento, embora em sentido legal ela possa ser considerada filha ilegítima, nem todos concordariam. Ela não deve pagar pelos erros dos outros, ser rebaixada ao nível daqueles que a educaram. Quase não há dúvida de que o pai dela seja um cavalheiro, um homem de posses. Os rendimentos que recebe são generosos, nunca lhe faltou nada, nem em educação nem em conforto. Não tenho dúvida de que ela seja filha de um cavalheiro, que tenha relações com filhas de cavalheiros, ninguém pode negar. Ela é superior a Robert Martin.

— Quem quer que sejam seus pais — disse o sr. Knightley — ou as pessoas que a educaram, não parece ter sido parte de seus planos introduzi-la ao que chamamos de boa sociedade. Após receber uma educação bastante indiferente, ela foi deixada sob os cuidados da sra. Goddard para que fosse educada de qualquer maneira, apenas para se relacionar com seus amigos. E seus amigos obviamente acreditavam que isso seria o suficiente para ela e foi. Não desejava nada além disso para si, até que você decidiu transformá-la em sua amiga. Harriet não tinha nenhuma ambição para si mesma. Foi muito feliz na companhia da família Martin, no último verão. Até aquele momento, não tinha nenhuma noção de superioridade. Se agora pensa de modo diferente, é porque você a convenceu disso. Você não tem sido amiga de Harriet, Emma. Robert Martin não teria ido tão longe se não tivesse certeza de que ela lhe era favorável. Conheço-o muito bem. Ele tem sentimentos verdadeiros, não se declararia a uma mulher por uma paixão egoísta. E quanto à presunção, ele é o último homem de quem se pensaria tal coisa. Pode estar certa de que ele foi encorajado.

Era mais conveniente para Emma não dar uma resposta direta a essa afirmação, por isso ela preferiu mudar de assunto.

— O senhor é um grande amigo do sr. Martin, mas, como eu disse antes, está sendo injusto com Harriet. O direito de Harriet de querer um casamento melhor não é tão desprezível quanto diz. Ela não é uma moça brilhante, mas tem mais bom senso do que o senhor pensa, e não merece que falem de seus dotes cognitivos de maneira tão superficial. Deixemos isso de lado e suponhamos que ela seja exatamente do jeito que o senhor afirma, apenas uma moça bonita e de bom temperamento; devo dizer-lhe que, de modo geral, ela não apresenta essas qualidades em um nível trivial. De fato, ela é uma moça bonita, e creio que praticamente todos concordam comigo; e, como os homens são muito mais filosóficos em relação à beleza do que geralmente se supõe como podem sim se apaixonar por uma mente bem-informada em vez de um rosto bonito, uma moça tão adorável quanto Harriet certamente será admirada e desejada e poderá escolher entre os pretendentes que aparecerem. Seu temperamento agradável também não é uma característica desprezível; sobretudo, como ocorre em seu caso, com sua doçura natural e modos agradáveis. Ela tem uma opinião muito humilde de si mesma e está sempre pronta a ficar satisfeita pelos outros. Eu estaria muito enganada mesmo se os homens, em geral, não pensarem que beleza e temperamento são os maiores atributos que uma mulher pode ter.

— Dou a minha palavra, Emma, que só de ouvi-la abusando do bom senso que tem é o suficiente para que eu pense assim também. Melhor seria não o ter a usá-lo como você faz.

— Com certeza! — exclamou ela, brincando. — Sei que todos pensam *assim*. Sei que uma moça como Harriet é o desejo de todos os homens... uma mulher que não apenas encanta seus sentidos, como também seu julgamento. Oh! Harriet pode escolher à vontade. Se um dia o senhor mesmo tiver a intenção de se casar, ela será a mulher certa. E, aos dezessete anos, quando mal chegou a ser conhecida, terem dúvidas a respeito dela só porque não aceitou a primeira proposta que recebeu? Não, por favor, deixe que ela tenha tempo de olhar ao seu redor.

— Sempre achei uma tolice essa intimidade entre vocês duas — disse o sr. Knightley, prontamente —, apesar de eu ter guardado minhas impressões para mim mesmo. Agora, vejo que trará muita infelicidade a Harriet. Você a iludirá com tantas ideias a respeito da sua beleza, sobre o quanto ela merece, que em pouco tempo ninguém que esteja ao seu redor será um bom partido para ela. A vaidade trabalhando em uma mente fraca produz muitos tipos de danos. Nada mais fácil para uma jovem moça do que ter suas expectativas elevadas. A srta. Harriet Smith provavelmente não receberá propostas de casamento tão rápido, apesar de ser uma moça bonita. Homens de bom senso, ou qualquer outra coisa que você mencionar, não desejam esposas tolas. Rapazes de boa família não esperam ter um relacionamento com uma moça de passado tão obscuro... e o homem mais prudente teria receio de que o mistério do seu nascimento fosse revelado e trouxesse inconvenientes e desgraça aos demais envolvidos. Deixe que se case com Robert Martin e ela estará segura, será respeitada e feliz para sempre. Mas, se você encorajá-la a esperar por uma proposta melhor, ensiná-la a não ficar satisfeita com menos do que um homem de boa família e grande fortuna, ela será seguidora da escola da sra. Goddard para o resto da vida. Ou, pelo menos, já que Harriet é uma moça que deverá casar-se de um modo ou de outro, até que ela fique desesperada e se dê por satisfeita por conquistar o filho de alguma velha professora.

— Temos pensamentos tão divergentes sobre essa questão, sr. Knightley, que não adianta continuarmos a discussão. Ela o recusou, e foi tão decidida que duvido que pense no assunto novamente. Ela manterá a recusa, seja como for. E quanto à recusa, não vou fingir que não tive influência sobre ela, mas lhe garanto que foi muito pouca e qualquer outra pessoa o faria da mesma forma. A aparência do sr. Martin não o valoriza, seus modos são rudes e, se algum dia ela esteve disposta a aceitá-lo, hoje, certamente, não pensa mais assim. Posso imaginar que, se ela não tivesse visto nenhum outro cavalheiro, certamente o toleraria. Ele é irmão de suas amigas e se propôs a agradá-la. E, sem nenhuma opção melhor por perto, o que o ajudou muito, Harriet foi capaz de achá-lo agradável enquanto esteve em Abbey Mill. Mas a situação agora é outra. Ela sabe muito bem como um cavalheiro se comporta, e nada além de um cavalheiro bem-educado e de boas maneiras conquistará o coração de Harriet.

— Tolices, nunca ouvi tantas tolices! — exclamou o sr. Knightley. — O sr. Martin tem bom senso, é sincero e bem-humorado. Além disso, sua mente tem muito mais delicadeza do que Harriet pode imaginar.

Emma não respondeu, tentou parecer despreocupada e alegre, mas no íntimo sentia-se desconfortável e queria que ele fosse embora. Ela não se arrependeu do que fez, ainda considerava ter um julgamento melhor a respeito de direitos e refinamentos do que ele poderia ter. Mas, de modo geral, respeitava tanto a opinião do amigo que desejava que não exercesse tal poder sobre ela. Era muito desagradável vê-lo sentado bem à sua frente e tão irritado com ela. Alguns minutos se passaram até que o desagradável silêncio foi quebrado, quando Emma tentou falar sobre o tempo, mas não obteve resposta. Ele estava pensando. Finalmente, o resultado de seus pensamentos foi traduzido em palavras:

— Robert Martin não perdeu muita coisa... se ele pensar claramente. Espero que não demore a perceber. Suas opiniões a respeito de Harriet devem ser guardadas para si mesma, mas, como faz questão de não manter em segredo o fato de ser uma casamenteira, posso imaginar quais são os seu planos e o que pretende para sua amiga. E, como amigo, devo alertá-la: se você tem em mente o sr. Elton, será um esforço em vão.

Emma riu e negou. Então, ele continuou:

— Tenha certeza de que o sr. Elton não seguirá seus planos. Ele é um homem muito bom, um pastor muito respeitado em Highbury, mas não é tolo o bastante para fazer um casamento imprudente, e conhece como ninguém o valor de uma boa renda. Pode até ser sentimental, mas agirá de modo racional. Elton conhece tão bem seus objetivos pessoais quanto você conhece os de Harriet. Ele sabe que é um homem de boa aparência e, por onde passa, todos gostam dele. Do modo como fala, quando estão apenas cavalheiros presentes, estou convencido de que não desperdiçará seus dotes naturais. Já o ouvi falar, com muito entusiasmo, a respeito de algumas moças pertencentes a uma grande família, com a qual ele tem boas relações e cada uma possui vinte mil libras de dote.

— Sou muito grata pelo aviso — respondeu Emma, rindo novamente. — Se eu estivesse decidida a casar o sr. Elton com Harriet, o senhor estaria fazendo-me um grande favor abrindo meus olhos. Mas, no momento, desejo que Harriet permaneça ao meu lado. Agi como um cupido algumas vezes. Mas não imagino conseguir tanto êxito quanto consegui em Randalls. Devo abandonar essa profissão enquanto tudo está bem.

— Tenha um bom dia — disse ele, levantando-se e caminhando abruptamente. Saiu muito irritado. Ficou preocupado com a decepção do sr. Martin e mortificado por fazer parte disso, por ter incentivado o pedido de casamento. E o fato de que Emma tinha parte nisso tudo o irritava ainda mais.

Emma também ficou aflita, mas suas razões eram mais distintas do que as dele. Ela nunca se sentiu tão satisfeita consigo mesma, tão convencida de que suas opiniões estavam certas e que as de seu adversário, no caso o sr. Knightley, erradas. Ele deixou a casa muito mais convencido de ter mais razão do que Emma. Entretanto, ela não se dava por vencida, bastava um pouco de tempo e o retorno de Harriet para que se recuperasse. A amiga já estava fora havia tanto tempo que começou a se preocupar. Havia a possibilidade de o sr. Martin fazer uma nova visita à casa da sra. Goddard naquela manhã e, ao se encontrar com Harriet, poderia defender sua causa, o que era algo alarmante. O pavor que sentiria caso fracassasse acabou por ser o motivo principal de suas preocupações. Quando Harriet retornou, cheia de alegria, sem justificar sua prolongada ausência, Emma sentiu uma enorme satisfação e se convenceu de que deixaria o sr. Knightley pensar o que quisesse porque ela não fizera nada de errado, nada que a amizade e os sentimentos de uma mulher não pudessem justificar.

Ele a assustara um pouco a respeito do sr. Elton, mas, quando considerou que o sr. Knightley não poderia ter feito as mesmas observações que ela fez, nem com o mesmo interesse, nem mesmo, insistia em dizer a si mesma, apesar das pretensões do sr. Knightley, com a habilidade de observadora tão perspicaz como ela em assuntos como esse, concluiu que ele havia dito tudo aquilo no calor da discussão, movido pela raiva, e ela não estava disposta a acreditar que tais palavras tivessem sido ditas apenas por ressentimento, desejando estar certo, apesar de a verdade ser outra. O sr. Knightley certamente ouvira o sr. Elton falar com mais naturalidade do que ela já presenciara, mas ele não seria imprudente, não seria tão descortês em relação aos assuntos financeiros. Talvez fosse possível que ele prestasse atenção a esses detalhes, mas o sr. Knightley não percebia a influência de uma paixão avassaladora, capaz de lutar contra a influência de interesses financeiros. O sr. Knightley enxergava tal paixão e, claro, não pensava em suas possíveis consequências. Mas Emma já havia observado muito tempo para duvidar de que o sentimento venceria todas as incertezas que a razão pudesse oferecer. Estava muito certa de que o sr. Elton, a respeito de suas paixões, não era um homem excessivamente racional nem prudente.

O olhar alegre e as atitudes de Harriet tranquilizaram Emma. Ela retornara, não para pensar no sr. Martin, mas para falar sobre o sr. Elton. A srta. Nash lhe contara algo que ela fez questão de repetir, com grande prazer. O sr. Perry foi até o internato, para visitar uma criança doente, e a srta. Nash acabou encontrando-se com ele. O sr. Perry contou-lhe que, ao passar no dia anterior por Clayton Park,[22] encontrara-se com o sr. Elton. Ficou muito surpreso, pois o sr. Elton ainda estava a caminho de Londres, sem nenhuma previsão de retorno até o dia seguinte, embora aquela noite fosse a noite de jogos, que ele nunca perdera sequer uma vez. O sr. Perry chamou-lhe a atenção, dizendo-lhe quanto isso era lamentável, uma vez que o melhor jogador não estaria presente, e tentou convencê-lo a ficar e adiar a viagem apenas por um dia. Mas não foi bem-sucedido, pois o sr. Elton estava determinado a seguir os planos originais e comentou, de modo bastante particular, que cumpria uma promessa que não poderia adiar por nada neste mundo. Disse também que se tratava de uma incumbência invejável e era portador de algo muito precioso. O sr. Perry não conseguiu entender o que ele dizia, mas tinha certeza de que havia uma moça envolvida na questão, e até chegou a dizer isso ao sr. Elton, que, por sua vez, não disse nada, mas parecia muito satisfeito e saiu com um ótimo humor. A srta. Nash contou a Harriet toda a história, comentando um pouco mais a respeito do rapaz, e acrescentou mais um detalhe, olhando muito significativamente para ela: não pretendia compreender que tipo de encargo seria, mas sabia que a mulher que o sr. Elton escolhesse seria a mais afortunada do mundo, uma vez que, sem sombra de dúvida, ele não tem concorrentes tanto em beleza como em amabilidade.

CAPÍTULO 9

O sr. Knightley poderia brigar com ela, mas Emma não poderia brigar consigo mesma. Ele estava tão contrariado que passaria muito tempo até que retornasse a Hartfield. Quando se encontraram, seu silêncio deixou claro que ainda não a perdoara. Ela estava triste, mas não poderia arrepender-se. Pelo contrário, seus planos e suas atitudes eram cada vez mais justificados, e o que sucedeu nos próximos dias fez com que tivesse mais certeza.

---

[22] Nome de uma propriedade rural, diferente dos parques que conhecemos hoje em dia. *Park*, na Inglaterra do século XIX, indicava uma grande propriedade rural.

O retrato, elegantemente emoldurado, chegou em segurança pelas mãos do sr. Elton. Ao ser pendurado sobre a lareira, ele o contemplava e suspirava ao dizer algumas palavras de admiração. E, quanto aos sentimentos de Harriet, cresciam tão fortes e intensos quanto sua juventude e mente lhe permitiam. Emma logo se deu por satisfeita ao perceber que o sr. Martin já não era lembrado, a não ser quando a amiga fazia alguma comparação com o sr. Elton, obviamente destacando as vantagens desse último.

Seus planos de cultivar a mente da amiga, por meio de uma dose diária de leitura e conversas, não avançaram mais do que alguns poucos capítulos, sempre com a intenção de continuarem no dia seguinte. Era muito mais fácil conversar do que estudar, muito mais agradável deixar sua imaginação fazer planos a respeito do futuro de Harriet do que contribuir para sua instrução ou exercitá-la em questões mais densas. A única intenção literária da amiga no momento, sua única disposição mental, era reservar uma coleção de enigmas transcritos por ela mesma para os encontros à noite, e anotava tantos quantos fosse possível encontrar. Os enigmas eram escritos em papéis delicados,[23] confeccionados por sua amiga, enfeitados com iniciais e vinhetas.

Naquela época, havia uma coleção muito grande de livros dedicados a enigmas. A srta. Nash, principal professora da escola da sra. Goddard, já havia copiado pelo menos uns trezentos. E Harriet, que imitara a professora, esperava, com a ajuda da srta. Woodhouse, conseguir muitos mais. Emma apoiava a iniciativa, seu bom gosto e sua boa memória. E, como Harriet tinha uma caligrafia muito bonita, seria muito provável que essa coleção de enigmas se transformasse em um conteúdo relevante, tanto em qualidade como em quantidade.

O sr. Woodhouse estava tão interessado nos enigmas quanto as moças, e tentava sempre acrescentar algo de valoroso à sua coleção. Recordava-se de que, em sua juventude, havia enigmas muito inteligentes e espantava-se pelo fato de não conseguir lembrar-se deles. Mas esperava que, com o tempo, fosse possível lembrar-se de ao menos um, porém sempre terminava a tentativa com: "Kitty, uma moça linda, porém fria".[24]

Seu bom amigo Perry, com quem já havia conversado sobre o assunto, também não conseguiu lembrar-se de nenhum enigma. Mas o sr. Woodhouse pediu que o sr. Perry ficasse atento, uma vez que visitava tantas casas, pensando que o amigo pudesse ajudar as moças nesse sentido.

Emma não desejava, de modo nenhum, que toda Highbury se ocupasse de tais afazeres. O sr. Elton foi a única pessoa convidada a ajudá-las. Ele deveria contribuir com qualquer tipo de enigma, charadas ou adivinhações de que

---

[23] No original, "thin quart of hot-pressed paper".
[24] Publicado por David Garrick, ator e escritor, no jornal *London Chronicle*, em 1757.

pudesse lembrar-se. Emma teve o prazer de vê-lo dedicar-se tão atentamente e, ao mesmo tempo, como ela podia perceber, era muito sincero e cuidadoso, não era descortês, e nenhum enigma de conteúdo erótico era dito por seus lábios. Deviam-lhe dois ou três enigmas muito galantes, e a alegria e o júbilo eram tais que, finalmente, lembrou-se e pôde recitar sentimentalmente uma charada muito conhecida:[25]

> Minha primeira[26] denota a aflição,
> Que minha segunda está destinada a sentir
> E todo o meu ser é o melhor antídoto
> Que suaviza e cura tal aflição...[27]

Lamentaram ao reconhecer que haviam transcrito o mesmo enigma algumas páginas antes.

— Por que não escreve um enigma de sua autoria, sr. Elton? — perguntou Emma. — Será a única garantia de ser algo inédito, e nada pode ser mais fácil para o senhor.

Oh, não! Ele nunca havia escrito nada parecido em sua vida. Como se sentia estúpido! Estava preocupado, pois nem mesmo a srta. Woodhouse — parou e pensou um momento — nem mesmo Harriet poderiam inspirá-lo.

Entretanto, o dia seguinte trouxe alguma inspiração. Ele fez uma visita rápida, apenas para deixar um pedaço de papel sobre a mesa, contendo, como disse, uma charada que um amigo seu enviou a uma senhorita, objeto de sua admiração. Porém, do jeito que se portava, Emma logo percebeu que falava dele mesmo.

— Não ofereço este papel à coleção da srta. Smith — disse ele. — Sendo do meu amigo, não tenho o direito de expor o conteúdo aos olhos de terceiros, mas talvez a senhorita goste de ler.

As palavras eram dirigidas mais a ela do que a Harriet, foi o que Emma entendeu. Havia tanta certeza da parte dele que pensou ser mais fácil deixar Emma ler do que a amiga. Em seguida, ele partiu.

— Veja isso — disse Emma sorrindo e entregando o papel para Harriet. — É para você, leia.

Entretanto, Harriet estava aterrorizada, nem conseguia tocar o papel. E Emma, sem se preocupar em ser a primeira, viu-se obrigada a lê-lo.

---

[25] No original, "My first doth affliction denote, / Which my second is destind' to feel / And my whole is the best antidote / That affliction to soften and heal".

[26] Neste caso, "primeira" e "segunda" referem-se às sílabas que compõem a palavra que é a solução do enigma.

[27] A solução para a charada é *woman*, mulher.

À srta....

Charada

Minha primeira mostra a riqueza e a pompa dos reis,
Senhores da terra! Seu luxo e seus confortos.
Uma outra visão do homem introduz a minha segunda,
Eis ali o senhor dos mares!

Mas, ah! Juntas... que revés temos!
O homem ostenta poder e liberdade, tudo já se extinguiu;
Senhor da terra e do mar, ele se curva como um escravo
E a mulher, adorável mulher, reina sozinha.

Tua sagacidade logo descobrirá a palavra,
Espero que tua aprovação brilhe em seus doces olhos![28]

Emma leu, ponderou, conseguiu entender o significado, leu novamente e estava segura, quase dona das palavras. Passou o papel para Harriet. Enquanto a amiga confundia-se sobre o que estava escrito no papel, cheia de dúvidas e esperanças, ela se sentou, feliz e sorridente, e disse a si mesma: "Muito bem, sr. Elton, muito bem. Já li charadas piores. Fazer a corte...[29] é uma sugestão muito boa. Ganhou muitos pontos comigo. Isso é saber o que sente, e manifestar-se de modo muito objetivo. Por favor, srta. Smith, deixe-me dedicar os versos à senhorita. Aprove minha charada e minhas intenções com o mesmo olhar".

"Espero que sua aprovação brilhe em seus doces olhos!"

"Só poderia ser para Harriet. 'Doces' é a palavra certa para descrever seus olhos. De todas as descrições, esta era a mais justa."

"Tua sagacidade logo descobrirá a palavra"

"Hum... a sagacidade de Harriet! Tanto melhor. Um homem deve estar realmente apaixonado para descrevê-la assim. Ah! sr. Knightley, como eu queria que o senhor pudesse ler isto! Seria o bastante para convencê-lo. Pela primeira vez na vida, seria obrigado a reconhecer que está enganado. Uma

---

[28] No original, "My first displays the wealth and pomp of kings, / Lords of the earth! their luxury and ease. / Another view of man, my second brings, / Behold him there, the monarch of the seas! / But ah! united, what reverse we have! / Man's boasted power and freedom, all are flown; / Lord of the earth and sea, he bends a slave, / And woman, lovely woman, reigns alone. / Thy ready wit the word will soon supply, / May its approval beam in that soft eye!".
[29] No original, "courtship".

charada muito boa! E muita adequada, a propósito. As coisas devem acontecer rapidamente agora."

Emma foi obrigada a deixar tão agradáveis divagações, que seriam longas e demoradas, pela ansiedade de Harriet ao lhe fazer tantas perguntas:

— O que poderá ser, srta. Woodhouse? O que será? Não tenho a menor ideia... Jamais conseguirei decifrar. O que pode significar? Tente descobrir, srta. Woodhouse. Por favor, me ajude. Nunca li algo tão difícil. Acha que a palavra é "reino"? Gostaria de saber quem é o amigo e quem deve ser a jovem a quem ele se dirige. Acha que é uma boa charada? A palavra não seria "mulher"?

"E a mulher, adorável mulher, reina sozinha."

— Seria Netuno?

"Eis ali o senhor dos mares!"

— Ou um tridente? Ou uma sereia? Ou um tubarão? Oh, não! Tubarão não pode ser. Deve ser algo muito inteligente, ou ele não escreveria. Oh, srta. Woodhouse, acredita que algum dia conseguiremos decifrá-la?

— Sereias e tubarões! Tolice! Minha querida Harriet, em que está pensando? Qual seria a utilidade se o amigo escrevesse uma charada com palavras como sereia e tubarão? Dê-me o papel e ouça: "À srta."... leia, srta. Smith.

"Minha primeira mostra a riqueza e a pompa dos reis,
senhores da terra! Seu luxo e seus confortos."

— Isso significa *corte*, a corte de um rei.

"Uma outra visão do homem introduz a minha segunda.
Eis ali o senhor dos mares!"

— Isso significa "ship", barco. É muito simples. Agora vem a melhor parte.

"Mas ah! Juntas [*courtship* = fazer a corte]... que revés temos!
O homem ostenta poder e liberdade, tudo já se extinguiu;
Senhor da terra e do mar, ele se curva como um escravo
E a mulher, adorável mulher, reina sozinha."

— Um belo elogio! E logo segue o pedido, o qual, suponho, não será muito difícil você entender. Leia você mesma, calmamente. Não resta dúvida de que foi escrito para você.

Harriet não conseguiria mais resistir à deliciosa persuasão. Ela leu as linhas finais, e chegou a ficar trêmula de tanta felicidade. Não conseguia falar, embora isso não lhe fosse pedido. Já era suficiente sentir. Emma falou em seu lugar.

— É um elogio tão direto e tão íntimo, e eu não tenho dúvida das intenções do sr. Elton. Você é o centro de suas atenções... e em breve receberá a prova disso. Creio que acontecerá logo. Estranharia muito se eu estivesse enganada, mas agora está muito claro. Suas intenções são óbvias e decididas, assim como minhas aspirações em relação a você desde o dia em que a conheci. Sim, Harriet, há algum tempo eu desejava que isso acontecesse. Não sei dizer se a atração mútua entre vocês dois era algo tão desejável quanto natural. Em certos aspectos, igualam-se em probabilidade e legitimidade! Estou muito feliz. Parabéns, minha querida Harriet, de todo o meu coração. Esse é o tipo de relacionamento que deixaria qualquer mulher orgulhosa. Além disso, ele lhe trará muita felicidade, terá tudo o que precisa: respeito, independência e uma boa casa. Certamente a colocará como o centro das atenções de todos os nossos amigos, bem próxima a Hartfield e a mim, o que fará que nossa amizade seja eterna. Essa é uma aliança, Harriet, que nunca trará descontentamento para nenhuma de nós.

— Querida srta. Woodhouse!

"Querida srta. Woodhouse" era tudo o que Harriet conseguia dizer ao abraçar a amiga inúmeras vezes. Mas, quando começaram a conversar novamente, estava claro para a amiga o que ela viu, sentiu, antecipou e foi lembrada como deveria. A superioridade do sr. Elton foi reconhecida inúmeras vezes.

— Tudo o que disser estará certo! — exclamou Harriet. — Portanto, suponho, acredito e espero que seja assim, pois, do contrário, eu não teria imaginado. É muito além do que eu mereço. O sr. Elton... um rapaz que pode escolher qualquer moça para se casar! Todos gostam muito dele. É muito elegante e educado. Pense nesses doces versos... "à srta....". Meu Deus, como é inteligente! É possível que tenha escrito realmente para mim?

— Não posso ouvir uma pergunta como essa! É fato. Pode acreditar em mim. É como um prólogo de uma peça, uma frase para um capítulo, e logo será seguido por uma bela narrativa.

— É o tipo de coisa que ninguém poderia esperar. Tenho certeza de que, há um mês, eu não faria ideia! Como tudo pode mudar de repente!

— Quando a srta. Smith e o sr. Elton se encontraram, e isso de fato aconteceu, tudo poderia mudar, tudo poderia acontecer. Realmente, é algo inesperado, não é evidente, porém muito desejado... tão óbvio, que foi necessária a intervenção de outras pessoas para que seguissem o rumo natural dos acontecimentos. Você e o sr. Elton foram chamados pelo destino, pertencem um ao outro. O casamento de vocês será como o de Randalls. Parece que paira algo no ar de Hartfield que conduz todos à direção correta, e encaminha tudo aos seus devidos lugares.

"O curso do verdadeiro amor nunca corre suavemente..."[30]

— Uma edição de Shakespeare de Hartfield certamente teria um grande comentário sobre essa passagem.
— O sr. Elton está realmente apaixonado por mim... por mim... depois de ter conhecido e conversado com tantas moças na festa de São Miguel![31] Ele, o homem mais bonito, o homem que todos notam, tanto quanto o sr. Knightley! Ele, que sempre é requisitado, aquele que, de todos, só faz suas refeições sozinho se assim quiser, pois todos se lembram dele e há sempre mais convites do que os dias da semana. E na igreja, como são lindos os seus sermões! A srta. Nash copiou todos eles desde que ele se mudou para Highbury. Meu Deus! Quando penso na primeira vez em que o vi! Nem poderia imaginar! As irmãs Abbott e eu corremos para a janela da sala e o observamos pela cortina quando o ouvimos aproximar-se; a srta. Nash veio e nos repreendeu, mas também ficou espiando. Entretanto, logo depois, permitiu que eu olhasse também, o que foi muito delicado. Como o achamos lindo! Ele estava próximo ao sr. Cole.
— Essa é uma união que todos os seus amigos, sem distinção, devem apreciar, demonstrando que têm bom senso, e não precisaremos direcionar nossas condutas para pessoas tolas. Eles esperam vê-la feliz e casada, e o sr. Elton é um homem cujo caráter é indiscutível. Se eles desejam que você se estabeleça na mesma região e nos mesmos círculos de amizades, esse sonho se tornará realidade. E se suas únicas aspirações forem as de que faça apenas um bom casamento, aqui há um exemplo que vai contentá-los: o sr. Elton possui uma fortuna razoável e uma posição respeitável na sociedade.
— Sim, é verdade. Como a senhorita é gentil, gosto muito de ouvi-la falar. É tão brilhante. A senhorita e o sr. Elton são muito inteligentes. Esta charada! Ainda que a estudasse por duas semanas, jamais seria capaz de entendê-la.
— Pensei que ele provaria sua habilidade pelo modo como se negou a fazê-lo ontem.
— Penso, sem exceção, que é a melhor charada que já li.
— Com certeza nunca li nada tão oportuno.
— É uma das mais longas que temos.
— Creio que é particularmente longa, mas tais enigmas, geralmente, nunca devem ser muito curtos.

---

[30] Citação de *Sonho de uma noite de verão* — Ato 1, cena 1 (Peça de William Shakespeare).
[31] Celebrada em 29 de setembro.

Harriet estava tão distraída, lendo novamente o enigma, que não ouviu Emma. Surgiam em sua mente as mais felizes comparações.

— Uma coisa — disse ela, bastante corada — é ter bom senso, como todas as pessoas, e, se há algo a ser dito, sentar, escrever uma carta e dizer brevemente o que se deve. Porém, é algo muito diferente escrever versos e charadas como esta.

Emma não poderia ter desejado tão grande rejeição à carta do sr. Martin.

— Que belos versos! — continuou Harriet. — E esses dois últimos, como são lindos! Mas, como eu poderia ser capaz de responder a ele ou ao menos dizer-lhe que decifrei a charada? Oh, srta. Woodhouse, o que faremos?

— Deixe comigo. Você não precisa fazer nada. Ele estará aqui esta noite, tenho certeza, e então poderei devolver-lhe o papel, falaremos sobre algumas bobagens e você não será comprometida. Seus doces olhos encontrarão o momento certo para brilharem, confie em mim.

— Oh! Srta. Woodhouse, é uma pena que eu não possa escrever esta linda charada em meu álbum! Tenho certeza de que não tenho nenhuma tão boa.

— Não escreva as duas últimas linhas, e tenho certeza de que não haverá razões para não as copiar no seu álbum.

— Ah, mas essas duas linhas são...

— ... as melhores de todas. Obviamente, para deleite pessoal, e para que você possa desfrutá-las, é melhor guardá-las. Você bem sabe que os versos não são de todo mal escritos se separá-los. Os dois versos não causarão nenhuma mudança no entendimento. Mas, se retirar as duas últimas linhas, conseguirá retirar o tom pessoal. Assim, permanecerá uma charada muito galante, adequada para qualquer coleção. Entenda que ele não gostaria de ver sua charada menosprezada, tampouco sua paixão. Um poeta apaixonado deve ser encorajado em todos os sentidos possíveis. Dê-me o álbum, vou escrever, e não haverá nenhum rastro seu aqui.

Harriet se submeteu, embora sua mente não fosse capaz de separar em partes a charada, até que teve a certeza de que sua amiga não estava escrevendo uma declaração de amor. Era algo muito precioso para oferecer qualquer tipo de publicidade.

— Nunca deixarei este álbum sair das minhas mãos! — garantiu Harriet.

— Muito bem — concordou Emma. — É um sentimento muito natural e, quanto mais durar, mais contente ficarei. Meu pai está vindo, deixe que eu leia a charada para ele, lhe dará tanto prazer! Ele adora essas coisas, especialmente qualquer verso que faça elogios a uma mulher. Ele é muito generoso e cavalheiro conosco! Permita que eu leia para ele.

Harriet olhou séria.

— Minha querida Harriet, você não deve preocupar-se tanto com esta charada... Vai, inadequadamente, trair seus sentimentos se ficar muito nervosa e sagaz; estará dando à charada mais valor do que ela merece ter. Não se sinta dominada por uma simples demonstração de admiração. Se ele desejasse que fosse segredo, não teria deixado o papel comigo em vez de entregá-lo a você. Não vamos dar tamanha importância ao assunto. Ele tem incentivos suficientes para seguir adiante, não é necessário suspirarmos o dia todo.

— Oh, não! Não serei tão ridícula. Faça como achar melhor.

O sr. Woodhouse entrou, e logo trouxe o assunto à tona ao repetir a pergunta:

— Bem, minhas queridas, como está o álbum de charadas? Escreveram alguma coisa nova?

— Sim, papai, nós temos algo para ler, uma charada novinha. Encontramos um pedaço de papel sobre a mesa esta manhã, creio que uma fada o deixou aqui, e continha uma linda charada, acabamos de copiá-la.

Ela leu para o pai, como ele gostava: devagar e distintamente. Emma repetiu mais duas ou três vezes, explicou cada passagem. Ele ficou muito satisfeito e, como ela havia previsto, ficou especialmente impressionado com o lindo final.

— Sim, muito justo, de fato, está muito bem escrito. Muito bem. Mulher, adorável mulher. É uma charada muito bonita, minha querida, que facilmente consigo adivinhar qual fada a trouxe. Ninguém poderia ter escrito algo assim tão bonito, senão você, Emma.

Emma concordou com a cabeça e sorriu. Após um breve momento de reflexão, ele suspirou suavemente e acrescentou:

— Ah! Não é difícil perceber com quem você se parece! Sua querida mãe era tão inteligente para essas coisas! Se ao menos eu tivesse sua memória! Mas não consigo lembrar-me de nada... nem mesmo de um enigma especial que você me ouviu contar, só consigo lembrar-me da primeira estrofe, porém há muitas que não consigo lembrar.

> Kitty, uma moça linda, porém fria,
> Acendeu uma chama que agora é apenas sofrimento,
> O menino com capuz chamei para ajudar,
> Apesar de temer sua abordagem,
> Antes, tão fatal para minha corte.[32]

— E isso é tudo de que me lembro... Mas sei que é muito inteligente. Acredito, minha querida, que você já tenha essa estrofe.

— Sim, papai, está escrita aqui na segunda página. Copiamos bem depois dos *Extratos elegantes*. Garrick é o autor, lembra?

— Sim, é verdade. Gostaria de me lembrar de mais algumas linhas.

> Kitty, uma moça linda, porém fria,

---

[32] No original, "Kitty, a fair but frozen maid, / Kindled a flame I yet deplore, / The hood-wink'd boy I called to aid, / Though of his near approach afraid, / So fatal to my suit before".

— O nome me lembra nossa pobre Isabella, pois quase a batizamos Catherine em homenagem à avó. Espero que ela chegue na próxima semana. Você já pensou, minha querida, em qual quarto vamos colocá-la? E qual quarto será o das crianças?

— Oh, sim... ela terá seu próprio quarto, é claro! O mesmo de sempre... e haverá um berçário para as crianças, como de costume. Por que faríamos alguma mudança, papai?

— Eu não sei, minha querida... já faz tanto tempo que ela nos visitou! Foi na Páscoa e somente por alguns dias. O fato de o sr. John Knightley ser um advogado é muito inconveniente. Pobre Isabella! Infelizmente, ela se separou de nós! Imagino como ficará triste ao chegar e não encontrar a srta. Taylor!

— Mas não ficará surpresa, papai.

— Eu não sei, minha querida. Tenho certeza de que fiquei muito surpreso quando soube que ela ia casar-se.

— Devemos convidar os Weston para jantarem conosco quando Isabella estiver aqui.

— Sim, minha querida, se houver tempo. Mas... — disse em um tom um pouco deprimido — ela ficará apenas uma semana. Não teremos tempo para nada.

— É lamentável que não possam ficar mais tempo... mas parece um caso de necessidade. O sr. John Knightley deve voltar a Londres no dia 28 e devemos agradecer, papai, pois poderemos desfrutar com eles todos os momentos que poderão ficar conosco. Espero que não nos privem da sua companhia nos dois ou três dias que estiverem na casa do sr. Knightley. Ele me prometeu que neste Natal abdicaria de seus direitos. Embora o senhor saiba que ele está há mais tempo sem vê-los do que nós.

— Na verdade, seria muito difícil, minha querida, se nossa pobre Isabella ficasse em outro lugar que não fosse Hartfield.

O sr. Woodhouse nunca permitiria as reivindicações do sr. Knightley em relação ao irmão, ou em relação a Isabella. Permaneceu sentado, meditando, e então disse:

— Não vejo razões para que Isabella volte a Londres tão cedo, embora o marido precise voltar. Pense, Emma, devo tentar convencê-la a ficar um pouco mais. Ela e as crianças ficarão muito bem conosco.

— Ah, papai! Isso é algo que o senhor nunca conseguiu e não creio que conseguirá. Isabella não suporta ficar longe do marido.

Isso era uma verdade indiscutível. Embora fosse contrário às suas opiniões, o sr. Woodhouse só poderia suspirar passivamente. E, quando Emma percebeu quanto o pai ficara incomodado pelo apego que a filha tinha ao marido, ela imediatamente mudou de assunto.

— Harriet nos visitará o máximo possível enquanto meu cunhado e minha irmã estiverem aqui. E tenho certeza de que ela gostará das crianças. Temos muito orgulho delas, não é mesmo, papai? Estou muito curiosa sobre quem ela achará mais bonito, Henry ou John?

— Sim, também pergunto-me qual será. Pobrezinhos, como ficarão alegres por vir. Eles gostam muito de Hartfield, Harriet.

— Aposto que sim, senhor. Não sei quem poderia pensar o contrário.

— Henry é um bom rapaz, mas John é muito parecido com a mãe. Henry é o mais velho, recebeu o nome em minha homenagem, não em homenagem ao pai. John, o segundo filho, foi batizado em homenagem ao pai. Algumas pessoas se surpreendem, creio eu, que o mais velho não tenha recebido o nome do pai, mas Isabella preferiu que o chamassem Henry, e foi muito bonito de sua parte. De fato, ele é um menino muito inteligente. Todos são extremamente inteligentes, e também muito bem-educados. Certamente, ao chegarem, ficarão próximos à minha cadeira e dirão: "Vovô, pode nos dar um pouco de corda?". Uma vez, Henry me pediu uma faca, eu lhe disse que facas são feitas apenas para os avós usarem. Acho que o pai é muito duro com eles.

— Ele parece duro para o senhor — disse Emma — porque o senhor é sempre muito gentil. Mas, se compará-lo com os outros pais, verá que ele não é tão rude assim como pensa. A única coisa que ele deseja é que os meninos sejam ativos e fortes e, se eles se comportam mal, é necessário que lhes diga uma palavra enérgica de vez em quando. Apesar disso, é um pai muito amoroso, tenho certeza de que o sr. John Knightley é um pai maravilhoso. As crianças o adoram.

— E logo chega o tio e joga os meninos no ar de modo assustador!

— Mas eles gostam disso, papai. É do que mais gostam. Para eles é só diversão e, se o tio não tivesse imposto regras a respeito de quem seria o primeiro a brincar, jamais um deixaria que o outro brincasse.

— Bem, não posso entender isso.

— Esse é maior dilema de todos, papai. Metade do mundo não consegue entender os prazeres da outra metade.

No fim da manhã, justo quando as moças se separaram para se preparar para a habitual refeição das quatro,[33] o herói da charada inimitável voltou à casa. Harriet baixou o rosto, mas Emma pôde recebê-lo com o habitual sorriso e logo percebeu que fizera uma jogada importante... ela pensou que ele havia retornado para ver a reação à charada. Porém, limitou-se apenas a perguntar ao sr. Woodhouse se ele poderia ser dispensado da reunião dessa noite, ou se, de alguma forma, seria necessário em Hartfield. Se fosse o caso, tudo poderia esperar. Entretanto, seu amigo, o sr. Cole, já o convidara inúmeras vezes para um jantar e fez tanta questão que foi impossível recusar.

---

[33] No original, *dinner*, que significa jantar. Naquela época, era comum fazer uma refeição mais pesada antes de o sol se pôr e, à noite, comia-se algo mais leve. Essa refeição se chamava *supper*, ou ceia, em português.

Emma agradeceu, mas não permitiu que desapontasse o amigo; seu pai poderia encontrar outro jogador. Ele insistiu, mas Emma recusou. Quando ele se preparava para se despedir, ela pegou o papel sobre a mesa e disse:

— Oh! Aqui está a charada que o senhor amavelmente deixou para nós, obrigada por tamanha gentileza. Nós a admiramos tanto que me atrevi a escrevê-la no álbum da srta. Smith. Espero que seu amigo não fique chateado. Obviamente, eu não escrevi além das oito primeiras linhas.

O sr. Elton realmente não sabia o que dizer. Fitou-a bastante confuso e disse algo sobre "honra"... alternou o olhar para Harriet e, ao ver o álbum aberto sobre a mesa, pegou-o e o examinou atentamente.

Com a sensação de ser necessário fazer algo para encerrar aquela situação embaraçosa, Emma, sorrindo, disse:

— O senhor deve pedir minhas desculpas ao seu amigo, mas uma charada tão boa não poderia ficar apenas entre duas pessoas. Ele pode ter certeza de que qualquer mulher o aprovaria por ter escrito algo tão galante.

— Eu não hesito dizer — respondeu o sr. Elton, embora hesitasse bastante enquanto falava. — Não tenho nenhuma hesitação ao dizer, pelo menos se meu amigo tiver os mesmos sentimentos que eu... não tenho a menor dúvida de que ele possa sentir-se um pouco honrado, como o vejo agora. Ele considerará o maior orgulho da sua vida.

Contemplou o livro novamente e, em seguida, deixou-o sobre a mesa.

Após esse discurso, saiu assim que pôde. Emma não pensou antecipadamente, uma vez que, em todas as suas boas e agradáveis qualidades, havia algo no discurso do sr. Elton que a fazia rir. Saiu da sala para rir, e Harriet ficou sozinha, desfrutando a ternura e o sublime prazer do momento.

CAPÍTULO 10

Embora estivessem em meados de dezembro, o clima ainda proporcionava às moças a oportunidade de caminhar diariamente. E, no dia seguinte, Emma tinha uma caridade a fazer: visitaria uma família pobre e doente, que vivia um pouco distante de Highbury. Para chegar ao chalé, passaria pela estrada da casa paroquial.[34] O caminho em linha reta, embora irregular, era o maior da vila. E, supostamente, era também o caminho para a abençoada moradia do sr. Elton. Deveriam passar diante de algumas casas simples e depois, cerca de quatrocentos metros, era possível ver a casa do pastor. Era uma casa antiga e sem muitos confortos, muito perto da estrada. Não tinha nenhuma arquitetura especial, mas o atual morador fez algumas melhorias e, do jeito

---

[34] Casa do vigário ou pastor.

que estava, não foi difícil para as duas amigas manterem o ritmo e olharem apenas de relance para ela. O comentário de Emma foi:

— Aí está. Um dia desses, você e seu álbum de enigmas estarão aqui.

Ao que Harriet respondeu:

— Oh, que casa agradável! Como é bonita! Veja as cortinas amarelas que a srta. Nash tanto admira.

— Não passo muito por este caminho, ultimamente — disse Emma, enquanto se aproximavam. — Mas, em breve, terei motivos para visitar e logo estarei familiarizada com as sebes,[35] os portões, os tanques e as árvores desta parte de Highbury.

Harriet descobriu que nunca em sua vida tinha visitado uma casa paroquial. A curiosidade em conhecê-la era tão grande que, considerando o exterior e as possibilidades da casa, Emma pôde classificá-la como uma prova de amor, como se o sr. Elton estivesse preparando a casa para a amiga.

— Poderíamos inventar uma visita — disse ela. — Mas, no momento, não temos nenhuma razão específica para isso, não há nenhuma criada a quem eu possa fazer perguntas a respeito da governanta do sr. Elton... nem mesmo uma mensagem do meu pai.

Ela ponderou, mas não conseguiu pensar em nada. Após alguns momentos de silêncio entre as duas, Harriet perguntou:

— Pergunto-me, srta. Woodhouse, por que a senhorita não se casou ou não deseja se casar? É tão bela!

Emma riu, e respondeu:

— Minha encantadora Harriet, não tenho motivos suficientes que me tentem a casar. Posso até admirar alguns homens bonitos... um ou outro. E não apenas não tenho planos de me casar no momento, como não tenho intenção de me casar nunca.

— Ah! Isso é o que a senhorita diz, mas não posso acreditar.

— Acredito que eu precisaria encontrar alguém muito mais culto e elegante do que costumo ver para me sentir tentada. O sr. Elton, como sabe, está fora de questão. Não tenho o menor interesse em encontrá-lo. Prefiro ficar como estou. Acredito que não tenho como ser mais feliz. Se eu me casasse, certamente me arrependeria.

— Meu Deus! É tão estranho ouvir uma mulher falar assim!

— Não tenho nenhum motivo que me levasse ao casamento. Se eu estivesse apaixonada, aí seria diferente! Mas nunca me apaixonei, não é da minha índole nem da minha natureza. Acredito que nunca me casarei. E, sem amor, tenho certeza de que seria uma tola ao trocar meu conforto por um casamento. Não preciso de fortuna nem de ocupação, muito menos de posição na sociedade. Acredito que pouquíssimas mulheres são, verdadeiramente, donas de suas

---

[35] Cerca viva.

casas como eu sou de Hartfield. E nunca, jamais poderia esperar ser tão amada e tão considerada como agora sou, a favorita e a única aos olhos do meu pai.

— Mas, então, ficará solteira, como a srta. Bates!

— Isso é o máximo que consegue imaginar, Harriet? Imagine... terminar como a srta. Bates! Tão tola... acomodada... sorridente, sempre falante, tão confusa e entediante... mas disposta a falar da vida dos outros. Se fosse por tudo isso, sim, eu me casaria amanhã. Mas, cá entre nós, estou convencida de que não temos nenhuma semelhança a não ser o fato de não sermos casadas.

— Mas, ainda assim, a senhorita será uma mulher solteira! E isso é terrível!

— Não se preocupe, Harriet, não serei uma pobre criada. E é a pobreza que torna o celibato desprezível! Uma mulher solteira, sem renda, seria uma velha criada, ridícula e desagradável! Seria motivo de piadas. Mas uma mulher solteira com boa fortuna é sempre respeitada, sensível e gentil, tanto quanto os demais do seu nível. Não pense que essa distinção seja contra a pureza e o senso comum, como parece ser. Porque uma renda pequena sempre oferece uma tendência a se ter uma mente fraca e um temperamento desagradável. Aqueles que mal conseguem manter-se e que convivem com pessoas de nível inferior podem muito bem ser abatidos e mal-humorados. Obviamente, isso não se aplica à srta. Bates; ela tem boa índole e é muito inocente para se encaixar nesse perfil. De modo geral, todos gostam dela, embora seja simples e pobre. A pobreza por certo não prejudicou sua mente. De fato, acredito que, se ela tivesse ao menos um centavo, seria capaz de doar mais da metade. E ninguém tem medo dela, o que é um grande encanto.

— Meu Deus! Mas o que fará? De que deverá ocupar-se quando for mais velha?

— Se me conheço bem, Harriet, tenho uma mente ativa, cheia de recursos. Não creio que precisarei de outros afazeres quando tiver quarenta ou cinquenta anos, além dos que tenho aos vinte e um. As ocupações e os trabalhos manuais de uma mulher serão os mesmos para mim como o são agora, sem grandes variações. Se eu desenhasse menos, poderia ler mais. Se desistisse da música, conseguiria terminar um trabalho de tapeçaria. Quanto aos objetos de interesse, pessoas a quem devemos direcionar nossa afeição, sua ausência é o maior perigo que devem evitar aqueles que não se casam. Ficarei muito bem, principalmente com tantos sobrinhos para cuidar. Terei muitos afazeres para suprir qualquer esperança ou medo. E, embora meu afeto não possa igualar-se ao afeto dos pais, atende às minhas noções de conforto melhor do que se fosse um sentimento mais forte ou cego. Oh, meus sobrinhos e sobrinhas! Com certeza, uma das minhas sobrinhas me fará companhia.

— A senhorita conhece a sobrinha da srta. Bates? Isto é, sei que já deve tê-la visto centenas de vezes, mas a conhece?

— Oh, sim! Sempre nos encontramos todas as vezes que ela visita Highbury. A propósito do que falamos, esse é um exemplo de orgulho que se pode esperar de uma sobrinha. Deus permita! Espero que, ao menos com tantos sobrinhos que tenho, não aborreça as pessoas nem a metade do que a srta. Bates faz ao falar de Jane Fairfax. Toda carta que recebe da sobrinha é lida mais de quarenta vezes, as saudações que faz aos amigos são repetidas seguidamente. E, se ela envia à tia um modelo de peitilho,[36] ou um par de meias para a avó, não se ouve falar de outra coisa senão Jane por um mês. Desejo tudo de bom a Jane Fairfax, mas ela me irrita profundamente.

Agora, elas se aproximavam do chalé e todas as conversas vãs foram deixadas de lado. Emma era muito compassiva, e as angústias dos pobres eram supridas não apenas por seu dinheiro, mas também por sua bondade e atenção, seus conselhos e sua paciência. Tentava compreendê-los, aceitava as ignorâncias e as privações. Não tinha expectativas românticas em relação às virtudes daqueles que não tinham educação. Interessava-se por seus problemas, sempre os ajudava com inteligência e boa vontade. No caso dessa família, especificamente, foram a doença e a pobreza os motivos da visita e, depois de permanecer no chalé tempo suficiente para dar-lhes conforto, partiu tão impressionada com a cena que, ao se afastarem da casa, disse a Harriet:

— Esses são os melhores lugares, Harriet, para se fazer o bem. Comparado a isso, como tudo parece tão trivial! Sinto como se não pudesse pensar em mais nada além dessas pobres criaturas o resto do dia. E, ainda, quem poderá dizer que tal assunto desaparecerá tão cedo da minha mente?

— É verdade — concordou Harriet. — Pobres criaturas! Não se pode pensar em mais nada.

— Realmente, não creio que essa impressão desaparecerá tão fácil — disse Emma, enquanto atravessavam a sebe desajeitadamente, até que deixaram o escorregadio jardim da casa e conseguiram chegar à estrada novamente. — Não creio que isso vá acontecer tão cedo — repetiu enquanto observava a desgraça do lugar e lembrava quanto ainda era pior por dentro.

— Oh! Querida, não — disse Harriet.

Elas continuaram em frente. A estrada fazia uma ligeira curva ao passar por essa parte do caminho, e imediatamente encontraram o sr. Elton, o que impossibilitou Emma de dizer qualquer outra coisa.

— Ah! Harriet, veja. Aqui está a prova de nossa perseverança e bons pensamentos. Bem — disse sorrindo. — Espero que sua compaixão tenha trazido alívio aos sofredores. Se tiver conseguido isso, terá feito algo muito importante. Se temos compaixão pelos miseráveis e fazemos tudo que podemos por eles, o resto é ilusão, apenas nos angustia ainda mais.

Harriet não conseguia responder direito, apenas disse:

— Oh! Querida, sim!

---

[36] Traje feminino muito usado entre os séculos XV e XVII.

Até que o cavalheiro se juntou a elas. O primeiro assunto sobre o qual conversaram foi a respeito das necessidades e dos sofrimentos da pobre família. Ele também estava a caminho do chalé para fazer-lhes uma visita, que precisaria ser adiada por agora, mas tinham muito o que falar a respeito do que poderia e deveria ser feito. O sr. Elton acompanhou as moças, logo em seguida.

"Encontrar com ele em uma situação como esta", pensou Emma, "com finalidades caridosas, aumentará o amor de um pelo outro. Não me espantaria se trouxesse uma declaração. Se eu não estivesse aqui, certamente é o que aconteceria. Gostaria de estar em outro lugar".

Ansiosa por separar-se deles assim que fosse possível, ela tomou um desvio, à margem do caminho principal. Nem bem caminhara por dois minutos quando percebeu que Harriet tinha cedido ao costume de imitá-la em todos os aspectos e, no fim, estavam atrás dela. Assim não daria certo, então tratou de ficar parada, fingindo amarrar os laços da bota, e pediu para seguir sem ela, que logo em seguida os acompanharia. Eles obedeceram e, após fingir ter dado o laço na bota e estar um pouco atrás do casal, teve a sorte de precisar parar mais uma vez por causa de uma criança que morava no chalé. Emma havia recomendado que fosse até Hartfield buscar um pouco de caldo e, com uma jarra nas mãos, a criança a alcançou. Caminhar ao seu lado e conversar com ela era algo muito natural para Emma e seria algo ainda mais natural se ela não estivesse agindo de propósito. Com isso, os outros ficaram a certa distância, sem necessidade de esperar por ela. Por fim, conseguiu alcançá-los, uma vez que o ritmo da criança era muito rápido e o do casal, muito lento. Emma estava mais preocupada com a conversa deles. O sr. Elton falava com animação, Harriet ouvia tudo atentamente. E Emma, após deixar a criança caminhar sozinha, já pensava em outra ideia para se atrasar um pouco mais, quando os dois olharam para trás e ela foi obrigada a se juntar a eles.

O sr. Elton ainda falava sobre alguns detalhes interessantes. Emma ficou desapontada ao perceber que ele apenas contava sobre a noite anterior, quando se encontrara com o amigo, o sr. Cole. Ele falava apenas do queijo Stilton, do norte de Wiltshire, da manteiga, do aipo, da beterraba e das sobremesas.

A consoladora reflexão de Emma foi: "Espero que essa conversa conduza a algo mais agradável, qualquer coisa que seja de interesse de ambos, qualquer assunto que seja motivo para tocarem no segredo que guardam no peito. Se ao menos eu pudesse ajudar... mas preciso manter distância".

Agora eles caminhavam juntos em silêncio, quando conseguiram avistar a casa paroquial e, naquele instante, Emma resolveu que ao menos Harriet entraria na casa. Então, parou novamente para amarrar o laço da bota. Emma estragou propositalmente o cadarço, de modo que foi obrigada a pedir-lhes que parassem mais uma vez e acabou reconhecendo que não conseguiria chegar em casa daquela forma.

— Perdi parte do meu cadarço — disse ela. — Não sei o que fazer. Realmente, sou a companhia mais problemática para ambos, mas creio que nem sempre sou tão desastrada. Sr. Elton, devo pedir-lhe que paremos em sua casa para ver se sua governanta tem um pedaço de fita ou cordão, ou qualquer outra coisa para manter minha bota no devido lugar.

O pastor ficou feliz com a proposta e colocou-se em estado de alerta, cheio de atenções ao conduzi-las para dentro da casa, esforçando-se para que tudo estivesse a contento. O cômodo onde elas entraram era o único que ele ocupava regularmente e, do outro lado, havia um outro cômodo que fazia ligação com o salão por uma porta, que estava entreaberta. Emma cruzou a porta, em companhia da criada, para receber ajuda com seu calçado. Foi obrigada a deixar a porta do jeito que encontrou, mas tinha esperança de que o sr. Elton a fechasse. No entanto, a porta não foi fechada e permaneceu entreaberta. Iniciando uma conversa animada com a empregada, tinha a intenção de que ele tomasse a iniciativa no outro cômodo. Por dez minutos, ouviu apenas a voz dele. A situação não poderia prolongar-se por mais tempo. Emma foi obrigada a concluir seu serviço e voltar à sala onde os dois a esperavam.

Os enamorados estavam de pé, um ao lado do outro, perto de uma das janelas. A cena tinha o aspecto mais favorável, e durante meio minuto Emma sentiu a glória de ter planejado algo tão bem-sucedido. Mas aquilo não saiu como ela esperava: ele não se declarou. Foi muito agradável, contou a Harriet, tê-las visto quando elas passaram diante da sua casa e propositalmente as seguiu. Ele disse outros galanteios, mas nada que fosse importante.

"Cauteloso, muito cauteloso", pensou Emma. "Ele avança centímetro a centímetro e não colocará nada em perigo até que julgue estar seguro."

Ainda assim, contudo, apesar de seu objetivo não ter sido alcançado, ela não poderia deixar de se vangloriar por ter proporcionado um momento de prazer entre os dois, e os preparava para o grande evento que aconteceria em breve.

CAPÍTULO 11

A iniciativa, agora, deveria partir do sr. Elton. Não estava mais nas mãos de Emma cuidar de sua felicidade ou de suas decisões. A visita da sua irmã estava tão próxima que, primeiro em sua imaginação e depois na realidade, veio a ser sua principal preocupação. Durante os dez dias que Isabella e sua família permaneceriam em Hartfield, não era de se esperar que pudesse ajudar os enamorados com nada mais do que uma assistência furtiva e ocasional. Esperava que eles avançassem sozinhos, de todo modo, pelo menos em algum sentido. Emma não lamentava não ter mais tempo para eles. Algumas pessoas, quanto mais fossem auxiliadas, menos fariam por si mesmas.

O sr. e a sra. John Knightley, pelo fato de estarem havia muito tempo longe de Surrey,[37] pareciam muito mais animados do que de costume. Até esse ano, desde que se casaram, todas as férias prolongadas eram divididas entre Hartfield e Donwell Abbey. Porém, as desse outono haviam sido dedicadas aos banhos de mar para as crianças e, portanto, tinham transcorrido muitos meses desde a última vez que visitaram seus conhecidos em Surrey, ou os encontraram na casa do sr. Woodhouse. Por sua vez, ele não poderia deixar de reclamar do quão distante era Londres, como lamentava pela pobre filha. Consequentemente, estava muito mais nervoso e apreensivamente feliz ao esperar por essa curta visita.

Ele pensou muito a respeito dos malefícios que a viagem traria à filha, sem contar o cansaço dos próprios cavalos e do cocheiro, que conduziria o grupo por, pelo menos, metade do caminho. Entretanto, suas preocupações eram desnecessárias. O percurso de quase vinte e seis quilômetros foi facilmente percorrido, e o casal, as cinco crianças, além de um razoável número de criados, alcançaram Hartfield com segurança. A agitação e a alegria da sua chegada, a presença de tantas pessoas com as quais poderia conversar, a quem dar boas-vindas, entreter e acomodar dentro da casa, causaram tanta confusão à mente do sr. Woodhouse que ele não suportaria mais nada. Isabella respeitou tão bem os modos e os sentimentos do seu pai que, apesar da maternal solicitude em benefício imediato dos pequenos para que ficassem bem acomodados e pudessem desfrutar total liberdade e os cuidados que requeriam, arranjou todos os detalhes relacionados a comida, bebida, sono e brincadeiras para que não esperassem mais e, assim, não pudessem perturbar o avô.

Isabella Knightley era uma mulher bonita, pequena e elegante, suave em suas maneiras, com disposição admiravelmente amável e carinhosa. Amada pela família, esposa devotada, mãe atenciosa, era tão ternamente ligada ao pai e à irmã que nenhum outro vínculo mais forte lhe parecia possível. Não conseguia ver defeitos neles. Não era uma mulher muito culta nem ágil e, além dessas características do pai, herdara também sua constituição física. Por ter uma saúde delicada, preocupava-se excessivamente com o bem-estar dos filhos, tinha muitos temores e sofria dos nervos. O sr. Wingfield, boticário que a atendia em Londres, era adorável, assim como o sr. Perry, que atendia seu pai. Eles também eram muito parecidos, tanto em bondade como em temperamento, e tinham um grande respeito pelos velhos amigos.

O sr. John Knightley era um homem alto, cavalheiro e muito inteligente. Com a carreira em ascensão, gostava de ficar em casa, era muito respeitável mas muito reservado, o que o impedia de ser agradável e bem-humorado. Não era um homem agressivo nem irritadiço para merecer alguma reprovação,

---

[37] Condado do sudeste da Inglaterra.

mas seu temperamento não era dos melhores e, de fato, com uma esposa tão zelosa, não foi difícil que seus defeitos naturais aumentassem ainda mais. A extrema doçura da mulher devia incomodá-lo um pouco. Ele possuía toda clareza e agilidade de mente que faltavam a Isabella e, por vezes, podia ser displicente ou dizer algo que a magoava.

Não era uma das pessoas favoritas da sua cunhada. Nenhum defeito seu escapava a Emma. Ela rapidamente percebia as pequenas injúrias a Isabella, as quais a própria nem sequer notava. Talvez pudesse ser mais condescendente com o cunhado se ele agisse de modo mais lisonjeiro com a irmã de Isabella, porém, sua atitude para com Emma era de um irmão e amigo calmo e gentil, sem grandes elogios ou cegueira. Dificilmente, algum elogio de sua parte faria Emma vê-lo com outros olhos, principalmente porque, às vezes, faltava-lhe tolerância e respeito pelo sr. Woodhouse. Ele nunca tivera muita paciência com o sogro. As peculiaridades e as inquietações do sr. Woodhouse, às vezes, irritavam-no e ele lhe dirigia palavras ásperas. Isso não acontecia regularmente, porém, uma vez que o sr. John Knightley tinha uma grande consideração pelo sogro e um forte sentimento de gratidão. Mas, na opinião de Emma, John era grosseiro na maioria das vezes, especialmente quando precisavam resolver algum problema, embora não houvesse ofensas. No início da visita, porém, reinaram os melhores sentimentos e, como era uma hospedagem curta, esperava-se que tudo acontecesse natural e cordialmente. O casal e os filhos nem bem estavam acomodados quando o sr. Woodhouse, balançando a cabeça melancolicamente, suspirou e chamou a atenção da filha ao mencionar a triste mudança que ocorrera em Hartfield desde sua última visita.

— Ah, minha querida — disse ele —, pobre srta. Taylor. É uma situação muito triste.

— Oh, sim, papai — exclamou Isabella, com simpatia. — O senhor deve sentir muito a falta dela! Imagino o quanto Emma sente também! Que perda terrível para os dois! Fico tão triste por vocês. Não consigo imaginar como conseguem viver sem ela. De fato, é uma mudança muito triste. Mas espero que ela esteja bem, papai.

— Muito bem, minha querida... também espero que esteja muito bem. Não sei como, mas aquele lugar agradou muito a ela.

O sr. John Knightley, nesse momento, perguntou a Emma se havia alguma dúvida a respeito do clima de Randalls.

— Oh, não! De modo nenhum. Nunca vi a sra. Weston tão bem; de fato, nunca esteve melhor. Papai fala assim porque sente muito a perda.

— Sente tanto que não é capaz de felicitá-la — foi a resposta amável do cunhado.

— E o senhor a vê regularmente, papai? — perguntou Isabella usando o mesmo tom lamentoso do pai.

O sr. Woodhouse hesitou e disse:

— Não tão frequentemente como eu gostaria, minha querida.

— Oh! Papai, deixamos de vê-los apenas um dia, logo que se casaram. Na verdade, encontramos com os Weston às vezes, pela manhã, outras vezes, à tarde, e quando não é em Randalls é aqui em casa. E, Isabella, como deve supor, eles nos visitam regularmente. São sempre muito gentis em suas visitas. O sr. Weston tem sido muito amável, assim como a esposa. Papai, se continuar falando nesse tom melancólico, dará a Isabella uma falsa impressão. Todos sabem quanto sentimos a falta da srta. Taylor, mas todos realmente sabem que o senhor e a senhora Weston fazem o possível para impedir que sintamos sua falta, como bem imaginamos... e isso é a mais pura verdade.

— Assim como deve ser — disse o sr. John Knightley. — Exatamente como eu esperava ao ler suas cartas. Não há dúvida de que ela é atenciosa com vocês, e o fato de o esposo ser um homem sem desprendimento social facilita tudo. Sempre lhe disse, meu amor, que acredito que a mudança não foi tão drástica em Hartfield como você imaginava. Agora que ouviu o relato de Emma, pode ficar mais tranquila.

— Não entendo os motivos — disse o sr. Woodhouse —, mas não posso negar que a sra. Weston, a pobre sra. Weston, sempre vem visitar-nos, mas, infelizmente, é obrigada a nos deixar rápido.

— Seria muito difícil para o sr. Weston se ela não agisse assim, papai. O senhor quase se esqueceu dele.

— De fato, penso que o sr. Weston também tem algum direito — disse John Knightley agradavelmente. — Você e eu, Emma, precisamos defender o pobre marido. O fato de eu ser casado e você ser solteira faz que as reinvindicações desse pobre homem nos atinjam igualmente. E, quanto a Isabella, ela já está casada há tempo suficiente para perceber a conveniência de deixar os Weston de lado tanto quanto possível.

— Sim, meu amor? — perguntou sua esposa, que só escutou e compreendeu metade do assunto. — Estão falando de mim? Tenho certeza de que ninguém poderia ser, nem deveria ser, maior defensor do casamento do que eu. Se não fosse pela infelicidade de deixar Hartfield, somente pensaria na srta. Taylor como a mulher mais feliz do mundo. E quanto ao pobre sr. Weston, aquele excelente homem, creio que merece o melhor. Penso que ele é um dos homens mais agradáveis que já conheci. Com exceção de você e do seu irmão, não conheço ninguém tão educado e bondoso. Nunca me esquecerei de quando levantou a pipa de Henry, na Páscoa passada. Assim como sua gentileza, há um ano, ao escrever-me aquele lindo bilhete, à meia-noite, com o propósito de me garantir que não havia ninguém com escarlatina em Cobham. Estou convencida de que não poderia existir um coração tão sincero e um homem melhor! Se alguém deve merecê-lo, essa pessoa é a srta. Taylor.

— E o sr. Frank Churchill? Onde está o jovem rapaz? — indagou John Knightley. — Ele certamente veio para as bodas, ou não?

— Ele ainda não esteve aqui — respondeu Emma. — Havia uma grande expectativa de que viesse logo após o casamento, mas adiou a viagem. E, ultimamente, ele nem tem sido mencionado.

— Mas você deve falar a respeito da carta, minha querida — disse o sr. Woodhouse. — Ele escreveu uma carta à pobre sra. Weston para felicitá-la e, embora fosse curta, era muito bonita. Ela me mostrou a carta. De fato, acho que o rapaz agiu corretamente. Se realmente foi uma ideia sua, não temos como confirmar. Ele é muito jovem, e seu tio talvez...

— Meu querido pai, ele tem vinte e três anos. O senhor se esquece como o tempo passa rápido.

— Vinte e três... é mesmo? Bem, nunca imaginaria isso... Além disso, ele tinha apenas dois anos quando sua pobre mãe faleceu! Bem, o tempo passa rapidamente, é verdade! E tenho péssima memória. Entretanto, a carta era muito bonita e deu ao casal um grande prazer. Lembro-me de que foi escrita em Weymouth[38] e enviada em quinze de setembro. Começava assim: "Minha querida senhora"... mas já esqueci do restante. Lembro-me perfeitamente de que foi assinada por "F. C. Weston Churchill".

— Que ato gentil da parte dele! — exclamou a bondosa sra. John Knightley. — Não tenho dúvida de que seja um homem agradável. Mas é muito triste que não possa morar com o pai! É muito chocante quando as crianças são levadas da casa dos pais! Nunca entendi como o sr. Weston conseguiu separar-se dele. Desistir do seu único filho! Nunca tive boa opinião a respeito de alguém que fizesse semelhante proposta a quem quer que seja.

— Acho que ninguém teve uma opinião positiva a respeito da família Churchill — observou o sr. John Knightley, friamente. — Mas você não precisa imaginar que o sr. Weston sentiu o mesmo que você sentiria se estivesse no lugar dele. É um homem tranquilo, alegre e bem-humorado, não é dado a sentimentos fortes; enfrenta as dificuldades bravamente. E, de um modo ou de outro, aproveita as circunstâncias e creio que, para ele, isso que chamamos de "sociedade" é um conforto, isto é, prefere comer, beber, jogar com os amigos cinco vezes por semana, a depender da afeição familiar, ou de qualquer assunto relacionado ao lar.

Emma não aceitava qualquer coisa que afetasse a reputação do sr. Weston. Estava decidida a dar sua opinião, porém relutou e preferiu calar. Ela deveria manter a paz a qualquer custo. Havia algo de honrado e valioso a respeito dos costumes domésticos, os quais seu cunhado tinha predisposição a desdenhar: o trato pessoal e os costumes da sociedade, e até mesmo as pessoas para quem tais costumes eram muito importantes. Por conta disso, eram fortes as suas razões para tolerar as atitudes do cunhado.

---

[38] Cidade inglesa, pertencente ao condado de Dorset.

CAPÍTULO 12

O sr. Knightley foi jantar com eles — contra a vontade do sr. Woodhouse, que não gostava de compartilhar as atenções de Isabella no primeiro dia de sua visita. O bom senso de Emma decidiu a questão e, além da consideração que era devida ao irmão do cunhado, ela sentia um prazer particular ao convidá-lo, uma vez que haviam se desentendido na última ocasião em que se encontraram.

Ela esperava que pudessem fazer as pazes, pois já era tempo de tudo voltar ao normal. Na verdade, nada seria como antes. Ela não seria capaz de confessar seu erro, e ele nunca admitiria que errou. Não havia possibilidade de qualquer tipo de concessão, mas já era hora de esquecerem as desavenças, e Emma esperava que o convite restaurasse a amizade entre eles. Quando ele entrou na sala, ela estava com a sobrinha mais nova no colo, uma linda garotinha de apenas oito meses, que visitava Hartfield pela primeira vez. A menininha estava muito contente ao ser embalada nos braços da tia. O convite foi favorável e, embora no início ele estivesse sério e fizesse apenas perguntas curtas, logo passou a agir como de costume. Tomou a criança dos braços de Emma, sem a menor cerimônia, na mais perfeita amizade. Emma sentiu que tudo estava bem entre eles e essa convicção deu-lhe não só muita satisfação, mas também um ligeiro incômodo. Enquanto ele admirava o bebê, ela não pôde evitar o comentário:

— É um conforto saber que pensamos da mesma forma, ao menos em relação aos nossos sobrinhos e sobrinhas. Mas, como homem e mulher, nossas opiniões são, às vezes, muito diferentes. Porém, em relação a essas crianças, nós nunca discordaremos.

— No que diz respeito aos adultos, se, em vez de se deixar levar por sua imaginação fértil e por seus caprichos, preferisse guiar-se pelos sentimentos naturais, como faz com essas crianças, realmente, sempre estaríamos de acordo.

— Então, para ser sincera, nossas desavenças sempre surgem porque o senhor acha que eu estou errada, não é?

— Sim — respondeu ele, sorrindo. — E por um bom motivo: eu tinha dezesseis anos quando você nasceu.

— Uma diferença de idade — respondeu Emma. — E não restam dúvidas de que o senhor era muito superior a mim naquela época de nossas vidas. Mas não acredita que os vinte e um anos que se passaram, desde o meu nascimento, tenham-me trazido algum benefício?

— Sim, você melhorou bastante.

— Mas, ainda assim, não sou tão superior a ponto de estar certa quando temos ideias divergentes.

— Eu ainda tenho a vantagem de ter dezesseis anos a mais de experiência e não sou uma moça bonita e mimada. Vamos, minha querida Emma, vamos ser amigos e não falemos mais sobre o assunto. Diga à sua tia, pequena Emma, que ela deve ser seu exemplo de conduta ao perdoar antigas queixas e que, se ela não errou antes, errou agora.

— É verdade! — exclamou Emma. — Certamente, a pequena Emma será uma mulher bem melhor do que sua tia. Será infinitamente mais inteligente e não tão vaidosa. Agora, sr. Knightley, tenho mais algumas palavras a dizer e depois daremos o caso por encerrado. Como tínhamos as melhores intenções, creio que ambos estávamos certos e devo lhe dizer que nenhum dos meus argumentos se mostrou falso. Só quero saber se o sr. Martin não ficou muito desapontado.

— Um homem não poderia ficar mais desapontado — foi a resposta curta e grossa.

— Ah! Sinto muito, de verdade. Venha, vamos dar as mãos.

Apertaram as mãos com grande cordialidade. Em seguida, John Knightley apareceu e pôde saudar o irmão. Cumprimentaram-se no estilo inglês mais requintando, mostrando uma calma que mais parecia indiferença quando, na verdade, tinham um grande afeto entre si e, se fosse necessário, fariam qualquer coisa pelo bem um do outro.

A noite foi tranquila e sociável. Como o sr. Woodhouse se recusou a jogar cartas para se sentar confortavelmente e conversar com sua querida Isabella, o pequeno grupo se dividiu em dois. De um lado, ele e sua filha; do outro lado, os irmãos Knightley. Uma vez que os assuntos entre os dois grupos eram muito diferentes e raramente se misturavam, Emma juntava-se ora a um, ora a outro.

Os irmãos falavam de suas próprias preocupações e trabalhos, mas principalmente os relativos ao mais velho, que era muito comunicativo e sempre fora um grande orador. Como magistrado, normalmente precisava perguntar a John algo relacionado às leis e ao Direito; ou, pelo menos, tinha alguma anedota para contar. Como administrador da fazenda de Donwell, a ele cabia comentar a respeito das expectativas para os campos e as plantações para o próximo ano. Além disso, deveria informar todas as notícias locais e não poderia falhar, pois o irmão passara a maior parte da sua vida ali e tinha fortes sentimentos pelo lugar. O projeto para fazer uma drenagem para as águas, a mudança de uma cerca, a queda de uma árvore, e como utilizaria cada acre de terra para plantar trigo, nabo e milho foram assuntos celebrados com júbilo por John, tanto quanto seu jeito frio de ser permitia. E, se o relato do irmão gerava alguma dúvida, suas perguntas eram muito entusiasmadas.

Enquanto eles estavam confortavelmente ocupados, o sr. Woodhouse externava, ao lado da filha casada, os mais felizes lamentos e apreensivas demonstrações de afeto.

— Minha querida Isabella, pobrezinha — disse ele, tomando a mão da filha com carinho, e só era interrompido quando algum de seus cinco netos aparecia. — Quanto tempo se passou, longos e terríveis dias desde a última vez que esteve aqui! Imagino quanto deva estar cansada após tão longa viagem! Deve deitar-se cedo, minha querida... Eu lhe recomendo um pouco de mingau antes de ir dormir. Você e eu tomaremos uma pequena tigela de mingau juntos. Minha querida Emma, creio que todos tomaremos um pouco de mingau.

Emma não poderia supor tal coisa, pois sabia que os irmãos Knightley não suportavam mingau, assim como ela. Sendo assim, foram servidas apenas duas tigelas. Após falar muito bem do mingau por alguns minutos, tentando imaginar por qual motivo aquela iguaria não era servida todas as noites e para todos os presentes, o sr. Woodhouse disse, em tom bastante reflexivo:

— Foi uma péssima escolha, minha querida, passar todo o outono em South End[39] em vez de ficar aqui. Nunca tive boas opiniões a respeito do ar marítimo.

— O sr. Wingfield recomendou essa viagem insistentemente, papai... caso contrário, não a faríamos. Ele recomendou o ar marítimo para todas as crianças, principalmente para a garganta da pequena Bella; aliás, recomendou tanto o ar como os banhos de mar.

— Ah, minha querida! Perry tem muitas dúvidas a respeito dos benefícios da região costeira. E, quanto a mim, estou bastante convencido, embora talvez nunca lhe tenha dito, de que o mar raramente traz algum benefício às pessoas. Juro que quase morri uma vez.

— Ora, imagine! — exclamou Emma, percebendo que aquele era um assunto perigoso. — Papai, imploro para que não fale nada a respeito da costa. Isso me faz sentir inveja e infelicidade... pois nunca conheci o mar! Por favor, esse assunto está proibido. Minha querida Isabella, até agora não ouvi você perguntar sobre o sr. Perry, ele nunca se esquece de você.

— Oh! O bondoso sr. Perry, como ele está, papai?

— Bem, muito bem, mas não tão bem assim. O pobre Perry sofre do fígado e não tem tempo para se cuidar. Ele mesmo me disse que não tem tempo para si, o que é muito triste, mas sempre atende a todos por aqui. Creio que não há homem com tamanha experiência em nenhum lugar do mundo. Além disso, não há ninguém tão inteligente quanto ele.

— E a esposa e os filhos, como estão? As crianças cresceram? Tenho grande consideração pelo sr. Perry. Espero que ele nos faça uma visita em breve; ficará encantado com meus pequenos.

---

[39] Também conhecida como Southend-on-Sea, a maior cidade do condado de Essex, na Inglaterra.

— Espero que ele venha amanhã, pois tenho importantes dúvidas a meu respeito para que me esclareça. E, minha querida, quando ele chegar, é melhor que veja a garganta de Bella.

— Oh! querido papai, a garganta da menina está tão melhor que eu nem me preocupo mais com isso. Até mesmo os banhos de mar lhe foram ótimos, mas o que surtiu efeito mesmo foi o emplastro que o sr. Wingfield nos recomendou, ainda usamos todos os dias, desde agosto passado.

— Não é muito provável, minha querida, que os banhos de mar tenham sido bons para ela... e, se eu soubesse que você estava usando um emplastro, teria indicado...

— Parece que você se esqueceu da senhora e da srta. Bates, minha irmã — disse Emma. — Até agora não fez nenhuma pergunta sobre elas.

— Oh! As bondosas Bates! Estou bastante envergonhada... Mas você fala tão bem delas na maioria de suas cartas... Espero que estejam bem. Como é bondosa a querida sra. Bates. Amanhã farei uma visita às duas e levarei meus filhos. Elas sempre ficam contentes quando se encontram com meus filhos. E a digníssima srta. Bates! Como estão, papai?

— De modo geral, estão muito bem. Mas a pobre sra. Bates ficou muito resfriada há mais ou menos um mês.

— Sinto muito ouvir isso! Mas os resfriados estão mais constantes neste outono. O sr. Wingfield me disse que nunca viu tantas pessoas resfriadas e tão seriamente acamadas, exceto quando estão gripadas.

— De fato, foram muitos casos, minha querida, mas não na quantidade que você menciona. Perry disse que os resfriados são generalizados, mas não são tão graves como os que acomettem as pessoas em novembro. Ele não acredita que esta seja uma estação particularmente cheia de doenças.

— Não, não creio que o sr. Wingfield também considere esta uma das piores estações, exceto...

— Ah! Minha pobre filha, a verdade é que, em Londres, nunca há uma estação realmente boa. Ninguém é saudável naquele lugar, nem poderia ser. É uma coisa terrível você ser obrigada a viver lá, tão longe! E o ar é tão ruim!

— Não, isso não é verdade, papai... nós não moramos em um lugar insalubre. O lugar onde vivemos é muito melhor do que qualquer outro na região! O senhor não deve confundir-nos com quem vive na pior parte de Londres! A vizinhança da Brunswick Square é muito diferente de todo o resto. Nossa casa é bem arejada! Recuso-me a viver em outra parte da cidade. Não há outro bairro onde eu me contentaria em morar com meus filhos. Nossa casa é ótima! O sr. Wingfield considera que essa seja a melhor vizinhança com relação ao ar.

— Ah! Minha querida, não é o mesmo ar de Hartfield. Você pode dizer o que quiser, mas, após uma semana em Hartfield, verá que todos estarão revigorados, nem terão a mesma aparência. Não que eu esteja dizendo que vocês não estejam com um aspecto bom, no momento.

— Sinto muito ouvi-lo dizer isso, mas lhe asseguro, com exceção das dores de cabeça e das palpitações que sinto onde quer que esteja, estou muito bem! E se meus filhos estão um pouco pálidos, antes de irem para a cama, é porque estão um pouco mais cansados do que o costume, uma vez que estavam muito contentes com a viagem. Espero que amanhã o senhor os veja melhor. Garanto-lhe que o sr. Wingfield me disse que todos estavam com boa saúde. Pelo menos, espero que o senhor não pense que John esteja doente. — Ao dizer isso olhou afetuosamente para o marido.

— Pois bem, minha querida, infelizmente, não posso fazer um elogio. Acho que o sr. John Knightley está muito longe de parecer bem.

— Qual é o problema, senhor? Falou comigo? — indagou o sr. John Knightley ao ouvir seu nome.

— Meu amor, lamento dizer-lhe que meu pai não acha que você esteja com boa aparência... mas espero que seja apenas por estar um pouco cansado. Entretanto, insisti para que você se consultasse com o sr. Wingfield antes de viajarmos.

— Minha querida Isabella! — exclamou ele rapidamente. — Por favor, não se preocupe comigo. Conforme-se em se medicar e mimar as crianças e deixe-me ter a aparência que eu quiser.

— Eu não consegui entender completamente o que dizia ao seu irmão — interrompeu Emma — a respeito da intenção de seu amigo, o sr. Graham, vir a ser um oficial de justiça na Escócia e assim poder cuidar da sua nova propriedade. Qual será o resultado disso? O preconceito não seria grande demais?

E conversaram sobre isso animadamente, até que foi obrigada a dar atenção novamente ao pai e à irmã, e não se importou de ouvir algo tão desagradável quanto Isabella perguntando a respeito de Jane Fairfax. Embora a moça não estivesse entre as suas favoritas, naquele momento estava muito feliz ao fazer-lhe elogios.

— A doce e amável Jane Fairfax! — disse o sr. John Knightley. — Já faz muito tempo que não a vejo, com exceção de uma vez ou outra em que a encontrei em Londres! Como a boa avó e a tia devem ficar felizes quando ela as visita! Sempre lamento, para o bem de Emma, que ela não venha a Highbury com tanta frequência. Mas, agora que a filha dos Campbell se casou, creio que eles não tenham planos de se separar de Jane. Ela seria uma companhia maravilhosa para Emma.

O sr. Woodhouse concordou com tudo, e ainda acrescentou:

— A nossa jovem amiga, Harriet Smith, no entanto, é exatamente esse tipo de pessoa. Vocês gostarão dela. Emma não poderia ter escolhido companhia melhor.

— Ficarei muito feliz em ouvi-la... mas apenas Jane Fairfax sabe ser tão prendada e elegante! E tem a mesma idade de Emma.

Esse assunto foi alegremente discutido e, em poucos minutos, passaram a falar de outros assuntos com a mesma harmonia. Porém, a noite não terminou sem um pouco de agitação. Serviram o mingau, seguido de muitos comentários e elogios a respeito de suas inúmeras propriedades para qualquer pessoa, e teceram severas críticas às casas que não podem servir um mingau decente. Mas, infelizmente, entre as preocupações enumeradas por Isabella, a mais importante estava relacionada à sua cozinheira que acompanharia a família ao sul do país, uma mulher contratada apenas para a viagem, que nunca conseguira entender como preparar um bom prato de mingau, ralo, mas não ralo demais. Isabella desejou inúmeras vezes tomar um mingau assim, mas a empregada nunca foi capaz de preparar algo tolerável. Esse era um assunto perigoso.

— Ah! — disse o sr. Woodhouse, balançando a cabeça enquanto olhava fixa e ternamente para a filha. — Os infortúnios dessa visita a South End são intermináveis. Nem vale a pena comentá-los.

Por alguns momentos, ela esperou que o pai não tocasse mais no assunto. Ele ficou balbuciando algo para si e, quando olhou novamente para o mingau, foi o bastante para retomar o assunto após alguns minutos:

— Sempre ficarei triste ao me lembrar de que vocês passaram o outono na região costeira em vez de ficarem aqui conosco.

— Mas por que o senhor ficaria triste, papai? Garanto que fez um bem enorme às crianças.

— E, além disso, se vocês precisavam passar alguns dias próximo ao mar, que não fosse em South End. Não é um lugar saudável. Perry ficou muito surpreso ao ouvir que você estava em South End.

— Eu sei que muitas pessoas pensam assim, mas é um grande erro, papai. Todos passamos muito bem lá, não sentimos nenhum inconveniente por causa da lama. O sr. Wingfield acredita que é um grande erro pensar que o lugar não é saudável, e estou segura de que ele está certo, pois entende muito bem de natureza e clima. Além disso, seu próprio irmão esteve lá inúmeras vezes com a família.

— Você deveria ter ido para Cromer,[40] minha querida. Perry, certa vez, ficou uma semana por lá e considera a melhor cidade costeira do país. Ele me disse que o mar é tranquilo e o ar é muito puro. E, pelo que sei, poderiam alojar-se bem longe da praia, a cerca de quatrocentos metros, e muito confortavelmente. Deveriam ter consultado o sr. Perry.

— Mas, meu querido pai, pense como seria uma viagem diferente, considerando apenas a distância, cerca de cento e sessenta quilômetros em vez de apenas sessenta e cinco.

---

[40] Cidade costeira, localizada no norte do condado de Norfolk, Inglaterra.

— Ah! Minha filha, como disse Perry: quando se trata de saúde, nada mais é importante. E, se uma pessoa precisa viajar, tanto faz percorrer sessenta e cinco ou cento e sessenta quilômetros. Seria melhor não ter viajado e ficado em Londres do que viajar sessenta e cinco quilômetros e ir em busca de um ar cuja qualidade é a pior. Foi o que Perry disse. Para ele, vocês tomaram uma decisão errada.

As tentativas de Emma interromper seu pai foram em vão. E, como a conversa chegou a esse ponto, ela não ficaria surpresa se o cunhado fizesse uma intervenção brusca.

— O sr. Perry — disse ele, com um tom de voz bastante contrariado — deveria manter sua opinião para si mesmo até que alguém a peça. Por que ele não cuida de seus negócios em vez de se intrometer nos meus? O que lhe diz respeito se eu levo minha família para uma cidade ou outra? Espero que o senhor me permita emitir minha opinião, assim como fez o sr. Perry. Não preciso dos conselhos, nem dos medicamentos dele.

Ele fez uma pausa, acalmou-se um pouco e completou, de modo sarcástico e frio:

— Se o sr. Perry me disser como transportar uma esposa e cinco filhos por cento e sessenta quilômetros, sem grandes gastos e inconvenientes, quando comparados a uma distância de sessenta e cinco quilômetros, certamente eu escolheria Cromer em vez de South End.

— É verdade! — exclamou o sr. Knightley, interrompendo apressadamente a conversa. — Certamente! De fato, é algo a ser levado em conta. Mas, John, como eu lhe dizia, a respeito de minhas intenções de desviar o caminho de Langham um pouco mais para a direita, para que não atravesse os campos da casa, não vejo nenhuma dificuldade. Não tomarei essa decisão se causar algum inconveniente aos moradores de Highbury, mas, se você se recorda dos contornos do caminho... o único modo de comprovar isso, entretanto, é conferir nossos mapas. Espero vê-lo amanhã em minha casa e, assim, teremos a oportunidade de analisá-los e você poderá dar-me sua opinião.

O sr. Woodhouse ficou bastante agitado pelas severas reflexões a respeito de seu amigo, o sr. Perry, a quem, na verdade, mesmo que inconscientemente, havia atribuído muitas de suas próprias ideias e seus sentimentos. Entretanto, as doces atenções que sua filha lhe prestou foram suficientes para remover qualquer perigo. E a intervenção imediata de um dos irmãos e o reconhecimento do outro evitaram que a conversa fosse adiante.

CAPÍTULO 13

Não poderia existir alguém mais feliz do que a sra. John Knightley, durante sua breve estadia em Hartfield, ao visitar, na companhia dos cincos filhos, todos os seus conhecidos, e depois contando o seu dia, todas as noites, ao pai e à irmã. Ela não desejava nada mais, a não ser que aqueles dias não passassem tão rapidamente. Foi uma visita deliciosa, perfeita, apesar de muito breve.

Geralmente, recebiam menos amigos à noite do que pela manhã. Mas, um convite para um jantar ou uma visita a outra casa não eram de todo evitados, pois era Natal. O sr. Weston não aceitaria um "não" como resposta, então todos jantariam em Randalls pelo menos uma noite. Até mesmo o sr. Woodhouse foi convencido a aceitar o convite em vez de dividirem o grupo.

Uma vez que todos foram convidados, ele não poderia recusar, ainda que quisesse. Porém, a carruagem do genro e da filha estava em Hartfield, e ele foi capaz apenas de fazer uma pergunta sobre o assunto, de modo que não criou nenhum conflito. E Emma não teve dificuldade ao convencê-lo de que poderiam levar Harriet em uma das carruagens.

Harriet, o sr. Elton e o sr. Knightley eram seus convidados especiais. O jantar começaria cedo e o número de convidados seria reduzido. Consultaram o sr. Woodhouse em todos os detalhes.

Na noite anterior ao grande evento, pois era um grande acontecimento o sr. Woodhouse passar a ceia de Natal fora de casa, Harriet passou todo o dia em Hartfield. Ao voltar para casa, estava tão indisposta e resfriada que, apesar dos cuidados da sra. Goddard, Emma não permitiu que ela deixasse a cama. Fez-lhe uma visita no dia seguinte e encontrou-a tão prostrada que logo percebeu que a amiga não poderia ir ao jantar em Randalls. Ela estava com febre alta e muita dor de garganta. A sra. Goddard estava cheia de cuidados e atenções, e até o sr. Perry foi chamado. Harriet estava doente demais para resistir à autoridade que a impediu de participar de tão alegre comemoração e, ainda que não pudesse falar, derramou muitas lágrimas.

Emma fez companhia à amiga o quanto pôde para que a sra. Goddard tivesse tempo para realizar suas outras tarefas. Tentou animar Harriet, dizendo que o sr. Elton ficaria muito aborrecido quando soubesse do seu estado. Emma deixou-a um pouco mais confortável, com a esperança de que ele lhe fizesse uma visita agradável e com a impressão de que todos sentiriam sua falta. Emma mal saiu da casa da sra. Goddard e encontrou com o sr. Elton, que, evidentemente, se dirigia à casa, e seguiram juntos por algum tempo, conversando a respeito da paciente. De acordo com o pastor, ao saber que era uma doença grave, fora à casa da sra. Goddard se inteirar dos fatos, a fim de levar notícias de Harriet a Hartfield. Logo depois, foram alcançados pelo sr. John Knightley, que retornava de sua visita matinal a Donwell, acompanhado de seus dois filhos mais velhos, cujo aspecto saudável e faces coradas demonstravam todos os benefícios de uma caminhada no campo, e pareciam ansiosos pelo almoço com o assado de carneiro e o pudim de arroz que os esperava em casa. Eles se uniram a Emma e continuaram a caminhada juntos. Ela descrevia os sintomas da sua amiga, comentando que a garganta estava muito inflamada, a febre era alta e a pulsação, rápida e descompassada. Disse também que ficou muito triste quando a sra. Goddard contou-lhe que Harriet era muito suscetível a inflamações na garganta e que muitas vezes ficaram alarmadas por isso. O sr. Elton a olhou assustado e comentou:

— Uma inflamação na garganta! Espero que não seja infecciosa. O sr. Perry já lhe fez uma visita? De fato, você precisa cuidar-se, tanto quanto cuida da sua amiga. Permita-me dar-lhe esse conselho para que não corra riscos. Por que o sr. Perry ainda não foi vê-la?

Emma, que de modo algum estava alarmada, tranquilizou esses excessos de temores, garantindo-lhe que a sra. Goddard tinha muita experiência e cuidado. Mas, como havia certa preocupação, que ela não fazia questão de alimentar nem deixar transparecer, disse, logo em seguida, mudando de assunto:

— Está muito frio, tão frio... parece que vai nevar, tanto que, se fosse em outro lugar, na companhia de outro grupo, certamente tentaria não sair de casa nesta noite, e ainda tentaria dissuadir meu pai de participar de tal aventura. Mas, como ele já se decidiu e parece não sentir tanto a baixa temperatura, não desejo interferir, pois sei que será motivo de um grande desapontamento para os Weston. Mas dou-lhe minha palavra, sr. Elton, se eu fosse o senhor, daria uma desculpa. O senhor já me parece um pouco rouco e, se pensar em quanto precisará da sua voz e quanto isso o deixará fatigado amanhã, acredito que seria muito prudente ficar em casa e repousar esta noite.

O sr. Elton parecia um tanto quanto confuso sobre qual seria a melhor resposta; e, na realidade, estava mesmo; apesar de estar muito agradecido por tamanha preocupação vinda de uma jovem dama, sem o menor desejo de resistir aos seus conselhos, não tinha a menor intenção de desistir da visita. Mas Emma, tão ansiosa e agitada com suas próprias ideias, não conseguiu ouvi-lo imparcialmente e dar-se conta do seu estado de ânimo naquele momento. Apenas o ouviu dizer que estava fazendo muito frio, de fato, muito frio. Assim, continuaram caminhando, e ela, muito animada, pensando que o tinha afastado de Randalls, garantindo que fosse visitar Harriet a qualquer hora da noite.

— Faz muito bem — disse ela. — Nós enviaremos suas desculpas aos Weston.

Entretanto, nem bem acabara de dizer tais palavras, quando seu cunhado, gentilmente, ofereceu ao sr. Elton um lugar na sua carruagem, se fosse apenas o clima o motivo para o pastor não ir à festa. O convite foi aceito rapidamente e com grande alegria. Era a coisa certa, o sr. Elton deveria ir à festa, nunca sua fisionomia demonstrou tanto prazer quanto naquele momento... nunca seu sorriso tinha sido tão encantador nem seus olhos tinham sido tão exultantes quando ele olhou para Emma.

"Bem", pensou ela, "isso é muito estranho! Depois de conseguir convencê-lo a não ir, mudou de ideia, e agora vai acompanhar-nos e deixar

Harriet sozinha! De fato, é muito estranho! Creio que haja em muitos homens, especialmente nos solteiros, certa inclinação, uma vontade enorme de participar de eventos sociais. Creio que um convite para jantar seja algo mais prazeroso do que qualquer outra coisa, e esse deve ser o caso do sr. Elton. Um jovem tão querido, amigável e agradável que, sem sombra de dúvida, está apaixonado por Harriet. Mas, ainda assim, não consegue recusar um convite para jantar quando é convidado. Como o amor é estranho! Ele está interessado em Harriet, mas não pode jantar sozinho em consideração a ela".

Logo que o pastor saiu, Emma não deixou de lhe fazer justiça ao perceber que ele tinha um grande sentimento pelo modo como falara sobre Harriet na partida; no tom de sua voz, enquanto ele lhe garantia que poderia fazer uma visita à sra. Goddard em busca de notícias da amiga, e que seria a última coisa que ele faria antes de ter a felicidade de ver Emma novamente, quando esperava ser capaz de dar as melhores notícias. E, ao sair, suspirava e sorria de um jeito que inclinava a balança muito em seu favor.

Depois de alguns minutos no mais completo silêncio entre eles, o sr. John Knightley comentou:

— Nunca, em toda minha vida, vi um homem tão interessado em ser agradável quanto o sr. Elton. Quando se trata de jovens moças, é um prazer para ele. Na companhia de homens, ele pode ser racional e despretensioso, mas, entre as mulheres a quem deseja agradar, qualquer recurso funciona.

— As maneiras do sr. Elton não são perfeitas — respondeu Emma. — Mas, quando há o desejo de agradar, um homem faz o possível. Quando um cavalheiro age da melhor forma possível, sem grande esforço, ele terá a vantagem de se destacar. O sr. Elton tem um ótimo, perfeito temperamento e tanta boa vontade que não é possível deixar de valorizá-lo.

— De fato — disse John Knightley, em um tom um tanto astuto. — Parece que ele tem uma grande dose de boa vontade em relação a você.

— A mim! — ela exclamou, com um sorriso espantado. — O senhor pensa que sou objeto de interesse do sr. Elton?

— Tive essa impressão, Emma, e, se você nunca percebeu isso, deve considerar a partir de agora.

— O sr. Elton apaixonado por mim! Que ideia!

— Não posso afirmar tal fato, mas você perceberá se ele está ou não apaixonado ao observar seu comportamento. Creio que você age de modo a encorajá-lo. Eu lhe digo isso como amigo, Emma. Deve prestar atenção em você mesma, na maneira como age e o que pretende transmitir com suas atitudes.

— Eu lhe agradeço, mas garanto-lhe que está completamente equivocado. O sr. Elton e eu somos bons amigos, e nada mais.

E assim Emma continuou caminhando, divertindo-se com os erros que as pessoas cometem ao analisar parcialmente as circunstâncias, os erros nos quais as pessoas que se julgam superiores caem. Entretanto, não ficou muito satisfeita com o cunhado por sua imaginação ser tão cega e ignorante, e tão tão carente de conselhos. Ele não disse mais nada.

O sr. Woodhouse, decidido a fazer a visita, apesar de a temperatura ter caído muito, parecia não perceber quanto estava encolhido, e pontualmente pronto para entrar em sua carruagem, sem ao menos prestar atenção ao tempo. Ele estava tão empolgado com seu passeio, e com o prazer que proporcionaria aos Weston, além de estar muito bem agasalhado, que nem sequer percebia o frio. Este, entretanto, era intenso; e, assim que a segunda carruagem deixou Hartfield, começaram a cair pequenos flocos de neve, e o céu parecia tão carregado como se precisasse de apenas um sopro de ar para que cobrisse tudo de branco em pouco tempo.

Emma logo percebeu que seu companheiro não estava de bom humor. A preparação e a saída de casa em um tempo como aquele, além do sacrifício de precisar deixar os filhos, eram inconvenientes muito desagradáveis que de modo algum o sr. John Knightley apreciava. Durante todo o percurso até a casa paroquial ele só falou do seu descontentamento.

— Um homem — disse ele — deve ter uma boa opinião de si mesmo quando pede às pessoas que deixem suas próprias lareiras, deparem com um dia como este, apenas para que o visitem. Ele deve achar que é a companhia mais agradável de todas, e não consigo ser assim. É um grande absurdo... na verdade, já está até nevando! Quanta loucura em não permitir que as pessoas fiquem em suas residências. Maior sinal de loucura, porém, é alguém não ter a permissão de ficar confortavelmente em casa se assim desejar! Se nos obrigassem a sair em uma noite como esta para cumprir algum dever ou negócio, seria uma desgraça. E aqui estamos, provavelmente vestindo roupas mais finas do que o ideal, seguindo por nossa própria vontade, sem desculpas, desafiando a natureza, que nos dá claros sinais de que devemos permanecer sob nosso teto e o mais agasalhados possível... Mas aqui vamos nós, para uma festa que terá cerca de cinco horas de tediosa duração, na casa de outro homem, sem nada a dizer que não possa ser dito amanhã. Saímos nesse tempo com a probabilidade de que, quando voltarmos, esteja ainda pior. E ainda obrigamos quatro cavalos e quatro empregados a levar cinco pessoas desocupadas a um lugar ainda mais frio, quando poderiam estar repousando.

Emma não estava disposta a responder-lhe a contento, como ele estava acostumado, e disse apenas: "É verdade, meu querido!". Frase que foi dita apenas para acalmar seu companheiro de viagem. Além disso, Emma estava bastante decidida a não fazer mais nenhum tipo de comentário. Ela não poderia concordar, mas queria evitar brigas, por isso, manteve-se em silêncio. Permitiu que ele falasse enquanto ajeitava os óculos, mas ela selou os lábios.

Eles chegaram à casa paroquial. A carruagem deu uma volta, o estribo foi baixado, o sr. Elton ajeitou seu traje negro e entrou sorridente. Emma ficou feliz por serem obrigados a mudar de assunto. O sr. Elton estava muito atencioso e cheio de cortesias. Ele estava muito alegre, tanto que fez Emma imaginar que ele deveria ter recebido boas notícias a respeito de Harriet, diferentes daquelas que eram do seu conhecimento. Enquanto se vestia para a festa, ela pediu que fossem ter mais notícias da amiga e teve como resposta: "está do mesmo jeito, não houve alterações em seu estado".

— As notícias que tenho da sra. Goddard — comentou ela nesse momento — não foram tão agradáveis como eu esperava... disseram apenas que ela não havia melhorado.

Seu rosto se abrandou imediatamente e, com um tom de voz repleto de sentimento, respondeu:

— Oh! Não... fiquei tão triste ao descobrir... eu estava a ponto de lhe contar que, ao bater na porta da sra. Goddard, um pouco antes de eu me vestir para o jantar, disseram-me que a srta. Smith não havia melhorado, mas sim que tivera uma leve piora. Fiquei muito triste e preocupado... imaginei-a melhor depois da cordial visita que recebeu esta manhã.

Emma sorriu e agradeceu:

— Minha visita tinha o objetivo de acalmar seus ânimos, pois de modo nenhum conseguiria curar uma infecção na garganta e um resfriado tão forte. O sr. Perry a visitou, como já deve saber.

— Sim... eu imaginei isso... quer dizer... não pensei nisso...

— Ele está acostumado com tais moléstias, e espero que, amanhã de manhã, tenhamos melhores notícias. Mas é impossível não lamentar sua ausência. É uma grande perda para o nosso grupo hoje à noite!

— Terrível! Certamente! A senhorita disse a verdade! Sentiremos a falta de Harriet a cada momento.

Essas palavras foram muito adequadas, e o suspiro que as acompanhou também, mas deveria ter sido um pouco mais demorado. Emma ficou muito consternada, quando, alguns minutos depois, ele começou a falar de outros assuntos, com mais prazer e em um tom de voz ainda mais entusiasmado.

— Que excelente ideia — disse ele — usar pele de carneiro para cobrir os assentos das carruagens. Como ficam confortáveis; é impossível sentir frio diante de tais precauções. Os artifícios modernos, de fato, tornam perfeito o meio de transporte de um cavalheiro. Estamos tão protegidos contra o tempo que nem um sopro de ar consegue atravessar o assento. O clima já não tem a menor importância. É um fim de tarde muito frio, mas aqui nem percebemos o que se passa lá fora. Ah! Está nevando um pouco, posso ver.

— Sim — concordou John Knightley. — Acho que vai nevar muito.

— Clima natalino — observou o sr. Elton. — Bem adequado para a estação, e veio na hora certa, se pensarmos que poderia ter chegado ontem, e impossibilitaria nossa festa de hoje, o que certamente teria acontecido, uma vez que o sr. Woodhouse dificilmente se aventuraria a sair de casa diante de tanta neve cobrindo o caminho, mas agora não há perigo. Esta é estação adequada para encontros amigáveis. No Natal, todos convidam seus amigos, e as pessoas se preocupam muito com o clima. Já fiquei preso na casa de um amigo por uma semana, em virtude de uma nevasca. Nada poderia ser mais agradável. Fui para ficar apenas uma noite e não pude sair até que se completassem sete dias.

O sr. John Knightley olhou para ele como se não compreendesse tal prazer e apenas disse, friamente:

— Não posso desejar ficar preso em Randalls por uma semana.

Em outra situação, Emma até se divertiria, mas agora estava muito surpresa pelo modo como o sr. Elton se dedicava a outros sentimentos. Harriet fora esquecida apenas pela expectativa de uma festa agradável.

— Podemos ter a certeza de que teremos ótimas lareiras — continuou ele. — E tudo estará muito confortável. Os Weston são pessoas encantadoras! A sra. Weston está acima de qualquer elogio e o marido é uma pessoa cheia de qualidades, tão hospitaleiro e sociável. Será uma festa pequena, mas nas reuniões em que há poucos convidados, e estes são escolhidos com muito cuidado, é o melhor grupo de todos. A sala de jantar do sr. Weston não acomoda mais de dez pessoas com conforto e, na minha opinião, nestas circunstâncias, é melhor que sobre espaço. Creio que você concordará comigo — olhando docemente para Emma — já que, talvez, o sr. John Knightley, por estar acostumado às grandes festas de Londres, não possa ter a mesma opinião que a minha.

— Não sei nada a respeito das grandes festas de Londres, senhor... Nunca saio de casa para jantar.

— Não diga! — disse isso em um tom de admiração e pena. — Não fazia ideia de que a advocacia pudesse escravizar dessa forma. Bem, senhor, chegará o dia em que será recompensado quando tiver pouco trabalho e muita diversão.

— Meu único prazer — respondeu John Knightley, enquanto eles cruzavam o portão dos Weston — será poder voltar a Hartfield em segurança.

CAPÍTULO 14

Os cavalheiros foram obrigados a mudar o semblante ao entrarem na sala de estar da sra. Weston — o sr. Elton deveria controlar a própria alegria e o sr. John Knightley teria de dispersar o mau humor. O pastor deveria sorrir menos, e o sr. John Knightley precisaria sorrir mais para se adequarem ao local. Emma só precisava agir naturalmente e mostrar-se tão feliz quanto realmente estava. Para ela, era um verdadeiro prazer estar na companhia dos Weston. O sr. Weston era seu amigo e não havia pessoa no mundo com a qual ela pudesse falar sem reservas a não ser sua esposa; ninguém em quem ela confiaria mais e com quem interagia com tanta convicção ser ouvida e compreendida, sempre muito interessada e disposta, desde os assuntos mais corriqueiros, os planos, as perplexidades, os seus prazeres pessoais e os do seu pai. Não podia falar nada a respeito de Hartfield sem que a sra. Weston não tivesse um interesse imediato. Após meia hora de conversa sobre aqueles assuntos comuns que traziam felicidade à vida, as duas ficaram muito satisfeitas.

Esse foi um prazer que talvez uma visita de um dia inteiro não fosse capaz de despertar, uma vez que meia hora não seria suficiente. Porém o suspiro da sra. Weston, seu sorriso, seu modo de agir, sua voz, tudo era motivo de muita satisfação para Emma. Ela estava determinada a pensar o mínimo possível a respeito das esquisitices do sr. Elton ou sobre qualquer outra coisa desagradável para desfrutar o máximo da festa.

Antes da sua chegada, muito já havia sido comentado a respeito do estado de saúde de Harriet. O sr. Woodhouse estava confortavelmente sentado, havia um bom tempo, para que pudesse contar toda a história, além de relatar o que aconteceu durante o percurso entre Hartfield e Randalls. Ao anunciarem a chegada de Emma, ele já terminara sua história e foi possível ver a satisfação de James ao encontrar a filha. E, quando os outros apareceram, a sra. Weston, que havia dedicado boa parte do seu tempo a dar atenção ao sr. Woodhouse, pôde voltar-se e dar as boas-vindas à querida Emma.

A tentativa de Emma de esquecer o sr. Elton por alguns momentos foi em vão, pois, lamentavelmente, ela descobriu que, assim que todos os convidados se sentaram, ele estava bem próximo a ela. Foi difícil suportar seu comportamento estranho em relação a Harriet enquanto estava bem ao seu lado. Não obstante, com um sorriso estampado no rosto, solicitamente se dirigia a ela por qualquer motivo. Em vez de esquecê-lo, o comportamento do jovem pastor a fez duvidar e até se questionar: "Será realmente apenas imaginação do meu cunhado? Será possível esse homem oferecer para mim as atenções que deveria dar a Harriet? Que absurdo! É insuportável!".

Em seguida, ele estava tão preocupado em saber se ela estava aquecida, tão cheio de cuidados sobre o sr. Woodhouse e tão amável com a sra. Weston... Não bastasse isso, começou a admirar os desenhos de Emma com tanto zelo e tão pouco conhecimento que dava a nítida impressão de um apaixonado; então, ela precisou de um esforço muito grande para ser educada. Para seu próprio bem, não deveria ser rude; e, para o bem de Harriet, na esperança de que tudo terminasse como esperava, ela foi bastante civilizada. Contudo, era um grande esforço, especialmente quando estava interessada em escutar a conversa dos outros. Foi então que o sr. Elton mostrou-se ainda mais inconveniente. Emma entendeu apenas parte do que o sr. Weston falava do filho, pois ouviu as palavras "meu filho" e "Frank" repetidas vezes. E as últimas sílabas que conseguiu escutar sugeriam que o sr. Weston esperava uma visita do filho em breve. Antes que ela conseguisse silenciar o sr. Elton, o assunto já fora encerrado e seria descabido pedir que repetissem.

Agora, apesar de resolvida a nunca se casar, havia algo no nome, na lembrança do sr. Frank Churchill que despertava seu interesse. Ela frequentemente pensava... especialmente após o casamento do pai dele com a srta. Taylor... que, se ela tivesse de se casar, ele seria a pessoa mais adequada, tanto no que dizia respeito à idade como ao seu caráter e condições. Parecia que, por serem de famílias amigas, ele estava muito próximo a ela. Emma não podia deixar de supor que essa união era algo em que todos à sua volta pensavam. Estava convicta de que os Weston pensavam no assunto; embora não acreditasse que nenhum homem, nem mesmo o próprio Frank, pudesse fazê-la desistir da vida cheia de confortos que levava, sentia certa curiosidade em vê-lo, achá-lo agradável ou que ele ficasse atraído por ela, além de sentir prazer diante da ideia de que seus amigos imaginavam os dois juntos.

Diante de tais sensações, as cortesias do sr. Elton eram terrivelmente inoportunas, mas o conforto de Emma era que ela parecia muito educada, mesmo se sentindo incomodada. Pensava que o resto da festa não poderia passar sem que o assunto viesse à tona novamente, ou que, pelo menos, um resumo fosse dito pelo falante sr. Weston. Foi exatamente o que ocorreu. À mesa de jantar, Emma sentou-se ao lado do sr. Weston, livre do inconveniente pastor, e foi nesse momento que ele, aproveitando um intervalo no seu papel de bom anfitrião, disse a Emma:

— Faltam apenas duas pessoas para nossa mesa ficar perfeita. Gostaria muito de vê-los aqui: sua linda amiga, a srta. Smith, e meu filho. Só assim eu poderia dizer que nosso grupo está completo. Creio que a senhorita não pôde escutar enquanto eu falava com os outros, na sala de estar, sobre nossa expectativa pela chegada de Frank. Recebi uma carta dele esta manhã, e ele estará conosco dentro de quinze dias.

Emma comentou, com muito prazer, o que ele havia dito a respeito do sr. Frank Churchill e da srta. Smith não estarem presentes.

— Nós o esperamos desde setembro — continuou o sr. Weston. — Todas as suas cartas falavam sobre essa visita, mas, infelizmente, ele não é dono do seu próprio tempo. Deve sempre agradar a certas pessoas que, cá entre nós, só podem ser agradadas a custo de muitos sacrifícios. Mas agora não tenho dúvida de que ele virá na segunda semana de janeiro.

— Que grande alegria para o senhor e para a senhora Weston! Ela está tão ansiosa em conhecê-lo, deve estar muito feliz.

— Sim, ela ficaria muito feliz, mas pensa que ele adiará novamente a visita. Ela não confia tanto que ele venha, mas eu tenho plena convicção. O caso é... e este é um segredo entre nós dois, não disse nada a respeito disso enquanto estávamos na sala de estar; a senhorita compreende que existem segredos em todas as famílias... Bem, a verdade é que um grupo de amigos foi convidado para uma visita a Enscombe, em janeiro, e a vinda de Frank depende de confirmar se essa visita se concretizará ou não. Se esse grupo de amigos não desistir da viagem, ele não poderá ausentar-se da casa dos Churchill. Mas tenho certeza de que desistirão, pois pertencem a uma família que certa dama de Enscombe, muito distinta, não vê com bons olhos. E, embora seja necessário convidá-los ao menos a cada dois ou três anos, eles sempre adiam a visita quando a data se aproxima. Não tenho a menor dúvida sobre essa questão. Estou tão certo de ver Frank aqui, antes mesmo da segunda quinzena de janeiro, quanto estou certo de eu mesmo estar aqui agora. Mas a sua amiga ali — enquanto apontava com a cabeça em direção à outra extremidade da mesa — tem tão poucos caprichos, e também estava tão pouco acostumada a tê-los em Hartfield, que não prevê os efeitos que podem ter, da mesmo forma que eu tenho prática a respeito de tais assuntos.

— Lamento que haja dúvidas a esse respeito — respondeu Emma. — Mas estou do seu lado, sr. Weston. Como conhece tão bem os costumes de Enscombe e acredita que ele virá, então eu também acredito.

— Sim. Posso dizer que conheço, embora nunca tenha estado lá em toda a minha vida. A sra. Churchill é uma mulher muito estranha! Mas nunca me permiti falar mal dela em respeito a Frank, e pelo fato de que ela gosta muito dele. Antigamente, eu acreditava que ela não seria capaz de gostar de ninguém, exceto de si mesma. Mas sempre foi gentil com meu filho... a seu modo, permitindo-lhe pequenas extravagâncias e caprichos, e querendo que tudo fosse do jeito que ela gosta. Na minha opinião, não é fácil despertar uma afeição dessas, pois, embora eu não tenha dito isso a ninguém, de modo geral, ela tem um coração muito duro e seu temperamento é um tanto quanto demoníaco.

Emma gostou tanto do assunto que, logo em seguida, quando retornaram para a sala de estar, desejou à sra. Weston toda a alegria possível. Em seus comentários, observou que, provavelmente, o primeiro encontro entre os dois seria algo que causasse alarde. A sra. Weston concordou e acrescentou que ficaria muito contente, apesar da ansiedade que o primeiro encontro causaria, ao dizer:

— Eu não acredito que ele venha. Não consigo ser tão otimista como meu marido e imagino que ele já a tenha colocado a par da situação.

— Sim. Parece que ele depende apenas do mau humor da sra. Churchill, que imagino ser a coisa mais natural do mundo.

— Minha querida Emma! — exclamou a sra. Weston, sorrindo. — Que segurança podemos ter em um capricho?

Então, voltando-se para Isabella, que não participava da conversa, disse:

— A senhora deve saber, minha querida sra. Knightley, que não temos plena certeza de vermos o sr. Frank Churchill, como meu marido acredita. Sua vinda depende inteiramente do bom humor e dos caprichos da tia. Em resumo, depende até de seu temperamento. Para vocês duas, que são como filhas para mim, devo dizer a verdade. Quem dita as ordens em Enscombe é a sra. Churchill, e ela é uma mulher muito mal-humorada. Por esse motivo, a vinda de Frank só será permitida se ela estiver disposta a se afastar dele por alguns dias.

— Oh, a sra. Churchill! Todos a conhecem! — respondeu Isabella. — Tenho certeza de que nunca pensei naquele pobre homem sem sentir uma grande compaixão. Deve ser terrível viver ao lado de uma mulher tão mal-humorada. É algo que nunca vivenciamos, mas deve ser uma vida miserável. Foi uma bênção ela nunca ter tido filhos! Pobrezinhos, imagino quão infelizes poderiam ter sido!

Emma desejava estar a sós com a sra. Weston. Ela certamente lhe contaria mais detalhes, uma vez que conversavam com menos reservas do que faziam com Isabella. E realmente acreditava que a amiga não lhe ocultaria quase nada a respeito dos Churchill, exceto suas intenções a respeito do rapaz, pois sua imaginação já se ocupara disso. No momento, não havia mais nada a ser dito, e o sr. Woodhouse logo se sentou com elas. Permanecer sentado por tanto tempo, durante e após o jantar,[41] era algo que ele não conseguia suportar. Nem mesmo o vinho ou a conversa foram bons motivos para ele ficar na companhia dos outros cavalheiros e, de bom grado, juntou-se àquelas que lhe traziam mais felicidade.

Enquanto ele conversava com Isabella, Emma teve a oportunidade de dizer à sra. Weston:

— Então, não considera como certa a visita do seu enteado. Sinto muito por isso. Esse primeiro encontro poderá ser estranho, quando quer que ocorra, mas, quanto antes acontecer, melhor.

— Sim, e cada adiamento nos deixa mais apreensivos. Mesmo se essa família, os Braithwaite, desistir da visita, ainda receio que ela encontre uma desculpa que nos desaponte. Não consigo imaginar que ele tenha alguma relutância em vir, mas estou certa de que há um grande desejo por parte dos Churchill de mantê-lo só para si. Há certa inveja, eles sentem ciúmes até mesmo do pai do rapaz. Em suma, não tenho esperança de que ele venha, e gostaria que o sr. Weston fosse menos otimista.

— Ele deveria vir — disse Emma. — Poderia ficar apenas dois dias, mas deveria vir. E dificilmente há um jovem que não gostaria de fazer isso. Uma jovem, se caísse nas mãos erradas, seria caçoada e mantida longe daqueles com os quais ela deseja estar. Mas não é possível entender um jovem ser sujeitado a tais restrições e não ser capaz de passar uma semana com o pai, se assim o desejar.

— Ele deve permanecer em Enscombe, conhecer os costumes da família, antes que alguém decida o que deve fazer — respondeu a sra. Weston. —

---

[41] Os homens tinham o costume de ficar um pouco mais de tempo sentados à mesa de jantar para tomar alguma bebida ou fumar charutos enquanto conversavam. Por outro lado, as mulheres se retiravam da mesa e iam para a sala de estar para conversar.

Deve-se ter o mesmo cuidado, talvez, em julgar a conduta de uma pessoa ou de uma família, mas Enscombe, creio eu, não deve ser julgada por regras comuns: aquela senhora é tão irracional... tudo depende de suas vontades.

— Mas ela estima tanto o sobrinho... é seu favorito. Agora, de acordo com a opinião que tenho a respeito da sra. Churchill, seria o mais natural que, enquanto fizesse um sacrifício para agradar ao marido, a quem deve tudo, fosse guiada pelo sobrinho, a quem não deve absolutamente nada.

— Minha querida Emma, não pretenda, com seu dócil temperamento, entender alguém que tem um péssimo gênio, ou estabelecer regras sobre isso; você deve deixar que sigam seus próprios caminhos. Não tenho dúvida de que ele, por vezes, tenha uma influência considerável, mas seria perfeitamente impossível saber de antemão quando virá.

Emma ouviu e, depois, calmamente, respondeu:

— Eu não ficarei satisfeita, a menos que ele venha.

— Ele pode ter grande influência sobre alguns assuntos — continuou a sra. Weston —, mas muito pouca sobre outros; e entre esses últimos, que estão fora de seu alcance, é mais que provável que esteja a visita a nossa casa.

CAPÍTULO 15

O sr. Woodhouse estava pronto para tomar o chá e, tão logo terminou, já estava disposto a voltar para casa. Não havia muito que fazer, antes de os outros cavalheiros voltarem à sala de estar, para que suas três companhias pudessem entretê-lo e evitassem que ele percebesse como estava ficando tarde. O sr. Weston estava falante e amigável, nem um pouco disposto a se separar dos amigos tão cedo, pois somente naquele momento puderam unir-se ao grupo que estava na sala. O sr. Elton foi o primeiro a entrar. A sra. Weston e Emma estavam sentadas no mesmo sofá e, sem ao menos ser convidado, ele se sentou entre as duas.

Emma, bem-humorada e ainda encantada com a expectativa da vinda do sr. Frank Churchill, estava disposta a esquecer as imprudências do jovem pastor e ser agradável com ele, como antes, ao pensar que Harriet poderia ser o único objeto de seu desejo. Assim, dispôs-se a ouvi-lo e sorrir-lhe cordialmente.

Ele, por sua vez, mostrou-se extremamente preocupado com sua querida e adorável amiga, e até perguntou:

— Teve alguma notícia? Recebeu alguma novidade enquanto estamos aqui em Randalls? — ele parecia muito ansioso e continuou: — Devo confessar que sua aparência me assustou consideravelmente.

E continuou falando nesse tom por um tempo, sem esperar que lhe fizessem perguntas, e bastante preocupado com aquela terrível situação de Harriet. Até Emma teve compaixão dele.

Mas, por fim, pareceu ocorrer uma mudança perversa. Era como se ele estivesse preocupado, porém, mais preocupado com Emma, caso ela tivesse uma infecção de garganta, do que com Harriet. Mostrava-se tão cauteloso a respeito de como ela deveria escapar de tal doença, como se não existisse outra pessoa doente por quem lamentar. Ele seriamente começou a suplicar-lhe que não voltasse a visitar a doente, pelo menos por um tempo... tentou fazê-la prometer não se aventurar em tal perigo até que o sr. Perry fizesse uma visita a Harriet e lhe desse alta. E, embora ela tentasse mudar de assunto, rindo dos absurdos, não conseguiu colocar um ponto final nos inúmeros cuidados dele. Emma sentia-se angustiada. Parecia que ele não tinha o menor interesse em esconder sua paixão por ela em vez de estar apaixonado por Harriet. Se isso fosse verdade, seria uma inconstância desprezível e abominável! Ela já não conseguia agir com calma. O sr. Elton implorou a ajuda da sra. Weston:

— Ajude-me, por favor! Ajude-me a convencer a srta. Woodhouse a não ir à casa da sra. Goddard até termos certeza de que a doença da srta. Smith não é infecciosa. — Ele não ficaria satisfeito até que ela prometesse e acrescentou: — A senhora não pode usar de sua influência sobre a srta. Woodhouse? Ela é tão preocupada com os outros quanto é descuidada consigo mesma! Queria que eu ficasse em casa, tentando curar-me do meu resfriado, mas não quer prometer ficar longe de uma infecção desse porte. Isso é justo, sra. Weston? Seja a nossa juíza nessa questão. Eu não tenho direito de reclamar? Conto com seu gentil suporte.

Emma viu quanto a sra. Weston ficou surpresa, e percebeu quanto estava espantada diante daquelas palavras e, pelo modo como foram ditas, davam a entender que o sr. Elton pensava ter o direito de se interessar pela saúde dela. E, quanto a si mesma, sentia-se muito exposta e ofendida para dizer qualquer coisa. Restava-lhe apenas olhar para ele, deixar o sofá e sentar-se com a irmã para dar-lhe um pouco mais de atenção.

Ela nem teve tempo de observar como o sr. Elton recebeu a repreensão e começou outro assunto rapidamente, uma vez que o sr. Knightley, ao entrar na sala, anunciou-lhes que o solo estava coberto de neve, a neve ainda caía forte, e o vento também estava muito forte. Olhou para o sr. Woodhouse e concluiu:

— Será um bom começo para suas visitas de inverno, senhor. Algo relativamente novo para seu cocheiro e seus cavalos: atravessar uma tempestade de neve.

O pobre sr. Woodhouse ficou em silêncio, consternado, porém todos os outros tinham algo a dizer; alguns estavam surpresos, enquanto outros não, mas todos tinham uma pergunta a fazer ou um consolo a oferecer. A sra. Weston e Emma tentaram animá-lo de qualquer maneira para que ele desviasse suas atenções do genro, que seguia seu triunfo implacável:

— Eu admirei muito a sua decisão, senhor, de se aventurar a sair com um tempo como esse, e provavelmente acreditou que não nevaria tão cedo.

Todos devem ter visto a neve chegar. Admirei muito a sua perseverança, e ouso dizer que voltaremos para casa muito bem. Uma hora ou duas de neve dificilmente deixarão a estrada intransitável. E, como temos duas carruagens, se uma atolar, teremos outra para usar. Ouso dizer que, à meia-noite, todos chegaremos em segurança a Hartfield.

O sr. Weston, também triunfante, só que por outros motivos, confessou que sabia que poderia nevar a qualquer momento, mas não tinha dito uma palavra para que o sr. Woodhouse não se sentisse desconfortável e usasse isso como motivo para partir com urgência. E quanto ao fato de ter nevado o suficiente para impedi-los de retornar, era apenas uma brincadeira, tinha certeza de que não encontrariam nenhuma dificuldade. Ele desejou que a estrada estivesse intransponível e que fosse capaz de manter todos em Randalls; e, na maior demonstração de boa vontade, garantiu aos amigos que havia acomodações para todos. Pediu que a esposa confirmasse que, com algumas alterações, seria possível acomodar todos. A sra. Weston não sabia como isso seria possível, uma vez que tinham apenas dois quartos de hóspedes na casa.

— O que faremos, minha querida Emma? O que podemos fazer? — foram as primeiras exclamações do sr. Woodhouse, e as únicas que ele foi capaz de dizer por algum tempo. Parecia buscar conforto na filha. Ao garantir que estavam seguros, que possuíam excelentes cavalos e um bom cocheiro, Emma conseguiu que o pai se animasse um pouco.

Isabella também ficou muito preocupada. O medo de ficarem presos em Randalls, enquanto os filhos estavam em Hartfield, ocupou toda a sua mente. Ao imaginar que a estrada estava transitável, sem demora, Isabella ansiava para que tudo fosse resolvido: que seu pai e Emma ficassem em Randalls, enquanto ela e o marido saíssem imediatamente antes que mais neve bloqueasse o caminho.

— Meu querido, você deve chamar o cocheiro imediatamente — disse ela. — Ouso dizer que conseguiremos atravessar qualquer contratempo e chegaremos ao nosso destino. Não estou preocupada, de modo nenhum. Não me incomodaria se tivesse de andar metade do caminho. No momento em que eu chegasse em casa, poderia trocar os sapatos, não é mesmo? Não é o tipo de coisa que me dá frio.

— De fato! — respondeu ele. — Então, minha querida Isabella, é a coisa mais extraordinária do mundo, visto que você é muito friorenta. Veja só, caminhar até Hartfield! Seus sapatos não são adequados para caminhar na neve, tenho certeza. Creio que será péssimo também para os cavalos.

Isabella olhou para a sra. Weston na esperança de que ela concordasse com o plano. A sra. Weston só poderia aprová-lo. A irmã se aproximou de Emma; esta, por sua vez, não queria desistir da esperança de partirem juntos, e eles ainda discutiam a questão quando o sr. Knightley, que havia deixado a sala assim que o irmão anunciou a neve, voltou e contou-lhes que ele havia saído por alguns momentos para examinar e ser capaz de dizer que não havia a menor dificuldade em voltarem para casa, mesmo que decidissem sair agora ou dali a uma hora. Ele caminhou até a curva da estrada de Highbury e disse que a neve estava abaixo de dois centímetros de profundidade, e, em alguns lugares, o chão nem sequer estava coberto. Apesar de alguns flocos de neve ainda caírem no momento, as nuvens já se dissipavam e tudo indicava que seria uma breve precipitação. Também conversou com os cocheiros, e os três concordaram com ele que não tinham o que temer.

Para Isabella, a notícia trouxe grande alívio. Já Emma escutou-a com prazer, principalmente por causa do pai, a quem ela tranquilizou e cujos nervos tentou acalmar. Porém, o susto que teve ao saber da neve não lhe permitia ficar confortável em Randalls. Ele ficou contente em saber que não havia nenhuma dificuldade para voltarem para casa, mas nenhuma garantia poderia convencê-lo de que estavam completamente seguros; e, enquanto os outros ainda faziam perguntas e davam conselhos entre si, o sr. Knightley e Emma resolveram a questão em frases curtas:

— Seu pai não vai se acalmar; por que vocês não partem agora?
— Estou pronta, se os outros estiverem.
— Devo tocar a sineta?
— Sim, por favor.

Tocaram a sineta e chamaram os cocheiros. Dentro de alguns minutos, Emma esperava ver seus dois companheiros problemáticos em casa: o sr. Elton deveria ficar sóbrio e tranquilo, enquanto o pai recuperaria sua calma e felicidade assim que a visita acabasse.

A carruagem parou diante da casa, e o sr. Woodhouse, que era sempre o primeiro a entrar, foi auxiliado pelos senhores Knightley e Weston. Entretanto, por melhor que fosse a situação, nada poderia evitar que ele ficasse novamente alarmado ao ver a neve no chão e a descoberta de que a noite estava muito mais sombria do que ele estava preparado para enfrentar.

— Receio que não faremos uma boa viagem. Temo que Isabella não vá gostar; além disso, a pobre Emma nos seguirá em outra carruagem. Não sei qual é a melhor decisão a ser tomada. Devemos permanecer bem próximos uns dos outros, e James já foi instruído a conduzir a carruagem bem lentamente para que os outros possam acompanhar-nos.

Isabella subiu na carruagem logo após o pai; John Knightley, esquecendo-se de que não pertencia a esse grupo, entrou logo após a esposa, muito naturalmente. Então, Emma percebeu, assim que a porta da carruagem foi fechada, que teria apenas o sr. Elton como companhia e teriam bastante tempo para conversar. Teria sido uma ótima oportunidade, se não fosse tão embaraçosa em virtude dos acontecimentos do dia. Poderia conversar com o sr. Elton a respeito de Harriet, assim o percurso pareceria curto. Mas, nesse momento, ela desejou que isso não tivesse acontecido. Acreditava que o pastor bebera vinho demais, e tinha certeza de que ele só falaria bobagens.

Para evitar que ele fizesse qualquer besteira, Emma já estava preparada para falar com requintada calma e certeza a respeito do clima e da noite. Porém, nem bem começara, mal atravessaram o portão dos Weston e alcançaram a outra carruagem, foi bruscamente interrompida. Ele agarrou sua mão, procurando sua atenção, e agiu como um fervoroso apaixonado, acreditando ser essa uma oportunidade preciosa, declarando sentimentos que imaginava ela conhecer. Esperava, temia, e a adorava... mas morreria se ela o rejeitasse. Entretanto, tinha plena confiança de que sua inigualável, sem precedentes e ardente paixão fosse correspondida e, em resumo, estava muito disposto a ser formalmente aceito assim que fosse possível. A situação era essa. Sem nenhuma hesitação, sem pedir desculpas, sem a menor timidez... o sr. Elton, o amor de Harriet, declarava-se a Emma. Ela tentou impedi-lo, mas foi em vão, e ele queria continuar e falar tudo que tinha para ser dito. Ela estava muito irritada e, apesar da situação, conteve-se apenas em responder a ele. Acreditava que ele agia desse modo, em boa parte, por causa da embriaguez e, portanto, era de se esperar que fosse algo passageiro. Assim, com uma mistura de seriedade e de brincadeira, a qual esperava que se adequasse ao estado misto em que ele se encontrava, disse:

— Estou muito impressionada, sr. Elton. O senhor se dirige a *mim*? Deve estar confuso... está pensando que sou Harriet! Ficarei muito feliz em enviar qualquer mensagem sua para a srta. Smith, mas chega de pensar que sou ela, por favor!

— Srta. Smith! Uma mensagem para a srta. Smith! O que quer dizer com isso? — ele repetiu as palavras de Emma com tanta ênfase, tanta pretensão e arrogância, tão espantado, que ela não pôde deixar de responder:

— Sr. Elton, sua conduta é muito estranha! Acredito que o senhor não esteja em seu juízo perfeito, nem possa falar sobre mim ou Harriet desse modo. Tenha a prudência de não dizer mais nada e me esforçarei para esquecer tudo isso.

Entretanto, o jovem bebera apenas para elevar seu espírito, não para confundir sua mente. Ele sabia muito bem o que fazia e, depois de protestar calorosamente, considerando as suspeitas de Emma muito ofensivas e de mencionar rapidamente seu respeito apenas como amigo da srta. Smith... reconhecendo que Emma tinha o costume de mencionar a amiga em todas as conversas... ele concluiu suas declarações de amor e esperava ardentemente por uma resposta positiva.

Como Emma percebeu que seu discurso não era apenas por causa da embriaguez, mas também em razão de sua inconstância e presunção, tentando ainda ser mais educada, respondeu:

— É impossível, para mim, continuar tendo dúvidas. O senhor foi bem claro. Meu espanto vai muito além do que as palavras podem expressar. Diante do seu comportamento neste último mês em relação à srta. Smith, depois de tantas atenções que eu mesma observei diariamente, o senhor se dirigir a mim dessa maneira... de fato, me parece uma instabilidade de caráter que eu não imaginava ser possível! Acredite em mim, senhor, estou longe, muito longe de ser grata por ser o objeto de suas atenções.

— Deus do céu! — exclamou o sr. Elton. — O que significa isso? A srta. Smith! Nunca pensei na srta. Smith em toda minha vida, nunca prestei a menor atenção nela, a não ser pelo fato de ser sua amiga. Não me importo se está viva ou morta, apenas se é sua amiga. Se ela imaginou de outra forma, seus próprios pensamentos a levaram ao erro. Sinto muito! Lamento profundamente! Mas a srta. Smith... Oh, srta. Woodhouse! Quem pode pensar na srta. Smith quando a senhorita está por perto? Não... dou-lhe minha palavra de honra, não sou um homem volúvel. Pensei apenas na senhorita. Eu lhe garanto que nunca prestei a menor atenção em nenhuma outra moça. Tudo o que eu disse ou fiz, nas últimas semanas, foi com o único propósito de expressar a adoração que a senhorita me despertou. Não pode duvidar disso. Não! — O sr. Elton disse isso pretendendo ser insinuante. — Tenho certeza de que percebe e me compreende.

Seria impossível descrever o que Emma sentiu ao escutar as palavras do sr. Elton... sentia as mais desagradáveis sensações. Estava tão abatida que não tinha forças para lhe dar uma resposta imediata. E o breve momento de silêncio que seguiu foi o suficiente para que ele recuperasse o ânimo e, ao tentar pegar outra vez a sua mão, exclamou alegremente:

— Minha encantadora srta. Woodhouse! Permita-me interpretar esse interessante silêncio como sinal de que me compreende perfeitamente.

— Não, senhor! — exclamou a moça. — Meu silêncio não reconhece coisa nenhuma. Estou longe de conseguir compreendê-lo; até este momento, eu estava muito enganada a respeito de suas intenções. Quanto a mim, lamento que tenha nutrido tais sentimentos. Nada poderia estar mais longe da minha vontade... O senhor se casar com minha Harriet, seu interesse por ela, pois pareceu interessado, sim, tudo isso me deu um grande prazer e sempre fui sincera ao desejar que tivesse êxito. Mas, se eu soubesse que Harriet não era o motivo pelo qual o senhor se sentia ligado a Hartfield, certamente pensaria que se equivocava ao nos visitar com tanta assiduidade. Quem sou eu para acreditar que nunca dirigiu suas atenções à srta. Smith? Que o senhor nunca pensou seriamente em Harriet?

— Nunca, senhorita — exclamou ele. — Nunca pensei em sua amiga desse modo, posso garantir-lhe. Imagine, eu pensar seriamente na srta. Smith! A srta. Smith é uma moça muito boa, e ficarei muito feliz ao vê-la respeitavelmente estabelecida. Desejo que ela seja feliz, sem dúvida devem existir homens que não fariam objeções... a alguém que fosse do seu nível. Quanto a mim, não, acredito que é uma grande perda de tempo. Não estou tão desesperado para me unir a alguém em posição tão inferior quanto a srta. Smith! Não, senhorita, minhas visitas a Hartfield foram apenas por sua causa e pelo encorajamento que recebi.

— Encorajamento! Quando eu o encorajei? O senhor está inteiramente enganado a esse respeito. Eu apenas o via como admirador da minha amiga. De nenhum ponto de vista poderia ser considerado mais importante para mim do que um simples amigo. Estou extremamente triste, mas é melhor que as coisas fiquem do jeito que estão. Se continuasse com esse comportamento, a srta. Smith seria levada ao erro e interpretaria mal suas intenções; sem talvez estar consciente, assim como eu, da enorme diferença à qual o senhor dá tanta importância. Bem, é uma decepção, não posso negar, mas certamente não será a última. Não tenho a menor intenção de me casar no momento.

Ele estava zangado demais para dizer qualquer coisa; seu orgulho estava muito ferido para suplicar. Permaneceram nesse estado de profundo ressentimento e tormento por mais alguns minutos, já que o receoso sr. Woodhouse não permitia que os cavalos corressem. Se não fosse a raiva, seria muito constrangedor, mas, ao serem tão diretos, o embaraço tomou conta da situação. Sem que percebessem, a carruagem já fazia a curva do caminho para a casa paroquial; assim que pararam diante da casa, ele desceu sem dizer uma única palavra. Emma, então, achou indispensável desejar-lhe boa noite. Ele apenas lhe respondeu cordial e orgulhosamente; e, sob uma indescritível irritação, ela foi conduzida para Hartfield.

Ao chegar a casa, foi recebida com muito prazer por seu pai, que sofria por imaginar como fora solitário e perigoso o percurso da casa paroquial até lá, além de ter de passar por aquela horrorosa curva, conduzida por um cocheiro estranho e não por James. O regresso de Emma só significava que tudo correra bem. O sr. John Knightley, temendo o mau humor do sr. Woodhouse, agora estava todo gentil, atencioso, e tão solícito em relação ao conforto de seu sogro... só não poderia juntar-se a ele para uma tigela de mingau, apesar de conhecer todas as excelentes propriedades do alimento.

O dia foi encerrado na mais perfeita paz e conforto para o restante do grupo, exceto para Emma. Ela nunca se sentira tão perturbada, e precisou de um esforço muito forte para parecer alegre e atenciosa, até que se separaram e ela pôde refletir silenciosamente.

CAPÍTULO 16

Após terminar os cachos em seu cabelo e dispensar a criada, Emma começou a pensar nos problemas. De fato, uma situação infeliz! Uma reviravolta a respeito de algo que ela desejava tanto! Era algo inconcebível! Seria um golpe para Harriet! Isso era o pior que poderia acontecer. Todos os detalhes da história do sr. Elton trouxeram dor e humilhação, por um motivo ou outro, mas, comparado ao mal que faria a Harriet, seu sofrimento não era importante. Ficaria mais feliz se pudesse estar enganada, errar, sofrer por seu mau julgamento, contanto que fosse ela a única a sofrer as consequências de seus erros.

"Se eu não tivesse convencido Harriet a gostar daquele homem, poderia suportar qualquer coisa. Ele até poderia ter sido muito presunçoso comigo... pobre Harriet!"

Como pôde enganar-se tanto! Ele protestou que nunca pensara em Harriet, nunca! Tentou pensar sobre o que ocorreu nas últimas semanas, mas tudo ficou ainda mais confuso. Ela concebeu a ideia, fez suposições e se baseou nelas. Contudo, as atitudes do sr. Elton deveriam ter sido hesitantes, incertas, duvidosas ou, do contrário, ela não poderia ter-se equivocado tanto.

O desenho! Como ele desejou aquele desenho! E a charada? E muitas outras circunstâncias... Como pareciam ser direcionadas a Harriet. Na verdade, a charada, com aquelas palavras "sagacidade" e "doces olhos", não era muito adequada; eram palavras sem bom gosto e não eram verdadeiras. Quem conseguiria enxergar com clareza toda aquela sucessão de besteiras?

Obviamente, ela já havia percebido, principalmente nos últimos dias, que as atenções dele eram excessivamente galantes, mas parecia uma característica pessoal, um erro de julgamento, de conhecimento e de bom gosto. Uma prova de que ele não veio de uma boa família, e que, apesar de todas as suas gentilezas, às vezes faltava-lhe um pouco de elegância. Mas, até aquele dia, nunca suspeitara, nem por um instante, que tudo aquilo significava algo mais do que um grato respeito à sua amiga Harriet.

Devia ao sr. John Knightley o fato de ele ter sido a primeira pessoa a notar a situação. Não se pode negar a inteligência dos irmãos Knightley. Ela se lembrou do que o sr. Knightley dissera a respeito do sr. Elton; ele a alertara e tinha certeza de que o sr. Elton nunca faria um casamento imprudente. Ficou ruborizada ao pensar quanto o caráter do pastor ficou exposto aos seus olhos e ela não foi capaz de vê-lo. Era algo terrivelmente humilhante, mas agora o sr. Elton se apresentava, em muitos aspectos, o oposto do que ela pensava ou acreditava sobre ele: orgulhoso, arrogante, vaidoso; preocupado apenas consigo mesmo, sem a menor preocupação com os sentimentos dos outros.

Diferentemente do que ele esperava, ao tentar declarar-se, acabou destruindo a opinião que ela tinha a seu respeito. Suas declarações e suas proposições não lhe serviram para nada. Emma não deu nenhum crédito aos seus sentimentos e sentiu-se insultada por suas tolas esperanças. Ele desejava fazer um bom casamento e teve a arrogância de focar suas atenções nela, fingindo estar apaixonado, mas ela estava convicta de que ele não sofreria nenhuma profunda decepção que exigisse cuidados. Não havia sinais de um sentimento verdadeiro, tanto em suas palavras como em suas atitudes. É verdade que ele suspirou e disse muitos elogios... mas ela dificilmente conceberia que esse tipo de expressão, ou tom de voz, estivesse relacionado a um amor verdadeiro. Não teve nenhuma dificuldade para não lamentar por ele, que só queria enriquecer. E, se a srta. Woodhouse de Hartfield, a herdeira de uma renda anual de trinta mil libras, não fosse tão fácil de conquistar como ele havia imaginado, em breve tentaria casar-se com uma moça com uma renda de vinte ou até de dez mil libras.

Todavia, como pôde falar de encorajamento? Como pensou que ela soubesse de suas pretensões? Por que acreditou que aceitaria suas atenções e ainda concordaria em se casar com ele? Provavelmente, imaginaria estar na mesma situação de Emma, tanto em posição na sociedade como intelectualmente. Veja Harriet, que compreende tão bem a posição que ocupa em relação a ele. Mas o jovem mostrara-se tão cego para tudo que estava além de suas possibilidades que não poderia considerar presunção conquistá-la! Era muito chocante!

Talvez não fosse justo esperar que ele percebesse quanto era inferior a ela em talento e inteligência. O fato de não serem parecidos deveria preveni-lo a esse respeito; porém, devia pensar que ela fosse superior apenas em fortuna e posição social. Provavelmente, sabia que os Woodhouse já estavam estabelecidos em Hartfield há várias gerações e representavam uma família muito antiga... enquanto os Elton não eram ninguém. Era sabido que as propriedades latifundiárias que dependiam de Hartfield eram poucas e representavam apenas uma parte da propriedade de Donwell Abbey, à qual pertencia todo o restante de Highbury. Mas a fortuna dos Woodhouse, além de outras fontes de renda, ficava em desvantagem apenas em relação aos proprietários de Donwell Abbey, e a família conquistara um enorme respeito na vizinhança. O sr. Elton se mudara para lá havia menos de dois anos para viver como pudesse, sem nenhum tipo de boas relações a não ser com famílias de comerciantes, ou qualquer outra ligação que o recomendasse, além da sua profissão e educação. No entanto, fora capaz de fantasiar que ela se apaixonara por ele, e provavelmente isso lhe dera confiança; e, depois de tagarelar consigo mesma sobre a incongruência aparente entre maneiras gentis e uma mente vaidosa, Emma foi obrigada a admitir que seu comportamento em relação a ele fora muito complacente e prestativo, tão cheio de cortesia e atenção, supondo que ele não percebia qual era o real motivo dela, que poderia justificar a um homem de pouca observação e delicadeza agir daquela maneira e pensar ser seu pretendente favorito. Ele interpretara seus sentimentos erroneamente, e teria um pouco de direito de imaginar que, cego por seu interesse, também interpretara mal os sentimentos dela.

Entretanto, o primeiro e grande erro fora dela. Era tolice e errado tentar, tão ativamente, unir duas pessoas. Ela fora longe demais, assumira muitos riscos, tratara algo sério como um fato corriqueiro, um artifício para o que deveria ser natural. Emma estava muito preocupada e envergonhada, e decidiu não voltar a fazer tais coisas jamais.

"Fui eu", dizia a si mesma, "que convenci a pobre Harriet a se sentir atraída por esse homem. Provavelmente, ela nunca pensaria nele se não fosse por minha causa; e, certamente, não pensaria nele com esperança, se eu não lhe garantisse que ele estava apaixonado, pois é uma moça modesta e humilde, assim como eu acreditava que ele fosse. Ah! Se eu apenas tivesse ficado satisfeita em convencê-la a não aceitar o jovem Martin. Nesse caso, especificamente, estou certa. Agi corretamente. Mas deveria ter parado por aí e deixado tudo por conta do tempo e do acaso. Comecei apresentando-a às boas companhias, dando-lhe oportunidade de sentir prazer com coisas que valem a pena... não deveria ir além disso. Porém, agora, pobre garota, ficará sem paz por algum tempo. Eu não tenho sido uma boa amiga, e, mesmo que ela não fique tão decepcionada, tenho certeza de que eu não poderia encontrar um outro rapaz para ela... William Coxe.... Oh! Não, não suporto William Coxe... ele é um jovem advogado presunçoso".

Ela corou e, por alguns momentos, pôde rir de seu próprio lapso e então continuou a refletir mais seriamente, apesar de pouco otimista sobre o que acontecera, o que poderia acontecer ou o que deveria ter acontecido. A explicação angustiante que ela precisaria dar a Harriet e quanto a amiga sofreria, constrangida por futuras reuniões, as dificuldades em continuar ou romper uma amizade, subjugar os sentimentos, escondendo o ressentimento e evitando o triunfo, já eram suficientes para ocupar suas melancólicas reflexões por tanto tempo que Emma se deitou sem decidir nada, apenas convencida de ter cometido um terrível engano.

Para uma moça cheia de alegria como Emma, embora tivesse sofrido durante a noite, a chegada de um novo dia dificilmente deixaria de trazer-lhe animação. A juventude e a alegria da manhã pareciam em perfeita sintonia; e, se sua angústia não fora suficiente para manter seus olhos fechados, certamente estariam abertos às sensações mais agradáveis e às esperanças mais radiantes.

Ela se levantou mais disposta a encontrar soluções que quando se deitara, estava pronta a ver com mais tranquilidade o que teria de enfrentar, e confiante de que conseguiria resolver os problemas de maneira adequada.

Era um grande consolo o fato de o sr. Elton não estar realmente apaixonado por ela, e não ser particularmente amável para que ela ficasse incomodada ao desapontá-lo, e que Harriet não tivesse sentimentos tão profundos e que não houvesse necessidade de que os outros soubessem o que se passara, com exceção dos três envolvidos e, especialmente, que seu pai não tivesse um momento de tribulação por causa desse assunto.

Esses eram pensamentos muito agradáveis, e a neve que se amontoara no chão prestou-lhe um favor, uma vez que era motivo imparcial para que os três ficassem separados por um tempo.

O clima era mais favorável para Emma, apesar de não poder ir à igreja no dia de Natal. O sr. Woodhouse teria sofrido muito se a filha saísse de casa, então, uma vez que não podia ir à igreja, ficou a salvo de receber qualquer notícia emocionante ou saber de ideias inadequadas. O solo coberto de branco e o clima instável, entre o gelo e o degelo, de fato, tornava-o mais perigoso para a prática de qualquer exercício. Cada manhã começava com chuva ou neve e, ao entardecer, o frio era implacável. Desse modo, ela ficou muitos dias em casa, como se fosse uma prisioneira. Não teve nenhum contato com Harriet a não ser por meio de bilhetes, nem pôde ir à igreja aos domingos, como aconteceu no Natal. Tampouco houve necessidade de o jovem pastor inventar desculpas para sua ausência.

Era o tipo de clima que obrigava todos a ficarem em suas residências, embora Emma acreditasse que o pai encontraria consolo caso alguém o visitasse. O sr. Woodhouse ficou muito contente e satisfeito, recolhido em seu lar. Foi muito sábio em evitar sair no frio, além de ouvi-lo dizer ao sr. Knightley, a quem nem o pior clima seria capaz de entocar:

— Ah! Sr. Knightley, por que não fica em casa como o pobre sr. Elton?

Aqueles dias de confinamento passaram tranquilamente para todos da família, exceto para Emma, que ainda estava perplexa com os acontecimentos recentes. Os dias de reclusão foram perfeitos para seu cunhado, cujos sentimentos eram de grande importância para os familiares. Além disso, ele já se desvencilhara do mau humor que todos presenciaram em Randalls e, durante sua estadia em Hartfield, nunca deixou de ser amável. Ele se mostrava prestativo, agradável e era cortês com todas as pessoas. Apesar das alegres expectativas e do alívio que a separação lhe causava, Emma ainda temia o encontro com Harriet e a hora de contar à amiga toda a verdade, o que a impedia de ficar tranquila.

CAPÍTULO 17

O senhor e a senhora John Knightley não ficaram muito tempo em Hartfield. O tempo logo melhorou e eles puderam voltar para Londres. O sr. Woodhouse, como sempre, tentou convencer a filha a ficar com as crianças, mas foi obrigado a vê-los partir e a lamentar o destino da sua pobre filha... a pobre Isabella, que passava a vida cercada de pessoas que a adoravam, completamente dedicada, não enxergava nenhum defeito nos outros e, sempre inocentemente ocupada, deveria ser um modelo perfeito de felicidade feminina.

Ao entardecer daquele mesmo dia, quando partiram, chegou um bilhete do sr. Elton para o sr. Woodhouse. Era um texto longo, educado e cerimonioso; e, com os melhores cumprimentos do jovem pastor, dizia que estava disposto a deixar Hartfield, naquela manhã, para se dirigir a Bath,[42] onde passaria algumas semanas na companhia de amigos. Ele lamentava muito que, em virtude de inúmeros afazeres e do clima, não fosse possível avisá-lo da viagem pessoalmente, cuja amabilidade seria sempre motivo de gratidão... E, se o sr. Woodhouse tivesse algum desejo, estaria pronto a atendê-lo.

Emma ficou agradavelmente surpresa. A ausência do jovem pastor, justamente nesse momento infeliz, era algo muito bom. Admirou-o por tal decisão, embora não concordasse com a maneira como a notícia foi anunciada. Não poderia estar mais ressentido ao se dirigir educadamente apenas ao seu pai e excluí-la da mensagem. Ela nem sequer foi mencionada nos cumprimentos iniciais... seu nome não foi mencionado... e isso parecia uma mudança marcante de atitude, mas o final do bilhete estava repleto de tantos graciosos elogios que ela pensou que despertaria suspeitas no seu pai.

No entanto, ele apenas ficou curioso. E também ficou muito preocupado com a notícia de uma viagem tão repentina; temia que o sr. Elton nunca pudesse chegar com segurança ao seu destino e nem sequer notou algo de extraordinário na sua linguagem. Era um bilhete muito útil, pois lhes ofereceu motivo para conversa durante o resto da noite. O sr. Woodhouse falou a respeito de seus temores, e Emma estava disposta a afugentá-los, com sua prontidão usual.

Agora estava decidida a contar tudo à amiga. Tinha motivos para acreditar que ela já estava curada do resfriado, e era desejável que tivesse tempo para se recompor do susto que a notícia traria até que o cavalheiro retornasse. No dia seguinte, foi até a casa da sra. Goddard para submeter-se à necessária penitência de comunicar o lamentável acontecimento à amiga; era um momento difícil... destruiria todas as esperanças que ela mesma, diligentemente, havia alimentado... e faria o ingrato papel de dizer que era a preferida do sr. Elton... além de reconhecer que havia cometido um grande erro e que todas as questões sobre o assunto, todas as suas observações, convicções e previsões das últimas seis semanas foram equivocadas.

Ao fazer a confissão, Emma ficou menos envergonhada... mas, ao ver as lágrimas de Harriet, pensou que nunca deveria tentar ajudá-la novamente.

Harriet aceitou a notícia muito bem, sem culpar ninguém e a todo momento demonstrava ingenuidade e uma opinião muito humilde de si mesma. A amiga passou a vê-la com outros olhos.

Emma estava disposta a apreciar sua simplicidade e modéstia, e tudo que fosse amável, que pudesse ser levado em consideração e que vinha da parte da amiga, não dela mesma. Harriet não acreditava que tinha algo de que reclamar. A afeição do sr. Elton seria uma grande distinção, ela jamais

---

[42] Balneário muito famoso na época de Jane Austen, principalmente por suas fontes termais, benéficas à saúde. Bath localiza-se no condado de Somerset, sudoeste da Inglaterra.

o merecera, e ninguém, a não ser a gentil srta. Woodhouse, seria capaz de pensar que isso fosse possível.

As lágrimas caíam abundantemente... sua tristeza era verdadeiramente ingênua, nenhuma outra atitude poderia ter impressionado mais Emma... ela escutava a amiga e tentava consolá-la de todo o coração e compreensivamente. Naquele momento, reconhecia quanto Harriet era superior a ela... e, se seguisse o modelo da amiga, teria mais felicidade e bem-estar que todo seu talento e inteligência seriam capazes de lhe proporcionar.

Era tarde demais para ser simplória e ignorante, mas Emma se convenceu de que deveria ser humilde e discreta, além de reprimir sua criativa imaginação pelo resto da vida. Sua segunda obrigação, agora, além de cuidar do pai, seria promover o bem-estar de Harriet e se esforçar para provar sua afeição de outro modo que não fosse agir como casamenteira. Ela convidou Harriet para uma visita a Hartfield e agiu com muita gentileza, tentando diverti-la e ocupar seu tempo com livros e conversas, evitando que pensasse no sr. Elton.

Ela sabia que o tempo curaria as feridas. Acreditava que seria uma juíza indiferente nessas questões, em geral, e muito inadequada para ocupar-se de alguém que se interessara pelo jovem pastor. Mas, para ela, parecia razoável que, na idade de Harriet, e uma vez que ela já não tinha esperança nenhuma, mantivesse a compostura o bastante para, quando se encontrassem novamente, nas rotinas diárias, não houvesse nenhum perigo de trair seus sentimentos ou que eles aumentassem.

Harriet acreditava que ele era o homem mais perfeito e não poderia ser comparado a ninguém, nem em personalidade nem em bondade. E, na verdade, mostrava-se muito mais apaixonada do que Emma poderia imaginar; mas lhe parecia algo tão natural, tão inevitável, lutar contra uma inclinação *não correspondida* como aquela, que não podia entender como perduraria por tanto tempo e com a mesma força.

Se, ao voltar, o sr. Elton demonstrasse sua indiferença de modo tão evidente e indubitável como Emma não tinha dúvida de que ele o faria, ela não poderia imaginar que Harriet ainda persistiria em se sentir feliz apenas por se lembrar dele ou mesmo vê-lo.

O fato de morarem no mesmo lugar era uma situação péssima para os três. Nenhum deles poderia mudar de residência. Portanto, deveriam agir da melhor maneira possível.

Harriet teria pouca sorte na casa da sra. Goddard, pois todas as professoras, e a maioria das moças, tinham verdadeira adoração pelo sr. Elton. E apenas em Hartfield ela poderia ter alguma chance de ouvir e falar dele com moderação e honestidade. E, enquanto estivesse ferida, precisaria ser curada; portanto, Emma sentiu que, até que a amiga estivesse completamente restabelecida de sua dor, não ficaria em paz consigo mesma.

CAPÍTULO 18

O sr. Frank Churchill não veio... Quando a data se aproximava, os receios da sra. Weston foram justificados com a chegada de uma carta de desculpas. Naquele momento, apesar da grande vergonha e arrependimento do rapaz, ele não poderia afastar-se de casa, mas ainda tinha esperança de visitar Randalls em breve.

A sra. Weston estava extremamente decepcionada... muito mais decepcionada do que o pai do rapaz, que, apesar de desejar muito ver o filho, possuía um temperamento otimista, esperando que o melhor ocorresse, e não deixou que suas esperanças fossem levadas pela tristeza. Rapidamente superou o assunto e voltou a ter esperanças. Por cerca de meia hora, o sr. Weston ficou surpreso e triste; mas, então, começou a perceber que, se Frank os visitasse em dois ou três meses, seria ainda melhor, pois o clima e a época do ano também seriam melhores do que os de agora. E, sem sombra de dúvida, ele poderia ficar mais tempo do que se viesse mais cedo.

Esses sentimentos rapidamente restauraram seu ânimo, enquanto a sra. Weston, muito mais apreensiva, previa apenas uma repetição de desculpas e atrasos. Ela, além de se preocupar com os sentimentos do marido, sofria ainda mais por si mesma.

Emma não estava em condição de lamentar profundamente o atraso do sr. Frank Churchill, exceto pelo desapontamento em Randalls. No momento, não estava interessada em conhecê-lo. Preferia ficar quieta, livre de qualquer tentação; mas ainda era importante que demonstrasse, como sempre fazia, certa preocupação e algum interesse pelo assunto, além de tentar aliviar o sofrimento dos Weston, como deveria corresponder à amizade que os unia.

Ela foi a primeira a anunciar a notícia ao sr. Knightley; e fez tantas exclamações quantas foram necessárias a respeito da conduta dos Churchill em manter o rapaz preso a eles, talvez exagerando um pouco, uma vez que fingia parte de suas emoções. Então, ela passou a falar muito mais do que sentia sobre o benefício de estarem confinados em Surrey; o prazer de conhecerem pessoas novas; a alegria que sua visita produziria em toda Highbury. Emma terminou por fazer, novamente, algumas considerações a respeito dos Churchill, contrariamente à opinião do sr. Knightley, que, para seu divertimento, percebeu que ela estava defendendo tudo aquilo que era contrário à sua opinião, utilizando contra si mesma os argumentos da sra. Weston.

— É provável que os Churchill estejam agindo incorretamente — concordou o sr. Knightley, com calma. — Mas ouso dizer que, se ele quisesse visitar-nos, certamente encontraria um jeito de vir.

— Não sei por que o senhor fala assim. Ele deseja ardentemente nos visitar, mas os tios não permitem.

— Eu não posso acreditar que ele realmente não poderia vir, se de fato desejasse. É muito difícil de acreditar sem ter provas.

— Como o senhor é estranho! O que o sr. Frank Churchill lhe fez para supor que seja uma pessoa tão ingrata?

— Eu não estou supondo que ele seja uma pessoa ruim, ao suspeitar que foi criado para acreditar que estava acima de seus conhecidos, e que não se importasse com nada a não ser seu próprio prazer, vivendo com aqueles que sempre lhe deram esse exemplo. É muito mais natural que um jovem, criado entre pessoas tão orgulhosas, egoístas e que só vivem no luxo, queira agir do mesmo modo. Se Frank Churchill quisesse ver o pai, ele deveria ter vindo entre os meses de setembro e janeiro. Um homem dessa idade... quantos anos tem? Vinte e três ou vinte e quatro? Um homem dessa idade não pode ficar preso às dificuldades. É inadmissível!

— Para o senhor é fácil sentir e dizer isso, pois sempre foi dono do próprio nariz. É o pior juiz do mundo em relação às dificuldades dos outros, sr. Knightley. Não sabe como é ser obrigado a controlar o próprio temperamento.

— É inconcebível que um homem na idade dele não tenha a liberdade, física ou moral, de tomar suas próprias decisões. Não lhe faltam dinheiro nem tempo. Pelo contrário, sabemos que ele dispõe de ambos, e que tem o prazer de dizer isso aos quatro cantos do reino. Sempre ouvimos dizer que ele está visitando algum lugar. Há pouco, estava em Weymouth. Isso é uma prova de que ele pode deixar os Churchill.

— Sim, às vezes ele pode deixá-los.

— E, nessas horas, quando ele pensa que vale a pena, sempre se sente atraído por alguma diversão.

— É muito injusto julgar a conduta dos outros sem o menor conhecimento da situação. Ninguém que jamais viveu com aquela família é capaz de falar a respeito das dificuldades de um indivíduo ou da família inteira. Teríamos de conhecer Enscombe, o temperamento dos Churchill, antes de falar o que Frank Churchill pode ou não fazer. Sei que, às vezes, ele é capaz de fazer muito mais do que em outras circunstâncias.

— Emma, se existe uma coisa que um homem pode fazer, se ele quiser, é cumprir com seu dever, não por meio de manobras ou astúcia, mas apenas com vigor e decisão. É uma obrigação que Frank Churchill deve ao pai. Ele sabe disso, como demonstra em suas promessas e mensagens, mas, se quisesse, já teria visitado o sr. Weston. Outro homem, na mesma situação, diria à sra. Churchill, de modo direto e simples: "Estou pronto a fazer qualquer sacrifício para satisfazer seus desejos, mas partirei amanhã". Se ele tivesse dito isso à tia, desde a primeira vez, como homem que é, não haveria nenhuma objeção.

— Não — concordou Emma, rindo. — Mas talvez tenha dito para ele retornar. Um homem que depende da boa vontade dos parentes não pode falar desse modo! Ninguém, além do senhor, poderia imaginar que isso seria possível. O senhor não tem a menor ideia do que é ser cobrado, pois nunca viveu situações como essa. O sr. Frank Churchill não faria um discurso como esse para o tio e a tia, pois eles o criaram e deixaram toda sua herança para ele! Imagine... ficar de pé, no meio da sala, falando tão alto quanto pudesse! Como é capaz de imaginar esse tipo de conduta?

— Acredite, Emma, um homem sensato não teria a menor dificuldade em tomar uma atitude. Frank deveria pensar em seus direitos; e a declaração feita de modo adequado, claro, como qualquer outro homem de bom senso faria, certamente lhe cairia bem, pois ele seria mais respeitado e as pessoas que o educaram perceberiam quanto seus desejos são importantes para ele. Com certeza, ele conseguiria melhores resultados, bem melhores, do que escrever cartas adiando o compromisso. Os tios sentiriam que podem confiar nele, pois, se o sobrinho tem tanta consideração pelo pai, certamente terá a mesma consideração com eles, pois sabem, como ele próprio sabe, aliás, como todos devem saber, que ele tem obrigação de fazer essa visita ao pai. E, se continuar mesquinhamente adiando seu compromisso, os tios não pensarão bem dele, ainda mais se ele se submeter a todos os seus caprichos. As pessoas respeitam quem age corretamente. Se ele agir dessa forma, de acordo com seus princípios, com firmeza, consistência e regularidade, seus tios se inclinarão perante sua vontade.

— Duvido. Para o senhor, parece ser muito fácil que eles inclinem suas mentes mesquinhas, mas, quando se trata de gente ignorante, rica e autoritária, penso que são difíceis de lidar e se tornam incontroláveis. Imagino se o senhor, caro sr. Knightley, do jeito que está agora, caso se encontrasse em uma situação semelhante à do sr. Frank Churchill, seria capaz de dizer ou fazer o que recomenda. No seu caso, é muito provável que as consequências fossem boas. Os Churchill não teriam uma única palavra a dizer; mas o senhor não teria de passar por cima de hábitos de obediência e consideração. Para ele, não deve ser fácil se transformar em uma pessoa completamente independente e não demonstrar gratidão e respeito. Ele deve ter um forte sentido do que é certo, assim como o senhor, mesmo sendo tão diferentes e vivendo situações distintas.

— Então, ele não tem bom senso. Se não conseguiu ser firme e agir, é porque não tem convicção.

— Oh, e a diferença de situação e de costumes? Espero que o senhor possa tentar entender o que um jovem agradável pode sentir ao contrariar pessoas que cuidaram dele desde criança.

— Nosso agradável jovem é um homem muito fraco, se essa é a primeira ocasião em que tem de chegar até uma resolução para cumprir com seu dever e de contrariar a vontade dos outros. Até o momento, pode até ser seu costume, em vez apenas obedecer. Posso entender os temores de um menino, mas não os de um homem. À medida que amadureceu, deveria ter despertado e percebido tudo que não é digno na autoridade dos tios. Ele deveria ter feito oposição à primeira ideia que tiveram de mantê-lo afastado do pai. Se tivesse agido como deveria, não teria dificuldades agora.

— Nós nunca teremos a mesma opinião sobre ele — exclamou Emma. — Mas não é extraordinário. Não acredito que ele seja um homem fraco, tenho certeza de que não é. O sr. Weston não poderia ser um cego em relação ao próprio filho. Mas ele é muito condescendente e predisposto a ceder, o que não se encaixa no seu perfil de homem perfeito. Estou quase certa de que é assim; embora possa privá-lo de algumas vantagens, é certo que conseguirá outras.

— Sim, todas as vantagens de ficar quieto enquanto poderia visitar outros lugares, e viver uma vida ociosa de prazer, além de se achar extremamente esperto por encontrar desculpas para tudo. Ele pode sentar-se e escrever uma carta cheia de floreios, pretensões e falsidades, e até se convencer de que encontrou a melhor maneira de manter a paz em casa, além de prevenir qualquer motivo para que o pai se decepcione. Suas cartas me enojam.

— Seus sentimentos são singulares, porque parece que todos ficam encantados com as cartas dele.

— Eu suspeito que não satisfazem à sra. Weston. Essas cartas dificilmente atendem a uma mulher de bom senso e inteligência, uma vez que ela ocupa o lugar da mãe, só que sem estar cega de amores como a verdadeira mãe estaria. A visita de Frank a Randalls é exclusivamente por causa dela, e a sra. Weston deve sentir muito essa omissão. Se ela tivesse sido uma pessoa de posição e nobreza, tenho certeza de que ele já teria feito essa visita, e seria insignificante a discussão sobre se ele viria ou não. Você não imagina que sua amiga já tenha feito essas considerações? Não supõe que ela já se fez essas mesmas perguntas? Não, Emma, o jovem que você diz ser tão amável só pode ser "gentil" como se diz em francês, não em inglês.[43] Ele pode ser muito "gentil", ter boas maneiras e ser muito agradável, mas não tem, não possui o que chamamos de "delicadeza" em relação aos sentimentos dos outros, e, nesse sentido, ele não é amável.

— O senhor parece determinado a pensar mal dele.

— Eu? De maneira nenhuma! — respondeu o sr. Knightley, um pouco contrariado. — Não desejo pensar mal dele. Estou tão disposto a reconhecer seus méritos quanto os demais; mas, até agora, não ouvi falarem nada, exceto comentários pessoais de que ele está crescido, tem boa aparência e modos elegantes e agradáveis.

— Bem, se ele não tiver mais nada que o recomende, será considerado um tesouro em Highbury. Raramente encontramos jovens com boa educação e agradáveis. Não deve ser prudente exigir que ele tenha todas as qualidades necessárias. Não consegue imaginar, sr. Knightley, a sensação que será a visita dele? Será o único assunto nas paróquias de Donwell e Highbury. O sr.

---

[43] Nessa passagem, o sr. Knightley faz uma distinção entre a palavra francesa *aimable*, que significa "ser cortês", com a palavra inglesa *amiable*, que significa uma característica nata, uma pessoa afetuosa e bem-disposta.

Frank Churchill será motivo de interesse e curiosidade; provavelmente não falaremos nem pensaremos em mais ninguém.

— Você terá de me desculpar se não estou tão dominado por tais pensamentos. Se eu perceber que posso manter uma conversa agradável com ele, ficarei contente em ser seu amigo, mas, se for apenas esnobe, ele certamente não ocupará meu tempo, nem fará parte dos meus pensamentos.

— A ideia que tenho dele é que conseguirá adaptar-se a qualquer conversa e, certamente, terá capacidade de agradar a todos. Com o senhor, ele conversará a respeito de fazendas; comigo, falará sobre desenho ou música; e fará o mesmo com as outras pessoas. Por ser bem-informado sobre todos os assuntos, será capaz de liderar qualquer conversa, assim como a boa educação exige, e conversará muito bem sobre qualquer assunto; essa é a ideia que faço dele.

— Em minha opinião — argumentou o sr. Knightley, calorosamente —, se ele for como diz, será a pessoa mais insuportável do mundo! O quê? Um rapaz de vinte e três anos ser o mais importante de todos... o grande homem, experiente orador, que pode analisar o caráter de todos e fazer que os talentos das pessoas sejam desprezados em função da sua superioridade? Alguém que faça desaparecer qualquer elogio à sua volta só para que os outros pareçam tolos em comparação com sua pessoa? Minha querida Emma, seu bom senso não suportará uma pessoa tão mimada.

— Não direi mais nada! — exclamou Emma. — O senhor sempre transforma tudo em maldade. Ambos somos tendenciosos: o senhor contra, e eu a favor. Não temos como chegar a um acordo até que ele realmente venha visitar-nos.

— Tendencioso? Eu não sou tendencioso!

— Mas eu sou e não tenho vergonha de ser. O amor que tenho pelos Weston me deixa totalmente a seu favor.

— Ele é o tipo de pessoa que não ocupa meus pensamentos — comentou o sr. Knightley, um tanto agitado, o que fez Emma mudar o rumo da conversa imediatamente, embora não compreendesse o motivo pelo qual ele estava tão zangado.

Mostrar tanta antipatia por um jovem que apenas parecia ser diferente dele era algo muito estranho e algo que Emma não estava acostumada a observar no caráter do sr. Knightley. Apesar de ele ter uma grande opinião sobre si mesmo, nem por um momento ela o vira ser injusto com os méritos de outra pessoa.

VOLUME 2

CAPÍTULO 1

Emma e Harriet caminharam juntas por quase toda a manhã e, na opinião de Emma, já haviam conversado o suficiente a respeito do sr. Elton. Não podia pensar que o consolo da amiga e os erros que ela cometera precisassem de mais; e, assim, industriosamente mudava de assunto assim que ele surgia; mas, quando pensava que o assunto fora encerrado e passava a comentar sobre como as pessoas mais humildes sofrem no inverno, Harriet voltava a falar do jovem pastor: "ele é tão bom com os pobres!". Então, Emma decidiu que deveria fazer algo para mudar essa situação.

Elas estavam bem próximas da casa onde moravam a senhora e a senhorita Bates, e Emma decidiu fazer-lhes uma visita e distrair a amiga. Sempre havia uma boa razão para fazer-lhes uma visita, e as senhoras adoravam receber os conhecidos. Além disso, Emma sabia que as poucas pessoas que presumiam conhecer seus defeitos a consideravam negligente e responsável por não contribuir como deveria para o conforto das Bates.

O sr. Knightley lhe falara sobre o assunto, e ela mesma já percebera essa deficiência... mas nada poderia neutralizar a impressão de que visitá-las era algo muito desagradável, uma perda de tempo, pois eram mulheres muito cansativas, além de sentir certo horror ao pensar que ali poderia encontrar as pessoas de classes inferiores de Highbury, que constantemente visitavam a família Bates. Contudo, hoje estava disposta a fazer-lhes uma visita... observando, ao convidar Harriet, que, segundo seus cálculos, estavam completamente salvas de serem obrigadas a ouvir a leitura de uma carta de Jane Fairfax.

A casa pertencia a uma família de comerciantes. As senhoras Bates ocupavam a sala de estar e ali, em um apartamento de tamanho moderado, que significava muito para elas, as visitas eram recebidas com muita cordialidade e gratidão. A senhora, mãe da srta. Bates, muito tranquila e elegante, estava acomodada no canto mais quente da casa com o seu tricô, porém desejava ceder o lugar à srta. Woodhouse. A filha, muito falante e ativa, quase sufocando-as com cuidados e atenções, agradeceu a visita, preocupou-se com os sapatos das moças, fez perguntas a respeito da saúde do sr. Woodhouse, deu-lhes boas notícias sobre a saúde da sua mãe e, em seguida, ofereceu-lhes um pedaço de bolo, dizendo:

— A sra. Cole acaba de sair, veio fazer-nos uma visita de dez minutos, mas teria sido tão bom se tivesse ficado uma hora conosco; comeu um pedaço de bolo e foi tão amável ao dizer que estava muito saboroso. Diante disso, espero que a srta. Woodhouse e a srta. Smith sejam gentis e também aceitem um pedaço.

A menção da família Cole garantia que o próximo assunto seria a respeito do sr. Elton, uma vez que eram amigos e o sr. Cole recebia notícias do pastor desde a sua partida. Emma sabia o que estava por vir; leriam a carta mais uma vez, refletiriam a respeito de quanto tempo ele estava fora, quem seriam suas companhias, como seria o favorito aonde quer que fosse e quanto o baile do mestre de cerimônias estaria cheio. Entretanto, Emma passou muito bem por essa situação, com interesse e fazendo comentários, quando necessário, sempre se colocando à frente de Harriet caso ela fosse obrigada a comentar algo.

Estava preparada para tudo isso quando decidiu visitar as Bates, mas acreditava que, uma vez que terminassem de elogiá-lo, não seriam mais importunadas com nenhum outro assunto incômodo ou problemático, e poderiam divagar a respeito das senhoras e senhoritas de Highbury e seus encontros para jogar cartas. Não estava preparada para falar de Jane Fairfax logo após a conversa sobre o sr. Elton. Porém, a srta. Bates encerrou abruptamente o assunto sobre o rapaz, passou a falar dos Cole e depois começou a falar de uma carta da sobrinha.

— Oh, sim, o sr. Elton! Ouvi dizer que foi visto dançando... a sra. Cole me contou sobre as danças nos salões de Bath... foi tão gentil ao sentar um pouco conosco para conversar, falar sobre Jane, pois, assim que chegou aqui, quis saber da minha sobrinha... como sabe, todos por aqui gostam de Jane. Sempre que ela está conosco, a sra. Cole não faz outra coisa senão enchê-la de atenções; ouso dizer que Jane merece isso e muito mais, merece mais do que qualquer outra pessoa. Então, a sra. Cole perguntou diretamente: "Sei que a senhorita não tem recebido notícias recentes de Jane porque não é a ocasião em que ela costuma escrever suas cartas". Ao que imediatamente eu retruquei: "De fato, recebemos uma carta dela, chegou esta manhã". Nunca vi uma pessoa tão surpresa; em seguida ela disse: "Receberam? Mesmo? Bem, isso é algo bastante incomum. Deixe-me ouvir o que ela nos conta".

Emma precisou ser educada para comentar, sorrindo:

— Recebeu notícias de Jane Fairfax recentemente? Estou muito feliz. Espero que ela esteja bem.

— Obrigada. A senhorita é tão gentil! — respondeu a tia, feliz e encantada, enquanto procurava pela carta. — Oh! Aqui está. Eu tinha certeza de que não poderia estar muito longe, coloquei sem querer minha caixinha de costura sobre a carta, estava bem escondida, mas, como eu a segurei há poucos momentos, tinha certeza de que estava sobre a mesa. Eu li a carta para a sra. Cole e, assim que ela saiu, li e reli várias vezes para mamãe; ela sente tanto prazer em ouvir notícias de Jane que nunca se cansa. E, como eu lhe disse, sabia que a carta não estava longe e aqui está, sob minha caixinha de costura. Como a senhorita é gentil ao desejar escutar notícias de Jane, espero que a perdoe por ter escrito uma carta tão curta... apenas duas páginas, como pode ver... geralmente, ela preenche todo o papel e também no verso.[44] Mamãe sempre tenta imaginar como consigo entender tão bem a letra de Jane, não é mesmo, mamãe? Quando abro uma carta pela primeira vez, costumo dizer: "Bem,

---

[44] Naquela época, como o papel era caro, era muito comum as pessoas usarem a frente e o verso da folha.

Hetty, acredito que agora você precisará resolver esse quebra-cabeça", não é assim que a senhora fala, mamãe? Então, eu digo para ela que, se estivesse sozinha, se não houvesse ninguém para ajudá-la... tenho certeza de que se esforçaria e conseguiria decifrar cada palavra. E, de fato, embora os olhos da minha mãe já não sejam tão bons quanto eram, ainda consegue enxergar muito bem, graças a Deus! Com os óculos é uma verdadeira bênção! Na verdade, minha mãe tem uma boa visão. Quando está aqui, Jane costuma dizer: "Vovó, tenho certeza de que, para ver o que enxerga agora, seus olhos são muito bons... e veja, como borda lindamente! Desejo que meus olhos sejam assim como os seus".

Ao falar com tanta rapidez, a srta. Bates foi obrigada a fazer uma pausa e respirar, e Emma, muito cortês, fez um elogio à caligrafia de Jane Fairfax.

— É extremamente gentil — respondeu a srta. Bates. — Logo a senhorita, que é uma pessoa de tão bom julgamento e tem uma caligrafia maravilhosa. Estou certa de que ninguém pode fazer elogios como os seus. Minha mãe não ouve muito bem, está um pouco surda — voltou-se para a mãe e continuou: — A senhora escutou o lindo elogio que a srta. Woodhouse fez à caligrafia de Jane?

Assim, Emma teve o prazer de ouvi-la repetir seu elogio por duas vezes antes que a senhora pudesse compreendê-lo. Enquanto isso, ponderava se seria possível evitar a leitura da carta de Jane Fairfax sem parecer descortês, e já estava quase decidida a sair dali, com uma desculpa qualquer, quando a srta. Bates olhou na sua direção e falou:

— A surdez da minha mãe é insignificante, como pode ver... não é quase nada. Basta apenas eu falar um pouco mais alto, repetir as frases duas ou três vezes; é bem verdade que já está acostumada com a minha voz. Mas é interessantíssimo como ela costuma ouvir Jane com muito mais facilidade do que a mim. Jane tem a fala tão distinta! Apesar de tudo, ela não encontrará a avó mais surda do que há dois anos, o que já é muito, principalmente considerando a idade da minha mãe... Sim, já faz dois anos, desde a última vez que Jane esteve aqui. Nunca estivemos separadas por tanto tempo e, como eu dizia à sra. Cole, não sei como faremos para agradar-lhe mais agora.

— Esperam a chegada da srta. Fairfax em breve?

— Oh, sim! Na próxima semana.

— Que ótimo! Deve mesmo ser um grande prazer.

— Obrigada. A senhorita é sempre muito gentil. Sim, na próxima semana. Todos estão surpresos e muito animados. Tenho certeza de que ela ficará feliz ao encontrar seus amigos de Highbury, assim como nós teremos prazer em revê-la. Ela deverá chegar na sexta-feira ou no sábado, não pôde confirmar ainda porque o Coronel Campbell precisará da carruagem em um desses dias. Foram tão bondosos ao enviá-la diretamente! Como sabe, eles sempre agem dessa forma. Sim... não deve passar de sexta ou sábado. Foi o que ela escreveu. Por esse motivo ela nos escreveu antes do tempo, pois, se tudo tivesse ocorrido normalmente, não teríamos notícias de Jane até a próxima terça ou quarta-feira.

— Sim, foi o que imaginei. Temia que hoje eu tivesse poucas chances de ter notícias da srta. Fairfax.

— Fico tão agradecida! É verdade, não teríamos notícias de Jane se não fosse por causa dessa novidade tão especial, a de que chegará em breve. Minha mãe está tão contente! Jane deverá ficar conosco por pelo menos três meses, foi o que ela gentilmente escreveu, como tenho prazer de ler para a senhorita. Os Campbell viajarão para a Irlanda. A sra. Dixon acabou convencendo os pais a visitá-la imediatamente. Eles não tinham a menor intenção de ir antes do começo do verão, mas ela está tão impaciente para vê-los de novo... Desde seu casamento, em outubro passado, ela nunca se separou deles por mais de uma semana. Além disso, deve ser muito difícil viver em outro reino, quero dizer, em um país diferente... então, ela escreveu para a mãe... ou para o pai... confesso que não me lembro para quem escreveu, mas agora poderemos confirmar na carta de Jane... bem, a sra. Dixon escreveu, em seu nome e no do marido, com o objetivo de pressionar seus pais a viajarem o mais rápido possível, dizendo que os buscaria em Dublin e, em seguida, os levaria para sua casa no campo, Balycraig, um lugar maravilhoso, imagino eu. Jane já ouviu falarem muito das belezas do lugar. O sr. Dixon foi quem lhe contou... não sei se mais alguém elogiou, mas é muito natural. Sabia que ele gostava de falar de sua casa enquanto cortejava a futura sra. Dixon? E como Jane sempre os acompanhava em suas caminhadas, uma vez que o Coronel Campbell e sua esposa eram muito rigorosos quanto ao fato de sua filha caminhar sozinha com o sr. Dixon, e eu mesma não os censuro por pensar assim. Desse modo, Jane ouvia tudo que ele contava à srta. Campbell a respeito da Irlanda, e me parece que Jane nos escreveu contando que ele fizera alguns desenhos do lugar, algumas imagens que guardara na memória. Imagino que deva ser um homem muito agradável e encantador. Depois de ouvi-lo falar do seu país, Jane ficou muito interessada em visitar a Irlanda.

Nesse momento, surgiu na mente de Emma uma suspeita criativa e engraçada a respeito de Jane Fairfax, do encantador sr. Dixon e de ela não ter ido à Irlanda, fatos que precisariam de uma investigação mais aprofundada.

— Devem estar muito contentes por Jane poder visitá-las nesta época do ano. Considerando a grande amizade entre ela e a sra. Dixon, era de se esperar que não fosse dispensada da companhia do Coronel Campbell e sua esposa.

— Certamente, é verdade! Era nosso maior temor, porque não gostamos quando ela fica longe por tantos meses... a não ser que tivesse acontecido algo muito grave. Como pode ver, no fim, tudo acaba bem. Eles, refiro-me ao sr. Dixon e à esposa, estavam empenhados para que Jane acompanhasse o Coronel e a sra. Campbell. E pode ter certeza de que nada poderia ser mais gentil e persuasivo do que um convite deles, como Jane diz, e a senhorita ouvirá em seguida, pois o sr. Dixon não parece ser uma pessoa descuidada ou desatenta em relação a esses detalhes. É um jovem realmente encantador. Desde que salvou a vida de Jane em Weymouth, quando estavam em grupo, passeando de barco, e a embarcação deu uma guinada repentina, se ela tivesse caído no mar com certeza teria se afogado, mas ele, com grande presença de espírito, agarrou-a pelo vestido... tremo só de pensar no assunto... desde que ouvimos essa história, passamos a sentir um forte apreço pelo sr. Dixon!

— Mas, apesar de toda a insistência de seus amigos, e seu imenso desejo de conhecer a Irlanda, a srta. Fairfax preferiu dedicar seu tempo à senhorita e à senhora Bates?

— Sim... foi ela mesma quem decidiu, seu livre-arbítrio. Além disso, o Coronel Campbell e a esposa pensam que ela está corretíssima, é exatamente o que eles recomendariam, pois, de fato, têm interesse particular em que ela passe uma temporada em nossa companhia, pois ultimamente nossa Jane não anda bem de saúde.

— Entendo... acredito que tomaram uma sábia decisão. Porém, creio que a sra. Dixon deve estar muito desapontada, uma vez que não é de uma beleza muito marcante, isto é, que possa ser comparada à beleza da srta. Fairfax.

— Oh! É muito amável comentar a beleza de Jane... mas a verdade é que a senhorita tem razão. Não há comparação possível entre as duas. A srta. Campbell sempre foi muito simples, sem uma grande beleza, de fato. Entretanto, é extremamente elegante e amável.

— Sim, com certeza.

— Jane pegou um resfriado muito forte, pobrezinha! Desde o último dia sete de novembro, como lerei para confirmar, e, de lá para cá, não se recuperou mais. Não é um tempo muito longo para um resfriado? Ela não comentara sobre isso antes para que não ficássemos alarmadas. Sempre foi assim: tem uma grande consideração por nós! No entanto, ela está tão longe de se curar que seus gentis amigos, os Campbell, acreditam que seria melhor se ela voltasse para casa para respirar um ar que sempre lhe fez bem. Além disso, não duvidam que, depois de três ou quatro meses em Highbury, Jane se recuperará por completo. E, como não se encontra bem de saúde, é melhor que venha para casa do que vá para a Irlanda. Ninguém cuidará melhor de Jane do que nós.

— Sem dúvida, é a decisão mais correta.

— Creio que ela chegará na próxima sexta-feira ou no sábado, depois os Campbell partirão em direção a Holyhead, na próxima segunda-feira... Poderá confirmar na carta de Jane. Foi tudo tão repentino! Deve imaginar como ficamos surpresas, srta. Woodhouse! Se não fosse por sua doença... receio que a veremos bem fraca e muito abatida. A propósito, devo dizer o que me aconteceu esta manhã e que me fez lamentar tanto... sempre tenho o costume de ler as cartas de Jane antes de lê-las para minha mãe, como bem imagina, por medo de que haja algo que possa preocupá-la. Jane faz questão que eu aja dessa maneira, então, faço isso: começo o dia com o cuidado de sempre; mas, assim que li a respeito da doença de Jane, não consegui evitar, fiquei corada e exclamei assustada: "Meu Deus! Jane está doente!". E minha mãe, que prestava atenção em mim, acabou ouvindo e ficou muito preocupada. Entretanto, à medida que li a carta, descobri que não era tão ruim quanto imaginava. Assim, consegui tranquilizar mamãe e ela mal pensa no assunto. Mas não sei como pude me distrair tanto! Se Jane não melhorar imediatamente, pediremos que o sr. Perry venha vê-la. Não devemos pensar nos gastos, embora conheça sua generosidade, além de gostar muito de Jane. Creio que não nos cobrará a consulta, mas não posso aceitar isso; afinal, ele tem esposa e família para sustentar e não pode perder seu tempo. Bem, agora que já a coloquei a par das notícias de Jane, vamos ler sua carta: estou convencida de que ela lhe contará a história bem melhor do que eu.

— Sinto muito, mas precisamos ir embora — disse Emma, olhando para Harriet e já se levantando. — Meu pai espera por nós. Não tinha a intenção de ficar mais de cinco minutos. Entrei apenas porque não passaria por aqui sem ter notícias da sra. Bates, mas acabei me distraindo com o horário! Desejo à senhorita e à sua adorável mãe uma ótima manhã.

Por mais que tentassem, não conseguiriam que Emma permanecesse por mais tempo. Ela saiu feliz... apesar de ter sido forçada a fazer algo que não lhe agradava, e de ter ouvido todo o conteúdo da carta de Jane Fairfax, conseguira evitar que lessem a carta.

CAPÍTULO 2

Jane Fairfax era órfã. O casamento entre o Tenente Fairfax, do regimento de infantaria, e a srta. Jane Bates teve sua época de esplendor e prazer, esperança e interesse. Agora, entretanto, nada mais restava disso a não ser a melancólica recordação de que ele morrera em uma missão no exterior, e que sua viúva, consumida por uma profunda tristeza, falecera logo depois, deixando aquela menina.

Por nascimento, ela pertencia a Highbury; e, ao perder a mãe aos três anos, a criança se tornou responsabilidade e consolo da avó e da tia. Tudo parecia indicar que viveria ali pelo resto de seus dias, receberia uma educação conforme os rendimentos da sua família, e cresceria sem frequentar a boa sociedade[45] e sem aperfeiçoar os dotes com os quais a natureza a presenteara, tais como ser uma pessoa agradável, compreensiva e de bom coração.

---

[45] Naquela época, uma moça proveniente de uma família humilde não teria boas relações sociais, ou seja, não teria a chance de conhecer pessoas de um nível social elevado, por isso teria grande dificuldade em conseguir fazer um bom casamento.

Entretanto, a compaixão de um amigo do seu pai mudou o destino de Jane. O Coronel Campbell estimava muito o Tenente Fairfax, considerando-o um excelente oficial e um jovem de grandes qualidades. Além disso, era muito grato por ter recebido os cuidados do amigo durante uma grave febre, e a ele creditava o mérito de ter salvado sua vida. Essas eram alegações que ele não poderia ignorar — e, embora se tivessem passado muitos anos desde a morte de Fairfax, assim que retornou à Inglaterra colocou seus planos em prática. Quando ele voltou, teve notícias da órfã. Já era um homem casado, com apenas uma filha, da mesma idade de Jane. Assim, Jane tornou-se a convidada da família, visitando-os diversas vezes e vindo a ser a favorita de todos. E, antes que completasse nove anos, por causa do grande afeto que sua filha sentia por Jane e também pelo seu desejo de que fossem grandes amigas, o Coronel Campbell fez a proposta de se encarregar da educação da menina. A família de Jane aceitou e, desde então, a moça pertencia à família Campbell, vivendo com eles e apenas visitando a avó e a tia de vez em quando.

Decidiu-se que Jane deveria preparar-se para ser tutora porque as poucas centenas de libras que herdara do pai não a deixariam em uma situação confortável. O Coronel Campbell não dispunha de meios para garantir uma fonte de renda para Jane, pois, apesar de seus rendimentos, sua fortuna era moderada e deveria ficar para sua filha. Entretanto, ao oferecer uma boa educação a Jane, ele esperava destinar-lhe meios para viver com respeito e dignidade.

Essa era a história de Jane Fairfax, uma menina que caiu em boas mãos porque não podia haver pessoas gentis como os Campbell, além do que lhe ofereceram uma ótima educação. Ao conviver com pessoas inteligentes e bem-informadas, seu coração e sua mente receberam uma boa dose de disciplina e cultura. E uma vez que o Coronel Campbell residia em Londres, suas aptidões mais corriqueiras foram amplamente cultivadas graças aos melhores mestres. Suas habilidades e inteligência também eram dignas de tudo que aquela amizade poderia oferecer-lhe. E, por volta dos dezoito para dezenove anos, já era muito competente em questões educacionais, de modo que, embora tão jovem, estava capacitada a lecionar. Entretanto, os Campbell gostavam tanto de Jane que nem sequer imaginavam a possibilidade de viver sem ela. Não podiam nem pensar nisso, muito menos a filha conseguiria suportar tal separação. Assim, o temeroso dia da partida foi protelado facilmente com a desculpa de que ainda era muito jovem, e Jane permaneceu com a família compartilhando, assim como a filha verdadeira, a deliciosa mistura de lar e diversão, apenas com a única preocupação e o entendimento de que um dia tudo isso poderia terminar.

O carinho de todos e, em particular, o apego da srta. Campbell, contava muitos pontos a favor da família, uma vez que Jane era reconhecidamente superior tanto em beleza como em inteligência. Seus encantos naturais não passavam despercebidos pela jovem amiga, e seus pais também observavam claramente quanto Jane era mais inteligente do que a própria filha. Entretanto, permaneceram unidos por um profundo afeto até o casamento da srta. Campbell, que teve a sorte de conquistar o jovem sr. Dixon, desafiando qualquer antecipação relativa às questões matrimoniais, preferindo a moderação à superioridade. O sr. Dixon era um jovem agradável e rico e, tão logo se conheceram, o compromisso foi imediatamente acertado, enquanto Jane Fairfax precisaria pensar em seu futuro como tutora.

O casamento fora celebrado havia pouco tempo, tempo insuficiente para que a menos afortunada das amigas pudesse dedicar-se ao seu dever, embora já tivesse idade suficiente para tomar suas próprias decisões. Contudo, Jane decidira que vinte e um anos seria a idade correta, da mesma forma que uma noviça devota se decide por completar seu sacrifício, renunciando aos prazeres da vida e a todo tipo de vida social, paz e esperança, a fim de cumprir sua penitência para sempre.

Embora tivessem sentimentos opostos, o bom senso tanto do Coronel Campbell como de sua esposa não permitiu que fossem contrários a essa decisão. Enquanto vivessem, nenhum esforço seria necessário e sua casa sempre estaria aberta a Jane. Seria um conforto para o casal, no entanto poderia parecer egoísmo: afinal, se tivesse de assim acontecer, que fosse em breve. Talvez tenham começado a pensar que seria mais gentil e mais sábio ter resistido à tentação de atrasar aquele momento e ter evitado que Jane conhecesse e desfrutasse das vantagens dos prazeres do ócio e do lazer, que agora se via obrigada a abandonar. Todavia, era mais fácil se apegar a qualquer desculpa para não apressar aquele momento infeliz. Jane não estava bem desde o casamento da srta. Campbell e, até que se recuperasse por completo, os Campbell não permitiriam que ela começasse nenhum tipo de trabalho porque era incompatível com uma pessoa de saúde tão delicada e ânimo debilitado, e que parecia exigir mais do que a perfeição de corpo e de espírito para que fosse executado de maneira tolerável.

Era verdadeiro o relato que Jane fez à tia a respeito da impossibilidade de acompanhar os Campbell à Irlanda, embora alguns outros fatos não tivessem sido mencionados. Foi escolha de Jane se afastar dos Campbell e seguir para Highbury e, talvez, passar os últimos meses de liberdade ao lado das pessoas de quem mais gostava; e os Campbell, por qualquer motivo que fosse, se apressaram a aprovar o plano e tinham a certeza de que passar alguns meses em sua terra natal seria o suficiente para melhorar sua saúde, muito mais do que qualquer outro remédio. Era certo que estava para chegar a Highbury, a qual, em vez de boas-vindas para uma novidade que havia tempos prometia uma visita, no caso, o sr. Frank Churchill, deveria conformar-se com a presença de Jane Fairfax, que traria as novidades de apenas dois anos de ausência.

Emma não estava satisfeita... por um período de três meses teria de ser cortês com uma pessoa que lhe desagradava! Precisaria fazer algo que não desejava, e não estava disposta a isso! A razão pela qual ela não gostava de Jane Fairfax era uma pergunta difícil de responder. O sr. Knightley uma vez lhe dissera que o motivo seria porque Emma percebia quanto Jane era uma moça talentosa, assim como ela mesma desejava ser reconhecida; e, embora a acusação tenha sido refutada, em alguns momentos refletia que sua consciência não estava completamente certa daquilo. Por outro lado, vivia repetindo que "não poderia ser sua amiga, não sabia o motivo, mas percebia em Jane uma frieza e uma reserva... uma aparente indiferença para gostar ou não gostar... e, além disso, sua tia era uma faladeira descontrolada! Fazia tanto alvoroço a respeito de Jane! Sempre imaginando que as duas deveriam ser amigas e, porque tinham a mesma idade, todos pensavam que deveriam ter interesse uma pela outra". Essas eram suas razões... não havia melhores.

Seus motivos eram tão pouco justificados... cada falta imputada estava tão ampliada por sua imaginação que sempre que via Jane Fairfax pela primeira vez, após uma ausência considerável da moça, Emma tinha a impressão de ser injusta com ela. E agora, após visitá-la, assim que chegou, depois de não se verem por dois anos, estava intimamente surpresa ao notar os modos daquela moça que por anos ela fizera questão de menosprezar. Jane era muito elegante, notavelmente requintada, além de possuir gosto muito refinado. Todos a consideravam uma moça alta, porém não alta demais; tinha uma boa estatura. Era uma figura graciosa, de medidas proporcionais, nem magra nem gorda, apesar de uma aparência um tanto frágil, e parecia descartar a possibilidade do mais provável dos dois perigos. Emma não pôde deixar de observar tudo isso, e percebeu no rosto de Jane mais beleza do que conseguia recordar: apesar de suas feições não serem simétricas, eram de uma agradável beleza. Nunca admirara aqueles olhos, de um tom cinza bem escuro, com cílios e sobrancelhas negros; mas a pele, que ela sempre criticou, afirmando necessitar de um pouco de cor, agora apresentava uma clara delicadeza que certamente não precisaria de retoques. Jane tinha o tipo de beleza cuja principal característica era a elegância e, portanto, Emma, conforme seus princípios, não poderia senão admirá-la... Jane Fairfax possuía uma elegância que, tanto exterior como interiormente, era difícil de encontrar em Highbury. A moça, em vez de comum, era distinta e merecia todos os méritos por sua beleza.

Enfim, durante sua primeira visita, Emma contemplava Jane Fairfax com redobrada complacência; sentia um enorme prazer ao vê-la, além de uma grande necessidade de fazer-lhe justiça. Assim, decidiu abandonar sua atitude hostil em relação à jovem. E, quando pensava em sua triste história, sua situação impressionava tanto quanto sua beleza; ao refletir sobre o destino reservado a tal elegância, sobre como teria de se rebaixar, como viveria, parecia-lhe impossível sentir algo que não fosse compaixão e respeito pela moça. Sobretudo, se às circunstâncias bem conhecidas da sua vida que a fizeram merecedora de tanto interesse, fosse somado o fato mais do que provável de que se haveria sentido atraída pelo sr. Dixon, o que Emma espontaneamente imaginara. Nesse caso, nada mais digno de compaixão e mais nobre do que os sacrifícios que ela estava disposta a aceitar. Agora Emma não acreditava que a jovem tivesse tentado seduzir o sr. Dixon, rivalizando com sua melhor amiga, ou que fosse capaz de qualquer outra atitude maliciosa que sua mente fértil houvesse imaginado. Se fosse amor, seria um sentimento singelo e único, unilateral e não correspondido. Inconscientemente, devia sugar com lentidão aquele triste veneno enquanto a amiga lhe fazia confidências sobre o rapaz; e, agora, deveria ser o melhor e mais puro motivo para se recusar a visitar a Irlanda, decidindo separar-se dele e de suas amizades e logo iniciar sua carreira como governanta e enfrentar seu laborioso dever.

Despediu-se de Jane sentindo tanta simpatia e tanto afeto pela moça que, ao retornar à sua casa, viu-se forçada a pensar na possibilidade de arranjar-lhe um bom pretendente, e a lamentar que em Highbury não houvesse nenhum rapaz que lhe pudesse oferecer uma situação independente; ali não havia ninguém para se casar com Jane.

Emma possuía sentimentos admiráveis... que não duraram muito tempo. Antes de afirmar publicamente sua amizade por Jane Fairfax, antes que pudesse consertar seus erros e preconceitos do passado, teria de dizer ao sr. Knightley: "Ela é realmente bonita, muito mais do que bonita!".

Jane passou uma tarde em Hartfield, na companhia da avó e da tia, e tudo voltou ao normal. As antigas provocações reapareceram. A tia estava tão cansativa como sempre; aliás, ainda mais cansativa porque agora, além de se preocupar com a saúde de Jane, seguia enaltecendo seus talentos naturais, e foram obrigados a ouvir a minuciosa descrição a respeito do pedacinho de pão com manteiga que Jane comera no café da manhã, ou da pequena fatia de carne ao jantar, além de mostrar os novos gorros e cestos de costura que ela e a mãe receberam de presente. Bastou a tia começar a falar e seus ressentimentos por Jane ressurgiram. Naquela noite, Emma foi obrigada a tocar piano; e os agradecimentos e elogios recebidos pareceram-lhe afetados, pairando um ar de superioridade destinado apenas a demonstrar a todos que Jane possuía um estilo e uma performance muito superiores aos dela. Além disso, a moça era a pior de todas elas, tão fria, tão cautelosa! Não era possível saber sua real e verdadeira opinião sobre qualquer assunto. Protegida por uma capa de cortesia, ela parecia determinada a não se arriscar de modo nenhum. Era desagradavelmente reservada.

Como se fosse possível algo mais, mostrou-se ainda muito mais reticente quando o assunto era Weymouth ou os Dixon. Ela parecia determinada a não fazer nenhum tipo de comentário a respeito do caráter do sr. Dixon, não valorizar a companhia dele nem tecer nenhuma observação sobre o casamento. Agia sempre do mesmo modo; em suas palavras não se ouvia nada relevante. Entretanto, essa atitude não teve serventia; foi um cuidado inútil. Emma percebeu quanto isso era dissimulado e todas as suas suspeitas voltaram à tona.

Provavelmente, a moça ocultava algo além de suas simples preferências. Talvez o sr. Dixon estivesse a ponto de deixar sua amiga por ela, ou talvez pensasse na srta. Campbell apenas por causa da sua fortuna de doze mil libras.

Manteve a mesma reserva em outros assuntos. Ela e o sr. Frank Churchill tinham estado em Weymouth na mesma época. Todos sabiam que eles se conheciam, mas Emma não conseguiu sequer saber qual era a aparência do rapaz. "Ele é bonito?"... "Creio que todos o consideram um jovem bem bonito." "Ele é agradável?"... "Bem, todos pensam que é."... "É um jovem sensível e inteligente?"... "Seja em um balneário, seja na casa de algum amigo em comum de Londres, é difícil definir tais questões. Suas maneiras são as primeiras características que se pode apreciar, mas, apesar de tudo, é necessário conhecer melhor uma pessoa como o sr. Churchill para poder falar a seu respeito." Jane tinha a impressão de que todas as pessoas o achavam muito agradável. Emma não pôde perdoá-la.

CAPÍTULO 3

Emma não poderia perdoá-la. Contudo, como o sr. Knightley, que também havia participado da reunião, não percebera nenhum sinal de provocação ou ressentimento, vendo apenas que as duas moças se comportaram de forma adequada e agradável, expressou na manhã seguinte, estando em Hartfield à negócios mais uma vez, com o sr. Woodhouse, sua aprovação geral; não tão abertamente como faria se o pai de Emma não estivesse presente, mas com clareza o bastante para que Emma entendesse. Costumava pensar que Emma era muito injusta com Jane, e agora estava muito satisfeito ao ver que a situação estava bem melhor.

Assim que o sr. Knightley conversou com o sr. Woodhouse, explicando-lhe o necessário, guardaram os documentos, e ele comentou:

— Foi uma noite muito agradável, particularmente agradável. Você e a srta. Fairfax nos proporcionaram uma música maravilhosa. Não conheço maior prazer, meu caro sr. Woodhouse, do que sentar e passar toda a noite ao lado de agradáveis moças que nos presenteiam com belas músicas e ótimas conversas. Emma, tenho certeza de que a srta. Fairfax também achou a noite muito agradável. Você não deixou nada a desejar. Fiquei feliz ao perceber que a deixou tocar bastante, uma vez que não possui um instrumento na casa da avó; ela deve estar muito agradecida.

— Fico feliz que tenha aprovado — disse Emma, sorrindo. — Mas não creio que eu seja descortês com as pessoas que visitam Hartfield.

— Não, minha querida! — concordou seu pai, imediatamente. — Disso não tenho a menor dúvida. Não há ninguém mais educada ou atenciosa do que você. Às vezes, é atenciosa demais. Por exemplo, os bolinhos que foram servidos ontem, se tivesse oferecido apenas uma vez, já teria sido suficiente.

— Não — respondeu o sr. Knightley, quase ao mesmo tempo que seu pai. — Você raramente apresenta falhas, seja em boas maneiras, seja em atenções. Creio que sabe do que estou falando.

Emma arqueou a sobrancelha, como se dissesse: "Entendo perfeitamente". Porém, limitou-se a comentar:

— A srta. Fairfax é muito reservada.

— Eu sempre lhe disse que ela é um pouco reticente, mas você logo perdoará essa reserva, que é proveniente da timidez. O fruto da discrição é algo que deve ser valorizado.

— Então o senhor acredita em sua timidez. Eu não penso assim.

— Minha querida Emma — disse ele, trocando de lugar e sentando-se em uma cadeira mais próxima à dela. — Por favor, não vá dizer-me que não desfrutou a noite.

— Oh, imagine! Eu fico muito contente quando me empenho nas perguntas e não recebo nenhuma resposta.

— Estou desapontado — foi a única resposta do sr. Knightley.

— Espero que todos tenham aproveitado a ótima noite — disse o sr. Woodhouse, com sua habitual tranquilidade. — Pelo menos para mim, foi perfeita. Apenas achei que o fogo estava forte demais, mas bastou eu afastar um pouco a minha cadeira, só um pouquinho, e não me incomodou mais. A srta. Bates estava muito falante e bem-humorada, como sempre. Às vezes, ela fala muito rápido. Entretanto, é sempre agradável. A mãe também é muito agradável, de um modo diferente. Gosto muito das minhas antigas amigas! E a srta. Fairfax é uma jovem muito bonita, elegante e educada. Sr. Knightley, acredito que ela tenha apreciado a noite, graças aos esforços de Emma.

— É verdade, senhor. Do mesmo modo que Emma ficou agradecida com a presença da srta. Fairfax.

Emma percebeu a ansiedade do sr. Knightley e, desejando tranquilizá-lo, pelo menos momentaneamente, comentou com tanta sinceridade que ninguém jamais ousaria duvidar:

— Ela é muito elegante, jamais encontrei uma moça igual a Jane. Estou sempre a admirá-la, e me compadeço dela de todo o meu coração.

O sr. Knightley voltou-lhe o olhar como se estivesse mais agradecido do que poderia demonstrar e, antes que pudesse responder, o sr. Woodhouse, ainda pensando nas Bates, comentou:

— É uma grande lástima a situação em que elas vivem! De fato, são dignas de compaixão! Muitas vezes desejei enviar-lhes um presente, algo simples. Agora mesmo, que abatemos um porco, Emma pensou em enviar-lhes um lombo ou um pernil, o que é muito gentil e delicado de sua parte. Os porcos que criamos aqui em Hartfield não podem ser comparados com os de outros criadores... e, minha querida, se não temos a certeza de que elas vão cortá-lo em fatias e fritá-las com pouca gordura, seja como nós fazemos, creio que o melhor a enviar-lhes um pernil, o que me diz?

— Fique tranquilo, papai. Eu enviei para as Bates o pernil e o lombo. Sabia que o senhor concordaria. Assim, poderão prepará-los da maneira que mais apreciarem.

— Boa ideia, minha querida, você agiu corretamente. Eu não tinha pensado nisso, mas essa foi a melhor decisão. Se elas preferirem, não precisarão salgar demais o pernil e, se ele for bem cozido, como Serle faz aqui em casa, poderão apreciá-lo melhor se acompanhado de nabos, cenouras ou *parsnip*.[46] Muito bem! Foi melhor assim, se prepararem o pernil dessa forma, não fará mal à saúde de nenhuma delas.

— Emma — chamou o sr. Knightley. — Tenho uma notícia para você. Sei que adora novidades... então, quando eu estava vindo para sua casa, ouvi algo que muito lhe interessará.

— Novidades! Oh, sempre gosto de saber das novidades. Conte logo! Por que está sorrindo? O que o senhor ouviu? Foi em Randalls?

Ele teve tempo apenas de dizer:

— Não, não foi em Randalls, há tempos não passo perto de Randalls.

Nesse momento, a porta se abriu e a srta. Bates e a srta. Fairfax entraram na sala, muito agradecidas e com várias novidades para contar. A srta. Bates não sabia o que fazer primeiro. Assim, o sr. Knightley logo percebeu que perdera a oportunidade e não conseguiria dizer sequer mais uma palavra.

— Oh, meu caro senhor, como está hoje? Minha cara srta. Woodhouse... estou muito feliz! Que maravilhoso presente nos enviaram! São muito generosos! Já souberam das novidades? O sr. Elton vai casar-se.

Emma, que nem tivera tempo de pensar no jovem pastor, ficou tão surpresa que não conseguiu evitar um pequeno sobressalto e um ligeiro rubor ao ouvir a novidade.

— Essas eram as minhas notícias... pensei que fosse interessar-lhe — disse o sr. Knightley, com um sorriso que implicava certa convicção de que ambos sabiam que haviam participado do acontecido, ainda que indiretamente.

— Mas quem lhe contou? — perguntou a srta. Bates. — Onde poderia ter ouvido isso, sr. Knightley? Não faz nem bem cinco minutos, recebi um bilhete da sra. Cole... não, não faz nem cinco minutos... ou talvez dez... pois tive tempo de pegar meu chapéu e minha capa, antes de sair. Parei apenas alguns instantes para contar novamente a Patty sobre o pernil... Jane ficou esperando no corredor, não foi, Jane? Minha mãe ficou preocupada com o

---

[46] Tubérculo comum na Europa, pertencente à família das batatas.

fato de não termos uma vasilha grande o suficiente para salgá-lo. Então, eu disse que iria à cozinha, para ver se encontrava uma panela maior e, logo em seguida, Jane perguntou se não deveria ir no meu lugar porque eu estava com frio e Patty estava lavando a cozinha. Oh, minha querida, foi o que eu disse... logo depois chegou o bilhete. Tudo que sei é que a moça, srta. Hawkins, mora em Bath. Mas, sr. Knightley, como soube da notícia? Quando o sr. Cole contou à esposa, ela rapidamente escreveu o bilhete e me enviou. Bem... só sei que se trata de uma tal de srta. Hawkins...

— Há mais ou menos trinta minutos, eu tratava de negócios com o sr. Cole. Quando o encontrei, ele terminava de ler a carta enviada pelo sr. Elton, a qual me mostrou logo em seguida.

— Bem, isso é o bastante... creio que é a notícia mais interessante dos últimos dias. Meu caro sr. Woodhouse, o senhor é muito bondoso. Minha mãe lhe deseja os votos mais afetuosos ela está muito agradecida e pediu para lhe dizer que o senhor sempre a deixa embaraçada com sua generosidade.

— Na verdade — respondeu o sr. Woodhouse — consideramos nossos porcos os melhores da região. Emma e eu somos muito orgulhosos disso.

— Oh! Meu caro senhor, como minha mãe sempre nos diz: "Nossos amigos são sempre generosos conosco". Se há pessoas que, mesmo sem ter muitos recursos, possuem tudo que desejam, essas somos nós. Costumamos dizer que vivemos em um lugar abençoado. Bem, sr. Knightley, quer dizer que o senhor já leu a carta... muito bem...

— É uma carta muito objetiva, apenas um anúncio, porém muito alegre e exultante, claro — ao dizer isso, olhou discretamente para Emma. — Dizia que foi muito afortunado... bem, não me recordo exatamente das palavras escritas... tampouco me dei ao trabalho de memorizá-las. Como a senhora disse, a notícia era de que ele vai casar-se com a srta. Hawkins. Pelo modo como escreveu, creio que já devem ter-se casado.

— O sr. Elton vai casar-se! — disse Emma, assim que pôde falar. — Todos certamente lhe desejarão muitas felicidades.

— Ele é muito jovem para se casar — observou o sr. Woodhouse. — Não precisava apressar-se. Parecia estar muito bem solteiro. Sempre ficamos felizes com sua presença em Hartfield.

— Teremos uma nova vizinha, srta. Woodhouse! — disse a srta. Bates, alegremente. — Minha mãe está muito contente! Ela sempre disse que não conseguia ver o pobre pastor sem uma esposa. De fato, é uma grande notícia. Jane, você ainda não conhece o sr. Elton! Aposto que deve estar muito curiosa sobre ele.

A curiosidade de Jane Fairfax não pareceu suficiente a ponto de emocioná-la. Em seguida respondeu:

— De fato, nunca vi o sr. Elton. Ele é... ele é um homem alto?

— Quem poderia responder a essa pergunta? — refletiu Emma. — Meu pai diria que ele é alto, já o sr. Knightley diria que não. Eu e a srta. Bates diríamos que ele tem uma altura mediana. Quando passar um tempo conosco, srta. Fairfax, poderá entender que o sr. Elton é o padrão de perfeição aqui em Highbury, tanto em beleza como em inteligência.

— É verdade, srta. Woodhouse, ela entenderá. Ele é o melhor jovem da região... mas, minha querida Jane, se você não se esqueceu, eu lhe disse ontem que ele tem a mesma altura que o sr. Perry. Ouso dizer que a srta. Hawkins é uma excelente jovem. Ele é extremamente gentil com minha mãe, insiste para que ela se sente nos primeiros bancos da igreja para que possa ouvir claramente os sermões, pois, como sabem, minha mãe está um pouco surda... bem, não está tão surda, mas já não consegue ouvir com clareza. Jane me disse que o Coronel Campbell também está um pouco surdo. Ele acreditava que os banhos lhe fariam bem... os banhos termais... e o sr. Dixon parece ser um jovem muito charmoso e muito digno. Fico tão feliz quando boas pessoas se unem, assim como eles o fazem. Agora, teremos aqui pessoas felizes como o sr. Elton e sua esposa, os Cole e os Perry. Suponho que jamais tenha existido um casal tão bom e feliz quanto os Perry. Eu disse uma vez, senhor — voltou-se para o sr. Woodhouse —, creio que haja poucos lugares como Highbury. Sempre digo que somos muito abençoadas por termos vizinhos assim. Meu caro senhor, se há algo que minha mãe adora é uma boa carne suína, um lombo de porco bem assado...

— Quanto a quem ou como a srta. Hawkins é, ou há quanto tempo o sr. Elton a conhece — comentou Emma —, nada sabemos. Creio que não se conhecem há muito tempo. Ele viajou há apenas quatro semanas.

Ninguém tinha nenhuma informação a dar e, após algumas divagações, ela continuou:

— Está muito calada, srta. Fairfax... mas espero que tenha algum interesse pela notícia. A senhorita, que sempre ouviu e presenciou os últimos acontecimentos, e deve conhecer a fundo os assuntos da srta. Campbell... não terá desculpas para se mostrar indiferente com o sr. Elton e a srta. Hawkins.

— Quando eu conhecer o sr. Elton — respondeu Jane —, tenho certeza de que ficarei interessada... mas parece-me que, para que eu fique interessada, é necessário que o conheça primeiro. E como já faz alguns meses desde que a srta. Campbell se casou, talvez as impressões que tive já estejam um pouco desgastadas.

— Sim, ele partiu há apenas quatro semanas, como bem observou a srta. Woodhouse, fez um mês ontem. É uma surpresa que haja uma srta. Hawkins... bem, sempre imaginei que seria uma moça das redondezas, mas essa situação eu nunca imaginei... certa vez, a sra. Cole confessou para mim... mas logo em seguida eu disse: "Não, o sr. Elton é um jovem muito precioso... Merece algo mais...". Mas, em resumo, não acho que sou muito esperta para esse tipo de descobertas. Nem sequer pretendo ser. Vejo apenas o que está diante dos meus olhos. Ao mesmo tempo, ninguém poderia imaginar o que o sr. Elton almejava...

A srta. Woodhouse permite conversas assim, tão bem-humoradas. Ela sabe que eu jamais desejaria magoar alguém. Como tem passado a srta. Smith? Ela parece estar recuperada agora. Têm notícias da sra. John Knightley? Oh, e aquelas adoráveis crianças... Jane, você acredita que eu sempre imaginei o sr. Dixon muito parecido com o sr. John Knightley? Quero dizer... em relação ao aspecto físico... alto, com o mesmo tipo de olhar... e bastante sério.

— Minha querida tia, a senhora está muito enganada, eles não se parecem em nada.

— Que estranho! Nunca é possível formar uma ideia exata a respeito de alguém sem antes conhecer a pessoa. Imaginamos uma coisa e logo mudamos de ideia. Você não disse uma vez, de maneira bem resumida, que o sr. Dixon é bonito?

— Bonito?! Oh, não... longe disso... ele é muito comum. Já lhe disse que ele é um rapaz simples.

— Minha querida, você me disse que a srta. Campbell não permitiria que ele fosse simples e comum, e que você mesma...

— Oh! Quanto a mim, minha opinião não vale nada. Quando gosto de uma pessoa, sempre penso que ela é bonita. Quando disse que ele era comum, estava referindo-me apenas à opinião da maioria.

— Bem, minha querida Jane, creio que já esteja na hora de irmos. O tempo parece que vai piorar, e sua avó não ficará sossegada até chegarmos. Foi tão amável conosco, minha querida srta. Woodhouse, mas devemos ir. De fato, a notícia do casamento do sr. Elton foi algo extraordinário. Passarei na casa da sra. Cole, mas não ficarei mais de três minutos. E você, Jane, deve ir para casa imediatamente... eu não gostaria que você tomasse chuva! O melhor que fez para a sua saúde foi vir para uma temporada em Highbury. Obrigada de verdade, mas devemos ir. Não devo convidar a sra. Goddard tão cedo, pois acredito que ela não gosta muito de cozido de porco, mas, quando fizermos o pernil, aí sim, poderemos convidá-la. Bom dia para o senhor, meu caro sr. Woodhouse. Oh! Sr. Knightley, vejo que também está de partida. Isso é tão conveniente! Tenho certeza de que Jane está cansada e é tanta gentileza sua oferecer-lhe o braço. Oh, o sr. Elton e a srta. Hawkins! Bom dia para todos!

Emma, sozinha com o pai, precisou dedicar parte da sua atenção às lamentações dele a respeito de quanto os jovens se apressam em casar... além de se casarem com pessoas completamente desconhecidas. Além disso, Emma também refletia sobre o assunto. Para ela, era uma notícia interessante e bem-vinda e provava que o sr. Elton não sofrera por muito tempo. Ela apenas sentia pena de Harriet, a amiga ficaria muito magoada ao ouvir a notícia. E tudo que Emma esperava era que fosse ela a dar a notícia para a amiga, evitando que soubesse pelos outros, que poderiam contar-lhe sobre o casamento com bem menos delicadeza. Aproximava-se justamente da hora que Harriet deveria chegar a Hartfield para fazer sua costumeira visita. E se encontrasse com a srta. Bates pelo caminho? Além disso, começou a chover, e assim foi obrigada a acreditar que a amiga, detida pelo mau tempo, fosse ouvir a novidade sem ao menos estar preparada.

A chuva foi intensa, mas não longa, e nem passaram cinco minutos quando Harriet chegou, agitada e ofegante, por ter corrido... estava com o coração angustiado. Ao chegar, uma vez que era impossível controlar toda sua perturbação, logo exclamou:

— Oh, srta. Woodhouse! Nem pode imaginar o que aconteceu!

Emma percebeu que a amiga já recebera a triste notícia, e o melhor que poderia fazer era escutá-la. Assim, Harriet contou tudo que sentia sem ser interrompida.

Ela disse que estava na casa da sra. Goddard, esperando a chuva cair a qualquer momento... porém, pensou que conseguiria chegar a Hartfield antes; assim, tratou de andar o mais rápido que pôde, mas, ao passar diante da casa de uma senhora que costurava um vestido para ela, resolveu parar para ver como estava o modelo. Embora não tivesse a intenção de permanecer nem um minuto, seus planos foram desfeitos porque logo começou a chover e ela ficou sem saber o que fazer, mas logo teve a ideia de correr o mais rápido possível e se refugiar no armarinho Ford — a loja mais importante de Highbury, especializada em linhas, lãs e aviamentos. E lá estava Harriet, sentada havia mais de dez minutos, sem imaginar o que lhe aconteceria em seguida. Quando, de repente, entraram duas pessoas! Algo muito incomum, uma verdadeira coincidência... A srta. Elizabeth Martin e o irmão entraram na loja! Harriet disse para Emma:

— Querida srta. Woodhouse, consegue imaginar? Eu pensei que fosse desmaiar, não sabia o que fazer. Como estava sentada bem perto da porta, Elizabeth me viu imediatamente, mas Robert não, porque fechava o guarda--chuva. Tenho certeza de que ela me viu, mas desviou o olhar logo em seguida e agiu como se não me conhecesse. Os dois foram para o outro lado da loja e eu permaneci sentada perto da porta... Oh, minha amiga! Estava tão aborrecida! Acho que fiquei tão pálida quanto meu vestido. Eu não podia sair por causa da chuva, mas desejei estar em qualquer lugar que não fosse ali. Oh, querida Emma! Bem, por fim, creio que ele se virou e me viu, porque, em vez de partirem, após terminarem suas compras, começaram a sussurrar um para o outro. Tenho certeza de que falavam a meu respeito e não pude deixar de pensar que ele estava convencendo a irmã a conversar comigo. Acredita que ele seria capaz disso, srta. Woodhouse? Bem, depois, ela caminhou até onde eu estava... e me perguntou como tenho passado e parecia disposta a apertar minha mão caso eu também demonstrasse interesse. Ela não agiu da mesma forma que costumava agir comigo, percebi que estava nervosa, mas parecia disposta a conversar amigavelmente, então nos cumprimentamos e ficamos conversando por alguns minutos. Entretanto, não me lembro mais o que disse, estava tremendo muito! Lembro-me de ela dizer que lamentava muito o fato de não nos encontrarmos mais como antes, achei tão gentil da parte dela! Querida srta. Woodhouse, fiquei tão triste! E então o tempo começou a melhorar... e pensei que já não havia motivo que me obrigasse a permanecer ali... mas imagine o que aconteceu! Percebi que Robert caminhava na minha direção, muito lentamente, como se não soubesse o que fazer. Ao chegar, conversamos um pouco... e ficamos assim, por mais ou menos um minuto, e me senti tão miserável, ninguém pode imaginar como me senti! Tomei coragem e disse que já não estava mais chovendo e que deveria ir. Ao sair, nem sequer andei três metros e ele veio até mim, e apenas me disse que, se eu estivesse dirigindo-me a Hartfield, seria melhor dar a volta pelos estábulos do sr. Cole porque, se eu fosse pelo caminho mais fácil, o encontraria todo encharcado. Oh, minha amiga, pensei que fosse morrer! Então, disse-lhe que estava muito agradecida, ele voltou à loja e eu segui meu caminho pelos estábulos... bem, me parece que foi por ali que passei, mas agora não fazia ideia de onde eu estava. Oh, srta. Woodhouse, daria qualquer coisa para que isso não tivesse acontecido. Mas, apesar de tudo, acredito que fiquei feliz ao ver como ele se comportou de maneira tão amável e gentil! E Elizabeth também foi muito cortês. Oh, Emma, fale alguma coisa para me tranquilizar.

Emma desejava isso mais do que tudo, porém não tinha condição de tranquilizar a amiga. Foi obrigada a parar e pensar. Também se sentia desconfortável. A conduta do jovem rapaz e de sua irmã parecia resultado de sentimentos sinceros, e ela não podia deixar de lamentar por isso. A forma como Harriet comentou o modo como se portaram era uma mescla de afeição e genuína delicadeza. Antes, ela os considerava pessoas de boas maneiras e dignas, mas que diferença fariam essas qualidades se Harriet fizesse um péssimo casamento? Era tolice se preocupar com isso. É claro que o jovem rapaz deveria sentir muito ao perdê-la... todos sentiriam muito. Ambição, assim como o amor, era motivo de pudor. Todos da família devem ter cobiçado a elevação social quando pensaram no casamento entre Robert e Harriet. E, além disso, qual consideração fazer da descrição de Harriet? Justo ela, tão fácil de agradar... que tem tão pouco discernimento das coisas... O que significava um elogio de Harriet?

Ela fez um esforço para se controlar e tentou consolar a amiga, procurando convencê-la a acreditar que esse encontro não tinha a menor importância e que não valia a pena se preocupar.

— Foi uma situação desagradável — disse. — Mas parece que você se comportou extremamente bem; agora já passou... e como esse primeiro encontro não vai repetir-se, não é necessário que pense mais nisso.

Harriet concordou. Entretanto, continuou o assunto... não podia falar de outra coisa. E Emma, na tentativa de tirar os Martin do pensamento de Harriet, foi obrigada a anunciar a novidade que antes planejara contar com muita cautela e delicadeza, quase sem saber se ficaria alegre ou indignada, se sentiria vergonha ou apenas se divertiria, tal era o estado de ânimo de Harriet... uma vez que ela parecia ter perdido todo o interesse pelo sr. Elton.

No entanto, o interesse pelo jovem pastor foi gradualmente ganhando importância, embora não fosse o mesmo de uma hora atrás ou do dia anterior. E, antes de terminarem a conversa, Harriet expressou todas as sensações — da curiosidade ao assombro, do pesar à ilusão — a respeito da afortunada srta. Hawkins, de modo que acabou relegando os Martin a segundo plano.

Emma chegou a ficar muito satisfeita com o encontro de Harriet com os irmãos Martin, pois serviu para amenizar o primeiro choque sem produzir nenhuma consequência alarmante. Do modo como Harriet vivia agora, não seria possível para os Martin se aproximarem dela, a não ser que tomassem a iniciativa e fossem condescendentes, pois, desde o dia em que ela recusou o sr. Martin, as irmãs do rapaz não voltaram à casa da sra. Goddard e, provavelmente, passaria quase um ano sem que se encontrassem por acaso novamente, sem que houvesse necessidade ou um motivo para conversarem.

CAPÍTULO 4

A natureza humana é tão bem-disposta para com aqueles que se encontram em uma situação interessante, que uma jovem que se casa ou morre pode ter certeza de que falarão muito bem dela. Ainda não se passara uma semana desde que o nome da srta. Hawkins fora mencionado em Highbury, quando, de um modo ou outro, as pessoas descobriram todo tipo de qualidades físicas e intelectuais: era bonita, elegante, muito talentosa e muito agradável. E quando o sr. Elton retornou para aproveitar o triunfo de sua felicidade e espalhar a fama dos méritos de sua futura esposa, havia muito pouco que falar além do seu nome de batismo ou sua música favorita.

O sr. Elton retornou muito feliz a Highbury. Partira sentindo-se rejeitado, com o orgulho ferido e as esperanças completamente frustradas. Depois de uma série de atos que julgou serem motivos de encorajamento, não conquistara a moça que lhe interessava e foi rebaixado ao nível de outra por quem não sentia o menor interesse. Saiu de Highbury muito ofendido, mas retornou comprometido com outra moça. E esta, é claro, muito superior a Emma, ao comparar o que conquistou com o que perdeu. Ele retornou muito alegre e satisfeito consigo mesmo, ativo e muito ocupado, sem se preocupar com a srta. Woodhouse e desafiando a srta. Smith.

A encantadora Augusta Hawkins, além de todas as vantagens de uma beleza perfeita e de suas qualidades, possuía uma grande fortuna, questão que afetava tanto sua dignidade como seus interesses. E seus feitos demonstravam perfeitamente que ele não se rebaixara... tinha conseguido uma esposa de dez mil libras ou mais. E a conquistara com uma rapidez assombrosa. Depois da primeira hora, do momento em que se conheceram, simpatizaram um com o outro. A história que ele contara ao sr. Cole sobre o surgimento e o progresso daquele caso de amor era muito gloriosa. Os passos rápidos desde o encontro acidental no jantar do sr. Green e a festa na casa da sra. Brown, sorrisos e rubores cada vez mais frequentes, percepção e agitação ricamente provocadas, a moça tão facilmente impressionável, tão bem-disposta em pouco tempo para resumir e usar a frase mais direta, tão determinada a aceitá-lo que a vaidade e a prudência eram igualmente satisfeitas.

Ele conseguira tudo, fortuna e afeto, e era exatamente o homem feliz que sempre sonhara ser, falando apenas de si mesmo e de seus interesses, sempre à espera de elogios e, agora, distribuindo sorrisos amáveis, dirigindo-se às jovens do lugar, com quem falava de modo tão cauteloso havia poucas semanas.

O casamento aconteceria em breve, pois ambos não precisavam dar satisfações e não havia a necessidade de grandes preparativos nem uma longa espera. E, quando ele retornou a Bath, havia uma grande expectativa; as atitudes da sra. Cole não pareciam contradizer as suposições de que, ao retornar a Highbury, ele estaria acompanhado da esposa.

Durante essa breve permanência do pastor, Emma mal o tinha visto, só o tempo suficiente para perceber que a sensação do último encontro se dissipara e saber que agora, em sua expressão, havia uma intensa mistura de pretensão e ressentimento. De fato, ela começava a imaginar se alguma vez pôde acreditar que ele fosse um homem agradável. E sua pessoa estava tão intimamente ligada a sentimentos desagradáveis que se sentiria grata se não precisasse mais vê-lo, a não ser sob uma luz moral, como uma penitência, uma lição, uma fonte de constante humilhação. Emma desejava que ele fosse muito feliz; entretanto, sua presença causava dor e seria melhor se ele morasse a mais de trinta quilômetros de distância deles.

Contudo, certamente, a dor causada pelo fato de ele permanecer em Highbury seria amenizada por seu casamento. Muitos favores inúteis seriam evitados e muitas situações embaraçosas, amenizadas. A presença da esposa do sr. Elton seria um pretexto para qualquer mudança de comportamento entre eles; a intimidade de antes poderia desaparecer sem que ninguém notasse. Seria como um recomeço em sua vida social.

Emma não sabia o que pensar a respeito da esposa do pastor. Sem dúvida, era uma moça boa demais para ele; muito sofisticada para Highbury, e bonita demais, mas não tanto se comparada a Harriet. E, quanto à posição social, ela estava muito tranquila, convencida de que, apesar de todo o desdém por Harriet, ele não faria mais nada. Essa questão parecia muito clara. Não sabia exatamente o que era; mas quem era ela, parecia ser algo possível de descobrir e, a não ser pela renda de dez mil libras, a moça não parecia ser superior a Harriet. Augusta Hawkins não tinha um nome na sociedade, linhagem ou alianças. Ela era a mais nova de duas filhas de um comerciante de Bristol — assim podia-se chamá-lo; mas, no geral, os benefícios do seu comércio não poderiam ser elevados; era de se esperar, sem ser injusto, que os negócios aos quais se havia dedicado não fossem de grande importância também. Entretanto, apesar de a cada inverno Augusta passar uma temporada em Bath, Bristol era seu lar e lá estava seu coração. Apesar da morte dos pais havia alguns anos, restava o tio, sobre o qual não se tinha nenhuma informação, apenas que estava no ramo do Direito e tinha uma filha que morava com ele. Emma supôs que fosse apenas um assistente de um advogado e que fosse muito inapto para subir na carreira. Toda a grandeza da família parecia depender da irmã mais velha, que fizera um excelente casamento com um cavalheiro de grandes posses nas redondezas de Bristol e possuía duas carruagens![47] Essa era toda a história e toda a glória da srta. Hawkins.

Se ao menos Emma pudesse transmitir a Harriet tudo que sentia diante dessa situação! Conduzira a amiga ao amor, porém não era fácil desviá-la dele. Era quase impossível tirar da mente de Harriet todos aqueles pensamentos que ocupavam suas horas de ócio. Só seria possível esquecer tais pensamentos se ela começasse a cultivar outros. Nada poderia ser tão claro: até mesmo Robert Martin seria capaz de conseguir fazê-la esquecer o sr. Elton.

No entanto, temia que nada curasse a amiga. Harriet era aquele tipo de pessoa que, ao amar uma vez, amaria para sempre. Pobre moça! Ficava cada vez pior após receber a notícia do retorno do jovem pastor: ela sempre o encontrava, de um modo ou de outro. Emma, por sua vez, só o viu uma vez. Harriet, no entanto, duas ou três vezes, estava sempre prestes a encontrá-lo, a ouvir sua voz, *prestes* a ver seu ombro, a vivenciar algo que o mantivesse vivo em sua imaginação, sempre conjecturando esperanças. Além disso, falavam dele constantemente, pois, com exceção de Hartfield, sempre havia pessoas dispostas a discorrer sobre o pastor e suas qualidades. Assim, com frequência, chegava aos ouvidos de Harriet alguma notícia sobre ele: algum fato ocorrido, todo tipo de negócio que poderia fazer, sua renda anual, os empregados e até mesmo sua mobília. Seus sentimentos aumentavam, cada vez que o nome do rapaz era mencionado, bem como aumentava seu pesar, e sentia-se magoada ao fazerem inúmeras ponderações a respeito da srta. Hawkins e do quanto o sr. Elton parecia apaixonado! O jeito como ele andava pela casa, até mesmo o modo como colocava o chapéu eram demonstrações do seu amor por Augusta!

Se não fosse pelo sofrimento da amiga ou a culpa que sentia, Emma se divertiria com todas as divagações da mente de Harriet. Às vezes, era

---

[47] Naquela época, a família que possuísse uma carruagem tinha uma boa condição financeira para manter os cavalos e o cocheiro; e ainda mais dinheiro e respeito quando possuía duas carruagens.

o sr. Elton que predominava, outras vezes eram os Martin, e um servia de comparação para o outro. O noivado do sr. Elton serviu para curar toda a agitação que a amiga sentiu ao se encontrar com o sr. Martin e diminuir a importância da visita que Elizabeth Martin fez alguns dias depois à casa da sra. Goddard. Harriet não estava, mas Elizabeth deixara um bilhete, muito bem escrito, uma mistura de censura e gentileza. Até que o sr. Elton voltasse a Highbury, a amiga ocupava sua mente ponderando a respeito do que deveria ser feito em relação ao bilhete e desejando fazer muito mais do que ousava confessar. Contudo, a visão do jovem pastor a fazia esquecer todo o resto. Enquanto ele permanecesse ali, os Martin seriam ignorados; porém, na mesma manhã em que o sr. Elton partiu para Bath, Emma, na tentativa de dissipar todas as amarguras da amiga, julgou que seria melhor se Harriet devolvesse a gentileza e fizesse uma visita a Elizabeth Martin.

O que deveria pensar sobre aquela visita, o que seria necessário fazer e o que seria mais seguro dizer eram as considerações que pairavam em suas mentes. Negligenciar o convite da mãe e das irmãs do sr. Martin seria um ato de ingratidão. Obviamente, não deveria agir dessa maneira, mas decerto seria uma renovação da amizade!

Depois de muito pensar, Emma julgou que a melhor decisão seria Harriet retribuir a visita, mas de modo a convencê-los de que era apenas uma formalidade. Ela decidiu acompanhar a amiga em sua carruagem, deixá-la-ia em Abbey Mill enquanto faria um pequeno passeio e, após alguns minutos, voltaria à casa dos Martin para apanhá-la. Dessa forma não haveria tempo suficiente para traiçoeiras e perigosas lembranças, e também para provar, definitivamente, que qualquer tipo de amizade íntima entre eles estava descartada no futuro.

Ela não conseguia pensar em nada melhor e, embora houvesse algo em seu coração que não aprovava, algo como uma ingratidão apenas dissimulada, sabia que era o que deveria ser feito; senão, o que seria de Harriet?

CAPÍTULO 5

Harriet estava angustiada e sem ânimo para essa visita. Apenas meia hora após a amiga apanhá-la na casa da sra. Goddard, sua má sorte a conduziu ao lugar onde precisamente um baú endereçado ao pastor Philip Elton, White-Hart, em Bath, era colocado na carroça do açougueiro, para ser transportado até a diligência. Nesse momento, tudo desapareceu ao seu redor e apenas a visão daquele baú permaneceu diante de seus olhos.

Entretanto, Harriet decidiu fazer a visita e, quando chegaram à fazenda, ao descer da carruagem e seguir pelo caminho de cascalho, cercado de macieiras até chegar à porta da casa, sentiu um prazer ainda maior do que no último outono. A visão do lugar onde fora tão feliz reviveu uma agitação em seu peito e, quando se despediram, Emma percebeu que a amiga olhava ao seu redor com uma espécie de curiosidade temerosa, o que a fez decidir que a visita não demoraria mais do que quinze minutos, como havia planejado. Emma seguiu sozinha para visitar uma antiga empregada, agora casada e que morava em Donwell.

Exatamente quinze minutos depois, já estava diante do portão branco e a srta. Smith, ao ser avisada, saiu desacompanhada. Voltou sozinha pelo caminho de cascalho, e uma das irmãs do sr. Martin apareceu na porta da casa apenas para se despedir de modo aparentemente formal.

Harriet não disse nada; seus sentimentos eram profundamente intensos. Porém, no fim, Emma conseguiu que ela lhe contasse que tipo de visita havia sido e quanta dor causara à amiga. Na casa, estavam apenas a mãe e as filhas, e elas a receberam de modo receoso, um tanto distante. Não falaram nada além de coisas triviais... até o último momento, quando, inesperadamente, a sra. Martin disse ter a impressão de que a srta. Smith crescera, tornando a conversa um pouco mais calorosa. Em setembro passado, Harriet e as amigas tinham medido suas alturas naquela mesma sala. Ainda restavam as marcas feitas a lápis na moldura da janela. Robert Martin as riscara. Todas se lembravam daquele dia, do momento exato e de quem estava na casa... sentiam o mesmo pesar... Haviam crescido na mesma proporção, como Emma suspeitara, Harriet parecia ser a mais feliz e cordial de todas. Porém, a carruagem chegou e tudo terminou. O estilo da visita e sua brevidade pareciam ser decisivos. Apenas quatorze minutos para visitar aquelas com as quais convivera seis semanas havia quase seis meses! Emma não conseguia imaginar tal cena e entender o motivo para se sentirem ofendidos; e o natural é que Harriet sofreria por tudo isso. No fim, fora uma péssima ideia. Ela faria qualquer coisa para que os Martin fossem de um status mais elevado. Eram pessoas muito dignas, e apenas um pouco mais de destaque na sociedade seria o bastante; mas, do jeito que estava a situação, como poderia ajudar a amiga? Impossível... não poderia arrepender-se. Eles deveriam manter-se separados e, obviamente, seria muito doloroso. Emma também sofria e, então, decidiu ir até Randalls antes de voltarem a Hartfield, para se consolar um pouco. Estava farta de pensar no pastor e nos Martin. Era absolutamente necessário passar alguns momentos de refúgio em Randalls.

Foi uma boa ideia, mas, ao chegarem à porta de Randalls, descobriram que os Weston não estavam. Foram informadas de que haviam saído havia algum tempo e que provavelmente estariam em Hartfield.

— Que falta de sorte! — exclamou Emma enquanto voltavam à carruagem. — Certamente vamos nos desencontrar. Que chato! Há tempos não fico tão desapontada.

Assim, jogou-se no banco da carruagem para continuar resmungando ou se calar de vez, provavelmente ambos, exatamente como deveria ser o comportamento de uma pessoa desapontada. Em seguida, a carruagem parou e, ao olhar pela janela, percebeu que os Weston estavam ali para conversar com ela. Assim que os viu, sentiu uma súbita alegria e ficou ainda mais satisfeita quando o sr. Weston se dirigiu a ela:

— Como está? Estivemos com seu pai e ficamos felizes por vê-lo tão bem. Frank chega amanhã, recebi uma carta dele hoje cedo. É certo que o veremos até a hora do jantar, uma vez que hoje ele já está em Oxford. Ficará aqui por duas semanas, tenho certeza. Se viesse no Natal, não poderia ficar mais do que três dias. Fiquei muito contente quando descobri que não poderia vir naquela época. Agora, ele nos visitará na melhor das estações, o clima estará firme e seco. Vamos aproveitar sua companhia o máximo possível, e tudo aconteceu exatamente como desejamos.

Não havia modo de resistir a essas notícias, nem a possibilidade de evitar um rosto tão feliz quanto o do sr. Weston, confirmado pelo semblante da sua esposa, mas ela o fez de modo mais silencioso e reservado, porém não menos satisfeito. Saber que ela considerava garantida a vinda de Frank foi o suficiente para que Emma acreditasse e também se alegrasse. Foi uma reabilitação para sua mente exausta. O passado se dissipava diante das felizes expectativas do que estava por vir. E, naquele momento, teve a esperança de que o nome do sr. Elton não fosse mais pronunciado.

O sr. Weston contou-lhe a respeito dos compromissos do filho em Enscombe, o que lhe permitiria visitar o pai por duas semanas, além de explicar qual seria o caminho que seguiria e como conduziria a viagem. Enquanto isso, Emma escutava, sorria e se alegrava por ele.

— Devo levá-lo em breve a Hartfield — avisou o sr. Weston.

Emma teve a impressão de que a sra. Weston tocou-lhe o braço enquanto dizia:

— É melhor nos apressarmos, querido. Estamos detendo as jovens por tempo demais.

— Bem, bem, eu já terminei — e, virando-se para Emma, completou —: Mas não espere um rapaz refinado demais, a senhorita o conhece apenas por tudo que lhe contei; ouso dizer que, na verdade, ele não é nada tão extraordinário.

No entanto, os olhos do sr. Weston brilhavam de modo que deixavam transparecer exatamente o contrário.

Emma conseguiu parecer tranquila e inocente, e responder de modo que não a comprometesse.

— Emma, minha querida, pense em mim por volta das quatro horas da tarde — foi o pedido da sra. Weston enquanto se despediam, e suas palavras demonstravam um pouco da sua inquietação.

— Quatro horas! Certamente ele estará aqui por volta das três! — o sr. Weston corrigiu a esposa rapidamente.

Assim terminou aquele feliz encontro. Emma sentia-se completamente feliz; tudo parecia diferente, até mesmo os cavalos pareciam mais ágeis do que antes. Quando olhou para as sebes, pensou que o melhor estaria por vir e, ao se voltar para Harriet, percebeu que seu rosto estava mais alegre e ela até sorria timidamente. Mas a pergunta que fez foi um tanto comprometedora:

— Será que o sr. Frank Churchill passará por Bath além de Oxford?

Nem os conhecimentos de geografia nem a tranquilidade de Harriet poderiam vir de uma só vez. Emma estava tão bem-humorada que decidiu pensar que ambos viriam com o tempo.

Chegou a manhã do tão esperado dia e a fiel amiga da sra. Weston não se esqueceu disso às dez, nem às onze ou ao meio-dia, uma vez que só encontraria a amiga às quatro horas da tarde.

"Minha querida, minha ansiosa amiga", dizia a si mesma, enquanto saía do quarto e descia as escadas. "Sempre tão preocupada com o bem-estar dos outros, nem sequer pensa em si mesma. Imagino como, neste exato momento, deve estar tão fatigada, entrando e saindo do quarto que o rapaz ocupará, para ter certeza de que tudo está perfeito." O relógio marcou meio-dia enquanto ela atravessava o hall, e continuava a pensar: "já é meio-dia, não deixarei de pensar em você nem um minuto sequer, até chegar o horário marcado. E amanhã, talvez por volta desse mesmo horário, ou um pouco mais tarde, já posso imaginar que nos fará uma visita. Tenho certeza de que eles acabarão por trazê-lo o mais rápido possível".

Ela abriu a porta da sala e viu dois homens sentados ao lado do seu pai: o sr. Weston e seu filho. Eles acabavam de se acomodar, e o sr. Weston terminava de contar que Frank chegara a Highbury um dia antes do planejado. O sr. Woodhouse os recebia de maneira educada e cortês, dando ao rapaz as boas-vindas e cumprimentando-o, quando Emma entrou para participar da surpresa, do espanto, das apresentações e do prazer daquele momento.

Frank Churchill, de quem tanto haviam falado, que tanta expectativa suscitara, estava bem à sua frente... Eles foram apresentados e ela percebeu que os elogios que lhe fizeram não haviam sido exagerados. Frank era um rapaz muito bonito; sua altura e sua elegância eram irrepreensíveis. Ele se parecia muito com o pai, tanto em aparência como em energia. Aparentava ser um rapaz sensível e esperto. Emma logo percebeu que poderia vir a gostar dele. Seus modos eram delicados e ele conversava bem, o que indicava uma boa educação. Todas essas qualidades a convenceram de que gostaria de conhecê-lo melhor e que logo seriam bons amigos.

O jovem chegara a Randalls na noite anterior. Ela ficou satisfeita ao perceber quanto ele teve pressa para chegar a Highbury e, por esse motivo, alterou seus planos e saiu o quanto antes para que ganhasse metade do dia.

— Eu lhes disse ontem! — exclamou o sr. Weston, com grande alegria. — Disse-lhes que ele estaria aqui antes mesmo do combinado. Lembrei-me de como eu costumava ser. Não conseguia arrastar uma viagem, só planejava ser mais rápido do que pensara, e o prazer de chegar antes do que me esperavam era tão grande que valia a pena qualquer esforço de minha parte.

— É um grande prazer fazer uma surpresa como esta — disse o jovem —, embora eu não faça isso em todos os lugares que visito. Aqui, que é o meu *lar*, pensei que não haveria problemas.

A palavra "lar" fez seu pai mais alegre ainda. Emma teve a certeza de que Frank sabia ser agradável, e essa convicção aumentou ainda mais enquanto conversaram. Ele estava muito satisfeito com Randalls, comentou que a casa era admiravelmente organizada, recusava-se a dizer que era pequena, admirava sua localização, o caminho até Highbury, a vila, além de considerar Hartfield um lugar muito aprazível. Frank confessou que sentia pela região algo que só pode ser despertado quando pensamos em nossa terra natal, e que sentia uma enorme curiosidade em visitá-la. Em um momento de desconfiança, ela pensou quanto era estranho o fato de ele visitar Highbury tão tardiamente. Não parecia ser um rapaz afetado ou exagerado, agia e falava como se estivesse completamente deslumbrado.

De modo geral, foi uma conversa tranquila entre pessoas que acabaram de se conhecer. O jovem fez muitas perguntas: "Ela cavalga?"... "Gosta de passear?", "Os vizinhos são bons?", "Highbury tem uma boa sociedade?", "Há muitas coisas bonitas?", "E bailes... Há muitos bailes?", "As pessoas gostam de música?"...

Uma vez satisfeita sua curiosidade e quando a conversa ficou um pouco mais íntima, o jovem tentou encontrar uma oportunidade, enquanto seus pais estavam entretidos, para comentar sobre sua madrasta, falando dela de modo muito amável, com grande admiração e gratidão por ela fazer o pai tão feliz, além de recebê-lo tão bem. Emma novamente percebeu como o jovem rapaz sabia agradar às pessoas e, de certa maneira, como se esforçava para agradar a ela. A verdade é que ele não disse nada além da verdade a respeito da sra. Weston, e o fez mesmo sem conhecê-la profundamente. Ele sabia até onde poderia ir para agradar, mas não podia ter certeza de muitas outras coisas.

— O casamento do meu pai — comentou — foi uma de suas mais sábias decisões; todos os seus amigos devem alegrar-se. E a família da qual ele recebeu tamanha bênção merece eterna gratidão.

Ele elogiou os méritos da srta. Taylor o máximo que pôde, apesar de não se dar conta de que, pela lógica, era mais natural supor que fora a srta. Taylor quem moldara o caráter de Emma e não o contrário. Por fim, como se quisesse demonstrar sua opinião mais completamente, contou como ficara surpreso pela juventude e a beleza da nova esposa do pai.

— Eu esperava uma mulher elegante e de maneiras agradáveis — disse ele —, mas confesso que não esperava mais do que isso, ou seja, uma mulher de certa idade. Não esperava que fosse jovem e bonita.

— O senhor não pode ver na sra. Weston mais perfeições do que eu — respondeu Emma. — Até posso ouvi-lo dizer que parece ter dezoito anos, mas ela jamais aceitaria tal afirmação. Não deixe sequer que imagine o senhor dizendo que é bonita e jovem.

— Espero aprender com o tempo — respondeu ele inclinando a cabeça de maneira bastante galante —, quando falar com a sra. Weston, como elogiá-la sem correr o risco de ser exagerado.

Emma se perguntou se as mesmas suposições e expectativas que passavam pela cabeça das pessoas a respeito das consequências do encontro entre os dois já teriam passado pela cabeça de Frank. E se seus modos tão agradáveis seriam interpretados apenas como boas maneiras ou como uma espécie de desafio. Ela precisaria conhecê-lo melhor para compreender o modo como ele de fato se comportava; no momento, a única coisa que poderia afirmar era o rapaz ser muito agradável.

Ela não tinha dúvida a respeito do que o sr. Weston pensava. Percebeu, enquanto conversavam, quanto ele olhava para os dois com felicidade; e, mesmo quando não os observava, podia ouvi-los claramente.

Seu pai estava completamente isento de todo pensamento desse tipo, além de ser absolutamente incapaz de fazer tais suposições ou de ter essas suspeitas, o que mais a tranquilizava. Felizmente, o sr. Woodhouse estava tão longe de aprovar seu casamento como de prevê-lo... embora fosse contrário a todo tipo de bodas, nunca sofria antecipadamente com o temor de que esse dia chegasse. Parecia não ser capaz de pensar tão mal de duas pessoas, supondo que pretendiam casar-se, até que houvesse provas contra elas. Emma abençoava essa cegueira favorável. Agora, sem querer preocupar-se com qualquer conjectura, nem tentar adivinhar uma futura traição por parte do convidado, mantinha seus modos espontâneos e cordiais, interessando-se pelos problemas de alojamento que Frank Churchill tivera durante a viagem, embora achasse horrível dormir duas noites na estrada, perguntando constantemente se não se resfriara... E que, apesar de tudo, não estaria a salvo se dormisse mais uma noite fora de casa.

Já se havia passado um tempo razoável da visita quando o sr. Weston se levantou:

— Devemos ir, tenho negócios a tratar em Crown, algumas encomendas da minha esposa para pegar na loja Ford, e tenho certa pressa...

Seu filho, muito educado, ao perceber o recado, levantou-se imediatamente e disse:

— Como o senhor vai tratar de negócios, devo aproveitar a oportunidade para fazer uma visita que precisarei fazer um dia ou outro e, por isso, posso ir hoje mesmo. Tenho a honra de conhecer vizinhos tão bons quanto os seus — comentou, olhando para Emma. — Uma senhora que mora em Highbury, pertencente à família Fairfax. Suponho que não terei dificuldades em encontrar a casa, embora acredite que o sobrenome Fairfax não seja o correto... Penso que deve ser Barnes ou Bates. Conhece alguma família com esse sobrenome?

— Claro que sim! — respondeu o sr. Weston. — Passamos em frente à casa da sra. Bates. Vi sua filha na janela. É verdade, você conhece a srta. Fairfax, comentou que a conheceu em Weymouth; ela é uma jovem muito educada. Não deixe de visitá-las.

— Não há necessidade de que eu as visite ainda hoje — disse o jovem rapaz. — Poderá ser qualquer outro dia, mas em Weymouth ficamos tão amigos que...

— Oh! Vá hoje, não deixe de ir. Se tem de fazer algo, faça logo. Além disso, devo adverti-lo, Frank: é necessário dedicar toda atenção possível àquela moça. Quando a conheceu, vivia com os Campbell e estava no mesmo nível dos demais, mas aqui ela vive ao lado da pobre avó, que tem muito pouco para viver. Se não as visitar logo, será considerado falta de consideração.

O filho olhou para ele, convencido.

— Eu ouvi sobre a amizade entre vocês — comentou Emma. — Ela é uma moça muito elegante.

Ele concordou apenas dizendo um "sim" quase impossível de se ouvir, o que fez Emma duvidar da sua verdadeira opinião. Além disso, era de se esperar que a alta sociedade tivesse uma noção bem diferente de mulher elegante quando Jane Fairfax era aceita entre eles.

— Se o senhor nunca se impressionou pelas boas maneiras da moça — continuou Emma — tenho certeza de que, hoje, se impressionará. Poderá ver sua mudança, observar como está diferente e conversar com ela. Ah, não! Pensando bem, tenho certeza de que não conseguirá conversar com ela, pois tem uma tia que jamais consegue segurar a língua.

— Senhor, conhece a srta. Jane Fairfax, não? — perguntou o sr. Woodhouse, sempre o último a entrar na conversa. — Deixe-me garantir-lhe que encontrará uma jovem muito agradável. Ela está em Highbury para visitar a avó e a tia, pessoas muito dignas. Conheço-as há muito tempo. Ficarão muito contentes pela visita, tenho certeza. Enviarei um de meus empregados para mostrar-lhe o caminho.

— Meu caro senhor, não é preciso preocupar-se. Meu pai me ensinará.

— Mas seu pai não está indo para o mesmo lugar, vai em direção a Crown, praticamente do outro lado da rua. Há muitas casas parecidas, o senhor poderá perder-se. Além disso, o caminho está cheio de lama, a não ser que pegue a trilha para pedestres. Mas o meu cocheiro poderá mostrar-lhe o melhor caminho.

O sr. Frank Churchill recusou, olhou muito seriamente, e seu pai, tentando ajudá-lo, exclamou:

— Meu bom amigo, isso é desnecessário. Frank pode reconhecer uma poça de lama ao vê-la e, de Crown até a casa da sra. Bates, poderá chegar em um instante.

O sr. Woodhouse permitiu que fossem sozinhos. Com um cordial aceno de cabeça de um e uma graciosa reverência do outro, os dois cavalheiros se despediram. Emma ficou muito contente com o começo dessa amizade e, a partir daquela dia, todas as vezes que pensasse na família em Randalls, teria a plena certeza de que eram felizes.

CAPÍTULO 6

Na manhã seguinte, o sr. Frank Churchill visitou-os novamente, acompanhado da sra. Weston, e pareciam muito cordiais um com o outro. Permanecera ao lado da madrasta durante toda a manhã até que chegasse o horário rotineiro de sua caminhada. Ao escolherem o caminho, decidiram-se logo por Highbury.

— Ele não tem dúvida de que haveria diversos caminhos bons para uma caminhada, mas, se lhe deixar a escolha, todas as vezes certamente será o mesmo lugar. Highbury, arejada, alegre e tão boa de se olhar, e sua constante atração.

Para a sra. Weston, Highbury significava Hartfield, e tinha certeza de que seu acompanhante pensava o mesmo. Assim, dirigiram-se rapidamente para lá.

Emma não tinha esperança de vê-los, uma vez que o sr. Weston, ao fazer-lhes uma breve visita, apenas para ouvir quanto seu filho era bonito e avisá-los de que não sabia nada a respeito de seus planos para o dia. Para Emma foi uma agradável surpresa vê-los chegar a sua casa de braços dados. Gostaria de reencontrar o jovem, especialmente na companhia da sra. Weston, a fim de poder observar-lhe o comportamento e tirar suas próprias conclusões. Se ele falhasse com a madrasta, não seria capaz de perdoá-lo. Mas, ao vê-los juntos, ficou muito satisfeita. Não era apenas com boas palavras ou exagerados elogios que cumpria com seu dever; nada poderia ser mais adequado e agradável do que seu comportamento em relação à sra. Weston... nada poderia demonstrar mais seu desejo de agradar-lhe e torná-la sua amiga e receber seu afeto. Emma teve tempo suficiente para formar uma opinião completa, já que a visita dos dois durou toda a manhã. Os três fizeram um passeio de aproximadamente duas horas, primeiro pelos jardins de Hartfield, depois em Highbury. Ele ficou encantado com tudo, admirou bastante a propriedade, para alegria do sr. Woodhouse. E, quando caminharam por mais algum tempo, Frank confessou seu desejo de fazer amizade com todos da vila, e encontrou assuntos tão interessantes que Emma jamais poderia imaginar.

Algumas coisas que despertavam sua curiosidade demonstravam que ele era um jovem de bons sentimentos. Ele pediu para que o levassem até a casa onde o pai morara durante muitos anos, e que também fora a casa de seu avô paterno. Ao saber que uma velha senhora, sua antiga ama de leite, ainda estava viva, procurou por sua residência, de rua em rua. Apesar de algumas de suas perguntas e seus comentários não terem nenhum mérito especial, de modo geral, representavam boa vontade em relação a Highbury, o que muito impressionou as mulheres que o acompanhavam.

Emma, que tanto o observava, concluiu que, com os sentimentos que ele demonstrava, não poderia supor que ficasse tanto tempo longe de sua terra natal por vontade própria, e não estava fingindo nem dizendo frases dissimuladas, tampouco o sr. Knightley lhe tinha feito justiça.

A primeira parada foi a Pousada Crown, um lugar sem muita importância, apesar de ser o principal do seu ramo, onde havia um par de cavalos — mais para a conveniência da vila do que para o movimento de carruagens. Suas acompanhantes não esperavam que o jovem se sentisse particularmente interessado pelo lugar. Entretanto, contaram-lhe que lá havia um grande salão, construído para grandes eventos. No entanto, apesar de a população de Highbury ser numerosa, o local não era usado para bailes ou reuniões. Os anos dourados tinham passado e, agora, o local servia apenas para reuniões de cavalheiros que jogavam uíste.[48] Imediatamente, ele ficou interessado. O fato de o lugar comportar um baile chamou sua atenção. E, em vez de apenas passarem pelo local, ficaram ali por muitos minutos. Com as janelas abertas, foi possível ver o tamanho do salão, e ele só lamentou que não fosse utilizado como deveria. Frank não encontrou nenhum defeito no recinto e se recusou a aceitar as falhas apontadas pelos demais. Não, o salão era largo, amplo e bonito o suficiente. Tinha capacidade para acomodar confortavelmente um bom número de pessoas. Ele sugeriu que os moradores organizassem bailes ali a cada quinze dias, até a chegada do inverno.

Por que a srta. Woodhouse não poderia reviver os bons tempos do local? Ela poderia fazer o que quisesse em Highbury!

Alegaram que faltavam famílias da boa sociedade na região e que as pessoas que moravam longe não se sentiriam tentadas a participar. Mas Frank não se deu por vencido. Não acreditava que as casas tão lindas que viu pelo caminho não fossem capazes de reunir pessoas para um baile. E, quando contaram os detalhes a respeito das famílias, ainda assim se recusava a admitir que a mistura entre as diferentes classes sociais fosse considerada um obstáculo, e que, na manhã seguinte ao baile, fosse difícil para cada um retornar à sua real condição. Ele argumentou tal qual um jovem boêmio, e Emma ficou ainda mais surpresa ao perceber que o caráter dos Weston prevalecia de modo bastante evidente sobre os costumes dos Churchill. Parecia que Frank tinha toda a vitalidade, a animação, a alegria e as inclinações sociais do pai, e nada do orgulho ou da reserva dos Churchill. A verdade é que era muito pouco orgulhoso; sua indiferença em relação à mistura de classes tornava-o

---

[48] Em inglês, *whist*: jogo de cartas de duas duplas, com parceiros frente a frente. Considerado ancestral do *bridge* e similar ao copas, o objetivo é vencer a maioria de treze jogos e marcas pontos. Jogo popular na Inglaterra dos séculos XVIII e XIX.

quase deselegante. De fato, não era possível dar-se conta do grande perigo, uma vez que não dava muita importância ao fato. Aquilo era mais que uma efusão de entusiasmo.

Por fim, convenceram-no a deixar a Pousada Crown; em seguida, encontraram-se diante da casa das Bates. Emma se lembrou de que ele prometera uma visita às senhoras e perguntou se cumprira a promessa.

— Oh, sim! Com certeza! — respondeu ele. — Estava para comentar sobre isso. Foi uma visita muito boa, encontrei as três e sou muito agradecido por a senhorita ter-me avisado a respeito da tia. Se a senhora falante me tivesse apanhado de surpresa, teria sido o meu fim. E, apesar de tudo, a visita se estendeu bem mais do que eu planejara. Dez minutos seriam suficientes... e eu disse ao meu pai que estaria em casa muito antes dele, mas não houve uma pausa para que eu pudesse ir embora. Para o meu espanto, ao me procurar em todos os lugares, meu pai acabou encontrando-me na casa das Bates e juntou-se a mim, transformando uma visita de dez minutos em uma reunião de quase uma hora. A boa senhora não me deu chances de escapar.

— E o que achou da aparência da srta. Fairfax?

— Parecia doente, muito doente... isto é, se for possível falar mal da aparência de uma moça. Mas seu aspecto era realmente inadmissível, não é mesmo, sra. Weston? Uma jovem moça não pode ter uma aparência assim, tão adoentada. Falando seriamente, a srta. Fairfax pareceu tão pálida que chego a pensar que está sempre doente. Uma lamentável falta de vigor.

Emma não concordava com tais afirmações e logo começou a falar a respeito da beleza de Jane Fairfax:

— Com certeza, não se trata de uma pele maravilhosa, mas não se pode chegar ao extremo de afirmar que é doentia. A pele de Jane é de uma suavidade e delicadeza que lhe dá uma elegância especial às feições.

Ele ouviu com toda a deferência; reconheceu que outras pessoas tinham dito o mesmo... mas, apesar de tudo, devia confessar que, em sua opinião, nada compensava a falta de um aspecto saudável. Onde faltava beleza, a saúde se encarregava do resto; e, quando os traços eram bonitos, os efeitos eram... infelizmente ele não fez muito esforço para dizer quais efeitos seriam esses.

— Bem — disse Emma —, não vamos discutir a respeito de gosto. Pelo menos, o senhor a admira, com exceção da aparência, é claro.

Ele balançou a cabeça e riu.

— Não posso separar a srta. Fairfax de sua aparência.

— Viu-a muitas vezes em Weymouth? Frequentavam o mesmo círculo de amizades?

Nesse momento, aproximavam-se da loja Ford, e ele exclamou:

— Ah! Essa deve ser a loja visitada diariamente por todos da vila, de acordo com meu pai. Ele me disse que vem a Highbury seis dias por semana e sempre tem negócios para tratar ali. Se não for inconveniente, peço-lhes que venham comigo para que eu possa provar que sou um verdadeiro morador de Highbury. Devo fazer algumas compras na loja. Isso vai garantir minha liberdade... Creio que vendam luvas, não?

— Oh! Sim, luvas e tudo o mais. Admiro seu patriotismo. Todos em Highbury admiram. O senhor já era bem popular antes de chegar, principalmente porque é filho do sr. Weston. Mas, se gastar meio guinéu na loja, sua popularidade vai firmar-se, independentemente de suas virtudes.

Entraram na loja e, enquanto mostravam os pacotes de "pele de castor para homens" e de "pelica castanha", Frank disse:

— Desculpe-me, srta. Woodhouse, mas a senhorita falava do meu patriotismo? Por favor, não me deixe perder nem um só momento dessa conversa. Asseguro-lhe que nem mesmo a fama pública compensaria a perda da felicidade de minha vida particular.

— Eu apenas perguntei se o senhor conheceu bem a srta. Fairfax e seu círculo de amigos enquanto esteve em Weymouth.

— Agora entendi sua pergunta e devo dizer que me parece muito injusta. É direito de uma jovem moça decidir qual é o nível de amizade que terá com um cavalheiro. A srta. Fairfax já deve ter-lhe contado a respeito de nossa amizade. Não serei tão indiscreto a ponto de acrescentar algo além do que ela decidiu contar-lhe.

— Incrível! Os dois agem com a mesma discrição. Entretanto, o modo como ela fala é tão ambíguo, é tão reservada, não gosta de informações sobre nenhuma pessoa, assim, acredito que poderia contar-nos algo a respeito de sua amizade com ela.

— Posso, realmente? Então, falarei a verdade e nada me parece mais justo do que isso. Encontrava-me com ela regularmente em Weymouth. Conheci um pouco a família Campbell enquanto estive lá, pois frequentávamos os mesmos círculos de amizade. O Coronel Campbell é um homem muito agradável, e a sra. Campbell é uma dama muito cordial e de bom coração. Gosto muito deles.

— Presumo que conhece a situação financeira da srta. Fairfax e o que lhe está reservado, não?

— Sim — respondeu um tanto hesitante —, creio que sim.

— Emma — disse a sra. Weston, sorrindo —, esses assuntos são muito delicados. Lembre-se de que eu ainda estou aqui. O sr. Frank Churchill dificilmente saberá o que dizer quando comenta a respeito da situação financeira da srta. Fairfax. Vou me afastar um pouco.

— Sem dúvida esqueço de pensar *nela* — disse Emma — como outra coisa senão minha amiga, minha mais querida amiga.

Ele pareceu compreender os sentimentos da jovem e ficou muito honrado. Assim que terminaram as compras e deixaram a loja, Frank disse:

— Já ouviu a jovem moça de quem tanto falamos tocar piano?

— É claro que sim! — respondeu Emma. — O senhor se esquece de que ela vem sempre a Highbury? Desde que começamos a estudar música, sempre a ouvi tocar. E toca de maneira encantadora.

— A senhorita acha? Gostaria de ter a opinião de alguém que realmente possa fazer uma avaliação correta. Para mim, parece que ela toca bem, tem um bom gosto musical, mas, como não sei muito sobre o assunto, não tenho condição de avaliar corretamente. Sou extremamente apaixonado por música, mas não tenho o menor talento e não me julgo no direito de emitir uma opinião. Sempre me admirei ao ouvi-la tocar, e lembro-me da ocasião em que a consideraram uma ótima intérprete: um homem que entendia muito de música, já comprometido com outra moça. Aliás, estava noivo e prestes a se casar. Jamais pediu à noiva que tocasse algo caso a moça em questão estivesse apresentando-se. Parecia que não gostava de ouvir a noiva tocar se pudesse ouvir a referida moça. Logo pensei que essa era uma grande prova do talento da srta. Fairfax, pois um homem de tanto gosto musical apreciava demais a sua música.

— De fato, é uma grande prova! — concordou Emma, divertindo-se muito. — O sr. Dixon é muito musical, não? O senhor é capaz de nos contar muito mais a respeito de todos em meia hora de conversa do que a srta. Fairfax seria capaz de nos dizer em seis meses.

— Sim, o sr. Dixon e a srta. Campbell são as pessoas de quem falávamos. É uma prova de grande valor.

— Claro que sim. Uma prova extremamente contundente e, se eu fosse a srta. Campbell, não a teria aceitado de bom grado. Não perdoaria um homem que dá mais atenção à música do que ao amor... Que tem mais ouvido do que olhos... Que tivesse uma sensibilidade mais aguçada para os sons do que para os meus sentimentos. Qual foi a reação da srta. Campbell?

— Elas eram amigas muito próximas, a senhorita sabe.

— Grande consolo! — disse Emma, sorrindo. — Creio que seria melhor se uma estranha preferida fosse, em vez de uma amiga íntima... Com uma estranha, isso não se repetiria. Deve ser terrível ter uma amiga por perto que faz tudo melhor do que nós mesmas! Pobre sra. Dixon! Bem, estou feliz que ela agora esteja na Irlanda.

— A senhorita está certa. Não foi muito confortável para a srta. Campbell, mas ela não pareceu ofendida.

— O que é muito bom... Ou muito ruim... Não sei dizer qual dos dois. Mas, se foi por doçura de caráter ou por estupidez, força da amizade ou meiguice de sentimentos... Creio que há uma pessoa que deveria ter notado isso: a própria srta. Fairfax. Ela deveria ter percebido quanto era imprópria e perigosa tal distinção.

— Quanto a isso, eu não...

— Oh! Não espero que o senhor ou outra pessoa qualquer seja capaz de me falar dos sentimentos de Jane Fairfax. Creio que ninguém pode conhecê-los a não ser ela própria. Mas, se aceitasse tocar toda vez que o sr. Dixon pedisse, cada qual poderia pensar o que bem entendesse.

— Aparentemente, todos viviam em harmonia... — Frank começara falando rapidamente, mas, logo depois, acrescentou algo como se estivesse corrigindo-se: — Entretanto, para mim, é impossível dizer o que eles realmente sentiam... O que acontecia por trás dos bastidores. A única coisa que posso dizer é que, exteriormente, não parecia haver dificuldades. Mas a senhorita, que conhece a srta. Fairfax desde a infância, deve ter uma opinião mais aprofundada do que eu a respeito do seu caráter e de como deve comportar-se em situações críticas.

— Eu a conheço desde menina, crescemos juntas e é natural supor que sejamos íntimas... Que sempre nos encontramos, todas as vezes em que ela visita as amigas. Mas nunca fomos assim. Eu nem saberia explicar-lhe como isso ocorreu. Talvez eu tenha sido um pouco perversa ao sentir aversão por uma moça tão idolatrada e tão bem comentada como sempre foi pela tia e a avó. Além disso, é muito reservada... Eu jamais conseguiria ser amiga de alguém tão reservada como ela.

— De fato, é uma qualidade muito repulsiva — concordou ele. — Algumas vezes pode até ser conveniente, mas nunca é agradável. A reserva oferece segurança, mas não é atraente. Ninguém gosta de pessoas reservadas.

— Não, até que a reserva deixe de existir para determinada pessoa; e, então, a atração pode ser maior. Mas eu deveria precisar muito de uma companhia agradável para, quem sabe, dar-me ao trabalho de conquistar a reserva de alguém para que se tornasse minha amiga. Qualquer intimidade entre mim e a srta. Fairfax está quase fora de questão. Não tenho motivos para pensar mal dela, nem sequer um motivo, mas essa eterna e intensa cautela no falar e no agir, como se tivesse receio de dar uma opinião clara sobre qualquer coisa, só serve para despertar a suspeita de que tem algo a esconder.

Ele estava plenamente de acordo com ela e, depois de passearem por um bom tempo e de perceberem que se pareciam em muitos aspectos, Emma sentiu-se tão familiarizada com seu acompanhante que mal acreditava que aquele era apenas o segundo encontro entre os dois. Frank não era nada parecido com o que ela imaginara; era menos mundano em algumas de suas ideias, menos mimado e muito melhor do que ela esperava. O rapaz parecia ter ideias moderadas e sentimentos mais calorosos. Ela estava particularmente impressionada por sua atitude em relação à casa do pastor, a respeito da qual, assim como da igreja, após alguns momentos de contemplação, não concordou com suas acompanhantes e não conseguiu apontar nenhum tipo de defeito. Não, ele não concordava que aquela casa fosse horrível, não era motivo para que as pessoas tivessem pena do proprietário. Se tivesse de ser compartilhada com a mulher amada, em sua opinião, nenhum homem poderia sentir-se compadecido de viver ali. Certamente, os cômodos eram amplos o suficiente para oferecer conforto. O homem que precisasse de mais alguma coisa além disso deveria ser considerado insano.

A sra. Weston riu e disse que ele não sabia do que estava falando. Ele não era a pessoa mais indicada para opinar sobre as limitações de uma casa pequena, pois acostumara-se a viver em uma casa grande, sem nunca pensar nas vantagens e nas comodidades que representava ter muito espaço. Emma, seguindo sua intuição, acreditou que o jovem sabia muito bem o que dizia e demonstrava uma grande disposição de se estabelecer na vida e se casar por motivos elevados. Era provável que não estivesse consciente dos estragos na paz doméstica quando não se tinha um quarto para uma governanta ou uma despensa para o mordomo, mas não duvidou de que Enscombe não poderia fazê-lo feliz e que, ao se apaixonar, seria capaz de renunciar a qualquer luxo para poder casar-se.

CAPÍTULO 7

A ótima opinião que Emma havia formado a respeito de Frank Churchill recebeu um duro golpe no dia seguinte, quando ouviu que o jovem rapaz tinha ido para Londres apenas para cortar o cabelo. Subitamente, na hora do café da manhã, ele teve essa ideia caprichosa e, logo em seguida, mandou preparar sua carruagem e disse que retornaria para o jantar, sem nenhum objetivo importante para resolver na cidade, apenas cortar o cabelo. Certamente, não havia nada de errado em percorrer duas vezes a distância de quase vinte e seis quilômetros para essa finalidade; entretanto, era algo de uma afetação tão exagerada e incabível que Emma não poderia aprovar. Essa atitude não combinava com a racionalidade, a moderação, ou mesmo com o generoso coração que acreditava ter enxergado nele no dia anterior. Aquilo representava vaidade, extravagância, afeição às mudanças bruscas, instabilidade de caráter e a inquietação de pessoas que sempre devem fazer algo, bom ou ruim. Falta de atenção para com o próprio pai, a sra. Weston, e indiferença sobre como sua conduta poderia ser avaliada pelos demais. Frank Churchill colocava-se à mercê de todas essas acusações. O pai limitou-se a chamá-lo de vaidoso e acreditou na história do filho. A sra. Weston não gostou disso, pensou que os reais motivos dessa viagem não estavam muito claros, porém fez apenas um breve comentário dizendo que "todos os jovens têm suas manias".

Com exceção desse pequeno incidente, Emma considerava que, até aquele momento, só poderia julgar o comportamento do rapaz de modo favorável. A sra. Weston não se cansava de repetir quanto era atencioso e amável, além de suas inúmeras qualidades. Frank parecia ter um temperamento muito franco, alegre e vivaz; ela não conseguia observar nada de errado em seu modo de agir, parecia um rapaz muito ajuizado. Falava do tio com grande afeto, e gostava muito de citá-lo em suas conversas. Dizia que seria o melhor homem do mundo se o deixassem agir a seu modo; e, apesar de não demonstrar o mesmo carinho pela tia, não deixava de reconhecer sua bondade com gratidão, sempre falando dela com muito respeito. Tudo isso era muito promissor, e, exceto a infeliz decisão de ir a Londres para cortar o cabelo, nada havia que desmerecesse a honra que a imaginação de Emma lhe concedia, a honra que, apesar de não significar amor, chegava bem próximo disso e cujo único obstáculo era sua indiferença, assim como a resolução que ela tinha de nunca se casar. Enfim, a honra que, resumidamente, se traduzia em algo que considerava acima de todas aquelas pessoas que conhecia.

O sr. Weston, por sua vez, acrescentou uma virtude que também tinha certo peso. Ele induziu Emma a pensar que Frank a admirava demasiadamente, que a considerava muito bonita e charmosa e, portanto, com tantos elementos a seu favor, Emma acreditava que não deveria julgá-lo duramente. Como a própria sra. Weston comentara, "todos os jovens têm suas manias".

Em Surrey, entre os novos conhecidos de Frank, havia só uma pessoa que não tinha a mesma benevolência em relação a ele. De modo geral, entre as paróquias de Donwell e Highbury, ele foi julgado com grande candura; não davam muita importância às pequenas extravagâncias de um jovem rapaz como ele, sempre sorridente e amável com todos, mas havia alguém que não se deixava ser seduzido pelo poder de seus sorrisos e suas gentilezas: o sr. Knightley. Contaram o fato a ele, em Hartfield, e, por um momento, ele ficou em silêncio. No entanto, Emma escutou-o dizer a si mesmo logo em seguida, enquanto segurava o jornal: "Hum, é exatamente o rapaz tolo e brincalhão que imaginei". Emma estava prestes a discutir com ele, mas percebeu que aquelas palavras tinham sido ditas apenas para aliviar seus próprios sentimentos e não para provocar, por isso deixou-o sem resposta.

Apesar de não trazerem boas notícias, a visita do casal Weston foi oportuna. Enquanto estavam em Hartfield, Emma pediu que a ajudassem e, por coincidência, necessitava exatamente do conselho que eles lhe deram.

Tudo aconteceu da seguinte maneira: os Cole moravam havia anos em Highbury e eram excelentes, cordiais, generosos e despretensiosos, mas, por outro lado, eram de uma origem modesta, de uma família de comerciantes, e possuíam uma educação simples e não muito refinada. Quando chegaram pela primeira vez ao condado, viveram conforme suas rendas, com tranquilidade, sem muitas amizades e sem grandes gastos. Mas, nos últimos dois anos, a fortuna da família aumentara consideravelmente. Os negócios em Londres tiveram ótimos resultados e, no geral, podia-se dizer que a sorte sorrira para eles. Com a riqueza, tiveram necessidade de aumentar a casa e fazer novas amizades. Reformaram a propriedade, aumentaram o número de criados e, em todos os aspectos, seus gastos se multiplicaram; por fim, alcançaram uma fortuna e um estilo de vida que só eram superados pela família de Hartfield. O amor deles pela sociedade e a nova sala de jantar levou todos a acreditar que em breve teriam convidados. De fato, alguns convites foram enviados, principalmente aos jovens solteiros. Entretanto, Emma não acreditava que os Cole fossem tão audaciosos a ponto de convidar as famílias mais antigas e de elevada posição social, como os moradores de Donwell, Hartfield e Randalls. Se fosse convidada, nada a seduziria. Apenas lamentava que os hábitos conhecidos de seu pai fossem o motivo de sua recusa. A família Cole era muito respeitável, porém deveriam entender que não era função da família estabelecer as condições para que as pessoas de melhor posição social fossem visitá-los. Essa lição só poderiam receber dela mesma, não poderia esperar muito do sr. Knightley ou até mesmo do sr. Weston.

No entanto, ela já havia se preparado muito tempo antes para esse tipo de insulto dos Cole, de modo que, quando a ofensa aconteceu, pareceu algo sem muita importância. Donwell e Randalls também receberam o convite, porém, nada chegara em nome de seu pai ou mesmo no dela. A sra. Weston encarou o fato da seguinte maneira: "Suponho que os Cole não tomarão essa liberdade com você, sabem que você não gosta de jantares fora de casa". Entretanto, a fala da sra. Weston não foi suficiente para acalmá-la. Emma queria ter o poder da recusa. Em seguida, como todas as pessoas que se reuniriam na casa dos Cole eram precisamente seus amigos mais íntimos, começou a pensar nessa ideia repetidas vezes, e terminou sem estar certa se não se sentiria tentada a aceitar o convite. Harriet e as Bates também estariam lá, conforme disseram, enquanto caminhavam em direção a Highbury, no dia anterior. E Frank Churchill lamentou profundamente sua ausência. "Será que a noite não terminará em um baile?", perguntou o jovem. A simples possibilidade de que tal coisa acontecesse irritou Emma ainda mais e era um pobre consolo ficar solitária com seu orgulho, apesar de que deveria entender que a omissão do convite poderia ser considerada um elogio.

Assim, a chegada do convite enquanto os Weston estavam em Hartfield foi providencial, pois, apesar de lê-lo e dizer "é claro que deve ser recusado", em seguida, tratou de pedir a opinião do casal e eles afirmaram que deveria aceitá-lo imediatamente.

Emma reconheceu que, em virtude das circunstâncias, não deixava de sentir certo desejo de aceitar o convite. Os Cole expressaram-se com tamanha delicadeza, escreveram o convite com tanto respeito, demonstraram tanta consideração com seu pai — "Teríamos solicitado essa honra com mais antecedência, mas aguardávamos vir de Londres um protetor de lareira, o qual, esperamos, manterá o sr. Woodhouse afastado da corrente de ar, e, se assim fosse possível, que ele prontamente lhes desse a honra de sua companhia". De modo geral, ela estava convencida; e, depois de discutirem o que deveria ser feito para que o conforto do sr. Woodhouse não fosse negligenciado, pois, sem dúvida, poderiam contar com a presença da sra. Goddard ou até mesmo da sra. Bates para lhe fazer companhia, o pai foi convencido a deixar a filha sair para esse jantar e a passar uma noite inteira longe dele. Emma preferia que o pai recusasse o convite, pois a reunião terminaria muito tarde e o grupo seria muito grande. O sr. Woodhouse logo se resignou.

— Eu não gosto muito de jantares — disse ele. — Jamais gostei. Emma tampouco. Não gostamos de ficar fora de casa até tarde da noite. Sinto muito por terem os Cole tido tal ideia. Seria muito melhor se viessem passar a tarde conosco no próximo verão, para tomarem um chá... em seguida, poderíamos fazer uma caminhada. Creio que eles poderão fazê-lo, uma vez que nosso horário é bastante regular e todos poderemos voltar às nossas casas antes mesmo do cair da noite. Não desejo ninguém se expondo ao orvalho de uma noite de verão. No entanto, como desejam sua companhia, você deseja muito ir, e o sr. Knightley estará lá para cuidar de você; não posso impedi-la, desde que o tempo esteja perfeito, nem muito úmido, nem frio ou com ventos. — Então, voltando-se para a sra. Weston, com um olhar de gentil reprovação, disse: — Ah, srta. Taylor, se não tivesse se casado, ficaria em casa comigo.

— Pois bem, senhor — interferiu o sr. Weston —, uma vez que fui eu o responsável por levar a srta. Taylor para longe daqui, é minha incumbência substituí-la, se eu puder; e, se o senhor preferir, eu poderia chamar a sra. Goddard para lhe fazer companhia.

Entretanto, a ideia de que algo poderia ser feito a qualquer momento só aumentou a agitação do sr. Woodhouse. Emma e a sra. Weston sabiam qual seria a melhor decisão a ser tomada. O sr. Weston deveria ficar quieto e tudo seria deliberadamente arranjado.

Quando o sr. Woodhouse se tranquilizou, logo voltou a falar com naturalidade:

— Gostaria muito de conversar com a sra. Goddard, sinto um grande carinho por ela. Emma poderia escrever um bilhete e convidá-la. James poderia entregar-lhe o bilhete. Mas, antes de tudo, você deve escrever uma resposta para a sra. Cole. Minha querida, deve enviar minhas sinceras desculpas, da maneira mais gentil possível. Diga que sou um verdadeiro inválido, que não vou a parte alguma e, por isso, vejo-me forçado a declinar do amável convite; comece apresentando meus respeitos. Precisamos avisar James para preparar a carruagem para a próxima terça-feira. Não tenho nenhum medo de que lhe aconteça algo. Desde que abriram o novo caminho, creio que nunca passamos por ali mais de uma vez. Mas, apesar de tudo, estou certo de que, ao ser levada por James, nada lhe acontecerá. E, quando chegar lá, deve dizer-lhe a que horas quer voltar para casa; e seria melhor se não fosse muito tarde. Certamente, ficará cansada assim que tomar o chá.

— Mas, papai, o senhor não deseja que eu retorne antes de estar cansada, não é?

— Oh, não, minha querida, mas creio que logo ficará cansada. Será um grupo muito grande de pessoas conversando e você não vai gostar do barulho.

— Mas, meu caro senhor — interferiu novamente o sr. Weston —, se Emma for embora cedo, acabará com a festa.

— Mas não será tão ruim assim — disse o sr. Woodhouse. — Quanto antes o jantar terminar, melhor.

— O senhor não leva em consideração o que os Cole poderão pensar. A partida de Emma logo depois do chá poderá ser considerada uma ofensa. Eles são pessoas bem-humoradas e pensam pouco em seus próprios direitos; mas, ainda assim, creio que a saída apressada de algumas pessoas não será considerada um grande elogio, e, se srta. Woodhouse fizer isso, será mais notado do que se outra pessoa qualquer o fizesse. Tenho certeza de que o senhor não deseja desapontar nem mortificar os Cole; eles sempre foram boas pessoas, muito cordiais, e foram seus vizinhos nos últimos dez anos.

— Não, não faria isso por nada neste mundo, sr. Weston. Fico muito agradecido por me lembrar. Eu me sentiria muito mal se lhes desse um desgosto desses. Sei quanto são dignos. Perry me disse que o sr. Cole nunca toma licor de malte.... ele sofre do fígado. Não, de forma nenhuma farei que passem por qualquer tipo de sofrimento. Minha querida Emma, devemos levar isso em conta. É melhor que fique até um pouco mais tarde do que correr o risco de ofender o senhor e a senhora Cole. Procure não se cansar e estará perfeitamente segura, como sabe, entre seus amigos.

— Oh, sim, papai. Não tenho receio e, para mim, não seria incômodo nenhum ficar até mais tarde com a sra. Weston, a não ser por sua causa. Só me preocupa se o senhor ficará esperando-me. Sei que ficará confortável na companhia da sra. Goddard. Ela adora jogar *piquet*,[49] o senhor bem sabe. E, quando ela for embora, ficarei preocupada se o senhor permanecerá sentado em vez de ir para a cama, no horário de costume... só de pensar nisso, já fico muito incomodada. O senhor vai prometer-me que não ficará à minha espera.

Ele concordou, sob a condição de que ela também fizesse algumas promessas, como, ao retornar, se estivesse fazendo frio, Emma se aqueceria convenientemente; se tivesse fome, comeria algo, e a criada ficaria à sua espera; e que Serle e o mordomo deixassem a casa em ordem como de costume.

CAPÍTULO 8

Frank Churchill voltou. E, se por acaso deixou o pai esperando por ele para o jantar, o fato não foi mencionado em Hartfield, uma vez que a sra. Weston tinha grande interesse em que o sr. Woodhouse tivesse uma boa impressão do jovem rapaz para revelar imperfeições que pudessem ser ocultadas. Ele

---

[49] Antigo jogo de baralho, também conhecido como "jogo dos centos".

retornou com o cabelo cortado, divertindo-se consigo mesmo, mas sem dar a menor impressão de que lamentava a fútil viagem. Não tinha a intenção de deixar o cabelo crescer a ponto de incomodá-lo e nenhuma razão para poupar dinheiro, a não ser que isso melhorasse sua disposição. Estava tão destemido e alegre como sempre. E, depois de vê-lo, Emma, na tentativa de uma lição sobre moralidade, disse a si mesma:

"Eu não sei como isso acontece, mas a verdade é que as coisas tolas deixam de sê-las quando cometidas por pessoas sensatas e prudentes. A maldade será sempre maldade, mas tolices não serão tolices para sempre. Tudo depende do caráter de cada um. O sr. Knightley não é um jovem irresponsável e vaidoso. Porém, se por acaso assim fosse, agiria de modo muito distinto. Ele teria orgulho na realização ou se envergonharia dela. Caso fosse assim, seu comportamento seria a combinação da ostentação de um esnobe com a debilidade de uma mente incapaz de se defender de suas próprias vaidades. Não, estou completamente segura de que Frank não é nem vaidoso nem irresponsável".

A terça-feira chegou com a agradável perspectiva de tornar a vê-lo, e poderia ficar ao seu lado por mais tempo do que antes. Assim, avaliaria sua conduta e poderia deduzir o significado de suas atitudes em relação a ela. Adivinharia quando seria necessário adotar uma postura mais distante e imaginaria quais seriam os comentários dos demais ao vê-los juntos pela primeira vez.

Ela pretendia ficar feliz, ainda que o cenário não fosse muito bonito na casa dos Cole. Além de não ser capaz de se esquecer das inúmeras falhas do sr. Elton, mesmo nos dias em que lhe agradara a companhia, nada a havia inquietado mais do que o jantar dos Cole.

O conforto do seu pai estava garantido: tanto a sra. Bates como a sra. Goddard estavam dispostas a fazer-lhe companhia. Antes de sair de casa, seu dever mais agradável foi despedir-se delas; e, enquanto seu pai apreciava seu maravilhoso vestido, esforçou-se para atender as senhoras da melhor maneira possível, servindo-lhes grandes fatias de bolo e taças cheias de vinho, a fim de compensar as possíveis e involuntárias recusas motivadas pelos comentários de seu pai sobre a saúde das convidadas durante o jantar. Emma havia planejado um excelente cardápio e desejou que as senhoras pudessem degustá-lo.

Ao chegar à casa do sr. Cole, percebeu que uma carruagem chegara antes da sua, e ficou muito satisfeita ao perceber que o veículo pertencia ao sr. Knightley. Ele não possuía cavalos extras e não desejava gastar dinheiro com isso, pois tinha uma ótima saúde e era muito independente, assim poderia, na opinião de Emma, ir aonde quisesse sem precisar do veículo, o que não era o comportamento esperado do proprietário de Donwell Abbey. Emma teve a oportunidade de elogiá-lo calorosamente quando ele lhe ofereceu a mão para ajudá-la a descer de sua carruagem.

— É exatamente isso que eu espero de um cavalheiro — disse ela. — Estou muito contente ao vê-lo usando sua carruagem.

Ele agradeceu e comentou:

— Que feliz coincidência chegarmos juntos! Caso contrário, se nos tivéssemos encontrado dentro da casa, não seria possível você comentar quanto estou agindo diferente do que de costume. Não seria possível você descobrir o meu meio de transporte apenas olhando para a minha aparência.

— Ah, mas eu teria descoberto! Com certeza, teria. Sempre há um ar de indiferença afetada ou de desafio quando uma pessoa chega a um ambiente que é inferior ao seu. O senhor pensa que consegue disfarçar muito bem, mas ouso dizer que exibe uma espécie de audácia, um ar de afetada despreocupação; sempre percebo que está diferente diante de tais circunstâncias. Porém, o senhor não tem nada a provar. Não precisa temer nenhum embaraço, nem precisa tentar parecer mais alto que os demais. Agora, ficarei muito feliz ao entrar na sala de estar em sua companhia.

— Garota desatinada! — foi a resposta, mas não parecia estar aborrecido.

Emma tinha muitos motivos para ficar satisfeita com os demais convidados assim como estava com o sr. Knightley. Foi recebida com um respeito cordial que não podia deixar de agradar-lhe, além de lhe darem toda a atenção que pudesse desejar. Quando os Weston chegaram, os olhares mais afetuosos e a maior admiração foram para ela, tanto por parte do sr. Weston como por parte de sua esposa. Frank a cumprimentou com uma jovial desenvoltura que parecia distingui-la das demais moças presentes. Ao sentar-se à mesa, percebeu que o rapaz estava justamente ao seu lado e, como ela acreditava, não sem alguma providência da parte dele.

O grupo era bem numeroso e entre eles incluía-se outra família — muito digna e da qual não se poderia fazer nenhum tipo de questionamento, que os Cole tinham a honra de considerar seus amigos — e a parte masculina da família do sr. Cox, o advogado de Highbury. As damas de outro nível social chegariam mais tarde, entre as quais as srtas. Bates, Fairfax e Smith; mas, na hora do jantar, a casa estava tão cheia que era impossível manter uma conversa única, da qual todos pudessem participar. Enquanto uns falavam a respeito de política e do sr. Elton, Emma pôde dedicar toda a sua atenção aos galanteios do seu acompanhante. Somente quando ouviu o nome de Jane Fairfax é que se deu ao trabalho de prestar atenção à conversa dos outros. A sra. Cole comentava algo a respeito da moça, que parecia ser muito interessante. Emma escutou e se deu conta de que era algo muito valioso de se ouvir. Era muito divertido receber o máximo de informações possíveis para alimentar sua fértil imaginação. A anfitriã contava que, ao fazer uma visita à srta. Bates, assim que entrou na sala viu um piano muito elegante, não muito grande, mas de formato quadrado. O resumo da história, após detalhar todo o diálogo entre ela e a srta. Bates, foi que o instrumento chegara de Broadwood, no dia anterior, para o grande assombro tanto da tia como da sobrinha. Algo inteiramente inesperado. A princípio, de acordo com a srta. Bates, a sobrinha ficara completamente surpresa, quase pasma, ao tentar descobrir quem poderia ter enviado o instrumento, mas, agora, estavam ambas satisfeitas com a ideia de que só poderia ser o presente de uma única pessoa: o Coronel Campbell.

— Ninguém conseguiria imaginar outra pessoa — acrescentou a sra. Cole. — Fiquei muito surpresa ao perceber que ainda tinham dúvidas sobre quem teria enviado tal presente. Entretanto, Jane recebeu uma carta dos Campbell e não mencionaram o piano. Ela conhece muito bem os hábitos da família, por isso não considerou o silêncio deles um motivo para desconfiar de não terem sido eles que enviaram o presente. Aposto que queriam surpreendê-la.

Muitos concordaram com a sra. Cole, todos que comentaram sobre o assunto estavam convencidos de que o piano fora enviado pelo Coronel Campbell, e se alegraram pela moça. Emma aproveitou a oportunidade para refletir e formar sua opinião enquanto ainda escutava a anfitriã:

— Garanto a vocês que faz muito tempo que não ouço uma notícia tão boa! Sempre me entristecia ao perceber que Jane não tinha um piano, justo ela, que toca tão bem! É uma pena, principalmente se levarmos em consideração que há muitas casas com instrumentos que nem sequer são apreciados. Parece uma irônica indireta, com certeza! Ainda ontem eu dizia ao meu marido quanto me sentia envergonhada ao ver nosso grande piano na sala de estar, sem poder tocá-lo, pois não sei uma nota sequer, e as nossas pobres filhas, que ainda estão aprendendo a tocar, possivelmente não farão grande uso dele. E aqui temos a pobre Jane, uma *expert* que não tem nada parecido, nem mesmo algo que lembre um piano ou uma velha espineta[50] para se divertir. E ele concordou comigo; meu marido é apaixonado por música e não pôde deixar de comprar o instrumento, na esperança de que um de nossos vizinhos nos contemplasse com uma apresentação durante uma visita, o que nos é impossível. Na verdade, esse foi o principal motivo pelo qual compramos o piano... se não fosse por isso, tenho certeza de que estaríamos envergonhados de tê-lo. Temos a esperança de que a srta. Woodhouse possa tocar para nós esta noite.

Emma concordou educadamente e, ao perceber que não precisava mais prestar atenção na conversa da sra. Cole, virou-se em direção a Frank Churchill e indagou:

— Por que o sorriso?

— Eu? E a senhorita, por que está sorrindo?

— Creio que estou sorrindo de alegria ao perceber quanto o Coronel Campbell é rico e generoso... é um presente muito bonito.

— É verdade.

— Chego a pensar por que não o fez antes.

---

[50] Instrumento de teclado que precedeu o cravo.

— Talvez porque a srta. Fairfax nunca tenha permanecido tanto tempo em Highbury antes.

— Ou porque não quiseram presenteá-la com o antigo piano que agora deve estar em Londres, sem ser tocado por ninguém.

— Mas esse é um grande piano, principalmente se considerarmos o tamanho da casa da sra. Bates.

— O senhor pode dizer o que bem entender, mas, pelo seu olhar, sei que seus pensamentos são parecidos com os meus.

— Não sei... prefiro acreditar que está dando-me mais crédito do que mereço. Sorrio porque a vejo sorrir e, provavelmente, devo suspeitar de algo, pois acredito que a senhorita também suspeita. Mas, no momento, não vejo nada que possa ser questionável. Se não foi o Coronel Campbell quem enviou o piano, quem poderia ter sido?

— O que acha da sra. Dixon?

— A adorável sra. Dixon! É verdade! Não pensei nessa possibilidade. Ela, assim como o pai, deve valorizar muito um bom instrumento. E, talvez, o modo de agir, o mistério, a surpresa, tudo pareça mais a ideia de uma jovem do que de um respeitável senhor. Agora tenho certeza de que foi um presente da sra. Dixon. Viu? Eu disse que seriam as suas suspeitas que guiariam as minhas.

— Então, deve estender suas suspeitas e acrescentar o sr. Dixon a elas.

— O sr. Dixon... muito bem, concordo. Percebo agora que só poderia ser um presente do casal. Outro dia mesmo falávamos sobre quanto ele é encantado pelos dotes musicais de Jane Fairfax.

— Sim, e o que o senhor me disse naquele momento confirmou algo que eu já pensava antes. Não duvido das boas intenções do sr. Dixon e da srta. Fairfax, mas não posso deixar de suspeitar que, após fazer o pedido de casamento à srta. Campbell, apaixonou-se pela melhor amiga, ou então percebeu que Jane sentia por ele algo mais do que afeto. É claro que é possível imaginar mil coisas antes de se encontrar a verdade, mas estou certa de que deve haver um motivo concreto para que ela prefira vir a Highbury em vez de viajar para a Irlanda na companhia dos Campbell. Aqui tem de viver uma rotina cheia de privações e aborrecimentos; lá teria somente alegrias. Quanto ao fato de que precisava respirar os ares de sua terra natal, vejo isso apenas como uma desculpa. Se ao menos fosse no verão... mas que importância pode ter para alguém respirar os ares de sua terra natal no inverno? Boas lareiras e carruagens são mais indicadas na maioria dos casos de saúde debilitada, principalmente no dela. Não lhe peço que me acompanhe em todas as suspeitas, apesar de ser amável para entendê-las, pois digo honestamente o que penso.

— E dou-lhe minha palavra de que suas suspeitas parecem ter uma grande probabilidade de serem verdadeiras. A preferência do sr. Dixon pela música de Jane é algo muito comprometedor.

— E, além disso, ele salvou a vida de Jane! Ouviu falar disso? Em um passeio de barco, houve um acidente e ela ia cair no mar, quando ele a segurou.

— É verdade. Eu estava lá, junto com o grupo.

— Verdade? Bem! É claro que não percebeu nada de estranho, uma vez que essa é uma ideia nova para o senhor. Se eu estivesse lá, com certeza teria feito algumas descobertas.

— Ouso dizer que sim. Mas não vi nada de mais, além do fato em si: a srta. Fairfax estava prestes a cair do barco, quando o sr. Dixon a salvou. Aconteceu tudo muito rápido, o susto e a surpresa duraram muito mais tempo. Na verdade, creio que se passou cerca de meia hora até que todos pudessem se acalmar novamente; tudo foi muito rápido para que pudéssemos ater-nos aos detalhes. Entretanto, isso não quer dizer que a senhorita não poderia ter feito descobertas.

Interromperam a conversa nesse momento. Foram obrigados a participar daquela espécie de embaraço quando há um longo intervalo entre os pratos. Assim, foram obrigados a ser formais e corteses com os outros, porém, quando a comida foi novamente servida, quando cada travessa foi colocada à mesa, Emma continuou:

— A chegada desse piano foi decisiva para mim. Eu desejava saber um pouco mais e isso já me revela tudo. O senhor pode estar certo, não vai demorar muito tempo até ouvirmos que foi um presente dos Dixon.

— E se os Dixon afirmarem que não sabem nada sobre o assunto, concluiremos que foi um presente dos Campbell.

— Não, tenho certeza de que não é um presente dos Campbell. A srta. Fairfax saberia se fora enviado pelos Campbell, ou teria adivinhado logo no princípio. Ela não teria ficado confusa, teria logo pensado neles. Talvez você o senhor esteja muito convencido, mas estou inteiramente convicta de que o sr. Dixon tem o papel principal nessa questão.

— A senhorita realmente me ofende ao pensar que não conseguiu me convencer. Seus questionamentos me fizeram concordar inteiramente. A princípio, enquanto eu acreditava que a senhorita pensava ser um presente do coronel Campbell, imaginei apenas que fosse uma gentileza paternal, a coisa mais natural do mundo. Mas, quando mencionou o nome da sra. Dixon, percebi que seria muito mais provável que se tratasse de um tributo da amizade entre ambas as mulheres. E, agora, só posso vê-lo como prova de amor.

Não houve mais oportunidade para que pudessem aprofundar o assunto. O rapaz parecia convencido. Emma não disse mais nada, outros assuntos vieram à baila, e o restante do jantar decorreu normalmente; serviram a sobremesa, as crianças vieram à sala, foram admiradas e algumas pessoas lhes fizeram perguntas; pôde-se ouvir algumas conversas inteligentes, outras nem tanto, mas nada em grandes proporções, nada além de comentários cotidianos, repetições maçantes, notícias velhas e anedotas sem graça.

As senhoras estavam na sala de estar havia pouco tempo, quando as outras se uniram a elas. Emma observou a entrada de sua amiga Harriet e, apesar de sua elegância e sua distinção não serem motivos para entusiasmá-la demasiadamente, não deixou de admirar sua doçura e espontaneidade de movimentos e de se alegrar de todo o coração com a luminosidade, a alegria e a tranquila disposição que demonstravam que a jovem conseguiria encontrar alívio em meio à agonia de um amor perdido. Ela se sentou, e quem poderia imaginar que havia derramado tantas lágrimas havia tão pouco tempo antes? Ao ver-se cercada de pessoas muito bem-vestidas, ela também trajada com um lindo vestido, poder sentar, sorrir e se mostrar atraente, silenciosamente, bastava para aquele momento. Jane Fairfax tinha beleza e modos superiores, mas Emma suspeitava que ela gostaria de trocar seus sentimentos pelos de Harriet, satisfeita em ficar com a mortificação de ter amado — sim, de ter amado até mesmo o sr. Elton em vão — em vez do perigoso prazer de saber-se amada pelo marido da sua melhor amiga.

Em uma reunião tão concorrida, não havia necessidade de Emma se aproximar de Jane. Ela não desejava falar a respeito do piano, sentia-se como se guardasse um segredo e não lhe parecia adequado demonstrar curiosidade ou interesse e, portanto, permaneceu afastada propositadamente. Entretanto, os demais imediatamente trouxeram esse tema, e Emma notou o rubor no rosto de Jane ao receber as felicitações, o rubor de culpa que acompanhou a menção "meu excelente amigo, o Coronel Campbell".

A sra. Weston, sempre bondosa e apaixonada por música, estava particularmente interessada pelo assunto, e Emma não pôde senão deixar de achar divertida sua insistência em manter a conversa. Como havia muito a comentar sobre tom, toque e pedal, foi impossível deixar de falar sobre a questão, o que ela percebeu claramente no rosto da heroína da noite.

Não tardou para os cavalheiros se reunirem às damas, e o primeiro de todos foi Frank Churchill. Ele entrou, o mais belo; e, após dizer algumas frases de cortesia para a srta. Bates e sua sobrinha, foi para o lado oposto do grupo, onde estava a srta. Woodhouse. Ele não quis sentar-se até que encontrou um lugar ao lado de Emma. Ela, por sua vez, adivinhava o que os outros convidados estariam pensando. Ela era a preferida de Frank e ninguém poderia deixar de percebê-lo. Apresentou a ele sua amiga, a srta. Smith, e, no momento oportuno, ouviu o que cada um pensava do outro: "Ele nunca tinha visto um rosto tão adorável, e estava muito satisfeito com sua ingenuidade". Por sua vez, Harriet disse: "Não que estivesse fazendo um grande elogio ao jovem rapaz, mas achava que ele se parecia com o sr. Elton". Emma conteve sua indignação e limitou-se a ficar em silêncio.

Ela e Frank trocavam sorrisos quando olhavam para a srta. Fairfax, mas era prudente que evitassem a conversa. Ele lhe disse que estava impaciente para deixar a sala de jantar, odiava ficar sentado por tanto tempo, era sempre o primeiro a se levantar, tão logo pudesse. Disse também que seu pai, o sr. Knightley, o sr. Cox e o sr. Cole tratavam de negócios da paróquia e que, apesar de ter sentado ao lado deles por tanto tempo, ficou por prazer, e pôde perceber que eram cavalheiros distintos e de bom caráter. Começou a fazer elogios às pessoas de Highbury, considerando o lugar rico em famílias agradáveis, o que fez Emma refletir que jamais pensara dessa forma a respeito dos moradores da vila. Ela fez perguntas a Frank a respeito da sociedade no condado de York, sobre os vizinhos que tinham em Enscombe e outras coisas do gênero. As respostas de Frank fizeram-na deduzir que, em Enscombe, a vida social era muito limitada, tinha amizade apenas com algumas poucas famílias de grande posição, nenhuma das quais vivia ali; e, inclusive, quando as viagens eram marcadas e os convites, aceitos, sempre havia a possibilidade de a sra. Churchill não estar disposta ou bem de saúde para ir. Consideravam uma questão de honra não visitar pessoas que acabavam de conhecer, e isso, apesar de terem amizades distintas, causava uma grande dificuldade em sair. Via-se obrigado a vencer uma grande resistência, e precisava de uma grande habilidade para viajar de vez em quando, ou para conseguir apresentar um novo amigo.

Emma percebeu que Enscombe não era capaz de satisfazê-lo e que Highbury, vista com bons olhos, atrairia um jovem que vivia de uma forma muito mais reclusa do que gostaria. Era evidente que ele era uma figura importante no lugar. Apesar de não se gabar disso, traiu-se ao contar que conseguia persuadir a tia quando nem mesmo o tio era capaz; e, diante da risada de Emma ao ouvir tal declaração, corrigiu-se dizendo que acreditava que poderia persuadi-la, *no devido tempo*, exceto em um ou outro ponto. Mencionou então um dos pontos em que falhara. Ele desejava muito viajar para o exterior — fizera de tudo para convencê-la —, mas a tia não lhe dera ouvidos. Isso acontecera no ano anterior. Agora, já não sentia o mesmo desejo de antes.

O ponto inflexível, que ele não mencionou, Emma desconfiou que se referia ao seu pai, o sr. Weston.

— Acabo de descobrir algo desagradável — disse ele, após uma breve pausa. — Amanhã fará uma semana que estou aqui, a metade do meu tempo disponível. Nunca acreditei que os dias poderiam passar tão rapidamente. Pense, uma semana! Mal comecei a aproveitar. E acabei de justo para conhecer a sra. Weston e os demais! Detesto lembrar-me disso.

— Talvez agora o senhor se arrependa de ter passado o dia todo fora apenas para cortar o cabelo.

— Não — respondeu ele, sorrindo. — Não tenho motivos para me arrepender. Não tenho prazer em estar entre os meus amigos se não tenho certeza de que minha aparência agradará a todos.

Os demais convidados já estavam na sala de estar nesse momento, e Emma viu-se obrigada a voltar-se para um deles e escutar a conversa do sr. Cole. Quando o anfitrião se afastou, e ela pôde dar atenção novamente ao amigo, observou que Frank Churchill olhava atentamente para o outro lado da sala, para Jane Fairfax.

— Qual é o problema? — disse ela.

Ele começou dizendo:

— Obrigado por chamar minha atenção. Creio que tenho sido muito rude, mas, realmente, a srta. Fairfax fez um penteado tão estranho que não consegui deixar de olhá-lo. Jamais vi algo tão ultrapassado! E os cachos? Devem ser uma criação própria, nunca vi ninguém com um penteado como esse! Acho que vou perguntar se é um penteado irlandês! Devo? Bem, acho que vou até lá e a senhorita verá como ela se comporta, se ao menos vai ruborizar-se...

Imediatamente se levantou e Emma pôde observá-lo ao lado de Jane, conversando. Quanto à reação da moça, em nada reparou, pois, sem querer, Frank estava parado bem na frente, e ela não conseguiu enxergar absolutamente nada.

Antes que ele pudesse voltar ao seu lugar, a sra. Weston sentou-se ao seu lado.

— Uma festa grande e luxuosa — comentou ela. — Podemos conversar com todos os nossos conhecidos. Minha querida Emma, mal pude esperar o momento de conversar com você. Descobri algumas coisas e tenho feito planos, assim como você, mas devo contar-lhe enquanto as ideias ainda são novas. Você sabe como a srta. Bates e a sobrinha chegaram até aqui?

— Elas foram convidadas, não?

— Oh, sim! Mas como vieram? Quem as trouxe?

— Suponho que vieram a pé. De que outro modo poderiam vir?

— É verdade. Bem, há alguns instantes eu pensei como seria perigoso para Jane voltar para casa tão tarde da noite, e em uma noite tão fria como esta. Enquanto eu olhava para ela, e pude perceber que está muito bem de saúde, dei-me conta de que a sala está um pouco abafada e que quando saísse daqui se resfriaria. Pobre moça! Não pude suportar tal ideia e, assim que pude falar com meu marido, aproximei-me dele e falei a respeito da nossa carruagem. Você pode imaginar quanto ele concordou comigo e, tão logo deu sua aprovação, fui em direção à srta. Bates a fim de garantir que nossa carruagem estaria à disposição das duas para que pudessem voltar para casa com segurança e conforto. Pensei que ficariam mais tranquilas durante a nossa reunião. Boa alma! Ela ficou muito agradecida, pode ter certeza. Ainda me disse que "ninguém é mais afortunada do que ela!". Mas, após agradecer meu convite, contou-me que a carruagem do sr. Knightley as trouxera e estava à disposição delas para seu retorno. Fiquei bastante contente. Mas, para falar a verdade, fiquei muito surpresa. Como ele foi atencioso! Extremamente generoso! É o tipo de coisa que poucos homens são capazes de fazer. E, conhecendo-o tão bem, creio que só solicitou uma carruagem com o objetivo de acomodá-las. Suspeito que, se fosse apenas para seu uso, o sr. Knightley jamais teria solicitado dois cavalos e, se o fez, foi para fazer-lhes um favor.

— Com certeza! — concordou Emma. — Isso é o mais provável de ter acontecido. Não conheço nenhum homem, além do sr. Knightley, capaz de tal atitude, de fazer algo que seja realmente amável, útil, cheio de boas intenções e tão benevolente. Ele não é um homem muito galante, mas tem bons sentimentos, é muito humano. Deve ter pensado na delicada saúde de Jane Fairfax e decidiu ajudá-la por pura gentileza. Era o mínimo que se poderia esperar de um cavalheiro como o sr. Knightley. Eu já sabia que ele viera com uma carruagem. Chegamos juntos e até brinquei com ele, porém não me disse nada que o pudesse trair.

— Bem... — disse a sra. Weston, sorrindo. — Vejo que, nesse caso, você concede a ele uma benevolência mais desinteressada do que eu, pois, assim que a srta. Bates me contou sobre a carruagem, comecei a suspeitar de algo e não consegui mais parar de pensar. Quanto mais pensava no assunto, mais chegava à conclusão de que minhas suspeitas são corretas. Enfim, para resumir, prevejo uma união entre o sr. Knightley e Jane Fairfax. Viu o que me aconteceu por estar sempre ao seu lado? O que acha da ideia?

— O sr. Knightley e Jane Fairfax!? — surpreendeu-se Emma. — Minha amiga querida, como foi capaz de pensar tal absurdo? O sr. Knightley! Ele não vai casar-se! Quer que Henry perca a herança de Donwell? Oh, não! Henry deve ser o herdeiro. Não posso aprovar o casamento do sr. Knightley e tenho certeza de que é quase improvável. Fico muito espantada com o fato de ter cogitado tal situação.

— Minha querida Emma, eu lhe expliquei o que me levou a ter essa ideia... não tenho a intenção de prejudicar o pequeno Henry.[51] Mas as circunstâncias me levaram a pensar. E se o sr. Knightley tivesse a intenção de se casar, não seria você que o faria desistir do intuito com o argumento de que Henry ficaria sem sua herança. Afinal, ele é apenas uma criança e não sabe nada sobre o assunto.

— Aí é que se engana! Eu posso, sim, demovê-lo. Não permitirei uma humilhação desse tipo a Henry. O sr. Knightley se casar! Não, eu jamais tive tal ideia e não posso sequer pensar nisso agora. Ainda mais para se casar com Jane Fairfax!

— Ora, você bem sabe que ela sempre foi a favorita dele.

— Mas esse casamento seria uma imprudência.

— Eu não estou falando de prudência, falo apenas de possibilidades.

— Não vejo nenhuma probabilidade de isso vir a acontecer, a menos que tenha outros argumentos. Sua bondade, seus bons sentimentos, como já disse antes, bastam para que usasse a carruagem. Como bem sabe, ele tem grande consideração pelas Bates, independentemente de Jane. E está sempre disposto

---

[51] A herança do sr. Knightley iria para o sobrinho Henry, caso o tio não se casasse.

a fazer-lhes um favor. Minha amiga, não tente dar uma de casamenteira. Você não tem talento para isso. Jane Fairfax, a dona de Donwell Abbey! Oh, não! Não posso nem imaginar. Pelo bem do sr. Knightley, não posso sequer imaginá-lo cometendo tal loucura.

— Pode até parecer uma imprudência, mas não loucura. Com exceção da diferença de fortuna, e talvez uma pequena diferença de idade, não vejo mais nada que se oponha.

— O sr. Knightley não deseja casar-se. Posso garantir que ele nem sequer pensa no assunto. Não vá colocar caraminholas na cabeça dele. Por que deveria casar-se? Ele é muito feliz sozinho, tem uma fazenda, gado, uma biblioteca e toda a paróquia para administrar. Além disso, é apaixonado pelos sobrinhos. Não tem nenhum motivo para se casar, não vá ocupar seu tempo e seu coração com tolices.

— Minha querida Emma, enquanto ele pensar assim, assim será... Porém, se ele realmente ama Jane Fairfax...

— Tolice! Ele apenas se preocupa com a saúde de Jane Fairfax. Tenho certeza de que não está apaixonado. Ele fará todo tipo de bondade para ela e sua família, mas...

— Então — disse a sra. Weston, sorrindo —, talvez a melhor coisa que ele possa fazer por elas seja oferecer a Jane um lar respeitável.

— Se, por um lado, faria um bem enorme para elas, seria péssimo para ele; uma união muito embaraçosa e degradante. Como suportaria ser parente da srta. Bates? Ela atormentaria a todos na casa, agradeceria a ele todos os dias por ter sido tão bom e ter-se casado com Jane! Tão gentil e amável! Sempre foi um bom vizinho! E sempre faria algumas interrupções para falar da anágua da mãe. Talvez dissesse algo do tipo: "Não é uma anágua tão velha assim, quem sabe dure mais algum tempo", e, por fim, diria que são anáguas muito resistentes.

— Que horror, Emma! Não imite a pobre mulher. Mas você me diverte, apesar de eu não concordar com você. E, para dizer a verdade, não creio que o sr. Knightley se incomodará com a srta. Bates. As pequenas coisas não o irritam. Pode até ser que ela fale muito, mas, se quiser interrompê-la, basta falar mais alto do que ela. A questão aqui não é se fará uma péssima união, mas se quer casar-se com ela, e creio que ele deseja isso. Tanto eu como você já o ouvimos falar muito bem de Jane! Observe como ele fala sobre a moça com interesse, como se preocupa com sua saúde, como deseja que ela tenha felizes e promissoras perspectivas! Já o ouvi falar muito e calorosamente sobre tudo isso! Ele admira muito o talento de Jane para tocar piano e sempre observa como sua voz é linda! Também o ouvi dizer que poderia ouvi-la para sempre! Oh, já ia me esquecendo de uma ideia que me ocorreu... O piano que alguém enviou como presente. Embora todos estejam satisfeitos com a afirmação de que foi enviado pelos Campbell, será que não teria sido um presente do sr.

Knightley? Não consigo evitar pensar que foi um presente dele. Creio que seja a pessoa mais propensa a ter feito a surpresa, mesmo sem estar apaixonado.

— Então, esse não é um argumento capaz de provar que ele pode estar apaixonado. Mas acredito que não seja algo do perfil do sr. Knightley, ele não é tão misterioso assim.

— Já o ouvi dizer inúmeras vezes quanto era lamentável o fato de Jane não possuir um piano. Ouvi-o dizer isso com demasiada frequência para supor que não seja algo que o preocupe.

— Muito bem, se tivesse a intenção de presenteá-la, teria dito isso a ela.

— Minha querida Emma, pode ter havido certos escrúpulos de delicadeza. Porém, observei algo nele que me chamou muito mais a atenção. Estou certa de que, no momento em que a sra. Cole nos contava sobre o presente, na sala de jantar, o silêncio dele foi muito significativo.

— Minha querida sra. Weston, quando cisma com uma ideia, não há ninguém que a faça mudar de opinião, tanto quanto me reprovou diversas vezes. Não vejo nenhum sinal de paixão, nem acredito nessa história do piano... e não há nenhum indício de que o sr. Knightley deseje casar-se com Jane Fairfax.

Elas continuaram discutindo sobre o assunto por mais um tempo e era Emma que parecia tentar convencer a amiga porque, das duas, a sra. Weston era a que estava mais acostumada a ceder. Até que uma leve agitação na sala demonstrou que a hora do chá terminara e que estavam preparando o piano para ser tocado. Naquele exato momento, o sr. Cole se aproximou de Emma e pediu a ela que lhes desse a honra de ouvi-la tocar. O sr. Frank Churchill, a quem, no calor da conversa com a sra. Weston, havia perdido de vista, estava sentado ao lado da srta. Fairfax. Logo veio a sra. Cole para reforçar o pedido, respeitosamente, para que ela fosse a primeira a tocar. Assim, Emma concordou imediatamente.

Ela conhecia bem suas próprias limitações para tentar uma peça que não pudesse executar com êxito. Não lhe faltavam bom gosto nem talento para a música, sobretudo para escolher composições que eram geralmente bem aceitas e que ela poderia cantar sem a menor dificuldade. Enquanto cantava uma das músicas escolhidas, teve a grata surpresa de ser acompanhada pelo sr. Frank Churchill. Assim que ela tocou a última nota, pediu perdão, como de costume, e todos a cumprimentaram, afirmando que o jovem rapaz tinha uma voz muito bonita e um ótimo conhecimento musical, qualidades que ele negou, como era de se esperar, afirmando que era completamente leigo no assunto, e que mal sabia cantar. Os dois começaram uma nova canção. No entanto, logo em seguida, Emma cedeu seu lugar a Jane, cuja interpretação, tanto do ponto de vista vocal como instrumental, era infinitamente superior, e nem mesmo ela conseguiria esconder isso de si mesma.

Com uma mistura de sentimentos contraditórios, Emma sentou-se a certa distância do piano com o objetivo de escutar melhor. Frank Churchill cantou novamente. Ouvira dizer que os dois cantaram juntos uma ou duas vezes em Weymouth. Mas, ao observar o olhar atencioso do sr. Knightley, Emma imediatamente parou de pensar nos dois jovens. Ela começou a pensar nas suposições da sra. Weston, pensamentos esses que só eram interrompidos pelos sons harmoniosos das duas vozes unidas. Suas objeções ao casamento do sr. Knightley não diminuíram. Não conseguia enxergar nenhum benefício nisso, a não ser o mal que faria ao sobrinho. Seria uma grande decepção para o sr. John Knightley e, consequentemente, para sua esposa, Isabella. Seria uma grande injúria para as crianças... uma mudança muito desagradável, além de uma perda material para todos. O sr. Woodhouse seria uma das pessoas que mais sentiria, além de alterar completamente seu ritmo de vida. E quanto a si mesma, não conseguia suportar a ideia de Jane Fairfax vir a ser a senhora de Donwell Abbey. A esposa do sr. Knightley, diante da qual todos deveriam inclinar-se! O sr. Knightley nunca deveria casar-se. O pequeno Henry deveria permanecer como o único herdeiro de Donwell.

Naquele momento, o sr. Knightley olhou para trás e sentou-se ao seu lado. A princípio, falaram apenas da performance da moça. Ele realmente a admirava, porém Emma pensou que, se não fosse pela ideia da sra. Weston, o amigo a teria enganado. Como quem não quer nada, ela começou a falar da gentileza dele, ao oferecer a carruagem à tia e à sobrinha e, embora a resposta tenha sido muito breve, apenas para encurtar o assunto, ela acreditou que indicava apenas uma desculpa para evitar falar dos atos de caridade que fizera.

— Muitas vezes — ela continuou — penso que é uma lástima que nossa carruagem não seja útil aos demais em ocasiões como esta. Não é que eu não queira, mas bem sabe quão impossível é para meu pai concordar que James saia de casa para tal finalidade.

— Completamente fora de questão, certamente — respondeu ele. — Mas tenho certeza de que você sempre desejou isso.

Ele sorriu como se estivesse muito satisfeito por ter essa convicção, e Emma pôde ir um pouco mais além, ao dizer:

— O presente dos Campbell, o piano, foi uma ótima ideia.

— Sim — respondeu ele, aparentemente sem o menor embaraço. — Mas eles teriam sido mais prudentes se ao menos avisassem Jane sobre o presente. Surpresas são tolices. A alegria que proporcionam não é tanta se comparada aos inconvenientes que devem ser considerados. Eu pensava que o Coronel Campbell fosse um homem mais ajuizado.

A partir desse momento, Emma poderia jurar que o sr. Knightley não fora o responsável pelo presente. Mas, se ele de fato estivesse apaixonado, se Jane fosse sua preferida, essas dúvidas perduraram por mais algum tempo. Ao final da segunda música, a voz de Jane ficou ainda mais grave.

— Já basta! — disse ele, em voz alta. — A senhorita já cantou o suficiente para uma noite inteira; agora deve descansar.

Entretanto, as outras pessoas pediram-lhe que tocasse outra canção:

— Só mais uma, ela não ficará tão cansada. Srta. Fairfax, não lhe pediremos mais nada.

Em seguida, Frank Churchill disse:

— Creio que poderá tocar sem grande esforço, a primeira parte é minúscula. A segunda parte da música é mais complexa.

O sr. Knightley ficou bastante irritado.

— Esse sujeito — disse indignado — só pensa em mostrar sua voz. Isso não pode continuar.

Tocou o braço da srta. Bates, que passava perto deles e comentou:

— Srta. Bates, está louca deixando sua sobrinha cantar, do jeito que a garganta dela está? Vá lá e interfira. Eles não têm piedade da moça.

A srta. Bates, realmente preocupada com a saúde de Jane, sem tempo para agradecer a observação do amigo, rapidamente se dirigiu ao piano e impediu que a sobrinha continuasse cantando. Assim, o concerto da noite acabou, uma vez que as srtas. Woodhouse e Fairfax eram as únicas que sabiam tocar, mas, em menos de cinco minutos, alguém — sem que se soubesse exatamente de quem partira o convite — propôs uma dança. O sr. Cole e sua esposa aceitaram a ideia com muito entusiasmo e rapidamente começaram a abrir espaço para o baile. A sra. Weston, especialista em contradanças, sentou-se ao piano e começou a tocar uma irresistível valsa. Frank Churchill, muito galante, convidou Emma para dançar, segurando sua mão.

Enquanto esperavam os demais se prepararem, Emma, apesar dos cumprimentos que recebia por sua bela voz e seu bom gosto, teve de olhar ao redor e ver o que o sr. Knightley fazia. Aquela seria sua prova decisiva. Geralmente, ele não gostava de dançar. Se ele se mostrasse muito disposto a convidar Jane para a dança, certamente significaria alguma coisa. Mas Emma não conseguiu encontrá-lo. Na verdade, ele conversava com o sr. Cole e parecia muito despreocupado, e Jane foi convidada para dançar por outra pessoa.

Emma não estava mais preocupada com Henry, o futuro do menino estava a salvo. Ela se entregou ao prazer da dança com uma alegria jovial e espontânea. Apenas cinco pares se formaram. Mas, como foi algo tão inesperado, tudo ficou ainda mais maravilhoso, mesmo porque ela combinava perfeitamente com seu parceiro de dança. Os dois formavam um casal que valia a pena observar.

Infelizmente, apenas duas danças foram permitidas. Já estava tarde, e a srta. Bates começou a ficar ansiosa para voltar para casa porque estava preocupada com a mãe. No entanto, após algumas tentativas para continuarem o baile um pouco mais, agradeceram à sra. Weston e partiram.

— Talvez tenha sido melhor assim — disse Frank Churchill, ao conduzir Emma até sua carruagem. — Se eu tivesse convidado a srta. Fairfax para uma dança, depois de ter dançado com a senhorita, não conseguiria adaptar-me ao jeito lânguido dela de dançar.

CAPÍTULO 9

Emma não se arrependera de ter ido à casa dos Cole. No dia seguinte, tinha agradáveis lembranças para recordar, e tudo que poderia ter perdido em altivez parecia recompensado pelo esplendor da sua popularidade. Ela deve ter encantado os Cole — pessoas tão distintas, que mereciam ser felizes! E deixou para trás uma fama que dificilmente esqueceriam.

A felicidade perfeita não é comum, nem mesmo nas lembranças; além disso, havia dois pontos nos quais ela ainda não estava tranquila. Estava segura de que não infringira o dever de lealdade que toda mulher sente pelas outras ao revelar suas suspeitas a respeito de Jane Fairfax para o sr. Frank Churchill. Dificilmente suas suposições seriam verdade, mas sua convicção era tão forte que ela não poderia evitar ouvir a opinião dele. Ao concordar com tudo que Emma disse, ele parecia fazer um elogio à sua inteligência, o que a impediu de frear a própria língua.

O outro motivo era a própria Jane Fairfax; e, neste caso, não havia nenhuma dúvida. Emma admitia com sinceridade e sem receio que Jane era muito superior a ela, tanto no canto como no piano. O que mais lamentava era a preguiça que tivera quando criança... sentava-se ao piano e praticava vigorosamente apenas por cerca de uma hora e meia.

Seus pensamentos foram interrompidos pela chegada de Harriet Smith, e, se os elogios da amiga fossem capazes de confortá-la, ter-se-ia se consolado rapidamente.

— Oh! Se ao menos eu pudesse tocar tão bem quanto a senhorita e a srta. Fairfax!

— Por favor, não nos coloque no mesmo nível, Harriet. Comparar-me a ela seria como comparar uma lâmpada ao sol.

— Oh, minha querida! Eu acho que é a melhor das duas. Penso que toca tão bem quanto ela e garanto-lhe que prefiro escutá-la. Ontem à noite, todos comentaram quanto a senhorita toca bem.

— Aqueles que conhecem alguma coisa de música certamente perceberam a diferença. Harriet, a verdade é que a maneira como eu toco é boa o bastante para ser elogiada, porém Jane Fairfax está muito além disso.

— Eu sempre pensarei que a senhorita toca tão bem quanto ela, pois, se existe alguma diferença, ninguém é capaz de notar. O sr. Cole disse que a senhorita é muito talentosa, e o sr. Frank Churchill falou durante um bom tempo a respeito do seu bom gosto musical e acrescentou que, para ele, o bom gosto vale mais do que uma execução.

— Ah! Mas Jane Fairfax possui as duas características, Harriet.

— Tem certeza? Pude observar quanto ela toca bem, mas não tenho certeza se tem bom gosto. Ninguém comentou a respeito disso. Odeio música italiana. Não é possível entender sequer uma palavra. Além disso, se ela toca tão bem como diz, não é mais do que sua obrigação, porque terá de ensinar música.

Ontem à noite, os Cox comentavam que ela poderia ser apresentada a uma boa família. O que pensa dos Cox?

— O de sempre... são muito simples.

— Eles me contaram algo — disse Harriet, um tanto hesitante —, mas não é nada importante.

Emma foi obrigada a perguntar o que disseram, embora receasse que se referia ao pastor.

— Eles me contaram que o sr. Martin jantou com eles no sábado passado.

— Oh!

— Ele fez uma visita de negócios e, então, os Cox convidaram-no para o jantar.

— É mesmo?

— Eles falaram durante muito tempo sobre Robert Martin, especialmente Anne Cox. Não sei quais eram suas intenções, mas ela me perguntou se este ano eu passaria o verão novamente na companhia dos Martin.

— Parece que agiu de maneira impertinente e curiosa, como sempre é o costume de Anne Cox.

— Ela me disse que o senhor Robert Martin foi muito gentil na noite em que jantou com sua família e que se sentou ao lado dela. A srta. Nash acredita que qualquer uma das Cox ficaria feliz por se casar com ele.

— É bem provável. Eu penso que elas são, sem exceção, as moças mais simplórias de Highbury.

Harriet faria compras na loja Ford, assim, Emma pensou ser prudente acompanhar a amiga. Poderia se encontrar com os Martin, acidentalmente, e, no estado de ânimo em que a amiga estava, isso seria perigoso.

Encantada com tudo, Harriet não se decidia por nada, e sempre demorava muito para fazer suas compras. Dessa forma, enquanto se decidia sobre qual tecido comprar, Emma foi até a janela para se distrair um pouco. Não se podia esperar muito do movimento da rua, inclusive nas partes mais agitadas de Highbury. O sr. Perry caminhava apressadamente, o sr. William Cox chegava à porta do seu escritório, os cavalos do sr. Cole retornavam de um passeio, um dos meninos que entregavam cartas montava uma mula teimosa, esses eram os únicos interesses que podia esperar encontrar. Porém, seus olhos pousaram sobre o açougueiro; depois viram uma senhora voltando para casa carregando sua cesta cheia de compras; viram também dois vira-latas disputando um osso, e um grupo de crianças com o rosto colado na janela da padaria; e ela percebeu que não tinha motivos para reclamar, divertira-se bastante, o suficiente para ficar próxima da porta. Uma mente vivaz e equilibrada não precisava contemplar grandes feitos nem encontrar respostas para tudo que via.

Ela voltou o olhar para a direção de Randalls. A cena se ampliou e pôde ver duas pessoas: a sra. Weston e Frank Churchill, que vinham para Highbury, com certeza a caminho de Hartfield. Entretanto, fizeram uma breve visita à casa das Bates, mais próxima de Randalls do que a loja Ford. Já iam bater na porta quando avistaram Emma. Imediatamente atravessaram a rua e se aproximaram; a agradável noite tornou o encontro do dia ainda mais alegre. A sra. Weston disse a Emma que ia fazer uma visita às Bates para ouvir Jane tocar o novo instrumento.

— Frank disse que, na noite passada, eu prometi uma visita às Bates e que seria logo pela manhã. Não me lembrava da promessa, nem sabia que já tinha marcado uma data, mas, como ele me lembrou, estamos indo lá agora.

— E, enquanto a sra. Weston faz sua visita — disse ele —, se me permite, tenho a esperança de lhe fazer companhia e aguardar por ela em Hartfield... Isso se a senhorita estiver indo para casa.

Ao ouvi-lo, a sra. Weston ficou decepcionada.

— Pensei que você fosse comigo. Elas ficariam muito contentes...

— Eu!? Eu atrapalharia vocês. Mas talvez... eu acabe atrapalhando aqui também. A srta. Woodhouse parece não desejar a minha companhia. Minha tia não gosta que eu a acompanhe quando vai às compras. Ela diz que sou muito cansativo, e a srta. Woodhouse pode concordar com isso. O que devo fazer?

— Não vim aqui para fazer compras — respondeu Emma. — Estou apenas esperando minha amiga. Creio que ela não vá demorar, então, poderemos seguir para minha casa. Mas acredito que seja melhor o senhor acompanhar a sra. Weston e ouvir Jane tocar o novo piano.

— Bem, se a senhorita diz... mas — ele continuou, sorrindo — e se o Coronel Campbell encarregou um amigo descuidado de comprar o piano, e o instrumento não estiver afinado, o que direi? Não poderei apoiar a sra. Weston. Ela ficará muito bem sozinha. Uma verdade desagradável seria bem-vinda de seus lábios, mas sou incapaz de mentir por educação.

— Não acredito em nada do que diz — Emma o contradisse. — Estou convencida de que, quando necessário, poderá ser tão insincero quanto seus vizinhos; mas não há motivos para supor que o instrumento não seja bom. Pelo contrário, se bem entendi o que a srta. Fairfax nos disse ontem à noite.

— Venha comigo — pediu a sra. Weston. — Isto é, se não for muito desagradável para você. Não ficaremos muito tempo. Depois iremos a Hartfield. Chegaremos lá alguns minutos depois de Emma. Eu realmente desejo que me acompanhe. Elas vão considerar uma grande gentileza de sua parte! Além disso, eu estava completamente certa de que me faria companhia.

Ele não pôde dizer mais nada e, na expectativa de que Hartfield fosse a sua recompensa, acompanhou a sra. Weston até a casa das Bates. Emma os observou entrar na residência, e então foi ao encontro de Harriet, que ainda estava indecisa diante do balcão. Tentou a todo custo convencê-la de que, se desejava comprar a musselina de cor lisa, não precisava olhar a estampada; e a fita azul, apesar de ser muito bonita, não combinaria com o tecido amarelo. Por fim, resolveram todas as dúvidas, até mesmo o lugar para onde deveriam enviar os pacotes.

— Devo enviar os embrulhos para a casa da sra. Goddard? — perguntou a sra. Ford.

— Sim... não... sim, para a casa da sra. Goddard. Apenas o molde do vestido deve ser entregue em Hartfield... não, a senhora pode enviar tudo para Hartfield, por favor. Mas, então, a sra. Goddard gostaria de vê-lo... é claro que eu poderia levar o molde do vestido para casa qualquer dia. Mas desejo que a fita siga para Hartfield... Pelo menos a fita. Sra. Ford, a senhora poderia embrulhar em dois pacotes, por favor?

— Harriet, não é necessário dar todo esse trabalho à sra. Ford.

— Não precisa fazer...

— Não há problema nenhum, senhorita — respondeu a gentil senhora.

— Oh! A verdade é que eu preferiria apenas um pacote. Então, por favor, pode enviar tudo para a casa da sra. Goddard... Bem, na verdade, eu já não sei mais o que fazer... não... srta. Woodhouse, eu acho que seria melhor enviar para Hartfield e depois eu mesma levar para casa. O que me aconselha?

— Aconselho a não pensar nem mais um segundo sobre o assunto. Sra. Ford, envie tudo para Hartfield, por favor.

— Sim, é a melhor decisão — concordou Harriet, muito satisfeita. — Eu não ficaria contente se tivessem enviado para a casa da sra. Goddard.

Ouviram algumas vozes perto da porta, eram duas mulheres: a sra. Weston e a srta. Bates acabavam de entrar.

— Minha querida srta. Woodhouse — saudou a última —, atravessei rapidamente a rua a fim de convidá-la a se juntar a nós por alguns minutos e dar sua opinião a respeito do novo piano; e a srta. Smith também, claro. Como tem passado, srta. Smith? Eu estou muito bem, obrigada. Implorei à sra. Weston que me acompanhasse para ter certeza de que seria bem-sucedida.

— Espero que a sra. Bates e a srta. Fairfax estejam bem...

— Muito obrigada... sabe quanto aprecio o seu interesse. Minha mãe está muito bem, e Jane acabou pegando um resfriado ontem à noite. Como está seu pai? Fico feliz em saber que ele está bem de saúde. A sra. Weston me disse que estavam aqui... Oh! Então, disse a mim mesma, "vou até lá antes que elas saiam, tenho certeza de que a srta. Woodhouse não se incomodará em passar alguns minutos na minha casa; minha mãe ficará tão feliz ao vê-la...". E agora que somos um grupo maior, tenho certeza de que não recusará o meu pedido. O sr. Frank Churchill me disse que era uma ótima ideia e seria muito conveniente conhecer a opinião da srta. Woodhouse a respeito do piano... Mas eu disse que seria mais provável que aceitasse o meu convite se um deles viesse comigo... Oh! Ele me disse que esperasse apenas um pouco, até conseguir terminar o trabalho... isso tudo é verdade, pode acreditar, srta.

Woodhouse, porque ele está apertando o parafusinho dos óculos da minha mãe... acredita que o parafuso caiu hoje cedo? Ele foi tão gentil! Se a minha mãe ficar sem os óculos, não conseguirá fazer nada. A propósito, penso que todo mundo deveria ter um par de óculos, sim, deveria. Jane concorda comigo. Hoje pela manhã, a primeira coisa que eu gostaria de ter feito era levar os óculos da minha mãe até John Saunders, mas me distraí com outras coisas; primeiro uma, depois outra, e assim nunca consigo um tempo livre, bem sabe. Primeiro, Patty veio dizer-me que precisávamos limpar a chaminé da cozinha. Então, eu disse: "Oh! Patty, não me venha com más notícias. Justo hoje, que os óculos da sua patroa quebraram". Em seguida, chegaram as maçãs assadas que a sra. Wallis enviou por um dos seus meninos; eles sempre foram muito educados e bondosos conosco... já ouvi algumas pessoas dizerem que os Wallis são mal-educados e sempre respondem bruscamente, mas nós nunca observamos tal comportamento. Não pode ser apenas porque somos fregueses ou pelos pães que consumimos, não é? Somos apenas três, e isso porque Jane veio morar conosco... ainda assim, ela não come quase nada. Seu desjejum é muito simples, a senhorita ficaria muito assustada se pudesse vê-la comendo. Também não permito que a minha mãe a veja à mesa... então, conto uma história, depois outra, e a minha mãe nem percebe. Mas, quando chega o meio-dia e ela sente fome, não há nada que ela aprecie mais do que maçãs assadas; são frutas muito saudáveis. Outro dia mesmo tive oportunidade de perguntar ao sr. Perry sobre isso; nós nos encontramos por acaso. Não que eu tivesse qualquer dúvida a respeito das boas qualidades da fruta... frequentemente ouvi o sr. Woodhouse recomendá-las dessa forma. Creio ser o único modo que seu pai considera o mais saudável. Algumas vezes, fazemos torta de maçã. Patty é uma ótima cozinheira. Bem, sra. Weston, espero que as moças nos acompanhem.

Emma ficaria muito feliz em esperá-los na casa das Bates. Por fim, saíram da loja sem mais demora, e a srta. Bates teve tempo apenas de dizer:

— Como tem passado, sra. Ford? Peço-lhe desculpas. Não a tinha visto até agora. Ouvi dizer que a senhora recebeu lindas fitas de Londres. Quando chegou em casa ontem, Jane estava encantada com elas. Ah! As luvas também são lindas... só um pouquinho largas no pulso, mas Jane vai usá-las mesmo assim... o que eu dizia mesmo? — perguntou ela enquanto caminhavam pela rua.

Emma se perguntou qual seria o assunto em meio a tantos.

— Confesso que não consigo lembrar-me do que falávamos... oh! Os óculos da minha mãe. O sr. Frank Churchill foi tão amável! Oh! Ele me disse que conseguiria consertá-los e que gostava muito desse tipo de trabalho manual... o que demonstra que é um jovem muito... na verdade, devo dizer-lhes que mesmo antes de conhecê-lo já ouvira muito a seu respeito e o tinha em grande consideração, de fato, é muito mais do que... sra. Weston, felicito a senhora de todo o meu coração. Ele parece ser o filho que todo pai deseja... Oh! Ele repetiu que conseguiria consertar os óculos e quanto gostava desse tipo de trabalho. Jamais me esquecerei de tamanha bondade. Quando peguei as maçãs assadas de dentro do armário, na esperança de que um dos nossos amigos as provasse, ele foi logo dizendo: "Não há fruta melhor do que essa, jamais vi maçãs assadas tão bonitas". Achei isso tão... tenho certeza, pelo modo como falou, de que não foi apenas por educação. De fato, as frutas estavam deliciosas, deve-se fazer justiça à sra. Wallis... Apesar de termos assado as maçãs apenas duas vezes e não três, como recomendou o sr. Woodhouse. Por favor, srta. Woodhouse, não conte para ele. As maçãs são as melhores frutas para se assar, sem dúvida nenhuma; todas vieram de Donwell... o sr. Knightley gentilmente nos mandou de presente. Todos os anos ele nos envia um saco; e certamente não reserva para si mais do que a produção de duas ou três de suas macieiras... Creio que sejam apenas duas macieiras. Mamãe ainda nos disse que, quando era jovem, as macieiras de Donwell já eram famosas. Mas, outro dia, fiquei bastante chocada... o sr. Knightley veio visitar-nos pela manhã, Jane comia uma dessas maçãs, falávamos sobre a fruta e eu disse quanto minha sobrinha gostava delas, então, ele perguntou se nosso estoque já estava no fim. Ele mesmo afirmou que nosso estoque já deveria estar no fim e nos disse que enviaria mais, pois estava com mais maçãs do que poderia consumir. Este ano, William Larkins lhe enviou uma quantidade maior do que a de costume e muitas estragariam. Eu supliquei para que não enviasse mais nenhuma... de fato, nosso estoque já estava no fim... A verdade é que só restava meia dúzia, e todas seriam reservadas para Jane. Eu não poderia tolerar que ele nos enviasse mais, após ter sido tão generoso conosco. Jane disse o mesmo. Depois que ele foi embora, Jane quase brigou comigo. Não, não devo dizer quase brigou, pois nunca tivemos uma briga sequer, mas ela estava muito chateada por eu ter dito que as nossas maçãs já estavam acabando. Ela desejava que ele acreditasse que estávamos bem. Porém, naquela mesma noite, William Larkins nos trouxe um grande cesto cheio daquelas maçãs excelentes e fiquei tão agradecida que fui ao seu encontro e disse-lhe todo tipo de agradecimento possível. Conhecemos William há tanto tempo! Sempre fico feliz ao vê-lo. Porém, Patty me disse que William contou-lhe que aquelas eram as últimas maçãs que seu patrão tinha em estoque; ele nos enviou tudo que tinha. E agora o sr. Knightley não tem sequer uma maçã para assar ou cozinhar. William parecia não estar preocupado. Na verdade, estava muito satisfeito, pois o patrão vendeu toda a produção. No entanto, a sra. Hodges ficou muito chateada. Ela não suporta a ideia de o patrão não poder comer mais uma torta de maçã sequer durante esta primavera. William contou tudo isso a Patty, mas disse-lhe que não se incomodasse e não contasse nada a ninguém, pois a sra. Hodges podia ser um pouco mal-humorada às vezes, porém, uma vez que tantos sacos tinham sido vendidos, não importava quem comeria as últimas maçãs. Patty veio contar-me tudo isso e fiquei muito chocada! Prefiro que o sr. Knightley nem desconfie de tudo que eu sei. Ele ficaria tão... gostaria que Jane também não soubesse disso, mas, quando percebi, eu mesma já contara tudo.

Ela terminava o assunto quando Patty abriu a porta para que os visitantes pudessem entrar tranquilamente, seguidos apenas pelas frases tão atenciosas da srta. Bates:

— Sra. Weston, por favor, tenha cuidado: há um degrau aí, bem nessa curva. Por favor, tenha cuidado com nossa escada, srta. Woodhouse... é mais estreita do que gostaríamos. Srta. Smith, também peço que tenha cuidado. Tenho certeza de que a senhorita tropeçou, srta. Woodhouse. Srta. Smith, há um degrau bem aí, onde a escada faz uma curva.

CAPÍTULO 10

Quando entraram na pequena sala de estar, tudo parecia bem tranquilo; a sra. Bates, privada do seu habitual entretenimento, cochilava sentada ao lado da lareira. Frank Churchill estava sentado a uma mesa próximo dela, muito ocupado com os óculos da velha senhora. E Jane Fairfax, de costas para eles, contemplava seu piano.

Apesar de muito ocupado, o jovem rapaz ficou radiante de felicidade ao ver Emma novamente.

— É um grande prazer — disse ele bem baixinho. — Chegaram cerca de dez minutos mais cedo do que eu imaginei. Como vê, estou tentando ser útil; diga-me se acredita que conseguirei consertar o par de óculos.

— O quê! — exclamou a sra. Weston. — Ainda não terminou? Você não conseguiria sustentar-se trabalhando nessa lentidão.

— Eu também fiz outras coisas — respondeu ele. — Ajudei a srta. Fairfax a tentar nivelar o piano, não estava muito firme; creio que é por causa do desnível do piso. Como vê, colocamos um pedaço de papel debaixo de um dos pés. Foi muita gentileza sua ter se deixado convencer a vir. Temi que tivesse vontade de ir diretamente para sua casa.

Ele se moveu de modo que acabou conseguindo que Emma sentasse ao seu lado e se mostrou tão solícito que escolheu a melhor maçã assada para ela, com o objetivo de que ela o ajudasse ou lhe desse algum conselho a respeito do trabalho que fazia, até que Jane Fairfax ficou pronta para voltar ao piano. Na verdade, ela não estava pronta tão rapidamente e Emma suspeitou que a pausa era consequência do seu nervosismo. Possuía o instrumento havia pouco tempo e não podia deixar de tocá-lo sem sentir certa emoção; precisava dominar seu nervosismo antes que começasse a tocar normalmente. Emma não deixou de sentir pena da moça e compreender seus motivos, fossem eles quais fossem. Tomou a decisão de não falar mais a respeito de suas suspeitas com o amigo.

Por fim, Jane começou a tocar e, embora os primeiros compassos fossem um tanto débeis, gradualmente as qualidades do instrumento foram observadas. A sra. Weston já se encantara anteriormente com aquela sonoridade e experimentava novamente a mesma sensação. Os calorosos elogios de Emma se uniram aos da amiga. O piano foi considerado por todos um magnífico instrumento.

— Quem quer que seja o responsável pelo presente — disse Frank Churchill, sorrindo para Emma — tem muito bom gosto. Quando estive em Weymouth, sempre ouvi falar do bom gosto do Coronel Campbell, e estou certo de que a suavidade das notas mais altas é exatamente o que todos os seus amigos haveriam de mais apreciar. Atrever-me-ia a dizer, srta. Fairfax, que ele próprio deu instruções bem detalhadas ao seu amigo ou escreveu um bilhete diretamente para Broadwood. Não acha?

Jane não olhou para trás. Ela não era obrigada a escutar o que falavam. A sra. Weston conversava com ela naquele exato momento.

— Não é justo — Emma o repreendeu, sussurrando. — O que eu lhe disse foi apenas uma suspeita. Não a incomode com isso.

Ele concordou com um aceno de cabeça, enquanto sorria, e seus olhos demonstravam um pouco de dúvida e compaixão. Logo em seguida, continuou:

— Imagino, srta. Fairfax, quanto seus amigos na Irlanda estão pensando a respeito da sua surpresa ao receber um presente como este. Ouso dizer que pensam muito na senhorita, e devem ter-se perguntado quando seria o dia, o dia exato, em que o instrumento lhe seria entregue. Acredita que o Coronel Campbell já sabe que o piano está em suas mãos? Imagina que o presente tenha sido uma consequência de instruções vindas diretamente dele, ou apenas foi enviado como de praxe, sem pensar no tempo gasto e dependendo de algumas contingências e conveniências?

Ele fez uma pausa. Como ela não deixou de ouvi-lo, não conseguiu evitar a resposta:

— Até que eu receba uma carta do coronel — disse ela tranquilamente —, não posso ter certeza de nada. Só posso fazer conjecturas.

— Conjecturas... sim, às vezes, as conjecturas estão certas, outras vezes, erradas. O que eu mais gostaria de conjecturar é quanto tempo mais gastarei para apertar este parafuso. Quantas tolices dizemos quando absortos em um trabalho e nos damos a falar! Não é mesmo, srta. Woodhouse? Acredito que os trabalhadores de verdade conseguem ficar calados; mas nós, cavalheiros que trabalhamos apenas por afeição, se ao menos pudéssemos conter as palavras... A srta. Fairfax disse algo a respeito de conjecturas. Pronto, terminei. Tive o prazer, madame — disse dirigindo-se à sra. Bates —, de consertar seus óculos.

Tanto a mãe como a filha agradeceram calorosamente. Para escapar da srta. Bates, ele foi em direção ao piano e implorou a Jane, que ainda estava sentada, que tocasse mais uma música.

— Se a senhorita for amável — disse ele —, tocará uma das valsas da noite passada. Permita-me relembrar aqueles deliciosos momentos. Sei que não apreciou a valsa tanto quanto eu, pois parecia cansada. Penso que ficou muito satisfeita quando paramos de dançar. Mas eu teria dado tudo que tinha por pelo menos mais meia hora de dança.

Ela tocou.

— Que felicidade poder ouvir a melodia que nos fez tão felizes! Se não estou enganado, dançamos essa música em Weymouth.

Ela olhou para ele por alguns segundos, corou e voltou a tocar. Ele pegou algumas partituras sobre a cadeira próxima ao piano, virou em direção a Emma e disse:

— Isto é algo novo para mim. A senhorita conhece? Cramer... e esta é uma nova coleção de canções irlandesas. Obviamente, era de se esperar que houvesse canções da Irlanda. Enviaram todas essas partituras junto com o piano. Foi muita gentileza do Coronel Campbell, não é mesmo? Ele imaginou que a srta. Fairfax não teria sequer uma partitura aqui. Aprecio esses detalhes tão atenciosos; logo se vê que é algo do fundo do coração. Tudo foi feito sem pressa e muito bem planejado. Só pode ter vindo de alguém que sente um grande afeto.

Emma desejava que ele fosse menos direto, mas não deixava de se divertir. E, quando olhou para Jane Fairfax, percebeu um resquício de sorriso em meio ao profundo rubor da consciência; percebendo o sorriso de um prazer secreto, Emma teve menos receios em se divertir, e ainda menos compaixão pela moça... a amável, justa e perfeita Jane Fairfax aparentemente ocultava sentimentos muito repreensíveis.

Frank trouxe as partituras para perto dela e ambos começaram a analisá-las... Emma aproveitou a oportunidade para sussurrar:

— O senhor é muito direto. Ela vai acabar entendendo o que diz.

— Espero que sim. Espero que ela entenda o que eu digo. Não tenho vergonha dos meus atos.

— Mesmo? Eu estou um pouco envergonhada, gostaria de nem sequer ter pensado nessa ideia.

— Estou muito feliz que tenha pensado e me contado. Agora tenho uma pista para os olhares e o jeito estranho de Jane. Deixe que ela sinta vergonha. Se fez algo errado, precisa mesmo se envergonhar.

— Penso que ela não se dê conta do que está acontecendo.

— Receio que esteja enganada. Ela está tocando "Robin Adair"[52] neste exato momento... é a música favorita *dele*.

---

[52] *Folk* tradicional irlandês, própria para ser executada ao piano e muito romântica.

Pouco tempo depois, enquanto a srta. Bates passava perto da janela, descobriu que o sr. Knightley passava a cavalo bem na frente da casa.

— É o sr. Knightley! Preciso falar com ele, se possível, apenas para agradecer-lhe. Não vou abrir a janela, senão você ficará ainda mais resfriada, Jane; mas posso chamá-lo da janela do quarto da minha mãe. Que honra tê-lo aqui conosco! Será uma honra para nossa casa!

Mal acabou de falar e já estava no quarto ao lado; abriu a janela e imediatamente chamou o cavalheiro. Cada sílaba do que disse foi ouvida por todos os vizinhos, como se morassem na mesma casa.

— Como vai? Como tem passado? Muito bem, obrigada. Estou muito agradecida por ter nos oferecido sua carruagem. Chegamos bem na hora, minha mãe estava esperando-nos. Por favor, entre só um pouquinho. Encontrará muitos amigos aqui.

A srta. Bates começou assim, e o sr. Knightley também parecia muito determinado a ser ouvido, pois de forma resoluta respondeu:

— Como está sua sobrinha, srta. Bates? Desejo ter notícias de todas vocês, particularmente da sua sobrinha. Como está a saúde de Jane? Espero que não tenha-se resfriado ontem à noite. Como está hoje?

A srta. Bates foi obrigada a dar uma resposta direta antes mesmo que ele pudesse ouvi-la. Os espectadores divertiam-se; a sra. Weston lançou um olhar significativo para Emma. Porém, esta apenas balançou a cabeça negativamente, confirmando seu ceticismo.

— Estamos muito agradecidas! Muito agradecidas por ter nos enviado sua carruagem — repetiu a srta. Bates.

Ele a interrompeu, dizendo:

— Vou até Kingston. Deseja alguma coisa?

— Oh! Está indo mesmo a Kingston? Outro dia mesmo a sra. Cole me dizia que desejava algo de lá.

— A sra. Cole pode enviar um de seus empregados. Posso ser-lhe útil em alguma coisa?

— Não, muito obrigada. Mas, por favor, entre um pouquinho. Quem imagina que está aqui conosco? A srta. Woodhouse e a srta. Smith; foram tão gentis em nos visitar apenas para conhecer o novo piano. Deixe seu cavalo na hospedaria Crown e entre um pouco.

— Bem — disse ele de maneira bem decidida —, talvez por apenas cinco minutos.

— A sra. Weston e o sr. Frank Churchill também estão aqui! Quanta felicidade ver tantos amigos reunidos!

— Não, não agora, eu agradeço. Não posso ficar nem dois minutos. Preciso chegar a Kingston o mais rápido possível.

— Oh! Entre. Eles ficarão muito felizes em vê-lo.

— Não, de modo nenhum! Sua casa já está cheia o bastante. Farei uma visita em outro dia, e assim poderei ouvir Jane tocar.

— Bem, eu sinto muito! Oh, sr. Knightley, que festa deliciosa tivemos na noite passada, foi extremamente agradável. Já viu um baile tão lindo? Não foi maravilhoso? A srta. Woodhouse e o sr. Frank Churchill... nunca vi um par tão lindo.

— Sim, de fato, foi muito agradável. Não posso dizer mais nada, pois suponho que ambos estejam ouvindo tudo que falamos. E — continuou, aumentando ainda mais o tom da voz — não vejo motivos pelos quais a srta. Jane Fairfax também não possa ser mencionada. Acredito que ela dança muito bem; e a sra. Weston, sem exceção, é a melhor pianista de contradanças de toda a Inglaterra. Agora, se seus amigos tiverem alguma gratidão, deveriam fazer alguns elogios em voz alta a meu respeito e à senhora, mas não posso esperar para ouvir.

— Oh! Sr. Knightley, espere um momento. É algo importante... tão chocante! Jane e eu ficamos tão chocadas com as maçãs!

— Qual é o problema com elas?

— Pensar que nos enviou todas as suas maçãs! O senhor nos disse que tinha muitas maçãs em estoque, e agora ficou sem nenhuma. Ficamos muito chocadas! Creio que a sra. Hodges também está zangada. William Larkins nos contou. O senhor não deveria ter feito isso, com certeza não deveria. Ah! Ele se foi. Não pôde esperar nem por um elogio. Creio que não entraria mesmo e seria uma lástima se eu não pudesse agradecer-lhe... bem — continuou, voltando à sala —, não tive êxito. O sr. Knightley não podia atrasar-se, estava a caminho de Kingston. Ele me perguntou se poderia fazer-me algum favor...

— Sim — disse Jane —, ouvimos suas gentilezas e tudo o mais que conversaram.

— Oh! Sim, minha querida, acho que ouviram tudo, pois a porta e a janela estavam abertas, e o sr. Knightley fala muito alto. Certamente, ouviram cada sílaba da nossa conversa. Posso ser-lhe útil? Foi o que ele disse. Mas acabei de mencionar isso. Oh! Srta. Woodhouse, já está de saída? Mal chegaram... estou muito agradecida a todos pela visita adorável.

Emma decidiu que era hora de voltar para casa; a visita já estava prolongando-se demais e, ao examinarem os relógios, perceberam que boa parte da manhã já se passara, de modo que a sra. Weston e Frank Churchill também se levantaram para sair e se dispuseram a acompanhar as duas moças até os portões de Hartfield, antes de voltarem a Randalls.

CAPÍTULO 11

É possível ficar totalmente sem dançar. São conhecidos os casos em que os jovens ficaram meses e meses sem bailes, sem que nada de errado lhes ocorresse, tanto mental quanto fisicamente. Mas, quando há um ponto de partida, quando os movimentos de uma dança são sentidos por todos, é difícil resistir à tentação de insistir para que se repita.

Frank Churchill dançara em Highbury e agora desejava dançar novamente. Quando o sr. Woodhouse foi persuadido a ficar cerca de trinta minutos junto com a filha em Randalls, Emma e Frank Churchill passaram todo o tempo fazendo projetos sobre o assunto. A ideia partira de Frank, e ele a perseguiu com o maior interesse. Emma prestava atenção às dificuldades, e considerava que deveria ser um evento digno e adequado às circunstâncias. Mas, apesar de tudo, tinha um grande interesse em mostrar aos outros quanto ela e Frank eram excelentes dançarinos — algo em que não ficava abaixo de Jane Fairfax. E, mesmo que fosse pelo simples prazer da dança, sem nenhum tipo de vaidade, começou a ajudá-lo a fazer a medição da sala onde se encontravam, na esperança de descobrir, apesar de o sr. Weston lhe dizer o tamanho exato da sala, que era um pouco maior.

Sua primeira sugestão foi que o baile começado na casa dos Cole terminasse ali — o mesmo grupo deveria ser reunido e os mesmos músicos deveriam ser convidados, o mais rápido possível. O sr. Weston se interessou muito pela ideia, a sra. Weston, com grande boa vontade, comprometeu-se a tocar enquanto eles conseguissem dançar. Em seguida, começaram a pensar em quem convidariam, assim poderiam oferecer a cada convidado o maior espaço possível.

— A senhorita, Smith e a srta. Fairfax, são três; contando com as filhas dos Cox, teremos cinco moças — foi repetido inúmeras vezes por Frank Churchill. — Temos os filhos dos Gilbert, o jovem Cox, meu pai, eu mesmo e o sr. Knightley. Bem, já é um número suficiente de pessoas para nos divertir. A senhorita, Smith e a srtas. Fairfax, são três; contando as filhas dos Cox, teremos cinco casais e haverá muito espaço para os outros.

Contudo, logo mudou de opinião.

— Mas haverá espaço suficiente para cinco casais? Creio que não.

Ou, então:

— Além disso, não compensa planejar nada se tivermos apenas cinco casais. Se pensarmos melhor, cinco casais não são nada. Não é prudente convidar apenas cinco casais. Foi uma ideia sem fundamento.

Alguém disse que a srta. Gilbert era esperada na casa do irmão, então poderiam convidá-la também. Outra pessoa disse que a moça teria dançado no baile que houve na casa dos Cole se tivesse sido convidada. Falaram também no filho mais novo dos Cox, então a sra. Weston acrescentou um grupo de primos que também deveria ser incluído. Havia também a família de um velho conhecido que não poderia ser deixada de fora. Aos poucos, perceberam que os cinco casais seriam, na verdade, pelo menos dez, então começaram a fazer cálculos sobre as possibilidades de acomodar todas aquelas pessoas na sala de estar.

As portas das duas salas ficavam uma diante da outra. "Não poderíamos usar as duas salas e aproveitar o espaço da porta para dançar?" Parecia a melhor opção e ainda assim não era uma ótima ideia; muitos deles desejaram planejar algo melhor. Emma disse que seria estranho; a sra. Weston ficou preocupada com o jantar, e o sr. Woodhouse foi totalmente contrário à ideia por motivos de saúde. De fato, ele ficou tão triste que não havia como colocar os planos em prática.

— Oh, não! — disse ele. — Seria muito imprudente. Não posso permitir que Emma participe disso! Ela não é muito forte. Poderia pegar um resfriado horrível. Até mesmo Harriet poderia adoecer. Na verdade, todos vocês poderiam ficar doentes. Sra. Weston, a senhorita deveria repousar, deveria evitar disparates como esse. Por favor, não permita que continuem com tais planos. Esse rapaz — disse, baixando a voz — é muito inconsequente. Não diga nada ao pai, mas o rapaz não é muito responsável. Nesta tarde, ele abriu as portas da casa diversas vezes e permaneceram abertas por muito tempo. Ele não pensa nas correntes de ar. Não quero indispô-la com ele, mas, de fato, não é um rapaz ajuizado.

A sra. Weston ficou muito aborrecida ao ouvir isso. Sabia a importância de cada palavra e fez de tudo para que as apreensões do sr. Woodhouse fossem dissipadas. Fecharam todas as portas, abandonaram a ideia de usar as duas salas e voltaram ao planejamento original, a sala de estar. E, com toda boa vontade, Frank Churchill, que havia menos de quinze minutos afirmava que o lugar não acomodaria cinco casais, agora já dizia que seria suficiente até para dez.

— Nós exageramos muito — disse ele —, calculamos um espaço maior do que o necessário. Cabem perfeitamente dez casais aqui.

Emma hesitou e disse:

— Seria uma multidão.... não há nada pior do que dançar sem espaço para se mover.

— É verdade — respondeu ele, seriamente. — Foi uma péssima ideia.

Mesmo assim, continuou tomando medidas e, por fim, disse:

— Acho que haverá espaço considerável para dez casais.

— Não, tenho certeza que não — ela o contradisse. — Seja razoável. Seria terrível ficarmos tão apertados. Não há nada mais desagradável do que dançar cercado por muitas pessoas... uma multidão em um espaço tão pequeno!

— Não há como negar isso — respondeu ele. — Concordo plenamente com a senhorita. Uma multidão em uma sala tão pequena. Srta. Woodhouse, tem o dom de descrever maravilhosamente bem as situações com tão poucas palavras. Requintado, muito requintado! Ainda assim, já fomos longe demais para deixarmos nossos planos irem por água abaixo. Seria uma decepção para meu pai... além disso... sou da opinião de que dez casais caberiam aqui tranquilamente.

Emma percebeu que a natureza de seus galanteios era um tanto voluntariosa e que ele se oporia à sua opinião para manter o prazer de dançar com ela, mas aceitou o elogio e se esqueceu do resto. Se alguma vez chegou a pensar em se *casar* com ele, poderia valer a pena pensar com calma no assunto, tentar compreender o valor da sua preferência e o caráter do seu temperamento. Mas, para todos os efeitos da sua amizade, o jovem era amável o suficiente.

Antes da metade do dia seguinte, ele já estava de volta a Hartfield. Entrou na sala com um sorriso nos lábios que parecia que ainda estava envolvido no projeto do baile e pronto para anunciar uma nova ideia.

— Bem, srta. Woodhouse — ele começou quase imediatamente —, espero que sua inclinação por bailes não esteja perdida por causa dos temores do seu pai. Tive uma nova ideia. Conversei com meu pai e só esperamos por sua aprovação para levarmos nosso plano adiante. Espero que me dê a honra de conceder as suas duas primeiras danças do nosso pequeno baile, que não será dado em Randalls, mas sim na hospedaria Crown!

— Na hospedaria Crown?!

— Sim, se a senhorita e seu pai não fizerem nenhuma objeção, e creio que a senhorita não verá nenhum impedimento; meu pai espera que seus amigos o honrem com uma visita à hospedaria. Ali ele poderá oferecer mais comodidades e uma acolhida não menos cordial do que em Randalls. Foi ideia do meu pai. A sra. Weston não viu nenhum inconveniente, contanto que a senhorita esteja de acordo. E essa é nossa opinião também. Oh! Tem toda razão, como sempre. Dez casais em qualquer uma das salas de Randalls teria sido um sofrimento. Horrível! Percebo agora o quanto estava certa todo esse tempo, mas eu estava tão ansioso que me agarraria a qualquer oportunidade. Não é uma boa troca? Não concorda? Espero que sim.

— Parece-me um plano ao qual ninguém poderá ser contra, uma vez que seu pai e a sra. Weston não façam objeção. Acho admirável! E, quanto a mim, ficarei muito feliz em concordar... Parece-me a decisão mais acertada. Papai, o senhor não acha uma excelente ideia?

Ela foi obrigada a repetir a pergunta e explicá-la, antes que ele pudesse compreender completamente. E então, como era uma ideia nova, seria necessário fazerem algumas considerações para que fosse um plano aceitável.

— Não, eu acho uma péssima ideia... uma ideia horrível... muito pior do que a outra. O salão de uma hospedaria é sempre úmido e perigoso; não é arejado e não está apto a ser ocupado. Se vocês desejam dançar, melhor seria em Randalls. Eu nunca entrei na hospedaria Crown em toda a minha vida... nem sequer conheço as pessoas que trabalham lá. Com certeza é uma péssima ideia. Terão uma probabilidade ainda maior de se resfriarem lá do que em qualquer outro lugar.

— Eu já ia comentar, senhor — contemporizou Frank —, que uma das grandes vantagens desse novo projeto é justamente o menor perigo de se resfriar... em Crown, o perigo é muito menor do que em Randalls! Talvez o sr. Perry tenha motivos para lamentar essa troca, mas ninguém mais os tem.

— Meu jovem rapaz — disse o sr. Woodhouse calorosamente —, você está muito enganado se pensa que o sr. Perry é esse tipo de pessoa. Ele é extremamente preocupado com a nossa saúde. Mas o que não entendo é como a sala da hospedaria pode ser um lugar mais seguro do que a casa do seu pai.

— Pelo simples fato de ser maior, meu caro senhor. Não precisaremos abrir as janelas... nem sequer uma única janela durante toda a noite. Acho horrível esse costume de abrir as janelas, deixando o ar frio atingir os corpos quentes; como o senhor sabe, isso faz muito mal à saúde.

— Abrir as janelas! Mas, certamente, sr. Churchill, ninguém pensaria em abrir as janelas em Randalls. Ninguém poderia ser tão imprudente! Eu nunca ouvi algo parecido. Dançar com as janelas abertas! Tenho certeza de que nem seu pai nem a sra. Weston — pobre srta. Taylor — fariam isso.

— Ah, senhor, sempre há um jovem que entra por trás das cortinas, abre as janelas e deixa entrar uma corrente de ar, sem que ninguém perceba. Eu mesmo já vi muitos jovens fazerem isso.

— Viu mesmo? Deus do céu! Nunca suspeitei disso. Mas como vivo fora do mundo, muitas vezes fico assombrado com o que me dizem. No entanto, isso muda as coisas; e talvez; pensando melhor... mas não, isso é algo que não deve ser decidido com pressa. Se o sr. e a sra. Weston forem tão gentis em nos fazer uma visita pela manhã, poderemos conversar sobre o assunto e ver o que pode ser feito.

— Mas, infelizmente, meu caro senhor, meu tempo é tão limitado.

— Oh! — interrompeu Emma. — Haverá tempo de sobra para falarmos sobre outras coisas. Não é preciso ter pressa. Se decidirmos pela hospedaria, papai, seria muito conveniente para os cavalos. Eles ficarão bem próximos de suas cocheiras.

— Com certeza, minha querida. Isso será um grande arranjo. Não que James tenha reclamado alguma vez, mas é correto pouparmos nossos cavalos a qualquer custo. Se eu tivesse certeza de que a cocheira é arejada... mas... A sra. Stokes é confiável? Tenho minhas dúvidas. Não a conheço muito bem, apenas de vista.

— Eu posso responder por todas as coisas dessa natureza, senhor, porque a sra. Weston ficará encarregada desses cuidados. E meu pai se comprometeu a organizar tudo.

— Agora sim, papai! O senhor deve estar satisfeito. Nossa querida sra. Weston, que é tão cuidadosa. O senhor não se lembra do que o sr. Perry disse, há muitos anos, quando tive sarampo? "Se a srta. Taylor se encarrega da saúde de Emma, o senhor não tem com o que se preocupar." Já ouvi o senhor dizer isso inúmeras vezes como um elogio a ela!

— Sim, é verdade. O sr. Perry disse isso, sim! Nunca me esquecerei. Pobre Emma! Você estava muito mal por causa do sarampo; bem, quero dizer que ficaria muito mal se não fossem os cuidados de Perry. Ele a visitou quatro vezes por dia, durante uma semana. A princípio, disse que o sarampo era uma enfermidade terrível. Se os filhinhos de Isabella tiverem sarampo, espero que ela o chame.

— Meu pai e a sra. Weston estão na hospedaria Crown neste exato momento, examinando a capacidade do salão — disse Frank Churchill. — Deixei-os lá e vim a Hartfield, ansioso por ouvir a sua opinião e também porque esperava convencê-la a ir até lá para que pudesse dar sua opinião sobre o local. Tenho certeza de que eles sentiriam uma enorme alegria se me acompanhasse até lá. Sem a senhorita, não podemos tomar nenhuma decisão satisfatória.

Emma sentiu-se muito feliz ao ser convidada para tal conselho; e seu pai, tentando refletir sobre tudo aquilo, pediu aos dois jovens que fossem até o local. Ali, à sua espera, os Weston, muito contentes em vê-la e ansiosos por receber sua aprovação, estavam ambos muito ocupados e muito felizes, cada qual de modo diferente. A sra. Weston, um pouco ansiosa, enquanto o sr. Weston achava tudo perfeito.

— Emma — disse ela —, este papel de parede está pior do que pensei. Veja! Em alguns lugares é possível ver como está sujo. E os painéis estão mais amarelados do que imaginei.

— Minha querida, você é muito detalhista — comentou o sr. Weston. — O que importa o papel de parede? Não perceberemos nada disso à luz de velas. Verá que ficará tão limpo quanto Randalls quando acendemos as velas. Nunca prestamos atenção nessas coisas quando vamos aos clubes.

Nesse momento, Emma e a sra. Weston trocaram olhares como se dissessem: "Os homens nunca percebem quando as coisas estão limpas ou não". E os homens provavelmente pensaram cada qual consigo mesmo: "As mulheres sempre se preocupam com detalhes e com coisas desnecessárias".

No entanto, surgiu uma dificuldade com que até mesmo os homens se preocuparam. Precisavam de um lugar para o jantar. Na época em que o salão de baile foi construído, não se preocupavam com os jantares; acrescentaram apenas uma sala para o carteado e isso bastou. O que fariam? A sala de carteado tinha sua função; ou, se o jogo de cartas fosse considerado desnecessário, mesmo assim o recinto não era espaçoso o suficiente para um jantar. Precisariam de outro local que tivesse o tamanho ideal para servirem o jantar. Mas a outra sala maior ficava do outro lado do prédio e, para alcançá-la, seria necessário passar por um corredor muito longo. Isso era um empecilho. A sra. Weston temia que, ao passarem pelo corredor, os jovens ficassem expostos a correntes de ar, e nem Emma nem os cavalheiros poderiam tolerar a perspectiva de jantarem em um lugar muito cheio.

A sra. Weston propôs que não se fizesse um jantar completo: serviriam apenas sanduíches e outros lanches em uma sala íntima, mas a ideia foi logo descartada. Um baile particular, sem lugar para um bom jantar, seria considerado uma ofensa por cavalheiros e damas. A sra. Weston não disse mais nada. Contudo, logo em seguida, encontrou a solução, olhou novamente para a sala de carteado e comentou:

— Não acho que a sala seja tão pequena. Não seremos um grupo muito grande.

Ao mesmo tempo, o sr. Weston, medindo a distância a passos largos, anunciou:

— Você exagerou um pouco, minha querida. O corredor não é nada longo... e não se nota nenhuma corrente de ar vindo da escada.

— Eu gostaria — disse a sra. Weston — de saber que tipo de arranjo nossos convidados poderão preferir. Devemos fazer o melhor para todos, se é que alguém pode dizer o que eles preferem.

— Sim, é verdade! — exaltou Frank. — Quer saber qual é a opinião de seus vizinhos... É uma ideia que só poderia partir da senhora. Se pudermos acertar qual é o gosto deles... dos Cole, por exemplo. Eles não moram muito longe daqui. Devo chamá-los? Ou quem sabe a srta. Bates? Ela mora mais próximo da hospedaria. Apesar de não estar seguro se a srta. Bates poderia representar a opinião dos outros convidados... penso que devemos consultar mais pessoas. O que acha de eu ir até a casa da srta. Bates e convidá-la para se juntar a nós?

— Bem... se você insiste... se acha que poderá ser útil — disse a sra. Weston, um pouco hesitante.

— O senhor não conseguirá nada da srta. Bates — disse Emma. — Ela ficará muito agradecida, mas não decidirá nada. Nem sequer ouvirá nossas perguntas. Não vejo nenhuma vantagem em pedir-lhe uma opinião.

— Mas ela é tão divertida, extremamente divertida! Gosto muito de ouvi-la falar. Além disso, não preciso trazer toda a família.

Nesse momento, o sr. Weston se aproximou dele e aprovou a decisão do filho.

— Sim, faça isso, Frank. Vá buscar a srta. Bates e vamos terminar de uma vez por todas com essa questão. Estou certo de que ela ficará entusiasmada com a ideia e não vejo uma pessoa mais adequada para nos ajudar a resolver as dificuldades. Estamos sendo um tanto difíceis de agradar. Ela é um exemplo de como ficar contente. Vá e busque as duas. Convide as duas.

— Todas, meu pai! E a pobre senhora...

— A sra. Bates, não! Convide Jane, com certeza. Eu o consideraria um tolo se trouxesse apenas a tia sem a sobrinha.

— Oh! Perdão, meu pai. Eu não me lembrei de Jane imediatamente. Pois bem, se prefere assim, convidarei as duas para que venham.

Então ele saiu.

Muito antes de reaparecer, acompanhado pela tia e a elegante sobrinha, a sra. Weston, agindo como uma mulher de bom temperamento e boa esposa, voltou a examinar o corredor e percebeu que estivera alarmada à toa. De fato, era uma brisa quase insignificante. Assim, terminaram as dúvidas a respeito da questão. Os outros assuntos, pelo menos em tese, estavam resolvidos: os arranjos de mesas e as cadeiras, as velas e as músicas, o chá e o jantar. As únicas coisas que restaram para as senhoras Weston e Stokes decidir eram detalhes. Todos que fossem convidados certamente viriam ao baile. Frank até enviara um bilhete a Enscombe sugerindo ficar mais alguns dias além da quinzena planejada, o que não poderia ser recusado. Certamente o baile seria magnífico.

Quando a srta. Bates chegou, concordou cordialmente com tudo que planejaram. Já não era mais necessária para dar ideias, porém era bem-vinda para aprová-las, algo até muito mais seguro. Sua aprovação, que foi total e imediata, calorosa e incessante, só serviu para animá-los. Por cerca de trinta minutos, caminharam de um cômodo a outro, alguns fazendo sugestões, outros concordando com elas e, por fim, todos estavam felizes por organizarem um baile tão alegre. O grupo não se separou sem que Emma aceitasse dançar suas duas primeiras danças com o herói do dia, nem sem que ouvissem o sr. Weston sussurrar para a esposa:

— Ele a convidou, minha querida. Sabia que o faria!

CAPÍTULO 12

Para Emma, faltava apenas uma coisa para que o projeto do baile fosse completamente satisfatório: a data marcada deveria coincidir com o período de estadia de Frank Churchill em Highbury, pois, apesar da confiança da sra. Weston, ela não considerava que os Churchill permitissem que o sobrinho permanecesse além das duas semanas combinadas. No entanto, não era algo viável. As preparações exigiriam tempo, e não poderiam preparar nada antes do fim da estadia do rapaz. Planejariam tudo, porém a permanência dele ainda era algo incerto e isso seria um grande risco, pois todo o trabalho seria em vão.

Os tios de Enscombe, no entanto, mostraram-se generosos, não necessariamente no sentido da palavra, e sim nos atos. Ficaram contrariados com o desejo de Frank em permanecer mais tempo em Highbury, mas não fizeram oposição ao pedido do sobrinho. Agora tudo estava bem. No entanto, ao se resolver um problema, outro se apresentou logo em seguida. Emma, confiante de que o baile aconteceria, começou a pensar com certa inquietação a respeito da indiferença do sr. Knightley em relação ao evento. Tudo isso porque ele não costumava dançar e, provavelmente, porque não havia sido consultado. Decidiu que não seria seduzido pelo baile, não sentiria nenhum tipo de curiosidade a respeito dos detalhes e pensava que a festa não lhe proporcionaria nenhum tipo de diversão. Emma, entusiasmada, explicou-lhe o motivo do evento e conseguiu a seguinte resposta:

— Muito bem. Se os Weston consideram que vale a pena todo esse trabalho por apenas algumas horas de diversão barulhenta, não serei contra, mas não esperem que eu sinta um grande prazer em participar do baile. Oh, sim! Estarei lá, não posso recusar tal convite. Tentarei animar-me o máximo que puder. Mas, confesso, preferiria ficar em casa, repassando as contas da semana com William. Prazer em ir a um baile? Não, não vejo a menor graça... Nem conheço alguém que, de fato, aprecie isso. Na minha opinião, dançar bem, assim como a virtude, não necessita de espectadores e é recompensa suficiente para quem pratica. Mas as pessoas ao redor dos dançarinos devem pensar de maneira bem diferente.

Emma percebeu que ele se referia a ela, o que muito a irritou. Mas não era pela atenção dada a Jane Fairfax que ele se mostrava tão indiferente e indignado. Não pensava na moça ao censurar o baile, uma vez que Jane se mostrava muito entusiasmada com o projeto. Ela parecia mais animada, mais franca e mais participativa do que nunca.

— Srta. Woodhouse, espero que nada impeça o baile. Seria uma grande decepção! Confesso que espero por essa noite com grande prazer.

Não era para agradar a Jane Fairfax que ele preferia a companhia do secretário. Não! Emma estava cada vez mais convencida de que a sra. Weston estava bastante equivocada. Ele demonstrava uma grande amizade e compaixão, mas não estava apaixonado.

Não havia nenhuma diversão em discutir com o sr. Knightley. Dois dias de alegria foram seguidos imediatamente por uma desilusão. O sr. Churchill enviara uma carta pedindo ao sobrinho que retornasse imediatamente, pois a sra. Churchill não estava sentindo-se bem... passava tão mal que não conseguiria ficar sem a presença do rapaz. Quando escreveu para o sobrinho, dois dias antes, já não estava muito bem, segundo seu marido, embora estivesse resistindo como de costume. Mas agora estava tão doente que solicitava seu retorno a Enscombe sem demora.

A sra. Weston imediatamente enviou um bilhete a Emma, contando todo o conteúdo da carta. A partida do jovem era inevitável, em apenas poucas horas, embora ele não sentisse em relação à saúde da tia nenhuma preocupação que fosse motivo para sair com tanta pressa. Ele sabia que as doenças da tia sempre ocorriam quando lhe era conveniente. A sra. Weston acrescentou ainda "que ele só terá tempo de passar rapidamente por Highbury, após o café da manhã, para despedir-se dos poucos amigos que, acredita, sentirão sua falta; então, chegaria a Hartfield a qualquer momento".

Esse infeliz bilhete foi o fim para o café da manhã de Emma. Depois de ler, não fez outra coisa senão lamentar. Perder o baile, não ter mais a companhia do jovem, nem conseguia imaginar como ele devia estar sentindo-se! Era triste demais. Seria uma noite maravilhosa! Todos ficariam felizes! Ela e o parceiro de dança seriam os mais felizes! Emma apenas refletiu para se consolar: "Tenho certeza de que seria assim".

Os sentimentos do pai, por sua vez, eram completamente diferentes. Ele pensou apenas na saúde da sra. Churchill e queria saber como era seu tratamento médico. Quanto ao baile, era muito triste ver a filha tão decepcionada, mas a verdade é que todos estariam melhor em casa.

Emma já estava à espera do seu visitante antes mesmo de ele aparecer. No entanto, se já estava impaciente por causa do seu atraso, o olhar dele de absoluto desânimo quando chegou permitiu que o perdoasse. Ele estava tão aborrecido que mal conseguia falar. Seu abatimento era visível. Ficou sentado, por alguns minutos, perdido em seus pensamentos. Em seguida, levantou-se e disse apenas:

— De todas as coisas ruins que podem acontecer, a pior é uma despedida.

— Em breve estará de volta — disse Emma. — Esta não será sua única visita a Randalls.

— Eu sei... — concordou, sinalizando com a cabeça. — Contudo, nem sei quando poderei retornar! Farei tudo que estiver ao meu alcance para que seja muito em breve! Será a única preocupação em meus pensamentos! E se meus tios forem a Londres nesta primavera.... mas receio que decidam permanecer em Enscombe... temo que seja um hábito que já se tornou eterno.

— Precisaremos esquecer de vez nosso pobre baile.

— Ah! O baile... colocamos nossas esperanças em algo que não acontecerá? Por que não aproveitar o momento? Quantas vezes a felicidade é destruída pelos preparativos, os tolos preparativos! A verdade é que a senhorita comentou que isso poderia acontecer. Srta. Woodhouse, por que está sempre certa?

— Na verdade, estou muito triste por ter razão desta vez. Preferia ser feliz a estar com razão.

— Se eu puder voltar, certamente teremos nosso baile. Meu pai conta com isso. Não se esqueça de que me prometeu as duas primeiras danças.

Emma sorriu graciosamente e ele continuou:

— Foram os melhores quinze dias da minha vida! Cada um mais precioso do que o outro! Cada dia me fez incapaz de suportar a vida em qualquer outro lugar. Felizes aqueles que podem permanecer em Highbury!

— Já que nos exalta tanto — comentou Emma, sorrindo —, atrevo-me a perguntar... a princípio, nunca teve dúvidas? Superamos suas expectativas? Tenho certeza de que sim. Sei que não esperava muito de nós. O senhor não teria demorado tanto a vir se tivesse uma ideia agradável a respeito de Highbury.

Ele riu forçadamente e, embora negasse tais sentimentos, Emma estava convencida de que ele assim pensara.

— Precisa partir ainda pela manhã?

— Sim, meu pai me fará companhia. Voltaremos juntos para Randalls e, logo depois, seguirei para Enscombe. Receio que a qualquer momento ele esteja aqui.

— Mas não teve sequer cinco minutos para se despedir das senhoritas Fairfax e Bates? Que falta de sorte! Os argumentos otimistas da srta. Bates talvez lhe trouxessem algum consolo.

— Eu lhes fiz uma visita. Ao passar diante da casa das Bates, achei melhor entrar. Tinha de fazê-lo. Entrei apenas para ficar poucos minutos, mas acabei detendo-me mais porque a srta. Bates não estava e pensei que seria educado esperar por ela. Ela é uma mulher de quem se pode, de quem se tem de rir, mas que ninguém considera sem importância. O melhor seria que eu fosse me despedir delas, então...

O rapaz hesitou, levantou-se e caminhou até uma janela.

— Enfim, srta. Woodhouse — ele continuou —, talvez já tenha suspeitado...

Voltou-se para Emma, como se quisesse ler seus pensamentos. Por sua vez, ela não sabia o que dizer. Parecia que ele anunciaria algo muito sério e que ela desejava muito saber. Tentando ajudá-lo a dizer algo, ela interferiu, calmamente:

— O senhor está muito certo, era o mais natural aproveitar a oportunidade para visitá-las...

Frank ficou em silêncio. Ela acreditava que ele a observava, provavelmente refletindo sobre o que ela havia dito, tentando entendê-la. Ouviu-o suspirar. Era natural que tivesse motivos para suspirar. Ele não acreditava que ela estivesse encorajando-o. Após esse estranho momento, Frank sentou-se e, de maneira muito determinada, disse:

— Senti que todo o tempo que me resta aqui deveria ser dedicado a Hartfield. Tenho uma grande consideração por todos aqui.

Ele parou e se levantou novamente; parecia muito embaraçado. Estava muito mais apaixonado por ela do que Emma imaginava. E, se o sr. Weston não tivesse entrado na sala, quem poderia dizer o que aconteceria em seguida? O sr. Woodhouse também o acompanhava e, com grande esforço, Frank foi obrigado a se recompor.

No entanto, passaram-se alguns minutos mais até que aquela situação embaraçosa pudesse ter fim. O sr. Weston, sempre muito ativo quando tinha algo a fazer, e incapaz de impedir qualquer mal que fosse inevitável, bem como incapaz de prever o que era duvidoso, sentenciou:

— Precisamos partir.

O jovem rapaz concordou, apenas suspirou e disse:

— Quero ter notícias de todos, é isso que me consola! Quero saber de todas as novidades. Fiz a sra. Weston me prometer que me enviará cartas. Ela tem sido tão boa comigo que tenho certeza de que não se esquecerá de me escrever. É muito bom ter uma mulher para nos contar as novidades quando se está realmente interessado por alguém ausente! Ela prometeu contar-me todos os detalhes. Por suas cartas, tenho certeza de que estarei em Highbury novamente.

Trocaram um forte aperto de mãos e um cordialíssimo "adeus", encerraram a conversa, e a porta foi fechada atrás de pai e filho. A conversa fora breve e o encontro, mais breve ainda. Ele partira. E Emma sentiu-se tão triste já antevendo que sua ausência seria uma enorme perda para seu círculo de amizades.

Foi uma triste mudança de rotina. Eles se haviam encontrado todos os dias desde a sua chegada. Haviam tido muitos momentos felizes desde que ele se hospedara em Randalls, nas últimas duas semanas. A ideia, a expectativa de Emma em vê-lo todas as manhãs, a segurança de saber que seria alvo das atenções dele... sua alegria e suas boas maneiras! Tinham sido quinze dias felizes e seria muito difícil voltar à antiga rotina de Hartfield. E, para completar, ele quase dissera que a amava. A firmeza, a constância de sua afeição, isso era outra questão. Mas, no momento, ela não poderia duvidar de que ele tinha uma grande admiração e que havia uma preferência consciente por ela. Essa convicção, somada a todo o resto, tudo a fez pensar que também poderia estar um pouco apaixonada por ele, apesar de no início ser totalmente contrária a tal pensamento.

"Devo estar mesmo apaixonada", pensou. "Esta sensação de desânimo, de cansaço, esta indisposição de me dedicar a qualquer outra coisa, a sensação de que é monótono e insípido aqui em casa! Devo estar apaixonada! Serei a criatura mais estranha do mundo se não estiver... pelo menos por algumas semanas. Bem! O que para algumas pessoas é o mal, para outras é o bem. Muitos lamentarão por causa do baile, se não pela partida de Frank Churchill. Mas o sr. Knightley ficará feliz. Agora poderá passar toda a noite na companhia de William Larkins se assim desejar."

O sr. Knightley, entretanto, não poderia demonstrar uma alegria triunfante. Não podia dizer que lamentava, pois seu olhar o desmentiria. Mas ele disse, com grande convicção, que sentia pela decepção dos outros e amavelmente acrescentou:

— Emma, você tem tão poucas oportunidades para dançar, foi um grande infortúnio. Muita falta de sorte, mesmo!

Passaram-se alguns dias até que ela pudesse encontrar Jane Fairfax e avaliar quanto a moça estava triste. Porém, quando se encontraram, a frieza de Jane fez Emma odiá-la novamente. De fato, a moça ficara muito doente, com uma enxaqueca tão forte que dissera à tia que, se houvesse um baile, ela não seria capaz de acompanhá-la. Era mais caridoso atribuir aquela indiferença afetada a problemas de saúde.

CAPÍTULO 13

Emma continuou convencida de que estava apaixonada. Suas ideias apenas variavam em relação à intensidade desse amor: a princípio, pensou estar muito apaixonada; em seguida, viu que não era tanto assim.

Sentia muito prazer ao ouvir as pessoas falarem de Frank Churchill e, por causa dele, era uma alegria enorme visitar os Weston. Pensava nele constantemente, estava muito impaciente por receber uma carta, para saber como ele estava, qual era seu estado de humor, se a saúde da tia havia melhorado e quais seriam as possibilidades de ele voltar a Randalls naquela primavera. Por outro lado, não conseguia admitir que estava infeliz e que, depois daquela primeira manhã, estava com menos disposição para as atividades habituais. Continuava ocupada e alegre e, apesar de ele ser tão agradável, não deixava de imaginar seus defeitos. E, mais adiante, além de pensar nele enquanto bordava ou desenhava, imaginava mil esquemas divertidos a respeito de como o relacionamento entre os dois poderia avançar ou terminar. Imaginava interessantes diálogos e diversas cartas elegantes. E, ao final de todas as declarações imaginárias que ele faria, ela o *recusaria*. O afeto que sentiam um pelo outro sempre se transformava em amizade. Tudo de agradável e encantador que ocorrera servia para marcar a separação; e, ainda assim, tinham de se separar. Quando ela se deu conta disso, chegou à conclusão de que não estava tão apaixonada, pois, apesar de sua determinação de jamais deixar o pai sozinho e nunca se casar, um amor verdadeiro seria capaz de produzir um embate emocional muito maior do que seria capaz de prever.

"Não me vejo fazendo uso de qualquer palavra que esteja relacionada a sacrifício", refletia. "Em nenhuma de minhas mais prudentes réplicas, minhas mais delicadas negativas, há alguma alusão a um sacrifício. Suspeito que Frank não seja realmente importante para minha felicidade. Assim é melhor. Não vou convencer-me de que há algo mais do que sinto na verdade. Lamentaria muito se estivesse mais envolvida do que realmente estou."

De modo geral, estava muito contente com a visão que tinha dos sentimentos de Frank.

"Sem dúvida, *ele* deve estar muito apaixonado... tudo indica que sim... de fato, assim deve ser! E, quando ele voltar, se o seu sentimento ainda for o mesmo, devo ser prudente e não o encorajar. Seria imperdoável agir de outra forma, uma vez que já sei a minha decisão. Não, se ele acreditou que eu compartilhava seus sentimentos, teria agido de maneira diferente. Se ele se sentisse encorajado, teria agido e falado de maneira diferente quando partiu. Ainda assim, devo estar atenta. Suponho que seu afeto continuará o mesmo de agora, mas a verdade é que não sei se desejo que isso aconteça. Não creio que ele seja esse tipo de homem... não confio muito em seu caráter nem em sua perseverança... seus sentimentos são apaixonados, mas tenho a impressão de que são um tanto voláveis. Toda vez que penso no assunto, fico contente ao perceber que minha felicidade não depende dele. Em pouco tempo ficarei bem... então, pensarei melhor no assunto, pois dizem que todos se apaixonam pelo menos uma vez na vida; assim, devo permitir que meus sentimentos acabem facilmente."

Quando a carta de Frank para a sra. Weston chegou, Emma pôde lê-la e o fez com tanto prazer e tanta admiração que, a princípio, chegou a duvidar de seus próprios sentimentos e a pensar que não havia valorizado suficientemente sua importância. Era uma carta longa e bem escrita, contando detalhes de suas viagens e de seus sentimentos, expressando toda a sua gratidão e seu respeito, o que era natural e honrado. Descrevia cada exterior e cada local que pudesse considerar atrativo, com criatividade e precisão. Mas nada que denotasse um tom de desculpa ou preocupação; aquela era a linguagem de quem sentia verdadeiro afeto pela madrasta. E a transição de Highbury para Enscombe, o contraste entre os dois lugares em algumas das primeiras vantagens da vida social eram apenas esboçados para mostrar como seus sentimentos eram verdadeiros, e quantas coisas mais teria dito se não fosse impedido pela prudência. O charme do nome de Emma não foi perdido; "srta. Woodhouse" apareceu diversas vezes na carta, e nunca sem relacioná-la a algo agradável, um elogio ao seu bom gosto ou uma recordação de algo que ela havia dito. Na última vez que viu seu nome escrito, sem os adornos de seus galanteios, Emma pôde perceber os efeitos de sua influência e soube reconhecer que aquele era talvez o maior dos elogios que lhe fez em toda a carta. Espremidas entre um espaço livre no papel, bem em um de seus ângulos inferiores, era possível ler as palavras: "Na terça-feira passada, como sabe, não tive tempo de me despedir da bela amiguinha da srta. Woodhouse. Por favor, peça-lhe desculpas e apresente minha despedida a ela". Emma não tinha dúvidas de que essas palavras eram para ela. Pelo que dizia, a situação em Enscombe não mudara, não estava nem melhor nem pior. A sra. Churchill melhorava dia após dia, e Frank não se atrevia, nem em pensamento, a marcar uma data para seu retorno a Randalls.

A carta era divertida, estimulante, bem escrita e demonstrava os sentimentos de Frank. Ao dobrá-la e entregá-la de volta à sra. Weston, Emma descobriu que não acrescentara nenhum entusiasmo que significasse que não poderia viver sem o autor, e que ele deveria aprender a viver sem ela. Suas intenções não foram alteradas. Sua resolução de recusá-lo ficou mais forte ao começar a pensar que Frank poderia ser consolado logo e estimulado a encontrar a felicidade. O fato de ter mencionado Harriet, usando palavras como "bela amiguinha", sugeriram a ideia de que a amiga poderia sucedê-la no afeto de Frank. Seria impossível? Não. De fato, Harriet era muito inferior a ele quanto à inteligência, mas o jovem deveria estar muito impressionado pela beleza e pelos modos gentis da moça. Além disso, todas as probabilidades de circunstância e de relação estavam a favor dela... na verdade, para Harriet, seria muito vantajoso e agradável.

"Mas não devo ter ilusões quanto a isso", refletiu. "Não devo pensar nessas possibilidades. Sei quanto é perigoso me deixar levar por tais especulações. Porém, coisas estranhas têm acontecido e, quando deixamos de cuidar uns dos outros, como fazemos agora, pode ser o meio de afirmarmos nossa amizade desinteressada, que agora já posso prever com grande prazer."

Era melhor saber que existiria o consolo de fazer algo de bom por Harriet, apesar de ser mais prudente não deixar a imaginação solta porque, em questões como essas, o perigo estava sempre próximo. A chegada de Frank Churchill substituíra as conversas sobre o casamento do sr. Elton, porém, agora que o rapaz partira, o pastor voltou a ser o assunto mais comentado do momento. Já havia marcado a data do casamento e, em breve, ele e sua esposa estariam de volta a Highbury. Apenas houve tempo para falar da primeira carta que receberam de Enscombe, antes que o novo casal atraísse a atenção de todos e Frank Churchill fosse esquecido. Emma ficou irritada só de ouvir falar no assunto. Ela vivera três semanas sem se lembrar da existência do pastor, e já começava a acreditar que Harriet se recuperara completamente. Com o baile do sr. Weston, ou melhor, com o projeto do baile, ela chegou a se esquecer por completo dos demais problemas, mas, agora, via-se obrigada a reconhecer que não havia alcançado serenidade suficiente para suportar o que teria de presenciar: a nova carruagem, os sinos badalando e tudo o mais.

A pobre Harriet estava tão agitada que exigia todos os raciocínios, incentivos e todas as atenções que ela pudesse oferecer-lhe. Emma percebeu que não poderia ajudar muito a amiga, mas tinha a obrigação de dedicar-lhe todo seu interesse e sua paciência. No entanto, já estava começando a se cansar de tentar convencê-la a superar, sem conseguir nenhum resultado. Harriet concordava com ela sem, no entanto, ter a mesma opinião. A amiga escutava de forma submissa, e dizia "é verdade, é exatamente como descreveu... Não vale a pena pensar neles... Jamais pensarei neles novamente". Contudo, não adiantava mudar de assunto; meia hora depois, a amiga estava ansiosa e inquieta por causa dos Elton tanto quanto antes. Por fim, Emma tentou outra abordagem:

— Harriet, você se preocupar e se sentir tão infeliz por causa do casamento do sr. Elton é a maior reprovação que poderia fazer-me. É o modo mais direto de me acusar do erro que cometi. Sei que foi minha culpa. Garanto que jamais me esquecerei... Ao me enganar, acabei enganando-a também e da forma mais dolorosa. Não pense que eu me esquecerei disso.

A amiga ficou tão emocionada com aquelas palavras que nem sequer conseguiu responder. Emma continuou:

— Harriet, não pedi que você se esforçasse por mim; pense menos e fale menos sobre o sr. Elton apenas para o seu próprio bem, minha querida. Para o seu único bem, desejo que isso aconteça; mais importante do que o meu conforto, desejo que adquira o hábito de se controlar, algo que precisa considerar seu dever, uma preocupação por sua própria dignidade, uma necessidade de evitar as suspeitas dos outros, para cuidar da sua saúde e do seu respeito, e de recuperar a sua tranquilidade e a sua paz de espírito.

Esses são os motivos que me fazem insistir tanto no assunto. Eles são muito importantes... E lamento que não os compreenda o bastante para observá-los. Evitar meu sofrimento não é importante agora. O que desejo é que você evite o seu próprio sofrimento. Às vezes, imagino que jamais me perdoará, apesar de todo o afeto que sente por mim.

Esse apelo a suas afeições teve mais efeito do que todo o resto. A ideia de que não cumpria com seus deveres de gratidão e consideração para com a srta. Woodhouse, a quem tanto amava e admirava, fez Harriet sentir-se mal por um tempo e, quando seu desespero diminuiu um pouco, ainda se encontrava suficientemente comovida para seguir os conselhos da amiga e apoiá-la de maneira bastante aceitável.

— Srta. Woodhouse, aquela que tem sido a melhor amiga de toda a minha vida, não há ninguém melhor! Eu me importo mais com a srta. do que com qualquer outra pessoa! Oh, senhorita, como tenho sido ingrata!

Tais exclamações, acompanhadas pelos olhares e pelos gestos mais convincentes, fizeram Emma sentir que jamais gostara tanto de Harriet e nunca apreciara tanto seu afeto como agora.

"Não há encanto maior do que a ternura", pensou consigo mesma mais tarde. "Não há nada que se compare. O calor e a ternura de um coração, somados a um temperamento aberto e carinhoso, valem mais e são mais atraentes do que qualquer mente privilegiada. Tenho certeza disso. É a ternura que faz meu pai ser tão querido; que dá a Isabella toda a sua popularidade... eu não possuo tais qualidades, mas sei muito bem valorizá-las e respeitá-las. Harriet é superior a mim pelo encanto e pela felicidade que irradia... minha querida Harriet! Eu não a trocaria pela mulher mais inteligente, perspicaz e judiciosa deste mundo. Oh! A frieza de Jane Fairfax! Harriet vale cem vezes mais do que Jane. E para ser esposa, esposa de um homem justo, é algo muito valoroso. Não mencionarei nomes, mas feliz do homem que troca Emma por Harriet!"

CAPÍTULO 14

A primeira vez que viram a sra. Elton foi na igreja. Apesar de a devoção ter sido interrompida, a curiosidade não poderia ser satisfeita apenas com a visão da noiva no banco da igreja. Era de se esperar todo tipo de visitas e comentários, para decidirem se era bonita, se era um pouco bonita ou se não era bonita.

Emma, menos por curiosidade do que por orgulho e por senso de dignidade, decidiu não ser a última a fazer-lhe uma visita. Convenceu Harriet a acompanhá-la, com o objetivo de que todo o embaraço daquela situação se resolvesse o quanto antes.

Ela não poderia entrar naquela casa novamente, não conseguiria estar naquele mesmo cômodo onde, três meses antes, valera-se do artifício de amarrar a bota, e que, no fim, resultara em algo totalmente inútil. Mil pensamentos desagradáveis ocuparam sua mente. Cumprimentos, charadas, enganos horríveis, e era de se esperar que a pobre Harriet se lembrasse deles também. Mas ela se comportou tão bem, apenas um pouco pálida e silenciosa. A visita, é claro, foi breve; obviamente por causa de todo tipo de constrangimentos e pensamentos. Emma não pôde formar uma opinião completa a respeito da esposa do sr. Elton e apenas foi capaz de dizer que ela estava bem-vestida e que foi muito agradável.

Em verdade, não gostou dela. Não se apressaria para encontrar seus defeitos, mas suspeitava que não era muito elegante — tranquila, sim, mas não elegante. Tinha certeza de que, para uma jovem moça e uma estranha, enfim, uma noiva, era apenas uma moça tranquila. Ela parecia ser uma boa pessoa; o rosto não era feio; contudo nem mesmo sua aparência, seu jeito, sua voz e seus modos eram elegantes. Emma estava convencida de que nessa questão estava certa.

Quanto ao sr. Elton, suas atitudes não apareceram... mas não, Emma não desejava falar uma palavra sequer a respeito de suas atitudes. Receber esse tipo de visita depois de casado é uma situação um tanto quanto embaraçosa, e um homem precisa ter muita personalidade para passar por essa prova. Para uma mulher é mais fácil, ela pode usar um lindo vestido ou desfrutar o privilégio de alguma timidez, mas o homem só pode contar com seu bom senso. Por isso, ela considerou o jovem pastor muito desafortunado por estar na mesma sala que a mulher com quem se casou, com a que desejava casar-se com ele e com a que o rejeitou. Emma reconhecia que não lhe faltavam motivos para parecer menos sábio, tão afetado e tão pouco à vontade diante delas.

— Bem, srta. Woodhouse — disse Harriet suspirando gentilmente, quando elas deixaram a casa, depois de esperar, em vão, que a amiga começasse a conversa. — O que achou? Pensa que é encantadora?

Houve uma breve hesitação na resposta de Emma.

— Oh, sim... muito... é uma jovem muito agradável.

— Eu acho que é muito bonita, bastante bonita.

— De fato, ela se veste muito bem. O vestido é muito elegante.

— Não me surpreendo que ele tenha se apaixonado por ela.

— Oh! Não... não fiquei surpresa de modo nenhum. Uma moça com uma fortuna tão grande, foi uma sorte ter aparecido no caminho dele.

— Ouso dizer — Harriet respondeu suspirando novamente — que ela gosta muito dele.

— Talvez goste, mas não é destino de todo homem se casar com a mulher que mais o ama. A srta. Hawkins talvez desejasse apenas um lar, e pensou que essa seria a melhor oferta que receberia.

— Sim — disse Harriet sinceramente. — É bem provável que tenha feito isso; afinal, não é toda hora que se recebe uma proposta como essa. Bem, desejo de todo o meu coração que sejam felizes. E agora, srta. Woodhouse, não preciso ter receio de encontrá-los novamente. Ele está tão bem quanto antes, mas, sabe, agora que está casado é algo bem diferente. De verdade, srta. Woodhouse, não precisa preocupar-se mais; posso sentar e admirá-lo sem me sentir miserável. Saber que ele está feliz é um grande conforto! Ela parece ser uma ótima pessoa, justo o que ele merece. Abençoado seja! Ele a chamou pelo prenome, "Augusta". Que bom!

Quando a visita foi retribuída, Emma pôde, então, decidir-se. Agora poderia observá-la e fazer um julgamento melhor. Como Harriet não estava em Hartfield e o sr. Woodhouse poderia entreter o sr. Elton, Emma teve cerca de quinze minutos de conversa particular com a jovem esposa. Ficou convencida de que a sra. Elton era uma mulher fútil, muito convencida e que superestimava sua importância. Ela queria brilhar e ser melhor do que todos, porém não fora bem educada no colégio e seus modos eram muito petulantes e afetados, e suas ideias procediam de um reduzido círculo de amizades e um único estilo de vida. Se não fosse insensata, seria ignorante e, sem sombra de dúvida, sua presença não faria nenhum bem ao sr. Elton.

Harriet teria sido uma escolha melhor. Ainda que não fosse tão sábia ou refinada, ela o teria introduzido a um convívio com pessoas que possuíam tais qualidades. No entanto, a srta. Hawkins, segundo se presumia por sua própria vaidade, era o melhor exemplar do seu grupo de amigos. O cunhado advogado e muito rico, que morava em Bristol, era o orgulho da família, e sua casa e suas carruagens eram o orgulho de todos.

O primeiro assunto sobre o qual conversaram foi Maple Grove, "a propriedade do meu cunhado, o sr. Suckling". Fizeram uma comparação entre Hartfield e Maple Grove. O terreno de Hartfield era pequeno, porém muito bem cuidado e bonito; a casa era moderna e muito bem construída. A sra. Elton parecia muito impressionada pelo tamanho da sala, pela entrada e por tudo o mais que pudesse imaginar.

— De fato, Hartfield se parece muito com Maple Grove! — ela estava muito impressionada com a semelhança! Aquela sala tinha o mesmo formato e tamanho que a sala de Maple Grove, a favorita de sua irmã...

O sr. Elton foi chamado, e a esposa o interrogou:

— As salas não são espantosamente parecidas? Quase tive a impressão de que estava em Maple Grove. E a escada... sabe que, ao entrar, percebi quanto são parecidas e localizadas na mesma parte da casa? Não pude deixar de mencionar! Garanto-lhe, srta. Woodhouse, é um prazer enorme poder recordar um lugar de que gosto tanto. Passei tantos meses felizes lá! — comentou suspirando levemente. — Ah, é um lugar encantador! Todos que conhecem a casa ficam maravilhados por sua beleza; mas, para mim, é como se fosse meu lar. Srta. Woodhouse, se algum dia precisar mudar de casa, como eu precisei, entenderá como é agradável encontrar algo tão semelhante quanto o lugar que deixamos para trás. Eu sempre digo que esse é um dos inconvenientes do casamento.

Ela deu apenas uma resposta rápida, e foi o suficiente para a sra. Elton, que apenas desejava continuar seu discurso.

— É extremamente parecida com Maple Grove! Asseguro-lhe que não é apenas a casa; o terreno, pelo que pude observar, também é muito parecido. Os louros nascem em Maple Grove na mesma proporção que aqui e estão distribuídos quase do mesmo modo... Exatamente na metade do gramado. Também vi uma árvore magnífica, com um banco ao redor, que me fez lembrar de outra idêntica! Meu cunhado e minha irmã ficarão encantados com este lugar. As pessoas que possuem grandes propriedades sempre apreciam outras no mesmo estilo.

Emma duvidou da veracidade desse sentimento. Estava convencida de que as pessoas que possuem grandes terrenos se preocupam muito pouco com os terrenos dos outros, mas não valia a pena discutir a respeito desse comentário tão grosseiro, e por isso se limitou a contestar:

— Quando a senhora conhecer melhor as redondezas, receio que concluirá que valorizou Hartfield demais. Surrey está cheio de grandes belezas.

— Oh! Sim, estou bastante consciente disso. Como bem sabe, é o jardim da Inglaterra! Surrey é o jardim da Inglaterra.

— Sim, mas não devemos acreditar em tal distinção. Creio que muitos condados são chamados de jardim da Inglaterra, assim como aqui.

— Não, eu não estou certa disso — respondeu a sra. Elton com um sorriso satisfeito. — O único condado do qual ouvi dizer isso é Surrey.

Emma preferiu calar.

— Meu cunhado e minha irmã prometeram visitar-nos na primavera ou, o mais tardar, no verão — prosseguiu a sra. Elton. — Aproveitaremos a ocasião para fazermos excursões. Tenho certeza de que farão excursões em nossa companhia e ouso dizer que vamos explorar muito bem a região. Certamente, virão com seu landau,[53] que acomoda perfeitamente quatro pessoas. Além disso, poderemos usar nossa carruagem para explorar as diferentes belezas naturais do condado. Não acredito que venham em sua *chaise*,[54] principalmente nesta época do ano. Na verdade, quando decidirem, e se o tempo estiver bom, vou recomendar a eles que venham no landau. Quando as pessoas visitam um condado tão lindo como este, srta. Woodhouse, desejam ver o máximo de suas maravilhas. Além disso, o sr. Suckling é extremamente apaixonado por excursões. No verão passado, fizemos uma viagem de King

---

[53] Carruagem de quatro rodas com capota regulável.
[54] Carruagem aberta para duas pessoas.

até Weston e foi maravilhosa! E, com certeza, foi a primeira vez que usaram o landau. Suponho que façam muitas excursões desse tipo, todos os verões, estou certa, srta. Woodhouse?

— Não, não temos esse costume. Não temos tantos lugares que possam atrair a atenção como os que mencionou. Somos pessoas muito tranquilas, mais dispostas a permanecer em casa e nos ocupar com outras formas de diversão.

— Ah! Não há nada como ficar em casa! Ninguém é mais devota ao lar do que eu. Era famosa por isso em Maple Grove. Muitas vezes, Selina, minha irmã, quando viajava para Bristol, comentava: "Não consigo convencer essa menina a sair de casa. Devo ir sozinha, embora goste muito da sua companhia, mas acredito que Augusta não iria além do jardim por sua própria vontade". Disse isso inúmeras vezes. Não que eu seja defensora da reclusão. Pelo contrário, na minha opinião, quando as pessoas têm esse hábito, e vivem completamente afastadas da sociedade, agem de maneira muito errada. Creio que é muito mais aconselhável socializar com os demais, moderadamente, desde que haja um equilíbrio. Entretanto, entendo perfeitamente a sua situação, srta. Woodhouse... — e voltou-se em direção ao pai de Emma. — O estado de saúde do seu pai deve ser um grande obstáculo. Por que ele não tenta morar em Bath? Creio que seria a melhor opção para ele. Permita-me que lhe recomende o balneário. Garanto-lhe que não há a menor dúvida de que faria bem a ele.

— Meu pai tentou mais de uma vez, antes, mas sem notar nenhum benefício. E o sr. Perry, cujo nome não lhe deve ser estranho, não reconhece que Bath possa ser útil agora.

— Ah! É uma grande pena, srta. Woodhouse; para os casos em que se recomendam as águas medicinais, os benefícios que produzem são maravilhosos. Durante o tempo que vivi em Bath, pude ver tantos exemplos! É um lugar tão alegre que certamente animaria o sr. Woodhouse, pois tenho a impressão de que, às vezes, ele está um pouco deprimido. E, quanto às vantagens para a senhorita, creio que não precisaria insistir muito para convencê-la. Ninguém duvida das vantagens que Bath oferece aos jovens. Seria encantador para a senhorita, que viveu uma vida tão isolada. Eu poderia assegurar-lhe uma apresentação na melhor sociedade do lugar. Bastaria escrever apenas uma linha, e eu lhe conseguiria uma ótima hospedagem na casa de uma das minhas amigas. Minha amiga íntima, a sra. Partridge, em cuja residência sempre me hospedei quando visitei Bath, ficaria muito feliz ao recebê-la e seria a pessoa mais indicada para acompanhá-la aos passeios.

Foi o máximo que Emma poderia suportar sem ser indelicada. A ideia de dever à sra. Elton qualquer coisa parecida com uma "apresentação à sociedade", de ser vista em público sob a proteção de uma amiga de suas amigas — provavelmente uma viúva arruinada, que conseguia viver com a ajuda de alguns hóspedes! A dignidade da srta. Woodhouse, de Hartfield, estaria arruinada!

Emma conseguiu conter-se, evitou qualquer repreensão e apenas agradeceu à sra. Elton friamente, dizendo que sua ida a Bath estava completamente fora de cogitação. E ela não estava inteiramente convencida de que o lugar poderia trazer algum benefício ao pai. E, assim, para evitar alguma indignação ou revolta, mudou de assunto rapidamente:

— Eu não lhe perguntei se gosta de música, sra. Elton. Em algumas ocasiões, a fama de uma mulher geralmente a precede, e já faz muito tempo que Highbury sabe que a senhora é uma grande pianista.

— Oh, não! Certamente, não! Devo protestar contra tal ideia. Grande pianista! Estou muito longe disso, posso garantir-lhe. Considere sua informação vinda de alguém muito parcial. Gosto muito de música, sou apaixonada. Meus amigos dizem que não sou inteiramente desprovida de talento, mas, quanto ao resto, posso garantir-lhe que sou apenas mediana. A senhorita, sim, srta. Woodhouse, sei que toca maravilhosamente bem. Posso garantir-lhe que senti grande satisfação e conforto ao saber que as pessoas de Highbury apreciam a música. Não posso viver sem música, é algo muito importante na minha vida. Sempre fui acostumada a participar de uma sociedade muito musical, tanto em Maple Grove como em Bath. Se meus amigos não gostassem de música, seria um sacrifício para mim. Eu disse isso com bastante honestidade ao sr. E., quando ele me contava a respeito da minha futura casa e expressava os receios que sentia ao me trazer para morar em um lugar tão afastado. Além de mencionar quanto sua residência era humilde, sabendo com o que eu estava acostumada, era evidente que estava bastante apreensivo. Quando me falou desse modo, eu, honestamente, disse a ele que não haveria nenhum inconveniente em abandonar *o mundo* — festas, bailes, teatros — porque eu não temia viver uma vida reclusa. Ser abençoada com tantos dons interiores quanto os que tenho torna o mundo exterior desnecessário. Posso viver muito bem sem tudo isso. Para aqueles que não possuem esses recursos, aí, sim, faria uma grande diferença; contudo, minha fortuna me deixou muito independente. E, quanto a serem os cômodos menores do que estou acostumada, para mim não faz a menor diferença. Eu tinha certeza de que conseguiria me sair bem diante de qualquer sacrifício. Obviamente, estava muito acostumada aos luxos de Maple Grove, mas garanti ao meu marido que duas carruagens não eram fundamentais para a minha felicidade, nem mesmo aposentos maiores. No entanto, eu lhe disse, honestamente, que não poderia viver sem a companhia de pessoas que apreciem uma boa melodia. Antes de tudo, a vida seria um eterno vazio sem música.

— E não podemos supor — disse Emma, sorrindo — que o sr. Elton tenha tido alguma dúvida em lhe garantir que existia em Highbury uma sociedade muito musical, e espero que, ao deparar com a realidade, possa perdoá-lo, levando-se em consideração sua motivação.

— Não, na verdade, não tenho dúvida. Estou muito feliz em ter encontrado pessoas como vocês. Creio que, juntas, organizaremos muitos e maravilhosos concertos. Em minha opinião, srta. Woodhouse, deveríamos formar um clube musical e planejar reuniões regulares, semanalmente, em sua casa ou na minha. Não é uma boa ideia? Se nos empenharmos, creio que, em breve, teríamos seguidoras. Para mim seria proveitoso algo assim, como um estímulo para não deixar de praticar; pois as mulheres casadas, como deve saber... geralmente há muitas histórias tristes. Nunca deveriam abandonar a música.

— Mas não há nenhum perigo para a senhora, que é tão apaixonada. Estou certa?

— Espero que não. Mas, quando olho para as minhas amigas, chego a tremer. Selina desistiu completamente da música, nunca mais tocou piano, embora tocasse lindamente. E o mesmo pode ser dito a respeito da sra. Jeffreys, conhecida como Clara Partridge, ou das duas irmãs Milman, agora senhoras Bird e Cooper... bem, são tantas que nem posso enumerá-las. Posso assegurar-lhe que isso já é o bastante para me assustar. Eu costumava ficar muito irritada com Selina, mas agora começo a perceber que uma mulher casada tem muitas obrigações. Creio que, hoje pela manhã, gastei cerca de meia hora conversando com a empregada.

— Mas esse tipo de situação, em breve, será uma rotina — disse Emma.

— Bem, veremos! — respondeu a sra. Elton, sorrindo.

Emma, ao perceber que Augusta não queria negligenciar seus dons musicais, não tinha mais nada a dizer. E, depois de uma pausa, a sra. Elton falou sobre outro assunto.

— Fizemos uma visita a Randalls e encontramos todos em casa; parecem ser ótimas pessoas. Gostei do casal. O sr. Weston parece ser um homem excelente... sem dúvida, já é um de meus favoritos, posso garantir-lhe. E a sra. Weston parece ser verdadeiramente bondosa, tem um jeito tão maternal e gentil, logo percebido por todos. Creio que ela foi sua governanta, não?

Emma estava muito atônita para responder, mas a sra. Elton nem sequer esperou uma resposta e continuou:

— Como já sabia disso, fiquei bastante surpresa ao ver que se parece muito com uma dama! É realmente muito refinada.

— Os modos da sra. Weston — disse Emma — são particularmente perfeitos. Sua dignidade, simplicidade e elegância são modelos para qualquer jovem.

— E quem imagina que chegou enquanto estávamos lá?

Agora, Emma realmente estava desconcertada, em virtude do tom íntimo com que ela se expressava. E como poderia adivinhar?

— Knightley! — continuou a sra. Elton. — O próprio Knightley! Não foi uma sorte? Quando ele nos visitou, eu não estava em casa, ainda não o conhecia pessoalmente, mesmo sendo um amigo tão próximo do sr. E., e estava muito curiosa. "Meu amigo Knightley" foi tantas vezes mencionado que eu já estava impaciente para conhecê-lo. E devo fazer justiça ao meu *caro sposo*,[55] ele não tem do que se envergonhar em seu amigo. Knightley realmente é um cavalheiro. De fato, eu o acho muito encantador, um verdadeiro cavalheiro.

Felizmente, era hora de partirem. Depois que saíssem, Emma poderia respirar tranquilamente.

"Que mulher insuportável!", foi sua reação imediata. "Muito pior do que eu poderia ter imaginado. absolutamente insuportável! Não posso acreditar nisso! Knightley! Nunca o vira em toda a sua vida e já o chamava com intimidade! E descobriu que é um cavalheiro! Uma arrivistazinha, um ser vulgar, com seu sr. 'E.', seu *caro sposo*, e toda sua fortuna, toda aquela pretensão e falso refinamento. Descobrir que o sr. Knightley é um cavalheiro! Duvido que ele retribua o elogio e diga que ela é uma dama. Se me contassem, não conseguiria acreditar! E a ideia que teve de criarmos um clube musical! Alguém poderia pensar que somos amigas de infância! E a sra. Weston! Ela ficou assombrada que a pessoa que me deu educação seja uma grande dama! Isso é o pior de tudo. Nunca vi nada parecido em toda a minha vida. Está além do que nem sequer ousei imaginar. Não se pode compará-la a Harriet. Oh! O que Frank Churchill diria a respeito dela se estivesse aqui? Imagino quanto ficaria com raiva e quanto se divertiria. Ah! Aqui estou eu, pensando nele novamente. É sempre a primeira pessoa em que penso! Frank Churchill regularmente está em meus pensamentos."

Tudo isso passou por sua mente, enquanto seu pai se recuperava da inquietação que causara a visita dos Elton e se mostrava disposto a falar, e Emma podia prestar atenção.

— Bem, minha querida — ele disse, deliberadamente —, levando em consideração que nunca a vimos antes, parece ser uma jovem senhora muito bonita e ouso dizer que gostou muito de você. Ela fala muito rápido. Esse falar rápido, às vezes, confunde os ouvidos. Creio que me comportei bem. Não gosto de vozes estranhas. Além disso, ninguém fala como você e a srta. Taylor. Entretanto, a sra. Elton parece ser muito gentil, uma jovem muito comportada, e não tenho dúvida de que será uma excelente esposa. Embora eu acredite que seria melhor se ele não tivesse se casado. Procurei dar as melhores desculpas que pude por não ser capaz de visitá-los nessa ocasião tão feliz, dizendo que tinha esperança de fazer-lhes uma visita durante o verão, mas devia ter ido antes. Não visitar uma noiva é uma negligência muito grande. Ah! Como sou um triste inválido! Mas não gosto do lugar onde fica a casa do sr. Elton.

---

[55] *Caro sposo*, no original, em italiano, significa "querido esposo". Jane Austen utiliza a expressão para dar um caráter ainda mais afetado à personagem.

— Creio que suas desculpas foram aceitas, papai. O sr. Elton o conhece muito bem.

— Sim. Mas a jovem esposa... eu deveria ter feito o possível para visitá-la e mostrar-lhe meus respeitos. Fui muito descortês.

— Mas, querido papai, o senhor não é um fã de casamentos e, portanto, por que o senhor ficaria ansioso para demonstrar seu respeito a uma jovem recém-casada? Especialmente para o senhor não seria algo recomendável. O senhor estaria encorajando as pessoas a casar se fosse visitá-los.

— Não, minha querida, nunca encorajei ninguém a se casar, mas sempre desejo fazer uma visita e dedicar minhas atenções a uma jovem recém-casada, que jamais deve ser negligenciada. Uma noiva, minha querida, é sempre a pessoa mais importante de um grupo de amigos, os demais não têm importância.

— Bem, papai, se isso não for incentivo para se casar, não sei o que é. E eu nunca imaginei que o senhor aprovasse tais vaidades nas pobres jovens.

— Minha querida, você não me entende. Essa é uma questão de educação e de boa criação, e não tem nada a ver com incentivar os outros a se casarem.

Emma ficou calada. Seu pai estava ficando nervoso e não a compreendia. Sua mente se ocupou de pensar nas ofensas da sra. Elton, por muito, muito tempo.

CAPÍTULO 15

Nenhuma descoberta posterior mudou a péssima opinião que Emma tivera sobre a sra. Elton. Sua primeira impressão foi muito correta. Foi a mesma que teve no segundo encontro e nos seguintes. Ares de importância, presunção, ignorância, má educação. Possuía certa beleza e alguns conhecimentos, mas era tão insensata que se considerava alguém que conhece a perfeição do mundo e que poderia animar e enriquecer seus vizinhos do interior. Acreditava que, quando era solteira, havia alcançado um patamar muito elevado na sociedade e que só agora, como esposa do sr. Elton, conseguiria igualar essa situação.

Não havia nenhuma razão para supor que o pastor pensasse diferentemente de sua esposa. Ele não somente estava feliz com ela, mas também orgulhoso. Dava a impressão de que se felicitava o tempo todo por ter trazido a Highbury uma dama como aquela, a quem nem mesmo a srta. Woodhouse poderia igualar-se. E a maior parte das suas amizades, que não gostava de comentar ou não tinha o hábito de julgar, mostrava-se satisfeita, seguindo o bom juízo da srta. Bates, e dando como certo que a recém-casada deveria ser inteligente e agradável, assim como demonstrava ser. Todos estavam satisfeitos; as qualidades da sra. Elton eram de conhecimento geral, como era de se esperar, sem que Emma fizesse sequer um comentário negativo, limitando-se apenas a repetir que "ela é muito agradável e se veste muito bem".

Em um aspecto, a sra. Elton se mostrou muito pior do que parecia ser a princípio. Ela mudou seus sentimentos em relação a Emma. Ofendida provavelmente pelo pouco encorajamento de intimidade entre ambas, tornou-se mais reservada e, aos poucos, mais fria e distante. Apesar de ser muito agradável, a distância entre as duas só serviu para aumentar o desprezo que Emma sentia pela jovem senhora. Por outro lado, tanto o sr. Elton como a esposa adotaram um comportamento desagradável em relação a Harriet, sendo negligentes e zombando dela. Emma esperava que isso ajudaria a amiga a se curar mais rápido, mas a péssima impressão que tal atitude lhe causava só fez aumentar ainda mais o desprezo que sentia pelo casal. Não restava dúvida de que a paixão de Harriet fora motivo de confidências entre eles e que ele havia contado à esposa apenas coisas ruins sobre Harriet e boas sobre ele mesmo. A amiga era o objeto de desprezo dos dois. Quando não tinham nada mais a dizer, sempre havia algo para irritar a srta. Woodhouse, e essa inimizade, que não era manifestada abertamente, aumentava ainda mais cada vez que desdenhavam Harriet.

Desde o início, a sra. Elton demonstrou uma grande simpatia por Jane Fairfax, não somente porque a inimizade por uma jovem servia para aumentar ainda mais o apreço por outra foi assim desde que a conheceu; E ela não se satisfazia apenas em expressar sua admiração natural e razoável. Sem qualquer motivo, fundamento ou privilégio, queria ser amiga de Jane. Antes de Emma ter perdido sua confiança, quando se encontraram pela terceira vez, ouviu a sra. Elton comentar o assunto de maneira bastante fantasiosa:

— Srta. Woodhouse, Jane Fairfax é absolutamente encantadora. Gosto muito dela, é uma criatura doce e muito interessante. Ela é uma moça meiga e possui muitas qualidades. Tenho certeza de que Jane tem talentos extraordinários. Ouso dizer que toca muito bem. Conheço o suficiente de música para fazer tal afirmação. Oh! É absolutamente encantadora! Você vai rir da minha animação... mas posso assegurar-lhe que não consigo falar de outra pessoa a não ser de Jane Fairfax. E a situação dela é tão triste, que afeta a todos! Srta. Woodhouse, devemos fazer algo, ajudá-la. Sim, devemos ajudá-la. Um talento como aquele não pode ficar no esquecimento. Creio que já escutou estes maravilhosos versos do poeta:

> Muitas flores desabrocham sem serem vistas
> E desperdiçam sua fragrância no ar do deserto.[56]

Não podemos deixar que isso aconteça com a doce Jane Fairfax.

— Não creio que haja tal perigo — foi a resposta calma de Emma. — Quando conhecer melhor a situação da srta. Fairfax, e entender que ela morou na casa

---

[56] Poema de Thomas Gray (1716-1771), "Elegy written in a country churchyard" (Elegia escrita em um cemitério rural).

do Coronel Campbell, tenho certeza de que não temerá que os talentos da moça sejam ignorados.

— Mas, querida srta. Woodhouse, ela vive tão isolada, na obscuridade, tão desperdiçada... todas as vantagens que poderia ter desfrutado com os Campbell é provável que tenham chegado ao fim! Eu penso que ela já percebeu isso. Tenho certeza que sim. Ela é muito tímida e quieta. Qualquer um pode ver que ela precisa de encorajamento. Gosto ainda mais dela por isso. Devo confessar que, para mim, é um mérito a mais. Sou uma grande defensora dos tímidos... e tenho certeza de que não é algo tão fácil de se encontrar. Mas, para as pessoas que são explicitamente inferiores a nós, é algo extremamente simpático. Oh, posso garantir-lhe que Jane Fairfax é uma pessoa maravilhosa; tenho mais interesse por ela do que sou capaz de expressar.

— A senhora parece sincera quanto aos seus sentimentos... mas não vejo como a senhora, ou qualquer outra conhecida da srta. Fairfax, nem mesmo aquelas que a conhecem há mais tempo, possam dar mais atenção do que...

— Minha querida srta. Woodhouse, os que se atrevem a ajudar podem fazer muito. A senhorita e eu não temos o que temer. Se dermos o exemplo, outras pessoas nos seguirão e farão o que puderem, dentro de suas possibilidades, ainda que a maioria não desfrute nossa posição social. Nós duas temos carruagens para buscá-la e depois levá-la para casa, e temos um estilo de vida ao qual a adição de Jane Fairfax não será um inconveniente. Eu ficaria muito contrariada se tivesse de retribuir o convite de Wright para um jantar e não tivesse insistido em convidar Jane. Não faço a menor ideia desse tipo de situação. Não sei se deveria, considerando o meio ao qual estou acostumada. Meu maior perigo, talvez, ao cuidar de uma casa seja o oposto, isto é, exagerar em tudo, fazer demais por não saber preocupar-me com gastos. É provável que Maple Grove venha a ser meu modelo mais do que deveria ser, pois nossos rendimentos não se comparam aos do meu cunhado. Entretanto, já tomei a decisão de ajudar Jane Fairfax. Certamente, eu a convidarei mais vezes para visitar minha casa para poder apresentá-la a todo tipo de pessoas; faremos encontros musicais para prestigiar o talento dela, e sempre estarei à procura de uma situação que possa favorecê-la e proporcionar um bom casamento para ela. Tenho muitos amigos, e duvido que, em breve, não encontre alguém adequado para Jane. É claro que vou apresentá-la ao meu cunhado e à minha irmã quando eles nos fizerem uma visita. Tenho certeza de que gostarão muito dela; e, quando for amiga dos dois, seus receios desaparecerão por completo, pois são as pessoas mais cordiais e acolhedoras que existem. Enquanto estiverem hospedados na minha casa, certamente terei a companhia de Jane, e ouso dizer que, algumas vezes, ela será convidada a passear conosco no landau do meu cunhado, para que possamos explorar as redondezas.

"Pobre Jane Fairfax!", pensou Emma. "Ela não merecia isso. Pode ter sido imprudente em relação ao sr. Dixon, mas esse é um castigo maior do que merece! A gentileza e a proteção da sra. Elton! Jane, Jane... Santo Deus! Nem posso imaginá-la falando com todo o mundo como se fosse Emma Woodhouse! Agora, vejo que não há limites para a inconveniência dessa mulher!"

Emma não ouviria tais declarações outra vez... tão exclusivamente dirigidas a ela... tão exageradamente adornadas com aqueles "minha querida srta. Woodhouse". A mudança de comportamento da sra. Elton ocorreu logo depois que Emma foi deixada em paz e não fez o menor esforço para ser amiga da jovem recém-casada, nem se tornou, sob a orientação dela, a defensora de Jane Fairfax. Passara a conviver com ela de maneira comum, sabendo o que era sentido, pensado e feito.

Ela observava os acontecimentos com alguma diversão. A gratidão da srta. Bates pelas atenções que a sra. Elton dispensava a Jane era completamente inocente, simples e cordial. Ela merecia todo o carinho, pois era uma mulher amável, afável e agradável, tão talentosa e condescendente quanto a sra. Elton poderia ser considerada. Emma apenas duvidava se Jane aceitaria tais atenções e se conseguiria tolerar a sra. Elton, como parecia fazer. Ouviu falar de passeios que fizera com os Elton, que se sentara com eles e passara um dia inteiro na companhia dos Elton! Aquilo era surpreendente! Emma não imaginava ser possível que o bom gosto e o orgulho da srta. Fairfax pudessem suportar uma sociedade e uma amizade como a dos moradores da casa paroquial.

"Ela é um enigma, um verdadeiro enigma!", disse a si mesma. "Preferir ficar aqui, mês após mês, vivendo privações de todo tipo! E agora escolheu ser mortificada pela penúria da conversa da sra. Elton em vez de voltar aos seus amigos muito mais bem-educados, que sempre a trataram com carinho, amor e generosa afeição."

Jane viera a Highbury para passar um período de três meses, pois os Campbell viajaram para a Irlanda e ficariam lá por três meses também. Mas, agora, os Campbell prometeram à filha ficar até a metade do verão e convidaram Jane para se unir a eles. De acordo com a srta. Bates, de quem vinham todas as notícias, a senhora Dixon enviara o convite em termos muito insistentes. Jane deveria ir, encontrar um jeito de viajar, os empregados seriam enviados para ajudá-la, alguns amigos se mobilizariam... parecia não existir nenhum inconveniente para realizar aquela viagem, e, mesmo assim, Jane recusou o convite!

"Ela deve ter algum motivo, mais forte do que parece, para recusar tal convite", foi a conclusão de Emma. "Deve cumprir algum tipo de penitência, infligida pelos Campbell ou por ela mesma. Há um grande medo, um grande cuidado, muita resolução em algum lugar. Ela não desejava estar com os Dixon. Alguém deve exigir-lhe que aja assim. Mas, por que, então, insiste em estar na presença dos Elton? Ela é um enigma muito complexo."

Quando Emma expressou seu assombro sobre a questão para algumas poucas pessoas que conhecia, a sra. Weston se aventurou a sair em defesa de Jane:

— Não podemos supor que ela tenha algum tipo de diversão na casa dos Elton, minha querida Emma. Mas é muito melhor do que ficar sempre em casa. A srta. Bates é uma boa pessoa, mas, como companheira constante, deve ser muito entediante. Devemos considerar o que a srta. Fairfax perde antes de criticar seu bom gosto pelas casas que frequenta.

— A senhora está certa, sra. Weston — concordou o sr. Knightley calorosamente. — A srta. Fairfax é tão capaz de formar uma opinião justa a respeito da sra. Elton quanto qualquer um de nós. Se pudesse escolher com quem se associar, não teria escolhido a companhia dessa senhora. Contudo — dirigiu um sorriso de reprovação para Emma — ela voltou sua atenção para a sra. Elton, uma vez que ninguém mais a procura.

Emma percebeu que a sra. Weston olhava-a de relance e ficou chocada com o que o sr. Knightley afirmou. Um pouco corada, respondeu:

— Atenções como as da sra. Elton imagino que mais desagradem do que interessem à srta. Fairfax. Os convites da sra. Elton me pareceriam pouco atraentes.

— Eu não estranharia — disse a sra. Weston — se Jane fizesse tudo isso contra sua vontade, forçada pela insistência da sua tia a aceitar as atenções que a sra. Elton tem para com ela. É muito provável que a srta. Bates obrigue a sobrinha a aceitar um grau de intimidade muito maior do que a moça desejaria, em vez do desejo muito natural de mudar um pouco a rotina.

As duas estavam ansiosas para ouvir a opinião do sr. Knightley novamente e, após alguns minutos de silêncio, ele não as decepcionou:

— Outro ponto deve ser considerado... a sra. Elton não fala da srta. Fairfax enquanto fala de si mesma. Todos nós conhecemos a diferença entre os pronomes ele, ela ou você, que são os mais usados em qualquer tipo de conversa. No trato pessoal que temos uns com os outros, todos sentimos a influência de algo que foi previamente ensinado. Não podemos deixar transparecer a ninguém os indícios desagradáveis de que ficamos entediados desde a hora anterior. Nós sentimos as situações de forma diferente. E, além disso, como princípio geral, pode-se ter a certeza de que a srta. Fairfax impressiona a sra. Elton por sua superioridade, tanto de mente como de modos. E que, pessoalmente, a senhora a trata com todo o respeito que a moça merece. Uma moça como Jane Fairfax provavelmente nunca cruzou os caminhos da sra. Elton... e nenhum grau de vaidade poderá impedi-la de reconhecer e comparar sua própria pequenez, tanto em ações como em inteligência.

— Eu sei quanto você considera Jane Fairfax — disse Emma, que tinha o sobrinho Henry em mente, e uma mistura de alarme e delicadeza a silenciou.

— É verdade — concordou ele. — Todos sabem quanto aprecio a moça.

— E, ainda assim... — começou Emma falando um tanto quanto rispidamente, mas logo se calou... era melhor, porém, saber logo do pior, e apressou-se em completar: — E, ainda assim, talvez o senhor não tenha uma verdadeira noção de quanto a aprecia. Algum dia, ficará surpreso ao perceber a extensão da sua admiração por ela.

O sr. Knightley parecia dedicar-se intensamente aos botões inferiores de suas botas, tentando abotoá-los e, de algum modo, ficou muito corado enquanto respondia:

— Oh! Ainda estamos nessa conversa? Infelizmente, devo informá-la de que está atrasada. O sr. Cole já me fez essas insinuações há mais ou menos seis semanas.

Ele parou. Emma sentiu a sra. Weston pressionando seu pé e ficou sem saber o que pensar. Logo depois, ele continuou:

— Isso nunca vai acontecer, posso garantir-lhe. Receio que a srta. Fairfax não aceitaria meu pedido de casamento se eu o fizesse e estou muito seguro de que jamais faria tal proposta.

Emma pisou no pé da amiga com delicadeza e imediatamente exclamou:

— O senhor não é vaidoso, sr. Knightley, isso é o mínimo que posso dizer a seu respeito.

Ele parecia não ouvi-la, pensativo. E, parecendo estar um pouco incomodado, logo em seguida perguntou:

— Então, pensaram que eu estava decidido a me casar com Jane Fairfax?

— Não, de fato eu nem pensei nisso. O senhor me repreendeu o bastante por tentar ser uma casamenteira para que eu pudesse tomar a liberdade e pensar tal coisa a seu respeito. O que acabei de dizer não significa nada. O senhor bem sabe que as pessoas dizem esse tipo de coisa sem segundas intenções. Oh, não! Juro que não tenho o menor interesse em que se case com Jane Fairfax, nem de que Jane se case com qualquer outra pessoa. Se o senhor fosse casado, não viria mais a Hartfield nem se sentaria em nossa companhia de forma tão agradável.

O sr. Knightley ficou pensativo novamente. Após alguns momentos de silêncio, respondeu:

— Não, Emma! Eu não creio que a extensão dos meus sentimentos por ela possam surpreender-me algum dia. Posso garantir-lhe que nunca pensei nela desse modo. Em seguida, acrescentou: — Jane Fairfax é uma jovem encantadora.... mas nem mesmo ela é perfeita, tem alguns defeitos. Não possui o temperamento aberto que qualquer homem deseja em uma mulher.

Emma não podia deixar de se alegrar em saber que ela tinha uma falha.

— Então... — disse — o senhor não encontrou dificuldades em convencer o sr. Cole, estou certa?

— Sim. Ele fez apenas uma pequena insinuação, mas eu lhe disse que estava enganado. Então desculpou-se e não disse mais nada. Cole não deseja ser mais sábio ou espirituoso do que seus vizinhos.

— Nesse quesito, ele não se parece nada com a sra. Elton, que deseja ser sempre a mais sábia e espirituosa de todos! Eu gostaria de saber o que fala dos Cole, de que os chama! Que fórmula deve ter encontrado para falar deles intimamente, dentro de sua insensatez? O senhor, ela chama simplesmente de Knightley... como deve tratar o sr. Cole? E já não me surpreendo que Jane Fairfax aceite suas atenções e consinta que ela seja presença constante. Sra. Weston, seus argumentos são muito importantes para mim. Eu poderia, com maior rapidez, concordar com o fato de me afastar da srta. Bates a acreditar no triunfo da mente da srta. Fairfax sobre a da sra. Elton. Não tenho a menor esperança de que a sra. Elton se reconheça inferior a ninguém em relação à sua inteligência, graça, ao modo de falar ou qualquer outra qualidade. Nem mesmo que admita outros valores além de seus rudimentares modos de cortesia. Não posso acreditar que não esteja ofendendo seus convidados continuamente com elogios descabidos, palavras de conforto e ofertas de ajuda; que não esteja detalhando continuamente suas magníficas intenções, as quais podem ser desde procurar uma situação permanente para ela até incluí-la em suas agradáveis excursões de landau.

— Jane Fairfax tem sentimentos — disse o sr. Knightley. — Não posso acusá-la de ser insensível. Suspeito que seja uma moça muito sensível, de temperamento excelente, como se vê por sua resignação, sua paciência e seu autocontrole; no entanto, falta-lhe franqueza. É reservada, creio que está ainda mais reservada do que antes. Eu, particularmente, gosto de pessoas mais abertas. Não... antes de Cole ter suspeitado de meus sentimentos por ela, tal possibilidade jamais me passou pela cabeça. Sempre vi e conversei com Jane Fairfax com admiração e prazer... E nada além disso.

— Então, minha querida sra. Weston... — disse Emma, vitoriosamente, logo após a saída do sr. Knightley. — O que me diz agora a respeito do casamento do sr. Knightley com Jane Fairfax?

— Minha querida Emma, você verá que ele está tão preocupado em afirmar que não está apaixonado por ela que eu não me surpreenderia se, no fim, ele estiver realmente enamorado. Digo que você ainda não me convenceu.

CAPÍTULO 16

Todos os moradores de Highbury e redondezas que conheciam o sr. Elton estavam dispostos a dar-lhe as devidas atenções em virtude do seu casamento. Convidavam o casal para jantares e festas; eram tantos os convites que a sra. Elton logo percebeu que não teriam nenhum dia de folga.

— Já percebi como será — disse ela. — Vejo que tipo de vida levarei ao lado de vocês. Tenho certeza de que estaremos sempre muito ocupados. Parece que somos mesmo o casal da moda. Se esse é o jeito de viver no campo, estou certa de que não é nem um pouco entediante. De segunda a sábado, tenho certeza de que não teremos um dia sequer de privacidade! Uma mulher com menos recursos teria dificuldades.

No entanto, nenhum dos convites pareceu-lhe inoportuno. Graças às temporadas que passara em Bath, já estava bastante acostumada a jantar fora de casa, e Maple Grove a familiarizara com jantares. Ela ficou um pouco chocada ao perceber que nas casas de Highbury havia apenas um salão, os bolos eram minúsculos, e que não eram servidas bebidas geladas durante os jogos de cartas. As senhoras Bates, Perry, Goddard e outras conheciam muito pouco do mundo, mas em breve Augusta poderia mostrar-lhes como proceder nas mais diversas ocasiões. Antes que a primavera terminasse, resolveria essa situação, convidando todas as senhoras para uma reunião em grande estilo... nela, em cada mesa de jogos haveria um candelabro, com caixas de baralho ainda fechadas, tudo muito elegante. Além disso, haveria mais criados para atendê-los do que era realmente necessário, a fim de servir-lhes os refrescos na hora exata e na ordem adequada.

Emma, entretanto, não poderia ficar satisfeita até que oferecesse um jantar em Hartfield em homenagem aos Elton. Não poderia fazer menos do que os demais, ou ficaria exposta a suspeitas odiosas e imaginariam que ela seria capaz de um lamentável ressentimento. Tinha de ser um jantar. Após falar por cerca de dez minutos, o pai se mostrou disposto a concordar e apenas impôs a habitual condição de não ficar sentado à cabeceira da mesa, criando a dificuldade, também usual, de decidir quem se sentaria à cabeceira.

Não foi preciso pensar muito em quem convidar. Além dos Elton, deveriam convidar os Weston e o sr. Knightley. Até agora, estava tudo bem... mas foi inevitável sugerir que a pobre Harriet fosse convidada para completar oito pessoas. Contudo, o convite não foi feito com muita satisfação e, por diversos motivos, Emma ficou particularmente agradecida quando Harriet implorou que lhe permitisse recusar. "Preferia não estar na companhia daqueles que não conseguiria suportar. Não era capaz de vê-los felizes juntos sem se sentir desconfortável. Se a srta. Woodhouse não ficasse chateada, ela preferia ficar em casa." Era exatamente o que Emma teria desejado. Ela ficou encantada com a coragem da sua jovem amiga — pois sabia que uma prova da sua coragem era recusar um jantar e ficar em casa. Agora Emma poderia convidar a pessoa que mais desejava para completar o grupo: Jane Fairfax. Desde a última conversa que tivera com a sra. Weston e o sr. Knightley, Emma estava mais consciente a respeito de Jane Fairfax. As palavras do sr. Knightley não lhe saíam da cabeça. Ele dissera que Jane recebia da sra. Elton a atenção que ninguém jamais lhe havia concedido.

"É a mais pura verdade", pensou consigo mesma. "Pelo menos no que diz respeito a mim, é o que realmente importa agora... e é muito vergonhoso. Temos a mesma idade, nós nos conhecemos desde meninas, deveria ter sido mais amiga de Jane... agora ela não quer saber de mim. Já a negligenciei por muito tempo, mas vou dedicar-lhe mais tempo do que antes."

Todos os convites foram aceitos. Ninguém tinha outro compromisso e todos ficaram contentes. Todavia, surgiram alguns inconvenientes a respeito dos preparativos para o jantar. Uma situação um pouco delicada se apresentou. Os dois filhos mais velhos de John Knightley e Isabella prometeram fazer uma visita ao avô e à tia por algumas semanas na primavera, e John sugeriu que eles ficassem um dia inteiro em Hartfield — e esse dia era exatamente o do jantar. As responsabilidades de John Knightley não permitiram que ele mudasse a data e levasse os filhos em outra ocasião porque tanto o avô como a tia ficariam muito decepcionados. O sr. Woodhouse considerava oito o número máximo de pessoas que seus nervos poderiam aguentar e agora haveria uma nona, e Emma considerou que seria uma nona pessoa muito aborrecida, incapaz de ir a Hartfield nem por quarenta e oito horas sem ter de deparar com uma festa.

Ela consolou seu pai melhor do que poderia consolar a si mesma, dizendo que, embora fossem nove pessoas, ele era muito calado, nem haveria sequer aumento de ruído. Pensou que, no fim, foi uma mudança muito triste, principalmente para ela, pois o cunhado sempre a olhava seriamente e se mostrava relutante para qualquer tipo de conversa, bem diferente do irmão.

O evento foi mais favorável para o pai do que para Emma. John Knightley chegou, mas o sr. Weston foi chamado a Londres com urgência naquele mesmo dia. Ele deveria chegar tarde naquela noite, não a tempo para o jantar. O sr. Woodhouse ficou bastante satisfeito e, vendo-o assim, com a chegada dos netos e a filosófica postura do cunhado em aceitar seu próprio destino, ela ficou mais tranquila.

A noite finalmente chegou, o grupo estava pontualmente reunido e o sr. John Knightley parecia muito dedicado a se mostrar agradável aos demais. Em vez de levar o irmão até uma janela para conversarem, enquanto esperavam pelo jantar, ele conversou com a srta. Fairfax. Avaliou silenciosamente a sra. Elton, que estava tão elegante quanto possível com suas rendas e pérolas, interessado apenas em observá-la o necessário para depois fazer um breve relatório à esposa, Isabella. Porém, a srta. Faifax era antiga conhecida e uma moça muito quieta, e ele não pôde conversar muito com ela. Eles haviam-se encontrado mais cedo, logo após o café da manhã, enquanto ele fazia uma caminhada com os meninos, quando começou a chover. Era natural agir de maneira cortês, então ele comentou:

— Srta. Fairfax, espero que não tenha se aventurado e caminhado até muito longe hoje cedo; tenho certeza de que se molhou com a chuva. Mal conseguimos chegar a casa a tempo. Espero que tenha voltado para casa logo em seguida.

— Eu fui apenas ao correio — respondeu ela — e consegui voltar para casa bem antes de a chuva engrossar. É minha tarefa diária. Sempre busco as cartas quando estou aqui. Assim, evito inconvenientes e é um motivo a mais para sair um pouco. Um passeio antes do café da manhã sempre me faz bem.

— Suponho que não sejam passeios debaixo da chuva.

— Não, mas não estava caindo uma gota sequer quando saí de casa.

O sr. John Knightley sorriu e respondeu:

— Ou seja, a senhorita optou por dar sua caminhada, pois, quando a encontrei, não estava a mais de seis metros da porta da sua casa. Henry e John viram cair muito mais gotas do que conseguiram contar. O correio exerce um grande encanto em certo período de nossa vida. Quando tiver a minha idade, começará a pensar que não vale a pena se molhar apenas para buscar uma carta.

Ela ficou corada e depois respondeu:

— Eu não posso ter esperança de me ver tão bem estabelecida quanto o senhor, rodeado daqueles que mais ama, nem sequer posso esperar que a maturidade me torne indiferente às cartas.

— Indiferente! Oh, não! Eu nunca pensei nisso. Cartas não são uma questão de indiferença; em geral, elas são uma maldição necessária.

— O senhor deve referir-se às cartas de negócios; as minhas são cartas de amizade.

— Eu sempre as considerei a pior das duas — respondeu ele friamente. — Como bem sabe, os negócios trazem dinheiro, mas amizade dificilmente o traz.

— Ah! Agora não está falando sério. Conheço o sr. John Knightley muito bem… Tenho certeza de que entende o valor de uma amizade, como todos. Compreendo perfeitamente que, em sua opinião, as cartas significam muito pouco, muito menos do que para mim, mas a diferença não é porque é dez anos mais velho do que eu, não é a idade, mas, sim, a situação. O senhor sempre tem ao seu lado as pessoas mais queridas, enquanto eu, talvez, jamais as verei novamente. E, portanto, até que eu tenha sobrevivido a todas as minhas afeições, creio que o correio sempre exercerá forte atração sobre mim, a ponto de me fazer sair de casa, mesmo em um dia como hoje.

— Quando lhe falei a respeito de ser alterado pelo tempo, pelo passar dos anos — disse John Knightley —, eu me referia às mudanças que o tempo normalmente traz. Em minha opinião, são duas coisas que caminham juntas. O tempo quase sempre diminui o interesse das amizades que deixam de fazer parte do nosso cotidiano. Mas não é essa a mudança que tenho em mente para a senhorita. Como um velho amigo, permita-me esperar que, daqui a dez anos, tenha tantos amigos quantos os que eu tenho.

Essas palavras foram ditas de maneira bastante cordial e não pareciam uma ofensa. Um "muito obrigada" seria o bastante como resposta bem-humorada, mas sem rubor, tremor de lábios ou uma lágrima nos olhos, o que demonstrou que a moça levara o assunto a sério. Nesse momento, o sr. Woodhouse chamou a atenção de Jane, que, de acordo com seu costume nessas ocasiões, estava cumprimentando cada um dos seus convidados, elogiando especialmente as senhoras e com a jovem terminava a seção de cumprimentos. Bastante gentil, ele disse:

— Srta. Fairfax, fiquei muito triste ao ouvir que saiu de casa esta manhã e tomou um pouco de chuva. As jovens devem cuidar-se... moças são plantas delicadas. Devem cuidar de sua saúde e aparência. Minha querida, a senhorita trocou suas meias?

— Sim, senhor, eu as troquei. Fico muito contente por se preocupar comigo.

— Minha querida Jane, as moças devem sempre ser bem cuidadas. Espero que sua avó e sua tia estejam bem. Elas estão entre minhas amizades mais antigas. Oh, como eu gostaria que minha saúde me permitisse ser um vizinho melhor. A senhorita nos dá uma grande honra hoje, pode ter certeza. Minha filha e eu apreciamos sua bondade e temos a maior satisfação em recebê-la em Hartfield.

O gentil e educado senhor pôde sentar-se e considerar cumprido seu dever de anfitrião, garantindo que cada jovem ou senhora recebesse as boas-vindas e ficasse à vontade em sua casa.

Enquanto isso, a notícia da caminhada na chuva chegou aos ouvidos da sra. Elton, que agora se dirigia a Jane:

— Minha querida, é verdade isso que ouvi? Você foi ao correio na chuva? Não pode fazer isso, tenho certeza. Pobre moça, como pôde fazer tal coisa? É um sinal de que eu não estava lá para tomar conta de você.

Jane, pacientemente, garantiu que não se resfriara.

— Oh! Não diga isso. Você é uma moça que não sabe cuidar de si mesma. Ir aos correios! Sra. Weston, já ouviu algo assim? A senhora e eu devemos exercer nossa autoridade.

— Certamente — disse a sra. Weston, de maneira persuasiva e gentil.
— Sinto-me tentada a dar meu conselho. Srta. Fairfax, não deve correr tais riscos. Como é propensa a ter resfriados fortes, deveria ser particularmente cuidadosa, em especial nesta época do ano. Eu sempre acreditei que a primavera é uma estação que exige tomar mais precauções. É melhor esperar uma hora ou duas, ou talvez o meio-dia, para buscar as cartas do que se expor e correr o risco de se resfriar novamente. Agora, não lhe parece que deveria ter esperado o tempo melhorar? Sim, tenho certeza de que consegue pensar de modo mais racional e acredito que não fará isso novamente.

— Com certeza, ela não fará isso novamente! — afirmou a sra. Elton depressa. — Não permitiremos que cometa tal absurdo! — Balançando a cabeça significativamente, acrescentou: — Devemos fazer algo, não resta dúvida. Tenho de falar com o sr. E. O homem que busca as nossas cartas todas as manhãs, um dos nossos empregados, não me recordo seu nome agora, deverá buscar as suas também e entregar em suas mãos. Isso vai resolver qualquer dificuldade que tiver; e, em relação a nós, minha querida Jane, você não precisa ter vergonha de aceitar nossa ajuda.

— São extremamente gentis — disse Jane —, mas eu não posso desistir das minhas caminhadas matinais. Recebi a recomendação de tomar ar fresco o máximo que puder e caminhar, e ir ao correio é um modo de me exercitar. Posso assegurar-lhes que jamais tive uma manhã ruim antes.

— Minha querida Jane, não diga mais nada sobre isso. Já está decidido; quero dizer — riu de maneira afetada —, até onde posso determinar algo sem o conhecimento do meu senhor e mestre. Como a senhora sabe, sra. Weston, nós devemos ter muito cuidado com a maneira como nos expressamos. Mas posso vangloriar-me, minha querida Jane, de ter certa influência sobre meu querido esposo. Portanto, se não encontrarmos nenhum obstáculo, considero tudo acertado.

— Perdoe-me — interferiu Jane, com firmeza. — De modo nenhum permitirei que seu criado sofra por minha causa. Se para mim não fosse um prazer ir ao correio, esse trabalho seria tarefa de uma criada da minha avó, empregar nossos homens.

— Oh! Minha querida, Patty tem muita coisa para fazer! Será uma gentileza empregar nossos homens!

Jane parecia que não desejava convencer-se; mas, em vez de responder, começou a conversar novamente com o sr. John Knightley.

— O correio é um lindo estabelecimento — disse ela. — Fico admirada com sua regularidade e prontidão! Se levarmos em conta tudo que é preciso fazer e que fazem tão bem, é de fato muito impressionante!

— De fato, é muito pontual.

— É tão raro acontecer qualquer tipo de negligência ou erro! É muito raro que uma carta se perca dentre as milhares que são enviadas para todo o reino! E quando se pensa na variedade de letras, também como a existência de péssimas caligrafias que precisam ser decifradas, só faz aumentar nosso espanto!

— Os funcionários tornam-se peritos pelo hábito. Eles precisam ter uma ótima visão e mãos ágeis, depois a prática se encarrega de melhorá-los. Se você precisar de uma explicação mais aprofundada — continuou ele, sorrindo —, são pagos para essa finalidade. É a chave para a qualidade do serviço. O público paga e deve ser bem atendido.

Conversaram bastante sobre a variedade de caligrafias.

— Ouvi dizer — continuou John Knightley — que os membros de uma mesma família possuem a mesma caligrafia e, quando o professor é o mesmo, não há nada mais natural. Mas, por essa mesma razão, creio que as mulheres devem escrever de maneira mais parecida, pois os meninos deixam de estudar ao chegarem a determinada idade e acabam escrevendo com a caligrafia que podem. Acho que Isabella e Emma possuem a escrita bem parecida. Nunca fui capaz de distinguir a caligrafia das duas.

— De fato — comentou seu irmão, um pouco hesitante —, há uma semelhança. Eu sei o que quer dizer... Mas a letra de Emma é mais forte.

— Isabella e Emma têm letras lindas — disse o sr. Woodhouse. — Sempre achei isso. Bem como a sra. Weston — disse ele, com meio suspiro e meio sorriso para ela.

— Eu nunca vi a caligrafia de um cavalheiro — Emma começou a falar, olhando também para a sra. Weston, mas parou ao perceber que a amiga dava atenção a outra pessoa. A pausa a fez refletir: "Agora, como farei para introduzi-lo? Devo mencionar seu nome diante de tantas pessoas? Seria melhor um rodeio ou dizer diretamente? Seu correspondente de Yorkshire... essa seria a melhor forma de rodear o assunto, se eu estivesse mesmo mal. Não. Posso pronunciar perfeitamente o nome dele sem nenhuma inquietação. Já me sinto melhor... ".

O sr. Weston voltou a prestar atenção, e Emma pôde começar novamente:

— O sr. Frank Churchill tem uma das caligrafias mais bonitas que já vi.

— Eu não concordo — disse o sr. Knightley. — A letra é muito pequena e lhe falta energia. Parece letra de mulher.

Nenhuma das damas presentes concordou com essa opinião. Todas protestaram contra aquela crítica: "Não, de modo nenhum lhe falta força... não é uma letra grande, porém é muito clara e forte. A sra. Weston não teria uma carta dele para nos mostrar?". Não, ela recebera notícias recentes de Frank, mas como já havia respondido a carta, guardou-a.

— Se estivéssemos na outra sala — comentou Emma — e eu tivesse aqui minha escrivaninha portátil,[57] tenho certeza de que poderia mostrar-lhes uma carta dele. Tenho um bilhete que ele me escreveu. Não se lembra, sra. Weston, de ter pedido a ele que escrevesse um bilhete para mim em seu lugar?

— Foi ele quem se prontificou a escrever...

— Bem, eu tenho esse bilhete e poderei mostrá-lo depois do jantar, justamente para convencer o sr. Knightley.

— Ora! Quando um jovem galante como o sr. Frank Churchill — disse o sr. Knightley, secamente — escreve a uma dama como a srta. Woodhouse, é claro que procura escrever da melhor forma possível.

O jantar foi servido. A sra. Elton, antes mesmo de ser convidada, já estava pronta para se levantar; e, antes que o sr. Woodhouse pudesse alcançá-la e oferecer-lhe o braço para que ambos pudessem seguir à sala de jantar, ela disse:

— Devo ir primeiro? Eu sempre me envergonho de ser a primeira.

A insistência de Jane em ir buscar suas próprias cartas não passou em branco para Emma. Ouvira e vira toda a discussão; sentia certa curiosidade por saber se o passeio sob a chuva naquela manhã fora proveitoso. Ela suspeitava

---

[57] Como era costume as pessoas trocarem correspondência quase diariamente, algumas famílias, mas principalmente as mulheres, tinham uma escrivaninha portátil, com papel, tinta e demais objetos para escreverem suas cartas.

que sim; não haveria tanto empenho em sair sem ao menos ter a certeza de receber notícias de alguém muito querido. E, provavelmente, o passeio não fora em vão. Emma observou que Jane estava com um ar mais alegre do que de costume, além de um aspecto mais saudável e bem-disposto.

Poderia ter feito uma ou duas perguntas a respeito do envio de cartas e das despesas dos correios para a Irlanda. Estava na ponta da língua, mas conseguiu conter-se. Estava determinada a não dizer sequer uma palavra que pudesse ferir os sentimentos de Jane Fairfax; e, seguindo as outras senhoras, as duas jovens entraram na sala de jantar de braços dados, com uma aura de boa vontade que aumentava muito a beleza e a graça de ambas.

CAPÍTULO 17

Quando as senhoras voltaram para a sala de estar depois do jantar, Emma percebeu ser quase impossível evitar que se formassem dois grupos. Com tanta perseverança no julgamento e agindo mal, a sra. Elton conversava muito com Jane Fairfax e pouco com Emma.

Ela e a sra. Weston eram obrigadas a conversar entre si, ou a ficar em silêncio. A sra. Elton não lhes deu outra escolha. Se Jane falava um pouco mais, ela não perdia tempo e começava a falar de novo; e, embora o que conversavam mais parecesse um sussurro, especialmente por parte da sra. Elton, não deixaram de escutar os principais temas da conversa: o correio... pegar um resfriado... apanhar as cartas... e amizade... conversaram por um bom tempo. E assim, um assunto sucedeu outro, o que deveria ser muito desagradável para Jane... perguntas sobre se ela já tinha tido notícia de alguma colocação que lhe fosse conveniente e afirmações por parte da sra. Elton de que não deixava de se ocupar daquele assunto.

— Já estamos em abril! — disse ela — Fico muito ansiosa por você! Junho logo chegará.

— Mas eu nunca fixei junho nem qualquer outro mês... apenas pensei no verão, de maneira geral.

— Mas você não teve sequer uma notícia?

— Não fiz nenhum tipo de busca, nem pretendo fazer no momento.

— Oh! Minha querida, nunca é cedo para começar a procurar. Você não se dá conta de como é difícil encontrar exatamente o que queremos.

— Eu não me dou conta? — questionou Jane, balançando a cabeça. — Querida sra. Elton, quem poderia pensar mais sobre o assunto do que eu?

— Mas você não conhece o mundo como eu. Não faço ideia de quantas candidatas existem para as colocações mais vantajosas. Sei que são muitas na região de Maple Grove. Uma prima do sr. Suckling, a sra. Bragge, recebeu uma infinidade de interessantes; todas as candidatas desejavam sua casa, pois ela pertence à classe mais alta da sociedade. Tem até velas de cera[58] na sala de aula! Pode bem imaginar quanto deve ser agradável! De todas as casas do reino, é na casa da sra. Bragge que eu mais desejo que você procure uma colocação.

— O Coronel e a sra. Campbell estarão de volta a Londres no meio do verão — disse Jane. — Devo passar algum tempo com eles; tenho certeza de que desejam isso também! Em seguida, provavelmente ficarei feliz em procurar algo para mim. Mas não desejo que a senhora tenha o trabalho de procurar alguma colocação para mim neste momento.

— Trabalho! Ah, conheço seus temores. Você tem receio de me causar algum incômodo, mas eu lhe garanto, querida Jane, que os Campbell estão menos interessados em ajudá-la do que eu. Devo escrever uma carta à sra. Partridge, dentro de um ou dois dias, e lhe solicitar que fique atenta a alguma oferta que possa interessar-nos.

— Obrigada, mas preferiria que não dissesse nada a respeito disso para ela. Até que chegue o momento, não quero causar nenhum transtorno a ninguém.

— Mas, minha querida, o momento oportuno está aproximando-se, já estamos em abril, quase em junho, até mesmo julho está muito próximo, temos muitas coisas a fazer. Sua inexperiência me surpreende! Uma colocação como a que você merece, que seus amigos esperam que você consiga, não é algo que aconteça do dia para a noite. Na verdade, devemos começar a procurar imediatamente.

— Desculpe-me, senhora, mas essa não é minha intenção; ainda não procurei nenhuma colocação e ficaria muito triste se meus amigos o fizessem por mim. Quando eu estiver certa de que o momento oportuno chegou, não terei nenhum receio e tenho certeza de que não ficarei muito tempo desempregada. Há muitos lugares em Londres, escritórios, onde posso encontrar emprego... Escritórios de vendas, não de carne humana... de trabalho intelectual.

— Oh! Querida! Carne humana! Você me espanta! Se está referindo-se ao comércio de escravos, posso garantir-lhe que o sr. Suckling tem sido o maior partidário da abolição.

— Eu não quis dizer... eu não estava referindo-me ao comércio de escravos — respondeu Jane. — Eu me referia ao "comércio" de governantas que, posso assegurar-lhe, era a única coisa que eu tinha em mente. São comércios totalmente diferentes um do outro, mas, em relação à miséria,[59] não sei dizer qual das vítimas é a mais atingida, nem qual desgraça é pior. Eu só quis dizer que existem escritórios que fazem anúncios de empregos e que, se eu me candidatar em algum deles, não tenho a menor dúvida de que em breve poderei encontrar algo que me seja conveniente.

---

[58] Velas de cera eram um produto muito caro. As famílias menos abastadas usavam outro tipo de vela, mais barato, e tentavam economizá-la ao máximo.

[59] A governanta não era vista como alguém superior que poderia educar os filhos dos mais ricos; era vista como um mal necessário e, na maioria das vezes, era muito mal paga.

— Algo que lhe seja conveniente! — repetiu a sra. Elton. — Eu bem sei quanto você é modesta; mas são os seus amigos que não ficarão contentes se você aceitar o primeiro emprego que lhe oferecerem, um emprego inferior a suas possibilidades, vulgar, em uma família que não cultive boas relações ou nem sequer frequente os círculos elegantes.

— A senhora é muito amável, mas quanto a tudo isso sou totalmente indiferente. Não tenho o objetivo de viver entre os ricos; minha mortificação seria ainda maior, eu sofreria ainda mais com a comparação. A única condição que imponho é que seja a família de um cavalheiro.

— Eu a conheço, conheço muito bem; você aceitaria qualquer coisa. Serei um pouco mais exigente e tenho certeza de que os Campbell concordarão comigo. Uma vez que possui habilidades tão superiores, é de se esperar que frequente a alta sociedade. Apenas seu conhecimento musical lhe permitirá estabelecer seus próprios termos e até escolher a família com quem vai trabalhar. Bem... eu não sei... se você tocasse harpa, poderia fazer tais exigências, tenho certeza. Porém, como canta e toca tão bem, mesmo sem tocar harpa poderá fazer as exigências que quiser. Deverá estar maravilhosamente bem colocada, honrada e confortável, antes que eu ou os Campbell possamos ter descanso.

— A senhora pode classificar um emprego como maravilhoso, honrado e confortável — disse Jane — e, sem dúvida, são coisas que devem andar juntas; mas estou decidida a não deixar que ninguém tome decisões por mim no momento. Sou-lhe extremamente grata, sra. Elton, estou agradecida a todos que se preocupam comigo, mas insisto para que não façam nada antes do verão. Nos próximos dois ou três meses, devo permanecer onde e como estou.

— E eu sou bastante séria, posso garantir-lhe — respondeu a sra. Elton. — Quando decido ajudar os amigos, faço minhas amigas me ajudarem também, a fim de que nada excepcional nos escape.

Continuou falando dessa maneira, sem que nada fosse capaz de detê-la até que o sr. Woodhouse entrou na sala; então, sua vaidade encontrou outro objeto de admiração, e Emma a ouviu dizer a Jane, quase sussurrando:

— Veja, aí vem meu querido e bom cavalheiro! Pense quanto foi galante ao chegar antes dos outros! Ele é uma criatura adorável. Tenho certeza de que você o estima muito. Tenho profunda admiração por seu jeito tão cortês e antigo! Aprecio muito mais do que a desenvoltura atual; os modos dos homens de hoje, muitas vezes, me enojam. Espero que tenha ouvido os galanteios do sr. Woodhouse para mim durante o jantar. Oh! Posso garantir-lhe que cheguei a pensar que meu *caro sposo* ficaria muito enciumado. Tenho a impressão de que sou sua favorita. Ele até elogiou meu vestido! Gosta do meu vestido? Foi escolha de Selina. É bonito, mas acho que tem muitos adornos; tenho horror a pessoas que se vestem exageradamente... é um sinal de péssimo gosto. Agora, devo usar alguns ornamentos porque é o que se espera de uma mulher casada. Uma recém-casada, como você bem sabe, deve vestir-se e se comportar como tal, porém meu gosto natural é muito mais simples; um estilo simples de se vestir é infinitamente preferível à elegância. Mas creio estar em minoria, poucas pessoas parecem valorizar a simplicidade no modo de se vestir; hoje em dia, mostrar elegância é o que todas desejam. Pensei em colocar alguns adornos como esses em meu vestido de popelina branca e prateada. Acha que ficará bom?

Assim que todos do grupo se reuniram na sala de estar, o sr. Weston chegou. Ele retornara para o fim do jantar e tentou chegar a Hartfield o mais rápido possível. Seus amigos já esperavam por ele havia algum tempo e por isso não ficaram surpresos ao vê-lo; além disso, todos ficaram felizes. O sr. Woodhouse estava tão contente ao vê-lo que lhe parecia esperar por ele havia horas. John Knightley emudeceu de espanto. Assombrou-se com o fato de um homem que poderia passar a noite tranquilamente em sua casa, após uma viagem de negócios a Londres, resolvesse sair e caminhar quase um quilômetro para chegar à casa de outro, apenas para se juntar aos amigos, para terminar seu dia entre demonstrações de civilidade e barulho. Um homem que já estava de pé às oito horas da manhã e que agora poderia estar tranquilo; que conversara durante horas, e que agora poderia estar em silêncio; que estivera entre muitas pessoas, e agora tinha a opção de estar só... Um homem que deixara a tranquilidade e o conforto da sua própria lareira e saíra em uma gelada noite de abril! Se ele, com um simples aviso, pudesse ir buscar a esposa, isso seria um motivo. Entretanto, sua chegada prolongaria ainda mais a festa do que o contrário. John Knightley olhou para o sr. Weston com bastante espanto, encolheu os ombros e disse:

— Eu não teria acreditado, mesmo vindo *dele*.

Enquanto isso, o sr. Weston — incapaz de suspeitar da indignação que suscitara, feliz e jovial como de costume e com todo o direito que lhe conferia ter passado um dia fora de casa e ser o centro das atenções — dirigia palavras amáveis a todos os convidados. E, depois de satisfazer às perguntas da esposa, referentes ao seu jantar, convencendo-a de que os empregados seguiram todas as instruções que ela lhes deixara, transmitiu aos demais as notícias da capital. Em seguida, começou a falar de uma notícia da família, que interessava particularmente à sra. Weston, mas que ele não tinha a menor dúvida de que todos os presentes ficariam interessados. Ele lhe deu uma carta, enviada por Frank, destinada a ela; ele a havia encontrado em sua casa e tomara a liberdade de abri-la.

— Leia, leia! — ele incentivava. — Você ficará muito contente. São apenas algumas linhas... não vai lhe tomar tempo. Leia para Emma.

As duas mulheres começaram a ler a carta juntas. E ele continuou sorrindo e conversando com os outros convidados durante todo o tempo, com a voz um pouco fraca, mas perfeitamente audível.

— Bem, ele está chegando, como pôde ler. São boas notícias, não? Bem, o que me diz disso? Eu sempre disse que ele voltaria logo, não é? Anne, minha querida, não é verdade que eu sempre lhe disse isso e você nunca acreditou em mim? Na próxima semana estará em Londres... se não chegar antes. Isso porque quando a sra. Churchill tem de fazer algo, fica muito impaciente. O mais provável é que ele chegue amanhã ou sábado. E, quanto à enfermidade dela, posso garantir-lhe que não é nada de mais. Mas é esplêndido poder ter Frank ao nosso lado, quero dizer, tão perto de nós, em Londres. Creio que os Churchill ficarão um bom tempo por lá e Frank poderá passar a metade do tempo conosco. Era exatamente o que eu desejava. Bem, são ótimas notícias, não são? Já terminaram de ler? Emma já leu tudo? Guarde a carta, e falaremos sobre isso mais tarde, não agora. Eu só vou informar aos outros, resumidamente.

A sra. Weston ficou muito satisfeita com a notícia. Seu olhar e suas palavras não a deixaram mentir. Estava muito feliz, sabia que era e que deveria sê-lo. Felicitou o marido de maneira calorosa e animada, mas Emma mal conseguiu dizer uma frase. Estava ocupada com seus próprios sentimentos, tentando entender sua própria agitação, que pensava ser bastante considerável.

O sr. Weston, no entanto, muito ansioso para perceber qualquer coisa, muito falante para desejar que os outros comentassem, ficou satisfeito com o que ela disse, e logo se retirou para contar a feliz novidade aos demais convidados, que já deveriam saber a essa altura.

Ele estava certo de que todos os convidados ficariam felizes com a notícia, pensou que até os senhores Woodhouse e Knightley estivessem completamente encantados. Eles foram os primeiros, após a sra. Weston e Emma, a quem ele desejou alegrar com a notícia. Em seguida, quis contar à srta. Fairfax, mas ela estava tão ocupada conversando com John Knightley que não era educado interrompê-los. Ao se aproximar da sra. Elton e perceber que ela não estava ocupada, começou a contar feliz a notícia para ela.

CAPÍTULO 18

— Espero ter o prazer de apresentar-lhe meu filho em breve — disse o sr. Weston. A sra. Elton, disposta a acreditar ser esse um elogio particularmente destinado a ela, sorriu graciosamente. — Presumo que já tenha ouvido falar de um Frank Churchill — ele continuou. — E certamente sabe que é meu filho, embora não use o meu sobrenome.

— Oh! Sim, ficarei muito feliz em conhecê-lo. Tenho certeza de que o sr. Elton não perderá tempo e fará uma visita, assim ficaremos muito contentes em recebê-lo na casa paroquial.

— A senhora é muito amável. Tenho certeza de que Frank ficará extremamente feliz. Ele chegará a Londres na próxima semana, isso se não chegar antes. Ele nos contou em uma carta que recebemos hoje. Quando estava saindo de casa esta manhã, acabei encontrando a carta e, como vi que era a letra do meu filho, abri, embora não fosse endereçada a mim, e sim à minha esposa. Posso garantir-lhe que ela é a principal correspondente dele. Eu raramente recebo uma carta.

— Então o senhor abriu uma carta que estava endereçada a ela! Oh, sr. Weston... — ela riu afetadamente. — Devo protestar... aí está um precedente muito perigoso! Confio que o senhor não espere que seus vizinhos sigam seu exemplo. Dou minha palavra, se é isso que pode acontecer: nós, mulheres casadas, devemos começar a nos defender! Sr. Weston, não esperava isso do senhor!

— Sim, nós, homens, somos péssimos companheiros. Deve tomar cuidado, sra. Elton. A carta nos conta — é uma carta bem curta, escrita às pressas, apenas para nos dar a notícia — Frank nos conta que ele e os Churchill virão a Londres, por causa da sra. Churchill; ela não passou bem durante todo o inverno e acha Enscombe um lugar muito frio para sua saúde. Então, todos deverão partir em direção ao sul o mais rápido possível.

— De fato! Presumo, então, que eles vivam em Yorkshire. Enscombe fica em Yorkshire?

— Sim, fica a aproximadamente trezentos quilômetros de Londres, uma viagem considerável.

— É verdade, uma viagem considerável. São cento e quatro quilômetros a mais do que de Maple Grove até Londres. Mas o que é a distância, sr. Weston, para as pessoas abastadas? O senhor ficará assombrado ao ouvir como meu cunhado praticamente voa quando faz esses percursos longos. Talvez nem vá acreditar em mim, mas duas vezes por semana ele e o sr. Bragge vão a Londres e voltam em uma carruagem puxada por quatro cavalos.

— O mal da distância de Enscombe — disse Weston — é que a sra. Churchill, como bem sabemos, não foi capaz de deixar o sofá por uma semana inteira. Frank nos contou, em sua última carta, que ela reclamou que não conseguiria ir até sua estufa sem o apoio do braço de Frank e do marido. Como pode ver, ela está muito debilitada... mas, agora, parece estar tão impaciente para ir a Londres que quer fazer a viagem sem pensar nas duras noites que passará no caminho. É o que diz a carta de Frank. Na verdade, sra. Elton, damas delicadas têm uma constituição bastante singular. A senhora deve concordar comigo.

— Não, de fato, não vou concordar com nada. Sempre fico do lado das mulheres. Como agora. Já vou adiantar-lhe... o senhor encontrará em mim uma formidável antagonista sobre esse assunto. Eu sempre estarei do lado das mulheres, posso garantir-lhe. Garanto também que, se soubesse quanto Selina acha desagradável dormir em hospedarias, não acharia estranhos os esforços da sra. Churchill em evitá-las. Selina diz que é horrível, e penso do mesmo modo. Ela sempre carrega seus lençóis, realmente é uma excelente precaução! A sra. Churchill também faz isso?

— Dou minha palavra que a sra. Churchill age como qualquer outra. Ela não fica em segundo lugar perante uma dama no que diz respeito...

— Oh, sr. Weston, não interprete mal minhas palavras. Selina não é uma refinada senhora, posso garantir-lhe. Não venha com tal ideia — a sra. Elton ansiosamente o interrompeu.

— Ela não é? Então não pode ser comparada à sra. Churchill, que é a senhora mais digna que já conheci.

A sra. Elton começou a pensar que tinha agido erroneamente por ter feito aquela declaração de maneira tão calorosa. Não tinha a intenção de fazê-lo acreditar que sua irmã não era uma senhora refinada; talvez tenha sido uma falta de presença de espírito e pretensão da sua parte. Ela já considerava um modo de se retratar quando ele continuou:

— Não sinto muita simpatia pela sra. Churchill, como bem imagina... Mas isso fica entre nós. Ela gosta muito de Frank, e não é educado falar mal dela. Além disso, está adoentada agora, apesar de que, na verdade, está sempre muito doente, como ela sempre diz. Não digo isso a qualquer pessoa, mas não acredito muito na sua doença.

— Se ela está realmente doente, por que não vai a Bath, sr. Weston? Por que não vai a Bath ou a Clifton?

— Ela já concluiu que Enscombe é muito frio para ela. Suponho que, na verdade, esteja é cansada do lugar. Já faz muito tempo que está lá, talvez seja a temporada mais longa, e agora deseja uma mudança. É um lugar afastado. Um bom lugar, mas muito isolado.

— Sim, ouso dizer que é muito parecido com Maple Grove. Nenhum lugar é tão distante quanto Maple Grove. Tem uma imensa plantação à sua volta! Ali é isolado de tudo, completamente isolado. E a sra. Churchill provavelmente não tem a saúde e a boa vontade de Selina para apreciar tamanha reclusão. Ou, talvez, ela não tenha recursos suficientes para viver no campo. Eu sempre digo que uma mulher nunca tem recursos suficientes... estou muito contente que eu tenha o necessário para ser bastante independente da sociedade.

— Frank esteve aqui em fevereiro e passou duas semanas conosco.

— Eu me lembro de ter ouvido algo a respeito. Quando ele voltar, encontrará a sociedade de Highbury acrescida de mais um membro, quer dizer, se eu posso ser chamada de uma adição. Talvez ele nunca tenha ouvido falar de mim.

Ela disse isso tão alto que foi necessário fazer um elogio, e o sr. Weston exclamou:

— Minha querida senhora! Ninguém, a não ser a senhora, seria capaz de pensar isso. Ninguém ter ouvido falar da senhora! Creio que as cartas mais recentes da minha esposa estavam repletas de assuntos relacionados à senhora.

Ele tinha feito sua obrigação e, em seguida, voltara a falar do filho.

— Quando Frank nos deixou, tínhamos certeza de que o veríamos novamente, o que torna hoje um dia muito feliz. Foi algo completamente inesperado. Quero dizer, eu tinha uma forte convicção de que ele viria em breve, tinha certeza de que algo bom aconteceria logo, porém ninguém acreditava em mim. Ele e minha esposa estavam completamente descrentes. Como ele inventaria uma desculpa para vir? Como esperar que os tios o liberassem novamente? E assim por diante... mas eu sempre esperei que algo a nosso favor acontecesse e agora, como pode ver, aconteceu. Eu tenho observado ao longo da minha vida, sra. Elton, que, se as coisas não vão muito bem em um mês, no mês seguinte tudo pode melhorar.

— Tem razão, senhor, é verdade. Era exatamente o que eu dizia a certo cavalheiro que me cortejava. Quando as coisas não iam de acordo com a vontade dele, não correspondiam aos seus sentimentos, logo se entregava ao desespero e exclamava que estava certo de que, desse jeito, chegaria ao mês de maio antes que fôssemos abençoados por Himeneu.[60] Oh! Quanto me custou tirar essas ideias sombrias da cabeça dele e fazê-lo ter pensamentos mais alegres! A carruagem... tivemos muitas dificuldades com a carruagem; lembro-me de que, em uma manhã, ele veio até mim desesperado.

Ela foi interrompida por um ligeiro acesso de tosse, e o sr. Weston aproveitou a oportunidade para continuar.

— A senhora falava de maio. Maio é justamente o mês que a sra. Churchill escolheu para ficar em um lugar mais quente do que Enscombe, em suma, para ficar em Londres. De modo que temos a agradável perspectiva de visitas regulares de Frank, durante toda a primavera, precisamente a estação do ano que ele deveria ter escolhido, se tivesse a oportunidade, uma vez que os dias são mais longos, o tempo é agradável, sempre convidativo para um passeio e não muito quente para algum exercício. Quando esteve aqui antes, fizemos o melhor, mas o clima estava muito úmido e triste. Como bem sabe, em fevereiro não há muito que fazer. Agora o clima está bom. Serão dias de diversão. Eu não sei, sra. Elton, quanto à regularidade de nossos encontros, se aquele tipo de expectativa constante se dá mais pela incerteza da vinda dele hoje ou amanhã, ou se a qualquer momento ele estará no nosso meio. Creio que, de fato, é assim. Penso que é esse estado da mente que nos dá felicidade e animação. Espero que goste do meu filho, mas não imagine um prodígio. Normalmente, é um bom rapaz, mas não imagine nada excepcional. Minha esposa não o vê com bastante imparcialidade e, como a senhora imagina, é muito gratificante para mim. Ela acha que ninguém é igual a Frank.

— E posso garantir-lhe, sr. Weston, que minha opinião será favorável ao rapaz. Já ouvi muitos elogios a respeito de Frank Churchill. Ao mesmo

---

[60] Deus grego do casamento, filho de Apolo e Afrodite.

tempo, é justo observar que eu sou aquele tipo de pessoa que julga melhor por si mesma e não depende muito da opinião dos outros. Posso garantir-lhe que a opinião que eu tiver do seu filho será inteiramente pessoal. Não gosto de ser bajuladora.

O sr. Weston permaneceu um momento em silêncio meditativo.

— Eu espero — disse ele — não ter sido demasiadamente severo ao julgar a sra. Churchill. Se ela está doente, devo pedir desculpas pela minha injustiça, mas há alguns traços no seu caráter que me impossibilitam de falar dela com a paciência que eu desejaria. Não pode ignorar, sra. Elton, as relações que tenho com essa família nem o tipo de tratamento que eles me dispensam. E, entre nós, toda a culpa só pode ser atribuída a ela. Ela foi a instigadora. A mãe de Frank jamais teria sido tão desprezada se não fosse por ela. O sr. Churchill é orgulhoso, mas seu orgulho não significa nada para sua esposa: ele é quieto, indolente como um cavalheiro orgulhoso que não quer prejudicar ninguém, e isso apenas o torna um pouco arrogante e insolente. E o que leva as pessoas a não aceitarem é o fato de que ela não é de uma família muito rica nem distinta. Ela não era ninguém quando se casou com ele, mal se podia dizer que era filha de um cavalheiro. E, desde que se casou e se tornou a sra. Churchill, passou a usar o nome com todo capricho e toda pretensão. Quanto a ela mesma, posso garantir-lhe que é apenas uma nova-rica.[61]

— Imagine! Bem, isso deve ser uma grande provocação! Tenho um grande horror aos novos-ricos. Enquanto morei em Maple Grove, passei a ter verdadeiro horror desse tipo de gente. Há uma família, lá na vizinhança, que é um aborrecimento para meu cunhado e minha irmã! A descrição que o senhor fez da sra. Churchill me fez lembrar deles, os Tupman; há pouco tempo se estabeleceram no lugar e têm péssimas relações de amizade, mas dão-se grandes ares de importância e agem como se estivessem no mesmo patamar das famílias já estabelecidas. Devem morar em West Hall[62] há aproximadamente um ano e meio e ninguém sabe de onde veio a fortuna deles. Eles vieram de Birmingham, que não é um lugar muito promissor, como o senhor bem sabe. Birmingham não é o tipo de cidade de que se pode esperar muito. Eu sempre digo que esse nome soa de modo desagradável; mas isso é a única coisa que se sabe dos Tupman, apesar de que, posso garantir-lhe, são muito suspeitos. Até pelo meu cunhado, que é o vizinho mais próximo deles, a família é considerada estranha. Tudo é muito estranho. Meu cunhado reside há mais ou menos onze anos em Maple Grove, propriedade que pertenceu a seu pai... pelo menos é isso que eu sei... Estou quase certa de que o pai do sr. Suckling comprara a propriedade antes de morrer.

---

[61] Os novos-ricos, pessoas que conseguiam sua riqueza por meio do comércio, eram considerados inferiores pela classe mais alta da sociedade inglesa.
[62] Nome da propriedade dos Tupman, localizada em Maple Grove.

Eles foram interrompidos. O chá era servido e o sr. Weston, uma vez que dissera tudo o que queria, ao perceber a oportunidade, afastou-se da sra. Elton.

Depois do chá, os Weston e o sr. Elton começaram a jogar cartas com o sr. Woodhouse. Os outros cinco convidados permaneceram juntos e Emma duvidou que eles pudessem ficar bem, pois o sr. Knightley parecia pouco disposto a conversar. A sra. Elton, que desejava atenção e ninguém desejava satisfazê-la, estava tão agitada que era melhor permanecer em silêncio.

O sr. John Knightley revelou-se mais falante do que o irmão. Partiria na manhã seguinte, e começou dizendo:

— Bem, Emma, não acredito que eu tenha algo mais a dizer sobre os meninos, mas você tem a carta da sua irmã, e estou certo de que ela já lhe explicou tudo detalhadamente. Minhas lembranças são muito mais concisas do que as dela e provavelmente não coincidirão com as de Isabella. Tudo que eu gostaria de lhe pedir é que não mime demais os meninos e não lhes dê remédios.

— Eu tenho a esperança de satisfazer o desejo dos dois — respondeu Emma. — Farei tudo que estiver ao meu alcance para deixá-los felizes, o que será o suficiente para Isabella. E a felicidade exclui a falsa indulgência e o uso de remédios.

— E se você achar que estão sendo malcriados, deve enviá-los para casa.

— Isso é muito provável. Também pensa assim, não é?

— Eu sei que eles podem fazer muito barulho e incomodar seu pai... ou podem chegar a ser um estorvo para você, principalmente se suas visitas continuarem aumentando como tenho percebido ultimamente.

— Aumentando?

— Certamente, você deve ter percebido que os últimos seis meses fizeram uma grande diferença em sua vida.

— Diferença! De modo nenhum.

— Não há dúvida de que, agora, está muito mais interessada em ter companhia do que antes. Podemos tomar como exemplo esta noite. Estou aqui há apenas um dia e você já está participando de um jantar! Quando isso aconteceu antes? Sua vizinhança está crescendo e você está socializando-se. Há algum tempo, em todas as cartas enviadas a Isabella contava as novidades a respeito de festas e reuniões como esta, jantares na casa do sr. Cole ou bailes na hospedaria Crown. A diferença agora é que a casa dos Weston não é apenas o único lugar que você visita.

— É verdade. — concordou seu irmão rapidamente. — Tudo começou em Randalls.

— Muito bem, e como Randalls, suponho, exercerá mais influência do que antes, parece-me possível, Emma, que Henry e John possam atrapalhá-la em sua rotina. Se isso acontecer, eu lhe peço que os envie para casa.

— Não! — exclamou o sr. Knightley. — Não é necessário fazer isso. Deixe-os em minha casa. Certamente nos divertiremos muito.

— Meu Deus! — exclamou Emma. — O senhor é muito engraçado! Eu gostaria de saber em qual dos meus inúmeros compromissos, em qual das inúmeras festas a que compareci, o senhor não estava presente. E por que acredita que me faltará tempo para cuidar dos meninos? Quais são esses compromissos incríveis dos quais tanto fala? Jantei uma vez com os Cole, planejamos um baile que nunca aconteceu. Compreendo perfeitamente — continuou, dirigindo-se ao cunhado — que a boa sorte que o fez encontrar tantos de seus amigos aqui, de uma só vez, o faz tão feliz que nem sequer tem o que dizer. Mas o senhor — voltou-se ao sr. Knightley — que sabe quanto é raro eu passar mais de duas horas longe de Hartfield, como pode acreditar que eu leve uma vida tão desregrada? E, quanto aos meus sobrinhos, ouso dizer que, se a tia Emma não tem tempo para eles, não creio que eles estarão melhor ao lado do tio Knightley, pois, para cada hora que fico fora de casa, ele fica pelo menos cinco. E, quando está em casa, ocupa-se de ler e repassar as contas, e dispõe de pouco tempo para os pobrezinhos.

O sr. Knightley parecia esforçar-se para não sorrir, porém não precisou de mais esforços quando a sra. Elton começou a falar.

VOLUME 3

CAPÍTULO 1

Uma breve reflexão foi suficiente para tranquilizar Emma quanto à natureza da sua agitação ao ouvir a notícia a respeito de Frank Churchill. Logo se convenceu de que não era por si mesma que se sentia temerosa e confusa, mas sim por ele. A verdade é que seu afeto se convertera em algo tão tênue que quase não valia a pena pensar, mas, se o jovem, que, sem sombra de dúvida, era o mais enamorado dos dois, regressasse com um sentimento tão intenso quanto o que sentia quando partiu, a situação seria muito triste. Se a separação de dois meses não esfriara seu coração, haveria problemas e, nesse caso, seria necessário cuidado para ambos. Ela não tinha a intenção de ver sua afeição confundida novamente, portanto, deveria evitar qualquer tipo de encorajamento.

Ela desejava impedir, a qualquer custo, que o rapaz se declarasse. Seria uma decisão muito dolorosa no relacionamento entre os dois! Emma não conseguia deixar de intuir que algo definitivo estava prestes a acontecer. Tinha a impressão de que a primavera não terminaria sem uma crise, um evento, algo que pudesse alterar sua atual paz de espírito.

Não demorou muito, apesar de ser mais tempo do que o sr. Weston previra, para que Emma tivesse a possibilidade de formar uma opinião sobre os sentimentos de Frank Churchill. A família de Enscombe não chegou a Londres tão cedo quanto imaginaram, porém, logo depois de se instalarem na capital, o jovem já estava em Highbury. Frank percorreu o caminho a cavalo em duas horas; não conseguiria cavalgar mais rápido do que isso, mas, como veio de Randalls diretamente para Hartfield, ela pôde exercer seus dons de observação e determinar com rapidez qual era a atitude que ele adotava e, portanto, como ela deveria agir. A conversa se deu no mais alto grau de cordialidade. Não restava nenhuma dúvida de que ele se alegrava muito ao voltar a vê-la. Emma, no entanto, teve a sensação de que ele já não se interessava por ela tanto quanto antes, que a intensidade do seu afeto diminuíra. Passou a estudá-lo atentamente. Era óbvio que não estava tão apaixonado como antes. A ausência, aliada à convicção da sua indiferença, produziram o efeito natural e tão desejado.

Ele estava muito animado, disposto a rir e a falar como sempre, parecia encantado ao comentar sua visita anterior e lembrar tempos passados; entretanto, não desejava se mostrar inquieto. Não foi sua serenidade que fez Emma acreditar que ele estava diferente. Ele não estava sereno; evidentemente, algo o incomodava. Apesar de mostrar-se alegre como sempre, sua animação parecia algo que não o deixava satisfeito. Mas o que confirmou essa opinião de Emma foi o fato de ele permanecer em sua casa apenas quinze minutos, e a desculpa que deu foi simplesmente que precisava visitar outras casas em Highbury. Ele vira um grupo de amigos quando passava pela cidade. Não parou porque não o faria por nada nesse mundo; entretanto, Frank era vaidoso ao pensar que os demais ficariam desapontados se não lhes fizesse uma visita e, apesar de querer ficar mais tempo em Hartfield, precisava partir. Emma já não duvidava mais de que sua afeição por ela esmorecera. Contudo, nem mesmo a agitação ou a pressa dele para ir embora pareciam demonstrar que ele estava curado. Ela considerou que aquele estado talvez fosse um indício de que ele voltaria a reacender seus antigos sentimentos e, sem confiar em si mesmo, não desejava ficar muito em sua presença.

Essa foi a única visita de Frank Churchill em dez dias. Sempre manifestava a intenção de visitá-los, porém era impedido. A tia não suportava a ideia de vê-lo partir. Ele tinha muita consideração por Randalls, mas, se tentasse sair de casa, a tia entenderia que a mudança para Londres não fora apenas para que ela cuidasse da sua saúde. Todos acreditavam que ela estava realmente doente. Até mesmo Frank se convenceu disso enquanto esteve em Randalls. Embora ela fosse um tanto exagerada, não poderia duvidar que a tia estava muito fraca em comparação com seis meses antes. Não que ele acreditasse ser uma doença incurável e que os remédios não pudessem curá-la; entretanto, apesar de todas as suspeitas do seu pai, ele não ousava dizer que todas as reclamações da sra. Churchill eram fruto da sua imaginação e que ela estava tão bem de saúde quanto antes.

Logo foi possível observar que Londres não era o lugar adequado para ela, que não suportava a barulhenta cidade. A sra. Churchill irritava-se constantemente e sofria muito; então, após dez dias de permanência na cidade,

Frank enviou a Randalls uma carta comunicando a mudança de planos. Eles estavam de partida para Richmond. A sra. Churchill recebera uma recomendação a respeito de um médico muito prestigiado que morava naquele local e, além disso, desejava passar uma temporada por lá. Alugaram uma casa mobiliada em um lugar privilegiado, e todos esperavam que a mudança de ares lhe fosse benéfica.

Emma soube que Frank escrevera à sua família dizendo estar muito contente com a mudança; sentia-se abençoado por dispor de dois meses na companhia de vizinhos tão próximos e de amigos queridos, pois a casa fora alugada de maio a junho. Ela também soube que ele enviara outra carta contando, com grande confiança, que estava certo de poder estar ao lado deles em breve e que isso aconteceria tão cedo quanto desejavam.

Ela percebeu a quem estavam direcionadas aquelas felizes perspectivas. Ele a considerava a fonte de toda a felicidade. Emma, porém, confiava que não fosse assim. Os dois meses que estavam por vir comprovariam isso.

A alegria do sr. Weston era indescritível. Ele estava muito feliz. Era o que esperava havia muito tempo. Agora Frank estaria bem próximo deles. Afinal, o que são quinze quilômetros para um jovem rapaz? Uma hora a cavalo. Ele poderia visitá-los quando quisesse. Nessa questão, a distância entre Richmond e Londres era tão grande como vê-lo sempre ou não o ver nunca. Vinte e seis quilômetros — melhor dizendo, são vinte e nove quilômetros até a rua Manchester[63] — são um obstáculo considerável. Quando fosse possível sair da cidade, passaria o dia inteiro entre ida e volta. Não era nenhuma vantagem a permanência na capital; era como estar em Enscombe; porém, Richmond ficava a uma distância que favorecia a visita regular de Frank. Era melhor tê-lo mais perto de Highbury.

Após a troca de cidades, de uma coisa eles tinham certeza: o baile na hospedaria Crown aconteceria. Obviamente, não haviam se esquecido do baile, porém, tudo ficara tão indefinido antes que seria tolice marcar uma data. Agora, entretanto, o baile aconteceria; retomaram os preparativos e, logo após a mudança dos Churchill para Richmond, uma carta de Frank contando que a mudança de ares fora benéfica para sua tia e que ele não duvidava que poderia ir a Highbury juntar-se a eles a qualquer momento logo fez todos se decidirem quanto à data da festa.

O baile do sr. Weston seria uma realidade! Os jovens de Highbury estavam a poucos dias da felicidade prometida.

O sr. Woodhouse resignou-se. Aquela época do ano era a menos perigosa para ele. O mês de maio era sempre melhor para qualquer tipo de festa. Convidaram a sra. Bates para passar a noite em Hartfield, James foi avisado com antecedência, e o sr. Woodhouse esperava ansiosamente que os pequenos Henry e John não o incomodassem enquanto Emma estivesse na festa.

---

[63] Endereço onde estava localizada a casa dos Churchill em Londres.

CAPÍTULO 2

Nenhum contratempo impediu o baile. A data marcada finalmente chegara. Após uma manhã de ansiosa espera, Frank Churchill, muito seguro de si, chegou a Randalls antes do jantar e tudo correu bem. Ele não voltara a se encontrar com Emma.

O salão da hospedaria Crown seria o local para esse segundo encontro. Não era o ideal, mas seria melhor do que um encontro em meio a uma multidão. O sr. Weston e a esposa estavam muito empenhados que o filho chegasse logo ao salão com o intuito de pedir a opinião de Emma a respeito da conveniência e do conforto do lugar, antes mesmo que qualquer outro convidado chegasse, um convite que ela não poderia recusar. Além disso, passaria um tempo maior na companhia do jovem. Emma teria Harriet como companhia e as duas fizeram o percurso em direção à hospedaria Crown em pouco tempo, lá chegando logo depois do sr. Weston com a esposa e o filho.

Frank Churchill parecia esperar por elas; apesar das poucas palavras trocadas, seus olhos revelaram que ele esperava por uma noite fabulosa. Os três passearam pelo salão com o objetivo de verificar se tudo estava em seu devido lugar. Após alguns minutos, uma carruagem parou diante da hospedaria. Emma, ao ouvir o ruído dos cavalos, não pôde evitar o pensamento: "chegaram tão cedo!". Foi o que teria dito, mas logo percebeu que era uma família de velhos amigos que, assim como ela, tinham vindo mais cedo para ajudar o sr. Weston. Em seguida, chegaram mais alguns primos, também com o objetivo de ajudá-los, de modo que dava a impressão de que metade dos convidados se reuniria previamente com o objetivo de uma última inspeção.

Emma percebeu que seu bom senso não era o único no qual o sr. Weston confiava, e pensou que ser a amiga favorita de um homem com tantos outros amigos íntimos e de confiança já não era mais algo que poderia enaltecer sua vaidade. Ela gostava do seu caráter receptivo, mas ser um pouco menos aberto certamente o beneficiaria. Um homem deveria ser gentil com todos, porém não era preciso ser amigo de todos. Ela pensava em alguém exatamente assim.

Todo o grupo percorreu o salão, todos conversaram e fizeram muitos elogios; e, então, sem mais nada a fazer, formaram um semicírculo diante da lareira, comentando, cada qual à sua maneira, até que outros assuntos surgissem, que, apesar de estarem em maio, uma lareira para aquecer o ambiente seria algo muito agradável.

Emma descobriu que o grupo de conselheiros do sr. Weston ainda não estava completo. Eles pararam na porta da casa da sra. Bates para convidar a tia e a sobrinha a irem em suas carruagens, porém, os Elton as levariam ao baile.

Frank permanecia ao seu lado, mas não o tempo todo. Ele aparentava estar inquieto e pouco à vontade; olhava à sua volta, caminhava até a porta, ficava atento ao barulho das carruagens, parecia estar impaciente para que o baile começasse, ou com medo de estar sempre ao lado dela.

Ele mencionou a sra. Elton, dizendo:

— Creio que chegará em breve. Tenho grande curiosidade em conhecer a sra. Elton, pois tenho ouvido muito a seu respeito. Acredito que ela não tardará a chegar.

Uma carruagem parou. Ele logo se adiantou, porém voltou imediatamente:

— Esqueci que ainda não fui apresentado a ela. Nunca me encontrei com o sr. Elton e sua esposa. Não posso adiantar-me dessa forma.

O senhor e a senhora Elton entraram no salão, e todos sorriram e os cumprimentaram.

— E onde estão a srta. Bates e a srta. Fairfax? — perguntou o sr. Weston, enquanto olhava à sua volta. — Nós imaginamos que viriam com vocês.

A falha não fora muito grave. Enviaram uma carruagem para as duas mulheres. Emma ansiava por saber qual seria a opinião de Frank a respeito da sra. Elton; se ele ficara maravilhado pela beleza e a elegância do seu vestido, além dos seus sorrisos graciosos. Frank já contava com informações suficientes para elaborar uma opinião, pois ofereceu à senhora toda a atenção adequada assim que lhe foi apresentado.

Em poucos minutos, a carruagem voltou. Alguém mencionou que estava chovendo.

— Verei se há algum guarda-chuva, papai — disse Frank. — Devemos pensar na srta. Bates.

E lá foi ele. O sr. Weston ia acompanhá-lo, mas foi detido pela sra. Elton, que pretendia gratificá-lo com uma opinião a respeito do seu filho. E o fez tão rapidamente e tão alto que, apesar de andar depressa, Frank Churchill ainda conseguiu escutá-la quando disse:

— Um jovem encantador, sr. Weston. O senhor sabe, eu lhe dissera candidamente que seria capaz de formar minha própria opinião, e fico muito feliz em dizer-lhe que estou extremamente encantada com ele. O senhor deve acreditar em mim, não sou de fazer elogios. Vejo que é um jovem muito bonito e seus modos são exatamente como eu aprovo. Um verdadeiro cavalheiro, sem a menor vaidade ou presunção. O senhor já deve saber quanto detesto homens afetados; tenho verdadeiro horror. Eles nunca foram tolerados em Maple Grove. Nem o sr. Suckling nem eu jamais tivemos paciência com eles e, às vezes, costumamos dizer coisas realmente duras! Selina, bastante meiga, chega a ser exagerada, mas lida com eles muito melhor.

Enquanto ela elogiava seu filho, o sr. Weston atentava às suas palavras. Contudo, quando começou a falar de Maple Grove, ele acabou lembrando-se de que outras senhoras chegavam naquele momento, às quais deveria dar atenção, e, com um sorriso, afastou-se depressa.

A sra. Elton voltou-se para a sra. Weston:

— Estou certa de que nossa carruagem com a srta. Bates e Jane acaba de chegar. Nosso cocheiro e nossos cavalos são muito rápidos. Ouso dizer que nossa carruagem é mais veloz do que qualquer outra. Que alegria é enviar um veículo a uma amiga necessitada! Sei quanto foram amáveis ao oferecer sua própria carruagem, mas, da próxima vez, não será necessário que se preocupem. Pode ter certeza de que eu sempre cuidarei delas.

A srta. Bates e a srta. Fairfax, acompanhadas por dois cavalheiros, entraram no salão e a sra. Elton acreditou ser sua obrigação, e não da sra. Weston, recebê-las. Seus gestos e movimentos poderiam ser facilmente percebidos por algum observador como Emma, mas suas palavras, assim como as das outras pessoas, acabaram perdendo-se sob as da srta. Bates, que já chegara conversando e não terminou sua fala mesmo muitos minutos após ter sido admitida no grupo diante da lareira. Assim que a porta se abriu, já era possível escutá-la.

— Foi muito amável de sua parte! Nem estava chovendo. Quer dizer, nada significante. Eu não me preocupo comigo mesma. Meus sapatos são muito grossos. E Jane diz... bem! — exclamou assim que esta passara o portal. — Bem! Isso é brilhante! Admirável! Está tudo tão iluminado! Posso garantir-lhe. Não há nada mais a desejar. Eu jamais teria imaginado tal beleza. O salão está tão bem iluminado! Jane, veja, Jane! Você já viu algo tão lindo? Oh! Sr. Weston, tenho certeza de que o senhor possui a lâmpada do Aladim. A boa sra. Stokes não conseguiria reconhecer seu próprio salão. Eu a vi quando entrei, ela estava parada na entrada. "Oh! Sra. Stokes", disse eu, mas não tive tempo para prosseguir. — Nesse momento, a sra. Weston se aproximou para recebê-la. — Muito obrigada, senhora. Espero que esteja passando bem. Estou muito feliz por saber que está bem. Fiquei preocupada que tivesse uma enxaqueca ao vê-la andando por aí, e pensei também quanto trabalho teve. Fico muito contente ao ouvir que está bem. Ah! Querida sra. Elton, fico tão agradecida por ter enviado sua carruagem! Chegou na hora certa. Jane e eu já estávamos prontas para sair. Não fizemos o cocheiro esperar nem um momento. E que carruagem confortável! Oh! Também devo agradecer-lhe, sra. Weston. A sra. Elton foi tão amável, pois nos enviou um bilhete para nos prevenir, do contrário teríamos aceitado sua oferta. Imagine, duas ofertas no mesmo dia! Disse à minha mãe que jamais tivemos vizinhos tão amáveis. Posso garantir-lhe, senhora. Obrigada, minha mãe está muito bem. Ela foi até a casa do sr. Woodhouse. Pedi que ela levasse seu xale, uma vez que a noite não está tão quente, aquele xale longo e novo que a sra. Dixon lhe deu de presente ao se casar. Foi tanta gentileza da parte dela pensar na minha mãe! Acredita que ela comprou em Weymouth? Foi escolha do sr. Dixon. Jane me disse que estavam em dúvida entre três opções e demoraram muito tempo para escolher. O Coronel Campbell preferia o lenço cor de oliva. Minha querida Jane, tem certeza de que não molhou os pés? Foi apenas um chuvisco, mas fiquei preocupada. Porém, o sr. Frank Churchill foi extremamente gentil e havia um tapete sobre o qual caminhar... Eu jamais me esquecerei do quanto ele foi gentil. Oh! Sr. Frank Churchill, devo dizer-lhe que os óculos da minha mãe nunca mais quebraram, os parafusinhos nunca mais saíram. Minha mãe sempre se recorda da sua boa vontade. Não é verdade, Jane? Nós sempre falamos do sr. Frank Churchill, não é mesmo? Ah! Aqui está a srta. Woodhouse... Querida srta. Woodhouse, como está? Eu estou muito bem, obrigada. Muito bem. Este baile está um verdadeiro conto de fadas! Quanta diferença! Não deveria elogiar tanto, eu sei — disse olhando complacentemente para Emma. — Seria muito rude de minha parte. Mas, dou minha palavra, srta. Woodhouse, a senhorita parece... O que acha do cabelo de Jane? A senhorita será nossa juíza. Ela mesma fez o penteado. É maravilhoso o jeito como penteou o cabelo! Acho que nem mesmo um cabeleireiro de Londres conseguiria fazer algo parecido. Ah! Que prazer em vê-los, dr. Hughes e sra. Hughes! Devo conversar um pouquinho com os dois. Como têm passado? Estou muito bem, obrigada. Este baile está adorável, não? Onde está nosso querido sr. Richard? Oh! Ali está. Não o incomode. Seu tempo estará mais bem empregado enquanto conversa com as jovens moças. Como tem passado, sr. Richard? Eu o vi outro dia, quando cavalgava pela cidade. Srta. Otway, que prazer em vê-la! Como estão, sr. Otway, srta. Otway e srta. Caroline?[64] Que grupo adorável de amigos! Veja, sr. George e sr. Arthur! Como têm passado? Os senhores estão bem? Estou muito bem, fico agradecida por perguntarem. Nunca estive melhor. Será que ouvi outra carruagem chegar? Quem poderia ser? Devem ser os Cole. Posso garantir-lhes que sinto um enorme prazer por estar ao lado de amigos tão amáveis! E veja que esplêndida lareira! Tão quente! Obrigada, não posso aceitar o café... Não costumo beber café. Senhor, se puder servir-me um chá, mas não tenha pressa... Oh! Aí está ele. Tudo está tão maravilhoso!

Frank Churchill voltou e permaneceu ao lado de Emma. E, quando a srta. Bates ficou um pouco quieta, ela pôde ouvir a conversa da sra. Elton com Jane Fairfax, ambas estavam às suas costas. Frank parecia pensativo. Se ele também ouvia a conversa, Emma não podia ter certeza. Após tecer muitos elogios ao vestido e à aparência de Jane, cumprimentos recebidos com muita calma, a sra. Elton evidentemente também desejava ouvir elogios. E assim começou: "Você gostou do meu vestido? E do meu penteado? Gostou do que Wright fez com meu cabelo?". Continuou com inúmeras perguntas e todas foram respondidas com a maior paciência e educação. A sra. Elton voltou a falar:

— Não há mulher que se preocupe menos com um vestido do que eu, mas, em ocasiões como esta, quando todos os olhares estão voltados para mim, e

---

[64] Era costume a filha mais velha ser tratada pelo sobrenome da família. Se o casal tivesse outras filhas, estas seriam chamadas pelo prenome.

em consideração aos Weston, que, sem sombra de dúvida, ofereceram este baile em minha homenagem, eu não poderia parecer inferior a ninguém. E vejo, na verdade, poucas pérolas no salão além das minhas. Tenho certeza de que Frank Churchill é um notável dançarino. Vamos ver se nossos estilos combinam. Com certeza, ele é um cavalheiro muito elegante. Gostei muito dele.

Nesse momento, Frank começou a falar tão alto que Emma só conseguiu imaginar que ele ouvira os elogios e agora não queria ouvir mais nada. Assim, as vozes das duas mulheres emudeceram por um tempo, até que novamente foi possível ouvir a voz da sra. Elton. O sr. Elton acabara de se juntar ao grupo e a esposa exclamava:

— Oh! Finalmente nos encontrou em nosso local de reclusão, não? Agora mesmo eu dizia a Jane que você deveria estar impaciente para ter notícias de nós.

— Jane! — repetiu Frank Churchill, com um olhar de surpresa e desgosto. — Isso é muito excesso de confiança. Imagino que a srta. Fairfax não se incomode, suponho.

— Gostou da sra. Elton? — perguntou Emma, sussurrando.

— De jeito nenhum.

— O senhor é um ingrato.

— Ingrato! O que quer dizer? — Então, a expressão séria dele transformou-se em um sorriso. — Não, não me diga. Não quero saber o que significa. Onde está meu pai? Quando começaremos a dançar?

Emma mal podia entendê-lo, parecia estar um pouco mal-humorado. Ele saiu em busca do pai e, quando retornou, acompanhado dos Weston, eles estavam preocupados em resolver uma questão que desejavam compartilhar com Emma. Ocorrera à sra. Weston que deveria perguntar à sra. Elton se ela gostaria de abrir o baile. Certamente, ela ansiava por isso, o que contrariava o pensamento deles de convidar Emma para dar-lhes a honra de abrir o baile. Emma escutou a triste notícia corajosamente.

— Como conseguiremos um par ideal para a sra. Elton? — perguntou o sr. Weston. — Suponho que ela pensará que Frank será o primeiro a convidá-la para dançar.

Frank virou-se instantaneamente para Emma para reivindicar sua antiga promessa, vangloriando-se por ser um homem já comprometido com duas danças, e seu pai aprovou a resposta do filho. Enfim, a sra. Weston convenceu o marido a abrir o baile com a sra. Elton, e o fez apressadamente. Em seguida, ele conduziu a jovem senhora, sendo seguidos pelo sr. Frank Churchill e pela srta. Woodhouse. Emma teve de aceitar ficar em segundo plano, em respeito à sra. Elton, apesar de sempre considerar aquele baile organizado para ela. Foi o que bastou para fazê-la pensar em seu casamento. Àquela altura, a sra. Elton estava em vantagem: sua vaidade estava completamente satisfeita. Embora ela tivesse a intenção de abrir o baile com Frank Churchill, nada perdera com a mudança. O sr. Weston parecia ser superior ao filho. Apesar desse pequeno desgosto, Emma sorria de felicidade, maravilhada ao perceber o tamanho da fila de dançarinos que se formava, além de imaginar que ela teria muitas horas de festa. Ficou mais perturbada pelo fato de o sr. Knightley não dançar do que por qualquer outra coisa. Ele estava ali, entre os observadores, onde não era seu lugar. Deveria estar dançando e não na companhia de maridos, pais e jogadores, que fingiam ter algum interesse pela dança até que as mesas de jogos estivessem prontas. Ele parecia tão jovem! Talvez não tivesse se sobressaído tanto em meio a qualquer outro grupo, mas, nesse momento, ele se destacava. Sua silhueta alta e incomum, em meio a tantos homens mais velhos, era tão impressionante que Emma percebeu que os outros também olhavam para ele. E, exceto por Frank, não poderia ser comparado a nenhum outro homem. Ele deu alguns passos adiante, e esses passos foram suficientes para demonstrar as maneiras cavalheirescas e a graça natural com as quais teria dançado, se essa fosse sua vontade. Sempre que os olhos de Emma se encontravam com os dele, ela o fazia sorrir, mas, geralmente, a fisionomia dele parecia séria. Ela desejou que ele gostasse um pouco mais de festas e que pudesse gostar mais de Frank Churchill. Entretanto, ele parecia observá-la. Não era possível que estivesse prestando atenção à sua maneira de dançar, mas, se o que buscava eram motivos para censurar seu comportamento, ela não sentia o menor receio. Entre ela e seu parceiro de dança não havia nada além de um pequeno flerte. Eles pareciam mais amigos alegres do que jovens apaixonados. Não restava dúvida de que ele não pensava mais nela como antes.

O baile transcorria agradavelmente. As preocupações, os incessantes cuidados da sra. Weston não tinham sido em vão. Todos pareciam felizes, e os elogios — que só costumam ser ditos ao fim do evento — já eram repetidos desde o início da festa. Acontecimentos muito importantes, dignos de serem recordados, ocorreram como se espera em festas desse tipo. Houve um que chamou a atenção de Emma. Começava a penúltima dança antes do jantar, e Harriet não tinha um par, era a única jovem que permanecia sentada; e, como o número de pares era muito justo, era pouco provável que houvesse um cavalheiro sem dançar. Emma, porém, ficou mais calma ao perceber que o sr. Elton se aproximava. Ele não convidaria Harriet para uma dança se isso pudesse ser evitado, tinha absoluta certeza. Emma esperava que a qualquer momento ele escapasse para a sala de jogos.

Escapar, no entanto, não parecia ser o plano do sr. Elton. Ele foi em direção a uma parte do salão onde se encontravam as pessoas que não estavam dançando, falou com algumas delas, deu algumas voltas por ali, como se quisesse mostrar sua liberdade e sua decisão de mantê-la. Não deixou de passar bem diante da srta. Smith, ou até mesmo não evitou falar com aqueles que estavam bem próximos a ela. Emma a tudo observou. Ainda não começara a dançar, caminhava em direção ao fundo do salão, e assim podia ver todos ao seu redor. Com apenas um leve girar da cabeça, conseguiu presenciar toda aquela situação. Na metade do caminho, o grupo ficou exatamente atrás dela, e ela não ousou virar-se para trás a fim de olhar para eles. No entanto, o sr. Elton estava tão próximo que era possível ouvir cada sílaba do que ele dizia à sra. Weston. Emma percebeu também que a sra. Elton estava ao seu lado e não apenas o ouvia, como também o encorajava com olhares significativos. A gentil sra. Weston se levantou do seu lugar e perguntou:

— O senhor não dança, sr. Elton?

Ele lhe respondeu de imediato:

— Prontamente, senhora, se me der a honra.

— Eu! Oh, não! Vou arranjar-lhe um par muito melhor. Não sou uma dançarina.

— Se a sra. Gilbert deseja dançar — disse ele —, terei grande prazer. Pois, apesar de me sentir um velho homem casado e que meus dias de dança estão contados, teria um enorme prazer em dançar com uma velha amiga como a sra. Gilbert.

— A sra. Gilbert não sabe dançar, mas há aqui uma jovem moça que eu sentiria um enorme prazer em ver dançando. A srta. Smith.

— Srta. Smith! Oh! Eu nem sequer a tinha visto. Seria uma gentileza, se eu não fosse um homem casado. Sra. Weston, meus dias de dança estão terminados. Queira desculpar-me. Eu faria qualquer coisa que a senhora me pedisse, mas meus dias de dança acabaram.

A sra. Weston não disse mais nada, e Emma conseguiu imaginar quanto ela estava surpresa e mortificada ao retornar à sua cadeira. Assim era o sr. Elton! O amável, prestativo e gentil sr. Elton. Emma olhou ao redor por um momento, viu que ele se juntara ao sr. Knightley a alguma distância e que se preparava para puxar conversa, enquanto trocava olhares e sorrisos alegres com a esposa.

Ela não olhou novamente. Seu coração parecia arder e temia que seu rosto, igualmente quente, estivesse corado.

Logo em seguida, viu algo que fez seu coração pular de alegria. O sr. Knightley conduzia Harriet para uma dança! Ela nunca ficara tão surpresa e tão grata quanto naquele momento. Sentia um misto de prazer e gratidão, tanto em relação a Harriet quanto por si mesma, e ansiava por agradecer ao querido amigo. Embora estivesse muito longe deles para conversarem, seu semblante disse muito assim que seus olhos se cruzaram novamente.

Emma viu que o sr. Knightley dançava tão bem quanto imaginara e Harriet talvez estivesse mais feliz, se não fosse pela cruel situação que passara momentos antes. Ainda assim, seu rosto demonstrava alegria. Aquela atitude do sr. Knightley não fora em vão; Harriet estava mais alegre do que nunca, dançava com leveza e sorria continuamente.

O sr. Elton retirara-se para a sala de jogos parecendo um tolo, pelo menos era o que Emma pensava dele. Ela não o considerava tão insensível quanto a esposa, apesar de estarem cada vez mais parecidos. Emma expressou sua opinião ao parceiro de dança em voz alta:

— O sr. Knightley teve pena da pobre srta. Smith. Que homem de bom coração!

O jantar foi anunciado. Desde aquele momento até a hora em que se sentou à mesa e pegou seu talher, a srta. Bates disparou a falar.

— Jane, Jane, minha querida, onde está você? Aqui está seu xale. A sra. Weston insiste para que você coloque seu xale. Ela diz que está preocupada que haja alguma corrente de ar no corredor, embora tudo tenha sido feito para evitar isso... uma porta foi pregada... colocaram fileiras de metal... Minha querida Jane, insisto para que coloque seu xale. Sr. Churchill, o senhor é tão gentil! Como me ajudou! É um excelente dançarino! Sim, minha querida, eu corri até nossa casa, como disse que faria, para ajudar mamãe a se acomodar na cama, em seguida voltei para cá e ninguém nem percebeu que estive fora. Eu saí sem dizer uma palavra, como lhe havia dito que faria. Mamãe está muito bem, teve uma adorável noite na companhia do sr. Woodhouse, conversaram bastante e jogaram gamão. O chá no salão, serviram biscoitos, maçãs assadas e vinho, antes de voltar para casa. Ela teve muita sorte no jogo e perguntou por você, se estava divertindo-se e quem foram os seus parceiros de dança. "Oh, mamãe!", disse eu. "Não vou antecipar os comentários, deixei Jane dançando com o sr. George Otway, ela vai adorar contar-lhe tudo amanhã: seu primeiro parceiro foi o sr. Elton, e não sei quem a convidará em seguida, talvez o sr. William Cox." Meu caro senhor, não há ninguém que queira acompanhar? Não sou de nenhuma serventia. É tão gentil! Jane em um braço e eu no outro! Pare, pare, não vamos continuar a andar, pois ali vem a sra. Elton! Querida sra. Elton, como está elegante esta noite! Rendas tão bonitas! Agora, podemos segui-la. Parece a rainha do baile! Bem, estamos aqui no corredor. Dois degraus, Jane, tome cuidado com os dois degraus. Oh, há apenas um. Bem, eu tinha quase certeza de que eram dois. Nunca vi nada tão confortável... temos velas em todos os lugares... eu estava contando-lhe a respeito da sua avó, Jane. Houve apenas uma leve decepção. Como bem sabe, as maçãs e os biscoitos são excelentes, mas antes serviram um delicado fricassê de vitela e aspargos, e o bom sr. Woodhouse, imaginando que os aspargos não tinham sido assados corretamente, pediu que retirassem o prato. Não há nada que mamãe mais aprecie no mundo que vitela e aspargos, e ela ficou muito desapontada, porém combinamos que não falaríamos a respeito disso com ninguém para que não chegue aos ouvidos da querida srta. Woodhouse, que sentiria um enorme desgosto se soubesse do ocorrido. Ela é tão preocupada! Bem, o baile está brilhante! Estou maravilhada! Eu jamais imaginaria que fosse assim. Quanta elegância e luxo! Não havia visto nada parecido desde... Bem, onde vamos sentar-nos? Onde nos sentaremos? Podemos sentar-nos em qualquer lugar desde que Jane não receba uma corrente de ar. Para mim, tanto faz sentar em um lugar ou outro. Ah! Aconselha-me sentar aqui? Bem, assim está certo, sr. Churchill... apenas penso que é um lugar muito bom... pois bem, como queira... o que o senhor recomendar nesta casa não me parece errado. Querida Jane, como faremos para nos lembrar de pelo menos metade dos pratos para descrever para mamãe? Servirão sopa também! Como sou abençoada! O cheiro maravilhoso, não queria ser a primeira a tomá-la, mas não consegui evitar.

Emma não teve oportunidade de falar com o sr. Knightley até depois do jantar, mas, quando estavam todos de volta ao salão, seus olhos o convidaram para que se aproximasse e recebesse sua gratidão. Ele censurou duramente a conduta do sr. Elton; foi de uma rudeza sem perdão, e os olhares da sra. Elton também receberam a mesma censura.

— Parece que desejam algo mais que humilhar Harriet — disse ele. — Emma, por que são inimigos dela?

Ele se voltou para Emma, sorrindo, como se pretendesse ler sua mente e, como não recebeu nenhum tipo de resposta, acrescentou:

— Suponho que ela não tenha motivos para estar zangada com você, embora ele, sim, os tenha. A respeito disso você não dirá nada, é claro; mas confesse, Emma, que desejava casá-lo com Harriet.

— Sim, desejei — ela respondeu. — E eles não podem perdoar-me por isso. Harriet tem qualidades que faltam à sra. Elton.

Ele balançou a cabeça, porém sorria indulgentemente, e apenas limitou-se a dizer:

— Não vou repreendê-la. Espero que reflita sobre o assunto.

— Acredita mesmo nisso? Será que meu espírito fútil me dirá que estou errada?

— Não seu espírito fútil, mas seu espírito sério. Se um a conduziu ao erro, certamente o outro lhe dirá quanto está errada.

— Confesso que estava completamente equivocada em relação ao sr. Elton. Há certa mesquinhez nele que eu não sabia, mas da qual o senhor me advertiu. Além disso, eu estava convencida de que ele estava apaixonado por Harriet. Foram vários erros estranhos!

— Em troca da sua sinceridade, para lhe fazer justiça, devo dizer-lhe que, certamente, você teria escolhido uma esposa melhor para ele, muito melhor do que a eleita. Harriet Smith possui excelentes qualidades das quais a sra. Elton está totalmente desprovida. É uma moça despretensiosa, educada e ingênua, que deveria ser preferida por qualquer homem de bom senso e bom gosto a uma mulher como a sra. Elton. Também descobri que Harriet é mais sociável do que eu esperava.

Emma ficou extremamente agradecida. Eles foram interrompidos pela agitação do sr. Weston, que convidava todos para uma nova dança.

— Venham, srtas. Woodhouse, Otway, Fairfax. O que estão esperando? Venha, Emma, Sirva de exemplo para suas amigas. Todos estão preguiçosos e quase adormecidos!

— Eu estou pronta — concordou Emma. — Assim que me convidarem.

— Com quem você vai dançar? — perguntou o sr. Knightley.

Ela hesitou por alguns momentos e logo respondeu:

— Com o senhor, se me convidar.

— Você me dá o prazer desta dança? — e ofereceu-lhe sua mão.

— Certamente. O senhor me provou que sabe dançar, e ambos sabemos que não somos irmãos, ou seja, não formamos um casal impróprio.

— Irmãos! É claro que não.

CAPÍTULO 3

A breve conversa com o sr. Knightley deixou Emma muito contente. Era uma das recordações mais agradáveis do baile, a qual relembrou na manhã seguinte, enquanto passeava pelo gramado. Ficou extremamente feliz ao perceber que os dois tinham a mesma opinião a respeito dos Elton. Além disso, o elogio que ele fizera a Harriet, sua concessão em favor dela, era algo realmente gratificante. A impertinência dos Elton — que por alguns minutos pareceria arruinar o resto da noite — acabou proporcionando-lhe uma de suas maiores satisfações e ela contemplava o futuro esperando mais um resultado feliz: a cura da paixão não correspondida da sua amiga. Emma tinha grandes esperanças pela maneira como Harriet falou do ocorrido antes de saírem do salão do baile. Dava a impressão de que abrira os olhos subitamente e já era capaz de perceber que o sr. Elton não era o homem que ela pensava. A febre terminara, e Emma não podia ter grandes receios de que sua pulsação acelerasse por causa de injúrias tão mal-educadas. Confiava que as más intenções dos Elton proporcionariam todas as situações de menosprezo voluntário que ela poderia usar contra eles no futuro. Harriet agindo de forma tão racional, Frank Churchill não mais tão apaixonado e o sr. Knightley não querendo brigar com ela eram previsões do feliz verão que ela esperava!

Emma não se encontraria com Frank naquela manhã. Ele lhe disse que não poderia permanecer em Hartfield porque precisava estar de volta ao meio-dia. Ela não lamentava por isso.

Depois de refletir bastante e colocar em ordem suas ideias, dispôs-se a regressar à sua casa com o ânimo reavivado para atender às exigências dos sobrinhos e do avô deles, quando o imenso portão de ferro foi aberto e duas pessoas entraram. Duas pessoas que ela jamais esperava ver juntas: Frank Churchill de braços dados com Harriet Smith. Harriet! Em seguida, percebeu que havia acontecido algo anormal. Harriet estava muito pálida e assustada e seu acompanhante parecia tentar acalmá-la. O portão de ferro e a porta da entrada da casa não estavam separados por mais de dezoito metros; logo os três entraram na sala, e Harriet imediatamente se sentou numa cadeira... e desmaiou.

Uma moça desmaiada deve ser socorrida. Perguntas seriam feitas e surpresas deveriam ser explicadas. Tais eventos são muito interessantes, mas o suspense não pode durar muito tempo. Após alguns minutos, Emma soube de tudo.

As srtas. Smith e Bickerton, uma moça que frequentava a casa da sra. Goddard e que também esteve no baile, passeavam e acabaram entrando por um caminho... o caminho de Richmond, que, apesar de ser movimentado o suficiente para ser considerado seguro, levou-as a uma situação alarmante. Cerca de oitocentos metros depois de Highbury, formava-se uma curva sombria, pois era cercada de olmos,[65] e, quando as jovens avançaram um pouco mais por esse trecho, logo avistaram um grupo de ciganos, a uma pequena distância delas, próximos a uma clareira. Uma criança que estava à espreita veio pedir-lhes esmola. A srta. Bickerton, bastante assustada, deu um grito bem alto e chamou Harriet para segui-la, subiu em um barranco, abriu caminho e saiu correndo de volta a Highbury. Porém, a pobre Harriet não conseguiu acompanhar a amiga. Após o baile, sentia muitas cãibras e a primeira tentativa de subir no barranco fez suas cãibras voltarem e ela ficou sem forças. Dessa forma, foi obrigada a permanecer no local, mesmo aterrorizada.

Ninguém conseguiria dizer o que os vagabundos teriam feito se as jovens tivessem sido mais corajosas, mas aquele verdadeiro convite ao ataque foi prontamente obedecido e Harriet foi atacada por cerca de meia dúzia de crianças, chefiadas por uma mulher corpulenta e um menino mais velho que os demais; faziam muito barulho, tinham um olhar impertinente, porém não pronunciaram sequer uma palavra. Ainda mais assustada, ela lhes prometeu dinheiro, pegou um xelim[66] de dentro da bolsa e implorou para que eles não pedissem mais nem lhe fizessem algum mal. Em seguida, ela conseguiu caminhar, embora lentamente, e começou a se afastar do grupo, mas seu medo e sua bolsa eram muito tentadores, e ela foi seguida, ou melhor, foi cercada por todo o grupo, agora ainda mais exigente.

Foi nesse estado que Frank Churchill a encontrou; Harriet estava tremendo e amedrontada, e os ciganos eram insolentes e gritavam. Por sorte, a partida de Frank fora adiada e ele pôde socorrê-la nesse momento crítico. Como a manhã estava agradável, ele decidiu fazer uma caminhada, por isso deixara

---

[65] Os olmos ou ulmeiros são árvores originárias da Europa e chegam a alcançar trinta metros.
[66] No Reino Unido, o xelim era uma moeda divisionária, usada antes da adoção do sistema decimal, em 1971. Um xelim equivalia a 12 *pence* antigos ou 1/20 de libra. O xelim foi substituído pela nova moeda de cinco *pence*, a qual inicialmente era de idêntico tamanho e peso.

instruções para que seus cavalos o aguardassem mais adiante na estrada, a cerca de dois quilômetros de Highbury. Como ele pedira uma tesoura emprestada à srta. Bates e se esquecera de devolvê-la, foi obrigado a parar na casa dela e ficar lá por alguns minutos. Já mais atrasado do que esperava, e, como estava a pé, sem ser visto pelo grupo de ciganos, aproximou-se deles. O terror que a mulher e o menino mais velho infligiram a Harriet acabou voltando-se contra eles, pois ficaram completamente amedrontados pela presença de Frank. Harriet se agarrou a ele, quase incapaz de falar algo, e teve força suficiente apenas para chegar a Hartfield, antes de sofrer um colapso. Fora ideia de Frank levá-la a Hartfield; ele não pensara em nenhum outro lugar.

Essa era toda a história... que ele e Harriet, logo após ter recobrado os sentidos, contaram a Emma. Frank, vendo que Harriet estava melhor, disse que não poderia permanecer ali por muito tempo, estava muito atrasado e não podia perder sequer mais um minuto. Emma se prontificou a enviar notícias de Harriet à sra. Goddard e enviou ao sr. Knightley um aviso sobre a presença daqueles ciganos nos arredores de Highbury. Assim, Frank partiu depois de receber todo tipo de bênçãos de Emma e sua amiga.

Uma aventura como essa, um jovem rapaz e uma jovem moça reunidos de tal forma, poderia sugerir certas ideias até mesmo em corações petrificados e mentes menos fantasiosas. Pelo menos era isso que Emma pensava. Como era possível que um linguista, um gramático, ou até mesmo um matemático vissem o que ela vira, testemunhassem a chegada dos dois e ouvisse o relato de sua história, sem pensar que as circunstâncias fizessem os protagonistas se sentirem particularmente interessados um pelo outro? Quanto mais uma pessoa com a imaginação de Emma! Como deixaria de fazer especulações e previsões! Sem falar no terreno já preparado para isso pelas ideias a respeito que lhe haviam passado pela mente.

Foi algo extraordinário! Nunca acontecera fato semelhante com nenhuma outra jovem de Highbury, pelo menos que se pudesse recordar. Nunca houvera nenhum encontro como aquele, nem um susto daquela natureza. E, agora, acabara de acontecer com determinada jovem, na hora exata em que outro determinado jovem estava por ali para salvá-la. Era algo bastante extraordinário! E, percebendo quão favorável era o estado de ânimo dos dois naqueles dias, ela ficou ainda mais assombrada. Ele desejava dar o melhor de si a uma moça, e a moça, por sua vez, recuperava-se da sua fixação pelo pastor. Parecia um acaso do destino que prometia as mais interessantes consequências. Não era possível que aquele encontro não suscitasse em ambos uma atração mútua.

Durante a breve conversa que teve com ele, enquanto Harriet recobrava os sentidos, Frank falou do terror da moça, da sua ingenuidade, do fervor com que agarrou seu braço com uma sensibilidade que o encantou. E, depois que Harriet fez seu relato, ele falou de modo mais exaltado a respeito da sua indignação ante a incrível imprudência da srta. Bickerton. No entanto, tudo deveria seguir seu curso natural, sem ser impedido nem favorecido. Ela não daria um passo, não faria nenhuma insinuação. Não causaria transtorno a ninguém com suas previsões e projetos passivos. Aquilo não era mais do que um desejo. Ela não faria nenhuma interferência.

A primeira resolução de Emma foi impedir que o pai ficasse sabendo do acontecido, ciente do quanto ele ficaria ansioso e alarmado. Porém, logo percebeu que o segredo seria impossível. Em menos de trinta minutos, todos de Highbury já sabiam do caso. Era um evento que atraía todos os que amavam conversar, desde os jovens até os criados; e todos os jovens e criados do lugar não tardaram a desfrutar notícias emocionantes. O baile da noite anterior parecia ofuscado pela história dos ciganos. O pobre sr. Woodhouse começou a tremer enquanto se sentava e, como a filha bem imaginara, jamais ficaria satisfeito mesmo após ela ter jurado não passar nem perto do local. Foi de algum conforto para o sr. Woodhouse que ele e a filha, como também a srta. Smith, fossem obrigados a responder a inúmeras perguntas, durante todo o dia, uma vez que os vizinhos sabiam que ele adorava responder perguntas. Ele teve o prazer de respondê-las dizendo que todos ali estavam indiferentes, embora não fosse exatamente a verdade, pois ela estava perfeitamente bem e Harriet também sentia o mesmo. Emma resolveu não interferir. Geralmente, a saúde de Emma não condizia com a opinião do pai, pois ela mal sabia o que era uma indisposição, e, se ele não inventasse uma doença para ela, não poderia falar da filha.

Os ciganos não esperaram pela ação da justiça e trataram de partir rapidamente. As jovens moças de Highbury poderiam caminhar em segurança antes que o pânico se instalasse, e toda a história logo se transformou em algo sem importância. Apenas os meninos, Henry e John, perguntavam todos os dias sobre a história de Harriet e os ciganos e corrigiam tenazmente a tia, caso ela alterasse algum detalhe em relação ao relato que lhes haviam feito anteriormente.

CAPÍTULO 4

Passaram-se alguns dias após essa aventura, quando Harriet foi até a casa de Emma, logo pela manhã, com um pequeno pote nas mãos. Após se sentar e hesitar um pouco, iniciou a conversa:

— Srta. Woodhouse, se tiver tempo, gostaria de lhe dizer algo. Tenho de lhe fazer uma confissão e logo saberá do que se trata.

Emma ficou bastante surpresa e implorou para que ela lhe contasse. Havia uma seriedade nos modos e nas palavras da amiga que a prepararam para algo mais do que extraordinário.

— É meu dever, e tenho certeza de que é meu desejo, que não tenhamos mais segredos a esse respeito — continuou ela. — Como, *de certo modo*, e para minha sorte, meus sentimentos mudaram, parece-me certo dar-lhe a satisfação de saber a verdade. Não desejo falar mais do que o necessário. Estou muito envergonhada por ter deixado as coisas tomarem esse rumo, mas acredito que a senhorita me entenderá.

— Sim, espero que sim — disse Emma.

— Como pude enganar-me por tanto tempo?! — exclamou Harriet, um pouco exaltada. — Parece loucura! Não consigo ver nada de extraordinário nele agora. Não me importo se o vejo ou não. Apesar de que preferiria não o ver. Na verdade, eu poderia ir a qualquer lugar só para evitá-lo. E, por fim, não tenho inveja da sua esposa. Não a admiro nem invejo, como há algum tempo. Ela é adorável, ouso dizer, além de possuir outras qualidades; no entanto, é muito mal-humorada e desagradável. Jamais me esquecerei dos olhares que lançou na minha direção durante o baile. Entretanto, posso garantir-lhe, srta. Woodhouse, que não lhes desejo mal. Não. Deixem que vivam felizes juntos, jamais me sentirei rebaixada como me senti. E, para convencê-la de que digo a verdade, vou destruir agora o que deveria ter feito há tempos, o que jamais deveria ter guardado, sei disso muito bem — corou enquanto falava. — No entanto, vou destruir tudo e é meu desejo que seja testemunha e veja quanto cresci e me tornei mais racional. A senhorita imagina o que há dentro deste pacote? — perguntou Harriet, bastante séria.

— Não, não tenho a menor ideia. Ele lhe deu algo de presente?

— Não. Não posso dizer que são presentes; mas são objetos aos quais dei muito valor.

Harriet colocou o pacote na frente de Emma e ela pôde ler "Os tesouros mais preciosos", escrito na tampa. Agora estava muito curiosa.

A amiga desembrulhou o pacote e ela olhou com impaciência. No meio de uma abundância de papéis prateados havia uma bela e pequena caixa de marchetaria que Harriet abriu. A caixa era forrada com um algodão muito macio e, além do algodão, Emma viu um pedaço de emplastro.

— Agora deve lembrar-se — disse Harriet.

— Não, realmente eu não me lembro.

— Meu Deus! Não posso acreditar que se esqueceu do que se passou, aqui nesta sala, com o emplastro, em uma das últimas vezes que me encontrei com ele aqui. Foi alguns dias antes de ficar com aquela horrível dor de garganta, um pouco antes de o senhor e a senhora Knightley chegarem. Acho que foi na mesma noite. Não se lembra de que ele cortou o dedo com um canivete novo e a senhora recomendou que usasse o emplastro? Mas, como não tinha para oferecer-lhe, acabou pedindo-me que fizesse a gentileza; eu cortei um pedaço e lhe dei, porém, era muito grande, e o corte, muito pequeno. Ele acabou cortando um pedaço que sobrava e ficou brincando com ele até me devolver. Então, como eu estava tão cega em meus sentimentos, acabei guardando aquilo como se fosse um tesouro. E decidi jamais usar aquele pedaço de emplastro e também não permitiria que ninguém o visse e o guardei como se fosse uma relíquia.

— Minha querida Harriet! — exclamou Emma, colocando a mão no rosto e levantando-se como se desse um salto. — Você me deixa mais envergonhada do que posso suportar. Lembrar-me disso? Sim, agora consigo recordar de tudo, exceto que você guardou essa relíquia. Não sabia de nada até este momento. Mas me lembro de ele ter cortado o dedo, da minha recomendação do emplastro e eu dizendo que não tinha sequer um pedacinho comigo. Oh, meus pecados, como errei! E eu tinha o bastante bem dentro do bolso! Meu erro! Um dos meus truques mais estúpidos! Mereço ficar envergonhada pelo resto da minha vida. Bem... — suspirou lentamente. — Prossiga... o que mais?

— A senhorita estava com um pedaço no bolso? Posso garantir-lhe que nunca suspeitei, agiu tão naturalmente!

— Então você guardou esse pedaço de emplastro só por causa dele!

Foi o que Emma disse, recuperando-se do embaraço e sentindo-se dividida entre a admiração e a diversão. Secretamente, pensou consigo mesma: "Deus do céu! Quando é que eu pensaria em guardar um pedacinho de emplastro que Frank Churchill jogasse fora! Eu nunca agiria assim!".

— Aqui — disse Harriet, mexendo na caixa novamente. — Há outra coisa ainda mais valiosa, quer dizer, que foi muito valiosa porque pertencia a ele, enquanto o emplastro nunca foi dele na verdade.

Emma estava muito ansiosa para ver esse tesouro ainda maior. Era um toco de lápis velho, que já estava sem grafite.

— Isto realmente pertenceu a ele — disse Harriet. — Lembra-se daquela manhã? Não ouse dizer que não se lembra. Mas, certa manhã... Não me lembro exatamente de que dia, talvez tenha sido na terça ou na quarta-feira *antes daquela noite*, ele queria fazer algumas anotações em sua caderneta; algo sobre cerveja *spruce*.[67] O sr. Knightley contou-lhe qualquer coisa a respeito desse tipo de cerveja, ele gostaria de tomar algumas notas, mas, quando pegou seu lápis, não havia grafite, então a senhorita emprestou um outro e ele deixou o toco de lápis em cima da mesa, já que não era útil para mais nada. Mas eu mantive meus olhos atentos e, assim que foi possível, peguei o pequeno lápis e nunca mais me separei dele desde aquele momento.

— Eu me lembro — exclamou Emma. — Lembro-me muito bem. Falaram mesmo a respeito da cerveja *spruce*. Oh, sim. O sr. Knightley e eu comentamos quanto gostamos dessa bebida, e o sr. Elton parecia decidido a apreciá-la

---

[67] No original, *spruce beer*, cerveja feita com a seiva de abetos, útil para quem tem carência de vitamina C.

também. Lembro-me muito bem! Espere. O sr. Knightley estava sentado justo ali, não é mesmo? Acho que estava sentado bem ali.

— Ah! Não sei. Não consigo lembrar-me. É muito estranho, mas não consigo lembrar-me. Lembro-me de que o sr. Elton estava aqui, bem onde estou agora.

— Bem, continue.

— Oh! Isso é tudo. Não tenho mais nada para lhe mostrar ou dizer, exceto que vou jogá-los diretamente no fogo e desejo que me veja fazendo isso.

— Minha pobre amiga Harriet! Você se sentia feliz por guardar esses tesouros?

— Sim... como fui tola! Mas agora estou muito envergonhada e desejava poder esquecer tão facilmente como vou queimá-los. Agi muito mal ao guardar tais recordações, mesmo depois de ele ter-se casado. Eu sabia que era errado, mas não tinha coragem suficiente para me separar delas.

— Mas, Harriet, é necessário queimar até mesmo o emplastro? Não tenho nada a dizer do lápis, mas o emplastro pode ser-lhe útil.

— Ficarei mais feliz se queimá-lo — respondeu Harriet. — Isso me traz lembranças desagradáveis. Tenho de me livrar de tudo isso. Lá vão eles, graças a Deus, e este é o fim do sr. Elton.

"E quando começará a pensar no sr. Churchill?", pensou Emma.

Ela tinha motivos para acreditar que, de fato, já começara e alimentava uma grande esperança de que a cigana, embora não tivesse lido a mão de Harriet, acabasse contribuindo para a sorte da moça. Duas semanas após o susto, tivera uma explicação que deixou tudo muito mais claro, ainda que as duas não tivessem a intenção de fazê-la. Naquele momento, Emma pensava no assunto, tornando a informação recebida ainda mais valiosa. Ela quase conseguiu ficar em silêncio... quase:

— Bem, Harriet, quando você se casar, vou dar-lhe muitos conselhos.

E depois nem pensou mais no assunto. Após um minuto de silêncio, ouviu Harriet dizer em um tom bastante sério:

— Eu nunca vou casar-me.

Emma levantou os olhos e imediatamente viu o que ocorria. Após alguns momentos de reflexão, se deveria ou não deixar esse comentário cair no esquecimento, respondeu:

— Não vai casar-se! Essa é uma resolução nova.

— É uma decisão que jamais vou mudar.

Após certa hesitação, comentou:

— Espero que não seja por... espero que não seja por causa do sr. Elton.

— Sr. Elton?! — exclamou Harriet, indignada. — Oh, não!

E murmurou algo, mas Emma só pôde distinguir as palavras "... um homem bem superior ao sr. Elton...". Então, passou alguns minutos em reflexão. Deveria falar mais alguma coisa? Deveria ficar em silêncio e aparentar não saber de nada? Talvez Harriet a julgasse fria e pensasse que ela estava zangada se o fizesse. Ou talvez, se permanecesse em silêncio, Harriet poderia insistir para que ouvisse mais. Embora estivesse disposta a evitar que de agora em diante houvesse uma confiança extrema entre elas, tanta franqueza e uma troca tão frequente de opiniões e esperanças... pareceu-lhe ser melhor para ela dizer e saber em seguida tudo que queria contar ou saber. Agir com sinceridade era a melhor opção. Já havia previsto como agir em situações como aquela. Seria mais seguro para ambas se Emma pudesse expor imediatamente seus sensatos pensamentos. Uma vez decidida, não hesitou mais:

— Harriet, não vou fingir que não sei do que está falando. Sua decisão, ou melhor, a probabilidade de nunca vir a se casar deve-se à crença de que a pessoa que você poderia preferir esteja em uma situação muito superior para sequer pensar em você, é isso?

— Oh, srta. Woodhouse, acredite que não tenho a presunção de supor... De fato, não sou tão louca... mas é um prazer para mim admirá-lo a distância. E pensar quanto ele é superior a todo o resto do mundo, tanto em gratidão como em admiração e veneração, que são tão próprios, especialmente em mim.

— Não estou surpresa, Harriet. O auxílio que ele lhe prestou certamente comoveu seu coração.

— Auxílio! Oh! Foi um favor inexprimível! Só de me lembrar do ocorrido e de tudo que senti naquela momento... quando o vi caminhando na minha direção, de modo tão cavalheiresco, e o meu estado deplorável de antes... Que mudança! Foi uma questão de segundos! Passei de uma situação deplorável a um momento de perfeita felicidade.

— É natural. É muito natural e honrado. Sim, creio que é muito honrado escolher tão bem e com tanta gratidão. Mas que isso venha a ser mais que uma feliz preferência é algo além do que posso prometer. Não a aconselho a alimentar tais sentimentos, Harriet. Não sei se poderia ser correspondida. Considere suas possibilidades. Talvez seja mais sábio sondar seus sentimentos enquanto pode: pelo menos não será levada pelo coração, a menos que tenha certeza de que ele gosta de você. Deve observá-lo. Deixe que o comportamento dele seja o guia dos seus sentimentos. Estou dando-lhe este conselho agora porque não desejo falar mais sobre o assunto. Não vamos citar nomes. Agimos muito mal antes, então, vamos ser cuidadosas agora... Ele é superior a você, sem dúvida, e é provável que haja objeções e obstáculos de toda natureza; ainda assim, Harriet, coisas ainda mais maravilhosas do que essa aconteceram, há casais ainda mais díspares. Fique tranquila, não quero que seja otimista demais. Porém, qualquer que seja o desfecho dessa história, saiba que o fato de ter pensando nele é um sinal do bom gosto que eu sempre valorizei.

Harriet beijou sua mão em silêncio, demonstrando uma submissa gratidão. Emma estava decidida a acreditar que tal apego não seria prejudicial à amiga. Era algo que só poderia conduzi-la ao refinamento de sua mente e por certo a deixaria a salvo de qualquer perigo de degradação.

CAPÍTULO 5

Desse modo, no que se referem aos projetos, às esperanças e aos relacionamentos, começou o mês de junho em Hartfield. De modo geral, não houve nenhuma mudança concreta em Highbury. Os Elton continuavam falando a respeito da visita que os Suckling lhes fariam e como usariam seu landau. Jane Fairfax ainda estava na casa da avó, o retorno dos Campbell da Irlanda fora adiado mais uma vez, marcado agora para agosto, não mais para meados do verão. Assim, Jane deveria permanecer em Highbury por mais dois meses, desde que conseguisse escapar da sra. Elton e evitasse ser levada a aceitar uma situação deliciosa contra a sua vontade.

O sr. Knightley, por algum motivo que apenas ele conhecia, desde o primeiro momento demonstrou sentir uma grande aversão por Frank Churchill, que aumentava cada vez mais. Ele começou a suspeitar que o jovem, ao cortejar Emma, fazia um jogo duplo.

Era indiscutível sua corte a Emma. Demonstrava de todas as maneiras as atenções que lhe dedicava; as insinuações do seu pai, a reserva significativa da sua madrasta, tudo coincidia; palavras, condutas, discrição, indiscrição, tudo apontava para a mesma história.

Contudo, apesar de muitas pessoas considerarem Frank Churchill interessado em Emma e ela mesma acreditar que ele estava interessado em Harriet, o sr. Knightley começou a suspeitar dele em relação a Jane Fairfax. Não podia compreendê-lo, mas havia sinais de entendimento entre os dois, foi o que ele pensou. Sinais de admiração da parte de Frank que, após ter observado, não poderia convencer a si mesmo de que não tinha razão, embora desejasse não estar imaginando coisas como Emma costumava fazer.

Ela não estava presente quando ele teve a primeira suspeita, pois jantava na casa dos Elton, em companhia dos Weston e de Jane. Vira um olhar, nada mais do que um simples olhar, para a srta. Fairfax, que, vindo do admirador da srta. Woodhouse, parecia um tanto sem sentido. Quando ele voltou a encontrá-los, não deixou de se lembrar do que vira durante o jantar. Nem pôde evitar observar detalhes que, a não ser que fossem como Cowper[68] e seu fogo ao crepúsculo, "eu mesmo criei o que vi",[69] trouxe a suspeita ainda mais forte da existência de uma espécie de relação oculta, um secreto entendimento entre Frank Churchill e Jane Fairfax.

Um dia, após o jantar, decidiu sair para uma caminhada, como sempre fazia, a fim de passar a noite em Hartfield. Emma e Harriet saíam para caminhar; ele as acompanhou e, ao retornarem, encontraram um grande grupo que, como eles, decidira caminhar um pouco mais cedo, uma vez que o tempo

---

[68] William Cowper, poeta inglês.
[69] No original, *Myself creating what I saw* — trecho de "The Task", 1775.

ameaçava chuva. Reuniam-se os Weston, Frank, a srta. Bates e sua sobrinha, que se encontraram por acaso. Quando todos chegaram aos portões de Hartfield, Emma, que sabia agradar a seu pai esse tipo de visita, convidou-os para entrar e tomar chá com ele. A família de Randalls concordou imediatamente, e, após um longo discurso da srta. Bates, ao qual poucas pessoas prestaram atenção, ela acreditou ser possível aceitar o convite da srta. Woodhouse.

Quando entraram, avistaram o sr. Perry passar a cavalo e os cavalheiros começavam a comentar sobre o animal.

— A propósito — disse Frank Churchill à madrasta —, o que houve com o plano de o sr. Perry comprar uma carruagem?

A sra. Weston olhou-o surpresa e disse:

— Eu nunca soube de tal plano.

— Não? Como, se foi a senhora quem me disse? Contou-me em uma carta que me enviou há três meses.

— Eu? Impossível!

— Sim, é verdade. Lembro-me perfeitamente. Mencionou ser algo iminente. A sra. Perry contou a alguém e estava extremamente feliz. Parece que foi ela quem o convenceu, pois acreditava ser muito difícil para ele fazer visitas a cavalo, principalmente quando o tempo ficava ruim. Ainda assim não se lembra?

— Dou-lhe minha palavra que nunca ouvi tal história até este exato momento.

— Nunca? Deus do céu! Como pode ser? Talvez eu tenha sonhado, mas já estava completamente convencido. Srta. Smith, parece que está muito cansada. Creio que ficará muito contente quando chegarmos a casa.

— O que foi? O que está acontecendo? — perguntou o sr. Weston. — O que você falava a respeito de Perry e de sua carruagem, Frank? Fico muito feliz que ele tenha condição de comprá-la. Foi ele quem lhe contou?

— Não, senhor — respondeu o filho, sorrindo. — Creio que não ouvi a notícia de ninguém. É muito estranho! Estava convencido de que fora a sra. Weston quem me contou todos os detalhes em uma das cartas que enviou a Enscombe, há algumas semanas. Mas, como ela afirma que não tinha sequer ouvido uma palavra a respeito do assunto, obviamente devo ter sonhado com isso. Sou um grande sonhador. Quando estou longe daqui, sonho com todos de Highbury. E quando já sonhei com todos os meus amigos, acabo sonhando com os Perry.

— É estranho mesmo — observou o pai. — É muito estranho que tenha sonhado com pessoas nas quais você nem sequer pensa quando está em Enscombe. Imagine, Perry comprar uma carruagem! E sua esposa o persuadindo a comprá-la por causa da sua saúde! Exatamente o que acontecerá, um dia ou outro, não tenho a menor dúvida, só acho que é uma ideia um tanto prematura. Qual a probabilidade de um sonho se tornar realidade? Acontece cada absurdo nos sonhos! Bem, Frank, o seu só comprova quanto Highbury está em seus pensamentos quando está longe daqui. Emma, creio que você também seja uma grande sonhadora, não?

Emma estava longe demais para ouvir a pergunta. Ela se adiantara aos convidados para avisar o pai de sua chegada, assim, estava distante do sr. Weston.

— Bem, para dizer a verdade — comentou a srta. Bates, que, em vão, tentava ser ouvida nos últimos dois minutos —, se posso falar a respeito do assunto, não há como negar que o sr. Frank Churchill deva ter sonhado. Não estou dizendo que não é possível, posso garantir-lhes que eu, às vezes, tenho os sonhos mais estranhos deste mundo. Mas, se querem mesmo saber a verdade, devo reconhecer que no verão passado essa ideia da carruagem surgiu; a própria sra. Perry mencionou à minha mãe, e os Cole também sabiam disso. Mas era um segredo que ninguém imaginaria, e só existiu por apenas três dias. A sra. Perry estava muito ansiosa para que ele comprasse a carruagem e veio até minha mãe certa manhã, com uma grande empolgação, pois imaginava que o marido acabaria comprando o veículo. Jane, você não se lembra de que mamãe contou para nós assim que chegamos em casa? Não me lembro aonde fomos... acho que a Randalls. Sim, acho que estávamos em Randalls. A sra. Perry sempre gostou muito da minha mãe. Na verdade não conheço ninguém de quem ela não goste. Ela contou a mamãe em segredo; não fazia a menor objeção que ela nos contasse, é claro, mas não deveríamos espalhar a notícia. Desde aquele dia, jamais mencionei a história a qualquer pessoa. Ao mesmo tempo, não posso garantir que eu mesma não tenha deixado escapar algo, pois não sei como segurar minha língua. Como sabem, sou uma pessoa muito falante, falo demais. De vez em quando, deixo escapar algo que não deveria dizer. Não sou como Jane, gostaria muito de ser como ela. Posso garantir que ela nunca traiu um segredo de ninguém. Onde ela está? Oh, bem atrás de mim. Posso lembrar-me exatamente do dia em que a sra. Perry veio visitar-nos. Que sonho extraordinário!

Eles entravam no *hall*. Os olhos do sr. Knightley precederam os da srta. Bates quando ela olhou para Jane. Do rosto de Frank Churchill, onde pôde ver uma confusão reprimida ou oculta sob uma risada, passou a olhar involuntariamente para Jane. Mas ela estava muito atrás e ocupada com seu xale. O sr. Weston já estava dentro da casa. Os dois jovens cavalheiros esperaram à porta para que ela pudesse passar. O sr. Knightley suspeitou que Frank Churchill estivesse tentando atrair o olhar de Jane. Parecia observá-la atentamente. Mas foi em vão, pois Jane passou pelo *hall* e nem sequer olhou para os dois.

Não havia tempo para nenhuma observação ou explicação. Foi obrigado a aceitar a ideia do sonho, e o sr. Knightley sentou-se ao redor da mesa grande e redonda que Emma acabara de comprar para Hartfield. Ninguém, além dela, teria o poder de persuadir o pai e convencê-lo a usar a mesa, em vez da pequena Pembroke,[70] na qual, durante quarenta anos, as refeições do velho

---

[70] Mesa dobrável para pequenas refeições, também utilizada com aparador.

senhor foram servidas. O chá foi servido e depois ninguém parecia ter pressa para ir embora.

— Srta. Woodhouse — disse Frank Churchill, depois de examinar uma mesa que estava atrás dele, da qual ele se aproximou para se sentar. — Seus sobrinhos levaram embora a caixa de letras deles? Costumava ficar aqui. Onde está? Esse entardecer está um pouco triste, parece mais de inverno que verão. Tivemos bons momentos de diversão com essas letras. Gostaria de voltar a jogar.

Emma gostou da ideia e, ao trazer a caixa, a mesa foi rapidamente coberta pelas letras do alfabeto. Exceto Frank e Emma, ninguém mais parecia disposto a brincar. Em seguida, começaram a formar palavras que se intercambiavam. Aquele jogo silencioso era particularmente interessante para o sr. Woodhouse, que costumava ter de suportar jogos muito mais animados, introduzidos pelo sr. Weston. Naquele momento, o pai de Emma dedicava-se a lamentar melancolicamente a partida dos "pobres meninos" ou a comentar, bastante animado, quando pegava uma das letras próximas a ele, quanto Emma tinha uma bela caligrafia.

Frank Churchill formou uma palavra bem diante da srta. Fairfax. Ela deu uma rápida olhada para a mesa e dedicou sua atenção à palavra. Frank estava próximo a Emma, Jane sentava-se do lado oposto a eles.

O sr. Knightley estava em um lugar estratégico, do qual poderia ver tudo de longe. Com um pouco de esforço, conseguiu ver as letras. A palavra foi decifrada e colocada de lado com um leve sorriso. As letras que se formavam deviam ser imediatamente misturadas com as outras, para impedir que os demais as vissem, porém as letras, já misturadas entre si, não foram integradas às demais.

Harriet, que seguia com atenção todas as novas palavras, ao perceber que não saía nenhuma outra naquele momento, voltou à última e começou a tentar decifrá-la. Sentava-se ao lado do sr. Knightley e pediu-lhe ajuda. A palavra era "engano"; e quando Harriet a pronunciou em voz alta, Jane ficou bastante ruborizada. O sr. Knightley relacionou aquilo com o sonho, mas qual relação teria, de fato, era algo que não conseguiria imaginar. Como era possível que a delicadeza e a intuição de Emma estivessem tão fracas a ponto de não perceber nada daquilo? Temia que algo estivesse oculto. A cada momento via indícios mais claros de que agiam com falta de sinceridade, que faziam jogo duplo. Aquelas letras só lhes serviam para um dissimulado galanteio. Era um jogo de criança que Frank Churchill elegeu para ocultar um outro, mais importante e secreto.

Com grande indignação, ele continuou observando Frank e, depois, com grande alarme e desconfiança, ao perceber até onde chegava a cegueira de seus amigos. Viu que ele preparava uma palavra para Emma e logo lhe entregou com um olhar astuto e recatado. Viu que Emma logo decifrou a palavra, considerando-a altamente divertida, apesar de ser algo que julgou ser inapropriado e censurável, pois ela comentou:

— Tolice! Pare com isso!

Ouviu Frank Churchill dizer-lhe em seguida:

— Devo entregar a ela ou não?

Ao que Emma respondeu imediatamente, soltando uma calorosa risada:

— De jeito nenhum! Não faça isso.

Entretanto, ele o fez. O jovem galante, que parecia amar sem sentimentos e recomendar-se sem complacência, imediatamente ofereceu a palavra à srta. Fairfax, implorando, com insistência particularmente cortês, para que a moça tentasse decifrar a palavra. A grande curiosidade do sr. Knightley para saber qual era a palavra foi favorecida por sua altura, assim, aproveitou todas as oportunidades para observar a mesa. E tão logo conseguiu ver, claramente percebeu que a palavra era Dixon. A percepção de Jane Fairfax pareceu ocorrer ao mesmo tempo que a dele. Só que a dela era mais assertiva, uma vez que conseguiria entender o significado oculto daquelas cinco letras dispostas daquele modo. Jane parecia contrariada; levantou os olhos e, ao se ver observada, ficou ainda mais ruborizada do que antes; percebendo o sr. Knightley, limitou-se a dizer:

— Eu não sabia que nomes próprios faziam parte da brincadeira.

Afastou as letras bastante irritada e parecia não querer decifrar nenhuma outra palavra que lhe oferecessem. Desviou o rosto daqueles que lhe dirigiram o ataque e olhou para a tia.

— Sim, minha querida, é verdade — concordou esta, apesar de Jane não ter dito uma palavra. — Eu já estava para dizer a mesma coisa. De fato, já está na hora de irmos. A noite se aproxima e mamãe está à nossa espera. Meu caro senhor, é muito gentil, mas precisamos ir embora, tenha uma boa noite.

A rapidez com que Jane se levantou demonstrou tanta pressa para ir embora quanto sua tia havia imaginado. Imediatamente, colocou-se de pé e deixou a mesa; mas foram tantas outras pessoas que também se levantaram que ela não pôde fugir tão rápido. E o sr. Knightley acreditou ter visto um outro grupo de palavras empurrado na direção de Jane, que as afastou sem ao menos olhar. Em seguida, ela procurava seu xale e Frank Churchill também a ajudava. Já escurecia e havia uma grande confusão na sala; desse modo, não foi possível para o sr. Knightley observar como foi a despedida entre eles.

Ele permaneceu em Hartfield após a saída dos demais, pensando em tudo aquilo que vira. E, assim que acenderam as velas, procurou, como amigo, um amigo muito preocupado, insinuar algo a Emma e fazer-lhe algumas perguntas. Era seu dever.

— Por favor, Emma — disse ele. — Posso perguntar-lhe o motivo da brincadeira, da malícia, da última palavra que vocês entregaram para a srta. Fairfax decifrar? Eu vi a palavra e fiquei curioso para saber o que poderia ser tão divertido em algo tão sem graça.

Emma ficou bastante confusa. Não conseguiria dar-lhe uma explicação verdadeira. Pois, apesar de não ter suas suspeitas dissipadas, sentia-se realmente envergonhada por ter participado daquela brincadeira.

— Oh! — ela exclamou, bastante embaraçada. — Não queria dizer nada. Era apenas uma brincadeira entre nós.

— A brincadeira — respondeu ele com ar de seriedade — parecia algo reservado apenas a você e ao sr. Churchill.

Ele tinha a esperança de que Emma dissesse algo mais, mas ela não o fez. Preferia fazer qualquer outra coisa a falar. Ele continuou sentado e um pouco confuso. Passou por sua mente uma infinidade de maus pensamentos. Interferência... interferência infrutífera. A confusão de Emma e o reconhecimento de intimidade entre os dois parecia declarar o afeto que ela sentia por Frank. Ainda assim, o sr. Knightley devia falar. Preferia correr o risco de ser intrometido a ver a amiga prejudicada; preferia isso a ter a má impressão de ter sido negligente.

— Minha querida Emma... — disse ele finalmente, com bondade sincera. — Você consegue entender perfeitamente o grau de entendimento entre o cavalheiro e a dama dos quais falávamos?

— Entre o sr. Frank Churchill e a srta. Fairfax ? Oh, sim, perfeitamente. Por quê? O senhor tem alguma dúvida?

— Você nunca teve motivos para pensar quanto ele a admira ou quanto ela o admira?

— Não, nunca! — Emma exclamou bastante ansiosa. — Nunca, nem mesmo por um segundo essa ideia me ocorreu. Como chegou a pensar nisso?

— Ultimamente, tenho visto alguns sintomas de compromisso entre os dois... alguns olhares expressivos, os quais não acredito que deveriam tornar-se públicos.

— Oh! O senhor é muito divertido. Estou muito contente por descobrir que consegue deixar a imaginação voar livre, mas acho que está equivocado. Sinto muito ter se enganado justamente em sua primeira tentativa, mas é verdade que está enganado. Não há nada mais do que amizade entre os dois, posso garantir-lhe. As situações que lhe chamaram a atenção surgiram de circunstâncias muito peculiares, são sentimentos de uma natureza completamente diferente, é impossível explicar com clareza. Há uma boa dose de situações sem sentido, porém, a parte que posso contar-lhe, que não é um absurdo, é que estão longe de sentir algo um pelo outro. Quer dizer, eu presumo que seja assim por parte dela e posso garantir-lhe que é também da parte dele. Posso responder pela indiferença do cavalheiro.

Ela falou com muita segurança e uma satisfação que silenciou o sr. Knightley. Ela estava muito animada e até poderia ter prolongado a conversa, desejando ouvir as particularidades de suas suspeitas, cada olhar descrito e todos os pormenores e circunstâncias pelos quais dizia sentir tanto interesse. Mas ele não estava tão animado quanto ela. Pensou que não seria útil e sentia-se bastante irritado para falar. Para que a irritação não se transformasse em verdadeira febre por causa da lareira que o sr. Woodhouse fazia questão de acender todas as noites do ano, logo em seguida ele se levantou apressadamente e foi embora, em direção à frieza e à solidão de Donwell Abbey.

CAPÍTULO 6

Após a esperança de uma visita dos Suckling ser longamente alimentada, o pequeno mundinho de Highbury foi obrigado a suportar a embaraçosa notícia de que eles não poderiam visitá-los até o próximo outono. Por ora, os estoques intelectuais não seriam enriquecidos com a importação de uma novidade dessa magnitude. E, no cotidiano intercâmbio de notícias, foram obrigados a limitar-se aos demais temas de conversa, que, durante muito tempo, restringiram-se por causa da visita dos Suckling, tais como as novidades sobre a sra. Churchill, cuja saúde parecia oscilar a cada dia, e o estado da sra. Weston, cuja felicidade ela esperava que fosse ainda maior com a eventual notícia da chegada de um filho, acontecimento que também produziria um grande contentamento entre os vizinhos.

A sra. Elton ficou muito desapontada. Aquilo representava o atraso de uma grande ocasião para se divertir e se exibir. Suas apresentações e suas recomendações teriam de esperar, e todas as festas e passeios dos quais tanto falara, naquele momento não passavam de um simples projeto. Ao menos foi isso que pensou no começo. No entanto, após refletir um pouco, convenceu-se de que nem tudo estava perdido. Por que não explorar Box Hill mesmo sem a companhia dos Suckling? Quando viessem, no outono, o grupo poderia visitar o lugar novamente. Já estava tudo programado para um passeio a Box Hill. Todos tomaram conhecimento do plano, inclusive tiveram outra ideia. Emma nunca visitara Box Hill, tinha curiosidade em conhecer o local, que todos consideravam muito agradável. E ela e o sr. Weston concordaram que deveriam escolher uma manhã com bom tempo para visitar o lugar. Pensavam em convidar apenas três pessoas, escolhidas a dedo, e o passeio deveria ter um caráter tranquilo, despretensioso, elegante, infinitamente superior, sem a agitação e os barulhentos preparos, ou a exibição de comidas e bebidas dos Elton e dos Suckling.

Estava tudo tão bem acertado entre eles que Emma não pôde deixar de sentir certa surpresa e uma pequena contrariedade ao ouvir do sr. Weston que ele convidara a sra. Elton, uma vez que o cunhado e a irmã não viriam visitá-la — assim os dois grupos poderiam unir-se e ir juntos. A sra. Elton aceitara prontamente o convite e assim combinaram, se não fosse inconveniente para ninguém. Como seu único inconveniente era a aversão que sentia pela sra. Elton, da qual o sr. Weston devia estar perfeitamente ciente, não valia a pena trazê-lo à tona novamente. Emma não poderia agir sem reprová-lo, o que deixaria a sra. Weston muito sentida. Desse modo, sentiu-se obrigada a concordar com um arranjo que provavelmente a colocaria em uma situação de degradação ao ouvir dizer que fazia parte do grupo da sra. Elton! Sentia-se bastante ofendida, e o fato de ter de se resignar àquela aparente submissão levou-a a conjecturar as mais severas considerações a respeito da boa vontade incontrolável que caracterizava o temperamento do sr. Weston.

— Estou contente por aprovar o que eu fiz — disse ele, muito satisfeito. — Mas eu sabia que você aprovaria. Passeios dessa magnitude só estarão completos se forem liderados por um bom número de pessoas. Porém, não se deve organizar um grupo grande demais. Um grupo de tamanho razoável garantirá nossa diversão. Além disso, a sra. Elton é uma mulher de bom coração. Não poderíamos deixá-la de lado.

Emma não contestou em voz alta, porém, em seus pensamentos, não concordou com nada.

Agora estavam em meados de junho e o clima estava excelente. A sra. Elton se mostrava impaciente para marcar a data e combinar com o sr. Weston se levariam tortas de frango e carneiro frias, porém um dos cavalos torceu a pata, deixando todos os preparativos na mais completa indefinição. Até que o cavalo se recuperasse, poderiam ter-se passado semanas ou talvez alguns dias, porém não poderiam aventurar-se a planejar nada, então, todos os planos foram adiados e tudo se transformou em uma melancólica estagnação. Os recursos da sra. Elton não estavam à altura para lidar com essa situação.

— Não lhe parece um grande aborrecimento, Knightley? — desabafou ela. — Um clima tão apropriado para um passeio! Esses atrasos e indecisões são odiosos. O que devemos fazer? Desse jeito, o ano vai passar-se em um piscar de olhos e não faremos nada interessante. Posso garantir-lhe que, nessa época, no ano passado, já tínhamos feito um delicioso passeio de Maple Grove até Kings Weston.

— Seria melhor uma excursão até Donwell — respondeu ele. — É um passeio que pode ser feito sem cavalos. Venham visitar-me, e todos poderão saborear os morangos de minhas terras. Eles estão amadurecendo bem rápido.

Se o sr. Knightley não estava falando sério antes, foi obrigado a proceder dessa maneira, pois, assim que ela ouviu o convite, aceitou-o prontamente e foi logo dizendo "Oh! Eu gostaria de fazer isso acima de qualquer outra coisa", sem ao menos ser discreta nos modos ou nas palavras. Donwell era famosa por suas plantações de morango que pareciam implorar por convites, mas não foi preciso implorar. Uma plantação de couves seria o suficiente para tentar aquela dama, que somente desejava fazer um passeio, aonde quer que fosse. Mais de uma vez ela lhe prometeu que o visitaria, com mais insistência do que ele poderia supor, e ficou extremamente agradecida por aquela prova de grande amizade, de tão destacada deferência.

— Se apenas depender de mim, pode ter certeza de que irei — disse ela.
— Sem a menor sombra de dúvida. Marque o dia e estarei lá. Você permitirá que eu leve Jane Fairfax?

— Não posso marcar uma data até que fale com os outros que eu gostaria que também viessem.

— Oh! Deixe tudo comigo. Apenas me dê carta branca. Eu sou ótima organizadora desse tipo de evento. É meu passeio, levarei meus amigos comigo.

— Eu espero que leve seu marido — respondeu ele —, porém não vou incomodá-la pedindo que faça os outros convites.

— Oh! Agora você parece muito desconfiado. Pode ficar tranquilo, não tenha receio de delegar poderes a mim. Eu não sou uma jovem senhora inexperiente. Mulheres casadas, como o senhor bem sabe, podem ser autorizadas com segurança. É o meu passeio. Deixe tudo comigo. Eu farei os convites de seus convidados.

— Não — ele respondeu calmamente. — Só há uma mulher casada que eu permitirei convidar quem bem entender para Donwell, e essa mulher é...

— Suponho que seja a sra. Weston — interrompeu a sra. Elton, bastante envergonhada.

— Não. É a sra. Knightley. Até que me case, eu mesmo cuidarei desses assuntos.

— Ah! Você é um homem ímpar! — exclamou ela, satisfeita ao ouvir que não seria preterida por outra. — É muito bem-humorado e da melhor qualidade. Ótimo senso de humor. Bem, vou levar Jane comigo... Jane e a tia. O resto eu deixo com você. Não tenho nenhuma objeção que a família de Hartfield venha. Não se preocupe, eu sei que é muito amigo deles.

— A senhora certamente os encontrará, se minha vontade prevalecer. Passarei na casa da srta. Bates quando estiver a caminho de casa.

— Isso é desnecessário, eu vejo Jane todos os dias. Mas faça como quiser, Knightley. Será um passeio matutino, algo muito simples. Vou usar um chapéu de abas largas e trarei um de meus pequenos cestos de mão. Aqui está, talvez eu leve este cesto com fita cor-de-rosa. Veja, não pode ser mais simples. Faço questão que Jane também leve um cesto igual. Não quero que haja nenhum tipo de exibição ou pompa, seremos como um grupo de ciganos. Vamos caminhar pelo seu quintal, nós mesmos faremos a colheita dos morangos e nos sentaremos debaixo das árvores. E, se quiser oferecer-nos mais alguma coisa, que seja ao ar livre. Basta colocar uma mesa debaixo de uma sombra. Tudo deve ser o mais natural e simples possível. Não é o que deseja?

— Não é bem assim. Minha ideia de algo simples e natural será ter uma mesa servida na sala de jantar. A natureza e a simplicidade de senhores e senhoras, com seus criados e móveis, creio que são mais bem observados em refeições dentro de casa. Quando se cansarem de comer morangos no jardim, haverá uma refeição fria na sala de jantar.

— Bem, se insiste. Só lhe peço que não seja muito pomposo. E, por sinal, eu ou minha governanta seremos de alguma serventia? Knightley, por favor, seja sincero. Se quiser, posso falar com a sra. Hodges ou inspecionar alguma coisa...

— Muito obrigado, mas não haverá necessidade.

— Bem, mas, se surgir qualquer dificuldade, posso garantir-lhe que minha governanta é muito competente.

— Devo responder-lhe dizendo que a minha governanta também é muito competente, e não precisará da assistência de ninguém.

— Eu gostaria de ter um burrinho. Todas nós poderíamos ir montadas em burrinhos, Jane, a srta. Bates e eu... e meu querido esposo nos acompanharia a pé. Devo falar com ele e insistir para que compre um burrinho. É essencial para uma vida no campo, pois, para uma mulher de tantos recursos, não é possível deixá-la trancada em casa. E caminhar tem seus aspectos negativos; no verão há poeira e no inverno os caminhos estão todos lamacentos.

— A senhora não encontrará nenhuma dessas situações entre Donwell e Highbury. Donwell Lane nunca fica empoeirada, e agora o tempo está bastante seco. Se preferir, venha de burrinho. Pode pedir emprestado o da sra. Cole. Desejo que tudo esteja ao seu contento.

— Tenho certeza de que estará. Realmente, faço-lhe justiça, meu bom amigo. Sob seus modos secos e um tanto rudes, sei que há um bom coração. Como eu sempre digo ao sr. E., o senhor tem um grande senso de humor. Sim, acredite em mim, sr. Knightley, sempre notei quanta atenção me dá. Planejou tudo só para me agradar.

O sr. Knightley tinha outra razão para evitar uma mesa ao ar livre, à sombra de uma árvore. Queria persuadir o sr. Woodhouse, assim como Emma, a se unirem ao grupo. E ele sabia que daria ao velho sr. Woodhouse um desgosto muito grande se tivesse de fazer as refeições ao ar livre. O sr. Woodhouse jamais aceitaria isso, ficaria arrasado, nem sequer ficaria animado com a desculpa de um exercício matinal e de uma ou duas horas em Donwell.

Ele foi convidado de boa-fé. Nenhum tipo de penosos espetáculos estaria à espera da sua ingênua credulidade. Enfim, ele aceitou o convite. Fazia dois anos que não visitava Donwell. "Em uma linda manhã, ele, Emma e Harriet poderiam ficar ali sem problemas. Poderia sentar-se com o amigo, o sr. Weston, enquanto as moças andavam pelos jardins. Não poderia supor que houvesse muita umidade naquela hora do dia. Ele gostaria de visitar a antiga mansão novamente, em cada um de seus detalhes, e ficaria muito feliz ao rever o senhor e a sra. Elton e outros vizinhos. Não tinha nada contra essa visita a Donwell. Achou uma excelente ideia o convite do sr. Knightley, muita gentileza de sua parte, muito mais inteligente do que jantar fora de casa. Ele não apreciava muito esses jantares fora de casa."

O sr. Knightley teve a boa sorte de todos aceitarem o convite prontamente. Todos o receberam tão bem, que parecia, assim como para a sra. Elton, que cada um pensava que o convite era uma espécie de homenagem particular. Emma e Harriet tinham grandes expectativas em relação ao evento; o sr. Weston, mesmo sem ser requisitado, prometeu que Frank se juntaria ao grupo, se possível; seria uma prova de reconhecimento e gratidão que poderia ser dispensada, porém o sr. Knightley foi obrigado a dizer que ficaria muito contente ao vê-lo. Assim, o sr. Weston não perdeu tempo e logo enviou uma carta ao filho, sem poupar argumentos para induzi-lo a vir.

Enquanto isso, o cavalo manco se recuperou tão rapidamente que o passeio a Box Hill já era cogitado novamente. Assim, a visita a Donwell ficou marcada para um dia e o passeio a Box Hill, para outro. O clima parecia perfeito.

Sob o sol brilhante do meio-dia, quase na metade do verão, o sr. Woodhouse estava confortavelmente sentado em sua carruagem, com uma das janelas fechadas, partindo em direção ao passeio ao ar livre. Um dos cômodos mais confortáveis da casa fora preparado para que ele ficasse próximo da lareira durante toda a manhã. Ele ficou muito satisfeito com o lugar, muito à vontade, pronto para falar com prazer sobre qualquer assunto, convidou todos para se sentarem, mas que não se aquecessem demais. A sra. Weston, que parecia ter caminhado até lá só com o propósito de se cansar e para ficar ao lado dele, foi a única que permaneceu ali, como paciente ouvinte, mesmo quando os outros foram persuadidos a sair para apreciar os jardins.

Fazia tanto tempo que Emma não visitava Donwell Abbey que, assim que deixou seu pai confortavelmente sentado, ficou feliz ao sair da sala e fazer um passeio pela casa; estava ansiosa para relembrar e corrigir sua memória com observações mais atentas, formando uma ideia mais exata da casa e das terras que estariam tão intimamente ligadas à sua família.

Ela sentiu todo o orgulho e a complacência que seu parentesco com o atual e o futuro proprietário de Donwell podiam permitir-lhe, enquanto contemplava as consideráveis dimensões e o estilo de construção da casa, sua localização tão característica, situada em terreno baixo e protegido... Seus amplos jardins que se estendiam até planícies banhadas por um riacho, do qual, a perder de vista, era possível ver a casa ao longe. Havia também uma abundância de árvores, formando fileiras e avenidas, as quais nem a moda nem extravagância conseguiram cortar... A casa era maior do que Hartfield e totalmente distinta. Ocupava boa parte do terreno, de forma irregular, com muitos aposentos confortáveis e mais dois quartos muito bonitos e bem decorados. Era exatamente o que devia ser e parecia o que era. Emma, ao contemplá-la, parecia aumentar ainda mais o respeito que sentia, como se a casa pertencesse a uma família da mais elevada distinção. John Knightley tinha alguns aspectos negativos em seu caráter, porém, ao se casar com Isabella, fizera uma ótima união. O sobrenome da família de Isabella ou suas propriedades não causaram nenhum tipo de vergonha na família de John. Emma sentia-se agradavelmente feliz, e continuou caminhando pela casa prestando atenção em cada detalhe, sem pressa, assim como os demais fizeram; em seguida, foi colher morangos. Todo o grupo estava reunido, com exceção de Frank Churchill, que era esperado a qualquer momento, vindo de Richmond. E a sra. Elton, extremamente feliz, com seu chapéu de abas largas e sua cesta, estava pronta para liderar o grupo, sem consentir que pensassem nem falassem de outra coisa que não fosse morangos, apenas morangos... "É a melhor fruta da Inglaterra, a favorita de todos, sempre saborosa. Ali se encontravam os melhores morangos, da melhor variedade. A melhor maneira de saborear essa iguaria seria colher os morangos e degustá-los ali mesmo. A manhã era a melhor parte do dia para fazer a colheita, não era cansativo. Todos os tipos de morangos são bons, mas o Hautboy é infinitamente superior, não há comparação. Os demais quase não são comestíveis. Porém, o Hautboy é difícil de encontrar, assim, as pessoas preferem os do tipo Chili. Já os morangos brancos são os que possuem o maior perfume, os melhores preços em Londres e maior abundância em Bristol. Os do tipo de Maple Grove são de fácil cultivo quando os brotos precisam ser renovados, mas os jardineiros sempre têm uma opinião diferente, não há uma regra geral e não há nada que os faça mudar de opinião. Uma fruta deliciosa. Uma lástima que sejam demasiadamente doces para serem consumidos em exagero... não são tão bons quanto as cerejas... as groselhas são mais refrescantes... O único inconveniente de se colher morangos é que as pessoas devem agachar-se sob o sol escaldante, cansando-se muito, e, por não suportarem isso por muito tempo, devem levantar-se e procurar um lugar à sombra."

    Essa, por cerca de meia hora, foi a conversa, interrompida apenas uma vez pela sra. Weston, que chegou, preocupada com seu enteado, perguntando se tinham notícias de Frank, pois estava um pouco apreensiva. Ela tinha temores em relação ao cavalo.

    Encontraram um lugar para se sentarem à sombra, e então Emma foi obrigada a ouvir o que falavam a sra. Elton e Jane Fairfax. Um emprego, um magnífico emprego, era o tema da conversa. A sra. Elton recebera notícias naquela manhã e estava muito entusiasmada. Não era com a sra. Suckling, nem com a sra. Bragge, mas era em uma casa quase tão digna e conveniente quanto qualquer uma das duas; era uma prima da sra. Bragge, amiga da sra. Suckling, uma senhora muito conhecida em Maple Grove. Uma pessoa muito agradável, encantadora, de classe, frequentava as mais altas esferas da sociedade, conhecia pessoas importantes e dos mais diversos status sociais. A sra. Elton estava ansiosa para que Jane aceitasse a oferta imediatamente. Mostrava-se exultante, enérgica, triunfal, e se negou a aceitar a recusa da amiga, apesar de a srta. Fairfax continuar assegurando-lhe que, no momento, não queria comprometer-se com ninguém, repetindo os mesmos argumentos de antes. Entretanto, a sra. Elton insistiu para que ela a autorizasse a escrever uma carta, logo pela manhã, aceitando. Emma se espantou ao ver quanto Jane podia suportar tudo aquilo. Parecia irritada e falava com um tom de voz bastante agressivo. Até que, enfim, com uma decisão que não lhe era natural, propôs que saíssem dali: "Não seria melhor caminharem? O sr. Knightley não vai mostrar os jardins? Todos os jardins? Ela gostaria de conhecer tudo". A teimosia da amiga parecia mais do que ela podia suportar.

Fazia calor, e depois de caminharem de maneira dispersa, cada grupo, com cerca de três pessoas, foi um depois do outro para uma deliciosa sombra de uma larga avenida de limas, que ultrapassava o jardim a meio caminho do rio, parecendo demarcar o final da área propícia para passeios. Não levava a lugar nenhum e terminava em um muro de pedras baixo, com pilares altos, que parecia dar a sensação de que se ligava à casa, porém nunca teve essa finalidade. Sem dúvida, apesar do gosto discutível da construção, o passeio não deixou de ser encantador, e a vista que se tinha dali era extraordinariamente bonita. A encosta considerável, ao pé da qual ficava a abadia, gradualmente adquiria uma forma acentuada, além da base, e a quase oitocentos metros dali via-se um penhasco abrupto e grandioso, coberto de árvores. Na encosta, estava a fazenda Abbey Mill, com os campos à frente e o rio fazendo uma curva bela e acentuada.

Era uma vista maravilhosa para os olhos e para a mente. A vegetação, a cultura e o conforto inglês, vistos sob um sol brilhante, sem ser opressivo.

Nesse passeio, Emma e o sr. Weston perceberam que os outros se juntaram ao grupo, e ela observou imediatamente que o sr. Knightley e Harriet estavam separados dos outros, à frente do grupo. O sr. Knightley e Harriet! Seria um diálogo muito singular! Mas ela estava contente ao vê-los. Se fosse em outro tempo, ele a teria rejeitado como companhia e a teria tratado com pouca cerimônia. Mas agora pareciam desfrutar uma agradável conversa. Também já houvera um outro tempo em que Emma ficaria triste ao ver Harriet em um lugar tão favorável para observar a fazenda Abbey Mill, mas agora não tinha nenhum temor. Não havia perigo em observar todos os detalhes de prosperidade e beleza, seus ricos pastos, seus rebanhos espalhados por eles, as plantações floridas e a suave coluna de fumaça subindo ao céu. Emma aproximou-se deles, perto do muro, e descobriu que estavam mais envolvidos na conversa do que em olhar ao redor. O sr. Knightley falava a Harriet sobre questões de agricultura, etc., e Emma recebeu um sorriso que parecia dizer: "Isso só diz respeito a mim. Tenho o direito de falar desses assuntos, sem que as pessoas desconfiem de que falamos de Robert Martin". Emma não suspeitava dele, pois isso era uma história antiga. Robert Martin provavelmente já deixara de pensar em Harriet. Caminharam juntos por algum tempo. A sombra era refrescante e Emma considerou aquela a parte mais agradável do dia.

Iriam agora em direção à casa e todos deveriam comer. Já estavam todos acomodados na sala de jantar e nada de Frank Churchill chegar. A sra. Weston olhava em direção à estrada, mas em vão. Seu esposo não queria reconhecer que estava inquieto e que tinha receios, mas ela não podia deixar de desejar que ele tivesse vindo em sua égua negra. Ele garantira que assim o faria. Sua tia já estava melhor, já não tinha a menor dúvida de que estaria com eles em breve. A saúde da sra. Churchill, porém, era propícia a qualquer variação inesperada que podia frustrar as esperanças mais racionais do seu sobrinho. E, por fim, convenceram a sra. Weston a acreditar que a tia impedira o sobrinho de participar do passeio. Emma olhou para Harriet enquanto discutiam o assunto, mas a moça parecia indiferente e não demonstrava nenhuma emoção.

Assim que terminaram a refeição, o grupo saiu novamente para visitar os lugares que faltavam, os antigos tanques de peixes da abadia, e talvez ir mais adiante, até o campo de trevos, que começariam a ser cortados no dia seguinte, ou, se não fossem até lá, para terem o prazer de sentir calor e se refrescarem novamente. O sr. Woodhouse, que já dera uma pequena volta na parte mais alta dos jardins, de onde nem sequer conseguiu notar a umidade do rio, decidiu permanecer dentro da casa, e sua filha decidiu ficar para fazer-lhe companhia, assim a sra. Weston poderia passear com o marido, fazer um pouco de exercício e ter a distração de que seu estado de ânimo carecia naqueles momentos.

O sr. Knightley fizera o possível para o bem-estar do sr. Woodhouse. Livros de gravuras, caixas com medalhas, camafeus, corais, conchas e todas as demais coleções familiares da casa, pediu que as separassem para que o velho amigo se distraísse pela manhã. O sr. Woodhouse divertiu-se muito. A sra. Weston mostrara tudo ao velho senhor e agora ele faria o mesmo com Emma. Felizmente, ele não se parecia com uma criança, além do fascínio que sentia por tudo que via, pois era lento, constante e metódico. Antes que ele começasse a olhar os objetos novamente, Emma foi até o hall e passou alguns momentos observando a entrada e os jardins da casa. Foi justo naquele momento que a srta. Jane Fairfax apareceu, vindo apressada do jardim, e parecia fugir de alguém. Como não esperava encontrar ninguém, ao ver a srta. Woodhouse ficou paralisada. No entanto, a srta. Woodhouse era justamente a pessoa que Jane procurava.

— Emma, poderia fazer-me a gentileza — disse ela — de, quando procurarem por mim, informar que eu já fui embora? Estou de saída neste momento. Minha tia não faz ideia de quanto está tarde, nem mesmo imagina quanto já ficamos fora de casa, mas tenho certeza de que precisam de nós e estou decidida a partir imediatamente. Não disse nada a ninguém. Só causaria transtornos e decepções. Alguns foram até os tanques de peixes, enquanto outros foram até as limeiras. Até que retornem, não sentirão a minha falta. E, quando perguntarem por mim, por favor, poderia dizer-lhes que já voltei para casa?

— Certamente, se é isso que deseja... mas vai voltar a pé até Highbury e sozinha?

— Sim... O que poderia acontecer? Eu caminho bem depressa. Devo chegar em casa em vinte minutos.

— Mas é muito longe, sim, é longe para você ir caminhando sozinha. Deixe que o empregado do meu pai a leve. Posso solicitar a carruagem, ela estará pronta em cinco minutos.

— Obrigada! Muito obrigada! Mas não precisa preocupar-se. Prefiro ir andando. E quanto ao fato de eu ter medo de andar sozinha... Serei eu que, em breve, terei de proteger os outros!

Ela estava bastante agitada, e Emma respondeu carinhosamente:

— Não há motivo para que se exponha ao perigo desse jeito agora, Jane. Vou pedir a carruagem. O calor lhe fará muito mal. Você já deve estar exausta.

— Estou — concordou ela. — Estou fatigada. Mas não é o tipo de fadiga... Bem, uma caminhada me refrescará... Srta. Woodhouse, todos nós sabemos o que é ter, de vez em quando, um cansaço espiritual. Confesso que meu espírito está exausto. O maior favor que pode fazer-me é deixar que eu vá e apenas conte às pessoas sobre a minha saída quando for necessário.

Emma não tinha mais nada a lhe dizer. Entendeu tudo. E, compreendendo os sentimentos de Jane, ajudou-a a sair imediatamente e observou-a partir com o zelo de uma amiga. Jane ficou agradecida ao partir e disse-lhe as seguintes palavras:

— Oh, srta. Woodhouse, às vezes é um consolo poder ficar sozinha!

Jane tinha um olhar aflito, e suas palavras demonstravam quanto seu coração estava sobrecarregado, principalmente por aqueles que mais a amavam.

— Também, naquela casa e com aquela tia! — disse Emma ao entrar novamente no hall. — Tenho pena de você, Jane. E quanto mais se mostra sensível a esses horrores, mais gosto de você.

Jane partira havia uns quinze minutos. Emma e o pai observavam algumas imagens da praça São Marcos, em Veneza, quando Frank Churchill entrou na sala. Emma nem se lembrava mais dele, já o tinha esquecido por completo, porém estava feliz ao vê-lo. A sra. Weston ficaria tranquila. A culpa do atraso não era da égua negra e sim, como todos previram, da sra. Churchill. Ele se atrasou porque ela piorou de saúde, tendo sofrido um ataque de nervos que durou horas. Frank chegou até a pensar que não iria mais ao passeio até o último minuto. E, se ele soubesse que sentiria tanto calor com essa cavalgada e que chegaria tão tarde, não teria vindo. Fazia muito calor, nunca sentira tanto calor assim, quase desejou estar em casa. O calor era o que mais o incomodava, era capaz de resistir a qualquer frio, mas o calor era intolerável. Ele se sentou, bem longe da lareira acesa para o sr. Woodhouse, e se encontrava em um estado deplorável.

— Você logo se refrescará se permanecer sentado — disse Emma.

— Assim que me refrescar, terei de voltar. Eu poderia ter recusado o convite, mas fizeram tanta questão! Suponho que todos partirão em breve, e o grupo já está se desfazendo, encontrei uma pessoa no caminho. Que loucura caminhar nesse tempo! Só pode estar louca!

Emma ouviu, observou e logo percebeu que o estado de ânimo de Frank Churchill só poderia ser explicado pelo seu mau humor. Algumas pessoas ficam intratáveis quando estão com calor. Ele devia ser uma dessas pessoas e, como sabia que comer e beber eram um alívio para esses estados acidentais de humor, Emma recomendou que ele tomasse um refresco e ofereceu-lhe uma variedade de alimentos na sala de jantar. Ela gentilmente apontou a direção da porta.

Não, ele não ia comer. Não estava com fome, apenas calor.

Em dois minutos, no entanto, agindo em seu favor, murmurou algo sobre cerveja e saiu da sala. Emma voltou sua atenção ao pai, pensando consigo mesma: "Estou contente de não estar apaixonada por ele. Jamais gostaria de um homem que fica completamente transtornado por uma manhã quente de verão. O doce temperamento de Harriet nem vai reparar nesse defeito".

Assim que ele fez uma boa refeição, voltou à sala bastante animado, agindo do modo cortês de sempre. Pegou uma cadeira e juntou-se a eles, interessado pelo que faziam, mas, ao mesmo tempo, estava arrependido por ter chegado tão tarde. Ele não estava de bom humor, mas parecia esforçar-se para estar. Finalmente, conseguiu falar de modo mais agradável. Estavam contemplando algumas gravuras da Suíça.

— Assim que minha tia melhorar, devo fazer uma viagem ao exterior — disse ele. — Não ficarei tranquilo até ter visitado alguns desses lugares. De vez em quando, mandarei algumas gravuras para vocês verem, ou poderão ler as histórias de minhas viagens ou meus poemas. Farei algo para se lembrarem de mim.

— É bem possível que isso aconteça, mas, certamente, não serão desenhos da Suíça. O senhor nunca irá à Suíça. Seus tios jamais permitirão que deixe a Inglaterra.

— Posso induzi-los a me acompanhar também. Um clima ameno fará bem à minha tia. Tenho mais do que uma simples esperança de irmos juntos ao exterior. Posso garantir-lhe. Senti uma forte convicção esta manhã de que logo estarei no exterior. Desejo viajar, já estou cansado de não fazer nada. Quero mudar de ares. Falo sério, srta. Woodhouse, mesmo que esses seus olhos penetrantes possam estar fantasiando outra coisa... estou farto da Inglaterra! E, se eu pudesse, sairia daqui amanhã.

— O senhor está farto é de prosperidade e indulgências. Não pode inventar algumas desculpas para si mesmo e se contentar em ficar?

— Eu? Farto de prosperidade e indulgências? Está muito enganada. Não me vejo como uma pessoa próspera nem indulgente. Estou bastante frustrado com meus bens materiais. Não me considero uma pessoa afortunada.

— Embora não esteja tão miserável como quando chegou pela primeira vez. Vá, beba e coma um pouco mais, posso garantir-lhe que ficará bem. Mais uma fatia de carne fria, outra taça de vinho Madeira e um pouco mais de água lhe farão muito bem, o senhor se sentirá tão bem quanto nós.

— Não. Prefiro não sair do meu lugar. Ficarei sentado ao seu lado, a senhorita é o meu melhor remédio.

— Iremos a Box Hill amanhã, junte-se a nós. Não é a Suíça, mas já é alguma coisa para um jovem rapaz que tanto deseja uma mudança de ares. O senhor ficará ou nos acompanhará?

— Não, não devo ir. Devo voltar para casa assim que anoitecer.

— Mas poderá voltar amanhã bem cedinho.

— Não, não valerá a pena. Se eu vier, ficarei novamente de mau humor.

— Então, por favor, fique em Richmond.

— Mas, se eu ficar em Richmond, estarei ainda mais mal-humorado. Não consigo imaginar vocês em Box Hill sem a minha presença.

— Existem questões que o senhor mesmo deve decidir. Escolha o que o aborrece menos. Não insistirei mais.

O resto do grupo regressava, e logo todos se reuniram. Alguns ficaram muito felizes ao ver Frank, outros cumprimentaram-no serenamente, mas houve certa confusão até que o sumiço da srta. Fairfax fosse explicado. Já estava na hora de todos irem embora, foi a conclusão à qual chegaram. E, assim que acertaram os detalhes do dia seguinte, partiram. A contrariedade de se sentir excluído do grupo era tão grande que Frank Churchill apenas disse a Emma:

— Bem, se a senhorita deseja que eu fique e me junte ao grupo, eu irei.

Ela sorriu, concordando. E nada, a não ser uma convocação urgente de Richmond, poderia fazê-lo mudar seus planos para o dia seguinte.

CAPÍTULO 7

O dia estava excelente para um passeio a Box Hill e todas as preocupações com preparativos, comodidade e pontualidade pareciam anunciar um passeio muito agradável. O sr. Weston foi o responsável pela organização.

Ele reuniu o grupo entre Hartfield e a casa paroquial, e todos chegaram pontualmente. Emma e Harriet foram juntas. A srta. Bates e a sobrinha, com os Elton, e os cavalheiros foram a cavalo. A sra. Weston permaneceu em Hartfield, para fazer companhia ao sr. Woodhouse. Só faltava aproveitarem o passeio e se alegrarem ao chegarem ao local. Percorreram diversos quilômetros com o objetivo de se divertir, e ao chegarem a Box Hill todos estavam bastante entusiasmados, mas, no fim, o dia deixou muito a desejar. Houve uma apatia, uma falta de animação e de união que não foi possível superar. Eles se separaram em pequenos grupos. Os Elton caminharam sozinhos. O sr. Knightley acompanhou a srta. Bates e Jane, enquanto Emma e Harriet acompanharam Frank Churchill. O sr. Weston tentou, em vão, reunir todos. A princípio, a divisão pareceu acidental, mas não houve uma variação entre os grupos. O sr. Elton e a esposa, sempre gentis, pareciam os mais interessados em se misturar aos demais grupos. Porém, durante as duas primeiras horas que passaram na colina, imperou um espírito de separação entre os demais, forte o suficiente para não ser superado por nenhuma boa intenção, comida ou mesmo o jeito alegre do sr. Weston.

No início, tudo pareceu entediante para Emma. Ela nunca vira Frank Churchill tão mudo e tão estúpido. Tudo o que dizia não valia a pena escutar, olhava sem ver, admirava sem nenhum motivo, ouvia sem saber o que os outros diziam. Enquanto ele era tão maçante, não era de se admirar que Harriet fosse ainda mais; por fim, ambos estavam insuportáveis.

Quando todos se sentaram foi um pouco melhor, principalmente na opinião de Emma, uma vez que Frank Churchill voltou a se comportar como sempre — comunicativo e alegre, dedicando-lhe todo tipo de atenção. Todas as atenções que ele poderia ter dedicou a Emma. Parecia que seu único propósito era diverti-la e agradar-lhe. E Emma, feliz por ser o centro dessas atenções, não lamentava a paparicação e se mostrava também alegre e espontânea, dando ao cavalheiro todo tipo de encorajamento e motivos para seus galanteios, da mesma forma que permitira que agisse nos tempos áureos do início da amizade entre os dois. Contudo, de acordo com seus sentimentos, aquilo não significava nada, apesar de que, na opinião da maioria das pessoas que os observavam, devia parecer algo mais como um flerte. "O sr. Frank Churchill e a srta. Woodhouse estão flertando de maneira excessiva." Eles mesmos davam motivos para que as pessoas pensassem isso e foram o assunto principal de duas cartas que aquelas senhoras enviaram para Maple Grove e para a Irlanda.

Emma não estava tão alegre e despreocupada; na verdade, sentia-se menos feliz do que esperara. Ria porque estava decepcionada, embora gostasse das atenções que ele lhe dirigia, mesmo que fosse por amizade, admiração, brincadeira ou que elas fossem extremamente criteriosas — mas não conseguiam ganhar terreno em seu coração. Emma só pensava em tê-lo como amigo.

— Não imagina quanto sou grato — disse ele — por ter insistido para que eu viesse! Se não fosse pela senhorita, eu teria perdido todo o prazer de passear ao lado de um grupo formidável como este. Eu já estava decidido a ir embora ontem mesmo.

— Sim, o senhor estava muito zangado; eu nem sequer sabia o motivo real, apenas sabia que se atrasara e não saboreara os melhores morangos. Eu fui uma amiga mais gentil do que o senhor merecia. Mas foi humilde quando eu insisti que viesse conosco.

— Não diga que eu estava zangado. Eu estava cansado. Não suporto calor.

— Mas hoje também está quente.

— Não para mim. Hoje estou bastante confortável.

— Está confortável porque está mais controlado.

— Controlado? Sim.

— Talvez eu pretendesse dizer isso também, mas apenas estava referindo-me ao autocontrole. De um modo ou de outro, ontem o senhor ultrapassou os limites e acabou ficando descontrolado. Mas hoje está com o humor de sempre e, como eu não posso estar sempre ao seu lado, é melhor acreditar que o senhor consiga se controlar sem mim.

— É a mesma coisa. Não posso controlar-me sem ter um motivo. A senhorita me controla, quer seja por voz ou por pensamento. E sempre estará ao meu lado.

— Só comecei a influenciá-lo a partir das três horas da tarde de ontem. Minha influência perpétua não poderia ter começado mais cedo, ou o senhor não estaria de péssimo humor.

— Às três da tarde de ontem! Para a senhorita, talvez essa seja a sua data. Eu acho que foi na primeira vez que a vi, em fevereiro.

— Não há como responder ao seu galanteio. Mas — ela sussurrou — ninguém está conversando a não ser nós, e é um pouco demais ficar falando besteiras para entreter sete pessoas silenciosas.

— Eu não digo nada de que possa envergonhar-me — respondeu ele, bastante atrevido. — Eu a vi pela primeira vez em fevereiro. Não me importa que todos ouçam isso. Espero que minhas palavras cheguem até Mikleham e Dorking. Eu a vi pela primeira vez em fevereiro. — Com um sussurro, disse: — Nossos companheiros são excessivamente estúpidos. O que devemos fazer para animá-los? Pode ser qualquer besteira. Eles precisam falar. Senhoras e senhores, a srta. Woodhouse ordenou que eu lhes perguntasse: o que estão pensando? Onde quer que ela esteja, é ela quem me controla.

Alguns riram e responderam com bom humor. A srta. Bates falou bastante, a sra. Elton ficou irritada com o fato de a srta. Woodhouse comandar, porém a resposta mais distinta foi a do sr. Knightley:

— Srta. Woodhouse, tem certeza de que deseja ouvir o que todos nós estamos pensando?

— Não, não... — exclamou Emma, tentando sorrir despreocupadamente. — Por nada neste mundo desejo saber o que pensam. É a última coisa que eu desejaria. Deixe que eu escute qualquer outra coisa, menos o que estão pensando. Não me refiro a todos os presentes. Há talvez uma ou duas pessoas —

comentou olhando para o sr. Weston e Harriet — das quais não temo saber o que pensam.

— É o tipo de coisa — exclamou a sra. Elton enfaticamente — que não me acho no direito de pedir. Apesar de ser uma das damas mais distintas do grupo, embora nunca tenha estado em nenhum círculo, nesses passeios de excursão com jovens moças ou mulheres casadas...

Ela estava dirigindo-se apenas ao marido e ele, em resposta, murmurou:

— É verdade, meu amor, a mais pura verdade. Eu nunca ouvi falar, mas algumas senhoras têm conhecimento do fato. Melhor deixar passar como uma anedota. Todos sabem quanto você é respeitável.

— Não deu certo — sussurrou Frank para Emma. — A maioria das pessoas se ofendeu. Eu os atacarei com mais malícia. Senhoras e senhores, a srta. Woodhouse me ordenou que me digam exatamente o que estão pensando e exige que cada um de vocês diga algo ao menos interessante. Temos sete pessoas aqui, além de mim, que já entretive bastante o grupo; tudo que ela pede é que digam algo inteligente, que pode ser em verso ou prosa, original ou copiado, duas coisas moderadamente inteligentes ou três completamente tolas. E ela promete rir de tudo que for dito.

— Oh! Muito bem — exclamou a srta. Bates. — Então eu não preciso incomodar-me. Eu posso dizer três coisas bastante tolas. Vai ser muito fácil para mim. Devo apenas dizer três coisas tolas, assim que abrir a boca, não é mesmo? — Olhou em volta como se dependesse do consentimento dos outros. — A senhorita acha que não consigo?

Emma não conseguiu resistir.

— Ah! Minha cara senhora, acho que será difícil. Perdoe-me, mas temos de limitar o número máximo a três tolices por vez.

A srta. Bates, enganada pelos bons modos de Emma, não conseguiu entender prontamente a mensagem. Mas, quando o fez, não ficou zangada, apenas muito ruborizada, demonstrando quanto estava decepcionada.

— Ah! Bem, para ser sincera... o que ela deseja — respondeu, olhando para o sr. Knightley — é que eu segure a minha língua. Acho que já a incomodei o suficiente, ou então ela não teria dito tal coisa a uma velha amiga.

— Gostei da ideia — exclamou o sr. Weston. — Estou plenamente de acordo. Farei o que puder. Estou pensando em um jogo de adivinhação. Que acham de um enigma?

— Temo que não seja algo tão interessante, meu caro senhor — respondeu seu filho. — Mas seremos indulgentes, especialmente com alguém que lidera o nosso grupo.

— Não, não — disse Emma. — Não será desinteressante. Um enigma, vindo do sr. Weston, valerá por duas pessoas. Por favor, meu caro senhor, conte-nos seu enigma.

— Duvido que eu seja tão esperto — disse o sr. Weston. — Trata-se de algo relativamente fácil, mas aqui vai. Quais são as duas letras do alfabeto que expressam perfeição?

— Duas letras que expressam perfeição! Não sei o que dizer.

— Ah! Você nunca adivinhará. Você — respondeu para Emma — eu tenho certeza que nunca adivinhará. Vou contar-lhe. São as letras M e A. Em... ma. Entendeu?

Compreensão e gratificações vieram juntas. Como demonstração de inteligência, não era grande coisa. Mas Emma achou bastante divertido, assim como Harriet e Frank. Entretanto, parece que o restante do grupo não se divertiu; alguns pareciam bastante sérios, e o sr. Knightley disse gravemente:

— Isso é exatamente o tipo de coisa que ela desejava ouvir, e o sr. Weston saiu-se muito bem. Mas acabou com todas as chances dos outros. A perfeição não deveria vir logo no início.

— Oh! Por favor, excluam-me do jogo — disse a sra. Elton. — Eu não conseguiria acertar nenhum enigma. Não gosto desse tipo de coisa. Uma vez me enviaram um acróstico com meu próprio nome que não me trouxe nenhuma felicidade. Sei quem me enviou. Um pretendente abominável. Você sabe de quem estou falando — comentou com o marido. — Esse tipo de coisa é típico do Natal, quando todos estão reunidos em volta da lareira. Mas, na minha opinião, é algo completamente sem sentido quando estamos fazendo uma excursão em pleno verão. Srta. Woodhouse, queira me perdoar. Não sou o tipo de pessoa que faz improvisos apenas para agradar aos outros. Não tenho a intenção de dizer nenhum gracejo. Tenho muita vivacidade, ao meu modo, mas acho que sei quando devo falar e quando devo conter minha língua. Eu passo a oportunidade, sr. Churchill. Passo a vez do senhor E., de Knightley, de Jane e a minha. Nós não temos nada inteligente a dizer, nenhum de nós.

— Sim, passe a minha vez — acrescentou o esposo, com uma espécie de escárnio. — Não tenho nada a dizer para entreter a srta. Woodhouse, ou qualquer jovem moça. Sou um homem casado, não sirvo para mais nada. Vamos caminhar, Augusta?

— Com todo prazer. Já estou cansada de observar o mesmo cenário por tanto tempo. Venha, Jane, dê-me seu braço.

Jane recusou, os Elton se levantaram e começaram a caminhar.

— Que casal feliz — disse Frank Churchill, quando estavam longe o suficiente para não conseguirem ouvi-lo. — Como combinam um com o outro! É muita sorte, já que se casaram tão rapidamente e se conheceram em um lugar público. Eles se conheciam havia apenas algumas semanas, em Bath! É muita sorte! Todos sabem que em Bath, assim como em qualquer outro lugar público, o conhecimento aprofundado que se pode ter de uma pessoa é quase nulo. Basta apenas observar as mulheres em suas casas, entre os seus familiares, do jeito que são, e você poderá formar uma opinião sobre suas personalidades. Se não for possível fazer isso, devemos depender da sorte e da intuição. E normalmente não somos felizardos. Quantos homens já se comprometeram sem conhecer direito uma moça e depois lamentaram isso pelo resto da vida!

A srta. Fairfax, que mal falara antes, agora comentou:

— Sem dúvida, tais coisas acontecem.

Foi interrompida por um acesso de tosse. Frank Churchill voltou-se em sua direção para escutá-la.

— A senhorita dizia... — disse ele, gravemente.

Ela recuperou a voz e disse:

— Eu apenas fazia a observação de que, embora certas desgraças ocorram tanto para homens como para mulheres, não creio que sejam frequentes. Uma atração rápida e imprudente pode surgir, mas sempre há a possibilidade de se fazer uma reflexão. O que quero dizer é que, no fundo, apenas pessoas de caráter duvidoso e fraco, cuja felicidade sempre dependerá da sorte, permitem que um infeliz encontro seja um inconveniente ou uma opressão para o resto da vida.

Ele não respondeu, apenas olhou para ela e fez uma reverência em aprovação. Em seguida disse, em um tom bastante animado:

— Bem, tenho tão pouca confiança em meu próprio julgamento que, se eu me casar, espero que alguém escolha a minha esposa. E a senhorita? — voltando-se para Emma. — Escolherá uma esposa para mim? Tenho certeza de que gostarei de qualquer moça que escolher para mim. Você cuida da sua família, não? — sorrindo para o pai. — Encontre alguém para mim. Não tenho pressa. Adote a moça e eduque-a.

— Para que fique parecida comigo.

— Se isso for possível.

— Muito bem. Eu aceito o encargo. O senhor terá uma esposa encantadora.

— Ela deve ser muito alegre e ter olhos amendoados. Não me importo com o resto. Eu devo morar fora do país por alguns anos e, quando retornar, virei em busca de uma esposa. Lembre-se disso.

Emma não corria o risco de se esquecer. Esse era o tipo de encargo que tocava cada um de seus sentimentos. Harriet não seria a moça descrita por ele? Com exceção dos olhos amendoados, dois anos seriam o suficiente para que ela se transformasse em tudo que ele desejava. Talvez ele até já pensasse em Harriet naquele momento, quem poderia saber? A referência à educação poderia muito bem indicar que se referia a ela.

— Agora, minha tia — disse Jane, — vamos juntar-nos à sra. Elton?

— Como queira, minha querida. Vou de todo o coração. Estou muito disposta. Eu já estava pronta para ir ao encontro deles, mas podemos ir agora. Logo encontraremos a sra. Elton. Ali está ela! Não... é outra pessoa. É uma das senhoras do grupo irlandês, não se parece nada com ela. Bem, creio que...

Elas caminharam um pouco e, cerca de meio minuto depois, foram seguidas pelo sr. Knightley. Ficaram sentados apenas o sr. Weston, seu filho, Emma e Harriet. A animação do jovem rapaz chegou a um nível desagradável. Até mesmo Emma se cansou de tantos elogios e tanta alegria, e preferiu caminhar sozinha ou talvez se sentar só, apenas para observar as belas paisagens à sua volta. Ver os criados procurando por eles para dar notícias sobre as carruagens foi um alívio, e até mesmo a agitação da partida e a insistência da sra. Elton para que sua carruagem fosse a primeira a partir foram recebidas com alegria, diante da perspectiva de viajar com tranquilidade para casa, para encerrar com brilhantismo todos os prazeres desse dia. Emma esperava não participar de mais nenhum tipo de plano composto por gente tão mal escolhida.

Enquanto esperava pela carruagem, percebeu que o sr. Knightley estava ao seu lado. Ele olhou ao redor, como se avaliasse se havia alguém por perto, e então disse:

— Emma, devo falar com você, como de costume: um privilégio, você mais tolera do que permite, talvez, mas devo continuar valendo-me dele. Não posso vê-la agir incorretamente sem chamar sua atenção. Como pôde ter sido tão cruel com a srta. Bates? Como pôde ter sido tão insolente com uma mulher de caráter, na idade dela e na situação em que ela vive? Emma, nunca imaginei que fosse capaz de algo desse tipo.

Emma se lembrou, ficou corada, arrependeu-se, mas tentou rir de tudo.

— Não consegui resistir. Ninguém conseguiria. Não acredito que agi tão errado assim. Acho até que ela nem entendeu o que eu disse.

— Posso garantir-lhe que ela entendeu, sim. Ficou muito magoada. Não parou de falar no assunto. Eu gostaria que você pudesse ouvi-la, candura e generosidade. Gostaria que você a tivesse ouvido honrar seus antepassados, Emma, que sempre foram atenciosos com ela, assim como sempre recebeu toda paciência e atenção de sua parte e de seu pai, mesmo quando a companhia dela deve ser tão maçante.

— Oh! — exclamou Emma. — Eu sei que não há uma pessoa tão boa no mundo, mas, com o perdão da palavra, ela mescla o que há de mais de bondoso e mais ridículo que possa existir em uma pessoa.

— Eu sei disso — disse ele. — E, se ela fosse uma mulher de posses, até poderia admitir que houvesse certo domínio do ridículo sobre o bom. Se ela fosse uma mulher de sorte, deixaria que todos os absurdos inofensivos dela seguissem seu curso, e não chamaria sua atenção por ter falado daquele jeito. Se ela estivesse no mesmo patamar que você... mas, Emma, considere quanto essa realidade é diferente. Ela é pobre, não tem mais os confortos que teve ao nascer e, quando for mais velha, provavelmente terá uma vida ainda pior. A situação dela deveria merecer sua compaixão. De fato, você agiu muito errado! Logo você, que ela conhece desde pequena, que ela viu crescer, justo em um período em que ela merecia toda honra, para que agora você agisse sem pensar, apenas por orgulho, para rir dela e humilhá-la. Além de fazer isso bem na frente da sobrinha e das outras pessoas, algumas até poderão imitar o modo como você agiu. Isso não é digno de você, Emma. E a mim não agradou de modo nenhum, mas creio que devo... sim, devo, já que posso, dizer-lhe estas verdades e ter o consolo de que agi como um amigo leal e que lhe dei um bom conselho. Só posso esperar que, em breve, você se dê conta de quanto eu tenho razão.

Enquanto conversavam, eles seguiam em direção à carruagem, que já estava pronta. E, antes que ela pudesse dizer algo, ele a ajudou a subir. Ele interpretou erroneamente as razões que a fizeram ficar calada e de cabeça baixa. Emma sentia um misto de raiva de si mesma, vergonha e arrependimento. Ela não conseguiu falar e, ao entrar na carruagem, jogou-se no assento e ficou paralisada por alguns momentos. Só depois começou a se reprovar por não ter se despedido, não ter reconhecido as verdades daquelas observações, ter se mostrado ofendida, e olhou pela janela com a intenção de demonstrar a ele que não era nada disso. Porém, era tarde demais. Ele partira, seus cavalos já estavam em movimento. Ela continuou a olhar para trás, mas foi em vão e, com uma velocidade incomum, já estavam no meio do caminho, e tudo foi deixado de lado. Ela estava mais envergonhada do que poderia dizer, muito mais do que deixava transparecer. Em toda a sua vida, Emma nunca se sentira tão agitada, envergonhada e entristecida. E como foi capaz de deixar o sr. Knightley sem uma palavra de gratidão, de concordância, de simples amizade!

O tempo não a consolou. Quanto mais refletia sobre o assunto, mais parecia sentir. Ela nunca estivera tão deprimida. Felizmente, não era preciso falar. Estava apenas na companhia de Harriet, que parecia cansada, sem querer conversar. E Emma sentiu as lágrimas correrem por seu rosto durante todo o caminho até sua casa, sem se dar ao trabalho de enxugá-las, de tão abundantes.

CAPÍTULO 8

O fracassado passeio a Box Hill não saiu do pensamento de Emma. Ela não saberia dizer o que os demais do grupo estavam pensando. Cada qual em sua casa, com seus diferentes modos de pensar, eles poderiam lembrar-se do passeio com prazer. Contudo, para ela, fora uma manhã desperdiçada, totalmente desprovida de satisfação racional e parecia ainda pior cada vez que recordava. Uma tarde inteira jogando gamão com o pai foi motivo de felicidade para Emma. Aquele era o maior, o mais verdadeiro de seus prazeres, já que dedicava as melhores horas do seu dia a alegrar o pai. Pensava que, apesar de não ser merecedora do profundo afeto e da verdadeira estima do sr. Knightley, geralmente sua conduta não merecia uma reprovação tão severa. Como filha, tinha a esperança de não ser chamada de sem coração, esperava que ninguém pudesse censurá-la: "Como você pôde ter sido tão cruel com seu pai? Eu devo... eu lhe direi a verdade sempre que puder". A srta. Bates... oh! Não, nunca mais voltaria a fazer o que fez! Se as atenções que no futuro poderia ter com ela fizessem-na esquecer do passado. Ela fora negligente e sua consciência lhe dizia isso. Portara-se pior em pensamento do que pelo que realmente fizera; fora desrespeitosa, pouco amável. Mas jamais faria isso novamente. Em sinal de profundo arrependimento, visitaria a srta. Bates no dia seguinte e, de sua parte, aquele seria o começo de uma amizade regular, igualitária e amável.

Emma estava bastante determinada e, no dia seguinte, saiu de casa cedo: nada a deteria. Considerou a probabilidade de encontrar o sr. Knightley no caminho; ou, talvez, ele fizesse uma visita à sua casa enquanto ela estava na casa das Bates. Ela não fazia objeção. Não se envergonharia da sua penitência, tão merecida e imposta por ela mesma. Enquanto caminhava, olhou em direção a Donwell, mas não o viu.

"As senhoras estavam todas em casa." Emma nunca sentira tanta alegria ao ouvir essas palavras, nem entrara pelo corredor nem subira a escada com tanta vontade de proporcionar alegria. Antes, sempre entrara nessa casa como se fosse um espetáculo ridículo.

Houve um alvoroço com a sua chegada, passos e palavras rápidas. Ela ouviu a voz da srta. Bates, algo deveria ser feito com urgência. A empregada parecia assustada e confusa; pediu a Emma que esperasse um momento e logo a fez entrar. Tia e sobrinha pareciam estar no quarto ao lado e Emma teve a impressão de que Jane não passava bem e, antes de a porta se fechar, ouviu a srta. Bates dizer:

— Bem, querida, direi que está acamada e que não se encontra em condição para receber uma visita.

A pobre sra. Bates, gentil e humilde como de costume, não parecia entender o que acontecia.

— Receio que Jane não esteja muito bem — disse ela —, mas não sei, elas me dizem que está bem. Acho que minha filha virá em seguida, srta. Woodhouse. Escolha uma cadeira para se sentar. Se Hetty não tivesse ido embora... Já não sou de grande serventia... já pegou uma cadeira para se sentar, querida? Sente-se onde quiser. Tenho certeza de que ela logo virá.

Emma desejava que fosse assim. Por um momento, teve receio de que a srta. Bates estivesse evitando-a. Mas, finalmente, ela entrou na sala. Estava muito alegre e agradecida pela visita. Mas a consciência de Emma lhe disse que a srta. Bates não agia com a mesma desenvoltura alegre de antes; parecia menos feliz. Ela esperava que perguntar sobre Jane fosse o suficiente para restabelecer a cordialidade de antes. O efeito foi imediato.

— Ah! Srta. Woodhouse, como é gentil! Suponho que tenha ouvido... e veio trazer-nos um pouco de alegria. Pode parecer que não estou muito alegre — piscou rapidamente para se livrar de uma ou duas lágrimas. —

Mas será muito difícil para nós nos separarmos de Jane, depois de ela ter ficado tanto tempo conosco, mas ela está com uma forte enxaqueca, justo agora, porque passou a manhã inteira escrevendo cartas. Eram cartas muito longas, destinadas ao Coronel Campbell e à sra. Dixon. Eu acabei dizendo a Jane que ela ficaria cega, pois estava com os olhos cheios d'água. Não é de estranhar... de fato, não. É uma grande mudança e, embora seja incrivelmente afortunada... com um emprego como esse... suponho que nenhuma jovem tenha encontrado algo parecido na primeira vez que buscou conseguir um emprego. Não pense que somos mal-agradecidas, srta. Woodhouse, diante de tamanha sorte — novamente, dispersou as lágrimas —, mas pobrezinha! Se visse a enxaqueca que ela está tendo! Quando alguém sente tamanha dor, não há nada que alivie. Ela está muito abatida. Se alguém olhar para ela, não conseguirá pensar quanto está encantada e feliz por ter garantido tal emprego. A senhorita deverá perdoá-la por não estar aqui na sala, ela não tem condição para isso, foi para o quarto se deitar. "Minha querida", disse eu, "eu vou falar que você está acamada". Mas ela não está deitada, está dando voltas pelo quarto. Contudo, agora que já escreveu as cartas, disse-me que ficará boa em breve. Ela ficará muito ressentida por não tê-la visto, srta. Woodhouse, mas tenho certeza de que a senhorita a perdoará. A senhorita ficou esperando na porta... fiquei muito envergonhada... houve uma certa confusão, pois não ouvimos quando bateu. Até a senhorita subir as escadas, não sabíamos que alguém estava chegando. "É apenas a sra. Cole", disse eu, "tenho certeza". Ninguém aqui na vila faz visitas tão cedo. Mas, então, Patty entrou e avisou que era a senhorita. "Oh, é a srta. Woodhouse", disse eu, "tenho certeza de que você ficará feliz em vê-la". "Bem", disse ela, "um dia ou outro terá de ser postada, então que seja agora", disse, enquanto se levantava. E esse foi o motivo pelo qual a fizemos esperar, sentimos tanto, ficamos com tanta vergonha. "Se você tem de ir, querida", disse eu, "direi que está acamada".

Emma ficou bastante interessada. Fazia tempo que sentia um afeto cada vez maior por Jane, e a descrição das atribulações pelas quais passava naquele momento apagou da sua memória toda suspeita e todo receio, e somente inspirou-lhe compaixão. E, ao recordar impressões menos justas e gentis do passado, foi obrigada a admitir que, naturalmente, Jane preferia ver a sra. Cole em vez de qualquer outra de suas amigas e que não suportava a ideia de vê-la. Falou de acordo com seus sentimentos, lamentando imensamente a situação e mostrando-se interessada por ela, desejando sinceramente que as circunstâncias mencionadas pela srta. Bates representassem as melhores vantagens possíveis para a srta. Fairfax. Disse que pensava ser uma difícil prova para todas elas, mas havia entendido que Jane esperaria para tomar uma decisão somente após o retorno do Coronel Campbell.

— Tão gentil — respondeu a srta. Bates. — A senhorita é sempre muito gentil.

Emma não conseguiu suportar aquele "sempre" e, para se esquivar de tamanha gratidão, fez uma pergunta direta:

— Onde, posso perguntar? Para onde a srta. Fairfax vai?

— Para a casa da sra. Smallridge, uma senhora encantadora, de grande posição; cuidará de suas três filhas, meninas maravilhosas. É impossível imaginar um emprego mais repleto de conforto, com exceção, é claro, da família das senhoras Suckling e Bragge. Mas a sra. Smallridge é íntima das duas e moram na mesma região. Acho que moram a cerca de seis quilômetros de Maple Grove. Jane vai morar bem perto de Maple Grove.

— Suponho que a sra. Elton foi a pessoa que deve...

— Sim, a boa sra. Elton. A mais infatigável e verdadeira amiga. Ela não teria aceitado uma negativa. Ela não permitiria que Jane dissesse "não". Pois, ao ouvir a proposta anteontem, na manhã em que estivemos em Donwell, Jane estava disposta a recusá-la pelas razões que a senhorita já mencionou, exatamente como disse, ela não mudaria de opinião até o retorno do Coronel Campbell. E nada a faria mudar de ideia. Foi o que ela disse à sra. Elton diversas vezes. Posso garantir-lhe que eu mesma não imaginava que ela poderia mudar de ideia! Mas a boa sra. Elton, cujo julgamento nunca falha, enxergou mais longe do que eu. Não é todo mundo que pode insistir de modo tão amável quanto ela ao não aceitar a recusa de Jane... Negou-se a escrever uma carta falando da recusa, como Jane insistira que ela fizesse. Disse que esperaria... até que no fim da tarde Jane aceitou. Foi uma grande surpresa para mim! Eu não imaginava! Jane conversou a sós com a sra. Elton e, depois de refletir sobre as vantagens do emprego, chegou à conclusão de que deveria aceitá-lo. Eu não sabia de nada até que tudo já estava acertado.

— Vocês passaram a noite na companhia da sra. Elton?

— Sim, todas nós. A sra. Elton veio visitar-nos. Combinamos logo após o passeio a Box Hill, enquanto caminhávamos na companhia do sr. Knightley. "Todos vocês devem passar a tarde na minha casa", disse ela.

— O sr. Knightley estava lá também, então?

— Não, o sr. Knightley recusou a princípio e, embora eu tivesse achado que ele aceitaria o convite, pois a sra. Elton afirmou que não o deixaria escapar, ele acabou não indo. Mas eu, mamãe e Jane estávamos lá, e tivemos uma noite agradável. Como bem sabe, srta. Woodhouse, todos foram muito amáveis, mesmo após uma manhã fatigante. Até mesmo o prazer é fatigante... E não posso dizer que tive a impressão de que todos se divertiram muito com aquele passeio. Apesar de tudo, sempre pensarei que foi uma excursão muito agradável e me sinto muito agradecida aos bons amigos que me convidaram.

— Suponho que a srta. Fairfax, embora não estivesse ciente disso, tenha refletido o dia inteiro sobre o assunto.

— Eu creio que sim.

— Quando chegar a hora de ela partir, será um momento difícil, tanto para ela como para seus amigos... mas confio que seu emprego seja o mais agradável possível. E estou referindo-me ao caráter e aos modos da família.

— Obrigada, srta. Woodhouse. Sim, de fato, eu acredito que nada lhe faltará para que seja feliz. Com exceção dos Suckling e dos Bragge, não há outra família mais adequada, mais generosa e distinta. A sra. Smallridge é uma dama encantadora! Com um estilo de vida quase igual a Maple Grove... e quanto às crianças, excetuando-se os pequenos Suckling e os Bragge, não há crianças mais meigas e bem-educadas. Jane será tratada com muita gentileza! A vida dela será repleta de alegrias, nada mais do que alegrias. E o salário! Não ouso mencionar o salário que vai irá receber, srta. Woodhouse. Até mesmo a senhorita, que está acostumada a grandes quantias, dificilmente acreditaria em quanto uma pessoa jovem como Jane vai ganhar.

— Ah, srta. Bates! — exclamou Emma. — Se as outras crianças forem como eu me lembro que fui um dia, creio que pagar cinco vezes mais o que as governantas ganham não é uma grande quantia em dinheiro.

— A senhorita... sempre com ideias tão nobres!

— E quando a srta. Fairfax partirá?

— Será em breve, muito em breve. De fato, isso é o pior de tudo. Dentro de quinze dias. A sra. Smallridge tem um pouco de pressa. Não sei como minha mãe vai suportar. Eu faço o que posso para fazê-la esquecer e digo: "Vamos, mamãe, não pense mais nisso...".

— Todos os seus amigos sentirão muito sua partida. Será que o Coronel Campbell e a esposa não ficarão aborrecidos por ela ter firmado um compromisso antes que eles retornassem?

— Sim, Jane disse que eles certamente ficarão aborrecidos. Mas, é claro, esse é o tipo de emprego que ela não poderia recusar. Eu fiquei tão surpresa quando me contou o que acordara com a sra. Elton e quando, depois, a sra. Elton veio felicitar-me! Foi antes de tomarmos o chá... não, espere... não poderia ter sido antes do chá porque começamos a jogar cartas... mas, sim, sim... foi antes do chá, pelo que posso lembrar-me... Oh, não! Agora me lembro, aí está; antes do chá ocorreu algo, mas não foi isso. Chamaram o sr. Elton antes do chá porque o filho de John Abdy queria falar com ele. Pobre John! Sinto um grande afeto por ele. Trabalhou para meu pobre pai durante vinte e sete anos e agora o pobre John já é muito velho, não pode levantar-se da cama e está muito mal da gota reumática nas juntas. Devo visitá-lo ainda hoje, tenho certeza de que Jane me acompanhará se melhorar. E o pobre filho de John veio falar com o sr. Elton sobre um auxílio paroquial. O rapaz está muito bem, sabia? Ele recebe um bom salário na hospedaria Crown, cuida dos cavalos e todas essas tarefas, mas, apesar de tudo, precisa de ajuda para cuidar do pai. E, quando o sr. Elton retornou, contou o que John lhe disse, que enviara o cavalo até Randalls para que o sr. Churchill fosse para Richmond. Foi isso que aconteceu antes do chá. Portanto, foi logo após o chá que Jane conversou com a sra. Elton.

A srta. Bates dificilmente daria tempo para Emma comentar e dizer que tudo aquilo era novidade para ela. Mas, sem saber quanto Emma ignorava a partida do sr. Frank Churchill, contou tudo imediatamente, e ela não precisou perguntar nada.

O que o sr. Elton ouvira do jovem rapaz era um resumo do que ele e os criados de Randalls sabiam. Pouco depois da visita a Box Hill, uma mensagem de Richmond chegou e trouxe notícias que não causaram nenhuma surpresa. O sr. Churchill escrevera uma carta ao sobrinho, na qual comentava a respeito do estado de saúde da sra. Churchill, aparentemente normal, e apenas lhe implorava que retornasse no máximo até a manhã seguinte. Porém, o sr. Frank Churchill decidiu retornar imediatamente, sem demorar nem mais um minuto e, como o cavalo de Frank parecia não estar muito bem, Tom fora chamado para trazer uma carruagem, que logo seguiu seu caminho.

Não havia nada nesse relato que fosse surpreendente ou interessante, apenas chamou a atenção de Emma porque tinha relação com outro caso sobre o qual já refletia. Ficou impressionada com os caprichos da sra. Churchill e a vida de Jane Fairfax. Uma tinha tudo e a outra, nada... ela pensou sobre o destino de certas mulheres, totalmente indiferente ao que tinha diante dos olhos, até que a srta. Bates a despertou, dizendo:

— Ah, sei o que está pensando a respeito do piano. O que faremos com ele? Sim, sim, é verdade. A pobre Jane falou sobre isso agorinha mesmo. "Ele irá embora. Ele e eu devemos partir. Não terá serventia aqui", disse ela. "Mas que fique aqui até o retorno do Coronel Campbell. Falarei com ele sobre o piano e tenho certeza de que ele dará um jeito por mim, e me ajudará em todas as minhas dificuldades." E até hoje não tenho certeza se o piano foi um presente do coronel ou de sua filha.

Agora, Emma foi obrigada a pensar no piano e a lembrança de todas as suas antigas, fantasiosas e injustas suposições foi tão desagradável, que logo percebeu que sua visita já estava longa demais. Após repetir tudo que acreditava ser adequado dizer sobre as coisas boas que desejava e quanto era sincera, despediu-se e foi embora.

CAPÍTULO 9

Enquanto caminhava de volta para Hartfield, as meditações de Emma não foram interrompidas, mas, ao entrar na sala de estar, encontrou duas pessoas que deviam ouvi-las. O sr. Knightley e Harriet chegaram enquanto ela estava fora de casa e estavam sentados conversando com o sr. Woodhouse. O sr. Knightley levantou-se imediatamente e, em tom visivelmente mais grave do que de costume, disse:

— Eu não poderia partir sem deixar de vê-la, mas, como não tenho tempo a perder, devo ser direto. Estou de partida para Londres, ficarei alguns dias com John e Isabella. Você tem algo a dizer ou enviar para eles, além de amor, que é algo impossível para alguém entregar?

— Não, não tenho nada a lhe recomendar. Mas essa viagem não foi algo decidido de última hora?

— Bem... na verdade... eu tenho pensado nisso há algum tempo.

Emma tinha certeza de que ele não a perdoara, sua atitude era evidente. Mas confiava que o tempo o convenceria de que voltariam a ser amigos. Apesar de ele já estar de pé, disposto a sair a qualquer momento, seu pai começou a fazer perguntas.

— Bem, querida, não lhe aconteceu nada no caminho? Como estão minha boa amiga e sua filha? Estou certo de que ficaram muito contentes com sua visita. Emma fez uma visita à senhora Bates e à família, sr. Knightley, como lhe disse antes. Ela é sempre tão atenciosa com elas!

Emma corou diante de um elogio que não merecia. E, com um sorriso e um balançar de cabeça, que já dizia muita coisa, ela olhou para o sr. Knightley. Pareceu-lhe que isso provocou uma impressão instantânea a seu favor, como se os olhos dele captassem dos seus toda a verdade e todos aqueles bons sentimentos de Emma, que foram rapidamente compreendidos e honrados. Ele olhou para ela com respeito e certo brilho no olhar. E ela se sentiu grata. E, logo em seguida, com um movimento de pura simpatia, ele tomou sua mão. Na verdade, Emma não saberia dizer qual deles tomou a iniciativa. Talvez ela tenha oferecido a mão, mas ele a apertou e estava prestes a beijá-la, porém algo o fez mudar de ideia e a soltou bruscamente. Por que ele teve receio de beijar a sua mão? Por que mudou de ideia? Essas eram perguntas para as quais ela não tinha resposta. Talvez ele tivesse feito melhor, pensou ela, se não tivesse parado. Entretanto, que tivera a intenção de beijá-la era um fato incontestável. Talvez tenha desistido porque não tinha o hábito de fazer certos galanteios ou porque qualquer outro motivo o impedira. De modo geral, era um homem simples, porém muito digno. Emma apenas não podia deixar de pensar na tentativa de beijo com grande satisfação. Revelava uma grande amizade. Logo em seguida, ele partiu. O sr. Knightley sempre agia de forma segura e sem hesitação, mas, naqueles momentos de sua partida, sua atitude parecia mais brusca do que de costume.

Emma não lamentava a visita à srta. Bates, mas, se pudesse ter saído de lá uns dez minutos antes, gostaria muito de ter conversado com o sr. Knightley a respeito do emprego de Jane Fairfax. Tampouco lamentava a visita dele ao irmão, à cunhada e aos sobrinhos porque sabia quanto ficariam alegres. Apenas desejou que ele tivesse escolhido uma época melhor e que anunciasse sua viagem com um pouco mais de antecedência. De todo modo, despediram-se amigavelmente, e Emma não podia duvidar do significado da sua atitude e do seu galanteio interrompido. Tudo aquilo parecia garantir que ele voltara a ter melhor opinião a respeito dela. O sr. Knightley permanecera em Hartfield por meia hora, ela soube depois. Emma lamentou não ter voltado um pouco mais cedo!

Na esperança de desviar os pensamentos do pai da desagradável notícia da viagem do sr. Knightley a Londres, e de forma tão repentina, ainda mais a cavalo, o que era terrível, Emma contou as novidades a respeito de Jane Fairfax, e suas palavras produziram o efeito que esperava, pois o sr. Woodhouse passou a se interessar por algo completamente novo e que não o perturbava. Ele já havia decidido que o melhor para Jane Fairfax era se tornar uma governanta, e pôde falar do assunto com entusiasmo. Contudo, a viagem do sr. Knightley fora um golpe inesperado.

— Estou realmente muito feliz, minha querida, por saber que ela ficará confortavelmente instalada. A sra. Elton tem um bom coração e é muito agradável, ouso dizer que os conhecidos dela são exatamente o tipo de pessoas que ela diz serem. Espero que seja uma casa arejada e que Jane esteja bem de saúde. Creio que isso deveria ser a primeira coisa a se pensar, como eu sempre tive esse tipo de cuidado com a srta. Taylor enquanto ela morou conosco. Só espero que, em um aspecto, ela tenha mais sorte: que não a obriguem a se casar depois de ter morado tanto tempo na casa.

No dia seguinte, receberam notícias de Richmond, e os demais assuntos foram esquecidos. Uma carta entregue pela diligência chegou a Randalls anunciando a morte da sra. Churchill! Embora não tivessem dado motivos alarmantes para que Frank voltasse apressadamente, quando ele chegou, só restavam à pobre senhora cerca de trinta e seis horas de vida. Foi um ataque súbito, de uma natureza distinta do seu estado geral de saúde, que causou a sua morte depois de uma breve agonia. A grande sra. Churchill dera seu último suspiro.

Sua morte foi sentida como acontecimentos como esse devem ser lamentados. Todos se mostraram um pouco sérios e tristes, compassivos com a falecida, interessados pelos amigos e, após um tempo razoável, curiosos para saber onde ela seria enterrada. Como Goldsmith[71] nos diz em seu poema: quando uma mulher encantadora se entrega à loucura, nada lhe resta senão morrer; e quando ela passa a ser desagradável, é igualmente recomendável a morte para que não tenha má fama. A sra. Churchill, depois de ser antagonizada por pelo menos vinte e cinco anos, agora era exaltada com compassiva benevolência. Em um único aspecto a sra. Churchill tinha razão. As pessoas não acreditavam muito que ela estivesse realmente doente. A morte a livrara de todas as suas manias, de todos os males imaginários que inventava por puro egoísmo.

"Pobre sra. Churchill, sem dúvida, sofreu bastante! Muito mais do que as outras pessoas imaginaram, e o sofrimento contínuo sempre pode alterar o temperamento. Foi um acontecimento lamentável, um grande choque. Apesar

---

[71] Poeta inglês (1724-1774). A citação original, *when lovely woman stops to folly*, pertence ao capítulo 24 do livro *The Vicar of Wakefield*.

de todas as suas faltas, o que o sr. Churchill fará sem ela? O marido sofrerá imensamente essa perda. Talvez jamais consiga recuperar-se."

Até mesmo o sr. Weston lamentou, balançou a cabeça de maneira solene, e disse:

— Ah! Pobre mulher, quem pensaria que isso fosse acontecer!

E decidiu que seu luto seria o mais sério possível, enquanto sua esposa ficou ali sentada, suspirando e fazendo comentários cheios de comiseração e bom senso, verdade e firmeza. Como a morte da senhora afetaria Frank era uma das grandes preocupações de ambos. Emma também começou a pensar no assunto, assim que soube da notícia. A personalidade da sra. Churchill e o luto do marido eram motivos de respeito e compaixão entre eles e depois, com uma visão menos sombria, perguntavam-se até que ponto aquele acontecimento podia afetar Frank, até que ponto poderia beneficiá-lo, libertá-lo. Em um instante, conseguiu perceber todas as vantagens possíveis. Agora, sua relação com Harriet Smith não encontraria nenhum tipo de obstáculo. O sr. Churchill, que já não sofria a influência negativa da esposa, não receberia motivos nem receios por parte de ninguém. Ele era um homem de bom caráter, dócil, a quem seu sobrinho poderia convencer a fazer qualquer coisa. Tudo que se poderia desejar era que o sobrinho estivesse realmente interessado por uma moça, e Emma, apesar da boa vontade com aquela causa, não tinha nenhuma certeza de que algo se concretizaria.

Harriet comportou-se muito bem na ocasião, com grande autocontrole. Fossem quais fossem as esperanças, não deixou transparecer seus sentimentos. Emma ficou agradecida ao observar tal prova de força e de caráter e evitou fazer qualquer comentário que pudesse levar a amiga a fraquejar. Portanto, conversaram sobre a morte da sra. Churchill com bastante indulgência.

Frank enviou breves cartas a Randalls, comunicando-lhes seu estado e seus planos mais importantes. O sr. Churchill estava melhor do que se poderia esperar, e a primeira decisão que tomaram, após o cortejo fúnebre partir para Yorkshire, foi visitar a casa de um amigo que vivia em Windsor e a quem o sr. Churchill prometera uma visita havia mais de dez anos. No momento não poderia fazer nada por Harriet. Emma só poderia desejar-lhe felicidades no futuro.

Era muito mais urgente dar atenção a Jane Fairfax, cujas perspectivas de um futuro melhor diminuíam enquanto as chances de Harriet aumentavam, e cujo compromisso de trabalho não permitia que ninguém em Highbury que tivesse intenção de demonstrar afeição por ela demorasse a fazê-lo, uma vez que a moça não tinha muito tempo antes de partir. E esse era o principal desejo de Emma no momento. Jamais lamentara tanto a frieza com a qual tratara Jane em outra época. E a mesma pessoa que por tantos meses lhe fora indiferente agora era a pessoa com quem considerava estar em débito, a quem devia afeto e simpatia. Ela queria ser útil a Jane, demonstrar-lhe que gostava da sua companhia, que Jane era digna de respeito e consideração.

Decidiu convencê-la a passar um dia em Hartfield e enviou um bilhete com o convite. No entanto, o convite foi recusado com uma simples resposta verbal: "a srta. Fairfax está tão mal de saúde que não consegue nem escrever". E quando o sr. Perry visitou Hartfield, naquela mesma manhã, contou-lhe que a moça estava tão indisposta que nem sequer poderia receber visitas e que sofria de uma febre nervosa que o fez acreditar ser impossível que se mudasse para a casa da sra. Smallridge na data prevista.

A saúde de Jane parecia abalada, perdera todo o apetite e, embora não houvesse sintomas alarmantes que a levassem à sua antiga infecção pulmonar, o que sua família mais temia, o sr. Perry estava muito preocupado. Segundo ele, a srta. Fairfax fizera mais esforços do que poderia suportar, embora soubesse disso, mas não tinha coragem de confessar a ninguém. Seu ânimo estava muito abatido. Pelo que ele pôde observar, a casa da avó não era o lugar mais favorável para uma pessoa num estado de nervos tão precário. Jane permanecia confinada em seu quarto, o que o sr. Perry não considerava adequado. E sua boa tia, apesar de uma amiga antiga, não era a melhor companhia para uma pessoa adoentada. Sua atenção e seus cuidados eram inquestionáveis; de fato, eram exagerados. Na verdade, ele temia que Jane piorasse em vez de melhorar.

Emma ouviu o relato bastante preocupada, ficou muito triste ao saber do estado de saúde de Jane e desejou descobrir uma forma de lhe ser útil. Ela desejava roubá-la, nem que fosse por uma ou duas horas, da companhia da tia para poder oferecer à moça a oportunidade de mudar de ares e ambiente, e conversar de forma racional. Na manhã seguinte escreveu outro bilhete, usando as melhores palavras possíveis, colocando-se à disposição de Jane para um passeio em sua carruagem, a qualquer hora do dia. Emma também mencionou a opinião favorável do sr. Perry de que a paciente fizesse algum tipo de exercício. A resposta foi apenas uma simples nota:

"A srta. Fairfax agradece, mas não se encontra em condição de fazer nenhum tipo de exercício".

Emma teve a impressão de que seu bilhete merecia algo melhor, mas era impossível rebelar-se contra aquelas palavras, em cujas letras trêmulas percebia-se a escrita de uma pessoa enferma, e só pensou qual seria a melhor maneira para vencer a resistência de Jane em querer ser ajudada. Portanto, apesar da resposta negativa, Emma mandou preparar a carruagem e foi até a casa da srta. Bates, com a esperança de que poderia convencer a moça a sair com ela. Mas foi em vão a srta. Bates foi até a porta da carruagem, demonstrando muita gratidão e afirmando que concordava plenamente com ela, também pensava que tomar um pouco de ar fresco seria muito bom para Jane. A tia entrou em casa e tentou convencer Jane novamente. No entanto, foi obrigada a retornar sem sucesso; a sobrinha estava bastante decidida: a mera menção do passeio fazia Jane piorar. Emma queria tê-la visto, até tentou convencer a srta. Bates, mas ela parecia instruída a não deixar a srta. Woodhouse passar da porta da sala.

"A verdade é que a pobre Jane não seria capaz de suportar a visita de ninguém, ninguém mesmo. A sra. Elton, é claro, não poderia ser impedida de visitá-la... E a sra. Cole havia insistido tanto... E, como a sra. Perry demonstrara tanto interesse... Mas, com exceção desses casos, Jane não receberia mais ninguém."

Emma não gostaria de ser classificada no mesmo nível que as senhoras Elton, Perry e Cole, que fazem tudo à força. Nem gostaria de ter algum tipo de preferência. Portanto, resignou-se e as demais perguntas que fez à srta. Bates referiam-se apenas ao apetite da sua sobrinha e ao que ela comia, apenas com o objetivo de ser útil. Sobre esse assunto, a pobre srta. Bates estava desolada e foi bastante direta: Jane não desejava comer nada. O sr. Perry havia recomendado que comesse alimentos mais nutritivos, mas tudo que lhe davam, e só Deus sabia quanto seus vizinhos eram bondosos, Jane recusava.

Ao retornar para casa, Emma chamou imediatamente a criada para que pudessem examinar a despensa. Enviaram, junto com um bilhete, a melhor qualidade de araruta para a casa das Bates. Meia hora depois, a araruta foi devolvida, com milhares de agradecimentos da srta. Bates, que escreveu a Emma: "A querida Jane não ficaria satisfeita até que eu devolvesse a araruta, é algo que ela não pode aceitar e, além disso, ela insiste em dizer que não precisa de nada".

Quando Emma soube, depois, que Jane Fairfax foi vista caminhando pelos campos a certa distância de Highbury, na tarde desse mesmo dia em que, com a desculpa de que não estava em condições de fazer nenhum tipo de exercício, havia recusado tão veementemente seu convite para passear com ela na sua carruagem, não teve a menor dúvida, levando em consideração todos aqueles indícios, de que Jane Fairfax estava decidida a não aceitar nenhum favor dela.

Ela sentiu o golpe e sentiu muito. Ficou muito triste ao se ver em uma situação como aquela, talvez a mais difícil de todas, sentindo-se bastante envergonhada, percebendo que tudo que fizesse seria inútil e que não poderia lutar contra aquilo. Sentia-se humilhada por ver que seus sentimentos não eram reconhecidos e que a consideravam tão pouco digna de amizade. No entanto, tinha o consolo de pensar que suas intenções eram boas e de poder dizer a si mesma que, se o sr. Knightley tivesse a oportunidade de saber de todas as suas tentativas de ajudar Jane Fairfax, se pudesse examinar seu coração, dessa vez não encontraria nenhum motivo para reprová-la.

CAPÍTULO 10

Uma manhã, cerca de dez dias após a morte da sra. Churchill, Emma foi chamada até a porta para receber o sr. Weston, que não poderia ficar nem cinco minutos, mas gostaria de ter uma conversa particular com ela.

Ele a encontrou no hall e, nem bem perguntou como ela estava, foi logo dizendo, de maneira bastante incomum, para que o sr. Woodhouse não os ouvisse:

— Poderia acompanhar-me até Randalls? Venha, se for possível. Minha esposa deseja vê-la. Ela precisa vê-la.

— Ela está passando mal?

— Não, não... de forma nenhuma. Está um pouco agitada. Teria vindo de carruagem para visitá-la, mas desejava estar a sós com você — inclinando a cabeça na direção de sr. Woodhouse. — Bem... Será que pode me acompanhar?

— Certamente. Posso ir neste momento, se desejar. É impossível recusar o que me pede. Mas o que terá acontecido? Tem certeza de que ela não está doente?

— Confie em mim, mas não me faça mais perguntas. Você saberá a verdade quando chegar a minha casa. É algo extraordinário! Mas vamos, vamos!

Emma não conseguiu descobrir o assunto. Pelo jeito como ele agia, parecia algo muito importante. Mas, como sua amiga estava bem de saúde, ela se esforçou para não ficar preocupada. Depois de avisar ao pai que faria sua caminhada, ela e o sr. Weston partiram juntos em direção a Randalls.

— Agora — disse Emma, quando eles já estavam bem longe dos portões da casa —, sr. Weston, diga-me o que aconteceu, por favor.

— Não, não... — ele respondeu, seriamente. — Não me pergunte nada. Eu prometi à minha esposa que deixaria que ela lhe contasse. Ela poderá contar-lhe melhor do que eu. Não seja impaciente, Emma, logo saberá a verdade.

— Por favor, conte-me! — exclamou Emma, um pouco aterrorizada. — Deus do céu! Sr. Weston, diga-me de uma vez por todas. Aconteceu algo na casa de Isabella e John? Tenho certeza de que aconteceu algo. Diga-me, conte-me agora mesmo o que está acontecendo.

— Não... Na verdade você está enganada.

— Sr. Weston, não brinque comigo. Considere que muitos dos meus mais queridos amigos estão na Brunswick Square, neste momento. Qual deles é? Imploro ao senhor, pelo que há de mais sagrado, não tente esconder nada.

— Dou minha palavra, Emma.

— Sua palavra! Por que não jura? Por que não jura que está tudo bem com eles? Santo Deus! O que mais pode ser, se não está relacionado com minha família e não pode contar-me?

— Posso garantir-lhe — disse ele seriamente — que sua família não está envolvida no assunto. Não tem a menor ligação com qualquer coisa relacionada ao sobrenome Knightley.

Emma recobrou o ânimo e continuou a andar.

— Eu me expressei mal — continuou o sr. Weston — ao dizer-lhe que era algo que tínhamos de lhe contar. Não precisava ser dito assim. Na verdade, não está diretamente relacionado a você... somente a mim... bem, é o que esperamos... Sim, isto é.... em resumo, minha querida Emma, não há motivo para ficar preocupada. Não posso dizer que não é um assunto desagradável... Mas as coisas poderiam ser muito piores. Se caminharmos rapidamente, logo estaremos em Randalls.

Emma compreendeu que deveria esperar, agora já não precisava fazer muito esforço, então não fez mais perguntas, deixou que sua mente fantasiosa tomasse conta de seus pensamentos e logo começou a pensar que se tratava de uma questão relacionada a dinheiro... Alguma coisa desagradável que acabaram de descobrir na família... Algo que o recente luto em Richmond trouxera à tona. Emma pensou em diversas coisas. Talvez, meia dúzia de filhos naturais... e o pobre Frank Churchill seria deserdado! Embora fosse algo indesejável, não era motivo de agonia para ela. Ela ficou apenas curiosa.

— Quem é aquele cavalheiro a cavalo? — perguntou ela, enquanto caminhavam. Perguntou apenas para não ficarem em silêncio e ajudar o sr. Weston a manter seu segredo.

— Não sei. Acho que é um dos rapazes da família Otway. Não é Frank. Não... não é ele, posso garantir. Você não o verá. Neste momento, ele já está a meio caminho para Windsor.

— Então, o senhor o viu recentemente?

— Oh! Sim. Você não sabia? Bem, bem, não tem importância.

Ele ficou em silêncio por algum tempo e então acrescentou, de forma mais precavida e recatada:

— Sim, Frank veio esta manhã apenas para ter notícias nossas.

Caminharam rapidamente e logo chegaram a Randalls.

— Bem, minha querida — disse ele, enquanto entravam na sala, eu trouxe Emma comigo e espero que, em breve, você se sinta melhor. Vou deixá-las a sós. Não há necessidade de continuar adiando.

Emma escutou-o dizer, quase num sussurro, quando saía da sala:

— Eu fiz como prometi. Emma não tem a menor ideia do que se trata.

A sra. Weston parecia tão doente, tão perturbada, que Emma ficou preocupada. Assim que ficaram sozinhas, ela perguntou:

— O que houve, minha cara amiga? Acho que algo muito desagradável aconteceu. Por favor, diga-me de uma vez por todas o que aconteceu. Caminhei até aqui no mais completo suspense. Nós duas abominamos esse tipo de suspense. Não permita que eu continue assim. É melhor me contar o que a angustia, seja lá o que for.

— Você realmente não faz ideia do que seja? — perguntou a sra. Weston, com a voz trêmula. — Não imagina, minha querida Emma? Não consegue adivinhar o que tenho para lhe contar?

— Suspeito que seja algo relacionado ao sr. Frank Churchill.

— Você está certa. É algo que se refere a ele e vou contar-lhe imediatamente — encostou o bordado e parecia olhar para cima. — Ele esteve aqui, logo pela manhã, para nos contar algo extraordinário. É impossível descrever quanto ficamos surpresos. Ele veio conversar com o pai sobre um assunto... anunciar um compromisso...

Ela parou para respirar. Emma pensou em si mesma e depois em Harriet.

— Bem, na verdade, é algo maior do que um compromisso — resumiu a sra. Weston —, é um noivado. Ele está noivo. O que você dirá, Emma... O que todos dirão quando souberem que Frank Churchill está noivo de Jane Fairfax? Quero dizer, o que dirão quando souberem que eles estão noivos há bastante tempo?

Emma quase se sobressaltou, tamanha a surpresa, e, estupefata, exclamou:

— Jane Fairfax! Santo Deus! Está falando sério? Não é uma brincadeira?

— Você deve estar muito surpresa — respondeu a sra. Weston, ainda sem levantar os olhos e falando com muita rapidez para que Emma tivesse tempo de se recuperar. — Você deve estar muito surpresa. Mas é verdade. Eles estão solenemente noivos desde outubro passado. Tudo ocorreu em Weymouth e mantiveram em segredo. Ninguém mais sabia do noivado. Nem mesmo os Campbell, nem a família de Jane ou de Frank. É algo tão incomum que, apesar de estar convencida do fato, mal posso acreditar. É quase inacreditável. Pensei que conhecesse Frank.

Emma mal podia ouvir o que ela dizia. Sua mente estava dividida entre duas ideias... as conversas que os dois haviam tido sobre a srta. Fairfax e Harriet. E, por alguns momentos, só foi capaz de exclamar, confirmar as palavras da sra. Weston ou apenas repeti-las.

— Bem... — disse ela, finalmente, tentando recuperar-se. — É o tipo de notícia que levarei mais de um dia para tentar compreender. Pois, sim! Eles estiveram noivos durante todo o inverno, bem antes de virem para Highbury?

— Ficaram noivos em outubro passado, em segredo. Fiquei muito magoada, Emma, muito magoada. Meu marido também ficou muito triste. Não podemos perdoar o modo como ele agiu.

Emma ponderou por alguns momentos e, então, respondeu:

— Não vou fingir que não entendo e farei o que for possível para consolá-la você, porque garanto que as atenções de Frank por mim não surtiram o efeito que a senhora imagina.

A sra. Weston levantou os olhos, com receio de acreditar. Mas o semblante de Emma refletia a firmeza das suas palavras.

— Para que possa acreditar que essa situação é totalmente indiferente para mim — continuou —, eu direi algo mais: houve uma época, logo no início da nossa amizade, quando eu me sentia atraída por ele, quando estava muito disposta a me apaixonar por ele... melhor dizendo, quando estive apaixonada... E talvez o mais estranho foi como terminou essa paixão. Felizmente, terminou. E a verdade é que já faz muito tempo, pelo menos três meses, que já não sinto nenhuma atração por ele. Pode acreditar em mim, minha amiga. É a mais pura verdade.

A sra. Weston beijou-a, cheia de lágrimas de alegria. E, quando conseguiu falar, garantiu a Emma que suas palavras lhe causaram mais felicidade do que qualquer outra coisa no mundo.

— O sr. Weston ficará tão aliviado quanto eu — disse ela. — Nesse sentido, erramos feio. Era nosso maior desejo que vocês dois se sentissem atraídos um pelo outro. E estávamos convencidos disso. Imagine quanto sofremos ao saber da verdade e ao pensarmos em você.

— Acabei escapando, e o fato de ter-me salvado desse perigo é uma agradável surpresa para vocês e para mim. Mas isso não o livra da sua responsabilidade, sra. Weston. Devo dizer que o modo como ele agiu é bastante censurável. Que direito ele tinha de se apresentar aqui, do modo como o fez, agindo como se não fosse comprometido? Que direito ele tinha de agradar, pois foi isso o que ele fez, de tratar de modo distinto uma jovem com suas constantes atenções, como fez, quando, na verdade, já estava comprometido com outra moça? Como não pensou no mal que poderia fazer? Como não pensou que eu poderia apaixonar-me por ele? Tudo isso é tão errado, muito errado!

— Por algo que ele disse, minha querida Emma, eu posso imaginar...

— E como *ela* pôde comportar-se desse jeito! Como pôde agir tão friamente! Como pôde suportar vê-lo, repetidas vezes, oferecendo sua atenção a outra moça, bem na frente dela, sem ao menos se ressentir! Esse é o tipo de frieza que não posso compreender nem suportar.

— Aconteceram alguns mal-entendidos entre os dois, Emma. Ele me contou. Não teve tempo de contar tudo em detalhes, ficou aqui apenas meia hora, e estava tão agitado que não soube utilizar o tempo para se explicar. Mas é verdade que os dois se desentenderam. Parece que esse foi o motivo da crise atual e as desavenças surgiram em virtude da sua conduta imprópria.

— Imprópria! Oh, sra. Weston, é muito benevolente para censurar. Muito pior do que imprópria, muito pior! Ele colocou o nome dele na lama, não posso mais ter a mesma opinião sobre ele. Agiu de um modo oposto ao que um cavalheiro deveria agir! É algo oposto à integridade, à fidelidade e à verdade dos bons princípios, àquele desprezo às baixarias e à pequenez que todo homem deve demonstrar em todas as situações da vida.

— Não, minha querida Emma, agora devo tomar o partido dele, pois, apesar de ter agido mal, conheço-o o suficiente para ter certeza de que possui muitas, muitas qualidades, e...

— Santo Deus! — exclamou Emma, interrompendo a amiga. — A sra. Smallridge, também! Jane estava a ponto de ir trabalhar como governanta! O que ele pretendia com essa horrível falta de delicadeza? Como pôde consentir que ela se comprometesse com o emprego... Como deixou que ela tomasse tal decisão!

— Ele não sabia nada sobre isso, Emma. Nessa questão, posso perdoá-lo. Foi uma decisão pessoal de Jane, ela não lhe disse nada. Ou, pelo menos, não lhe disse de um modo convincente. Ele me contou que, até ontem, não sabia dos planos de Jane. Não sei bem como descobriu... deve ter sido por alguma carta ou alguém que lhe contou. E, ao tomar conhecimento do que ela ia fazer, ao saber de seus planos, foi quando decidiu revelar toda a verdade ao tio, esperando contar com sua boa vontade. E, em resumo, tentou pôr um fim nessa lamentável situação de mentiras, que já durava tanto tempo.

Emma começou a ouvir com mais atenção.

— Espero ter notícias dele em breve — continuou a sra. Weston. — Ele me disse, quando partia, que me escreveria em breve. E falou de um jeito que parecia prometer contar-me os detalhes que, naquele momento, não poderia contar. Vamos esperar por essa carta. Talvez tenha alguns atenuantes. Talvez possamos entender e perdoar muitas coisas que agora são incompreensíveis. Não sejamos severas, não vamos ter tanta pressa em condená-lo. Tenhamos paciência. Eu o amo muito e, agora que você me tranquilizou sobre uma questão que me preocupava, estou muito ansiosa para que tudo termine bem e estou disposta a esperar que isso aconteça. Os dois devem ter sofrido muito com tantos segredos.

— Os sofrimentos *dele* — respondeu Emma, secamente — não parecem ter-lhe causado muito mal. Bem, e como o sr. Churchill recebeu a notícia?

— Foi bem favorável ao sobrinho... deu seu consentimento, sem colocar nenhum obstáculo. Imagine quanto os acontecimentos de uma semana produziram mudanças na família! Enquanto a pobre sra. Churchill vivesse, não haveria esperança, chance ou possibilidade. Assim que seus restos mortais foram colocados em repouso no jazigo da família, o marido foi persuadido a agir exatamente da forma oposta à que ela teria exigido. Que grande sorte quando as más influências não sobrevivem! Custou muito pouco para que ele se convencesse e desse seu consentimento.

"Ah!", pensou Emma, "ele deveria ter feito isso por Harriet".

— Eles acertaram tudo ontem à noite e hoje, bem cedinho, ele já estava aqui. Parou em Highbury, na casa das Bates, creio eu, por algum tempo... E então veio para cá, mas estava com tanta pressa para voltar à casa do tio, a quem ele agora é mais necessário do que nunca, que, como eu lhe disse, só pôde ficar conosco por meia hora. Ele estava muito agitado, muito agitado... Completamente diferente do que estamos acostumados a ver. Além de tudo isso, houve o choque de encontrar a srta. Fairfax tão enferma, o que ele não suspeitava... Parecia que ele estava sofrendo muito.

— E a senhora realmente acredita que esse assunto foi mantido em segredo como disse? Os Campbell e os Dixon não sabiam do noivado?

Emma não conseguiu deixar de ruborizar ao pronunciar o sobrenome Dixon.

— Não, ninguém sabia. Ele me disse, de maneira bastante firme e clara, que apenas os dois tinham conhecimento do noivado.

— Bem — disse Emma. — Suponho que todos nós vamos, gradualmente, nos acostumar com a ideia, e desejo que eles sejam muito felizes. Mas sempre pensarei que ele agiu de forma abominável. Foi algo mais do que uma rede de hipocrisias e de enganos... de intrigas e de falsidades! Apresentou-se aqui fingindo espontaneidade, sinceridade, e manteve seu segredo para poder conhecer-nos e nos julgar! Durante todo o inverno e toda a primavera fomos enganados, imaginando que todos éramos sinceros e francos, enquanto havia entre nós duas pessoas que se comunicavam sem que ninguém soubesse, e comparavam e julgavam sentimentos e palavras que nunca deveriam ter visto ou ouvido. Precisarão arcar com as consequências, se ouviram alguém falar deles de modo não tão agradável!

— Isso é o que menos me preocupa — respondeu a sra. Weston. — Tenho certeza de que nunca disse nada de um para o outro que ambos não pudessem ter ouvido.

— A senhora tem sorte. Seu único engano foi confinado aos meus ouvidos, quando imaginou que certo amigo nosso estava apaixonado por certa moça.

— É verdade. Mas, como sempre tive uma boa opinião a respeito de Jane Fairfax, nenhum erro me faria falar mal dela e, quanto a criticar a postura de Frank, jamais senti a menor tentação de fazê-lo.

Nesse momento, o sr. Weston apareceu a certa distância da janela, evidentemente para observá-las. Sua esposa o olhou de maneira a convidá-lo a entrar e, enquanto ele se dirigia à sala, acrescentou:

— Agora, minha querida Emma, suplico que diga ao meu marido tudo que puder para tranquilizá-lo e faça que ele veja essa união como algo vantajoso. Vamos fazer tudo que pudermos para convencê-lo... e, sem a necessidade de mentir, podemos fazer quase todos os elogios a ela. Não é uma união da qual ele possa sentir imensa satisfação, mas, se o sr. Churchill não pode colocar obstáculos, por que faríamos isso? E, no fundo, talvez seja uma sorte para Frank... quero dizer, talvez seja muito proveitoso para ele ter-se apaixonado por uma moça de tanta firmeza de caráter e de bom juízo como Jane... E ainda estou disposta a aceitar essa opinião, apesar de ele ter-se desviado de tantas normas que regem a conduta leal, e, em uma situação como a dela, não seria difícil justificar um erro como esse!

— Sim, é verdade! — exclamou Emma, bastante comovida. — Se uma mulher pode ser perdoada por pensar em si própria, é em uma situação como a de Jane Fairfax. Em casos assim, quase posso dizer que "o mundo não é deles, nem a lei é do mundo".[72]

Ela encontrou o sr. Weston na entrada da casa e, sorrindo, exclamou:

---

[72] No original, em inglês: *the world is not theirs, nor the world's law*. Aí, Jane Austen faz uma adaptação da fala de Romeu ao boticário: *The world is not thy friend, nor the world's law* — do livro *Romeu e Julieta*, escrito por William Shakespeare (1564-1616).

— O senhor me pregou uma bela peça, pode ter certeza! Suponho que estava querendo despertar minha curiosidade e exercitar meu talento para adivinhar. Mas realmente me assustou. Cheguei a pensar que o senhor perdera pelo menos metade da sua propriedade! E aqui estou eu, em vez de apresentar minhas condolências, tudo acabou transformando-se em alegria. Eu lhe dou os parabéns, sr. Weston, de todo o meu coração, porque ganhará, como nora, uma das moças mais encantadoras e uma das melhores damas da Inglaterra.

Um olhar entre ele e a esposa convenceu-o de que tudo estava bem e ficou instantaneamente feliz. Ele voltou a agir e a falar como de costume. Cheio de gratidão, estendeu cordialmente a mão à jovem e começou a falar do assunto de modo que demonstrava que, agora, só precisava de tempo para se convencer de que aquele casamento não seria de todo ruim. Elas apenas lhe sugeriram o que poderia prevenir a imprudência e suavizar as objeções. Depois de os três terem conversado, o sr. Weston pôde falar tudo novamente para Emma e, enquanto faziam o caminho de volta a Hartfield, ele passou a aceitar a ideia e não estava longe de acreditar que fora a melhor coisa que Frank poderia ter feito.

CAPÍTULO 11

— Harriet, pobre Harriet! — Essas eram as tristes palavras das quais Emma não conseguia desvencilhar-se, as que significavam a pior parte de toda aquela situação. Frank Churchill se comportara muito mal muito mal com ela — em vários aspectos —, mas o que a irritava era o modo como ele agira com ela. Tanto, que ficou muito sentida com a confusão que acabou trazendo para a vida de Harriet. Pobre Harriet! Ser vítima, pela segunda vez, de erros e bajulações. O sr. Knightley estava profetizando quando lhe disse, em certa ocasião: "Emma, você não é uma boa amiga para Harriet Smith". Agora, temia que só houvesse causado males à amiga. Obviamente, dessa vez não poderia acusar-se, como na vez anterior, de ser a única responsável travessura sugerindo sentimentos que, de outro modo, Harriet nunca teria se atrevido a conceber, pois Harriet já reconhecera admirar e preferir Frank Churchill antes que Emma insinuasse qualquer coisa a respeito. No entanto, sentia-se totalmente culpada por ajudar a fomentar sentimentos que deveria ter contribuído para dissipar. Poderia ter prevenido Harriet de ser tão indulgente e que seus sentimentos aumentassem. Sua influência teria sido o suficiente. Agora estava bastante consciente de que deveria ter impedido isso. Sentia que acabara arriscando a felicidade da amiga sem ter motivos suficientemente sólidos. Deveria ter tido bom senso e aconselhado a amiga a não pensar em Frank Churchill, já que havia uma chance em quinhentas de ele vir a se interessar por ela.

"Mas receio que não há nada que eu possa fazer", admitiu.

Emma estava muito zangada consigo mesma. Se não estivesse também zangada com Frank Churchill, seu estado de ânimo seria pior. Quanto a Jane Fairfax, pelo menos não precisava preocupar-se com ela. Harriet já a preocupava o suficiente; então, não precisava ter mais preocupações com Jane, cujos problemas e falta de saúde, os quais supostamente teriam a mesma origem, certamente se resolveriam. Seus dias de insignificância e penúria em breve terminariam. Logo, estaria bem, feliz e próspera. Emma bem imaginava o porquê de suas atenções serem recusadas. Aquela descoberta respondera a muitas outras questões. Sem dúvida, fora por ciúme. Para Jane, ela era uma rival e obviamente tudo que quisera oferecer-lhe como ajuda ou atenções teria de ser recusado. Fazer um passeio na carruagem de Hartfield teria sido uma tortura, a araruta procedente de Hartfield teria sido um veneno. Agora compreendia tudo, e, à medida que tentava afastar-se da injustiça ou do egoísmo de seu orgulho ferido, reconhecia que Jane Fairfax teria a exaltação e a felicidade que merecia. Mas a pobre Harriet era um fardo muito pesado! Não podia dedicar suas atenções a nenhuma outra pessoa. Emma temia que esta segunda decepção fosse ainda maior do que a primeira. Certamente seria pior, considerando-se que, desta vez, suas aspirações eram maiores, a julgar pelos poderosos efeitos que aparentemente aquela paixão teria produzido na mente de Harriet, a ponto de deixá-la mais reservada e controlada. No entanto, precisaria comunicar a triste verdade à amiga o quanto antes. Ao se despedir do sr. Weston, ele lhe pediu segredo: "Até o momento, o noivado dos dois é segredo. O sr. Churchill exigiu que fosse assim, em respeito à esposa, falecida tão recentemente, e todos concordaram que seria a opção mais acertada". Emma prometeu, mas, apesar de tudo, Harriet deveria ser uma exceção. Era sua obrigação contar-lhe a verdade.

Apesar da vergonha, não podia evitar pensar que era quase ridículo que precisasse comunicar a Harriet a mais penosa e delicada notícia que a sra. Weston acabara de lhe dar. O segredo que lhe fora ansiosamente transmitido, agora, seria transmitido com bastante receio a outra pessoa.

Sentiu o coração bater mais forte ao ouvir os passos e a voz de Harriet. Pensou que a sra. Weston passara pela mesma reação quando ela entrara em Randalls. Quisera Deus que a sua conversa tivesse o mesmo final feliz! Mas, na verdade, infelizmente, não haveria a menor possibilidade de isso acontecer.

— Bem, srta. Woodhouse! — exclamou Harriet ao entrar rapidamente pela sala — Não lhe parece a notícia mais extraordinária de todos os tempos?

— A que notícia você se refere? — perguntou Emma, incapaz de adivinhar pela aparência ou pela voz que Harriet já soubesse da verdade.

— Sobre Jane Fairfax. Já ouviu algo tão estranho? Oh! Não precisa ter nenhum receio de me contar, porque o sr. Weston já me disse tudo. Acabo de me encontrar com ele. Ele me avisou que era um segredo para todos e, portanto, não devo contar a mais ninguém. Além disso, falou que a senhorita já sabia.

— O que o sr. Weston lhe contou? — disse Emma, ainda perplexa.

— Oh! Ele me contou tudo: que Jane Fairfax e o sr. Frank Churchill vão casar-se e que ficaram noivos em segredo, sem que ninguém soubesse até o momento. Muito estranho!

De fato, muito estranho. O comportamento de Harriet era tão estranho que não conseguiu entender o que se passava. Parecia que seu caráter havia mudado completamente, como se não quisesse demonstrar nenhum tipo de emoção, nenhuma decepção, nenhum interesse especial pela notícia. Emma apenas olhava para a amiga, incapaz de dizer qualquer coisa.

— A senhorita desconfiava que estavam apaixonados um pelo outro? — perguntou Harriet. — Bem, creio que seja possível. A senhorita — corou enquanto falava —, que consegue enxergar o que se passa no coração de todos, mas ninguém mais...

— Pois lhe digo: começo a duvidar de que tenha de fato tal talento — respondeu Emma. — Mas, Harriet, como pode perguntar-me seriamente se eu suspeitava que ele estava apaixonado por outra mulher, enquanto eu a encorajava, de maneira tácita e não abertamente, a se guiar por seus próprios sentimentos? Eu jamais suspeitei de alguma coisa, até o último instante, de que o sr. Frank Churchill tivesse algum interesse por Jane Fairfax. Você pode ter certeza de que, se eu suspeitasse de algo, eu a teria prevenido.

— A mim? — Harriet perguntou, bastante corada e assombrada. — Por que precisaria prevenir-me? Não está pensando que eu tenho algum interesse por Frank Churchill...

— Você não sabe quanto me alegra ao falar desse assunto com tanta serenidade — respondeu Emma, sorrindo —, mas não pode negar que houve uma época... não faz muito tempo... em que me deu motivos para acreditar que você estaria interessada nele.

— Nele? Nunca, nunca. Minha querida srta. Woodhouse, como pôde ter-se confundido? — a amiga ficou bastante angustiada.

— Harriet! — exclamou Emma, após alguns segundos de pausa. — O que você quer dizer com isso? Deus do céu! O que quer dizer? Eu me confundi? Então, suponho que...

Ela não conseguiu dizer uma única palavra. Emudeceu, sentou-se e esperou, com grande aflição, até que a amiga lhe respondesse.

Harriet, que estava de pé, a certa distância, voltando o rosto em sua direção, não disse nada por algum tempo e, quando voltou a falar, sua voz estava tão alterada quanto a de Emma.

— Jamais imaginei ser possível — começou dizendo — a senhorita me entender tão mal! Eu sei que concordamos em em nunca mais dizer o nome dele, mas, considerando como ele é infinitamente superior aos outros cavalheiros, jamais imaginei que pudesse pensar que eu me referia a outra pessoa. O sr. Frank Churchill, realmente! Não sei quem poderia olhar para ele, estando na companhia do outro. Acho que não tenho tanto mau gosto para pensar no sr. Frank Churchill, que não é nada perto dele. É incrível como a senhorita se enganou desta vez! Tenho certeza de que, se não acreditasse que aprovaria meus sentimentos e que me encorajaria, talvez considerasse muita presunção de minha parte atrever-me a pensar nele. A princípio, se não me tivesse dito que as coisas mais maravilhosas acontecem, que até mesmo os casais mais díspares se casam, essas foram as suas palavras; talvez eu não me atrevesse a... jamais teria imaginado ser possível... mas, se a senhorita, que sempre o conheceu tão bem...

— Harriet! — interrompeu Emma, tentando controlar-se. — Vamos esclarecer tudo agora, sem que haja a possibilidade de nos equivocar novamente. Você está falando do sr. Knightley?

— Para ser sincera, sim. Não poderia pensar em outra pessoa. Eu acreditei que a senhorita soubesse. Quando falamos dele, nada poderia ser mais claro.

— Não tão claro — respondeu Emma, tentando acalmar-se. — Por tudo que me disse, parecia referir-se a outra pessoa. Eu quase poderia garantir que citara o sr. Frank Churchill. Lembro-me de que você mencionou a gentileza que ele lhe fez ao salvá-la dos ciganos.

— Oh, srta. Woodhouse, como pôde esquecer?

— Minha querida Harriet, eu me lembro claramente das palavras que disse naquela ocasião. Eu lhe disse que não estava surpresa com o seu interesse e que, considerando a gentileza que ele lhe fez, era algo bastante natural. E você concordou comigo, expressando de maneira bastante calorosa quanto estava agradecida, inclusive mencionando as sensações que teve ao vê-lo aproximar-se para socorrê-la. Foi a impressão que guardei na memória.

— Oh, querida! — exclamou Harriet. — Agora lembro a que se refere! Mas, naquele momento, eu pensava em algo completamente diferente. Não pensava nos ciganos... nem no sr. Frank Churchill. Não! — continuou, elevando o tom de voz. — Eu pensava em uma situação muito mais preciosa. Pensava no sr. Knightley, quando ele me convidou para dançar, depois que o sr. Elton se negou a dançar comigo quando não havia nenhum outro par no salão. Essa foi a grande gentileza que ele me fez, foi seu gesto nobre, sua generosidade, foi esse gesto que me fez perceber que ele estava acima de todos os outros homens da Terra.

— Santo Deus! — exclamou Emma. — Esse foi o mais infeliz, o mais deplorável engano! O que podemos fazer?

— Então, a senhorita não teria me encorajado se tivesse compreendido o que eu falava? No entanto, eu não estaria melhor se o objeto do meu interesse fosse outro rapaz, e agora existe a possibilidade...

Ela fez uma pausa e Emma não conseguiu falar absolutamente nada.

— Não me admira, srta. Woodhouse — continuou dizendo —, que veja uma grande diferença entre nós dois, tanto no meu caso como em qualquer outro. Deve pensar que ele é milhões de vezes superior a mim. Contudo, tenho esperança, senhorita, por mais impossível que possa parecer. Mas sabe que foram suas próprias palavras: as coisas mais maravilhosas acontecem e até mesmo os casais mais díspares que o sr. Frank Churchill e eu se casam. Assim, pensei que algo parecido já acontecera. E, se eu tiver muita sorte, mais do que posso expressar... e, se o sr. Knightley realmente... se ele não se importar que a diferença entre nós dois... espero que a senhorita não se oponha e não coloque dificuldades no meu caminho. Mas tenho certeza de que é muito boa para agir assim.

Harriet estava de pé, diante de uma das janelas. Emma olhou para ela, bastante consternada, e perguntou:

— Você sabe dizer se o sr. Knightley corresponde ao seu afeto?

— Sim — respondeu Harriet com muita humildade, mas sem temor. — Posso dizer que sim.

Emma imediatamente desviou o olhar e, por alguns minutos, permaneceu em silêncio, refletindo. Alguns minutos foram o suficiente para que soubesse o que ia no seu coração. Uma mente como a dela fazia progressos rapidamente quando suspeitava de algo. Ela percebeu... admitiu... reconheceu toda a verdade. Por que era tão terrível que Harriet estivesse apaixonada pelo sr. Knightley em vez do sr. Frank Churchill? Por que era tão terrível que tivesse tanta esperança de ser correspondida? Logo, num piscar de olhos, sabia, com certeza, que ninguém poderia casar-se com o sr. Knightley a não ser ela!

Naquele curto espaço de tempo, compreendeu qual fora a sua conduta e viu claramente o que se passava no seu coração. Pôde compreender tudo lucidamente. Como errara com Harriet! Como sua conduta fora indelicada, sem consideração, irracional e insensível! Como pôde deixar-se levar por tamanha cegueira e loucura? Pareceu-lhe algo terrível, e logo foi capaz de classificar sua atitude com os adjetivos mais duros do mundo. Entretanto, ainda lhe restava um pouco de amor-próprio, apesar de todas as suas culpas. A preocupação por manter as aparências e um forte senso de justiça com Harriet! Não havia necessidade de compaixão para com a jovem que se julgava amada pelo sr. Knightley, mas a justiça exigia que ela não se entristecesse naquele momento.

Emma decidiu permanecer sentada e suportar o restante da conversa com calma e aparente gentileza. Para seu próprio bem, era preciso avaliar até que ponto chegavam as esperanças da amiga. Além disso, Harriet não fizera nada para que lhe negasse o respeito ou que merecesse ser desprezada pela pessoa cujos conselhos a auxiliaram. Assim, abandonando suas reflexões e dominando sua emoção, olhou para a amiga e, com um tom de voz mais acolhedor, voltou a conversar, já que o tema que iniciara, a surpreendente história de Jane Fairfax, perdera todo o interesse. Nenhuma das duas voltou a pensar no sr. Knightley, nem em si mesma.

Harriet, até então distraída em um devaneio infeliz, ficou feliz ao vê-lo interrompido pela maneira encorajadora de tão grande juíza e tão boa amiga como a srta. Woodhouse, e precisou apenas de um convite para falar de suas esperanças, embora tremesse de tanta emoção. Enquanto fazia perguntas e recebia respostas, Emma tentava ocultar suas emoções, que não eram menores do que as da amiga. Sua voz não era instável, porém seu espírito não poderia estar mais perturbado pela descoberta que acabava de fazer, uma novidade tão ameaçadora e capaz de produzir todas aquelas súbitas e perplexas emoções. Com profundo sofrimento interior, mas muito paciente, escutou o relato de Harriet. Contudo, não podia esperar que fosse metódico, ordenado, tampouco claro. Uma vez que conseguiu distinguir os equívocos e as debilidades da narrativa, seu espírito ficou muito abatido, especialmente por causa das circunstâncias que corroboravam e despertavam em sua memória a certeza de que o sr. Knightley tinha as opiniões mais favoráveis a respeito da amiga.

Harriet passou a reparar na mudança de comportamento do sr. Knightley em relação a ela desde a noite do baile. Naquela ocasião, Emma sabia que a opinião dele a respeito da amiga superara suas expectativas. Desde aquela noite, ou pelo menos desde o momento em que a srta. Woodhouse a encorajou a pensar nele, começou a fantasiar que seu amigo conversava com ela muito mais do que de costume e que a tratava de maneira completamente diferente. Ele agia de um modo amável, afetuoso! Aos poucos, ela tomava consciência disso. Quando passearam juntos, ele ficou muito tempo ao seu lado e conversou de maneira adorável! Parecia que desejava conhecê-la melhor. Emma sabia que era assim mesmo. Harriet repetia frases de aprovação e de elogios que ele lhe dissera. E Emma se dava conta de que concordavam com o que ele pensava a respeito de Harriet. Ele a elogiava por ser uma moça sem artifícios e sem afetação, por ser simples, honesta e possuir sentimentos generosos. Emma sabia que ele via todas as suas qualidades, ele falara delas mais de uma vez. Muitas coisas que Harriet guardava na memória, pequenos detalhes que revelavam a atenção que o sr. Knightley lhe dedicava, um olhar, uma frase, o levantar de uma cadeira para se sentar em outra mais próxima dela, um elogio implícito, uma preferência subentendida, passaram despercebidos de Emma, que não suspeitava de nada. Situações que preencheriam um relato de meia hora, com diversos indícios para quem os presenciara.

Ela não havia percebido e, agora, com o relato de Harriet, tomava conhecimento. Mas os últimos indícios que mencionou, os que constituíam as maiores esperanças de Harriet, estes ela percebeu até certo ponto. O primeiro fora quando o sr. Knightley caminhava ao lado de Harriet, em Donwell, separados das demais pessoas. Caminharam um bom tempo até a chegada de Emma, e disso ela estava convencida, quando pareceu que ele tinha muito interesse que ambos estivessem a sós.

A princípio, ele lhe falou de um modo muito particular, como jamais fizera, sim, de um modo bastante particular! Harriet, ao se recordar, não conseguiu evitar o rubor. Parecia que ele estava prestes a lhe perguntar se ela estava comprometida com alguém. Mas assim que a srta. Woodhouse chegou para se juntar a eles, ele mudou de assunto e começou a falar a respeito de plantações. O segundo foi quando eles conversaram por quase meia hora antes que Emma chegasse de sua visita, naquela última manhã em que ele fora a Hartfield — embora, ao entrar na casa, ele tenha dito que não poderia ficar mais do que cinco minutos — e lhe contara, enquanto conversavam, que, apesar de ele estar de partida para Londres, era com muito pesar que deixava a casa, o que era algo muito mais pessoal (como Emma também sentiu) do que ele confidenciara a ela própria. E, diante de uma demonstração tão grande de confidência em relação a Harriet, isso magoou Emma profundamente.

Depois de refletir sobre as duas circunstâncias, Emma se atreveu a fazer a seguinte pergunta:

— Será que ele... não seria possível que, ao tentar perguntar-lhe se estava comprometida com alguém, não se referia ao sr. Martin? Será que ele não estava pensando em Robert Martin?

Porém, Harriet rejeitou essa suspeita energicamente:

— O sr. Martin! Não... de fato, não. Não fez nenhuma menção a ele. Espero que agora eu já tenha bastante experiência para não pensar no sr. Martin ou para suspeitarem que penso nele.

Quando Harriet terminou seu relato, apelou para que a srta. Woodhouse lhe dissesse se tinha motivos ou não para alimentar esperanças.

— Eu nunca me atreveria a pensar nele — disse Harriet — se não fosse por seus encorajamentos. A senhorita me disse que o observasse cuidadosamente e que me guiasse por seu comportamento, então, segui seu conselho. E agora creio que tenho motivos para pensar que posso ser digna dele e que, se ele me escolher, não me parecerá uma coisa tão extraordinária.

A amargura, a terrível amargura que Emma sentiu no coração ao ouvir essas palavras obrigou-a a fazer um grande esforço para se conter e responder:

— Harriet, a única coisa que posso dizer é que o sr. Knightley é o último homem do mundo que daria intencionalmente a uma moça a ideia de que seus sentimentos por ela seriam mais fortes do que realmente são.

Harriet pareceu disposta a idolatrar a amiga por uma frase tão satisfatória, e Emma foi salva, pelos passos do seu pai, das manifestações de entusiasmo e carinho da amiga, os quais, naquele momento, seriam para ela uma terrível penitência. O pai caminhava no hall. Harriet ficou muito agitada ao se encontrar com ele. Uma vez que ela não conseguia manter a compostura, o sr. Woodhouse logo perceberia quanto estava alterada, então o ideal seria ir embora. E assim, após a amiga concordar, Harriet saiu por outra porta... e, no momento em que ela se foi, pôde expressar seus sentimentos dizendo: "Oh, Deus! Quisera eu nunca a ter conhecido".

O restante do dia e a noite não foram suficientes para seus pensamentos. Emma estava atordoada pela confusão de tudo que havia descoberto naquelas últimas horas. Cada momento trouxera uma nova surpresa e cada nova surpresa fora uma humilhação para ela. Como poderia compreender tudo aquilo? Como conseguiria compreender que se enganara daquele modo, vivendo no mais absoluto engano? Aqueles erros, aquela cegueira da sua mente e do seu coração! Permaneceu sentada por um tempo, depois mudou de sala, e ainda tentou caminhar pelo jardim. Em todos esses lugares, em todas as situações, não podia deixar de pensar em quanto agira de maneira insensata, que se deixara enganar de maneira humilhante; sentia-se infeliz e considerava aquele dia como o início de suas desgraças.

Naquele momento, a primeira coisa a ser feita seria entender seu coração. Portanto, assim que as obrigações para com seu pai lhe permitissem algum tempo livre, deveria usá-lo para refletir.

Por quanto tempo sentiria aquele afeto pelo sr. Knightley, agora que seus sentimentos se revelavam com tanta evidência? Quando começou a exercer sua influência, aquele tipo de influência, sobre ela? Quando ele começou a ocupar em seu coração o lugar que Frank Churchill, por um breve espaço de tempo, havia ocupado? Tentou lembrar-se; comparou os dois. Tentou compará-los conforme a estima que sentia por ambos, desde a época em que conheceu Frank... E como teriam sido comparados por ela a qualquer tempo... e se tivessem... oh! Que feliz ocasião seria se ela pudesse ter feito essa comparação antes! Concluiu que, em todos os momentos, considerou o sr. Knightley infinitamente superior ao outro; todo o tempo sentira por ele um afeto muito maior. Percebia que, ao se convencer do contrário, ao imaginar que deveria agir daquela maneira, havia-se enganado, terminara por se enganar, ignorando completamente o que estava no seu coração. Em resumo, na realidade, nunca sentira a menor atração por Frank Churchill!

Essa foi a conclusão de suas primeiras reflexões. A primeira convicção a respeito de si mesma ao tentar responder a suas primeiras dúvidas, sem precisar de muito tempo para chegar a essa conclusão. Sentia-se tristemente indignada, envergonhada de todos os seus sentimentos, menos do que acabara de descobrir: seu afeto pelo sr. Knightley. Tudo mais que se encontrava em sua mente era motivo para desgosto.

Com uma imperdoável vaidade, acreditara ser capaz de desvendar os sentimentos dos outros! Com uma irremissível arrogância, propusera-se a criar o destino dos outros! Chegou à conclusão de que se havia equivocado em tudo e nem sequer fizera algo, porque havia provocado desgraças. Trouxera o mal a Harriet, a si mesma e, como muito temia, ao sr. Knightley. Se aquela união, a mais desigual de todas que podia imaginar, viesse a ser uma realidade, ela seria a responsável por incentivá-la porque podia apenas pensar que o afeto mútuo não nascera de outra fonte que não da atitude de Harriet. Se não fosse assim, ele jamais a notaria se não fosse por causa da loucura dela.

O sr. Knightley e Harriet Smith! Seria uma união para colocar a distância todas as maravilhas de um casamento. O noivado entre Frank Churchill e

Jane Fairfax era uma coisa normal, simples, que não despertava nenhuma surpresa nem oferecia nenhuma disparidade, que não valia a pena comentar. O sr. Knightley e Harriet Smith! Tal exaltação da parte dela! Tal humilhação da parte dele! Emma ficava horrorizada ao pensar em como essa união o degradaria ante a sociedade. Ele seria motivo de risos, escárnio e narizes torcidos. A humilhação e o desdém do seu irmão, as mil dificuldades que aquilo representaria. Seria possível? Não, não poderia ser.

Sem dúvida, estava muito longe de ser algo impossível de acontecer. Seria essa a primeira vez que um homem de classe se apaixonaria por uma moça de origem inferior? Seria essa a primeira vez que alguém, talvez extremamente ocupado com seus negócios, se permitiria ser seduzido por uma moça interessada em agradar-lhe? Seria algo sem precedentes neste mundo por ser desproporcional, inconsistente, incongruente — ou que o acaso e as circunstâncias (como causas secundárias) dirigissem o destino humano?

Oh! Antes ela nunca tivesse incentivado Harriet! Teria sido melhor se a tivesse deixado onde estava! Quisera nunca ter impedido, cometido a insensatez que não tinha nem palavras suficientes para expressar, que ela se casasse com um rapaz irrepreensível que a teria feito feliz e respeitável na condição social à qual deveria pertencer; então, tudo estaria seguro e essa terrível situação não teria ocorrido.

Como Harriet poderia ter a pretensão de pensar no sr. Knightley? Como pôde imaginar ser a escolhida de um homem sem ao menos ter a certeza disso! Mas Harriet era menos humilde, tinha menos receios do que antes. Parecia sentir-se menos inferior, tanto intelectual como socialmente. Parecia ter-se admirado mais quando o sr. Elton se recusou a casar-se com ela do que se fosse o sr. Knightley que o fizesse.

Ai, não! Aquilo tudo não era também obra sua? Quem, senão ela, havia-se preocupado tanto em conseguir que Harriet tivesse confiança em si mesma? Quem, senão ela, tinha ensinado à amiga que deveria elevar-se o máximo possível e que suas pretensões eram dignas de um mundo superior? Se Harriet, que era humilde, ficou vaidosa, a responsabilidade também era sua.

CAPÍTULO 12

Até aquele momento, quando se viu a ponto de perdê-lo, Emma nunca havia pensado que sua felicidade pudesse depender do fato de ela ser a favorita do sr. Knightley, a primeira em seu interesse e em seu afeto. Convencida de que era assim e acreditando ter esse direito, havia desfrutado a amizade dele sem parar para refletir sobre isso, e apenas diante do temor de ver-se substituída é que percebeu quanto ele sempre fora importante para ela. Fazia tempo, muito tempo, que sabia ser a sua preferida pelo fato de ele não ter mulheres na família; apenas Isabella poderia aspirar a algum tipo de comparação com ela, e Emma sempre soube até que ponto ele apreciava a cunhada e gostava dela.

Por muitos anos, Emma sempre foi sua favorita. Ela não o merecia, algumas vezes fora negligente ou perversa, desdenhara seus conselhos e, em algumas ocasiões, fora contrária à opinião dele, sem reconhecer nem a metade de seus méritos, discutindo com ele porque ele se negava a admitir a falsa e insolente ideia que tinha de si mesma. Mas, apesar de tudo, por força do hábito, pelos laços familiares e pela superioridade intelectual, ele a amava e a protegia desde pequena, com o propósito de que fosse uma pessoa melhor e com o empenho de que ninguém mais poderia ser capaz. Apesar de todos os seus defeitos, sabia que ele gostava dela — e, por que não dizer, gostava muito! Quando surgiram, no entanto, as propostas de felicidade para o futuro, não tinha pretensões de estar entre elas. Harriet Smith podia considerar-se muito digna de ser amada de modo especial, exclusiva e apaixonadamente, pelo sr. Knightley. Ela não. Não podia enganar a si mesma com a ideia de que ele estava cego ao se interessar por Harriet. Uma prova recente da sua imparcialidade foi o modo como o sr. Knightley ficou chocado com seu comportamento com a srta. Bates! De que modo tão claro e enérgico ele se expressara sobre aquele caso! Não tinha sido tão enérgico se levarmos em consideração o tamanho da ofensa. Mas enérgico o bastante para proceder com base em um sentimento mais suave do que a justiça e a boa vontade. Emma não tinha nenhuma esperança, nada que pudesse receber o nome de esperança em relação àquele tipo de afeto no qual ela agora pensava. Contudo, havia uma esperança, às vezes tênue, outras vezes mais forte, de que Harriet estivesse enganada e que exagerara o significado das atenções dele. Desejava isso também para o bem do seu amigo. Desejava que ela fosse a única a sofrer as consequências, e que continuasse solteira pelo resto da vida. Se Emma tivesse certeza disso, de que ele nunca se casaria, estava convencida de que ficaria totalmente satisfeita. Que ele continuasse a ser o mesmo sr. Knightley de sempre, para ela e para seu pai. O mesmo sr. Knightley para o resto do mundo, que Donwell e Hartfield não perdessem nada de seus modos amistosos e cordiais, e a paz de Emma ficaria assegurada para sempre. Na verdade, o casamento era algo que não estava nos planos de Emma. Seria incompatível com seus deveres de filha e com o que sentia por seu pai. Nada podia separá-la dele. Não se casaria, nem mesmo se o sr. Knightley lhe propusesse.

Desejava ardentemente que Harriet se desapontasse e esperava que, quando os visse juntos novamente, pudesse avaliar quais as possibilidades de isso acontecer. E, por mais desastradamente que tivesse observado outras pessoas, não podia admitir que também naquela ocasião estivesse equivocada. Esperava voltar a ver o sr. Knightley a qualquer momento. A oportunidade de observação lhe seria dada muito em breve. Espantosamente em breve, ao que parecia, quando pensava no rumo que as coisas poderiam tomar. Entretanto, decidiu não voltar a se encontrar com Harriet. Não seria bom para nenhuma das duas e não haveria nenhuma vantagem em falar sobre aquele assunto. Estava decidida a não se convencer, enquanto pudesse duvidar, e, contudo, não tinha motivos para se opor às esperanças de Harriet. Falar sobre o assunto só a deixaria irritada.

Emma escreveu para Harriet pedindo que, nesse momento, não fizesse visitas a Hartfield, reconhecendo que estava convencida de que era melhor evitar toda nova conversa a respeito de determinado tema. E, dizendo que tinha esperança de que se passassem quatro dias sem se encontrarem, exceto na companhia de outras pessoas, opunha-se apenas às conversas particulares; assim, ambas seriam capazes de agir como se tivessem esquecido a conversa da véspera. Harriet respondeu, concordando e parecendo muito grata.

Acabara de tomar essa decisão quando recebeu uma visita que a distrairia um pouco daquele assunto que ocupara sua mente durante o dia e a noite, nas últimas vinte e quatro horas. A sra. Weston, que acabara de visitar a futura nora, ao regressar da sua casa, decidiu fazer uma visita a Hartfield, considerando um dever para com Emma e um prazer para ela mesma, com o objetivo de relatar os detalhes de tão interessante entrevista.

O sr. Weston a acompanhara à casa das Bates e ali desempenhara o papel que lhe era devido, com toda dignidade. Contudo, sua esposa logo convenceu a srta. Fairfax a passearem juntas e agora tinha muito mais a contar, e contar com alegria, tanto que nem notou os quinze minutos que passou na sala da sra. Bates, na embaraçosa situação que se criara.

Emma estava um pouco curiosa e prestou atenção no relato da amiga. A sra. Weston fizera aquela visita com bastante agitação e, a princípio, não desejara fazê-la naquele momento; ao contrário, gostaria de apenas ter escrito uma carta à srta. Fairfax adiando, assim, a visita cerimoniosa até que se passasse algum tempo. O sr. Churchill talvez se deixasse convencer a tornar o noivado público, pois, considerando tudo, ela achava que essa visita não passaria despercebida e despertaria alguns comentários. Mas o sr. Weston pensava de modo bem diferente. Estava extraordinariamente ansioso por demonstrar à futura nora e à sua família que aprovava a escolha do seu filho e não entendia que aquela visita pudesse levantar qualquer tipo de suspeita e, caso levantasse, não haveria consequências, pois "essas coisas", observara ele, "sempre acabam sendo descobertas". Emma sorriu e pensou que o sr. Weston tinha muitas razões para pensar desse modo.

Em resumo, eles decidiram fazer a visita, e a jovem moça ficou bastante perturbada e confusa. Foi incapaz de dizer uma única palavra, e todos os seus gestos e olhares demonstravam quanto estava profundamente afetada. A serena e cordial satisfação da avó e a entusiasmada alegria da tia foram tão intensas que nem sequer conseguiam falar como de costume — uma cena gratificante e afetuosa. Era tão respeitável a felicidade das Bates, tão desinteressada em suas manifestações, pensavam tanto em Jane quanto nos outros e muito pouco em si mesmas, que despertavam os sentimentos mais amáveis. A recente doença da srta. Fairfax ofereceu um motivo para que a sra. Weston a convidasse para um passeio ao ar livre, que a princípio ela recusou, mas, depois de uma pequena insistência, terminou por aceitar. E, durante aquele passeio de carruagem, a sra. Weston a brindou com palavras repletas de afeto. Enfim, conseguiu vencer a reserva de Jane e conversaram sobre o assunto que interessava às duas. Jane começou pedindo desculpas por seu silêncio pouco amável, com o qual a havia recebido e ao esposo, e manifestou a enorme gratidão que sempre havia sentido por ela e pelo sr. Weston. Assim que essas efusões foram colocadas de lado, as duas conversaram sobre a atual e a futura situação do noivado. A sra. Weston estava convencida de que essa conversa seria motivo de grande alívio para Jane, que, durante muito tempo, estivera tão isolada em seus próprios sentimentos, e ficou muito feliz com tudo que a jovem moça lhe disse durante o passeio:

— Diante do sofrimento de tantos meses em que escondera o noivado — continuou a sra. Weston —, Jane conversava com bastante energia. Uma das coisas que me disse foi: "Não vou dizer que, desde que noivamos, não tive alguns momentos felizes, mas posso dizer que, desde então, não tenho desfrutado um único momento de tranquilidade." E, ao dizer isso, seus lábios ficaram trêmulos, Emma, posso assegurar-lhe que ela falava de todo coração.

— Pobre moça! — disse Emma. — Ela acredita que agiu mal ao aceitar o noivado em segredo, não foi?

— Mal! Certamente ninguém estaria disposto a condená-la mais do que ela própria. "As consequências", disse Jane, "para mim pareciam um estado perpétuo de sofrimento. Mas, apesar de todo o castigo que podemos sofrer, depois de tomarmos uma atitude errada, a decisão não deixa de ser menos errada por isso. Sofrimento não é expiação. Eu nunca poderei ser perdoada. Agi contra o que acreditava ser justo. E o final feliz que agora estou prestes a viver e todas as atenções que estou recebendo são o que a minha consciência me diz que não sou merecedora. Minha cara senhora, por favor, não imagine que tive péssimos ensinamentos. Não deixe que qualquer erro meu se reflita nos amigos que cuidaram da minha educação. O erro foi somente meu e eu lhe garanto que, apesar de todas as desculpas que a atual situação aparentemente pode dar-me, espero com muito temor o momento em que terei de contá-la ao Coronel Campbell".

— Pobre moça! — repetiu Emma. — Estou certa de que ela o ama muito. Só o amor é capaz de fazer alguém suportar uma situação como essa. Seus sentimentos certamente dominaram seu juízo.

— Sim, não tenho a menor dúvida de que está muito apaixonada por ele.

— Receio — respondeu Emma, suspirando — que eu tenha contribuído inúmeras vezes para que ela se sentisse humilhada.

— Oh, querida! Você não tem culpa, é inocente. Mas ela, provavelmente, pensava sobre isso quando se referia aos mal-entendidos que teve com Frank, os quais ele também mencionou. No entanto, dizia que era uma consequência natural dessa situação insustentável em que ela mesma se meteu, era algo que se tornara um tanto irracional. Ao perceber quanto agia errado, ficava exposta a todo tipo de inquietações e isso a deixava tão implicante e irritada que deve ter sido, e foi, muito difícil de suportar. Ela ainda acrescentou que não fez essas concessões por causa do delicioso e alegre temperamento de Frank, sempre disposto a fazer uma brincadeira; estou certa de que, para mim, também teria sido algo delicioso, como foi no início. Emma, Jane Fairfax logo começou a falar de você e de quanto você foi gentil durante a doença que ela teve e corou de um modo que demonstrou até que ponto uma coisa estava relacionada com a outra. Jane me suplicou que, quando eu tivesse a oportunidade, lhe dissesse quanto ela lhe agradecia. Disse que jamais conseguirá agradecer todos os desejos e os intentos que você teve de ajudá-la. Jane percebeu que nunca correspondeu à altura suas boas intenções, Emma.

— Se eu não soubesse que agora ela está feliz — disse Emma, com seriedade —, e deve ser assim, apesar das crises de consciência que possa ter neste momento, não poderia aceitar que Jane me agradecesse. Pois, se fôssemos levar em consideração todo o bem e todo o mal que fiz a ela... bem — procurou controlar-se e mostrar-se um pouco mais alegre —, devemos esquecer tudo isso. Minha querida, foi muito gentil ao me contar todos esses detalhes tão interessantes. É justo que a sorte esteja do lado dele, mas eu penso que o mérito é todo de Jane.

A sra. Weston não poderia deixar de responder a tal conclusão. Ela seguia pensando bem a respeito de Frank, em todos os aspectos. Além disso, gostava muito dele e sua defesa foi bastante apaixonada, impulsionada por seu grande afeto, porém suas palavras não cativaram a atenção de Emma, cuja mente vagava entre Brunswick Square e Donwell, então acabou não escutando a amiga.
E quando a sra. Weston terminou dizendo: "Nós ainda não recebemos a carta que aguardamos ansiosamente, mas espero que chegue logo", Emma foi obrigada a fazer uma pausa e a responder, ainda que de forma aleatória, antes que pudesse lembrar-se de qual carta esperavam com tanta ansiedade.

— Você está bem, minha querida? — foi a última pergunta da sra. Weston.

— Oh! Perfeitamente. Estou sempre bem, sabe disso. Avise-me do conteúdo da carta o mais rápido possível.

Os relatos da sra. Weston alimentaram ainda mais as desagradáveis reflexões de Emma, aumentando cada vez mais a estima e a compaixão que sentia por Jane Fairfax. Ela lamentou amargamente não ter procurado um contato mais próximo com a moça e ruborizou ao perceber que sentimentos de inveja eram os reais motivos para esse distanciamento. Se tivesse aceitado os conselhos do sr. Knightley, se tivesse dado a Jane a devida atenção que lhe era de direito, se tivesse tentado conhecê-la um pouco melhor, se tivesse se esforçado para ser também sua amiga, além de se concentrar apenas em Harriet Smith, certamente toda a dor que Emma sentia agora seria evitada. Em resumo, o berço, as habilidades e a educação eram motivos suficientes para que uma delas fosse sua amiga, recebida com gratidão; e a outra, quem era? Mesmo supondo que nunca chegassem a ser amigas íntimas, mesmo que a srta. Fairfax não lhe confiasse nenhum segredo importante — o que seria o mais provável — ainda assim, conhecendo-a como devia conhecer, poderia ter evitado conceber aquelas odiosas suspeitas sobre um romance impróprio com o sr. Dixon, suspeitas que não apenas havia concebido e alimentado em sua mente, como também, imperdoavelmente, transmitira a outras pessoas. Uma ideia que Emma temia ter sido um dos maiores motivos de aflição para os delicados sentimentos de Jane, em virtude da leviandade e do descuido de Frank Churchill. De tudo que poderia fazer mal a Jane desde a sua chegada a Highbury, estava convencida de que ela fora o pior. Fora uma inimiga perpétua. Os três nunca estiveram juntos sem que Emma houvesse perturbado a paz de Jane Fairfax em mil instâncias, e em Box Hill talvez tenha conhecido uma agonia mental que não conseguiria mais suportar.

Aquele entardecer foi muito longo e melancólico em Hartfield. E o clima pareceu contribuir para aumentar a tristeza. Chuviscou brevemente, e ela só podia lembrar-se de que estavam em julho por causa do verde das árvores e dos arbustos, que o vento aos poucos desnudava, e pela longa duração do dia, que prolongava ainda mais aquele triste espetáculo.

Esse clima afetou o sr. Woodhouse, e o único modo de animá-lo foi receber atenções constantes da filha, para o que Emma precisou esforçar-se duas vezes mais do que de costume. Aquela tarde lembrava a primeira vez em que pai e filha se viram sozinhos, depois do casamento da srta. Taylor, mas o sr. Knightley foi visitá-los, logo após o chá, e dissipara todo resquício de tristeza. Contudo, aquelas gratas demonstrações dos atrativos de Hartfield, como aquelas visitas deixavam claro, não tardariam a ter um fim. As perspectivas de privações que Emma havia previsto para o inverno seguinte mostraram-se erradas. Nenhum amigo desertara, não perderam nenhuma distração. Agora temia que não fosse afortunada como antes em decorrência de suas sombrias previsões. As perspectivas à sua frente eram tão ameaçadoras que não podiam ser totalmente dispersadas, nem sequer parcialmente abrilhantadas. Hartfield deveria ficar praticamente abandonada e ela teria de alegrar seu pai apenas com o ânimo de uma felicidade em ruína.

A criança que nasceria em Randalls seria um vínculo muito mais forte do que o que ela própria representava, e o coração e o tempo da sra. Weston seriam completamente absorvidos. Com certeza perderia a companhia da amiga e, provavelmente, mesmo o marido a perderia um pouco também. Frank Churchill não voltaria mais, e a srta. Fairfax, como era de se esperar, em breve deixaria de pertencer a Highbury. Frank e Jane deveriam casar-se e fixar residência em Enscombe ou em outra localidade próxima à região. Emma perderia as pessoas que mais amava. E se a essas perdas tivesse de adicionar a perda de Donwell, o que restaria de convívio alegre ou racional ao seu alcance? O sr. Knightley já não faria suas visitas no fim da tarde para trazer-lhe conforto! Já não entraria em Hartfield a qualquer momento como se quisesse fazer dali a sua morada! Como suportaria tudo isso? E se tivessem de perdê-lo por causa de Harriet? Se ele começasse a pensar que a companhia de Harriet era tudo que ele necessitava, se Harriet fosse sua eleita, a primeira, a amiga mais querida, a esposa a quem ele agradeceria por todas as bênçãos deste mundo, isso aumentaria a infelicidade de Emma ainda mais do que a reflexão, nunca afastada, de que tudo aquilo era culpa dela?

Quando chegou a esse ponto, não conseguiu evitar um sobressalto, suspirou profundamente e andou pela sala por alguns breves segundos. O único pensamento do qual poderia extrair algo parecido com um consolo, uma resignação, era sua decisão de que, a partir de agora, melhoraria seu comportamento e a esperança de que, por mais inferiores em alegria e companhia que fossem os próximos invernos de sua vida em relação ao passado, eles haveriam de encontrá-la mais sensata, mais consciente de si mesma, e deixariam menos lamentações quando passassem.

CAPÍTULO 13

Durante toda a manhã do dia seguinte, o tempo continuou praticamente igual e a mesma solidão e melancolia pareciam reinar em Hartfield. Contudo, logo nas primeiras horas da tarde, o céu ficou claro, o vento diminuiu e as nuvens se dissiparam. O sol voltou a brilhar, era verão novamente. Com toda a ânsia que essa transição impôs, Emma decidiu sair de casa o mais rápido possível. Nunca o maravilhoso espetáculo de perfumes e a sensação da natureza tranquila, quente e brilhante após uma tempestade foram atrativos tão intensos para ela. Ela ansiava pela necessidade que gradualmente se instalaria em seu espírito e, com a visita do sr. Perry, logo após o jantar, com cerca de uma hora para dedicar ao seu pai, Emma aproveitou a ocasião para ir ao jardim. Lá, com o ânimo já refrescado e os pensamentos um pouco aliviados, deu algumas voltas, quando viu o sr. Knightley passar pelo portão do jardim e caminhar em sua direção.

Era a primeira vez que o via desde que ele voltara de Londres. Emma pensara nele alguns momentos antes e no quanto estava longe, a vinte e cinco quilômetros de distância. Ela teve tempo apenas para fazer uma rápida composição de pensamentos. Teria de se dominar e ficar calma. Em cerca de meio minuto já estavam juntos. Os "como vai" foram rápidos e constrangidos de ambas as partes. Emma perguntou por seus amigos mútuos e soube que estavam todos bem. Quando ele partiu de Londres? Naquela mesma manhã. Certamente, ele cavalgara na chuva. Sim. Emma percebeu que ele desejava caminhar com ela.

Passara pela sala de jantar e, como não havia nada para fazer ali, decidiu ir até o jardim. Ela percebeu que ele não falava nem agia de maneira alegre e, como Emma temia, talvez já tivesse comunicado seus planos para o irmão, e estava muito triste pela maneira como John recebera a notícia.

Caminharam juntos. O sr. Knightley permaneceu em silêncio. Emma teve a impressão de que ele, de vez em quando, olhava-a nos olhos, como se quisesse ver algo mais do que lhe era possível demonstrar. E isso a fez sentir outro tipo de receio. Talvez ele quisesse falar com ela a respeito de sua afeição por Harriet, talvez estivesse reunindo coragem para começar a falar. Ela não faria, não deveria fazê-lo, não se sentia com forças para conversar sobre aquele assunto. Ele teria de iniciá-lo por si mesmo. No entanto, não conseguia suportar o silêncio, que não era nada natural no sr. Knightley. Ela fez algumas ponderações, decidiu-se e, com um sorriso nos lábios, começou:

— Agora que retornou, há notícias sobre as quais ficará muito surpreso.

— É mesmo? — perguntou ele calmamente, olhando para ela. — De que natureza?

— Oh! A melhor notícia do mundo: um casamento.

Após esperar alguns segundos, certo de que ela não tinha mais nada a falar, ele respondeu:

— Se você se refere à srta. Fairfax e a Frank Churchill, já ouvi toda a notícia.

— Como isso é possível? — Emma perguntou, voltando o rosto ruborizado em direção a ele.

Contudo, enquanto falava, ocorreu-lhe que ele poderia ter visitado a casa da sra. Goddard.

— Esta manhã, recebi um bilhete do sr. Weston e, ao fim do seu recado, contou, resumidamente, o que acontecera.

Emma ficou bastante aliviada e, já recomposta, conseguiu dizer:

— Provavelmente, ficou menos surpreso do que o resto de nós, pois tinha suas suspeitas. Não me esqueci de que tentou precaver-me. Eu gostaria de ter-lhe dado ouvidos — reconheceu, com a voz abatida e um forte suspiro. — Parece que fui condenada à cegueira.

Por alguns segundos, ficaram em silêncio, e ela não percebeu que suas palavras causaram um interesse particular nele, até que sentiu que ele lhe tomava o braço e pousava a mão sobre o seu coração. Ela o ouviu dizer, num sussurro baixo e sensível:

— O tempo, minha querida Emma, o tempo vai curar a ferida. Você tem muito bom senso. Precisa fazer um grande esforço por seu pai. Sei que não se permitirá...

Ele apertou sua mão e acrescentou, com a voz ainda mais entrecortada:

— O sentimento da mais calorosa amizade... indignação... abominável canalha! — e, em um tom mais alto, concluiu: — Logo ele partirá. Logo estarão em Yorkshire.[73] Sinto muito por *ela*, pois merecia coisa melhor.

Emma o compreendeu e, assim que conseguiu recuperar-se da imensa sensação de prazer produzida por aquela prova de afeto da parte dele, respondeu:

— É muita gentileza de sua parte, mas está enganado. Devo contar-lhe a verdade. Não preciso desse tipo de compaixão. Minha cegueira diante de tudo que se passava me levou a agir de um modo pelo qual sempre me envergonhei e me vi tolamente tentada a dizer e fazer muitas coisas que poderiam ter dado lugar a suposições mais desagradáveis, mas essa é a única razão que tenho para lamentar não ter sabido desse segredo antes.

— Emma! — exclamou ele, olhando atentamente para ela. — Você está certa? — e logo em seguida, mais controlado: — Não, eu não entendo você... perdoe-me... alegro-me que possa dizer isso. Frank não é objeto de arrependimento, não mesmo! E espero que, em breve, não seja somente sua razão a reconhecer isso. Você tem sorte de seu coração não ter se envolvido ainda mais! Confesso que, por sua atitude, jamais pude ter certeza de até onde iam seus sentimentos. Eu só tinha certeza da sua preferência, a qual nunca acreditei que ele fosse merecer. Ele é uma vergonha aos homens. E será recompensado com uma doce e jovem mulher? Jane, Jane, ela será uma infeliz.

— Sr. Knightley — disse Emma, tentando animar-se, mas um pouco confusa. — Estou em uma situação extraordinária. Não posso permitir que o senhor, continue enganado e contudo, como as minhas atitudes lhe deram essa impressão, tenho tanta razão em me envergonhar confessando que nunca tive um sentimento mais profundo por essa pessoa da qual falamos, como seria natural para uma mulher confessar exatamente o oposto. Porém, eu nunca estive apaixonada por ele.

Ele ouviu em profundo silêncio. Emma desejava que dissesse algo, mas ele não disse. Ela supôs que deveria dizer algo mais, antes de ser merecedora de sua clemência, mas era difícil ser obrigada a se rebaixar ainda mais em sua opinião. No entanto, continuou:

— Tenho pouco a dizer a respeito da minha conduta. Fui seduzida pelas atenções dele, e me permiti parecer satisfeita com isso. Provavelmente, uma

---

[73] O maior condado da Inglaterra, localizado no norte do país; possui grandes áreas verdes preservadas.

história antiga, um caso comum. E nada que não tenha acontecido com centenas de mulheres antes. Contudo, não é desculpa para alguém como eu, que exijo inteligência de todos. Diversas situações favoreceram a tentação. Ele era filho do sr. Weston, estava constantemente por aqui, era sempre agradável e, resumindo — continuou com um suspiro —, não vou ocultar-lhe com frases mirabolantes qual foi a causa mais importante de tudo isso: minha vaidade foi exaltada e permiti suas atenções. A verdade é que, durante um tempo, eu não podia pensar que aquilo pudesse significar algo. Considerava um costume, um jogo... nada que me comprometesse... ele se aproveitou de mim, mas não me feriu. Nunca estive apaixonada por ele. E, agora, posso compreender razoavelmente o comportamento dele. Ele nunca desejou envolver-se comigo. Era um simples truque para ocultar sua verdadeira situação com outra moça, queria cegar a todos, e eu, mais do que ninguém, seria mais iludida do que qualquer outra pessoa, exceto que eu não estava iludida, e essa foi a minha sorte. Então, foi isso que me salvou dele.

Ela esperava uma resposta, pelo menos algumas palavras que dissessem que sua conduta era compreensível, mas ele permaneceu em silêncio e, como ela acreditava, ainda refletia sobre o assunto. Pelo menos, de modo aceitável e tranquilo, ele disse:

— Nunca tive uma boa opinião a respeito de Frank Churchill. No entanto, suponho que o tenha subestimado. Meu relacionamento com ele foi muito superficial. E embora, até agora, acredite que o tenha julgado como merece, creio que ele pode ser uma pessoa muito melhor do que imagino. Ao se casar com Jane, ele terá a chance de melhorar. Não tenho motivo para lhe desejar nenhum mal, principalmente por causa de Jane, cuja felicidade dependerá de sua conduta e de seu bom caráter, por isso, eu certamente lhe desejo o bem.

— Não tenho dúvida de que os dois serão felizes — disse Emma. — Creio que os dois são mútua e sinceramente apaixonados um pelo outro.

— Ele é um homem de muita sorte! — respondeu o sr. Knightley enfaticamente. — Tem apenas vinte e três anos, tão jovem, justo em um período da vida em que os rapazes, ao escolherem uma esposa, não fazem boa escolha. Com apenas vinte e três anos ganhou o grande prêmio! Quantos anos de felicidade, segundo cálculos humanos, ele terá pela frente! Seguro do amor de uma mulher como Jane. Um amor desinteressado, pois o jeito de ser de Jane Fairfax é completamente desinteressado, tem tudo a seu favor... igualdade de situação. Refiro-me ao que diz respeito à sociedade, a todos os costumes e comportamentos que realmente importam; têm igualdade em todos os aspectos, com exceção de um... e este, uma vez que não se pode duvidar da pureza de intenções dela, contribuirá para a felicidade dele, pois poderá oferecer a ela as únicas vantagens que ela não tem. Um homem sempre deseja poder oferecer à esposa uma casa melhor do que a de seus pais; e quem pode fazer isso sem duvidar dos sentimentos da moça deve ser, em minha opinião, o mais feliz dos homens. Frank Churchill é mesmo o mais afortunado dos homens. Tudo contribui para favorecê-lo. Ele conhece uma jovem moça em um balneário, conquista sua afeição, nem sequer consegue afastá-la com seu tratamento negligente. E, mesmo se a família de Frank tivesse procurado uma esposa para ele, não teria encontrado uma moça como Jane. Sua tia, que se opõe, morre... ele só precisava falar... apesar de ter abusado de todos, seus amigos estão dispostos a perdoá-lo e ajudá-lo a ser feliz... de fato, ele é um homem de muita sorte!

— Da maneira como fala, parece que o senhor o inveja.

— Eu o invejo, sim, Emma. Em um aspecto, ele é objeto da minha inveja.

Ela não conseguiu dizer mais nada. Parece que estavam a meio passo para começarem a falar de Harriet e, naquele momento, tudo o que ela desejava era evitar aquele assunto, se possível. Traçou um plano: falaria de algo completamente diferente, a respeito dos sobrinhos... e já tomava fôlego para começar quando o sr. Knightley a surpreendeu:

— Você não vai perguntar-me por que eu o invejo? Pelo que vejo, está determinada a não ter curiosidade. Você é sábia, mas eu não consigo sê-lo. Emma, tenho de lhe dizer o que você não se atreve a perguntar, embora, depois, eu possa desejar não ter dito nada.

— Então não fale, por favor, não fale! — exclamou Emma, rapidamente. — Pense melhor, não vá comprometer-se.

— Obrigado — ele agradeceu, com um tom de voz bastante envergonhado, e não disse mais nada.

Emma não podia suportar a ideia de lhe causar algum dano. Talvez ele quisesse fazer-lhe uma confidência ou consultá-la. Por muito que a magoasse, deveria ouvi-lo. Ela deveria ajudá-lo em sua resolução ou reconciliá-lo com esta; deveria fazer elogios a Harriet ou, lembrando-o da sua independência, aliviá-lo desse estado de indecisão, que deve ser mais do que intolerável para uma mente como a dele. Chegaram em frente à casa.

— Você vai entrar? — perguntou ele.

— Não — respondeu Emma, muito decidida, ao perceber quanto ele ficara abatido ao falar. — Gostaria de continuar o passeio. O sr. Perry ainda não foi embora.

E, após alguns passos, ela acrescentou:

— Eu o interrompi indelicadamente, agora há pouco, sr. Knightley, sinto muito se lhe causei alguma dor. Mas, se deseja falar abertamente como amigo, ou pedir minha opinião sobre qualquer coisa... Como uma amiga verdadeira, estou à sua disposição. Ouvirei tudo o que desejar contar-me. E direi exatamente o que penso.

— Como amiga! — repetiu o sr. Knightley. — Emma, o que eu temo é uma palavra... não, eu não tenho escolha... Fique, sim, por que devo hesitar? Já fui longe demais para desistir. Emma, eu aceito a sua oferta... por mais extraordinária que possa ser... aceito e confio em você, como amiga. Diga-me, então, posso ter alguma esperança?

Ele parou, a angústia por uma resposta e a expressão em seus olhos a dominaram.

— Minha querida Emma — disse ele —, pois querida você sempre será, seja qual for o resultado desta nossa conversa. Minha querida e muito amada Emma... diga-me de uma vez. Diga "não" se assim for.

Ela não conseguiu dizer nada.

— Você ficou muda — disse ele, bastante animado. — Completamente muda! Não tenho mais nada a perguntar.

Emma estava quase prestes a desmaiar, tamanha era a agitação do momento. O medo de acordar de um sonho feliz era, talvez, o pior dos sentimentos.

— Eu não sou um homem de muitas palavras, Emma — ele resumiu, de modo bastante sincero, decidido, cheio de ternura, tanto quanto podia ser convincente. — Se eu amasse você menos, seria capaz de falar mais sobre isso. Mas você sabe como eu sou. Você não ouvirá de mim nada senão a verdade. Eu a culpei, a repreendi, e você suportou tudo como nenhuma outra mulher na Inglaterra seria capaz de suportar. Suporte agora as verdades que tenho para lhe dizer, minha querida, como sempre suportou aquelas. Talvez a maneira como estou agindo seja pouco recomendável. Deus é testemunha de que tenho sido um apaixonado muito indiferente. Mas você me compreende. Sim, você sabe, você entende meus sentimentos... e corresponderá a eles se puder. No momento, a única coisa que lhe peço é que me permita ouvir, ouvir novamente a sua voz.

Enquanto ele falava, a mente de Emma estava em plena atividade e, com toda a maravilhosa velocidade do pensamento, conseguira, sem perder nenhuma palavra, captar e compreender qual era a verdade de tudo aquilo. Pôde perceber também quanto as esperanças de Harriet eram totalmente infundadas, um erro, um engano, um engano tão grande como qualquer um dos seus... Harriet não representava nada para ele e tudo que dissera relativo a Harriet representava seus próprios sentimentos; sua agitação, suas dúvidas, sua relutância, seu desencorajamento, tudo fora recebido como desencorajamento para ela mesma. E não só havia tempo para suas convicções, com todo o seu brilho de ansiosa felicidade, mas também era possível se alegrar por não ter revelado o segredo de Harriet e decidir que não era necessário e que não o faria... agora, isso era tudo que podia fazer por sua pobre amiga, uma vez que, no que se referia ao heroísmo do sentimento, podia tê-la impulsionado a tentar que ele transferisse o amor por Emma a Harriet, como a mais digna, infinitamente mais digna, das duas... ou ainda a mais simples e sublime atitude de decidir recusá-lo de uma vez por todas, sem lhe dar um motivo, visto que ele não poderia casar-se com ambas. Lamentou por Harriet, sentiu compaixão e arrependimento, mas, em seu espírito, o impulso de generosidade que não alcançou extremos de insensatez, opondo-se a tudo que podia ser provável ou racional, entrou em seu cérebro. Desencaminhou a amiga e esse seria sempre para ela um eterno desagrado; mas seu julgamento era tão forte quanto seus sentimentos e tão forte como fora antes, e não poderia aceitar para ele uma união como aquela, tão desigual e tão imprópria. O caminho que Emma via diante de si estava claro, mas não sem dificuldades...

Disse, então, após certa insistência. O que ela disse? Justamente o que deveria, é claro. Como uma dama sempre deve fazer. Ela disse o suficiente para demonstrar que não havia necessidade de se desesperar. Convidava-o a falar mais. Por um momento, o sr. Knightley havia perdido as esperanças, ao ver que o silêncio e a prudência reinavam, como se aquilo representasse uma negativa... como quando ela se recusara a ouvi-lo. A mudança, no entanto, talvez tenha sido muito súbita... sua proposta de caminhar um pouco mais, o modo como Emma reiniciou a conversa, que ele já acreditava haver terminado. Tudo parecia um tanto extraordinário! Ela sentiu a inconsistência de tudo aquilo. Mas o sr. Knightley foi obrigado a aceitar a situação e a não fazer mais perguntas.

É raro, muito raro, a completa verdade ser totalmente revelada. É muito raro que qualquer coisa aconteça sem que seja um pouco ocultada ou um pouco mal interpretada. No entanto, quando, como era o caso, há algo oculto na maneira de agir, mas não nos sentimentos, isso não tem grande importância. O sr. Knightley não podia exigir um coração mais apaixonado que o de Emma ou um coração mais disposto a aceitar do que o dele.

Na verdade, ele não tinha a menor suspeita da influência que exercia sobre Emma. Ele a acompanhara pelo jardim sem intenção de colocá-la à prova. Viera a Hartfield com o propósito de ver como ela havia recebido a notícia do noivado de Frank Churchill, sem nenhum egoísmo, sem segundas intenções, exceto de tentar, se ela o permitisse, consolá-la ou aconselhá-la. O resto foi obra das circunstâncias, o efeito imediato do que ouviu e também de seus sentimentos. A grata certeza de que Emma só sentia indiferença por Frank Churchill, de que jamais entregara seu coração, renovou a esperança de que ele poderia conquistar sua afeição; mas não houve a esperança imaginada, houve apenas a momentânea conquista da impaciência sobre o julgamento, pretendendo que ela lhe dissesse que não se oporia à sua tentativa de conquistar seu amor. As enormes esperanças que gradualmente se apresentavam deixaram-no mais encantado. A afeição que ele suplicara já era sua! Em meia hora, passou de um estado de ânimo totalmente abatido a algo tão parecido com a mais perfeita felicidade que esse era o único nome que podia receber.

A mudança de Emma foi igual. Aquela meia hora dera a ambos a mesma certeza de serem amados, dissipara nos dois toda sombra de incompreensão, ciúmes, desconfiança. Da parte dele, havia um ciúme de longa data, tão antigo quanto a expectativa ou a chegada de Frank Churchill. Ele se apaixonara por Emma e sentira ciúmes de Frank desde aqueles dias, praticamente no mesmo período, provavelmente um sentimento fazendo o outro vir à tona. Foi o ciúme que sentia de Frank que o fez sair de Highbury. O passeio a Box Hill serviu para ele ter a certeza de que precisava afastar-se dali. Considerou que, pelo menos, assim evitaria ser testemunha de todas aquelas atenções que ela permitia e alimentava. Ele partira para Londres com a intenção de ser indiferente. Mas foi ao lugar errado. Havia muita felicidade doméstica na casa do irmão. Lá, a mulher representava um papel bastante atrativo. Isabella se parecia muito com a irmã... diferenciando-se apenas em uma série de coisas nas quais era claramente inferior e o fazia lembrar-se ainda mais de Emma. Por mais que tivesse feito isso, ainda que ficasse em Londres por muito tempo, teria sido inútil. Entretanto, permaneceu ali dia após dia... até que, naquela mesma manhã, o correio entregara uma carta contendo notícias sobre o noivado de Jane Fairfax. Então, junto com a alegria que forçosamente deveria sentir e pela qual não sentia o menor receio, porque nunca havia acreditado que Frank Churchill merecesse Emma, surgiu uma afetuosa solicitude, um interesse tão agudo por ela que não poderia demorar mais. Ele voltou para Highbury na chuva e imediatamente após o jantar foi até Hartfield para ver como a mais doce e a melhor das criaturas, perfeita, apesar de todas as suas falhas, teria suportado a descoberta.

Ele a encontrou agitada e deprimida. Frank Churchill era um vilão... Emma lhe disse que jamais estivera apaixonada por ele. No fim, Frank Churchill não era um assunto tão desesperador.

Emma seria sua agora, nos gestos e nas palavras, quando voltaram para casa. E, se naquele momento ele pudesse pensar em Frank Churchill, talvez o considerasse um bom homem.

CAPÍTULO 14

Que enorme diferença havia entre os sentimentos de Emma ao sair de casa e ao retornar! Fora ao jardim com a esperança de apenas amenizar seu sofrimento. No entanto, agora estava em completo estado de animação e requintada felicidade, que ela acreditava aumentar ainda mais depois que todo aquele turbilhão de sentimentos passasse.

Sentaram-se para tomar chá... as mesmas pessoas reunidas em torno da mesa. Quantas vezes os três se reuniram naquele mesmo lugar! E quantas vezes os olhos de Emma pousaram sobre os mesmos arbustos que cresciam no jardim e contemplaram o maravilhoso efeito do sol! Mas nunca observou tais detalhes como hoje, com o estado de espírito tão elevado; e agora ficaria difícil controlar-se o suficiente para ser a exemplar dama da casa de sempre ou mesmo a filha carinhosa.

O pobre sr. Woodhouse estava longe de suspeitar dos sentimentos que conspiravam contra ele no peito daquele homem com quem fora tão cordial e a quem dera as boas-vindas, a quem perguntara com tanto interesse se não se resfriara ao retornar de Londres debaixo de chuva. Se ele pudesse ver o coração do sr. Knightley, ficaria menos preocupado com os pulmões do rapaz; porém, sem nem mesmo imaginar a mais remota possibilidade de que algo diferente estaria para acontecer, sem a mais leve percepção de qualquer coisa extraordinária em relação ao aspecto ou à atitude de nenhum dos dois, acabou por repetir para Emma e o sr. Knightley, muito feliz e tranquilo, todas as notícias que acabara de dar ao sr. Perry e continuou conversando com eles muito satisfeito, incapaz de suspeitar das notícias que eles, com o tempo, teriam de lhe contar.

Enquanto o sr. Knightley permaneceu com eles, a agitação de Emma não se acalmou; mas, assim que ele se foi, começou a se tranquilizar e se dominar, e passar a noite em claro foi o preço que teve de pagar por uma tarde como aquela. Percebeu que havia uma ou duas questões graves sobre as quais deveria refletir e que a fizeram lembrar-se de que até mesmo sua felicidade não deixaria de ter certas falhas.

Seu pai e Harriet. Ela não conseguia ficar sozinha sem sentir o peso da importância que os direitos de ambos tinham para ela. E o difícil era conseguir oferecer aos dois a máxima consideração. Com relação ao pai, o problema só tinha uma solução. Ela nem sequer sabia o que o sr. Knightley tinha em mente; mas, ao consultar seu coração, rapidamente percebeu que jamais desistiria do pai. Inclusive descartara a ideia de se separar dele, como se apenas pensar na questão já fosse motivo de culpa. Enquanto ele vivesse, devia prometer-lhe não se casar, mas disse a si mesma que, excluindo o perigo de perdê-la, o casamento até podia ser um benefício para ele. Sua maior preocupação, porém, era como agir com Harriet, porque essa era uma decisão difícil. Como evitar uma dor desnecessária? Como se sacrificar por ela dentro do que fosse possível? Como conseguir demonstrar-lhe que não era sua inimiga? Sobre essas questões, suas dúvidas e sua inquietação não podiam deixar de ser maiores. Sua mente teve de voltar a pensar novamente naquelas amargas censuras e nos tristes pesares que sempre a cercaram. Pelo menos, decidiu evitar encontrar-se com ela e, sim, escrever-lhe uma carta, contando tudo que desejava dizer. Pensou que, em virtude da situação, seria melhor para Harriet ausentar-se de Highbury por algum tempo e, passando a elaborar outro plano, quase concluiu que poderia conseguir que a amiga fosse convidada para passar algum tempo na Brunswick Square, na casa da irmã. Isabella ficaria encantada ao ter Harriet ao seu lado, e passar algumas semanas em Londres não deixaria de distraí-la. Por outro lado, não acreditava que Harriet fosse uma moça que se esqueceria de seus problemas distraindo-se com coisas novas e distintas, como ruas, lojas e crianças. Em todo caso, seria uma prova de atenção e carinho de Emma, que era a responsável por todo o desgosto da amiga; uma separação momentânea; um adiamento do terrível dia em que todos teriam de se reencontrar.

Emma levantou-se muito cedo e logo escreveu a carta para Harriet, uma tarefa que a deixou bastante séria e tão triste que o sr. Knightley, quando chegou a Hartfield para o café da manhã, ainda assim pareceu-lhe ter chegado bem tarde. Depois, saíram para o jardim e passearam por cerca de trinta minutos, mas foi o suficiente para que ela recuperasse a mesma sensação de felicidade da tarde anterior.

Momentos antes ele a deixara só, tão pouco tempo que de forma nenhuma Emma seria capaz de pensar em outra pessoa, quando lhe trouxeram uma carta vinda de Randalls... uma carta muito volumosa. Ela logo adivinhou o que deveria conter e pensou que era necessário lê-la. Naquele momento, sentia-se muito benévola com Frank Churchill; ela não queria explicações, desejava ter apenas seus pensamentos para si mesma. E, quanto a compreender o que ele escrevera, estava certa de que seria incapaz disso. No entanto, precisava enfrentar aquilo, devia resolver aquela questão. Abriu o envelope, certa do conteúdo da carta. Era uma breve nota escrita pela sra. Weston, endereçada a ela, acompanhada de uma carta que Frank Churchill escrevera para a madrasta:

Minha querida Emma, tenho o maior prazer em lhe enviar esta carta. Eu sei que você saberá apreciá-la e não tenho a menor dúvida de seu feliz efeito. Não acho que voltaremos a nos desentender gravemente a respeito de quem a escreveu, mas não quero atrasá-la com uma introdução demorada. Estamos todos bem. Esta carta acabou sendo o melhor remédio para todos os pequenos transtornos nervosos que tive ultimamente. Não fiquei tranquila ao vê-la na terça-feira passada, mas aquela manhã não era uma das mais propícias e, apesar de você não reconhecer que o tempo exerce influência em seu estado de ânimo, acredito que todo mundo se ressente quando sopra o vento noroeste. Fiquei muito preocupada com seu querido pai durante a tempestade de terça-feira à tarde e de ontem de manhã, porém me tranquilizei ao saber, pelo sr. Perry, que ele não ficou doente. Sua sempre,

A. W.

A seguir, a carta enviada pelo sr. Frank Churchill:

À sra. Weston.
Windsor, julho.
Minha cara senhora,
Se eu soube expressar-me bem ontem, creio que esta carta já era esperada, mas, mesmo se não estiverem aguardando por ela, sei que será lida com boa vontade e com indulgência. Bondosa como é, acredito que necessitará recorrer a toda sua benevolência para desculpar certos aspectos da minha conduta no

passado. Porém, já fui perdoado por alguém que teria mais motivos para sentir-se ofendida. À medida que escrevo, sinto mais coragem. É difícil para uma pessoa afortunada ser humilde. E eu já tive tanta sorte em ocasiões nas quais pedi perdão que corro o risco de estar extremamente seguro de seu perdão neste momento e, consequentemente, daqueles amigos que tenham algum motivo para considerar que me portei uma com eles.

Peço a todos que tentem compreender qual era exatamente minha situação quando cheguei pela primeira vez a Randalls: eu guardava um segredo que devia permanecer oculto a todo custo. Essa era a verdade. O direito que eu tinha de me colocar em uma situação tão dissimulada é outra questão. Não vou discuti-lo nesta carta. Com relação à minha tentação de *pensar* tratar-se de um direito, transfiro cada ato meu a alguém que mora em uma casa de tijolos, em Highbury, uma casa simples, com janelas de guilhotina no térreo e janelas de caixilhos no andar superior. Não ouso mencionar diretamente o nome da casa; as situações que eu vivia em Enscombe já eram bastante conhecidas para que eu precise explicar mais; e fui tão afortunado, que consegui meu propósito antes de nos separarmos em Weymouth e convenci a mulher mais honesta do mundo que aceitasse, em virtude das circunstâncias, um compromisso matrimonial secreto. Se ela me rejeitasse, eu teria enlouquecido. Suponho que deva estar perguntando-se o que eu esperava com tudo isso, quais eram meus propósitos. Eu esperava qualquer coisa: que o tempo passasse, que surgisse uma possibilidade, que as circunstâncias fossem propícias, efeitos retardados, acontecimentos repentinos, perseverança, saúde e doença.

Eu tinha todas as possibilidades de felicidade diante de mim e assegurei as primeiras bênçãos quando consegui que ela me garantisse fidelidade e me correspondesse. Se precisar de mais explicações, minha gentil senhora, posso dizer-lhe da honra que sinto de ser filho de seu amado esposo e a vantagem de ter herdado de meu pai a esperança de que as coisas sempre terminem bem, herança que sempre será muito mais valiosa do que casas e terras. Suplico que pense em mim, em minhas circunstâncias ao visitar Randalls pela primeira vez; aqui, tenho a convicção de que agi erroneamente, pois eu deveria tê-los visitado muito antes. Se a senhora se esforçar, conseguirá lembrar-se de que eu só cheguei a Randalls quando a srta. Fairfax se mudou para Highbury; e como a senhora foi a pessoa contra quem cometi tão desonrada falta, rogo-lhe que me perdoe imediatamente. Mas direi, com o objetivo de conquistar o perdão do meu pai, lembrando-lhe que, em todo o tempo que passei afastado da sua casa, muitas bênçãos perdi por não tê-la conhecido antes.

Espero que meu comportamento, no período que passei com vocês, não seja motivo de reprovação, com exceção de um aspecto. Agora, começo a falar do principal, o principal motivo da minha conduta que lhes diz respeito, que aumenta minha ansiedade ou que requer uma explicação muito cuidadosa. Com o maior respeito e os sentimentos da maior amizade, devo mencionar o nome da srta.

Woodhouse. Meu pai talvez pense que eu deveria fazê-lo com a mais profunda humilhação. As poucas palavras que ele me enviou ontem deixaram bem claro o que pensa e eu mesmo considero justas e devidas as suas censuras. Pelo que percebi, o modo como agi com a srta. Woodhouse produziu interpretações exageradas. A fim de guardar aquele segredo tão especial para mim, fui obrigado a usar indevidamente a amizade que imediatamente se estabeleceu entre nós. Não posso negar que a srta. Woodhouse foi o objeto ostensivo de todas as minhas atenções, mas estou seguro de que entenderá que, se eu não estivesse certo da indiferença dela, não teria consentido que meus objetivos me levassem adiante.

A srta. Woodhouse, apesar de ser tão afetuosa, tão encantadora, nunca me deu a impressão de ser uma moça deslumbrada. E que estivesse totalmente livre de toda propensão a se apaixonar por mim era não somente a minha convicção como também o meu desejo. Ela recebeu minhas atenções de modo divertido, jovial e amistoso, o que era ainda mais conveniente para mim. Parecia que nos entendíamos muito bem. E, em nossas respectivas situações, tais atenções lhe eram devidas, e ela também as aceitava.

Não sei dizer-lhe se a srta. Woodhouse começou a realmente me entender antes que terminassem aquelas duas semanas; quando fui despedir-me, lembro-me de que estive prestes a confessar-lhe a verdade e então imaginei que ela já poderia desconfiar de algo. Mas não tenho a menor dúvida de que, a partir daquele momento, ela compreendeu o que ocorria, pelo menos em parte. Talvez não tenha compreendido toda a situação, porém, como é muito inteligente, certamente desconfiou de algo. Não me restam dúvidas. A senhora poderá comprovar, quando pudermos falar com mais liberdade sobre este assunto, que ela não se surpreendeu. Em muitas ocasiões, ela até me deu algumas pistas. Recordo-me de que, no baile, ela me disse que eu deveria ficar muito grato pelas atenções que a sra. Weston prestava à srta. Fairfax.

Confio que toda esta história da minha conduta com ela seja admitida pela senhora e por meu pai como uma grande atenuante dos erros que me viram cometer. Enquanto considerarem que agi mal com Emma Woodhouse, não posso merecer nenhuma consideração de ambos. Perdoem-me neste ponto e, quando for possível, absolvam-me para que Emma Woodhouse me conceda seu perdão e devolva sua amizade. Diga a Emma que sinto por ela um profundo afeto de irmão e só desejo que se apaixone e seja tão feliz quanto eu sou agora. A respeito de qualquer coisa que eu tenha dito ou feito durante aquelas duas semanas, agora ela tem uma pista para melhor me entender.

Meu coração estava em Highbury e todo o meu esforço concentrava-se em impedir que despertasse suspeitas. Caso se lembre de qualquer estranheza, sabe agora a que deve atribuí-la. No que se refere ao misterioso piano, do qual tanto se falou, creio que é necessário dizer apenas que o comprei sem que a srta. Fairfax soubesse e, se ela tivesse alguma suspeita disso, jamais teria aceitado o presente. A delicadeza de sentimentos que a srta. Fairfax comprovou, durante todo esse tempo, vai muito mais além do que tudo que eu poderia explicar. Tenho um forte desejo de que não tarde em conhecê-la bem. Nada do que eu lhe disse servirá para conhecê-la. Ela mesma lhe demonstrará sua personalidade, porém não em palavras, pois existem pouquíssimas pessoas como ela, empenhadas em ocultar suas próprias qualidades.

Enquanto eu escrevia esta carta, que será mais longa do que imaginei, recebi notícias dela. Enviou-me boas-novas a respeito da sua saúde, porém, como nunca se queixa, não me atrevo a confiar. Desejo que a senhora me dê uma opinião a respeito da aparência da srta. Fairfax. Sei que em breve vai visitá-la, e ela teme essa visita. Talvez até já a tenha visitado. Diga-me o que pensa a respeito disso o quanto antes; estou impaciente para que me forneçam detalhes. Lembre-se de que estive apenas poucos minutos em Randalls e que meu estado de ânimo estava muito confuso e exaltado; e ainda não me encontro melhor. Ainda estou insano de felicidade e de dor. Quando penso na bondade e no afeto que ela me ofereceu, de sua excelência e paciência, e da generosidade do meu tio, sinto-me louco de alegria. Contudo, quando me recordo de todos os transtornos que causei e quão pouco mereço o perdão de todos, fico louco de raiva! Ah, se eu pudesse voltar a vê-la! Mas não posso sequer pensar nisso agora, meu tio tem sido muito bondoso comigo para que eu o abandone neste momento.

Todavia, ainda não terminei esta longa carta. A senhora ainda não leu tudo que tenho para lhe dizer. Ontem, não pude dar-lhe muitos detalhes, mas o inesperado e, por que não dizer, incômodo modo como foi revelado o segredo necessita de explicação. Pois, apesar de triste, o acontecimento do último dia vinte e seis, como a senhora deve ter concluído, significou para mim a possibilidade das mais felizes perspectivas, e não se podia esperar que eu tomasse certas medidas naquele exato momento, porém existiam algumas circunstâncias muito peculiares que me obrigaram a não perder nem mesmo uma hora. Eu gostaria de ter evitado toda essa pressa, e que ela tivesse compartilhado de todos os meus receios com muito mais intensidade e uma delicadeza maior do que a minha. Mas eu não tinha escolha. O compromisso apressado que ela assumira com aquela mulher...

Aqui, minha querida senhora, vi-me obrigado a interromper bruscamente esta carta, para me recompor um pouco. Fiz um passeio pelo jardim, e agora creio que estou bastante sossegado para escrever o restante, como devia fazê-lo. Na realidade, essas são recordações muito dolorosas para mim. Agi de modo bastante vergonhoso. E agora posso admitir que minha atitude com a srta. W., de querer ser desagradável para a srta. F., foi verdadeiramente indigna. Ela ficou muito contrariada e só isso já deveria ter sido o suficiente para perceber o erro que eu cometia; não considerou justificada minha desculpa de fazer todo o possível para ocultar a verdade. Ficou contrariada e eu achei que fosse sem fundamento; eu considerava que, em muitas ocasiões, era desnecessariamente cuidadosa e precavida; cheguei até a pensar que agia friamente. Mas ela sempre estava certa! Se eu seguisse seu julgamento e subjugasse meu espírito ao nível que ela considerava adequado, poderia ter escapado da maior infelicidade que já conheci. Nós discutimos.

Lembra-se daquela manhã que passamos em Donwell? Ali todas as pequenas diferenças que até então tivéramos transformaram-se em uma verdadeira crise. Eu cheguei tarde; encontrei-a voltando para casa sozinha e quis fazer-lhe companhia, mas ela não aceitou. Negou-se, absolutamente, a permitir que eu a acompanhasse, o que me pareceu a coisa mais irracional do mundo. No entanto, só agora vejo que foi uma atitude de discrição muito natural e bastante fundamentada, enquanto eu, na tentativa de ocultar nosso segredo, dedicava todas as minhas atenções a outra mulher. Como aceitaria no dia seguinte uma proposta que poderia inutilizar todas as precauções anteriores? Se alguém nos tivesse visto, no caminho entre Donwell e Highbury, teria desconfiado da verdade. Porém, fui louco o suficiente para me mostrar ressentido.

Eu duvidei da afeição da minha noiva. Duvidei ainda mais no dia seguinte, quando fomos a Box Hill; quando, provocada por minha conduta, por aquela indiferença insolente e humilhante que eu lhe mostrava, e pela aparente predileção que demonstrava pela srta. W. de um modo extremo, o que nenhuma mulher sensível seria capaz de suportar, ela expressou seu ressentimento com palavras que não compreendi perfeitamente.

Em suma, minha cara senhora, foi uma desavença da qual ela não tinha a menor culpa e eu tinha toda a culpa do mundo. Regressei a Richmond naquela mesma noite, apesar de que poderia ter ficado em Randalls até a manhã seguinte, simplesmente porque estava extremamente irritado com ela. Ainda assim, não fui tolo o suficiente para não querer reconciliar-me com ela no tempo oportuno; mas eu me sentia ofendido, magoado por sua frieza, e parti decidido que ela teria de dar o primeiro passo. Sempre me alegrarei com o fato de a sennhora não ter ido à excursão de Box Hill. Ainda bem que não presenciou minha conduta ali, pois duvido que jamais voltaria a ter a mesma boa opinião a meu respeito. Os efeitos que minhas atitudes erradas exerceram sobre ela foram fortes se levarmos em consideração a decisão imediata que ela tomou.

Assim que soube que eu realmente havia partido de Randalls, aceitou os conselhos da intrometida sra. Elton, cujo modo de tratá-la, a propósito, sempre me encheu de indignação e antipatia. Não posso falar agora contra o espírito de tolerância que essas pessoas tiveram comigo, mas, se não fosse assim, protestaria ardentemente contra o modo como toleram essa mulher... Jane! Santo Deus! A senhora já deve ter percebido que, até o momento, eu não me atrevera a chamá-la por seu nome de batismo, nem mesmo ao falar com a senhora. Pense, então, quanto me fazia sofrer ouvir o nome Jane ser continuamente citado pelos Elton, com toda aquela vulgaridade de repetições desnecessárias e toda a insolência de uma suposta superioridade.

Por favor, tenha paciência, logo terminarei... Jane aceitou a oferta da sra. Elton, decidida a romper definitivamente comigo e, no dia seguinte, escreveu dizendo-me que nunca mais voltaríamos a nos ver. Dizia que havia percebido que *nosso compromisso só nos havia trazido dissabores e aflição, por isso queria desmanchar o noivado*. Essa carta chegou a minhas mãos na mesma manhã em que minha tia morreu. Em menos de uma hora eu já havia respondido à carta. Porém, devido à confusão do meu espírito e das inúmeras questões que precisava resolver, a minha resposta, em vez de ser enviada junto com as cartas daquele dia, ficou trancada dentro da minha escrivaninha; e eu, confiando que escrevera o suficiente para tranquilizá-la, apesar de ter escrito apenas poucas linhas, fiquei despreocupado... fiquei decepcionado por não receber uma resposta imediata de Jane, mas desculpei-a e, além disso, estava por demais atarefado e, se me permite dizer, muito contente com as perspectivas de um futuro melhor para pensar em qualquer outra coisa.

Nós mudamos para Windsor e, dois dias depois, recebi um pacote enviado por ela: devolvera todas as minhas cartas! Recebi também um bilhete no qual expressava grande surpresa por não receber nenhuma resposta à última de suas cartas, e acrescentava que, como meu silêncio sobre aquela questão não podia ser interpretado de outra maneira, o melhor para ambos era que os detalhes secundários fossem resolvidos o quanto antes, assim devolvia-me todas as minhas cartas e pedia-me que, se eu não pudesse devolver as suas no prazo de uma semana, que as enviasse a um lugar... Bem, eu deveria enviar as cartas para o endereço da sra. Smallridge, em Bristol. Eu conhecia o nome, o lugar... e estava cansado de todo aquele assunto. Imediatamente compreendi a decisão que ela havia tomado. Algo totalmente compatível com um caráter resoluto como o de Jane; e o segredo que mantivera em sua última carta, a respeito desse propósito, revelava também sua extrema delicadeza... Não imagine, por nada deste mundo, que ela seria capaz de me ameaçar. Imagine quanto fiquei chocado, quanto, até perceber minha trapalhada, mal disse as trapalhadas dos carteiros... o que eu deveria fazer? Apenas uma coisa. Deveria conversar com meu tio. Sem seu consentimento, não podia esperar que ela me escutasse novamente.

Então falei com ele... as circunstâncias me eram favoráveis, a morte recente de sua esposa suavizara seu orgulho, e muito antes do que eu havia previsto ele aceitou minhas justificativas e, por fim, acabou dizendo "pobre homem"! E, com um suspiro, desejou que eu tivesse mais felicidade no casamento do que ele tivera. Pensei que seria muito diferente do dele. Será que pode sentir-se inclinada a se compadecer de tudo que eu sofri, ao explicar ao meu tio todo o caso, pela aflição que devo ter sentido até que ele tomasse uma decisão? Não, não se compadeça por isso e sim pelo fato de que, quando cheguei a Highbury, dei-me conta de todo o dano que causara; não se compadeça senão pelo momento em que voltei a vê-la, pálida e enferma.

Cheguei a Highbury num momento em que, pelo que sabia de sua rotina para o café da manhã, tinha certeza de que a encontraria sozinha... e não me equivoquei, como também não me equivoquei ao decidir fazer aquela viagem. Eu precisava dissipar uma contrariedade muito justa e razoável. Mas, agora, estamos reconciliados, nós nos amamos até muito mais do que antes e não haverá nenhum outro momento de inquietação que se coloque entre nós novamente. Agora, minha cara senhora, devo concluir esta carta, mas não podia terminá-la antes.

Agradeço mil vezes pela imensa bondade com a qual sempre me tratou e lhe dou infinitas graças por todas as atenções que seu coração dará a ela. Se pensar que sou mais feliz do que deveria, está completamente certa. A srta. Woodhouse diz que eu sou filho da boa sorte. Espero que tenha razão. Em apenas um aspecto, minha boa sorte é indiscutível: aquele de poder subscrever-me

Seu agradecido e afetuoso filho,

F. C. Weston Churchill

CAPÍTULO 15

Foi impossível para Emma não se comover com a carta. Apesar de estar disposta a fazer exatamente o contrário, foi obrigada a considerá-la, de modo um pouco estranho, mas benévolo, como a sra. Weston havia suposto. Quando chegou ao parágrafo em que ele citava seu nome, o efeito foi imediato; tudo relativo a ela era interessante e quase considerava agradável cada linha escrita. E, quando terminou seu motivo de encanto, no restante do conteúdo, continuou interessada pelo antigo afeto que sentia pelo rapaz e pelo poderoso atrativo que exerce uma bela história de amor. Não fez nenhuma interrupção até que terminasse a leitura; e, apesar de ser impossível não reconhecer que ele agira mal, sabia que, no fundo, seu proceder fora menos censurável do que havia imaginado. Sofreu tanto e estava tão arrependido... demonstrava tanta gratidão pela sra. Weston, tanto amor pela srta. Fairfax. Então, Emma ficou tão feliz que não podia ser severa; e, se ele entrasse por sua porta agora, estenderia sua mão e se cumprimentariam tão calorosamente como sempre.

Pensara tão bem a respeito da carta que, quando o sr. Knightley chegou, ela pediu que ele a lesse. Tinha certeza de que a sra. Weston não se oporia, sobretudo sendo alguém que, como o sr. Knightley, sempre o considerou tão merecedor de reprovações.

— Ficarei feliz ao lê-la — disse ele —, mas parece-me um tanto longa. Levarei para minha casa e poderei ler com calma à noite.

Contudo, isso não seria possível. A sra. Weston viria para o jantar e Emma precisaria devolvê-la.

— Eu preferiria conversar com você — disse ele —, mas, como lhe parece uma questão de justiça, devemos ler a carta agora.

Ele começou... mas, logo em seguida, interrompeu a leitura para dizer:

— Se há alguns meses me oferecessem para ler as cartas deste jovem à sua madrasta, posso garantir-lhe, Emma, que não a teria tomado com tamanha indiferença.

Ele continuou a leitura, avançou um pouco mais e, com um sorriso, disse:

— Ora! Uma bela introdução, bem do jeito dele. Mas o estilo de um homem não pode ser o critério de outro. Bem, sejamos menos severos.

— Seria natural para mim — observou ele, logo em seguida — dizer minha opinião em voz alta enquanto leio. Ao fazê-lo, sentirei que estou ao seu lado. Não será uma grande perda de tempo, mas, se você não gostar...

— De forma nenhuma, por favor, continue.

O sr. Knightley voltou à leitura, entusiasmado.

— Ele faz uma brincadeira aqui, em relação à tentação — disse ele. — Ele sabia que estava errado e não havia nada racional que pudesse ser usado em sua argumentação. Agiu mal. Não deveria ter se comprometido. "A disposição do seu pai." No entanto, ele é injusto com o pai. O temperamento otimista do sr. Weston sempre foi uma bênção em todos os seus dignos e honrosos empenhos, mas o sr. Weston sempre mereceu o conforto que ele conquistou. Sim, isso é verdade. Ele não veio a Highbury até ter certeza de que a srta. Fairfax estava aqui.

— E não me esqueci — disse Emma — de como o senhor estava convencido de que ele podia visitar-nos o quanto antes, bastava querer. É muito elegante da sua parte não voltar a tocar no assunto, mas o senhor estava corretíssimo.

— Emma, eu não era totalmente imparcial em meu julgamento. Mas, apesar de tudo, creio que, mesmo se você não estivesse envolvida no caso, eu desconfiaria dele.

Quando chegou ao trecho em que falava da srta. Woodhouse, viu-se obrigado a ler em voz alta tudo que fosse relativo a ela e com um sorriso nos lábios. Balançou a cabeça, disse uma ou duas palavras de assentimento ou de reprovação, ou simplesmente de amor, segundo exigia o assunto. Entretanto, após alguns momentos de reflexão, concluiu, muito seriamente:

— Muito ruim, mas poderia ser pior. Ele fez um jogo muito perigoso. Ter tanta confiança de que fosse absolvido. Não julga bem a conduta que teve com você. Na verdade, sempre se deixou enganar por seus próprios desejos sem ter a menor consideração por tudo que lhe fosse conveniente. Imaginar que você havia descoberto seu segredo! Bastante natural! Sua mente estava tão cheia de intrigas que seria natural suspeitar dos outros. Minha Emma, isso tudo não nos serve de exemplo para provar mais e mais a beleza da verdade e da sinceridade em todas as nossas relações uns com os outros?

Emma concordou, mas não conseguiu evitar o rubor ao pensar em Harriet, a quem não podia dar uma explicação sincera do ocorrido.

— É melhor que continue lendo — disse ela.

Ele continuou a leitura, mas, logo em seguida, fez nova pausa e disse:

— O piano! Isso é algo muito apropriado para um rapaz, um rapaz de pouca idade, para compreender que, às vezes, um presente assim é um inconveniente que excede toda alegria. De fato, é uma atitude muito infantil! Não consigo compreender um homem que deseja dar uma demonstração de afeto à mulher amada, porém sabe que ela dispensaria qualquer tipo de presente. Ele certamente sabia que ela teria recusado o instrumento se soubesse que a presentearia.

Depois disso, ele avançou um pouco mais sem fazer interrupções. A confissão de Frank Churchill de que se portara de modo vergonhoso foi a primeira coisa que o incitou a dedicar-lhe mais do que uma palavra apenas:

— Concordo plenamente, meu caro senhor, foi a observação dele. Comportou-se de maneira vergonhosa. Jamais em sua vida escreveu algo tão verdadeiro.

E, chegando ao trecho seguinte, sobre os motivos do desentendimento e de sua persistência em agir de modo completamente oposto ao que Jane Fairfax considerava correto, ele fez uma pausa mais longa para dizer:

— Isso é muito ruim. Por causa dele, colocou-se em uma situação de extrema dificuldade e incômodo, e isso deveria ter sido o primeiro motivo para preveni-la de sofrer desnecessariamente. Ela deve ter sofrido dificuldades muito maiores do que as dele para manter a troca de correspondências. E ele deveria ter respeitado inclusive seus receios, ainda que os achasse sem fundamento, se esse fosse o caso, mas os dela eram todos racionais. Devemos atribuir um erro a Jane e nos lembrar de que agiu mal ao concordar com aquele compromisso, suportando todo tipo de situação que só lhe trouxe dissabores.

Emma sabia que ele estava chegando àquela passagem em que Frank falava de Box Hill e ficou bastante desconfortável. Seu comportamento fora tão impróprio! Sentia-se profundamente envergonhada e um pouco temerosa de que ele voltasse a olhar para ela. No entanto, ele leu todo o trecho de maneira firme, atenta e sem fazer a menor observação. E, com exceção de um olhar que instantaneamente fez questão de desviar, com receio de causar-lhe pena... nenhuma lembrança de Box Hill pareceu persistir.

— Com relação à delicadeza de nossos bons amigos, os Elton, não há muito que se possa falar — foi a observação do sr. Knightley. — O quê? Aqui ela decidiu romper o noivado com ele! Ela percebeu que o compromisso era motivo de dor para os dois... e acabou desmanchando o noivado... que percepção isto nos dá do que ela pensa do comportamento dele! Bem, ele deve ser o mais extraordinário...

— Não, não pare... continue lendo. O senhor descobrirá quanto ele sofreu.

— Eu espero que sim — respondeu o sr. Knightley calmamente, retornando à carta. — Smallridge! O que significa isto? O que quer dizer?

— Jane havia prometido ser a governanta dos filhos da sra. Smallridge, uma grande amiga da sra. Elton, vizinha de Maple Grove. E, a propósito, imagino como a sra. Elton deve ter suportado tamanha decepção.

— Não diga nada, minha querida, já que me obriga a ler... não diga nada, nem a respeito da sra. Elton. Falta apenas uma página e em breve terminarei. Que carta esse homem escreve!

— Eu gostaria que lesse essa carta com um espírito mais bondoso para com ele.

— Bem, parece que agora há um pouco de sentimento... Parece que sofreu ao vê-la tão doente. Não tenho a menor dúvida de que está apaixonado por ela. "Nós nos amamos, até muito mais do que antes." Espero que ele possa sentir o valor dessa reconciliação. Ele é muito liberal ao agradecer, com seus milhares e milhares de obrigados. "Mais feliz do que mereço." Muito bem, ele se reconhece aqui. "A srta. Woodhouse diz que sou filho da boa sorte." Essas são as palavras da srta. Woodhouse, não são? E um belo final... e aqui está a carta. O filho da boa sorte! Era assim que o chamava?

— Você não parece tão satisfeito com a carta quanto eu, mas espero que ela lhe tenha oferecido uma opinião mais favorável sobre ele. Com certeza, agora, tem uma opinião melhor a respeito dele.

— Sim, é certo que sim. Ele tem graves falhas, de desconsideração e descaso; e estou totalmente de acordo com ele ao se considerar mais feliz do que deveria ser. Mas, apesar de tudo e sem sombra de dúvida, ele está apaixonado pela srta. Fairfax e, em breve, terá a vantagem de estar ao lado dela. Tenho certeza de que essa convivência só lhe fará bem, já que seu caráter poderá ser melhorado e ele poderá adquirir dela uma firmeza e uma delicadeza de sentimentos que, no momento, não possui. Vamos mudar de assunto. Neste momento, meu coração está tão interessado em outra pessoa que não posso dedicar mais tempo a Frank Churchill. Emma, desde que nos separamos esta manhã, não consegui deixar de pensar em um assunto.

E o assunto prosseguiu, sem grande afetação, do modo simples e elegante próprio do sr. Knightley e que ele usava até com a mulher por quem estava apaixonado: como pedir que se casasse com ele, sem prejudicar a felicidade do seu pai. Emma já sabia sua resposta desde o momento em que ele pronunciou a primeira palavra. "Enquanto seu querido pai vivesse, ela jamais seria capaz de se casar. Não poderia deixá-lo." Porém, só uma parte dessa resposta foi admitida. O sr. Knightley sabia que era impossível para ela abandonar o pai. Mas não podia aceitar que não houvesse outra saída. Havia pensado muito sobre o assunto; a princípio, tinha a esperança de convencer o sr. Woodhouse a se mudar para Donwell junto com Emma. Empenhara-se em considerar essa ideia algo viável, mas conhecia muito bem o velho senhor para se iludir desse modo por muito tempo. Agora, confessava que estava convencido de que essa mudança de casa repercutiria no bem-estar do pai dela e também em sua vida, que de modo algum deveria arriscar-se. O sr. Woodhouse sair de Hartfield! Não, pensou que essa ideia nem deveria ser sugerida. Mas confiava que o plano que havia traçado, após descartar o outro, seria aceito por Emma, sem nenhuma censura: ele deveria mudar-se para Hartfield. Assim, enquanto a felicidade do seu pai, em outras palavras, sua vida, exigisse que Hartfield continuasse a ser o lar de Emma, também deveria ser o seu.

Emma também pensara na possibilidade de se mudarem para Donwell. Mas, após alguns momentos de reflexão, acabou desistindo da ideia, porém a nova alternativa não lhe havia ocorrido. Dava-se conta do amor que ele demonstrava; entendia que, ao deixar Donwell, o sr. Knightley sacrificaria uma boa parte da independência de suas horas e hábitos, e que viver constantemente com seu pai, em uma casa que não era a sua, seria algo difícil, muito difícil para ele suportar. Ela prometeu pensar no assunto e aconselhou-o a pensar um pouco mais na proposta que lhe apresentava, porém ele estava completamente convencido de que nenhum tipo de reflexão poderia alterar seu desejo nem sua opinião a respeito do assunto. Ele já refletira por um longo período e com bastante calma: durante toda a manhã afastara-se de William Larkins apenas para poder pensar a sós.

— Ah! Encontramos uma dificuldade! — exclamou ela. — Tenho certeza de que William não concordará com isso. O senhor deve pedir seu consentimento antes de pedir minha mão.

Entretanto, ela prometeu pensar no assunto e se mostrou muito interessada em tentar encontrar um bom plano para resolver esse impasse.

É importante salientar que Emma, ao considerar os inúmeros pontos de vista a respeito da possibilidade de morar em Donwell, em nenhum momento teve a intenção de prejudicar o sobrinho, Henry, cujos direitos de herança a deixaram muito preocupada tempos atrás. Era difícil pensar na possível diferença que isso representaria para o pobre menino. E, ao refletir sobre o assunto, só pôde sorrir de modo atrevido, e divertia-se ao descobrir quais eram os verdadeiros motivos da sua violenta oposição a que o sr. Knightley se casasse com Jane Fairfax ou qualquer outra moça, reação que, naquela época, atribuíra exclusivamente à sua amável postura de tia e irmã.

E quanto àquela proposta, aquele plano de se casar e continuar vivendo em Hartfield... quanto mais pensava a respeito, mais agradável a ideia lhe parecia. Os inconvenientes pareciam diminuir, as vantagens aumentavam, e o bem-estar que proporcionaria a ambos parecia solucionar todas as dificuldades. Poder ter ao seu lado um companheiro como aquele nos momentos de inquietação e desalento! Um marido para dividir todos os deveres e cuidados quando o tempo, certamente, trouxesse os momentos de tristeza!

Sua felicidade seria completa se não fosse pela pobre Harriet, e cada bênção que surgia em sua vida parecia aumentar ainda mais os sofrimentos da amiga, que agora devia ser excluída de Hartfield. A deliciosa família que

Emma constituía, por prudência deveria ser afastada de Harriet. Em todos os aspectos, ela estaria em desvantagem. Não podia lamentar sua ausência como algo que diminuiria seu próprio bem-estar. Naquela nova família, Harriet seria sempre um peso morto, mas, em relação à pobre moça, parecia uma necessidade muito cruel ser colocada na situação de um castigo injusto.

Com o tempo, é claro, o sr. Knightley seria esquecido, isto é, superado, mas não se esperava que isso acontecesse tão cedo. O próprio sr. Knightley não faria nada para contribuir com a cura; não agiria como o jovem e imprudente pastor. O sr. Knightley, sempre tão amável, compreensivo e afetuoso com todas as pessoas, nunca mereceria ser menos venerado do que agora, e era realmente esperar muito, mesmo de Harriet, que ela pudesse apaixonar-se mais de três vezes no curto espaço de um ano.

CAPÍTULO 16

Foi um alívio muito grande para Emma descobrir que Harriet também desejava evitar o encontro entre ambas. Seu relacionamento já era bastante sofrido por carta. Seria muito pior se tivessem de se encontrar!

Como era de se esperar, Harriet se expressou praticamente sem nenhuma reclamação, sem dar a impressão de que se considerava ofendida. No entanto, Emma acreditava ter percebido nas atitudes dela certo ressentimento, ou algo muito próximo a isso, o que aumentava seu desejo de separação. Talvez fosse apenas uma impressão, mas nem mesmo um anjo teria deixado de se ressentir diante de um golpe como aquele.

Não houve dificuldade no convite de Isabella, e ela teve a sorte de encontrar um pretexto convincente para fazê-lo sem que precisasse inventar uma desculpa. Harriet tinha um problema dentário. Ela realmente desejava, havia bastante tempo, consultar um dentista. A sra. John Knightley teve muito prazer em ser-lhe útil porque qualquer questão relacionada à saúde era uma recomendação para ela e, embora não estivesse tão empolgada em ver um dentista que não fosse o sr. Wingfield, Emma desejava que Harriet recebesse seus cuidados. Quando tudo já estava acertado, ela fez a proposta à amiga e encontrou-a muito disposta a aceitar. Ela ficaria em Londres por, pelo menos, duas semanas, e a viagem seria feita na carruagem do sr. Woodhouse. Organizaram todos os preparativos, resolveram todas as dificuldades e a moça não demorou a chegar sã e salva à Brunswick Square.

Agora, Emma podia ficar tranquila quanto às visitas do sr. Knightley; podia conversar e ouvi-lo sentindo-se verdadeiramente feliz, sem aquele sentimento de injustiça, de culpa, de estar fazendo algo doloroso que sempre a assombrava ao se lembrar de que perto dela havia um coração despedaçado, sofrendo pacientemente os sentimentos que ela própria desencadeara.

A diferença entre Harriet estar na casa da sra. Goddard ou em Londres talvez não fosse tão relevante quanto Emma sentia; mas, ao pensar em Londes, não conseguia deixar de imaginar a amiga o tempo todo distraída pela curiosidade, ocupada, sem pensar no passado, sem perder o controle de si mesma.

Emma não queria permitir que nenhuma outra preocupação viesse imediatamente substituir a que sentira com Harriet. Precisava fazer uma confissão, que só ela seria capaz de fazer: teria de confessar ao pai o seu compromisso com o sr. Knightley. Mas, quanto a isso, não havia nada a fazer no momento. Decidira adiar a confissão até que a sra. Weston estivesse sã e salva.[74] Não queria causar nenhum tipo de preocupação às pessoas que tanto amava, justamente naquele momento. E, até que chegasse a hora, não sofreria por antecipação. Desfrutaria pelo menos duas semanas de tranquilidade e de paz de espírito para coroar toda a felicidade que merecia.

Decidira, também com a mesma dose de prazer, durante essa quinzena, empregar meia hora de seus dias para visitar a srta. Fairfax. Era um dever. E sentia um forte desejo de vê-la: a semelhança de situações em que as duas se encontravam naquele momento favorecia ainda mais todos os motivos para que fossem boas amigas. Seria como uma felicidade secreta, mas o conhecimento da semelhança de perspectivas certamente aumentaria o interesse com que ela receberia qualquer confidência que Jane pudesse fazer.

Ela fora até a casa das Bates, batera na porta sem sucesso, entrara na casa delas desde a manhã seguinte ao passeio a Box Hill, quando a pobre Jane adoecera de maneira tão lastimável que Emma se enchera de compaixão, apesar de seus piores sofrimentos não serem do conhecimento de ninguém. O receio de não ser bem recebida, embora certa de que estavam em casa, levou-a a aguardar no corredor, enquanto esperava ser anunciada no andar superior. Ela escutou Patty anunciá-la. No entanto, não ouviu nenhum rebuliço como da outra vez, quando a pobre srta. Bates se agitara de maneira tão clara. Não, ela não ouviu nada senão: "Faça o favor de pedir que entre". E, logo em seguida, a própria Jane, adiantando-se às demais, como se não considerasse nenhum outro tipo de acolhida suficiente. Emma nunca a tinha visto com um aspecto mais saudável; ela estava muito atraente, bela. Tudo nela estava equilibrado, alegria e ânimo, tudo que em sua atitude ou maneira sempre lhe faltara antes. Avançou em sua direção com a mão estendida e disse, em voz baixa, porém bastante firme:

— Quanta gentileza! Srta. Woodhouse, é impossível para mim exprimir... espero que entenda... e me perdoe por não ser capaz de falar.

Emma ficou grata e logo demonstraria quanto as palavras não eram necessárias, quando a voz da sra. Elton, que estava na sala de estar, levou-a a resumir todos os seus sentimentos de amizade e de gratidão em um carinhoso aperto de mão.

---

[74] A sra. Weston estava a poucos dias do parto.

A sra. Bates e a sra. Elton conversavam. A srta. Bates saíra, o que explicava a falta de barulho com à chegada. Emma teria preferido que a sra. Elton estivesse em qualquer outro lugar, menos ali; mas estava disposta a ter paciência com todos, e, como a sra. Elton a recebeu de modo bastante diferente, acreditou que a conversa poderia transcorrer sem grandes dificuldades.

Emma logo percebeu o que a sra. Elton pensava e compreendeu o motivo pelo qual estava tão bem-humorada. O motivo era que ela se considerava confidente da srta. Fairfax e acreditava que era a única que sabia de algo que as outras pessoas desconheciam. Emma descobriu imediatamente indícios dessa suposição ao observar a expressão no rosto da sra. Elton. E, enquanto prestava atenção à sra. Bates e aparentemente escutava as respostas da boa senhora, viu quando ela, com uma espécie de gesto misterioso, dobrou uma carta que, aparentemente, lia em voz alta para a srta. Fairfax, e logo em seguida guardou em sua bolsa púrpura e dourada, dizendo com movimentos significativos de cabeça:

— Poderemos terminar isto outro dia. Não nos faltará oportunidade. E, de fato, você ouviu tudo o que era realmente necessário. Eu só queria provar-lhe que a sra. S. aceitou seu pedido de desculpas e não está ofendida. Você viu como ela escreve deliciosamente. Oh! Ela é um doce de pessoa! Você teria ficado muito bem em sua casa se tivesse ido morar com ela. Mas não vamos dizer mais nada. Sejamos discretas... é o melhor que devemos fazer... ah! Lembra-se daqueles versos? Acabo de me esquecer de que poema são:

Pois quando uma dama está em jogo[75]
Você sabe que todas as outras coisas acontecem.

— Agora lhe digo, minha querida, em nosso caso, em lugar de "dama", leia... "muu"! Para quem sabe ler, um pingo é uma letra. Estou muito bem-humorada, não? Mas o que desejo é tranquilizá-la em relação à sra. S. e, como posso ver, minha mediação tranquilizou-a bastante.

E novamente, enquanto Emma voltava a cabeça para olhar o crochê da sra. Bates, ouviu-a sussurrar:

— E não mencionei nomes, percebeu? Oh! Sou tão cautelosa quanto um ministro do Estado. Consigo lidar muito bem com essas situações.

Emma não teve dúvida. Aquela era uma exibição exagerada de que conhecia um segredo e repetia isso de todas as formas possíveis. Quando todas finalmente falaram um pouco a respeito do tempo e sobre a sra. Weston, ela se dirigiu abruptamente a Emma dizendo:

---

[75] No original, em inglês: *And when a Lady's in the case, You know, all other things give place.* Trecho do poema "The Hare and Many Friends", escrito por John Gay (1685-1732). Como o poema fala da atração de um búfalo por sua vaca favorita, essa alusão a Frank Churchill e Jane Fairfax feita pela sra. Elton é bastante inapropriada.

— Não lhe parece, srta. Woodhouse, que nossa amiga melhorou de modo prodigioso? Não lhe parece que o sr. Perry é totalmente responsável pela cura? — e olhou intensamente para Jane nesse momento. — Estou maravilhada, Perry conseguiu restabelecer Jane em tão pouco tempo! Oh! Se a tivesse visto, como eu a vi, do jeito que estava prostrada!

E quando a sra. Bates ia dizer algo a Emma, ouviu a sra. Elton sussurrar:

— Não falaremos sequer uma palavra em relação à assistência de Perry; nem mencionaremos o nome de certo médico de Windsor. Oh! Não... Perry deve levar todo o crédito.

— Não tive o prazer de encontrá-la, srta. Woodhouse, desde o nosso passeio a Box Hill — ela recomeçou, pouco depois. — Que passeio mais agradável! Apesar de que, em minha opinião, faltou algo. Parecia que... bem, parecia que havia alguém mal-humorado. Pelo menos foi isso que me pareceu, mas posso muito bem estar equivocada. Entretanto, acho que fomos bem-sucedidos nessa excursão e deveríamos repeti-la. O que acha de nos reunirmos novamente e fazermos um novo passeio a Box Hill, enquanto o tempo ainda está bom? É preciso que seja o mesmo grupo, exatamente as mesmas pessoas, sem exceção.

Logo depois, chegou a srta. Bates, e Emma não pôde evitar sorrir com a perplexidade da resposta dela a seus cumprimentos, causada pela incerteza sobre o que poderia dizer, quando gostaria de dizer tudo.

— Obrigada, srta. Woodhouse, é muito gentil. Eu não sei como me expressar... sim, sim, compreendo perfeitamente. As perspectivas da nossa querida Jane... isto é, não estou querendo dizer... a verdade é que ela está adoravelmente recuperada. Como tem passado o sr. Woodhouse? Estou tão contente. Quase não posso suportar tamanha felicidade. Veja que grupo maravilhoso temos aqui. Sim, é verdade. Adorável rapaz! Quero dizer, tão amigável... quero dizer, o sr. Perry... tão atencioso com Jane!

E, por sua enorme demonstração, seu grande prazer ao agradecer a presença da sra. Elton, Emma deduziu que os Elton ficaram um tanto quanto ressentidos com a decisão de Jane e que agora as diferenças haviam sido graciosamente superadas. Depois de alguns sussurros, dos quais Emma não conseguiu ouvir nada, a sra. Elton começou a falar num tom de voz bastante alto:

— Sim, estou aqui, minha boa amiga! E estou aqui há tanto tempo que não é necessário dar algum tipo de explicação. Mas a verdade é que espero meu amo e senhor. Ele prometeu juntar-se a nós e aproveitar a ocasião para cumprimentá-las.

— O quê? Teremos o prazer de receber a visita do sr. Elton? Certamente será um grande prazer! Eu sei que os cavalheiros não gostam de visitas matinais e, além disso, o sr. Elton tem tantos compromissos...

— Dou-lhe minha palavra, srta. Bates. Ele tem compromissos durante o dia e à noite. Não há limites para as pessoas visitarem meu marido, qualquer que seja o motivo. Desde os magistrados, superintendentes, até os curadores de igreja, sempre estão em busca dele, à procura de sua boa opinião. Parece que não sabem fazer nada sem a sua ajuda. Eu sempre digo ao meu marido: "Pode estar certo, sr. E., é melhor eles buscarem sua opinião do que a minha". Eu não sei dizer o que seria das minhas tintas e do meu piano se eu tivesse tantas obrigações. Apesar de que acredito que as coisas não poderiam ser piores, pois abandonei completamente, de modo imperdoável, meus desenhos e meu piano. Creio que nas últimas duas semanas nem sequer toquei uma nota. Entretanto, posso lhe assegurar que ele está chegando. Sim, é verdade!

E como se quisesse esconder seus lábios de Emma, continuou:

— Fará uma visita parabenizando todas vocês. Oh, sim! Essa visita é indispensável.

A srta. Bates olhou para ela, muito feliz!

— Ele prometeu vir assim que terminasse o compromisso com Knightley. Porém, ele e Knightley estavam bastante ocupados. O sr. E. é o braço direito de Knightley.

Emma não sorriria por nada neste mundo e apenas se limitou a dizer:

— O sr. Elton foi a pé até Donwell? Ele fará uma caminhada sob o sol.

— Oh! Não... é apenas um encontro na hospedaria Crown, um encontro regular. Weston e Cole também estarão lá, mas ele certamente só falará com quem comanda a conversa. Creio que o sr. E. e Knightley resolverão tudo a seu modo.

— A senhora não confundiu o dia? — disse Emma. — Tenho quase certeza de que o encontro na hospedaria será amanhã. O sr. Knightley esteve em Hartfield ontem e nos disse que seria no sábado.

— Oh! Não, o encontro é hoje, com certeza — foi a resposta brusca, que denotava a impossibilidade de qualquer erro da parte da sra. Elton. — Eu acredito — continuou ela — que essa seja a paróquia mais problemática que já se viu. Nós nunca ouvimos esse tipo de coisa em Maple Grove.

— A paróquia de lá é menor — disse Jane.

— Posso dar-lhe minha palavra, minha querida, que jamais ouvi falar sobre tal assunto.

— Mas pode-se ver pela pequena escola, que, segundo dizem, é dirigida por sua irmã e pela sra. Bragge; é a única escola e não tem mais do que vinte e cinco alunos.

— Ah! Sua criatura perspicaz, é verdade! Que mente brilhante você tem! Eu sempre digo, Jane, que caráter perfeito teríamos se eu e você fôssemos misturadas. Minha vivacidade e sua sobriedade produziriam a mulher perfeita. Mas... não diga mais nenhuma palavra, por favor.

Parecia uma precaução desnecessária. Jane parecia desejar conversar com a srta. Woodhouse e não com a sra. Elton. O desejo de lhe dar atenção, dentro do que lhe permitia a cortesia, não podia ser mais evidente, apesar de que, na maioria das vezes, não podia manifestar-se além dos olhares.

O sr. Elton chegou. Sua esposa o recebeu com seu modo característico e vivaz.

— Muito bem, senhor! Deixa-me vir incomodar minhas amigas e me aparece aqui muito mais tarde do que prometeu! Mas o senhor sabe a esposa que tem. Sabe que eu jamais arredaria o pé de onde me deixou antes que meu amo e senhor aparecesse. Estive sentada aqui, na última hora, oferecendo às minhas amigas exemplos de feliz obediência conjugal. Pois quem poderá dizer, você sabe, se não precisarão dos meus conselhos em breve?

O sr. Elton estava tão acalorado e cansado que toda essa sagacidade parecia desnecessária. Ele deveria cumprimentar as outras damas, mas logo em seguida lamentaria o calor que estava sentindo e a caminhada que fizera em vão.

— Quando cheguei a Donwell — disse ele —, Knightley não estava. Muito estranho! Depois do bilhete que lhe enviei esta manhã e da resposta que ele me mandou, deveria estar em casa até uma da tarde.

— Donwell! — exclamou sua esposa — Meu querido sr. E., você não foi até Donwell! Você está referindo-se à hospedaria Crown, você participou de um encontro lá.

— Não, não, isso é amanhã; e eu, particularmente, queria ver Knightley hoje para tratar de outro assunto. Que manhã infernal! Passei pelos campos — falando em um tom de voz muito contrariado — e senti muito calor. Fui lá e não o encontrei! Posso garantir que estou muito aborrecido. E sem deixar nenhuma desculpa, nem mesmo um bilhete. A governanta me disse que ele não sabia da minha visita. Muito estranho! E ninguém sabia que direção ele tomara. Talvez tenha ido a Hartfield, talvez tenha ido a Abbey Mill, talvez aos bosques... srta. Woodhouse, isso não é próprio de nosso amigo Knightley. Consegue encontrar uma explicação?

Emma se divertia, assegurando que realmente era muito raro e que não tinha nada a dizer sobre o assunto.

— Eu não posso compreender — disse a sra. Elton, sentindo a indignação como qualquer boa esposa. — Não posso imaginar como ele pôde fazer uma coisas dessas com você! Ele é a última pessoa que eu esperava esquecer-se de um compromisso! Meu querido sr. E., ele deveria ter deixado uma mensagem, tenho certeza de que deveria. Nem mesmo o sr. Knightley poderia ser tão excêntrico. Os empregados devem ter se esquecido. Tenho certeza de que foi isso que aconteceu, deve ser algo muito comum de acontecer com os empregados de Donwell, pois, como eu já pude observar, são extremamente débeis e descuidados. Tenho certeza de que eu não teria, por nada deste mundo, um empregado como Harry. E, quanto à sra. Hodges, Wright tem uma opinião muito negativa dela. Ela prometeu uma receita a Wright e nunca enviou.

— Encontrei William Larkins — continuou o sr. Elton — quando estava perto da casa, e ele me disse que eu não encontraria seu patrão em casa, mas não acreditei nele. William parecia muito mal-humorado. Ele diz não saber o que aconteceu com o patrão recentemente, disse isso, mas não consegui que ele explicasse mais nada. Não me interessa a opinião de William, mas, na verdade, é muito importante que eu me encontre com Knightley ainda hoje, além de ter sido um grande inconveniente para mim enfrentar todo esse calor por nada.

Emma pensou que o melhor seria ir para casa imediatamente. De qualquer modo, ela já era esperada e talvez pudesse pedir ao sr. Knightley que fosse mais atencioso com o sr. Elton, senão com William Larkins.

Ao se despedir, ficou muito alegre ao encontrar a srta. Fairfax tão determinada a acompanhá-la até a porta e descer as escadas com ela. Surgiu ali uma oportunidade que não poderia ser desperdiçada, então disse:

— Bem, talvez tenha sido melhor assim, que eu não tenha tido oportunidade. Se a senhora não estivesse rodeada de amigas, eu seria tentada a começar um assunto, fazer perguntas, a falar tão abertamente quanto seria correto. Sinto que teria sido muito impertinente.

— Oh! — exclamou Jane, com o rosto corado e uma hesitação que Emma achou infinitamente mais adequada a ela do que toda a elegância de sua habitual compostura. — Não haveria perigo. O perigo seria eu entediá-la. A senhorita não teria me agradado mais ao demonstrar seu interesse. De fato, srta. Woodhouse — comentou agora mais controladamente —, tenho plena ciência da minha péssima conduta, e é particularmente consolador para mim saber que meus amigos, cuja opinião tenho o maior prazer em preservar, não estão aborrecidos comigo. Não tenho tempo para dizer nem a metade do que gostaria. Há muito desejo pedir desculpas e dizer algo em meu favor. Creio que é meu dever. Mas, infelizmente... em suma, se sua compaixão permitir que sejamos amigas...

— Oh! A senhorita está com receios demais, está sim! — exclamou Emma, efusivamente, pegando sua mão. — Não me deve nenhum pedido de desculpas e todas aquelas pessoas às quais acha que precisa pedir perdão estão completamente contentes, até mesmo maravilhadas...

— É muito gentil, mas sei como me comportei com a senhorita. Tão fria e artificial! Estava sempre representando um papel... era uma vida de dissimulações! Já sei que devo ter-lhe causado muito desgosto.

— Por favor, não diga mais nada. Eu sinto que todos os pedidos de desculpas deveriam partir de minha parte. Vamos nos desculpar de uma vez por todas, logo, e não perderemos mais tempo com essas coisas. Espero que a senhorita tenha ótimas notícias de Windsor!

— Sim, muitas.

— E as próximas notícias, creio eu, serão que em breve a perderemos, justo quando começo a conhecê-la melhor.

— Oh! Quanto a este assunto, nada podemos decidir no momento. Ficarei aqui até que o Coronel ou a sra. Campbell solicitem minha presença.

— Talvez ainda não esteja acertado — respondeu Emma, sorrindo. — Mas, com o perdão da palavra, creio que já deve ter pensado no assunto.

Jane sorriu e respondeu:

— A senhorita está muito certa, temos pensado muito sobre o assunto. E confio-lhe, certa de sua discrição, que já está decidido que eu e o sr. Churchill viveremos em Enscombe. Haverá pelo menos três meses de luto fechado; mas, quando passarem, creio que não haverá nada mais que nos faça esperar.

— Muito obrigada, muito obrigada. Era tudo o que eu gostaria de ter certeza. Oh! Se soubesse quanto adoro tudo o que está decidido e acertado! Até logo, Jane, adeus!

CAPÍTULO 17

Os amigos da sra. Weston estavam todos satisfeitos e felizes por seu pronto restabelecimento e, para Emma, a satisfação de saber que tudo estava bem só aumentou quando ela soube que a amiga agora era mãe de uma menina. Ela já havia manifestado sua preferência por uma srta. Weston. Não queria reconhecer que tinha em vista um casamento para a menina com um dos filhos de Isabella, apenas estava convencida de que uma menina seria muito melhor para o pai e para a mãe. Seria um grande conforto para o sr. Weston, que já estava envelhecendo. E, em dez anos, quando o sr. Weston estiver com uma idade avançada, ficaria encantado com os jogos, os acontecimentos, os caprichos e as fantasias daquela criança que jamais seria banida de casa. E quanto à sra. Weston, ninguém poderia duvidar que uma filha lhe faria muito bem; e seria uma lástima para uma pessoa, que sabia ensinar tão bem, não ter condição de exercer suas funções novamente.

— Ela teve a vantagem, você sabe, de praticar comigo — continuou ela. — Como a Baronesa d'Almane ou a Condessa d'Ostalis, em *Adelaide e Theodore*,[76] de Madame Genlis, e agora devemos observar sua própria Adelaide educada da melhor maneira possível.

— Ou seja — respondeu o sr. Knightley —, ela será ainda mais indulgente com a criança mais do foi que com você, acreditando não estar dando o máximo de si. Será essa a única diferença.

— Pobre criança! — exclamou Emma. — Então, o que será dela?

— Não acontecerá nada de mal. É o destino de muitas crianças. Durante sua infância ela será muito desagradável, mas com o passar do tempo, quando crescer, corrigirá a si mesma. Estou perdendo toda a minha amargura contra

---

[76] No original em inglês, o livro se chama *Adelaide and Theodore – Letters of Education* (Adelaide e Teodoro – Cartas sobre educação), escrito por Madame Genlis (1746-1830), autora francesa que se dedicava a escrever sobre educação. A primeira tradução para o inglês de que se tem notícia é de 1783.

crianças mimadas, minha querida Emma. Eu, que devo a *você* toda a minha felicidade, não seria imensamente ingrato se fosse severo demais com crianças mimadas?

Emma riu e respondeu:

— Mas eu tive a ajuda de todos os seus esforços para rebater a indulgência das outras pessoas. Tenho minhas dúvidas se o meu próprio bom senso me corrigiria sem eles.

— Você tem dúvida? Eu não tenho nenhuma. A natureza lhe deu compreensão; a srta. Taylor lhe deu princípios. Você tinha de terminar bem. Minha intervenção tanto podia causar-lhe danos como benefícios. Era a coisa mais natural do mundo que você dissesse: "Que direito ele tem de me repreender?". E receio que tenha sido mais do que natural que eu tenha agido de modo desagradável. Não penso que lhe fiz nenhum bem. O bem que fiz foi a mim mesmo quando tornei você o centro das minhas mais ternas atenções. Não podia pensar em você como sempre pensei sem tentar corrigir seus defeitos; e, mesmo observando tantos enganos, comecei a me apaixonar por você desde os seus treze anos pelo menos.

— Eu tenho certeza de que foi útil para mim — exclamou Emma. — Fui diretamente influenciada pelo senhor... mais do que merecia. Sei que me fez bem. E, se a pobre Anna Weston for realmente mimada, será um gesto muito humano se o senhor se comportar com ela do mesmo modo como agiu comigo, exceto se apaixonar por ela quando completar treze anos.

— Quantas vezes, quando menina, você me dizia, com um dos seus olhares arrogantes: "sr. Knightley, vou fazer isto e aquilo, papai deixou" ou então: "srta. Taylor me deu permissão". Era algo que você mesma sabia que eu não aprovaria. Nesses casos, minha interferência significava dois maus sentimentos em vez de apenas um.

— Que amável criatura eu devo ter sido! Não me estranha que se lembre das minhas palavras de um modo tão carinhoso.

— Sr. Knightley. Você sempre me chamou de sr. Knightley; e, com o hábito, deixou de parecer muito formal, embora fosse. Quero que me chame de outro modo, mas não sei qual.

— Eu me lembro de uma vez tê-lo chamado de George, em um dos meus amáveis impulsos, há dez anos. Fiz isso porque pensei que o ofenderia, mas como o senhor não fez nenhuma objeção, nunca mais o chamei assim.

— E agora não me chamará de George?

— Impossível! Jamais conseguirei chamá-lo por outro nome que não seja sr. Knightley. Não vou nem tentar ser elegante como a sra. Elton, e chamá-lo de sr. K. Mas prometo — acrescentou, sorrindo e ficando corada —, eu prometo chamá-lo uma vez pelo seu nome de batismo. Não sei exatamente quando, mas talvez o senhor possa adivinhar onde... naquele lugar onde fulano aceita fulana, na saúde e na doença.

Emma lamentava não poder falar com mais franqueza de um dos serviços mais importantes que ele, com seu bom-senso, poderia ter-lhe prestado, aconselhando-a contra o pior de todos os seus devaneios femininos: seu empenho em se tornar amiga de Harriet Smith. Porém, era uma questão bastante delicada; não podia falar sobre ela. Em suas conversas, raramente mencionava Harriet. Ele poderia pensar que ela simplesmente não pensava na moça, mas Emma estava inclinada a atribuí-lo a uma delicadeza dele e à suspeita que devia ter, por certos detalhes, de que a amizade entre as duas começava a declinar. Dava-se conta de que, em qualquer outra circunstância, era lógico pensar que tivessem trocado mais correspondências e que as notícias que recebia de Harriet não fossem exclusivamente as que Isabella relatava em suas cartas. Ele devia observar que isso estava acontecendo. A angústia de ocultar algo dele era um pouco menor do que a dor de ter feito Harriet infeliz.

As notícias que Isabella escrevia sobre sua convidada eram as que se esperava. Quando chegou a Londres parecia um pouco mal-humorada, o que era completamente natural tendo em vista que iria ao dentista. Mas, ao resolver esse problema, Harriet não parecia diferente de quando a conhecera. Isabella, para falar a verdade, não era uma boa observadora; contudo, se Harriet não estivesse em condição de brincar com as crianças, isso não lhe passaria despercebido. Os confortos e as esperanças de Emma aumentaram quando ela descobriu que a estadia de Harriet se estenderia por, pelo menos, um mês. O sr. John Knightley e sua esposa visitariam Highbury em agosto, e ela fora convidada a permanecer com eles até que a trouxessem de volta.

— John nem menciona sua amiga — disse o sr. Knightley. — Aqui está a resposta dele, se desejar vê-la.

Era uma resposta à carta na qual ele anunciava sua intenção de se casar. Emma a aceitou rapidamente, cheia de curiosidade para saber o que John pensava a respeito daquilo, sem ao menos se preocupar com o fato de que a amiga nem fora mencionada.

— John compartilha a minha felicidade como um bom irmão — continuou o sr. Knightley —, mas ele não é de fazer cumprimentos; e, apesar de eu saber que ele sente por você a mais fraternal afeição, está tão longe de falar ou escrever qualquer tipo de floreio, de modo que talvez outra moça pensaria que ele está sendo frio em seus elogios. Mas não temo que você veja o que ele escreveu.

— Ele escreve como um homem sensível — respondeu Emma, quando terminou de ler a carta. — Eu aprecio a sinceridade dele. Está claro que ele me julga a mais afortunada neste casamento, mas tem esperança de que, com o tempo, eu possa crescer e ser merecedora de sua afeição, assim como o senhor já pensa agora. Se tivesse escrito algo diferente, eu não teria acreditado nele.

— Minha Emma, ele não quis dizer isso. Apenas disse...

— Ele e eu devemos diferir muito pouco em nosso afeto um pelo outro — interrompeu ela, com um sorriso pensativo —, talvez muito menos do que ele acredita, se pudermos discutir a questão, sem reserva ou cerimônia.

— Emma, minha querida Emma...

— Oh! — ela exclamou, mostrando-se um pouco mais alegre. — Se o senhor pensa que seu irmão está sendo injusto comigo, espere até que meu querido pai conheça nosso segredo e me dê sua opinião. Pode estar certo de que ele será ainda mais injusto com o senhor. Parecerá que todas as vantagens estão apenas do seu lado e que eu tenho todas as qualidades. Espero que ele não diga sequer uma vez "pobre Emma". Sua terna compaixão para com os oprimidos não precisa ir tão longe.

— Ah, por favor! — exclamou ele. — Só espero que seu pai se convença, nem que seja em parte, tão facilmente quanto John se convencerá de que temos todos os direitos que a igualdade de qualidades pode proporcionar para sermos felizes juntos. Há uma coisa na carta de John que me pareceu divertida. Você não notou? Aqui, onde ele diz que minha notícia não o surpreendeu, que já estava quase esperando que eu anunciasse algo dessa natureza.

— Mas, se não estou interpretando mal seu irmão, ele apenas se refere ao fato de o senhor ter planos de se casar. Acredito que nem remotamente pensava em mim. Parece que essa ideia não lhe ocorreu.

— Sim, pode ser... mas me divirto ao saber que ele entende tão bem os meus sentimentos. Em que se baseou para fazer tal julgamento? Estou certo de que não houve nenhuma alteração no meu ânimo, ou no meu modo de falar, que poderia ter-lhe indicado que eu estivesse propenso a me casar em qualquer época da minha vida... mas suponho que sim. Ouso dizer que havia uma diferença em meu comportamento quando estive hospedado na casa deles. Penso que não brinquei com as crianças como costumo fazer. Lembro-me de que, uma noite, os pobrezinhos disseram: "O titio parece sempre cansado agora".

Aproximava-se o momento em que a notícia deveria ser dada e em que se deveria ver como as pessoas a receberiam. Assim que a sra. Weston se recuperou o suficiente do parto para receber uma visita do sr. Woodhouse, Emma, pensando que os persuasivos argumentos da sua amiga poderiam influenciar favoravelmente seu pai, decidiu dar primeiro a notícia em casa e depois em Randalls. Mas, como faria essa confissão ao pai? Decidira fazê-la enquanto o sr. Knightley estivesse ausente, ou quando seu coração não pudesse guardar por mais tempo o segredo e fosse obrigada a revelá-lo, mas o sr. Knightley era esperado a qualquer momento, e ele poderia encarregar-se de completar o que ela começara. Foi forçada a falar e precisava falar de modo alegre. Não devia empregar um tom melancólico, dando a impressão de que seria uma desgraça para ele. Não devia parecer que considerava um mal para seu pai.

Tentando ser forte, preparou-o para ouvir algo que soaria bastante estranho e então, em poucas palavras, disse que, se pudesse ter sua aprovação, que ela acreditava não haver nenhum tipo de objeção, já que seria um plano que promoveria a felicidade de todos — ela e o sr. Knightley desejavam casar-se; de modo que Hartfield receberia a adição de uma pessoa que ela sabia ser muito amada, tanto como suas filhas e a sra. Weston.

Pobre homem! A princípio, ele ficou bastante chocado e tentou convencê-la a desistir do casamento. Ele fez a filha se lembrar de que, por diversas vezes, havia prometido jamais se casar e que seria um grande benefício permanecer solteira; além disso, mencionou a pobre Isabella e a pobre srta. Taylor. Mas não conseguiu convencê-la.

Emma o abraçou carinhosamente, sorrindo, repetia que tinha de ser assim, e que não podia considerar seu caso como o de Isabella e o da sra. Weston, cujas bodas obrigaram-nas a se mudar de Hartfield e certamente significaram uma mudança muito triste. Ela não sairia de Hartfield; eles ficariam sempre ali; se decidissem fazer alguma mudança, seria apenas em consideração ao seu bem-estar. Ela tinha certeza de que seria uma grande alegria ter o sr. Knightley sempre à disposição quando ele se acostumasse com a ideia. Ele não gostava tanto do sr. Knightley? Não podia negar. Emma tinha certeza disso. A quem faria consultas a respeito de questões relacionadas aos negócios da propriedade, senão ao sr. Knightley? Quem era tão útil a ele, tão disposto a escrever suas cartas, quem ficava tão feliz em lhe prestar um favor? Quem era tão feliz, tão atencioso e tão apegado a ele? Ele não gostaria de tê-lo sempre ao seu lado? Sim. Era verdade. No dia a dia, o sr. Knightley não podia estar em Hartfield o tempo todo, então, não seria bom se ele estivesse ali todos os dias? Por que não poderiam viver dessa forma?

O sr. Woodhouse não poderia ser convencido tão rapidamente, mas o pior já passara; o tempo e a repetição contínua se encarregariam do resto. Os persuasivos argumentos de Emma foram acompanhados pelos do próprio sr. Knightley, cujos grandes elogios a ela contribuíram para uma perspectiva mais favorável à proposta de casamento, e o sr. Woodhouse logo se acostumou que um ou outro falasse do assunto em todas as ocasiões propícias. Ambos contaram com todo o apoio que Isabella podia prestar-lhes, mediante cartas nas quais expressava sua mais sincera aprovação; e, na primeira ocasião que a sra. Weston teve para falar do assunto, não deixou de considerar o projeto como um dos mais favoráveis. Em primeiro lugar, como uma união já acertada e, em segundo, como algo benéfico. Uma vez que considerava que ambos os argumentos tinham o mesmo valor para o sr. Woodhouse, chegou a se convencer de que não havia outra maneira, e todos a quem ele pedia conselhos lhe asseguravam que aquele casamento só aumentaria sua felicidade; e, tendo ele próprio alguns sentimentos que quase o admitiam, começou a pensar que, mais cedo ou mais tarde, dentro de um ano ou dois talvez, não seria tão mau se o casamento se realizasse.

A sra. Weston dizia o que pensava, não precisava fingir ao declarar sua aprovação. Ficara muito surpresa, poucas vezes se sentira assim, quando Emma lhe contou a verdade. Mas ela apenas observou que seria um acréscimo de felicidade à vida de todos e não teve receios em apressá-lo ao máximo. Sentia tanto afeto pelo sr. Knightley que acreditava que ele era merecedor de se casar com sua querida Emma; e, em todos os aspectos, era uma união muito adequada, muito conveniente, tão irrepreensível e, em um aspecto bem concreto, talvez o mais importante: era uma união particularmente desejada, uma escolha afortunada, que parecia como se Emma não pudesse sentir-se atraída por nenhum outro homem, e que se comportaria como a mais tola das mulheres se não pensasse nem desejasse casar-se com ele havia muito tempo. Que homem seria capaz de renunciar à sua própria casa para morar em Hartfield? E quem, senão o sr. Knightley, poderia conhecer e suportar o sr. Woodhouse a ponto de transformar esse convívio em um arranjo agradável? O que fazer com o sr. Woodhouse sempre foi motivo de preocupação para os Weston, principalmente quando ainda pensavam em um casamento entre Emma e Frank. Como conciliar os interesses de Enscombe e de Hartfield fora sempre um inconveniente para eles, menos perceptível para o sr. Weston do que para sua esposa. Mas ele nunca pôde encerrar o assunto de melhor maneira como quando dizia: "Esses assuntos se resolverão sozinhos, os jovens sempre encontram uma saída". Já naquele caso não era necessário apaziguar nenhuma especulação para o futuro. Tudo estava bem, tranquilo. Nenhum sacrifício que valesse a pena ser mencionado. Era uma união que prometia as maiores felicidades, sem nenhuma dificuldade real ou racional que se opusesse ou que a impedisse.

A sra. Weston, com sua bebê no colo, entregando-se a reflexões como essas, era uma das mulheres mais felizes do mundo. E se existisse algo que pudesse aumentar ainda mais seu prazer, era prever que o primeiro jogo de gorrinhos não tardaria muito a ficar pequeno para a menina.

A notícia foi uma surpresa generalizada por onde passou, e o sr. Weston teve seus cinco minutos de participação nisso, mas cinco minutos foram o suficiente para que sua mente vivaz se familiarizasse com a ideia. Ele viu as vantagens da união e sua alegria não foi inferior à de sua esposa. O espanto não durou muito tempo, porém. Ao final de uma hora, ele já havia se convencido de que tinha previsto o casamento.

— Deve ser um segredo, concluo — disse ele. — Essas questões são sempre secretas, até que se perceba que todos já sabiam da novidade. Só peço que me digam quando poderei falar a respeito do assunto. Será que Jane tem alguma suspeita?

Ele se dirigiu a Highbury na manhã seguinte e pôde satisfazer-se sobre aquela questão. Contou a Jane a novidade. Ela não era agora sua filha,[77] sua filha mais velha? Ele devia contar a ela; e, como a srta. Bates estava presente, imediatamente a notícia foi transmitida às senhoras Cole, Perry e Elton. Agora já não eram apenas os protagonistas que estavam envolvidos; eles calcularam que, pelo tempo que passara, desde que Emma contara a novidade em Randalls, em breve a notícia estaria espalhada em toda Highbury, e com grande intuição havia previsto que naquela noite falariam só deles em todas as casas da vizinhança.

Em geral, concordaram que era uma ótima união. Alguns talvez tenham pensado que a sorte teria sido dele ou dela, dependendo dos motivos. Algumas pessoas recomendariam a mudança de Donwell, deixando, assim, a casa para John Knightley e a família; outros previam desentendimentos entre os empregados; mas, de modo geral, ninguém fez uma séria objeção, exceto uma família: a da casa paroquial.

Ali, a surpresa não foi amenizada por nenhum tipo de satisfação. O sr. Elton não se importava nem um pouco com a notícia, ao contrário da esposa; ele apenas comentava que "o orgulho da jovem moça agora estaria satisfeito", e tinha suposto que "ela sempre desejara fisgar o sr. Knightley" e, a respeito de viverem em Hartfield, exclamou ousadamente: "antes ele do que eu!". Mas, na verdade, a sra. Elton estava muito desapontada: "Pobre Knightley! Meu pobre amigo! Fez uma péssima escolha". Ela estava extremamente preocupada, pois, embora muito excêntrico, ele tinha milhares de qualidades. Como pôde ter-se deixado levar assim? Não conseguia imaginar que estivesse apaixonado. Não, de forma nenhuma. Pobre Knightley! Seria o fim de uma agradável amizade. Ele ficava tão contente de jantar em sua casa sempre que o convidavam! Mas, agora, estava tudo acabado. Pobre homem! Não aconteceriam mais reuniões em Donwell organizadas por ela... oh, não! Agora haveria uma sra. Knightley para estragar tudo. Extremamente desagradável! Mas ela não estava de modo nenhum arrependida de ter falado mal da governanta no outro dia. Era um plano chocante morarem juntos. Não daria certo. Conhecia uma família que vivia perto de Maple Grove que já havia tentado e acabaram separando-se antes do fim do primeiro trimestre.

CAPÍTULO 18

O tempo passou. Alguns dias mais e a família de Londres chegaria a Hartfield. Era algo que assustava Emma. Em certa manhã, quando pensava a respeito das complicações que poderia trazer o retorno da amiga, a chegada

---

[77] Naquela época era comum chamar a nora e o genro de filha e filho, respectivamente.

do noivo fez desaparecerem todas as ideias desagradáveis. Depois das palavras alegres que trocaram ao se cumprimentar, ele ficou em silêncio e então, com um tom grave de voz, disse:

— Tenho algo a lhe contar, Emma... algumas novidades.

— Boas ou ruins? — perguntou ela, rapidamente, enquanto olhava para ele.

— Não sei como devo considerá-las.

— Oh! Tenho certeza de que são boas notícias. Posso ver em seu semblante. Está se esforçando para não sorrir.

— Temo... — respondeu ele, ficando um pouco mais sério. — Tenho muito receio, minha querida, de que não vai sorrir quando ouvi-las.

— Será? Por que não? Não consigo imaginar nada que não lhe agrade ou lhe dê prazer que não tenha o mesmo efeito sobre mim.

— É um assunto sobre o qual pensamos de maneiras diferentes — respondeu ele. Fez uma pausa, sorrindo novamente, com os olhos fixos nos dela, e acrescentou: — Você não imagina o que pode ser? Não se recorda? Não se lembra de Harriet Smith?

Ao ouvir esse nome, ela ficou paralisada e teve medo de algo, apesar de não saber exatamente do quê.

— Teve notícias dela esta manhã? — perguntou ele. — Eu creio que sim e acho que já sabe de tudo.

— Não, não recebi notícia nenhuma. Não sei de nada, por favor, diga-me o que se passa.

— Avalie se está preparada para o pior... pois, de fato, é: Harriet Smith vai casar-se com Robert Martin.

Emma teve um sobressalto, demonstrando não estar preparada, e seus olhos abertos diziam: "Não, isso é impossível!". Mas seus lábios permaneceram selados.

— Pois foi isso que aconteceu — continuou o sr. Knightley. — Foi o próprio Robert Martin quem me disse. Estive com ele não faz meia hora.

Ela ainda olhava para ele, bastante surpresa.

— Como eu esperava, a notícia a deixou contrariada. Gostaria que nossas opiniões fossem iguais. Mas creio que, com o tempo, poderão ser. Você pode ter certeza de que o tempo nos fará pensar de modo diferente; até lá, não precisamos tocar no assunto.

— O senhor está enganado, muito enganado — respondeu Emma, tentando controlar-se. — Não é que esteja contrariada com a notícia, só não posso acreditar. Parece algo impossível! Está me dizendo que Harriet Smith aceitou Robert Martin? Não quer dizer que ele apenas pediu a mão da moça novamente? Ou que ele apenas tem a intenção de pedi-la em casamento?

— Eu quero dizer que ele já fez a proposta — respondeu o sr. Knightley, sorrindo, porém bastante determinado. — E que foi aceito.

— Santo Deus! — exclamou Emma. — Bem! — Recorrendo ao cesto de costura, com a desculpa para inclinar o rosto e esconder todos os sentimentos de prazer e diversão que ela sabia que deveria expressar, acrescentou: — Agora, diga-me tudo, conte-me em detalhes. Como, onde e quando isso ocorreu!? Conte-me tudo. Nunca estive tão surpresa... mas não fico triste, posso garantir-lhe. Como... como isso foi possível?

— É uma história muito simples. Há três dias, ele foi a Londres para tratar de negócios, e eu passei uns documentos que ele deveria entregar a John. Ele entregou os papéis em seu escritório, e meu irmão lhe perguntou se ele não gostaria de se reunir com um grupo que iria a Astley.[78] Eles levariam os dois meninos para o passeio. O grupo era composto por John, Isabella, os meninos e a srta. Smith. Meu amigo Robert não conseguiu resistir. Passaram para pegá-lo e se divertiram muito. John convidou-o para jantar no dia seguinte... ele aceitou... e durante essa visita, ao que parece, ele encontrou uma oportunidade para falar com Harriet; e certamente não foi em vão. Ao aceitar seu pedido, Harriet fez dele o homem mais feliz do mundo. Ele chegou na diligência de ontem, e hoje cedo, logo após o café da manhã, veio até minha casa para me informar primeiro a respeito dos meus negócios e depois a respeito dos seus. Isso é tudo que tenho a dizer sobre como, onde e quando. Sua amiga Harriet certamente lhe contará toda a história assim que se encontrarem. Ela lhe dirá todos os detalhes que somente a linguagem de uma mulher pode tornar interessante. Em nossas conversas, falamos apenas do essencial. Entretanto, devo dizer que o coração de Robert Martin parece estar transbordando e que ele mencionou, mesmo sem parecer que tinha a intenção, que, ao saírem de Astley, meu irmão seguiu com a esposa e o filho John, enquanto ele acompanhava a srta. Smith e Henry; e havia uma grande multidão, o que deixou a srta. Smith muito inquieta.

Ele parou... Emma não se atreveu a responder tão rapidamente. Se falasse, certamente deixaria escapar o mais irracional grau de felicidade. Ela deveria esperar o momento ou ele pensaria que ela estava enlouquecendo. Seu silêncio o incomodou e, após observá-la por alguns momentos, acrescentou:

— Emma, meu amor, você disse que essa situação não lhe traria infelicidade agora; mas receio que lhe tenha causado mais do que você esperava. A situação dele é inferior... mas você deve levar em consideração que é o que satisfaz a sua amiga; e tenho certeza de que você passará a gostar dele quando conhecê-lo melhor. Ficará encantada ao perceber quanto ele tem de bom senso e de bons princípios. No que diz respeito à pessoa, sua amiga

---

[78] Astley é um anfiteatro construído por Philip Astley (1742-1814) para apresentações de circo e de equitação. Jane Austen visitou esse lugar, na companhia de dois de seus irmãos, quando foi a Londres, em 1796. Mais informações sobre esse passeio da escritora podem ser encontradas na correspondência da autora, publicada em formato de livro. A data da carta é 23 de agosto de 1796.

não poderia estar em melhores mãos. Se pudesse, eu melhoraria a posição social dele; o que não é pouco, asseguro-lhe, Emma. Você zomba de mim em relação a William Larkins, mas Robert Martin me faria tanta falta quanto ele.

Queria que ela levantasse os olhos e sorrisse; e conseguindo fazê-la sorrir, embora não fosse tão abertamente, escutou-a dizer, muito alegre:

— O senhor não precisa preocupar-se tanto em fazer-me enxergar os pontos positivos desse casamento. Em minha opinião, Harriet agiu muito bem. As relações dela talvez sejam piores do que as dele; em respeitabilidade, sem dúvida são. Fiquei em silêncio apenas por estar surpresa, muito surpresa. Não pode imaginar como fui pega de surpresa! Estava tão desprevenida... pois acreditei que, nesses últimos tempos, ela estivesse menos predisposta a se casar do que tempos atrás.

— Você deveria conhecer melhor sua amiga — replicou o sr. Knightley. — Mas devo dizer que ela é uma moça de muito bom caráter, coração terno, que dificilmente recusaria um jovem que lhe dissesse que a ama.

Emma não pôde deixar de rir, enquanto respondia:

— Dou-lhe minha palavra de que acredito que a conhece tão bem quanto eu. Mas, meu querido sr. Knightley, tem certeza absoluta de que ela o aceitou imediatamente? Poderia admitir que ela aceitasse com o tempo, mas já o aceitou? O senhor o compreendeu bem? Estavam falando sobre outros assuntos, sobre negócios, exposições de gado, novos tipos de arados... não é possível que, ao falarem de tantas coisas distintas, não fizessem alguma confusão? Era a mão de Harriet a que ele se referia? Não eram as dimensões de um boi famoso?

Naquele momento, o contraste de rosto e elegância entre o sr. Knightley e Robert Martin era tão evidente para Emma, tão forte foi a lembrança de tudo que se passara com Harriet, tão vivo o som das palavras dela ao dizer com tanta ênfase "Não, creio que já tenho bastante experiência para pensar em Robert Martin", que Emma esperava que, no fundo, essa reconciliação fosse um tanto prematura. Não podia ser de outro modo.

— Você ousa dizer isso?! — exclamou o sr. Knightley. — Tem coragem de dizer que sou tão tolo a ponto de não entender o que um homem está falando? Sabe o que merece?

— Oh! Eu sempre mereci o melhor tratamento, pois não aceitaria nenhum outro. E, além disso, o senhor deve dar-me uma resposta clara e direta. Tem certeza de que entendeu a situação real de Robert Martin e Harriet, nesse momento?

— Tenho certeza — respondeu ele, de maneira muito distinta. — Ele me disse que ela o aceitara, e não havia nada obscuro e nenhuma incerteza nas palavras que utilizou. Penso que já dei provas suficientes. Ele pediu minha opinião a respeito do que deveria fazer. Não conhecia ninguém mais, a não ser a sra. Goddard, que pudesse dar informações a respeito das relações ou dos amigos de Harriet. Eu poderia sugerir outra pessoa senão a sra. Goddard? Garanti-lhe que não. Então, ele me disse que a encontraria ainda hoje.

— Estou bastante satisfeita — respondeu Emma, muito sorridente. — E desejo aos dois os mais sinceros votos de felicidade.

— Você está visivelmente mudada desde a nossa última conversa a respeito desse assunto.

— Espero que sim, pois naquela época eu era uma tola.

— Eu também mudei, pois hoje sou capaz de enumerar todas as boas qualidades de Harriet, por você e também por Robert Martin, que sempre tive razões para acreditar que continuava gostando dela como antes, para me aproximar um pouco mais e conhecê-la melhor. Em muitas ocasiões, conversei bastante com ela. Creio que você já percebera. A verdade é que, às vezes, tenho a impressão de que você quase suspeitava que eu estava intercedendo pelo pobre Robert, o que não foi o caso. Mas, pelas minhas observações, estou convencido de que ela é uma moça simples, muito amável e com boas ideias e princípios firmes, colocando sua felicidade no afeto e na utilidade da vida doméstica. Sem dúvida, muitas dessas qualidades ela as deve a você.

— A mim! — exclamou Emma, sacudindo a cabeça — Ah! Pobre Harriet!

Entretanto, tentou controlar-se e se resignou que ele a elogiasse muito mais do que merecia.

A conversa entre os dois logo foi interrompida pela entrada do sr. Woodhouse. Ela não lamentou. Queria ficar sozinha. Sua mente oscilava entre um estado de exaltação e assombro que não lhe permitia permanecer na companhia de outras pessoas. Queria dançar, cantar e gritar; e, enquanto ela não pudesse andar por aí, falar sozinha, rir e refletir, não seria capaz de fazer nada racional.

O assunto do pai era informar que James saíra para preparar a carruagem para que pudessem fazer a visita diária a Randalls; e então Emma teve a desculpa imediata para desaparecer.

A alegria, a gratidão, um extraordinário prazer a dominavam. Com aquelas perspectivas que se abriam para Harriet, sua única preocupação, o único obstáculo para sua felicidade estava vencido, e Emma sentiu que corria o risco de ser extremamente feliz. O que mais podia desejar? Nada, exceto se esforçar para, a cada dia, ser digna dele, cujas intenções e critério sempre haviam sido tão superiores aos seus. Nada, senão que as lições de loucura do passado pudessem ensinar-lhe humildade e prudência no futuro.

Ela estava séria, muito séria na gratidão que sentia e nas decisões que tomara, mas não conseguia evitar uma risada, às vezes. Agora devia rir de tal desfecho! Que final esplêndido para todas aquelas suas atribulações de cinco semanas antes! Que coração o de Harriet!

Agora sentiria alegria com o retorno da amiga. Tudo seria um deleite. Teria um grande prazer em conhecer Robert Martin.

Uma das coisas que contribuíam para sua felicidade era pensar que, em breve, não precisaria ocultar nada do sr. Knightley. Logo poderia encerrar todas aquelas coisas que tanto detestava: os disfarces, os equívocos, o mistério, tudo tão odioso para ela. Emma poderia dar ao amado aquela inteira e perfeita confiança que o seu caráter considerava um dever.

Assim, saiu de casa na companhia do pai, mais feliz e alegre. Não o escutava sempre, mas sempre concordava com o que ele dizia; e, quer fosse em silêncio, que fosse conversando, aceitava a grata convicção que seu pai tinha de que era obrigado a ir até Randalls todos os dias, uma vez que, se não fosse, a sra. Weston ficaria muito desapontada.

Quando chegaram, a sra. Weston estava sozinha na sala de estar. Mal falaram do bebê, e o sr. Woodhouse recebeu os agradecimentos por ter vindo e pelos quais já esperava. Ao olhar de relance, pôde ver duas pessoas passando perto da janela.

— São Frank e a srta. Fairfax — disse a sra. Weston. — Eu já ia lhes contar quanto ficamos surpresos pela chegada de Frank hoje pela manhã. Ele ficará até amanhã, e a srta. Fairfax foi convencida a passar o dia conosco. Espero que eles já entrem.

Em menos de um minuto, ambos estavam na sala. Emma estava extremamente feliz ao vê-lo, mas houve certo constrangimento quando ambos se lembraram dos momentos embaraçosos do passado. Estenderam as mãos sorrindo, porém, com a consciência desse embaraço, o que não permitiu que falassem muito. Logo que todos se sentaram, ficaram um pouco calados, e Emma começou a duvidar que o desejo que havia sentido durante tantos dias, de voltar a se encontrar com Frank Churchill e de vê-lo na companhia de Jane, lhe proporcionaria algum prazer. Mas quando o sr. Weston se juntou a eles e trouxeram o bebê, já não havia necessidade de procurar um assunto ou objeto de animação... ou coragem e oportunidade para Frank Churchill se aproximar de Emma e dizer:

— Devo agradecer-lhe, srta. Woodhouse, por ter enviado seu gentil perdão em uma das cartas que a sra. Weston me enviou. Espero que o tempo não a tenha deixado menos benevolente e que não retire o que disse antes.

— Não, de modo nenhum! — exclamou Emma, muito animada. — Estou muito satisfeita por poder cumprimentá-lo e felicitá-lo pessoalmente.

Ele agradeceu de todo o coração e continuou a falar seriamente a respeito de seus sentimentos de gratidão e felicidade.

— Veja como ela está bem! — disse ele olhando para Jane. — Não está melhor do que de costume? A senhorita precisa ver como meu pai e a sra. Weston a têm mimado.

No entanto, seus ânimos logo se alegraram, com um sorriso nos olhos, ao mencionar o esperado regresso dos Campbell e o nome Dixon... Emma corou e o proibiu de mencionar novamente aquele nome na sua presença.

— Não consigo pensar nesse assunto sem me envergonhar profundamente! — exclamou Emma.

— A vergonha é toda minha, ou deveria ser — respondeu ele. — Mas é possível que a senhorita não tenha tido nenhuma suspeita? Refiro-me às últimas semanas, pois sei que, no início, não suspeitava de nada.

— Eu nunca tive a menor suspeita, posso garantir-lhe.

— Isso é maravilhoso. Certa vez, eu estive muito próximo... e quem me dera o tivesse feito... teria sido melhor. Mas, apesar de estar continuamente portando-me mal e de modo indigno, o que não me trazia nenhum benefício, teria sido uma transgressão mais aceitável se eu tivesse revelado o segredo e contado tudo.

— Agora não vale a pena lamentar — disse Emma.

— Eu tinha esperança — retomou ele — de que meu tio fosse persuadido a visitar Randalls; ele quer ser apresentado a Jane. Quando os Campbell retornarem, devemos encontrar-nos em Londres e permanecer lá, espero, até que possamos levá-la para o norte. Mas, agora, estou tão longe dela... não é um sofrimento, srta. Woodhouse? Até esta manhã, não nos havíamos encontrado desde o dia da nossa reconciliação. Não sente pena de mim?

Emma disse que sim, de maneira muito gentil, e em um súbito acesso de alegria, ele exclamou:

— Ah, a propósito! — e então baixou a voz e ficou sério por alguns instantes. — Espero que o sr. Knightley esteja bem.

Ele fez uma pausa. Emma ficou ruborizada e sorriu.

— Já sei que leu a minha carta e suponho que se lembre dos votos que lhe desejei. Permita que agora eu a parabenize. Posso garantir-lhe que, ao receber a notícia, senti um grande interesse e muita alegria. Ele é um homem a quem eu não posso deixar de agradecer.

E as próximas palavras sobre Jane foram:

— Já viu uma pele assim? Tão macia! Tão delicada! E, embora não seja a cor ideal, é um tipo de beleza especial, com esses cílios e esses olhos negros... um tipo de beleza tão peculiar. Tem a cor exata para ser chamada de linda!

— Eu sempre admirei a beleza de Jane — replicou Emma intencionalmente. — Mas, se não estou enganada, houve um tempo em que considerava sua palidez um defeito. Na primeira vez em que falamos dela, o senhor se esqueceu?

— Oh, não! Que canalha insolente eu fui! Como pude ousar...

Mas ele riu tão vivamente ao se lembrar, que Emma não conseguiu deixar de dizer:

— Suspeito que, em meio a todos os conflitos que teve naquela época, acabava divertindo-se muito enganando os outros. Estou certa de que sim, era um consolo para o senhor.

— Oh! Não, não, não... como pode suspeitar de uma coisa assim? Eu era o homem mais infeliz do mundo!

— Não tão miserável a ponto de ser insensível à alegria. Tenho certeza de que era uma fonte de entretenimento muito grande pensar que estava enganando a todos... e, talvez, se tenho essa suspeita, é porque, para lhe ser franca, me parece que, se estivesse na mesma situação, também acharia divertido. Vejo que somos parecidos.

Ele lhe fez uma breve reverência.

— Se não em nossos modos de agir — acrescentou Emma, bastante sensibilizada —, há uma semelhança em nossos destinos. Esse destino que nos conduzirá a casamentos com pessoas muito superiores a nós.

— É verdade, é verdade — respondeu ele calorosamente. — Não, mas não é verdade no que diz respeito à senhorita. Não há ninguém que possa estar acima da senhorita, mas, quanto a mim, é fato... Jane é um verdadeiro anjo. Olhe para ela. Não é um verdadeiro anjo em todos os seus gestos? Observe a curva do seu pescoço, os olhos, enquanto ela olha para meu pai. A senhorita ficará contente de saber — inclinando-se em sua direção e baixando a voz, bastante sério — que meu tio pensa em dar a Jane todas as joias que pertenceram à minha tia. Mandarei fazer um conjunto. E estou decidido a mandar fazer também uma tiara. Ela não ficará linda com uma tiara naqueles cabelos negros?

— Muito bonita, realmente — replicou Emma, e falou de modo tão gentil que ele explodiu de gratidão:

— Como estou contente ao vê-la outra vez! E poder observar que tem um bom aspecto! Por nada neste mundo eu gostaria de perder este encontro. E, se a senhorita não tivesse vindo a Randalls, eu teria visitado Hartfield.

Os outros estavam falando da pequena Anna. A sra. Weston contou o pequeno susto que passara, na noite anterior, quando a criança não parecia muito bem. Ela acreditava ter sido tola, mas, no fundo, aquilo a alarmou e já estava prestes a chamar o sr. Perry. Talvez ela devesse ter vergonha, mas o sr. Weston tinha ficado tão alarmado quanto ela. No entanto, transcorridos dez minutos, a criança estava bem novamente. Essa era sua história e particularmente interessante para o sr. Woodhouse, que a elogiou muito por ter pensado em chamar o sr. Perry e apenas lamentou que ela não o tivesse chamado de fato. "Ela deveria sempre mandar chamar o sr. Perry quando a criança não parecesse bem, ainda que não fosse nada, mesmo que por um breve momento. Ela não deveria ficar alarmada, deveria apenas mandar chamar o sr. Perry. Era uma pena, talvez, que ele não tivesse vindo visitá-la na noite passada; pois, embora a criança estivesse bem agora, teria sido melhor se Perry a tivesse examinado."

Frank Churchill reconheceu o nome.

— Perry! — disse ele a Emma, tentando, enquanto falava, chamar a atenção da srta. Fairfax. — Meu amigo, o sr. Perry! O que estão dizendo a respeito dele? Ele esteve aqui hoje pela manhã? Qual é o seu meio de transporte agora? Ele comprou a carruagem?

Emma logo se lembrou e o compreendeu; e, enquanto começava a gargalhar, era evidente, pelo rosto de Jane, que ela também o tinha ouvido, embora tentasse parecer surda.

— Que sonho mais estranho tive naquele dia! — exclamou ele. — Cada vez que me lembro daquilo não consigo deixar de rir. Ela está ouvindo-nos, srta. Woodhouse. Posso notar no seu rosto, no seu sorriso... Em vão tenta franzir a testa. Olhe para ela. Não vê que, neste instante, o próprio trecho da sua carta, em que me mandou a notícia, está passando por sua mente, pensando em meu erro, não podendo prestar atenção em mais nada, apesar de fingir que ouve os outros?

Jane foi forçada a sorrir por um momento; e o sorriso se manteve, em parte, quando olhou na direção dele e disse, em voz baixa, porém cheia de convicção e de firmeza:

— Não compreendo como suporta lembrar-se de uma coisa dessas! Às vezes, elas *surgem* do nada, mas como as *corteja*!

Ele tinha muito a dizer em troca e de maneira muito divertida, mas os sentimentos de Emma estavam principalmente do lado de Jane nessa questão. E, ao deixar Randalls, inevitavelmente fez uma comparação entre os dois homens e compreendeu que, apesar de ter se alegrado muito ao reencontrar Frank Churchill, o que sentia por ele era uma grande amizade e nunca se dera conta de quão superior era o sr. Knightley. E a felicidade daquele maravilhoso dia se completou com a satisfatória comprovação das qualidades do seu amado.

CAPÍTULO 19

Se em alguns momentos Emma ainda sentia certa ansiedade em relação a Harriet, e duvidava se seria possível que esta chegasse a esquecer seu amor pelo sr. Knightley e aceitar outro homem com um sincero afeto, não demorou muito tempo para se ver livre desses pensamentos. Alguns dias depois chegou a família de Londres, e ela teve a oportunidade de ficar a sós com Harriet apenas por uma hora e ficou convencida, apesar de lhe parecer inverossímil, que Robert Martin suplantara totalmente o sr. Knightley, e sua amiga voltava a ter todos os seus sonhos de felicidade.

Harriet estava um pouco receosa. A princípio, parecia um tanto abatida, mas uma vez que reconheceu ter sido presunçosa e tola, e que estivera enganando-se, sua dor e sua confusão sumiram junto com suas palavras, deixando-a sem nenhuma inquietação pelo passado, e exultante de esperança pelo presente e o futuro, pois, em relação à aprovação da amiga, Emma dissipara, até o momento, todos os seus temores, com as mais sinceras congratulações. Harriet ficou muito satisfeita ao contar todos os detalhes daquela noite em Astley e do jantar na noite seguinte, e narrava com o maior prazer. Mas o que significavam aqueles detalhes? Na verdade, como Emma agora podia perceber, Harriet sempre gostara de Robert Martin, e o fato de ele seguir amando-a tornava-o irresistível. Além disso, o resto era incompreensível para Emma.

O evento, entretanto, era alegre e cada dia que se passava ela tinha novas razões para acreditar nisso. As origens de Harriet foram conhecidas. Ela era filha de um homem de negócios, rico o bastante para mantê-la confortável, em uma situação suficientemente decente para querer sempre ocultar seu nascimento. Levava, pois, o sangue de pessoas distintas, como Emma havia suposto tempos atrás. Provavelmente, seria um sangue tão imaculado como o de muitos cavalheiros, mas que parentesco estaria destinado ao sr. Knightley, ou ao sr. Churchill, ou até mesmo ao sr. Elton? A mancha da ilegitimidade, se não fosse lavada pela nobreza ou pela fortuna, seria sempre uma mancha.

O pai da moça não fez nenhuma objeção, o jovem rapaz foi tratado com liberalidade, e tudo foi como devia ser. Quando Emma conheceu Robert Martin, apresentado a ela em Hartfield, reconheceu nele todas as qualidades de um bom caráter e de grandeza, que eram as mais desejáveis para sua amiga. Não tinha a menor dúvida de que Harriet seria feliz com qualquer homem de bom caráter; mas com ele, e com o que lhe oferecia, podia esperar mais segurança, estabilidade e melhora em todos os aspectos. Ela estaria em meio àqueles que a amavam e que tiveram mais bom senso do que ela própria, afastada o suficiente da sociedade para se sentir segura e alegre. Nunca poderia cair em tentação, nem teria a oportunidade de ir ao seu encontro. Seria respeitada e feliz; e Emma admitia que ela era a pessoa mais feliz do mundo por ter despertado em um homem como aquele um afeto tão sólido e perseverante; e, se não fosse a mais feliz do mundo, seria a segunda mais feliz, logo depois dela.

Harriet, necessariamente atraída por seus compromissos com os Martin, ficava cada vez menos em Hartfield, o que não causou nenhum lamento. A intimidade entre ela e Emma declinaria; a amizade entre as duas deveria converter-se em uma espécie de afeto mútuo, mais tranquilo e, felizmente, o que devia ser e o que tinha de ser pareciam já começar e de maneira gradual e natural.

Antes do fim de setembro, Emma acompanhou Harriet à igreja e viu sua mão ser concedida a Robert Martin, com uma satisfação tão completa que nenhuma recordação, nem sequer as lembranças relativas ao sr. Elton, que naquele momento estava bem à frente do casal, poderiam prejudicar. Talvez, naquela hora, não visse no sr. Elton nada além de um clérigo, cuja bênção diante do altar deveria em breve recair sobre ela. Robert Martin e Harriet Smith, o último dos três casais a ficar noivo, foram os primeiros a se casar.

Jane Fairfax já se havia mudado de Highbury e voltara às comodidades da sua amada casa com os Campbell. Os Churchill também estavam em Londres; e só esperavam que chegasse o mês de novembro.

Outubro fora o mês para o qual Emma e o sr. Knightley se atreveram a marcar o casamento. Decidiram que a cerimônia ocorreria enquanto John e Isabella estivessem em Hartfield, com o objetivo de viajarem ao litoral por duas semanas, como planejaram. John e Isabella, e todos os demais amigos aprovaram o plano. Mas o sr. Woodhouse... como convenceriam o sr. Woodhouse? Justo ele, que sempre fez alusões ao casamento como um evento distante.

Na primeira vez que falaram sobre o assunto, ele ficou tão abatido que quase perderam as esperanças. Mas uma segunda tentativa de convencê-lo pareceu afetá-lo menos. Começou a pensar que o casamento ocorreria e não seria possível evitá-lo. Era um progresso muito respeitável em direção à resignação. Entretanto, não parecia feliz. Não, ele parecia tão triste que a coragem da sua filha quase caiu por terra. Ela não suportava vê-lo sofrer, não conseguia saber que ele se sentia negligenciado, embora os irmãos Knightley tivessem certeza de que, passado o casamento, seu abatimento não demoraria a passar. Emma duvidava e não conseguiria seguir com o plano.

Nesse estado de expectativa, foram favorecidos, não por uma súbita iluminação de mente do sr. Woodhouse nem por alguma mudança espetacular em seu sistema nervoso, mas pela operação do mesmo sistema de forma diferente. Certa noite, o galinheiro da sra. Weston foi assaltado e levaram todos os perus, evidentemente pela engenhosidade do homem. Outros galinheiros da vizinhança também sofreram perdas. Nos temores do sr. Woodhouse, um pequeno furto se converteria em um roubo de grande escala, como o arrombamento de uma casa. Estava muito inquieto e, se não se sentisse protegido por seu genro, teria passado todas as noites bastante assustado. A força, a decisão e a presença de espírito dos irmãos Knightley deixaram-no completamente à mercê deles... Porém, o sr. John Knightley teria de voltar a Londres no final da primeira semana de novembro.

O resultado dessa angústia foi que, de forma mais voluntária, deu seu consentimento mais alegre e mais espontâneo do que sua filha teria imaginado naquele momento, e Emma, enfim, pôde marcar a data do casamento. Um mês após o casamento de Robert Martin com Harriet, o sr. Elton foi chamado a unir em matrimônio o sr. Knightley e a srta. Woodhouse.

O casamento foi como qualquer outro em que os noivos não fazem questão de luxo ou estardalhaço; e a sra. Elton, com base nos particulares que o marido lhe transmitiu em detalhes, considerou tudo muito pobre, e muito inferior ao casamento dela própria.

"Pouco cetim, poucos enfeites no véu; um casamento lamentável! Selina ficará chocada quando souber." Mas, apesar dessas deficiências, os desejos, as esperanças, a confiança, as previsões do pequeno grupo de verdadeiros amigos que testemunharam a cerimônia se viram plenamente correspondidos pela perfeita felicidade do casal.

Hugh Thompson, London, 1897.

A ABADIA
DE NORTHANGER

TRADUÇÃO E NOTAS:
ROBERTO LEAL FERREIRA

AVISO DA AUTORA A RESPEITO DE
A ABADIA DE NORTHANGER

Este texto foi concluído em 1803, e os planos eram de que fosse publicado imediatamente. Foi vendido a um livreiro, chegou a ser anunciado, e a razão pela qual a publicação não teve seguimento é algo que a autora jamais chegou a saber. Parece extraordinário que um livreiro tenha julgado proveitoso comprar o que não julgava proveitoso publicar. Mas isso não interessa nem à autora nem ao leitor, a não ser por tornar necessário um esclarecimento sobre as partes da obra que treze anos tornaram comparativamente obsoletas.

Pede-se, pois, ao leitor que não se esqueça de que se passaram treze anos desde que ela foi terminada, muitos mais desde que foi iniciada, e, durante tal período, lugares, maneiras, livros e opiniões sofreram mudanças consideráveis.

VOLUME 1

CAPÍTULO 1

Ninguém que tivesse visto Catherine Morland quando criança teria imaginado que ela nascera para ser heroína. Sua situação na vida, o caráter do pai e da mãe, sua própria pessoa e disposição, tudo ia contra ela.

Seu pai era um eclesiástico, sem ter sido desdenhado ou pobre, e homem respeitabilíssimo, embora seu nome fosse Richard, e nunca fora bonito. Possuía considerável independência, além de dois bons empregos, e não tinha nenhuma queda por deixar trancadas as filhas. Sua mãe era mulher de muito senso prático, de bom temperamento e, o que é mais notável, de boa constituição. Tivera três filhos homens; e, em vez de morrer ao dar à luz Catherine, como todos esperavam, sobreviveu e viveu para ter mais seis filhos, vê-los crescer ao seu redor e gozar ela mesma excelente saúde. Uma família de dez filhos será sempre considerada uma bela família, havendo cabeças, braços e pernas em número suficiente; mas os Morland tinham poucos outros direitos a essa qualificação, pois eram em geral muito sem graça, e Catherine, durante muitos anos da sua vida, tão sem graça quanto os demais. Tinha uma figura delgada e canhestra, uma pele pálida e descorada, cabelos negros e lisos e feições fortes, isso quanto à aparência; e sua mente parecia não mais propícia ao heroísmo. Adorava todas as brincadeiras de meninos e preferia em muito o críquete não só às bonecas, mas às mais heroicas delícias da infância, como cuidar de ratos silvestres, alimentar canários ou regar roseiras. De fato, ela não tinha gosto pela jardinagem; e, se por vezes colhia flores, era principalmente pelo prazer de agir mal: pelo menos era o que se podia conjecturar do fato de sempre preferir as que lhe era proibido colher. Tais eram as suas propensões; suas habilidades eram igualmente extraordinárias. Jamais conseguiu aprender ou compreender nada antes que lhe fosse ensinado; e às vezes nem mesmo depois, distraindo-se com frequência e mostrando-se por vezes obtusa. Sua mãe levou três meses para ensiná-la apenas a repetir *O pedido do mendigo*;[1] e, por fim, sua irmã mais moça, Sally, aprendeu a recitá-lo melhor do que ela. Não que Catherine fosse sempre obtusa; de modo algum; ela aprendeu a fábula de *A lebre e os muitos amigos*[2] tão rápido quanto qualquer outra menina da Inglaterra. Sua mãe quis que ela aprendesse música; e Catherine tinha certeza de que gostaria muito, pois adorava apertar as teclas da velha espineta abandonada; assim, aos oito anos de idade, ela começou a aprender. Estudou um ano, e não suportava aquilo; e a sra. Morland, que não insistia em ver as filhas aprenderem a despeito da incapacidade ou falta de gosto, permitiu que ela desistisse. O dia em que despediu o professor de música foi um dos mais

---

[1] *The Beggar's Petition*, poema de Thomas Moss.
[2] *The Hare and Many Friends*, fábula de John Gay (1727).

felizes da vida de Catherine. Seu gosto pelo desenho não era maior; embora toda vez que conseguia um envelope de carta da mãe ou qualquer pedaço de papel solto, fizesse o que podia nesse sentido, desenhando casas e árvores, galinhas e frangos, tudo sempre muito parecido um com o outro. A escrever e a contar, ela aprendeu com o pai; francês, com a mãe: sua competência em nenhum dos casos era notável, e cabulava as aulas de ambos sempre que podia. Que personagem estranha, inexplicável! Pois, com todos esses sintomas de dissipação aos dez anos de idade, tinha bom coração e bom temperamento, raramente se mostrava teimosa, e poucas vezes até briguenta, e muito gentil com os pequenos, com poucos intervalos de tirania; era, ademais, barulhenta e sapeca, odiava o confinamento e a limpeza, e não havia nada de que gostasse mais do que de rolar o declive gramado nos fundos da casa.

Assim era Catherine Morland aos dez anos. Aos quinze, sua aparência começou a melhorar; começou a cachear os cabelos e querer ir aos bailes; o porte melhorou, as feições se amenizaram ao se tornarem rechonchudas e ganharem cor, os olhos animaram-se e o aspecto se tornou mais consistente. O amor à sujeira deu lugar à inclinação à elegância, e ela se tornou mais limpa ao mesmo tempo que se tornava mais esperta; tinha agora o prazer de ouvir às vezes o pai e a mãe comentarem seu progresso pessoal. "Catherine está ficando uma mocinha bem-apessoada; hoje está quase bonita", eram palavras que seus ouvidos captavam de quando em quando; e como eram bem-vindos esses sons! Parecer quase bonita era conquista mais prazenteira para uma menina que fora feia durante os quinze primeiros anos da vida do que a que uma beleza de berço poderia ser.

A sra. Morland era mulher muito bondosa, e queria ver os filhos tornarem-se tudo o que deviam ser; mas seu tempo estava sempre tão ocupado em pôr para dormir e ensinar os menores, que as filhas mais velhas eram inevitavelmente deixadas de lado; e não era de admirar que, aos catorze anos, Catherine, que por natureza nada tinha de heroica, preferisse críquete, beisebol, andar a cavalo e correr pelos campos aos livros — ou pelo menos aos livros de informação —, pois, contanto que nenhum conhecimento útil pudesse ser obtido por meio deles e contanto que fossem só de histórias, sem nenhuma reflexão, ela não tinha nenhuma objeção contra eles. Mas dos quinze aos dezessete anos ela esteve em treinamento para heroína; lia todos aqueles livros que as heroínas devem ler para abastecerem a memória com aquelas citações tão úteis e tão reconfortantes nas vicissitudes da sua agitada vida.

Com Pope, ela aprendeu a censurar quem

"dá voz ao escárnio da dor".

Com Gray, aprendeu que

"Muitas flores nasceram para desabrochar sem ser vistas,
E desperdiçar sua fragrância no ar deserto".

Com Thompson, que

"Deliciosa tarefa é
Ensinar a jovem ideia a despontar".

E de Shakespeare obteve grande quantidade de informações, entre as quais, que

"Bobagens leves como o ar
São para o ciumento confirmação tão robusta
Quanto provas das Sagradas Escrituras".

Que

"O pobre besouro que pisamos
Em sofrimento corporal sente dor tão grande
Como a do gigante ao morrer".

E que um jovem apaixonado sempre se parece

"com a Paciência, que, sobre um monumento,
Sorri para a dor".

Até aí o seu progresso era suficiente, e em muitos outros pontos ela se saiu otimamente, pois, embora não conseguisse escrever sonetos, passou a lê-los; e, mesmo não conseguindo levar ao êxtase todos os presentes numa reunião com um prelúdio de sua autoria para piano, conseguia ouvir sem excessivo esforço outras pessoas tocarem. Sua maior deficiência era o lápis — desenhava pessimamente, nem sequer o suficiente para tentar um esboço do perfil do namorado, para poder observá-lo no desenho. Nisso lhe faltou uma postura realmente heroica. Atualmente, ela não conhecia sua própria pobreza, pois não tinha namorado para retratar. Chegara aos dezessete anos sem ter visto um rapaz agradável que pudesse despertar seus sentimentos, sem ter inspirado nenhuma paixão real e sem ter sequer provocado uma admiração, ainda que muito moderada e passageira. Isso era mesmo muito estranho! Mas estranhas coisas podem ser explicadas, se procurada com afinco a sua causa. Não havia sequer um fidalgo nas vizinhanças; não, sequer um baronete. Não havia uma família entre as suas relações que tivesse acolhido e criado um menininho deixado acidentalmente à porta: nenhum jovem de origem desconhecida. Seu pai não tinha pupilos, e o homem de mais alta condição na paróquia não tinha filhos.

Mas quando uma jovem tem de ser heroína, nem a perversidade de quarenta famílias ao redor pode impedi-la. Algo deve e vai acontecer que lançará um herói em seu caminho.

Ao sr. Allen, proprietário de boa parte das terras que cercavam Fullerton, o lugarejo em Wiltshire onde viviam os Morland, foi ordenada uma estada em Bath para tratar-se da gota; e sua esposa, mulher bem-humorada, que gostava da srta. Morland, e provavelmente ciente de que, se a aventura não ocorre à jovem em seu próprio lugarejo, ela deve procurá-la fora, convidou-a a ir com eles. O sr. e a sra. Morland consentiram de bom grado, e Catherine era só felicidade.

CAPÍTULO 2

Além do que já foi dito sobre os dotes físicos e mentais de Catherine Morland, prestes a ser lançada em meio a todas as dificuldades e perigos de uma estada de seis semanas em Bath, deve-se declarar, para mais certa informação do leitor, para que as próximas páginas possam dar uma ideia do que sua personalidade estava destinada a ser, que o coração de Catherine era carinhoso; seu temperamento, alegre e franco, sem presunção ou afetação de nenhum tipo — de modo que mal havia perdido a falta de jeito e a timidez de menina; sua aparência era agradável e, nos bons momentos, bonita; e sua mente, mais ou menos tão ignorante e desinformada quanto costuma ser a mente feminina aos dezessete anos.

Ao se aproximar a hora da partida, a ansiedade maternal da sra. Morland devia naturalmente agravar-se. Mil alarmantes pressentimentos de perigos à sua querida Catherine com essa terrível separação deviam oprimir de tristeza o seu coração e afogá-la em lágrimas nos dois últimos dias que passariam juntas; conselhos de natureza a mais importante e útil deviam, é claro, fluir de seus lábios durante a conversa de despedida em seu *closet*. Advertências contra a violência de fidalgos e baronetes loucos para arrastar as mocinhas para alguma fazenda distante deviam, em tais momentos, aliviar o peso do seu coração. Quem não pensaria assim? A sra. Morland, porém, tão pouco sabia sobre fidalgos e baronetes, que não tinha nenhuma ideia da malícia geral deles, e não suspeitava de nenhum perigo por suas maquinações contra sua filha. Seus conselhos limitaram-se aos seguintes pontos: "Peço, Catherine, que deixe sempre o pescoço bem agasalhado, quando voltar à noite dos salões; e gostaria que mantivesse alguma contabilidade do dinheiro que gastar; vou dar-lhe esta caderneta só para isso".

A situação exigia que Sally, ou melhor, Sarah (pois que mocinha de certa distinção chega à idade de dezesseis anos sem alterar o próprio nome o mais que puder?), fosse nesse momento amiga íntima e confidente da irmã. É notável, porém, que ela nem insistisse em que Catherine escrevesse todos os dias, nem lhe exigisse a promessa de descrever cada novo conhecido nem o pormenor de cada conversa interessante que acontecesse em Bath. Tudo que se relacionava com essa importante viagem foi feito por parte dos Morland com um grau de moderação e compostura que parecia mais coerente com os sentimentos comuns do dia a dia do que com as suscetibilidades refinadas, as ternas emoções que a primeira separação entre uma heroína e a sua família deve sempre provocar. O pai, em vez de dar-lhe créditos ilimitados por seu banqueiro ou mesmo colocar uma nota de cem libras em suas mãos, deu-lhe apenas dez guinéus e lhe prometeu mais quando precisasse.

Sob tão desanimadores auspícios, despediram-se todos e teve início a viagem. Transcorreu com a tranquilidade adequada e em segurança, sem incidentes. Nem bandidos nem tempestades os ajudaram, nem ocorreu nenhum feliz incidente que os apresentasse ao herói. Nada mais alarmante ocorreu do que o medo, por parte da sra. Allen, de ter esquecido os tamancos num albergue, temor esse que por sorte se revelou infundado.

Chegaram a Bath. Catherine era só alegria e animação — seus olhos estavam aqui, ali, em toda parte, ao se aproximarem de seus belos e impressionantes arredores e, mais tarde, percorreram as ruas que os conduziam ao hotel. Ali viera para ser feliz, e assim já se sentia.

Logo se instalaram confortavelmente na Pulteney Street.

Convém agora descrever a sra. Allen, para que o leitor possa julgar de que maneira os atos dela tenderão daqui por diante a promover o drama aqui narrado e como provavelmente contribuirá para reduzir a pobre Catherine a toda a miséria desesperada de que seja capaz um último volume, quer por imprudência, vulgaridade, ciúmes, quer interceptando suas cartas, arruinando sua reputação, pondo-a porta afora.

A sra. Allen era uma dessas mulheres cuja companhia não pode provocar nenhuma emoção, a não ser a surpresa por haver algum homem no mundo que possa gostar dela a ponto de se casar. Não tinha nem beleza, nem gênio, nem cultura nem classe. Um ar de dama, uma boa dose de calma, um temperamento bondoso e passivo e um modo de pensar trivial era tudo que poderia explicar ter ela sido a escolha de um homem sensato e inteligente como o sr. Allen. Sob certo aspecto, ela era ideal para apresentar uma jovem ao público, adorando tanto como qualquer jovem ir a todos os lugares e ver tudo por si mesma. As roupas eram a sua paixão. Sentia o mais inofensivo prazer em estar elegante; o ingresso da nossa heroína na vida não podia ocorrer antes de se passarem três ou quatro dias aprendendo qual era a moda do momento, e de sua dama de companhia ganhar um vestido da última moda. Catherine também fez as suas compras, e, quando todas essas questões foram resolvidas, chegou a importante noite que a apresentaria aos Salões Superiores. Seus cabelos foram cortados e penteados pelas melhores mãos, o traje, vestido com esmero, e tanto a sra. Allen quanto a sua criada declararam que sua aparência era exatamente a que deveria ter. Com tal incentivo, Catherine esperava pelo menos passar pela multidão sem despertar reprovação. Quanto à admiração, seria muito bem-vinda, se viesse, mas não confiava nisso.

A sra. Allen demorou tanto para se vestir, que chegaram atrasadas ao baile. Estavam no auge da temporada, o salão estava lotado, e as duas damas se espremeram para dentro como puderam. Já o sr. Allen logo se refugiou na sala de carteado e as deixou sozinhas, desfrutando a multidão. Mais preocupada em proteger o vestido novo do que com o conforto da sua protegida, a sra. Allen abriu caminho pela aglomeração junto à porta tão rapidamente quanto a necessária precaução permitiria; Catherine, porém, manteve-se colada ao seu lado, e prendeu o braço ao da amiga com muita firmeza, para não ser afastada dela por nenhum esforço conjunto do povaréu que tentava avançar. Mas, para seu grande espanto, descobriu que seguir em frente pelo salão de nada servia para desvencilhar-se da multidão, que parecia até crescer à medida que avançavam, enquanto ela imaginara que, uma vez superada a porta, encontrariam facilmente lugares para se sentar e ver as danças com perfeita conveniência. Mas as coisas estavam longe de se passar assim, e, embora por um esforço infatigável tivessem chegado ao fundo do salão, a situação delas era exatamente a mesma; nada viam dos dançarinos a não ser os altos penachos de algumas das damas. Continuaram a caminhar, algo melhor ainda estava à vista; e, pelo exercício continuado da força e da engenhosidade, viram-se finalmente na passagem por trás da última fileira de bancos. Lá a multidão era um pouco menor; e dali a srta. Morland teve uma visão abrangente de toda a aglomeração abaixo dela e de todos os perigos da sua recente passagem através dela. Era uma visão esplêndida, e ela começou, pela primeira vez naquela noite, a se sentir num baile: estava entusiasmada para dançar, mas não conhecia ninguém no salão. A sra. Allen fez tudo que podia num caso assim, dizendo-lhe com muita calma, de quando em quando:

— Gostaria que você pudesse dançar, querida... Gostaria que você conseguisse um par.

Por algum tempo sua jovem amiga se sentiu grata a ela por tais votos; eles, porém, se repetiam com tanta frequência e se mostravam tão completamente ineficazes, que Catherine finalmente se cansou deles e não mais lhos agradeceu.

Já não podiam, porém, gozar do repouso da eminência que tão laboriosamente haviam galgado. Logo todos começaram a se mover para o chá, e elas tiveram de se espremer como os demais. Catherine começou a se sentir um pouco decepcionada: estava cansada de ser continuamente prensada contra as pessoas, todas elas com rosto que nada tinha de interessante; e todas elas lhe eram tão estranhas, que nem podia aliviar o aborrecimento da prisão com a troca de uma palavra com os companheiros de cárcere. Quando por fim chegaram ao salão de chá, sentiram ainda mais o incômodo de não poderem juntar-se a nenhum grupo, de não terem nenhum conhecido por perto, nenhum cavalheiro que as ajudasse. Do sr. Allen, nem sinal; e, depois de em vão buscarem ao redor uma situação mais cômoda, foram obrigadas a se sentar ao extremo de uma mesa, à qual um numeroso grupo já estava sentado, sem nada terem de fazer ali, e ninguém com quem falar, a não ser uma com a outra.

A sra. Allen felicitou-se, assim que se sentou, por ter preservado do desastre o vestido.

— Teria sido deprimente vê-lo rasgar-se — disse ela —, não é? É uma musselina tão fina. Cá entre nós, não vi nada em todo o salão que me pareça tão bom, eu lhe garanto.

— Como é aborrecido — sussurrou Catherine — não ter nenhum conhecido por aqui!

— É verdade, querida — tornou a sra. Allen, com perfeita calma —, é de fato muito aborrecido.

— Que vamos fazer? Os homens e as mulheres à mesa parecem perguntar-se por que viemos aqui... parecemos estar forçando a entrada no grupo.

— Ora, é o que estamos fazendo. Isso é muito desagradável. Gostaria de ter muitos conhecidos aqui.

— Eu gostaria de ter pelo menos *um*... Seria alguém a quem recorrer.

— É verdade, querida; e se conhecêssemos alguém iríamos imediatamente procurá-lo. Os Skinner estavam aqui, no ano passado... Gostaria que eles ainda estivessem.

— Não seria melhor sairmos daqui? Não colocaram nem as xícaras de chá para nós!

— É mesmo, nem as xícaras. Que provocação! Mas acho que é melhor ficarmos aqui sentadas, pois somos levadas de um lado para o outro pela multidão! Como está minha cabeça, querida? Alguém me deu um empurrão e receio ter-me machucado.

— Não, parece estar muito bem. Mas, querida sra. Allen, tem certeza de que não conhece ninguém em toda essa multidão? Acho que a senhora deve conhecer alguém.

— Juro que não... Gostaria de conhecer! Gostaria de coração de conhecer muita gente aqui, e então você teria o seu par. Eu ficaria tão contente de vê-la dançar! Veja só que mulher esquisita! Que vestido estranho! Que fora de moda! Olhe as costas dele!

Depois de certo tempo um dos vizinhos lhes ofereceu chá, que foi agradecidamente aceito, e isso introduziu uma ligeira conversação com o cavalheiro que fez a oferta. Aquela foi a única vez em que alguém falou com elas durante a noite toda, até serem descobertas, quando a dança acabou, pelo sr. Allen, que foi reunir-se a elas.

— Muito bem, srta. Morland — disse ele, de imediato —, espero que o baile tenha sido agradável.

— Muito agradável mesmo — tornou ela, procurando em vão esconder um grande bocejo.

— Eu queria que ela tivesse podido dançar — lamentou a esposa. — Gostaria de conseguir um par para ela. Tenho dito o quanto ficaria feliz se os Skinner estivessem aqui neste inverno, em vez de terem vindo no ano passado; ou se os Parry tivessem vindo, como disseram no começo, ela poderia ter dançado com George Parry. Fiquei tão triste por ela não ter tido um par!

— Espero sairmo-nos melhor na noite que vem — foi o consolo do sr. Allen.

A multidão começou a se dispersar quando a dança acabou — o que foi suficiente para permitir que os demais caminhassem com certo conforto; e agora era a hora de uma heroína que ainda não desempenhara um papel muito destacado nos eventos da noite ser notada e admirada. A cada cinco minutos, com a saída de parte da multidão, abria-se maior espaço para os seus encantos. Era agora vista por muitos rapazes que não se haviam aproximado até então. Nenhum deles, porém, foi tomado de encantamento ao vê-la, nenhum murmúrio de desejo correu a sala, ninguém a chamou de divindade. Mesmo assim, Catherine tinha excelente aspecto, e, se todos a tivessem visto três anos antes, agora a achariam lindíssima.

Olhavam para ela, porém, com certa admiração; pois ela mesma ouviu dois cavalheiros dizendo que era uma moça bonita. Tais palavras produziram seu efeito; de imediato ela julgou a noite mais agradável do que a princípio — sua humilde vaidade foi satisfeita —, ela se sentiu mais agradecida aos dois rapazes pelo elogio do que uma autêntica heroína se sentiria por quinze sonetos em homenagem a seus encantos, e voltou para o lugar onde estava sentada, de bom humor com todos e totalmente satisfeita com sua parte na atenção pública.

CAPÍTULO 3

Cada manhã trazia agora seus corriqueiros deveres: lojas que visitar; uma nova parte da cidade que conhecer; e o balneário que frequentar, onde passeavam para baixo e para cima durante uma hora, olhando a todos e não falando com ninguém.

O desejo de ter muitos conhecidos em Bath ainda era forte na sra. Allen, e ela o repetia a cada nova demonstração, que cada hora passada fornecia, de não conhecer absolutamente ninguém.

Deram o ar de sua graça nos Salões Inferiores; e aqui a fortuna foi mais favorável à nossa heroína. O mestre de cerimônias apresentou a ela como par um jovem de aparência muito fidalga; o nome dele era Tilney. Parecia ter entre vinte e quatro e vinte e cinco anos, era bastante alto, tinha feições agradáveis, um olhar muito inteligente e vivo e, se não era muito bonito, estava muito próximo disso. Seu trato era afável, e Catherine se sentiu uma mulher de muita sorte. Não havia muito tempo para conversarem enquanto dançavam; mas, quando se sentaram para o chá, achou-o tão simpático como já antes acreditara que fosse. Ele falava com fluência e sagacidade, e havia uma malícia e um humor em suas maneiras que o tornavam interessante, embora ela mal o compreendesse. Depois de conversarem por algum tempo sobre os assuntos que os objetos ao redor naturalmente sugeriram, ele de repente se dirigiu a ela nos seguintes termos:

— Tenho até agora sido muito relapso, senhorita, nas atenções devidas a um par; ainda não perguntei há quanto tempo está em Bath; se já esteve aqui antes; se já esteve nos Salões Superiores, no teatro, no concerto; e o que acha do lugar em geral. Fui negligente; mas está disposta a satisfazer a minha curiosidade quanto a esses pormenores? Se estiver, vou começar imediatamente.

— Não precisa dar-se a esse trabalho, meu senhor.

— Não é nenhum trabalho, eu lhe garanto, senhorita. — E então, moldando as feições num sorriso aberto e tornando afetadamente suave a voz, acrescentou, com um arzinho pretensioso: — Está faz tempo em Bath?

— Há cerca de uma semana, senhor — replicou Catherine, tentando não rir.

— É mesmo! — com afetado espanto.

— Por que essa surpresa, senhor?

— É mesmo, por quê? — perguntou ele, em seu tom natural. — Mas sua resposta deve ter provocado alguma emoção, e é mais de se supor que seja surpresa, que não é menos razoável do que qualquer outra. Vamos em frente. A senhorita já havia estado aqui antes?

— Nunca, meu senhor.

— É mesmo? Já honrou os Salões Superiores com a sua presença?

— Sim, senhor, estive lá segunda-feira passada.

— Já foi ao teatro?

— Sim, senhor, fui ver a peça na terça-feira.

— Ao concerto?

— Sim, senhor, na quarta-feira.

— E de um modo geral está satisfeita com Bath?

— Estou... Gosto muito daqui.

— Agora devo sorrir e depois voltar a ser razoável de novo.

Catherine virou o rosto, sem saber se podia arriscar-se a rir.

— Entendo o que pensa de mim — disse ele, em tom grave. — Farei uma triste figura em seu diário amanhã.

— Meu diário!

— Sei exatamente o que vai escrever: Sexta-feira, fui aos Salões Inferiores; usei o vestido de musselina estampada com enfeites azuis — sapatos pretos simples — estava muito bem; mas fui estranhamente importunada por um homem esquisito e meio atoleimado, que quis fazer-me dançar com ele e me irritou com suas bobagens.

— Na verdade não vou escrever isso.

— Posso dizer o que deveria escrever?

— Por favor.

— Dancei com um rapaz muito simpático, apresentado pelo sr. King; conversei muito com ele — parece ser extraordinariamente talentoso —; espero vir a saber mais sobre ele. É isso, senhorita, que eu gostaria que escrevesse.

— Mas talvez eu nem tenha diário.

— Talvez não esteja sentada neste salão e eu não esteja sentado ao seu lado. Essas são dúvidas igualmente possíveis. Não ter diário! Como suas primas ausentes vão entender a sua vida Bath sem um diário? Como as cortesias e os cumprimentos de cada dia vão ser contados corretamente, a menos que sejam anotados todas as noites num diário? Como os vários vestidos vão ser lembrados, e o estado específico da pele, e o cacheado dos cabelos vão ser descritos em toda a sua diversidade, sem se recorrer constantemente ao diário? Minha querida senhorita, não sou tão ignorante a respeito das jovens como a senhorita gostaria que eu fosse; é esse delicioso hábito de escrever diários que contribui em boa medida para formar esse estilo fácil de escrever pelo qual as mulheres são elogiadas por todos. Todos concordam que o talento de escrever cartas agradáveis é especificamente feminino. A natureza pode ter a sua parte nisso, mas tenho certeza de que foi essencialmente ajudada pela prática de escrever diários.

— Às vezes penso — disse Catherine, hesitante — se as mulheres escrevem realmente cartas muito melhores do que as dos homens! Quero dizer... acho que a superioridade nem sempre está ao nosso lado.

— Até onde pude observar, julgo que o estilo habitual de escrever cartas das mulheres seja perfeito, salvo em três particulares.

— E quais são eles?

— Carência geral de assunto, total desatenção à pontuação e frequentíssima ignorância da gramática.

— Meu Deus! Eu não tinha o que temer ao rejeitar o cumprimento. Não pensa tão bem de nós assim.

— Não devo mais definir como regra geral que as mulheres escrevam cartas melhor do que os homens, nem que cantem melhor duetos ou desenhem paisagens melhor. Em cada talento em que o bom gosto é o fundamento, a excelência se divide muito bem entre os sexos.

Foram interrompidos pela sra. Allen:

— Minha querida Catherine — disse ela —, tire este alfinete da minha manga; receio que já tenha aberto um buraco; ficarei muito aborrecida se assim for, pois adoro este vestido, embora só custe nove xelins o metro.

— É exatamente isso que eu teria pensado, minha senhora — disse o sr. Tilney, examinando a musselina.

— Entende de musselina, meu senhor?

— Muitíssimo bem; sempre compro as minhas próprias gravatas e sou reconhecidamente um excelente juiz; e a minha irmã muitas vezes confia a mim na compra de seus vestidos. Outro dia, comprei um para ela, e foi considerada uma fantástica pechincha por todas as mulheres que o viram. Paguei só cinco xelins o metro, e era uma autêntica musselina indiana.

A sra. Allen ficou impressionadíssima com a inteligência dele.

— Os homens normalmente dão tão pouca atenção a essas coisas — disse ela —; jamais consigo fazer o sr. Allen distinguir os meus vestidos uns dos outros. O senhor deve ser um grande conforto para sua irmã.

— Espero que sim, senhora.

— Mas, meu senhor, qual a sua opinião sobre o vestido da srta. Morland?

— Lindo, minha senhora — respondeu ele, examinando-o com atenção —; mas não acho que ele vá suportar bem a lavagem; receio que se desgaste.

— Como é que o senhor pode — disse Catherine, rindo — ser tão... Ela quase disse "esquisito".

— Concordo plenamente com o senhor — replicou a sra. Allen —, e foi o que disse a ela quando o comprou.

— Mas a senhora sabe que a musselina sempre pode servir para muitas coisas; a srta. Morland vai ter o bastante para um lenço, um boné ou uma capa. Nunca se pode afirmar que a musselina esteja gasta. Ouvi a minha irmã dizer isso umas quarenta vezes, quando tinha a extravagância de comprar mais do que precisava ou não tinha paciência para cortá-la em pedaços.

— Bath é um lugar encantador; há tantas boas lojas aqui. Nossa situação é triste no interior; não que não tenhamos ótimas lojas em Salisbury, mas é tão longe... doze quilômetros é uma boa distância; o sr. Allen diz que são catorze, mediu catorze quilômetros; mas tenho certeza de que não podem ser mais de oito; e é tão cansativo... Volto morta de cansaço. Já aqui se pode dar um pulinho na rua e comprar algo em cinco minutos.

O sr. Tilney foi educado o bastante para parecer interessado no que ela dizia; e ela o manteve falando sobre musselinas até recomeçar a dança. Catherine receou, enquanto os ouvia falar, que ele fosse indulgente demais com o fraco dos outros.

— O que está pensando assim tão séria? — perguntou ele, enquanto voltavam ao salão de baile —; não no seu par, espero, pois, por esse seu balançar da cabeça, suas meditações não são de satisfação.

Catherine enrubesceu e disse:

— Não estava pensando em nada.

— Isso é engenhoso e profundo, com certeza; mas preferia que me dissesse de uma vez que não vai contar-me.

— Pois bem, então, não vou.

— Muito obrigado; pois logo vamos nos conhecer melhor, já que estou autorizado a infernizá-la com esse assunto sempre que nos encontrarmos, e nada no mundo favorece mais a intimidade do que isso.

Tornaram a dançar; e, quando o baile acabou, despediram-se, pelo menos da parte feminina, com um forte desejo de continuar o relacionamento. Se ela pensou tanto nele enquanto bebia o vinho quente e a água e se preparava para dormir, a ponto de sonhar com ele quando se deitou, é algo que não se pode afirmar; mas espero que não tenha sido mais do que num leve cochilo ou numa soneca matutina, no máximo; pois, se for verdade, como um prestigioso escritor sustentou, que nenhuma moça pode justificar-se por se apaixonar antes que o rapaz tenha declarado o seu amor, deve ser muito errado que uma jovem sonhe com um rapaz antes que se saiba que o rapaz sonhou com ela primeiro. Quão correto o sr. Tilney pudesse ser como sonhador ou namorado era algo que ainda não adentrara a mente do sr. Allen, mas, depois de se informar, não fez objeções a que ele se relacionasse normalmente com a moça que estava sob sua responsabilidade, pois se dera ao trabalho no começo da noite de se informar sobre quem era o seu par, e lhe garantiram que o sr. Tilney era um eclesiástico, de uma respeitabilíssima família de Gloucestershire.

CAPÍTULO 4

Com entusiasmo maior do que o de costume, Catherine correu para o balneário no dia seguinte, com a íntima certeza de lá deparar-se com o sr. Tilney antes do fim da manhã, e estava pronta para encontrá-lo com um sorriso; mas nenhum sorriso foi necessário: o sr. Tilney não apareceu.

Todas as criaturas de Bath, exceto ele, puderam ser vistas nos diversos períodos de maior movimento; multidões entravam e saíam a cada instante, subiam e desciam as escadas; pessoas com quem ninguém se preocupava e que ninguém queria ver; e só ele estava ausente.

— Que lugar fascinante é Bath — disse a sra. Allen ao se sentarem junto ao grande relógio, depois de passearem pelo salão até se cansarem —; e como seria bom se tivéssemos amigos aqui.

Esse sentimento fora proclamado tantas vezes em vão, que a sra. Allen não tinha nenhuma razão especial para esperar que fosse mais feliz agora; dizem, porém, que "não desesperemos de nada que queiramos", porque "a infatigável perseverança trará o que queremos"; e a infatigável perseverança com que a cada dia ela ansiava pela mesma coisa devia, com o tempo, ter sua justa recompensa, pois mal se haviam passado dez minutos desde que se sentara junto a uma dama aproximadamente da sua mesma idade, que a estivera observando com atenção por vários minutos, quando esta se dirigiu a ela muito amavelmente com estas palavras:

— Acho, minha senhora, que não posso estar enganada; faz muito tempo que tive o prazer de vê-la, mas o seu nome não é Allen?

Respondida a pergunta, como prontamente o foi, a estranha disse que o seu era Thorpe; e a sra. Allen logo reconheceu as feições de uma velha colega de escola e amiga íntima, que vira só uma vez depois que ambas casaram, havia muitos anos. Muito se alegraram com aquele encontro, como era de esperar, pois nenhuma notícia tiveram uma da outra nos últimos quinze anos. Elogios pela elegância foram feitos; e, depois de observarem como o tempo voara desde que se haviam visto pela última vez, como era inesperado encontrarem-se em Bath e que prazer era ver uma velha amiga, passaram a fazer perguntas e dar informações sobre família, irmãs e primas, ambas falando ao mesmo tempo, muito mais dispostas a dar do que a receber notícias, e cada uma ouvindo muito pouco do que a outra dizia. A sra. Thorpe, contudo, dispunha ao falar de uma grande vantagem sobre a sra. Allen, por ter uma família com filhos; e quando se deteve falando dos talentos dos filhos e da beleza das filhas, de suas diferentes situações e perspectivas — que John estava em Oxford, Edward em Merchant Taylors' e William na marinha — e cada um dos três mais querido e respeitado em seu lugar do que quaisquer outras três pessoas jamais o foram, a sra. Allen não tinha nenhuma informação parecida a dar, nenhum triunfo parecido a empurrar pelos ouvidos avessos e céticos da amiga. Foi obrigada a permanecer sentada, parecendo ouvir todas aquelas efusões maternais, consolando-se, porém, com a descoberta, que seus olhos sagazes logo fizeram, de que a renda na peliça da sra. Thorpe não podia comparar-se em beleza com a sua.

— Lá vêm as minhas queridas filhas — exclamou a sra. Thorpe, apontando três moças de ar inteligente que, de braços dados, se aproximavam dela. — Minha querida sra. Allen, estou louca para apresentá-las; elas vão adorar conhecê-la: a mais alta é Isabella, a minha mais velha; não é uma moça linda? As outras também são muito admiradas, mas acho que a Isabella é a mais bonita.

As srtas. Thorpe foram apresentadas; e a srta. Morland, que por um breve momento passara despercebida, também foi apresentada. O nome pareceu causar forte impressão em todas; e, depois de lhe falarem com muita polidez, a moça mais velha observou em voz alta para as outras:

— Como a srta. Morland se parece com o irmão!

— É mesmo a cara dele! — exclamou a mãe — e a frase "Eu a teria reconhecido em qualquer lugar como irmã dele!" foi repetida por todas elas, duas ou três vezes. Por um momento, Catherine pareceu surpresa; mas a sra. Thorpe e suas filhas mal haviam começado a contar a história de seu relacionamento com o sr. James Morland, e ela já se lembrava de que o irmão mais velho recentemente se tornara amigo íntimo de um jovem da sua faculdade, de nome Thorpe, e passara a última semana das férias de Natal com a família dele, perto de Londres.

Depois de tudo explicado, muitas coisas gentis foram ditas pelas srtas. Thorpe sobre o seu desejo de conhecê-la melhor; de já se considerarem amigas, por meio da amizade dos irmãos, etc., o que Catherine ouviu com prazer, e respondeu com todas as belas expressões de que se lembrou; e, como primeira prova de amizade, logo foi convidada a dar uma volta pelo salão de braços dados com a mais velha das srtas. Thorpe. Catherine estava felicíssima com essa extensão de seus conhecimentos em Bath, e quase se esqueceu do sr. Tilney enquanto conversava com a srta. Thorpe. A amizade é decerto o melhor bálsamo contra as dores da decepção amorosa.

A conversa girou ao redor daqueles assuntos sobre os quais a livre discussão ajuda muito a aprofundar a rápida intimidade entre duas jovens: roupas, bailes, flertes e zombarias. Sendo a srta. Thorpe, porém, quatro anos mais velha do que a srta. Morland e pelo menos quatro anos mais bem-informada, tinha uma vantagem muito pronunciada ao discutir tais temas; podia comparar os bailes de Bath aos de Tunbridge, suas modas às de Londres; podia corrigir as opiniões da nova amiga sobre muitos pontos de elegância ao vestir; descobrir um flerte entre um rapaz e uma moça que apenas sorriam um para o outro; e apontar um tipo esquisito no meio da multidão. Tais habilidades foram devidamente apreciadas pela srta. Morland, para quem eram completa novidade; e o respeito que naturalmente inspiravam poderia ter-se tornado grande demais para que houvesse certa familiaridade entre as duas moças, se não fosse a franca jovialidade das maneiras da srta. Thorpe e suas frequentes expressões de alegria por tê-la conhecido, que amenizavam qualquer sentimento de temor reverencial e só deixavam subsistir um carinhoso afeto. A crescente amizade entre elas não era algo que pudesse satisfazer-se com meia dúzia de voltas pelo balneário, mas exigia, quando todas deixaram juntas o lugar, que a srta. Thorpe acompanhasse a srta. Morland até a porta da casa do sr. Allen; e que ali se despedissem com um carinhosíssimo e demorado aperto de mãos, depois de saberem, para alívio mútuo, que se veriam à noite no teatro e fariam suas orações na mesma capela na manhã seguinte. Catherine, então, imediatamente subiu as escadas correndo para observar da janela da sala de estar a caminhada da srta. Thorpe pela rua; admirou a graça espiritual do andar, o ar elegante da pessoa e das roupas; e se sentiu muito grata pela oportunidade de conseguir tal amiga.

A sra. Thorpe era viúva e não muito rica; tinha bom humor e boa índole, e era mãe muito indulgente. A filha mais velha tinha muita beleza física, e as mais jovens, tentando ser tão bonitas quanto a irmã, imitando seu jeito e vestindo-se no mesmo estilo, davam-se muito bem.

Essa breve explicação sobre a família destina-se a superar a necessidade de uma longa e minuciosa descrição da sra. Thorpe, de suas aventuras e de seus sofrimentos passados, que, sem isso, deveriam ocupar os próximos três ou quatro capítulos, nos quais a vileza dos lordes e advogados seria retratada e as conversas ocorridas havia vinte anos, repetidas com minúcias.

CAPÍTULO 5

Catherine não estava tão empenhada, no teatro, naquela noite, em retribuir os sorrisos e inclinações da srta. Thorpe, embora eles exigissem muito de seu tempo, a ponto de se esquecer de procurar com um olhar atento o sr. Tilney em cada camarote que seus olhos pudessem alcançar; mas tudo em vão.

O sr. Tilney não era mais entusiasta do teatro do que do balneário. Esperava ter mais sorte no dia seguinte; e, quando seus votos de bom tempo foram satisfeitos ao ver uma esplêndida manhã, não teve dúvidas a esse respeito; pois um belo domingo tira de casa todos os moradores, e nessas ocasiões todos parecem passear pelas ruas e dizer aos amigos: que lindo dia!

Assim que terminou o serviço divino, as Thorpe e os Allen reuniram-se com alegria; e, depois de passarem tempo suficiente no balneário para descobrirem que a multidão estava insuportável e que não havia nenhum rosto interessante para verem, o que todos descobrem a cada domingo durante toda a estação, foram correndo ao Crescente,[3] para respirar o ar fresco de melhor companhia. Aqui Catherine e Isabella, de braços dados, voltaram a saborear as doçuras da amizade numa conversa bem franca; falaram muito e com muito prazer; ela, porém, novamente se decepcionou em sua esperança de tornar a ver o seu par. Não o encontrava em lugar nenhum; todas as buscas que fazia eram igualmente infrutíferas, quer nos passeios matutinos, quer nas reuniões noturnas; nem nos Salões Superiores nem nos Inferiores, em bailes de gala ou informais, podia ele ser visto; nem entre os caminhantes, os cavaleiros ou os condutores de carruagem da manhã. Seu nome não estava no livro do balneário, e a curiosidade mais nada podia fazer. Devia ter partido de Bath. Não havia, porém, mencionado que sua estada seria tão breve! Essa espécie de mistério que sempre cai tão bem ao herói deu novo ímpeto à imaginação de Catherine acerca de sua pessoa e seus modos, e aumentou a sua impaciência

---

[3] Royal Crescent, célebre construção que reúne cerca de trinta casas de alto luxo em Bath.

em encontrá-lo. Das Thorpe não conseguiu ter nenhuma notícia sobre ele, pois estavam apenas havia dois dias em Bath quando encontraram a sra. Allen. Esse era um assunto, porém, sobre o qual muitas vezes falava longamente com sua bela amiga, da qual recebia todo incentivo possível para continuar a pensar nele; e a impressão que ele provocou sobre a sua imaginação não corria o risco de se esvair. Isabella tinha certeza de que se tratava de um jovem encantador, e igual certeza de que ele devia ter adorado a sua querida Catherine e, portanto, logo estaria de volta. Gostava ainda mais dele por se tratar de um eclesiástico, "pois tinha de admitir que possui uma queda especial pela profissão"; e suspirou ao dizer isso. Talvez Catherine estivesse errada em não perguntar a causa da delicada comoção, mas não era experiente o bastante nas sutilezas do amor ou nos deveres da amizade, para saber quando era bem-vinda uma gentil brincadeira ou quando devia forçar as confidências.

Agora a sra. Allen estava muito contente, muito satisfeita com Bath. Descobrira gente conhecida e tivera a boa sorte de nela encontrar a família de uma velha e boa amiga; e, para cúmulo da boa sorte, descobrira que essas amigas estavam longe de vestir roupas tão caras quanto as suas. Sua expressão de todos os momentos não era mais "Queria ter conhecidos em Bath!". Passara a ser "Como estou contente por ter encontrado a sra. Thorpe!", e estava tão entusiasmada em promover o relacionamento entre as duas famílias quanto a sua jovem protegida e a própria Isabella podiam estar; nunca satisfeita com o dia, a menos que passasse a maior parte dele ao lado da sra. Thorpe, no que chamavam de conversação, mas na qual raramente havia alguma troca de opinião e poucas vezes algo que parecesse um assunto comum, pois a sra. Thorpe quase só falava dos filhos e a sra. Allen, dos seus vestidos.

O progresso da amizade entre Catherine e Isabella foi tão veloz quanto fora caloroso o seu início, e elas passaram tão rápido por todas as gradações de crescente ternura, que logo não havia mais nenhuma prova de amizade recíproca que pudessem dar aos amigos ou a si mesmas. Chamavam-se pelo primeiro nome, estavam sempre de braços dados quando caminhavam, erguiam a cauda do vestido uma da outra para a dança e não queriam ser separadas enquanto dançavam; e, se uma manhã chuvosa lhes tirasse toda outra diversão, estavam decididas a se encontrar, apesar da água e da sujeira, e se trancavam no quarto para ler romances juntas. Isso mesmo, romances; pois não vou adotar esse mesquinho e grosseiro costume, tão comum entre romancistas, de degradar com sua censura desdenhosa os próprios trabalhos cujo número eles mesmos fazem crescer, unindo-se a seus piores inimigos em dar os mais agressivos epítetos a tais obras, nem sequer permitindo que elas sejam lidas por sua própria heroína, que, se por acidente lhe cair nas mãos um romance, decerto folheará suas insípidas páginas com repulsa. Mas ai! Se a heroína de um romance não for apadrinhada pela heroína de outro, de quem poderá esperar proteção e atenção? Não posso aprovar tal coisa. Deixemos aos críticos insultar à vontade tais efusões de imaginação, e a cada novo romance lançar seus surrados ataques contra o lixo que hoje faz gemerem as prensas. Não abandonemos uns aos outros; somos um corpo ferido. Embora a nossa produção tenha proporcionado mais amplo e autêntico prazer do que as de qualquer outra corporação literária do mundo, nenhuma espécie de composição foi mais vituperada. Por orgulho, ignorância ou moda, nossos inimigos são quase tantos quantos nossos leitores. E enquanto o talento do nongentésimo compilador da História da Inglaterra ou do homem que reúne e publica num livro algumas dúzias de linhas de Milton, Pope e Prior, com um artigo do *Spectator*, e um capítulo de Sterne, é elogiado por mil plumas, há um desejo quase universal de vilipendiar e desvalorizar o trabalho do romancista, e rebaixar obras que têm apenas o gênio, a inteligência e o bom gosto para recomendá-las. "Não sou um leitor de romances... Raramente folheio romances... Não vá imaginar que leio muitos romances... Para um romance, está muito bom." Essa é a cantilena de sempre. "E o que anda lendo, senhorita...?" "Ah! É só um romance!", responde a mocinha, enquanto larga o livro com afetada indiferença ou momentânea vergonha. "É só Cecilia ou Camilla ou Belinda"; ou, em suma, só alguma obra em que se exibem as maiores faculdades do espírito, em que o mais completo conhecimento da natureza humana, o mais feliz traçado de suas variedades, as mais vivas efusões de inteligência e humor são oferecidos ao mundo na linguagem mais seleta. Ora, estivesse a mesma mocinha entretida com algum número do *Spectator* em vez de se entreter com tal obra, com que orgulho ela teria mostrado o livro e pronunciado o seu título; embora seja mais provável que ela não esteja ocupada com nenhuma parte dessa volumosa publicação, cujo conteúdo e estilo não devem repelir uma jovem de bom gosto: consistindo tantas vezes a substância de seus artigos na descrição de circunstâncias improváveis, personagens pouco naturais e temas de conversação que não mais interessam a nenhuma pessoa viva; e a linguagem é também tão vulgar, que não passa uma ideia muito favorável da época que a tolerou.

CAPÍTULO 6

A seguinte conversa, ocorrida certa manhã entre as duas amigas no balneário, oito ou nove dias depois de se conhecerem, é aqui apresentada como amostra do caloroso afeto que havia entre elas e da delicadeza, da discrição e da originalidade de pensamento e do bom gosto literário que marcavam a razoabilidade daquela afeição.

Encontraram-se na hora marcada; e, como Isabella chegara uns cinco minutos antes da amiga, suas primeiras palavras foram, naturalmente:

— Minha tão querida criatura, por que esse atraso todo? Estou esperando-a por pelo menos um século!

— É mesmo? Mil desculpas, mas achei que estava sendo pontual. É uma em ponto. Espero que não esteja aqui há muito tempo!

— Ah! Pelo menos uns dez séculos. Tenho certeza de que estou aqui há meia hora. Mas agora vamos para o outro lado do salão nos divertir. Tenho mil coisas para contar-lhe. Primeiro, estava com muito medo de que chovesse nesta manhã, justo quando queria sair; o dia parecia muito chuvoso, e isso me faria entrar em agonia! Sabe, vi o chapeuzinho mais lindo que você pode imaginar, numa vitrina na Milsom Street agorinha mesmo... muito parecido com o seu, só que com fitas cor de papoula em vez de verdes; eu me apaixonei por ele. Mas, querida Catherine, o que esteve fazendo toda esta manhã? Continuou lendo *Udolpho*?[4]

— Já começo a ler assim que acordo; e já cheguei ao véu negro.

— É mesmo? Que delícia! Ah! Nem morta eu contaria o que há por trás do véu negro! Você não está louca para saber?

— Ah! Muito! Que será? Mas não me conte... não quero que me contem de jeito nenhum. Sei que deve ser um esqueleto, tenho certeza de que é o esqueleto de Laurentina. Ah! Estou adorando o livro! Gostaria de passar a vida inteira lendo. Garanto-lhe, se não fosse para nos encontrarmos, eu não o teria largado por nada neste mundo.

— Minha querida! Como estou grata a você; e quando acabar o *Udolpho*, vamos ler *O italiano* juntas; e fiz-lhe uma lista de mais dez ou doze do mesmo tipo.

— Fez mesmo? Como estou contente! Quero saber o nome de todos.

— Logo, logo vou ler para você o nome deles; aqui estão eles, na minha cadernetinha. *Castle of Wolfenbach*,[5] *Clermont*,[6] *Mysterious Warnings*,[7] *Necromancer of the Black Forest*,[8] *Midnight Bell*,[9] *Orphan of the Rhine*[10] e *Horrid Mysteries*.[11] Isso vai levar algum tempo.

— Muito bem! Mas são todos eles de horror, tem certeza de que são de horror?

— Tenho, sim, pois uma amiga minha, a srta. Andrews, um doce de moça, uma das criaturas mais doces do mundo, leu todos eles. Gostaria que conhecesse a srta. Andrews, você ia adorá-la. Está fazendo ela mesma a mais linda capa que você possa imaginar. Acho-a tão linda quanto um anjo, e fico louca com os homens, que não a admiram! Sempre lhes passo uma severa reprimenda por isso.

---

[4] *The Mysteries of Udolpho*, romance gótico de Ann Radcliffe (1794).
[5] *O Castelo de Wolfenbach*, romance gótico de Eliza Parsons (1793).
[6] Romance de Regina Maria Roche (1798).
[7] *Avisos misteriosos*, romance gótico de Eliza Parsons (1796).
[8] *O necromante da Floresta Negra*, romance gótico de Carl Friedrich Kahlert (1794).
[9] *Sino da meia-noite*, romance gótico de Francis Lathom.
[10] *Órfão do Reno*, romance gótico de Eleanor Sleath (1798).
[11] *Horrendos mistérios*, romance gótico de Peter Will (1796).

— Passa-lhes uma reprimenda! Você os repreende porque não a admiram?

— Isso mesmo. Não há nada que eu não faça pelos amigos. Não sei gostar das pessoas pela metade; não é da minha natureza. Meus relacionamentos são sempre muito fortes. Eu disse ao capitão Hunt numa de nossas festas neste inverno que, se ele me importunasse a noite toda, eu não dançaria com ele, a menos que admitisse que a srta. Andrews é linda como um anjo. Os homens julgam-nos incapazes da autêntica amizade, como você sabe, e estou decidida a mostrar a eles a diferença. Agora, se eu ouvir alguém falar mal de você, vou pegar fogo imediatamente: mas isso é muito pouco provável, porque você é o tipo de menina que os homens adoram.

— Ah, querida! — exclamou Catherine, corando. — Como pode dizer uma coisa dessas?

— Conheço-a muito bem; você é tão animada, exatamente o que falta à srta. Andrews, pois devo confessar que há algo de incrivelmente insípido com ela. Ah! Tenho de contar-lhe isto: logo depois que nos despedimos, ontem, vi um rapaz olhando-a com tanto entusiasmo... tenho certeza de que está apaixonado por você.

Catherine enrubesceu e negou outra vez. Isabella riu.

— Dou-lhe a minha palavra de honra de que é verdade, mas eu entendo; você é indiferente à admiração de todos, salvo a de um rapaz, que não deve ter nome. Não, não posso culpá-la — e falando mais seriamente —, é fácil compreender os seus sentimentos. Quando o coração está mesmo cativo, sei muito bem como é indiferente a atenção de qualquer outra pessoa. Tudo que não está relacionado com a pessoa amada é tão insípido, tão desinteressante! Entendo perfeitamente os seus sentimentos.

— Mas você não deveria convencer-me de que penso tanto no sr. Tilney, pois talvez eu nunca mais volte a vê-lo.

— Não voltar a vê-lo! Minha querida, não fale isso. Tenho certeza de que se sentiria infeliz se pensasse assim!

— Não, eu não vou mesmo. Não vou fingir que não gostei muito dele; mas, enquanto tiver o *Udolpho* para ler, sinto que ninguém pode fazer-me infeliz. Ah! O terrível véu negro! Querida Isabella, tenho certeza de que o esqueleto de Laurentina está por trás dele.

— Para mim é estranho que você nunca tivesse lido *Udolpho* antes; mas acho que a sra. Morland é contra os romances.

— Não, não é. Ela mesma sempre lê *Sir Charles Grandison*;[12] mas os livros novos não chegam até nós.

— *Sir Charles Grandison*! É um livro incrivelmente péssimo, não é? Lembro-me de que a srta. Andrews não conseguiu passar do primeiro volume.

---

[12] *The History of Sir Charles Grandison*, romance de Samuel Richardson (1753).

— Não é como *Udolpho*, mesmo; mas acho muito divertido.

— É mesmo? Isso é uma surpresa para mim; achava que não fosse legível. Mas, querida Catherine, já decidiu o que vai usar na cabeça esta noite? Estou firmemente decidida a me vestir exatamente como você. Os homens às vezes reparam nisso.

— Mas não é importante que eles notem — disse Catherine, com muita inocência.

— Importante? Deus do céu! Para mim é uma regra nunca me importar com o que eles dizem. Eles muitas vezes são terrivelmente impertinentes, se não os tratarmos com inteligência, mantendo-os a distância.

— São mesmo? Nunca notei isso. Comigo, eles sempre se comportaram muito bem.

— Ah! Eles têm uma pose! São as criaturas mais presunçosas do mundo, e se julgam os tais! Aliás, já pensei nisso mil vezes e sempre me esqueço de perguntar-lhe a cor de cabelos de que você mais gosta nos homens: os morenos ou os loiros?

— Nem sei. Nunca pensei muito nisso. Algo intermediário, acho. Castanho... não loiro, e... não muito escuro.

— Muito bem, Catherine. É exatamente ele. Não me esqueci da descrição que você fez do sr. Tilney: pele morena, olhos negros e cabelos castanhos. Bom, o meu gosto é diferente. Prefiro olhos claros e, quanto à cor da pele, você sabe, prefiro uma tez pálida a todas as outras. Não vá trair-me, se conhecer alguém com essa descrição.

— Trair você! Que quer dizer com isso?

— Nada, vamos deixar para lá. Acho que falei demais. Vamos mudar de assunto.

Catherine, um pouco espantada, concordou, e, depois de permanecer alguns instantes em silêncio, estava a ponto de voltar ao que mais lhe interessava naquele momento do que qualquer outra coisa no mundo, o esqueleto de Laurentina, quando a sua amiga a impediu, dizendo:

— Pelo amor de Deus! Vamos sair deste canto do salão. Sabe, há dois rapazes odiosos que estão olhando para mim há meia hora. Eles conseguem tirar-me do sério. Vamos olhar o livro de chegada. Dificilmente eles nos vão seguir até lá.

E lá foram elas até o livro; e, enquanto Isabella examinava os nomes, a tarefa de Catherine consistiu em observar o comportamento daqueles alarmantes rapazes.

— Não estão vindo para cá, estão? Espero que não sejam impertinentes a ponto de nos seguirem. Por favor, avise-me se estiverem vindo. Resolvi que não vou erguer os olhos.

Pouco depois, Catherine, com evidente prazer, garantiu-lhe que não precisava mais ficar nervosa, pois os cavalheiros acabavam de sair do balneário.

— E para que lado foram? — perguntou Isabella, dando rapidamente a meia-volta. — Um deles era um rapaz de bela aparência.

— Foram para os lados da praça da igreja.

— Ótimo, estou felicíssima por ter-me livrado deles! E, agora, que tal ir até Edgar's Buildings comigo para conhecer o meu novo chapéu? Você disse que gostaria de vê-lo.

Catherine prontamente concordou.

— Só que — acrescentou ela — talvez encontremos os dois rapazes.

— Ah! Não se preocupe com isso. Se nos apressarmos, logo os ultrapassaremos, e estou louca para mostrar-lhe o meu chapéu.

— Mas, se esperarmos cinco minutos, não haverá mais nenhum perigo de encontrá-los de novo.

— Não vou dar a eles tanta consideração, isso eu lhe garanto. Não pretendo tratar os homens com tanto respeito. Assim eles acabam ficando mimados.

Catherine nada tinha a opor a tal raciocínio; e assim, para mostrar a independência da srta. Thorpe e sua decisão de humilhar o sexo oposto, elas partiram o mais rápido que puderam atrás dos dois rapazes.

CAPÍTULO 7

Em meio minuto, do balneário já estavam no arco em frente à Union Passage; mas aqui elas tiveram de parar. Todos que conhecem Bath devem lembrar-se da dificuldade de atravessar a Cheap Street naquele ponto; é de fato uma rua de natureza tão impertinente, tão desgraçadamente ligada às grandes estradas de Londres e Oxford, e ao principal hotel da cidade, que nunca se passa um dia sem que grupos de senhoras, por mais importantes que sejam seus afazeres, quer estejam em busca de pastéis, quer de chapéus, quer até (como no caso presente) de rapazes, sejam detidas de um lado ou de outro pelas carruagens, pelos cavalos ou pelas carroças. Esse mal já havia sido sentido e lamentado pelo menos três vezes ao dia por Isabella desde que chegara a Bath; e seu destino agora era senti-lo e lamentá-lo uma vez mais, pois no exato momento de passarem para o outro lado da Union Passage, e já à vista dos dois cavalheiros que as precediam em meio à multidão, pelas calçadas daquela interessante aleia, foram impedidas de atravessar pela aproximação de um cabriolé guiado através do mau calçamento por um cocheiro de ares de entendido, com veemência capaz de pôr em perigo a sua própria vida, a do seu companheiro e a do cavalo.

— Ah, esses detestáveis cabriolés! — disse Isabella, erguendo os olhos. — Como os odeio.

Esse ódio, porém, embora mais do que justo, não durou muito, pois a um segundo olhar exclamou:

— Que maravilha! O sr. Morland e o meu irmão!

— Deus do céu! É o James! — foi o que exclamou no mesmo instante Catherine; e, ao chamar a atenção do rapaz, o cavalo foi imediatamente freado com tal violência, que ele quase foi jogado contra o traseiro do animal; o criado, então, subiu à boleia, o rapaz pulou para a calçada, e o cabriolé foi entregue aos cuidados do criado.

Catherine, para quem aquele encontro era completamente inesperado, recebeu o irmão com o maior prazer; e este, como era de temperamento muito carinhoso e tinha um afeto sincero pela irmã, deu por seu lado todas as mostras de igual satisfação, o que ele teria tempo para fazer, se não fossem os olhos brilhantes da srta. Thorpe, que procuravam insistentemente chamar a sua atenção; e ele de imediato lhe prestou as suas homenagens, com um misto de alegria e de embaraço que poderia ter mostrado a Catherine — se esta fosse melhor conhecedora dos sentimentos de outras pessoas e menos absorta nos seus próprios — que o seu irmão achava a sua amiga quase tão linda quanto ela mesma a achava.

John Thorpe, que nesse meio-tempo estivera ocupado dando ordens a respeito dos cavalos, logo se uniu ao grupo, e dele Catherine recebeu o desagravo que lhe era devido; pois, enquanto ele dava com indiferença a mão a Isabella, a Catherine dedicava uma reverência completa. Era um rapaz corpulento, de altura mediana, que, com um rosto feioso e formas desgraciosas, parecia temer estar bonito demais a menos que vestisse os trajes de um moço de estrebaria, e cavalheiresco demais a menos que fosse desenvolto quando devia ser formal e impudente quando poderia ser desenvolto. Ele olhou o relógio:

— Há quanto tempo acha que estamos viajando desde Tetbury, srta. Morland?

— Não sei qual é a distância.

Disse-lhe o irmão que eram trinta e sete quilômetros.

— Trinta e sete! — exclamou Thorpe. — São quarenta, se é verdade que isto aqui é um polegar.

Morland protestou, invocou a autoridade dos guias de viagem, dos donos de albergues e dos marcos da estrada; seu amigo, porém, desdenhou tudo isso; dispunha de mais seguro teste de distância.

— Sei são quarenta — disse ele —, pelo tempo que levamos. Agora é uma e meia da tarde; saímos da praça do albergue em Tetbury quando o relógio da cidade dava as onze; e desafio qualquer homem na Inglaterra a fazer o meu cavalo correr a menos de dezesseis quilômetros por hora quando atrelado; o que dá exatamente quarenta.

— Você contou uma hora a menos — disse Morland —; eram só dez horas quando saímos de Tetbury.

— Dez horas! Eram onze, palavra de honra! Contei cada badalada. Esse seu irmão quer convencer-me de que enlouqueci, srta. Morland; olhe só para o meu cavalo; já viu alguma vez um animal nascido para correr como este? — (O criado acabara de subir na carruagem e estava levando-a embora.) — Um puro-sangue desses! Três horas e meia para andar só trinta e sete quilômetros! Veja o bicho e imagine só se isso é possível.

— Ele parece *mesmo* muito acalorado.

— Acalorado! Ele se mostrou impassível até chegarmos à igreja Walcot; mas veja a testa dele; veja que lombos; veja só como ele se move; esse cavalo não pode andar a menos de dezesseis quilômetros por hora: amarre as patas dele, e ele segue em frente. O que acha do meu cabriolé, srta. Morland? Uma belezinha, não é? Bela carroceria, fabricada na cidade; não faz um mês que o tenho. Foi fabricado para um amigo meu de Christ Church,[13] um sujeito muito bom; andou com ele por algumas semanas, até, penso eu, achar conveniente desfazer-se dele. Aconteceu de eu estar justamente atrás de uma coisa leve desse tipo, embora estivesse decidido a optar por uma caleche; mas tive a boa sorte de topar com ele em Magdalen Bridge, quando ele estava indo a Oxford, último semestre: "Ah! Thorpe", disse ele, "será que não gostaria de ter uma coisinha dessas para você? É uma obra-prima da espécie, mas estou cansado dela". "Ah, droga", disse eu; "é comigo mesmo; quanto está pedindo?". E quanto acha que ele pediu, srta. Morland?

— Não faço ideia.

— A estrutura é de caleche de dois cavalos, pode ver; assento, porta-malas, bainha de sabre, para-lamas, faróis, acabamentos de prata, tudo completo, como pode ver; a estrutura de ferro está como nova, ou até melhor. Pediu cinquenta guinéus; fechei negócio na hora, paguei em dinheiro, e a carruagem passou a ser minha.

— Estou certa — disse Catherine — de que sei tão pouco sobre essas coisas, que não sei julgar se foi caro ou barato.

— Nem uma coisa nem outra; eu poderia ter conseguido por menos, tenho certeza; mas detesto barganhar, e o coitado do Freeman precisava de dinheiro.

— Foi muita delicadeza da sua parte — disse Catherine, bem impressionada.

— Ah! Droga! Quando se pode fazer alguma coisa por um amigo, odeio ser miserável.

Perguntaram, então, o que as jovens pretendiam fazer e, ao descobrirem aonde iam, ficou decidido que os cavalheiros as acompanhariam até Edgar's Buildings e cumprimentariam a sra. Thorpe. James e Isabella foram na frente; e tão satisfeita estava esta última com seu quinhão, tão empenhada em garantir uma caminhada agradável a ele, que tinha a dupla qualidade de ser amigo

---

[13] Tradicional *college* de Oxford.

do seu irmão e irmão da sua amiga, tão puros e pouco afetados eram seus sentimentos, que, embora tivessem alcançado e ultrapassado os dois rapazes insolentes na Milsom Street, ela estava tão distante de querer chamar a atenção deles, que só olhou para trás três vezes.

John Thorpe ficou, é claro, com Catherine e, depois de um silêncio de alguns minutos, reatou a conversa sobre o cabriolé.

— Mas a senhorita vai ver que algumas pessoas acharam barato, pois eu poderia tê-lo vendido por dez guinéus a mais no dia seguinte; Jackson, de Oriel, logo me ofereceu sessenta; Morland estava comigo.

— É verdade — disse Morland, a quem haviam chegado aquelas palavras —; mas se esquece de dizer que estava incluído o seu cavalo.

— O meu cavalo! Ah, droga! Eu não venderia o meu cavalo nem por cem. Gosta de carruagens abertas, srta. Morland?

— Muito! Raramente tenho a oportunidade de andar em uma; mas tenho predileção especial por elas.

— Fico feliz em saber. Vou levá-la para passear na minha todos os dias.

— Obrigada — disse Catherine, um pouco incomodada pela dúvida sobre se era correto aceitar tal oferta.

— Vou levá-la a Lansdown Hill amanhã.

— Obrigada. Mas o seu cavalo não vai precisar descansar?

— Descansar! Ele fez só trinta e sete quilômetros hoje; isso é bobagem; nada estraga mais um cavalo do que o descanso; nada os derruba mais rápido. Não, não; vou exercitar o meu por uma média de quatro horas por dia enquanto estiver aqui.

— É mesmo? — disse Catherine, muito séria. — Isso dá sessenta quilômetros por dia.

— Sessenta! Por mim, seriam oitenta. Muito bem, vou levá-la até Lansdown amanhã; veja bem, isso é uma promessa.

— Que delícia vai ser! — exclamou Isabella, voltando-se. — Minha querida Catherine, estou morrendo de inveja de você; mas temo que você, mano, não vai ter lugar para uma terceira pessoa.

— Terceira pessoa? Não, não. Não vim a Bath para levar a minha irmã para lá e para cá; isso seria uma piada! Morland vai ter de tomar conta de você.

Isso levou a uma troca de cortesias entre os outros dois; mas Catherine não ouviu nem os detalhes nem o desfecho dela. O discurso do seu companheiro agora baixou de seu tom animado a nada mais do que uma curta e decisiva sentença de aprovação ou condenação ante cada mulher por que passavam; e Catherine, depois de ouvir e concordar tanto quanto podia, com toda a boa educação e deferência da mente da jovem mulher, temerosa de arriscar uma opinião própria em oposição à de um homem seguro de si, sobretudo quando estava em questão a beleza do seu próprio sexo, tentou por fim mudar de assunto com uma pergunta que havia tempos ocupava a sua mente:

— Já leu *Udolpho*, sr. Thorpe?

— *Udolpho*! Ah, meu Deus! Não. Nunca leio romances. Tenho mais o que fazer.

Catherine, humilhada e envergonhada, ia desculpar-se pela pergunta, mas ele a impediu, dizendo:

— Os romances são cheios de absurdos e coisa parecida; nenhum razoavelmente decente foi publicado desde *Tom Jones*, fora *The Monk*;[14] li este outro dia; mas todos os outros são a coisa mais estúpida que existe na criação.

— Acho que gostaria de *Udolpho*, se o lesse; é tão interessante!

— Eu não, mesmo! Não, se eu ler algum, será o da sra. Radcliffe; os romances dela são bastante divertidos; vale a pena lê-los; há graça e natureza neles.

— *Udolpho* foi escrito pela sra. Radcliffe — disse Catherine, um pouco hesitante, com medo de desgostá-lo.

— Será mesmo? Agora me lembro, foi sim; eu estava pensando naquele outro livro estúpido, escrito por aquela mulher por quem andam fazendo tanta confusão, aquela que era casada com o emigrante francês.

— Acho que deve referir-se a *Camilla*?[15]

— Esse mesmo; quanta falta de naturalidade! Um velho que brinca no balanço, peguei o primeiro volume uma vez e dei uma olhada, mas logo vi que não daria; logo adivinhei que tipo de coisa devia ser antes de ver: assim que ouvi que ela se casara com um emigrante, tive a certeza de que jamais conseguiria ir até o fim.

— Eu nunca o li.

— Não perdeu nada, garanto-lhe; é o mais horrendo absurdo que possa imaginar; não há nada nele, a não ser um velho brincando no balanço e aprendendo latim; palavra de honra.

Essa crítica, cuja exatidão infelizmente escapou à pobre Catherine, levou-os à porta da casa da sra. Thorpe, e os sentimentos do sagaz e sem preconceitos leitor de *Camilla* deram lugar aos sentimentos do filho carinhoso e devotado, quando se encontraram com a sra. Thorpe, que os havia visto do corredor do andar de cima.

— Ah, mamãe! Como vai? — perguntou ele, dando-lhe um caloroso aperto de mão. — Onde a senhora comprou esse chapéu esquisito? Ele a faz parecer uma velha bruxa. Aqui está o Morland, e vim passar alguns dias com a senhora, então vai ter de procurar um par de boas camas pelas vizinhanças.

E essas palavras pareceram satisfazer todos os mais caros anseios do coração da mãe, pois ela o recebeu com o mais feliz e exultante carinho. Às duas irmãs mais jovens ele então concedeu igual parte da sua ternura fraternal, pois perguntou a ambas como tinham passado e observou que estavam muito feias.

---

[14] Romance gótico do inglês Matthew Gregory Lewis (1796).
[15] *Camilla, a Picture of Youth*, romance de Frances Burney (1796).

Tais modos não agradaram a Catherine; ele, porém, era amigo de James e irmão de Isabella; e seu julgamento foi mais tarde deixado de lado, quando Isabella lhe garantiu, ao saírem para ver o novo chapéu, que John a achou a mais encantadora jovem do mundo, e quando John a convidou, antes de se despedirem, para dançar com ele à noite. Se ela fosse mais velha ou mais vaidosa, tais avanços talvez de pouco adiantassem; porém, quando a juventude e a timidez se juntam, é preciso muita firmeza de razão para resistir à atração de ser chamada a mais encantadora jovem do mundo e de ser tão prontamente convidada a ser seu par. A consequência disso foi que, quando os dois Morland, depois de permanecerem uma hora com os Thorpe, saíram para a casa do sr. Allen, e James, quando a porta se fechou atrás deles, perguntou: "Muito bem, Catherine, o que achou do meu amigo Thorpe?", em vez de responder, como provavelmente teria feito, se não houvesse nem amizade nem adulação envolvida, "Não gostei nada dele", ela respondeu de imediato: "Gosto muito dele; parece muito simpático".

— Nunca houve ninguém com tão bom caráter quanto ele; um pouco falastrão; mas acho que isso será considerado uma virtude pelas mulheres: e o que achou do resto da família?

— Gostei muito, muito mesmo, principalmente da Isabella.

— Fico muito contente em ouvir isso de você; ela é o tipo de moça que eu gostaria de ver como sua amiga; tem muito bom senso e é completamente simples e simpática; sempre quis que você a conhecesse; e ela parece gostar muito de você. Ela lhe fez os maiores elogios possíveis; e do louvor de uma moça como a srta. Thorpe, mesmo você, Catherine — tomando-lhe afetuosamente a mão —, pode orgulhar-se.

— E estou mesmo orgulhosa — replicou ela —; gosto demais dela e adorei saber que você também gosta. Você mal a mencionou em tudo que escreveu para mim desde que os visitou.

— Porque achei que logo tornaria a ver você em pessoa. Espero que fiquem sempre juntas enquanto estiverem em Bath. Ela é uma moça adorável, com uma inteligência tão superior! Toda a família a ama; é evidentemente a favorita de todos; e como deve ser admirada num lugar como este... não é?

— Muito mesmo, acho que o sr. Allen a considera a moça mais bonita de Bath.

— Eu acredito; e não conheço nenhum homem que seja melhor juiz de beleza do que o sr. Allen. Nem preciso perguntar se está feliz aqui, querida Catherine; com uma companheira e amiga como Isabella Thorpe, seria impossível que não estivesse. Além disso, os Allen, estou certo, têm sido muito gentis com você, não é?

— Sim, muito gentis; nunca fui tão feliz antes. Agora que você chegou, tudo será mais delicioso do que nunca; que bom que veio de tão longe só para me ver!

James aceitou esse tributo de gratidão e também aplacou a consciência por tê-lo aceitado, dizendo com total sinceridade:

— Realmente, Catherine, eu adoro você.

Perguntas e notícias acerca dos irmãos e das irmãs, da situação de alguns deles, do crescimento dos demais e de outros assuntos de família foram trocadas entre eles e prosseguiram, com apenas uma breve digressão da parte de James em louvor da srta. Thorpe, até chegarem à Pulteney Street, onde ele foi recebido com muita delicadeza pelo sr. e pela sra. Allen, convidado por ele a jantar e instado por ela a adivinhar o preço e avaliar os méritos de um novo conjunto de regalo e estola. Um compromisso anterior em Edgar's Buildings impediu-o de aceitar o convite do sr. Allen e o obrigou a apressar-se em partir assim que satisfez a solicitação da senhora. Combinada com precisão a hora em que os dois grupos se reuniriam no Salão Octogonal, Catherine pôde então entregar-se ao luxo de uma excitada, inquieta e assustada imaginação acerca das páginas de *Udolpho*, longe de todas as preocupações mundanas sobre roupas e refeições, incapaz de acalmar os temores da sra. Allen acerca do atraso de uma costureira que ela aguardava, e dispondo só de um minuto em cada sessenta para dedicar até mesmo à reflexão sobre a sua própria felicidade, por já ter um compromisso para aquela noite.

CAPÍTULO 8

Apesar de *Udolpho* e da costureira, porém, o grupo da Pulteney Street chegou aos Salões Superiores com pontualidade. Os Thorpe e James Morland haviam chegado apenas dois minutos antes; e, tendo Isabella executado a cerimônia de costume de encontrar a amiga com o mais sorridente e afetuoso açodamento, de admirar o corte do vestido e de invejar o encaracolado dos cabelos, elas seguiram seus acompanhantes, de braços dados, até o salão de baile, sussurrando uma com a outra assim que lhes ocorria algum pensamento e suprindo a falta de muitas ideias por numerosos apertos de mão ou sorrisos carinhosos.

O baile começou poucos minutos depois de se sentarem; e James, que, como a irmã, já tinha seus compromissos no baile, insistiu muito com Isabella para que viesse dançar; mas John tinha ido ao salão de carteado para falar com um amigo, e nada, declarou ela, poderia levá-la a se dirigir à pista de dança antes que sua querida Catherine também pudesse ir.

— Garanto a você — disse ela — que não vou dançar sem a sua querida irmã por nada neste mundo; pois, se o fizesse, certamente ficaríamos separadas a noite inteira.

Aceitou Catherine essa delicadeza com gratidão, e permaneceram como estavam por mais três minutos, quando Isabella, que estivera conversando com James de seu outro lado, voltou-se de novo para a irmã dele e sussurrou:

— Minha querida, receio que eu tenha de me separar de você, pois o seu irmão está incrivelmente impaciente para dançar; sei que não vai importar-se se eu for, e tenho certeza de que John vai voltar logo, e então não vai ter dificuldade para me achar.

Catherine, embora um pouco desapontada, tinha uma natureza boa demais para demonstrar alguma oposição, e, ao se erguerem os demais, Isabella só teve tempo de apertar a mão da amiga e dizer "Adeus, meu amor", antes de saírem correndo. Como as srtas. Thorpe mais jovens também estavam dançando, Catherine foi deixada à mercê da sra. Thorpe e da sra. Allen, entre as quais permaneceu. Não podia deixar de estar aborrecida com a ausência do sr. Thorpe, pois não só estava louca para dançar como também tinha ciência de que, como a real dignidade da sua situação não podia ser conhecida, compartilhava com as inúmeras outras mocinhas ainda sentadas todo o descrédito de não ter um par. Cair em desgraça aos olhos do mundo, assumir a aparência da infâmia quando o seu coração era todo pureza, suas ações, inocentes, e o mau comportamento de outrem, a verdadeira origem da sua degradação, é uma dessas situações que pertencem curiosamente à vida da heroína, e a firmeza diante dela é o que lhe dignifica particularmente o caráter. Catherine também tinha firmeza; estava sofrendo, mas nenhum murmúrio saiu de seus lábios.

Ela saiu desse estado de humilhação, ao fim de dez minutos, para um sentimento mais agradável ao ver, não o sr. Thorpe, mas o sr. Tilney, a três metros do lugar em que estavam sentadas; parecia estar vindo na sua direção, mas não a vira, e portanto o sorriso e o rubor que seu súbito aparecimento provocaram em Catherine se esvaíram sem macular a sua heroica condição. Ele estava tão bonito e tão vivo como nunca, e conversava animadamente com uma elegante e atraente moça, que se apoiava em seu braço, e que Catherine logo adivinhou ser sua irmã, perdendo irrefletidamente uma boa oportunidade de considerá-lo perdido para sempre, por já ser casado. Mas, guiada apenas pelo que era simples e provável, nunca lhe passara pela cabeça que o sr. Tilney pudesse ser casado; ele não se comportara, não falara como os homens casados com quem ela estava acostumada; nunca mencionara esposa, mas dissera ter uma irmã. Dessas circunstâncias surgiu a rápida conclusão de que a irmã estava agora ao lado dele; e, portanto, em vez de ganhar uma palidez mortal e cair desmaiada no colo da sra. Allen, Catherine empertigou-se na cadeira, no uso perfeito da razão, só com as faces um pouco mais vermelhas do que de costume.

O sr. Tilney e a sua companheira, que continuavam a aproximar-se, embora devagar, eram precedidos imediatamente por uma senhora, uma conhecida da sra. Thorpe; e quando essa senhora parou para falar com ela, os dois primeiros, como estavam juntos, também pararam, e Catherine, captando o olhar do sr. Tilney, logo recebeu dele o tributo sorridente de ser reconhecida.

Ela retribuiu com prazer, e então, aproximando-se ainda mais, o sr. Tilney falou com ela e com a sra. Allen, por quem foi polidamente reconhecido. "Estou muito feliz em tornar a vê-lo, meu senhor; temia que tivesse partido de Bath." Ele agradeceu-lhe os receios e disse que partira havia uma semana, justamente na manhã seguinte à noite em que tivera o prazer de conhecê-la.

— Muito bem, meu senhor, e tenho certeza de que não lamenta estar de volta, pois este é o lugar certo para gente jovem... e sem dúvida para todos os outros também. Sempre digo ao sr. Allen, quando diz estar cansado daqui, que tenho certeza de que ele não deve queixar-se, pois este é um lugar tão agradável, e é muito melhor estar aqui do que em casa nesta enfadonha época do ano. Digo a ele que teve muita sorte de ser mandado para cá para cuidar da saúde.

— E espero que o sr. Allen venha a gostar daqui, por descobrir que lhe faz bem.

— Muito obrigada. Não tenho dúvida disso. Um vizinho nosso, o dr. Skinner, esteve aqui por motivos de saúde no inverno passado e voltou em ótima forma.

— Isso deve ter-lhe servido de incentivo.

— Verdade... e o dr. Skinner e a família permaneceram aqui por três meses; por isso digo ao sr. Allen que não deve apressar-se em ir embora.

Nesse momento foram interrompidos por um pedido da sra. Thorpe à sra. Allen para dar lugar a que a sra. Hughes e a srta. Tilney se sentassem, quando concordaram em juntar-se a elas, o que foi prontamente feito, continuando o sr. Tilney a permanecer de pé diante delas; e, depois de alguns minutos de reflexão, pediu a Catherine que dançasse com ele. Esse cumprimento, por mais simpático que fosse, mortificou profundamente a jovem; e, ao apresentar sua recusa, exprimiu tão bem sua dor na ocasião que, se Thorpe, que se juntou a eles logo em seguida, tivesse chegado meio minuto antes, teria achado que a dor dela era um pouco aguda demais. As maneiras desenvoltas com que ele se desculpou por tê-la deixado esperando de modo algum a reconciliaram com a própria sorte; tampouco os pormenores por ele fornecidos enquanto estava em pé a respeito dos cavalos e dos cães do amigo de que se separara havia pouco, e da proposta de uma troca de cães *terriers* entre eles, a interessaram a ponto de impedir que ela olhasse com muita frequência para a parte da sala em que deixara o sr. Tilney. Da sua querida Isabella, a quem estava especialmente louca para mostrar aquele rapaz, nem sinal. Estavam em pistas diferentes. Ela estava separada de todo o seu grupo e longe de todos os conhecidos; um aborrecimento atrás do outro, e do total ela deduziu esta útil lição, que ir previamente comprometida a um baile não aumenta necessariamente a dignidade nem o prazer de uma jovem. De tal esforço moralizador, foi subitamente tirada por um toque no ombro e, voltando-se, deparou com a sra. Hughes bem atrás dela, acompanhada da srta. Tilney e de um cavalheiro.

— Minhas desculpas, srta. Morland — disse ela —, mas não consigo achar a srta. Thorpe, e a sra. Thorpe afirmou ter certeza de que a senhorita não se importará de fazer companhia a esta jovem.

Não poderia a sra. Hughes encontrar ninguém no salão mais feliz em satisfazer o seu pedido do que Catherine. As jovens foram apresentadas uma à outra, a srta. Tilney exprimiu um justo reconhecimento pela bondade que lhe era feita, e a srta. Morland, com a real delicadeza de um espírito generoso, minimizou o favor que fizera; e a sra. Hughes, feliz por ter deixado sua protegida em tão respeitável companhia, voltou às suas amigas.

A srta. Tilney tinha bom porte, um rosto bonito e feições muito agradáveis; e, embora não tivesse toda a firme segurança, a classe resoluta da srta. Thorpe, era mais elegante. Suas maneiras mostravam bom senso e boa educação; não eram nem tímidas, nem afetadamente desenvoltas; e ela parecia capaz de ser jovem e atraente num baile sem querer chamar a atenção de todos os homens ao seu redor e sem sentimentos exagerados de prazer extático ou de inconcebível irritação a cada acontecimento trivial. Catherine, que se interessou ao mesmo tempo pela aparência dela e pelo seu parentesco com o sr. Tilney, desejou travar amizade e, portanto, falava com ela assim que pensava em algo para dizer e que tinha coragem e oportunidade de dizê-lo. Mas o obstáculo colocado no caminho de uma intimidade muito rápida pela frequente falta de um ou mais desses requisitos impediu que fossem além dos primeiros rudimentos da amizade, ao informarem uma à outra como gostavam de Bath, como admiravam seus edifícios e o campo ao redor, se elas desenhavam, tocavam instrumentos ou cantavam e se gostavam de andar a cavalo.

Mal tinham acabado as duas danças e já Catherine viu seu braço ser tomado por sua fiel Isabella, que animadíssima exclamou:

— Até que enfim a encontro. Minha queridíssima, estou procurando você há uma hora. O que a fez vir a esta pista, se sabia que eu estava na outra? Fiquei muito triste sem você.

— Querida Isabella, como poderia chegar até você? Não consegui nem ver onde você estava.

— Foi o que disse o tempo todo ao seu irmão... mas ele não quis acreditar em mim. Vá e veja por si mesmo, sr. Morland, disse eu... mas em vão... ele não quis mexer-se nem um palmo. Não é verdade, sr. Morland? Mas vocês, homens, são todos uns grandíssimos preguiçosos! Eu o tenho repreendido tanto, minha querida Catherine, que você ficaria admirada. Você sabe que não faço cerimônia com esse tipo de gente.

— Está vendo aquela jovem de pérolas brancas ao redor da cabeça? — sussurrou Catherine, afastando de James a amiga. — É a irmã do sr. Tilney.

— Deus do céu! Não me diga! Deixe-me ver. Que jovem maravilhosa! Nunca vi ninguém com a metade da beleza dela! Mas onde está o irmão conquistador? Está no salão? Mostre-me o sr. Tilney agora, se ele estiver aqui.

Morro de vontade de vê-lo. sr. Morland, não tem nada que ouvir aqui. Não estamos falando do senhor.

— Mas por que tantos sussurros? O que está acontecendo?

— Aí está, eu sabia! Vocês, homens, têm uma curiosidade infatigável! E ainda falam da curiosidade da mulher! Não é nada. Mas fique tranquilo, o senhor não vai saber nada sobre este assunto.

— E acha que isso vai me deixar tranquilo?

— Muito bem, juro que nunca vi uma coisa como o senhor. Que importância pode ter para o senhor saber o que estamos falando? Quem sabe estejamos falando do senhor; eu lhe aconselho, portanto, não ouvir, pois talvez escute algo não muito agradável.

Nessa conversa insossa, que durou algum tempo, o assunto original pareceu completamente esquecido. Embora Catherine tenha ficado muito contente por tê-lo posto de lado por algum tempo, não podia deixar de desconfiar um pouco do brusco fim de todo o impaciente desejo de Isabella de ver o sr. Tilney. Quando a orquestra tocou os primeiros compassos de uma nova dança, James quis levar seu belo par consigo; ela, porém, resistiu.

— Vou dizer-lhe uma coisa, sr. Morland — exclamou ela —, eu não faria tal coisa por nada neste mundo. Como pode ser tão impertinente! Veja só, querida Catherine, o que o seu irmão quer que eu faça. Quer que eu dance de novo com ele, embora lhe tenha dito que é algo muito inadequado, completamente contrário às normas. Seremos alvo de todos os comentários, se não trocarmos de par.

— Garanto — disse James — que nesses bailes públicos é tão comum trocar de par quanto não trocar.

— Absurdo. Como pode dizer uma coisa dessas? Mas quando vocês, homens, querem alguma coisa, não recuam diante de nada. Minha doce Catherine, ajude-me; convença o seu irmão de que isso é impossível. Diga-lhe que ficaria chocada se me visse fazendo tal coisa. Não é verdade?

— Não, nem um pouco; mas, se acha errado, é melhor trocar de par.

— Aí está — exclamou Isabella —, o senhor ouviu o que a sua irmã disse, e mesmo assim não lhe dá ouvidos. Muito bem, lembre-se de que a culpa não é minha, se causarmos alvoroço entre todas as velhas senhoras de Bath. Venha comigo, minha querida Catherine, pelo amor de Deus, e fique ao meu lado.

E lá se foram elas de volta ao lugar de onde tinham partido. John Thorpe, enquanto isso, já fora embora; e Catherine, sempre disposta a dar ao sr. Tilney uma oportunidade de repetir o agradável pedido que já a lisonjeara uma vez, caminhou na direção da sra. Allen e da sra. Thorpe o mais rápido que pôde, na esperança de ainda encontrá-lo com elas, esperança que, ao se mostrar vã, ela percebeu ter sido completamente insensata.

— Minha querida — disse a sra. Thorpe, impaciente para receber elogios ao filho —, espero que tenha tido um par agradável.

— Agradabilíssimo, minha senhora.

— Fico feliz em saber. John é mesmo encantador, não é?

— Você encontrou o sr. Tilney, querida? — perguntou a sra. Allen.

— Não, onde ele está?

— Esteve aqui conosco quase até agora, e disse que estava tão cansado de não fazer nada, que resolveu ir dançar; achei que talvez fosse pedir a você para dançarem, se a encontrasse.

— Onde será que ele está? — perguntou Catherine, olhando ao redor; mas não demorou muito para que o visse levando uma jovem para dançar.

— Ah! Ele já arrumou um par; gostaria que tivesse tirado você para a dança — disse a sra. Allen; e após um breve silêncio acrescentou — Ele é um rapaz muito simpático.

— É mesmo, sra. Allen — disse a sra. Thorpe, rindo com complacência —; tenho de admitir, embora seja mãe dele, que não há rapaz mais simpático no mundo inteiro.

Resposta tão estapafúrdia poderia ultrapassar a compreensão de muitos; mas não confundiu a sra. Allen, pois, após breve reflexão, disse num sussurro a Catherine:

— Tenho certeza de que ela pensou que eu estava falando do filho dela.

Catherine estava decepcionada e irritada. Parecia ter perdido por muito pouco o verdadeiro objetivo que tinha em vista; e essa convicção não a predispunha a uma resposta muito graciosa, quando John Thorpe apareceu à sua frente logo em seguida, dizendo:

— Muito bem, srta. Morland, imagino que a senhorita e eu vamos dançar mais uma vez.

— Ah, não; sou-lhe muito grata, mas nossas duas danças já acabaram; além disso, estou cansada e não pretendo tornar a dançar.

— Não mesmo? Então vamos dar uma volta e nos divertir com os tipos esquisitos. Venha comigo e lhe mostrarei o que há de mais estapafúrdio no salão; minhas duas irmãs mais moças e seus pares. Estou rindo deles há meia hora.

Mais uma vez Catherine recusou; e por fim ele se afastou para rir das irmãs sozinho. O resto do baile ela achou muito enfadonho; o sr. Tilney separou-se do grupo na hora do chá, para acompanhar o do seu par; a srta. Tilney, embora fizesse parte dele, não se sentou perto dela, e James e Isabella estavam tão entretidos conversando, que Isabella não teve tempo de conceder à amiga mais do que um sorriso, um aperto de mão e um "minha querida Catherine".

CAPÍTULO 9

Foi a seguinte a evolução da infelicidade de Catherine a partir dos acontecimentos da noite. Manifestou-se primeiro por um descontentamento generalizado com todos ao seu redor, enquanto permaneceu nos salões, que logo provocou profundo aborrecimento e um violento desejo de voltar para casa. Isso, ao chegar à Pulteney Street, se transformou numa fome atroz, que, ao ser apaziguada, se tornou um forte desejo de ir para a cama; esse foi o ponto extremo da sua angústia; pois, ao chegar ao quarto, caiu de imediato num sono profundo, que durou nove horas, e do qual despertou perfeitamente restaurada, de excelente humor, com novas esperanças e novos planos. O primeiro desejo do seu coração foi aprofundar a amizade com a srta. Tilney; e, sua primeira decisão, procurá-la com esse objetivo no balneário, ao meio-dia. O balneário era o lugar onde se devia encontrar alguém chegado a Bath havia tão pouco tempo, e ela já havia achado aquele local tão propício ao descobrimento da excelência feminina e ao aprofundamento da intimidade feminina, tão admiravelmente adequado à troca de segredos e à confiança ilimitada, que estava muito razoavelmente esperançosa de conseguir fazer mais uma amiga entre aquelas paredes. Assim, traçados os planos para a manhã, ela se sentou tranquilamente para ler o seu livro depois do desjejum, decidindo ficar no mesmo lugar e com a mesma ocupação até o relógio dar uma hora; e por hábito tão pouco incomodada com as observações e os berros da sra. Allen, cuja falta de inteligência e incapacidade de pensar eram tais, que, embora nunca falasse muito, também não conseguia ficar completamente calada; e, portanto, enquanto sentada fazendo o seu trabalho, se perdesse uma agulha ou rompesse a linha, se ouvisse uma carruagem na rua ou visse uma manchinha em seu vestido, tinha de observá-lo em voz alta, havendo ou não alguém que pudesse responder-lhe. Por volta de meio-dia e meia, uma pancada muito forte levou-a a correr até a janela, e mal teve tempo de informar a Catherine que havia duas carruagens abertas à porta, a primeira só com um criado e a segunda com a srta. Thorpe e o irmão de Catherine dirigindo, quando John Thorpe apareceu correndo escada acima, chamando:

— Cheguei, srta. Morland. Está esperando há muito tempo? Não pudemos chegar mais cedo; o diabo de um carroceiro passou uma eternidade tentando achar algo em que se pudesse andar, e agora aposto dez mil por um que ele virá antes de sairmos desta rua. Como vai, sra. Allen? Belo baile ontem à noite, não? Vamos, srta. Morland, vamos logo, os outros estão morrendo de pressa de partir. Querem dar logo a capotada deles.

— O que quer dizer com isso? — perguntou Catherine. — Para onde todos estão indo?

— Indo? Ah, não vá dizer que se esqueceu do compromisso que tem! Não combinamos dar uma volta nesta manhã? Que cabeça, a sua! Estamos indo para Claverton Down.

— Falou-se alguma coisa sobre isso, eu me lembro — disse Catherine, voltando-se para a sra. Allen para obter sua opinião —, mas realmente eu não esperava o senhor.

— Não me esperava! Essa é boa! E que estardalhaço a senhorita faria, se eu não tivesse vindo!

O silencioso apelo de Catherine à amiga, no entanto, foi completamente inútil, pois a sra. Allen, não estando de modo algum acostumada a transmitir qualquer expressão pelo olhar, não tinha consciência de que outros pudessem fazer isso; e Catherine, cujo desejo de tornar a ver a srta. Tilney podia, naquele momento, sofrer um breve adiamento em razão daquele passeio, e que julgou não haver nada de inadequado em sair com o sr. Thorpe, já que Isabella também acompanharia James, foi, portanto, obrigada a ser mais clara.

— O que me diz disso, minha senhora? Pode dispensar-me por uma ou duas horas? Posso ir?

— Faça o que for do seu agrado, querida — respondeu a sra. Allen, com a mais plácida indiferença. Catherine aceitou o conselho e saiu para se arrumar. Pouco depois ela estava de volta, mal dando aos outros tempo para trocarem algumas frases de elogio a ela, depois que Thorpe obtivera a admiração da sra. Allen pelo seu cabriolé; e então, após se despedirem da amiga, ambos desceram correndo as escadas.

— Minha queridíssima Catherine — exclamou Isabella, para junto da qual o dever de amizade imediatamente a chamou, antes que pudesse entrar na carruagem —, você passou pelo menos três horas se arrumando. Tive medo de que estivesse doente. Que baile delicioso tivemos ontem à noite. Tenho mil coisas para lhe contar; mas vamos, entre, estou ansiosa para partir.

Catherine seguiu suas ordens e se afastou, mas não cedo demais para ouvir a amiga exclamar em voz alta para James:

— Que menina doce ela é! Eu a adoro.

— Não vá assustar-se, srta. Morland — disse Thorpe, ao dar-lhe a mão para que subisse —, se o meu cavalo dançar um pouquinho antes de partir. É provável que ele dê um ou dois trancos e talvez descanse por um minuto; mas logo vai obedecer ao dono. É muito animado, muito brincalhão, mas não tem defeitos.

Catherine não achou que o retrato fosse muito convidativo, mas era tarde demais para voltar atrás e ela era jovem demais para se permitir mostrar-se apavorada; assim, resignando-se ao destino e confiando no proclamado conhecimento que o animal teria do seu dono, ela se sentou calmamente e viu Thorpe sentar-se ao seu lado. Depois de tudo definido, o criado que permanecia à frente do cavalo recebeu em voz alta a ordem de deixá-lo partir, e lá foram eles da mais tranquila maneira que se pode imaginar, sem nenhum tranco ou sobressalto ou coisa parecida. Catherine, feliz com uma partida tão auspiciosa, manifestou seu prazer em voz alta, com grata surpresa; e seu companheiro logo explicou o caso, garantindo a ela que tudo se devia à particularmente judiciosa maneira como ele segurara as rédeas e ao singular discernimento e destreza com que se valera do chicote. Catherine, embora não pudesse deixar de imaginar que, com um comando tão perfeito do cavalo, Thorpe julgaria necessário assustá-la com uma lista de seus truques, congratulou-se sinceramente por estar sob os cuidados de tão excelente cocheiro; e, ao perceber que o animal continuava no mesmo passo tranquilo, sem demonstrar a menor propensão a qualquer desagradável vivacidade, e (considerando que sua velocidade de sempre era de dezesseis quilômetros por hora) longe de ser assustadoramente veloz, entregou-se a todo o gozo do ar livre e do exercício físico do tipo mais estimulante, num lindo e ameno dia de fevereiro, com a consciência da segurança. Um silêncio de vários minutos seguiu-se ao primeiro breve diálogo, quebrado por Thorpe, que disse muito abruptamente:

— O velho Allen é rico como um judeu, não é?

Catherine não o compreendeu, e ele repetiu a pergunta, acrescentando como explicação:

— O velho Allen, o homem que está com vocês.

— Ah! Quer dizer o sr. Allen. Acho, sim, que ele é muito rico.

— E sem nenhum filho?

— Não, nenhum.

— Isso é ótimo para os herdeiros. Ele é seu padrinho, não é?

— Meu padrinho! Não.

— Mas a senhorita está sempre com eles.

— É, sempre mesmo.

— É isso que eu quis dizer. Ele parece ser um velho boa-praça e tenho certeza de que teve uma boa vida nos velhos tempos; não é à toa que sofre de gota. Continua bebendo sua garrafinha diária?

— Garrafinha diária! Não. Por que o senhor foi pensar uma coisa dessas? Ele é um homem muito sóbrio, e o senhor não vai pensar que ele estava bêbado ontem à noite!

— Deus nos livre! Vocês, mulheres, estão sempre achando que os homens estão bêbados. Acha que basta uma garrafa para derrubar um homem? Tenho certeza de que, se todos bebessem sua garrafinha diária, não haveria no mundo metade das desordens que hoje há. Seria ótimo para todos nós.

— Não creio.

— Ah, meu Deus! Seria a salvação para milhares de pessoas. Neste reino não se consome um por cento do vinho que se devia consumir. Nosso clima enevoado precisa de ajuda.

— Mas ouvi dizer que se bebe muito vinho em Oxford.

— Oxford! Não se bebe em Oxford atualmente, eu lhe garanto. Ninguém lá bebe. É difícil encontrar um sujeito que vá além de seus dois litros, no máximo. Por exemplo, foi considerado notável, na última festa que dei em meus salões, que na média tivéssemos esvaziado dois litros e meio por cabeça. Foi considerado algo fora do comum. O meu vinho é fantástico, acredite. Não é fácil encontrar coisa igual em Oxford, essa é a minha explicação para o caso. Mas isso já lhe pode dar uma ideia de quanto em geral se bebe por lá.

— É, dá uma ideia — disse Catherine, com ênfase —, ou seja, de que vocês bebem muito mais vinho do que eu pensava. Mas tenho certeza de que James não bebe tanto.

Essas palavras provocaram uma resposta enfática e excessiva, de que nenhuma das partes era muito distinta, salvo as frequentes exclamações, equivalentes próximos de imprecações, que a adornavam, e Catherine ficou, quando ela acabou, com a crença um tanto reforçada de que se bebia muito vinho em Oxford, e com a mesma feliz convicção da relativa sobriedade do irmão.

As preocupações de Thorpe então se voltaram todas para os méritos de sua própria carruagem, e ela foi convidada a admirar a vitalidade e a liberdade com que o cavalo se movia e o conforto que seu ritmo dava ao movimento da carruagem, bem como a excelência das molas. Ela o acompanhou em toda a sua admiração, até onde podia. Ficar aquém ou ir além dele era impossível. O conhecimento dele e a ignorância dela sobre o assunto, a rapidez de expressão dele e a insegurança que ela tinha de si mesma punham isso fora do seu alcance; não conseguia fazer nenhum elogio novo, mas prontamente ecoava tudo o que ele afirmasse, e por fim ficou acertado entre eles, sem nenhuma dificuldade, que aquela carruagem era a mais completa do seu tipo em toda a Inglaterra e também a mais elegante, seu cavalo, o que andava melhor, e, ele mesmo, o melhor boleeiro.

— Acredita mesmo, sr. Thorpe — perguntou Catherine, arriscando-se depois de algum tempo a considerar o caso definitivamente resolvido e introduzir uma leve variação no assunto —, que o cabriolé de James vá quebrar?

— Quebrar! Meu Deus! A senhorita já viu outra coisinha saltitante daquelas na vida? Não há uma peça de ferro intacta dentro dela. As rodas foram bem desgastadas nesses dez anos, pelo menos, e quanto à carcaça! Meu Deus, a senhorita poderia reduzi-la em pedaços só de tocar. É a coisinha mais raquítica que já vi! Graças a Deus, temos uma melhor. Não andaria com aquilo por três quilômetros nem por cinquenta mil libras.

— Deus do céu! — exclamou Catherine, muito assustada. — Então vamos voltar, por favor; eles vão certamente se acidentar se formos em frente. Vamos voltar, sr. Thorpe; pare e fale com meu irmão e diga-lhe como aquilo é perigoso.

— Perigoso! Meu Deus! E o que pode acontecer? Vão só dar umas piruetas se ele quebrar; e há muita terra por ali, vai ser uma excelente queda. Ah, droga! A carruagem é bem segura, quando sabem dirigi-la; uma coisa daquelas em boas mãos ainda dura mais de vinte anos depois de se desgastar razoavelmente. Deus abençoe! Eu toparia por cinco libras dirigi-la até York, ida e volta, sem um arranhãozinho.

Catherine ouviu pasmada aquilo; não sabia como reconciliar duas descrições tão diferentes da mesma coisa, pois ainda não aprendera a entender o comportamento de um falastrão, nem sabia da quantidade de frases ocas e de vergonhosas falsidades a que o excesso de vaidade pode levar. Sua família era composta de gente simples, pés no chão, que raramente se preocupava em se mostrar espirituosa; seu pai contentava-se, no máximo, com um trocadilho e sua mãe, com um provérbio; não estavam, portanto, acostumados a contar mentiras para ganhar importância ou a afirmar agora uma coisa e logo em seguida outra, oposta. Refletiu sobre aquilo durante certo tempo, com grande perplexidade, e mais de uma vez esteve a ponto de pedir ao sr. Thorpe uma explicação mais clara sobre a sua verdadeira opinião sobre o assunto; mas se conteve, porque ficou claro que ele não primava pelas explicações, por tornar claro o que antes tornara ambíguo; e, além disso, à ideia de que ele realmente não deixaria a irmã e o amigo expostos a um perigo de que poderia facilmente protegê-los, ela concluiu que ele deveria saber, na verdade, que a carruagem era totalmente segura e, portanto, não mais se preocuparia com aquilo. Thorpe parecia ter-se esquecido completamente do assunto; e todo o resto da sua conversação, ou melhor, do seu discurso, começou e acabou nele mesmo e em suas preocupações pessoais. Contou dos cavalos que comprara por uma bagatela e vendeu por somas altíssimas; de corridas de cavalo, de que seu discernimento o fazia infalivelmente prever o vencedor; de excursões de caça, em que matara mais aves (mesmo sem dar um único grande tiro) do que todos os companheiros juntos; e descreveu algumas formidáveis caçadas à raposa, com os cães, em que sua própria capacidade de previsão e habilidade em orientar os cães corrigira os erros dos mais experientes caçadores e nas quais a intrepidez de sua cavalgada, embora jamais em tempo algum tenha posto em perigo a sua própria vida, com frequência punha os outros em apuros, do que ele concluía tranquilamente já ter quebrado o pescoço de muita gente.

Por menos acostumada que Catherine estivesse a julgar por si mesma, e por mais incertas que fossem as suas ideias gerais sobre como os homens deviam ser, não pôde reprimir uma dúvida, enquanto escutava as efusões da infinita vaidade de Thorpe, sobre se ele seria realmente um rapaz assim tão agradável. Era uma conjectura ousada, pois ele era irmão de Isabella; e James lhe garantira que os modos dele eram apreciados por todas as mulheres; mesmo assim, porém, o extremo aborrecimento provocado pela companhia dele, que tomou conta de Catherine nem bem passada uma hora desde que estavam juntos e que continuou a crescer sem parar até tornarem a estacionar na Pulteney Street, levou-a a resistir um pouco a tão alta autoridade e a duvidar dos seus poderes de agradar a todas.

Ao chegarem à porta da casa da sra. Allen, Isabella mal podia exprimir o seu espanto ao descobrir que era muito tarde para poderem acompanhar a amiga dentro de casa: "Mais de três horas!". Aquilo era inconcebível, incrível, impossível! E não queria acreditar nem em seu próprio relógio, nem no do irmão nem no do criado; não queria acreditar em nenhuma garantia baseada na razão ou na realidade, até Morland mostrar o seu relógio e garantir o fato; duvidar por mais um momento seria igualmente inconcebível, incrível e impossível; e só lhe restou repetir várias vezes que nunca antes na vida duas horas e meia passaram tão rápido, como convidou Catherine a confirmar. Catherine, no entanto, era incapaz de dizer uma falsidade, mesmo para agradar a Isabella; mas esta foi poupada do desprazer de ouvir a opinião discordante da amiga, por não aguardar a sua resposta. Absorviam-na os seus próprios sentimentos; sua infelicidade atingia o cúmulo ao se ver obrigada a voltar imediatamente para casa. Havia séculos que não tinha um tempinho para conversar com sua querida Catherine; e, embora tivesse milhares de coisas para lhe contar, parecia até que elas nunca estariam juntas de novo; assim, com sorrisos da mais fina desolação e os olhos risonhos do mais profundo pesar, disse adeus à amiga e se foi.

Catherine descobriu que a sra. Allen acabava de voltar da atarefada ociosidade da manhã e logo foi saudada por um:

— Muito bem, querida, aí está você — uma verdade que não tinha nem vontade nem poder de discutir —; e espero que tenha tido um passeio agradável.

— Tive, sim, senhora, obrigada; o dia não podia ter sido melhor.

— Foi o que a sra. Thorpe disse; ela gostou muito de vocês todos terem saído juntos.

— Então a senhora viu a sra. Thorpe?

— Vi, sim. Fui ao balneário assim que vocês partiram, e lá a encontrei, e conversamos bastante. Ela disse que está muito difícil achar vitela no mercado, que está muitíssimo rara.

— Viu mais algum dos seus conhecidos?

— Vi, sim. resolvemos dar uma volta no Crescente, e lá topamos com a sra. Hughes e com o sr. e a srta. Tilney, que caminhavam com ela.

— É mesmo? E a senhora conversou com eles?

— Sim, passeamos juntos pelo Crescente por meia hora. Eles parecem muito simpáticos. A srta. Tilney vestia uma linda musselina estampada, e imagino, pelo que pude saber, que ela sempre se veste muito bem. A sra. Hughes conversou muito comigo sobre essa família.

— E o que ela disse deles?

— Ah! Muita coisa! Quase só falou disso.

— Ela disse de que parte de Gloucestershire eles são?

— Disse, sim; mas não consigo lembrar-me agora. Mas são gente muito boa e muito rica. A sra. Tilney era uma srta. Drummond, e ela e a sra. Hughes foram colegas de escola; e a srta. Drummond era imensamente rica; e, ao se casar, o pai lhe deu vinte mil libras, e mais quinhentas para comprar o enxoval. A sra. Hughes viu todo o enxoval depois que chegou da loja.

— E estão o sr. e a sra. Tilney em Bath?

— Imagino que sim, mas não tenho certeza. Que eu me lembre, porém, tenho uma ideia de que estão ambos mortos; a mãe, pelo menos, está; sim, tenho certeza de que a sra. Tilney faleceu, pois a sra. Hughes me disse que havia um lindíssimo jogo de pérolas que o sr. Drummond deu à filha no dia do casamento e que pertence agora à srta. Tilney, pois passaram para ela quando a mãe morreu.

— E o sr. Tilney, meu par, é o único filho?

— Não posso garantir isso, querida; lembro-me vagamente de que é, sim; no entanto, ele é um excelente rapaz, diz a sra. Hughes, e provavelmente terá um futuro brilhante.

Catherine não fez mais perguntas; já ouvira o bastante para perceber que a sra. Allen não tinha nenhuma informação real a dar e que tivera muito azar em perder tal encontro com os irmãos. Se tivesse previsto tal situação, nada a teria persuadido a sair com os outros; e, assim sendo, só podia lamentar a falta de sorte e refletir sobre o que perdera, até ficar claro para ela que o passeio não fora de modo algum agradável e que John Thorpe era bastante antipático.

CAPÍTULO 10

Os Allen, os Thorpe e os Morland encontraram-se todos à noite no teatro; e, como Catherine e Isabella sentaram-se uma ao lado da outra, houve então uma oportunidade para que Isabella contasse algumas dos muitos milhares de coisas que reservara para comunicar no imenso espaço de tempo que as separara.

— Deus do céu! Minha amada Catherine, será que vou ter você só para mim, finalmente? — foram suas primeiras palavras a Catherine, quando esta entrou no camarote e se sentou ao seu lado. — Agora, sr. Morland — pois ele estava junto dela, do outro lado —, não vou falar mais nenhuma palavra com o senhor pelo resto da noite; peço, então, que não espere por isso. Minha doce Catherine, como tem passado esse tempo todo? Mas nem preciso perguntar, pois está maravilhosa. Seu penteado tem um estilo mais celestial do que nunca; maligna criatura, quer conquistar todos? Garanto-lhe que meu irmão já está muito apaixonado por você; e, quanto ao sr. Tilney — mas isso já é coisa resolvida —, nem mesmo a sua modéstia, querida, pode duvidar do amor dele agora; a volta dele a Bath torna isso óbvio. Ah! O que eu não daria para vê-lo! Estou morrendo mesmo de impaciência. Minha mãe disse que ele é o rapaz mais simpático do mundo; ela o viu esta manhã, como sabe; você precisa apresentar-me a ele. Está aqui agora? Dê uma olhada, pelo amor de Deus! Garanto-lhe que mal consigo viver até que o veja.

— Não — disse Catherine —, ele não está aqui; não o vejo em nenhum lugar.

— Ah, que horror! Será que nunca vou conhecê-lo? O que acha do meu vestido? Acho que não está mal; as mangas foram ideia minha. Sabe, estou ficando cansada de Bath; seu irmão e eu concordamos, esta manhã, em que, embora seja muito bom estar aqui por algumas semanas, não viveríamos aqui nem por um milhão. Logo descobrimos que nossos gostos são exatamente idênticos, pois preferimos o campo a qualquer outro lugar; realmente, as nossas opiniões eram tão exatamente as mesmas, que era até ridículo! Não havia coisa nenhuma sobre a qual discordássemos; não queria por nada neste mundo que você estivesse por perto; é tão irônica, tenho certeza de que faria alguma observação engraçada sobre o caso.

— Não, não faria, não.

— Ah, faria, sim; conheço-a mais do que você mesma se conhece. Teria dito que parecíamos nascidos um para o outro, ou alguma bobagem desse tipo, que me aborreceria de um jeito que você não faz ideia; meu rosto ficaria tão vermelho quanto as suas rosas; não queria que você estivesse por perto por nada neste mundo.

— Você é muito injusta comigo; não teria de jeito nenhum dito uma coisa impertinente como essa; e tenho certeza de que isso nunca me passaria pela cabeça.

Isabella sorriu, incrédula, e conversou o resto da noite com James.

A decisão de Catherine de tentar encontrar a srta. Tilney outra vez continuava em pleno vigor na manhã seguinte; e, até a hora habitual de ir ao balneário, sentiu algum receio de um segundo empecilho. Nada de semelhante ocorreu, porém; nenhum visitante apareceu para atrasá-los, e os três partiram para o balneário, onde tiveram lugar os acontecimentos e as conversações de costume; o sr. Allen, depois de beber seu copo d'água, reuniu-se com alguns senhores para falar da política do dia e comparar as notícias dos jornais; e as senhoras passearam juntas, reparando em cada novo rosto e quase todos os novos chapéus no salão. A parte feminina da família Thorpe, acompanhada por James Morland, surgiu no meio da multidão em menos de quinze minutos, e Catherine logo ocupou seu lugar de costume ao lado da amiga. James, que era agora uma presença constante, conservou uma posição semelhante e, separando-se do resto do grupo, caminharam dessa maneira por algum tempo, até que Catherine começou a duvidar da felicidade de uma situação que, confinando-a inteiramente à amiga e ao irmão, lhe propiciava muito pouca atenção da parte de ambos. Estavam sempre envolvidos em discussões sentimentais ou em animados debates, mas suas opiniões eram ditas em murmúrios, e sua vivacidade era acompanhada de tantas risadas, que, embora sempre um ou outro pedisse a opinião de Catherine, ela jamais era capaz de exprimi-la, por não ter escutado nenhuma palavra do assunto. Com o tempo, no entanto, conseguiu separar-se da amiga, pela necessidade confessada de falar com a srta. Tilney, que ela com muita alegria viu entrando no salão com a sra. Hughes e com quem logo se reuniu, com uma determinação mais firme de travar amizade, do que teria tido coragem de mostrar, se não fosse premida pela decepção da véspera. A srta. Tilney recebeu-a com muita educação, retribuiu os seus gestos de simpatia com igual boa vontade, e continuaram conversando enquanto os dois grupos permaneceram no salão; e, embora muito provavelmente nenhuma das duas tenha feito uma observação ou usado uma expressão que já não tivesse sido feita e usada milhares de vezes antes, sob aquele teto, em cada temporada de Bath, o mérito de terem sido ditas com simplicidade e verdade, sem presunção pessoal, era talvez algo raro.

— Como o seu irmão dança bem! — exclamou com sinceridade Catherine ao fim da conversa, o que ao mesmo tempo surpreendeu e divertiu a companheira.

— Henry! — replicou ela com um sorriso. — É mesmo. Ele dança muito bem.

— Ele deve ter achado muito esquisito, na outra noite, ouvir-me dizer que estava comprometida, ao me ver sentada. Mas eu realmente já me havia comprometido com o sr. Thorpe desde a manhã — a srta. Tilney aquiesceu, inclinando a cabeça. — Não pode imaginar — acrescentou Catherine depois de um instante de silêncio — como fiquei surpresa ao tornar a vê-lo. Tinha tanta certeza de que ele fora embora para valer.

— Quando Henry teve o prazer de vê-la antes, estava em Bath apenas por alguns dias. Veio só para alugar uma casa para nós.

— *Isso* nunca me passou pela cabeça; e, é claro, ao não encontrá-lo em lugar nenhum, achei que tivesse ido embora. A jovem com quem ele dançou na segunda não era a srta. Smith?

— Isso mesmo, uma conhecida da sra. Hughes.

— Tenho certeza de que ela estava muito feliz em dançar. Acha-a bonita?

— Não muito.

— Ele nunca vem ao balneário, não é?

— Vem, sim, às vezes; mas saiu esta manhã com meu pai.

A sra. Hughes, então, foi ter com elas e perguntou à srta. Tilney se ela já estava pronta para partir.

— Espero ter o prazer de vê-la de novo em breve — disse Catherine. — Vai ao baile do cotilhão, amanhã?

— Talvez nós... Sim, acho que certamente iremos.

— Fico feliz com isso, pois poderemos estar todos juntos.

Essa delicadeza foi devidamente retribuída; e se despediram, da parte da srta. Tilney com certo conhecimento dos sentimentos da sua nova amiga, e, da parte de Catherine, sem a menor consciência de tê-los revelado.

Ela voltou para casa muito contente. A manhã satisfizera a todas as suas esperanças, e a noite do dia seguinte era agora o objeto de expectativa, o bem futuro. Que vestido e que penteado usar passaram a ser as suas principais preocupações. Ela não tinha justificativa para aquilo. A elegância no vestir é sempre uma distinção frívola, e o excesso de atenção a ela muitas vezes destrói seu objetivo. Catherine sabia disso muito bem; sua tia-avó dera-lhe uma aula sobre o assunto no Natal; e mesmo assim ela ficou sem dormir por dez minutos quarta-feira à noite em meio à dúvida entre a musselina estampada e a bordada, e só mesmo a falta de tempo a impediu de comprar uma nova para a noite. Isso seria um erro de julgamento, grande, mas não incomum, sobre o qual alguém do sexo oposto e não do seu próprio, um irmão e não uma tia-avó, poderia tê-la avisado, pois só os homens têm consciência da insensibilidade dos homens ante um vestido novo. Seria deprimente para os sentimentos de muitas mulheres saber quão pouco o coração dos homens é afetado pelo que é suntuoso ou novo no traje delas; quão pouco eles se importam com a textura da musselina e quão pouco são suscetíveis de uma ternura especial pelos tecidos estampados, pelas fazendas com bordados em forma de ramos, pelas musselinas mais macias ou mais pesadas. Enfeitam-se as mulheres só para sua própria satisfação. Nenhum homem vai admirá-las mais, nenhuma mulher vai apreciá-las mais por isso. Aos primeiros bastam que se vistam apropriadamente e na moda, e algo de esfarrapado ou indecente atrairá mais a simpatia das segundas. Mas nenhuma dessas graves reflexões perturbava a tranquilidade de Catherine.

Ela entrou nos salões na quinta-feira à noite com sentimentos muito diferentes dos que tinha até a segunda. Estivera então exultante com o convite de Thorpe, e agora estava mais preocupada em evitar encontrá-lo, para que não a convidasse novamente; pois, embora não pudesse, não ousasse esperar que o sr. Tilney a convidasse pela terceira vez para dançar, todos os seus desejos, suas esperanças e seus planos giravam em torno disso. Toda jovem pode compreender os sentimentos da minha heroína naquele momento crítico, pois toda jovem sentiu, em um ou outro momento, a mesma agitação. Todas estiveram, ou pelo menos todas se julgaram, em perigo por causa da corte que lhes fazia alguém a quem preferiam evitar; e todas desejaram ansiosamente as atenções de alguém que queriam agradar. Assim que os Thorpe se reuniram a eles, começou a agonia de Catherine; olhava ao redor para ver se John Thorpe se aproximava, procurou o máximo possível escapar da sua vista e, quando ele lhe falou, fingiu não escutar. Terminados os cotilhões, começou a quadrilha e nada dos Tilney.

— Não se assuste, minha querida Catherine — murmurou Isabella —, mas vou mesmo dançar com o seu irmão de novo. Reconheço abertamente que é chocante. Disse-lhe que devia envergonhar-se de si mesmo, mas você e John devem continuar a nos apoiar. Apresse-se, querida, e venha conosco. John acaba de sair por um instante, mas logo estará de volta.

Catherine não teve nem tempo nem vontade de responder. Os outros se foram, John Thorpe ainda estava à vista e ela se julgou perdida. Para não parecer, porém, que o estava observando ou esperando, manteve os olhos propositadamente fitos no leque; e ela já se acusava de insensatez, por supor que no meio de tamanha multidão poderiam encontrar os Tilney em tempo hábil, quando se viu subitamente abordada e convidada para dançar pelo mesmo sr. Tilney. Não é difícil imaginar com que brilho nos olhos e rapidez ela aceitou o pedido, e com que deliciosa palpitação do coração se dirigiu com ele até a pista de dança. Escapar de John Thorpe por um triz, como julgava, e ser pedida tão imediatamente ao ser encontrada pelo sr. Tilney, como se ele a procurasse de propósito só para isso! Não achava que a vida lhe pudesse proporcionar maior felicidade.

Mal haviam calmamente ocupado seus lugares, porém, a atenção dela foi chamada por John Thorpe, que estava de pé atrás dela.

— Ei, srta. Morland! — disse ele. — Que significa isso? Achei que fosse dançar comigo.

— Estou surpresa por ter pensado isso, pois não me convidou.

— Essa é boa, por Jove! Eu a convidei assim que entrei no salão, e estava indo convidá-la de novo e, quando me voltei, a senhorita já não estava mais lá! Isso é uma desgraça e uma vergonha! Só vim para dançar com a senhorita, e creio firmemente que tem um compromisso comigo desde segunda-feira. É, eu me lembro, convidei a senhorita quando estava no saguão esperando a capa. E eu, que estive falando a todos os meus amigos que ia dançar com a moça mais linda do salão! Quando eles virem a senhorita com outra pessoa, vão caçoar demais de mim.

— Ah, não; eles nunca vão pensar em mim, com uma descrição como essa.

— Meu Deus, se eles não pensarem na senhorita, eu expulso os cabeças-duras do salão a pontapés. Quem é esse sujeito com a senhorita? — Catherine satisfez sua curiosidade. — Tilney — repetiu ele. — Hmm... não o conheço. É um boa-pinta. Será que ele quer um cavalo? Está aqui um amigo meu, Sam Fletcher, com um para vender que satisfaria a qualquer pessoa. Um belo e esperto animal para a estrada... só cinquenta guinéus. Até pensei em comprá-lo, pois uma das minhas máximas é sempre comprar um bom cavalo quando topo com um; mas ele não serviria para o meu objetivo, não seria bom para a caça. Daria qualquer dinheiro por um autêntico caçador. Tenho três agora, os melhores jamais montados. Não aceitaria oitocentos guinéus por eles. Fletcher e eu planejamos comprar uma casa em Leicestershire, para a próxima temporada. É um diabo de desconforto viver em hotel.

Essa foi a última frase com a qual ele conseguiu aborrecer Catherine, pois naquele momento ele foi arrastado para longe pela força irresistível de uma longa fila de mulheres que passavam. Seu par então se aproximou e disse:

— Teria perdido a paciência com aquele cavalheiro, se ele tivesse permanecido mais meio minuto com a senhorita. Não tem nenhum direito de querer afastar de mim o meu par. Nós entramos num acordo de mútua amabilidade pelo prazo de uma noite, e toda a nossa amabilidade pertence só a cada um de nós durante esse prazo. Ninguém pode impor-se à atenção de um, sem prejudicar os direitos do outro. Considero a quadrilha como um símbolo do casamento. A fidelidade e a complacência são os principais deveres do par; e os homens que preferiram não casar ou dançar não têm direito ao par ou à esposa dos vizinhos.

— Mas são coisas tão diferentes!

— ...que a senhorita acha que não podem ser comparadas.

— Claro que não. Quem casa não pode nunca separar-se, mas os dois têm de morar juntos. Quem dança só fica de pé um em frente do outro num salão por meia hora.

— Então é essa a sua definição de matrimônio e de dança. Sob essa luz é verdade que a semelhança entre eles não é impressionante; mas acho que posso mostrá-los sob outra luz. A senhorita há de concordar que nas duas coisas o homem tem a vantagem da escolha e a mulher, só o poder de recusar; que, nas duas coisas, é um compromisso entre o homem e a mulher, estabelecido para proveito de cada um deles; e que, uma vez fechado o acordo, eles se pertencem exclusivamente um ao outro até o momento da sua dissolução; que é dever de cada um tratar de não dar ao outro motivos para arrepender-se por não estar em outro lugar, e que o melhor interesse de ambos consiste em impedir que as suas fantasias se ocupem com as perfeições de seus vizinhos, ou imaginem que estariam melhor com outra pessoa. Concorda com tudo isso?

— Sim, claro, do jeito como fala, tudo soa muito bem; mas mesmo assim são duas coisas muito diferentes. Não posso considerá-las sob a mesma luz, nem pensar que impliquem os mesmos deveres.

— Sob certo aspecto, realmente há uma diferença. No casamento, o homem deve prover o sustento da mulher, que deve tornar agradável o lar para o homem; ele deve aprovisionar, ela deve sorrir. Mas, na dança, os deveres são exatamente opostos; espera-se dele a amabilidade, a obediência, enquanto ela fornece o leque e a água-de-colônia. É essa, imagino, a diferença de deveres que a impressionou a ponto de julgar impossível comparar as condições.

— Não, na verdade nunca pensei nisso.

— Então não sei o que dizer. Tenho de falar uma coisa, porém. Essa sua disposição é um tanto preocupante. A senhorita nega qualquer semelhança entre as obrigações; e será que não posso deduzir daí que as suas ideias sobre os deveres da dança são menos estritas do que seu par poderia desejar? Não tenho razão de temer que, se voltar o cavalheiro que acabou de falar-lhe, ou se qualquer outro cavalheiro dirigir-se à senhorita, não haverá nada que a impeça de conversar com ele tanto quanto quiser?

— O sr. Thorpe é tão bom amigo do meu irmão, que, se ele falar comigo, devo responder; mas, além dele, não há no salão nem três rapazes que eu conheça.

— E vai ser só essa a minha garantia? Pobre de mim!

— Tenho certeza de que não poderia ter outra melhor; pois, se não conheço ninguém, é impossível falar com eles; e, além disso, não quero falar com ninguém.

— Agora a senhorita me deu uma garantia que vale a pena receber; e vou em frente com coragem. Continua achando Bath tão deliciosa como quando tive a honra de lhe fazer a pergunta antes?

— Continuo... até mais, na verdade.

— Até mais! Cuidado, ou vai esquecer-se de se cansar dela quando chegar a hora. A senhorita deverá estar farta de Bath ao fim de seis semanas.

— Não acho que vá cansar-me de Bath se passar seis meses aqui.

— Comparada a Londres, Bath tem pouca variedade, e a cada ano as pessoas fazem essa descoberta. "Por seis semanas, concordo que Bath seja muito agradável; mas, se passar disso, é a mais enfadonha cidade do mundo." É o que lhe diria gente de todo tipo que vem para cá regularmente a cada inverno, prolonga as seis semanas para dez ou doze e acaba indo embora porque não suporta mais estar aqui.

— Bom, cada um deve ter sua própria opinião, e quem vai a Londres pode achar que Bath não é nada. Mas eu, que vivo num lugarejo perdido no interior, nunca vou achar mais mesmice num lugar como este do que em minha própria casa; pois aqui há muita variedade de diversões, muita variedade de coisas para ver e para fazer o dia inteiro, algo que não conheço por lá.

— A senhorita não gosta do campo.

— Gosto sim. Sempre vivi lá e sempre fui muito feliz. Mas com certeza há muito mais mesmice na vida no campo do que na vida em Bath. Um dia no campo é exatamente igual aos outros.

— Mas então a senhorita passa o tempo de um modo muito mais racional no campo.

— Passo?

— Não passa?

— Não acho que haja muita diferença.

— Aqui a senhorita vive atrás de diversão o dia inteiro.

— E o mesmo acontece quando estou em casa... só que não encontro muita. Eu passeio por aqui, e faço o mesmo lá; mas aqui vejo todo tipo de gente nas ruas, e lá só posso ir visitar a sra. Allen.

O sr. Tilney divertia-se à farta.

— Só posso ir visitar a sra. Allen! — repetiu ele. — Que quadro de pobreza intelectual! No entanto, quando afundar de novo naquele abismo, vai ter mais de que falar. Poderá falar de Bath e de tudo que fez aqui.

— Ah, claro. Nunca mais vou ter falta do que falar com a sra. Allen ou qualquer outra pessoa. Acho mesmo que vou sempre falar de Bath, quando voltar para casa. Gosto tanto, tanto daqui! Se eu tivesse papai e mamãe e os outros aqui comigo, acho que seria feliz demais! A chegada de James (meu irmão mais velho) foi ótima... e sobretudo porque a família de que nos tornamos tão íntimos já era amiga íntima dele. Ah! Quem é que pode cansar-se de Bath?

— Não aqueles que trazem a ela sentimentos novos de todo tipo, como a senhorita. Mas, para a maior parte dos frequentadores de Bath, o tempo dos papais e das mamães e dos irmãos e dos amigos íntimos já se foi há muito... e com eles o honesto prazer dos bailes e das peças e dos passeios diários.

Aqui a conversa entre eles chegou ao fim, pois as exigências da dança se tornaram grandes demais para uma atenção dividida.

Logo depois de chegarem à parte mais baixa da pista, Catherine percebeu que estava sendo observada com impaciência por um cavalheiro presente entre os espectadores, logo atrás do seu par. Era homem muito bonito, de aspecto imponente, já passado da flor da idade, mas não do vigor da vida; e com o olhar ainda apontado para ela, Catherine o viu dirigir-se agora ao sr. Tilney com um sussurro familiar. Confusa e corando de medo de aquilo ter sido provocado por algo errado em sua própria aparência, ela girou a cabeça para o outro lado. Mas, ao fazer isso, o cavalheiro recuou, e o seu par, aproximando-se, lhe disse:

— Vejo que adivinhou o que acabam de me perguntar. Aquele cavalheiro sabe o seu nome, e a senhorita tem o direito de conhecer o dele. É o General Tilney, meu pai.

A resposta de Catherine limitou-se a um "Ah!", mas um "Ah!" que exprimia todo o necessário: atenção às palavras dele e total confiança na verdade delas. Com real interesse e profunda admiração, seu olhar agora acompanhou o general, enquanto este se movia pela multidão, e "Que linda família eles formam!" foi a sua secreta observação.

Ao conversar com a srta. Tilney antes do fim do baile, surgiu para ela uma outra fonte de felicidade. Ela não dera nenhuma volta pelos campos desde que chegara a Bath. A srta. Tilney, para a qual todos os arredores mais frequentados eram familiares, falou sobre eles em termos que a tornaram impaciente para também os conhecer; e, ao confessar seu temor de não achar ninguém que a acompanhasse, o irmão e a irmã propuseram-lhe fazer juntos uma caminhada, uma manhã dessas.

— Vou gostar — exclamou ela — mais do que de qualquer outra coisa no mundo; e não vamos adiar... vamos amanhã.

O que logo ficou combinado, com uma só condição da parte da srta. Tilney, que não chovesse, o que Catherine tinha certeza que não aconteceria. Ao meio-dia, eles a buscariam na Pulteney Street; e "Lembrem-se: ao meio-dia", foram suas palavras de despedida à nova amiga. De sua outra amiga, mais antiga, mais estável, Isabella, cuja fidelidade e cujo valor ela experimentara por duas semanas, mal teve notícias durante o baile. Mesmo assim, embora ansiosa para lhe falar de sua felicidade, submeteu-se alegremente ao desejo do sr. Allen, que as fez deixar o baile bastante cedo, e sua alma dançava dentro dela, como dançava ela em seu assento durante todo o percurso até sua casa.

CAPÍTULO 11

Foi de aspecto sóbrio a manhã do dia seguinte, com o sol fazendo pouco esforço para aparecer, e Catherine considerou aquilo muito auspicioso para os seus planos. As manhãs brilhantes, nessa época do ano, concordou ela, geralmente viram chuva, mas as manhãs nubladas fazem prever melhoras com o avançar do dia. Consultou o sr. Allen para confirmação de suas esperanças, mas ele, não tendo consigo seus mapas meteorológicos e seu barômetro, não deu garantia absoluta de tempo bom. Consultou a sra. Allen, e a opinião foi mais positiva. Não tinha a menor dúvida de que o dia seria lindo, se as nuvens passassem e o sol aparecesse.

Mais ou menos às onze horas, porém, alguns pingos de garoa na janela chamaram a atenção de Catherine, e ela não pôde evitar exclamar "Ah! Meu Deus, acho que vem água por aí", em tom desolado.

— Sabia que ia ser assim — disse a sra. Allen.

— Nada de passeio hoje — suspirou Catherine —; mas talvez não seja nada ou passe antes do meio-dia.

— Pode ser, querida, mas então vai haver muita lama.

— Ah! Isso não é problema. Não me importo com a lama.

— Não — respondeu sua amiga, com muita calma —, sei que não se importa com a lama.

Depois de uma breve pausa, disse Catherine, enquanto permanecia diante da janela observando: "Está ficando cada vez mais forte!".

— É verdade. Se continuar a chover, as ruas vão ficar todas encharcadas.

— Já vejo quatro guarda-chuvas abertos. Como odeio ver guarda-chuvas!

— São coisas desagradáveis de se carregar. Acho sempre muito melhor pegar uma carruagem.

— Era uma manhã tão linda! Tinha tanta certeza de que não choveria!

— É o que todos diriam, mesmo. Haverá muito pouca gente no balneário, se chover toda a manhã. Espero que o sr. Allen ponha o sobretudo pesado ao sair, mas tenho certeza de que não vai pôr, pois ele prefere qualquer coisa no mundo a sair de sobretudo pesado; engraçado que ele não goste, deve ser tão confortável.

Continuou a chover forte, mas não era um temporal. Catherine ia a cada cinco minutos até o relógio, avisando a cada retorno que, se continuasse a chover por mais cinco minutos, consideraria o caso perdido. O relógio deu meio-dia, e ainda chovia.

— Você não vai poder ir, querida.

— Ainda não perdi as esperanças. Não vou desistir até meio-dia e quinze. É essa a hora do dia em que ele clareia, e acho até que já está um pouco mais claro. Ah, já é meio-dia e vinte e agora vou desistir mesmo. Ah! Se tivéssemos aqui o mesmo tempo que fazia em *Udolpho*, ou pelo menos na Toscana e no sul da França! Na noite em que o pobre St. Aubin morreu! Um tempo tão maravilhoso!

Ao meio-dia e meia, quando acabou a ansiosa atenção de Catherine ao tempo, e ela não podia mais reivindicar nenhum mérito pela melhora, o céu começou voluntariamente a clarear. Um raio de sol pegou-a de surpresa; ela olhou ao redor; as nuvens estavam indo embora, e imediatamente voltou à janela para observar o feliz aparecimento. Mais dez minutos, e já era certo que a tarde seria esplendorosa, o que justificou a opinião da sra. Allen, que "sempre achou que o céu ia clarear". Mas, se Catherine ainda podia aguardar os amigos ou se não teria chovido demais para a srta. Tilney arriscar-se a sair, era ainda uma questão em aberto.

Havia lama demais para que a sra. Allen acompanhasse o marido até o balneário; e assim ele partiu sozinho, e Catherine mal começara a observá-lo a descer pela rua, quando sua atenção foi chamada pela aproximação das mesmas duas carruagens abertas, com as mesmas três pessoas, que tanto a surpreenderam havia algumas manhãs.

— Veja só, Isabella, meu irmão e o sr. Thorpe! Estão vindo pegar-me, talvez... mas não vou... não posso ir, pois a srta. Tilney ainda pode vir.

A sra. Allen concordou. John Thorpe logo estava ao lado delas, e sua voz chegara ainda antes, pois já na escada ele chamava a srta. Morland para que se apressasse.

— Rápido! Rápido! — dizia, enquanto escancarava a porta. — Ponha já o chapéu, não há tempo a perder, vamos a Bristol. Como vai, sra. Allen?

— A Bristol! Não é muito longe? De qualquer modo, não posso acompanhá-los hoje, pois tenho um compromisso; uns amigos devem chegar a qualquer momento.

O sr. Thorpe declarou, é claro, com veemência que aquilo não era desculpa; a sra. Allen foi convidada a apoiá-lo, e os dois outros entraram, para dar força.

— Minha doce Catherine, não é delicioso? Vamos dar um passeio celestial. Tem de agradecer ao seu irmão e a mim pela ideia; ela nos ocorreu durante o café, creio mesmo que no mesmo instante a ele e a mim; e já deveríamos ter partido há duas horas se não fosse essa detestável chuva. Mas pouco importa, as noites são enluaradas e tudo vai ser delicioso. Ah! Estou em êxtase ao pensar no ar e na calma do campo! Muito melhor do que ir aos Salões Inferiores. Vamos direto a Clifton para jantar; e assim que acabarmos de jantar, se houver tempo, iremos a Kingsweston.

— Duvido que consigamos fazer tudo isso — disse Morland.

— Ô sujeito agourento! — exclamou Thorpe. — Vamos poder fazer dez vezes mais do que isso. Kingsweston! Ei, e Blaize Castle também e tudo o mais de que pudermos ouvir falar; mas a sua irmã aqui diz que não vai.

— Blaize Castle! — exclamou Catherine. — Que é isso?

— O melhor lugar da Inglaterra. Sempre vale a pena viajar oitenta quilômetros para vê-lo.

— Como assim, é mesmo um castelo, um velho castelo?

— O mais velho em todo o reino.

— Mas é como aqueles dos livros?

— Exatamente. O mesmíssimo.

— Mas então... com torres e longas galerias?

— Às dúzias.

— Então eu gostaria de conhecer; mas não posso... não posso ir.

— Não vai! Minha querida, o que quer dizer com isso?

— Não posso ir, porque — baixando os olhos ao falar, com medo do sorriso de Isabella — estou esperando a srta. Tilney e o irmão virem buscar-me para darmos uma volta pelo campo. Eles prometeram vir ao meio-dia, só que choveu; mas agora, como está um dia lindo, tenho certeza de que logo vão chegar.

— Não, mesmo — exclamou Thorpe —; pois, ao virarmos na Broad Street, eu os vi... Eles não estão de faetonte com belos cavalos castanhos?

— Não sei.

— Sei que estão; eu o vi. Está falando do homem com quem dançou a noite passada, não é?

— Sim.

— Eu o vi naquele momento entrando na Lansdown Road, com uma moça de ar esperto.

— Viu mesmo?

— Palavra de honra; reconheci-o na hora, e me pareceu também que ele tem belos animais.

— Que estranho! Imagino que acharam que havia lama demais para uma caminhada.

— E estavam certos, pois nunca vi tanta lama na vida. Caminhada! Seria impossível caminhar quanto voar! No inverno inteiro, não houve tanta lama; está pelos calcanhares em toda parte.

Isabella corroborou suas palavras:

— Minha querida Catherine, não faz ideia da quantidade de lama; venha, você tem de ir; agora não pode recusar o convite.

— Gostaria de ver o castelo; mas será que podemos visitar tudo? Subir todas as escadas e entrar em todas as fileiras de salas?

— Sim, em cada buraco e em cada canto.

— Mas, e se eles só saíram por uma hora até tudo secar e logo passarem para me pegar?

— Fique tranquila, não há perigo, pois ouvi o Tilney gritar, para um homem a cavalo, que estava indo até Wick Rocks.

— Então eu vou. Posso ir, sra. Allen?

— Como quiser, querida.

— Sra. Allen, tem de convencê-la a ir — foi o que todos pediram. A sra. Allen não foi insensível a isso.

— Muito bem, minha querida — disse ela —, suponha que você vá.

E em dois minutos tinham já partido.

Era muito incerto o estado dos sentimentos de Catherine ao entrar na carruagem; divididos entre a lástima pela perda de um grande prazer e a esperança de logo vir a gozar outro, de grau quase igual, embora de tipo diferente. Não podia achar que os Tilney tivessem agido bem com ela, ao abrirem tão facilmente mão do compromisso, sem mandar-lhe nenhuma mensagem de desculpas. Passara-se então apenas uma hora desde a hora marcada para o começo da caminhada; e, apesar do que ouvira do prodigioso acúmulo de lama durante aquela hora, pelo que via, não podia deixar de pensar que poderiam ter ido com muito pouca inconveniência. Ver-se desdenhada por eles foi muito doloroso. Por outro lado, o prazer de explorar um edifício como o de *Udolpho*, como sua imaginação representava Blaize Castle, era uma tal compensação que poderia consolá-la de quase tudo.

Desceram rapidamente a Pulteney Street e atravessaram a Laura Place, sem trocar muitas palavras. Thorpe falava com o cavalo, e ela meditava, alternadamente, em promessas quebradas e em arcos quebrados, em faetontes e falsas saliências, Tilneys e alçapões. Ao entrarem em Argyle Buildings, porém, foi despertada por estas palavras do seu companheiro:

— Quem é aquela moça que tanto olhava para a senhorita enquanto passávamos?

— Quem? Onde?

— Na calçada da direita... já não deve quase dar para vê-la agora.

Catherine virou a cabeça e viu a srta. Tilney apoiada ao braço do irmão, caminhando lentamente rua abaixo. Viu que ambos olhavam para ela.

— Pare, pare, sr. Thorpe — exclamou ela, com impaciência — é a srta. Tilney; tenho certeza! Como o senhor pôde dizer que eles tinham partido? Pare, pare, vou descer agora e ir até eles.

Mas com que objetivo disse ela aquilo? Thorpe apenas acelerou o trote do cavalo; os Tilney, que haviam deixado de olhar para ela, logo foram perdidos de vista depois da esquina da Laura Place, e num momento ela mesma se perdia na praça do mercado. Mesmo assim, porém, durante toda a extensão de outra rua, ela lhe suplicou que parasse.

— Por favor, por favor, pare, sr. Thorpe. Não posso continuar. Não vou continuar. Tenho de voltar para a srta. Tilney.

O sr. Thorpe, porém, apenas riu, estalou o chicote, atiçou o cavalo, fez barulhos estranhos e continuou dirigindo; e Catherine, zangada e irritada, sem poder sair dali, foi obrigada a desistir e a resignar-se. Não poupou as censuras, porém.

— Como pôde enganar-me assim, sr. Thorpe? Como pôde dizer que os viu subindo a Lansdown Road? Por nada neste mundo queria que acontecesse uma coisa dessas. Eles devem ter achado tão estranho, tão grosseiro da minha parte! Passar por eles, também, sem dizer palavra! Não imagina como estou irritada; não vou ter nenhum prazer em Clifton nem em lugar nenhum. Preferia sair daqui agora e voltar para junto deles. Como pôde dizer que os viu andando de faetonte?

Thorpe defendeu-se energicamente, declarou nunca na vida ter visto dois homens tão parecidos e não quis abrir mão da ideia de que vira o próprio Tilney.

O passeio de carruagem, mesmo quando esse assunto morreu, provavelmente não devia ser muito agradável. A complacência de Catherine já não era a mesma da primeira excursão. Ouvia de má vontade e suas respostas eram curtas. Blaize Castle continuou sendo seu único consolo; para ele, de quando em quando, ainda olhava com prazer; embora, para não perder o passeio prometido e sobretudo para que os Tilney não pensassem mal dela, de bom grado teria aberto mão de toda a felicidade que os seus muros podiam proporcionar; a felicidade de avançar por uma longa sequência de salas com altíssimo pé-direito, que exibiam os restos de mobiliários magníficos, embora já abandonadas havia muitos anos; a felicidade de ser detida na caminhada por estreitos e tortuosos subterrâneos, por uma porta baixa e com grades; ou mesmo de ver sua lanterna, sua única lanterna, apagar-se por uma súbita lufada de vento, deixando-a na mais completa escuridão. No entanto, seguiram viagem sem nenhum incidente, e a cidade de Keynsham já estava à vista, quando um grito de Morland, que estava atrás deles, fez o amigo parar, para saber qual era o problema. Os outros, então, aproximaram-se o suficiente para conversar, e Morland disse:

— É melhor voltarmos, Thorpe; é muito tarde para seguirmos em frente hoje; essa é a minha opinião, e também a da sua irmã. Partimos há exatamente uma hora da Pulteney Street e percorremos pouco mais de onze quilômetros; e me parece que temos pelo menos doze quilômetros pela frente, no mínimo. Isso nunca vai dar certo. Partimos com muito atraso. Seria melhor adiar tudo para outro dia e voltar.

— Por mim, está tudo bem — respondeu Thorpe, um tanto zangado; e, dando imediatamente meia-volta com seu cavalo, tomaram o caminho de Bath.

— Se o seu irmão não tivesse esse maldito animal para dirigir — disse ele logo depois —, poderíamos conseguir sem problemas. Meu cavalo teria trotado até Clifton em menos de uma hora, se fosse deixado à vontade, e quase quebrei o braço puxando-o nesse maldito passo de pangaré ofegante. Morland é um idiota por não ter seu próprio cavalo e seu próprio cabriolé.

— Não é, não — disse Catherine com ênfase —, pois tenho certeza de que ele não teria como comprá-los.

— E por que não?

— Porque não tem dinheiro suficiente.

— E de quem é a culpa por isso?

— De ninguém, que eu saiba.

Thorpe disse, então, alguma coisa, no seu estilo de sempre, sonoro e incoerente, acerca da desgraça de ser miserável; e, se as pessoas que nadavam em dinheiro não podiam comprar, não sabia quem podia, o que Catherine nem sequer tentou entender. Decepcionada com o que devia ser o consolo pela primeira decepção, ela estava cada vez menos disposta tanto a ser simpática como a achar que seu companheiro o fosse; e voltaram à Pulteney Street sem que ela tivesse pronunciado vinte palavras.

Ao entrar em casa, disse-lhe o criado que um cavalheiro e uma dama haviam estado ali e perguntado por ela poucos minutos depois que ela partira; que, quando lhes disse que ela saíra com o sr. Thorpe, a dama perguntara-lhe se havia deixado alguma mensagem para ela; e quando ele disse que não, procurou um cartão de visita para deixar, mas disse que não tinha nenhum consigo e foi embora. Meditando sobre essas notícias de partir o coração, Catherine subiu lentamente as escadas. Ao chegar ao topo, deu com o sr. Allen, que, ao ouvir o motivo daquele súbito retorno, disse:

— Estou feliz em saber que seu irmão teve tanto juízo; estou contente em vê-la de volta. Era um programa esquisito, estapafúrdio.

Reuniram-se todos para um sarau na casa dos Thorpe. Catherine estava aflita e abatida; Isabella, porém, parecia considerar uma partida de *commerce*[16] de que participava, em parceria com Morland, um ótimo equivalente da calma e do ar do campo de um hotel de Clifton. Também declarou mais de uma vez a sua satisfação por não estar nos Salões Inferiores.

— Como tenho pena dos pobres coitados que foram para lá! Como estou feliz por não ser um deles! Fico pensando se será ou não um baile completo! Ainda não começaram a dançar. Não iria para lá por nada neste mundo. É tão gostoso ter de vez em quando uma noite só para nós mesmos. Tenho certeza de que o baile não será bom. Sei que os Mitchell não vão. Tenho pena de todos os que estão lá. Mas tenho certeza, sr. Morland, de que o senhor está louco para ir ao baile, não está? Tenho certeza de que está. Por favor, não quero que ninguém aqui sirva de obstáculo ao senhor. Estou certa de que podemos passar muito bem sem o senhor; mas vocês, homens, se acham tão importantes!

Catherine podia, talvez, acusar Isabella de falta de carinho para com ela e suas dores, tão pouco parecia preocupar-se com elas e tão inadequado era o consolo que oferecia.

---

[16] Jogo de baralho francês, precursor do pôquer.

— Não seja tão boba, minha querida — sussurrou ela. — Assim você parte o meu coração. Foi tudo terrivelmente revoltante, sem dúvida; mas a culpa foi toda dos Tilney. Por que não foram mais pontuais? Havia lama, é verdade, mas o que importa? Tenho certeza de que John e eu não teríamos ligado para isso. Nunca me importa passar por qualquer coisa por um amigo; eu sou assim, e o John é igualzinho; tem sentimentos incrivelmente profundos. Meu Deus! Que fantástica mão você teve! São reis, mesmo! Nunca estive tão feliz na minha vida! Prefiro que você a tenha tido, e não eu.

E agora posso entregar a minha heroína a uma noite insone, que é o quinhão da verdadeira heroína; a um travesseiro coberto de espinhos e molhado de lágrimas. E ela pode dar-se por feliz, se tiver mais uma boa noite de repouso nos próximos três meses.

CAPÍTULO 12

— Sra. Allen — disse Catherine na manhã seguinte —, haverá algum problema se eu for visitar a srta. Tilney hoje? Não vou sentir-me bem até explicar tudo.

— Claro, vá, minha querida; ponha um vestido branco; a srta. Tilney sempre veste branco.

Catherine concordou com alegria e, já adequadamente trajada, estava mais impaciente do que nunca para chegar ao balneário, para poder informar-se sobre a residência do General Tilney, pois, embora acreditasse que estavam na Milsom Street, não tinha certeza da casa, e as vacilantes convicções da sra. Allen só a tornavam mais incerta. Dirigiram-na para a Milsom Street e, tendo-se informado perfeitamente sobre o número, para lá rumou com passos impacientes e coração palpitante, para fazer a sua visita, explicar a sua conduta e ser perdoada; passou rapidamente pela praça da igreja e afastou com decisão os olhos, para não ser obrigada a ver sua amada Isabella e sua querida família, que, acreditava ela, estavam numa loja das imediações. Chegou à casa sem problemas, conferiu o número, bateu à porta e perguntou pela srta. Tilney. O homem achava que a srta. Tilney estava em casa, mas não tinha certeza. Faria ela o favor de lhe dizer o seu nome para que a anunciasse? Ela lhe deu seu cartão. Em alguns minutos, o criado voltou e, com um jeito que não parecia confirmar muito as suas palavras, disse que se enganara, pois a srta. Tilney saíra. Catherine, corada de irritação, deixou a casa. Tinha quase certeza de que a srta. Tilney estava em casa, ofendida demais para recebê-la; e, enquanto se afastava rua abaixo, não pôde evitar dirigir o olhar para as janelas da sala de estar, na expectativa de vê-la ali, mas ninguém apareceu. No fim da rua, porém, ela olhou de novo para trás e então, não numa janela, mas saindo à porta, viu a própria srta. Tilney. Era seguida por um cavalheiro, que

Catherine julgou ser seu pai, e se dirigiram para os lados de Edgar's Buildings. Catherine, profundamente vexada, seguiu seu caminho. Podia até zangar-se ela mesma de tal zangada descortesia; mas sufocou o próprio ressentimento; lembrou-se da sua própria ignorância. Não sabia como classificar segundo as leis da polidez mundana a ofensa por ela mesma cometida, até que ponto seria considerada imperdoável nem que grau de rudeza podia com justiça receber em resposta.

Rejeitada e humilhada, chegou até a pensar em não ir ao teatro à noite com os demais; mas cumpre confessar que tais pensamentos não duraram muito, pois logo se deu conta, em primeiro lugar, de que não tinha nenhuma desculpa para ficar em casa; e, em segundo lugar, era uma peça que queria muito ver. Assim, foram todos ao teatro; nenhum dos Tilney apareceu para causar-lhe dor ou prazer; ela temia que, entre as muitas perfeições da família, o gosto pelo teatro não ocupasse um lugar de destaque; mas talvez fosse porque estivessem habituados às mais finas representações do teatro londrino, que sabia, segundo a autoridade de Isabella, tornar todos os outros "muito horríveis". Não foi desapontada em suas expectativas de prazer; a comédia interrompeu tão bem as suas angústias que ninguém que a observasse durante os quatro primeiros atos teria imaginado que tivesse passado por tantas desgraças. No começo do quinto ato, porém, a súbita visão do sr. Henry Tilney com o pai, presentes entre os convidados de um camarote em frente, trouxe de volta a ansiedade e o sofrimento. O palco já não lhe podia provocar verdadeiro entretenimento, já não podia atrair toda a sua atenção. Um em cada dois olhares, em média, era dirigido ao camarote em frente; e durante duas cenas inteiras ela observou assim Henry Tilney, sem ser sequer por uma vez capaz de chamar a sua atenção. Já não era possível acusá-lo de indiferença pelo teatro; sua atenção concentrou-se no palco durante as duas cenas inteiras. Por fim, porém, ele olhou para ela e fez uma reverência... mas que reverência! Nenhum sorriso, nenhum olhar mais prolongado o acompanhou; seu olhar retomou de imediato à direção de antes. Catherine estava agitada e infeliz; quase saiu correndo para o camarote em que ele estava, para forçá-lo a ouvir sua explicação. Tomaram conta dela sentimentos mais naturais do que heroicos; em vez de considerar ferida a sua própria dignidade pela rápida condenação de que fora objeto, em vez de orgulhosamente decidir, consciente da própria inocência, demonstrar sua indignação contra ele, que teve dúvidas sobre ela, deixando-lhe o trabalho de procurar uma explicação e informando-o sobre o ocorrido apenas pelo fato de evitar vê-lo ou de flertar com algum outro rapaz, ela assumiu toda a vergonha da má conduta ou pelo menos da aparência desta e estava loucamente impaciente por uma oportunidade de explicar sua causa.

A peça chegou ao fim, a cortina baixou, Henry Tilney já não podia ser visto no lugar em que estivera sentado até então, mas seu pai permanecia ali, e talvez estivesse vindo para o camarote dela. Estava certa; em poucos minutos ele apareceu e, abrindo caminho pelas fileiras já meio vazias, falou com calma e cortesia com a sra. Allen e sua amiga. A resposta que recebeu desta não foi tão calma:

— Ah! sr. Tilney, estava louca para falar-lhe e apresentar-lhe as minhas desculpas. Deve ter-me achado tão grosseira; mas na verdade a culpa não foi minha, não é, sra. Allen? Não é que eles me disseram que o sr. Tilney e sua irmã tinham saído juntos num faetonte? E o que podia eu fazer? Mas preferiria estar com vocês; não é verdade, sra. Allen?

— Minha querida, você está amassando o meu vestido — foi a resposta da sra. Allen.

Suas alegações, porém, mesmo permanecendo sem confirmação, não foram desdenhadas; deram um ar mais cordial, trouxeram um sorriso mais natural à expressão dele, que respondeu num tom que reteve só um pouco de afetada reserva:

— Ficamos muito gratos, de qualquer forma, por nos desejar uma agradável caminhada depois de passar por nós na Argyle Street: teve a gentileza de olhar para trás deliberadamente.

— Mas não lhes desejei uma caminhada agradável; nunca me passou pela cabeça semelhante coisa; pedi com tanta insistência ao sr. Thorpe que parasse; gritei com ele assim que vi vocês; não é, sra. Allen?... Ah! A senhora não estava lá; mas foi o que fiz; e, se o sr. Thorpe tivesse parado, eu teria pulado e corrido atrás de vocês.

Haverá no mundo algum Henry que possa permanecer insensível a tal declaração? Não Henry Tilney, pelo menos. Com um sorriso ainda mais doce, ele disse tudo que precisava ser dito sobre como sua irmã ficara preocupada com aquilo e o lamentara, além da confiança dela na honra de Catherine.

— Ah! Não me diga que a srta. Tilney não ficou zangada — exclamou Catherine —, pois sei que ficou; ela não quis receber-me hoje de manhã quando fui visitá-la; eu a vi saindo de casa poucos minutos depois que a deixei; fiquei magoada, mas não me ofendi. Talvez o senhor não saiba que estive lá.

— Eu não estava em casa àquela hora; mas Eleanor me contou e desde então ela deseja ver a senhorita, para explicar a razão de tal descortesia; mas talvez eu também possa fazer isso. Acontece que meu pai... estava preparando-se para sair e com muita pressa e, não querendo adiar o compromisso, fez questão de que ela dissesse não estar. Foi só isso, garanto-lhe. Ela ficou muito aborrecida, e pretendia pedir desculpas assim que possível.

Catherine sentiu-se muito aliviada com essa informação, embora alguma preocupação ainda persistisse, que provocou a seguinte pergunta, em si mesma completamente ingênua, ainda que um tanto incômoda para o cavalheiro:

— Mas, sr. Tilney, por que o senhor foi menos generoso do que sua irmã? Se ela sentiu tanta confiança nas minhas boas intenções e imaginou que fosse tudo um mal-entendido, por que o *senhor* se ofendeu tão prontamente?

— Eu! Ofender-me!

— Tenho certeza, pelo seu jeito, quando chegou ao camarote, de que estava zangado.

— Eu, zangado? Não tinha o direito de estar.

— Ninguém que visse a sua expressão pensaria que não tinha esse direito. Ele respondeu pedindo que dessem espaço para ele e falando sobre a peça.

O sr. Tilney permaneceu com eles por algum tempo, e foi simpático o bastante para Catherine sentir-se outra quando ele partiu. Antes de partir, porém, combinaram que a caminhada planejada se realizaria o quanto antes; e, a não ser pela infelicidade de vê-lo sair do camarote, ela se sentia, no geral, a criatura mais feliz do mundo.

Ao falarem um com o outro, ela observou com certa surpresa que John Thorpe, que nunca permanecia no mesmo lugar do teatro por dez minutos seguidos, conversava com o General Tilney; e sentiu algo mais do que surpresa quando julgou ser o objeto da atenção e das palavras deles. Que poderiam ter a dizer sobre ela? Ela temia que o General Tilney não apreciasse a sua presença: achou que isso estava implícito em seu gesto de preferir impedir que a filha a recebesse, a adiar sua caminhada por alguns minutos. "Como pode o sr. Thorpe conhecer o seu pai?", perguntou nervosa, enquanto os apontava para o seu companheiro. Ele nada sabia a respeito; mas seu pai, como todos os militares, tinha um grande círculo de amizades.

Quando o espetáculo acabou, Thorpe veio para ajudá-los a se retirarem. Catherine foi o objeto imediato de sua galanteria; e, enquanto aguardavam uma carruagem no saguão, ele impediu a pergunta que viajou do coração dela quase até a ponta da língua, ao lhe perguntar primeiro, com ares de importância, se o havia visto falando com o General Tilney:

— É um ótimo sujeito, palavra de honra! Corajoso, ativo... parece tão jovem quanto o filho. Tenho muito apreço por ele; um verdadeiro cavalheiro, não há sujeito melhor do que ele.

— Mas como o conheceu?

— Como o conheço! Há muito pouca gente nesta cidade que eu não conheça. Conheci-o há uma eternidade no Bedford; e o reconheci hoje assim que entrou na sala de bilhar. Um dos melhores jogadores que temos, aliás; e fizemos uma partidinha um contra o outro, embora no começo estivesse com um pouco de medo: as apostas eram cinco a quatro contra mim; e se eu não tivesse dado uma das melhores tacadas de todos os tempos — toquei a bola com extrema precisão, mas não consigo explicar sem a mesa; de qualquer modo, eu ganhei. Um ótimo sujeito; rico como um judeu. Gostaria de jantar com ele; tenho certeza de que ele dá ótimos jantares. Mas do que acha que estávamos falando? Da senhorita. É mesmo! E o general acha que a senhorita é a mais bela moça de Bath.

— Ah! Absurdo! Como ele pode dizer isso?
— E o que acha que eu disse? — abaixando a voz — Muito bem, general! — disse eu. — Concordo com o senhor.

Naquele momento, Catherine, muito menos satisfeita com a admiração dele do que com a do General Tilney, não lamentou ser chamada pelo sr. Allen. Thorpe, porém, acompanhou-a até a carruagem e, até que ela entrasse, persistiu no mesmo tipo de delicada lisonja, embora ela o convidasse a parar com aquilo.

Que o General Tilney, em vez de não gostar dela, a admirasse, era algo maravilhoso; e ela pensou com alegria que já não havia ninguém na família que ela devesse temer encontrar. Aquela noite fizera mais, muito mais por ela do que poderia ter esperado.

CAPÍTULO 13

Segunda, terça, quarta, quinta, sexta e sábado foram passados em revista pelo leitor; os acontecimentos de cada dia, suas esperanças e seus medos, suas mortificações e seus prazeres foram descritos um por um, e agora só falta descrever as angústias do domingo para fechar a semana.

Os planos de ida a Clifton haviam sido adiados, não cancelados, e, à tarde, quando passeavam pelo Crescente, o assunto foi trazido à baila de novo. Numa consulta particular entre Isabella, que desejava particularmente aquele passeio, e James, que desejava não menos ardentemente agradar a ela, ficou combinado que, contanto que fizesse bom tempo, a excursão deveria ser feita no dia seguinte; e deveriam partir bem cedinho, para poderem voltar para casa em boa hora. Tudo assim combinado, e concedida a aprovação de Thorpe, só faltava falar com Catherine. Ela os deixara por alguns minutos para falar com a srta. Tilney. Nesse ínterim, o plano foi concluído, e assim que ela chegou pediram a sua aprovação; mas em vez do alegre "sim" esperado por Isabella, Catherine fez uma cara séria, e disse sentir muito, mas não poderia ir. O compromisso que deveria tê-la impedido de participar da primeira tentativa agora a impossibilitava de acompanhá-los. Acabava de combinar com a srta. Tilney que dariam a caminhada adiada na manhã do dia seguinte; já estava tudo certo, e ela de jeito nenhum voltaria atrás. De imediato, porém, ambos os Thorpe exclamaram enfaticamente que ela podia e devia voltar atrás; tinham de ir a Clifton no dia seguinte, e não iriam sem ela, não seria nada adiar uma simples caminhada por mais um dia, e não aceitariam nenhuma recusa. Catherine estava angustiada, mas não convencida.

— Não me pressione, Isabella. Tenho um compromisso com a srta. Tilney. Não posso ir.

Isso de nada adiantou. Lançaram-lhe de novo os mesmos argumentos; ela podia ir, tinha de ir e não aceitavam uma negativa.

— Seria tão fácil dizer à srta. Tilney que se esquecera de um compromisso anterior e pedir que adiasse a caminhada para terça-feira.

— Não, não seria fácil. Não posso fazer isso. Não houve nenhum compromisso anterior.

Mas Isabella tornava-se cada vez mais insistente, convidando-a da maneira mais carinhosa, chamando-a dos nomes mais afetuosos. Tinha certeza de que sua queridíssima, dulcíssima Catherine não negaria seriamente um pedido tão trivial a uma amiga que tanto a amava. Sabia que sua amada Catherine tinha um coração tão afetuoso, um temperamento tão doce, que se deixava facilmente persuadir pelos que amava. Mas tudo foi em vão; Catherine sentia-se em seu direito, e, embora abalada por súplicas tão amáveis e lisonjeiras, não deixou que elas a influenciassem. Isabella, então, tentou outro método. Queixou-se de que ela gostava mais da srta. Tilney, embora a conhecesse havia tão pouco tempo, que de seus melhores e mais velhos amigos, de que estava cada vez mais fria e indiferente, em suma, para com ela.

— Não posso deixar de sentir ciúmes, Catherine, quando me vejo desdenhada em favor de estranhos, logo eu, que a adoro! Quando gosto de alguém, ninguém pode mudar isso. Mas acho que os meus sentimentos são mais fortes que os de qualquer outra pessoa; acho até que são fortes demais para a minha tranquilidade; e ver-me suplantada em nossa amizade por estranhos me magoa profundamente, confesso. Esses Tilney parecem engolir tudo ao seu redor.

Catherine achou tais palavras ao mesmo tempo estranhas e grosseiras. Era coisa de amiga expor assim seus sentimentos à atenção dos outros? Isabella pareceu-lhe mesquinha e egoísta, interessada apenas em sua própria satisfação. Essas ideias dolorosas passaram por sua cabeça, mas não disse nada. Isabella, enquanto isso, passava um lenço sobre os olhos; e Morland, angustiado ao ver aquilo, não pôde deixar de dizer:

— Catherine, acho que agora não pode mais teimar. Não é um grande sacrifício; e para agradar a uma amiga tão boa... vou achar muito grosseiro de sua parte se você continuar recusando.

Essa era a primeira vez que seu irmão se mostrava abertamente contra ela, e, louca para evitar causar-lhe desgosto, ela propôs um compromisso. Se eles adiassem os planos para terça-feira, o que poderiam fazer com facilidade, pois só dependia deles mesmos, iria com eles, e todos ficariam contentes. Mas a resposta imediata foi:

— Não, não, não! Não pode ser, pois Thorpe não sabe se virá à cidade na terça-feira.

Catherine sentia muito, mas não podia fazer mais nada; seguiu-se um breve silêncio, que foi rompido por Isabella, que com uma voz de fria indignação disse:

— Muito bem, então este é o fim da excursão. Se a Catherine não for, não posso ir. Não posso ser a única mulher. Por coisa nenhuma no mundo eu faria algo tão inadequado.

— Catherine, você tem de ir — disse James.

— Mas por que o sr. Thorpe não pode levar uma de suas outras irmãs? Tenho certeza de que qualquer uma delas gostaria de ir.

— Muito obrigado — exclamou Thorpe —, mas não vim a Bath para levar minhas irmãs para cima e para baixo, como um idiota. Não. Se a senhorita não for, aos diabos se eu for. Eu só vou para sair com a senhorita.

— Esse é um cumprimento que não me dá nenhum prazer.

Suas palavras, porém, não chegaram até Thorpe, que abruptamente se virou e saiu.

Os outros três ainda continuaram caminhando juntos, com a pobre Catherine sentindo-se muito mal; ora nenhuma palavra era dita, ora era novamente atacada com súplicas ou censuras, e ainda estava de braços dados com Isabella, embora os corações delas estivessem em guerra um com o outro. Num momento, comovida, noutro irritada; sempre aflita, mas sempre firme.

— Não sabia que você é tão teimosa, Catherine — disse James —; você não costumava ser tão dura de convencer; antigamente era a mais gentil, a mais equilibrada das minhas irmãs.

— Espero não ter deixado de ser assim agora — replicou ela, muito sentida —; mas não posso ir mesmo. Se estou errada, estou fazendo o que julgo ser certo.

— Desconfio — disse Isabella em voz baixa — que não seja um grande dilema.

Catherine sentiu uma pontada no coração; desenlaçou o braço do de Isabella, que não mostrou resistência. Assim se passaram longos dez minutos, até serem de novo alcançados por Thorpe, que, aproximando-se com uma aparência mais alegre, disse:

— Muito bem, já resolvi o problema, e agora podemos todos ir amanhã de consciência tranquila. Estive com a srta. Tilney e apresentei-lhe as nossas desculpas.

— O senhor não fez isso! — exclamou Catherine.

— Fiz, sim, palavra de honra. Acabo de deixá-la. Disse a ela que a senhorita me havia enviado para dizer que, tendo acabado de se lembrar de que tinha um compromisso anterior de ir a Clifton conosco amanhã, não poderia ter o prazer de passear com eles até terça-feira. Ela disse que estava tudo bem, terça-feira era igualmente conveniente para ela; então, este é o fim de todos os nossos problemas. Boa ideia a minha, não?

A expressão de Isabella era mais uma vez toda sorrisos e bom humor, e James também parecia feliz novamente.

— Uma ideia celestial! Agora, minha doce Catherine, todas as suas angústias chegaram ao fim; você foi honrosamente liberada e vamos fazer uma excursão deliciosa.

— Isso não vai acontecer — disse Catherine —, não posso sujeitar-me a isso. Tenho de correr até a srta. Tilney imediatamente e lhe contar a verdade.

Isabella, porém, segurou-a pela mão, Thorpe pegou a outra e choveram protestos de todos os três. Até mesmo James ficou muito zangado. Quando tudo estava resolvido, quando a própria srta. Tilney disse que ir terça-feira para ela era igualmente bom, era completamente ridículo e absurdo levantar qualquer outra objeção.

— Pouco me importa. O sr. Thorpe não tinha nada que inventar uma mensagem dessas. Se eu tivesse querido adiar o passeio, teria eu mesma falado com a srta. Tilney. Só que, tal como foi feito, virou uma grosseria. E como vou saber se o sr. Thorpe... Ele talvez esteja enganado de novo; ele me fez cometer um gesto de grosseria com seu engano na sexta-feira. Deixe-me ir, sr. Thorpe; Isabella, não me segure.

Disse-lhe Thorpe que seria inútil ir atrás dos Tilney; eles estavam dobrando a esquina da Brock Street quando os alcançou, e já deviam estar em casa a essa hora.

— Então vou atrás deles — disse Catherine —, vou atrás deles onde quer que estejam. É inútil falar sobre isso. Se não conseguiram convencer-me a fazer o que eu julgava errado, nunca serei levada a fazê-lo por enganos.

E com essas palavras ela se soltou e saiu correndo. Thorpe queria correr atrás dela, mas Morland o reteve.

— Deixe-a ir, deixe-a ir, se ela quer.

— É mais teimosa do que...

Thorpe não concluiu a comparação, pois era difícil encontrar uma que fosse adequada.

E lá foi Catherine, agitadíssima, correndo tão veloz quanto a multidão permitia, receosa de ser perseguida, mas decidida a ir até o fim. Enquanto corria, refletia sobre o que se passara. Era-lhe doloroso decepcionar e desagradar a eles, sobretudo desagradar ao irmão; mas não se arrependeu de sua negativa. Deixando de lado a própria inclinação, faltar uma segunda vez ao compromisso com a srta. Tilney, voltar atrás numa promessa feita espontaneamente nem cinco minutos antes e sob uma falsa alegação ainda por cima, teria sido errado. Não se opusera a eles só por motivos egoístas, não consultara apenas sua própria satisfação; esta, em certa medida, seria proporcionada pela mesma excursão, pela visita a Blaize Castle; não, tinha-se atido ao que era devido aos outros e ao seu próprio caráter, e à opinião que eles teriam sobre seu caráter. Sua convicção de estar certa, porém, não era suficiente para recuperar a tranquilidade; até falar com a srta. Tilney, não teria sossego; e, apressando-se depois de chegar ao Crescente, passou quase correndo pelo trecho que a separava do topo da Milsom Street. Correra tão rápido, que, apesar da dianteira assumida pelos Tilney, estavam apenas entrando em casa quando ela os avistou; e como o criado permanecia junto à porta aberta, ela teve apenas a cerimônia de dizer que precisava falar com a srta. Tilney imediatamente, e passou por ele correndo escada acima. Então, abrindo a primeira porta à sua frente, que calhou de ser a certa, viu-se logo na sala de estar com o General Tilney, seu filho e sua filha. Sua explicação, cujo único defeito era não ser — pelo nervosismo e falta de fôlego — explicação nenhuma, foi dada de imediato.

— Vim aqui correndo... foi tudo um engano... nunca prometi ir... logo disse a eles que não podia ir... vim correndo para explicar isso... não me importa o que vocês pensem de mim... não esperei nem o criado.

O caso, porém, embora não perfeitamente esclarecido com essas palavras, logo deixou de ser um mistério. Catherine descobriu que John Thorpe *havia* passado a mensagem; e a srta. Tilney não hesitou em admitir que ficou muito surpresa com ela. Mas, se a indignação do irmão fora ainda mais forte, embora instintivamente ela se dirigisse tanto a um quanto a outro em sua defesa, era algo que Catherine não podia saber. Fosse qual fosse o sentimento antes de sua chegada, suas enfáticas declarações logo tornaram todos os olhares e todas as palavras tão gentis quanto ela podia desejar.

Tendo o caso chegado a um final feliz, ela foi apresentada pela srta. Tilney ao pai, e recebida por ele com uma polidez tão pronta, tão solícita, que a fez lembrar o que Thorpe lhe havia dito e a fez pensar com prazer que às vezes se podia confiar nele. A ansiosa solicitude da gentileza do general foi levada a tal ponto, que, sem saber da extrema rapidez com que ela adentrara a casa, ficou muito aborrecido com o criado, cuja negligência a obrigara a abrir a porta do aposento. "Que passou pela cabeça do William? Ele próprio faria questão de investigar o caso." E se Catherine não tivesse defendido com ênfase a inocência dele, é bem provável que William perdesse para sempre o favor do patrão, se não o emprego, pela rapidez dela.

Depois de permanecer com eles durante quinze minutos, ela se levantou para se despedir e foi então muito agradavelmente surpreendida pelo convite do General Tilney, de dar à sua filha a honra de almoçar e passar o resto do dia com ela. A srta. Tilney reforçou o convite. Catherine ficou muito agradecida; mas aquilo não estava em seu alcance. O sr. e a sra. Allen estavam aguardando a sua volta. Declarou o general que mais nada podia dizer; os pedidos do sr. e da sra. Allen eram soberanos; mas esperava que algum outro dia, quando o convite fosse feito com maior antecedência, eles não recusassem abrir mão dela em favor da amiga. "Ah, não!" Catherine tinha certeza de que não fariam a menor objeção, e garantiu que teria muito prazer em vir. O general acompanhou-a até a porta da rua, dizendo palavras galantes enquanto desciam as escadas, admirando a elasticidade de seu caminhar, que correspondia exatamente ao espírito de sua dança, e fazendo-lhe uma das mais graciosas reverências que ela jamais vira, ao se despedirem.

Catherine, maravilhada com tudo que se passara, dirigiu-se alegremente para a Pulteney Street, caminhando, como concluiu, com grande elasticidade, embora nunca tivesse pensado nisso antes. Chegou a casa sem ver mais nada do grupo ofendido; e, agora que fora vencedora em todas as frentes, conseguira o seu objetivo e assegurara a sua caminhada, ela começou (enquanto desacelerava a palpitação do seu coração) a ter dúvidas sobre a completa correção do que fizera. É sempre nobre o sacrifício; e, se tivesse cedido aos pedidos, ter-se-ia poupado da aflitiva ideia de ver uma amiga contrariada, um irmão zangado e arruinado um projeto que proporcionaria a ambos grande alegria, talvez por sua causa. Para desencargo de consciência e para julgar pela opinião de uma pessoa neutra o real valor de seus atos, ela aproveitou para mencionar ante o sr. Allen os planos já meio acertados do seu irmão e dos Thorpe para o dia seguinte. Perguntou-lhe o sr. Allen de imediato:

— Muito bem — disse ele —, e pensa em ir também?

— Não. Eu já havia combinado antes uma caminhada com a srta. Tilney; e, assim, eu não poderia ir com eles, não é verdade?

— Não, certamente não; e fico feliz em saber que não pretende ir. Esses planos não são convenientes. Rapazes e moças viajando pelo campo em carruagens abertas! De vez em quando, muito bem; mas ir a hotéis e lugares públicos juntos! Não está certo; e me admira que a sra. Thorpe o permita. Estou feliz por você não querer ir; tenho certeza de que a sra. Morland não ficaria feliz. Sra. Allen, concorda comigo? Não considera repreensível esse tipo de programa?

— Claro, muito repreensível. Carruagens abertas são coisas detestáveis. Nelas, um vestido limpo se suja em cinco minutos. Enlameamo-nos ao entrar e ao sair; e o vento puxa os cabelos e os chapéus em todas as direções. Odeio carruagens abertas.

— Sei disso; mas não é esse o ponto. Não acha que parece estranho que muitas vezes rapazes levem mocinhas para passear nessas carruagens, não sendo sequer parentes delas?

— Claro, querido, muito estranho. Não suporto ver isso.

— Minha querida senhora — exclamou Catherine —, então, por que não me disse isso antes? É claro que, se eu soubesse que não era conveniente, não teria de modo algum saído com o sr. Thorpe; mas sempre esperei que a senhora me avisasse, se estivesse agindo errado.

— E assim é, querida, pode ter certeza; pois, como eu disse à sra. Morland ao nos despedirmos, farei sempre o que for melhor para você, se estiver em meu poder. Mas não devemos ser excessivamente rigorosos. Jovens são jovens, como diz a sua boa mãe. Você sabe que eu não queria que comprasse essa musselina bordada, mas você comprou. Os jovens não gostam de ser sempre contrariados.

— Mas isso era algo realmente importante; e não acho que seria difícil convencer-me.

— Pelo menos até agora, isso não causou grandes problemas — disse o sr. Allen —; só gostaria de aconselhá-la, minha querida, a não sair mais com o sr. Thorpe.

— Era isso mesmo que eu ia dizer — acrescentou a sua esposa.

Catherine, aliviada no que se referia a si mesma, sentiu-se preocupada com Isabella, e, depois de uma breve reflexão, perguntou ao sr. Allen se não seria ao mesmo tempo conveniente e gentil de sua parte escrever à srta. Thorpe e explicar como tal excursão seria indecorosa, questão sobre a qual ela devia ter tão pouca consciência quanto a mesma Catherine; pois julgava que, se não o fizesse, Isabella poderia talvez ir a Clifton no dia seguinte, apesar do que ocorrera. O sr. Allen, porém, desencorajou-a.

— É melhor deixá-la em paz, minha querida; ela já tem idade suficiente para saber o que está fazendo, e, se não souber, tem uma mãe para aconselhá-la. A sra. Thorpe é, sem dúvida, indulgente demais; mas é melhor não interferir. Ela e seu irmão querem ir, e você só vai conseguir contrariá-los.

Catherine conformou-se e, embora lhe custasse pensar que Isabella estaria agindo errado, sentiu-se muito aliviada por sua conduta ter sido aprovada pelo sr. Allen e realmente se alegrou por ser preservada pelo conselho dele sobre o perigo de cometer ela mesma aquele erro. Ter escapado de fazer parte do grupo que iria a Clifton revelava-se agora como ter escapado de algo mau; pois o que teriam pensado dela os Tilney, se tivesse quebrado a promessa feita a eles só para fazer novamente algo mau em si mesmo, se tivesse sido culpada de comportamento inconveniente para com eles, só para vir a cometer a mesma falta novamente?

CAPÍTULO 14

Na manhã seguinte fez um dia lindo, e Catherine se preparou para novas investidas do grupo reunido. Os Tilney vieram buscá-la na hora combinada; e como não surgiu nenhum novo obstáculo, nenhuma recordação súbita, nenhum chamamento inesperado, nenhuma intrusão impertinente para perturbar seus planos, minha heroína, por incrível que pareça, pôde cumprir seu compromisso, embora com o próprio herói. Decidiram passear por Beechen Cliff, a nobre colina cuja bela vegetação de arbustos suspensos fazia dela um objeto tão impressionante quando vista de Bath.

— Nunca olhei para lá — disse Catherine, ao caminharem às margens do rio — sem pensar no sul da França.

— Já viajou para o exterior, então? — disse Henry, um pouco surpreso.

— Ah, não! Só me refiro ao que li a respeito de lá. Sempre me faz lembrar do país pelo qual Emily e seu pai viajaram, em *Os mistérios de Udolpho*. Mas o senhor nunca lê romances, não é?

— Por que não?

— Por que eles não são inteligentes o bastante para o senhor... Os homens leem livros melhores.

— Aquele que, homem ou mulher, não sente prazer na leitura de um bom romance deve ser insuportavelmente estúpido. Eu li todas as obras da sra. Radcliffe, e a maioria delas com grande prazer. Quando comecei a ler *Os mistérios de Udolpho*, não conseguia largá-lo; lembro-me de que o li em dois dias... de cabelos arrepiados o tempo inteiro.

— É verdade — acrescentou a srta. Tilney —, e me lembro de que você começou a lê-lo em voz alta para mim, e quando tive de sair só por cinco minutos para responder a um bilhete, em vez de me esperar, pegou o livro e levou para Hermitage Walk, e fui obrigada a esperar até que o tivesse acabado.

— Obrigado, Eleanor, pelo honroso testemunho. Como vê, srta. Morland, suas suspeitas eram injustas. Cá estou eu, em minha impaciência de ir em frente na leitura, recusando-me a aguardar por cinco minutos a minha irmã, quebrando a promessa feita de lê-lo em voz alta e mantendo-a em suspense num ponto dos mais interessantes da história, por fugir com o livro, o qual, como a senhorita há de observar, era dela, só dela. Sinto orgulho ao refletir a esse respeito, e creio que isso fortalecerá a boa opinião que a senhorita tem de mim.

— Estou muito feliz em saber disso, e de agora em diante nunca mais vou sentir vergonha de gostar do *Udolpho*. Mas sempre pensei que os rapazes desprezassem espantosamente os romances.

— Espantosamente é a palavra, mesmo; pois causa espanto tal desprezo, se houver, pois os leem quase tanto quanto as mulheres. Eu mesmo li centenas e centenas deles. Não pense que pode comigo em matéria de conhecimento de Julias e Louisas. Se passarmos aos detalhes e começarmos na sem fim investigação dos "Já leu este?" e "Já leu aquele?", vou deixá-la tão para trás quanto... que direi?... Falta-me uma comparação adequada... Tão para trás quanto a sua amiga Emily deixou o pobre Valancourt quando foi para a Itália com a tia. Pense só quantos anos de vantagem eu tenho sobre a senhorita. Comecei meus estudos em Oxford quando a senhorita era uma boa menininha e copiava em casa as amostras de bordado!

— Receio que nem tão boa assim. Mas, falando sério, não acha que *Udolpho* é o mais lindo livro do mundo?

— "O mais lindo"... e por mais lindo deve querer dizer o mais elegante. Acho que isso depende da encadernação.

— Henry — disse a srta. Tilney —, você é muito impertinente. Srta. Morland, ele a está tratando exatamente como trata a irmã. Está sempre achando defeito em mim, por algum erro de gramática, e agora resolveu tomar a mesma liberdade com a senhorita. A expressão "mais lindo", tal como a senhorita a usou, não lhe agrada; e é melhor substituí-la o quanto antes, ou seremos massacradas por Johnson[17] e Blair[18] o resto do passeio.

— Posso garantir — exclamou Catherine — que não tive nenhuma intenção de dizer algo errado; mas é um lindo livro, e por que não posso chamá-lo assim?

— É verdade — disse Henry —, e este é um dia lindo, e estamos dando um lindíssimo passeio, e vocês duas são duas lindíssimas moças. Ah! É uma linda palavra, com certeza! Serve para tudo. Originalmente, talvez, tenha servido apenas para exprimir elegância, propriedade, delicadeza ou refinamento... as pessoas eram lindas em seu modo de vestir, em seus sentimentos ou outras opções que fizessem. Mas hoje essa palavra abrange todas as boas qualidades em qualquer assunto.

— Muito embora, na verdade — exclamou sua irmã —, só devesse ser aplicada a você, sem nenhum elogio. Você é mais lindo do que sensato. Vamos, srta. Morland, vamos deixá-lo a meditar sobre os nossos erros quanto à mais castiça propriedade de linguagem, enquanto apreciamos *Udolpho* com as palavras que quisermos. É um livro interessantíssimo. Gosta desse tipo de leitura?

— Para falar a verdade, não gosto muito de nenhuma outra.

— É mesmo?

— É, sim. Consigo ler poesia e peças de teatro, e coisas do tipo, e não detesto relatos de viagem. Mas não consigo interessar-me por história, a história mesmo, solene. A senhorita consegue?

— Consigo. Adoro história.

— Eu gostaria de adorar também. Leio um pouco por dever, mas não me diz nada que não me irrite ou me canse. As brigas entre papas e reis, com guerras e pestes, em cada página; os homens não valem nada e as mulheres quase não aparecem... é muito enfadonho: e, mesmo assim, sempre acho estranho que seja tão estúpido, pois boa parte deve ser invenção. As palavras postas na boca dos heróis, seus pensamentos e planos... a maior parte deve ser invenção, e invenção é o que me agrada nos outros livros.

— Acha que os historiadores — disse a srta. Tilney — não são felizes em seus voos de imaginação. Exibem fantasia sem despertar interesse. Adoro história... e não reclamo por tomar o falso como a verdade. Quanto aos fatos principais, eles têm como fonte de informação velhas histórias e arquivos, em que se pode confiar tanto, penso eu, quanto em tudo que não se mostra diretamente à nossa observação; e quanto aos pequenos enfeites a que a senhorita se refere, são enfeites, e gosto deles como tais. Se um discurso for bem delineado, leio-o com prazer, seja quem for que o tenha escrito... e

---

[17] Dr. Samuel Johnson (1709-1784), escritor, poeta, historiador e crítico inglês, considerado na época uma autoridade em questões literárias e de estilo.
[18] Hugh Blair (1718-1800), pregador e crítico escocês.

provavelmente com prazer muito maior, se for obra do sr. Hume[19] ou do sr. Robertson,[20] do que se forem as autênticas palavras de Caractacus, Agrícola ou Alfredo, o Grande.

— A senhorita adora história! E o sr. Allen e meu pai também; e tenho dois irmãos que não a detestam. Impressionante haver tantos casos só em meu pequeno círculo de amizades! Se assim for, não vou mais ter pena dos escritores de história. Se as pessoas gostam de ler seus livros, tudo muito bem, mas trabalhar tanto para escrever grandes volumes, que, como eu pensava antes, ninguém leria com prazer, dar duro só para atormentar meninos e meninas, sempre me pareceu um destino ingrato; e, embora eu saiba que tudo aquilo é muito certo e necessário, muitas vezes me admirei com a coragem daqueles que se dispunham a fazer isso.

— Que os meninos e as meninas devam ser atormentados — disse Henry — é o que ninguém que conheça a natureza humana em estado civilizado pode negar; mas, em defesa de nossos mais eminentes historiadores, devo observar que podem muito bem se ofender por supostamente não terem objetivos mais altos e que, pelo método e pelo estilo, estão perfeitamente qualificados para atormentar os leitores da mais avançada e madura fase da vida. Emprego o verbo "atormentar", como observei ser o seu método, em vez de "instruir", supondo que sejam atualmente tidos como sinônimos.

— Acha que sou boba de chamar instrução de tormento, mas se o senhor estivesse tão acostumado como eu a ouvir as pobres criancinhas, primeiro aprendendo as letras e depois a ortografia, se tivesse visto como parecem estúpidas quando passam juntas a manhã inteira e como mamãe fica exausta ao final, como estou habituada a ver quase todos os dias da minha vida em casa, concordaria que "atormentar" e "instruir" podem às vezes ser usados como sinônimos.

— Muito provavelmente. Mas os historiadores não têm culpa pela dificuldade de se aprender a ler; e mesmo a senhorita, que não parece especialmente propensa à aplicação severa e intensa, talvez possa ser levada a reconhecer que vale a pena ser atormentado por dois ou três anos, para ser capaz de ler o resto da vida. Pense bem... se não se ensinasse a ler, a sra. Radcliffe teria escrito em vão... ou talvez nem sequer tivesse chegado a escrever.

Catherine concordou e, depois de fazer um caloroso panegírico dos méritos daquela senhora, o assunto foi encerrado. Os Tilney logo abordaram outro, sobre o qual ela nada tinha a dizer. Estavam observando o campo com os olhos de quem está acostumado a desenhar, e discutiam sobre a sua capacidade de transformá-la em quadro com todo o entusiasmo do autêntico

---

[19] David Hume (1711-1776), filósofo e historiador escocês.
[20] William Robertson (1721-1793), historiador escocês.

bom gosto. Nesse assunto, Catherine se sentia perdida. Nada sabia sobre desenho, nada sobre bom gosto, e os ouvia com uma atenção que lhe foi de pouca utilidade, pois usavam expressões que poucas ideias lhe transmitiam. O pouco que ela conseguiu entender, porém, parecia contradizer as escassas noções que antes formara sobre o assunto. Parecia que uma boa vista já não devia ser tomada do alto de um elevado monte e que um límpido céu azul já não era prova de um belo dia. Estava profundamente envergonhada de sua ignorância. Quando as pessoas querem ser simpáticas, devem sempre parecer ignorantes. Vir com a mente bem-informada é vir com uma incapacidade de lidar com a vaidade dos outros, o que uma pessoa sensata sempre prefere evitar. Sobretudo a mulher, quando tem a desgraça de conhecer alguma coisa, deve esconder o máximo possível.

As vantagens da estupidez natural para uma moça bonita já foram descritas pela pluma competente de uma colega escritora; e ao seu tratamento do tema só acrescentarei, para ser justa com os homens, que, embora para a maior e mais frívola parte do sexo masculino a imbecilidade aumente em muito os encantos pessoais femininos, há uma parte deles, razoável e bem-informada, que deseja algo mais na mulher do que a ignorância. Catherine, porém, não conhecia seus próprios trunfos, não sabia que uma linda moça, com um coração amoroso e uma mente muito ignorante, não pode deixar de atrair um jovem inteligente, a menos que as circunstâncias sejam particularmente adversas. No presente caso, ela confessou e lamentou sua falta de conhecimento e declarou que daria tudo no mundo para saber desenhar; seguiu-se imediatamente uma aula sobre o pinturesco, em que as instruções dele foram tão claras, que Catherine logo começou a ver beleza em tudo que ele admirava, e sua atenção foi tamanha, que ele ficou totalmente satisfeito por ter ela tanto bom gosto natural. Falou de primeiros planos, distâncias e segundas distâncias, visões laterais e perspectivas, luzes e sombras; e Catherine se mostrou uma aluna tão promissora, que, quando chegaram ao topo de Beechen Cliff, ela voluntariamente rejeitou toda a cidade de Bath, por ser indigna de fazer parte de uma paisagem. Maravilhado com seus progressos e temeroso de cansá-la com conhecimentos demais de uma só vez, Henry deixou o assunto morrer e, com uma simples transição de um rochedo e do carvalho seco que estava perto do seu cume para os carvalhos em geral, as florestas e a área ocupada por elas, as terras incultas, terras da coroa e governos, ele logo se viu chegado à política; e, da política, era só um pulo até o silêncio. A pausa geral que se seguiu a uma breve dissertação sobre o estado do país foi interrompida por Catherine, que, num tom de voz um tanto solene, pronunciou as seguintes palavras:

— Ouvi que algo muito escandaloso vai acontecer em breve em Londres.

A srta. Tilney, principal destinatário daquelas palavras, admirou-se e logo replicou:

— É mesmo? E que tipo de coisa será?

— Isso eu não sei, nem quem vai ser o autor. Só ouvi que será mais horrível do que tudo que já vimos.

— Meu Deus! Onde ouviu uma coisa dessas?

— Uma grande amiga minha recebeu a notícia ontem, numa carta de Londres. Será extraordinariamente terrível. Acho que haverá assassinatos e coisas do tipo.

— Fala isso com uma calma incrível! Mas espero que a descrição da sua amiga tenha sido exagerada; e, se souber de antemão de tais planos, sem dúvida o governo tomará as medidas adequadas para impedir que sejam executados.

— O governo — disse Henry, tentando não sorrir — não deseja nem ousa interferir em tais problemas. Deve haver assassinatos; e, para o governo, não importa quantos.

As moças ficaram pasmadas. Ele riu e acrescentou:

— Vamos, devo fazer que compreendam ou deixar que adivinhem uma explicação como puderem? Não, eu serei nobre. Vou provar que sou um homem, não menos pela generosidade da alma do que pela lucidez da mente. Irritam-me os homens que desdenham abaixar-se até o nível de compreensão de vocês, mulheres. Talvez as capacidades femininas não sejam nem robustas, nem agudas, nem vigorosas nem penetrantes. Talvez elas careçam de observação, discernimento, juízo, entusiasmo, gênio e espírito.

— Srta. Morland, não dê importância ao que ele diz; mas tenha a bondade de me esclarecer sobre essa terrível rebelião.

— Rebelião? Que rebelião?

— Minha querida Eleanor, a rebelião está apenas na sua cabeça. É escandalosa a confusão que nela reina. A srta. Morland esteve falando de algo não mais terrível do que a nova publicação, em breve, de três volumes *in* 12, de duzentas e setenta e seis páginas cada um, com um frontispício no primeiro, mostrando duas lápides e uma lanterna, entendeu? Srta. Morland, minha estúpida irmã interpretou mal todas as suas claríssimas palavras. A senhorita falou de horrores que estavam sendo esperados em Londres, e em vez de imediatamente compreender, como qualquer criatura racional, que tais palavras só podiam estar relacionadas com uma biblioteca circulante, ela imediatamente imaginou milhares de homens reunidos em St. George's Fields, com ataques ao Banco, ameaças à Torre, as ruas de Londres banhadas em sangue, um destacamento dos Twelfth Light Dragoons (a esperança do reino) convocado de Northampton para sufocar os rebeldes e o galante capitão Frederick Tilney, no momento de atacar no comando de sua tropa, derrubado do cavalo por um tijolo lançado de uma janela. Perdoe-lhe a estupidez, por favor. Os temores da irmã somaram-se à fraqueza da mulher; ela, porém, em geral, nada tem de simplória.

Catherine ficou séria.

— E agora, Henry — disse a srta. Tilney —, que nos fez entender uma à outra, pode também fazer que a srta. Morland entenda você... a menos que queira que ela pense que você é insuportavelmente grosseiro com a sua irmã e um grande bruto em suas opiniões sobre as mulheres em geral. A srta. Morland não está acostumada com as suas maneiras esquisitas.

— Será um prazer fazer que ela as conheça melhor.

— Sem dúvida; mas isso não é explicação.

— Que devo fazer?

— Você sabe o que deve fazer. Explique claramente a ela quais são os seus princípios. Diga a ela que tem a inteligência das mulheres na mais alta conta.

— Srta. Morland, tenho na mais alta conta a inteligência de todas as mulheres do mundo, sobretudo daquelas, sejam elas quem forem, em cuja companhia eu esteja.

— Isso não basta. Fale mais sério.

— Srta. Morland, ninguém tem a inteligência das mulheres em mais alta conta do que eu. Na minha opinião, a natureza deu tanta inteligência a elas, que jamais acham necessário usar mais da metade do que receberam.

— Não vamos conseguir dele nada mais sério do que isso, srta. Morland. Ele não está em seu juízo perfeito. Mas garanto-lhe que ele estará sendo completamente mal interpretado, se parecer dizer algo injusto sobre qualquer mulher ou algo grosseiro a meu respeito.

Não era difícil para Catherine acreditar que Henry Tilney jamais pudesse enganar-se. Seus modos podiam às vezes surpreender, mas suas intenções eram sempre justas; e, o que ela não entendia, estava quase tão propensa a admirar quanto aquilo que entendia. Todo o passeio foi delicioso, e, embora terminasse cedo demais, sua conclusão também foi agradável; seus amigos acompanharam-na até sua casa e a srta. Tilney, antes de se despedirem, dirigindo-se de forma respeitosa tanto à sra. Allen quanto a Catherine, solicitou o prazer de sua companhia para jantar dois dias depois. A sra. Allen não fez objeção, e, quanto a Catherine, sua única dificuldade foi esconder o excesso de alegria.

Passou-se a manhã de maneira tão gostosa, que baniu da sua mente toda amizade e afeto natural, pois não lhe ocorreu nenhum pensamento sobre Isabella ou James durante a caminhada. Quando os Tilney se foram, ela tornou a pensar afetuosamente sobre eles, mas durante algum tempo sem grande utilidade; a sra. Allen não tinha nenhuma informação a dar que pudesse aliviar sua angústia; não ouvira nada sobre eles. Ao fim da manhã, porém, Catherine, precisando urgentemente comprar fita, foi até a cidade e na Bond Street deu com a segunda srta. Thorpe, que caminhava despreocupada na direção de Edgar's Buildings, entre duas das mais doces meninas do mundo, que haviam sido suas queridas amigas durante toda a manhã. Logo soube dela que a excursão a Clifton havia sido feita.

— Eles partiram às oito da manhã — disse a srta. Anne —, e posso garantir que não os invejo por esse passeio. A senhorita e eu tivemos muita sorte de escapar desse embaraço. Deve ser a coisa mais estúpida do mundo, pois não há alma viva em Clifton nesta época do ano. Belle foi com o seu irmão, e John levou Maria.

Catherine falou do prazer que realmente sentia em ouvir essa parte do combinado.

— Ah, sim! — tornou a outra. — A Maria foi. Estava completamente alvoroçada para ir. Ela achou que seria muito bom. Não posso dizer que admire seu gosto; eu, por meu lado, estava decidida desde o começo a não ir, se eles insistissem.

Catherine, com certas dúvidas a esse respeito, não pôde deixar de responder:

— Gostaria que a senhorita também tivesse ido. É uma pena que nem todas tenham podido ir.

— Muito obrigada; mas para mim isso é completamente indiferente. Na verdade, eu não teria ido de jeito nenhum. Estava dizendo isso a Emily e Sophia quando a senhorita chegou.

Catherine ainda não estava convencida, mas contente porque Anne teria a companhia de Emily e Sophia para consolá-la. Despediu-se delas sem muito constrangimento e voltou para casa, feliz porque a sua recusa em participar não havia impedido que a excursão se realizasse, e desejando ardentemente que ela tivesse sido agradável o bastante para que nem James nem Isabella guardassem mágoa dela.

CAPÍTULO 15

Na manhã seguinte, bem cedo, um bilhete de Isabella, radiando paz e ternura a cada linha e solicitando a imediata presença da amiga para uma questão de suma importância, fez que Catherine, no mais feliz estado de confiança e curiosidade, fosse correndo a Edgar's Buildings.

As duas srtas. Thorpe mais jovens estavam sozinhas na sala de visitas; e, quando Anne saiu para chamar a irmã, Catherine aproveitou a oportunidade para perguntar sobre alguns detalhes da excursão da véspera. Não havia nada que Maria desejasse mais do que falar sobre isso; e Catherine logo soube que fora o mais delicioso passeio do mundo, que ninguém podia imaginar como tinha sido encantador e que tinha sido mais gostoso do que se podia conceber. Essa foi a informação que recebeu nos primeiros cinco minutos; em seguida, foram revelados os pormenores: haviam ido diretamente ao York Hotel, tomado uma sopa e encomendado um jantar, já que queriam comer cedo, descido até o balneário, experimentado a água e gasto alguns xelins em *suvenires*; em seguida, juntaram-se para tomar sorvete numa confeitaria e, correndo de volta para o hotel, devoraram apressadamente o jantar, para evitar ter de viajar no escuro. Então tiveram uma esplêndida viagem de volta; só a lua não saiu e choveu um pouco, e o cavalo do sr. Morland estava tão cansado que quase não conseguia andar.

Catherine ouvia com profunda satisfação. Ao que parecia, não tinham nem pensado em Blaize Castle; e, quanto a tudo o mais, não havia nada a lamentar nem por um instante. O relatório de Maria concluiu-se com uma terna demonstração de piedade pela irmã Anne, que imaginava estar insuportavelmente triste por ter sido excluída da excursão.

— Ela nunca me perdoará, tenho certeza; mas como podia evitar? John queria que eu fosse, pois ele prometera que não a levaria, por ter quadris tão largos. Tenho certeza de que este mês ela não vai recuperar o bom humor; mas estou resolvida a não me aborrecer com isso; não é um probleminha desses que me faz perder a calma.

Isabella, então, entrou na sala com um passo tão impaciente e um ar tão feliz e imponente que chamou a atenção da amiga. Maria foi sem cerimônia mandada embora, e Isabella, abraçando Catherine, assim falou:

— Sim, minha querida Catherine, aconteceu mesmo; sua perspicácia não iludiu você. Ah! Esse seu olho! Ele vê através das coisas.

Catherine respondeu apenas com um olhar de espantada ignorância.

— É, minha doce e querida amiga — prosseguiu a outra —, acalme-se. Estou incrivelmente agitada, como pode ver. Vamos sentar-nos e falar confortavelmente. Então, adivinhou tudo assim que recebeu o meu bilhete? Menina esperta! Ah! Minha cara Catherine, só você, que conhece o meu coração, pode avaliar a felicidade que estou sentindo. O seu irmão é o homem mais encantador. Só queria ser mais digna dele. Mas o que vão dizer os seus excelentes pais? Ah! Meu Deus! Quando penso neles, fico tão nervosa!

Catherine começou a compreender; um vislumbre da verdade de repente penetrou sua mente; e, com o rubor natural de uma emoção tão inesperada, exclamou:

— Deus do céu! Minha querida Isabella, o que está dizendo? Será que você... será que você está mesmo apaixonada por James?

Catherine logo foi informada de que tal ousada conjectura, porém, era só metade da verdade. O ansioso afeto, que ela era acusada de ter continuamente observado em todos os olhares e atos de Isabella, havia, durante a excursão da véspera, recebido a deliciosa confissão de um igual amor. Seu coração e sua palavra agora a ligavam igualmente a James. Catherine jamais ouvira nada tão interessante, tão maravilhoso, tão jubiloso. Seu irmão e sua amiga, noivos! Tendo acabado de tomar conhecimento da situação, a importância do fato se mostrou indizivelmente grande, e ela viu aquilo como um desses grandes eventos que no curso ordinário da vida raramente se repetem. Não conseguia exprimir os próprios sentimentos; a natureza deles, porém, contentou a amiga.

A felicidade de ter tal cunhada foi sua primeira maravilha, e as lindas moças se uniram em abraços e lágrimas de alegria.

Por mais exultante, porém, que Catherine sinceramente se mostrasse com a perspectiva do parentesco, deve-se reconhecer que Isabella a ultrapassava em muito nas previsões emocionadas.

— Você vai ser tão infinitamente mais querida para mim, minha Catherine, do que Anne ou Maria; sinto que terei um apego muito maior à minha querida família Morland do que à minha própria.

Tal cúmulo de amizade ultrapassava Catherine.

— Você é tão parecida com seu irmão — prosseguiu Isabella —, que logo a adorei desde a primeira vez que a vi. Mas é sempre assim comigo; o primeiro momento já define tudo. Logo no primeiro dia da visita que Morland nos fez no Natal... desde o primeiro momento em que o vi... meu coração já estava irrecuperavelmente conquistado. Lembro-me de que estava usando meu vestido amarelo, com um penteado de tranças; quando entrei na sala de visitas, e John o apresentou, achei que nunca tinha visto ninguém tão lindo antes.

Nesse momento, Catherine secretamente reconheceu o poder do amor; embora adorasse o irmão e apreciasse todos os seus dotes naturais, nunca na vida o considerara bonito.

— Também me lembro de que a srta. Andrews tomava chá conosco aquela tarde e vestia seu vestido de tafetá castanho arroxeado; parecia tão celestial que achei que decerto seu irmão se apaixonaria por ela. Não consegui pregar o olho a noite inteira por isso. Ah, Catherine! Quantas noites em claro passei por causa do seu irmão! Não gostaria que você sofresse metade do que sofri! Estou ficando horrivelmente magra, bem sei... mas não vou aborrecê-la descrevendo a minha ansiedade; você já viu o bastante. Sinto que traí a mim mesma continuamente... ao falar tão abertamente da minha queda por eclesiásticos! Mas tinha certeza de que o meu segredo estaria seguro com você.

Catherine sentiu que nada podia ter estado mais seguro; envergonhada, porém, de sua pouco esperada ignorância, não ousou contestar nem negou ter tido tanta sagacidade maliciosa e amorosa empatia como Isabella preferia julgar que tivesse tido. Descobriu que o irmão estava preparando-se para partir a toda a velocidade para Fullerton, para comunicar seu estado e pedir consentimento; e este era um motivo de muita agitação para a mente de Isabella. Catherine tentou convencê-la, como ela mesma estava convencida, de que seus pais jamais se oporiam aos desejos do filho.

— É impossível — disse ela — haver pais mais carinhosos ou mais desejosos da felicidade dos filhos; não tenho dúvida de que consentirão imediatamente.

— Morland diz exatamente a mesma coisa — replicou Isabella —; e mesmo assim não ouso esperar por isso: meu dote é muito pobre, eles nunca vão aceitar. Logo o seu irmão, que poderia casar-se com quem quisesse!

Aqui Catherine discerniu mais uma vez a força do amor.

— Isabella, você é humilde demais. A diferença de condição financeira não tem nenhuma importância.

— Ah, minha doce Catherine, em seu generoso coração eu sei que não tem nenhuma importância; mas não devemos esperar tanto desapego em muita gente. Eu, por meu lado, queria que as situações fossem invertidas. Se tivesse milhões ao meu dispor, se fosse dona do mundo inteiro, seu irmão seria minha única escolha.

Esse sentimento encantador, tanto pela novidade quanto pela sensatez, fez Catherine lembrar-se com imenso prazer de todas as heroínas que conhecia; e disse consigo mesma que sua amiga nunca se mostrava mais adorável do que ao exprimir uma grande ideia.

— Tenho certeza de que vão dar seu consentimento — repetia ela —; tenho certeza de que vão adorá-la.

— De minha parte — disse Isabella —, meus desejos são tão modestos, que uma renda mínima já seria o bastante para mim. Quando as pessoas se amam, a pobreza é riqueza; detesto a grandiosidade: não moraria em Londres por nada neste mundo. Um chalé em algum lugarejo distante seria maravilhoso. Há algumas pequenas *villas* encantadoras perto de Richmond.

— Richmond! — exclamou Catherine. — Você tem de morar perto de Fullerton. Tem de ficar perto de nós.

— Tenho certeza de que serei infeliz se não morarmos. Só posso estar contente se estiver perto de você. Mas estas são palavras vazias! Não vou permitir-me falar dessas coisas, até termos a resposta do seu pai. Morland diz que, se a carta for enviada hoje a Salisbury, poderemos recebê-la amanhã. Amanhã? Sei muito bem que nunca terei coragem de abrir a carta. Sei que seria a morte para mim.

Seguiu-se a essa declaração um devaneio, e quando Isabella tornou a falar foi para tratar do vestido de noiva.

A conversa foi encerrada pelo próprio jovem noivo, que veio para dar seu suspiro de despedida antes de partir para Wiltshire. Quis Catherine dar-lhe os parabéns, mas não sabia o que dizer, e sua eloquência ficou toda nos olhos. A partir deles, porém, todas as classes gramáticais resplandeceram com toda a expressividade, e James pôde combiná-las com facilidade. Impaciente para fazer tudo que esperava em casa, suas despedidas não se estenderam muito; e teriam sido ainda mais breves, se ele não tivesse sido muitas vezes retido pelos insistentes pedidos da namorada para que partisse. Duas vezes ele foi chamado quase da porta pela impaciência dela em vê-lo partir.

— Morland, você tem de partir. Pense só no quanto vai ter de viajar. Não consigo ver você demorar-se tanto. Pelo amor de Deus, não perca mais tempo. Vá, vá...

As duas amigas, agora com o coração mais unido do que nunca, permaneceram inseparáveis o dia inteiro; e, em projetos de felicidade entre cunhadas, as horas se passaram. A sra. Thorpe e o filho, que sabiam de tudo e pareciam só aguardar o consentimento do sr. Morland para considerarem o noivado de Isabella o mais feliz acontecimento imaginável para a família, tiveram autorização de unir-se às conversas e adicionar sua cota de olhares significativos e expressões misteriosas para criar curiosidade a ser provocada nas menos privilegiadas irmãs mais jovens. Para os sentimentos simples de Catherine, essa estranha reserva não pareceu nem gentil nem sustentada de modo coerente; e não teria deixado de exprimir o seu parecer sobre tal indelicadeza, se a sua incoerência não pesasse em seu favor. Anne e Maria, porém, logo aliviaram o coração pela sagacidade do seu "eu já sei"; e a tarde se passou numa espécie de guerra mental, numa exibição de inteligência familiar, por um lado no mistério de um aparente segredo e, por outro, numa descoberta indefinida, ambos igualmente brilhantes.

Catherine passou com a amiga também o dia seguinte, tratando de animá-la e ajudando-a a passar as muitas horas aborrecidas antes da chegada da carta — gesto necessário, pois, ao se aproximar a hora da provável entrega, Isabella mostrava-se cada vez mais abatida, e antes da chegada da carta entrara num estado de autêntica depressão. Mas, quando ela chegou, para onde teria ido todo aquele abatimento?

"Não tive nenhuma dificuldade em obter o consentimento de meus queridos pais, e recebi deles a promessa de que tudo farão pela minha felicidade", foram as três primeiras linhas, e logo tudo se transformara em jubilosa certeza. Imediatamente as feições de Isabella ganharam um brilho intenso, toda preocupação e angústia pareceram ter chegado ao fim, sua animação cresceu tanto que quase saiu de controle e ela se declarou sem hesitar a mais feliz das mortais.

A sra. Thorpe, com lágrimas de alegria, abraçou a filha, o filho, a visitante e poderia abraçar com prazer metade da população de Bath. Seu coração transbordava de ternura. Era "querido John" para lá e "querida Catherine" para cá; "querida Anne e querida Maria" logo passaram a compartilhar daquela felicidade; e dois "queridas" de uma vez antes do nome de Isabella só marcaram o que aquela filha amada tão bem conquistara. O mesmo John não ficou para trás em sua alegria. Não só fez ao sr. Morland o alto elogio de ser um dos melhores sujeitos do mundo, como também muitas outras exclamações em seu louvor.

A carta que causara tanta felicidade era curta e continha pouco mais do que essa afirmação de bom êxito; e todos os pormenores foram postergados para quando James pudesse voltar a escrever. Mas os pormenores Isabella podia esperar. O necessário estava contido na promessa do sr. Morland: havia empenhado sua honra, o que facilitava tudo; e como se formaria a renda do casal, se pela venda de propriedades fundiárias ou pela venda de títulos, era algo com que seu espírito desinteressado não se preocupou. Ela sabia o suficiente para sentir-se segura quanto a um acerto honroso e pronto, e sua imaginação alçou um rápido voo sobre as esperadas felicidades. Viu-se a si mesma algumas semanas mais tarde, o olhar atento e a admiração de cada um dos novos conhecidos de Fullerton, a inveja das velhas amigas de Putney, com uma carruagem ao seu dispor, novo nome em seus cartões e a brilhante exibição de anéis nos dedos.

Quando o teor da carta foi apurado, John Thorpe, que só aguardara a chegada dela para dar início à sua viagem a Londres, preparou-se para partir.

— Muito bem, srta. Morland — disse ele, ao encontrá-la sozinha na sala de estar —, vim despedir-me.

Desejou-lhe Catherine boa viagem. Sem parecer ouvi-la, ele foi até a janela, um pouco agitado, cantarolou uma musiquinha e pareceu absorto em seus pensamentos.

— O senhor não vai chegar atrasado em Devizes? — perguntou Catherine.

Ele não respondeu. Depois de um silêncio de um minuto, irrompeu com o seguinte:

— Belo esquema esse do casamento, meu Deus! Muito bem imaginado por Morland e Belle. O que achou, srta. Morland? Para mim, digo que não foi nada mau.

— Também acho que foi muito bom.

— Acha mesmo? Isso é que é sinceridade, meu Deus! Mas fico feliz em saber que a senhorita não é contra o casamento. Já ouviu a velha canção "Um casamento leva a outro"? Quer dizer, espero que a senhorita vá ao casamento de Belle, não vai?

— Vou, sim. Prometi à sua irmã estar com ela, se possível.

— E então, quem sabe — contorcendo-se e forçando uma risada imbecil —, quer dizer, a senhorita sabe, podemos testar a verdade dessa velha canção.

— Podemos? Mas eu não sei cantar. Desejo-lhe uma ótima viagem. Vou jantar com a srta. Tilney hoje e agora devo ir para casa.

— Mas para que tanta pressa? Quem sabe quando poderemos estar juntos de novo? Só voltarei daqui a duas semanas, e para mim serão duas semanas muito longas.

— Então, por que ficar tanto tempo fora? — replicou Catherine, descobrindo que ele aguardava uma resposta.

— É muita amabilidade sua, porém, gentil e de boa índole. Não vou esquecer tão cedo. Mas a senhorita tem uma índole melhor do que qualquer outro ser vivo, acho eu. Uma dose monstruosa de boa índole, e não é só boa índole, não, mas tem tanto, tanto de tudo; e então a senhorita tem... pelo amor de Deus, não conheço ninguém como a senhorita.

— Ah, meu caro, há muita gente como eu, tenho certeza, só que muito melhor. Um bom dia para o senhor.

— Mas, srta. Morland, logo vou fazer uma visita de cortesia a Fullerton, se não se opuser.

— Por favor, vá, sim. Meus pais vão ficar muito contentes em conhecê-lo.

— E espero... espero, srta. Morland, que não lhe venha ser desagradável tornar a me ver.

— Ah, meu caro, de jeito nenhum. Há muito pouca gente que não gosto de ver. Ter companhia é sempre agradável.

— É exatamente o que acho. Só me deem uma companhiazinha alegre, a companhia de gente de quem gosto, onde quero e com quem quero, e o resto que o diabo carregue, é o que eu digo. E estou muito feliz em ouvi-la dizer a mesma coisa, mas, na minha opinião, a senhorita e eu pensamos a mesma coisa sobre quase todos os assuntos.

— Talvez, é possível; mas é mais do que eu sempre pensei. E quanto a quase todos os assuntos, para falar a verdade, não há muitos sobre os quais eu mesma conheça a minha opinião.

— Nem eu, por Jove! Não sou de muito empenho com o que não me diz respeito. Minha ideia das coisas é bem simples. Sempre digo: só me deixem ter a mulher que quero com um teto confortável sobre a cabeça, e que mais me importa? Dinheiro não é nada. Tenho certeza de uma boa renda para mim mesmo; e se ela não tiver um tostão, ora, tanto melhor.

— É verdade. Penso como o senhor sobre isso. Se houver um bom dinheiro de um dos lados, não é preciso haver muito do outro. Não importa quem tenha, desde que haja o bastante. Odeio a ideia de uma grande fortuna à espreita de outra. E casar por dinheiro me parece a pior coisa do mundo. Bom dia. Ficaremos muito felizes em vê-lo em Fullerton, quando quiser.

E foi embora. Nem toda a galanteria dele conseguiu retê-la por mais tempo. Com tais notícias para dar e com tal visita para preparar, nada do que ele dissesse podia retardar a partida de Catherine; e ela saiu correndo, deixando-o com a clara consciência de sua feliz abordagem e do explícito encorajamento dado por ela.

A agitação que sentiu logo que soube do noivado do irmão fez que ela esperasse despertar uma emoção não insignificante no sr. e na sra. Allen, ao comunicar-lhes o maravilhoso acontecimento. Quão grande foi a sua decepção! O importante caso, que muitas palavras de preparação anunciaram, havia sido previsto por ambos desde a chegada do seu irmão; e tudo que sentiram na ocasião foi compreendido em seus votos de felicidade aos dois jovens, com uma observação elogiosa, da parte dele, sobre a beleza de Isabella, e, da parte dela, sobre a boa sorte da jovem. Para Catherine, aquilo demonstrava uma insensibilidade surpreendente. A revelação, porém, do grande segredo da ida de James a Fullerton na véspera provocou certa comoção na sra. Allen. Não conseguiu ouvir aquilo com total tranquilidade, mas repetidamente lamentou a necessidade de se ocultar aquela ida, e exprimiu seus desejos de ter sabido dos seus planos, de ter-se encontrado com ele antes de partir, pois então certamente o teria incomodado, pedindo-lhe que transmitisse os seus gentis cumprimentos a seus pais e a todos os Skinner.

VOLUME 2

CAPÍTULO 1

Eram tão altas as expectativas de Catherine quanto ao prazer que sentiria em sua visita à Milsom Street, que a decepção era inevitável; e assim, embora fosse mui cortesmente recebida pelo General Tilney e pela sua filha, embora Henry estivesse em casa e mais ninguém, ela descobriu, ao voltar, sem gastar muitas horas no exame de seus próprios sentimentos, que fora ao encontro preparada para uma felicidade que este não lhe proporcionara. Em vez de ver fortalecida a sua amizade com a srta. Tilney, pelo relacionamento do dia, ela não pareceu tão íntima como antes; em vez de ter um contato maior do que nunca com Henry Tilney, no conforto de uma reunião de família, ele nunca falara tão pouco nem fora tão pouco simpático. E, apesar da grande delicadeza do pai para com ela, apesar de seus agradecimentos, convites e cumprimentos, foi um alívio despedir-se dele. Foi difícil para ela encontrar uma explicação para tudo aquilo. Não podia ser culpa do General Tilney. Não havia dúvida de que ele era simpaticíssimo e ótima pessoa, além de homem muito atraente, pois era alto e bem-apessoado, além de ser pai de Henry. Ele não podia arcar com a responsabilidade pelo desânimo dos filhos ou por ela não ter se divertido em sua companhia. Esperava pelo menos que o primeiro fosse só acidental, e só podia atribuir o segundo à sua própria estupidez. Isabella, ao saber dos pormenores da visita, deu uma explicação diferente:

— Foi tudo orgulho, orgulho, insuportável soberba e orgulho!

Havia muito suspeitava que a família fosse muito presunçosa, e agora tinha certeza disso. Comportamento tão insolente quanto o da srta. Tilney, ela nunca vira na vida! Não fazer as honras da casa com a mais comum boa educação! Comportar-se com a visita com tal altivez! Quase nem falar com ela!

— Mas não foi tão ruim assim, Isabella. Não houve altivez; ela foi muito gentil.

— Ah! Não a defenda! E o irmão, então, ele, que se mostrara tão apegado a você! Meu Deus! Os sentimentos de certas pessoas são incompreensíveis. E então, ele mal olhou para você uma única vez durante todo o dia?

— Não disse isso; mas não pareceu de bom humor.

— Que coisa baixa! Para mim, a pior coisa do mundo é a inconstância. Peço que você nunca mais pense nele de novo, minha querida Catherine. Ele não merece você.

— Não merece! Acho que ele nunca nem pensa em mim.

— É exatamente isso que digo; ele nunca pensa em você. Como é volúvel! Ah! Que diferença do seu irmão e do meu! Creio mesmo que não há coração mais constante que o de John.

— Mas, no que se refere ao General Tilney, garanto-lhe que seria impossível alguém comportar-se comigo com maior delicadeza e atenção; parecia que sua única preocupação era entreter-me e fazer-me feliz.

— Ah! Não tenho nada contra ele; não desconfio que seja orgulhoso. Creio que seja um homem muito cavalheiro. John tem boa opinião dele, e o juízo de John...

— Vou ver como eles se comportam comigo esta noite; vamos encontrar-nos nos salões.

— E eu devo ir?

— Você não quer? Pensei que estivesse tudo combinado.

— Não, desde que você faz tanta questão, não posso recusar-lhe nada. Mas não insista para que eu seja muito simpática, pois o meu coração, como sabe, vai estar a uns sessenta quilômetros. E, no que se refere a danças, nem me fale sobre isso, por favor; está completamente fora de questão. Charles Hodges vai importunar-me que é o diabo, tenho certeza, mas vou acabar logo com as esperanças dele. Aposto dez contra um que ele vai adivinhar a razão, e é justamente isso que quero evitar, então vou insistir em que ele guarde os seus palpites para si mesmo.

A opinião de Isabella sobre os Tilney não influenciou a amiga, que tinha certeza de que não houvera insolência no comportamento dos dois irmãos, e não acreditava que houvesse orgulho no coração de nenhum deles. A noite recompensou sua confiança; foi tratada por um com a mesma delicadeza e pelo outro com a mesma atenção de antes: a srta. Tilney fez questão de estar ao seu lado, e Henry a convidou para dançar.

Tendo sabido na véspera, na Milsom Street, que seu irmão mais velho, o Capitão Tilney, estava para chegar a qualquer momento, ela não teve dificuldade para descobrir o nome de um jovem elegantíssimo e bem-apessoado que nunca vira antes e que agora evidentemente fazia parte do grupo. Olhou para ele com grande satisfação, e até julgou possível que algumas pessoas o achassem mais bonito do que o irmão, embora, para ela, seu jeito fosse mais presunçoso e seus traços, menos agradáveis. Seu gosto e suas maneiras eram, sem dúvida, muito inferiores; pois, ao alcance da audição de Catherine, não só protestou contra qualquer ideia de participar das danças, mas até mesmo riu abertamente de Henry por achar que aquilo fosse possível. Deste segundo gesto pode-se presumir que, fosse qual fosse a opinião da nossa heroína a seu respeito, a admiração que ele sentia por ela não era de tipo muito perigoso e provavelmente não provocaria animosidade entre os irmãos, nem perseguições à jovem. Não será ele o instigador dos três patifes em trajes de cocheiro que a introduzirão à força numa carruagem de quatro cavalos e partirão com vertiginosa velocidade. Catherine, no entanto, despreocupada com pressentimentos desse mal ou de qualquer mal que fosse, salvo ter pouco espaço para dançar, sentiu a felicidade de costume na companhia de Henry Tilney, escutando com brilho nos olhos tudo que ele dizia; e, achando-o irresistível, irresistível ela mesma se tornou.

Ao término da primeira dança, o Capitão Tilney veio de novo até eles e, para grande desprazer de Catherine, puxou o irmão para longe dela. Eles se afastaram cochichando um com o outro; e, embora sua delicada sensibilidade não se tenha alarmado de imediato e considerado que o Capitão Tilney tivesse ouvido alguma calúnia malévola a seu respeito e agora se apressava em comunicá-la ao irmão, na esperança de afastá-los para sempre um do outro, ela não pôde ver seu par arrastado para longe sem sentir-se muito incomodada. Sua expectativa durou cinco minutos inteiros; e ela já estava achando que aqueles eram quinze minutos longos demais, quando os dois voltaram e foi dada uma explicação, com Henry querendo saber se ela achava que sua amiga, a srta. Thorpe, aceitaria um convite para dançar, pois seu irmão ficaria felicíssimo em ser apresentado a ela. Catherine, sem hesitar, respondeu que tinha certeza de que a srta. Thorpe não tinha a mínima intenção de dançar. A cruel resposta foi passada ao outro, que de imediato se afastou.

— Sei que seu irmão não vai importar-se — disse ela —, pois o ouvi dizendo antes que detestava dançar; mas mostrou ter uma índole muito boa ao pensar nisso. Acho que ele viu Isabella sentada e imaginou que ela podia querer um par; está completamente enganado, pois ela não aceitaria dançar por nada neste mundo.

Henry sorriu e disse:

— Como é simples para a senhorita entender os motivos dos atos das outras pessoas!

— Como? O que quer dizer com isso?

— A senhorita nunca pensa "como tal pessoa pode ser influenciada?", "que tipo de persuasão pode agir mais sobre os sentimentos de tal pessoa, levando-se em conta a sua idade, condição social e prováveis hábitos de vida?"... mas em "como eu posso ser influenciada?", "o que *me* persuadiria a agir assim e assado?".

— Não estou entendendo o senhor.

— Estamos, então, em situações muito diferentes, pois estou entendendo a senhorita muito bem.

— Eu? Claro, não consigo falar bem demais para me tornar ininteligível.

— Bravo! Excelente sátira da linguagem moderna.

— Mas, por favor, me diga o que quis dizer com aquilo.

— Quer mesmo? Deseja realmente saber? Mas não está ciente das consequências; isso lhe trará um crudelíssimo embaraço, e com certeza causará certo desacordo entre nós.

— Não, não. Nada disso vai acontecer; não tenho medo.

— Muito bem, então, só quis dizer que ao atribuir ao convite do meu irmão à srta. Thorpe apenas a motivação da boa índole, a senhorita me convenceu de que tem melhor índole do que todo o resto do mundo.

Catherine corou e recusou o elogio, e a previsão do cavalheiro se confirmou. Houve algo, porém, nas palavras dele que justificaram sua confusão, e aquele algo a preocupou tanto, que ela se retraiu por algum tempo, esquecendo-se de falar ou de ouvir; até que, despertada pela voz de Isabella, ergueu os olhos e a viu pronta para dançar com o Capitão Tilney.

Isabella deu de ombros e sorriu, a única explicação que poderia ser dada naquele momento a tão extraordinária mudança; mas, como aquilo não fosse suficiente para a compreensão de Catherine, ela exprimiu seu espanto em termos bastante claros ao seu par.

— Não consigo entender como isso aconteceu! Isabella estava tão decidida a não dançar.

— E Isabella nunca mudou de ideia antes?

— Ah! Mas porque... E o seu irmão! Depois do que o senhor disse a ele de minha parte, como pôde ele pensar em pedi-la para dançar?

— Isso não me surpreende. A senhorita me diz que o comportamento da sua amiga deve causar espanto, e portanto estou espantado; mas, quanto ao meu irmão, devo confessar que o seu comportamento no caso foi exatamente o que acreditava que seria. A beleza da sua amiga era um atrativo evidente; a firmeza dela, porém, só podia ser entendida pela senhorita.

— O senhor ri! Mas garanto-lhe que Isabella é muito firme em geral.

— Tanto quanto se pode dizer de qualquer pessoa. Ser sempre firme é ser muitas vezes teimoso. O bom juízo é o que sabe quando ceder. E, sem levar em conta que se tratava do meu irmão, acho mesmo que a escolha da srta. Thorpe não foi nem um pouco ruim para o presente momento.

As amigas não puderam reunir-se para uma conversa confidencial até que todas as danças se encerraram; mas então, enquanto andavam pelo salão de braços dados, Isabella explicou-se da seguinte forma:

— Não me surpreende a sua estranheza; e estou mesmo morta de cansaço. Que falastrão! Muito divertido, se eu não tivesse nenhuma preocupação na cabeça; mas eu daria o mundo para permanecer sentada.

— Então por que não permaneceu?

— Ah, querida! Teria parecido muito estranho; e você sabe que odeio fazer isso. Recusei-o até onde foi possível, mas ele não aceitava recusas. Você não tem ideia de como ele insistiu. Pedi-lhe que me perdoasse e escolhesse outro par... mas não, não ele. Depois de aspirar à minha mão, não havia mais ninguém no salão que ele pudesse suportar; e não era só que quisesse dançar comigo, queria também estar comigo. Ah, que absurdo! Disse-lhe que havia escolhido um modo muito improvável de me convencer; pois, de todas as coisas do mundo, a que mais detesto são belas palavras e cumprimentos. Então achei que não teria sossego se não me levantasse. Além disso, pensei que a sra. Hughes, que o apresentou, poderia levar a mal se eu o recusasse; e tenho certeza de que seu querido irmão não ficaria feliz se eu permanecesse sentada o baile inteiro. Estou tão contente por ter acabado! Sinto-me exausta depois de ouvir todos os absurdos que ele disse: e então, como é um rapaz tão atraente, ví que todos nos olhavam.

— Ele é muito bonito, mesmo.

— Bonito! É, pode ser. Tenho certeza de que muita gente o admiraria, em geral; mas não é o meu estilo de beleza. Odeio homens de pele rosada e olhos escuros. Mas nele ficam muito bem, caem muito bem. Incrivelmente presunçoso, tenho certeza. Eu o desbanquei muitas vezes, do jeito que você sabe.

Quando as duas moças tornaram a se ver, tinham um assunto muito mais interessante para discutir. Chegara a segunda carta de James Morland, e as boas intenções de seu pai receberam uma explicação completa. Seu pai passaria ao filho, tão logo este tivesse idade suficiente, uma renda de cerca de quatrocentas libras anuais, de que era titular; o que não era pequena redução nas rendas da família, nem uma concessão mesquinha a um dos dez filhos. Uma propriedade de valor pelo menos igual, ademais, foi-lhe garantida como herança.

James exprimia, então, a sua justa gratidão; e como não era inesperado, embora desagradável, o fato de ter de esperar dois ou três anos para poder casar foi recebido por ele sem descontentamento. Catherine, cujas expectativas haviam sido tão incertas quanto suas ideias sobre as rendas do pai, e cujo julgamento estava agora completamente dominado pelo irmão, sentiu-se igualmente satisfeita, e cumprimentou efusivamente Isabella por tudo ter sido acertado de modo tão feliz.

— É tudo ótimo, mesmo — disse Isabella, com o rosto sério.

— O sr. Morland portou-se muito bem — prosseguiu a gentil sra. Thorpe, olhando ansiosa para a filha. — Só queria poder fazer o mesmo. Não se poderia esperar mais dele. Se com o tempo ele achar que pode dar mais, tenho certeza de que o fará, pois sei que é um homem de excelente coração. Quatrocentas libras são uma renda pequena para se começar, é verdade, mas os seus desejos, querida Isabella, são tão modestos, que você nem sabe quão pouco pede, minha querida.

— Não é por mim que desejaria mais; mas não suporto ser motivo de sofrimento para o meu querido Morland, obrigado a se contentar em dividir um rendimento suficiente para sustentar só uma pessoa nas coisas necessárias à vida. Por mim, isso não é nada; nunca me preocupo comigo mesma.

— Sei disso, minha querida; e sempre será recompensada pelo afeto que isso faz que todos sintam por você. Nunca houve uma jovem mais amada pelos que a conhecem do que você; e tenho certeza de que, quando o sr. Morland a vir, minha querida filha... mas não vamos aborrecer a nossa querida Catherine falando dessas coisas. O sr. Morland portou-se maravilhosamente, você sabe. Sempre ouvi falar que era um homem excelente; e é claro, minha querida, não temos dúvida de que, se você tivesse uma fortuna maior, ele daria algo mais, pois estou certa de que é um homem generoso.

— Estou certa de que ninguém tem melhor opinião do sr. Morland do que eu, mas todos têm seus defeitos, naturalmente, e cada qual tem o direito de fazer o que quiser com o seu dinheiro.

Catherine magoou-se com tais insinuações.

— Tenho certeza absoluta — disse ela — de que meu pai prometeu fazer o máximo que podia.

Isabella se recompôs.

— Quanto a isso, minha doce Catherine, não há a menor dúvida, e você me conhece o bastante para saber que uma renda muito menor me deixaria satisfeita. Não é a falta de mais dinheiro que me deixa no momento um pouco aborrecida. Odeio dinheiro; e, se o nosso casamento pudesse acontecer agora com apenas cinquenta libras por ano, estaria muito contente. Ah, minha Catherine, você descobriu meus sentimentos. Este é o ponto. Os longos, longos intermináveis dois anos e meio que devem passar até que o seu irmão possa receber a renda.

— Sei, sei, minha querida Isabella — disse a sra. Thorpe —, o seu coração é transparente. Você não sabe disfarçar. Compreendemos perfeitamente seu atual desgosto; e todos vão amá-la ainda mais por tão nobre e honesta afeição.

O sentimento de desconforto de Catherine começou a passar. Ela tentou acreditar que a postergação do casamento fosse a única origem do pesar de Isabella; e, quando tornou a vê-la em seu próximo encontro tão alegre e simpática como sempre, tentou esquecer-se de que por um minuto tinha pensado diferente. James logo seguiu sua carta e foi recebido com a mais gratificante delicadeza.

CAPÍTULO 2

Os Allen já haviam entrado na sexta semana de sua estada em Bath; e, se aquela seria a última, foi, durante algum tempo, uma dúvida na qual Catherine pensava com o coração a palpitar. Ver sua relação com os Tilney terminar tão cedo era uma desgraça que nada podia compensar.

Toda a sua felicidade parecia estar em jogo, enquanto o caso permanecesse não resolvido, e tudo acabou bem quando ficou decidido que alugariam o apartamento por mais duas semanas. O que esses quinze dias adicionais lhe proporcionariam, além do prazer de encontrar-se às vezes com Henry Tilney, constituiu apenas parte pequena da especulação de Catherine. Uma ou duas vezes, de fato, desde que o noivado de James lhe ensinara o que se podia fazer, ela chegara a se permitir um secreto "talvez", mas em geral a felicidade de estar com ele no momento constituía o limite de suas perspectivas: o presente abrangia agora mais três semanas, e, estando garantida a felicidade por mais esse período, o resto da vida estava tão longe que pouco interesse lhe despertava. Na manhã que assistiu à solução dessa questão, ela visitou a srta. Tilney e extravasou seus alegres sentimentos. Aquele era um dia fadado a ser fatídico. Mal exprimira a sua satisfação pelo prolongamento da estada do sr. Allen e já a srta. Tilney lhe contava que seu pai acabara de decidir ir embora de Bath ao fim de mais uma semana. Que choque para Catherine! A tensão da manhã fora calma e tranquila em comparação com a presente decepção. Catherine logo perdeu a serenidade e, com uma voz da mais sincera aflição, fez eco às últimas palavras da srta. Tilney: "Ao fim de mais uma semana!".

— Sim, é difícil convencer meu pai a dar ao tratamento de águas o que chamo de um julgamento justo. Ele ficou desapontado com a ausência de alguns amigos que esperava encontrar aqui, e, como se sente muito bem, está cheio de pressa de ir para casa.

— Lamento muito tudo isso — ponderou Catherine, desolada —, se tivesse sabido antes...

— Talvez — disse a srta. Tilney, com certo embaraço —, faria a bondade de... eu ficaria muito feliz se...

A chegada de seu pai pôs um ponto-final naquela polidez toda, que Catherine começava a esperar que introduzisse um desejo de que as duas se correspondessem. Depois de saudá-la com a gentileza de sempre, ele se voltou para a filha e disse:

— Muito bem, Eleanor, posso felicitá-la pelo bom sucesso do seu pedido à sua linda amiga?

— Estava começando a fazer o pedido quando o senhor entrou.

— Vá em frente, então! Sei o quanto seu coração está empenhado nisso. A minha filha, srta. Morland — prosseguiu ele, sem dar à filha tempo para falar —, tem elaborado um plano bastante ousado. Vamos deixar Bath, como talvez ela já lhe tenha contado, no outro sábado à noite. Uma carta do meu intendente diz que a minha presença se faz necessária em casa; e, vendo frustrada a minha esperança de encontrar aqui o Marquês de Longtown e o General Courteney, dois de meus velhos amigos, não há nada que me retenha por mais tempo em Bath. E, se formos atendidos pela senhorita em nosso pedido egoísta, partiremos sem nenhum pesar. Pode a senhorita, em suma, ser convencida a abandonar este palco de público triunfo e dar à sua amiga a honra de sua companhia em Gloucestershire? Sinto-me envergonhado por fazer este pedido, cuja presunção decerto pareceria imensa a todos em Bath, exceto à senhorita. Uma modéstia como a sua... mas por nada neste mundo gostaria de aborrecê-la com um elogio aberto. Se puder ser convencida a nos honrar com a sua visita, vai fazer-nos indizivelmente felizes. É verdade que não podemos nada como as diversões deste lugar tão animado; não podemos tentá-la nem com entretenimentos nem com esplendor, pois o nosso modo de vida, como pode ver, é simples e despretensioso; no entanto, tudo faremos para tornar a Abadia de Northanger algo não totalmente desagradável.

Abadia de Northanger! Essas eram palavras arrepiantes, que elevaram os sentimentos de Catherine até o mais alto êxtase. Seu coração grato e gratificado mal podia conter sua expressão numa linguagem de razoável calma. Receber convite tão lisonjeiro! Ter sua companhia tão calorosamente solicitada! Tudo o que havia de honroso e reconfortante, todo o prazer presente e toda a esperança futura estavam contidos nele; e sua aceitação, com a única cláusula restritiva da aprovação de papai e mamãe, foi dada com entusiasmo.

— Vou escrever imediatamente para casa — disse ela —, e, se eles não fizerem nenhuma objeção, como tenho certeza de que não farão...

O General Tilney não era menos otimista, tendo já feito uma visita a seus excelentes amigos da Pulteney Street e obtido a aprovação deles para os seus planos.

— Já que eles aceitam separar-se da senhorita — disse ele —, podemos esperar que todos se resignem.

A srta. Tilney foi efusiva, embora delicada, em suas palavras subsequentes, e em poucos minutos tudo foi acertado tão perfeitamente quanto a necessária consulta a Fullerton o permitia.

As situações que se apresentaram durante a manhã conduziram os sentimentos de Catherine através de formas variadas de expectativa, certeza e decepção; mas estavam agora guardados em segurança pela perfeita bem-aventurança; e sentindo-se próxima do êxtase, com Henry no coração e a Abadia de Northanger nos lábios, voltou correndo para casa para escrever sua carta. O sr. e a sra. Morland, fiando-se no julgamento dos amigos, a quem já haviam confiado a filha, não tiveram dúvidas sobre a adequação de uma amizade que se formara à vista deles e, portanto, enviaram já pelo retorno do correio seu pronto consentimento à visita a Gloucestershire. Tal indulgência, embora não superasse a que Catherine esperara, completou a sua certeza de ser mais favorecida do que qualquer outro ser humano no que se referia a amizades e fortuna, circunstâncias e boa sorte. Tudo parecia trabalhar em seu favor. Pela gentileza de seus primeiros amigos, os Allen, fora introduzida em cenários em que se deparou com prazeres de toda espécie. Seus sentimentos, suas preferências, todos tiveram a felicidade de ser retribuídos. Em tudo por que sentira afeição, afeição conseguira receber em troca. O afeto de Isabella estava assegurado, agora que seriam cunhadas. Os Tilney, aqueles pelos quais, acima de tudo, ela desejava ser apreciada, superaram todos os seus desejos, pelo modo lisonjeiro com que permitiram que a sua amizade continuasse. Seria sua convidada especial, ficaria durante semanas sob o mesmo teto com pessoas cuja companhia apreciava mais do que tudo — e, além de tudo, aquele teto era o teto de uma abadia! Sua paixão por velhos edifícios só perdia para a paixão por Henry Tilney, e castelos e abadias costumavam ser o encanto dos devaneios que a imagem dele não preenchia. Ver e explorar as muralhas e as torres de um ou os claustros de outra foram durante muitas semanas seu ardente desejo, embora ser mais do que a visitante de uma só hora parecesse um desejo quase impossível. E, no entanto, iria acontecer, tendo contra si todas as probabilidades, pois podia ser casa, mansão, casa de campo, parque ou chalé, mas aconteceu de Northanger ser uma abadia; e ela seria sua moradora. Seus corredores longos e úmidos, suas celas estreitas e sua capela em ruínas estariam todos os dias ao seu alcance, e ela não conseguia reprimir completamente a esperança de alguma lenda tradicional, algum túmulo terrífico de uma freira ferida e desditosa.

Era maravilhoso ver que seus amigos se mostravam tão pouco ensoberbecidos pela posse de tal casa, que a consciência disso fosse vivida com tanta humildade. Só o poder de um velho hábito podia explicar aquilo. Uma distinção com que haviam nascido não provocava orgulho. A superioridade de residência não era para eles mais do que a superioridade como pessoas.

Eram muitas as perguntas que queria fazer à srta. Tilney; mas seus pensamentos estavam tão agitados, que, quando as perguntas foram respondidas, ela não ficou muito mais esclarecida do que antes, sobre o fato de a Abadia de Northanger ter sido um rico convento na época da Reforma, de ter caído nas mãos dos antepassados dos Tilney ao se dissolver, de boa parte do antigo edifício ainda fazer parte da casa atual, embora o resto tenha-se perdido, ou de sua localização num vale, abrigado ao norte e a leste por bosques de carvalho em aclive.

CAPÍTULO 3

Com a mente tão cheia de felicidade, Catherine mal se dera conta de que já se haviam passado dois ou três dias sem que ela visse Isabella por mais de alguns minutos em seguida. Começou a ter consciência disso e a sentir falta de conversar com ela, ao caminhar certa manhã pelo balneário, ao lado da sra. Allen, sem ter nada para dizer ou para ouvir; e, mal se haviam passado cinco minutos desde que começara a sentir saudades da amiga, quando o objeto delas apareceu e, convidando-a para uma conferência secreta, guiou-a até um lugar onde pudessem sentar-se.

— Este é o meu lugar favorito — disse ela ao se sentarem num banco entre as portas, que permitia uma visão razoável de quem entrasse por uma delas. — É muito discreto.

Observando Catherine que os olhos de Isabella estavam sempre voltados para uma ou outra porta, como se ela aguardasse impacientemente, e lembrando-se de quantas vezes já havia sido falsamente acusada de ser maliciosa, achou que aquela era uma boa oportunidade de sê-lo de fato; e assim comentou alegremente:

— Não fique nervosa, Isabella, logo, logo o James vai chegar.

— Psss! Minha querida — replicou ela. —, não pense que eu seja tão simplória a ponto de querer prendê-lo o tempo todo ao meu cotovelo. Seria péssimo estarmos sempre juntos; seríamos a piada do lugar. E então você vai para Northanger! Fico infinitamente feliz com isso. É uma das mais belas antiguidades da Inglaterra, pelo que sei. Vou esperar por uma descrição minuciosa do lugar.

— Você com certeza terá a melhor que eu conseguir fazer. Mas está à espera de quem? De suas irmãs?

— Não espero ninguém. A gente tem de olhar para algum lugar, e você sabe que tenho o costume idiota de fixar os meus olhos em alguma coisa quando os meus pensamentos estão a cento e sessenta quilômetros daqui. Sou incrivelmente distraída; acho que sou a pessoa mais distraída do mundo. Tilney diz que isto sempre ocorre com certo tipo de gente.

— Mas achei, Isabella, que você tinha alguma coisa especial para me falar.

— Ah, sim, tenho mesmo! Mas esta é mais uma prova do que eu estava dizendo. Que cabecinha a minha, tinha-me esquecido. Bem, acabo de receber uma carta do John; você pode adivinhar o que ele diz.

— Não, não posso.

— Meu amor, não seja tão terrivelmente vaidosa. Sobre o que mais ele poderia escrever, a não ser você? Você sabe que ele está completamente apaixonado.

— Por mim, querida Isabella?

— Não, minha doce Catherine, isso é completamente absurdo! A modéstia e coisas do gênero são muito elogiáveis, mas realmente um pouco de sinceridade às vezes também é bem-vinda. Nunca vi tamanho exagero! Isso é querer elogios. As atenções dele foram tais, que até uma criança teria notado. E meia hora antes de ele partir de Bath, você deu a ele o encorajamento mais explícito. É o que ele diz na carta, que lhe fez uma proposta e que você a recebeu com a maior gentileza; e agora ele quer que eu faça campanha por ele e lhe diga um monte de coisas lindas. Então é inútil fingir ignorância.

Catherine, com toda a convicção da verdade, exprimiu seu espanto ante tal acusação, afirmando desconhecer que o sr. Thorpe estivesse apaixonado por ela, e a consequente impossibilidade de ter alguma vez tido a intenção de encorajá-lo.

— Quanto a quaisquer atenções que tenha recebido dele, dou-lhe a minha palavra de honra que nunca percebi nada... a não ser quando ele me pediu para dançar no dia em que chegou. E quanto a ter-me feito algum pedido de casamento, ou coisa parecida, deve haver algum inexplicável engano. Eu não poderia ter interpretado mal uma coisa dessas, é claro! E, como sempre quero que acreditem em mim, afirmo solenemente que jamais sequer uma sílaba dessa natureza foi trocada entre nós. A última meia hora antes de partir! Isso tudo só pode ser um completo engano... pois não o vi nenhuma vez durante toda aquela manhã.

— Mas com certeza o viu, pois passou a manhã inteira em Edgar's Buildings — foi o dia em que chegou o consentimento do seu pai —, e tenho certeza de que você e John ficaram sozinhos na sala um pouco antes de você sair da casa.

— Tem mesmo? Muito bem, se você diz, então é verdade, tenho certeza... mas juro que não consigo lembrar-me. Agora me lembro de ter estado com você e ter visto o sr. Thorpe, como os demais... mas que tenhamos ficado sozinhos por cinco minutos... enfim, não vale a pena discutir sobre isso, pois seja o que for que se passou com ele, pode ter certeza, só pelo fato de nem me lembrar, que nunca pensei, nem esperei nem desejei nada desse tipo vindo da parte dele. Estou extremamente preocupada por ele ter algum sentimento por mim... mas foi tudo sem nenhuma intenção da minha parte; nunca tive a menor ideia disso. Por favor, esclareça-o assim que puder e diga-lhe que me perdoe... quer dizer... não sei o que eu deveria dizer... mas o faça entender as minhas intenções, da melhor maneira possível. Não quero falar de modo desrespeitoso do seu irmão, Isabella, eu lhe garanto; mas você sabe muito bem que esse homem não é ele se eu pensar mais num homem do que nos outros...

Isabella ficou calada.

— Minha querida amiga, não se zangue comigo. Não posso acreditar que seu irmão goste tanto de mim. E, como você sabe, nós ainda seremos cunhadas.

— Claro, claro (enrubescendo), há mais de um jeito de sermos cunhadas. Mas estou divagando... Muito bem, minha querida Catherine, a questão é que parece que você já se decidiu contra o meu pobre John... não é verdade?

— Certamente não posso corresponder ao afeto dele e certamente nunca tive a intenção de encorajá-lo.

— Assim sendo, garanto-lhe que não vou mais aborrecê-la com isso. John queria que eu falasse com você sobre o assunto, e foi o que fiz. Mas confesso que, assim que li a carta que ele escreveu, achei um caso muito estúpido e imprudente, que provavelmente não seria bom para nenhum dos dois; pois de que viveriam, se se casassem? Ambos têm alguma coisa, é claro, mas não se sustenta uma família com ninharias nos dias de hoje; e, apesar de tudo que os romancistas possam dizer, nada se faz sem dinheiro. Só me surpreende que John tenha tido essa ideia; não deve ter recebido a minha última carta.

— Você me absolve, então, de tudo?... Está convencida de que nunca tive a intenção de iludir seu irmão e nunca até agora suspeitei que ele gostasse de mim?

— Ah! Quanto a isso — respondeu Isabella, rindo —, não tenho a pretensão de saber quais foram os seus pensamentos e planos no passado. Você sabe deles muito melhor do que eu. Um leve flerte sem pretensões pode acontecer e muitas vezes encorajamos mais do que esperávamos. Mas pode ter certeza de que sou a última pessoa no mundo a julgá-la com severidade. Todas essas coisas devem ser permitidas à juventude e ao entusiasmo. O que se diz um dia talvez no outro não se diga mais. Mudam-se as circunstâncias, e as opiniões com elas.

— Mas a minha opinião sobre o seu irmão nunca mudou; foi sempre a mesma. Você está descrevendo o que nunca aconteceu.

— Minha querida Catherine — prosseguiu Isabella, sem sequer ouvi-la —, por nada neste mundo eu gostaria de apressá-la ao noivado antes de você saber bem o que está fazendo. Acho que nada poderia justificar-me em querer que você sacrifique toda a sua felicidade só para agradar ao meu irmão, só porque ele é meu irmão; é claro, ele talvez possa ser igualmente feliz sem você, pois raramente se sabe o que nos acontecerá, sobretudo os rapazes, tão incrivelmente mutáveis e inconstantes. O que digo é: por que a felicidade de um irmão seria mais importante para mim do que a de uma amiga? Como sabe, tenho uma altíssima ideia da amizade. Mas acima de tudo, minha querida Catherine, não se apresse. Ouça o que lhe digo, se você apressar-se demais, vai ter a vida toda para se arrepender. Diz o Tilney que não há nada sobre o que as pessoas mais se iludam do que os próprios sentimentos, e acho que ele tem toda a razão. Ah! Aqui está ele; não importa, ele não nos verá, com certeza.

Catherine ergueu os olhos e viu o Capitão Tilney; e Isabella, olhando fixamente para ele enquanto falava, logo lhe chamou a atenção. O oficial imediatamente se aproximou e se sentou no lugar onde os movimentos dela o convidavam. As primeiras palavras dele assustaram Catherine. Embora ditas em voz baixa, ela conseguiu distinguir: "Quê! Sempre observada, em pessoa ou por procuração!".

— Bobagem! — foi a resposta de Isabella, no mesmo meio sussurro. — Por que você põe essas coisas na minha cabeça? Como se eu pudesse acreditar... minha cabeça, como sabe, é muito independente.

— Gostaria que o seu coração fosse independente. Isso seria o bastante para mim.

— Meu coração! O que você tem a ver com corações? Nenhum de vocês, homens, tem coração.

— Se não temos coração, temos olhos; e eles já nos atormentam o bastante.

— É mesmo? Lamento muitíssimo; lamento que achem coisas tão desagradáveis em mim. Vou olhar para o outro lado. Espero que isto seja do seu agrado — voltando as costas para ele —; espero que os seus olhos não sejam atormentados agora.

— Nunca o foram mais; pois o perfil de um rosto em flor ainda pode ser visto... ao mesmo tempo, pouco e demais.

Catherine ouviu tudo aquilo e, muito chocada, não pôde ouvir mais. Surpresa de que Isabella tolerasse aquilo e com ciúmes pelo irmão, ergueu-se e, dizendo que ia encontrar a sra. Allen, a convidou a um passeio. Mas Isabella não mostrou nenhum entusiasmo pelo convite. Estava tão imensamente cansada, e era tão detestável exibir-se pelo balneário; e se saísse dali podia perder-se das irmãs; suas irmãs deviam chegar a qualquer momento; assim sua querida Catherine devia perdoá-la e tornar calmamente a se sentar. Porém Catherine também sabia ser teimosa; e, quando a sra. Allen apareceu para propor que voltassem para casa, saiu com ela do balneário, deixando Isabella sentada ao lado do Capitão Tilney. Separou-se deles muito angustiada. Achou que ele estava apaixonando-se por Isabella, e que ela inconscientemente o encorajava; só podia ser inconscientemente, pois o amor de Isabella por James era tão certo e tão conhecido quanto o noivado entre eles. Era impossível duvidar de sua palavra ou de suas boas intenções; e, no entanto, durante toda a conversa ela se comportara de um modo estranho. Preferia que Isabella tivesse falado como de costume, e não tanto sobre dinheiro, e que não se mostrasse tão feliz ao ver o Capitão Tilney. Que estranho que ela não tivesse percebido a admiração dele! Catherine estava angustiada para alertá-la discretamente sobre aquilo e prevenir todo o sofrimento que o comportamento desenvolto demais de Isabella poderia criar, tanto para ele quanto para o irmão.

O amor lisonjeiro de John Thorpe não servia de compensação à leviandade da irmã. Catherine estava tão longe de crer como de desejar que ele fosse sincero; pois não se esquecera de que ele podia enganar-se, e o que dissera sobre a proposta de casamento e o encorajamento dela a convenceram de que tais enganos podiam ser monumentais. Em termos de vaidade, portanto, ela não ganhava muito; seu maior ganho foi em espanto. Que ele achasse valer a pena perder tempo em fantasias de amor por ela era motivo de profundo espanto para Catherine. Isabella falou das atenções dele; ela nunca se dera conta de nenhuma. Mas Isabella dissera muitas coisas que esperava terem sido ditas irrefletidamente, para nunca mais serem repetidas; e preferiu encerrar com isso as suas reflexões, para seu próprio repouso e serenidade.

CAPÍTULO 4

Passaram-se alguns dias e Catherine, embora não se permitisse suspeitar da amiga, não pôde evitar observá-la atentamente. Os resultados dessas observações não foram agradáveis. Isabella parecia outra pessoa. Quando a via rodeada apenas dos amigos mais íntimos, em Edgar's Buildings ou na Pulteney Street, a mudança de comportamento era tão ínfima, que podia passar despercebida, se as coisas ficassem por ali. Certa lânguida indiferença ou uma proclamada distração, de que Catherine jamais ouvira falar antes, por vezes tomavam conta dela; mas, se nada de pior se revelasse, isso só teria aumentado seus encantos e inspirado um mais caloroso interesse. Mas quando Catherine a via em público, aceitando as atenções do Capitão Tilney tão prontamente como elas lhe eram oferecidas e dando a ele quase tanta atenção e quase tantos sorrisos quanto a James, a mudança tornava-se evidente demais para poder ignorá-la. O que significaria aquele comportamento instável, o que queria a sua amiga era algo que estava além da sua compreensão. Isabella não podia ter consciência do sofrimento que provocava; mas havia naquilo certa proposital falta de consideração, com que Catherine não podia deixar de indignar-se. Quem sofria era James. Via-o sério e inquieto; e, por mais indiferente pelo seu atual bem-estar que a mulher que lhe dera seu coração pudesse estar, para ela aquilo era sempre importante. Preocupava-se muito também com o pobre Capitão Tilney. Embora seu jeito não lhe agradasse, o nome era um passaporte para a sua estima, e ela pensava com sincera compaixão na decepção que o aguardava; pois, apesar do que acreditava ter ouvido no balneário, o comportamento dele era tão incompatível com o conhecimento do noivado de Isabella, que Catherine não conseguia, quando pensava, imaginar que ele estivesse a par. Ele podia ter ciúmes do irmão dela como rival, mas, se parecera haver mais do que isso, a culpa devia ser sua, por não ter compreendido. Queria, por uma delicada admoestação, fazê-la lembrar-se da sua condição e ter consciência dessa dupla indelicadeza; mas para tais admoestações ou faltava a oportunidade, ou não era compreendida. Se sugeria alguma coisa, Isabella jamais entendia. Nessa aflição, a planejada partida da família Tilney se tornou seu maior consolo; a viagem a Gloucestershire devia ocorrer em poucos dias, e a partida do Capitão Tilney traria, enfim, paz a todos os corações, exceto o seu. Ele, porém, no momento não tinha nenhuma intenção de partir; não participaria da viagem a Northanger, mas permaneceria em Bath. Quando Catherine soube disso, imediatamente tomou uma decisão. Falou com Henry Tilney sobre o assunto, lamentando a evidente admiração do irmão pela srta. Thorpe e convidando-o a falar com ele sobre o noivado.

— Meu irmão sabe que ela está noiva — foi a resposta de Henry.

— Sabe? Então por que vai permanecer aqui?

Ele não respondeu e começou a falar de outro assunto; ela, porém, prosseguiu com impaciência:

— Por que não o convence a ir embora? Quanto mais tempo ficar, pior será para ele no final. Por favor, aconselhe-o a deixar Bath imediatamente, para o bem dele e de todos. Com o tempo, a ausência lhe trará de novo a tranquilidade; aqui, porém, não há esperança para ele, e se ficar certamente acabará infeliz.

Henry sorriu e disse:

— Tenho certeza de que meu irmão não vai querer isso.

— Então o senhor vai persuadi-lo a partir?

— Persuasão não é algo que esteja sob nosso controle; mas me perdoe se não posso nem tentar persuadi-lo. Eu mesmo contei a ele que a srta. Thorpe está noiva. Ele sabe o que está fazendo e é senhor dos próprios atos.

— Não, ele não sabe o que está fazendo — exclamou Catherine —; ele não sabe como está fazendo meu irmão sofrer. Não que James me haja dito alguma coisa, mas sei que ele está muito angustiado.

— E tem certeza de que a culpa é do meu irmão?

— Claro, certeza absoluta.

— São os galanteios do meu irmão à srta. Thorpe ou o fato de ela aceitá-los que o faz sofrer?

— Não é a mesma coisa?

— Acho que o sr. Morland reconheceria a diferença. Nenhum homem se ofende com a admiração de outro homem pela mulher que ama; só a mulher pode transformar essa admiração num tormento.

Catherine corou pela amiga e disse:

— Isabella está errada. Mas tenho certeza de que não tem intenção de atormentar meu irmão, pois o ama muito. Ela se apaixonou por ele desde a primeira vez que se viram, e, enquanto o consentimento do meu pai ainda era incerto, ficou tão aflita que quase teve febre. O senhor sabe que ela está apaixonada por ele.

— Compreendo: está apaixonada por James e flerta com Frederick.

— Ah, não! Não são flertes. Uma mulher apaixonada por um homem não pode flertar com outro.

— É provável que nem se apaixone tanto nem flerte tão bem como poderia, se fizesse uma coisa de cada vez. Cada cavalheiro deve abrir mão de alguma coisa.

Depois de breve pausa, Catherine prosseguiu:

— Então não crê que Isabella esteja tão apaixonada pelo meu irmão?

— Não posso ter opinião sobre o assunto.

— Mas quais são as intenções do seu irmão? Se ele sabe do noivado, que pode querer com tal comportamento?

— A senhorita faz perguntas muito indiscretas.

— É mesmo? Só pergunto o que quero que me digam.

— Mas será que só pergunta o que eu posso responder?

— Acho que sim; pois deve conhecer o coração do seu irmão.

— Sobre o coração do meu irmão, como a senhorita diz, nas atuais circunstâncias, só posso fazer conjecturas.

— E então?

— E então! Não, se for para dar palpites, cada um dê o seu. É lamentável orientar-se por conjecturas de segunda mão. As premissas estão à sua frente. Meu irmão é um rapaz vivo e talvez às vezes estouvado; ele conhece a sua amiga há cerca de uma semana e soube do noivado dela logo que a conheceu.

— Muito bem — disse Catherine, depois de refletir por alguns instantes —, o senhor pode adivinhar as intenções do seu irmão com base em tudo isso; mas garanto que eu não posso. Essa situação não incomoda o seu pai? Não quer ele que o Capitão Tilney se afaste? Com certeza, se seu pai falasse com ele, ele iria embora.

— Minha querida srta. Morland — disse Henry —, será que não comete um pequeno engano nessa afetuosa solicitude pelo bem-estar do irmão? Não está indo longe demais? Será que ele lhe ficará agradecido, por si mesmo ou pela srta. Thorpe, por imaginar que o amor dela, ou pelo menos seu bom comportamento, só pode ser assegurado quando não vê o Capitão Tilney? Estará ele seguro só na solidão? Ou será que o coração dela só é fiel a ele quando ninguém mais a corteja? Ele não pode pensar assim... e a senhorita pode estar certa de que ele não lhe ficaria grato por fazê-lo. Não vou dizer "Não se preocupe", pois sei que está preocupada, no momento; mas se preocupe o mínimo possível. A senhorita não tem dúvida sobre o amor recíproco do seu irmão e sua amiga; tenha confiança, então, em que não pode haver entre eles ciúme de verdade; tenha confiança em que nenhum desentendimento entre eles pode durar muito. O coração deles está aberto um para o outro, como nenhum dos dois pode estar para a senhorita; eles sabem exatamente o que é preciso fazer e o que pode ser tolerado; e pode ter certeza de que um não vai atiçar o outro além dos limites do agradável.

Vendo que ela continuava a se mostrar desconfiada e séria, ele acrescentou:

— Embora Frederick não deixe Bath junto conosco, ele provavelmente só vai permanecer por muito pouco tempo, talvez uns poucos dias. Sua licença logo termina e vai ter de voltar ao regimento. E o que será, então, do relacionamento entre eles? O refeitório da caserna brindará por Isabella Thorpe durante quinze dias, e ela e seu irmão vão rir da pobre paixão do Capitão Tilney durante um mês.

Catherine desistiu de argumentar e se deixou consolar. Resistira aos seus assaltos durante toda a conversa, mas agora ele a fizera cativa. Henry Tilney devia ter razão. Acusou-se por exagerar em seus temores e resolveu nunca mais pensar tão seriamente sobre o assunto.

Sua decisão foi fortalecida pelo comportamento de Isabella durante o encontro de despedida. Os Thorpe passaram o último serão da estada de Catherine na Pulteney Street, e nada se passou entre os noivos que despertasse a sua desconfiança ou que a fizesse despedir-se deles com apreensão. Estava James de excelente humor, e Isabella, calma e graciosa. Sua ternura pela amiga parecia ser o sentimento mais forte do seu coração; mas, naquele momento, aquilo era compreensível; e uma vez ela contradisse explicitamente o noivo e outra vez afastou sua mão da dele. Mas Catherine se lembrou das instruções de Henry e submeteu tudo aquilo ao judicioso amor entre eles. Não é difícil imaginar os abraços, as lágrimas e as promessas da despedida entre as duas beldades.

CAPÍTULO 5

O sr. e a sra. Allen estavam inconsoláveis por perderem a jovem amiga, cujo bom humor e jovialidade a tornaram uma companheira valiosa; além disso, ao incentivarem a alegria dela, a deles próprios também aumentava.

A felicidade, porém, de Catherine em acompanhar a srta. Tilney impedia-os de desejar outra coisa; e como eles mesmos só permaneceriam mais uma semana em Bath, a separação não seria ressentida por muito tempo. O sr. Allen acompanhou-a à Milsom Street, onde ela tomaria o café da manhã, e a viu sentar-se à mesa com seus novos amigos, sendo calorosamente recebida; mas a agitação dela era tamanha por ver-se como membro da família e estava tão temerosa de não fazer exatamente o que devia e de não ser capaz de preservar a boa opinião que tinham a seu respeito, que, na tensão dos primeiros cinco minutos, quase desejou voltar com ele para a Pulteney Street.

O comportamento da srta. Tilney e o sorriso de Henry logo puseram um ponto-final em alguns dos seus sentimentos desagradáveis; mesmo assim, ela estava longe de sentir-se à vontade; nem mesmo as incessantes atenções do general conseguiram tranquilizá-la completamente. Ao contrário, por mais que a ideia parecesse impertinente, ela desconfiava que, se tivesse sido menos bem tratada, ter-se-ia acanhado menos. A preocupação do general com o bem-estar dela, pelo que ela ia comer e os seus temores, manifestados repetidas vezes, de que nada ali fosse do gosto dela — embora nunca na vida ela tivesse visto metade daquela variedade de pratos numa mesa de desjejum — tornavam impossível para Catherine esquecer-se por um momento sequer de que era uma visitante. Sentiu-se totalmente indigna de tanta atenção, e não sabia como retribuí-la. Sua tranquilidade não aumentou com a impaciência do general pelo atraso do filho mais velho nem com o desprazer que manifestou com a indolência dele quando finalmente apareceu. Catherine ficou angustiada com a severidade das admoestações do general, que pareciam desproporcionais à culpa; e muito cresceu sua preocupação quando viu que era a causa principal da repreensão e que a principal causa de indignação em seu atraso era o desrespeito demonstrado à visitante. Isso a pôs numa situação muito desagradável, e sentiu muita pena do Capitão Tilney, sem ter esperança de que ele tivesse boa vontade para emendar-se.

Ele ouviu o pai em silêncio e não tentou defender-se, o que confirmou os temores dela de que a inquietação que ele sentia por causa de Isabella, impedindo-o de dormir, podia ter sido a verdadeira causa de ter levantado tarde. Era a primeira vez que Catherine ficava diretamente na companhia do Capitão Tilney, e esperava poder agora formar uma opinião a seu respeito, porém, mal ouviu a sua voz enquanto o pai permaneceu na sala; e, mesmo depois, ele se mostrou tão perturbado, que ela só conseguiu distinguir estas palavras, cochichadas para Eleanor:

— Como vou ficar contente quando todos vocês tiverem partido.

Nada teve de agradável o alvoroço da partida. O relógio deu as dez horas enquanto os baús estavam sendo trazidos para baixo, e segundo os planos do general já deveriam ter saído da Milsom Street àquela altura. Seu sobretudo, em vez de ser levado diretamente a ele para que o vestisse, fora mandado ao cabriolé em que deveria acompanhar o filho. O assento do meio da *chaise* não fora colocado, embora fossem três as pessoas que a ocupariam, e a criada da sua filha havia levado à carruagem tal quantidade de pacotes, que a srta. Morland não tinha lugar para se sentar; e ele estava tão alterado por esse receio quando a fez entrar, que ela teve certa dificuldade em impedir que sua nova escrivaninha portátil fosse jogada na rua. Por fim, porém, a porta se fechou e as três mulheres partiram ao passo cadenciado em que os belos e bem nutridos quatro cavalos de um cavalheiro costumam fazer uma viagem de cinquenta quilômetros: era essa a distância de Bath até Northanger, dividida em duas etapas iguais. Catherine animou-se assim que se iniciou a viagem, pois com a srta. Tilney ela não sentia nenhum constrangimento; e, com os atrativos de uma estrada completamente desconhecida pela frente e um cabriolé atrás, contemplou pela última vez a cidade de Bath sem nenhum pesar, e alcançou cada marco miliário antes do que esperava. Sobreveio, então, o tédio de uma parada de duas horas em Petty France, onde não havia nada para se fazer a não ser comer sem estar com fome e andar para lá e para cá sem ter nada para ver — e a admiração que ela sentia pelo grande estilo com que viajavam, com a elegante *chaise* e quatro postilhões em finas libres, que cavalgavam com tanta maestria, e os numerosos batedores montados em magníficos cavalos, se arrefeceu um pouco ante tal inconveniente. Se a companhia tivesse sido sempre perfeitamente agradável, o atraso não teria sido nada; o General Tilney, porém, embora fosse um homem tão encantador, parecia sempre servir de freio à animação dos filhos e era quase o único a falar; ao observar isso, o descontentamento por ele demonstrado com tudo que a estalagem oferecia e sua irritada impaciência com os garçons fizeram que Catherine sentisse cada vez mais pavor dele e pareceram dobrar as duas horas para quatro. Por fim, no entanto, foi dada a ordem de partida; e grande foi a surpresa de Catherine ao ouvir a proposta do general, de que ela ocupasse o seu lugar no cabriolé do filho durante o resto da viagem: o dia estava magnífico e ele estava ansioso para que ela visse o máximo possível da paisagem.

A lembrança do que o sr. Allen lhe dissera acerca das carruagens abertas dos rapazes fizeram-na corar à menção de tal plano, e sua primeira reação foi declinar do convite; a segunda, porém, foi o maior respeito pelo discernimento do General Tilney; ele não poderia propor-lhe nada inadequado; e, poucos minutos depois, ela se viu com Henry no cabriolé, sentindo-se a mais feliz criatura que jamais existiu. Levou pouco tempo para se convencer de que o cabriolé era a mais bela carruagem do mundo; a *chaise* de quatro cavalos rodava com certa imponência, é verdade, mas era algo pesado e incômodo, e ela não conseguia esquecer-se facilmente de ter parado por duas horas em Petty France. A metade daquele tempo teria sido suficiente para o cabriolé, e os cavalos ligeiros estavam dispostos a mover-se com tal agilidade, que, se o general não tivesse exigido que a sua própria carruagem fosse na frente, eles poderiam tê-la ultrapassado com facilidade em meio minuto. Mas o mérito do cabriolé não pertencia só aos cavalos; Henry dirigia tão bem, tão tranquilamente, sem nenhum sobressalto, sem se exibir para ela ou praguejar com eles: tão diferente do único cavalheiro-cocheiro com quem podia compará-lo! E, além disso, seu chapéu lhe caía tão bem e as inúmeras capas do seu sobretudo pareciam tão elegantemente imponentes! Depois de dançar com ele, ser conduzida por ele era com certeza a maior felicidade do mundo. Além de todos os outros prazeres, sentia agora o de ouvir os elogios que lhe eram dirigidos, os agradecimentos, em nome da irmã, pela gentileza de aceitar visitá-los; e de ouvir a sua amizade ser classificada como uma amizade verdadeira, que provocava verdadeira gratidão. Sua irmã, disse ele, estava numa situação difícil: não tinha companhia feminina e, na frequente ausência do pai, ficava às vezes sem companhia nenhuma.

— Mas como é possível? — disse Catherine. — O senhor não fica com ela?

— Moro em Northanger só durante a metade do tempo; tenho ocupações em minha própria casa, em Woodston, que fica a cerca de trinta quilômetros da casa do meu pai, e tenho de passar parte do meu tempo lá.

— Como deve lamentar isso!

— Sempre lamento deixar Eleanor.

— Claro, mas, além do seu carinho por ela, o senhor deve gostar tanto da Abadia! Depois de se acostumar a ter uma casa como a Abadia, uma casa paroquial comum deve ser muito desagradável.

Ele sorriu e disse:

— A senhorita tem uma ideia muito favorável da Abadia.

— Tenho, sim. Não é um magnífico edifício antigo, como aqueles que encontramos nos livros?

— E a senhorita está preparada para enfrentar todos os horrores que um edifício como "os que encontramos nos livros" pode produzir? Tem um coração forte? Nervos prontos para paredes falsas e tapeçarias corrediças?

— Ah, claro! Não acho que vá apavorar-me com facilidade, pois haverá muita gente na casa... e, além disso, ela nunca ficou desabitada e deserta por muitos anos, para então a família voltar desinformada, sem aviso prévio, como geralmente ocorre.

— Não, com certeza. Não teremos de abrir caminho por um saguão mal iluminado pelas brasas moribundas de uma lareira, nem seremos obrigados a armar nossas camas sobre o chão de um quarto sem janelas, portas ou mobília. Mas a senhorita deve estar ciente de que, quando uma jovem é introduzida (seja como for) numa casa desse tipo, ela sempre é colocada num quarto longe do resto da família. Enquanto esta se instala confortavelmente em seu canto da casa, é mui formalmente conduzida por Dorothy, a velha governanta, por uma diferente escadaria e por uma série de corredores escuros, até um aposento nunca usado desde que algum primo ou parente nele faleceu, vinte anos antes. Está preparada para uma cerimônia dessas? Não vai ficar apreensiva quando se vir naquele quarto escuro e imenso, de pé-direito alto demais para a senhorita, iluminada só com os débeis raios de uma única lamparina, com as paredes cobertas de tapeçaria ornada com figuras em tamanho natural, e a cama de tecido verde-escuro ou de veludo púrpura, tudo com um aspecto muito fúnebre? Será que o seu coração não vai disparar dentro do peito?

— Ah! Mas tenho certeza de que isso não vai acontecer comigo.

— Com que medo vai examinar a mobília do seu quarto! E o que vai perceber? Nada de mesas, *toilettes*, guarda-roupas ou gavetas, mas de um lado talvez os restos de um alaúde quebrado, de outro um enorme baú que ninguém consegue abrir e sobre a lareira o retrato de algum belo guerreiro, cujas feições a impressionarão de um modo tão incompreensível, que não vai conseguir despregar dele os olhos. Dorothy, no entanto, não menos chocada com a sua aparência, observa-a agitada, muito atenta, e deixa escapar algumas alusões ininteligíveis. Para animá-la, ademais, ela lhe dá motivos para supor que a parte da Abadia em que a senhorita habita é sem dúvida mal-assombrada e lhe comunica que não terá nenhum empregado a seu serviço. Com essas revigorantes palavras de despedida, ela faz uma reverência e se retira... a senhorita ouve o som dos seus passos que se afastam até que o último eco a alcance... e quando, quase a desmaiar, tenta trancar a porta, descobre, para seu grande espanto, que ela não tem trinco.

— Ah, sr. Tilney, que apavorante! É igualzinho ao livro! Mas não vai mesmo acontecer comigo. Tenho certeza de que a sua governanta não é a Dorothy. Muito bem, e depois?

— Talvez não haja mais nenhum motivo para alarme na primeira noite. Depois de controlar seu insuperável horror pela cama, vai retirar-se para repousar e dormir algumas horas de um sono muito agitado. Na segunda, porém, ou no máximo na terceira noite depois da chegada, provavelmente cairá uma violenta tempestade. Trovões tão fortes a ponto de parecerem chacoalhar o edifício desde as bases vão ribombar pelas montanhas próximas...

e durante as apavorantes rajadas de vento que os acompanharão, provavelmente julgará perceber (pois a sua lâmpada ainda não se apagou) que parte da tapeçaria se agita mais violentamente do que as demais. Incapaz, é claro, de reprimir a curiosidade em momento tão favorável para isso, vai levantar-se de um salto e, vestindo o penhoar, vai examinar aquele mistério. Após brevíssima pesquisa, descobrirá uma divisão na tapeçaria, tão habilmente feita, a ponto de desafiar a mais minuciosa inspeção, e, ao abri-la, de imediato aparecerá uma porta... a qual, estando fechada só por barras maciças e um cadeado, a senhorita conseguirá abrir, com algum esforço... e, com a lamparina na mão, vai atravessá-la e entrar numa pequena sala abobadada.

— Não, mesmo; eu estaria assustada demais para fazer uma coisa dessas.

— O quê! Não depois de Dorothy ter-lhe sugerido que existe uma passagem secreta subterrânea entre o seu quarto e a capela de Santo Antônio, a pouco mais de três quilômetros dali. Será que poderia recuar ante tão simples aventura? Não, não, a senhorita vai entrar nessa pequena sala abobadada e, através dela, em diversas outras, sem perceber nada de especialmente notável. Numa delas talvez haja uma adaga, noutra algumas gotas de sangue e numa terceira os restos de algum instrumento de tortura; mas não haverá nada de mais naquilo, e como a sua lamparina já está quase apagando, vai voltar para o quarto. Ao tornar a passar pela salinha abobadada, porém, seus olhos serão atraídos para uma escrivaninha grande e antiquada, de ébano e ouro, a qual, embora a senhorita tivesse examinado com atenção a mobília, passara despercebida antes. Impelida por um irresistível pressentimento, avançará com impaciência até ela, destrancará sua tampa e investigará cada uma das gavetas... mas durante algum tempo sem descobrir nada importante... talvez nada, a não ser um considerável estoque de diamantes. Finalmente, porém, ao tocar uma mola secreta, vai abrir-se um compartimento oculto... aparece um rolo de papel... a senhorita o apanha... ele contém muitas páginas manuscritas... corre com o precioso tesouro até o quarto, mas não consegue decifrar quase nada: "Ah! Vós, quem quer que sejais em cujas mãos estas memórias da desgraçada Matilda venham a cair...", quando a sua lamparina subitamente se apaga e a deixa em meio à escuridão total.

— Ah! Não, não... não diga isso! E aí?

Mas Henry se divertia demais com o interesse que despertara para poder prosseguir; não conseguia mais dar solenidade, nem ao tema nem à voz, e foi obrigado a convidá-la a usar sua própria imaginação na leitura dos terrores de Matilda. Catherine, recompondo-se, envergonhou-se do seu entusiasmo e começou com muita gravidade a garantir a ele que prestara atenção à história sem nenhum medo de que aquilo que ouvia fosse real. Tinha certeza de que a srta. Tilney jamais a colocaria num quarto desses! Não estava nem um pouco apavorada.

Ao se aproximarem do fim da jornada, sua impaciência por ver a Abadia, interrompida durante algum tempo por uma conversa sobre assuntos muito diferentes, voltou com força total, e cada curva da estrada era aguardada com solene temor reverencial, para oferecer um vislumbre das maciças muralhas de pedra cinza, erguendo-se em meio a um bosque de velhos carvalhos, com os últimos raios de sol a brincar esplendorosos em suas altas janelas góticas. Mas o edifício ficava tão baixo, que ela passou pelos grandes portões da guarita e entrou no próprio terreno de Northanger, sem ter percebido sequer uma velha chaminé.

Ela não sabia se tinha direito a se sentir surpresa, mas houve algo naquela chegada que certamente não esperara. Pareceu-lhe estranho e incoerente passar entre as guaritas de aspecto moderno, ver-se com tanta facilidade no próprio terreno da Abadia, a percorrer tão rapidamente uma trilha de pedregulhos plana e homogênea, sem obstáculos, sobressaltos ou solenidade de nenhum tipo. Não teve, porém, muito tempo para se entregar a tais considerações. Uma súbita rajada de chuva, batendo em cheio no seu rosto, impediu-a de ver qualquer coisa e fez que concentrasse todos os pensamentos na preservação do seu novo chapeuzinho de palha; e já estava, na verdade, sob os muros da Abadia, já saltava, com a ajuda de Henry, da carruagem, já estava ao abrigo sob o velho pórtico e até já penetrara no saguão onde sua amiga e o general a aguardavam para lhe dar as boas-vindas, sem ter tido nenhuma terrível antevisão de futuras desgraças para si mesma, nem sequer uma sugestão de cenas de horror perpetradas no passado dentro do solene edifício. A brisa não parecera trazer-lhe o odor do suspiro das vítimas; não lhe trouxera nada pior do que um chuvisco forte; e, depois de dar uma boa sacudida no vestido, já estava pronta para aparecer na sala de estar e dar-se conta de onde estava.

Uma abadia! Era muito agradável para ser mesmo uma abadia! Mas, enquanto olhava a sala ao seu redor, ela duvidava de que algo ali lhe indicasse que se tratava de uma abadia. A mobília tinha toda a riqueza e a elegância do estilo moderno. A lareira, que esperava que tivesse as grandes dimensões e o entalhe pesado dos tempos passados, era apenas uma Rumford, com placas de simples mas belo mármore e ornamentos da mais bela porcelana inglesa. As janelas, que observou com especial esperança, por ter ouvido falar que haviam preservado a sua forma gótica com um cuidado reverencioso, eram ainda menos como a sua imaginação as representara. Com certeza, os arcos de ponta foram preservados — a forma deles era gótica —, podiam até ter batentes, mas cada vidraça era tão ampla, tão clara, tão leve! Para uma imaginação que esperara encontrar as menores divisões e a mais pesada alvenaria, os vitrais pintados, sujos e cheios de teias de aranha, a diferença era muito deprimente.

O general, percebendo os olhares dela, começou a falar das pequenas dimensões da sala e da simplicidade da mobília, onde tudo, sendo de uso cotidiano, visava só ao conforto, etc., gabando-se, porém, de que havia alguns aposentos na Abadia que não seriam indignos da sua atenção — e estava começando a mencionar os caros ornamentos de um deles em especial, quando, tirando o relógio, estacou e declarou com surpresa já serem vinte para as cinco! Aquele pareceu ser o sinal combinado, e Catherine se viu com tal pressa empurrada para os seus aposentos pela srta. Tilney, que teve a certeza de que em Northanger vigorava a mais estrita pontualidade ao horário da família.

Voltando pelo amplo e alto saguão, subiram uma larga escada de carvalho reluzente, a qual, depois de muitos voos e muitas aterrissagens, as levou a um corredor longo e largo. De um lado, havia uma série de portas, e era iluminada do outro por janelas que Catherine só teve tempo de descobrir que davam para um pátio quadrado, antes que a srta. Tilney a introduzisse num quarto e, depois de manifestar brevemente a esperança de que o achasse confortável, se despedisse com um ansioso pedido de que mudasse o mínimo possível em seu traje.

CAPÍTULO 6

Um simples olhar foi suficiente para que Catherine compreendesse que o seu quarto era muito diferente daquele com cuja descrição Henry tentara assustá-la. Não era de modo algum desproporcionalmente grande e não continha nem tapeçarias nem veludo. As paredes estavam cobertas de papel, o assoalho estava acarpetado; as janelas não eram nem menos perfeitas nem mais opacas do que as da sala do andar de baixo; a mobília, embora não da última moda, era bonita e confortável, e o jeito do quarto estava, enfim, longe de ser sombrio. Reconfortado imediatamente o seu coração quanto a isso, decidiu não perder tempo no exame particular de coisa nenhuma, pois temia imensamente contrariar o general com algum atraso. Suas roupas, portanto, foram tiradas com a máxima pressa, e ela estava preparando-se para desembrulhar a roupa branca, que levara consigo na *chaise* para poder dela dispor sem mais demora, quando seus olhos deram de repente com um baú alto e largo, colocado num recesso profundo de um dos lados da lareira. A vista daquilo assustou-a; e, esquecendo-se de tudo o mais, ela permaneceu observando-o em imóvel espanto, enquanto cruzavam sua cabeça estes pensamentos:

— Muito estranho, mesmo! Não esperava ver uma coisa dessas! Um enorme e pesado baú! Que será que tem dentro? Por que teria sido colocado aqui? Está num lugar recuado, como se para passar despercebido! Vou ver o que tem dentro... custe o que custar, vou ver o que tem dentro... e agora mesmo, à luz do dia. Se esperar até a noite a minha vela pode acabar.

Ela chegou perto e o examinou com atenção: era de cedro, curiosamente marchetado de madeira mais escura, e erguido cerca de trinta centímetros acima do chão por um apoio entalhado na mesma madeira. A fechadura era de prata, embora escurecida pelo tempo; a cada extremidade havia os restos imperfeitos de alças também de prata, talvez quebradas prematuramente por alguma estranha violência; e no meio da tampa havia uma inscrição misteriosa, no mesmo metal. Catherine debruçou-se sobre ela atentamente, mas sem conseguir distinguir nada com certeza. Em qualquer direção que a tomasse, não podia crer que a última letra fosse um T; e, no entanto, seria espantoso que, naquela casa, fosse alguma outra letra. Se o baú não era originalmente deles, que estranhos acontecimentos poderiam tê-lo trazido ao seio da família Tilney?

Sua medrosa curiosidade tornava-se cada vez mais forte; e, segurando com as mãos trêmulas o ferrolho da tranca, decidiu, a despeito de todos os riscos, descobrir pelo menos o seu conteúdo. Com dificuldade, pois algo parecia resistir aos seus esforços, ela ergueu a tampa alguns centímetros; mas ao mesmo tempo súbitas batidas à porta do quarto fizeram que ela, assustada, largasse a tampa, que caiu com espantosa violência. O intruso intempestivo era a criada da srta. Tilney, enviada pela patroa para ajudá-la; e embora Catherine imediatamente a despedisse, aquilo a fez lembrar-se do que devia estar fazendo e a forçou, não obstante seu ansioso desejo de desvendar aquele mistério, a tratar de se vestir sem mais demora. O progresso não foi rápido, pois seus pensamentos e seus olhos ainda estavam voltados para aquele objeto tão bem calculado para interessá-la e alarmá-la; e, embora não ousasse perder mais tempo numa segunda tentativa, não conseguiu ficar muito distante do baú. Por fim, porém, tendo deslizado um braço para dentro do vestido, sua *toilette* pareceu quase terminada, e então a impaciência da sua curiosidade pôde ser satisfeita com segurança. Poderia com certeza dispor de um momento; e o uso da força seria tão desesperado da parte dela, que, a menos que travada por meios sobrenaturais, a tampa logo deveria abrir-se. Com essa resolução, deu um pulo para a frente e a sua confiança não a decepcionou. Seu esforço decidido abriu a tampa e exibiu aos seus olhos atônitos a visão de uma colcha de algodão, corretamente dobrada, que repousava numa parte do baú, ocupando-a espaçosamente!

Ela estava olhando para aquilo com o primeiro rubor da surpresa, quando a srta. Tilney, ansiosa para que a amiga ficasse pronta, entrou no quarto e, à crescente vergonha de ter tido por alguns minutos tão absurdas expectativas, se somou então a vergonha de ser flagrada em tão ociosa investigação.

— Muito curioso esse velho baú, não é? — comentou a srta. Tilney, enquanto Catherine rapidamente o fechava e se dirigia para o espelho. — É impossível dizer há quantas gerações ele está aqui. Não faço ideia de como veio parar aqui, mas não quis que o tirassem, pois achei que ele pode às vezes ser útil para guardar chapéus e bonés. O ruim é que o seu peso o faz difícil de abrir. Nesse canto, porém, pelo menos não obstrui a passagem.

Catherine não teve tempo de responder, estando ao mesmo tempo corando, arrumando o vestido e tomando sábias decisões com a maior pressa. A srta.

Tilney delicadamente sugeriu que temia que estivessem atrasadas; e em meio minuto as duas desciam correndo as escadas, numa apreensão não de todo injustificada, pois o General Tilney estava andando de um lado para o outro da sala de visitas, de relógio na mão, e havia, no mesmo instante em que elas chegaram, tocado o sininho com violência, ordenando: "O jantar deve ser servido imediatamente!".

Catherine estremeceu com a ênfase com que ele falou, e se sentou pálida e arquejante, muito humilde, preocupada com os filhos do capitão e detestando velhos baús; e o general, recuperando a polidez quando a viu, passou o resto do tempo censurando a filha por ter sem razão apressado sua linda amiga, que estava absolutamente sem fôlego pela correria, quando não havia a menor razão para pressa; mas Catherine não conseguiu superar o duplo pesar por ter envolvido a amiga numa reprimenda e por ser ela mesma uma grande boba, até se sentarem alegremente à mesa de jantar, quando os sorrisos complacentes do general e o seu próprio bom apetite lhe trouxeram de volta a paz. A sala de jantar era um salão nobre, adequado em suas dimensões para ser uma sala de estar muito mais ampla do que a que estava em uso, e decorada num estilo de luxo e extravagância que quase passou despercebido aos olhos inexperientes de Catherine, que viu pouco mais do que a sua amplidão e o número de criados. Sobre a primeira, ela expressou em voz alta a sua admiração; e o general, com uma expressão muito afável, reconheceu que aquela não era de modo algum uma sala de pequenas dimensões e em seguida confessou que, embora tão indiferente a essas questões como a maioria das pessoas, considerava uma sala de jantar razoavelmente ampla como uma das coisas indispensáveis na vida; imaginava, porém, que ela deveria estar acostumada a cômodos de dimensão muito maior na casa do sr. Allen.

— Não, mesmo — foi a sincera resposta de Catherine —; a sala de jantar do sr. Allen não é nem a metade desta.

E acrescentou nunca ter visto uma sala tão grande na vida. O bom humor do general aumentou. Já que possuía salas como aquela, achava que seria bobagem não fazer uso delas; mas, palavra de honra, achava que seriam mais confortáveis salas de metade do tamanho. Tinha certeza de que a casa do sr. Allen devia ter exatamente o tamanho certo para sua razoável felicidade.

Passou-se o jantar sem mais sobressaltos e, na ocasional ausência do General Tilney, com muito maior alegria. Foi só na presença dele que Catherine sentiu um pouco de fadiga pela viagem; e, mesmo em momentos de cansaço ou recolhimento, preponderava uma sensação geral de felicidade, e ela podia pensar nos amigos que haviam permanecido em Bath sem desejar estar com eles.

A noite foi de tempestade; o vento fora intermitentemente se intensificando durante toda a tarde; e, quando os convivas se dispersaram, ventava e chovia a cântaros. Ao atravessar o saguão, Catherine ouviu a tempestade com uma sensação de pavor; e, quando ouviu sua fúria ao redor do velho edifício fazer bater com brusca violência uma porta distante, sentiu pela primeira vez que estava realmente numa abadia. Sim, aqueles eram sons característicos; eles lhe trouxeram à memória inúmeras situações apavorantes e cenas horripilantes ocorridas em edifícios como aquele, precedidas por tempestades como aquela; e de todo o coração se alegrou pelas circunstâncias mais felizes que acompanharam a sua chegada a tão solenes paredes! Não tinha nada que temer de assassinos da meia-noite nem de bêbados galantes. Henry com certeza estava brincando quando lhe contou aquelas histórias de manhã. Numa casa assim tão bem mobiliada e tão protegida, ela não podia ter nada a explorar nem a sofrer, e podia ir para a cama com a mesma segurança do seu próprio quarto, em Fullerton. Assim sabiamente fortalecendo o ânimo enquanto subia as escadas, conseguiu, sobretudo ao perceber que a srta. Tilney dormia só duas portas distante da sua, entrar no quarto com o coração razoavelmente resoluto; e seu ânimo de imediato se viu reconfortado pela deliciosa chama de uma lareira.

— Como é melhor assim — disse ela, enquanto caminhava até o guarda-fogo —, como é melhor encontrar o fogo já aceso a ter de esperar, morrendo de frio, até que toda a família esteja na cama, como tantas pobres moças são obrigadas, e então se assustar com uma velha e fiel criada que chega carregando um feixe de lenha! Como estou feliz por Northanger ser o que é! Se fosse como outros lugares, não sei se numa noite como esta eu poderia responder pela minha coragem; mas agora, com certeza, não há com que me assustar.

Ela olhou ao seu redor no quarto. As cortinas da janela pareciam mover-se. Podia não ser nada, além da violência da ventania que penetrava pelos interstícios das venezianas; e seguiu em frente com o passo decidido, cantarolando despreocupadamente uma canção. Para certificar-se de que era mesmo isso, correu corajosamente as cortinas, não viu nada em nenhuma dos peitorais das janelas de baixo que a assustasse e, ao colocar a mão sobre a veneziana, teve a mais viva certeza da força dos ventos. Um olhar lançado ao velho baú, quando voltava desse exame, não deixou de ter a sua utilidade; ela riu dos temores imotivados de uma imaginação ociosa e começou a se preparar para dormir na mais feliz indiferença. Não devia apressar-se; não devia preocupar-se por ser a última pessoa acordada na casa. Mas não ia atiçar o fogo, pois isso pareceria covardia, como se quisesse a proteção da luz antes de ir para a cama. O fogo, portanto, foi morrendo, e Catherine, tendo passado quase uma hora em seus preparativos, estava começando a pensar em se deitar, quando, ao lançar um olhar de despedida ao redor do quarto, se surpreendeu com o aparecimento de uma alta e antiquada escrivaninha preta, a qual, embora estivesse numa posição bem visível, não chamara a sua atenção antes. As palavras de Henry, sua descrição da escrivaninha de ébano que primeiro lhe passaria despercebida, imediatamente acorreram à sua lembrança; e, embora não pudesse ser nada de mais, havia algo esquisito naquilo, era decerto uma coincidência impressionante! Ela pegou a vela e foi inspecionar a escrivaninha. Não era feita de ébano e ouro, mas de laca, laca preta e amarela do mais belo estilo; e, quando erguia a vela, o amarelo tinha a aparência do ouro. A chave estava na tampa, e ela teve a estranha fantasia de inspecioná-la; sem, porém, a menor expectativa de encontrar alguma coisa. Mas aquilo tudo era tão estranho, depois do que Henry havia dito! Em suma, não podia dormir enquanto não a tivesse examinado. Assim, colocando a vela com todo o cuidado sobre uma cadeira, ela segurou a chave com a mão muito trêmula e tentou girá-la; deparou-se, porém, com a mais enérgica resistência. Assustada, mas não desanimada, tentou girar do outro lado; houve um clique, e ela acreditou ter conseguido; mas, muito estranhamente, a tampa continuava imóvel. Estacou por algum tempo, surpresa e ofegante. O vento uivava pela chaminé, a chuva batia em cascata contra as janelas e tudo parecia exprimir o horror daquela situação. Seria inútil, porém, voltar para a cama, com aquele problema por resolver, pois não conseguiria dormir com a consciência de uma escrivaninha tão misteriosamente fechada em sua proximidade imediata. Mais uma vez, portanto, ela girou a chave, e depois de movê-la de todas as formas possíveis por alguns instantes, com a resoluta celeridade da última esperança, a tampa cedeu à sua mão: seu coração bateu exultante com a vitória, e escancarando os dois batentes, sendo o segundo preso só por parafusos de fabricação menos primorosa do que a tranca, embora nisso seus olhos não conseguissem distinguir nada de anormal, surgiu à sua frente uma dupla fileira de gavetinhas, com algumas gavetas maiores acima e abaixo; e, no centro, uma portinhola, também fechada com uma tranca à chave, protegia muito provavelmente uma cavidade importante.

O coração de Catherine batia forte, mas a coragem não a traiu. Com as faces coradas de esperança e os olhos brilhantes de curiosidade, seus dedos agarraram a alça da gaveta e a puxaram. Estava completamente vazia. Menos assustada e mais impaciente, ela abriu a segunda, a terceira, a quarta; todas igualmente vazias. Não deixou nenhuma sem examinar e em nenhuma encontrou nada. Instruída na arte de ocultar tesouros, a possibilidade de as gavetas terem fundo falso não lhe escapou, e ela apalpou atentamente cada uma delas de todos os lados, mas em vão. Agora só restava a explorar o espaço central; e embora ela desde o começo não tivesse tido a mínima ideia de achar alguma coisa em lugar nenhum daquela escrivaninha, e não estivesse nem um pouco decepcionada com seu insucesso até então, seria estúpido não examiná-la até o fim, quando já estava com a mão na massa. Demorou algum tempo, no entanto, para abrir a porta, a mesma dificuldade que tivera no manejo da tranca externa; mas por fim ela cedeu; e não foi vã, como até então, a sua busca; seus olhos ágeis logo deram com um rolo de papel encostado no fundo da cavidade, aparentemente para ser escondido, e seus sentimentos naquele momento eram indescritíveis. Seu coração disparou, seus joelhos tremeram e seu rosto empalideceu. Pegou, com as mãos trêmulas, o precioso manuscrito, pois bastou um rápido olhar para entrever caracteres escritos à mão; e, enquanto reconhecia com uma sensação de pavor esse impressionante exemplo do que Henry previra, resolveu ler imediatamente cada linha, antes de tentar descansar.

Como a luz emitida pela candeia estava cada vez mais fraca, Catherine olhou preocupada para ela; mas não havia perigo de que se apagasse de repente; ainda tinha algumas horas para queimar; e, para não ter maior dificuldade em lê-lo do que a que sua antiguidade provocava, soprou sobre o manuscrito. Infelizmente, foi soprar e apagou a vela. Não se poderia apagar uma vela com mais terrível efeito. Catherine, durante alguns momentos, ficou paralisada de horror. A extinção da claridade foi completa; nem uma réstia de luz no pavio lhe dava alguma esperança de que se reacendesse. Encheu-se o quarto de uma escuridão impenetrável e imóvel. Uma fortíssima rajada de vento, batendo com brusca fúria, aumentou o horror. Catherine estremeceu dos pés à cabeça. Na pausa que se seguiu, um som como de passos que se afastavam e o fechar-se de uma porta distante atingiu seus ouvidos assustados. A natureza humana não podia suportar mais. Um suor frio cobriu-lhe a testa, o manuscrito caiu-lhe das mãos e, abrindo às apalpadelas caminho até a cama, lançou-se sobre ela e procurou interromper aquela agonia, enfiando-se arrepiada debaixo das cobertas. Percebeu que estava fora de questão fechar os olhos e dormir aquela noite. Com uma curiosidade tão justamente despertada e com sentimentos tão agitados sob todos os aspectos, o sono era algo completamente impossível. A tempestade lá fora, tão terrível! Não estava acostumada a se assustar com o vento, mas agora cada rajada parecia repleta de medonhas mensagens. Como explicar o manuscrito tão espantosamente encontrado, que cumpria de forma assombrosa a predição da manhã? Que poderia conter? A quem se referia? Como pôde permanecer tanto tempo oculto? E como era estranho que coubesse a ela descobri-lo! Até conhecer completamente o seu conteúdo, porém, não teria repouso nem tranquilidade; e, com os primeiros raios do sol, ela estava decidida a levar adiante a sua leitura. Mas até lá ainda havia muitas e aborrecidas horas. Arrepiava-se, estendida na cama, com inveja dos que dormiam calmamente. A tempestade ainda era violenta, e diversos eram os rumores, mais apavorantes até que o vento, que chegavam intermitentemente aos seus ouvidos assustados. As cortinas da cama ora pareciam mover-se, ora era a maçaneta da porta que parecia girar, como se alguém tentasse entrar. Sussurros abafados pareciam rastejar pelo corredor, e mais de uma vez seu sangue se enregelou com o som de gemidos distantes. Passaram-se as horas, e a exausta Catherine ouviu as três serem proclamadas por todos os relógios antes que a tempestade passasse ou que ela caísse no sono, sem o perceber.

CAPÍTULO 7

O som da criada de quarto que abria as janelas às oito da manhã do dia seguinte foi o que despertou Catherine; e ela abriu os olhos, admirada de que tivessem podido fechar-se, para um cenário alegre; a lareira já estava acesa, e uma luminosa manhã se seguira à tempestade noturna.

Instantaneamente, com a consciência da existência, retornou a lembrança do manuscrito; e, saltando da cama assim que a criada saiu, recolheu com impaciência cada folha do rolo que se espalhara ao cair no chão, e voou de volta à cama para gozar o prazer de lê-lo sobre o travesseiro. Viu então que não devia esperar um manuscrito de igual tamanho daqueles que geralmente a deixavam arrepiada nos livros, pois o rolo, parecendo consistir inteiramente de folhas soltas, era de tamanho medíocre, muito menor do que imaginara no começo.

Seus olhos ávidos cravaram-se rapidamente na página. Levou um susto com o que viu. Seria possível aquilo, ou os seus sentidos estavam pregando-lhe uma peça? Uma lista de roupa branca, em letra vulgar e moderna, parecia ser tudo que tinha à frente! Se devemos crer na evidência da visão, Catherine tinha entre as mãos uma conta de lavanderia. Pegou outra folha e viu os mesmos artigos, com pequena variação; a terceira, a quarta e a quinta nada de novo apresentaram. Camisas, meias, gravatas e coletes eram só o que via em cada uma delas. Duas outras, com a mesma letra, assinalavam uma conta não muito mais interessante de papel de carta, pó para cabelo, cadarços e removedores de manchas. E a folha maior, que envolvia as demais, parecia, pela confusa primeira linha — "Pôr cataplasma no calo da égua" —, ser uma conta de ferrador! Eram esses os papéis (deixados ali, talvez, supunha ela, pela negligência de uma criada no lugar onde os achara) que tanto a encheram de expectativa e susto e lhe roubaram o sono durante metade da noite! Sentiu-se profundamente humilhada. A aventura do baú deveria ter-lhe servido de lição. Um ângulo dele, chamando a sua atenção enquanto permanecia deitada, parecia erguer-se para julgá-la. Nada agora podia ser mais claro do que o absurdo de suas recentes fantasias. Supor que um manuscrito velho de muitas gerações pudesse ter permanecido por descobrir num quarto como aquele, tão moderno, tão confortável! Ou que ela pudesse ser a primeira a ter a habilidade de destrancar uma escrivaninha cuja chave estava à vista de todos!

Como pôde enganar-se tanto? Deus não queira que Henry Tilney saiba da sua doidice! E tudo era em boa parte culpa dele, pois, se a escrivaninha não tivesse parecido concordar tão precisamente com a sua descrição, Catherine jamais teria sentido a menor curiosidade por ela. Essa foi sua única consolação. Impaciente para se livrar daquelas detestáveis provas da sua insensatez, aqueles odiosos papéis esparramados sobre a cama, ela ergueu-se de imediato e, dobrando-os o mais possível na mesma forma de antes, devolveu-os ao mesmo lugar dentro da escrivaninha, com um veemente desejo de que nenhum acidente desagradável os trouxesse de novo à luz, para envergonhá-la até a seus próprios olhos.

Por que foi tão difícil abrir as trancas, porém, ainda era algo surpreendente, porque agora conseguia abri-las com facilidade. Com certeza havia naquilo algo misterioso, e ela permaneceu meio minuto saboreando aquela lisonjeira hipótese, até ocorrer-lhe a possibilidade de elas estarem inicialmente abertas e de ter sido ela mesma a primeira a fechá-las, o que lhe provocou novo rubor.

Ela saiu assim que pôde de um quarto em que seu comportamento produzira tão desagradáveis reflexões, e se dirigiu a toda a velocidade à sala de desjejum, no lugar indicado pela srta. Tilney na noite anterior. Henry estava sozinho nela; e seus imediatos votos de esperança de que ela não se tivesse perturbado com a tempestade, com uma maliciosa referência ao tipo do edifício em que moravam, foram um tanto desagradáveis. Por nada neste mundo gostaria que houvesse alguma suspeita sobre a sua fraqueza, e, no entanto, incapaz de uma completa falsidade, foi obrigada a reconhecer que o vento a deixara acordada por um tempinho.

— Mas hoje temos uma linda manhã — acrescentou ela, desejando mudar de assunto —; e tempestades e falta de sono não são nada, depois que já passaram. Que belos jacintos! Acabo de aprender a apreciar os jacintos.

— Como aprendeu? Por acidente ou por argumentos?

— Sua irmã ensinou-me; não sei dizer como. A sra. Allen costumava esforçar-se, ano após ano, para fazer que eu gostasse deles; mas nunca os apreciei, até vê-los outro dia na Milsom Street; sou por natureza indiferente às flores.

— Mas agora a senhorita adora jacintos. Tanto melhor. Agora tem uma nova fonte de prazer, e é bom abrir o maior número possível de caminhos para a felicidade. Além disso, é sempre útil para as mulheres o gosto pelas flores, para fazê-las sair um pouco de casa e praticar um pouco mais de exercícios. E, embora o amor aos jacintos seja um tanto doméstico, quem sabe, uma vez despertado o sentimento, um dia venha a amar as rosas?

— Mas não preciso disso para sair de casa. O prazer de caminhar e de respirar o ar fresco já me basta, e, quando o dia está bom, passo mais da metade do tempo fora. Mamãe diz que não paro em casa.

— De qualquer modo, fico feliz em saber que aprendeu a apreciar os jacintos. O mais importante é o hábito de aprender a admirar as coisas; e a facilidade de aprender é uma grande bênção numa jovem. É agradável o modo de ensinar da minha irmã?

Catherine foi poupada do constrangimento de tentar responder pela chegada do general, cujos cumprimentos sorridentes anunciavam um ótimo humor, mas uma gentil alusão ao costume comum de levantar cedo não a fez sentir-se mais à vontade.

A elegância do serviço de café chamou a atenção de Catherine quando se sentaram à mesa; e claramente fora da escolha do general. Ele ficou encantado com a aprovação do seu gosto, admitiu que era elegante e simples, além de propício a estimular a indústria do país; e, quanto a ele, para o seu paladar pouco crítico, o chá era tão bem saboreado na cerâmica de Staffordshire quanto na de Dresden ou de Sèvres. Mas esse era um serviço já bastante velho, adquirido dois anos atrás. Muito se aperfeiçoara desde então a fabricação; vira alguns belos espécimes na última vez que fora a Londres, e, se não lhe faltasse completamente esse tipo de vaidade, poderia sentir-se tentado a comprar um novo serviço. Tinha certeza, porém, de que não demoraria a aparecer outra oportunidade de escolher um serviço... embora não para ele mesmo. Catherine foi provavelmente a única presente que não o compreendeu.

Pouco depois do desjejum, Henry partiu para Woodston, onde os negócios o chamavam e o afastariam dali por dois ou três dias. Todos se reuniram no saguão para vê-lo montar seu cavalo, e imediatamente, ao voltar à sala de desjejum, Catherine caminhou até uma janela para vê-lo mais uma vez.

— A firmeza do seu irmão será submetida hoje a uma rude prova — observou o general para Eleanor. — Woodston vai parecer sombria hoje.

— É um lugar bonito? — perguntou Catherine.

— Que você acha, Eleanor? Diga a sua opinião, pois as mulheres exprimem melhor o gosto das mulheres quanto a lugares e homens. Acho que qualquer olhar imparcial reconheceria muitos méritos nele. A casa fica em meio a magníficos prados com frente para sudeste, com uma excelente horta com o mesmo aspecto; os muros ao seu redor foram construídos por mim mesmo cerca de dez anos atrás, pensando em meu filho. É uma renda de família, srta. Morland; e, como as propriedades do lugar me pertencem, em sua maioria, pode ter certeza de que me empenho para que não sejam más. Se o sustento de Henry dependesse somente dessas rendas, não estaria em má situação. Pode parecer estranho que, tendo apenas dois filhos mais jovens, eu julgue que ele precise de uma profissão; e decerto momentos há em que todos poderíamos desejar que ele estivesse livre de qualquer vínculo de trabalho. E, embora não possa convertê-la às minhas ideias, tenho certeza de que o seu pai, srta. Morland, concordaria comigo em julgar conveniente que todo jovem tenha uma ocupação. Dinheiro não é nada, não é um objetivo; o importante é a ocupação. Até Frederick, meu filho mais velho, como a senhorita vê, que talvez venha a herdar mais terras do que qualquer outro homem do condado, tem a sua profissão.

O efeito irresistível desse último argumento esteve à altura dos seus desejos. O silêncio da moça provou que ele não admitia réplica.

Algo fora dito na noite anterior sobre mostrar-lhe a casa, e ele agora se ofereceu a ela como guia; e, embora Catherine tivesse tido a esperança de explorá-la na companhia apenas da filha dele, aquela era em si mesma uma proposta agradável demais, sob qualquer circunstância, para não ser aceita com muita alegria; pois já estava havia dezoito horas na Abadia e vira apenas alguns dos seus cômodos. A caixa de costura, que havia pegado sem muita animação, foi fechada com alegre pressa, e num segundo já estava pronta para acompanhá-lo. E quando já tivessem percorrido toda a casa, ele se permitiria o prazer de acompanhá-la pela horta e pelo jardim. Ela aquiesceu com uma reverência. "Mas talvez ela achasse mais agradável ir primeiro à horta. O tempo está propício e nesta época do ano é bem provável que não continue assim por muito tempo." Qual ela preferia? Ele estava igualmente à sua disposição. Qual deles a sua filha achava corresponder melhor aos desejos de sua linda amiga? Ele, porém, julgou poder descobrir. Sim, certamente lia nos olhos da srta. Morland um judicioso desejo de aproveitar o tempo favorável. Mas quando é que ela julgava erroneamente? A Abadia sempre estaria ali, segura e seca. Ele consentiu com tudo, ia só pegar o chapéu e as acompanharia logo em seguida. Ele saiu da sala, e Catherine, com o rosto desapontado e aflito, começou a exprimir a sua contrariedade ao fato de ele levá-las para passear fora de casa, contra a própria vontade, com a errônea ideia de agradar a ela; foi, porém, contradita pela srta. Tilney, que disse, com certa confusão:

— Creio que a melhor coisa a fazer é aproveitar a manhã enquanto faz um tempo tão bom; e não se preocupe com o meu pai; ele sempre faz a sua caminhada a esta hora do dia.

Catherine não sabia exatamente como entender aquilo. Por que estaria a srta. Tilney constrangida? Poderia haver certa má vontade da parte do general em lhe mostrar a Abadia? Ele mesmo lhe fizera o convite. E não era esquisito que ele sempre fizesse tão cedo a sua caminhada? Nem seu pai nem o sr. Allen faziam isso. Aquilo era decerto irritante. Ela estava impaciente para ver a casa, mas não sentia nenhuma curiosidade pela parte externa. Ah, se Henry estivesse com eles! Agora, porém, ela já não saberia o que seria pinturesco quando o visse. Tais eram os seus pensamentos, mas os guardou para si mesma, e pôs o chapéu com paciente descontentamento.

Ela se impressionou, porém, mais do que esperava com a grandiosidade da Abadia, quando a viu pela primeira vez de fora. O edifício todo cercava um amplo pátio; e dois lados do quadrilátero, ricos em ornamentação gótica, apresentavam-se à admiração. O resto estava encoberto por altas e velhas árvores ou por uma luxuriante vegetação, e as íngremes montanhas cobertas de árvores que se erguiam por trás e lhe davam abrigo eram magníficas mesmo no mês de março, de pouca folhagem. Catherine nunca vira nada que se comparasse àquilo; e seus sentimentos de júbilo foram tão profundos, que, sem esperar por melhor autoridade, ousadamente exprimiu sua alegria e sua admiração. O general ouvia aquilo mostrando assentimento e gratidão; e parecia até que sua própria avaliação de Northanger permanecera indefinida, à espera daquele momento.

A horta era a próxima a ser admirada, e ele a levou até lá através de uma pequena parte do parque.

O número de hectares daquele jardim era tal, que Catherine não podia ouvir sem aflição, tendo mais do dobro do tamanho de todas as propriedades do sr. Allen, bem como do pai dela, inclusive a área da igreja e o pomar. As muralhas pareciam incontáveis em número, e ilimitadas em extensão; toda uma aldeia de estufas parecia erguer-se entre elas, e toda uma paróquia parecia estar ativa no espaço por elas limitado. O general sentiu-se lisonjeado pelos seus olhares de surpresa, que lhe disseram de modo quase tão claro quanto pelas palavras que logo ele a forçou a pronunciar, que ela nunca havia visto nenhum jardim como aquele; e ele, então, modestamente confessou que, sem ter nenhuma ambição desse tipo, sem se preocupar com aquilo, acreditava que eles não tinham rival em todo o reino. Aquele era o seu *hobby*. Adorava jardins. Embora indiferente na maior parte das questões de comida, adorava as boas frutas, ou, se não ele, seus amigos e filhos as adoravam. Um jardim como aquele, porém, causava muita dor de cabeça. O máximo cuidado nem sempre podia garantir as melhores frutas. A estufa de abacaxis só produzira cem unidades no ano anterior. O sr. Allen, imaginava ele, devia enfrentar essas mesmas inconveniências.

— Não, de modo nenhum. O sr. Allen não se importava com os jardins, e nunca passeava por eles.

Com um triunfante sorriso de vaidade, o general exprimiu seu desejo de poder fazer o mesmo, pois nunca entrava nos seus jardins sem se irritar de um ou outro modo pelo fracasso de seus planos.

Perguntou como funcionavam as estufas progressivas do sr. Allen enquanto descrevia a natureza das suas, ao entrarem nelas.

Catherine respondeu que o sr. Allen só possuía uma pequena estufa, que a sra. Allen usava para as suas plantas no inverno, e nela se acendia uma fogueira de quando em quando.

— Ele é um homem feliz! — disse o general, com um ar de felicíssimo desdém.

Tendo-a acompanhado a cada divisão e introduzido a cada compartimento, até ela se mostrar profundamente cansada de ver e admirar, o general finalmente permitiu que as mocinhas se valessem de uma porta de saída, e então, exprimindo o desejo de examinar o efeito de umas reformas recentes perto da casa de chá, a propôs como um não desagradável prolongamento do passeio, se a srta. Morland não estivesse cansada.

— Mas aonde vai, Eleanor? Por que escolheu essa trilha fria e úmida? A srta. Morland vai acabar molhando-se. O melhor caminho é através do parque.

— Como este é um dos meus passeios preferidos — disse a srta. Tilney —, sempre acho que é o melhor e mais curto caminho. Mas talvez esteja molhado.

Era uma trilha estreita e serpenteante em meio a um bosque espesso de abetos escoceses; e Catherine, impressionada com seu aspecto melancólico e ansiosa para entrar nela, não conseguiu, mesmo com a desaprovação do general, deixar de seguir por ela. Ele percebeu sua vontade e, tendo mais uma vez feito em vão a sua advertência pelo bem da saúde, foi delicado o bastante para não mais se opor. Pediu perdão, porém, por não acompanhá-las: os raios do sol não lhe eram muito agradáveis, e as encontraria do outro lado. Voltou-se e foi embora; e Catherine ficou abalada ao ver o quanto se sentia aliviada pela separação. O choque, porém, sendo menos real que o alívio, não a perturbou; e ela começou a falar com despreocupada alegria da deliciosa melancolia que aquele bosque lhe inspirava.

— Tenho uma predileção especial por este lugar — disse a sua companheira, com um suspiro. — Era o passeio favorito da minha mãe.

Catherine nunca antes ouvira nenhuma menção à sra. Tilney por parte da família, e o interesse despertado por essa carinhosa recordação se manifestou de imediato na alteração da sua fisionomia e na pausa atenta com que esperou por algo mais.

— Eu costumava caminhar com ela! — acrescentou Eleanor. — Mas então não adorava tanto este lugar como agora. Naquela época, a preferência dela me surpreendia. Agora, porém, a memória dela torna esta trilha ainda mais querida para mim.

— E não devia — refletiu Catherine — torná-la mais querida também para o marido? O general, porém, não quis entrar nela.

Como a srta. Tilney continuava calada, ela se arriscou a dizer:

— A morte dela deve ter sido uma grande dor!

— Grande e cada vez maior — tornou Catherine, em voz baixa. — Eu tinha apenas treze anos quando aconteceu; e, embora sentisse a perda talvez tanto quanto uma pessoa tão jovem podia senti-la, eu não sabia, nem podia saber, que grande perda seria.

Parou por um instante e então acrescentou, com grande firmeza:

— A senhorita sabe que não tenho nenhuma irmã... e, embora Henry... embora os meus irmãos sejam muito carinhosos e Henry passe bastante tempo aqui, o que eu lhe agradeço muitíssimo, é impossível para mim não me sentir sempre sozinha.

— Deve sentir muita saudade dela.

— Uma mãe estaria sempre presente. Uma mãe teria sido uma amiga constante; sua influência seria maior do que todas as outras.

Era uma mulher encantadora? Muito bonita? Havia algum retrato dela na Abadia? E por que gostava tanto daquele bosque? Seria por tristeza? Eram agora perguntas feitas com impaciência; as três primeiras receberam uma pronta afirmativa; as outras duas ficaram sem resposta; e o interesse de Catherine pela falecida sra. Tilney aumentava a cada interrogação, respondida ou não. Estava convencida de sua infelicidade conjugal. O general certamente fora um marido pouco delicado. Não gostava do seu passeio preferido: poderia tê-la amado, então? E, além disso, embora fosse bela, havia algo na expressão dele que mostrava que não se havia comportado bem com ela.

— Imagino que o retrato dela — corando à arte consumada de sua própria pergunta — esteja pendurado no quarto do seu pai.

— Não; era para ficar na sala de estar, mas meu pai não ficou satisfeito com a pintura, e durante certo tempo não foi posta em nenhum lugar. Logo depois da morte, consegui-o para mim e o pendurei no meu quarto, onde terei o maior prazer em mostrar-lho; é muito parecido.

Mais uma prova. Um retrato, e muito parecido, da esposa falecida, desdenhado pelo marido! Ele devia ter sido terrivelmente cruel com ela!

Catherine não mais tentou ocultar de si mesma a natureza dos sentimentos que, apesar de todas as atenções, ele despertara; e, o que antes fora pavor e antipatia, agora era absoluta aversão. Isso mesmo, aversão! Sua crueldade com uma mulher tão encantadora tornou-o abominável a seus olhos. Lera muita coisa sobre personagens assim, personagens que o sr. Allen costumava chamar de antinaturais e exagerados; mas ali estava uma prova evidente do contrário.

Mal se decidira sobre esse ponto e já o fim da trilha fez que topassem com o general; e, apesar de toda a sua virtuosa indignação, viu-se mais uma vez obrigada a caminhar com ele, ouvi-lo e até a sorrir quando ele sorria. Já não podendo, porém, sentir prazer com os objetos que a rodeavam, logo começou a mostrar cansaço no andar; o general percebeu e, preocupado com sua saúde preocupação que parecia censurá-la pela opinião que tinha dele —, logo se apressou em fazer que ela e a filha voltassem para casa. Ele as seguiria em quinze minutos. Mais uma vez se despediram, mas o general tornou a chamar Eleanor meio minuto depois, para proibi-la de levar a amiga para dar uma volta pela Abadia antes da sua volta. Esse segundo exemplo da vontade que ele mostrava de adiar tudo que ela mais queria deixou profunda impressão em Catherine.

CAPÍTULO 8

Passou-se uma hora até que o general voltasse, hora essa gasta pela sua jovem hóspede em considerações pouco favoráveis ao caráter dele. "Esta ausência prolongada, essas perambulações solitárias não mostram uma alma tranquila, uma consciência sem mácula." Por fim o general chegou; e, por mais sombrias que tivessem sido as suas meditações, ele ainda conseguia sorrir para elas. A srta. Tilney, compreendendo em parte a curiosidade da amiga em ver a casa, logo voltou a abordar o assunto; e não apresentando seu pai, ao contrário do que Catherine esperava, nenhuma intenção protelatória, além dos cinco minutos que levou para solicitar que servissem refrescos na sala quando voltassem, estava por fim pronto para acompanhá-las.

Partiram; e, com um ar imponente, um passo altaneiro, que chamou a atenção, mas não pôde varrer as dúvidas de Catherine, moça de muitas leituras, ele abriu caminho através do saguão, pela sala de visitas comum e uma inútil antecâmara, até uma sala, magnífica em tamanho e mobiliário — a verdadeira sala de visitas, usada só para convidados de importância. Era muito nobre, muito grandiosa, muito fascinante! foi tudo que Catherine teve para dizer, pois seu olhar pouco discriminador mal distinguia a cor do cetim; e todos os elogios mais minuciosos, todo o louvor mais significativo, ficaram por conta do general: a suntuosidade ou elegância da decoração das salas não eram nada para ela; não dava atenção a nenhum móvel de data mais recente do que o século XV. Quando o general acabou de satisfazer a sua própria curiosidade, com um exame atento de cada ornamento familiar, passaram à biblioteca, um cômodo, à sua maneira, de igual magnificência, que exibia uma coleção de livros que teria enchido de orgulho mesmo o mais humilde dos homens. Catherine escutou, admirou e se maravilhou mais do que antes — tirou o máximo proveito que pôde daquele depósito de conhecimentos, percorrendo os títulos de metade de uma prateleira, e estava pronta para mais. Mas as fileiras de salas não desapareciam segundo os desejos dela. Amplo como era o edifício, ela já visitara a maior parte dele; no entanto, ao lhe dizerem que, com a adição da cozinha, as seis ou sete salas que acabara de ver cobriam três lados do pátio, ela mal pôde acreditar ou superar a suspeita de que havia muitos quartos secretos. Foi de certo alívio, porém, o fato de que, para voltarem às salas de uso comum, passariam por algumas salas de menor importância que davam para o pátio, o qual, com algumas outras passagens não exatamente pouco sinuosas, conectava os diferentes lados; e ficou ainda mais contente em sua caminhada quando lhe disseram que ela estava pisando o que antigamente fora um claustro, apontaram vestígios de celas e ao observar diversas portas que não estavam abertas nem lhe foram explicadas, ao achar-se sucessivamente numa sala de bilhar e nos aposentos particulares do general, sem compreender a conexão entre eles ou ser capaz de se localizar quando saiu; e, por fim, ao passar por uma salinha escura, de propriedade de Henry, e repleta de livros, armas e sobretudos, em grande confusão.

A sala de jantar já havia sido vista e deveriam tornar a vê-la sempre às cinco horas, mas o general não podia abrir mão do prazer de medir a grandes passos a sua extensão, para mais exata informação da srta. Morland, que não duvidou do que ouviu nem se interessou; dali eles passaram rapidamente à cozinha — a velha cozinha do convento, imponente em suas maciças paredes, com a grandiosa chaminé dos velhos tempos e as estufas e os fornos de hoje. O talento reformador do general não permaneceu ocioso aqui: foram adotadas todas as modernas invenções capazes de facilitar o trabalho dos cozinheiros naquele que era o seu espaçoso teatro; e, quando o gênio de outros falhara, o seu próprio muitas vezes obtivera a perfeição desejada. Só as melhorias por ele implantadas naquele lugar já lhe garantiriam a condição de um dos maiores benfeitores do convento em todos os tempos.

Com as paredes da cozinha terminava toda a antiguidade da Abadia, pois o quarto lado do quadrilátero, por causa do seu mau estado, fora demolido pelo pai do general, e o presente fora construído em seu lugar. Tudo que havia de venerável acabava aí. O novo prédio era não só novo, mas ostentava modernidade; concebido apenas para abrigar as dependências de serviço da casa e tendo por trás os estábulos, não se julgou necessária nenhuma uniformidade de estilos arquitetônicos. Catherine enfureceu-se com a mão que varrera o que devia ter um valor muito superior a todo o resto, por meros objetivos de economia doméstica; e com prazer teria dispensado a mortificação de uma caminhada através de cenários tão decadentes, se o general lho tivesse permitido; mas, se alguma vaidade ele tinha, era com o arranjo daquelas dependências de serviço; e, como estava convencido de que devia ser sempre gratificante, para alguém como a srta. Morland, ver as acomodações e os confortos com os quais eram facilitados os trabalhos dos subordinados, ele não se julgou na necessidade de lhe pedir perdão por levá-la até lá. Fizeram uma rápida inspeção de tudo; e Catherine ficou mais impressionada do que esperava pela multiplicidade e pela praticidade das dependências. Os serviços para os quais algumas despensas informes e copas desconfortáveis eram consideradas suficientes em Fullerton, aqui eram executados em compartimentos apropriados, cômodos e espaçosos. O número de empregados que não paravam de aparecer não a impressionou menos do que o número das dependências a eles reservadas. Onde quer que fossem, alguma moça de tamancos parava para fazer-lhes uma reverência, ou algum lacaio em mangas de camisa saía sorrateiramente. E, no entanto, aquilo era uma abadia! Quão inexprimivelmente diferente nesses arranjos domésticos daquilo que ela lera — das abadias e castelos, em que, embora decerto maiores do que Northanger, todo o trabalho sujo da casa era feito no máximo por dois pares de mãos femininas. Como elas conseguiam fazer isso era algo que sempre espantara a sra. Allen; e, quando Catherine viu tudo que era necessário aí, ela mesma começou a se espantar.

Voltaram ao saguão, para que pudessem subir a escadaria principal e admirar a beleza da sua madeira e dos seus ornamentos ricamente entalhados. Ao chegarem ao topo, voltaram-se na direção contrária do corredor em que ficava o quarto dela, e logo entraram em outro quarto do mesmo andar, mas superior em comprimento e largura. Foram-lhe mostrados, então, três grandes dormitórios seguidos, com seus vestíbulos completos e elegantemente decorados. Ali fora feito tudo que o dinheiro e o bom gosto podem conseguir para proporcionar conforto e elegância aos aposentos; e, como haviam sido mobiliados nos últimos cinco anos, eram perfeitos em tudo que geralmente agradava e careciam de tudo que podia proporcionar prazer a Catherine. Ao examinarem o último deles, o general, depois de rapidamente citar alguns dos augustos personagens que haviam honrado aqueles aposentos com sua presença, voltou-se com expressão sorridente para Catherine e exprimiu a esperança de que, no futuro, alguns de seus próximos hóspedes fossem "os nossos amigos de Fullerton". Ela apreciou o inesperado cumprimento e lamentou profundamente a impossibilidade de ter boa opinião de um homem com tão boas disposições para com ela e tão cheio de gentilezas com toda a sua família.

O corredor terminava numa porta de dois batentes, que a srta. Tilney, avançando, escancarara e ultrapassara, e parecia prestes a fazer o mesmo com a primeira porta à esquerda, em outra longa ala do corredor, quando o general se adiantou e, ao parecer de Catherine, chamou-a de lado, um tanto zangado, perguntando-lhe: "O que está fazendo? O que há mais para ver? A senhorita já não viu tudo que era digno da sua atenção? E será que não acha que sua amiga talvez venha a apreciar um refresco depois de tanto exercício?". A srta. Tilney voltou imediatamente atrás, e as pesadas portas se fecharam diante da inconsolável Catherine, que, tendo entrevisto à sua frente um corredor mais estreito, com numerosas passagens e sintomas de uma escadaria em caracol, acreditava ter enfim chegado a algo digno de atenção; e sentiu, ao tornar a percorrer o corredor em sentido contrário, que preferiria poder examinar aquele canto da casa a ver todos os seus outros refinamentos. O evidente desejo do general de impedir tal exame era um estímulo adicional. Certamente havia algo que esconder; sua imaginação, embora se tivesse enganado uma ou duas vezes recentemente, não podia errar neste caso; e o que fosse esse algo, uma breve frase da srta. Tilney, enquanto desciam as escadas a certa distância atrás do general, pareceu indicar:

— Eu estava entrando no antigo quarto da minha mãe... o quarto onde ela morreu... — foram as poucas palavras que pronunciou; mas, por poucas que fossem, transmitiram a Catherine páginas inteiras de informações. Não era de admirar que o general recuasse ante a vista dos objetos que aquele quarto devia conter; um quarto em que provavelmente ele nunca mais entrara desde a terrível cena que libertara sua dolorosa esposa e o entregara às torturas da consciência.

Quando tornou a ficar a sós com Eleanor, ela se arriscou a exprimir seu desejo de receber permissão para vê-lo, assim como todo o resto daquele canto da casa; e Eleanor prometeu levá-la até lá, assim que tivessem uma hora conveniente. Catherine compreendeu-a: era preciso ter certeza de que o general não estava em casa para poderem entrar no quarto.

— Ele permanece como era, não é? — disse ela, em tom comovido.
— Tal e qual.
— E quanto tempo faz que a sua mãe morreu?

— Já faz nove anos — e Catherine sabia que nove anos não eram nada, comparados com o tempo que geralmente se passava depois da morte de uma esposa ferida até que o quarto fosse posto em ordem.

— Esteve com ela até o fim, não é?

— Não — disse a srta. Tilney, num suspiro. — Infelizmente estava longe de casa. Sua doença foi abrupta e breve; e antes que eu chegasse já estava tudo acabado.

O sangue de Catherine enregelou-se nas veias com as medonhas sugestões naturalmente provocadas por tais palavras. Seria possível? Será que o pai de Henry...? E, no entanto, como eram numerosos os exemplos que justificavam até mesmo as mais negras suspeitas! E quando o viu à noite, enquanto bordava com a amiga, caminhando lentamente de um lado para o outro da sala de estar durante uma hora, em silenciosa meditação, de olhos fitos no chão e ombros arqueados, ela se sentiu segura de que não se iludia com relação a ele. Era todo o jeito de um Montoni![21] O que poderia demonstrar mais claramente o tenebroso suplício de uma alma completamente alheia a todo sentido de humanidade, ao rever apavorada as passadas cenas de culpa? Coitado! E a ansiedade dela fazia que voltasse os olhos para ele com tanta insistência, que aquilo chamou a atenção da srta. Tilney.

— Meu pai — sussurrou ela — sempre caminha pela sala assim; não há nada de extraordinário nisso.

"Tanto pior!", pensou Catherine; tal exercício fora de hora se casava perfeitamente com a estranha intempestividade das caminhadas matinais e nada de bom augurava.

Depois de um sarau monótono e aparentemente interminável, que a fez tornar-se particularmente sensível à importância de Henry entre eles, Catherine ficou felicíssima em se despedir deles, embora tivesse sido um olhar do general não destinado à observação dela que fez que a filha tocasse a campainha. Quando, porém, o mordomo quis acender a candeia do patrão, foi proibido de fazê-lo. Ele não ia retirar-se.

— Tenho muitos papéis para terminar — disse ele a Catherine — antes de poder pregar os olhos, e talvez tenha de matutar sobre os negócios do reino durante horas depois que a senhorita já estiver dormindo. Podemos os dois ser mais bem utilizados? *Meus* olhos cegando-se pelo bem dos outros, e os *seus* preparando-se com o repouso para futuras travessuras.

Mas nem o alegado trabalho nem o magnífico elogio conseguiram evitar que Catherine pensasse que um assunto muito diferente devia estar por trás de tão considerável protelação do próprio repouso. Não era muito verossímil manter-se acordado durante horas depois que a família já estava na cama por causa de estúpidos papéis. Tinha de haver alguma causa mais profunda: algo

---

[21] Personagem de *Mysteries of Udolpho*.

devia ser feito que só podia ser perpetrado enquanto o resto da casa dormia; e a probabilidade de que a sra. Tilney ainda estivesse viva, silenciada por motivos desconhecidos e recebendo das impiedosas mãos do marido um suprimento noturno de ração foi a conclusão que necessariamente se seguiu. Por mais revoltante que fosse a ideia, era pelo menos melhor do que uma morte iniquamente apressada, pois, no curso natural das coisas, ela não devia demorar para ser libertada. O caráter abrupto da suposta doença, a ausência da filha e provavelmente dos demais filhos no momento em que ocorreu, tudo favorecia a hipótese de seu encarceramento. O motivo — talvez ciúmes ou descarada crueldade — ainda estava por determinar.

Ao revolver essas ideias, enquanto se despia, de repente lhe ocorreu que não era improvável que naquela manhã ela tivesse passado perto do lugar do confinamento daquela pobre mulher — talvez a poucos passos da cela em que a outra definhava, pois qual parte da Abadia seria mais adequada a essa finalidade do que aquela que ainda conservava os vestígios dos compartimentos monásticos? No corredor de altos arcos, pavimentado de pedras, que ela já havia trilhado com especial pavor, bem se lembrava das portas sobre as quais o general não dera nenhuma explicação. Para o que será que davam aquelas portas? Em apoio à plausibilidade dessa conjectura, também lhe ocorreu que o corredor proibido, no qual ficavam os aposentos da infeliz sra. Tilney, devia situar-se, pelo que se lembrava, exatamente acima da fileira suspeita de celas, e a escadaria ao lado daqueles aposentos, que entrevira rapidamente, comunicando-se secretamente com aquelas celas, poderia muito bem ter facilitado os bárbaros atos do marido. Talvez ela tivesse sido arrastada escada abaixo em forçado estado de inconsciência!

Catherine às vezes se assustava com a audácia de suas próprias suposições, e às vezes esperava ou temia que tivesse ido longe demais; mas eram elas sustentadas por tantas aparências, que a sua rejeição se tornava impossível.

Como o lado do quadrilátero em que ela supunha estar acontecendo a cena atroz era exatamente oposto ao dela, ocorreu-lhe que, se atentamente observado, alguns raios de luz da lanterna do general poderiam brilhar através das janelas de baixo, quando ele entrasse no cárcere da esposa; e, duas vezes antes de entrar na cama, foi pé ante pé do quarto até a janela correspondente no corredor, para ver se ele aparecia; mas tudo lá fora estava escuro, e ainda devia ser cedo demais. Os vários ruídos que subiam até ela convenceram-na de que os criados ainda deviam estar acordados. Até meia-noite, imaginou que seria inútil observar; mas então, quando o relógio desse as doze badaladas e tudo estivesse em silêncio, se não estivesse completamente aterrorizada pela escuridão, sairia em silêncio e olharia mais uma vez. O relógio deu meia--noite... e Catherine já caíra no sono uma hora e meia antes.

CAPÍTULO 9

O dia seguinte não apresentou nenhuma oportunidade para o desejado exame dos misteriosos aposentos. Era domingo, e todo o tempo entre os serviços religiosos da manhã e da tarde foi tomado pelo general com exercícios ao ar livre ou com a refeição de carne fria em casa; e, por maior que fosse a curiosidade de Catherine, sua coragem não estava à altura do desejo de explorá-los depois do jantar, quer sob a esmaecente luz do céu entre as seis e as sete ou sob a luz ainda mais parcial, embora mais intensa, de uma traiçoeira lanterna. O dia não foi marcado, portanto, por nada que interessasse à imaginação dela, a não ser a vista de um elegantíssimo monumento à memória da sra. Tilney, bem em frente ao banco da igreja reservado à família. Aquilo logo lhe chamou a atenção e a reteve por muito tempo; e a leitura do rebuscadíssimo epitáfio, em que todas as virtudes eram atribuídas a ela pelo inconsolável marido, que deve ter sido de algum modo seu carrasco, comoveu-a até as lágrimas.

Que o general, depois de erigir tal monumento, pudesse encará-lo, talvez não fosse muito estranho, e, no entanto, não só o fato de sentar-se tão audaciosamente à vista dele, com um ar tão altivo, olhando com tanto destemor ao seu redor, mas também o mero fato de entrar na igreja pareciam espantosos a Catherine. Não, porém, que não fossem conhecidos muitos outros casos de gente do mesmo modo impertérrita na culpa. Ela podia citar dúzias de casos de pessoas que perseveraram em todos os vícios possíveis, indo de crime em crime, assassinando quem quisessem, sem nenhum sentimento de compaixão ou de remorso, até que a morte violenta ou a conversão religiosa pusesse um ponto-final em sua negra carreira. O fato em si de o monumento ter sido erguido não alterava minimamente as suas dúvidas sobre a morte da sra. Tilney. Mesmo que descesse até a cova da família em que suas cinzas supostamente repousavam, mesmo que visse o caixão em que diziam estar encerrada, de que tudo isso serviria num caso como este? Catherine lera demais para não ter plena consciência da facilidade de se introduzir um boneco de cera e de se organizar um falso funeral.

A manhã seguinte prometia algo melhor. A caminhada matutina do general, fora de hora como parecia de qualquer outro ângulo, foi nesse caso favorável; e, quando Catherine soube que ele não estava em casa, propôs de imediato à srta. Tilney o cumprimento da promessa. Eleanor estava pronta para atendê-la; e como Catherine lhe recordasse outra promessa ainda, a primeira visita, então, foi ao retrato em seu quarto. Representava uma mulher encantadora, com uma expressão doce e pensativa, à altura, até então, das expectativas de sua nova observadora; mas estas não foram totalmente satisfeitas, porque Catherine acreditava que se depararia com feições, cabelos, cor de pele que fossem a autêntica contrapartida, a autêntica imagem, se não de Henry, pelo menos de Eleanor — já que os únicos retratos a que estava acostumada a ver sempre mostravam uma semelhança entre mãe e filho. Uma vez formado, um rosto dura gerações. Mas nesse caso ela foi obrigada a observar, refletir e estudar em busca de tal semelhança. Ela o contemplou, porém, apesar de tudo, com muita emoção e, se não fosse por um interesse ainda maior, ter-se-ia despedido dele a contragosto.

    Sua agitação ao entrarem no grande corredor era forte demais para qualquer tentativa de falar; só conseguia olhar para a companheira. A expressão de Eleanor era abatida, mas tranquila, e sua serenidade demonstrava que estava acostumada com todos os sombrios objetos rumo aos quais avançavam. Mais uma vez ela atravessou as portas de dois batentes, novamente sua mão segurou a crucial maçaneta, e Catherine, que mal conseguia respirar, estava girando para fechar a primeira com todo o cuidado, quando a figura, a temida figura do general em pessoa, apareceu à sua frente no fim do corredor! No mesmo momento, o nome de "Eleanor", com seu mais alto tom de voz, ressoou através da casa, intimando pela primeira vez a filha a comparecer, e provocando em Catherine terror e mais terror. Tentar esconder-se foi a sua primeira reação instintiva ao vê-lo, mas não tinha nenhuma esperança de ter escapado à vista dele; e quando sua amiga, lançando-lhe um rápido olhar de desculpas, correu até ele e desapareceu, ela correu para se esconder em seu próprio quarto e, trancando-se dentro dele, pensou que jamais teria coragem de descer outra vez. Permaneceu ali pelo menos uma hora, na maior agitação, sentindo imensa pena da pobre amiga e esperando ela mesma ser intimada pelo furioso general para ir ter com ele em seus aposentos. Não lhe chegou nenhuma intimação, porém; por fim, ao ver uma carruagem que se aproximava da Abadia, ganhou coragem para descer e encontrar-se com ele sob a proteção dos visitantes. A sala de desjejum estava alegre, cheia de gente; e ela foi apresentada a eles pelo general como a amiga de sua filha, num tom elogioso, que ocultava tão bem sua ira, que a fez sentir-se segura, por enquanto pelo menos, quanto à própria vida. E quando Eleanor, com um domínio de si que honrava a sua preocupação pela imagem do pai, logo aproveitou uma oportunidade para lhe dizer "Meu pai só queria que eu respondesse a um bilhete", ela começou a ter esperança de ter passado despercebida do general ou de, por motivos de cortesia, ser-lhe permitido supor isso. Mais confiante, ousou permanecer na presença dele, depois que as visitas se foram, e nada aconteceu que pudesse perturbá-la.

    Durante as suas reflexões da manhã, decidiu fazer sozinha a nova tentativa de chegar ao quarto proibido. Seria muito melhor, em todos os aspectos, que Eleanor nada soubesse sobre o assunto. Envolvê-la nos riscos de ser apanhada uma segunda vez, acompanhá-la até um quarto que devia partir o seu coração não eram coisas de amiga. A fúria do general não podia despejar-se sobre ela como sobre a filha; e, além disso, julgou que o exame em si seria mais satisfatório se efetuado sem nenhuma companhia. Seria impossível explicar a Eleanor as suas suspeitas, as quais, felizmente, com toda a probabilidade ainda não lhe haviam ocorrido; nem poderia, portanto, na presença dela, procurar aquelas provas da crueldade do general, que, embora tivessem até então escapado à descoberta, ela tinha confiança em achar em algum lugar, sob a forma de algum fragmento de diário cuja redação prosseguisse até a última respiração. Já conhecia perfeitamente o caminho até os aposentos; e, como queria resolver o caso até a chegada de Henry, que era aguardado para o dia seguinte, não havia tempo a perder. O dia estava luminoso, sua coragem, em alta; às quatro horas, o sol já estava duas horas acima do horizonte, e era como se ela subisse apenas meia hora antes do habitual para se vestir.

E assim foi; Catherine se viu sozinha no corredor antes que os relógios parassem de bater. Não havia tempo para refletir; ela correu, deslizou com o menor ruído possível através dos batentes da porta e, sem parar para olhar ou respirar, disparou para o quarto em questão. A tranca cedeu à sua mão e por sorte sem nenhum ruído sombrio que pudesse alarmar um ser humano. Ela entrou na ponta dos pés; o quarto estava à sua frente; mas demorou alguns minutos até que pudesse dar outro passo. O que viu a havia paralisado e perturbado até o miolo dos ossos. Viu um aposento grande e bem proporcionado, uma bela cama coberta de tecido de algodão, arrumada como as criadas o fazem quando têm tempo de sobra, uma reluzente estufa de Bath, guarda-roupas de mogno e cadeiras pintadas com esmero, sobre as quais se derramavam os quentes raios de um sol poente através de duas janelas de guilhotina! Catherine esperara fortes emoções, e aí estavam elas. Primeiro o espanto e a dúvida tomaram conta dela; logo em seguida um raio de senso comum somou a eles amargas sensações de vergonha. Ela podia não ter se enganado sobre o quarto; mas quão grosseiramente se enganara sobre tudo o mais!, sobre o que a srta. Tilney quisera dizer, e até nos seus próprios cálculos! Esse quarto, ao qual ela atribuíra uma data tão recuada, uma posição tão medonha, acabou revelando-se uma extremidade do que o pai do general construíra. Havia outras duas portas no quarto, que provavelmente levavam a vestíbulos; mas ela não sentia vontade de abrir nenhuma delas. Será que o último pijama vestido pela sra. Tilney ou o livro em que fez a sua última leitura teriam permanecido para contar o que nada mais podia sussurrar? Não: fossem quais fossem os crimes do general, ele era esperto demais para deixar provas à vista. Ela estava cansada de explorar e só queria estar na segurança do seu próprio quarto, com a certeza de que só o seu coração conhecia a própria insensatez; e estava prestes a retirar-se tão sorrateiramente quanto entrara, quando o som de passos, vindos não sabia de onde, a fez estacar e tremer. Ser encontrada ali por uma criada seria desagradável; mas, pelo general (e ele parecia estar sempre por perto quando menos era desejado), seria muito pior! Ela se pôs à espreita... o som cessara; e, resolvida a não perder mais tempo, saiu e fechou a porta. Naquele momento uma porta se abriu apressadamente no andar de baixo; alguém parecia subir a passos rápidos a escada pela qual ainda teria de passar antes de chegar ao corredor. Ela não conseguia mover-se. Com um sentimento de terror não muito definível, fitou os olhos na escada, que em poucos momentos trouxe Henry à sua visão.

— Sr. Tilney! — exclamou com uma voz com algo mais do que um espanto comum. Ele também parecia espantado. — Meu Deus! — prosseguiu ela, não aguardando as palavras dele. — Como chegou aqui? Como subiu aquelas escadas?

— Como eu subi as escadas! — tornou ele, muito surpreso. — Porque é o caminho mais curto do estábulo para o meu próprio quarto; e por que não subiria por ela?

Catherine recompôs-se, corou profundamente e não conseguiu dizer mais nada. Ele parecia estar procurando na fisionomia dela aquela explicação que os seus lábios não ofereciam. Ela se moveu na direção do corredor.

— E será que eu posso, por minha vez — disse ele, enquanto fechava as portas — perguntar como a senhorita chegou aqui? Este corredor é pelo menos um caminho tão extraordinário da sala de desjejum até os seus aposentos quanto a escada pode ser dos estábulos até os meus.

— Vim — disse Catherine, baixando os olhos — para ver o quarto da sua mãe.

— O quarto da minha mãe! Haverá algo de extraordinário para se ver lá?

— Não, nada. Achei que o senhor só voltaria amanhã.

— Não esperava poder voltar mais cedo quando parti, mas três horas atrás tive o prazer de ver que nada mais me prendia lá. A senhorita está pálida. Temo tê-la assustado ao subir tão rápido as escadas. Talvez a senhorita não soubesse... não tivesse conhecimento de que elas se comunicavam com as dependências de serviço.

— Não, não sabia. O senhor teve um belo dia para uma cavalgada.

— É verdade; e Eleanor deixou que a senhorita descobrisse sozinha o caminho para todos os quartos?

— Ah, não! Ela me mostrou a maior parte no sábado... e estávamos vindo para estes quartos... mas só que — baixando a voz — o seu pai estava conosco.

— E isso reteve a senhorita — encarando-a com seriedade. — Olhou dentro de todos os quartos do corredor?

— Não, eu só queria ver... não é muito tarde? Tenho de me vestir.

— São só quatro e quinze — mostrando o relógio —, e agora a senhorita não está em Bath. Sem teatro, sem salões para se preparar. Em Northanger, meia hora é mais do que suficiente.

Não podia contradizê-lo, e portanto se deixou ficar, embora o medo de mais perguntas fizesse que, pela primeira vez desde que se conheceram, ela desejasse deixá-lo. Caminharam devagar pelo corredor.

— Recebeu alguma carta de Bath desde a última vez que nos vimos?

— Não, e estou muito surpresa. Isabella prometeu tão fielmente escrever logo!

— Prometeu tão fielmente! Uma promessa fiel! Isso me intriga. Já ouvi falar em comportamento fiel. Mas de promessa fiel, a fidelidade de prometer! Essa é uma capacidade que não vale muito a pena conhecer, pois pode decepcionar e magoar a senhorita. O quarto da minha mãe é muito aconchegante, não é? Grande e alegre, e com vestíbulos tão bem colocados! Sempre me parecem ser os aposentos mais confortáveis da casa, e me admira que Eleanor não os tenha escolhido para si. Ela pediu que viesse vê-los, não é?

— Não.

— Foi tudo ideia sua?

Catherine não disse nada. Depois de um breve silêncio, durante o qual Tilney a observara atentamente, ele acrescentou:

— Como não há nada no quarto que desperte a curiosidade, seu impulso deve ter-se originado num sentimento de respeito pelo caráter da minha mãe, como descrito por Eleanor, que realmente culta a memória dela. Creio que nunca houve no mundo mulher melhor do que ela. Mas não é comum a virtude despertar um interesse como o seu. Os méritos domésticos e despretensiosos de uma pessoa nunca vista não costumam criar essa espécie de ternura fervorosa e reverencial, capaz de encorajar uma visita como a sua. Imagino que Eleanor tenha falado muito sobre ela...

— Falou, sim. Quer dizer... não, não muito, mas o que ela disse era muito interessante. O fato de morrer tão de repente — (isto foi dito devagar e com certa hesitação) — e o senhor... nenhum de vocês estar em casa... e o seu pai, eu achei... talvez não gostasse muito dela.

— E de tudo isso — replicou ele (com seu olhar arguto fito nos olhos dela) — a senhorita talvez deduza a probabilidade de alguma negligência... alguma... — (involuntariamente ela sacudiu a cabeça) — ou algo ainda menos perdoável.

Ela ergueu os olhos para ele e o encarou mais intensamente do que nunca.

— A doença da minha mãe — prosseguiu ele —, a crise que a levou à morte, foi súbita. A enfermidade em si, de que sofrera repetidas vezes, uma febre biliosa, tinha portanto uma causa constitucional. Em suma, no terceiro dia, assim que ela se deixou convencer, um médico veio vê-la, homem muito respeitável e alguém em quem ela sempre tivera a maior confiança. Após emitir a opinião de que ela corria risco, foram chamados dois outros médicos no dia seguinte, que permaneceram quase ininterruptamente junto a ela, vinte e quatro horas por dia. No quinto dia ela faleceu. Durante a evolução da doença, Frederick e eu (estávamos ambos em casa) a vimos muitas vezes; e por observação própria posso testemunhar que ela recebeu toda a atenção possível que pudesse ser proporcionada pelo amor dos que a cercavam ou que a sua condição social pudesse oferecer. A pobre Eleanor estava ausente, e longe o bastante para a tempo de retornar só ver a mãe já no caixão.

— Mas o seu pai — disse Catherine — sofreu muito?

— Durante certo tempo, muitíssimo. A senhorita se enganou ao supor que ele não a amasse. Ele a amava, sim, tenho certeza disso, tanto quanto lhe era possível... pois nem todos temos, como sabe, a mesma natureza carinhosa... e não quero dizer que enquanto viveu ela não tivesse tido muitas vezes de suportar muita coisa, mas, embora o temperamento dele a magoasse, seu julgamento nunca o fez. Gostava sinceramente dela; e, se não permanentemente, ele sofreu muito pela morte dela.

— Fico muito feliz em saber — disse Catherine —; teria sido muito revoltante!

— Se entendi bem, a senhorita concebeu uma hipótese tão medonha que mal tenho palavras para... Querida srta. Morland, veja bem a natureza horrível da suspeita que teve. E com base em que a senhorita andou julgando? Não se esqueça do país e da época em que vivemos. Lembre-se de que somos ingleses, somos cristãos. Consulte seu próprio entendimento, seu próprio senso do provável, suas próprias observações do que se passa ao seu redor. Será que a nossa educação nos prepara para tais atrocidades? Será que nossas leis fazem vista grossa sobre elas? Poderiam elas ser perpetradas sem serem conhecidas, num país como este, onde o intercâmbio social e literário alcançou tão alto nível, onde cada homem é cercado por uma vizinhança de espiões voluntários e onde estradas e jornais escancaram tudo? Minha muito querida srta. Morland, que ideias são essas?

Eles haviam chegado ao fim do corredor, e com lágrimas de vergonha ela correu para o quarto.

CAPÍTULO 10

Era o fim das visões romanescas. Catherine estava completamente desperta. As palavras de Henry, embora breves, abriram-lhe mais efetivamente os olhos para a extravagância das suas recentes fantasias que todas as várias decepções. E se sentia dolorosamente humilhada. Chorou amargamente. Caíra, não só a seus próprios olhos, mas também aos de Henry. Sua insensatez, que agora lhe parecia até criminosa, foi totalmente exposta a ele, e agora ele devia desprezá-la para sempre. Podia ser um dia perdoada a liberdade que sua imaginação ousara tomar com o caráter do seu pai? O absurdo da sua curiosidade e o dos seus temores poderiam ser um dia esquecidos? Ela se odiava mais do que conseguia exprimir. Ele havia... ela julgou que ele havia, uma ou duas vezes antes dessa manhã fatídica, demonstrado algo como amor por ela. Mas agora... Em suma, ela se fez a mais desgraçada possível durante cerca de meia hora, desceu quando o relógio deu as cinco, de coração partido, e mal conseguiu dar uma resposta inteligível à pergunta de Eleanor se estava bem. O temível Henry logo entrou também na sala, e a única diferença no seu comportamento para com ela é que foi ainda mais atencioso do que de costume. Catherine nunca carecera tanto de consolo, e ele parecia ter consciência disso.

Passou-se a noite sem que esmorecesse essa atenção reconfortante, e seu ânimo aos poucos alcançou uma modesta tranquilidade. Não aprendeu a se esquecer do passado ou a defendê-lo; mas aprendeu a ter esperança de que ele nunca mais se repetisse e de que não lhe custasse toda a estima de Henry. Como os seus pensamentos ainda se concentravam principalmente no que, com terror imotivado, sentira e fizera, logo se tornou muito claro para ela que tudo não passara de uma ilusão voluntária, criada por ela mesma, com sua imaginação decidida a se assustar dando importância a cada circunstância trivial, e que tudo fora forçado a se dobrar num só sentido por uma mente que, antes de chegar à Abadia, estava predisposta a se apavorar. Lembrou-se dos sentimentos com que se preparara para conhecer Northanger. Percebeu que a insensatez já estava criada e o dano já feito muito antes de sair de Bath, e era como se tudo pudesse ser atribuído à influência daquele tipo de leitura a que então se entregara.

Por mais fascinantes que fossem todas as obras da sra. Radcliffe e mesmo as obras de todos os seus imitadores, não era nelas, talvez, que se devia estudar a natureza humana, pelo menos não nos condados da Inglaterra central. Dos Alpes e dos Pirineus, com suas florestas de pinheiros e seus vícios, traçavam, possivelmente, um perfil fiel; e a Itália, a Suíça e o sul da França talvez fossem tão ricos em horrores como eram nelas representados. Catherine não ousava estender suas dúvidas para além do seu próprio país, e até mesmo dele, se bastante pressionada, teria cedido as extremidades setentrional e ocidental. Mas a parte central da Inglaterra proporcionava, com certeza, certa segurança até mesmo à existência de uma esposa mal-amada, pelas leis do país e pelos costumes do século. Não era tolerado o assassínio, não eram escravos os servos e não havia venenos ou poções soníferas que pudessem ser conseguidos, como o ruibarbo, com qualquer farmacêutico. Nos Alpes e nos Pirineus talvez não houvesse caracteres mistos. Lá, quem não era imaculado como um anjo devia ter as disposições de um demônio. Mas na Inglaterra não era assim; entre os ingleses, acreditava ela, em seu coração e em seus hábitos, havia uma mistura geral, embora desigual, de bem e de mal. Convicta disso, ela não se surpreenderia se até mesmo em Henry e Eleanor Tilney pudesse um dia revelar-se alguma leve imperfeição; e, convicta disso, ela não precisava temer reconhecer máculas reais no caráter do pai deles, o qual, embora inocentado das suspeitas grosseiramente injuriosas de que ela devia até corar por ter alimentado, ela julgou, depois de séria reflexão, não ser muito simpático.

Tendo-se decidido sobre essas diversas questões e tomado as correspondentes resoluções de no futuro sempre julgar e agir com o maior bom senso, nada mais tinha para fazer do que perdoar-se e ser mais feliz do que nunca; e a mão leniente do tempo muito fez por ela, com imperceptíveis gradações, ao longo de mais um dia. A espantosa generosidade e nobreza de conduta de Henry, sem jamais se referir ao que se passara, foi de grande auxílio para ela; e, mais cedo do que julgara possível no início de suas angústias, sentiu-se absolutamente à vontade e capaz, dali em diante, de progredir continuamente, ouvindo o que ele dizia. Havia ainda certos assuntos, é verdade, que provavelmente sempre a fariam estremecer — a menção de um baú ou de uma escrivaninha, por exemplo — e não suportava mais nenhum tipo de laca; mas até ela admitia que um ocasional lembrete da loucura passada, embora doloroso, podia ter sua utilidade.

Os problemas do cotidiano logo ocuparam o lugar dos espantos romanescos. Seu desejo de ter notícias de Isabella tornava-se maior a cada dia. Estava muito impaciente para saber como ia o mundo de Bath e como andava a frequência aos salões; sobretudo, estava ansiosa por saber se Isabella havia encontrado certo belo tecido de algodão que lhe encomendara e se ela continuava nos melhores termos com James. Sua única fonte de informações de qualquer tipo era Isabella. James recusara-se a lhe escrever até voltar a Oxford, e a sra. Allen não lhe dera nenhuma esperança de uma carta até voltar a Fullerton. Mas Isabella havia feito promessas e mais promessas; e quando prometia alguma coisa era muito escrupulosa em cumpri-la... Isso só tornava a situação ainda mais esquisita!

Por nove manhãs seguidas, Catherine espantou-se com a repetição do mesmo desapontamento, que a cada manhã mais se agravava: na décima, porém, ao entrar na sala de desjejum, a primeira coisa que viu foi uma carta que a mão gentil de Henry lhe estendia. Agradeceu tão efusivamente como se ele mesmo a houvesse escrito. "Mas é só do James", pensou ela ao ver o remetente. Abriu-a; era de Oxford; era o seguinte o seu conteúdo:

Querida Catherine,

Só Deus sabe a pouca inclinação que sinto para escrever, mas julgo que seja meu dever dizer-lhe que tudo chegou ao fim entre mim e a srta. Thorpe. Despedi-me dela e de Bath ontem, para nunca mais a ver. Não vou entrar em pormenores: eles só lhe causariam ainda mais dor. Você logo vai saber mais por outra fonte, e entenderá de quem é a culpa; e, espero, absolverá seu irmão de tudo, exceto da loucura de com demasiada facilidade julgar correspondido o seu amor. Graças a Deus! Caí em mim a tempo! Mas foi um duro golpe! Depois que o consentimento do papai foi tão gentilmente concedido... mas não quero mais falar sobre isso. Ela me fez infeliz para sempre! Quero que você me dê notícias suas em breve, querida Catherine. Você é a minha única amiga; confio no seu amor. Gostaria que a sua visita a Northanger já tivesse chegado ao fim antes que o Capitão Tilney torne público o seu noivado, ou você se verá numa situação constrangedora. O Thorpe, coitado, está em Londres: tenho medo de encontrá-lo; seu honesto coração sofreria tanto... Escrevi a ele e ao papai. O que mais me magoa é a duplicidade dela; até o último momento, quando eu falava com ela, se declarava mais apaixonada por mim do que nunca, e ria dos meus receios. Sinto vergonha ao ver por quanto tempo acreditei nisso; mas, se algum homem teve jamais razão para se crer amado, esse homem era eu. Não consigo entender, nem mesmo agora, o que ela planejava, pois não havia necessidade de me enganar para conquistar Tilney. Separamo-nos, enfim, de comum acordo — oxalá não nos tivéssemos nunca encontrado! Espero nunca mais encontrar mulher assim! Querida Catherine, veja bem a quem você vai dar o seu coração.

Creia-me, etc.

Catherine mal leu três linhas e já bruscamente mudou de expressão; breves exclamações de dolorosa surpresa demonstraram que havia recebido más notícias. Henry, observando-a gravemente durante toda a leitura da carta, viu claramente que ela não tivera um fim melhor do que o começo. Com a entrada do pai, porém, nem pôde manifestar a sua surpresa. O desjejum começou imediatamente; Catherine, porém, mal conseguiu comer alguma coisa. Seus olhos encheram-se de lágrimas, que até desceram por suas faces enquanto esteve ali sentada. A carta permaneceu por alguns instantes em sua mão, então foi para o colo e depois para o bolso; e ela parecia não saber o que fazia. O general, entre o chocolate e o jornal, por sorte não teve oportunidade de notá-la; mas para os outros dois sua angústia era igualmente visível. Tão logo ousou deixar a mesa, correu para o quarto, mas as criadas estavam arrumando as coisas e ela foi obrigada a descer de novo. Dirigiu-se à sala de estar para ter um pouco de privacidade, porém Henry e Eleanor também se haviam dirigido para lá e estavam no momento em grave conversação sobre ela. Catherine recuou, tentando desculpar-se, mas foi, com delicada violência, forçada a voltar; e os outros se retiraram, depois de Eleanor afetuosamente lhe exprimir o desejo de poder ser-lhe útil ou de poder consolá-la.

Depois de entregar-se por meia hora à dor e à reflexão, Catherine se sentiu em condição de encontrar os amigos; mas se devia comunicar a eles o seu sofrimento era outro problema. Talvez, se insistentemente questionada, pudesse apenas dar-lhes uma ideia — só uma distante alusão —, mas não mais do que isso. Expor uma amiga, uma amiga tão íntima como Isabella o fora para ela... e depois seu irmão, tão intimamente envolvido no caso! Acreditava dever evitar completamente o assunto. Henry e Eleanor estavam sozinhos na sala de desjejum; ambos, quando ela entrou, olharam preocupados para ela. Catherine tomou seu lugar à mesa, e, depois de um breve silêncio, Eleanor disse:

— Não recebeu más notícias de Fullerton, espero. Tomara que nem o sr. nem a sra. Morland, nem seus irmãos e irmãs estejam doentes.

— Não, obrigada — (suspirando enquanto falava) —; estão todos muito bem. A carta era do meu irmão que está em Oxford.

Nada mais foi dito durante alguns minutos; então, falando através das lágrimas, ela acrescentou:

— Acho que nunca mais vou querer receber uma carta!

— Sinto muito — disse Henry, fechando o livro que acabara de abrir —; se eu soubesse que a carta continha algo não bem-vindo, eu a teria entregado com sentimentos muito diferentes.

— Continha algo muito pior do que alguém poderia supor! O pobre James está tão infeliz! Logo saberão por quê.

— Ter uma irmã tão carinhosa, de tão bom coração — tornou Henry com ênfase —, deve ser um consolo em qualquer aflição.

— Quero pedir-lhes um favor — disse Catherine, logo em seguida, com ar agitado. — Se o seu irmão estiver vindo para cá, peço que me avisem para que eu vá embora.

— Nosso irmão! Frederick!

— Ele mesmo. Garanto-lhe que lamentarei muito despedir-me de vocês tão cedo, mas aconteceu uma coisa que fez que seja terrível para mim estar sob o mesmo teto que o Capitão Tilney.

Eleanor parou de bordar enquanto olhava para Catherine com espanto cada vez maior; Henry, porém, começou a desconfiar da verdade, e algo em que estava incluído o nome da srta. Thorpe passou por seus lábios.

— Como o senhor é esperto! — exclamou Catherine. — Adivinhou! E, no entanto, quando falamos sobre isso em Bath, o senhor não achava que fosse terminar assim. Isabella — não é de espantar que ela não tenha mandado notícias —, Isabella largou o meu irmão e vai se casar com o seu! É possível acreditar que haja tamanha inconstância, volubilidade e tudo que há de pior no mundo?

— Espero que, no que diz respeito ao meu irmão, a senhorita tenha sido mal informada. Espero que ele não tenha tido nenhuma culpa na decepção do sr. Morland. Não é provável o casamento dele com a srta. Thorpe. Creio que a senhorita esteja enganada. Sinto muito pelo sr. Morland, pelo fato de alguém que a senhorita ame sentir-se infeliz; mas a minha surpresa seria maior com o casamento de Frederick com ela do que com qualquer outra parte da história.

— Mas é tudo verdade; o senhor mesmo poderá ler a carta de James. Espere... há uma parte... — corando, então, ao lembrar-se da última linha.

— A senhorita poderia fazer a gentileza de ler para nós os trechos que dizem respeito ao meu irmão?

— Não, leia o senhor mesmo — exclamou Catherine, mudando de ideia. — Não sei o que me passou pela cabeça (corando de novo por ter corado antes); — James só deseja dar-me bons conselhos.

Ele tomou prontamente a carta e, tendo-a lido até o fim com muita atenção, devolveu-a dizendo:

— Muito bem, se assim é, só posso dizer que lamento muito. Frederick não vai ser o primeiro homem a escolher uma mulher menos sensata do que a família esperava. Não invejo a situação dele, nem como amante nem como filho.

A srta. Tilney, a convite de Catherine, também leu a carta e, tendo também exprimido preocupação e surpresa, começou a fazer perguntas sobre a família e a condição social da srta. Thorpe.

— A mãe dela é uma mulher muito boa — foi a resposta de Catherine.

— O pai dela era o quê?

— Acho que era advogado. Vivem em Putney.

— É família rica?

— Não, não mesmo. Não creio que Isabella tenha alguma fortuna: mas isso não será importante para a sua família. O pai de vocês é tão generoso! Ele me disse outro dia que só apreciava o dinheiro por permitir-lhe promover a felicidade dos filhos.

Irmão e irmã entreolharam-se.

— Mas — continuou Eleanor, depois de breve pausa — seria promover a felicidade dele permitir-lhe casar com uma moça dessas? Ela não deve ter princípios, ou não teria usado o seu irmão desse jeito. E que estranha fascinação essa do Frederick! Uma moça que à sua frente viola um noivado voluntariamente assumido com outro homem! Não é inconcebível, Henry? Logo Frederick, sempre tão orgulhosamente cioso do seu coração! Que não encontrava nenhuma mulher boa o bastante para ser amada!

— Essa é a circunstância mais desfavorável, a mais forte suspeita contra ele. Quando penso em suas declarações passadas, perco as esperanças nele. Além disso, tenho uma opinião boa demais da prudência da srta. Thorpe para imaginar que ela dispensaria um homem antes de ter certeza do outro. Está tudo acabado mesmo para Frederick! Ele é um homem morto... um defunto quanto à inteligência. Prepare-se para a sua cunhada, Eleanor, e uma cunhada com quem você vai deliciar-se! Sincera, franca, sem truques, ingênua, com sentimentos fortes, mas simples, despretensiosa e sem disfarces.

— Com uma cunhada dessas, Henry, eu me deliciaria — disse Eleanor com um sorriso.

— Mas talvez — observou Catherine — ela se tenha portado mal com a nossa família, mas possa portar-se melhor com a sua. Agora que ela conseguiu o homem de quem realmente gosta, talvez seja fiel.

— É esse o meu medo — replicou Henry —; receio que ela seja muito fiel, a menos que um baronete cruze o seu caminho; para Frederick, essa é a única oportunidade. Vou comprar o jornal de Bath e examinar as chegadas.

— Acha, então, que é tudo por ambição? É verdade que há algumas coisas que parecem mesmo ser isso. Não consigo esquecer-me de que, quando ela soube o que meu pai lhes daria, pareceu muito decepcionada por não ser mais. Nunca me decepcionei tanto com o caráter de alguém na minha vida.

— Em meio à grande variedade de pessoas que a senhorita conheceu e estudou.

— Decepcionei-me e magoei-me muito com ela; mas, quanto ao James, coitado, imagino que dificilmente se recuperará.

— Seu irmão por certo é muito digno da nossa compaixão agora; mas não devemos, em nossa preocupação com o sofrimento dele, subestimar o seu, Catherine. Imagino que sinta que, ao perder Isabella, perde metade de si mesma: sente um vazio no coração que mais nada pode preencher. Tornam-se maçantes as companhias; e, quanto às diversões que costumava compartilhar com ela em Bath, a mera ideia delas sem Isabella é repulsiva. Por exemplo, por nada neste mundo a senhorita iria a um baile. Sente que não tem mais nenhuma amiga com quem possa falar sem reservas, com quem possa contar ou em cujo conselho possa confiar. Está sentindo tudo isto?

— Não — disse Catherine, depois de refletir por alguns instantes —, não sinto. Deveria sentir? Para falar a verdade, embora esteja magoada e abatida, por não mais poder gostar dela, por nunca mais ouvir falar dela, por talvez nunca mais a ver, não me sinto tão deprimida como se poderia esperar.

— A senhorita percebe, como sempre, os melhores sentimentos da natureza humana. Tais sentimentos deveriam ser analisados, para que eles mesmos pudessem conhecer-se.

Catherine, por um ou outro motivo, sentiu-se tão aliviada, com a conversa, da dor que a oprimira, que não pôde lamentar ter sido levada, de modo tão inexplicável, a mencionar as circunstâncias que a haviam causado.

CAPÍTULO 11

A partir de então, o assunto foi com frequência tratado pelos três jovens; e Catherine descobriu, com certa surpresa, que seus dois jovens amigos estavam de pleno acordo em considerar que a baixa condição social e a falta de dinheiro de Isabella provavelmente seriam grandes obstáculos para o casamento com seu irmão. A convicção deles de que o general, só por essa razão, independentemente da objeção que se pudesse fazer contra o seu caráter, se oporia à união, fez que ela passasse a se preocupar com sua própria situação. Era tão insignificante e talvez tão pobre quanto Isabella; e, se o herdeiro das propriedades de Tilney não tinha grandeza e riqueza suficientes em si mesmo, até onde iriam as exigências de seu irmão mais jovem? As dolorosíssimas reflexões a que esse pensamento a conduziu só podiam ser dissipadas pela confiança no efeito desse particular afeto que, como lhe foi dado compreender pelas palavras e ações dele, ela tivera a boa sorte de provocar no general, e pela recordação de alguns sentimentos muito generosos e desinteressados sobre o dinheiro que ela mais de uma vez o ouvira exprimir e que a levavam a pensar que a posição dele quanto a essas questões tivesse sido mal interpretada pelos filhos.

Eles estavam, porém, tão plenamente convencidos de que seu irmão não teria coragem de pedir pessoalmente o consentimento paterno, e assim lhe garantiram repetidas vezes que nunca na vida fora mais improvável a sua vinda a Northanger do que agora, que ela se permitiu tranquilizar-se quanto à necessidade de uma súbita partida. Mas, como não era de supor que o Capitão Tilney, ao fazer o seu pedido, apresentasse ao pai uma ideia exata do comportamento de Isabella, pareceu-lhe muito vantajoso que Henry expusesse a ele todo o caso como realmente se deu, permitindo, assim, ao general formar uma opinião serena e imparcial e preparar as suas objeções com base em argumentos mais justos do que a desigualdade de posses. Ela lhe expôs a ideia, mas Henry não se entusiasmou tanto quanto Catherine esperara.

— Não — disse ele —, não devemos forçar a mão do meu pai, e a confissão de loucura de Frederick não deve ser antecipada. Ele deve contar a sua própria história.

— Mas ele vai contar só metade dela.

— Um quarto seria o bastante.

Um ou dois dias se passaram sem trazer nenhuma notícia do Capitão Tilney. Seus irmãos não sabiam o que pensar. Ora achavam que o silêncio fosse o resultado natural do suspeitado noivado, ora que fosse completamente incompatível com ele. O general, no entanto, embora ofendido a cada manhã pelo desleixo de Frederick em escrever, não sentia nenhuma real apreensão por ele e não tinha nenhuma preocupação mais premente do que a de fazer que a srta. Morland passasse seu tempo em Northanger de maneira agradável. Com frequência exprimia sua inquietação a esse respeito, temendo que a monotonia da companhia e das atividades de todos os dias a fizesse desgostar-se do lugar. Queria que *Lady* Frasers estivesse na região, falava a toda hora em ter muitos convidados para jantar e uma ou duas vezes começou até a calcular o número de jovens dançarinos nas redondezas. Aquela, porém, era uma época morta do ano, sem caça de aves ou animais selvagens, e *Lady* Frasers não estava por perto. Tudo se concluiu, por fim, ao dizer a Henry certa manhã que, quando este fosse a Woodston, fariam todos uma surpresa, aparecendo para jantar. Henry sentiu-se muito honrado e feliz, e Catherine adorou o plano.

— E quando o senhor acha que posso esperar esse prazer? Devo estar em Woodston na segunda, para a reunião paroquial, e provavelmente vou ser obrigado a ficar por dois ou três dias.

— Muito bem, vamos correr o risco um desses dias. Não há necessidade de marcar nada. Não deve preocupar-se com nada. O que tiver em casa estará muito bem. Acho que posso responder pela condescendência das jovens moçoilas com a mesa de um rapaz solteiro. Vejamos; segunda-feira será um dia cheio para você, e terça-feira será um dia cheio para mim. Aguardo pela manhã o meu inspetor com o relatório sobre Brockham; depois, não posso honestamente deixar de ir ao clube. De fato, não poderei encarar os meus conhecidos se não aparecer por lá, pois, como sabem que estou aqui, levariam muito a mal a minha ausência; para mim é uma norma, srta. Morland, nunca ofender nenhum dos meus vizinhos, se um pequeno sacrifício de tempo e de atenção puder impedi-lo. São homens muito dignos. Duas vezes por ano eu lhes mando de Northanger meio veado, e janto com eles sempre que posso. Terça-feira, portanto, podemos dizer que está fora de questão. Mas na quarta-feira, Henry, acho que você pode esperar por nós; e vamos chegar cedo, para podermos apreciar a paisagem. Imagino que duas horas e quarenta e cinco minutos nos levarão até Woodston. Estaremos na carruagem às dez; então, mais ou menos aos quinze minutos para a uma da quarta-feira, você pode esperar por nós.

Para Catherine, até mesmo um baile não seria mais bem-vindo do que essa pequena excursão, tão forte era o desejo de conhecer Woodston; e o seu coração ainda estava pulando de alegria quando Henry, cerca de uma hora depois, entrou de botas e capote na sala onde ela e Eleanor estavam e disse:

— Venho, jovens mocinhas, num esforço moralizador, observar que os nossos prazeres neste mundo sempre têm seu preço, e muitas vezes os compramos em condições muito desvantajosas, pagando à vista com a felicidade real por um esboço do futuro, que talvez nunca chegue. Sirva eu mesmo de testemunha, neste momento. Pela esperança de ter a satisfação de vê-las em Woodston na quarta-feira, o que o mau tempo ou vinte outras causas podem impedir, tenho de partir agora, dois dias antes de quando pretendia.

— Partir! — disse Catherine, demonstrando extrema aflição. — E por quê?

— Por quê! Como pode fazer essa pergunta? Porque não posso perder tempo em apavorar a minha velha governanta até a loucura, porque tenho de ir e preparar um jantar para vocês, é claro.

— Ah! Fale sério!

— Ah, falo sério e falo triste também... pois preferiria ficar.

— Mas como pode pensar numa coisa dessas, depois do que disse o general? Quando ele exprimiu bem claramente que não queria dar-lhe nenhum trabalho, uma vez que qualquer coisa estaria bem.

Henry limitou-se a sorrir.

— Tenho certeza de que isso é completamente desnecessário, no que se refere à sua irmã e a mim. O senhor deve saber disso; e o general fez tanta questão de que não oferecesse nada de extraordinário! Além disso, se não tivesse dito nem metade do que disse, ele tem sempre um jantar tão magnífico em casa, que participar de uma refeição não tão suculenta de vez em quando não seria nada de mais.

— Gostaria de raciocinar como a senhorita, para o bem dele e o meu mesmo. Adeus. Como amanhã é domingo, Eleanor, não vou voltar.

Ele se foi; e, como para Catherine era uma operação muito mais simples duvidar do seu próprio discernimento do que do de Henry, ela logo foi obrigada a dar-lhe crédito quanto a estar certo, por mais desagradável que lhe fosse a partida dele. Mas a inexplicabilidade do comportamento do general não lhe saía da cabeça. Que ele fosse muito difícil ao comer, era algo que ela, por sua própria observação, já descobrira; mas que dissesse algo com tanta ênfase, querendo ao mesmo tempo dizer outra, era completamente absurdo! Como poderiam as pessoas entender-se umas com as outras? Quem, a não ser Henry, poderia perceber as intenções do pai?

De sábado a quarta-feira, porém, ficariam agora sem Henry. Este era o triste *finale* de todas as reflexões: a carta do Capitão Tilney por certo chegaria na ausência dele, e ela tinha certeza de que na quarta-feira choveria. O passado, o presente e o futuro eram igualmente tenebrosos. Seu irmão tão infeliz e tão grande a perda de Isabella; e o humor de Eleanor sempre afetado pela ausência de Henry! O que havia ali que lhe interessasse ou a divertisse? Estava cansada de bosques grandes e pequenos, sempre tão monótonos e áridos; mesmo a Abadia não significava para ela mais do que qualquer outra casa. A dolorosa recordação da loucura que ajudara a alimentar e aperfeiçoar era a única emoção que podia nascer de uma reflexão sobre o edifício. Que revolução em suas ideias! Ela, que tanto desejara estar numa abadia! Agora, não havia nada mais atraente para a sua imaginação do que o despretensioso conforto de uma casa paroquial bem familiar, algo como Fullerton, porém melhor; Fullerton tinha lá os seus defeitos, mas Woodston provavelmente não. Queria que quarta-feira chegasse logo!

Ela chegou, e exatamente quando era razoável esperar que chegasse. Chegou, era um dia lindo, e Catherine estava nas nuvens. Às dez horas, a *chaise* de quatro cavalos levou as duas da Abadia; depois de uma agradável jornada de quase trinta quilômetros, chegaram a Woodston, um lugarejo amplo e populoso, de localização não desagradável. Catherine teve vergonha de dizer como o achou gracioso, pois o general parecia julgar necessário desculpar-se pela insipidez da região e pelo tamanho do lugarejo. Mas no fundo do coração ela o preferia a qualquer outro lugar em que já estivera, e olhava com muita admiração para cada casa que estivesse acima da condição de chalé e para cada lojinha por que passavam. No extremo oposto do lugarejo, e razoavelmente separada do resto dele, ficava a casa paroquial, um imponente edifício de pedras, recém-construído, com seu terreno semicircular e portões verdes; enquanto se dirigiam de carruagem até a porta, Henry, com os companheiros de solidão, um grande cão terra-nova e dois ou três *terriers*, estava pronto para dar-lhes as melhores boas-vindas.

A cabeça de Catherine estava cheia demais, ao entrar na casa, para observar ou dizer alguma coisa, e, até ser convidada pelo general a dar a sua opinião, fazia muito pouca ideia da sala onde estava. Ao olhar ao seu redor, logo percebeu que era a sala mais confortável do mundo; mas foi cautelosa demais para dizer isso, e a frieza do seu elogio decepcionou-o.

— Não estamos dizendo que seja uma bela casa — disse ele. — Não a estamos comparando a Fullerton e Northanger... vemo-la como uma simples casa paroquial, pequena e limitada, é verdade, mas decente, talvez, e habitável; e de modo algum inferior à maioria delas. Em outras palavras, creio haver poucas casas paroquiais no interior da Inglaterra que tenham metade das suas qualidades. Podem ser feitas melhorias, porém. Longe de mim dizer o contrário; e alguma coisa razoável... uma ala a mais, talvez, embora, cá entre nós, se há uma coisa que me cause aversão, é acrescentar construções novas ao edifício principal.

Catherine não ouviu o bastante daquelas palavras para compreendê-las ou aborrecer-se com elas; e, como outros assuntos foram deliberadamente trazidos à baila, com o apoio de Henry, ao mesmo tempo que uma bandeja cheia de refrescos era introduzida pela criada, o general logo recuperou sua complacência, e Catherine, a sua habitual serenidade.

A sala em questão era de tamanho confortável, de boas proporções e elegantemente decorada como sala de jantar e sala de estar; e, ao deixarem-na para uma caminhada pelos jardins, mostraram-lhe primeiro um cômodo menor, pertencente propriamente ao dono da casa e insolitamente bem-arrumado para a ocasião, e depois o que viria a ser uma sala de estar, com cuja aparência, embora ainda não mobiliada, Catherine, ficou suficientemente entusiasmada até para satisfazer ao general. Era uma sala de belo formato, com as janelas chegando até o chão, e a vista delas, agradável, embora dessem apenas para verdes bosques. Ela exprimiu a sua admiração de imediato, com toda a sincera simplicidade com que a sentia.

— Ah! Por que não decorou esta sala, sr. Tilney? Que pena não estar mobiliada! Esta é a mais linda sala que já vi; é a sala mais linda do mundo!

— Tenho certeza — disse o general, com um amplo sorriso de satisfação — que logo, logo ela será mobiliada: está à espera só do bom gosto de uma dama!

— Se fosse a minha casa, eu jamais ficaria em nenhum outro lugar. Ah! Que amor de chalé há ali, entre as árvores... macieiras, também! É o mais lindo dos chalés!

— A senhorita gostou, a senhorita o aprovou, é o bastante. Henry, lembre-se de que deve falar com Robinson sobre isso. O chalé continua lá.

Um cumprimento como esse fez que Catherine caísse em si e imediatamente se calasse; e, embora convidada pelo general a opinar sobre a cor do papel de parede e das tapeçarias, ele não conseguiu arrancar dela uma palavra sequer sobre o assunto. A influência das coisas novas e do ar fresco, porém, foi fundamental para dissipar essas associações constrangedoras; e, quando chegaram à parte ornamental da propriedade, que consistia numa aleia que dava a volta em dois lados de um prado, no qual a engenhosidade de Henry começara a trabalhar cerca de seis meses antes, ela estava suficientemente recuperada para julgá-la mais bonita do que qualquer jardim onde tivesse estado, embora não houvesse ali nenhum arbusto mais alto do que a sebe do canto.

Um passeio por outros prados e por parte do lugarejo, com uma visita aos estábulos para examinar algumas melhorias e uma divertida pausa para brincar com uma ninhada de cachorrinhos, que só conseguiam rolar, fez que chegassem as quatro horas, embora Catherine julgasse que não fossem nem três. Às quatro eles deviam jantar, e às seis começar o caminho de volta. Nunca um dia passou tão rápido!

Ela não pôde deixar de perceber que a abundância do jantar não pareceu causar o mínimo espanto ao general; não só isso, mas também que ele até examinava o bufê em busca de carne fria que lá não estava. As observações do seu filho e da sua filha eram de natureza diferente. Nunca o haviam visto comer com tanto apetite a não ser em sua própria casa, e nunca antes o viram tão pouco irritado pelo fato de a manteiga estar mole demais.

Às seis, tendo o general tomado café, a carruagem os recebeu de volta; e tão gratificante fora a sua conduta durante toda a visita, tão segura se sentia em relação às expectativas dele, que, se pudesse sentir-se igualmente confiante quanto aos desejos do filho, Catherine teria partido de Woodston pouco preocupada quanto a como e quando voltaria lá.

CAPÍTULO 12

Na manhã seguinte chegou uma inesperada carta de Isabella:

Bath, Abril.

Minha querida Catherine, recebi suas duas cartas tão gentis com a maior satisfação, e tenho mil desculpas a lhe pedir por não as ter respondido antes.
Estou mesmo muito envergonhada da minha negligência; mas neste lugar medonho não se tem tempo para nada. Tomei da pena para lhe escrever uma carta quase todos os dias desde que você foi embora de Bath, mas sempre fui impedida por uma ou outra bagatela. Escreva-me logo, por favor, para a minha

própria casa. Graças a Deus, vamos embora deste lugar horroroso amanhã. Desde que você partiu, não sinto mais nenhum prazer aqui: há poeira por toda parte, e todas as pessoas de quem gosto já se foram. Creio que, se pudesse vê-la, não me preocuparia com o resto, pois gosto mais de você do que se possa imaginar. Estou muito preocupada com seu irmão, visto que não tenho notícias dele desde que foi para Oxford; temo que tenha havido algum mal-entendido entre nós. Seus bons serviços, querida Catherine, vão consertar tudo: ele é o único homem que amei e podia amar, e tenho certeza de que vai convencê-lo disso. Já apareceu parte da moda de primavera, e os chapéus são os mais horrendos que você possa imaginar. Espero que esteja divertindo-se, mas temo que nunca pense em mim. Não vou dizer tudo o que posso da família com que você está, pois não gosto de ser mesquinha ou de pô-la contra as pessoas que estima; mas é muito difícil saber em quem confiar, e os rapazes nunca pensam do mesmo jeito por dois dias seguidos. Fico feliz em poder dizer que o rapaz que, dentre todos, eu mais odeio, foi embora de Bath. Pela descrição, você há de compreender que me refiro ao Capitão Tilney, que, como deve lembrar, tinha uma espantosa disposição para me seguir e me atormentar, antes de você partir. Depois, ele piorou ainda mais, e se tornou como a minha sombra. Muitas moças se teriam deixado enganar, pois nunca houve tamanhas atenções; mas conheço bem demais o sexo forte. Ele partiu para juntar-se ao seu regimento há dois dias, e tenho certeza de que nunca mais serei importunada por ele. É o homem mais vaidoso que já vi, além de incrivelmente antipático. Nos últimos dois dias esteve sempre acompanhado de Charlotte Davis: tive pena do gosto dele, mas não lhe dei importância. A última vez que nos vimos foi na Bath Street, e entrei imediatamente numa loja para que ele não pudesse falar comigo; não queria nem olhar para ele. Mais tarde ele foi ao balneário, mas eu não o teria seguido até lá por nada neste mundo. Que contraste entre ele e o seu irmão! Dê-me, por favor, notícias do seu irmão; estou preocupadíssima com ele; parecia não estar sentindo-se bem quando partiu, com um resfriado ou algo parecido a lhe afetar o humor. Gostaria de escrever eu mesma para ele, mas perdi o endereço, e, como insinuei mais acima, tenho medo de que ele tenha interpretado mal o meu comportamento. Peço-lhe que explique tudo a ele; se ele ainda tiver alguma dúvida, um bilhete para mim ou uma visita a Putney na próxima vez que for a Londres pode esclarecer tudo. Não estive mais nos salões há séculos, nem no teatro, menos na noite passada, com os Hodges, para uma comédia, pagando meia entrada: eles insistiram tanto que acabei cedendo; e eu estava decidida a não lhes dar ocasião de dizer que me fechei em casa porque o Tilney foi embora. Calhou de nos sentarmos perto das Mitchell, e elas fingiram estar muito surpresas por me verem ali. Conheço a maldade delas: uma hora eram impolidas comigo, agora são só amizade; mas não sou tão idiota a ponto de me deixar enganar por elas. Você sabe que tenho uma boa cabeça. Anne Mitchell tentou usar um turbante igual ao meu, como usei na semana passada no concerto, mas não se deu muito bem; em mim acho que ele caía agradavelmente, pelo menos foi o que me disse o Tilney na ocasião e que todos não tiravam os olhos de mim. Mas ele é o último homem em quem eu acreditaria. Agora só visto roxo. Sei que me cai pessimamente, mas não importa: é a cor predileta do seu querido irmão. Não perca tempo, minha querida e doce Catherine, em escrever para ele e para mim, sempre sua, etc.

Mentiras tão forçadas e superficiais não podiam impor-se nem a Catherine. As inconsistências, contradições e falsidades impressionaram-na desde o começo. Sentia vergonha de Isabella e de alguma vez tê-la adorado. Suas juras de afeto eram agora tão repelentes quanto vazias as suas desculpas e descarados os seus pedidos. "Escrever a James em favor dela!" Não! James jamais ouviria o nome de Isabella pronunciado por ela outra vez.

Quando Henry chegou de Woodston, contou a ele e a Eleanor que seu irmão estava em segurança, felicitando-os sinceramente por isso e lendo em voz alta os trechos mais importantes da carta, com profunda indignação. Ao terminar, exclamou:

— Chega de Isabella e de qualquer amizade com ela! Ela deve achar-me uma idiota ou não teria escrito isso; mas talvez isso tenha servido para me fazer conhecer melhor o caráter dela do que ela conhece o meu. Entendo o que ela queria. É uma namoradeira, mas seus truques não vingaram. Não creio que tenha tido alguma vez algum afeto por James ou por mim, e gostaria de nunca tê-la conhecido.

— Logo vai ser assim — disse Henry.

— Só há uma coisa que não consigo compreender. Vejo que ela tinha planos com o Capitão Tilney, que não deram certo; mas não compreendo o que ele procurava durante todo aquele tempo. Por que lhe dar tantas atenções a ponto de fazê-la brigar com o meu irmão, e depois sumir?

— Tenho pouco que dizer sobre os motivos de Frederick, tais como creio terem sido. Ele tem lá as suas vaidades, como a srta. Thorpe, e a principal diferença é que, por ter uma cabeça mais forte, elas ainda não o feriram. Se o efeito do comportamento dele não o justifica ante a senhorita, é melhor não procurarmos saber a causa.

— Então acha que ele jamais gostou dela?

— Estou convencido disso.

— E deu a entender que gostava só pelo prazer de agir mal?

Henry baixou a cabeça em assentimento.

— Muito bem, então devo dizer que não gosto nem um pouco dele. Embora tudo tenha acabado tão bem para nós, não gosto nem um pouco dele. Neste caso, não houve grandes estragos, pois não acho que Isabella tenha algum coração para se ferir. Mas, suponhamos que ele tivesse despertado uma grande paixão nela...

— Mas primeiro precisamos supor que Isabella tivesse um coração que pudesse partir-se e, por conseguinte, que fosse uma pessoa muito diferente; e, nesse caso, ela teria recebido um tratamento muito diferente.

— É muito justo que defenda o seu irmão.

— E se a senhora defendesse o seu, não se aborreceria muito com a decepção provocada pela srta. Thorpe. A sua mente, porém, está imbuída de um princípio de universal integridade e, portanto, não está ao alcance dos frios raciocínios da parcialidade familiar ou do desejo de vingança.

Tal cumprimento acabou com qualquer amargura em Catherine. Frederick não podia ser imperdoavelmente culpado, quando Henry se mostrava tão encantador. Ela decidiu não responder à carta de Isabella e tentou não pensar mais no assunto.

CAPÍTULO 13

Pouco depois, o general viu-se obrigado a ir a Londres por uma semana; e partiu de Northanger lamentando profundamente que tal emergência lhe furtasse uma só hora que fosse da companhia da srta. Morland. Ansiosamente, recomendou aos filhos que cuidassem do conforto e da diversão dela durante a sua ausência. A partida do general deu a Catherine a primeira convicção experimental de que uma perda pode às vezes ser um ganho. A felicidade com que agora passavam o tempo, a liberdade de fazerem o que quisessem, as risadas a que se entregavam, a tranquilidade e o bom humor nas refeições, as caminhadas feitas onde e quando desejavam, os horários, os prazeres e os trabalhos comandados por eles mesmos fizeram-na ver com clareza como a presença do general era inibidora, e sentir com grande alívio a presente alforria em relação a ele. Tanta liberdade e tanta alegria a fizeram amar cada dia mais o lugar e as pessoas; e, se não fosse pelo medo de ter logo de abandonar o primeiro e a apreensão de não ser igualmente amada pelas segundas, teria a cada momento de cada dia sido totalmente feliz. Já estava, porém, na quarta semana da visita; antes que o general voltasse, a quarta semana já teria passado, e talvez ela parecesse uma intrusa se permanecesse por muito mais tempo. Essa era uma ideia dolorosa toda vez que lhe ocorria; impaciente por se livrar desse peso, logo resolveu falar com Eleanor a respeito, propor ir embora e ser orientada em sua conduta pelo jeito como fosse recebida a sua sugestão.

Consciente de que se demorasse muito talvez achasse difícil trazer à baila assunto tão desagradável, aproveitou a primeira oportunidade de estar a sós com Eleanor, que estava no meio de uma frase sobre um assunto completamente diferente, para levantar a questão da sua obrigação de partir muito em breve. Eleanor pareceu e se declarou muito preocupada. Ela tivera "a esperança de ter o prazer da sua companhia por muito mais tempo; iludira-se (talvez por seus próprios desejos) ao supor que fora acertada uma visita muito mais longa; e não podia deixar de achar que, se o sr. e a sra. Morland soubessem que prazer ela sentia em tê-la ali consigo, sua generosidade os impediria de apressar a sua volta". Catherine explicou: "Ah! Quanto a isso, o papai e a mamãe não tinham nenhuma pressa. Se ela estivesse feliz, sempre estariam contentes". Perguntaram-lhe, então, por que tinha tanta pressa para ir embora, e ela respondeu: "Ah, porque já estou aqui há tanto tempo!".

— Muito bem, se usou essa palavra, não vou mais insistir. Se acha que foi tanto tempo...

— Ah, não! Não mesmo! Por mim, ficaria aqui outro período igual.

E logo ficou resolvido que, enquanto as coisas estivessem nesse pé, deixá-los estava fora de cogitação. Ao ver essa causa de desconforto dissipada tão agradavelmente, a força da outra igualmente se enfraqueceu. A bondade, a sinceridade do jeito de Eleanor insistir com ela para que ficasse e a expressão satisfeita de Henry ao ouvir que fora decidida a permanência dela eram provas tão delicadas da sua importância para eles, que lhe deixaram só aquele pouco de preocupação sem a qual a mente humana não sabe passar. Ela acreditava quase sempre que Henry a amava, e acreditava sempre que o pai e a irmã dele a amavam e até desejavam que ela entrasse na família; e, uma vez que acreditava nisso, suas dúvidas e ansiedades eram meras irritações passageiras.

Henry não conseguiu obedecer às ordens do pai de permanecer o tempo todo em Northanger em companhia das moças durante a sua estada em Londres, já que os compromissos de seu curato o obrigaram a separar-se delas por algumas noites. A ausência dele não foi o que havia sido quando o general estava em casa; diminuiu a alegria, mas não destruiu a tranquilidade. E, como as duas mocinhas estavam de acordo sobre o que fazer e cada vez mais íntimas, descobriram que bastavam tanto uma à outra que já haviam passado as onze horas, hora um tanto tardia na Abadia, quando deixaram a sala de ceia no dia em que Henry partiu. Tinham acabado de chegar ao topo das escadas quando pareceu, até onde a espessura das paredes lhes permitia julgar, que uma carruagem se dirigia à casa, e o momento seguinte confirmou a ideia com o ruidoso toque de uma campainha. Depois que a primeira surpresa passou, com um "Deus do céu! Que será isso?", Eleanor rapidamente decidiu que devia ser o seu irmão mais velho, cuja chegada muitas vezes era assim súbita, se não completamente intempestiva, e desceu correndo para dar-lhe as boas-vindas.

Catherine caminhou até o quarto, procurando habituar-se à ideia de tornar a se encontrar com o Capitão Tilney, e consolando-se, apesar da desagradável impressão que o comportamento dele lhe passara e da convicção de que ele era um cavalheiro fino demais para aprová-la, com o fato de pelo menos não se encontrarem numa situação que tornasse o encontro substancialmente doloroso. Acreditava que ele não falaria da srta. Thorpe. De fato, já que àquela altura devia estar envergonhado do papel que desempenhara, não haveria perigo de que isso acontecesse, e, contanto que fosse evitada toda menção às cenas de Bath, julgou que poderia portar-se com ele do modo mais gentil. O tempo passou em meio a tais reflexões, e decerto contava pontos a favor dele o fato de Eleanor estar tão contente em vê-lo e de ter tanto a lhe dizer, pois já se havia passado meia hora desde a sua chegada e Eleanor ainda não subira.

Nesse momento, Catherine julgou ouvir os passos dela no corredor e se pôs à espreita, para ouvir se continuavam; mas tudo era silêncio. Mal se convencera, porém, de ter-se enganado, quando lhe deu um enorme susto o ruído de algo que se movia perto da porta — parecia que alguém estivesse até tocando a porta. Em outro momento, um ligeiro movimento no trinco provou que a mão de alguém devia estar sobre ela. Estremeceu um pouco à ideia de alguém que se aproximasse com tamanha cautela; mas, decidida a não se deixar vencer mais uma vez pela trivial aparência de algo alarmante ou se enganar por uma imaginação irrequieta, caminhou calmamente até a porta e a abriu. Eleanor, e só Eleanor, estava ali. A tranquilidade de Catherine, porém, durou só um instante, pois as faces de Eleanor estavam lívidas e demonstravam muita agitação. Embora obviamente quisesse entrar, pareceu que a entrada lhe exigisse um grande esforço e outro ainda maior depois para falar. Catherine, supondo algum problema causado pelo Capitão Tilney, só pôde exprimir sua preocupação com uma atenção silenciosa, obrigou-a a se sentar, esfregou suas têmporas com água de lavanda e se debruçou sobre ela com carinhosa solicitude .

— Minha querida Catherine, você não deve... você não deve mesmo... — foram as primeiras palavras articuladas por Eleanor. — Eu estou muito bem. Esta sua gentileza me distrai... não posso mais... estou aqui para lhe dar um terrível recado!

— Recado! Para mim!

— Como vou contar a você? Ah! Como vou contar a você?

Uma nova ideia caiu como um raio na mente de Catherine e, empalidecendo como a amiga, ela exclamou:

— É um mensageiro de Woodston!

— Você está enganada — tornou Eleanor, olhando para ela com extrema compaixão —; não é de Woodston. É meu próprio pai.

Sua voz sumiu e seus olhos voltaram-se para o chão ao mencionar o nome dele. Sua volta inesperada foi por si só o bastante para que Catherine sentisse uma dor no coração, e por alguns momentos mal conseguiu imaginar que houvesse algo pior a ser dito. Não disse nada; e Eleanor, tentando recompor-se e falar com firmeza, mas com os olhos ainda pregados ao chão, logo prosseguiu:

— Você é boa demais, eu sei, para pensar mal de mim pelo papel que sou obrigada a desempenhar. Estou aqui como mensageira muito a contragosto. Depois do que se passou recentemente e do que recentemente ficou acertado entre nós — com que alegria, com que gratidão da minha parte! — quanto à sua permanência aqui, como eu esperava, por mais muitas e muitas semanas, como posso dizer-lhe que a sua gentileza não será aceita, e a felicidade que a sua companhia nos tem dado vai ser paga com... Mas não posso esconder-me atrás de palavras. Minha querida Catherine, vamos separar-nos. Meu pai assumiu um compromisso que fará que toda a família se despeça daqui na segunda-feira. Vamos à casa de Lorde Longtown, perto de Hereford, e lá permaneceremos por duas semanas. Explicações e desculpas são igualmente impossíveis. Não posso nem tentar nenhuma das duas coisas.

— Minha querida Eleanor — exclamou Catherine, sufocando seus próprios sentimentos o quanto podia —, não se aflija assim. Um segundo compromisso deve ceder o lugar a um primeiro. Sinto muito, muito mesmo por termos de nos separar... tão cedo e tão de repente também; mas não estou ofendida, mesmo. Posso encerrar a minha visita, é claro, a qualquer momento; ou posso esperar que você venha me ver. Será que vai poder, ao voltar da casa desse Lorde, vir a Fullerton?

— Isso está além do meu alcance, Catherine.

— Venha quando puder, então.

Eleanor não respondeu; e, como os pensamentos de Catherine se concentravam em algo de interesse mais imediato, acrescentou, pensando em voz alta:

— Segunda-feira... daqui a tão pouco tempo, e todos vocês estarão de partida. Muito bem, tenho certeza de que... vou poder despedir-me, porém. Posso ir um pouco antes de partirem, é claro. Não se aflija, Eleanor, posso muito bem partir na segunda-feira. O fato de meus pais não saberem de nada não tem importância. O general enviará um criado comigo, tenho certeza, até metade do caminho... e então logo estarei em Salisbury, a só quinze quilômetros de casa.

— Ah, Catherine! Se as coisas estiverem nesse pé, seria algo menos intolerável, embora com tais atenções corriqueiras você só recebesse metade do que merece. Mas... como posso dizer?... está marcado que você vai deixar-nos amanhã de manhã, e nem mesmo a hora foi deixada à sua escolha; a carruagem já foi chamada e estará aqui às sete horas, e nenhum criado a acompanhará.

Catherine sentou-se, arquejante e sem fala.

— Mal acreditei nos meus sentidos, quando ouvi isso; e nenhum descontentamento, nenhuma indignação que você possa sentir neste momento, por mais justo e por maior que seja, pode ser maior do que o que eu mesma... mas não devo falar do que senti. Ah! Se eu pudesse sugerir alguma coisa como compensação! Meu Deus! Que dirão seu pai e sua mãe! Depois de convencê-la a deixar a proteção de amigos autênticos para vir para cá, a uma distância quase duas vezes maior de sua casa, escorraçá-la de casa, sem sequer as considerações ordinárias da decência e da boa educação! Querida, querida Catherine, ao trazer-lhe tal mensagem, pareço eu mesma culpada de tudo que ela tem de insultuoso; mesmo assim, tenho certeza de que há de me absolver, pois já esteve tempo suficiente nesta casa para ver que só de nome sou dona dela e que meu real poder é nulo.

— Será que ofendi o general? — questionou-se Catherine, quase sem voz.

— Ai de mim! Por meus sentimentos de filha, tudo que sei, tudo que posso garantir é que você não lhe deu nenhum motivo para se ofender. Ele decerto está muito, muitíssimo perturbado; raramente o vi assim. Ele tem mau gênio, e agora aconteceu alguma coisa que o irritou imensamente; alguma decepção, alguma vexação, que neste momento parece importante, mas mal consigo imaginar que você tenha algo a ver com isso, pois como seria possível?

Catherine mal conseguia falar; e só em consideração a Eleanor ela tentou dizer alguma coisa:

— Posso dizer — ponderou ela — que sinto muitíssimo se o ofendi. Era a última coisa que gostaria de fazer. Mas não se aborreça, Eleanor. Os compromissos devem ser mantidos. Só lamento que não tenha ocorrido antes, para que eu pudesse escrever para casa. Mas isso não tem nenhuma importância.

— Espero sinceramente que para a sua segurança isso não tenha mesmo importância nenhuma; mas para todos os outros efeitos tem enorme importância: quanto ao conforto, às aparências, às conveniências, à sua família, ao mundo. Se os seus amigos, os Allen, ainda estivessem em Bath, você poderia ir ter com eles com relativa tranquilidade; umas poucas horas a levariam até lá. Uma jornada de cento e dez quilômetros, porém, a ser feita pela posta, na sua idade, sozinha, desacompanhada!

— Mas a viagem não é nada. Não se preocupe com isso. E, se temos mesmo de nos separar, umas horas a mais ou a menos não fazem diferença, como sabe. Vou estar pronta às sete horas. Podem chamar-me na hora marcada.

Eleanor viu que ela queria ficar sozinha; e, crendo ser melhor para ambas evitar prosseguir a conversa, despediu-se dizendo:

— Vemo-nos de manhã.

O coração ferido de Catherine precisava de alívio. Na presença de Eleanor, a amizade e o orgulho retiveram ambos as suas lágrimas, mas, assim que a amiga se foi, elas jorraram aos borbotões. Expulsa da casa, e de que jeito! Sem nenhuma razão para justificar, nenhuma desculpa para compensar a brusquidão, a grosseria e até a insolência de tudo aquilo. Henry tão distante... impossibilitado até de lhe dizer adeus. Toda esperança, toda expectativa em relação a ele suspensa, pelo menos, e quem poderia dizer por quanto tempo? Quem podia dizer quando voltariam a se ver? E tudo isso por causa de um homem como o General Tilney, tão delicado, tão bem-educado e até então seu admirador entusiasmado! Aquilo era tão incompreensível como torturante e penoso. Qual o motivo de tudo aquilo e onde acabaria eram problemas de igual perplexidade e espanto. A maneira tão grosseiramente indelicada como tudo foi feito, escorraçando-a sem nenhuma preocupação com sua própria conveniência, sem permitir-lhe sequer a aparência da escolha quanto ao momento e ao modo de viajar; de dois dias, foi marcado o mais próximo, o mais cedo possível, como se o general estivesse resolvido a vê-la pelas costas antes de começar a agitação da manhã, para não ser obrigado sequer a encará-la. Que podia tudo isso significar, a não ser uma afronta proposital? De um modo ou de outro, ela deve ter tido a infelicidade de ofendê-lo. Eleanor quisera poupá-la de uma ideia tão dolorosa, mas Catherine não podia acreditar que fosse possível que alguma ofensa ou azar pudesse provocar tanta malevolência contra uma pessoa não relacionada, ou, pelo menos, supostamente não relacionada com o caso.

A noite foi interminável. Sono ou repouso digno do nome de sono estavam fora de questão. Aquele quarto em que sua perturbada imaginação a atormentara logo ao chegar era agora o cenário de pensamentos agitados e de cochilos inquietos. Quão diferente, no entanto, a origem da presente inquietude do que fora antes, quão dolorosamente superior em realidade e substância! Sua angústia tinha fundamento em fatos, seus temores, em probabilidades. Com uma mente tão ocupada com a contemplação do mal real e natural, a solidão da sua situação, a escuridão do quarto, a antiguidade da casa eram sentidas e meditadas sem a menor comoção. E embora o vento soprasse forte e produzisse com frequência estranhos e súbitos ruídos pela casa, ela ouviu tudo aquilo enquanto estava deitada e desperta, hora após hora, sem nenhuma curiosidade ou terror.

Logo após as seis horas, Eleanor entrou no quarto, ansiosa para demonstrar atenção ou dar assistência quando possível; mas muito pouco ficara por fazer. Catherine não perdera tempo: já estava quase vestida e a bagagem quase pronta. Ocorreu-lhe a possibilidade de uma mensagem conciliatória da parte do general quando sua filha apareceu. Que mais natural, já que aquela cólera devia passar e dar lugar ao arrependimento? E só queria saber até onde, depois do que se passara, convinha aceitar um pedido de desculpas. Mas tal conhecimento teria sido inútil: não foi requisitado; nem a clemência nem a dignidade foram postas à prova — Eleanor não trouxe nenhuma mensagem. Pouco se passou entre elas quando se encontraram. Cada qual achou mais seguro permanecer em silêncio, e foram poucas e triviais as sentenças que trocaram enquanto permaneceram no andar superior, Catherine ocupada e agitada acabando de se vestir e Eleanor, com mais boa vontade do que experiência, tentando arrumar o baú. Quando tudo ficou pronto, elas saíram do quarto, Catherine apenas meio minuto depois da amiga, por ter querido lançar um último olhar a cada objeto familiar e querido, e desceram para a sala de desjejum, onde o café estava pronto. Ela tentou comer, tanto para evitar ser instada a se apressar como para consolar Eleanor; mas estava sem fome e não conseguiu comer quase nada. O contraste entre este e o seu último desjejum naquela sala renovou a sua angústia e intensificou a sua repulsa por tudo que estava à sua frente. Menos de vinte e quatro horas se haviam passado desde que se reuniram ali para a mesma refeição, mas em circunstâncias tão diferentes! Com que alegre tranquilidade, com que feliz, embora falsa, segurança ela olhara então ao seu redor, apreciando todo o presente e pouco temendo o futuro, além do fato de Henry ir a Woodston por um dia! Feliz, feliz desjejum! Pois Henry estivera ali; Henry se sentara ao seu lado e a ajudara. Ela se demorou nessas reflexões por muito tempo, sem ser perturbada por nenhuma palavra da sua companheira, que permaneceu tão absorta em seus pensamentos como Catherine; e a chegada da carruagem foi a primeira coisa que as assustou e as trouxe de volta ao presente momento. Catherine enrubesceu ao vê-la, e a indignidade com que era tratada chocou-a naquele instante com especial intensidade e a tornou por um breve momento sensível apenas à indignação. Eleanor pareceu então impelida a falar, com decisão:

— Você tem de me escrever, Catherine — exclamou —; precisa dar notícias o mais rápido possível. Até saber que chegou bem à sua casa, não terei um momento de sossego. Eu lhe peço, a todo custo, uma carta. Dê-me a satisfação de saber que chegou sã e salva a Fullerton e encontrou a sua família bem, e então, até eu poder pedir a sua correspondência como devo fazer, não vou esperar mais nada. Envie a carta à residência de Lorde Longtown e, tenho de lhe pedir isto, dentro de um envelope endereçado a Alice.

— Não, Eleanor, se você não tem permissão para receber minhas cartas, tenho certeza de que é melhor nem escrever. Não há nenhuma dúvida de que chegarei bem à minha casa.

Eleanor limitou-se a responder:

— Não são de admirar esses seus sentimentos. Não vou importuná-la. Confio na bondade do seu coração quando eu estiver longe de você.

Mas isso, com o olhar doloroso que o acompanhava, foi o bastante para derreter instantaneamente o orgulho de Catherine, e ela de imediato disse:

— Ah, Eleanor, é claro que vou escrever-lhe.

Havia mais um ponto que a srta. Tilney estava ansiosa por acertar, embora se sentisse constrangida em falar sobre ele. Ocorrera-lhe que, após uma tão longa ausência de casa, Catherine talvez não tivesse dinheiro bastante para as despesas da viagem e, ao fazer alusão ao problema da maneira mais afetuosa, oferecendo-se para achar uma solução, ficou claro que era exatamente esse o caso. Catherine nunca pensara no assunto até aquele momento, mas, ao examinar sua bolsa, estava convencida de que, se não fosse pela bondade da amiga, seria expulsa dali sem sequer ter meios de ir para casa; e como o pensamento de ambas se concentrou na situação aflitiva em que teria estado com aquilo, mal trocaram uma palavra durante o tempo em que permaneceram juntas. Foi breve, porém, esse tempo. Logo anunciaram que a carruagem estava pronta, e Catherine, erguendo-se de um salto, um longo e carinhoso abraço fez as vezes das palavras ao se dizerem adeus. Ao entrarem no saguão, incapaz de deixar a casa sem mencionar alguém cujo nome não fora pronunciado por nenhuma das duas, ela parou um instante e, com voz trêmula, apenas tornou inteligível que deixava "as melhores lembranças ao amigo ausente". Mas o fato de quase ter pronunciado o nome dele acabou com qualquer possibilidade de refrear seus sentimentos. Escondendo o rosto o melhor que pôde com o lenço, atravessou correndo o saguão, pulou para dentro da *chaise* e num instante já se afastava da casa.

CAPÍTULO 14

Catherine sentia-se infeliz demais para sentir medo. A viagem em si não a apavorava; e, no início, não se assustou com a sua extensão, nem sentiu a sua solidão. Recostada num dos cantos da carruagem, num violento acesso de choro, já tinha transposto alguns quilômetros além dos muros da Abadia quando ergueu a cabeça; e o mais alto ponto do terreno do parque já estava quase fora do seu campo visual quando foi capaz de dirigir os olhos para ele. Infelizmente, a estrada que agora trilhava era a mesma pela qual dez dias antes ela passara tão alegremente ao ir a Woodston; e, por vinte quilômetros, os seus amargos sentimentos foram agravados ao rever os objetos que antes vira sob tão diferentes impressões. A cada quilômetro que a levava para mais perto de Woodston o seu sofrimento aumentava, e quando, a uma distância de oito quilômetros, passou pela curva que levava até lá e pensou em Henry, tão próximo, mas tão inconsciente do que estava ocorrendo, sua aflição e agitação eram enormes.

O dia que ela passara naquele lugar fora um dos mais felizes da vida. Foi lá, foi naquele dia, que o general se valera de expressões tais para se referir a Henry e a ela, dirigira-lhe palavras e olhares tais, que lhe deram a clara convicção de que realmente desejava o casamento deles. Sim, apenas dez dias antes ele a entusiasmara com sua acentuada consideração; até mesmo a deixara confusa com a delicadeza excessiva de suas atenções! E agora... que havia feito ela, ou o que deixara de fazer, para merecer tal transformação?

A única ofensa contra o general de que podia acusar-se dificilmente chegara ao conhecimento dele. Henry e o seu próprio coração eram os únicos cientes das revoltantes suspeitas que tão levianamente levantara; e julgava o segredo igualmente seguro com os dois. Propositalmente, pelo menos, Henry não podia tê-la traído. Se, de fato, por algum estranho azar o seu pai tivesse vindo a saber do que ela ousara pensar e investigar, das caprichosas fantasias e das injuriosas observações, não era de admirar a indignação dele. Se tivesse consciência de que fora considerado um assassino, não podia espantar-se por tê-la corrido de casa. Uma justificativa, porém, tão torturante para ela não estava ao alcance do general, tinha certeza.

Por mais angustiantes que fossem as suas conjecturas a esse respeito, não era isso, porém, que mais a atormentava. Havia uma ideia ainda mais próxima, uma preocupação mais dominante, mais impetuosa. O que Henry pensaria e sentiria, o que diria quando voltasse no dia seguinte a Northanger e soubesse que ela partira, era uma pergunta de intensidade e interesse maiores que todas as outras, incessante, ora irritante, ora consoladora; ora sugeria o pavor do seu calmo consentimento, ora era respondida pela mais doce confissão de pesar e indignação. Ao general, é claro, ele não ousaria falar; mas a Eleanor, o que não diria ele a Eleanor a seu respeito?

Nessa incessante recorrência de dúvidas e incertezas, sobre cada uma das quais a sua mente não era capaz de mais do que um momentâneo repouso, passaram-se as horas e a viagem transcorreu muito mais rápido do que ela esperava. As insistentes aflições de pensamento, que a impediam de notar qualquer coisa à sua frente, uma vez ultrapassadas as cercanias de Woodston, pouparam-na ao mesmo tempo de acompanhar o seu progresso; e, embora nenhum objeto presente na estrada pudesse chamar a sua momentânea atenção, não achou aborrecida nenhuma etapa da viagem. Foi preservada disso também por outra causa: aguardar com impaciência o fim da jornada. Retornar a Fullerton assim era quase destruir o prazer de encontrar as pessoas que mais amava, mesmo depois de uma ausência como a sua, uma ausência de onze semanas. O que diria ela que não trouxesse humilhação a ela e sofrimento à família, que não aumentasse seu próprio sofrimento ao confessá-lo, agravasse uma indignação inútil e talvez misturasse o inocente com o culpado na mesma animosidade? Jamais conseguiria fazer justiça ao mérito de Henry e de Eleanor. Sentia-o com demasiada intensidade para poder exprimi-lo; e, se passassem a ser vistos com antipatia, se pensassem mal deles por causa do pai, isso lhe partiria o coração.

Com tais sentimentos, mais temia do que desejava a primeira vista da bem conhecida torre que anunciaria estar já a trinta quilômetros de casa. Sabia que Salisbury seria sua destinação ao sair de Northanger, mas, após a primeira etapa, teve de recorrer aos funcionários da posta para saber o nome dos lugares que encontrava no caminho, tamanha era a sua ignorância do itinerário. Não se deparou com nada, porém, que a aborrecesse ou amedrontasse. Sua juventude, suas maneiras educadas e os generosos pagamentos proporcionaram-lhe toda a atenção de que uma viajante como ela poderia precisar; e, parando só para trocar os cavalos, viajou por cerca de onze horas sem nenhum acidente ou sobressalto, e entre seis e sete horas da noite já chegava a Fullerton.

O retorno de uma heroína, ao final de sua carreira, à aldeia natal, em todo o triunfo da reputação recuperada e com toda a dignidade de uma condessa, com um longo séquito de nobres parentes em suas muitas carruagens e três damas de companhia que a seguem numa *chaise* puxada por quatro cavalos é um evento que a pena do escritor pode divertir-se em narrar; isso dá crédito a todo final, e o autor deve compartilhar a glória que tão generosamente distribui. Meu caso, porém, é muito diferente. Trago de volta para casa a minha heroína na solidão e na desgraça; e nenhuma doce exaltação espiritual pode fazer-me estender em pormenores. Uma heroína numa carruagem de posta de aluguel é um tal golpe desferido contra os sentimentos, que nenhuma tentativa de transmitir grandeza ou *pathos* pode suportar. Velozmente, portanto, o cocheiro a guiará pela aldeia, entre os olhares dos grupos dominicais, e rápida será a sua descida da carruagem.

Mas, fosse qual fosse a aflição de Catherine ao se dirigir à casa paroquial e a humilhação da biógrafa em relatá-la, ela estava preparando uma alegria de natureza não corriqueira para aqueles rumo aos quais se movia; primeiro, ao surgir a carruagem, e segundo, por si mesma. Sendo raro ver uma *chaise* de viagem em Fullerton, toda a família imediatamente correu para a janela; e vê-la parar em frente ao portão foi um prazer que fez todos os olhos brilharem e ocupou todas as imaginações — um prazer totalmente inesperado por todos, salvo os dois filhos mais moços, um menino e uma menina de seis e quatro anos, que esperavam um irmão ou uma irmã a cada carruagem. Feliz o primeiro olhar a distinguir Catherine! Feliz a voz que proclamou a descoberta! Mas, se tal felicidade era legítima propriedade de George ou de Harriet, esse é um ponto que não ficou completamente esclarecido.

Seu pai, sua mãe, Sarah, George e Harriet, todos reunidos à porta para dar-lhe as boas-vindas com carinhoso entusiasmo, foi uma visão que despertou os melhores sentimentos no coração de Catherine; e, ao abraçar cada um deles depois de descer da carruagem, sentiu uma calma que ia muito além do que julgava possível. Assim rodeada, assim acarinhada, sentia-se até feliz! Na alegria do amor familiar, por um breve momento tudo foi apaziguado, e o prazer de vê-la deixava a eles, a princípio, pouca oportunidade para a calma curiosidade. Estavam, assim, todos sentados ao redor da mesa de chá, que a sra. Morland pusera às pressas para conforto da pobre viajante, cujo aspecto pálido e cansado logo lhes chamou a atenção, antes que qualquer pergunta que exigisse uma resposta positiva a esse respeito lhe fosse dirigida.

Com relutância e muita hesitação, ela começou então o que talvez pudesse, ao cabo de meia hora, ser chamado, por gentileza dos ouvintes, uma explicação; mas, durante todo aquele tempo, não conseguiram de modo algum descobrir a causa ou entender os detalhes do seu súbito retorno. Estavam longe de ser uma raça irritadiça; longe de se ofenderem ou se irritarem facilmente com as afrontas. Mas, nesse caso, quando tudo se revelou, tudo aquilo era um insulto sobre o qual não se podia fazer vista grossa nem, na primeira meia hora, ser facilmente perdoado. Sem sofrerem nenhum sobressalto romântico em relação à longa e solitária viagem da filha, o sr. e a sra. Morland não puderam deixar de sentir que aquilo devia ter sido muito desagradável para ela, algo que eles jamais poderiam tolerar; e que, ao impor-lhe tal situação, o General Tilney não agira nem com honra, nem com sensibilidade; nem como cavalheiro nem como pai. Por que fizera aquilo, o que poderia tê-lo provocado a tal desrespeito às normas da hospitalidade e transformado tão bruscamente a carinhosa estima pela sua filha em autêntica má vontade era um problema que eles estavam pelo menos tão longe de resolver quanto Catherine. Isso, contudo, não os perturbou de modo algum por muito tempo; e, depois da devida sessão de inúteis conjecturas, que "era um caso estranho e que ele devia ser um homem muito esquisito" foi o bastante para toda a sua indignação e espanto, embora Sarah insistisse nas delícias da incompreensibilidade, exclamando e levantando hipóteses com juvenil entusiasmo.

— Minha querida, é inútil essa sua preocupação — concluiu a mãe —; confie em mim, isso é algo que não vale a pena entender.

— Posso entender que ele desejasse que Catherine fosse embora, quando se lembrou do compromisso anterior — disse Sarah —, mas por que não fazer isso com educação?

— Sinto muito pelos jovens — comentou a sra. Morland —, devem ter passado tristes momentos por causa disso; mas, quanto aos outros, pouco importa agora. Catherine está sã e salva em casa, e o nosso bem-estar não depende do General Tilney.

Catherine suspirou.

— Muito bem — prosseguiu sua filosófica mãe —, estou feliz por não ter sabido da sua viagem antes; mas agora tudo já passou, queira Deus que sem nenhum grande prejuízo. É sempre bom que os jovens se vejam forçados a enfrentar seus próprios problemas; e como sabe, minha querida Catherine, você sempre foi uma menina bem desmiolada. Agora, porém, deve ter sido forçada a ter presença de espírito, com tantas trocas de carruagem e tudo o mais; e espero que não tenha esquecido nada em lugar nenhum.

Catherine tinha a mesma esperança e tentou interessar-se pelo próprio progresso, mas se sentia bastante deprimida; e, como ficar em silêncio e sozinha logo se tornaram seu único desejo, ela prontamente concordou com o conselho da mãe de ir cedo para a cama. Seus pais, nada vendo em sua má aparência e agitação a não ser a consequência natural de sentimentos de humilhação e do inabitual esforço e cansaço de uma viagem como aquela, dela se despediram sem nenhuma dúvida de logo pegar no sono; e embora, quando todos de novo se encontraram na manhã seguinte, a recuperação da filha não correspondesse às esperanças dos pais, ainda não tinham nenhuma suspeita da existência de algum mal mais profundo. Nem sequer uma vez pensaram no coração dela, o que, da parte dos pais de uma mocinha de dezessete anos que acaba de voltar de sua primeira excursão longe de casa, era bastante estranho!

Assim que acabou o desjejum, ela se sentou para cumprir a promessa feita à srta. Tilney, cuja confiança no efeito do tempo e da distância sobre a disposição da amiga já estava justificada, pois Catherine já se arrependia de ter-se despedido friamente de Eleanor, de nunca ter estimado o bastante os méritos e a gentileza dela e de não ter tido pena pelo que tivera de suportar na véspera. A intensidade de tais sentimentos, porém, estava longe de estimulá-la a escrever; e nunca lhe fora tão difícil escrever como ao redigir aquela carta à Eleanor Tilney. Escrever uma carta que pudesse ao mesmo tempo ser justa com os seus sentimentos e a sua situação, transmitir gratidão sem pesar servil, ser reservada sem frieza e sincera sem indignação, uma carta cuja leitura não magoasse Eleanor e, acima de tudo, não a fizesse corar, se Henry por acaso a lesse, era uma proeza capaz de pôr para correr todos os seus poderes de criação; e, depois de muito pensar e de muita perplexidade, ser muito breve foi finalmente tudo o que ela foi capaz de decidir com alguma confiança e segurança. O dinheiro, portanto, que Eleanor lhe adiantara foi anexado com pouco mais de um muito obrigado e mil votos de felicidade de um coração muito afetuoso.

— Esse foi um relacionamento estranho — observou a sra. Morland, quando a carta foi finalmente concluída —; começou cedo e cedo acabou. Lamento que tenha sido assim, pois a sra. Allen os julgava excelentes jovens; e você também não teve sorte com a sua Isabella. Ah! Pobre James! Vivendo e aprendendo; espero que as próximas amizades que você fizer sejam mais dignas de ser conservadas.

Catherine corou ao responder emocionada:

— Não há amizade mais digna de ser conservada do que a de Eleanor.

— Se assim é, querida, tenho certeza de que vocês vão tornar a se ver mais cedo ou mais tarde; não se preocupe. Aposto dez contra um que vocês vão cruzar-se de novo dentro de poucos anos; e, então, que alegria vai ser!

A sra. Morland não foi feliz em sua tentativa de consolá-la. A esperança de encontrar Eleanor de novo dentro de poucos anos só podia fazer Catherine matutar sobre o que poderia acontecer durante esse tempo todo para tornar temível tal encontro. Ela jamais poderia esquecer Henry Tilney ou pensar nele com menos ternura do que naquele momento; mas ele poderia esquecê-la; e, nesse caso, encontrar-se... encheram-se os seus olhos de lágrimas ao imaginar seu relacionamento assim reatado; e sua mãe, ao perceber que suas sugestões consoladoras não surtiram bons efeitos, propôs, como outra tentativa de animá-la, ir visitar a sra. Allen.

As duas casas ficavam a apenas quatrocentos metros uma da outra; e, enquanto caminhavam, a sra. Morland rapidamente pôs para fora tudo o que sentia a respeito da decepção de James.

— Sentimos muito por ele — disse ela —; mas por outro lado não foi ruim que o casamento não se tenha realizado. Não seria bom vê-lo noivo de uma moça de quem ele não tinha o menor conhecimento e com tão poucos bens; e agora, depois de tal comportamento, não podemos mesmo ter boa opinião dela. Está sendo duro para o pobre James; porém isso não vai durar para sempre. Tenho certeza de que ele será um homem mais discreto a vida toda, pela insensatez da primeira escolha.

Essa foi apenas uma visão sumária do caso, que foi até onde Catherine podia escutar; outra sentença teria posto em perigo a sua complacência e tornado menos racional a sua resposta, pois logo toda a sua capacidade foi absorvida pela reflexão de sua própria mudança de sentimentos e de disposição desde que caminhara pela última vez por aquela estrada tão familiar. Não se haviam passado nem três meses desde que, cheia de jubilosas expectativas, havia ido e voltado dez vezes por dia correndo, de coração leve, alegre e independente, em busca de prazeres desconhecidos e puros e sem nenhuma apreensão e nenhum conhecimento do mal. Três meses atrás a haviam visto assim; agora, que outra pessoa ela voltava!

Foi recebida pelos Allen com toda a delicadeza que sua chegada inesperada naturalmente provocaria sobre um longo e constante afeto; e grande foi a surpresa e vivo o desgosto deles ao saberem como ela fora tratada, embora o relato da sra. Morland não fosse uma representação exagerada nem um apelo deliberado às suas paixões.

— Catherine nos pegou de surpresa ontem à noite — disse ela. — Viajou sozinha pela posta o percurso inteiro, e ela mesma nada sabia sobre a sua própria volta até sábado à noite; pois o General Tilney, por alguma estranha fantasia, de repente se cansou de tê-la ali consigo e quase a expulsou de casa. Muito antipático, por certo; e deve ser um homem muito esquisito. Mas estamos muito felizes de tê-la de volta conosco! E é um grande consolo descobrir que ela não é uma pobre criaturinha indefesa, mas pode muito bem enfrentar sozinha os seus próprios problemas.

O sr. Allen exprimiu-se na ocasião com a razoável indignação de um amigo sensato; e a sra. Allen julgou tão boas as palavras dele, que de imediato fez também uso delas. O espanto, as conjecturas e as explicações dele tornavam-se em seguida suas, com a adição de uma única observação: "Não tenho mesmo paciência com o general" a preencher as pausas acidentais. E "não tenho mesmo paciência com o general" foi pronunciado duas vezes depois que o sr. Allen deixou a sala, com a mesma ira e sem nenhuma digressão relevante quanto aos argumentos. Um grau mais considerável de espanto acompanhou a terceira repetição; e, após concluir a quarta, logo acrescentou:

— Veja só, minha querida, remendaram tão bem um enorme buraco que havia em minha melhor Mechlin[22] quando eu estava em Bath, que mal consigo ver onde era. Preciso mostrar-lhe um dia desses. Bath é um belo lugar, afinal, Catherine. Garanto-lhe que não gostei nem um pouco de vir embora.

---

[22] Tipo de renda produzida em Malines, Bélgica.

A presença da sra. Thorpe era um grande prazer para nós, não é? Você e eu estávamos completamente desamparadas no começo.

— Mas isso não durou muito tempo — disse Catherine, de olhos brilhantes pela lembrança do que começara a dar vida à sua existência em Bath.

— É verdade: logo encontramos a sra. Thorpe e depois disso nada nos faltou. Querida, não acha que estas luvas de seda caem muito bem? Usei-as pela primeira vez quando fomos aos Salões Inferiores e desde então as tenho usado sempre. Lembra-se daquela noite?

— Ah, claro! Perfeitamente.

— Foi muito agradável, não é? O sr. Tilney tomou chá conosco, e eu sempre o considerei ótima companhia, ele é muito simpático. Tenho a impressão de que você dançou com ele, mas não tenho certeza. Lembro-me de estar usando o meu vestido favorito.

Catherine não conseguiu responder; e, após tentarem brevemente alguns outros assuntos, a sra. Allen voltou ao "não tenho mesmo paciência com o general! Parecia ser um homem agradável, de valor! Acho, sra. Morland, que a senhora nunca viu um homem tão bem-educado como ele. Seu apartamento foi alugado no dia seguinte à sua partida, Catherine. Não é de admirar; era na Milsom Street".

Enquanto caminhavam de volta para casa, a sra. Morland tentou convencer a filha da felicidade de ter pessoas que sempre nos querem bem, como o sr. e a sra. Allen, e da minúscula importância que deviam ter para ela a negligência ou a grosseria de relacionamentos superficiais como os Tilney, enquanto podia preservar a consideração e a estima dos amigos mais antigos. Havia boa dose de bom senso nisso tudo; mas há situações da alma humana sobre as quais o bom senso tem muito pouco poder; e os sentimentos de Catherine estavam em contradição com quase tudo que sua mãe dissera. Era do comportamento desse superficialíssimo relacionamento que dependia toda a sua presente felicidade; e, enquanto a sra. Morland confirmava com sucesso as suas próprias opiniões pela justeza de suas próprias ideias, Catherine refletia em silêncio que agora Henry devia ter chegado a Northanger; agora ele devia ter sabido da sua partida; e agora, talvez, estivessem todos de partida para Hereford.

CAPÍTULO 15

O temperamento de Catherine não era naturalmente sedentário, nem seus hábitos jamais haviam sido muito industriosos; mas, fossem quais fossem até então seus defeitos dessa espécie, sua mãe não podia deixar de perceber que eles se haviam agravado muito.

Não conseguia permanecer sentada nem ocupar-se por dez minutos em seguida, caminhando sem parar pelo jardim e pelo pomar, como se só tivesse vontade de se mexer; e parecia até preferir caminhar pela casa a permanecer parada na sala de estar. Seu abatimento era uma alteração ainda maior. Pela agitação e pela preguiça, ela era só uma caricatura de si mesma; mas, pelo silêncio e pela tristeza, era o exato oposto de tudo que fora antes.

Durante dois dias a sra. Morland permitiu tudo aquilo sem fazer qualquer alusão; mas, depois que o repouso da terceira noite não trouxe de volta à filha a alegria nem aumentou sua atividade, nem sequer lhe devolveu maior inclinação pelo bordado, ela não pôde deixar de lhe fazer esta gentil admoestação:

— Minha querida Catherine, receio que esteja transformando-se numa grande dama. Não sei quando as gravatas do pobre Richard ficariam prontas, se dependesse só de você. Bath não sai da sua cabeça; mas há hora para tudo: hora para bailes e teatro e hora para o trabalho. Você teve um longo período para se divertir e agora deve tentar ser útil.

Catherine imediatamente retomou o trabalho, dizendo com voz abatida que não era verdade que Bath não saía da sua cabeça... muito.

— Então você está atormentando-se por causa do General Tilney, e isso é bobagem da sua parte; aposto dez contra um que você nem vai vê-lo de novo. Nunca se preocupe com ninharias.

Depois de um breve silêncio:

— Espero, minha Catherine, que não esteja irritada com a casa por não ser tão grandiosa quanto Northanger. Isso transformaria a sua visita num mal, realmente. Você deve estar contente em qualquer lugar em que esteja, mas sobretudo em casa, porque é nela que passa a maior parte do tempo. Não gosto de ouvi-la, durante o café, falar tanto do pão francês de Northanger.

— Garanto que não me importo com o pão. Tudo que eu como para mim é a mesma coisa.

— Há um ensaio muito sagaz num dos livros que estão no andar de cima sobre esse mesmo assunto, moças que se desgostam de casa por causa de amigos ricos... *The Mirror*, acho eu. Vou procurá-lo para você um dia desses, pois tenho certeza de que lhe fará bem.

Catherine não disse mais nada e, esforçando-se por agir direito, se entregou ao trabalho; poucos minutos depois, porém, caiu de novo, sem ter consciência disso, no langor e na apatia, movendo-se na cadeira, pela irritação do tédio, muito mais do que movia a agulha. A sra. Morland observava o progresso da recaída; e, ao ver no aspecto ausente e insatisfeito da filha a prova cabal daquele espírito lamuriento a que começara agora a atribuir sua falta de alegria, saiu apressada da sala e foi buscar o livro em questão, ansiosa por não perder tempo no combate a tão temível doença. Demorou algum tempo para encontrar o que procurava; e, como se apresentavam outros problemas familiares para detê-la, quinze minutos se passaram até que descesse as escadas com o livro que tantas esperanças despertava. Como as suas atividades no andar de cima a haviam impedido de ouvir qualquer barulho, exceto o que ela mesma produzia, não sabia da chegada de um visitante nos últimos minutos, até que, ao entrar na sala, a primeira coisa que viu foi um rapaz que nunca havia visto antes. Com um olhar muito respeitoso, ele imediatamente se levantou e, sendo apresentado a ela pela conscienciosa filha como o "sr. Henry Tilney", com o embaraço da autêntica sensibilidade ele começou a se desculpar pela sua presença ali, reconhecendo que, depois do que se passara, não tinha direito de esperar ser bem-vindo a Fullerton, e alegando a impaciência em certificar-se de que a srta. Morland chegara sã e salva em casa como causa da intrusão. Ele não se dirigiu a um juiz parcial ou a um coração cheio de ressentimento. Longe de incluí-los — ele e sua irmã — no mau comportamento do pai, a sra. Morland sempre estivera bem-disposta em relação a eles e de imediato ficara feliz com a chegada do rapaz; recebeu-o com simples manifestações de sincera benevolência, agradecendo-lhe por tal atenção com a sua filha, garantindo-lhe que os amigos dos filhos eram sempre bem-vindos e pedindo-lhe que não dissesse mais nenhuma palavra sobre o que se passara.

Ele ficou feliz em acatar o pedido, pois, embora o seu coração sentisse grande alívio pela inesperada boa acolhida, não estava em seu poder naquele momento dizer nada sobre o que ocorrera. Retornando em silêncio ao seu lugar, portanto, ele permaneceu por alguns minutos respondendo muito delicadamente a todas as observações comuns da sra. Morland acerca do tempo e das estradas. Catherine, porém — a ansiosa, agitada, feliz, febril Catherine — não disse nenhuma palavra; mas seu rosto resplandecente e seus olhos brilhantes fizeram que sua mãe acreditasse que aquela agradável visita pelo menos serenaria o coração dela por certo tempo, e com muita satisfação deixou de lado o primeiro volume de *The Mirror* para uma futura ocasião.

Desejosa do auxílio do sr. Morland, tanto para encorajar como para ter assunto nas conversas com seu hóspede, de cujo embaraço por causa do pai ela sinceramente sentia pena, a sra. Morland logo mandou que um dos filhos o chamasse; ele, porém, não estava em casa, e vendo-se assim, sem nenhum apoio, ao fim de quinze minutos ela não tinha mais nada a dizer. Depois de um silêncio de alguns minutos, Henry, voltando-se pela primeira vez para Catherine desde a chegada da mãe, perguntou-lhe, com súbito bom humor, se o sr. e a sra. Allen estavam agora em Fullerton. E ao distinguir, em meio a toda a confusão de palavras que compunham a resposta, o significado que uma única sílaba teria bastado para transmitir, exprimiu de imediato a intenção de fazer-lhes uma visita e, corando, perguntou a ela se lhe faria a gentileza de lhe mostrar o caminho.

— O senhor pode ver a casa desta janela — foi a informação vinda de Sarah, que provocou só uma reverência de reconhecimento da parte do cavalheiro e um silencioso assentimento da parte da mãe; pois a sra. Morland, julgando possível, como uma segunda hipótese sobre o desejo por ele manifestado de visitar seus ricos vizinhos, que ele pudesse ter alguma explicação para o comportamento do pai que preferisse comunicar só a Catherine, de modo algum a impediria de acompanhá-lo. Os dois começaram a caminhada, e a sra. Morland não estava completamente enganada acerca do objetivo dele. Tinha de dar alguma explicação acerca do pai; mas seu primeiro propósito era explicar-se — antes de chegarem à propriedade do sr. Allen —, e sua explicação foi tão boa, que Catherine achou que ela não poderia repetir-se com frequência. Ele lhe garantiu o seu amor; e solicitava em troca aquele coração que, talvez, os dois igualmente soubessem ser todo dele; pois, embora Henry estivesse agora sinceramente apaixonado por ela, ainda que percebesse e se deliciasse com todas as excelências do caráter dela e realmente amasse a sua companhia, devo confessar que o seu amor se originou em nada mais do que gratidão, ou melhor, a certeza da paixão de Catherine por ele fora o que o decidira a levar a sério o caso. Reconheço que esta é uma situação nova num romance, e terrivelmente desairosa para a dignidade de uma heroína; mas, se for igualmente nova na vida de todos os dias, pelo menos serão meus todos os créditos por uma viva imaginação.

Uma brevíssima visita à sra. Allen, em que Henry falou a esmo, sem sentido ou articulação, e Catherine, enlevada na contemplação de sua própria indizível felicidade, mal abriu a boca, reservando-a para os êxtases de outra conversa a sós com ele; e antes que ele infelizmente terminasse, ela podia julgar até que ponto tinha a aprovação da autoridade paterna para o seu pedido. Em seu retorno de Woodston, dois dias antes, seu impaciente pai fora encontrá-lo nas proximidades da Abadia, afobadamente lhe informou em termos coléricos a partida da srta. Morland, e lhe ordenou que não mais pensasse nela.

Tal foi a permissão com base na qual ele agora lhe oferecia a sua mão. A assustada Catherine, em meio a todos os terrores da expectativa, enquanto ouvia essa narrativa, não pôde deixar de se alegrar com a gentil cautela com que Henry a poupara da necessidade de uma conscienciosa rejeição, fazendo-a dar sua palavra antes de tocar no assunto; e, enquanto ele dava os pormenores e explicava os motivos do comportamento do pai, os sentimentos dela logo se consolidaram num triunfante júbilo. O general nada tivera de que acusá-la, nada a alegar contra ela, a não ser o fato de ter sido o objeto involuntário e inconsciente de um engano que o seu orgulho não podia perdoar e que um melhor orgulho teria tido vergonha de admitir. Ela era culpada apenas de ser menos rica do que ele imaginara que fosse. Sob a errônea suposição de seus bens presentes e futuros, tudo fizera para a conhecer em Bath, solicitara a sua companhia em Northanger e a escolhera para nora. Ao descobrir o erro, expulsá-la de casa pareceu a melhor, embora inadequada em relação aos seus sentimentos, prova da sua indignação para com ela e de seu desdém pela sua família.

John Thorpe fora o primeiro a induzi-lo ao erro. Ao perceber que o filho, uma noite no teatro, dava considerável atenção à srta. Morland, o general acidentalmente perguntou a Thorpe se sabia mais alguma coisa a respeito dela, além do nome. Thorpe, felicíssimo por conversar com um homem da importância do General Tilney, foi alegre e orgulhosamente comunicativo; e como àquela altura estava na expectativa não só do noivado entre Morland e Isabella, mas igualmente decidido a casar-se com Catherine, sua vaidade levou-o a representar a família como ainda mais rica do que sua avareza fizera-o crer que fosse. Com quem quer que se relacionasse ou pretendesse relacionar-se, sua própria importância exigia que a deles fosse grande, e, à medida que crescia a intimidade, também crescia a fortuna deles. As expectativas relacionadas a seu amigo Morland, portanto, desde o começo superestimadas, vinham, desde que fora apresentado a Isabella, crescendo aos poucos; e pela simples adição do dobro pela grandiosidade do momento, dobrando o que escolhera pensar fosse o montante dos bens futuros do sr. Morland, triplicando seus bens pessoais, atribuindo-lhe uma tia rica e eliminando metade dos filhos, pôde representar ao general a família inteira como respeitabilíssima. Para Catherine, porém, o específico objeto da curiosidade do general e de suas próprias especulações, tinha reservado algo ainda mais especial, e as dez ou quinze mil libras que o pai dela podia dar-lhe seriam um belíssimo adendo aos bens do sr. Allen. A sua amizade com eles fizera-o acreditar a sério que receberiam um belo legado no futuro; e, portanto, falar dela como a semioficial futura herdeira de Fullerton era uma consequência natural de tudo isso. Baseara-se o general nessas informações, pois nunca lhe ocorrera duvidar de sua autoridade. O interesse de Thorpe na família, demonstrado pela futura união da sua irmã com um dos seus membros e por suas próprias pretensões sobre outro (circunstâncias de que se gabou com franqueza quase igual), pareceu-lhe garantia suficiente da sua veracidade; a isso se somavam os fatos positivos de os Allen serem ricos e não terem filhos, de a srta. Morland estar sob os cuidados deles e — tão logo seu relacionamento lhe permitiu emitir um juízo — de a tratarem com um carinho de pais. Sua decisão foi prontamente tomada. Já notara uma queda pela srta. Morland na expressão do filho; e, graças às informações do sr. Thorpe, quase imediatamente determinou não medir esforços em debilitar seu ostentado interesse e em arruinar suas mais caras esperanças. A própria Catherine ignorava completamente tudo isso na época, assim como os filhos do general. Henry e Eleanor, não percebendo nada na situação social dela que justificasse o tratamento especial dispensado pelo pai, assistiram com espanto à precipitação, à continuidade e à extensão de suas atenções; e embora tardiamente, com base em algumas alusões que acompanharam uma quase explícita ordem passada ao filho de fazer tudo que pudesse para conquistá-la, Henry se convencesse de que o pai acreditava fosse aquele um casamento vantajoso, só mesmo nas últimas explicações dadas em

Northanger tiveram eles uma ideia dos falsos cálculos que o haviam motivado. Que fossem falsos, o general ficou sabendo da mesma pessoa que os sugerira, do mesmo Thorpe, que tivera a oportunidade de encontrar novamente em Londres e que, sob a influência de sentimentos exatamente opostos, irritado com a recusa de Catherine e ainda mais pelo fracasso de uma recentíssima tentativa de reconciliação entre Morland e Isabella, convicto de que estariam separados para sempre e rejeitando com desdém uma amizade que já não podia ser proveitosa, se apressara em contradizer tudo que dissera antes em favor dos Morland, e confessou ter estado completamente enganado em suas opiniões acerca da situação e do caráter deles, induzido em erro pelas bazófias do amigo ao acreditar que seu pai fosse homem de posses e crédito, quando os fatos das duas ou três últimas semanas provavam que não era nenhuma das duas coisas; pois, após receber com entusiasmo os primeiros contatos que visavam à união entre as famílias, com as mais generosas propostas, tivera, ao ser forçado a pôr as cartas na mesa pela argúcia do interlocutor, de reconhecer-se incapaz de dar aos jovens nem sequer um sustento decente. Eram eles, na verdade, uma família pobre e, além disso, extraordinariamente numerosa; que não gozava de nenhum respeito em sua própria vizinhança, como tivera recentemente oportunidade de descobrir; que aspirava a um estilo de vida que seus recursos não podiam proporcionar; que buscava subir de condição por meio de relacionamentos com gente rica; uma raça insolente, fanfarrona, intrigante.

O terrificado general pronunciou o nome de Allen com um olhar inquisidor; e também aqui Thorpe admitiu ter errado. Os Allen, segundo acreditava, viveram próximos a eles durante muito tempo, e ele conhecia o jovem que devia herdar as propriedades de Fullerton. Já era o bastante para o general. Furibundo com quase todas as pessoas do mundo, exceto ele mesmo, partiu no dia seguinte para a Abadia, onde o seu desempenho já conhecemos.

Deixo à sagacidade do leitor determinar o quanto disto tudo pôde Henry comunicar naquele momento a Catherine, quanto ele pudera saber do seu próprio pai, em que pontos suas próprias conjecturas podem tê-lo ajudado e que parte ainda permanecia por ser contada numa carta de James. Uni, para comodidade do leitor, o que devem dividir para a minha. Catherine, de qualquer forma, ouviu o bastante para perceber que, ao suspeitar o General Tilney de ter ou assassinado ou encarcerado a esposa, pouco pecara contra o seu caráter ou exagerara quanto à sua crueldade.

Sendo obrigado a contar tais coisas sobre o pai, Henry se mostrava tão digno de pena como quando as confessara a si mesmo. Corou pelos projetos mesquinhos que era forçado a expor. A conversa entre eles em Northanger fora extremamente ríspida. A indignação de Henry ao saber como Catherine fora tratada, ao compreender os planos do pai e receber ordens de aceitá-los, fora franca e corajosa. O general, acostumado a ditar a lei em todas as situações ordinárias da família, estava preparado apenas para uma relutância de sentimentos, não para um desejo contrário que ousasse exprimir-se em palavras, e tolerara mal a oposição do filho, firme como estava pela sanção da razão e pelo imperativo da consciência. Mas, num caso como aquele, sua ira, embora chocasse, não podia intimidar Henry, que estava amparado em seu propósito pela convicção da justiça. Sentiu-se ligado pela honra e pelo afeto à srta. Morland e, crendo que era seu aquele coração que ele fora induzido a conquistar, nenhuma retratação indigna por um tácito consentimento, nenhum decreto contrário ditado por uma ira injustificável podiam abalar a sua fidelidade ou influenciar as decisões por ela ordenadas.

Recusou-se firmemente a acompanhar o pai a Herefordshire — um compromisso forjado quase na hora para promover a despedida de Catherine —, e com igual firmeza declarou sua intenção de oferecer a ela a sua mão. O general ficou furioso, e se separaram em terrível desacordo. Numa agitação da alma que só muitas horas solitárias puderam amenizar, Henry retornara quase imediatamente a Woodston e, na tarde do dia seguinte, iniciara a jornada para Fullerton.

CAPÍTULO 16

A surpresa do sr. e da sra. Morland ao serem procurados pelo sr. Tilney para dar seu consentimento ao seu casamento com a filha foi, por alguns minutos, considerável, pois não lhes tinha passado pela cabeça desconfiar de amor em nenhum dos dois; mas como nada, afinal, podia ser mais natural do que Catherine ser amada, logo passaram a ver naquilo apenas a feliz agitação do orgulho gratificado e, no que lhes dizia respeito, não tinham nenhuma objeção a fazer. As maneiras agradáveis e o bom senso dele eram qualidades óbvias; e, nunca tendo ouvido falar mal dele, não era de sua natureza supor que algum mal pudesse ser dito. Com a boa vontade fazendo as vezes da experiência, seu caráter não precisava de atestado. "Catherine com certeza vai ser uma jovem dona de casa muito avoada", foi a observação premonitória da mãe; mas logo lhe ocorreu a consolação de que não há nada como a prática.

Só há um obstáculo, em suma, a mencionar; mas até que ele fosse removido, seria impossível aprovar o noivado. Tinham temperamentos dóceis, mas princípios firmes, e, enquanto o pai dele proibisse expressamente a união, não podiam permitir-se encorajá-la. Que o general devesse apresentar-se para solicitar a aliança ou mesmo que devesse aprová-la sinceramente, eles não eram rebuscados o suficiente para transformar em condição necessária; mas uma aparência decente de consentimento devia ser manifestada, e, uma vez conseguido isso — e o coração deles fazia acreditar que não tardaria muito —, sua sincera aprovação seguir-se-ia imediatamente. Tudo que desejavam era o *consentimento*. Não tinham mais inclinação do que direito de pedir o *dinheiro*. Seu filho, por acordos de matrimônio, tinha garantida uma fortuna muito considerável; seus rendimentos presentes garantiam-lhe independência e conforto, e sob todos os aspectos pecuniários era um casamento além das expectativas da filha.

Os jovens não se surpreenderam com tal decisão. Sofreram com ela e a deploraram, mas não podiam ressentir-se dela; e se despediram, tentando esperar que tal mudança nas disposições do general, que todos julgavam quase impossível, pudesse ocorrer em breve, para uni-los de novo na plenitude do amor privilegiado. Henry retornou para o que era agora seu único lar, para supervisionar suas novas plantações e ampliar as melhorias em homenagem a Catherine, com quem esperava ansiosamente dividi-las; ela permaneceu em Fullerton, chorando. Não vamos investigar se as torturas da ausência eram amenizadas ou não por uma correspondência clandestina. O sr. e a sra. Morland jamais fizeram tal investigação — eram bons demais para exigir alguma promessa; e toda vez que Catherine recebia uma carta, o que na época ocorria com muita frequência, sempre faziam vista grossa.

Temo que a ansiedade que nesta fase do relacionamento devia ser o quinhão de Henry e Catherine, e de todos os que os amavam, quanto ao seu desenlace, dificilmente pode estender-se aos meus leitores, que verão na concentração das páginas restantes que estamos apressando tudo na direção da perfeita felicidade. A única dúvida só pode ser como o casamento se realizou tão cedo: que circunstâncias verossímeis podiam agir sobre um temperamento como o do general? A circunstância que mais influiu foi o casamento da filha com um homem rico e importante, que ocorreu no verão — uma ascensão social que lhe valeu um acesso de bom humor, do qual só se recuperou depois que Eleanor conseguiu o perdão para Henry e a permissão para ele agir "como um idiota, se é o que quer!".

O casamento de Eleanor Tilney, sua mudança de uma casa como Northanger, com todos os males trazidos pelo exílio de Henry, para a casa de sua escolha e com o homem de sua escolha são acontecimentos que, espero, provoquem a satisfação geral de todos os que a conhecem. Minha própria alegria pelos eventos é muito sincera. Não conheço ninguém mais merecedor de receber e de gozar a felicidade, por suas virtudes despretensiosas, ou mais preparado para ela, pelo sofrimento habitual. Seu amor pelo rapaz não era de ontem; e só a inferioridade social o impedira de pedi-la antes em casamento. A inesperada elevação dele à nobreza e à fortuna removeram todas aquelas dificuldades; e nunca o general havia amado tanto a filha em todas as suas horas de paciente companhia e aplicação como quando pela primeira vez a saudou como "Vossa Senhoria!". Seu marido era muito digno dela; independentemente da sua fidalguia, da sua riqueza e do seu amor, era precisamente o mais fascinante jovem do mundo. Torna-se desnecessária qualquer outra definição dos seus méritos; o mais fascinante rapaz do mundo entra imediatamente na imaginação de todos nós. A respeito do rapaz em questão, portanto, devo só acrescentar — ciente de que as regras de composição proíbem a introdução de um personagem não ligado à minha fábula — que esse era o mesmíssimo cavalheiro cujo criado negligente deixara para trás aquela coleção de notas de lavanderia, resultado de uma longa visita a Northanger, pelas quais a nossa heroína se envolveu numa de suas mais horripilantes aventuras.

A influência do visconde e da viscondessa em favor do irmão foi auxiliada por aquele correto entendimento da situação do sr. Morland, que, assim que o general se permitisse ser informado, eles poderiam oferecer. Ele lhe ensinou que não fora mais iludido pela primeira bazófia de Thorpe acerca dos bens da família do que por sua posterior demolição maliciosa dela; que em nenhum sentido da palavra eram eles carentes ou pobres, e que Catherine teria três mil libras. Esta era uma correção tão substancial de suas últimas expectativas, que muito contribuiu para amenizar o rebaixamento do seu orgulho; e de modo algum inefetiva foi a informação particular, que teve alguma dificuldade para obter, de que as terras de Fullerton, estando completamente à disposição do seu atual proprietário, estavam, portanto, abertas a todas as ávidas especulações.

Baseado na força de tais argumentos, o general, logo após o casamento de Eleanor, permitiu que seu filho retornasse a Northanger e dali fez dele o portador do seu consentimento, muito cortesmente redigido numa página repleta de declarações ocas ao sr. Morland. O acontecimento por ele autorizado deu-se logo em seguida: Henry e Catherine se casaram, os sinos repicaram e todos sorriram; e, como o evento ocorreu um ano depois do dia do seu primeiro encontro, não parece, depois de todo o terrível atraso provocado pela crueldade do general, que tenham sido muito profundamente feridos por ele. É muito bom iniciar a perfeita felicidade com as idades respectivas de vinte e seis e dezoito anos; e declarando-me, além disso, convicta de que a injusta interferência do general, longe de prejudicar a felicidade do casal, foi talvez bastante propícia a ela, ao aprofundar o conhecimento recíproco e fortalecer o amor entre os dois, deixo, a quem quer que a tanto se habilite, resolver se a tendência principal desta obra é recomendar a tirania paternal ou recompensar a desobediência filial.

© *Copyright* desta edição: Editora Martin Claret Ltda., 2015.
© *Copyright* das traduções: Editora Martin Claret Ltda.; 2011, 2011, 2010.
Títulos originais em inglês: *Mansfield Park* (1814); *Emma* (1815); *Northanger Abbey* (1817).

Direção
MARTIN CLARET

Produção editorial
CAROLINA MARANI LIMA / MAYARA ZUCHELI

Diagramação
GIOVANA QUADROTTI

Projeto gráfico e capa
JOSÉ DUARTE T. DE CASTRO

Traduções e notas
ALDA PORTO / ADRIANA SALES ZARDINI / ROBERTO LEAL FERREIRA

Revisão
WALDIR MORAES / ALEXANDER B. A. SIQUEIRA

Impressão e acabamento
GEOGRÁFICA EDITORA

A ORTOGRAFIA DESTE LIVRO SEGUE O NOVO ACORDO ORTOGRÁFICO DA LÍNGUA PORTUGUESA.

Dados Internacionais de Catalogação na Publicação (CIP)
(Câmara Brasileira do Livro, SP, Brasil)

Austen, Jane, 1775-1817.
  Mansfield Park, Emma, A abadia de Northanger / Jane Austen; tradução e notas: Alda Porto, Adriana Sales Zardini, Roberto Leal Ferreira. — São Paulo: Martin Claret, 2015. (Edição especial)

  Título original: Mansfield Park, Emma, Northanger Abbey.

  ISBN: 978-85-440-0105-9

  1. Romance inglês I. Título. II. Título: Emma. III. Título: A abadia de Northanger. IV. Série.

15-07742   CDD-823

Índices para catálogo sistemático:

  1. Romances: Literatura inglesa   823

EDITORA MARTIN CLARET LTDA.
Rua Alegrete, 62 — Bairro Sumaré — CEP: 01254-010 — São Paulo — SP
Tel.: (11) 3672-8144 — www.martinclaret.com.br
7ª reimpressão – 2022

CONTINUE COM A GENTE!

- Editora Martin Claret
- editoramartinclaret
- @EdMartinClaret
- www.martinclaret.com.br

IMPRESSO
EM PAPEL
Pólen®
mais prazer em ler